本书是国家社科基金重点项目"中华古今骈文通史"
（14AZW012）结项成果

中国社会科学院
老年科研基金资助

中国社会科学院
老年学者文库

谭家健 / 著

# 中华古今骈文通史

上

社会科学文献出版社
SOCIAL SCIENCES ACADEMIC PRESS (CHINA)

1996年广西师范大学主办的第一届中国骈文学术研讨会上，
部分代表摄于桂林王城内

2006年在贵州师范大学主办的第二届中国骈文学术研讨会上，
当选为中国骈文学会会长，与骈文作家周晓明合影

2013年在西北师范大学主办的第三届骈文国际学术研讨会上与
叶幼明、莫道才等先生合影于兰州

1995年在首都师范大学为研究生开设"骈文系列讲座"

2015年在南京大学主办的第四届骈文国际学术研讨会上致辞

2015年在南京大学主办的第四届骈文国际学术研讨会上与新任中国
骈文学会会长曹虹教授合影

2017年在湖南师范大学主办的第五届骈文国际学术研讨会上与熊礼汇、曹虹、刘宁等先生合影

1990年摄于江西南昌滕王阁

# 目　录

## 上　册

# 第一章

# 导　论

## 第一节　关于骈文的若干基本认识 *

骈文曾经流行于中国文坛一千八百多年，有过辉煌的业绩，也遭到众多的责难。然而五四以后逐渐沉寂了，较少有人写作和研究，一般文学史往往避而不谈，即使提到亦多视为"形式主义""唯美文学"，评价不高。近三十年来，骈文又逐渐引起学术界的注意，虽然比不上古代散文和辞赋研究之盛，但总算在学术论坛上占有一席之地了。正因为长期不受重视，研究者对骈文的认识自然难以一致，对某些概念理解和使用不同，有些新的观点尚待探讨。为此，本书首先就若干基本理论问题进行说明与讨论。

### 一　骈文的名称

究竟什么叫骈文？张仁青《中国骈文发展史》罗列出二十五种，莫道才《骈文通论》将其归纳为十三项。其中使用比较普遍而且比较恰当的是骈体文和四六文。骈文是骈体文或骈俪文的简称，四六文可简称为"四六"。

历来有人把"丽辞""丽语""偶语""俳语"当作骈文的代名词。准

---

＊　本节曾以论文形式发表于《文学评论》1996 年第 2 期，收入本书时有补充修改。

确地讲，它们是指对仗、对偶，属于句式和修辞方法，并非专指骈文。有人认为，《文心雕龙·丽辞》篇是讨论骈文的。其实该篇主要从修辞角度立论，所举对偶句例，有诗、有赋、有文，并不属于文体论。有人称骈文为"美文""贵族文学""庙堂文学"，是对其性质的评估，而非科学的定义。

骈文在梁陈时叫作"今文"，唐宋时叫作"时文"，皆相对于古文而言，意思是当下流行的文体。有人称之为"六朝文"，未免以偏概全，无视当时还有非骈体文存在。

如果下定义，可否说，骈文是以对偶句为主体，介乎散文与韵文之间，讲究用典和辞藻华美的一种文体。这句话包括三点：其一，以对偶句为主，这是骈文本质所在，舍此不成骈文；其二，对音律的要求在散韵之间；其三，讲究华丽的美学效果。

从文体角度考察，骈文、散文多是就其语言方式的大致概括，古人并没有当作非常具体的文章体裁来使用，通常把二者视为文章的大类别。它们的正式名称出现都比较晚。"散文"一词最早使用于北宋[①]，与之相对的是"四六"。"骈文"一词使用于清代，与之相对的是"散文"或"散体"。以"四六"作为骈文专集之名始于唐末李商隐的《樊南四六》。继后，北宋欧阳修、夏竦等人亦将其所作骈文收为专集以四六名之。南宋始有专论骈文的著作如王铚《四六话》、谢伋《四六谈麈》、杨囷道《云庄四六余话》，与诗话、词话同列。然而，四六文并不完全等于骈文。六朝前期，骈文多用四言单句对。梁陈以后，多用四六言隔句对。唐代骈文以四六为正宗，宋骈爱用三句以上长联，清人也有学魏晋之四言骈体者。所以，后来的"四六文"实际上是骈文的泛称。

明代以前，有骈文别集而无总集。明代出现不少四六选本，多为公私应酬文字。其中王志坚《四六法海》较有学术价值，该书起于魏晋止于南宋，名取四六法式汇编之意，但并不限于四六对偶之文。清代骈文总集有：李兆洛《骈体文钞》（起于李斯止于隋陈，编者主骈散合一，故所选并不都是骈文）、许梿《六朝文絜》（专收南北朝短篇骈文）、王先谦《骈文类纂》（起于屈原止于清末，历代皆选，是目前收录骛文最多的选本）。此外有：

---

① 参看谭家健《散文小考》，《北京师范大学学报》1985年第4期。

陈均《唐骈体文钞》、彭元瑞《宋四六选》、曾燠《国朝骈体正宗》、张鸣轲《国朝骈体正宗续编》等。清代仍有人以"四六"命名骈文专著，如李渔《四六初征》、孙梅《四六丛话》、陈云程《四六清丽集》、彭元瑞《宋四六话》等。清道光以前，骈文、四六并用；道光以后，文集皆用"骈文"命名，未见用"四六"者。但未见以"骈文"命名的骈文研究专著。"五四"以后，学界通称之骈文。

有人认为，骈文最早的名称是连珠。连珠是一种微型文体，始于东汉，盛于魏晋，绵延于唐宋明清，有其独立的发展历史。它对骈文形成有所启发，但并不等于骈文。西晋傅玄《连珠叙》说："所谓连珠者，兴于汉章帝之世。……其文体辞丽而言约，不指说事情，必假喻以达其旨，而贤者微悟，合于古诗劝兴之义。欲使历历如贯珠，易观而可悦，故谓之连珠也。"连珠与骈文相似之处在于对仗和用典。不同之处是连珠尚不成其为文章，每首仅几句话，表述一个简单的命题，只能算文章片断，充其量可以算作骈文段落。是当时文人为模拟奏章而做的练习，故每首皆以"臣闻"开头。常常许多首连在一起，但意义互不连贯。若比之于现代文体，颇接近散文诗。至于东汉真正代表骈文初始的文章，如蔡邕《释诲》、徐淑《与夫秦嘉书》等，与连珠的差别是十分明显的。

## 二  骈文的文类界定

清代骈文号称"中兴"。骈文家为了与古文家争地盘，极力主张骈文自古有之，一些骈文选本把入选范围搞得很宽，以壮大骈文声势。有的现代学者承袭清人，竟主张"凡不涉（唐宋）八家之藩篱者，皆不得不归于骈文之列。……古文词既不足以概散文，则骈文当包汉魏赋家，以迄于宋四六，乃至近代似骈非骈之应用文字，亦皆在其中"[1]。这种说法，从文体学看并不科学，必须加以界定、厘清。

### （一）骈文和散文

如前所述，以对偶句（骈句）为主的文章叫作骈文。与之相对，以非

---

① 刘麟生：《中国骈文史》，瞿兑之序，1936 年上海商务印书馆出版。

对偶句（散句）为主的文章叫作散文。作为句式来讲，骈散有时并存，往往互相搭配，自由组合。散文中可以有少量骈句，骈文中可以有少量散句。散文骈文之分不在骈偶对仗之有无，而在其数量多少。说骈句自古有之是对的，说骈文古已存在则不妥，因为句子不等于文章。

某些清代学者从《尚书》《周易》《诗经》等先秦古籍中搜集一些对偶句子，就认为那即骈文了。他们混淆了文体与句式这两个不同的范畴。现当代研究者有时也没有区别清楚。有的论著把一些以散句为主的文章，如柳宗元《始得西山宴游记》《袁家渴记》、范仲淹《岳阳楼记》《严先生祠堂记》、李纲《议国是》、岳飞《五岳祠盟记》、梁启超《少年中国说》等皆当成骈文。这些作品，不但当代选家视为散文代表作，清代各种骈文选本亦未见收录。

骈文和散文的区别，不仅在于对偶句的多少，还在于文章气势风格的追求。清蒋士铨《评选四六法海》"总论"说："古文如写意山水，俪体如工画楼台。"现代学者钱基博指出："主气韵勿尚才气，则安雅而不流于驰骋，与散文殊科。崇散朗勿矜才藻，则疏逸而无伤于板滞，与四六分疆。"（《骈文通义》）台湾学者张仁青说："散文主气势旺盛，则言无不达，辞无不举。骈文主气韵曼妙，则情致婉约，摇曳生姿。"这些见解相当精辟。张氏又说："散文得之于阳刚之美，即今世所谓壮美者也；而骈文得之于阴柔之美，即今世所谓优美者也。""散文家认为文章所以明道，故其态度是认真的，严肃的，盖以文章为经世致用之工具也。……骈文家之见解则以文章本身之美即为文章之价值，故其态度是淡泊的，超然的，盖以文章为抒写性灵之工具也。"[1] 如此概括尚未周全。骈文中并不乏阳刚之美如骆宾王《讨武氏檄》，散文中也有擅阴柔之美如晚明小品。骈文亦可经世致用如陆贽，散文亦宜抒写性灵如公安竟陵派。究竟如何从美学上探究骈文与散文的不同，是一个有待开拓的新课题。关于骈散分别，当代不少学者发表了很好的见解。其中叶农、叶幼明《中国骈文发展史论》设专节，从句式、风格、语言、用典、表达效果五方面进行分析，有说服力。

---

① 张仁青：《中国骈文发展史》，台北"中华书局"1970年版，第24～25页。

### （二）　骈文与辞赋

研究者大致有四种意见：第一，骈文包括辞赋；第二，骈文不包括辞赋；第三，骈文包括骈赋而不包括其他赋体文学；第四，辞赋包括骈文①。

辞赋与骈文是并存的两种文体，各自有其独具的特色和产生、发展、变化的历史。在古代文体分类中，赋从来都是自成一家。在当代赋学研究著作中，辞赋并不隶属于骈文，骈文亦不被视为赋体。二者有交叉关系，那就是六朝骈赋。至于汉晋大赋和抒情小赋，唐之律赋，宋之文赋，都不宜算作骈文。从明清至现当代，赋的创作一直存在，近十余年，赋的创作比骈文更繁盛。

骈文与辞赋的区别主要有以下几点：从修辞看，骈文以对仗为主，辞赋以铺陈为主；从句法看，骈文以对偶句为主，辞赋以排比句为主；从音律看，骈文有时要求平仄而不求押韵，辞赋除平仄外还要求句尾押韵；从题目看，绝大多数的赋以赋命题，骈文则没有固定的文体标志；从功用看，辞赋用于描写与抒情，骈文除此二者还可议论并充当应用文。

---

① 主张骈文包括辞赋的，如姜书阁《骈文史论》说："以赋为一代文学的代表或主要成就，在中国文学史上只有汉代。""而到了建安时期和魏晋以后就不然了，赋只是骈俪的一体，它已不再独立发展。"尽管唐有律赋，宋有文赋，"但它们的地位远不如汉赋在汉代文学上的统治地位了"，"就是这样，赋就在文学史上消失了"。（见该书第 268～269 页，人民文学出版社 1986 年版）主张骈文不包括辞赋的，如钟涛《六朝骈文形式及其文化意蕴》说："本书的骈文概念不包括辞赋。近世一些研究者，往往把辞赋也归入骈文之列。刘麟生《骈文学》《中国骈文史》、金钜香《骈文概论》、姜书阁《骈文史论》、张仁青《骈文学》等研究骈文的专著，都把辞赋也列入研究对象之列。这样一来，表面上对探寻骈文本源与流变似乎不无方便之处，而实际上却是混淆了辞赋、骈文各自的源流。"（见该书第 5 页，东方出版社 1998 年版）奚彤云《中国古代骈文批评史稿》说："在使用骈文概念时还有一点需要说明，那就是要严格将它与辞赋划清界限。由于辞赋与骈文都有藻饰的倾向，南朝以后辞赋又有骈化的倾向，所以有部分清人是将辞赋看作骈文的一类，在编撰骈文集时亦将它收录在内，这便影响了现当代的某些研究者，如刘麟生、瞿兑之、姜书阁等人在各自的骈文史中都涉及了辞赋。但意识到辞赋与骈文相异的人也不胜枚举。笔者亦认为辞赋是介于诗与文之间的特殊文体，它与骈文的分界是很明显的。"（见该书第 1～2 页，华东师范大学出版社 2006 年版）瞿景运《晚唐骈文研究》论骈文之界定时说："骈文在本质上属于文的范围，赋则介于诗文之间，严格来说不是同一文体。"（见该书第 3 页，商务印书馆 2010 年版）叶农、叶幼明的《中国骈文发展史论》（澳门文化艺术学会 2010 年版）主张骈文和辞赋是不同的文体，骈赋不能算骈文。主张骈文是辞赋大类中的小派者，有辞赋作家魏明伦和《中华辞赋》主编黄彦。（参看魏明伦《魏明伦新碑文》，作家出版社 2013 年版，第 5、235 页）

铺陈是指对事物或现象的方方面面做周详的描绘陈述。排比是指三个以上句型相同、句意相近的句子连续使用，是实现铺陈的手法之一。如果只有两个句型相同、句意相近的句子，那往往是对仗或曰骈偶，而不能叫排比。排比是对仗的增加，对仗有时是排比的组成部分。辞赋以排比为主，也不乏对偶句；骈文以对偶句为主，也可用排比句。

有的论著把散体赋（即文赋）的代表作《秋声赋》《赤壁赋》等当作骈文，未免过宽。不但当代各家骈文选本没有先例，古代骈文选本亦罕收录。

骈文和赋的界限，古代骈文家在写作中是意识到了的。如陆机《豪士赋》、庾信《哀江南赋》，前有序，为骈文，序之后才是赋的本体。只要读过这类文章，就不难发现其中的区别。序不押韵而赋押韵，序句略显参差而赋句更为整齐。如果说序是骈文，赋也是骈文，无视二者的界限，无论解释古代作品还是面对今天的读者，恐怕都讲不清楚。

清代及当代台湾有些骈文选本往往兼收骈赋，那属于"从宽处理"，如清代古文选本以散文为主也往往收少量骈文及散体赋。这表明古今选家文体概念有时可以适当放宽而不拘泥，并不能证明骈文、散文和赋之间没有确定的界限。古人若主张"从严处理"，骈文亦可不收赋，如王志坚《四六法海》、李兆洛《骈体文钞》、陈均《唐骈体文钞》等均是。

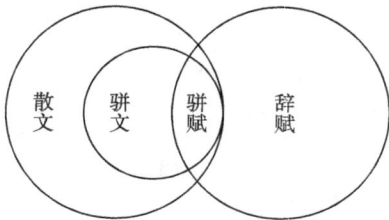

**图 1**

关于散文、骈文和辞赋这三种文体的关系，大体上可以用两个部分重叠的圆圈来表示。但是散文可以包括骈赋和文赋，骈文则不可以包括文赋。还有律赋属于辞赋，接近骈赋，但与散文距离颇大。所以图1没有包括这两种文体。而散文中还有一些文体是可骈可散的，本图只是表示大意而已。当人们论及骈散互相对立、互相争论时，则不是大圈小圈的关系，而是平行的两种语言形式的关系。

### （三）骈文和八股文

有些研究者认为，八股文隶属于骈文，这是不确切的。

八股文是明清科举考试专用文体，又叫时文、时艺、制艺、经义。它起源于宋代，题目出自《四书》《五经》中的一句话或几句话，内容以阐释儒家经典为宗旨，性质属于议论文，不得发表与正统注解不同的个人意见，不能叙事抒情。其文体属于散文，句子长短不齐，不用四六，不讲藻饰，不用典故，不许巧设比喻，不许引用战国以后史实。因为是"代圣贤立言"，故尽量模拟先秦人说话口气。这样的文章，往往空洞无物，枯燥无味，矫揉造作，与极力追求辞章之美的骈文旨趣大相径庭。

人们之所以把八股文与骈文相联系，主要因为它也讲究排比。八股文的文章结构通常要求有八个部分，即破题、承题、起讲、前股、中股、后股、束股、大结。其中前、中、后、束四股每股由两股（又称两扇或两片）互相对称的文字组成，合起来八小股组成四大股，于是俗称八股文或八比文。比者，排比也。这两扇对偶文字，既不是四四对句，也不是四六对句，往往比宋四六中常见的三四句长对还要长，一般有五六句至十来句之多。即使偶尔用两三句短对，也不是四六对，而是散句对，虚词连词都要求相对。两扇之间虽然也讲究气势韵味，却不要求平仄和押韵。至于破题、承题、起讲、大结，则纯用散句，无须对仗排比。从文章学来看，八股文最重视的是章法与结构程式化，不重视句法。它不是以句与句相对偶为特色，而是以段与段相对称为基本规范。

明清时科举考试是知识分子主要进身之阶。入门的童生试，只考八股文和试帖诗，以致许多人不得不花很大精力去学八股。乡试、会试除八股外还用散文写策论，用骈体作表、判，殿试不用八股。骈文通常被认为在科举考试中不是最重要的，虽然有时也流行于官场和社交应酬，如书启、庆贺、祭吊之类。写这种文章，当官的并不自己动手，而由师爷（幕僚）代笔。所以，凡科举出身的官僚，没有人不会八股，却有人不会骈文。故尔清人孙梅《四六丛话》"凡例"说："至明代，经义兴而声偶不讲。""声偶"即指骈文。今人认为八股与骈文有渊源关系，乃是轻信阮元重骈轻散以八股为"文之正统"之故。①

## （四）骈文与古文

现代文体学把中国古代文学作品分为四大文类：诗歌、散文、小说、戏剧。以下再分若干二级文类：诗歌可分诗、词、散曲，小说可分文言小说、通俗小说，戏剧可分南戏、杂剧、传奇，散文包括散体文、骈体文、赋体文，（骈散两类之下可再细分许多文体）而古文有时可概括为骈、散、赋三文类，有时专指散体文，与骈体文相对称。

"古文"一词，最早见于梁萧纲《与湘东王书》："若以今文为是，则以古文为非。若昔贤可称，则今体宜弃。"他所谓"古文"，意谓古代文章，是以时间划分，指先秦两汉之文；"今文"则指六朝作品，是兼括诗文的。颜之推《颜氏家训·文章》篇有类似说法。到了中唐，以韩愈为代表的古文运动家们所提倡的"古文"与"时文"即骈文相比，是以文体划分。唐宋以后，两种理解并存。

宋初的《古文苑》、宋末元初的黄坚编《古文真宝》等，皆兼选诗文。与之同时的许多以"古文"为题的选本，不收诗，且不收骈文。如南宋吕祖谦《古文关键》，选韩柳欧苏名家散文；楼昉《崇古文诀》、王霆震《古文集成》、明代冯从吾《古文辑选》、陈仁锡《古文奇赏》这几本书皆从先秦选到宋代。清代此类选本更多，如徐乾学奉旨编选《古文渊鉴》、方苞编《古文约选》、姚鼐《古文辞类纂》、李光地《古文精藻》、林云铭《古文析义》、蔡世远《古文雅正》、蒲起龙《古文眉诠》、于光华《古文分编集评》、谢有辉《古文赏音》、唐德宜《古文翼》等，都只选散文，不胜枚举。

明清时期，有人同时分别编选骈散两种选本。如王志坚，先选《古文渎编》《古文澜编》，又选《四六法海》。清初陈维崧与友人选《今文选》收骈文，又选《今文抄》收散文。董基诚、董祐诚兄弟各有《古文》二卷、《骈文》二卷。这说明他们对散文和骈文的区别是清楚的，并有意区别开来。

---

① 阮元《书昭明太子〈文选序〉后》说："《四书》排偶之文（八股文）真乃上接唐宋四六为一派，为文之正统。"

以"古文"作为书名者，从宋代开始。以"骈文"作为书名者，从清代开始。以"散文"作为书名者很晚，或在民国初年，清代尚未见到。

清代有许多以"古文"为题的选本，散文为主，间收少量骈文和辞赋。如吴楚材、吴调侯《古文观止》，过珙《古文评注》，程润德《古文集解》、余诚《古文释义》，章禹功《古文析观详解》等。可见选者持广义的古文观，即散文、骈文和辞赋皆是古文的一部分。近六十年来出版的古代散文选或古文选，都间收少量骈文和辞赋。清代有的骈文选本也选录一定的散文，如李兆洛《骈体文钞》，他是有意混淆散文与骈文界线，以证明其骈散同源、骈散不分论。还有些骈文选本间收散文，是由于暂时还难以确定该文是骈是散。

许多散文作家和批评家，从唐宋以来，即以"散文"或"古文"与骈文相对立而展开争论，有时称"散语""骈语""俪语"，代指散文或骈文，而决不会称古文为"古语"，因为古文与骈文之争不是语言问题。

近三十年来出版的中国散文史、骈文史，往往"散文""古文"杂用，这两个概念有时包括骈文，有时与骈文相对立。这是历史形成的，似乎很难统一，只能各行其是。

### 三　骈文的文化内涵

首先，骈文反映了中华民族讲究均衡对称的传统美学心理，体现了同中求异的创新追求。

均衡对称的传统模式，最早可以上溯到八卦。八卦所代表的事物都是对称的。天地、水火、山泽、风雷，以及扩而大之的阴阳、上下、君臣、男女、夫妇……由之而滋生出无数系列的成双作对的概念，已深入中华民族的心灵深处，成为一种习惯心理。它不但上升到政治和哲学层面，也下及日常生活各个角落，处处事事时时都有表现。例如门前放石狮必须成对，门上贴神像左右各一，案头置烛台必用双数……有的外国人不理解，每每发问：为什么中国人送礼往往是两件同样的东西？这就是民族文化心理的差异。

均衡对称是中国古代造型艺术的基本原则。从半坡村陶器上的花纹图案、殷周青铜器上的雕刻，到汉墓出土的画像砖石，无不体现均衡对称。中国古代建筑如宫殿、官衙、寺观、民居，无不崇尚均衡对称之美。骈文正是深深植根于中华民族文化土壤中的文学之花。

然而，仅仅认识到这一点还是不够的。任何一种艺术，如果一味追求均衡对称，势必呆板单调，缺乏生命力。所以，整体均衡之中可以有局部变化，基本对称之余也允许个别特殊。一对石狮分雌雄，左右门神红黑脸，两支蜡烛绘龙凤……既有偶，又有奇，既有大同，又有小异，这样才会丰富多彩。骈文之运用对仗，原理与此相通。古人关于对仗总结了很多经验，最早如刘勰《文心雕龙·丽辞》所说，"凡有四对：言对为易，事对为难；反对为优，正对为劣"。言对指仅仅词性句式相对，事对指所举事实即内容相对，反对指事例一正一反，从对立角度共证一义。正对指两例事理相同，后世又称"合掌"，属于重复举例。到唐代，日僧遍照金刚《文镜秘府论》归纳对法二十九种。当代台湾学者张仁青《骈文学》概括对法为三十种。其中如虚实对，即上联言理，下联举事，事理相配。有流水对，上联为因，下联为果。还有异类对、同类对、交络对、蹉对、奇对、假对等。宋代流行成语对，以经史中现成句子相对，但须剪裁。又有生熟对，"生事必对熟事，熟事必对生事。若两联皆生事，则伤于奥。若两联皆熟事，则无工"（宋王铚《四六话》）。而一篇之中，"须以单偶参用，方见流宕之致"（清程杲《四六丛话序》）。关于对仗方法的这些讲究，表明古代作家在坚持均衡对称的基础上，又力图灵活创新。这也是骈文对仗与律诗对仗的区别之一。律诗对仗的字数固定为五七言，位置固定在第三四句和第五六句。骈文对仗比律诗自由得多，丰富得多。

其次，骈文重视用典，反映了作为古代士大夫的作者和读者，都具有追求古雅、崇尚历史知识的共同文化心态。

用典来源于举例引证，后来发展为带有比拟隐喻性质，以达到含蓄、委婉、典雅的修辞目的。早期用典以历史故事即事典为主，宋以后用经典成句即语典渐多。从明用到暗用，从正用到反用，从借用到化用，脱胎换骨，点石成金……总之是挖空心思从古代书籍中寻找适当的语言资料来表达自己要说而不愿直说的思想。用典是否妥帖、精巧、繁富，乃古人衡量骈文水准的重要标志，也是显示作家知识学问的主要手段。南北朝时，贵族文人之间流行用典比赛，多者有奖。如王摛与何宪，陆澄与王俭，沈约与刘显之间都有过此类赛事。梁武帝因为比不过刘峻而醋意大发不再召见他，由于比不过沈约而恼羞成怒竟要杀沈①。典故的妙用，的确可以用极精炼的语词隐括一系列的人物故事，表达复杂的思想感情，避免平板的叙述，使作品具有象征性、趣味性，从而唤起读者联翩的浮想与无穷的回味，让有限的文学符号包容更多的信息，使读者在阅读过程中也参与再创作。这样的作品就能发挥出最大的艺术效应。

然而，要达到这一效果，必须有一个重要条件，那就是作者和读者具有互相理解的文化基础。吴兴华指出："中国旧日的封建士大夫阶层由于具有大体相同的世界观，道德标准和文化修养，在彼此交流思想时，很容易借助上述共同基础，采取画龙点睛、由此及彼、以古喻今、正反相形等等曲折方式。而骈四俪六的框子所要求的熔铸剪裁，更逼使作者在握管构思的时候就把这种条件估计在内，尽量发挥它的潜在力量。多数名篇警句所以能着墨不多而意义深远，就在能抓住关键性的几点，触发读者的联想活动。最后在想象中呈现出仿佛是一气呵成，绚丽夺目的图画，其实是作者和读者合作的结果。"而今人之所以不大喜欢骈文，主要原因就在于语言障碍，不熟悉典故，缺乏必要的历史文化基础。因此，吴兴华建议："为了读骈文，我们无疑需要做点准备工作，并且调整某些习惯看法。但是用这个代价换取它们独特的艺术技巧和有价值的内容的认识，并不能算太高。"②这需要各方面努力：今天的学者若能把骈文名篇及其典故详加注释和讲解，大中学校语文课本适当增选些骈文作为教材，而有兴趣的读者也能注意经常积累必备的历史知识，出版者多出些帮助读者理解诗文典故的工具书，大家通力合作，尽量缩小古今阅读差距，从而实现对骈文这份遗产的有效继承和利用。这些是有可能的。

第三，骈文讲究句调音节之美，充分发挥了汉字汉语的文化特质，具有与古代诗歌不同的韵味追求。

汉字是单音节字，一字一音，有声调变化，有双声、叠韵、重音等音韵上的特点，容易形成抑扬顿挫的音乐感。汉字是方块字，不仅字音字义可以整齐对称，而且字形排列也是整齐对称的，给人以视觉美、建筑美的

---

① 分别见《南史》上述各家本传。
② 吴兴华：《读〈国朝常州骈体文录〉》，《文学遗产》1988 年第 4 期。

体验。汉语不像其他语言文字那样因为格位、时间、数目、人称、性别等范畴的不同而有语尾变化，汉语主要以逻辑次序表示格位及词品，并用副词、连词、语气词、助词表示时间、动态及感情色彩，这样就容易组成工整相对的骈偶，呈现出精致简洁的风格。

西方语文也有对比句、平行句，但多数情况下句子长短不齐，不易形成字形整齐的对偶句。有的词语意义可以相对，但读音不相等，有的音节长，有的音节短，难以对称。西方诗歌的押韵方法，往往是在几个长句中利用轻重音交替来形成节奏感。它们没有四声平仄之分，难以形成汉语那样规整而又富于变化的韵律美。①

古代诗词曲可以用于和乐歌唱，故有相当严格的韵律规则。骈文主要用于朗读②，它在句式和节奏等方面更注重吟诵效果。骈文选择四六言为主，是在朗诵中经过反复实践的结果。《文心雕龙·章句》篇指出"四字密而不促，六字格而非缓"，正是对四六句优点的说明。余福智说："四六言的互相参用，有时挤得很紧，似促非促；有时适当伸长，似缓非缓。于是形成了一种雍容庄重的情调。这是一种近乎美学黄金分割的和谐。""因为四言和六言的比值最接近 1 : 0.618 这一黄金分割线。0.618 是个神奇的数字，符合这一比值的画面使人看起来愉悦，符合这一比值的音响节奏也使人听起来感到和谐。"③ 上述分析是新颖的，值得进一步探讨。

为便于朗读，骈文讲究抑扬顿挫、缓急低昂、上抗下坠，尤其注重利用虚字显示轻重音和节奏快慢长短之别，从而呈现起伏应和的音乐感。为达此目的，古代优秀骈文家除了尽量凸显句子结构方面与诗歌不同的特点

---

① 吴兴华文章指出，"欧洲古代文学也有与骈文相近之处"，又说，"古希腊人对'昂''低''合'三声就非常敏感，对诗文中的长短音的错综交织要求更为严格"，"罗马作家塔西陀、塞内加的作品里也有连篇累牍的偶句"，"意大利的马利尼派，西班牙的龚果拉派和英国的尤弗依斯派都以对仗为看家本领"，"外国诗人用典最出色的可以举出品达和弥尔敦为例"，"散文用典如约翰逊"。谢国荣指出："越南诗歌中有所谓'六八体'，整齐可观，略带骈文意味。但这同日本的'俳句'一样，都是向汉人学来的，是汉语骈俪文学在国外的影响。"（谢国荣：《略论骈文发生发展的深层原因》，《湘潭大学学报》1991 年第 4 期）

② 宋谢伋《四六谈麈》说："四六施之于制诰、表奏、文檄，本以便于宣读，多以四字六字为句。"

③ 余福智：《骈文兴衰原因探》，《佛山师专学报》1986 年第 1 期。

之外①，还不惜突破通常的语法规范，不避重复，尽可能用句中虚字，这是骈文在用字造句方面与诗词的区别之一。孙德谦《六朝丽指》说："作骈文而全用排偶，文气易致窒塞，即对句之中，亦当少加虚字，使之动宕。"据古代笔记："王勃死后，常于湖滨风月之下，自吟《滕王阁序》中'落霞与孤鹜齐飞，秋水共长天一色'。后有士人泊舟于此，闻之辄曰：曷不去'与''共'乃更佳。自尔绝响，不复吟矣。"② 从语法讲，删"与""共"二字不影响句意；但从音节讲，则决不能删。此句若在诗歌中，删也不成，不删也不成，必须改为"落霞孤鹜齐飞动，秋水长天一色描"之类方可。清代骈文家孔广森曾提到："庾文'落花芝盖''杨柳春旗'一联，若删却'与''共'字，便成俗响。陈检讨句云：'四周皆王母灵禽，一片悉嫦娥宝树'。此调殊恶，若在古人，宁以两'之'字易'宝''灵'二字也。"③ 庾信《三月三日华林园射马赋》有"落花与芝盖同飞，杨柳共春旗一色"，为王勃所祖。孔广森已意识到"与""共"二字并非可有可无，但没有说明究竟起什么作用。"陈检讨"指清代骈文家陈维崧，其《瀛台赐宴诗序》有："鹓鸘接呷，四周皆王母灵禽；竹柏微茫，一片悉嫦娥宝树。"孔氏主张用两"之"字代替"灵""宝"二字更好。我以为，这是由于"之"是虚词，读轻音，半拍，朗读起来的确比实词更有节奏感。王勃、庾信所用"与""共"的作用同样在此。张仁青提出王勃"原句之美，端赖'与''共'两虚字旋转其间，文气乃畅，曼声吟哦，尤饶佳趣。若删去二虚字，则韵味尽失，固不止俗响而已"。④ 不过，即使这样的名句，也有人不喜欢。据南宋杨渊《云庄四六余话》："邵太史云：王勃《滕王阁序》'落霞''孤鹜'之句，一时共称之。欧阳公以为类俳可鄙。"有的虚字无义，纯为声调和凑四六句而设。如骆宾王《讨武氏檄》："霍子孟之不作，朱虚侯之已亡。"汪藻《隆祐太后告天下手书》："汉家之厄十世，宜光武之中兴；献公之子九人，唯重耳之尚在。"其中，"之不作""之已亡""之中兴"

---

① 参看王力主编《古代汉语》下册第一分册，中华书局 1963 年版，第 1170～1171 页。
② 见清章藻功（岂绩）《思绮堂文集》卷六《陈叔毅遗集序》自注引"诗话曰"。高步瀛《唐宋文举要》下、张仁青《骈文学》皆引作见章氏《登滕王阁书王子安序后》自注。
③ 转引自孙星衍《仪郑堂遗文序》。
④ 张仁青：《骈文学》，台湾文史哲出版社 1984 年版，第 166 页。

"之尚在"，四"之"字于语法皆可删，骈文却常见，删掉则读起来语气不顺。这类例子不胜枚举。

## 四　骈文兴衰的原因

骈文的兴衰与上层统治者对待传统文化的态度息息相关。

骈文属于贵族文学，一般来说，只有文化修养较高的士大夫才能创作和欣赏。在中国历史上，上层统治者并不见得都有很高的文化修养，即使文化修养较高，由于个性不同不见得都喜欢骈文。这就需要做具体分析。

骈文发轫于东汉末年，与汉灵帝颇有关系。灵帝政治上昏庸，文学上却是努力的变革者。他立鸿都门学，召集辞赋家、小说家、书法家、绘画家数十人，委以重任。在他们的影响之下，文学艺术出现了新气象，质胜于文的旧作风开始变为文质相称的新作风①。骈文正是这种转变的产物，与抒情小赋兴盛之关系尤为密切。

魏晋时期，骈文正式形成。对此起重要作用的首推曹丕、曹植两兄弟。他们居于政坛文坛领袖地位，具有很高的文化修养，对传统文化十分熟悉，又富于创造精神。他们的文章追求华美的辞藻，喜欢采用排比对仗，讲究雕饰。在他们带动下，行文使用骈俪成为一时风气。西晋文坛巨子陆机被认为是骈文奠基人，他的不少文章已是成熟的骈体。陆氏兄弟以及两晋之际的骈文高手刘琨等都是贵族出身。

南朝骈文臻于鼎盛，其倡导者主要是上层贵族。如南齐竟陵王萧子良、梁武帝父子、陈后主以及王氏家族、谢氏家族、庾氏父子、徐氏父子，都属于贵族。这些人物政治上也许无可称道，文化上确实做出了贡献。北朝统治者是少数民族，对于以汉族文化为主体的传统文化不熟悉，故北朝骈风不盛，文多拙朴。北魏孝文帝提倡汉化以后，骈文写作才逐渐普遍。北周文帝宇文泰和隋文帝杨坚都讨厌骈文的形式主义，主张复古。然其子侄受汉文化影响，成为骈文的热烈爱好者。如北周的滕王、赵王，隋朝的杨广、杨暕等。故周、隋二文帝之复古未能成功。

---

① 参看范文澜《中国通史简编》修订本第二册，人民出版社1954年版，第253页。

　　唐初，太宗对传统文化特别是南朝文化尤为喜爱，周围多来自江南的文化贵族，故初唐骈风继续发展。盛唐时期，骈文的形式主义倾向引起许多人的不满，如陈子昂、独孤及、萧颖士等，但他们未能改变文坛风气。这时真正有力地抵制骈风并收到一定成效的是唐玄宗李隆基。他有很高的文化素养，不喜欢浮夸之风，而"好经术"，故"群臣稍厌雕琢，索理致，崇雅黜浮，气益雄浑"。（《新唐书·文艺传》）在他的支持下，才有所谓"燕许大手笔"，即比较注重内容的新骈体。中唐时期，新骈体的代表是陆贽。他位居宰相，所作骈体应用文（诏令表奏之类）是得到德宗皇帝的赞同的，因而在现实政治生活中发挥了巨大的作用。

　　中唐和北宋古文运动，给骈文形式主义以致命打击。北宋古文得到宋真宗、仁宗、神宗的支持。真宗大中祥符二年，诏斥"近代以来，属词多弊，侈靡滋甚，浮艳相高"，"今后凡属辞之士，有辞涉浮华，玷于名教者，必加朝典，庶复古风"。仁宗天圣七年、明道二年，连下诏书指斥浮华，提倡古雅。神宗对唐太宗"乃学徐庾为文"表示不以为然。（见《续资治通鉴长编》熙宁九年五月癸酉）北宋古文运动的中坚人物，如范仲淹、欧阳修、王安石、苏辙皆官至宰辅。以古文家而兼宰相的司马光曾公开在皇帝面前说自己不喜欢四六。（见王应麟《辞学指南》）以这样的政坛地位去推动文坛革新，较之唐代的古文领袖韩愈、柳宗元，具有更大的优势，影响更大。

　　元代皇帝是蒙古族，不重视中原汉族文化。明初，朱元璋文化水平很低，曾对传统儒家经典进行粗暴的删禁。这是元明时期高雅文学诗词骈文皆处低潮的原因之一。清代，康熙、乾隆二帝对汉文化表现出空前的热情，花很大气力推动古籍整理编纂工作。骈文在清代出现"中兴"，与这种文化背景不无关系。

　　有位研究者提出，"统治者为权术需要而求词采华茂多用典故的癖好，这就是骈文得以兴盛的原因"，"因为以古为鉴是中国封建社会通行的统治学，任何政治方案和措施都要由相当数量和质量的典故作支持的"，"多用典故使骈文写作增加了难度。……权术家既要想尽一切办法表现其高不可攀，使人望而生畏，不敢犯上作乱"，"骈文而多含典故，这就不是一般'犯上作乱'者掌握得了的。用骈文来写官场应用文，于是成了统治者对老百姓起心理威慑作用的手段之一"。①

此说未必确切。南朝统治者的文告的确多含典故，北朝诏令多用俗语，元大令竟纯用白话。历代统治者的政治方案和措施主要靠暴力支持，单靠多用典故恐怕不会奏效。权术家要表现其高不可攀，并不一定采用骈文。北周宇文泰禁止骈文，命苏绰仿《尚书》文体作《大诰》，命各地公文仿效，结果古奥的《尚书》体比骈文更难懂，无法推行。可见高不可攀的文体未必行之有效。至于说骈文不是"犯上作乱"者所能掌握，那也未必。隋末农民起义军李密的讨隋檄，明末农民起义军李自成的讨明檄，都是骈文，前者典故尤多。农民起义军文化水平不高不要紧，自有依附他们的知识分子代笔。（讨隋檄出自祖君彦，讨明檄出自牛金星）对多数老百姓来讲，骈文连看也看不懂，所谓"心理威慑作用"恐怕是很有限的。

关于骈文的消亡，清人孙梅《四六丛话》"凡例"说："四六至南宋之末菁华已竭，元朝作者寥寥，至明代经义兴而声偶不讲，其时所用书启表奏，多门面习套，无复作家风韵。"吴兴华说："六朝和唐代骈文辞藻过于繁缛，只知向横的方向蔓衍，牺牲了直的发展，因此流于静止，缺少开阖变化。……宋人看到这个弊病，所以从欧阳修等作家开始，把散体的气势贯注到骈文里，侧重逻辑发展，摈弃辞藻，利用成片断的古书成语，以节省读者的想象力，使它不致旁溢。同时借助大量虚词取得勾连转移的功效。……尽量把面缩小，把线拉长，压下想象力的活动，促进理解力的活动。而事实上，经过这一番改造，骈文仍不能在逻辑叙述上和散体角胜，徒然失掉了原有的丰富意象和触发能力，这就是为什么宋体四六逐渐变为纯粹应用性的官样文章，最后和文学几乎绝缘。"② 其文剖析精微，切中肯綮。

由于骈文是贵族文学，主要从古代典籍中吸取语言养分，故尔严重脱离广大群众的语言实际，应用圈子越来越狭小，源泉愈来愈干枯。从唐以前多用事典，到宋四六多用语典，实际上是企图减少其阅读上的障碍。语典多出自先秦两汉古籍，比之事典容易懂些。而骈文家又刻意求精，以致语典也变得似懂非懂，甚至沦为陈词滥调花样翻新的文字游戏。（《宋四六

---

① 余福智：《骈文兴衰原因探》，《佛山师专学报》1986 年第 1 期。

② 吴兴华：《读〈国朝常州骈体文录〉》，《文学遗产》1988 年第 4 期。

话》记录当时有人指责"四六近俳"。俳者优也，即文字游戏。）元明时期，俗文学（小说戏剧）也有用通俗骈文作形容描绘的片段，却为士大夫所轻视和排斥①。清代的骈文"中兴"，虽然作家作品多了，但影响力仍然有限。

古文（散体文）则不尽然。古文从先秦使用到民初，三千余年未断，保持着广大的读者群和作者群。从阅读方面看，古文比骈文好懂得多。先秦古籍如"四书五经"，是历代具有初等文化水准者的基础教材。先秦古文到清末古文的文章并无太大区别，所以三千余年来群众大都能读能写。骈文就不具备这样的优势。从写作方面看，古文的表达能力在议论和叙事方面都长于骈文。骈文虽亦可作议论，但叙事实非其所长②。况且，古文家并不拒绝吸收口语。唐宋古文运动名为复古，较之骈文它实际上是向社会群众更靠近了。宋代以后，社会上既有比较典雅的古文，也有比较通俗甚至半文半白的古文（如语录、家书、笔记之类）同时并存。直至今日，台湾香港仍然有人采用半文半白的古文作书信而掺以现代术语，并没有人笑话。若作骈文而杂以新名词，有些人会感到不习惯。当然，从总的趋向来说，五四以后，白话文已经取代了文言文（包括古文和骈文）而占绝对优势，但前人的历史经验和教训，是值得后人认真分析研究加以总结的。

## 第二节　骈文的基本特征*

骈文或简称为骈俪、骈偶。骈本指两马并驾，俪本指夫妻成双。骈俪二字，形象地概括了这种文体的主要特点，即要求语句平行、对称。这正是我们民族审美心理的反映，也和汉字是方块字、单音节、多声调等性质有密切关系。

骈文的基本特征，大致表现在以下几个方面。

————————————————

① 明王志坚《四六法海序》说："至其末流，乃有诨语如优，俚语如市，媚语如娼，祝语如巫，……四六至此直是魔，所以亟当澄汰，不留一字也。"清阮元《文言说》认为，骈文"必寡其词，协其音，以文其言，使人易于诵记，无能增改，且无方言俗语杂于其间，始能达意，始能行远"。刘师培《广阮氏〈文言说〉》主张："文也者，别于俚词俗语者也。"

② 骈体小说有清陈球《燕山外史》、民初徐枕亚《玉梨魂》，都不是成功之作。

* 本节原载辽宁教育学院学报1985年第2期，撰写本书时有修改补充。

## 一　行文普遍要求对仗

对仗本来是指古代帝王出行时走在前面的仪仗，以及武士所持旌旗、戈矛、牌盾等，都是两两并行、互相对称的，后来借指文章的修辞方法。对仗也叫对偶或偶语，它的基本规则是要求两句之间字数相等、词性相对、语法结构相同，通常由两句组成一联，上句为上联，下句为下联。两联的句子结构和词组结构必须一致，主谓对主谓、动宾对动宾、动补对动补、并列对并列、偏正对偏正。两联之间，同一位置的词语必须名词对名词，动词对动词，形容词对形容词，副词对副词，有些助词、连词、介词、语气词也要求对应。在计算对仗字数时，有些字不在其内。一是句首发语词："且夫""尝谓""窃以""自""唯""夫"等。如"夫以耿介拔俗之标，潇洒出尘之想"（孔稚圭《北山移文》），"夫以"即不计入对仗。二是语尾感叹词："也""者""矣""焉""哉""乎""耶""耳""而已""乎哉"之类。三是一个主语管两个谓语，一个动词带两个宾语的。如"勃三尺微命，一介书生"（王勃《滕王阁序》），"使其高霞孤映，明月独举"（《北山移文》），"勃"和"使其"不在对仗字数之内。四是连接词转折词，如"于是""至如""况乃""岂可""何则""既而""虽""故""然"等。（宋以后这些字也有要求对仗的）上述无须成对的字，谓之散字。早期的骈文只要求大体相对即可，南北朝以后越来越严格。能够字字相对，谓之工对。仅仅大体相对，谓之宽对。

对仗的种类和方法很多。刘勰《文心雕龙·丽辞》篇提出："凡有四对：言对为易，事对为难；反对为优，正对为劣。"言对指"双比空辞"，如"修容乎礼园，翱翔乎书圃"（司马相如《上林赋》）。事对指"并举人验"，如"毛嫱鄣袂，不足程式；西施掩面，比之无色"（宋玉《神女赋》）。反对指"理殊趣合"，如"钟仪幽而楚奏，庄舄显而越吟"（王粲《登楼赋》）。正对指"事异义同"，如"汉祖想枌榆，光武思白水"（张载《七哀》）。这是从句意着眼的。

唐以后，有所谓同类对、异类对、双声对、叠韵对、联绵对等。同类对如人名对人名，地名对地名，数目对数目，颜色对颜色，方位对方位。异类对如动物对植物，天文对地理，时间对空间。双声对如"踟蹰"对

"犹豫"。叠韵对如"从容"对"徘徊"。还有双声叠韵互对，如"琉璃砚匣，终日随身；翡翠笔床，无时离手"（徐陵《玉台新咏序》），"琉璃"对"翡翠"即是。联绵对如"堂堂"对"巍巍"，"萧萧"对"穆穆"等。这是从词性着眼的。

若从句法而论，又有所谓双句对、当句对、隔句对、回文对、流水对等。双句对是最常见的，即上句与下句相对，如"一言均赋，四韵俱成"，"望长安于日下，指吴会于云间"。当句对指一句之内上下互对，如"腾蛟起凤，孟学士之词宗；紫电青霜，王将军之武库"。其中"腾蛟"对"起凤"，"紫电"对"青霜"。隔句对实际上就是双句对，不过用逗号把一句分为两读而已，如"十旬休假，胜友如云；千里逢迎，高朋满座"（以上均见《滕王阁序》）。流水对指上联与下联在内容上不可分割者，如"坐昧先几之兆，必贻后至之诛"（骆宾王《讨武氏檄》）。其他形式还很多。唐时日僧遍照金刚《文镜秘府论》归纳其有二十九种，可见其繁。

工整的对仗，应避免两联语意相重，如"时维九月，序属三秋"，有人认为意思相同；还忌讳一联之内重义，如"落霞与孤鹜齐飞，秋水共长天一色"，境界极美，但也有人认为"与""共"二字可删；还要求内容对称，避免偏枯，如上联用典，下联也要用典，不能一虚一实，一轻一重，一庄一谐。宋以后甚至要求经语对经语，史语对史语，卦名对卦名，干支对干支，极其琐细。

对仗和对比、排比有联系又有区别。对比通常指两相对照的写作方法，字数不一定相等，词性不一定恰好相对。如"古之圣人，其出人也远矣，犹且从师而问焉；今之众人，其下圣人也亦远矣，而耻学于师"（韩愈《师说》）。这就只是对比，而不是对仗。排比是三个以上相同句式的叠用，字数、词性可以相对，也可以略有参差。如"策之不以其道，食之不能尽其材，鸣之而不能通其意"（韩愈《杂说》四）。这仅是排比，而不是对仗。在骈文中，对仗和对比、排比往往结合起来使用。

对仗并非骈文才有，散文也用，不过较少，不像骈文那样以对偶为主要形式。律诗中也有对仗，但比骈文要求严格。五律、七律的第二、三联必须用对仗，而且要求字字相对，而不像骈文句中的虚字（"兮""之""于""其""而""以"等）可以相重。五代以后出现了对联，格律比律诗更严，字数可长可短。如清潘耒拟武昌黄鹤楼联长达352字，清李善济拟四川青城山联长达394字，清钟云舫拟四川江津县临江城楼联长达1612字。

## 二　句式以四六为主

骈文的句式有一个逐步发展的过程。初期多用四言对句。为了避免呆板，人们通过实践摸索出："四字密而不促，六字格而非缓。或变之以三、五，盖应机之权节。"（《文心雕龙·章句》）从梁陈时期的徐陵、庾信开始，便大量使用四六句式，至唐而成为通例。间或也有其他句式，但都是作为四六句的通变和补充。细分起来，有单句对和复句对两大类。

单句对的类型有以下几种。

四言对句，这是极普通的。如"豫章故郡，洪都新府"（《滕王阁序》），"虺蜴为心，豺狼成性"（《讨武氏檄》）。

六言对句亦极为通用。如"一寸二寸之鱼，三竿两竿之竹"（庾信《小园赋》），"密隐先帝之私，阴图后庭之嬖"（《讨武氏檄》）。

七言对句也常见，如"暗鸣则山岳崩颓，叱咤则风云变色"，"请看今日之域中，竟是谁家之天下"（《讨武氏檄》）。

三言对句和五言对句较少，如"排巢父，拉许由。傲百氏，蔑王侯"（《北山移文》），"孝敬之准式，人伦之师友"，"事出于沉思，义归乎翰藻"（萧统《文选》序）。

八言对句和九言对句则不多见。如"相如巧为形似之言，班固长于情理之说"（沈约《宋书·谢灵运传论》），"敝箄不能救盐池之咸，阿胶不能止黄河之浊"（庾信《哀江南赋》）。

复句对的类型有以下几种。

上四下四型。如"层峦耸翠，上出重霄；飞阁流丹，下临无地"（《滕王阁序》），"以此制敌，何敌不摧？以此攻城，何城不克？"（《讨武氏檄》）。前者是工对，后者属于宽对。

上六下六型。如"同杞子之盟会，必欲瞻仰风尘；共薛侯而来朝，谨当逢迎冠盖"（庾信《谢滕王集序启》），"汉家之厄十世，宜光武之中兴；献公之子九人，唯重耳之尚在"（汪藻《隆祐太后告天下手书》）。

上四下六型。如"海陵红粟，仓储之积靡穷；江浦黄旗，匡复之功何远"（《讨武氏檄》），"渔舟唱晚，响彻彭蠡之滨；雁阵惊寒，声断衡阳之浦"（《滕王阁序》）。

上六下四型。如"屈贾谊于长沙，非无圣主；窜梁鸿于海曲，岂乏明时"（《滕王阁序》），"宋微子之兴悲，良有以也；袁君山之流涕，岂徒然哉！"（《讨武氏檄》）

以上两种是骈文最基本的句型，除此之外还有一些其他类型。

上四下五或上五下四型。如"君之爱子，幽之于别宫；贼之宗盟，委之以重任"（《讨武氏檄》），"潘岳之文采，始述家风；陆机之辞赋，先陈世德"（《哀江南赋序》）。这是四四句型的变化。

上七下四或上四下七型。如"都督阎公之雅望，棨戟遥临；宇文新州之懿范，襜帷暂驻"（《滕王阁序》），"晏子狐裘，故弊何彰于国俭；王恭鹤氅，风流不自于君恩"（李商隐《为荥阳公谢赐冬衣状》）。这是四六句型的变化。

偶尔也有上八下四或上四下八句型。如"孙策以天下为三分，众才一旅；项籍用江东之子弟，人唯八千"（《哀江南赋序》），"地连巴益，分四千石虎竹之符；江接犉渝，理十六载龟琴之梦"（魏了翁《潼川路安抚到任谢表》）。

至于上九下四或上四下九型，上九下五或上五下九型，中唐以前少见，后来偶尔有人也用。例不赘举。

有一种四四六六句型，实际上是四四对句加六六对句。如"言犹在耳，忠岂忘心。一抔之土未干，六尺之孤何托？"（《讨武氏檄》）"老庄之作，管孟之流。盖以立意为宗，不以能文为本"（萧统《文选序》）。二者常常连用，亦可备一格。

自北宋宣和以后，不少人突破四六的框子，爱用三句以上的长联。如"兵于五材，谁能去之？首弛边疆之禁；臣无二心，天之制也，忍忘君父之仇"（周南仲《追贬秦桧制》），"温太真绝裾违母，以奉广武之檄，心虽忠而人议其失性；徐元直指心恋母，以辞豫州之命，情虽窘而人予其顺天"（王爚《辞督府辟书》）。明代文人的对子更长，有多达十余句者。

除各类对句外，骈文也有三叠以上排句。通常以四言为多，六言次之，五七言少见。四叠六叠为多，三叠五叠少见。

骈文中免不了有散句，即不讲对仗、字数不齐的自由文句。早期骈文中多见，唐以后越来越少，个别的甚至通篇无一散句。等而下之，语必双行。"应以一言蔽之者，辄足以为二言。应以三句成文者，必分为四句。弥漫重沓，不知所裁。"（刘知几《史通·叙事》）

### 三　选词大量用典

用典又叫用事或隶事，指的是摘取古代历史故事、神话传说、趣谈掌故、成语谣谚以及经典中的名言，诗文中的佳句等，经过加工浓缩为短句、词组或词汇，用来代替直接的说明表达，让读者从中产生更多的联想，体会出作家更深的用意。这种修辞方法，是从举例引证发展而来的，即所谓"据事以类义，援古以证今"（《文心雕龙·事类》）。先秦两汉散文都喜欢旁征博引，以充实其理论根据和加强说服力。魏晋以后，进而发展为显示作者学识渊博、辞藻丰富和追求文章典雅、委婉、精练，从而扩大艺术感染力。这本来是一种有效的文学表现手法，后来走到极端，造成文章"殆同书抄""掉书袋"，便流入形式主义。

典故并非骈文才有。散文和诗也用，但也可以不用。南北朝以后的骈文则几乎非用典不可，而且以多取胜，以巧擅长。其方法十分复杂，有所谓正用、翻用、借用、暗用、对用等，还讲究提炼、剪截之类技巧。（有人归纳为《用典十四法》）

正用，即直接列举援引，这是最普通的，如"物华天宝，龙光射牛斗之墟；人杰地灵，徐孺下陈蕃之榻"，"兰亭已矣，梓泽丘墟"（《滕王阁序》）。有时也可径引古书，如"头会箕敛者，合从缔交；锄耰棘矜者，因利乘便"（《哀江南赋序》）。第一句出《汉书·陈余传》，第二三四句出贾谊《过秦论》。有人讥为集句，但只要贴切，也未始不可。又如"荡荡乎无能名，虽莫见宫墙之美；欣欣然有喜色，咸豫闻管籥之音"（孙觌《代高丽国王谢赐燕乐表》）。前两句出《论语》，后两句出《孟子》，只删削几个字，便十分切合文旨，故为当时人所称道。南宋时此风颇盛。

反用，就是故意与原典本旨相反。如"荆璧睨柱，受连城而见欺"，"让东海之滨，遂餐周粟"（《哀江南赋序》），用蔺相如完璧归赵和伯夷叔齐不食周粟故事来说明。"见欺""遂餐"非其本旨，乃作者有意反说，以表示自己处境和他们类似而态度相反，感到惭愧内疚，有自责之意。

翻用，即从旧典翻出新意。如《滕王阁序》："处涸辙以犹欢。"典出《庄子·外物》，本喻远水不能解近渴，却翻为处逆境而自得其乐。"阮籍猖狂，岂效穷途之哭。"改悲愤为旷达，境界更高一等。

借用，即借古比今，借人比已，借此比彼，亦属常见。如"霍子孟之不作，朱虚侯之已亡"（《讨武氏檄》）——借汉喻唐；"怀帝阍而不见，奉宣室以何年"（《滕王阁序》）——以屈原贾谊自况。

暗用，乍看不像用典，其实也是用典。如《滕王阁序》"老当益壮""穷且益坚""童子何知"，类似白话，实皆成语。前二句出《后汉书·马援传》，后一句出《左传》成公十六年。有时用典仅取古书中两三字，并以读者不知不觉为妙。

对用，即连续举意义相反两事，说明一个问题。如"钟仪幽而楚奏，庄舄显而越吟"（王粲《登楼赋》）。说明不论穷者达者，思乡之情不可泯灭。类似例子很多。

提炼是最基本的方法，汰其枝叶，取其根本。如"无路请缨，等终军之弱冠；有怀投笔，慕宗悫之长风"，"他日趋庭，叨陪鲤对；今晨捧袂，喜托龙门"（《滕王阁序》）。其中"请缨""投笔""长风""趋庭""鲤对""龙门"都是历史掌故的概括。还有岳父称"泰山"，女婿称"东床"等，背后都有故事，例不胜举。

剪截是取某名句中的两个字作特殊使用。如《论语·先进》篇记孔子对弟子们说："盍各言尔志"？意谓："何不各人讲讲你们的志向？"后代的宴集诗序往往截用"盍各"二字，意谓："各位何不都赋诗述志吧。"其实原句中的"盍各"是不能独立成词的。

为了委婉和典雅，古人往往从古书中截取有关词语作为代称，避免直指。如以"孔怀"代兄弟，典出《诗经·小雅·常棣》："死丧之威，兄弟孔怀。""孔怀"意谓很怀念，截取后竟成了名词。有人问孔子，管仲算不算仁者？孔子说："如其仁。"意谓像他那样可以算仁者了。后来就把"如仁"二字代指管仲。《诗经·秦风·渭阳》："我送舅氏，曰至渭阳。"后世把"渭阳"代指舅父，地名竟换成了人称。类似情况很多。如四十岁称"不惑"，五十岁称"知命"，六十称"耳顺"，皆出《论语》。生男称"弄璋",生女称"弄瓦",皆出《诗经·小雅·斯干》。类似典故应用在文中尤其常见。

用典应该避忌者,一是堆砌重复,古人叫作"骈枝",如"宣尼悲获麟,西狩涕孔丘"(刘琨《重赠卢谌》),刘勰就认为啰唆;二是冷僻隐晦,如徐陵《玉台新咏》序中"新制连篇,宁止蒲萄之树"一千多年来尚不知其出处;三是夸大不当,如曹植《报陈琳书》中"葛天氏之乐,千人唱,万人和",实际上葛天氏这支歌舞队一共才三人(见《吕氏春秋》);四是改名换姓,硬凑生造,如"杨意不逢,抚凌云而自惜,钟期既遇,奏流水以何惭"(《滕王阁序》)。本来是杨得意、钟子期,为凑四字而擅改。"泪翟子之悲,恸朱公之哭"(《北山移文》)以墨翟、杨朱之名为姓。还有把魏武帝曹操称为"曹武",晋文帝司马昭称为"马文"(见《史通·因习》引),诸葛武侯称为"葛武侯"(李商隐《为李贻孙上李相公启》)。这都是不足取的。

## 四　要求大致的声律

诗歌有严密的格律,散文不讲究格律,骈文介乎二者之间,要求大致的声律。主要有三点。

首先是押韵。骈文有用韵和不用韵两大类。书启、序记、论说、章表,通常可以不用韵。赞颂、铭诔、吊祭、檄移,则多用韵。凡用韵者均可自由换韵,无须一韵到底,而且不限韵,赋亦如此(只有唐以后的律赋限入韵)。

有四句一韵的,如"钟山之英,草堂之灵,驰烟驿路,勒移山庭"(《北山移文》)。这是最常见的。

有六句一韵的,如"至其纽金章,绾墨绶,跨属城之雄,冠百里之首,张英风于海甸,驰妙誉于浙右"(同上)。

有八句一韵的。如"风情张日,霜气横秋。或叹幽人长往,或怨王孙不游。谈空空于释部,核玄玄于道流。务光何足比,涓子不能俦"(同上)。

有十句一韵的,如"吾闻夫齐魏徭戍,荆韩召募。万里奔走,连年暴露。沙草晨牧,河冰夜渡。地阔天长,不知归路。寄身锋刃,腷臆谁愬"(李华《吊古战场文》)。

还有十二句、十四句一韵的,不一一列举。

通常是隔句一押，也可隔两三句之后再押，如"五步一楼，十步一阁。廊腰缦回，檐牙高啄。各抱地势，钩心斗角。盘盘焉，囷囷焉，蜂房水涡，矗不知其几千万落"（杜牧《阿房宫赋》）。

总的看来，骈文的用韵有些近乎古风。

其次是平仄。齐梁以后，诗讲究四声八病，骈文亦然。基本规则与律诗一样，即平行两联之间，应使平仄相异；上下一句之内，应使平仄相间，从而使得声音高下轻重错杂有致，不致呆板单调。

主要格式如下。

四言甲式："冯唐易老　（平）平（仄）仄

　　　　　　李广难封。"（仄）仄（平）平

四言乙式："敢竭鄙怀，（仄）仄（平）平

　　　　　　恭疏短引。"（平）平（仄）仄

六言二四甲式："宁知白首之心，（平）平（仄）仄（平）平

　　　　　　　　不坠青云之志。"（仄）仄（平）平（平）仄

六言二四乙式："坐昧先几之兆，（仄）仄（平）平（平）仄

　　　　　　　　必贻后至之诛。"（仄）平（仄）仄（平）平

六言三三甲式："穷睇眄于中天，（平）（仄）仄（平）平平

　　　　　　　　极娱游于暇日。"（仄）（平）平（平）仄仄

六言三三乙式："酌贪泉而觉爽，（仄）（平）平（平）仄仄

　　　　　　　　处涸辙以犹欢。"（平）（仄）仄（仄）平平

要注意的是，凡在节奏点上的字平仄从严，非节奏点的字（加括弧者）可平可仄。

按照《文镜秘府论》所说，骈文和诗一样须避所谓八病，即平头、上尾、蜂腰、鹤膝、大韵、小韵、旁纽、正纽。唐时可能有此要求，后世并未严守。所以骈文的平仄通常比律诗宽松得多，并未格律化。诗有诗律，词有词律，曲有曲律，赋有赋律，而未闻有骈律，尤其在平仄上，通常是可有可无的。

第三是节奏。骈文与诗词一样讲究节奏，要求与平仄、押韵配合，舒短疾徐，抑扬顿挫，开合变化，显示出所谓韵味来。不过不是为了歌唱，而是为了吟诵。

骈文四言句节奏通常是二二型。如"豫章/故郡，洪都/新府，星分/翼轸，地接/衡庐"（《滕王阁序》）。"记事/之史，系年/之书"（《文选》序）。偶有三一型。如"岂徒然/哉，良有以/也"（《讨武氏檄》）。

骈文六言句节奏主要有三种。其一是三三型，如"非谢家/之宝树，接孟氏/之芳邻"（《滕王阁序》）。其二是二四型。如"子建/函京之作，仲宣/霸岸之篇"（沈约《宋书·谢灵运传论》）。其三是四二型，如"风云草木/之状，鱼虫鸟兽/之流"（《文选》序）。后两种六言句亦可读作二二二型。凡虚字皆读轻声。

五言诗节奏通常是二三型，如"床前/明月光，疑是/地上霜"。骈文则多为一四型，如"虽/清辞丽曲，而/芜音累气"（《宋书·谢灵运传论》）。或二一二型，如"美终/则/诔发，图像/则/赞兴"（《文选序》）。

七言诗节奏多为四三型，如"两个黄鹂/鸣翠柳，一行白鹭/上青天"。骈文则有三四型，如"陆士衡/闻而抚掌"，"张平子/见而陋之"（《哀江南赋序》）；三一三型，如"襟三江/而/带五湖，控蛮荆/而/引瓯越"（此类句型最常见）；二五型，如"台隍/枕夷夏之交，宾主/尽东南之美"；四一二型，如"都督阎公/之/雅望"，"宇文新州/之/懿范"；二三二型，如"落霞/与孤鹜/齐飞，秋水/共长天/一色"（《滕王阁序》）。

其他句式可以类推。

## 五  刻意追求藻饰

从广义上说，对仗、句式、用典、声律等都属于藻饰。从狭义说，即要求辞藻华丽，雕琢字句。

从东汉末年开始，文人就注意藻饰，晋宋以后更甚。《文心雕龙·物色》篇说："自近代以来，文贵形似，窥情风景之上，钻貌草木之中。"后来更出现竞一韵之奇，争一句之巧的现象。有的人仅因为一句成功而获终生美誉。所以南北朝直至唐宋，在一个相当长的时期内，骈文家无不讲求藻饰，乃至趋之若鹜，成为一股风靡几百年的潮流。

藻饰技巧方法极多，下面略谈骈文在练字、选词、造句方面的特点。

第一，关于练字。

《文心雕龙》有《练字》篇。作者指出，由于两汉辞赋家多精通文字学，所以他们的文章爱用形声假借。"复文隐训"，"趣幽旨深"，"率多玮字"，"非独制异，乃共晓难"，"读者非师传不能析其辞，非博学不能综其理"。自晋以后，渐从省简，风气有所改变。但并未革除，直到孔稚圭、任昉的文章，还有故意假借变易为难的现象。刘勰针对时弊提出四点要求："一避诡异，二省联边，三权重出，四调单复。""诡异"指字体古怪，如曹摅诗有"呱呦"二字，刘勰认为是"美中之疵"，并讥笑用怪字者"三人弗识"，"将成字妖"。"联边"指同偏旁的字太多。汉晋大赋都爱叠用大量山水草木虫鱼同偏旁字，有一气多达二十字者，刘勰把这种现象讥为"字林"。"重出"即"同字相犯"。骈文要求，除虚字外，一联之内最好不要有两个相同的字（这一点有时候很难做到）。"单复"指字形简繁。刘勰认为，"瘠字累句，则纤疏而行劣；肥字积文，则黯黕而篇暗"。应该把笔画简繁的字交错使用，"参伍单复，磊落如珠"。可能是为了书写美观，刘勰还主张要防止"音讹""文变"，即同音字、形近字互相混淆。这些现象是古代经常发生的。

第二，关于选词。

六朝骈文家都作意好奇，喜欢"孚甲新意，雕画奇辞"（《文心雕龙·风骨》）。手法繁多，比较常见的是故意打破词性界限，名词、动词、形容词互相换用，如下述各例。

"芥千金而不眄，屣万乘其如脱"（《北山移文》），"襟三江而带五湖，控蛮荆而引瓯越"（《滕王阁序》），"芥""襟""带"名词用如动词。"急湍甚箭，猛浪若奔"（吴均《与朱元思书》），"奔"指奔马，动词作名词用，与"箭"相对。"甚"当超过讲，副词作动词用。

"雹碎春红，霜凋夏绿"（刘令娴《祭夫徐敬业文》），"红"指花，"绿"指草，形容词用作名词。"幽岫含云，深溪蓄翠"（吴均《与顾章书》），形容词"翠"与名词"云"相对。"云台风观，缨峦带阜"（郦道元《水经注》），"电透箭疾，坻飞陇复"（鲍照《登大雷岸与妹书》），"缨""带"作定语，"电""箭"作状语，名词用作形容词。

"珠与玉兮艳暮秋，罗与绮兮娇上春"（江淹《别赋》），"娇""艳"之后带宾语，形容词用作动词。"英辞润金石，高义薄云天"（沈约《宋书·谢灵运传论》），形容词"润"与动词"薄"相对。至于动词作形容词用，则属于古代汉语的通例。

词类互换现象，在散文和诗歌中也有，但骈文最多，而且往往是有意求新的结果。

骈文家特别爱用形象性强的词汇，要求体现出"五色""五音""五情"，讲究所谓"妃白俪黄"，浓淡相配，因而骈文中有关颜色、形状、声音、气候、情感、动作的形容词极为丰富考究。六朝有的文章，仅颜色一类词即占全文的十分之一。其末流者，但求形式，不顾内容，"连篇累牍，不出月露之形；积案盈箱，唯是风云之状"，引起有识者的尖锐批评（《隋书·李谔传》）。

第三，关于造句。

为了追求新奇，骈文家和散文造句往往有所不同，他们可以不遵守通常的语法规则而颠倒词序。正如《文心雕龙·定势》所指出的，"自近代辞人，率好诡巧"，"效奇之法，必颠倒文句，上字而抑下，中辞而出外，回互不常，则新色耳"。

例如，庚信《东宫行雨山铭》中有"草绿衫同，花红面似"。应是"衫同草绿，面似花红"，谓语与主语倒换。鲍照《石帆铭》中有"君子彼想"，应是"君子想彼"。郦道元《水经注》中有"青崖翠发"，应是"青崖发翠"，宾语竟在动词之前。江淹《别赋》中有"虽渊云之墨妙，严乐之笔精"，应是"妙墨""精笔"，定语故意后置。《滕王阁序》中有"山原旷其盈视，川泽盱其骇瞩"，应是"山原盈其旷视，川泽骇其盱瞩"，词位有意互换。《北山移文》中有"泪翟子之悲，恸朱公之哭"，句意是"似墨翟之悲泪，如杨朱之恸哭"。"悲泪""恸哭"一词而析置二处。有时因为刻意求新甚至不惜违反情理。如江淹《别赋》的"使人意夺神骇，心折骨惊"应是"心惊骨折"。《恨赋》的"或有孤臣危涕，孽子坠心"应是"危心""坠涕"。至若庚信《哀江南赋》的"崩于巨鹿之沙，碎于长平之瓦""申包胥之顿地，碎之以首"，古人（如金代王若虚）早已指出，其文理严重不通。这都是故意雕琢之弊。

从修辞看，骈文也有自己的特点。例如述说重铺陈，形容喜夸张，议论多反复，描绘求秾艳，抒情尚含蓄等。这些都和藻饰有关系，而又不限于字词句范围，这里暂不细说。

## 六　骈文的章法体式

骈文、散文都讲究章法体式。骈文要求整齐化、程式化，散文希望既有章法又能多样化、自由化。（只有八股文最死板）从历代文话和评点看，散文论述章法体式者较多，骈文着重句法（对偶）、词法（用典），而讲章法的较少。在散文、骈文两大文类同属的十多种常见文体中，应用性文体如制诏、表章、檄移、箴铭、赞颂，程式化明显；非应用性文体如书启、论说、序跋、小品、游记，颇显个性。历代文学批评家对骈文的程式化多有所指责，从明末散文作家、清代四库馆臣到清末学者李慈铭等人，时有批评。然而，骈文也并非都依样画葫芦，它既要遵循规矩，也要自主发挥。下面简述宋元明清有代表性的见解如次。

王应麟（1223～1296），南宋学者，其《辞学指南》专应词科而作，讨论考试所设十余种文体的体式。其中指出："礼部试格：制诏、章表、露布、檄书用四六；颂、箴、铭、诫论、序记、依古今体，亦许用四六。""制，头四句说除授之职，其下散语一段落说除授之意，文臣自内出则说均劳佚之意，武臣宿卫则说忠孝拱扈之意，……不须说得太深。""具某官一段颂德，……一段说旧官，一段说新官，'於戏'用一联，或引故事，或说大意……后面或四句散语，或止用两句散语，结不须更作联，恐冗。""作制只读今时程文，则或萎靡；专学前辈文字，则或不合。""制词三处最要用工：一曰破题，要包尽题目而不粗露，二曰叙新除旧处，欲其精当而忌语太繁；三曰戒辞，'於戏'而下是也，用事欲其精切。"

"诏书或用散文，或用四六，皆得。唯四六者下语须浑全，不可如表，求新奇之对而失大体。"

"表章工夫最宜用力，先要识体制，贺、谢、进物，体各不同。累举程文，自可概见。""大抵表文以简洁精致为先，用事不要深僻，造语不可尖新，铺叙不要繁冗，此表之大纲也。"

"檄书头说某官告某将士，盖闻说讨叛招携之意，说为贼拘胁而不能自归，及略说贼之罪；再说受命讨贼甲兵之盛，叙当时形势，贼将欲灭，须自归；末以归附则有厚赏，怙终则有显戮，自择祸福结之。""檄贵铺陈利害，感动人意。"

"箴铭赞颂虽均韵语，然体各不同。箴乃规讽之文，贵乎有警戒切劘之意。""箴者下规上之辞，须有古人风谏之意。""铭题散在经传极多。自器物外，又有用山川、沟渠、宫室、门关为铭者。""有著儆戒之辞于器物者，……武王几、杖、楹、席之铭是也。""铭文体贵乎简约清新，大抵以程文为式，熟读前代韵语，以为命意造语之法。"

"记序用散文……以简重严整为主，而忌堆叠窒塞；以清新华润为工，而忌浮靡纤丽。"

《辞学指南》属于资料汇编，辑录魏晋至唐宋名家言论，间有己意。上述引号内文字皆为摘录，为节省篇幅，略去"×××曰"字样。

陈绎曾，生卒年不详，活动于元代中期。其《四六附说》是独创性系统性的四六理论著作，有别于以前的资料汇编。他把唐四六规归结为四："约事——将当开说之事，淘汰其枝叶，而约其本根"；"分章——将事中节目分开，各为一段以陈述之"；"明意——于各段中发挥其意，使之明白洞达，无少晦涩"；"属辞——每一段中，以一隔联，包括其意，前后随宜；以四字六字散联，弥缝其阙"，"凡意或有首尾，或有主客，或有对待，混而言之则昏晦，分而言之则明朗"。他把宋四六新规归结为二：一曰剪截，二曰融化。把四六体制分为五点：起——破题，承——解题，中——述德，过——自述，结——述意。他把骈文风格概括为浑成格、精严格、巧密格三类。骈文文体细分为三类，一台阁类，诏、诰、表、笺、露布、檄；二通用类，青词，朱表、致语、上梁文、宝瓶文；三应用类，启、疏、札。他分别对这十三种文体提出结构要求。如露布：一冒头，二颂圣，三声罪，四叙事，五宣威，六慰喻。上梁文：一破题，二颂德，三入事，四陈抛梁，东西南北上下诗各四句。所列文体不全，其他最具文学性和个性化的文体没有提到。

宋元学者所论体式，是针对当时写作习惯和需求的归纳，尚不具有写作规则性质。到了明初，翰林学士宋濂（1310～1381）出于职务需要，作《拟诰命起结文》十篇，是高级官员委任书的样板，包括中书参知政事、中书左右丞、吏部尚书、侍郎、郎中等。其格式是开头一段讲该官职的重要性，中间述某官员之阅历及表现，结尾提出希望并加勉励。今所见宋元制诰之内容皆如此。这种样板能使用多次，换上姓名履历即可，显然半官方化了。其结果是明代制诰之文，文学性越来越淡，味同嚼蜡。到了清代，制诰、表章、檄文，已不用骈体，改用散文，这类公文规格也就无用了。

明清时期上层社会应酬型书启，仍盛行骈体。明末出版大量四六书启选本，列出各种官职（比宋濂所列多得多），如何称颂、记贺、述事、结尾等章法程式，皆为下级对上级或同级，不同于宋濂之皇帝对高官。另一种是按人事分类，如婚姻、生子孙、科第、超造、节令、赠送、答谢、求索、请谒、贺寿、祭奠等，是为写作者提供范本。这类书启，南宋已有，但未编辑成书；延续到清末民国，笔者在20世纪40年代曾见过，现已不入文学之列，为有识之士所鄙薄。据记载，清代有的骈文名家极不喜欢上司称赞他"四六最好"，觉得那是将他等同于代人作书启的"师爷"①。清中叶以后的骈文家多以"骈文"命名其文集，而不像宋元人那样以"四六"为书名。可见"四六"已被骈文界边缘化，地位贬值了。

也有些学者，不关注具体文体写作的程式，而把目光投放到骈文总体艺术特征的探索。如朱一新（1846~1894），光绪进士，曾任翰林院编修，后来到广东讲学，著作有《无邪堂答问》。其中讲道："骈文自当以气骨为主，其次则词旨渊雅，又当明向背断续之法。向背之理易显，断续之理则微。语语续而不断，虽悦俗目，终非作家。惟其藕断丝连，乃能回肠荡气……潜气内转，上抗下坠，其中自有音节，多读六朝文则知之。"（该书卷二）

吕双伟说："所谓'潜气内转'，是指文意的承转，无须借助虚词的提示，自然而不生硬。而上抗下坠，是指骈文的对偶句上下两句音节间调和，文气要有起伏跌宕，前有浮声，后需切响，平仄调谐，形成抑扬顿挫之势。"②

"上抗下坠"诚如吕氏所言，是指上下句之间要有音乐顿挫感，更重要的是"潜气内转"。它的含义包括文意转承无须借助虚词，还包括段与段之间，首尾之间的关联不像散体文那样明显。"向背之理"指文意一反一正，

---

① 据刘成禺《世载堂杂忆》，常州庄仲述，为骈文巨擘，总督特班召语曰："你的文章，四六最好。"庄曰："不会四六，只会骈文。"督大声曰："不要客气。"连称"四六最好！四六最好！"庄回寓告家人："我今日变为四六师爷矣。"（见该书1962年版第273页）可见总督尚分不清骈文与四六有别，而庄仲述是轻四六重骈文的。

② 吕双伟：《清代骈文理论研究》，人民出版社2011年版，第239~241页。

一问一答之类安排。"断续之理"是指似断非断，似续非续。如藕断丝连，或云中游龙，草蛇灰线，时隐时现。这是因为骈文的意旨往往是通过幻想的意象、夸张的描述、委婉的比拟、典故的指代等手法含蓄地表达，采用形象思维而非逻辑思维，并非显明易知，而需要仔细咀嚼，认真寻绎，方能体悟其中所蕴藏的诗情、画意、玄思、禅意和人生哲理、生活感受等。在抒情、述志、游览等题材，宴集序、赠序、小品、私人信函、宗教、疏榜等文体中，尤其具备"潜气内转"的特质，而在政府公文和社会应酬文中是少见的，在散体文中亦不可多得。朱氏所揭示的正是清代许多骈文佳作所独具的妙处，而在清代以前，六朝唐宋骈文，既有潜气内转者，也有气势充沛溢于言表者。

## 第三节　骈文的发展过程<sup>*</sup>

骈文在中国文学史上流行了一千七百多年，其发展过程大致可以分为以下几个阶段。

### 一　骈文的萌芽和形成

如果说对偶骈句就是骈文的萌芽，那么它很早就存在于古代散文和诗歌中了。例如《尚书》有"满招损，谦受益"（《大禹谟》）。《周易》有"同声相应，同气相求。水流湿，火就燥。云从龙，风从虎"（《文言传》）。《诗经》对句更不胜枚举。春秋时期的行人辞令和战国时期的百家争鸣，常常采用对偶加排比的句式。如《左传》的《士会答荀林父》，《国语》的《伍举论台美》等。《战国策·赵策》有一段话："古今异利，远近易用。阴阳不同道，四时不一宜。故贤人观时而不观于时，制兵而不制于兵。子知官府之籍，不知器械之利；知兵甲之用，不知阴阳之宜。故兵不当于用，何兵之不可易？教不便于事，何俗之不可变？"这已经是很整齐的骈文片段。《管子》《庄子》《墨子》《荀子》《韩非子》等书中，都不乏成段的骈句。但整个先秦时期，尚只有骈句或骈丝俪片，而无成篇的骈文。

---

　　*　本节原载《文史知识》1985 年第 2 期，收入本书时有修改补充。

西汉子书及单篇文章中，已有相对独立的骈偶段落，如陆贾《新语》的《资质》篇、《淮南子》的《原道训》、东方朔的《非有先生论》、桓宽《盐铁论》的《刺复》篇、王褒《圣主得贤臣论》、扬雄《剧秦美新》，都有比较长的骈偶段落。西汉中叶，辞赋发达，波及奏疏书信，益趋富赡，有些对偶句相当工整。如刘向《谏起昌陵疏》："德弥厚者葬弥薄，知愈深者葬愈微。"《条灾异封事》："执狐疑之心者，来谗贼之口；持不断之意者，开群枉之门。"匡衡《戒妃匹劝经学威仪之则疏》："情欲之感，无介乎容仪；宴私之意，不形乎动静。"终军《奇木白鳞对》有更长的骈句段落，对仗精细而析理严密，后世骈文家常常提及，并深受他们的启发和影响。不过，西汉文章中的骈句依然只是偶尔使用，在全篇中并未占主要地位。

到了东汉，文风渐趋绮靡，散文中的骈句段落越来越多，有的可以称之为"准骈文"。如冯衍《显志赋》之自序，班固的《为第五伦荐谢夷吾疏》《典引》《答宾戏》，崔骃的《达旨》，王符《潜夫论》中的《交际》篇等。汉末尤甚，蔡邕的《释诲》以及徐淑的《与夫秦嘉书》，已经十分接近正式骈文。清人王闿运所谓"骈俪之文起于东汉"（《湘绮楼论文》），正是指蔡邕等人的作品。

统观先秦两汉文章，对偶均系自然形成，而非有意讲求，侧重内容之对比，不尚字句之雕琢，风格质直浑厚。除个别外，大多数文章以散体为主，或骈散间杂，难以截然划分。

经过先秦萌芽，两汉孕育、演化，到魏晋时期，骈文终于逐渐成体。由骈偶段落而扩大为一篇中多用对句，从修辞方式发展为文章体裁，由少数人偶尔使用发展为更多的人尝试。这一过程是纷纭繁杂、多姿多彩的。比较常见的是"准骈文"，还有白描骈文，稍后才有正式骈文。这个时期更多的文章是散文或骈散杂用。从内容看，多用于说理抒情，至于叙事写景尚少见骈体。

由于相当长时期以来对骈文文体缺乏严格的界定，不少古代和现代学者、选家，往往认为魏晋时期的骈文范围包括甚广。不少文辞华美、语句整饬的文章被视为骈体文。近年来人们对骈体文概念逐渐明确，发现一些被当作魏晋骈文名篇者，实际上还算不上，只能算散体而杂用少量骈句之文。所以本书在魏晋时期所介绍的作品颇与众不同，有些所谓"骈文"名篇不讲，有些不大出名的文章却予以介绍，以期体现骈文在魏晋时期如何逐步发展、演化、成熟的历史全貌。

建安三国时期，文风通脱，有别于东汉之华缛，内容更加丰富深刻，形式更加自由活泼。曹操、诸葛亮的文章和一些上层公文，基本上少用骈偶，多用散句，这是文坛主流。与之同时，东汉以来追求华美排偶的风气依然继续存在，尤其体现在私家信函和个人著作之中。如仲长统的《乐志论》，反映乱世中知识分子的生活理想和人格追求，境界高雅，几乎通篇对句，是典型的白描骈文。与仲长统同时的阮瑀作《文质论》，主张质重于文。应玚也作《文质论》，主张文质并用。两文骈句皆占百分之七八十。与阮、应同列为"建安七子"的陈琳，有《为袁绍檄豫州》，不少骈文读本皆列为必选，实际上该文之骈句仅占五分之一，语句虽整齐但词义不对称。

曹丕的文章"华丽好看"（鲁迅语），他的好几封书信被视为骈文，其实都是骈散相杂的散文，真正算得上骈体的是其《周成汉昭论》，对句占百分之七十三。曹植是骈文史上的重要作家，其骈文有四篇：《求自试表》《陈审举表》《孔子庙颂序》三篇对句皆过半，《汉二祖优劣论》对句占四分之三。吴质与曹丕、曹植有多通书信往还，往往被后人视为骈文。其实只有《答东阿王书》对句超过二分之一。与他们同时的李康《命运论》，长期被视为散文，该文骈句已占百分之六十三，可视为准骈文。这时的文风，以气运文，骈散兼驭，既呈现华赡匀称之美，又贯注着疏畅谐婉之气；既不似两汉之凝重，又未如六朝之轻靡。

刘师培把正始时期的文章分为王何派与嵇阮派。在哲学上，王何影响大于嵇阮；在文学上，嵇阮的影响大于王何。王弼的《老子指归》用白描骈文以论玄理，大多数是朴素的骈句，文学史几乎不讲。阮籍用形象化的夸张铺陈手法宣扬玄理，引起文学家的浓厚兴趣。他的"准骈文"有三篇，一是《达庄论》，二是《答伏义书》，二文皆推崇老庄思想。三是《乐论》，宣扬儒家礼乐观，当属早期著作。嵇康的文章棱角分明，个性突出，是优秀散文，没有一篇算得上骈体文。与嵇阮同时的吕安《与嵇康书》、嵇蕃的《答赵至书》，是当时不可多得的写景兼抒情的骈体文。东吴的韦昭《博弈论》和蜀汉郤正的《释讥》，骈句皆在百分之七十以上，皆以说理为主，骈文史很少提及，其实他们都留下了骈文形成的痕迹。

西晋是骈文的正式形成期，乃渐变而非突变。晋武帝太康初年，文风简约，有一批不太华丽的"准骈文"。皇甫谧的《劝释论》、夏侯湛的《抵疑》、张载的《榷论》，骈句均在百分之六十以上。西晋统一之后，奢靡之风渐起，文坛亦然。陆机是中国骈文史上的关键人物。他有好几篇文章已是正式的骈文，被后世视为骈体范式。一是《豪士赋序》，大量用典，委婉讽刺，对仗工切，偶句占百分之八十，其中四六隔句对占三分之一。二是《荐戴渊疏》，短而精，百分之八十是对句。三是《辨亡论》，仿贾谊《过秦论》，改变贾之铺陈为主而以对偶为主，对句占百分之六十二。四是《五等论》，此文政治主张是倒退的，而骈句则占多数，比稍早曹冏的《六代论》更骈化。陆机其他文章如《吊魏武帝文》《谢平原内史表》《汉高祖功臣颂》，往往被当作骈文，实际上算不上。与陆机齐名的潘岳，长于哀诔之文，都是散多于骈。欧阳建的《言尽意论》，是以白描说理谈玄的骈文，语言句式与王弼之文相近而观点相反。束晳的《玄居释》、王沈的《释时论》，属于"准骈文"，继承了皇甫谧、夏侯湛的写法，而观点有所不同。潘岳的侄子潘尼有《安身论》，把说理言志文之骈化推向高峰，骈句竟达百分之九十，近乎白描，多用排比，语意单行，含有古文气息。此文既区别于建安之多气，又有异于宋齐之繁复，与陆机《豪士赋序》也不大一样，反映出当时骈文与散文、辞赋相混杂的情况。

综观西晋文体，总的看来还是散多于骈，尤其章表政论，只求说理达意，不求悦目美观。正式骈文虽已产生，但数量不多，影响也有限。

东晋骈化步伐放慢，成就不如西晋，但还是有不少人写作，出现一些名篇。刘琨《劝进表》，纯从国家大局出发而恳请司马睿早晋大位，后人比之于《出师表》。孔明之文骈语极少，而越石此文对句近百分之七十。葛洪《抱朴子》全书是散语为主，其中的《诘鲍篇》之《无君论》则纯为骈体，明确提出要取消君主制度，在中国政治史上意义重大。全文语言通俗，不用典故，不加修饰，纯属白描，可惜许多骈文史皆忽略不论。孙绰有《兰亭诗序》，与王羲之的《兰亭集序》记同一次宴集。二文基调相近，王文是散体，因其书法而名扬千古。孙文是骈体，对句占百分之七十，议论多于描写，说理或直作判断，语紧意密，少有逸气，文学史上影响远不及王文。此外，史学家袁宏有《三国名臣赞序》，后人认为胜过陆机的《汉高祖功臣颂序》。曹毗有《对儒》，主张"在儒亦儒，在道亦道"，对句占百分之八十三。王坦之有《废庄论》，与阮籍《达庄论》观点对立，纯属理性批评，语言清爽，文字平易，多用长句以壮气势，不像阮文那样故意造势压人。这些文章，从内容到形式都不同程度地反映出东晋时期的社会风气和文人心态的繁杂变化。

## 二　骈文兴盛、引领潮流

骈文发展到南北朝，进入兴盛期，尤以南朝为最。

这时骈文的应用范围空前广泛，写作的人越来越多。胡适《白话文学史》认为，"六朝文学可以说一切文体都受辞赋的影响，都骈俪化了"。实际上远未达到"一切"的程度。南北朝史书皆散体，仅其中序论用骈体。地理志书、人物传记、笔记小说悉为散体。议论文中，论政、说理、谈玄、讲经之文，以散为主。公私应用文之骈风甚畅。帝王诏诰，军国大事用骈体，对宗室、近臣告语多用散体。臣下表章、朝贺、谢恩、建言，多用骈；诉求、哀告、辩解，多用散。朋友书信，有骈有散，家书皆散语，极少数人（如萧氏兄弟）用骈。这时文章对偶句越来越多，以四言单句对较为常用，四六隔句对到徐陵、庾信时才兴盛起来。用典较魏晋繁密，而且愈加深奥，有的文章"殆同书抄"，当然也有少数人少用甚至不用。选词讲究色泽，妃白俪黄，数字、方位、时令等皆求对称，更有人造新词，变句法，以求"新奇"，互相比斗，流于形式主义和唯美主义。齐永明以后，四声的发现，诗歌中永明体的形成，推动了骈文对声律的审美追求。多数人注意句尾韵，并不注意句与句之间的平仄，只有极少数人的骈文有某些句子暗合于诗的平仄规律。然而这并不是谁规定的，并没有像后来格律诗那样制度化。

晋宋之际，工整华丽的山水诗流行，逐步取代平淡无味的玄言诗。骈文也同步更艺术化。

刘宋文章，用典逐渐增多，句子愈益整齐，但散句还是不少。代表作家如范晔，他的《后汉书》部分序论用骈体，具有一代政治史、文化史和社会问题专论性质，概括精到。他自己很欣赏，受到当时及后世赞扬。颜延之的《三月三日曲水诗序》，全以属对为主，已纯是四六文字。其《陶征士诔》赞扬陶渊明的高尚情操，是后人研究陶渊明的重要资料。鲍照的《登大雷岸与妹书》，则是我国文学史上以书信作游记的第一篇骈体文。文章依次铺陈东西南北景物特色，显然受了当时辞赋（例如郭璞的《江赋》）的影响。鲍照的《瓜步山揭文》，借景抒情，充分体现了作者自己的个性。袁淑有五篇诙谐杂文，分别给驴、猪、鸡、蛇加九锡，把某些动物的生理特征夸张为尊贵重臣的巨大功勋，其意在讽刺。

　　齐和梁初，由于诗歌中永明体的启发，骈文开始有意讲究声律，这是前代所未有的。这一时期的著名骈文作家作品有很多。王融的《汉武北伐图》力主统一中国；《求自试启》，要求为国建业立功，内容不及曹植同题之文，而语言更华丽。孔稚圭的《北山移文》，以嘲讽的口气，假托钟山之神灵，谴责虚伪的隐士，自始至终，对仗工切而且音韵和谐，是传颂千古的名作。谢朓的《拜中书记室辞隋王笺》，辞意委婉，造语精妙，也很有特色。丘迟的《与陈伯之书》，其中佳句感动叛离祖国的将军陈伯之，使他幡然悔悟而决意南归。沈约是当时文坛领袖，诗文成就甚高。议论文如《宋书》之《谢灵运传论》《恩倖传论》，卓有见地；诙谐文如《修竹弹甘蔗文》，讥讽大臣蔽贤；《与徐勉书》，坦言即将退休，都各具特色。刘峻的《广绝交论》，痛斥人情冷暖，世态炎凉，烛照各种趋炎附势丑类的灵魂。《金华山栖志》是山水游记，很像如今的导游词。梁代除家书之外，一般书信已通行骈体，而且出现了一批隽永的山水小简，如吴均的《与朱元思书》等。任昉、陆倕皆骈文名家，学术著作也有采用骈体的，刘勰《文心雕龙》即是。

　　梁后期和陈代，骈文进入高潮。梁昭明太子、简文帝、元帝都是骈文能手。在他们提倡之下，南国文事特盛。这时文章的特点，一是用典激增，以致晦涩；二是四六句型渐成常规；三是雕琢之风大盛。代表作家如陶弘景，其《答谢中书书》，以书信写山水；《寻山志》既畅谈山水之美，又宣扬道家理想。萧统的《陶渊明集序》，对陶的文学成就充分肯定。萧纲、萧绎兄弟的骈文，或谈文艺，或抒友情，或记器物，皆极精妙。他们的应酬小简也多有精品。陈代最著名作家是徐陵，他的骈文名篇是作于梁后期的《玉台新咏序》，语言华美，风格纤巧，技巧高超，然而其内容主要是描写宫廷妇女生活，缺乏深刻的社会意义。他曾羁留北方，有《与杨愔求还书》，反映了对故国的怀恋思念之情，得到人们很高的评价。在徐、庾以前的骈偶，常见的是上下句相对，且多用四言句。从徐、庾开始，形成以四六句平仄相间作对的新风，这就更加灵变多姿、和谐悦耳了。陈代作家还有沈炯，有《经通天台奏汉武帝表》，反映了故国之思。陈后主和江总，政治上平庸，骈文却是高手。

南朝的后期，骈体的应用范围还扩大到少数历史论文（如何之元《梁典·总论》）和哲学辩论（如傅绰《明道论》、慧皎《高僧传》的论赞）。文笔之分，骈散对立开始出现。骈文被称为"今文""今体"，散文被称为"古文"（见萧纲的《与湘东王书》）。骈文中忽视内容，单纯追求形式，"争一韵之奇，竞一句之巧"，"连篇累牍，不出月露之形；积案盈箱，唯是风云之状"（《隋书·李谔传》）等不良倾向越来越严重。批评骈文的意见随之产生，如裴子野《雕虫论》。

十六国时期，北方有些地区（如凉、秦、燕）文化较高，与南方差别较小。北魏前期，汉化较浅，骈风不畅。迁都洛阳以后，随着孝文帝提倡汉化，骈文逐渐流行开来。骈文作家有温子昇、邢邵、魏收等。这时公文中仍多用散体，著作中则以散驭骈，如郦道元的《水经注》、杨衒之的《洛阳伽蓝记》等书，不同程度地杂有骈丝俪片。东魏北齐，文人比较集中，吸收南朝文化较多，骈文作家如祖鸿勋的《与阳休之书》，以退隐山林为乐，脱离官场为安，情趣与南朝某些文人并无二致。西魏北周，文化稍逊一等，虽有几个骈文作家，都是南朝去的。庾信是南北朝时期最负盛名的骈文家，早年生活在梁朝，后来羁留北方。骈文名作有《哀江南赋序》，文章首先叙述自己在侯景之乱中由金陵逃往江陵以及后来被留在西魏的经过，接着点出作赋的立意，然后反复陈述梁朝的败亡和自己被迫出仕异朝的痛苦心情。手法夹叙夹议，运用大量历史典故，曲折而深沉地表达他那无可奈何的思想感情。语言雄健清新，笔势纡曲转折，用典含蓄贴当，细腻地表现了难言之隐。他的应酬小简也多有精品。同时还有王褒，其《与周弘让书》倾诉对故国的无限思恋而不可能还乡的哀婉之情，真切动人，与他的朋友周弘让的答书堪称双璧。北朝本土作家如李那，他和徐陵有诗文交谊。隋朝统一南北，北齐和陈的一些作家先后来到长安。著名骈文如卢思道的《劳生论》，对当时社会上不良风气进行了深刻的批评，是北朝文章的压卷之作。骈文名篇还有薛道衡《老氏碑》、刘炫《自赞》等。

对骈文的不满逐渐由南朝扩展到北朝。北周统治者宇文泰为了反对浮华的骈体，曾下令苏绰仿效《尚书》体写作公文，在全国推广。由于脱离现实太远，行不通。隋文帝承接北周遗风，继续清算骈文中的形式主义，曾根据李谔建议，下令"公私文翰，并宜实录"，可是同样没有收到效果。不久，炀帝即位，文风又恢复到南朝后期。在隋末农民大起义中，出现了一些思想上和艺术上都迥异于当时的战斗性极强的骈文，如祖君彦的《为李密檄洛州文》。文章列数隋炀帝十大罪状，淋漓尽致。其中名句如"罄南山之竹，书罪无穷；决东海之波，流恶难尽"等经常被后人援用。

初盛唐时期，骈文继续盛行。

唐太宗开弘文馆，集虞世南、许敬宗等十八学士，文风沿袭江左，所作皆缛章绘句。唐初官修各史，论赞悉用骈体。紧接着，出现了"上官体"，代表作家上官仪，诗文秾艳，形式上严守四六，极少散句，平仄协调，音节和谐，辞藻比"徐庾体"更华美，不过丽而不逎，更多甜俗气。

稍后，出现了著名的"初唐四杰"，他们都是诗文大家，尤其是王勃、骆宾王。他们的文章和"上官体"有很大不同，内容比较充实，能反映某些社会和人生问题，有一定真情实感，有时甚至愤世嫉俗，慷慨激昂。风格清新，洒脱自如，一反当时迂缓、柔弱、浮夸之风。语言精美，用典贴切，不做作，不堆砌，平仄四六排列整齐，错综而有规律，读起来朗朗上口。他们的名作可以代表中国骈文的最高成就。如王勃的《滕王阁序》，以花团锦簇般的文字，极力描写滕王阁所在地区的地理位置、历史胜迹、古今人物和楼台之美、宴会之盛，并即景生情，抒发自己的抱负和怀才不遇的情绪。文笔生动，意境高雅，结构庞大，层次清晰，前后呼应，似乎一气呵成。许多名句，传颂千古，几乎家喻户晓。毛泽东曾经指出："这个人（指王勃）高才博学，为文光昌流丽，反映当时封建盛世的社会动态，很可以读。"骆宾王的名作《讨武氏檄》，列举武则天种种丑恶行为，号召各地起兵勤王。文章简劲有力，不像陈琳的《为袁绍檄豫州》、祖君彦的《为李密檄洛州文》那样大肆铺排，而是抓住要害，一针见血；不以用典繁密取胜，而以气势磅礴见长。名句如"一抔之土未干，六尺之孤何托""喑呜则山岳崩颓，叱咤则风云变色""请看今日之域中，竟是谁家之天下"都具有很大的煽动力。所以连武则天读后也不得不赞赏他的才华，感叹宰相失人。像王、骆这样的骈文，显然与六朝文大不相同。正如毛泽东所说的："唐初王勃等人独创的新骈、活骈，同六朝的旧骈、死骈相差十万八千里。"①

四杰之一卢照邻，长期患病，手足不能屈伸，痛苦不堪，投水自尽。有《五悲文》，包括《悲大难》《悲穷道》《悲今日》《悲昔游》《悲人生》五篇短小骈文。四杰之一杨炯自视甚高，骈文无突出表现。初唐骈文家还有朱敬则，擅长史论，有《十代兴亡论》，评论十一位君主，得到毛泽东的肯定。诗人宋之问，骈文亦精美，但人品不佳。陈子昂是初唐诗文革新鼓吹者，但其重点在诗而不在文。

武周时期，骈文继续发展，骈文散文疆域日渐明确，政论及歌颂之文多用骈，务实及应用之文多用散。玄宗时，风气有所变化。《新唐书·文苑传序》指出："上好经术，厌雕琢，崇雅黜浮，气益浑雄，则燕许擅其宗。""燕"指燕国公张说，"许"指许国公苏颋。他们都反对华而不实，都是当时骈文大家。张说的碑铭文字，气象宏阔，典雅壮丽，淡泊中有醇厚意味，自然中有雍容华贵的气象，其表章中有不少佳作，如《请不从灵驾表》，反对唐中宗兴师动众从长安到洛阳去迎接武后灵驾。内容堂堂正正，文字踏踏实实，没有浮词费语，是盛唐骈文中不可多得者。另一名相张九龄，骈文风格与前辈张说相近，从容不迫，浅近自然。有散文化倾向。代表作如《请诛安禄山表》，建议诛之于反形未露之时。同时还有通俗作家张鷟，他用骈文写传奇小说和判词。大诗人王维和李白都写过精妙的骈文，惜为其诗名所掩。盛唐时期，骈文普及全国，广西壮人韦敬一、交州人姜公辅兄弟，皆有骈文作品。

与骈文发展的同时，古文运动的前驱者已在逐步酝酿。先后提倡复古者有萧颖士、独孤及、李华、梁肃等。他们主要偏重于内容方面的革新，并不否定骈文本身。有的人还写出了很好的骈文。李华有《吊古战场文》（有人认为是辞赋）。独孤及有《仙掌铭》等骈文。

盛唐后期的骈文在内容和形式两方面都开始发生变化。

## 三　骈文在不断批评中蜕变前行

对骈文的批评，从南北朝后期开始到初盛唐，一直不断，中唐时期达

---

① 毛泽东的两段话，均见逄先知《古籍新解，古为今用——记毛泽东读中国文史书》，载《光明日报》1986年9月7日。

到高潮，出现了古文运动。

初盛唐时，首先有史学家的批评，主要针对六朝以来的浮艳文风，包括诗赋骈散在内，并不专对骈文。其次有骈文家的批评，目的是克服骈文中的形式主义弊端，使骈文能够健康发展。继而有古文家的批评，是希望回复古之道和古之文的正统地位，克服文坛上重形式轻内容的不良倾向。他们也承认骈俪手法可用，骈体文作为次一等的文类和文章体裁可以存在，并没有彻底否定之意，所以骈文还是能够继续占一席之地，并逐渐蜕变，以适应新的生存环境。至于为骈文辩护者，只有梁末的萧纲和唐末的刘珣，声音十分微弱。

由于韩愈、柳宗元等人在古文理论上、创作上和队伍组织上的多方努力，散文夺回了失去几百年的正宗地位，影响比过去扩大了。自韩愈以后，骈文缩小了地盘，仅流行于奏议诏诰，而书信、吊祭、碑传、著述之属，多逐渐转用散体。然而，骈文势力依然是不小的。

与韩愈大体上同时而略早的中唐骈文大家是陆贽。他的文章以奏疏最出色，建言切实，持论笃正。其名作如《奉天改元大赦制》，是一篇替唐德宗拟的自我检讨。佳句如"长于深宫之中，暗于军国之务""不知稼穑之艰难，不察征戍之劳苦""万品失序，九庙震惊。上辱于祖宗，下负于黎庶""朕实不君，民则何罪"出入经史而明白晓畅，纯任自然而真挚恺切。据说诏书一下，武夫悍卒无不挥泪激发。又如《请罢琼林大盈二库状》，向皇帝指出，如果只顾眼前利益，扩大皇帝私库，势必财聚民散，自食鼓乱强取的恶果。文章运单成复，用散文手法写骈文，既保持排比铺张的特点，又有一种疏朗畅达的新气象。骈文发展到陆贽，实为一种转捩点。前乎此者，多咏吟哀思、摇荡性灵之作。自陆贽移入奏议诏书之后，骈文不但可以抒情，可以写景，而且大量用于说理。故骈文形式虽未变，而其性质与内容均已改观。所以，他的影响在当时和后世与古文家并不相上下，实为宋四六之先声。

陆贽之后的古文家，如令狐楚、吕温、李德裕等，也写作骈文。韩愈的表状，20篇用骈，30多篇用散。哀祭文主要用散，赠序、诗序、书启用散，杂著《五箴》为骈体。柳宗元骈文多于且高于韩愈，其表状、书启多骈，碑志或骈或散，但成就皆不如其散文。不能说韩柳既是散文家也是骈文家，从而模糊骈散之争。刘禹锡也写作骈文，著名的如《陋室铭》。白居易有骈文《续座右铭》，较汉人崔骃之作更骈俪化。吕温的《虢州三堂记》，融合了骈文、散文和赋的诸多元素，反映出中唐骈文的新变。李德裕有几篇政治性强的骈文，在当时很有影响。

晚唐古文运动趋向式微，骈文东山再起。骈文作者很多，集大成者是李商隐。由于他把自己的骈文文集命名为《樊南四六》，于是后世遂称骈体为"四六"。李商隐的骈文以书启为佳，尤善揣摩人情，代人哀则哀，代人谀则谀，用典贴当，无"生吞活剥"之嫌。与李商隐同时的还有杜牧，名作有《阿房宫赋》，把古文笔意引入辞赋，是北宋文赋之初祖。温庭筠，今存文29篇，皆骈体书启。段成式，存文18篇，有骈有散，多赠物小启。温、段与李商隐三人皆排行十六，时人称其文体为"三十六体"，盖指其诗而言，若就骈文而论，三人不是一个档次。晚唐骈文家还有皮日休、司空图、顾云等。五代十国骈文作者不少，精品不多。知名者有闽黄滔，后蜀韦庄、欧阳炯。南唐有韩熙载、徐铉，二人都生活到宋初，但大部分骈文作于入宋之前。

北宋初年，文坛承袭晚唐五代，专宗李商隐。作家有王禹偁以及杨亿、刘筠、钱惟演、夏竦、晏殊等所谓"西昆派"，他们讲求华美，忽略实用。于是引起许多人的批评。古文家有柳开、穆修、姚铉等为先锋，理学家有石介（他彻底否定杨亿、刘筠）。稍晚，欧阳修、苏轼等继起，掀起第二次古文运动。

欧阳修喜欢古文，早年为了职务需要不得不学习骈文，故他对骈文并不完全否定，认为"俪偶之文，苟合于理，未必为非，故不必是此而非彼"。他多次肯定杨亿骈文的成就和巨大影响，不赞成石介对杨刘的指责。欧阳修既是古文大师，又是骈文高手。他以古文改造骈文，使之散文化。人称新骈体，或曰"宋四六"，使骈文开创了新局面。欧阳修痛革西昆末流碟裂怪诞之迹，欲使文体复归于淳美雅正，故所作骈文多出自胸臆，不肯蹈袭前人，即使熔裁古语，也多出以自然，绝不见牵强之迹。内容渐趋实际，色彩渐趋平淡，清空流转，纡徐委备，抑扬爽朗，别具风格，从而奠定了宋四六的基础。苏轼不满意《文选》，极力推崇陆贽。苏轼的古文和骈文成就都很高，以气运文，能藏曲折于排荡之中，用典不多而务必精当，语虽偶出而求其畅达，不事藻饰而愈见庄重，如《贬吕惠卿制》即是。而像《答丁连州朝奉启》，则流利而婉折，深沉而真切，命意如行云流水，风格同乎其散文。由于欧、苏创作经验更为丰富，且政治地位优于韩、柳，加上最高统治者的支持和理学的兴起，终于使北宋古文运动取得决定性胜利，古文不但夺回而且巩固性地占据了文坛正宗地位。但骈文并没有消失，只是退居客位而已。

古文大家王安石的骈文，既有严守格律者，也有"纯是宋派"者，"不甚用典，纯以气行，词意易于周达"（王葃原《四六精选》）。程杲说："宋自庐陵、眉山，以散行之气，运对偶之文，在骈体中另出机杼。"（《识孙梅〈四六丛话〉》）此外，古文家宋祁、宋庠、曾巩、苏辙、秦观、晁补之、张耒等，也有骈文作品。

南宋初期，开词科，培养朝廷制诰人才，于是社会上骈风大盛，整个南宋，有时数量上甚至骈多于散。南渡之际，著名作家首推汪藻，他的骈文，"文从字顺，体质浑然，不见刻画，如金钟大镛，叩之辄应，愈叩而愈无穷"，"叙事精详，情文委婉，颇足与欧苏相抗衡"（王葃原《四六精选》）。如《隆祐太后告天下手书》，层次分明，立言得体，气势又极悲壮。其中的名句有"虽举族有北辕之衅，而敷天同左袒之心""汉家之厄十世，宜光武之中兴；献公之子九人，惟重耳之尚在"。罗大经《鹤林玉露》称赞说："事词的切，读之感动，盖中兴之一助也。"同时的孙觌，在骈文上是超级高手，政治上是投降派。綦崇礼，政治上是抗战派，骈文是传统派。南宋中期，周必大的名作有《岳飞叙复原官制》，为民族英雄岳飞恢复名誉。大诗人陆游的骈文，"遣词命意，尚有北宋典型"（《四库全书总目提要》）。杨万里的骈文属于格律派，对仗、用典极其精致。南宋后期，李刘是骈文专家，数量约有一千余篇，技巧圆熟，但雕琢过甚，伤于气骨。王子俊、李廷忠、真德秀、方岳，皆为一时之选。南宋末年，民族矛盾严重，不少人用骈文写下了充满爱国主义的作品。民族英雄文天祥、陆秀夫的骈文，充分体现了艰苦抗战、至死不屈的民族精神。南宋后期骈文已呈现衰势。体格卑弱，不少人唯以流丽稳贴为宗，行文繁冗，应用文皆程式化，歌功颂德、夸张不实的成分越来越多，甚至习以为常。

从宋代起，骈文有了自己的文体名称：四六或四六文。这个名称一直使用到清代。骈文应用比唐时狭隘，仅流行于诏制表启之属，但多了一些新品种，如致语、上梁文、青词等，其中不乏自由活泼，轻松愉快之作。由于古文运动的影响，使得南北宋骈文都有散文化的趋势。后人概括宋四六的特点是：多用散句、虚字、语气词以增强文气，爱剪裁大段经典文句成语代说己意，经常以阐发议论为能事，以属对精巧为工切，即使虚字也要求对偶。不少人爱用长联，突破了四六句型的约束。如苏轼《乞常州居住表》："臣闻圣人之行法也，如雷霆之震草木，威怒虽甚，而归于欲其生；人主之罪人也，如父母之遣子孙，鞭挞虽严，而不忍致之死。"周南仲《追贬秦桧制》："兵于五材，谁能去之，首弛边疆之禁；臣无二心，天之制也，忍忘君父之仇。"这样的句子与散文实在没有多大区别。宣和以后此风尤甚，少数长联有多达十余句的，已开后世八股文之先河。对此，也有人不满意，说，这样一来，骈文更流畅，清爽了，可是传统的"四六之法"亡矣。所以，宋以后，散体化四六与格律化四六，一直并行到清末。

北宋末年，开始出现专门评论骈文的学要著作，如王铚《四六话》、谢伋《四六谈麈》。南宋有杨渊《云庄四六余话》、王应麟《辞学指南》等。

## 四 骈文的低潮、中兴与衰落

中国古代诗文发展到元明时期，已经走出黄金时代。从民间兴起的戏剧、小说崭露头角，逐渐成为文坛新兴势力，甚至主流。

骈文长河发展到辽金元明四朝，进入低潮，水量减少，但并未断流。骈文使用范围和传播空间越来越小，主要流行于上层社会，朝廷制诰、臣僚章表、官场文书及应酬之文尚沿用四六文。由于佛道向下层渗透，一些庙堂道宫、碑铭经记、庆词疏表，多用骈体。而私家书启、序跋、哀祭、墓志、多用散体。至于说理性论辩、记述性传状，以及山水亭台厅堂之文，此类骈文越来越少见。作者多为古文家而偶作骈体。在文学批评界，对骈文的轻视、指责和不满相当普遍，骈文往往被斥为浮夸、繁杂、卑弱，只有少数人为六朝文体辩护。但是由于骈文具有无可代替的艺术吸引力，一直有人写作，某些文章还在不同时期产生不同程度的反响。到了明末清初，渐有起色，至清代中期而臻于大盛，被一些人称为骈文"中兴"。到清末民初，又慢慢衰弱。五四以后，白话文兴起，骈文终于走向式微。

辽代骈文存世不过一百多篇，有少量契丹族作家学习汉文而作骈文，如耶律琮、耶律常哥（女）等。汉族文人有李翊、李仲宣等，更引人注目的是僧侣之骈文，智光、行均、了洙的文章，写作水平很高。

金代初期文化落后，中期以后，南方文化人北来，文坛开始活跃。稍后出现一批北方生长的本土作家。如党怀英（山东）、赵秉文（河北）、李俊民（山西）、李纯甫（河北）、元好问（山西）等。他们都有骈文传世，成就较高的是李俊民。在文学批评家中，王若虚（河北人）"尤不喜四六"，他说："四六，文之病也。""后世明贤大臣一禁绝之，亦千古快事也。"

元代骈文，水平比金代高，作家增多，但远不及南宋。前期作家多北方人，如耶律楚材（燕京）、许衡（河南）、阎复（山东）、郝经（山西）、王恽（河南）、姚燧（河南）；后期多南方人，如戴表元（浙江）、赵孟頫（浙江）、袁桷（浙江）、虞集（江西）、揭奚斯（江西）、杨维桢、吴莱、戴良（三位皆浙江人）还有浪迹南北的蒙古族萨都剌等。他们兼擅骈散，作品颇受后人关注。尤其是刘埙（江西），有骈文三百多篇，是元代之最，有明显的平民化、通俗化倾向。

明代初期中期，散文趋向复古，或宗秦汉，或主唐宋，骈文乏善可陈。明太祖朱元璋，识字不多，他发诏令多用散体，有时竟是大白话。他讨厌骈文，明令"表笺止用散文"，"不许循习四六旧体"。明初大手笔宋濂、刘基，都是散文名家，偶尔也写骈文。宋濂写过十篇格式化制诰，备用于任命官员，如参知政事、尚书、侍郎、郎中、中书左右丞等。如何开头，如何结尾，中间如何赞某员才德，只要填上姓名和简历，可以多次使用。这种骈体公文，没有多少文学价值可言。稍后的王炜、解缙，有几篇受后人推重的骈文，皆因内容重要，并不在其形式。

明初期中期文学批评，主要有台阁体、秦汉派、唐宋派之争，多数人轻视六朝文，更有甚者如赵南星，曾作《废四六议》。也有人部分肯定骈文，如秦汉派的屠隆，认为六朝文不可废，而韩愈的古文不足多，摧骈为散，文学意味全没有了。

明后期，小品兴盛，独抒性灵，表现自我，张扬个性，骈文中也有这类作品，如唐寅、徐渭、陈继儒、汤显祖、黄醇耀等人的书启、序跋等。明代末年，农民军狼烟四起，清兵扣关并入主中原，朱氏王朝土崩瓦解，大批文化人救亡图存，一些抗清志士用骈体文体现其强烈的爱国热情与誓死不屈的抗争意志。如陈子龙的《恢复有机疏》《答赵巡抚书》《报夏考功书》，张煌言《答赵安抚书》。大气磅礴，可歌可泣，在中国文学史上放射出不灭的光辉，也使得骈文呈现出新的面貌。

清代骈文经历了恢复—兴旺—衰微三个阶段。

顺治、康熙、雍正三朝，是初盛期。首批骈文作家生于明而长于清，年长者有较强的民族意识，如顾炎武、黄宗羲、王夫之、朱舜水等。年轻者较为淡薄，名作家有吴绮、陈维崧、毛奇龄、吴兆骞、陆繁弨、章藻功等。他们的文章志深笔长、感慨殊多，江山易代之悲、家国兴亡之恨、身世流离之痛，常吐露于笔端，其中以陈维崧成就最大。

清乾隆、嘉庆至鸦片战争以前为鼎盛期。这时大规模战争已经基本上结束，朝廷偃武修文，社会稳定，经济繁荣。统治者一方面大兴文字狱，钳制知识分子；一方面设博学宏词科，开四库全书馆，褒扬明末抗清节士，宣扬忠孝节义，崇尚儒家文化。一些文化人对满族统治的态度逐渐软化。有的人为逃避现实政治而埋头故纸堆中，把心血用在整理研究传统典籍上，以实现自身的价值。在中国学术史上形成所谓朴学或曰汉学，与重义理谈心性的宋学相对立。汉学家重视考据、文字、音韵、学有本原，以熟记典故为博雅，以古奥精巧相矜尚。骈体文正好适合其展现才智。所以清代不少骈文家多是汉学家，而古文家则颇倾向于宋学。这是清代骈文繁盛的重要文化和政治背景。

清中期著名骈文家有胡天游、杭世骏、袁枚、刘星炜、邵齐焘、汪中、吴锡麒、洪亮吉、孙星衍、孔广森、杨芳灿、王昙、曾燠、刘嗣绾、方履籛、彭兆荪、董祐诚兄弟等一大批，可谓名家蜂起，佳作迭现。其程度超迈元明，直逼唐宋。其中以汪中、洪亮吉最为杰出。

汪中（1744～1794），江苏扬州人，家贫，少年时助书商贩书，得以博览群籍。20岁中秀才，27岁选拔贡，以后不复应试，以讲学作幕为业，淹通经史子集。他的骈文，立论卓异。《狐父之盗颂》赞扬施救饿者的强盗。《经旧苑吊马守贞文》怜悯衰零的名妓。《吊黄祖文》为杀才子祢衡的黄祖翻案，《自序》自比梁刘峻，四同五异，倾吐半生牢骚与不平。《哀盐船文》吊唁仪征长江中一次盐船大火，被誉为"一字千金"。汪中的文章不拘常格，不守宗派，骈散相杂，用字避熟就生，立意舍同求异，个性十分鲜明。

洪亮吉（1746～1809），江苏常州人，四十五岁中榜眼，历任翰林院编修、贵州学政。他是出名的孝子、良友、直臣。曾上书批评时政，触怒嘉庆皇帝，论斩，后流放新疆，百日而赦还，居家十年，潜心著述。于经学、史学、诗词、骈散皆有突出成就。他的山水骈文，描写西北、西南、东南各地奇山异水，少数民族风土人情，丰富多彩。言情之文感人至深，如为朋友黄景仁奔丧而作的《出关与毕侍郎笺》《伤知己赋序》《与孙季述书》《适汪氏仲姊哀谏》等。学术骈文如《楚相孙叔敖庙碑》《东阿寻霸王墓记》《蒋青容先生〈冬青树乐府〉序》等，都有不寻常的识见。洪汪二氏在整个中国骈文史上，算得上是第一流的大家。

鸦片战争至辛亥革命，是骈文的衰落期。列强入侵，国门大开，连连丧权辱国，千年古国面临瓜分之势，清王朝在风雨飘摇中挣扎。面对这样空前的危机，反应快捷的是散文，所用文体，先是桐城派，继而湘乡派、侯官派，接着是报章派、新民体。骈体文很难跟上迅疾变化的潮流，明显落后了，但也还没有消失。为了及时跟进，不少人采用骈散相杂，不再死守四六格局。这时骈文家有梅曾亮、金应麟、谭莹、周寿昌、李慈铭、王闿运、张之洞等，而以李、王二氏为翘楚。

综观清代骈文，值得注意者有三。

一是骈文作品数量远远超过以往。通代性总集有王先谦《骈文类纂》，从楚汉选到明清，录作家近三百人，作品一千八百多篇。蒋士铨《评选四六法海》，是对明王志坚《四六法海》的精选。断代性选本有：许梿《六朝文絜》、彭兆荪《南北朝文钞》、陈均《唐骈体文钞》、彭元瑞《宋四六选》等。清代本朝选本则有吴鼒《皇朝八家四六文钞》、张寿荣《后八家四六文钞》、曾燠《国朝骈体正宗》、张鸣珂《国朝骈体正宗续编》、姚燮《皇朝骈文类选》、王先谦《国朝十家四六文钞》等。个人骈文别集不胜枚举。

二是流派众多，风格各异。以时代分，有魏晋派、六朝派、三唐派、宋四六派；以风格分，有博丽、清绮、矜练、圆熟之别；以地域论，有常州派、仪征派、沅湘派等。其实，以时代和风格分派很困难，许多人往往广取各家，兼擅众体。从清代骈文整体而论，并没有形成统一的有别于其他时代的艺术特征。清代骈文的文字技巧是高超的，立意、构思、用典、组对、练句都很讲究，精美有余，而实用不足。既没有燕许大笔，也没有陆贽宏文，更不如宋四六那样开拓一个新时代。清代骈文之所以只能短暂繁荣，除了客观历史文化原因之外，还有其自身的必然性。

三是骈散之争空前激烈。以往的争论，主要是古文家批评骈文，骈文家很少批评古文，自我辩护也不太有力。清代则不然，大致说来，前期骈文家大声疾呼给骈文对等地位，稍后则公然与古文争正宗，后期多数人赞同整合骈散。其学术背景，一是古文强势的桐城派，鄙视骈文，其选本不选六朝文，造成文学史断层。他们的创作虽强盛，理论更系统，但也暴露不少弊端。其二是清代骈文空前兴盛，势力猛增，不少骈文家不再忍受被压抑的处境，反过来狠批古文。阮元等极端派甚至认为古文不是文，只是语，只有骈文才是文坛主流正宗，把经史子中的文章排除在文学殿堂之外。此论一出，立即遭到桐城派指名道姓的反击，从而引发轩然大波。对于阮元立论的根据《文笔考》，从清末民初直到 20 世纪八九十年代，不断有人著文批驳。因为阮元之论太不符合中国文学史的实际，纯为门户之见。

晚清骈散之争，多数人趋向调和。比较公允的论者有二。一是刘开，桐城人，他认为古文骈文各有优长，主张互用，反对是彼而非此。他写信给阮元，不赞成其文统观，对秦汉、唐宋、明清的古文传统加以描述，反驳人们对韩愈的攻击。二是曾国藩，湘乡派首领，政治地位很高，他对桐城派理论加以补充，在义理、辞章、考据之外加上经济，（这正是骈文最缺乏的）把姚鼐的阴阳刚柔之美学观加以具体化，使散文有了自觉的美学追求。他编选《经史百家杂钞》，乃是对阮元"经史百家非文"的有力反击。该书不废六朝，入选了大批骈文。他对骈文散文之优长和缺失做了较全面的分析概括，内容上要结合情理，形式上要兼取骈散。他这种比较通达而全面的骈散观，得到许多人的赞同。

辛亥革命至今一百余年，骈文由余波而走向寂沉，等待着新生。

从 1911 年到 20 世纪二三十年代，骈文尚有一定阵地。通电、公文等官私应用文都还有人使用四六。以骈文出名的，有两个年轻人：刘师培（1884～1919）和饶汉祥（1883～1927）活跃于政坛文坛。还有一批遗老遗少和身跨两个时代者：樊增祥（1846～1931）、屠寄（1856～1921）、易顺鼎（1858～1920）、李详（1859～1931）、孙德谦（1869～1935）、陈去病（1874～1933）、陈含光（1879～1957）、黄侃（1886～1935）、黄孝纾

（1900～1964）等。

1949 年以后，大陆的报纸、杂志及出版物，骈文、古文皆难觅踪迹。台湾、香港还有人写作骈文，最出名的是成惕轩和饶宗颐，以及谢鸿轩、李渔叔等。

中国大陆改革开放以后，近三十年，有人尝试写作白话骈文，包括杂文、书信、序跋等。不少人写骈赋，主要是都市赋和山水名胜赋。人们力图用旧的文体反映新的时代变化，介入新的社会现实，表达作者们特定的思想感情和见解。已出版骈文专集的，有魏明伦、袁瑞良、白化文、刘永翔、张昌余、周晓明等。是否酝酿着骈文的新生，人们还在拭目以待。

以上是对一千七百多年中国古代骈文发展历程的简单描述。至于本书的划分章节，还是以朝代为序，并不以骈文的盛衰变化作为阶段。至于骈文这种文体形式在域外的发展，与中国域内骈文的历程并不同步。各国有先有后，时间有长有短，需要另行专门研究。

# 第二章

# 先秦两汉：骈文之孕育与萌生

## 第一节　关于骈文孕育期的若干问题

探讨骈文之起源及逐渐形成的孕育过程，首先要弄清几个关键性词语、概念和判断。

### 一　区分对偶句和排比句

在古今有关骈文的论著中，经常可以看到骈偶、骈俪、俪辞、俪语、排偶、排语……（俪，有时亦写成"丽"）互相混用。所指范围，有时是文章体裁，有时指句子形式，有时指修辞手法。对于古人不能强求其准确，至于今人如果所研究对象界限不清，内涵把握不准，势必影响对骈文文体特征及其发展过程的正确理解，故不可不辨。

骈文的语言基因是对偶句。对偶句是组成骈文最主要的语言方式，这一点业已成为学界的共识。但是，究竟什么是对偶句？什么是骈文的对偶句？在具体分析判断时还存在不少分歧。

按一般理解，对偶句是两个相对独立的单句组成的一个复句。两句之间，字数相等，相同位置的词性相对（名词对名词、动词对动词、形容词对形容词，连词对连词……），尤其重要的是句子结构相同（主谓对主谓、动宾对动宾、动补对动补、偏正对偏正、并列对并列……）。凡称为对偶句者，一定是两两相对，语意双行，相合成文。对偶在唐以后的格律诗中，第三、四句叫作颔联，第五、六句叫颈联，只有五言和七言两种句型。在五代以后发展成为独立使用的对联，俗称对子，上句叫上联或出句，下句叫下联或对句，字数长短不拘。在骈文中，可以有三言对、四言对、五言对、六言对、七言对、八言对、九言对，十言以上少见。最常见的是四言加六言的隔句对，齐梁以后成为骈文的基本句型，所以骈文在宋以后又称"四六"。其他句型如四五、五六、四七、六八等大体上是四六句的变化，至于三句一对，四句一对，宋以前少见。

如果是三个以上相同句型平行的偶句合成一组，形成一个大的复合句，那叫排比句，而不能称为对偶句。从字源上讲，两马并行谓之骈，三马并驾谓之骖，四马并行谓之驷，夫妻成双谓之俪，三人合称谓之仨（sa，平声）。总之，三句以上相同句型排列在一起，既不能叫对子，也不能叫骈句，因为它们已经不是成对成双了。

有些排比句，如果把其中两句抽取出来，可视为对偶句。但是大多数排比句，往往在意义上不能分割。例如在战国游说之辞和汉大赋中，常常用一连串排比句描述"其东""其西""其南""其北"……如何如何，整整齐齐，是典型的排比句。如今有的骈文论著把"其东……""其西……"视为对偶句，用分号分开，"其南……""其北……"又是一对偶句，以句号结束。原文是四个排比句，紧密相连，一气呵成的。这么分成两对，就割断了文脉，破坏了气势，是不符合作者意图的。

对偶句、排比句在骈文、散文和辞赋中都可以使用，但主次有别。骈文以对偶句为主体，辞赋以排比句为主体，散文以散句为主体。这种语言形式上的差别，应该是比较容易辨别的。遗憾的是目前有些书，把主要使用排比句的文章当成骈文或骈文的"初始"，实在不敢苟同。

在古代散文中，有许多意对而词不对的句子，辞赋中亦往往出现。齐梁以前的骈文偶尔也有，唐以后比较少见，否则被讥为对仗不工。在骈文的孕育期，可以适当放宽尺度，特别是在词性相对这一点上不必要求字字皆精当无误，但也不能过于宽泛。例如有的书把《孙子兵法》中的"是故百战百胜，非善之善者也；不战而屈人之兵，善之善者也"说成是对偶句中的隔句对。"百战百胜"与"不战而屈人之兵"，两句字数不等，词性不对，句子结构不同，怎么看都对不上。"非善之善者也"与"善之善者也"两句字数不等。若在"善之善者也"之前加"乃"字、"则"字或其他表示肯定的字，这两句就可以对称了，但这四句合在一起仍然不是对偶句。有一种戴帽穿靴的对偶句，主语较长，三四五字，下面带两个谓语句，第二谓语句之后有"者""也"之类缀字，这样的句子虽然字数不等，亦不妨碍其为对偶句。

有的书把排比句误当对偶句中的流水对。如《韩非子·解老》："天得之以高，地得之以藏；维斗得之以成其威，日月得之以恒其光，五常得之以常其位，列星得之以端其行……"一连十个排比句。还有《庄子·秋水》中的"五帝之所连，三王之所争，仁人之所忧，任士之所劳"，都列入流水对。什么是流水对？有关诗词格律常识的书皆认为，是指对偶句中的两句之间意义贯通，不可割断，如江河之流水。如唐骆宾王《讨武氏檄》中的"坐昧先几之兆，必贻后至之诛"，"请看今日之域中，竟是谁家之天下"。或前因后果，或先问后答，单句皆无法独立。而上述《韩非子》《庄子》中的各句，明显是并列关系，并不依赖上下句而意义自足。

## 二　区别骈偶对比手法与铺陈排比手法

在一些古书中，骈偶、骈俪、俪辞，往往指修辞手法，以对偶句为主，从而造成文句对称、节奏整齐、顿挫有序、低昂相间的艺术效果。在先秦时期，尤其是春秋以前，骈偶乃自然形成，未必有自觉的修辞意识。如果大量普遍地使用对偶句，追求某种艺术氛围或韵味，那就属于修辞手法了，应该是战国和秦汉时期才有的风气。

对比并不等于对偶，更不等于骈偶、骈俪。对比手法可以采用不太整齐的散句。如韩愈的《师说》："古之圣人，其出人也远矣，犹且从师而问焉；今之众人，其下圣人也远矣，而耻学于师。"这是对比句，而不是对偶句。对比的内容可以是古与今、正与反、善与恶、贤与愚等多种对立差异现象。而对偶句除了相异现象之外也可以有相同相似现象的罗列。对比可以用单句或多句，甚至用一段与另一段对比。如韩愈《送李愿归盘谷序》把不遇于时的安闲生活与奔走官场的狼狈状况对比。在散文中，对偶句可比，非对偶句亦可比，短句可比，长句亦可比，大段小段皆可用于比较。

骈文中的骈俪手法与散文中的对比手法有同有异，散文之句法显然较骈文更加灵便。

所谓铺陈手法，就是对事物或现象的方方面面做周详的描写陈述，乃至夸张形容。尤其在辞赋之中，往往是东、南、西、北，春、夏、秋、冬，草、木、虫、鱼、鸟、兽，山、河、湖、海，政治、军事、社会、经济……一一罗列。常常使用一大串排比句，有时甚至用一大堆同一偏旁的字，一连十几个，就像字典。但是，排比手法也可以插入一定数量的不对称的散句，可以适当变换排比句的字数，意排而词不排；还可以短句排与长句排交替使用（《战国策》即多此类现象）。所以，如果我们把排比作为一种修辞方法，它比排比句作为一种句法的含义应该更广泛更自由些。

排比、铺陈与对比、骈偶作为修辞手法，在古代散文、骈文、辞赋中都可以使用。辞赋以铺陈、排比为主，骈文以对比、骈偶为主。散文以句式自由随意为主，同时可以杂用对比与铺陈手法。从修辞手法来讲，散文更灵活多变，兼收并蓄，不拘一格。

### 三　骈丝俪片、骈偶段落和准骈文

所谓骈丝俪片指的是在整篇的散文当中，有一定数量的对偶句集中出现，如同织锦中的一片一段。它们与前后的散句有密切关联，在内容上和形式上都没有独立。而当这些片段再增大、扩充，构成相对独立的或大或小的段落时，我们称之为骈偶段落。

所谓"准骈文"的概念是山西大学李蹊教授首次提出来的。他认为，衡量一篇文章是不是骈体文，起码要考虑三条标准：一是看偶句的数量，二是看偶句的质量，偶句的质量最主要指偶句的结构形式，三是看偶句是否讲究藻饰，即偶句是否具有文学语言艺术的审美特征。"从数量上看，假如一篇文章的偶句，没能达到全文句子的一半，就不能算是骈体文；（引者按：这一点，其他学者也曾提出）如果偶句的数量超过一半，但句子的形式多半不是四字句和六字句，不讲句子结构的对应，并且还杂有一些古文句法，也不能算骈体文。如果一篇文章具备了上述两项要求，但是不讲究藻饰，仍然不能算是骈体文。三条完全具备，但对偶句不符合西晋以后正式骈文的其他规矩，我以为也只能算是骈文的雏形，或称之为向骈文过渡的‘准骈文①。’"

本文认为，具备第一条就可以视为骈文的雏形，具备第二条可视为准骈文，三条皆备而有其他欠缺者，可称为"白描骈文"——这个概念，本书第二章还将具体介绍。

本章提出骈丝俪片、骈偶段落、准骈文等概念，目的是说明骈文的形成是一个渐进过程，有其阶段性。上述各种形态是互相交错而非截然分隔的。

骈丝俪片在战国时期已经出现，汉代越来越多，常常是骈句散句相杂，而且散段与骈段相杂。西汉已出现不少骈偶段落，东汉逐渐增大，从而形成所谓"准骈文"。建安时期出现白描骈文，西晋出现正式骈文，但此后仍然有白描骈文，甚至"准骈文"也继续存在。骈文的形成经历了较长时间的尝试和实验的过程，并没有统一的写作规范，没人硬性规定大家必须遵守，如唐代的格律诗、宋代的词、明清的八股文那样。骈文的写作规范，始终是约定俗成的，而非强制性的。

## 四　关于"骈文自古有之""骈散自来并存"论

从唐代柳宗元起，不断有人指出骈文形成于六朝。宋黄伯思已提出"六朝骈偶体"的文体概念。元人祝尧认为陆机、潘岳"已用俳体"。明王志坚《四六法海》、吴讷《文章辨体》，皆主张骈文文体起于魏晋。一直到清代初年，大多数学者尚无异议。到了清中期，以阮元为代表的一些文章著作家，为了与桐城派争夺文坛正宗地位，提出骈文自古有之甚至认为唯骈文才是"文"，而"古文"（即散体文）只是"语"。有的人为了调和骈散之争，而主张骈散自古并存，有散必有骈，无所谓先后主次之分。代表人物是李兆洛及其《骈体文钞》。今天，阮元的意见已经少有附和者，而李兆洛的影响似乎依然存在。在讨论骈文的起源之时，不能不加以澄清。

从语言学讲，人类学会说话，总是先学会单个的字词，然后组成单句，再把单句组合成复句。复句中有因果句、条件句、主谓句、动宾句、并列句等多种形式，而对偶句只是其中之一。小孩子学说话的过程大致是先单

---

① 李蹊：《骈文的发生学研究》，河北大学出版社2005年版，第225～226页。

后复，哪里有小孩子刚会说话就出口成对的呢？所以，那种主张自有文章就有对偶句的说法是不科学的。

说骈散自古相杂并用也不正确。人类的语言及记录语言的文字，也是先单后复。参差不齐的散句先于整齐对称的骈句。人们平时讲话、发言、做报告，总是散句为主，偶尔杂以对句。倘若有那么一位人士，与人谈话、讲课，满嘴对子，或者一半散句一半对句，听众必定认为他是在念讲稿，否则他的神经有毛病。

我们再来看先秦两汉文章，从总体上讲，正是先有散句（甲骨文、金文），后有骈句，而且总是散句为主，骈句为次。而在生活用语中，始终是以散句为主。即使在骈文鼎盛的齐梁时代，文章中对偶大量出现，可是散文仍然是交流的主要手段，人们说话决不会满口对子。齐梁有大量通俗文即可为证。

本书考察骈文的起源，主要从先秦两汉散文范围之内去寻找，不打算在《诗经》楚辞和汉赋中去花费精力。因为骈文是"文"，骈文是在古代散文母体之内发育成熟的，骈文从对偶句发展而成为骈丝俪片，再到骈偶段落、准骈文、正式骈文，在先秦两汉散文的文体范围之内即可找到一脉相承的发展脉络。如本书导论图 1 所示，骈文是散文大圆圈中的小圆圈，而诗歌、辞赋是散文之外的相邻文体。骈文应该从自己血缘相近的直系亲属中去寻找祖先，而不必把旁系亲戚甚至他人的祖先强拉来作为自己的祖先。诗歌、辞赋对骈文的影响是客观存在不能否定的，但只是间接的影响，而非主流与正源。我们考察骈文的起源，如同考察大江大河的源头，应当正本清源。不能把先秦两汉凡是对偶句都当成骈文的源头，如同不能把每条流入大江大河的小溪都看成它的源头一样。这个问题在下面几节还将有更具体的论析。

## 第二节 春秋以前有骈句而无骈文

目前出版的几部骈文史讲到骈文起源时，都要从先秦古籍中举出大量对偶句，证明骈偶在春秋以前已有萌芽。这样做是可以理解的。但举例似乎太泛、太滥，其中有些并不是对偶句，这就无助于弄清骈文的真正源头，反而造成概念上的混淆。本节拟不再举新例，主要篇幅用于辨别一些非骈偶的例句。

先看《尚书》中的对偶句。张仁青《中国骈文发展史》列举最多，其中有些属于骈句，有些则未必。张氏引出《禹贡》九段，今举其中三段。

"厥土黑坟，厥草惟繇，厥木惟条，厥田惟中下，厥赋贞，作十有三载，乃同，厥贡漆丝，厥篚织文。"（兖州）

"厥土白坟，海滨广斥，厥田惟上下，厥赋中上，厥贡盐绨，海物惟错，岱畎丝枲，铅松怪石，莱夷作牧，厥篚檿丝。"（青州）

"厥草惟夭，厥木惟乔，厥土惟涂泥，厥田惟下下，厥赋下上上错，厥贡惟金三品，瑶琨篠荡，齿革羽毛惟木，岛夷卉服，厥篚织贝，厥包橘柚，锡贡。"（扬州）

张氏说："倘骈文家而选经也，固不可遗此篇。倘古文家而选经也，亦不可遗此篇矣。"①

《禹贡》是运用铺陈排比手法的典型。将九州之"厥田""厥赋""厥贡"如何如何一一罗例，句式以四言为主，每州所用句数、字数则参差不齐，显然不是骈句。《禹贡》作者对各州自然物产和社会状况逐项介绍，完全没有两两对照之意。其句法和行文方式属于古文，与骈文大相径庭。

姜书阁《骈文史论》十分欣赏《尚书》中的《太甲下》之末段。"若升高必自下，若陟遐必自迩。无轻民事，惟难。无安厥位，惟危。慎终于始。有言逆于汝心，必求诸道；有言逊于汝志，必求诸非道。呜呼！弗虑胡获？弗为胡成？一人元良，万邦以贞。君罔以辩言乱旧政，臣罔以宠利居成功，邦其永孚于休。"

还有《仲虺之诰》的一段："佑贤辅德，显忠遂良，兼弱攻昧，取乱侮亡。推亡固存，邦乃其昌。德日新，万邦惟怀；志自满，九族乃离……能自得师者王，谓人莫己若者亡。好问则裕，自用则小。"

这两段文字，绝大部分是整齐的对偶句，可以视为骈丝俪片。可是它们都属于伪古文《尚书》，清代以来，学界认定为魏晋人伪托，当代学者很少当作先秦材料引用。姜先生一方面说，骈文"兴起于东汉之初，始成于

---

① 张仁青：《中国骈文发展史》，1970 年台湾初版，2009 年浙江大学出版社重版，第 62 页。

建安之际"。另一方面又说："汉代以后的骈文，实早奠基于殷商故籍。"又说："在探讨这个问题时，完全不必涉及今古文《尚书》的真伪问题。"①这种见解自相矛盾，不敢苟同。南宋杨渊《云庄四六余话》说："帝王之则，备载于《书》。典谟训诰誓命之文，多以四字为句，唯鲜对偶。"杨氏是把伪古文《尚书》排除在外的。

李蹊的《骈文发生学研究》，列举《尚书》少量对偶句，然后指出："今文《尚书》二十八篇，共有近四千个句子，……严格的偶句并不多。""在今文《尚书》一百多个对应句中，这样工整的句子还是少数。大部分是意对而上下句的文字不对应，姑且称之为'对举句'，这类句子后世称之为'意对'。"②如《盘庚》上篇中的"若网在纲，有条而不紊；若农服田，力穑乃亦有秋"等。李氏的判断比较符合实际。

《左传》属于记叙文，绝大多数是散句，少数偶句往往出现在劝谏之言和行人辞令等说理文中。其中有些名篇是历代散文选本必选之作，近年也被一些人当成骈文的初始。李蹊对此做了具体的分辨，确认它们不是骈文而是散文。③例如，桓公二年，臧僖伯谏纳郜鼎，整篇共四十九句，前二十句多用铺陈排比手法，不能算是偶句，如"大路越席，大羹不致，粢食不凿，昭其俭也"三个排比句，归于一个结论。下面连续铺陈，次第归结于"昭其度也""昭其数也""昭其文也""昭其物也""昭其声也"，一共七个"昭其"作结的句子。这二十五句中，只有一个偶句，说明发言者并非有意讲求对偶，只是按客观情况一件又一件地数说而已。后面的二十四句中偶句较多，除了"文物以纪之，声明以发之"两句外，其余对得并不整齐，只能算意对，并不像有人所说的几乎通篇皆偶语。

再如《左传·成公十三年》的"吕相绝秦"，共一百三十一句，偶句只有四对八句，排比群却有四组二十句，把秦国历代国君对晋国如何背信弃义一件一件地铺陈开来，尽管有些不符事实，强词夺理，但由于其语言大量排比铺张，形成极强烈的趋向力，竟使秦人无言以对。几个对偶句也很

---

① 姜书阁：《骈文史论》，人民文学出版社1986年版，第14、22页。
② 李蹊：《骈文的发生学研究》，河北大学出版社2005年版，第54~55页。
③ 李蹊：《骈文的发生学研究》，第63页。

有流动特点："申之以盟誓，重之以婚姻""跋履山川，逾越险阻""穆襄即世，康灵即位"……李蹊说："这样一组偶句因为意义相近就形成了一边倒的倾斜的趋势，形成了向一个方向运动的心理的驱动力，这就与整篇单线直进的思维方式和进攻性的语言气势达成一致。"① 此文的作风直接影响战国策士和汉初贾谊之文。

再如，宣公十二年，晋士会答荀林父的一段话共七十句，对偶句几乎占全部答语的三分之一。李蹊说："从内容到形式，堪称偶句运用的典范之作……尽管如此，我们还不能说这就是骈文，更不能说是'骈文的模楷'。因为这些句子不管对应得多么整齐，句子形式仍然是'古文'的句子，还不能与后世正式的骈文的句法相提并论。且不说还没有达到正式骈文四六文的整齐程度，也不说对声律、用典等修辞手法的运用，单是每一对偶句中的韵味就是古文的，而不是骈文的。原因就在于句子中间用了大量的语气词，发语词和连接词。""单是句尾的'也'字和'矣'字就多达十二处。""遂使整篇文章散发着先秦古朴、从容、典雅、厚重之气。""而语气（特别是节奏）的不同则是古文中的偶句与骈文中的偶句的重要区别之一。"②

《国语》成书略早于《左传》，记言为主，记事为辅。其中多排比句，而少对偶句，有些是意对而词不对。姜书阁举出《齐语》"今夫士群萃而州处"等四段，认为是"后世骈体之先驱"③，其实，与后世骈文相差很远。这四段分论士、工、商、农情况，先论"士"，用十三句；次论"工"，用十九句；再论"商"，用二十三句；再次论"农"，用三十三句。这是很清楚的四段排比，而非四段对偶。各段之中，有对偶句、排比句和散句。称此文为"对偶文"，不如称之为"古文"更合适。姜书阁又举《郑语》"今王弃高明昭显"一段，说："这里的许多骈偶句都是对仗工整，足为后世法的。"这段文字的前半段，即从"今王……"到"以成百物"，散句多于偶句，偶句也欠工整。后半段共十三句："是以和五味以调口，刚四肢以卫体，和六律以聪耳，正七体以役心，平八索以成人，建九纪以立纯德，合十数以

---

① 李蹊：《骈文的发生学研究》，河北大学出版社 2005 年版，第 71 页。
② 李蹊：《骈文的发生学研究》，第 69、70、73 页。
③ 姜书阁：《骈文史论》，人民文学出版社 1986 年版，第 32 页。

训百体。出千品，具万方，计亿事，材兆物。收经入，行骇极。……"有的书把这段文字当成骈偶，说它句式整齐，对仗也比较工整，只有具备相当功力才能作出。其中偶语或四字成对，或三字成对，或六字成对，或七字成对，自由灵活，参差错落，在密度上超过《左传》。其实这一段是典型排比句。前一小段七句，每句用六言，由五味而四肢、六律、七体、八索、九纪、十数，一气呵成，不可以把其中任何两句切开视为一对，那样就割断文气。后一小段三言六句，前四句依次排列千品、万方、亿事、兆物（十亿为兆）。最后两句似为对偶，但意思不太好懂。至于"四字成对""七字成对"的句子，在本段引文中找不出来。

《周礼》，又称《周官》《周官经》，古文经学家认为由周公所作，今文经学家以为出自战国，当代学者或主张出于西周后期，或东周中期，或战国中期。它既非记事文，也不是议论文，而是说明文，带有公文案例性质。清末民初的刘师培认为，《周官》"言词简质，不杂偶语韵文"（见《刘申叔先生遗书》之《文章原始》）。张仁青认为："《周礼》之文，骈词偶句，随手纷披、擢发难罄矣。"他特别引出《职方氏》关于九州的一大段，分别说明扬州、荆州、豫州、青州、兖州、雍州、幽州、冀州、并州，各州之山镇、泽薮、浸川以及"其利""其民""其畜""其谷"如何如何。张氏指出："此篇上规《禹贡》，故句法悉同。《禹贡》用'厥'字为排句，此则专用'其'字为排句。《禹贡》每州长短错落，此则整齐划一。世之选文家苟欲选经典之文也，则《禹贡》骈散均可入选，而此篇则唯宜入于骈文矣。"① 笔者认为，此文从修辞上讲，是典型的铺陈手法，从句法上讲，是典型的排比句法。张氏既说它们是"专用'其'字为排句"，又说是"骈词偶句"，可见在他心目中，已将对偶句与排比句混为一谈了。

《孙子兵法》，春秋末年吴国军事家孙武著，今存十三篇，属于格言体。金钜香《骈文概论》认为此书是骈文。有人认为，在各种常用的对偶方法上，孙子之文都比其他人用得精严，与后世地道的骈文的距离更小，有些对偶句式，与后世一些骈文家之作相比，并不逊色。《谋攻》篇："凡用兵

---

① 张仁青：《中国骈文发展史》，1970 年台湾初版，2009 年浙江大学出版社重版，第 68、69 页。

之法，全国为上，破国次之；全军为上，破军次之；全旅为上，破旅次之；全卒为上，破卒次之；全伍为上，破伍次之。"有人说"这种层递对偶之工整，不仅春秋战国之文中极为少见，就是后世地道骈文中也不多见。"我们细读之后不难发现，这不是层递对偶句，而是五层递降排比句。五句为一整体，不可以分割为两两相对的对偶句。这在春秋战国散文中并不少见。《左传》中的"太上有立德，其次有立功，其次有立言"就是三层递降排比句。《荀子·大略》中的"口能言之，身能行之，国宝也；口不能言，身能行之，国器也；口能言，身不能行，国用也；口言善，身行恶，国妖也"是四层递降排比句。类似例很多，不一一列举。有人举《计篇》中的"一曰道，二曰天，三曰地，四曰将，五曰法"和《火攻》中的"一曰火人，二曰火积，三曰火辎，四曰火库，五曰火队。行火必有因，烟火必素具。发火有时，起火有日"说这是流水对。本书认为前面两组"一曰"至"五曰"，显然是排比句，只有最末四句是两个对偶句。关于什么是流水对，本章第一节已经论及，不再重复。有人举出《谋攻》篇的"知彼知己，百战不殆；不知彼而知己，一胜一负；不知彼不知己，每战必败"，认为是隔句对。本书认为孙子列举三种情况三种结果，意义上是排列关系，而句子形式既不是对偶句（三个句子互相不对称），也不是排比句（三个句子排比不整齐），而是用参差不一的散句，把三种情况进行比较，这种方法在古文中常见。

考论春秋以前的骈句，许多骈文史皆以《诗经》为例。这似乎没有太大必要。《诗经》是中国古代第一部诗歌总集，是历代诗歌之源，它直接哺育了几千年中国诗歌的发展。从艺术性讲，主要是赋比兴手法，其句式以四言为主，以重章叠句、反复咏唱为特色。《诗经》确实有不少对偶句，或两句一对，或四言一对，或六句一对，但并不像刘麟生《中国骈文史》所说占十之六七。《诗经》的对偶句和其他句式，都是能配乐歌唱的，音乐性是刚性要求，重章叠句是常见组合。后世诗歌由于与音乐关系的变化，句式也随之变化，并不完全承袭《诗经》。

《诗经》的对偶句，既不同于后世诗词中的对偶句，也不同于散文中的对偶句，更不同于成熟骈文的对偶句。例如《邶风·谷风》："就其深矣，方之舟之；就其浅矣，泳之游之。"《邶风·柏舟》："我心匪石，不可转也；

我心匪席，不可卷也。"《魏风·十亩之间》："十亩之间兮，桑者闲闲兮，行与子还兮。十亩之外兮，桑者泄泄兮，行与子游兮。"此外，《周南·茉苜》三章、《秦风·无衣》三章、《齐风·东方未明》首二章，都是常见重章叠句的范例。所谓"叠句"，就是两个或三个句子仅改变三两个字，其余字句相同。有的骈文论著把这类句式归于骈偶句中的隔句对。其实，这种句式在后世骈体文中是少见的，倒是在散体文中不乏其例。

《诗经》对散文、骈文、辞赋各体文学都有程度不同的影响，但是，并不是从《诗经》中孕育出骈文，倒是六朝骈文和齐梁诗歌共同催生了唐代格律诗。唐代格律诗中的第三、四句和第五、六句要求两个工整的对偶句，其平仄和韵脚比骈文更严密，正是吸收六朝骈文的成果。所以没有必要从源头上把骈文与《诗经》捆绑在一起以光大它的身世。讲骈文的来龙去脉，从大散文范围之内就可以说清楚。有人说，骈文滥觞于《诗经》。还有人说，骈文属对之法，全为三百篇所涵盖。其实并不见得如此，这些见解经不起推敲。骈文最基本的句式是四六对句，在《诗经》中是很少见到的。

## 第三节　战国时期的骈丝俪片

先秦是中国散文史上的第一高潮，而战国又是其中的最高峰。由于社会、政治、经济、文化，尤其是人与人之间关系的巨大变化，作为人们表达思想、沟通讯息的主要工具，语言和文字随之发生飞跃性变化。春秋时恭敬有礼、细心陈述的臣下劝谏，变为游说献策、骋辞竞说；春秋时朋友间的交流探索、平等讨论，变为诸子争鸣、互相指责；春秋时委婉谦卑、有理有节的行人辞令，变为谋士们的剧谈雄辩、纵横捭阖。这时言辞的作用空前重要。对于国家来讲，"一人之辩，重于九鼎之宝；三寸之舌，强于百万之师"（《文心雕龙·论说》）。对于个人来讲，只要三寸之舌不烂，就不愁功名利禄。所以，人们对言辞的技巧越来越讲究了。

从文章体裁看，春秋散文成就最高的是以《左传》为代表的记叙文，战国散文成就最高的是诸子著作所代表的说理文。从句子形式看，春秋散文多用短句、单句、陈述句。战国散文长句倍增，感叹句、问答句、反诘句等经常出现，而以排比句最频繁。李蹊指出，在纵横家那里，"他们喜欢用的语言形式是排比句甚至是排比段落，而不是对偶句"。① 而在儒道墨法各家那里，坐而论道，不事而议论，讲究逻辑性、稳定性、科学性，他们比较爱用对偶句，以进行正反对照，古今对比，优劣成败相较。在当时学界，对偶与排比运用自如之后，便两相结合，掺杂使用，乃至多句连续使用，形成一段一段的骈丝俪片，出现在整篇的散文之中，它们是后世正式骈文的胚胎。

下面看一些例子：

《**商君书**》，一部分可能是秦相商鞅自著，另一部分则是门客或追慕者的记述。此书语言峭拔、简洁，行文有如斩钉截铁。下面是《更法》篇记商鞅在秦孝公面前与保守派辩论变法时的一段话："三代不同礼而王，五霸不同法而霸。故智者作法，而愚者制焉；贤者更礼，而不肖者拘焉。拘礼之人，不足与言事；制法之人，不足与论变。""前世不同教，何古之法？帝王不相复，何礼之循？伏牺神农教而不诛，黄帝尧舜诛而不怨。及至文武，各当时而立法，因事而制礼。礼法以时而定，制令各顺其宜。兵甲器备，各便其用。臣故曰：治世不一道，便国不必法古。"全段 26 个自然句，只有最后五句不成对，其余都是两两对称，工整严密，而且没有语气词、连接词。按李蹊的标准，这是骈文的对偶句，而不是古文的对偶句。因此，本书称之为骈丝俪片。这段话又见《战国策 · 赵策》，武灵王为胡服骑射与反对派的辩论中。学者认为，赵武灵王晚于商鞅，可能是沿用了《商君书》的文句。

《**管子**》是战国时期齐国稷下学派所编辑和创作的一部书，内容驳杂，文体多样，大部分是议论文和说明文，少部分以记事为主或记言记事相结合，全书的语言风格与文字水平很不一致。试看《四顺》中的一段："政之所兴，在顺民心；政之所废，在逆民心。民恶忧劳，我佚乐之；民恶贫贱，我富贵之；民恶危坠，我存安之；民恶灭绝，我生育之。能佚乐之，则民为之忧劳；能富贵之，则民为之贫贱；能存安之，则民为之危坠；能生育之，则民为之灭绝。故刑罚不足以畏其意，杀戮不足以服其心。故刑罚繁而

---

① 李蹊：《骈文的发生学研究》，河北大学出版社 2005 年版，第 112 页。

意不恐，则令不行矣；杀戮众而心不服，则上位危矣。故从其四欲，则远者自亲；行其四恶，则近者叛之。故予之为取也，为政之宝也。"全段除最后两句，全都是对偶句。而"民恶忧劳，我佚乐之"以下八句四对与"能佚乐之，则民为之忧劳"以下八句四对，组成递进式两层排比。主旨是强调顺民心，重民意，正反对照，步步推进，论证有力。读起来节奏鲜明，给人以毋庸置疑的坚定感。

《墨子》是墨家学派的著作集，文体不一。其中"十论"是由墨子讲稿拼集而成的议论文。全书语言质直，不事雕琢，讲究逻辑性，熟练运用"三表法"，议论不避重复，往往反复申说，书中也有少量骈丝俪片，如："孔某盛容修饰以蛊世，弦歌鼓舞以聚徒。繁登降之礼以示仪，务趋翔之节以观众。博学不可使议世，劳思不可以补民。累寿不能尽其学，当年不能尽其礼，积财不能赡其乐。繁饰邪术以营世君；盛为声乐以淫遇民。其道不可以期世，其学不可以导众。"（《非儒》下）全段十五个自然句，除"累寿不能尽其学"以下三句是排比句，其余都是两句一对的骈偶句，词性对称切当。《非儒》篇对儒家的指责有夸张不实之词，学者认为可能是墨家后学所作，受战国中后期文风的影响。

《庄子》之文，诙诡谲怪，变化多端，不可捉摸，其句法比其他诸子更复杂，短者二三字一句，长者十几个字一句，尤其善用疑问句、反诘句，提出许多反向思维的奇谈怪论，类似诡辩，最能发人深思。全书散漫之句多而整齐之句少，有时兴之所至，也来一段骈丝俪片。如："故绝圣弃智，大盗乃止；摘玉毁珠，小盗不起。焚符破玺，而民朴鄙；剖斗折衡，而民不争。殚残天下之圣法，而民始可与议论。擢乱六律，铄绝竽瑟，塞瞽旷之耳，而天下始人含其聪矣；灭文章，散五采，胶离朱之目，而天下始人含其明矣；毁绝钩绳，而弃规矩，擢工倕之指，而天下始人含其巧矣。故曰：大巧若拙。削曾史之行，钳杨墨之口，攘弃仁义，而天下之德始玄同矣。"（《胠箧》）

这是一段惊世骇俗的奇文，是对《老子》有关言论的发挥。前面两个对偶句，由八个短句组成，皆用四言，节奏急迫，语气坚定。"擢乱六律"以下连用三个排比句，每排四句，第一、第三两个排比为四言五言加九言，中间一个排句，为两个三言加九言句，各排并不十分对称。最后"故曰：

大巧若拙"以下五句，内容与前三个排比句连成一气，但句法不同。除"削曾史之行，钳杨墨之口"自成一对之外，其他是散句。可见《庄子》此文，随意性很强，并非有意追求整齐，但却具备排偶的气势，体现出《庄子》独有的汪洋恣肆、狂放不拘的风格。

《孟子》有些句子似骈而非骈。如《滕文公下》："居天下之广居，立天下之正位，行天下之大道。得志与民由之，不得志独行其道。贫贱不能移，富贵不能淫，威武不能屈，此之谓大丈夫。"一、二、三句是排比句，四、五句意对而词不对。六、七、八句又是排比句。整段皆非骈偶句。

《**尹文子**》是战国中期名家学派代表人物尹文的著作，今存《大道》上下两篇，其中有云："名者，名形者也；形者，应名者也。然形非名也，名非形也。则形之与名，居然别矣，不可相乱，亦不可相无。无名，故大道无称；有名，故名以正形。今万物俱存，不以名正之则乱；万名俱列，不以形应之则乖。故形名者，不可不正也。善名命善，恶名命恶。故善有善名，恶有恶名。圣贤仁智，命善者也；顽嚚凶愚，命恶者也。今即圣贤仁智之名，以求圣贤仁智之实，未之或尽也；即顽嚚凶愚之名，以求顽嚚凶愚之实，亦未之或尽也。使善恶尽然有分，虽未能尽物之实，犹不患其差也。故曰：名不可不辨也。"这段文字，说明正名实的必要性，逻辑严密，句句紧扣，清峻简约。39句中有28句对偶，可以算是骈丝俪片。当然，这还不是骈文的对偶句，而是古文的对偶句，对魏晋时期王弼、何晏之文有明显的影响。

《**荀子**》是大儒荀卿的个人著作，今本32篇，有23篇专题论文，每篇有明确的中心，并以二字为题，如《礼论》《乐论》《劝学》《议兵》《富国》等。《荀子》的文章多长篇大论，结构宏伟，视野开阔，既讲论证的逻辑性，又讲文辞的艺术性。荀子声称，"譬称以喻之，分别以明之"，"君子之言，涉然而精，俯然而类，差差然而齐"（《正名》）。"文理情用，相为内外表里，并行而杂"（《礼论》）。他很重视"类"的概念，有意从多角度多层次进行分类和比较，自觉运用排比句和对偶句，形成富赡绵密的风格。如《劝学》篇：

积土成山，风雨兴焉；积水成渊，蛟龙生焉；积善成德，而神明自得，圣心备焉。故不积跬步，无以至千里；不积小流，无以成江海。骐骥一跃，不能十步；驽马十驾，功在不舍。锲而舍之，朽木不折；锲而不舍，金石可镂。蚓无爪牙之利，筋骨之强，上食埃土，下饮黄泉，用心一也；蟹六跪而二螯，非蛇鳝之穴无可寄托者，用心躁也。是故无冥冥之志者，无昭昭之明；无惛惛之事者，无赫赫之功。行衢道者不至，事两君者不容。目不能两视而明，耳不能两听而聪，腾蛇无足而飞，鼫鼠五技而穷。

前七句意在排列比较，但前四句是两个对偶句，第五、六、七句与前两对不对称，意比而词不比。从"积土成山"至"功在不舍"一小段共同论证一个"积"字。"锲而舍之"以下四句两对，论证学习必须专一。以下用蚓之"用心一"与蟹之"用心躁"相比，意对而词不对。以下"无冥冥之意"至"无赫赫之功"两个对偶句，强调学习和做事要沉下心来，不可急躁。"行衢道者不至"到最后三个对句，证明不能一心二用，分散注意力。通篇以大量实例代替单纯理论说教，具有强大的说服力和生动的形象感。这样的段落在《荀子》书中还可以找到一些，它们对汉赋、汉文和以后的骈文都有影响，不过就《劝学》整篇而言，还没有太多的对偶句和排比句。它们或意对而词不对，或意比而词不比，或散骈相杂，"差差然而齐"，是先秦不可多得的好文章，但尚不可视为骈体文。

《韩非子》，是法家韩非的个人著作，文章体裁有长篇政论、短篇杂文、驳难体史论、纲目式经说、问答体、提纲体、书信体等。大部分是散文，也有少量散韵相间的韵文，还有依内容分类的寓言故事专辑。全书的对偶句和排比句不及《荀子》多，但也有些段落属于骈丝俪片，如《喻老》：

有形之物，大必起于小；行久之物，族必起于少。故曰：天下之难事必作于易，天下之大事必作于细。是以欲制物者，于其细也。故曰：图难于其易也，为大于其细也。千丈之堤，以蝼蚁之穴溃；百尺之室，以突隙之烟焚。故曰：白圭之行堤也，塞其穴；丈人之慎火也，涂其隙。是以白圭无水难，丈人无火患。此皆慎易以避难，敬细以远大故也。

全段 26 句，只有两句不对，其余或四句组成两对，或两句组成一对。环环相扣，相当工整。再如《观行》篇有：

> 古之人目短于自见，故以镜观面；智短于自知，故以道正己。镜无见疵之罪，道无明过之怨。目失镜则无以正须眉，身失道则无以知迷惑。西门豹之性急，故佩韦以缓己；董安于之心缓，故佩弦以自急。故以有余补不足，以长续短，谓之明主。

除了最后两句意对而词不对，其余都是工整的隔句对，而且六字句多于四字句，自始至终语意双行。

《**战国策**》旧列史部，其实全书重要内容是说理论政，较少记叙史实。先秦纵横家之文，主要反映在《战国策》中。其写作技巧，历来评价很高。金钜香《骈文概论》认为它已是骈文。姜书阁《骈文史论》认为其中苏秦张仪游说之辞，"具有了骈文的最早雏型"。李蹊指出："《战国策》所载策士们的说辞短句多，长句少，遍举敷陈多，骈俪偶句少。""纵横家和策士们抵掌而谈，……其对偶句并不太多。"[①]

《战国策》文章最大特色是铺陈与夸饰，策士们游说国君，总是首先铺陈天下大势。述其地理，东西南北，山河湖海；追溯历史，三王五霸，贯古及今；论政治，君臣内外，法术权势；讲军事，固险扼塞，攻守进退……而且把各种情况夸张形容到了极致。如《秦策一》苏秦初见秦王时说："大王之国，西有巴蜀汉中之利，北有胡骆代马之用，南有巫山黔中之限，东有崤函之固。田肥美，民殷富，战车万乘，奋击百万，沃野千里，蓄积饶多，地势形便。此所谓天府，天下之雄国也。以大王之贤，士民之众，车骑之用，兵法之教，可以并诸侯，吞天下，称帝而治。"

遭到秦王拒绝之后，苏秦又大量罗列古代以战争取胜者，然后说："今欲并天下，凌万乘，黜敌国，制海内，子元元，臣诸侯，非兵不可。"进而暗讽秦王："今之嗣主，忽于至道，皆惛于教，乱于治，迷于言，惑于语，

---

① 李蹊：《骈文的发生学研究》，河北大学出版社 2005 年版，第 83、112 页。

沉于辩，溺于辞，以此言之，王固不能行也。"

苏秦第二次出山，游说各国成功，佩六国相印。作者又极力描述其威势："当此之时，天下之大，万民之众，王侯之威，谋臣之权，皆欲决于苏秦之策。不费斗粮，未烦一兵，未战一士，未绝一弦，未折一矢，诸侯相亲，贤于兄弟。"

几乎通篇皆用排比句，有如长江大河滚滚而下，这种铺陈手法对于汉大赋和汉初散文有直接影响，然而与魏晋正式骈文相距明显。因此，不宜把苏秦、张仪之言说成是"骈文的雏型"。

有些书还把《战国策·燕策》中的《乐毅报燕王书》当成骈文。其实此文（从"臣不佞"算起）共 140 自然句，只有十二个对偶句，大多数是不对称的散句，所以，不能算是骈文。

《周易》中的《文言》和《系辞》，清代骈文家评价极高。阮元说："孔之《文言》，实为万世文章之祖。"（《书梁昭明太子〈文选序〉后》）刘麟生说："不妨以最早之骈文视之。"[①] 张仁青说："《文言》《系辞》之作，孔子实经营之，则谥孔子为骈文之初祖，亦庶几乎有当夫。"[②]

首先应该指出，《周易》十传并非孔子所作，而是出自战国中后期儒生手笔，这已成为今人共识。阮元因孔子为万世师表，故以为孔子之文章也是万世之祖。这种推论，今天已没有说服力。其次，我们细读《文言》原文，不难看出，它虽有不少对偶句和押韵之句，但全文还是以散句为主，偶句为辅。《乾文言》全文 170 个自然句，对偶句加排比句共计 40 多句，约占全文四分之一。此文采用条分缕析手法，开头八句分为两排各四句，以解释乾卦卦辞元、亨、利、贞四字。接着用六段文字，分别解释六爻爻辞：初九潜龙勿用，九二见龙在田，九三君子终日乾乾，九四或跃在渊，九五飞龙在天，上九亢龙有悔。下面再把六爻连起来分析，并与元亨利贞以及几个"利见大人"糅合一起，阐发其意蕴。其中有少量句子，如"同声相应，同气相求。水流湿，火就燥。云从龙，风从虎"，对仗精工而且有韵。刘勰《文心雕龙·丽辞》篇倍加赞扬。但刘氏并不认为《文

① 刘麟生:《中国骈文史》，东方出版社 1996 年版，第 10 页。
② 张仁青:《中国骈文发展史》，浙江大学出版社 2009 年版，第 60 页。

言》是骈文,《丽辞》讲的是修辞论,而不是文体论。

《文言》是优美的哲理散文,但不是骈文。《系辞上》有一些是骈丝俪片。如:"天尊地卑,乾坤定矣;卑高以陈,贵贱位矣;动静有常,刚柔断矣。方以类聚,物以群分,吉凶生矣;在天成象,在地成形,变化见矣。是故刚柔相摩,八卦相荡。鼓之以雷霆,润之以风雨。日月运行,一寒一暑。乾道成男,坤道成女。乾知大始,坤作成物。乾以易知,坤以简能。易则易知,简则易从。易知则有亲,易从则有功。有亲则可久,有功则可大。可久则贤人之德,可大则贤人之业。易简而天下之理得矣。天下之理得,而成位乎其中矣。"

全段共 35 句,除"日月运行,一寒一暑"和最后三句外,其余都是对偶句,从"乾以易知"到最后,采用层层递进的论析法,类似后世所谓"续麻""顶针"格,显得剔抉入微,诵读起来,朗朗上口,自然押韵,铿锵有致。

从清代李兆洛起,一些人把李斯《谏逐客书》当成骈文。本书认为,此文以铺张扬厉和强烈对比为行文谋篇的重要特色,以排比句为主要句型,对偶句较少,不对称的句子甚多。第一段列举穆公、孝公、惠王、昭王,得外来之士而强大,纯用散体,意排而词句不排。第二段罗列秦王嬴政的生活享受皆取资外国,用人却排外,可见所重在珠玉而所轻在人民。这一段有七句一排、四句一排、三句一排,然而两句一对的句子极少见。最后一段对偶句排比句兼用,名句"太山不让土壤,故能成其大;河海不择细流,故能就其深;王者不却众庶,故能明共德"是三个排比句。此文从气势看,明显继承战国纵横家风格;从句法看,接近汉赋,而不像骈文。

本书不打算从楚辞中寻找对偶句,也不认为其中有骈丝俪片,更不赞成有人把楚辞看成骈文。楚辞是诗,汉赋是赋,骈文是文,分属不同文类,各有其不同特征。虽然互有影响,但不宜混为一谈。李蹊指出:"一般韵文文学史都以为楚辞中的对偶句较多,这其实是一个没有仔细观察过的模糊的印象。仔细统计起来,楚辞中真正的偶句并不太多,但是'意对'的偶句和排比句确实较多。"①

---

① 李蹊:《骈文的发生学研究》,河北大学出版社 2005 年版,第 162 页。

楚辞中的对偶句，是诗歌的对偶句，不是骈文的对偶句。其最大特点是可以吟唱，所以多用"兮"字，这是出于音乐的要求。本来是上六下六的对句，中间加"兮"字之后，变成上七下六，字数就不对称了。由于吟唱的需要，楚辞总是两句一顿，很少单句。但两句一顿，并不等于两句一对。如："帝高阳之苗裔兮，朕皇考曰伯庸。"姜书阁说："《离骚》的开头两句，便是骈偶，但因其行文自然，故读者不易察觉。"① 这两句前一句是偏正结构，后一句是主谓结构，怎么能说是"骈偶"？有人举出《哀郢》"皇天之不纯命兮，何百姓之震愆！民离散而相失兮，方仲春而东迁"以下二十句，说它们"绝大多数为音义对仗"。其实它们绝大多数字数不等，句子结构不同，并不能构成对仗。至于《天问》，姜书阁指出："对偶几乎绝迹，而骈排则是很多的。"姜氏所谓骈排，即排比句。《招魂》主要用排比法，连呼"魂兮归来，东方不可以托些……"然后南方如何，西方如何，北方如何，上天又如何，下地又如何……姜先生说："句虽整齐，偶对殊少。"② 这个判断是正确的。

《卜居》是文而不是诗，也不是赋，后世古文选本多录取。《卜居》句子以排比为主，开头是散句叙事，中间有一连八对排比句，每对都是"宁……乎"和"将……乎"。下半段对偶排比兼用，全文风格接近汉赋，而不像骈文。姜书阁指出，宋玉的"《九辩》颇多排比句，但真正算得上对偶句的却不是很多"。③

## 第四节　西汉的骈偶段落

西汉在秦王朝统一中国的基础上，建立起空前强大的中央集权制的封建帝国。这个时代总的特点就是"大"。且勿论政治、经济，仅从文化来看，大部头的中国通史、综合性的哲学著作、鸿篇巨制的汉大赋，规模都是空前的。反映纪录这个"大"时代的语言形式，便是各类文章中的排比

---

① 姜书阁：《骈文史论》，人民文学出版社 1986 年版，第 77 页。
② 姜书阁：《骈文史论》，人民文学出版社 1986 年版，第 84 页。
③ 姜书阁：《骈文史论》，人民文学出版社 1986 年版，第 89 页。

句最活跃，散句更多样化，骈句成型化，表现出富于进取性的张力。无论是《史记》《淮南子》《春秋繁露》，或是大量的奏章、书启、论说……句法以散为主，而又普遍夹杂对偶句与排比句。在汉大赋中，为了"振大汉之天声"，赋家们不约而同地首先使用排比句以造成铺张扬厉的气势；同时适当选择对偶句，从而呈现坚定不移的稳定感。这时的议论文，有一部分向大赋靠近，以排比句为主。另一部分则对偶句显著增多，已经不只是若干偶句凑成的骈丝俪片，而是大段大段偶句连属一起，表达相对独立完整的内容，我们称之为骈偶段落。

**陆贾**，西汉初年思想家，从高祖定天下，提出著名的口号：天下马上得之，不可能马上治之；必须行仁义，文武并用，乃可长久。献书曰《新语》，为高祖所赞赏。其生年不详，卒年当在公元前180年以后。《新语》今存十二篇，试看其《资质》篇首段：

> 质美者以通为贵，才良者以显为能。何以言之？夫楩柟豫章，天下之名木也。生于深山之中，产于溪谷之旁。立则为太山众木之宗，仆则为万世之用。浮于山水之流，出于冥冥之野。因江河之道，而达于京师之下；因于斧斤之功，舒其文采之好。精悍直理，密致博通。虫蝎不能穿，水湿不能伤。在高柔软，入地坚强。无膏泽而光润生，不刻画而文章成。上为帝王之御物，下则赐公卿；庶贱不得以备器械。
>
> 闭绝以关梁，及隄于山阪之阻，隔于九坑之堤，仆于岜崖之山，顿于宵冥之溪，树蒙茏蔓延而无间，石崖岜嶄岩而不开。广者无舟车之通，狭者无步担之蹊。商贾所不至，工匠所不窥。知者所不见，见者所不知，功弃而德亡，腐朽而枯伤。转于百仞之壑，惕然而独僵。当斯之时，不如道旁之枯杨，累累诘屈，委曲不同。
>
> 然生于大都之广地，近于大匠之名工，则材器制断，规矩度量。坚者补朽，短者继长。大者治樽，小者治觞。饰以丹漆，斁以明光。上备太牢，春秋礼庠，褒以文采，立礼矜庄。冠带正容，对酒行觞。卿士列位，布陈宫堂。望之者目眩，近之者鼻香。故事闭之则绝，次之则通。抑之则沉，兴之则扬。处地楩梓，贱于枯杨。德美非不相绝也，材力非不相悬也，彼则樆枯远弃，此则为宗庙之器者，通与不通亦

如是也。

此文以木材比喻贤能之士，若为帝王赏识，则成为高贵的宇宙之器；如果闭绝于深山僻壤之中，则不如道旁枯杨。形容描绘生动具体。全段78句，单句占四分之一，对偶句占四分之三，皆两两相对，整齐而间或押韵。尤为特别的是，竟然没有一个排比句，在当时罕见。在全文中，此段文字可以独立成篇，可视为骈偶的段落。

《淮南子》，西汉宗室淮南王刘安（? ～前122）集合门客编著而成，二十一篇，以道家为主，杂取儒墨名法阴阳各派。以说理为主，也有几篇辑集历史故事和神话传说。刘安喜辞赋，故其书受赋体影响，多形容铺张，重视语言的修饰和整饬，常有韵语，尤爱使用连串排比句，有时出现大段的对偶句。如《原道训》之一段：

> 夫太上之道，生万物而不有，成化象而弗宰。跂行喙息，蠉飞蝡动。待而后生，莫之知德；待之而死，莫之能怨。得以利者莫能誉，用而败者不能非。收聚蓄积而不加富，布施禀授而不益贫。旋绵而不可究，纤微而不可勤。累之而不高，堕之而不下，益之而不众，损之而不寡，斫之而不薄，杀之而不残，凿之而不深，填之而不浅。忽兮恍兮，不可为象兮；恍兮忽兮，用不屈兮。幽兮冥兮，应无形兮；遂兮洞兮，不虚动兮。与刚柔卷舒兮，与阴阳俯仰兮。

这段话形容道无所不在，无增无减，不可捉摸。共33句，开头一个单句，中间八个排句，其余全是对偶句，是一个比较完整的骈偶段落。在他之前，《管子》《庄子》《鹖冠子》《韩非子》都有关于道的描述，《文子》的《原道》更是洋洋大文，都以散句为主，排句次之，对句不够工整，不像《原道训》这样整齐。再看另一段：

> 天下之物，莫柔弱于水，然而大不可极，深不可测；修极于无穷，远沦于无涯，息耗减益，通于不訾。上天则为雨露，下地则为润泽。万物弗得不生，百事不得不成。大包群生而无好憎，泽及蚑蛲而不求

报。富赡天下而不既，德施百姓而不费。行而不可得穷极也，微而不可得把握也。击之无创，刺之不伤，斩之不断，焚之不然。淖溺流遁，错缪相纷，而不可靡散。利贯金石，强济天下。动溶无形之域，而翱翔忽区之上。遭回川谷之间，而滔腾大荒之野。有余不足，与天地取与；授万物而无所前后。是故无所私而无所公，靡滥振荡，与天地鸿洞；无所左而无所右，蟠委错紾，与万物始终。是谓至德。

这段话发挥《老子》关于水的见解和以柔克刚的哲理，文字浅显而含蕴极深。若独立出来是很好的哲学小品。对偶句加排比句占三分之二以上，可以认为是骈偶的段落。从《原道训》全篇来看，散句还是大多数，其次是排比句，再次是对偶句。全篇不是骈文，也不是赋，但显然受辞赋影响。

**东方朔**（前154～前93），西汉著名文学家、滑稽家，曾侍从汉武帝左右，多年不得迁升，乃作《答客难》，以主客问对方式，表面上自我贬责，实际上大发牢骚。此文在后世影响很大，仿作者甚多。刘勰《文心雕龙》归之于"杂文"类，萧统《文选》列入"设论"体，当代学者有人归之于散文，有人认为是赋或骈体文。其实，此文在汉魏六朝唐宋人心目中都不被当成赋，它是受汉赋影响的散文。全文168句，对偶58句，占百分之三十四。不能视为骈文，但其中有较多的骈文段落。

东方朔另一篇《非有先生论》，与骈文更接近。此文假设"非有先生"答吴王问，运用古今对比的方法，劝吴王虚心纳谏，励精图治。篇中有四个"谈何容易"，后世成为成语。其后半篇有大段骈语：

于是正明堂之朝，齐君臣之位。举贤材，布德惠，施仁义，赏有功，躬亲节俭。减后宫之费，损车马之用。放郑声，远佞人，省庖厨，去侈靡，卑宫馆，坏苑囿，填池堑，以予贫民无产业者。开内藏，振贫穷，存耆老，恤孤独，薄赋敛，省刑罚。行此三年，海内晏然，天下大治，阴阳和调，万物咸得其宜。国无灾害之变，民无饥寒之色，家给人足，蓄积有余，囹圄空虚。凤凰来集，麒麟在郊。甘露既降，朱草萌芽。远方异俗之人，乡风慕义，各奉其职而来朝贺。故治乱之道，存亡之端，若此易见，而君人者莫肯为也。

这篇文章语气和缓诚恳，忠直而不失为臣之礼，风格与战国策士明显不同。全段共47句，散句15句，其余有对偶句八对，排比句两排（七句一排加六句一排），虽有些对仗还不太工整。班固很欣赏此文，说："朔之文辞，此二篇（另一篇指《答客难》）最善。"（《汉书·东方朔传》）陆雨侯说："脱去富强之习，开陈仁义之言，岂在董子下哉。"孙月峰说："西京文大都古淡，曼倩此篇亦然。第含雅润耳，然而有遗味矣。"（均见《评注昭明文选》）

**桓宽**，西汉昭帝—宣帝时人，生卒年不详。昭帝六年，朝廷就盐铁官营问题召集支持者与反对者双方在一起辩论。二十年后，桓宽根据会议记录和少数参加者的回忆，整理成《盐铁论》六十篇。内容不限于经济，还包括政治、军事、社会、民生和学术各派的不同意见。辩论激烈，双方各不相让，针锋相对，唇剑舌枪，你来我往，反复争辩，每次发言都不太长，近乎短兵相接。语言浑朴而质实，整齐而错综，以散文句为主，但有相当多的对偶句连续使用。与当时辞赋中假设的长篇大论铺张扬厉风格明显不同。试看《刺复》中的一段：

> 文学曰：输子之制材木也，正其规矩而凿枘调；师旷之谐五音也，正其六律而宫商调。当世之工匠，不能调其凿枘，则改规矩；不能协其声音，则变旧律。是以凿枘刺戾而不合，声音泛越而不和。夫举规矩而知宜，吹律而知变，上也；因循而不作，以俟其人，次也。是以曹丞相日饮醇酒，倪大夫闭口不言。故治大者不可以烦，烦则乱；治小者不可以急，急则废。《春秋》曰：其政恢卓，恢卓可以为卿相；其政察察，察察可以为匹夫。夫维纲不张，礼义不行，公卿之忧也；案上之文，期会之事，丞史之任也。《尚书》曰：俊乂在官，百僚师师，百工惟时，庶尹允谐。言官得其人，人任其事。故官治而不乱，事起而不废，士守其职，大夫理其位，公卿总要执凡而已。故任能者，责成而不劳；任己者，事废而无功。

这段文字绝大多数是对偶句，而没有排比句，作者似乎并未有意讲求，然而却相当整饬，斐然可观。

**王褒**，汉宣帝时蜀郡人，生卒年不详，有俊才，善音乐，名作有《洞箫赋》《圣主得贤臣颂》《四子讲德论》《僮约》等，在文学史上各具特色。先看《圣主得贤臣颂》中的一段：

> 夫竭知附贤者，必建仁策；索人求士者，必树伯迹。昔周公躬吐捉之劳，故有圉空之隆；齐桓设庭燎之礼，故有匡合之功。由此观之，君人者，勤于求贤，而逸于得人。人臣亦然。昔贤者未遭遇也，图事揆策，则君不用其谋；陈见悃诚，则上不然其信。进仕不得施效，斥逐又非其愆。是故伊尹勤于鼎俎，太公困于鼓刀。百里自鬻，宁戚饭牛，离此患也。及其遇明君遭圣主也，运筹合上意，谏诤则见听。进退得关其忠，任职得行其术。去卑辱奥渫而升本朝，离疏释蹻而享膏梁。剖符锡壤而光祖考，传之子孙以资说士。故世必有圣智之君，而后有贤明之臣。故虎啸而冽风，龙兴而致云气。蟋蟀俟秋吟，蜉蝣出以阴。《易》曰："飞龙在天，利见大人。"《诗》曰："思皇多士，生此王国。"故世平主圣，俊乂必将自至。若尧舜禹汤文武之君，获稷契皋陶伊尹吕望之臣。明明在朝，穆穆列布。聚精会神，相得益章。虽伯牙操递钟，蓬门子弯乌号，犹未足以喻其意也。

这段文字，共56句，单句16句，偶句40句。其中有单句对，双句对，长句对，短句对，于景祥说它"错落有致，张弛有序，在声韵上也注意适当调节，使文章语言产生抑扬顿挫之节奏，朗朗上口。因此，就本文来说，已是自觉为骈"。[①] 但仅此一段多用骈，其他各段散多于骈。

《四子讲德论》假托微斯文学、灵仪夫子、浮游先生、陈丘子四人，讲论道德，结构仿效汉赋之主客问答，散语多于骈语，是受赋体影响之文。《僮约》是通俗滑稽之文，假设王子渊与奴仆签订劳动合约，规定他所应从事的各种劳务。此文绝大部分是四言句，少数对仗，多数散语，对了解当时家庭奴仆劳动状况很有史料价值，在后世也引起一系列模仿之作，人们

---

① 于景祥：《中国骈文通史》，吉林人民出版社2002年版，第202页。

归之于诙谐杂文一类。

**刘向**（前 77 ~ 前 6），是中国古代著名的图书目录学家，古籍整理专家，其著作有《新序》《说苑》《列女传》等。《说苑》中有一部分以论说为主，尤其是《谈丛》篇，全部是名言、至理，近似后世的成语格言集锦，全篇近八十条，文字有长有短，长的已可独立成篇。语言整齐，有的骈散相杂，有的骈句为主，如："良师益友在其侧，诗书礼乐陈于前，弃而不为善者鲜矣。义士不欺心，仁人不害生。谋泄则无功，计不设则事不成。贤士不事所非，不非所事。愚者行间而益固，鄙人饰作而益野。声无细而不闻，行无隐而不明。至神无不化也，圣贤无不移也。上不信，下不忠。上下不和，虽安必危。求以其道，则无不得；为以其时，则无不成。"本段共23 句，散句仅 5 句，其余 18 句组成 8 个对偶句，没有排比句。再看另一段：

> 贵必以贱为本，高必以下为基，天将与之，必先苦之；天将毁之，必先累之。孝于父母，信于交友。十步之泽，必有香草，十室之邑，必有忠信。草木秋死，松柏犹在；水浮万物，玉石留止。饥渴得食，谁能不喜？赈穷救急，何患无有？视其所以，观其所使，斯可知已。乘舆马，不劳致千里；乘船楫，不游绝江海。智莫大于阙疑，行莫大于无悔也。制宅、名子，足以观士。利不兼，赏不倍。忽忽之谋，不可不知；惕惕之心，不可长也。

全段 27 句，只有三个单句，其余都是对偶句。从语言形式看，这两段的骈偶成分非常高而纯；但是从内容看，两段都看不出中心思想，似乎拼凑成篇。所以只能算骈丝俪片。刘向的《谏起昌陵疏》《条灾异封事》，有一些骈句，为后世骈文史家所称道。从全文看，还算不上骈文。

**扬雄**（前 53 ~ 前 18），西汉著名文学家，在辞赋、散文、语言学、哲学、史学等方面都有突出成就，西汉末年长期屈居下位。王莽篡汉，改国号为新，扬雄上奏书，题为《剧秦美新》，论秦世之暴政，称新朝之盛德，仿司马相如《封禅文》，极尽歌功颂德之能事，文中有些段落精雕细琢，已向骈文过渡。

　　若夫白鸠丹乌，素鱼断蛇，方斯蔑矣。受命甚易，格来甚勤。昔帝缵皇，王缵帝，随前踵古。或无为而治，或损益而亡。岂如新室委心积意，储思垂务，旁作穆穆，明旦不寐，勤勤恳恳者，非秦之为与？夫不勤勤，则前人不当；不恳恳，则觉德不恺。是以发秘府，览书林，遥集乎文雅之囿，翱翔乎礼乐之场。胤殷周之失业，绍唐虞之绝风。懿律嘉量，金科玉条。神卦灵兆，古文毕发。炳焕照耀，靡不宣臻。式轸轩旂旗以示之，扬和鸾肆夏以节之，施黼黻衮冕以昭之，正嫁娶送终以尊之，亲九族淑贤以穆之。夫改定神祇，上仪也；钦修百祀，咸秩也；明堂雍台，壮观也；九庙长寿，极孝也；制成六经，洪业也。北怀单于，广德也。若复五爵，度三壤，经井田，免人役，方《甫刑》，匡马法。恢崇祇庸烁德懿和之风，广彼缙绅讲习言谏箴诵之途。振鹭之声充庭，鸿鸾之党渐阶。倬前圣之绪，布濩流衍而不韫韣，郁郁乎焕哉！

　　本段 62 句，散句 13，仅占五分之一，对偶句排比句共占五分之四。通过这些对句，可以看出作者有意地炼字、锻词、造句，舍易就难，避熟就生，以致有些句子奥晦难懂，与前面列举的东方朔、刘向的浅近文风截然不同。扬雄是语言学家、辞赋家。他曾经后悔少年所作赋是"雕虫小技，壮夫不为"。实际上他后来并未完全放弃雕琢文句的习惯。而这种风气，到齐梁以后，正是骈文家所热心追求的。扬雄此文为他们开了先路。

　　对于《剧秦美新》美化、歌颂王莽，后世多有批评。班固《典引》说："扬雄美新，典而失实。"朱熹《通鉴纲目》称扬雄为"莽大夫"，从正统观念讽刺其附莽之罪。刘潜夫作诗曰："执戟浮沉计未疏，无端著论美新都。区区所得能多少，枉被人称莽大夫。"明张溥称此文为"谀文"。也有人为之辩护和惋惜。洪迈《容斋随笔》说："世或以《剧秦美新》贬之。是不然，此雄不得已而作也。"罗大经《鹤林玉露》说："不过言逊以免祸耳。"清人方伯海说："扬子云……始念何尝不以圣贤自期，殆投阁不死，莽赦其罪，因附符命，忍耻苟活，以至此等恶札，流秽千古……噫！晚节末路之难，此固云遭遇之不幸，亦其守道有未极乎？"（《评注昭明文选》）郭预衡《中国散文史长编》于此有较多的介绍。

扬雄曾仿东方朔《答客难》而作《解嘲》，是中国散文史上的名作，有人认为是赋，有人当作骈文。刘勰《文心雕龙》归于"杂文"类，萧统《文选》归于"设论"类，并没有列入赋一类。全文140句，对偶句虽多，但未过半数，是受赋体影响的散文，而其中有较长的骈偶段落。

西汉文章在后世影响最大的要数贾谊的《过秦论》。共上中下三篇，上篇流传最广。作者采用大起大落、大开大合手法，将秦统一之前如何强盛以及统一之后迅即土崩瓦解的局势反复比较，极力夸张，以高屋建瓴的视角，捕捉历史转折的关键环节，尽可能给读者强烈的刺激，从而促使人们深度思考。历代评论家指出，此文既有战国纵横家气势，也具备汉初辞赋家作风。它以大量排比句为主要句子形式，一连几个似乎故意重复的排比，形成不可遏阻的力量。至于对偶句则不多，全文159句，对偶句加排比句共58句，占百分之三十八。有的句子虽然意义相对，而字词显然不够对称。此文是历来古文选本必选之作，但并不属于骈体文。清人李兆洛《骈体文钞》将它列入骈文，是为了混淆骈散而故意打破界限，当时及后世许多学者并不认同他的做法。

某些论述骈文发生的著作，往往提到终军的《奇木白鳞对》。孙梅《四六丛话总论》认为此文"俪形已具"。当代有的学者说它："绝大多数句子都对偶……已具备了骈体文的基本特征。"细检之后不难发现，该文对偶句加排比句约占三分之一，并不具备骈文的基本特征，只能算骈丝俪片。

本书论述西汉之骈文孕育过程，不涉及汉赋。理由是骈文与赋是不同文类。赋自有其产生、发展、变化的历史，无假于骈文而自足，骈文亦无假于赋而自成体系。赋形成于战国，比骈文形成早得多；其主要基因是铺陈排比，而不是对偶。宋玉赋、荀卿赋皆以铺陈为特色。到了汉初，赋家吸收楚辞和纵横家之文，发展了排比句式。汉初散文中接近纵横家的一派，吸收辞赋手法，于是有所谓赋体之文，它们不是赋，也不是骈文，从大体看属于散文。

于景祥指出："西汉大赋虽多用双行，但偶句不精，以意义相对为主，音义相对则不大讲究。"①汉赋中多用排比句，与散文中偶尔所用之排比句，既相似又有所不同。赋中排比多用四言并列句，以体物写志，名词形容词

---

①　于景祥：《中国骈文通史》，吉林人民出版社2002年版，第233页。

多，感叹词连接词少。有的赋家爱用一大串同偏旁字，后世批评为"字妖"。而散文中则绝少此类现象。赋中的感叹词多用"兮"，散文中的感叹词则用"矣""焉""哉""乎"。西汉中期以后，散文中的对偶句明显增加，常表示因果、递进、并列、正反等各种逻辑关系，以利议论。过多地使用同类型的排比句，容易产生板滞、沉闷甚至虚张声势之感。而对偶句则可以有三言、四言、五言、六言、七言、八言、九言，不断变换句型。可以随时加入长短不一的散句，灵便自由得很。这样一来，以对偶为主的骈俪修辞手法，较之以排比为主的铺陈手法，在汉代中期以后愈来愈显示抒情达意特别是在说理方面的优势。钟涛指出："骈文虽深受辞赋影响，但它明显是由传统散文演化而来的，始终是属于'文'的范围之内，并且一直到其终结，也保持了它的独立性。"①

本书并不否认汉赋对骈文形成的影响。历代骈文家和散文家有许多人同时也是赋家，自然会从赋中吸取写作的营养，包括主客问对的结构，铺张扬厉的风格，散韵相杂的节奏等，骈文家、散文家都不拒绝采用，如同骈文、散文也可以从《诗经》楚辞中吸取写作营养一样。如果说汉赋是骈文的次要源头，是可以的。

# 第五节　东汉的"准骈文"

李蹊指出，对偶句在汉代无论是数量和质量都得到了空前的提高，而应用范围在逐渐扩大，功能在逐渐扩展和完善。尤其是对偶的工整化和辞藻的艳丽、生动和准确，都是空前的。但前后汉又不大一样，偶句形式的变化反映了前后汉审美理想的变化，而审美理想的变化源于文人对生命价值的不同定位，不同生命价值的判断决定了文人不同的心理气质。前汉更多的是和缓从容，后汉更趋向于繁缛促节；前汉更在意于宏放巨丽，后汉则趋向于狭小靡曼；前汉更崇尚猛进豪纵，后汉则日渐规行矩步。前汉的偶句是在宏放中追求大稳定与大运动的统一，充分显示了人的主动精神；

---

① 钟涛：《六朝骈文形式及其文化底蕴》，东方出版社 1997 年版，第 6 页。

而后汉则是在被动与保守中求得安定与协调。① 他的分析有助于理解两汉骈偶风之变化。

李蹊提出的"准骈文"出现于后汉。这个时期散文中骈偶化倾向继续发展。在此基础上,以对偶句为主体的整篇的"准骈文"不断产生。

**冯衍**(前20? ~60?)字敬通,京兆杜陵人,幼有奇才。更始时投刘玄的部下廉丹及鲍永,任立汉将军。刘玄败死后,降光武帝刘秀,不被重用,归故里自保,晚年困窘,心灰意冷。他的代表作是《显志赋》,赋前有"自序",三分之二是对偶句。前半段自伤不遭,久栖迟于小官,不得舒其所怀。后半段表达退休后的生活理想:"先将军葬渭陵,哀帝之崩也,营之以为园。于是以新丰之东,鸿门之上,寿安之中,地势高敞,四通广大。南望郦山,北属泾渭。东瞰河华龙门之阳,三晋之路,西顾酆鄗周秦之丘,宫观之墟。通视千里,览见旧都,遂定茔焉,退而幽居。盖忠臣过故墟而歔欷,孝子入旧室而哀叹。每念祖考著盛德于前,垂鸿烈于后,遭时之祸,坟墓芜秽,春秋烝尝,昭穆无列。年衰岁暮,悼无成功。将西田牧肥饶之野,殖生产,修孝道,营宗庙,广祭祀,然后阖门讲习道德,观览乎孔老之论,庶几乎乔松之福。上陇坂,陟高岗,游精宇宙,流目八纮。历观九州山川之体,追览上古得失之风。愍道陵迟,伤德分崩。夫睹其终必原其始,故存其人而咏其道。疆理九野,经营五山,眇然有思凌云之意。乃作赋自厉,命其篇曰《显志》。显志者,言光明风化之情,昭章玄妙之思也。"

两汉之际,述志之赋渐多,冯衍此赋,篇幅很长,充满牢骚,主旨是在被动与保守中求得安定与自我协调。其自序在后世影响颇大。梁刘峻作《自序》,自比冯敬通,而同之者三,异之者四。清汪中《自序》,自比冯衍、刘峻,凡四同五异。清末李慈铭、民国初年李详及黄侃,皆有自序,纷纷比拟冯衍、刘峻、汪中,略于所同而详于所异,文章有骈有散,皆属于不平之鸣。

**班固**(32~92),字孟坚,著有《汉书》,是中国史学史上与司马迁齐名的历史学家,汉代四大赋家之一,重要的儒家思想家,东汉官方儒学代表作《白虎通义》就是由班固执笔的。班固《汉书》论赞,喜用骈句。曾

---

① 李蹊:《骈文的发生学研究》,河北大学出版社2005年版,第189~191页。

国藩《送周荇农南归序》说，班氏"长于用偶，蔡邕、范蔚宗以下，如潘、陆、沈、任等比者，皆师班氏者也"。可见他在骈偶发展史上的地位。班固的《为第五伦荐谢夷吾疏》，已经是"准骈文"。全文如下：

> 臣闻尧登稷契，治隆太平；舜用皋陶，政致雍熙。殷周虽有高宗昌发之君，犹赖傅说吕望之策。故能克崇其业，允协大中。窃见巨鹿太守会稽谢夷吾，出自东州，厥土涂泥，而英资挺特，奇伟秀出。才兼四科，行包九德。仁足济时，知周万物。加以少膺儒雅，韬含六籍，推考星度，综校图录，探赜圣秘，观变历征，占天知地，与神合契，据其道德，以经王务。昔为陪隶，与臣从事。奋忠毅之操，躬史鱼之节，董臣严纲，勖臣懦弱，得以免庆，实赖厥勋。及其应选作宰，惠敷百里，隆福弥异，流化若神。爰牧荆州，威行邦国。奉法作政，有周召之风；居俭履约，绍公仪之操；寻功简能，为外台之表；听声察实，为九伯之冠。迁守巨鹿，政合时雍。德量绩谋，有伊吕管晏之任；阐弘道奥，同史苏京房之伦。虽密勿在公，而身出心隐。不殉名以求誉，不驰骛以要宠。念存逊遁，演志箕山。方之古贤，实有伦序；采之于今，超然绝俗。诚社稷之元龟，大汉之栋甍。宜当拔擢，使登鼎司。上令三辰顺轨于历象，下使五品咸训于嘉时。必致休征克昌之庆，非徒循法奉职而已。臣以顽骀，器非其畴，尸禄负乘，夕惕若厉。愿乞骸骨，更授夷吾。上以光七曜之明，下以厌率土之望，庶令微臣，塞咎免悔。

这篇文章共 80 句，对偶句约百分之六十。其中有些是四五、四七双句对，实乃后世四六句的雏形。

班固的《典引》，仿司马相如《封禅文》、扬雄《剧秦美新》，以"光扬大汉，轶声前代"。司马相如颂扬汉武帝，班固吹捧汉章帝，基本上都是国力上升时的帝王；扬雄美化王莽，神化篡位者，是颂错了对象，受到后世的讥嘲。所以，从内容上看，班固尚无可厚非；从技巧上看，他比两位前辈又前进了一步。这主要体现在对偶句更多，更工整。如果不计开头的小序，《典引》已是骈句多于散句，可视为准骈文。

方伯海说："以上三篇（指《封禅文》《剧秦美新》和此篇），皆侈谈功德，大旨皆同归于封禅，其间用意却有不同。汉武帝雄才大略，置五经博士，改正朔，易服色，制礼作乐，征伐四方，真有狭小前人之规，故借成王继体无所事事来相形。王莽粉饰周官周礼，凡事多假托六艺以文其奸，故借秦焚书蔑典来相形。此篇以汉承尧后，德比祖宗，事同揖让，故借夏商二代皆崛起方隅，征诛革命来相形。文字必由立意。合之《答宾》《解嘲》《客难》诸篇读之，当自得其解矣。"王弇州曰："辞气雄杰深浑，非魏晋骈俪可拟。"（《评注昭明文选》）

班固的《答宾戏》，模仿东方朔《答客难》、扬雄《解嘲》，由于时代不同，观点也不同。班固在序言中表示，自己笃志儒学，指责东方朔、扬雄不讲"正道"。文中为了安抚才士的不满，他也把汉代与战国进行比较，但重点是极力称赞大汉之威德，在这种情势下，士之遇不遇，只能听天由命，愤慨牢骚都是多余的了。李蹊说，《答宾戏》中的长句对偶和三句排比的长句，"只有在战国诸子和策士们那里，以及唐宋人的文章中才经常使用。其滚动和突进的语势，更能突显班固内心的躁动不安和急于用事的心理"，"他对自己的评价也是相当的毫不隐晦，也毫无收敛之势"。① 孙月峰说："以正道作主张，自是理胜。造语最入细，字捶句炼，极典雅工缛之致，可谓织文重锦。第风骨不如《解嘲》古劲。"何义门说："丽过于扬，其气质则不逮矣。"（《评注昭明文选》）李兆洛说："从容平实，不免晋帖唐临。"（《骈体文钞》）意谓有模仿前人痕迹。《答宾戏》共235句，对偶加排比共146句，占百分之六十二，可以算准骈文。

**崔骃**（？~92），与班固同时而齐名，都是精通儒学、才藻卓异的人物，然而思想性格各不相同。班固进取心强，崔骃显得沉静，"常以典籍为业，未遑仕进之事"。两人同时得到贵戚重臣大将军窦宪的信任。班固对窦宪的骄横擅权视而不见。崔骃不断地提出劝谏，窦宪"不能容"，贬为县令，崔骃干脆不任职而回家。班固则与窦宪一同败落，死于狱中。班固的《答宾戏》，内心充满不平。崔骃有同样的作品《达旨》，却采取"用之则存，舍之则藏"的坦然态度。全文212句，偶句有146句，占三分之二以上。现录其后半段如下：

---

① 李蹊：《骈文的发生学研究》，河北大学出版社2005年版，第134页。

今圣上之育斯民也，朴以皇质，雕以唐文，六合怡怡，比屋为仁。壹天下之众异，齐品类之万殊。参差同量，坏冶一陶。群生得理，庶绩其凝。家家有以乐和，人人有以自优。戚械藏而俎豆布，六典陈而九刑厝。济兹兆庶，出于平易之路。虽有力牧之略，尚父之厉，伊皋不论，奚事范蔡？夫广厦成而茂木畅，远求存而良马萦，阴事终而水宿藏，场功毕而大火入。方斯之际，处士山积，学者川流，衣裳被宇，冠盖云浮。譬犹衡阳之林，岱阴之麓，伐寻抱不为之稀，载拱把不为之数。攸攸罔极，亦各有得。彼采其华，我收其实。舍之则藏，己所学也。故进动以道，则不辞执圭而秉柱国；复静以礼，则甘糟糠而安藜藿。夫君子非不欲仕也，耻夸毗以求举；非不欲室也，恶登墙而搂处。叫呼炫鬻，县旌自表，非随和之宝也；暴智燿世，因以干禄，非仲尼之道也。游不伦党，苟以徇己，汗血竞时，利合而友。子笑我之沉滞，吾亦病子屑屑而不已也。先人有则而我弗亏，行有枉径而我弗随。臧否在予，唯世所议。固将因天质之自然，涌上哲之高训；咏太平之清风，行天下之至顺。惧吾躬之秽德，勤百亩之不耘。絷余马以安行，俟性命之所存。昔孔子起威于夹谷，晏婴发勇于崔杼；曹刿举节于柯盟，卞严（庄）克捷于强御；范蠡错势于会稽，伍员树功于柏举。鲁连辩言以退燕，包胥单辞而存楚；唐且华颠以悟秦，甘罗童牙而报赵；原衰见廉于壶飧，宣孟收德于束脯；吴札结信于丘木，展季效贞于门女；颜回明仁于度穀，程婴显义于赵武。仆诚不能编德于数者，窃慕古人之所序。

值得注意的是，最后连举十六位古人，采用两种句型。这说明作者已意识到如果全是同类型排比句，势必感到板滞，中间稍为变动，可以起缓和作用。这意味着修辞意识的进步。

**王充**（27～97?）字仲任，会稽上虞人，少年时曾至洛阳，游太学，师事班固之父班彪。好博览，不守章句。做过小吏，中年以后闭门著书。其著作《论衡》，以批评衡论当时流行的各种学术观点和社会现象为宗旨，在中国思想史上有重要地位。他的文艺观强调实用，反对华而不实，其文章通俗平易，明白如话，与当时讲究辞藻华美的风气大异其趣，但是也不拒绝使用骈偶。《论衡》的《自纪》篇有大段对偶句:"夫养实者不育华,调行者不饰辞。丰草多落英,茂林多枯枝。为文欲显白其为,安能令文而无谴毁? 救火拯溺,义不得好;辩论是非,言不得巧。入泽随龟,不暇调足;深渊捕蛟,不暇定手。言奸辞简,指趣妙远;语甘文峭,务意浅少。稻谷千锺,糠皮太半;阅钱满亿,穿决出万。大羹必有淡味,至宝必有瑕秽。大简必有大好,良工必有不巧。然则,辩言必有所屈,通文犹有所黜。"这段话只有两句不对称,其余全是对偶句,没有典故和雕琢痕迹。因为尚未独立成篇,只能算是骈文段落。

**王符**(82? ~ 167?)活动于东汉和帝、安帝时代,与张衡、崔瑗等友善,终身不仕,不与世俗同流合污。著书36篇,不欲显其名,故名曰《潜夫论》。姜书阁指出:"他的思想有近于王充的,如反对谶纬迷信,怀疑天命等。作为政论家,他对当时社会政治的批判是颇为广泛而尖锐的,既着重于官场的黑暗腐败和豪门贵族的贪婪残暴,也由此而广涉整个社会风气的浮侈奢靡。他所向往的是希望有明君尊贤任能,信忠纳谏,改革吏治,崇本抑末,发展农业,重视边远地区的防御和建设。王符的《潜夫论》文章朴素无华,笔锋犀利,也有王充《论衡》的优点。他也善于铺叙,造语多用排偶。"[①] 二王之书在批判性上是旗鼓相当的,王充偏重于哲学,王符偏重于政治。《论衡》以散语为主,《潜夫论》偶语较多,风格更典雅。试看下面两段:"夫交利相亲,交害相疏。是故长誓而废,必无用者也;交渐而亲,必有益者也。俗人之相与也,有利生亲,积亲生爱,积爱生是,积是生贤,情苟贤之,则不自觉心之亲之,口之誉之也。无利生疏,积疏生憎,积憎生非,积非生恶,情苟恶之,则不自觉心之外之,口之毁之也。是故富贵虽新,其势日亲;贫贱虽旧,其势日疏。此处子所以不能与官人竞也。世主不察朋友之所生,而苟信贵臣之言,此洁士所以独隐翳,而奸雄所以党飞扬也。"(《交际》)此段大部分对偶,其中两个长排,七句一扇,几乎与后世的八股文相似。

"凡山陵之高,非削成而崛起也,必步增而稍上焉;川谷之卑,非截断而颠陷也,必陂池而稍下焉。是故积上不止,必致嵩山之高;积下不已,

---

① 姜书阁:《骈文史论》,人民文学出版社1986年版,第250页。

必极黄泉之深。非独山川也，人行亦然。有布衣积善不怠，必致颜闵之贤；积恶不休，必致桀跖之名。非独布衣也，人臣亦然。积正不倦，必生节义之志；积邪不止，必生暴弑之心。非独人臣也，国君亦然。政教积德，必致安泰之福；举错数失，必致危亡之祸。故仲尼曰：汤武非一善而王也，桀纣非一恶而亡也。三代之废兴也，在其所积。积善多者，虽有一恶，是为过失，未足以亡；积恶多者，虽有一善，是为误中，未足以存。人君闻此，可以悚惧；布衣闻此，可以改容。"（《慎微》）这段文字论防微杜渐，就积善积恶开展论析。由山川而布衣，而人臣，而国君，分四个层次步步推进。每层皆用正反对比，相当严密，很有说服力。

崔寔（110～170），崔骃之孙，崔瑗之子，著有《政论》一书，主张"圣人执政，遭时定制""宜参以霸术""重赏深罚以御之，明著法术以检之"。《隋书·经籍志》将其列入法家，今存一篇。从文章看，颇具东汉骈俪之风。其中一段如下："故圣人能与世推移，而俗士苦不知变，以为结绳之约可以复理乱秦之绪，干戚之舞足以解平城之围。夫熊经鸟伸，虽延历之术，非伤寒之理；呼吸吐纳，虽度纪之道，非续骨之膏。盖为国之道，有似理身：平则致养，疾则攻焉。夫刑罚者，治乱之药石也；德教者，兴平之粱肉也。夫以德教除残暴，是以粱肉治疾也；以刑罚治兴平，是以药石供养也。方今承百王之敝，值厄运之会，自数世以来，政多恩贷，驭委其辔，马骋其衔。四牡横奔，皇路险倾。方将拑勒鞶辔以救之，岂暇鸣和鸾，清节奏，从容平路哉！"文章批评东汉末年法令松弛，过于宽大，而主张严刑峻法。其中不仅有单句对，双句对，还有三句对。可视为骈偶段落。

蔡邕（132～192），字伯喈，董卓专权时，逼之出仕，官至左中郎将。董卓被诛后，以"怀卓"罪名被捕杀。蔡邕是东汉末期最杰出的学者、文学家、音乐家、书法家。李暊认为，"他是那个时代审美水平最高的音乐艺术和语言艺术大师，这就使他能够感悟到骈辞俪句的审美特征，使他能够以最适当的语言形式表现他的丰富的才情"，"从蔡邕的《释诲》开始，一系列同类文章就是从古文过渡到骈文的这个链条上最为显眼的一环。……蔡邕的《释诲》则是第一篇最接近骈文的文章"。① 《后汉书》本传说他"感东方朔

---

① 李暊：《骈文的发生学研究》，河北大学出版社 2005 年版，第 236、235 页。

《客难》及扬雄、班固、崔骃之徒,设疑以自通,乃斟酌群言,瞠其是而矫其非"。假托务世公子与华颠胡老问答,说明为何有才而不得志。此文的牢骚比前辈更直捷,既揭露现实,又表示"乐天知命,持神任己",在儒道融和之中"舒""收"自如。试看其中述志一段:

> 且用之则行,圣训也;舍之则藏,至顺也。夫九河盈溢,非一由所防;带甲百万,非一勇所抗。……是以君子推微达著,寻端见绪,履霜知冰,践露知暑。时行则行,时止则止,消息盈冲,取诸天纪。利用遭泰,可与处否,乐天知命,持神任已。群车方奔乎险路,安能与之齐轨? 思危难而自豫,故在贱而不耻。方将驰骋乎典籍之崇涂,休息乎仁义之渊薮,盘旋乎周孔之庭宇,揖儒墨而与为友。舒之足以光四表,收之则莫能知其所有。……计合谋从,己之图也;勋绩不立,予之辜也。龟凤山翳,雾露不除,踊跃草莱,祇见其愚。不我知者,将谓之迂。修业思真,弃此焉如? 静以俟命,不歌不渝,百岁之后,归乎其居。

蔡邕的人生价值与东方朔、扬雄、班固、崔骃不同,正是时代不同的反映。前辈同类文章多两句一韵,蔡氏此文则一层意思一个韵脚,在汉大赋以外的文章中,这样的情况不多见,说明蔡邕已经有意识讲求音韵之美。刘勰《文心雕龙·杂文篇》称赞此文"体奥而文炳","文炳"即文章有光彩。

蔡邕的《郭有道碑》常为骈文选家所看重,笔者主编的《历代骈文名篇注析》(黄山书社 1988 年出版)也把它列为骈文第一篇。二十多年后再读这篇文章,笔者今天已改变观点,认为它还不能算骈文,其中有些可视为骈丝俪片,但是,比较严格的对偶句并未占全文主导地位。以碑序而论,近七十个小句中,比较工整的对偶句不足三分之一,连准骈文也够不上。只要把该文与《释诲》相比,就不难看出其间的区别。

**徐淑**,东汉桓帝时陇西人,夫秦嘉,赴京师任黄门郎,徐淑因病未能随行。夫妻双方互寄五言诗三首,并有书信数通往还。徐淑二函都是精妙的骈体。其一如下:

> 知屈珪璋,应奉藏使,策名王府,观国之光。虽失高素皓然之业,

亦是仲尼执鞭之操也。自初承问，心愿东还，迫疾未宜，抱叹而已。日月已尽，行有伴侣。想严庄已办，发迈在近。谁谓宋远，企予望之。室迩人遐，我劳如何？深谷逶迤，而君是涉；高山岩岩，而君是越，其亦难矣。长路悠悠，而君是践；冰霜惨烈，而君是履。身非形影，何得动而辄俱；体非比目，何得同而不离？于是咏萱草之喻，以消两家之思；割今者之恨，以待将来之欢。今适乐土，优游京邑，观王都之壮丽，察天下之珍妙，得无目玩意移，往而不能出耶？

这封短札，感情深厚、委婉、亲切，语言凝练、雅丽，"谁谓宋远"等四句出自《诗经》，恰到好处，竟不觉得是引用。秦嘉得信之后，复报书并赠镜钗琴香等物，徐淑又有第二封报夫书：

既惠音令，兼赐诸物，厚顾殷勤，出于非望。镜有文彩之丽，钗有殊异之观，芳香既珍，素琴益好。惠异物于鄙陋，割所珍以相赐，非丰恩之厚，孰肯若此？览镜执钗，情想仿佛；操琴咏诗，思心成结。敕以芳香馥身，喻以明镜鉴形，此言过矣，未获我心也。昔诗人有飞蓬之感，班婕妤有谁荣之叹。素琴之作，当须君归；明镜之鉴，当待君还。未奉光仪，则宝钗不设也；未侍帷帐，则芳香不发也。今奉旄牛尾拂一枚，可以拂尘垢；越布手巾二枚，严器中物几具。金错碗一枚，可以盛水；琉璃碗一枚，可以服药酒。

这两封信是真心实意的抒情之文，非东汉小赋想象中的美女情郎输情者可比。作者有意锻炼词句，四六之搭配，用典之繁密，显然经过细心锤炼推敲。其意脉是彼我双行，层层推进的，已经脱离了古文的气势，显示出骈文的韵味。徐淑二书，既表现出作者高度的文化素养，也预告正式的骈体文业已成熟。李蹊认为，"这才是中国历史上第一篇真正的骈体文"。①

---

① 李蹊：《骈文的发生学研究》，河北大学出版社 2005 年版，第 233 页。

# 东汉"准骈文"选读

## 班固《典引》（节选）①

矧夫赫赫圣汉，巍巍唐基，②沂③测其源，乃先孕虞育夏，甄殷陶周，④然后宣二祖⑤之重光，袭四宗⑥之缉熙⑦。神灵日烛⑧，光被六幽⑨。仁风翔乎海表，威灵行于鬼区⑩，愿亡迥而不泯，微胡琐而不颐⑪。故夫显定三才昭登之绩，匪尧不兴；⑫铺闻遗策在下之训，匪汉不宏。⑬厥道至乎经纬乾坤，出入三光。外运混元，内浸豪芒。⑭性类循理，品物咸亨，⑮其已久矣。

……

陛下仰监唐典，⑯中述祖则，俯蹈宗轨。躬奉天经，惇睦辩章之化洽。⑰巡靖黎蒸，怀保鳏寡之惠浃。⑱燔瘗县沈，肃祗群神之礼备。⑲是以来仪集羽族于观魏，肉角驯毛宗于外囿，扰绲文皓质于郊，升黄晖采鳞于沼，甘露宵零于丰草，三足轩翥于茂树。⑳若乃嘉谷灵草，㉑奇兽神禽，应图合谍㉒，穷祥极瑞者，朝夕坰牧，日月邦畿，卓荦乎方州，羡溢乎要荒。㉓

——选自《后汉书》卷四〇下《班固传》

### 注释

①《典引》，班固在章帝元和末年所作，文字录自中华书局点校本。

②"矧夫"二句：言汉朝以唐尧为根基（汉以尧后自居，故有此语）。矧：何况。赫赫：光明貌。圣汉：圣明的汉朝。巍巍：高大貌。唐基：唐尧之根基。

③沂：逆流而上。

④"乃先"二句：言从尧至汉，中间又孕育化生虞、夏、殷、周诸代（虞、夏、殷、周之先祖皆曾为尧臣，故有此语）。孕：怀。育：养。甄、陶：生成、造成。

⑤二祖：指西汉开国皇帝高祖刘邦与东汉开国皇帝世祖刘秀，高祖、世祖均为庙号。

⑥四宗：指西汉文帝、武帝、宣帝与东汉明帝，四帝庙号分别为太宗、代宗、中宗、显宗。

⑦缉熙：光明。

⑧烛：照耀。

⑨六幽：上下四方。

⑩鬼区：绝远之区域。

⑪"戁亡迥"二句：言凶恶者无远而不灭，微弱者无小而不养。戁：恶。迥：远。泯：灭。琐：小。颐：养。

⑫"故夫"二句：言明定天地人之道，昭明登天之功，非尧莫能兴也。显：明。三才：天、地、人。昭：明。登：升。绩：功绩。

⑬"铺闻"二句：言广布《尚书·尧典》之遗训于天下，非汉不能弘大也。铺：布。遗策：尧之遗策，谓《尚书·尧典》。下：下土，天下。

⑭"外运"二句：汉道外则运行于混元，内则沾润于毫芒，言巨细皆被。混元：元气未分、混沌为一的状态，此处借指天地、宇宙。蒙芒：即毫芒，喻极细微。

⑮"性类"二句：言世间万物生长皆顺于理，故能通达无碍。性类：含生之类，指世间一切生物。循：顺。品物：万物。亨：通。《周易·坤卦》："含弘光大，品物咸亨。"

⑯监：通"鉴"，鉴察、审察。唐典：唐尧之典，指《尚书·尧典》。

⑰"躬奉"二句：言章帝遵奉孝道，亲厚九族，明辨百姓，教化周遍天下。天经：谓孝。《孝经》曰："夫孝，天之经也。"惇：厚。睦：亲。辩：别。章：明。《尚书》曰："惇叙九族。"又曰："九族既睦，辩章百姓。"洽：遍、周遍。

⑱"巡靖"二句：言章帝巡狩四方，安养鳏寡孤独之人，恩惠遍布百姓。巡：抚。靖：安。黎蒸：谓百姓。怀：安。保：养。鳏：鳏夫，丧妻之人。寡：寡妇。《尚书》曰："怀保小民，惠鲜鳏寡。"浃：周遍。

⑲"燔瘗"二句：言章帝祭祀天地山川，尊礼群神，礼数周备。燔瘗县沈《尔雅》曰："祭天曰燔柴，祭地曰瘗埋，祭山曰庪县（悬），祭川曰浮沈。"肃祇：恭敬。

⑳"是以来仪"六句：言章帝时政治清明，祥瑞云集，凤凰集群鸟于宫阙，麒麟率兽类于苑囿，白虎驯服于郊野，黄龙出现于水池，甘露夜降于丰草之上，三足乌轩翥而飞翔。来仪：指代凤凰。《尚书·益稷》曰："凤皇（凰）来仪。"羽族：谓群鸟。观魏：门阙、宫阙。肉角：指代麒麟。毛宗：指兽类。囿：苑囿。扰：驯。缁文皓质：谓驺虞，即白虎。《说文》曰："驺虞，白虎，黑文，尾长于身。"黄晖采鳞：谓黄龙。沼：水池。宵：夜。零：落。丰草：茂密的草。《诗经·小雅·湛露》："湛湛露斯，在彼丰草。"三足：三足乌，一种神鸟。轩翥：谓飞翔上下。

㉑嘉谷：嘉禾。灵草：灵芝。

㉒谍：通"牒"，图牒。

㉓"朝夕"四句：言祥瑞众多，遍布各地，连续不断。坰牧：郊野。卓荦：殊绝，指数量众多。邦畿：京城及周围区域。方州：指州郡、地方。羡溢：丰足。要荒：泛指远方之国。

（陈君　注释）

### 蔡邕《释诲》节选①

有务世公子诲于华颠胡老②曰:"盖闻圣人之大宝曰位,故以仁守位,以财聚人。然则有位斯贵,有财斯富,行义达道,士之司也。故伊挚有负鼎之衔,③仲尼设执鞭之言,④宁子有清商之歌,⑤百里有豢牛之事。⑥夫如是,则圣哲之通趣,古人之明志也。夫子生清穆之世,禀醇和之灵,覃思⑦典籍,韫椟⑧《六经》,安贫乐贱,与世无营,沈精重渊⑨,抗志高冥⑩,包括无外,综析无形,其已久矣。曾不能拔萃出群,扬芳飞文,登天庭,序彝伦⑪,扫六合之秽慝⑫,清宇宙之埃尘,连光芒于白日,属炎气于景云⑬。时逝岁暮,默而无闻,小子惑焉,是以有云。方今圣上宽明,辅弼贤知,崇英逸伟,不坠于地,德弘者建宰相而裂土,才羡者荷荣禄而蒙赐。⑭盍亦回涂要至,⑮俯仰取容,辑当世之利,定不拔之功,荣家宗⑯于此时,遗不灭之令踪?夫独未之思邪,何为守彼而不通此?"⑰胡老憮然而笑曰:"若公子,所谓睹暧昧之利,⑱而忘昭晰⑲之害;专必成之功,而忽蹉跌⑳之败者已。"公子谡尔敛袂而兴曰:"胡为其然也?"㉑胡老曰:"居,吾将释汝。昔自太极㉒,君臣始基,有羲皇之洪宁,㉓唐虞之至时。三代之隆,亦有缉熙㉔,五伯扶微,勤而抚之。于斯已降,天网纵,人纮㉕弛,王涂坏,太极陁㉖,君臣土崩,上下瓦解。于是智者骋诈,辩者驰说,武夫奋略,战士讲㉗锐。电骇风驰,雾散云披,变诈乖诡,以合时宜。或画一策而绾万金,或谈崇朝而锡瑞珪。㉘连衡者六印磊落,合从者骈组流离。㉙隆贵翕习,㉚积富无崖,据巧蹈机,以忘其危。夫华离蒂而萎,条去干而枯,女冶容而淫,士背道而辜㉛。人毁其满,神疾其邪,利端始萌,害渐亦牙㉜。速速方毂,㉝夭夭是加,㉞欲丰其屋,乃蔀其家。㉟是故天地否闭,圣哲潜形,㊱石门守晨,沮、溺耦耕,㊲颜歜抱璞,蘧瑗保生,㊳齐人归乐,孔子斯征,㊴雍渠骖乘,逝而遗轻。㊵夫岂憨主而背国乎?道不可以倾也。"

"且我闻之,日南至则黄钟应,㊶融风动而鱼上冰㊷,蕤宾统则微阴萌,㊸兼葭苍而白露凝。㊹寒暑相推,阴阳代兴,运极则化,理乱相承。今大汉绍陶唐之洪烈,㊺荡四海之残灾,隆隐天之高,拆组地之基。㊻皇道惟融,㊼帝猷显丕,㊽泯泯庶类,㊾含甘吮滋。检六合之群品,济之乎雍熙,㊿群僚恭己[51]于职司,圣主垂拱乎两楹。[52]君臣穆穆,守之以平,济济多士,端委缙綎,[53]鸿渐盈阶，振鹭充庭。<sup>54</sup>譬犹钟山之玉，泗滨之石，累珪璧不为之盈，探浮磬不为之索。<sup>55</sup>曩者，洪源辟而四隩集，<sup>56</sup>武功定而干戈戢，<sup>57</sup>猃狁攘而吉甫宴，<sup>58</sup>城濮捷而晋凯入。故当其有事也，则蓑笠并载，<sup>59</sup>擐甲扬锋，<sup>60</sup>不给于务；当其无事也，则舒绅缓佩，鸣玉以步，绰有余裕。"

"夫世臣、门子，嬖御之族，<sup>61</sup>天隆其祜<sup>62</sup>，主丰其禄。抱膺<sup>63</sup>从容，爵位自从，摄须理鬓，余官委贵。其取进也，顺倾转圆，不足以喻其便；逡巡放屣，不足以况其易。夫〔夫〕有逸群之才，人人有优赡<sup>64</sup>之智。童子不问疑于老成，瞳矇<sup>65</sup>不稽谋于先生。心恬澹于守高，意无为于持盈<sup>66</sup>。粲乎煌煌，莫非华荣<sup>67</sup>。明哲泊<sup>68</sup>焉，不失所宁。狂淫振荡，乃乱其情。贪夫殉财，夸者死权。<sup>69</sup>瞻仰此事，体躁心烦。暗谦盈之效，迷损益之数。<sup>70</sup>骋骛驰于修路，<sup>71</sup>慕骐骥而增驱，卑俯乎外戚之门，气助乎近贵之誉。荣显未副，<sup>72</sup>从而颠踣，<sup>73</sup>下获熏胥<sup>74</sup>之辜，高受灭家之诛。前车已覆，袭轨而骛，<sup>75</sup>曾不鉴祸，以知畏惧。予惟悼哉，害<sup>76</sup>其若是！天高地厚，跼而蹐之，<sup>77</sup>怨岂在明，患生不思。战战兢兢，必慎厥尤<sup>78</sup>。"

"且用之则行，圣训<sup>79</sup>也；舍之则藏，至顺也。夫九河<sup>80</sup>盈溢，非一块所防；带甲百万，非一勇所抗。今子责匹夫以清宇宙，庸可以水旱而累尧、汤乎？惧烟炎之毁燔，<sup>81</sup>何光芒之敢扬哉！"

——选自《后汉书》卷六〇《蔡邕传》

### 注释

①《释诲》，蔡邕早年未出仕时所作，本文之前有一段文字交代写作缘起："桓帝时，中常侍徐璜、左悺等五侯擅恣，闻邕善鼓琴，遂白天子，敕陈留太守督促发遣。邕不得已，行到偃师，称疾而归。闲居玩古，不交当世。感东方〔朔〕《客难》及扬雄、班固、崔骃之徒设疑以自通，及斟酌群言，韪其是而矫其非，作《释诲》以戒厉云尔。"

②华颠胡老：白发元老。华：白。颠：顶，首。胡老：胡耇，元老。

③"伊挚"句：伊挚，即伊尹，名挚。

④"仲尼"句：《论语》载孔子曰："富而可求，虽执鞭之士吾亦为之。"执鞭：持鞭驾车，多用以表示卑贱的差役。

⑤"宁子"句：宁子，宁戚，春秋卫人，后为齐大夫。宁戚欲干齐桓公，穷困无以自达，乃为商贾，将车适齐，暮宿郭门，饭牛车下，望见桓公，乃击牛角而商歌。桓公闻之曰："异哉！歌者非常人也。"命后车载之，举用为大夫。

⑥ "百里"句：百里，百里奚。豢，养。虞国百里奚曾自鬻于秦，衣褐食牛，期年，秦穆公知之，举之牛口之下，以为上大夫。

⑦ 覃思：深思。

⑧ 韫椟：怀藏。

⑨ 沈精重渊：精神下沉至九重深渊，指学业用思刻苦。

⑩ 抗志高冥：树立志向以达高空。抗志，高尚其志。

⑪ 彝伦：常理，常道。

⑫ 秽慝：污浊，邪恶。

⑬ 景云：太平瑞应的一种，一曰庆云。

⑭ 羡：有余。荷：承受。

⑮ 回涂：曲路。回：曲。要：取。意谓行邪曲而有所得，身履直道则不能有所至。

⑯ 家宗：家庭宗族。

⑰ 彼：谓贫贱。此：谓荣禄。

⑱ 暧昧：含糊，模糊。

⑲ 昭皙：清楚，明显。

⑳ 蹉跌：失足跌倒。

㉑ 谡（sù）尔：形容精神振作、凝聚贯注的样子。敛袂：整饬衣袖，表示恭敬。兴：兴起。

㉒ 太极：天地之始。《易》曰："《易》有太极，是生两仪。"

㉓ 羲皇：即伏羲氏，传为古代三皇之一。洪宁：大安，大治。洪，大。

㉔ 缉熙：光明，光辉。

㉕ 纮：网。

㉖ 陁：崩弛。

㉗ 讲：习，演练。

㉘ "或画一策"二句：指游说之士很容易获得富贵和权力。绾：绾结，系结。崇朝：终朝，从天亮到早饭时，喻时间短暂。崇，通"终"。锡珪：帝王封爵授土时赐珪以为信物，后泛指授以高官重爵。珪，古代诸侯朝聘时所执的玉制礼器。

㉙ 连衡者：指张仪。六印：六国之印，张仪、苏秦二人并佩六国之印。合从者：指苏秦。骈：并。组：绶。流离：颜色鲜艳貌。

㉚ 隆贵：尊贵。翕习：威盛貌。

㉛ 辜：加罪，惩处。

㉜ 牙：萌芽。

㉝ 速速方毂：指小人富贵得意。速速：鄙陋之人。方毂：并车而行。毂：车。

㉞ 夭夭是加：指杀戮之祸随之而来。夭：杀。加：施及，加以。

㉟ 丰其屋：使房屋高大。蔀其家：谓大其屋而家设棚席。蔀（音 bù），指覆盖于棚架上以遮蔽阳光的草席，引申为覆盖。二句典出《易·丰卦·上六》："丰其屋，蔀其家，窥其户，阒其无人。"

㊱ 否闭：闭塞不通。潜形：隐藏形迹。二句典出《易·文言》："天地闭，贤人隐。"

㊲ 石门守晨：指石门主晨夜开闭者。石门：地名，鲁城外门。沮溺耦耕：长沮、桀溺二人并耕。耦耕：二人并耕。二句意谓石门守晨者、长沮、桀溺，都是隐逸之人。

㊳ 颜歜抱璞：指颜歜被褐怀玉以自全。蘧瑗保生：指蘧瑗善于保养生命。二句意谓颜歜、蘧瑗都是明道养生之人。

㊴"齐人"句：《论语》载，齐人馈赠鲁国女乐，季桓子受之，三日不朝，孔子遂行。

㊵"雍渠"句：《史记》载，卫灵公与夫人同车，宦者雍渠参。乘孔子曰"吾未见好德如好色者也"，鄙之，去卫适曹。逝而遗轻：意谓若遗弃轻细之物而离去。

㊶ 日南至则黄钟应：指冬至时黄钟律与之相应。日南至：即冬至。黄钟：即黄钟律，乐律十二律中的第一律。黄钟应：古代为了预测节气，将苇膜烧成灰，放在律管内，到某一节气，相应律管内的灰就会自行飞出。黄钟律和冬至相应，时在十一月。

㊷ 融风动而鱼上冰：指立春后东北风吹来，冰面开始融化，鱼开始由水底向上游，接近冰面。融风：东北风。

㊸ 蕤宾统则微阴萌：指农历五月潮气、阴气开始萌生。蕤宾：古乐十二律中之第七律，仲夏之月，律中蕤宾。古人律历相配，十二律与十二月相适应，谓之律应。蕤宾位于午，在五月，故代指农历五月。微阴萌：谓一阴爻生，即《周易》姤卦，农历五月对应于姤卦。

㊹ 蒹葭苍而白露凝：典出《诗经·秦风·蒹葭》："蒹葭苍苍，白露为霜。"

㊺ 陶唐：即唐尧，汉室奉为先祖。洪烈：伟大的功业。

㊻ 緪：音 gèn，通"亘"，连接、贯通。

㊼ 皇道：帝王治国的法则。融：显明，昌盛。

㊽ 帝猷：帝王治国之道。显丕：犹丕显，大明。

㊾ 泯泯：整齐貌。庶类：万物，万类。

㊿ 雍熙：谓和乐升平。

(51) 恭己：谓恭谨以律己。

(52) 垂拱：垂衣拱手，后多用以称颂帝王无为而治。

㊼ 端委:古代礼服。缙:音 jìn,浅赤色。綖:音 tíng,佩玉的绶带。

㊾ "鸿渐"二句:喻君子贤人遍布于朝廷。鸿渐、振鹭:比喻仕进于朝的贤人。鸿,水鸟。渐出于陆,喻君子仕进于朝,典出《易·渐》:"鸿渐于陆。"鹭,白鸟,喻操行洁白的贤人,典出《诗·周颂·振鹭》:"振鹭于飞,于彼西雍。"

㊿ "钟山"四句:言钟山多玉,泗水多石,喻汉多贤人。累:累加。盈:增加。探:探取。索:尽。

56 洪源:大水的源头,比喻大业的开端。辟:开辟,指大禹治理洪水而开导之。四隩:四方的边远地区。集:集合,聚集。

57 武功定:谓武王伐纣。载:音 jí,收藏兵器。

58 "猃狁"句:指周宣王时尹吉甫伐猃狁而归,天子以燕礼飨乐之。攘:抵御、驱逐。

59 蓑笠并载:备雨的蓑和御暑的笠一起带着。

60 擐(音 huàn)甲:穿上甲胄,贯甲。擐:贯穿,穿着。扬锋:举起武器。锋,刀、剑等有刃的兵器的尖端或锐利部分,借指刀、剑等有刃的兵器。

61 世臣:历代有功勋的旧臣。门子:指周及春秋时卿大夫的嫡子。势御:即侍御,指君主身边的人。

62 祜:福,大福。

63 抱膺:怀抱,心胸。

64 优赡:渊博丰富。

65 瞳矇:指愚昧无知的人。

66 持盈:保守成业。持,守。盈,满。

67 华荣:即荣华。

68 泊:淡泊,恬静。

69 贪夫殉财,夸者死权:贪婪的人为财货而死,浮华的人为权力而死,二句典出西汉贾谊《鵩鸟赋》。

70 "暗谦盈"二句:指不知谦盈损益之道。暗:昏暗,不明白。谦:减损,不足。盈:满。效:证明,验证。迷:迷惑。损益:增减,盈亏。数:规律,必然性。

71 驽骀:劣马,喻才能低劣者。修路:长路,远路。

72 荣显:荣华显耀。副:相称,符合。

73 颠踣:跌落,跌倒。

74 熏胥:谓株连坐罪。

75 袭轨:沿着前车的轨迹。骛:驰骛,驰骋。

㊅ 害：何，表反问。

㊆ 蹐：屈曲不伸。蹐：轻步行走，小步行走。

㊇ 尤：过失，罪愆。

㊈ 圣训：指孔子说过的话。《论语》载孔子曰："用则行，舍则藏。"

㊉ 九河：河，指黄河。河水分为九道，故谓之九河。

㉛ 烟炎：微弱的烟火。毁熸：毁灭，熄灭。熸（音 jiān），熄灭。此句言惧微细以致毁灭。

（陈君　注释）

# 第三章

# 魏晋：骈文之形成

## 第一节　魏晋骈文概说

### 一　骈文形成于何时之讨论

**先秦**。清人阮元认为，先秦已有骈文，《周易》之《文言传》即是骈文，孔子是骈文之初祖。（《文笔考》）本书认为，先秦虽有骈句，尚无骈文。《文言传》虽有不少骈句，从全文看尚算不上骈文。

陈鹏说："先秦散文中大都有一些骈俪文字，但只是作为一种修辞手段的运用，并且在文章中也不占主体地位。"又说："如果把骈文的始限推溯到先秦时期，把骈文的范围不加限制地扩大，那么只会抹杀骈文的文体特征。如果把一切包含有对偶句式的文章都算作骈文，那么骈文将什么也不是。"①

**西汉**。持此说者以姜逸波为代表。她列举陆贾《新语》中的《慎微》、贾山的《至言》、贾谊的《过秦论》、司马相如的《谏猎》等文，认为皆已具备骈文的特点。②。

陈鹏说："有些学者认为骈文起于汉代，在某种程度上是受李兆洛《骈

---

①　陈鹏：《六朝骈文研究》，巴蜀书社 2009 年版，第 17、21 页。
②　姜逸波：《骈文在汉初的生发》，《湘潭大学学报》1998 年 3 期。

体文钞》的影响。该书辑录较多两汉文章，但现在看来，几乎都不是骈文。汉代文章骈偶化只是一些个别的现象，尚未形成一种普遍的自觉行为。"①

东汉。清末王闿运《湘绮楼论文》主张骈偶之文起于东汉。今人范文澜《中国通史简编》、姜书阁《骈文史论》等亦持此说。本书认为，东汉文章骈偶化已经相当普遍，已有"准骈文"出现，但还不是正式骈文。问题是"准骈文"与正式骈文如何区别尚无定论。

魏晋。主此说者自唐宋迄今占多数，代表人物有唐柳宗元、宋黄伯思、元祝尧、明王志坚、吴纳……今人更不胜枚举。主要根据是，这时已经出现正式骈文，成为后世骈文写作的基本范式，可以说骈文形式已基本确立。而这种确立或曰定型的过程，应该是在整个魏晋时期，跨度约一百来年。陈鹏主张骈文形成于曹魏，未免太狭窄，至少也应该包括西晋。这是一种文体之渐变，而非突变。说骈文在魏晋正式形成，并不等于它为全社会普遍采用。虽然它尚未占据文坛主体地位，但确实已有一批标准的骈文受到社会上一些文人的重视和效法。这就可以说明：一种新的文章体式业已诞生。刘涛认为，"魏代散文的骈偶化趋势非常明显，并且已经具备骈文的雏形，但由于对偶所占比例还不具压倒之势，所以此时尚未有严格意义上的骈文"，"骈文正式定型在晋代"。②

齐梁。钟涛《六朝骈文形式及其文化意蕴》持此说，李蹊《骈文的发生学研究》也说："标准的骈文只能在齐梁时代才能完成。"③ 陈鹏认为，"不应该把骈文的始限过多地往后拉，混淆骈文与徐庾体、四六文的界限，那就会大大缩小骈文的范围"。④

与骈文何时正式形成相关，学者对谁是第一位骈文作家也有不同认识。姜书阁认为是蔡邕，于景祥认为是曹植。李蹊对蔡、曹二位的作品的对偶句进行统计和分析后，认为他们还没有写出后世定为标准的骈文。多数人认为第一位骈文作家应该是陆机。清沈德潜《古诗源》卷七说："士衡……遂开出排偶一家。"谭家健主编的《历代骈文名编注析》序言说："到了两

---

① 陈鹏：《六朝骈文研究》，巴蜀书社 2009 年版，第 18、19 页。
② 刘涛：《南朝散文研究》，中国社会科学出版社 2012 年版，第 55、56 页。
③ 李蹊：《骈文的发生学研究》，河北大学出版社 2005 年版，第 363 页。
④ 陈鹏：《六朝骈文研究》，巴蜀书社 2009 年版，第 21 页。

晋，骈文才正式成体，其代表人物就是陆机。"① 钟涛等持同样看法。

## 二　骈文形成于魏晋之背景

社会大动乱的苦难，迫使作家们加深对个体生命价值的思考，促进了文学的自觉和审美意识的加强，而骈文正是通过语言体现审美，从而表现生命价值的有效形式之一。

从黄巾起义到董卓专权，许多文人学者遭遇空前的浩劫，死于非命。不久之后，曹魏政权统一北方。不久，内部又酝酿并爆发了曹氏与司马氏的明争暗斗。正始年间，一批文人惨遭屠戮，"名士少有全者"。西晋短暂统一，即发生八王之乱，相当多的文化人卷入其中而丧失性命。这一百来年间，人们普遍感到生命的脆弱，惊呼人生苦短，及时行乐以增加生命的密度。行乐的方式，一是追求物质享受，醇酒妇人，声色歌舞。有的男人也讲究美容，熏香傅粉，打扮自己，招摇过市。另一种方式是通过文学创作充分表现自我，吟诗作赋写文章，这成为士人精神享受和排遣苦闷的重要方式。文学价值从服务社会、经国济世，扩大到适意畅怀、娱悦自我。五言诗的繁荣，抒情小赋的发展，都体现出新的美学价值观。散文适应于作家们对物质享受和精神享受的追求，其中积习多年的骈偶手法，到这时更被充分利用而得到飞速发展。李躔分析，对魏晋文人来说，"即使物质的华美得不到，而语言的华美作为精神的享受，是一种创造和发现的最大的快乐"，"他们会写文章，而所谓文章也就是华美的语言。而所谓华美的语言，除了辞藻的华美以外，更主要的也就是对偶句的发展和精细化"。②

李躔进而指出，到了西晋，动荡消失了，稳定统一的现实使得"进入上层的士人，物质和精神的享受已经成为或可能成为现实。确证自己'人的全部本质力量'的手段也就只能是'文章千古事'了。表现这种心态的偶句，即对应稳定的精神和物质的享受的偶句，必定走向进一步的'稳定而华美'，开始与古文的偶句划清了界限。……直接诉诸视觉和听觉的华美辞藻，不要或很少需要语气词、连接词，使语言节奏整齐而错落有致，尤

---

① 谭家健主编《历代骈文名篇注析》序言，黄山书社1988年版，第3页。
② 李躔：《骈文的发生学研究》，河北大学出版社2005年版，第212页。

其是四字句与六字句的交错运用，隔句相对，其‘意味’正是短暂与舒缓的相合。……这种语言形式在西晋成为整篇文章主要的语言形式，骈文也就正式产生了”。①

散文形式自身的发展变化，促进了骈文文体基本要素的齐备。

刘师培《论文杂记》说：“由汉至魏，文章迁变，计有四端：西汉之时，……大抵皆单行之语，不杂骈俪之词；或出语雄奇，或行文平实，咸能抑扬顿挫，以期语意之简明。东京以降，论辩诸作，往往以单行之语，运排偶之词，而奇偶相生，致文体迥于西汉。建安之世，……悉以排偶易单行，即非有韵之文，亦用偶文之体，而华靡之作，遂开四六之先，而文体复殊于东汉，其迁变者一也。西汉之书，言词简直，故句法贵短，……东汉之文，句法较长，即研炼之词，亦以四字成一语。魏代之文，则合二语成一意。由简趋繁，昭然不爽。其迁变者二也。西汉之时，虽属韵文，而对偶之法未严。东汉之文，渐尚对偶。若魏代之体，则又以声色相矜，以藻绘相饰，靡曼纤冶，致失本真。其迁变者三也。西汉文人，……咸能洞明字学，故选词遣字，亦能古训是式，非浅学所能窥。东汉文人，即与儒林分列，故文词古奥，远逊西京。魏代之文，则又语意易明，无俟后儒之解释。其迁变者四也。”②

刘师培所谓魏代可以涵盖魏晋。李蹊就文人心态与骈句发展进行宏观概括，刘师培从文章的句式、词风乃至用字差别做出分析，相当精辟。

骈文以对偶句为主要句式，而对偶句有多种形态，为什么最终选择四六隔句对为其基本标志呢？这是文学发展历史选择的结果。刘勰《文心雕龙·章句》篇说：“四字密而不促，六字格而非缓，或变之以五言，盖应机之权节也。”这是就句子的有效容量和音节长短而言。日僧遍照金刚《文镜秘府论》说：“七言已去，伤于太缓，三言以还，失于至促。准可以间其文势，时时有之。至于四言，最为平正。词章之内，在用宜多。”③ 刘氏所谓“词章”，比骈文要广，应该包括箴铭赞颂这几种文体，它们确实以四言为

---

① 李蹊：《骈文的发生学研究》，河北大学出版社 2005 年版，第 234 页。
② 刘师培：《中国中古文学史论文杂记》，人民文学出版社 1984 年版，第 116 页。
③ 〔日〕遍照金刚：《文镜秘府论》，人民文学出版社 1975 年版，第 158 页。

主。若单就标准化的骈文而言，则四言句并非最佳选择。在汉代，四言句主要用于大赋，而五言句至魏晋已成为诗歌的基本句式。骈文若以五言为主，则不易与诗相区别。六言句和七言句是楚辞体和骚体赋的常用句式。楚辞体的一句，加"兮"字即为七言，减"兮"字即为六言，常分上下句搭配使用。陈鹏说："魏晋文人七言诗的创作很萧条，主要流行于北方民间。当时崇尚典正雅颂的文人是轻视七言的。"① 这样一来，骈体文要想显示自己的句式与其他文体的不同，只有选择四六隔句对了。

这样讲，并不意味着骈文不用其他句式。事实上，四言对句、杂言对句，在魏晋文章中仍然大量存在。至于四六对句，魏晋时期并不太多。其普遍使用，以至全篇皆四六，那确实要到徐陵、庾信的时代。

帝王与贵族的喜爱与提倡，是促进骈文形成的重要客观因素。

东汉末年的汉灵帝，在政治上昏庸，艺术上却是内行。他创立鸿都门学，专门培养出身庶族的专门人才，学习辞赋、俳词、书法、绘画等当时太学所不屑讲授的课目。学生毕业后予以重用，迁升很快，因而引起保守派的不满。今天看来，在中国艺术教育史上汉灵帝做了一件好事。刘师培《中国中古文学史讲义》第三课《论汉魏之际文学变迁》说："汉之灵帝，颇好俳词，下习其风，益尚华靡，虽迄魏初，其风未革。"② 应该说，建安和魏初的一大批文学家就是在汉末所造成的华靡风气下成长的。

建安七子及邺下文人集团，受到曹氏父子提携奖掖，这是大家公认的。但必须指出，这批文人中的多数是在被曹操接纳之前就已经创作了不少优秀的作品，或者说已经打下了深厚的文学基础。他们后来的成就与汉灵帝时的文化氛围不能没有关系。

曹氏父子推动建安文学的发展，首先表现在政治上宽容作家，包括反对过自己的文人（如陈琳）和大不敬的狂生（如刘桢）。其次是组织一系列文学活动，共同游园，观赏音乐舞蹈，吟诗作赋，举行创作比赛，出同一个题目，大家共同写作，互相批评、鼓励，比较得失，这其中的核心人物是曹丕。鲁迅说："汉文（此指汉末即建安之文）慢慢壮大起来，是时代使

---

① 陈鹏：《六朝骈文研究》，巴蜀书社 2009 年版，第 87 页。
② 刘师培：《中国中古文学史讲义》，上海古籍出版社 2006 年版，第 6 页。

然，非专靠曹氏父子之功的。但华丽好看，却是曹丕提倡的功劳。"（《论魏晋风度及文章与药及酒之关系》）曹操虽对诗和赋有兴趣，对骈文未必喜欢。曹操写文章的最大特点就是通脱，即随便，想说什么就说什么，想怎么写就怎么写，质朴浅白，不加雕琢，很少对偶和典故。而骈文恰恰是不怎么随便的。刘师培《中国中古文学史讲义》说："魏代子书纯以推极利弊为主，不尚华词，与东汉异。"钟涛认为，"曹操要求'勿得浮华'的主张，以及他清峻通脱的文章风格，使从东汉以来散文的逐步骈化暂时停止"。①从东汉中后期王符《潜夫论》和崔寔《政论》开始的盛行骈丽之风，到魏代子书（如徐幹《中论》、桓范《世要》），骈偶化趋势确是相对减弱。

在西晋，推动文学发展的贵族应该提到贾谧。此人是晋惠帝之妻贾南风之弟，封鲁国公，参议朝政，政治表现恶劣，但他曾组织文学集团，形成"二十四友"，包括陆机、陆云、潘岳、潘尼、左思、石崇、挚虞、欧阳建、刘琨等，其中不少人在诗赋和骈文创作上很有成就。他们曾在大富豪石崇的私家园林金谷园唱和，故又称"金谷二十四友"。这些活动，在中国文学史上的影响是不能抹杀的。

## 三　魏晋骈文的几种类型

刘师培《中国中古文学史讲义》指出："魏代自太和迄正始，文士辈出，其文约分为两派。一为王弼、何晏之文，清峻简约，文质兼备，虽阐发道家之绪，实与名、法家言为近者也。……一为嵇康、阮籍之文，文章壮丽，总采骋辞，虽阐发道家之绪，实与纵横家言为近者也。"②。刘氏虽然仅论魏代中后期之文，亦可以适用于魏晋之际。他主要是就风格而言，还不是专论骈文。

若从骈文发展来看，可以分为几种类型。

第一种是**标准骈文**。句式以四六隔句对为主体，较多使用典故，比较自觉地选词炼句以求华美，少数文章有声律感，参差押韵的句子逐渐增多，

---

① 钟涛：《六朝骈文形式及其文化意蕴》，东方出版社 1997 年版，第 64 页。
② 刘师培：《中国中古文学史讲义》，上海古籍出版社 2006 年版，第 28 页，以下凡引刘师培说，皆在句后说明出处。

往往体现在议论文、抒情文、书牍文中，风格大致是壮而丽，陆机是其主要代表。不过，从魏晋文坛整体来看，标准骈文还处于少数。

第二种是**白描骈文**。近人瞿兑之《中国骈文概论》提出这个概念，他指的是宋代欧阳修的骈文，以古文之气而行骈文之实，不尚用典和藻饰，追求平易通畅。其实，这种文章东汉已有萌芽，魏晋不断出现，它们以四六隔句对为主要句式，有意识地使语意双行，两两对比，合两步为一意。其风格接近清峻派，仲长统、王弼为其代表。

白描骈文并不是骈文的幼稚阶段或通俗化形式，它代表华丽之外的另一种美学追求，不仅魏晋有，南北朝、隋唐也有，中唐的陆贽可归入此类，宋四六中有白描派，但也有华丽派。此后，从明清到民国，到20世纪八九十年代，都有人写作白描骈文。

第三种是**准骈文**。这是李蹊提出的。东汉已有准骈文，到魏晋时期，这种类型的骈文不但继续存在，而且数量相当多。其对偶句已占全文一半以上，典故不时出现，有些句子较为华美。准骈文既不像白描骈文那样平易随意，也不像标准骈文那样精雕细刻，有时还有赋体之文的气势，有时又杂以古文笔法，语气词较多，奇偶随时交错，长短不齐，不如标准骈文那么规整。古代和近代一些骈文选家对此类文章十分重视，目前一些骈文史对它们也是大讲特讲的，而按李蹊、钟涛的标准，它们似乎还不够骈文资格，与标准骈文尚有距离。

骈赋算不算骈文？历来有不同的处理方式。明代王志坚《四六法海》，清李兆洛《骈体文钞》，当代黄钧等人编选的《历代骈文选》，以及钟涛《六朝骈文形式及其文化意蕴》、奚彤云《中国骈文批评史稿》，叶农、叶幼明《中国骈文发展史论》等，不把骈赋归入骈文。清人姚燮《骈文类范》、许梿《六朝文絜》以及今人一些骈文选本和近年出版的几部骈文史，吕双伟《清代骈文理论研究》等书，主张骈文应包括骈赋。还有一些学者认为骈赋处于骈文和辞赋两种文体交叉重叠处，可以算在骈文范围之内。谭家健主编的《历代骈文名篇注析》持后一种观点，但该书并未选骈赋。《中华古今骈文通史》不打算介绍骈赋，主要理由是骈赋的界限难以确定。它与汉大赋和唐宋文赋之区别明显，但与大量的抒情赋、咏物赋、游览赋是什么关系？除了以骈偶句之多少来区别之外，还有哪些不同？目前还没有弄清楚，所以采取存而不论的态度。

周悦主张骈赋不属骈文，她有专文《论骈文骈赋之异同》，认为二者虽然在造句形式上不无相近之处，但有四点区别。第一，体裁不同。骈赋是辞赋之一种，要求押韵，属于韵文，而骈文一般不押韵（按：有少数自然押韵）属于古代文章的一种。第二，句式不同。骈赋除四六隔句作对之外，还可以用骚体句和五言诗句，骈文则极少使用上述两类句式。第三，结构不同。骈赋往往采用主客问对展开描写，结尾常有"乱曰""歌曰"，骈文则从不采用这种形式。第四，用途不同。"骈赋的运用在描写与抒情"，"而骈文的功用基本上是应用文"。① 叶农、叶幼明《中国骈文发展史论》补充为六点不同，可以合看。

《中华古今骈文通史》不讲骈赋，但赋序例外。魏晋时期有些赋序文字较长，甚至超过赋本身，可以单独成篇。其中有的是标准的骈文，艺术成就很高，受到后世高度评价，如陆机《豪士赋序》、庾信《哀江南赋序》等。它们不可视为骈偶段落。还有些诗序和赞颂铭诔之序，往往用骈文写作，也可以单独成篇。本书把这类作品视为完整骈文予以论介，对于其序外之诗和赞颂铭诔，则不做过多介绍，因为他们已属于韵文，且骈句不多。

# 第二节　建安三国骈文

本时期大约 70 年，从公元 196 年至 265 年。

## 一　建安魏初骈文

建安时期的骈文家首先介绍**仲长统**（180～220），仲长是姓，后世亦简称其为仲氏。山东人，以狂生名世，经荀彧介绍入曹操幕，参丞相军事、尚书郎，著有《昌言》。由于范晔《后汉书》将他与王充、王符合传，韩愈据之作《后汉三贤赞》，后世及当代思想史、文学史多置仲长统于东汉之末。姜书阁《骈文史论》改置建安，徐公持《魏晋文学史》及拙著《中国古代散文史稿》亦然。主要理由是：仲长统与建安六子（孔融除外）同属

---

① 周悦：《论骈文与骈赋之异同》，载《中国文学研究》2004 年第 1 期。

邺下文学集团，而年龄比他们小。王粲、陈琳、刘桢、徐干皆病卒于 217
年，仲长统卒于 220 年。他的文章风格与思想倾向具备建安时代特征，而有
别于王充、王符。《昌言》大部分已佚，今存三篇。其艺术水平最高的作品
是《乐志论》，全文如下：

> 　　使居有良田广宅，背山临流，沟池环匝，竹木周布，场圃筑前，
> 果园树后。舟车足以代步涉之难，使令足以息四肢之役。养亲有兼珍
> 之膳，妻孥无苦身之劳。良朋萃止，则陈酒肴以娱之；嘉时吉日，则烹
> 羔豚以奉之。蹰蹰畦苑，游戏平林。濯清水，追凉风，钓游鲤，弋高
> 鸿。讽于舞雩之下，咏归高堂之上。安神闺房，思老氏之玄虚；呼吸
> 精和，求至人之仿佛。与达者数子，论道讲书，俯仰二仪，错综人物。
> 弹南风之雅操，发清商之妙曲。逍遥一世之上，睥睨天地之间。不受
> 当时之责，永保性命之期。如是，则可以凌霄汉，出宇宙之外矣。岂
> 羡夫入帝王之门哉？

　　严可均编《全后汉文》认为此文是《昌言》的一部分。这不太可信。
按《昌言》作于参曹操军事之后。姜书阁认为"上述的文和诗都是他二十
几岁时所作，并不是后来《昌言》中的文字"。[①] 他的三首四言诗以道家出
世思想为基本内容，而《乐志论》思想与之一致，应作于同时。文章最后
一句"岂羡夫入帝王之门哉"，正是入曹丞相之门以前的心情，入相门之后
恐怕就不会这样写了。《乐志论》反映出在混乱之世中小地主的生活理想和
精神追求，安定和谐，丰衣足食，逍遥自在。境界清高，语言优美，文字
明丽，如诗如画，令人向往。全文除最后三句外，完全是对偶句，其中有
些是近乎四六的隔句对，皆自然形成，似非有意讲求，因而未必句句工整，
基本上不用典故，是典型的白描骈文。对于西晋石崇的《思归引序》、北齐
祖宏勋的《与阳休之书》、隋初萧大圆的《言志》等借景述志之文，不无
启发。
　　仲长统有一篇论德教的文章，见《群书治要》，被辑入《全后汉文》，

---

① 姜书阁：《骈文史论》，人民文学出版社 1986 年版，第 271 页。

原缺篇名，根据内容，笔者拟题为《德教论》，是一篇白描骈文。全录如下：

德教者，人君之常任也，而刑罚为之佐助焉。古之圣帝明王，所以能亲百姓，训五品，和万邦，蕃黎民，召天地之嘉应，降鬼神之吉灵者，实德是为，而非刑之攸至也。至于革命之期运，非征伐用兵，则不能定其业；奸宄之成群，非严刑峻法，则不能破其党。时势不同，所用之数亦宜异也。教化以礼义为宗，礼义以典籍为本。常道行于百世，权宜用于一时。高辛已往，则闻其人不见其书；唐虞夏殷，则见其书不详其事。周氏以来，载籍具矣，所不可得而易者也。故制不足则引之而无所至，礼无等则用之不可依，法无常则网罗当道路，教不明则士民无所信。引之无所至则难以致治，用之不可依则无所取正，网罗当道路则不可得而避，士民无所信则其志不知所定，非治理之道也。诚令方来之作，礼简而易用，仪省而易行，法明而易知，教约而易从。篇章既著，勿复刊劚；仪故既定，勿复变易。而人主临之以至公，行之以至仁，一德于恒久，先之以己身。又使通治乱之大体者，总纲纪而为辅佐；知稼穑之艰难者，亲民事而布惠利。政不分于外戚之家，权不入于宦竖之门。［郡］下无侵民之吏，京师无佞邪之臣。则天神可降，地祇可出。大治之后，有易乱之民者，安宁无故，邪心起也；大乱之后，有易治之势者，创艾祸灾，乐生全也。刑繁而乱益甚者，法难胜避，苟免而无耻也；教兴而罚罕用者，仁义相厉，廉耻成也。任循吏于大乱之会，必有恃仁恩之败；用酷史于清治之世，必有杀良民之残，此其大数也。我有公心焉，则士民不敢念其私矣；我有平心焉，则士民不敢行其险矣；我有俭心焉，则士民不敢放其奢矣。此躬行之所征者也。开道涂焉，起堤防焉，舍我涂而不由，逾堤防而横行，逆我政者也。诰之而知罪，可使悔过于后矣；诰之而不知罪，明刑之所取者也。教有道，禁不义，而以身先之，令德者也。身不能先，而总略能行之，严明者也。忠仁为上，勤以守之，其成虽迟，君子之德也。谲诈以御下，欺其民而取其心，虽有立成之功，至德之所不贵也。

这篇政论主旨在提倡德教，改善政治，以儒家仁义为主导，又承认必要的法治。推知当作于后期，意在向曹操等统治者献言，与《昌言》之以批判社会弊端，可以互相补充。全文112句，对偶82句，占百分之七十三，有长有短，多做两两比较，并不讲求字数绝对整齐，不用任何典故，不加修饰，多用"者""也""焉"等语词，颇具古文气势，与《乐志论》之语句规整，少用语气词，略有不同。

**阮瑀**（？~212）字元瑜，少从蔡邕学，曹操闻其名，辟为祭酒、记室。卒于建安十八年，是建安六子中较早谢世者。阮瑀长于书记，今存文不多，有《文质论》，全文如下：

> 盖闻日月丽天，可瞻而难附；群物著地，可见而易制。夫远不可识，文之观也；近而易察，质之用也。文虚质实，远疏近密，援之斯至，动之应疾，两仪通数，固无攸失。若乃阳春敷华，遇冲风而陨落；素叶变秋，既究物而定体；丽物若伪，丑器多牢。华璧易碎，金铁难陶。故言多方者，中难处也；术饶津者，要难求也；意弘博者，情难足也；性明察者，下难事也。通士以四奇高人，必有四难之忌。且少言辞者，政不烦也；寡知见者，物不扰也；专一道者，思不散也；混蒙蔽者，民不备也。质士以四短违人，必有四安之报。故曹参相齐，寄托狱市，欲令奸人有所容立；及为宰相，饮酒而已。故安刘氏者周勃，正嫡位者周勃。大臣木强，不至华言。孝文上林苑欲拜啬夫，释之前谏，意崇敦朴，自是以降，其为宰相，皆取坚强一学之士，安用奇才，使变典法？

文质关系，从孔子提出，墨、孟、老、庄、荀、韩……直到汉代诸子都发表了不少见解，多从文化或美学角度立论。阮瑀则扩大到政治品德范畴，认为"文虚质实"，丽物不如丑器，华璧不如金铁，提倡"少言辞，寡知见"，"大臣木强，不至华言"，并以曹参、周勃、张释之等敦朴名臣为例，以证明其重质轻文观，显然是片面的。但是他这篇《文质论》却写得颇为华丽，对偶整齐、排比有序。除了后半段列举史实用散句外，前半段全是对偶句。全文59句，对偶42句，占百分之七十一。

应玚（？～217），字德琏，建安中为曹操丞相掾属，后从曹丕。他的文章中有两篇骈文。其一是《文质论》，全文如下：

盖皇穹肇载，阴阳初分，日月运其光，列宿曜其文，百谷丽于土，芳华茂于春。是以圣人合德天地，禀气淳灵。仰观象于玄表，俯察式于群形。穷神知化，万物是经。故否泰易趋，道无攸一，二政代序，有文有质。若乃陶唐建国，成周革命，九官咸乂，济济休令。火龙黼黻，暐韡于廊庙；衮冕旒旒，焄弈乎朝廷。冠德百王，莫参其政。是以仲尼叹焕乎之文，从郁郁之盛也，夫质者端一，玄静俭啬，潜化利用。承清泰，御平业，循轨量，守成法。至乎应天顺民，拨乱夷世，擒藻奋权，赫奕丕烈，纪禅协律，礼仪焕别。览坟丘于皇代，建不刊之洪制，显宣尼之典教，探微言之所弊。若乃和氏之明璧，轻縠之袿裳，必将游玩于左右，振饰于宫房。岂争牢伪之势，金布之刚乎？且少言辞者，孟僖所以答郊劳也；寡智见者，庆氏所以困相鼠也。今子弃五典之文，暗礼智之大，信管望之小，寻老氏之蔽，所谓循轨常趋，未能释连环之结也。且高帝龙飞丰沛，虎踞秦楚。唯德是建，唯贤是与。陆郦擒其文辨，良平奋其权谲，萧何创其章律，叔孙定其庠序，周樊展其忠教，韩彭列其威武。明达天下者非一士之术，营建宫庙者非一匠之矩也。逮自高后乱德，损我宗刘。朱虚轸其虑，辟强释其忧，曲逆规其模，郦友诈其游。袭据北军，实赖其畴。冢嗣之不替，实四老之由也。夫谏则无议以陈，问则服汗沾濡，岂若陈平敏对，叔孙据书，言辨国典，辞定皇居。然后知质者之不足，文者之有余也。

应玚此文，是对阮瑀的《文质论》的反驳。应氏主张文质并用，极力推重文事之历史功绩，列举古代和汉代礼仪文化建树的史实，强调文章典籍和言辞的重要作用，并针对阮氏"少言辞""寡智见"进行批评。他也列举汉初大批名臣，善言辞，有文化，出计谋，定后嗣，安天下，结论是质者不足，文者有余。应氏的见解比阮氏更为全面。全文90句，对偶80句。有些历史故事被浓缩为典故，有些描述经过选词练句，有二十多句押韵，这在当时说理文中是不多见的。此文吸收了赋体文学排比铺陈的手法，与标准骈文尚有所区别，似可归之于准骈文。

其二是《报宠惠恭书》："夫'萧艾'之歌，发于信宿；《子衿》之思，起于嗣音。况实三载，能不有怀？虽萱草树背，皋苏在侧，悒愤不逞，只以增毒。朝隐之宫，宾不往来；乔木之下，旷无休息，抱劳而已。足下剖符南面，振威千里。行人子羽，朝夕相继。曾不枉咫尺之路，问蓬室之旧。过意赐书，辞不半纸，慰藉轻于缯缟，讥望重于丘山。是《角弓》之诗所以为刺也。值鹭羽于苑丘，骋骏足于株林。发明月之辉光，照妖人之窃窕。斯亦所以炫耳目之视听，亡身命于知友者也。"这封信是对担任地方长官的一位朋友的批评。含蓄地责备对方疏于音问，寄来的信仅仅简单半纸，情薄如缟。使用大量典故，多出处自《诗经》《左传》等常见古籍，婉而多讽，绵中带刺。全文共 32 句，对偶 21 句。显然出于精心雕琢。其风格大异于白描骈文。

**刘桢**（？ ~217）字公干，加入曹氏集团较早，性情狂傲，不拘小节。有一次魏太子曹丕宴宾客，酒酣坐欢，命夫人甄氏出来见客。坐中众人皆拜伏，独刘桢平视这位旷世美女。这种失礼行为，惹得曹操大怒，罚刘桢在宫中劳动改造。刘桢长于诗，文章不多，有两封骈体书信，其一是《答魏太子丕借廓落带书》，共 24 句，有 18 句对偶句，全文如下：

> 桢闻荆山之璞，曜元后之宝；隋侯之珠，烛众士之好；南垠之金，登窈窕之首；貂蝉之尾，缀侍臣之帻。此四宝者，伏朽石之下，潜污泥之中，而扬光千载之上，发彩畴昔之外，亦皆未能初自接于至尊也。夫尊者所服，卑者所修也；贵者所御，贱者所先也。故夏屋初成而大匠先立其下，嘉禾始熟而农夫先尝其粒。恨桢所带，无他妙饰，若实殊异，尚可纳也。

据《三国志·魏志·王粲传》裴松之注引《典略》曰："文帝尝赐桢廓落带，其后师死，欲借取以为像。因书嘲桢曰：'夫物因人为贵，故在贱者之手，不御至尊之侧。今虽取之，勿嫌其不反也。'"[1] 刘桢回信说，凡珍贵

---

① 晋·陈寿撰，宋·裴松之注《三国志》，中华书局 1999 年版，第 448 页。

之物，先贱而后贵，况且这条腰带，没有什么巧妙装饰，最好让贱者使用。倘若确有特异之处，再还给你。他针对来书作答，多戏谑之语，诙谐之词。联系到曹丕曾向钟繇索要宝玉，钟马上送来，可见刘桢性格傲岸不群。

其二是《处士国文甫碑铭》：

> 先生执乾灵之贞洁，禀神祇之正性，咳笑则孝悌之端著，匍匐则清节之兆见。龆龀以及成人，体无懈容，口无愠辞，兢兢业业，小心畏忌，勤让同俦，敬事长老。虽周之乐正子春，汉之江都董相，其饬躬力行，无以尚之。是以长安师其仁，朋友钦其义，闺门称其慈，宗属怀其惠。既乃潜身穷岩，游心载籍，薄世名也。初，海内之乱，不视膳羞十有余年，忧心泣血，不胜其哀，形销气竭，以建安十七年四月卒。于时龙德逸民，黄发实叟，缀文通儒，有方彦士，莫不拊心长号，如丧同生。咸以为诔所以昭行也，铭所以旌德也。古之君子，既没而令问不忘者，由斯一者也。……

前半段评论人物品德，后半段简述叙其居丧十年尽孝这一件事，而于亲邻之怀念他，则着重描绘（按："海内之乱"后，或脱"双亲亡故"），是碑文佳品。全文 40 句，对偶 22 句，已经符合骈文要求。

**陈琳**（？~217），初从袁绍，后归曹操。他的《为袁绍檄豫州文》吹嘘袁绍，痛斥曹操，在文学史上很有名，当时曹操即为之动容，爱其文才而赦其罪过。后来他转而又为曹操写过许多檄文，极力歌功颂德。历代学者对他的品格有不同评价，明张溥说此文"无异扬雄《剧秦美新》，文人何常？唯所用之"。[①] 当代学者有人说陈琳类似朝秦暮楚的战国策士。至于描述袁曹双方的功过及实力的比较，古人已批评其多有夸大失实之语，而"发丘摸金，诬过其虐"，显然是捏造。一篇政治性极强的作品，如果过多地不符合事实，即使其艺术性很高，恐怕也要大打折扣的。细检此文，共285 句，对偶句 60 句，约占五分之一，距骈文要求颇远。

近年出版的散文史和骈文史都提到曹操。张仁青说，曹氏"父子三人

---

① 明·张溥著，殷孟伦注《汉魏六朝百三家集题辞注》，中华书局 2007 年版，第 97 页。

均以斐然之文采，写骈俪之文章"。① 于景祥说，曹操"其骈文创作也有独到的成就"，"纯为'白描的骈文'"，并举《让县自明本志令》和《请封赠郭嘉封邑表》中的各一段为例，称它们"虽以骈语为文，却使人不知不觉"。② 李景华说:"曹操的文章，开一代风气。文笔通脱，语辞错落，完全是先秦两汉的文风，可以说完全没有骈偶的痕迹。"③ 姜书阁认为《让县自明本志令》"如与家人子女共话平生者，实为散文之代表作。……其中绝无骈语俪辞。而他所作上表，却又多作骈体。即令悉是他人代笔，亦必须操批阅定稿，即认为操文亦无不可"。④徐公持说:"曹操他几乎不写骈体文，在今存数十篇文章中，绝少骈化痕迹。"⑤ 李蹊说:"按照曹操的实际情形，他应该不至于写这样华丽或者说是基本上属于华丽一类的文章，"（引者按:指表章）"曹操的这类文章，一方面是朝廷表、章、书、奏历来的风格决定的，作为'人臣'，他上奏皇帝的'表'理应如此，而且他必须十分明确地表现出'人臣'的身份，以免遭到更大的猜忌。"⑥

　　鲁迅曾称赞曹操是"改造文章的祖师"。改造什么？我以为主要是改变东汉末年讲求华丽骈偶的风气，转而提倡通脱清峻的散文。鲁迅又说，"通脱即随便"，清峻"即文章要简约严密"。所以曹操虽爱好文学，却未必爱好骈文。《让县自明本志令》正是最通脱的散文，其中对偶句很少。以于景祥所引的一小段为例，共 22 句，对偶只有 6 句。这样的文章实在无法当成"白描骈文"。

　　**曹丕**（187～226）。鲁迅说，建安文章"华丽好看，却是曹丕的功劳"。曹丕的确是爱好并提倡骈俪之文的。他的书信多骈散兼行，并不是纯粹骈文。姜书阁指出，曹丕的两篇与吴质书，"基本上是骈俪之体，故历来选骈文者皆取之。然以言偶对齐整、藻采缤纷，则尚不及其《与钟繇书》之通

---

① 　张仁青:《中国骈文发展史》，台湾 1970 年版，浙江大学出版社 2009 年重版，192 页。
② 　于景祥:《中国骈文通史》，吉林人民出版社 2002 年版，第 259～260 页。
③ 　漆绪邦主编，首都师范大学中文系集体编写《中国散文通史》，吉林教育出版社 1994 年版，第 488 页。该书魏晋部分由李景华教授撰写，本书引用时径称"李景华说"。
④ 　姜书阁:《骈文史论》，人民文学出版社 1986 年版，第 274～275 页。
⑤ 　徐公持:《魏晋文学史》，人民文学出版社 1999 年版，第 41 页。
⑥ 　李蹊:《骈文的发生学研究》，第 217～218 页。

篇骈偶，几至全无单行散语"。① 钟涛经过统计，发现上述三篇文章对偶句都不够骈文要求。《与朝歌令吴质书》55 句，对句 16；《又与吴质书》111句，对句 18；《与钟繇书》62 句，对句 26。② 但曹丕并不乏骈偶为主的文章，如《周成汉昭论》，全文 49 句，对偶 36 句，占百分之七十三。

> 或方周成王于汉昭帝，佥高成而下昭。余以为周成王体上圣之休气，禀贤姚之贻诲，周召为保傅，吕尚为太师，口能言则行人称辞，足能履则相者导仪。目餍威容之美，耳饱仁义之声，所谓沈渍玄流，而沐浴清风者矣。犹有咎悔，聆二叔之谤，使周公东迁。皇天赫怒，显明厥咎。犹启诸《金縢》，稽诸国史，然后乃悟。不亮周公之圣德，而信《金縢》之教言，岂不暗哉！夫孝昭，父非武王，母非邑姜，养惟盖主，相则桀光，体不承圣，化不胎育，保无仁孝之质，佐无隆平之治。所谓生于深宫之中，长于妇人之手。然而德与性成，行与体并，年在二七，早智凤达。发燕书之诈，亮霍光之诚，岂将有启《金縢》，信国史，而后乃悟哉！使夫昭成均年而立，易世而化，贸臣而治，换乐而歌，则汉不独少，周不独多也。

此文以周成王曾怀疑周公，而汉昭帝充分相信霍光，说明二人政治判断力的优劣。这是很有见地的。虽举周汉史实为证，并不属于用典，也没有雕饰痕迹，基本上是白描骈文。曹植亦有《周成汉昭论》，认为成昭历史条件不同，故处事态度各异，无所谓优劣。行文更近散体。丁仪也有《周成汉昭论》，赞同曹丕观点。

**曹植**（192～232），曹丕之弟。建安—太和时期最有成就的文学家，他的文章中有四篇可算是骈文。其一是《汉二祖优劣论》，比较西汉高祖刘邦与东汉光武帝刘秀。共三大段，首段论刘邦，次段论刘秀，末段做比较，认为刘秀更优秀。下面引述第二段：

---

① 姜书阁：《骈文史论》，人民文学出版社 1986 年版，第 278 页。
② 钟涛：《六朝骈文形式及其文化意蕴》，东方出版社 1997 年版，第 66 页。

夫世祖体乾灵之休德，禀贞和之纯精，通黄中之妙理，韬亚圣之懿才。其为德也，聪达而多识，仁智而明恕，重慎而周密，乐施而爱人。值阳九无妄之世，遭炎光厄会之运。殷尔雷发，赫然神举。用武略以攘暴，兴义兵以扫残。神光前驱，威风先逝。军未出于南京，莽已弊于西都。夫当此时也，九州鼎沸，四海渊涌。言帝者二三，称王者四五，咸鸱视狼顾，虎超龙骧。光武秉朱光之巨钺，震赫斯之隆怒，其荡涤凶秽，剿除丑类，若顺迅风而纵烈火，晒白日而扫朝云也。尔乃庙胜而后动众，计定而后行师，故攻无不陷之垒，战无奔北之卒。是以群下欣欣，归心圣德，宣仁以和众，迈德以来远。故窦融闻声而影附，马援一见而叹息。股肱有济济之美，元首有穆穆之容。敦睦九族，有唐虞之称；高尚纯朴，有羲皇之素。谦虚纳下，有吐握之劳；留心庶事，有日昃之勤。乃规弘迹而造皇极，创帝道而立德基。

全文 119 句，对偶 89 句，占百分之七十五，较少使用"者""也"等语气词。李蹊说："作者在论述刘邦时，由散行单句逐渐转入骈俪句式，中间亦时杂单句。整段文章显得潇洒飘逸。……到论述光武帝刘秀时，除个别连接句外，句句相对，句式整齐……四字、五字、六字、七字相对的句子，间杂错落，随意安放，而且出现了自然的六字句对偶，更有隔句对偶的句子，连续读下来，圆转直下，不见痕迹；而每一对偶句又将一事一德，以稳定的形式确定下来，显得确凿不移。……但是，这样的偶句虽然十分接近骈文的偶句，却杂有古文句法，因此，就全文而论就不能算是骈文。"[①]李氏前面的分析很具体，后面的结论不敢苟同。曹植此文之古文句法并不多，即使在后来成熟的骈文家笔下，有时也难免杂以古文句法，二者并非水火不相容。所以我主张此文应算作骈文。

其二是《孔子庙颂序》。其中颂文是四言韵语，很少对偶。序文共 107 句，对偶 60 句，占百分之五十六。其中一段说："于是鲁之父老，诸生游士，睹庙堂之始复，观俎豆之初设，嘉圣灵于仿佛，想贞祥之来集。乃慨然而叹曰：大道衰废，礼学灭绝，卅余年。皇上怀仁圣之懿德，兼二仪之

①　李蹊：《骈文的发生学研究》，第 282～284 页。

化育。广大苞于无方，渊恩沦于不测。故自受命以来，天人咸和，神气烟煴。嘉瑞踵武，休征屡臻。殊俗解编发而慕义，遐夷越险阻而来宾。虽太皞游龙以君世，虞氏仪凤以临民；伯禹命玄宫而为夏后，西伯由岐社而为周文，尚何足称于大魏哉！若乃绍继微绝，兴修废官，畴咨稽古，崇配乾《《，允神明之所欢欣也，岂徒鲁邦而已哉！"此文对朝廷修复孔子庙堂极力赞扬，认为功莫大焉。骈多于散，至少可算是准骈文。

其三是《求自试表》。此文历来评价很高，是各种骈文选本必录之作。当时曹植闲置于外蕃，不受重用，心中苦闷，于是上书明帝，一是表示忠诚，以释其猜忌；二是要求上前线，为国效劳。字字句句浸渍真诚的情愫，或慷慨激昂，或急切感叹。气势充沛，言词流畅，多用语气词，以婉转勾连，了无滞碍。以散体之气，运俪偶之辞，整齐而又具跌宕之美。明人孙月峰评点说："佳处在作得有肉，高处在气力驱遣，妙处则又在意到即写。"陆雨侯评点说："引伸微婉，一片血忱，非文人巧饰可得。"（均见《评注昭明文选》）全文对偶句约百分之五十。李蹊说："此文确实华丽而壮大。但是其句式乃四字、五字、六字、八字、九字的形式杂然相间，文中用了许多连接词和语尾助词，从效果上看，显然是为了缓和语气，表现臣下的谦恭，但也正因为如此，整篇的句法也就是古文的句法，与先秦两汉的许多文章极其相似，而不是骈文的句法。"[1] 尽管如此，笔者还是主张《求自试表》应作为"准骈文"，在骈文史上占一席之地。从写作艺术上讲，它是建安骈文中上乘之作。本章前举各篇，除《乐志论》外，皆未能达到它的水平。

曹植的第四篇骈文是《陈审举表》。曹植向朝廷建议，审举人才，慎择将相，并希望自己能"列有职之臣，赐须臾之问，使臣得一散所怀，擴舒蕴积，死不恨矣"。主旨大致与《求自试表》相同，但文章太长，论点不够集中，气势不够充沛。全文对偶句，占百分之五十二，可算是准骈文。

曹植的《求通亲表》是很有感情的文章，然而对偶句较少。其他如《与吴质书》共79句，对偶26句，占三分之一。《与杨修书》，共115句，对偶22句，不足五分之一。它们是优美的散文，但不能算骈文。

《文心雕龙·章表》说："陈恩之表，独冠群才。观其体赡而律周，辞

---

① 李蹊：《骈文的发生学研究》，第227页。

清而志显，应物制巧，随变生趣，执辔有余，故能缓急广节矣。"此论适用于曹植骈散诸表。

**吴质**（177～230），字季重，以才学博通为曹氏诸王所爱，在曹丕、曹植争夺继承权的斗争中，他支持曹丕，但与曹植关系也不坏，尤其在文字交往方面。曹丕即位之前，他仕途栖迟；受禅之后，他很快得到擢拔。吴质有书信多通，见《昭明文选》。其中《答魏太子笺》85 句，对偶 10 句。《在元城答魏太子笺》69 句，对偶 22 句。二笺皆非骈文。《答东阿王书》，116 句，对偶 59 句，超过二分之一，可以算是准骈文。该书是对曹植来书的回答。回味不久前难忘的会面，叙说别后的心情不佳，实际是因未得迁升而闹情绪。针对曹植来信所说的"足下好使，值墨子回车之县（朝歌县），想足下为我张目也。又闻足下在彼，自有佳政"。吴质回答说："墨子回车，而质（任职）四年。虽无德与民，式歌且舞，儒墨不同，固已久矣。然一旅之众，不足以扬名；步武之间，不足以驰迹。若不改辙易御，将何以效其力哉！"曲折地请曹植帮他调升职务。全文用典约三十几处，而使人不知不觉。为了充分说明事理，该文有时大段采用散句，该骈则骈，该散则散，体现出建安时代以气运文不刻意追求骈偶的时代特色。邵子湘评曰："针对来书，不支不漏，甚为得体。"（《评注昭明文选》）王文濡说："才思横溢，不亚陈思，而功稍有未逮，读者当细味之。"（《秦汉三国文评注读本》）

**李康**，生卒年不详，生活在魏明帝时，中山人，性介立，不能和俗。曾撰《游九山吟》，明帝见而异之，起家为寻阳长，有美绩，后以病终。今存《运命论》一篇，在中国散文史上颇受重视。主要原因在于，命运问题是几千年来士人普遍关注的议题。从孔子、孟子、墨子、庄子，到贾谊、董仲舒、班固、王充、王符……许多名家不断发表各种见解。李康此文的中心思想是论证人的贵贱穷达在于命运，不可强求。开头和结尾都强调："夫治乱，运也；穷达，命也；贵贱，时也。"他列举历史上一系列人物的遭遇作为例证。如孔子，其才能仁智，高于门人后辈子夏、子思。然而孔子游七十国不遇，子夏、子思则势动人主，名显诸侯，可见穷达与个人才德无关。李康主张一切听从命运安排，屈原之沉江，贾谊之发愤，都没有必要。圣人所以为圣，就在于乐天知命，穷达如一，明哲保身。他还严厉批评追求势利的奔竞之徒。这些观点并不新鲜，且有大段文句摘自王充

《论衡》，而态度比王充消极。但是这篇文章确实写得好，语言明快，论述有序，虽多引史实，却并不是典故，有明显的古文气势。其中佳句如"木秀于林，风必摧之；堆出于岸，流必湍之；行高于人，众必非之"。常为后人称引。明人孙月峰说："文气腴畅，笔力雄肆，通上下，兼雅俗。"（《评注昭明文选》）。钱锺书说："按波澜壮阔，足以左挹迁（司马迁）袖，右拍愈（韩愈）肩，于魏晋间文，别具机调。"[1] 李景华说："《运命论》语言犀利，气势奔放，有《战国策》的遗风，是贾谊《过秦论》的余绪。"[2] 姜书阁说："作家思如泉涌，语如贯珠，随意挥洒，都成妙趣；况复积之以学，运之以气，充之以涉世之久、阅历之深，锻之以辞采之精，音声之美，故能千变万化，左右逢源。"[3] 熊礼汇说："此论不但句式从赋中来，好铺陈，好形容，好作譬喻，亦从赋中来。所继承的正是贾谊所开创的经过曹植发扬光大的以赋为论的传统，因而它既有贾、曹论文气盛、辞赡、华美、壮大的长处，也有其故事堆砌，殆同书抄，章句烦冗，不善持论之弊。"[4] 上述各家评语中有的未免溢美，而"殆同书抄"的指责未免过分。

《运命论》全文 338 句，对偶加排比 214 句，占百分之六十三。由于"者""也"较多，古文气势较浓，似可作"准骈文"看待。

## 二 正始骈文

魏明帝曹睿死后，齐王芳年幼，曹爽、司马懿辅政，曹氏、司马氏开始明争暗斗。至正始十年（248）年高平陵之变，曹爽被诛杀，司马氏完全控制政权。这二十多年，文学史上统称正始时期，是充满腥风血雨的时代。时间虽然短暂，却产生不少对后世大有影响的文学家、思想家。

**王弼**（226～249），字辅嗣，山阳人，是王粲之孙，只活了二十四岁，是开一代风气的玄学家，著作有《老子注》《周易注》《周易略例》等。他的文章，注重逻辑思维，不讲究形象思维，醉心名辩，追求清峻简约。刘

---

① 钱锺书：《管锥编》，中华书局 1979 年版，第三册，八十七则。
② 漆绪邦主编，首都师范大学中文系集体编写《中国散文通史》，吉林教育出版社 1994 年版，第 580 页。
③ 姜书阁：《骈文史论》，人民文学出版社 1986 年版，第 309 页。
④ 熊礼汇：《先唐散文艺术论》下册，学苑出版社 1999 年版，第 626 页。

师培认为他与何晏代表文坛一大派别，与稍后的嵇康、阮籍代表的壮丽派并称。依实际成就而言，在思想史上，王何地位要高于嵇阮；而在文学史上，嵇阮则远远超过王何。

王弼的文章，有的是白描骈文，如《老子指略》：

> 《老子》之书其几乎！可一言而蔽之，噫！崇本息末而已矣。观其所由，寻其所归，言不远宗，事不失主。文虽五千，贯之者一；义虽广瞻，众则同类。解其一言而蔽之，则无幽而不识，每事各为意，则虽辩而愈惑。尝试论之曰：夫邪之兴也，岂邪者之所为乎？淫之所起也，岂淫者之所造乎？故闲刑在乎存诚，不在察善；息淫在乎去华，不在滋章；绝盗在乎去欲，不在严刑；止讼存乎不尚，不在善听。故不攻其为也，使其无心于为也；不害其欲也，使其无心于欲也。谋之于未兆，为之于未始，如斯而已矣。故竭圣智以治巧伪，未若见质素以静民欲；兴仁义以敦薄俗，未若抱素朴以全笃实；多巧利以兴事用，未若寡私欲以息华竞。故绝习察，潜聪明，去劝进，剪华誉，弃巧用，贱宝货，唯在使民爱欲不生，不在攻其为邪也。故见素朴以绝圣智，[少] 私 [寡] 欲以弃巧利，皆崇本息末之谓也。

这是一篇哲理论文，宣扬崇本息末，先要从思想观念上少私寡欲。首句领起，末句兜住，中间一正一反，语意双行，论证充足，层次井然，全文 52 句，对偶 36 句，占百分之七十。大部分是隔句对，清爽犀利，不求辞藻华丽，不事夸张形容，而自具理趣和说服力。王弼其他文章如《言不尽意论》等率皆类此。姜书阁说："试看晋、宋谈玄论道之文，多具此风。……写这样文章原不在于求文辞之美，而只欲言理，然言理者不能不正反对举，以事物互证，以虚实相明，因而其文句会自然成偶。……这样骈文当然只能是没有多少文采的骈文，是不属于美文的骈体文章。"[1] 然而在当时和后世却有相当的影响。李景华说：王弼之文"大体模仿《易传》的风格，语言畅达，和繁琐的汉儒解经文字不同。……自然，这类文章学术性

---

① 姜书阁：《骈文史论》，人民文学出版社 1986 年版，第 314 页。

大于文学性，王弼在散文史的地位难成一家"。①

何晏（190～249），是曹操的养子，因为属于曹党而被司马氏诛杀。他在魏晋玄学史上与王弼齐名。文学上，他有《景福殿赋》，散文有《无名论》，风格与王弼相近。还有《白起论》《九州论》等，散句皆多于骈句。

应璩（190～252），应玚之弟。其书信受到骈文史家的注意，评价颇高。钟涛逐篇统计之后发现，其中《与二从弟书》74 句，对偶 22 句。《与满公琰书》45 句，对偶 18 句。《与广川岑文渝书》40 句，对偶 18 句，都未够半数。② 只有《与侍郎曹长思书》，44 句，对偶 22 句，可以算骈文，其中"德非陈平，门无结驷之迹；学非扬雄，堂无好事之客；才劣仲舒，无下帷之思；家贫孟公，无置酒之乐。悲风起于闺闼，红尘蔽于机榻"是成熟的骈偶句法。王文濡说："骈句层叠，渐开六朝之风。然气韵疏散，妙造自然，绝不见一毫雕琢痕迹。"（《秦汉三国文评注读本》）

桓范（？～249），曾在曹爽手下任要职，后被司马氏借故杀害。他著有子书《世要论》，今存十四篇。姜书阁说："此书纯用骈体。"并举《为君难》一段为例。我翻阅全书之后发现，并非"纯用骈体"，而是骈散兼用，整体上散多于骈。而姜先生所引一段，只能视为骈丝俪片。桓范另有《荐管宁表》，则可视为准骈文。如下：

> 臣闻殷汤聘伊尹于畎亩之中，周文进吕尚于渭水之滨。窃见东莞管宁，束修著行，少有令称［于］州间之名。亚故太尉华歆，遭乱浮海，远客辽东，于混浊之中，履洁清之节。笃行足以厉俗，清风足以矫世。以箪食瓢饮，过于颜子；漏室蔽衣，逾于原宪。臣闻唐尧宠许由，虞舜礼支父，夏禹优伯成，文王养夷齐。及汉祖高四皓之名，屈命于商洛之野。史籍叹述，以为美谈。陛下绍五帝之鸿烈，并三王之逸轨，膺期受命，光昭百代，仍有优崇之礼。于大夫管宁，宠以上卿之位，荣以安车之称。斯之为美，当在魏典，流之无穷，明世之高士

---

① 漆绪邦主编，首都师范大学中文系集体编写《中国散文通史》，吉林教育出版社 1994 年版，第 576 页。

② 钟涛：《六朝骈文形式及其文化意蕴》，东方出版社 1997 年出版，第 66 页。

也。臣以为既加其大，不受其细。可重之以玄缥，聘之殊礼矣。

全文共 40 句，对偶 22 句，占百分之五十五。与本书前章所举荐文章相比，此文介绍管宁较为简略，重点在以古比今，希望当今朝廷效法古代圣王优待和重用贤士。少数句子语意不连贯，似乎有些脱离。这样的文章，反映出当时文人努力向骈俪靠拢的风气。

**阮籍**（210～263），字嗣宗，建安七子中的阮瑀之子。曾任步兵校尉，故后世称阮步兵。他政治上倾向于曹氏集团，对司马氏不满，又不得不与之周旋，所以小心谨慎，不参与政争，不臧否人物，喜怒不形于色，醉酒佯狂，以求全身远祸。从其代表作《咏怀诗》看，内心忧愤苦闷。阮籍的文章很多，主要是谈玄论道，在思想史上很受重视。至少有三篇可视为骈文。其一是《答伏义书》，全文如下：

承音览旨，有心翰迹。夫九苍之高，迅羽不能寻其巅；四溟之深，幽鳞不能测其底。翘无毛分，所能论哉？且玄云无定体，应龙不常仪。或朝济夕卷，翕忽代兴；或泥潜天飞，晨降宵升。舒体则八维不足以畅迹，促节则无间足以从容。是又朁夫所不能瞻，琐虫所不能解也。然则弘修渊邈者，非近力所能究矣；灵变神化者，非局器所能察矣。何吾子之区区，而吾真之务求乎？人力势不能齐，好尚舛异。鸾凤凌云汉以舞翼，鸠鹨悦蓬林以翱翔；蟭浮八滨以濯鳞，鳖娱行潦而群逝。斯用情各从其好，以取乐焉。据此非彼，胡可齐乎？夫人之立节也，将舒网以笼世，岂樽樽以入罔？方开模以范俗，何暇毁质以适检？若良运未协，神机无准，则腾精抗志，邈世高超。荡精举于玄区之表，摅妙节于九垓之外。而翱翔之乘景，跃蹉蹐，陵忽慌。从容与道化同逌，逍遥与日月并流。交名虚以齐变，及英祇以等化。上乎无上，下乎无下，居乎无室，出乎无门。齐万物之去留，随六气之虚盈，总玄网于太极，抚天一于寥廓。飘埃不能扬其波，飞尘不能垢其洁。徒寄形躯于斯城，何精神之可察？虽业无不闻，略无不称，而明有所逮，未可怪也。观君子之趋，欲衔倾城之金，求百钱之售，制造天之礼，拟肤寸之检。劳玉躬以役物，守朦秽以自毕。沉牛迹之洿薄，惕河汉

之无垠。其陋可愧，其事可悲。亮规略之悬逾，信大道之弘幽。且局
步于常衢，无为思远以自愁。比连疹愤，力喻不多。阮籍白。

　　伏义有《与阮嗣宗书》，以儒家人生哲学为理论武器，对阮籍的为人处
世加以非难、讥斥，语言尖锐，文气峻厉，文章很长，使用了大量对偶句。
阮籍的答书并没有正面回答，而是以形象化的比喻，说明道不同不相为谋，
人各有志，好尚各异，不宜据此非彼。钱锺书批评阮氏避而未对，徒以大
言为遁词。① 阮籍自比应龙、鸾凤，暗喻对方是瞽夫、琐虫，不能理解大
道，"其陋可愧，其事可悲"。笔者认为，此文不用逻辑思维，而用形象思
维来说理，道理并没有讲清楚，然而其形象瑰丽可观，完全是《庄子》笔
法。熊礼汇认为，"由此文可以看出，阮籍为文，和他写《咏怀诗》一样，
惯于和善于用比兴手法言志抒情，往往用一些超常的想象之词，创造出奇
特形象、境界，以显示其理。这一点和《淮南子》相似"。② 此文共 85 句，
对偶 60 句，占百分之七十。用典隐蔽，炼语精奥，很少用语气词，显得斩
钉截铁，充满自信，是很有个性的骈体文。
　　第二篇是《达庄论》。文章采用辞赋体的设问章法，先由客人发问，对
庄子的"齐祸福而一死生，以天地为一物，以万类为一指"的观点提出怀
疑。然后主人作答，阐明庄周的思想要旨，批评儒墨的谬误。客人终于
"丧气惭愧"而退。其中一段说："天地生于自然，万物生于天地。自然者无
外，故天地名焉；天地者有内，故万物生焉。当其无外，谁谓异乎？当其有
内，谁谓殊乎？地流其燥，天抗其湿。月东出，日西入。随以相从，解而后
合。升谓之阳，降谓之阴。在地谓之理，在天谓之文……男女同位，山泽通
气，雷风不相射，水火不相薄。天地合其德，日月顺其光，自然一体，则万物
经其常，入谓之幽，出谓之章，一气盛衰，变化而不伤。是以重阴雷电，非异
出也；天地日月，非殊物也。故曰：自其异者视之，则肝胆楚越也；自其同者
视之，则万物一体也。"全文对偶句约占百分之六十，大肆铺陈排比，且有不少
句子押韵。其中引用了一些神话传说，多出自《庄子》。刘师培说："《达庄论》

---

① 参看钱锺书《管锥编》，中华书局 1979 年版，第 1083 页。
② 熊礼汇：《先唐散文艺术论》下册，学苑出版社 1999 年版，第 619 页。

亦多韵语,然词必对偶,以意骋词。"郭预衡说:"析理之文而杂用赋体,奇偶相成,韵散交杂,这是很有独创性的。到了晋宋以后,就少有这样的文章了。"①

第三篇是《乐论》。此文是中国音乐思想史上的重要著作,其特点有三。第一,继承荀子《乐论》的基本观点,阐发儒家的礼乐思想,强调遵守先王法度,批评淫声与悲情音乐,维护名教,与道家的否定音乐判然有别。第二,虽然采用主客问对,形式却不是客人质疑,主人辩驳;而是客人求教,主人解答,心平气和,平等讨论,并不像《大人先生传》《达庄论》那样激烈批评对方。第三,全文分为两大段,前段以骈句为主,312句中有对偶217句,占百分之七十。后段以散句为主,157句中,对偶29句,占百分之十九。前段说道理,后段讲故事,引用历史经验为证。前后风格不一致。全文461句,对偶占百分之五十二。

对于《乐论》,当代学者有不同评价。蔡仲德《中国音乐美学史》有详细介绍,请读者参考。②《乐论》当作于阮籍早期,学习儒学之时。阮籍的朋友夏侯玄曾作《辩乐论》反驳阮籍此文。根据夏侯玄之卒年,可推知阮籍《乐论》至迟作于45岁以前。阮氏后来转而信奉道家思想,所以其《达庄论》《通老论》《大人先生传》都极力抨击儒家思想尤其是礼法之士。这样解释是可以说得通的。

阮籍在散文史上最著名的作品是《大人先生传》,站在道家立场嘲笑儒家礼法之徒,从开头一段推测,很可能是针对伏义的。其文名为传,实为赋体之文。时而散,时而骈,时而有韵,时而无韵,有时整齐,有时散碎,有时精确对仗,有时破偶为奇,其体裁前所未有。有的骈文史把它当成骈文,其实该文的骈句是很少的,只要数一数句式就看出来了。

**嵇康**(223~262),与阮籍齐名,但嵇康文章中却找不到像样的骈文。李蹊指出:"有的文学史著作把嵇康的《与山巨源绝交书》当作骈文对待,其实那是一篇真正古文式的散文。因为全文的对偶句实在太少了。那么长的文章,不过二十个对偶句。""嵇康的《养生论》,偶句也只占全文的三分

---

① 郭预衡:《中国散文史》上册,上海古籍出版社1986年版,第417页。
② 参看蔡仲德《中国音乐美学史》,人民音乐出版社2003版,第471~497页。

之一强。"① 嵇氏其他的文章对偶也不如阮籍那样稠密和整齐。不过，总的看来，嵇阮之文都属于壮丽派。壮者，规模宏大，气势雄壮也；丽者，风格华美，绚丽多彩也。确实与王弼、何晏之清约派判然两途。

**吕安**有《与嵇康书》。此文又作赵至《与嵇蕃书》。据《昭明文选》李善注引干宝《晋纪》，认为该文应是吕安给嵇康的信。今人戴明扬《嵇康集校注附吕安集》考证，定为吕安所作，今人多信从之。

吕安（？~263），是嵇康的好朋友，其妻为堂兄吕巽奸污，被吕安发觉，吕巽反而向司马昭诬告诽谤。司马昭原本就不喜欢吕安，借此将他流放边郡，此信即作于流放途中。作者怀着屈辱抑郁的心情，生动地描述了旅途的寂寞和环境的艰苦，"惟别之后，离群独游，背荣宴，辞伦好，经回路，涉沙漠。鸡鸣戒旦，则飘尔晨征；日薄西山，则马首靡托。寻历曲阻，则沉思纡结；乘高远眺，则山川悠隔。或乃回飙狂厉，白日寝光，崎岖交错，陵隰相望。徘徊九皋之内，慷慨重阜之巅，进无所依，退无所据"。而最令他伤感的是灾难临头的恐惧："夫物不我贵，则莫之与；莫之与，则伤之者至矣。飘飘远游之士，托身无人之乡。总辔遐路，则有前言之艰；悬鞍陋宇，则有后虑之戒；朝霞启晖，则身疲于遄征；太阳戢曜，则情劬于夕惕；肆目平隰，则辽廓而无睹；极听修原，则淹寂而无闻。吁其悲矣！心伤悴矣！然后乃知步骤之士，不足为贵也。"信中抒发他的理想抱负，"披艰扫秽，荡海夷岳"，"平涤九区，恢维宇宙"。这就更加触怒了司马氏集团，随即将他与嵇康一起收捕杀害。

全文共 134 句，对偶 82 句，占百分之六十一。以四言对、六言对为主，也有一些四言隔句对，句式相同，字数相等，较少使用"者""也"等古文常见的语气词。不难看出炼字锻句的匠心和对于藻饰华丽的自觉追求。许多句子类似诗赋。尤为可贵者，文中所写自然景况出自真情实感，而非有些骈文及诗词之景之出于想象。这样抒写悲情为主的书信，在魏晋之际尚不多见，因而受到后世骈文选家的重视。邵子湘评点说："俯仰兴怀，既有赋家风致，结处亦极似乱词，别成一种笔法。"（《评注昭明文选》）

《艺文类聚》辑录有嵇蕃《答赵景真书》，赵景真即赵至，全文如下：

---

① 李蹊：《骈文的发生学研究》，河北大学出版社 2008 年版，第 225 页。

登山远望，睹崤嶙以成愤；策杖广泽，瞻长波以增悲。游昕春圃，情有秋林之悴；濯足夏流，心怀冬冰之惨。对荣宴而不乐，临清觞而无欢。今足下琬琰之朴未剖，而求光时之价，骐骥之足未摅，而希绝景之功，心锐而动浅，望速而应迟，故有企伫之怀尔。夫处静不闷，古人所贵；穷而不滥，君子之美；故颜生居陋，不改其乐；孔父困陈，弦歌不废。幸吾子思弘远理，舍道自荣。将与足下交伯成于穷野，结箕山乎蓬屋，侣范生于海滨，俦黄绮于商岳，凭轻云以绝驰，游旷荡以自足。虽不齐足下之所乐，亦吾心之所愿也。

此文又作《嵇康与吕安书》。从内容看，不像是嵇康与吕安的关系，嵇康不可能用这种旷达的心态去安慰吕安，而是为之愤愤不平，不惜为之辩论，与之赴死。可能当时赵至另有抒发不满的书信，嵇蕃乃复信予以劝慰。全文 35 句，对偶 26 句，占百分之七十二，骈化程度很高。不过，此信与吕安之书信都存在少数词性不对称的现象。

### 三　吴蜀骈文

吴蜀骈偶风气远不如曹魏之盛，仅有少量骈文传世。

**韦昭**（？　~273）是著名学者，有《国语注》传世。他曾任孙权太子孙和的属官。孙和好文学，善骑射，不喜博弈。而东宫侍从中有些人喜欢这种游戏，孙和命属下八人分别作论，以示矫正。韦昭的《博弈论》写得最好，孙和很欣赏，因而流传，后被梁萧统收入《文选》。此文共四大段，第一段讲君子当努力建功扬名，不能游堕以浪费时日。第二段批评耽玩博弈的不良风气及其危害，是文章的重点。他指出："今世之人，多不务经术，好玩博弈，废事弃业，忘寝与食，穷日尽明，继以脂烛。当其临局交争，雌雄未决，专精锐意，心劳体倦，人事旷而不修，宾旅阙而不接，虽有太牢之馔，韶夏之乐，不暇存也。至或赌及衣物，徒棋易行。廉耻之意驰，而忿戾之色发，然其所志不出一枰之上，所务不过方罫之间，胜敌无封爵之赏，获地无兼土之实。技非六艺，用非经国；立身者不阶其术，征选者不由其道。求之于战阵，则非孙吴之伦也；考之于道艺，则非孔氏之门也；

以变诈为务，则非忠信之事也；以劫杀为名，则非仁者之意也；而空妨日废业，终无补益。”第三段向棋迷们提出建议。“宜勉思至道，爱功惜力，以佐明时。使名书史籍，勋在盟府，乃君子之上务，当今之先急也。”第四段再将玩棋艺与建功业之不同后果进行比较，让读者自己选择走哪条道路。文章批评耽玩博弈的危害，是恳切的忠告，但完全不承认棋艺活动可以开发思路，锻炼意志，增益智慧，培养辩证的思维习惯。韦昭甚至看不到围棋对于学习军事斗争战略战术意识的作用，其认识显然片面，因而受到后世棋艺家的批评。[①] 全文共 106 句，对偶 76 句，占百分之七十二，语言平实，用典不多，层次清楚，分析透彻。方伯海说：“入手以古人作案，中则形其流弊，末则示以当务之急。切而不迂，流而有趣，自可为世间不好经术溺情赌博者痛下一针。”（《评注昭明文选》）第一段是正，第二段是反，第三段是开，第四段是合。气脉贯通，合为一体。尤其善用长句，一句中有时包含几组短句，沉重而不板滞，风格与汉末古文家说理之文相近。

**薛综**（？～243），孙权时曾任交趾太守，有《移诸葛恪等劳军》，是一篇表扬军功的文字。诸葛恪任丹阳太守，其地多山，山民好武习战，自铸兵杖，不敬长吏，逋亡宿恶之徒，咸共逃窜。诸葛恪采用软硬兼施、剿抚并举手段，将山民降服。孙权命薛综劳军，乃有此文。其辞曰：

> 山越恃阻，不宾历世。缓则首鼠，急则狼顾。皇帝赫然，命将西征，神策内授，武师外震。兵不染锷，甲不沾汗，元恶既枭，种党归义，荡涤山薮，献戎十万。野无遗寇，邑罔残奸。既扫凶慝，又充军用。蒌蒿粮莠，化为善草；魑魅魍魉，更成虎士。虽实国家威灵之所加，亦信元帅临履之所致也。虽《诗》美执讯，《易》嘉折首，周之方召，汉之卫霍，岂足以谈？功轶古人，勋超前世。主上欢然，遥用叹息。感四牡之遗典，思饮至之旧章。故遣中台近官，迎致犒赐，以旌茂功，以慰勤劳。

---

① 参看谭家健《韦昭的〈博弈论〉》，2000 年发表，收入谭家健著《六朝文章新论》，北京燕山出版社 2002 年版，第 78～85 页。

此文 38 句，对偶 28 句，占百分之七十三。文气清俊疏朗，语言精练，措辞得体。如果说《博弈论》尚有古文气息，此文则纯为骈文风格。高步瀛说："字句廉悍，而无拔剑张弓之态，故佳。"（《魏晋文举要》）较之扬雄的《赵充国颂》、班固的《燕然山铭》，此文骈化的痕迹更明显。

西蜀骈文家以郤正为代表。

**郤正**（？～278）曾在西蜀后主宫中任职，淡于荣利，耽意文章，处事谨慎。与后主宠臣黄皓共事三十年，不为所喜，亦不为所憎，官不过六百石，而得免于忧患。后主被俘后到洛阳，唯郤正、张通相随。由于他"相导宜适"，后主"举动无阙"，"时论嘉之"。有一次司马昭问蜀后主刘禅，在洛阳生活如何？刘禅回答：此间乐，不思蜀矣。过后郤正教他，如再问就说，先人丘墓在蜀，日夜思念。后来司马昭再次与后主问对，奇怪地说，你为何前后态度不一？刘禅据实回答：是郤正教的。郤正的代表作是《释讥》，当作于西蜀后期，继承东方朔、扬雄、蔡邕以来的主客问对方式。客人问：为何不及时去谋取功名？主人回答：听其自然。"进退任数，不矫不诬，循性乐天，夫何恨诸。"文章最后一段说：

> 方今朝士山积，髦俊成群，犹鳞介之潜乎巨海，毛羽之集乎邓林，游禽逝不为之鲜，浮钓臻不为之殷。且阳灵幽于唐叶，阴精应为商时，阳旰请而洪灾息，桑林祷而甘泽滋。行止有道，启塞有期。我师遗训，不怨不尤，委命恭己，我又何辞？辞穷路单，将反初节，综坟典之流芳，寻孔氏之遗艺，缀微辞以存道，宪先轨而投制。题叔胖之优游，美疏氏之遐逝，收止足以言归，泛浩然以容裔，欣环堵以恬娱，免咎悔于斯世，顾兹心之未泰，惧末途之泥滞，仍求激而增愤，肆中怀以告誓。

李蹊说："《释讥》一文写得从容不迫。他所说的，正是他心中所想的，心境本来就是平静的，史臣称他的《释讥》一文继踵崔骃《达旨》，就其节操和坚持传统道德精神而言，评价是中肯的。"①但是郤正并不简单重复

---

① 李蹊：《骈文的发生学研究》，河北大学出版社 2008 年版，第 243 页。

《达旨》。《释讥》共 299 句，对偶 205 句，占百分之六十八。基本上是四言句和六言句。不但注意句子结构，还照顾到词汇性质，并且有意识押韵。李蹊又说："无论从对应的工整考虑，还是从辞藻的华丽看，确实是标准骈文对偶句的形式。""从声音语调的角度看，也更接近于骈文。……但作者在无意间仍然注意调整句子的语调，尽量做到抑扬起伏。""在主观上已经意识到韵律在韵脚以外，在句子中间的升降上，对于'唇吻调利'的作用。""当然，从整体上讲，文中大部分句子还达不到这样的水平，文中的四字句和六字句也还没有错落开来，所以句子就全篇而论，还不能说是骈体文。"①郗正是从三国到西晋骈文发展史上承前启后的人物，《释讥》比蔡邕的《释诲》前进了一步，本书视为"准骈文"。

有些论著认为诸葛亮是西蜀骈文的唯一代表，并举《前出师表》为证。他们大概是受李兆洛《骈体文钞》收录《前出师表》的影响。《前出师表》共 120 句，对偶 16 句，占百分之十三。散句 104 句，占百分之八十七。全文不用典故，不加雕饰，是历来公认的散文名篇。

## 第三节　西晋骈文

西晋王朝约五十年。随着国家的统一，追求政权的稳定和物质享受成为权势者和整个上层社会共同的目标。尤其是太康年间，统治阶级生活奢靡，文坛也滋长着华丽之风。李蹊认为，在这种背景下，"骈体文稳定和谐的本体审美意味和它那身华美艳丽的衣装，必然成为社会普遍认可的语言形式"。②于是乎骈文正式成体。

### 一　西晋初期骈文

西晋初建时，晋武帝也曾"制奢俗以变俭约"，所以文风还不是马上追求夸饰。下面三位是其中的代表。

**皇甫谧**（215～282），安定朝那（今甘肃平凉）人，东汉太尉皇甫嵩曾

---

① 李蹊：《骈文的发生学研究》，第 241～242 页。
② 李蹊：《骈文的发生学研究》，河北大学出版社 2005 年版，第 354 页。

孙。勤学不倦，博综典籍，沉静寡欲，不愿出仕。司马昭、司马炎多次征召，皆不应。中年以后患风痹症，乃钻研医术，著《甲乙经》，详述经络理论，确定人身体的穴位名称和位置，以及治疗各种疾病的针灸取穴方法，是我国古代重要的医学家。皇甫谧又是史学家，著有《帝王世纪》《高士传》《列女传》《玄晏春秋》等书。在文学上当时名望甚高，据说左思作《三都赋》，特请皇甫谧作序，赖以扬名。在骈文方面，他有《释劝论》，属于设论之体。其序言说，司马炎称帝后，往年应征者皆得官爵，皇甫谧的亲友都劝他及时出仕，他乃作《释劝论》以释劝者之疑。此文和同类文章写法一样，先是客人问，后是主人答。主人先讲宇宙世界规律、阴阳道化等，又举历史人物，说明自己的人生观。认为，"进者，身之荣也；退者，命之实也"，"朝贵致功之臣，野美全志之士"。因为有病，不能效法立功创业的先贤，只能学习退隐郊野的处士，而他最理想的是当医生。文章最后一段写道："夫才不周用，众所斥也；寝疾弥年，朝所弃也。是以胥克之废，丘明列焉；伯牛有疾，孔子斯叹。若黄帝创制于九经（指《黄帝内经》），岐伯剖腹以蠲肠，扁鹊造虢而尸起，文挚徇命于齐王，医和显术于秦晋，仓公发秘于汉皇，华佗存精于独识，仲景垂妙于定方。徒恨生不逢乎若人，故乞命诉乎明王。求绝编于天策，亮我躬之辛苦，冀微诚之降霜，故俟罪而穷处。"

文中的"胥克"即郄克，眇一目，《左传》记述他曾率兵战胜齐国。"伯牛"是孔子的学生，孔子叹息他得了怪病。这是以古人比自己。下面八位都是中国古代名医，皇甫谧要访求并研究他们的著作，他的《甲乙经》就是这方面的成果，所以不愿做官。这些内容切合他的实际，正是《释劝论》与同样宣称不慕荣利的他人作品的特异之处。此文300句，对偶加排比句共184句，占百分之六十一。其中有些押韵，有大段长句组成长排，而不求对仗工整，很像辞赋中的句式和气势，故此文可算是准骈文。

**夏侯湛**（244~292），出身阀阅世家，早有才名，然而官运不佳，任郎中六年不迁，乃作《抵疑》以自宽。假托"当涂子"与主人对话。客人称赞："吾子童幼而岐嶷，弱冠而著德。少而流声，长而垂名。拔萃始立，而登宰相之朝；挥翼初仪，而受卿尹之举。……而官不过散郎，举不过贤良。……今乃金口玉音，漠然沉默，使吾子栖迟穷巷，守此困极，心有穷志，貌有饥色。…… 抑亦二三公之蔽贤也，实吾子之拙惑也。"主人回答，实在过奖了，我实无德无能，"不识当世之便，不达朝廷之情"，官场逢迎巴结那一套我根本不会。至于王公是否蔽贤，他用以古比今的手法，进行挖苦："且古之君子，不知士，则不明不安……今也则否，居位者以善身为静，以寡交为慎，以弱断为重，以怯言为信，不知士者无公诽，不得士者不私愧。"他真实地刻画出当时权贵们昏庸自私的心态。此文学习扬雄、班固等前辈的基本手法，以颂世为铺垫，以嘲世为宗旨，讥讽更辛辣，表达更曲折，正言若反，真意当求之于言词之外。且多自创妙语，气韵贯通，读起来抑扬顿挫，有赋体之整齐，兼散体之清爽，更显示出骈体之双行并进之气势，后世颇得好评。明张溥说："《抵疑》之作…… 高才淹踬，含文写怀，铺张问难，聊代萱舒……追踪西汉，邈乎后尘矣。"李蹊说："夏侯湛的《抵疑》，与汉代以来同类文章的主旨是一样的，目的也在于'自广'，但他的心怀终于不能放开，牢骚和不平是显然的。越是不能释怀，越是说明他不能随波逐流地浪费生命，同样表现出他对个体生命的看重。"① 也有人批评，夏侯湛性情焦躁，牢骚太甚，实由于他出身富贵而又求官心切，与崔骃、蔡邕、郤正的平淡态度不同。全文 380 句，对偶 262 句，约占百分之七十。有不少隔句对和排比句，散句主要作串连用，很接近骈体文了。

夏侯湛又有《东方朔画赞》，其序共 74 句，对偶 56 句，占百分之七十八。作者的父亲任乐陵太守，东方朔是该郡人，夏侯湛因省亲而"观先生之祠宇"，"见先生之遗像"，乃撰文称颂。其中一段如下：

> 自三坟五典，八索九丘，阴阳图纬之学，百家众流之论，周给敏捷之辨，支离覆逆之数，经脉药石之艺，射御书计之术，乃研精而究其理，不习而尽其功，经目而讽于口，过耳而阐于心。夫其明济开豁，包含弘大，凌轹卿相。嘲哂豪杰，笼罩靡前，踏籍贵势，出不休显，贱不忧戚。戏万乘若僚友，视俦列如草芥，雄节迈伦，高气盖世，可谓拔乎其萃，游方之外者已。

---

① 李蹊：《骈文的发生学研究》，河北大学出版社 2005 年版，第 246 页。

这段话把东方朔的个性特点做了概括性的描绘，生动具体，大致符合实际，较少溢美之词。较其他赞辞之夸饰成风，难能可贵。王文濡说："撷史汉之精华，推出处之大节，曼倩一生心事，委曲传出，地下有知，当亦首肯。序文雄厉峻迈，间以韵语，有凌轹一切、笼罩靡前之概。"（《南北朝文评注读本》）

**张载**，生卒年不详，主要活动在西晋初期，著名作品有《剑阁铭》，是四言韵文。其骈体文有《榷论》，前半段如下：

> 夫贤人君子，将立天下之功，成天下之名，非遇其时，曷由致之哉？故尝试论之，殷汤无鸣条之事，则伊尹有莘之匹夫也；周武无牧野之阵，则吕牙渭滨之钓翁也。若兹之类，不可胜纪。盖声发响应，形动影从。时平则才伏，世乱则才用，岂不信欤？设使秦、莽修三王之法，时致隆平，则汉祖泗上之健吏，光武舂陵之侠客耳，况乎附丽者哉？故当其有事也，则足非千里，不入于舆；刃非斩鸿，不韬于鞘。是以驽蹇望风而退，顽钝未试而废。及其无事也，则牛骥共牢，利钝齐列，而无长途犀革以决之。此离朱与瞽者同眼之说也。处守平之世，而欲建殊常之勋；居太平之际，而吐违俗之谋。此犹却步而登山，骖章甫于越也。汉文帝见李广而叹曰："惜子不遇，当高祖时，万户侯岂足道哉！"故智无所运其筹，勇无所奋其气，则勇怯一也；才无所骋其能，辩无所展其说，则顽慧均也。是以吴榜越船，不能无水而浮；青虬赤螭，不能无云而飞。故和璧之在荆山，隋珠之潜重川。非遇其人，焉有连城之价、照车之名乎？青骹繁霜，絷于笼中，何以效其撮东郭于韝下也？白猿玄豹，藏于灵槛，何以知其接垂条于千仞也？孱夫与乌获讼力，非龙文赤鼎，无以明之。盖聂政与荆卿争勇，非强秦之威，孰能辨之？故饿夫、庸隶、抱关、屠钓之伦，一旦而即卿相之位，建金石之号者，或有怀颜孟之术，抱伊管之略，没世而不齿者。此言有事之世易为功，无为之时难为名也。

这篇文章的主旨是"有事之世易为功，无为之时难为名"。这种见解，在东方朔、扬雄、班固等人的文章中也有表露，他们是为自己生不逢时，才不为世用而发牢骚。张载此文，看不出不满现实之感，反而批评"庸庸之徒，少有不得意者，则自以为枉伏，莫不饰小辨，立小善以偶时；结朋党，聚虚誉以驱俗，进之无补于时，退之无损于化"。这种现象正是前几位作家所否定的。不过张载并未采取主客问对方式，而是正面说理议论，观点明确，毫不拐弯抹角。从内容推知，当作于太康统一之初。全文共 115句，对偶 76 句，占百分之六十六。其中有不少三句对，较少夸饰，可见其时文坛华丽之风还不太严重，太康以后情况就不同了。

## 二  西晋后期骈文

陆机（261～303），西晋最重要的骈文家，字士衡，出身东吴世家大族，祖陆逊，曾任丞相；父陆抗，曾任大司马，皆建有大功。吴亡时，陆机十九岁，与弟陆云闭门读书。太康十年（289），到京城洛阳，受到文坛推重。后来陆机兄弟均参加二十四友集团，卷入八王之乱，被杀。陆机在文学理论、诗歌、辞赋和散文创作各方面都有很高的成就，被后世称为"太康之英"。在骈文发展史上，他是划时代的人物，是标准骈体文的奠基者。然而，他的作品中，哪些算骈文，哪些不能算，学界看法不一，笔者以为，至少有四篇是影响深远的骈文。

其一是《与赵王伦笺荐戴渊疏》，全文如下：

> 盖闻繁弱登御，然后高墉之功显；孤竹在肆，然后降神之曲成。是以高世之主，必假远迹之器；蕴匮之才，思托大音之和。伏见处士广陵戴若思，年三十。清冲履道，德量允塞。思理足以研幽，才鉴足以辨物。安穷乐志，无风尘之慕；砥节立行，有井渫之洁。诚东南之遗宝，宰朝之奇璞也。若得托迹康衢，则能结轨骥騄；曜质廊庙，必能垂光玙璠矣。夫枯岸之民，果于输珠。润山之客，列于贡玉，盖明暗呈形，则庸识所甄也。惟明公垂神采察，不使忠允之言，以人而废。

戴渊，字若恩，少年时任侠，掠夺。元康六年（296），陆机由江南乘船返洛阳，行李很多。戴渊带人打劫，坐在岸边胡床上指挥，进退有方。陆机见状，在船上遥与语：有才如此，何必当强盗？戴渊顿时感悟，弃剑拜服。陆机器重这位改恶从善的青年，稍后写了这封推荐信给当政者赵王伦。戴渊当时的表现，未必如荐表所述；他后来在东晋初年步步高升，任都督六州诸军事，后来被反叛朝廷的王敦杀害。此疏全文 33 句，对偶 26 句，约占百分之八十。文字简约，对仗工稳圆熟，用典颇密，大部语句有意选择典雅，避免平实而追求华美。若与班固《荐谢夷吾书》、孔融《荐祢衡表》、桓范《荐管宁表》相比，篇幅更短，艺术化程度更高，审美意识已超越实用价值，是标准的骈体文。

其二是《豪士赋序》。据唐李善注《文选·豪士赋序》引臧荣绪《晋书》曰："机恶齐王冏矜功自伐，受爵不让，及齐王亡，作《豪士赋》。"另据房玄龄等《晋书》记，"齐王冏既诛赵王伦，矜功自伐，受爵不让。陆机恶之，作《豪士赋》以刺焉。冏不之悟，而竟以败"。李乃龙认为，在齐王炙手可热之际，陆机不可能作赋讽之，当以齐亡后作为是①。序文 152 句，赋本身仅 28 句。后世选家皆选序而略其赋，把序当成独立文章看待。全序共五段，用层层剥笋的方法，从人生哲理和历史经验逐步展开，由远及近，文思缜密，陈义深切。使用典故多达 52 处，都是历史上大臣有功而受帝王疑忌的事实，如周公、周亚夫、霍光等。不仅是修辞手段，也充当说理证据。深刻的教训就包含在具体的史事之中，不待详说而意义自明。从句法看，152 句中有对偶 122 句，占百分之八十。散句仅起提出问题和上下关连作用。其中有 24 组四六对句，另有四言、五言、七言、九言对句，整齐圆润，朗朗上口，保持着魏晋文章流宕之气。清人方伯海说："篇中将功不可独专，位不可自擅二意，夹行到底。宏论崇议，有上下古今之识，有驰骋一世之才。"邵子湘说："文体圆折，有似连珠，舒缓自然，自是对偶文字之先声。"（《评注昭明文选》）李兆洛说："此士龙所谓清新相接者也，神理亦何减枚叔（指西汉枚乘《谏吴王书》）。"谭复堂说："顿挫回薄，意在言外，不当仅赏清新。"（高步瀛《魏晋文举要》引）王文濡说："俯仰宇合，抗怀今古，神历九霄，气凌千载。因题抒臆，借古证今，侃侃而谈，言言有物，而哀痛之情，萃于字里；不平之气，溢于言表。"（《南北朝文评注读本》）。这篇文章后来成为说理论政骈体文的基本范式。

---

① 李乃龙：《文选文研究》，广西师范大学出版社 2013 年版，第 236～237 页。

其三《辨亡论》。分上下篇，作于太康末年（288 年以前）。《晋书·陆机传》说："以孙氏在吴，而祖、父世为将相，有大功于江表，深慨孙皓又举而弃之。乃论权所以得，皓所以亡，欲述其祖、父功业，遂作《辨亡论》二篇。"《文心雕龙·论说》篇说："陆机《辨亡》，效《过秦》而不及，然亦其美矣。"陆文之布局谋篇，甚至行文造句，都有仿效贾谊的痕迹。贾谊以排比句为主，陆机以对偶句为主，而大起大落之跌宕气势不及贾生，但辞藻之华丽或有优胜之处。

上篇述吴国之兴，从孙坚讲到孙策，以大量笔墨颂扬孙权善于用人，列举文臣武将达四十五人之多。下篇分三段，首段介绍孙权如何推诚信士，量能使器，中段描述陆机之父陆抗平定步阐之乱的功绩，末段总结兴亡之由。认为天时、地利、人和三者，最重要的是人和。着重正面立论，而对于孙皓如何残暴，尽失民心，并未揭发批评。方伯海说："按吴所以亡处，未极究极言之。陆氏吴之世臣，不得不为国讳恶，容不得反覆痛快也，只以结论悠然不尽出之。"（《评注昭明文选》）贾谊是在秦亡四十年后客观地总结教训，陆机是在吴亡不足十年时站在失败的一方来回顾惋惜，他不可能以贾谊那样超脱的立场来看问题，所以他学《过秦论》仅能得其皮毛而已。

《辨亡论》两篇共 381 句，对偶 243 句，占百分之六十二，上篇更密集，列举人事用长排，评论用短句，凝练深沉，有层波叠浪之势。孙月峰说："逐句看，尽工细，第整段读去，觉气不雄劲，乃觉碎。"（《评注昭明文选》）此文艺术上不及《豪士赋序》和《荐戴渊疏》，可视为准骈文。

其四是《五等论》。共 277 句，对偶 154 句，占百分之五十五。有人赞赏它"词锋英伟，波澜壮阔"。但总的看来，思想性和艺术性均不如前几篇。《文心雕龙·体性》篇说："士衡矜重，故情繁而辞隐。"《镕裁》篇说："士衡才优，而缀辞尤繁。"《辨亡论》《五等论》都有"繁芜"的毛病。

此文主旨是建议晋王朝恢复西周封建五等诸侯之旧制。在陆机之前，魏齐王芳时，曹冏作《六代论》，主张分封诸侯，屏藩天子，防止大臣篡夺。不幸而言中，曹氏控制权逐渐转移到司马氏手中，而曹氏外藩诸王无兵无权，坐视莫之救。因而《六代论》被认为有先见之明而颇获后世好评。

晋武帝建国不久，接受教训，大封皇族，一次封王 27 人，并授予行政权和兵权，多者统兵三千五千。晋武帝一死，皇族中出现大批野心家，依仗手中的军队和实力争权夺利，大动干戈，形成八王之乱。陆机此文鼓吹封建制如何优越，至少在客观上有为野心家们扩张势力制造舆论之嫌。《五等论》和《六代论》基本立场是不合时宜的。其后，东晋刘颂、唐魏徵、李百药、颜师古、刘秩、杜预，都曾赞扬封建制。至中唐安史乱后，藩镇割据，柳宗元作《封建论》，为这个问题做出正确的历史性的总结，受到苏轼的充分肯定，说："宗元之论出，而诸子之论废矣。虽圣人复起，不能易也。"① 指曹冏等人的观点再也站不住了。

陆机的《吊魏武帝文》《汉高祖功臣颂》《谢平原内史表》，颇受选家的重视。它们属于广义散文中有韵之文，骈句不太多，不符合标准骈文标准。鄙人有《陆机文章略论》② 对陆机各类文章有所评论，这里就不赘述。

陆云（262～303），陆机之弟，当时文坛并称"二陆"。有《牛责季友文》，全文如下：

> 天造草昧，万物化淳。类族殊品，莫同乎人。今子履方象以矩地，戴圆规以仪天。该芳灵之疑素，挺协气于晗玄。故神穷来哲，思洞无间。踊翰则愤凌洪波，吐辞则辨解连环。子何不绝渊而跃，照日之光。使颖秀旸谷，景溢扶桑。俯经见龙之辉，仰集天人之堂。虽子之服，既朱而素。今子之滞，年时云暮。而冕不易物，车不改度。子何不使玄貂左饵，华蝉右顾，令牛朝服青轩，夕驾轺辂。望紫微而风行，践兰涂而安步。而崎岖陇坂，息驾郊牧。玉容含楚，孤牛在疾。何子崇道与德，而遗贵与富之甚哉！日月逝矣，岁聿其暮，嗟乎季友，盛时可惜。追良期于风柔，竞悲飙于叶落，陈谠言于洪范，图遗形于霄阁。使影绝而音流芬，身荐而荣赫奕。子如不能建功以及时，予请遁迹于桃林之薄。

---

① 孔凡礼点校《苏轼文集》，中华书局 1986 年版，第 158 页。
② 参看谭家健《陆机文章略论》，1999 年发表，收入谭家健著《六朝文章新论》，北京燕山出版社 2002 年版。

　　此文似有脱落，按理应是驾车之牛与主人对话，现在只有牛的独白，缺开头结尾。牛称赞主人有才能，崇道德，而长期居下位，与富贵无缘，何不努力改善处境，让我这匹牛也沾光。下面未见主人回答，盖是亡佚。采用正话反说方法发牢骚，妙在以人畜对话代替主客问对，滑稽多趣。今存共 48 句，对偶 32 句，占百分之六十六，可以算骈文了。

　　陆云的《答车茂安书》，在文学史上很有名气。车茂安是陆云的朋友，其甥石季甫被任命为鄞县县令，在今浙江省鄞州区东，偏于海隅，北方人不愿去南方，家人忧虑，为之哭泣。陆云是今上海华亭人，距鄞县不远，便写信介绍该地情况，加以劝导，对浙东风光做了生动的描述，实为《水经注》等地理散文之先异，有时被选入骈文选本。全文 121 句，对偶 51 句，占百分之四十三，尚够不上骈文。

　　**张敏**，与陆云大抵同时，有《头责子羽文》。张敏的姐夫秦子羽，容貌伟壮，善戏谑，同僚六人皆登仕，子羽仍身处陋巷，而亢志自若。张敏此文让子羽的头颅责备其身躯：我为你长了一付好头脸，别人皆以您为君侯或将军，可是你不去谋官职，使我金银不佩、旨味不尝、食粟茹菜、块然穷贱，六位同僚头脑口舌比不上你，地位都比你高，你"何其鄙哉"！子羽回答，你希望我成为忠信节介之士吗？将杀身以成仁，头颅你肯定不愿意，所以我不敢造次以求官。文章主要内容是让头颅说话，子羽答话很少，表面上责备子羽，实际上赞扬他坚持自己的情操，不与世俗同流合污。此文思想接近道家，手法学庄子，想象奇特，属于寓言一类。全文共 182 句，对偶 95 句，占百分之五十二，可以算准骈文。

　　**潘岳**（247～300），字安仁，美姿容，外出时常有妇女追逐。性情轻躁，巴结权贵，参加外戚贾谧组织的二十四友集团。贾谧乘车路过，潘岳竟望尘而拜。与其《闲居赋》中的"高情千古"姿态截然相反，受到后世嘲讥。后因卷入八王之乱，被诛杀。

　　在诗赋创作上，潘岳与陆机齐名，但就骈文而论，潘远不如陆。对潘岳现存文章的句式，钟涛做过统计，发现其中对偶句所占比例，大多不足三分之一，只有两篇占二分之一以上，但并不是潘岳代表作，影响不大。其一是《悲邢生辞》："周文公之苗裔，予元舅之洪胄。历操确其不拔，乡誉著而日就。妙邦畿而高察，雄州闾以擢秀。茂实畅矣，而休名未衍。其财至贫，其位至贱。而死之日，奔者盈庭。停余车而在郊，抚灵榇以增悲。瞻辒辌容而想像，曾无觌乎余辉。送子兮境垂，永诀兮路岐。一别兮长绝，尽哀兮告离。"这是写给一位贫穷之士的祭悼之文，语简意深。全文 20 句，对偶 16 句，占百分之八十，以六言为主，间以四言、五言，除开头两联外，不用典故。试比较刘桢的《处士国文甫碑铭》，可以看出骈文的进步。

　　其二是《吊孟尝君文》："人罔贵贱，士无真伪。延人如归，望宾若企。出握秦机，入专齐政。右眄而嬴强，左顾而田竞。且以造化为水，天地为舟。乐则齐喜，哀则同忧。岂区区之国，而大邦是谋；琐琐之身，而名利是求。畏首畏尾，东奔西囚。志挠于木偶，命悬于狐裘。"共 20 句，全为对偶，没有散句，语言平易流畅。结句意犹未尽，中间不太连贯，似乎文句有些脱落。若与陆机《吊魏武帝文》相比，此文更加骈偶化了。以上两篇短文，向来不被注意，其实，它们可称是魏晋骈文浪潮中两朵小小的浪花。

　　世称潘岳长于哀诔。该类文章不能算骈文。据钟涛统计，《哀永逝文》71 句，对偶 16 句。《杨荆州诔》177 句，对偶 72 句。《杨仲武诔》128 句，对偶 36 句。《夏侯常侍诔》156 句，对偶 42 句。最负盛名的《马汧督诔》，序文 136 句，对偶 19 句，绝大部分是参差不齐的叙事性散句。钟涛认为，"在骈文产生的过程中，潘岳的作用是不能和陆机相提并论的"。[①]

　　**欧阳建**（267～300），大富豪石崇之甥，二十四友之一，曾任冯翊太守，八王之乱中被害。他不满意以王弼为代表的言不尽意论，作《言尽意论》，全文如下：

　　　　有雷同君子问于违众先生曰："世之论者以为言不尽意，由来尚矣。至乎通才达识，咸以为然。若夫蒋公之论眸子，钟傅之言才性，莫不引此以为谈证，而先生以为不然，何哉？"先生曰："夫天不言而四时行焉，圣人不言而鉴识存焉；形不待名而方圆已著，色不俟称而黑白以彰。然则名之于物，无施者也；言之于理，无为者也。而古今务于正名，圣贤不能去言，其故何也？诚以理得于心，非言不畅；物定于彼，非言不辩。言不畅志则无以相接，名不辩物则鉴识不显。鉴

---

①　钟涛：《六朝骈文形式及其文化意蕴》，东方出版社 1997 年版，第 78 页。

识显而名品殊，言称接而情志畅。原其所以，本其所由，非物有自然之名，理有必定之称也。欲辨其实，则殊其名。欲宣其志，则立其称。名逐物而迁，言因理而变。此犹声发响应，形存影附，不得相与为二矣。苟其不二，则无不尽，吾故以为尽矣。"

欧阳建不像王弼等人那样，就《周易》之言象意关系立论，他把言与意这对范畴提升到世界观和认识论的哲学高度来考察。欧阳建首先肯定，世界是客观存在的，先有事物，后有名称和语言。语言不能改变事物，但思维在人们头脑中，没有语言就无法畅达；没有名称就无法区分，充分肯定语言对思维和事物的表现功能。他指出，语言是为了反映事物和思想而出现的，语言和事物之间不存在先验的和固定的关系，语言随着事物及其规律的变化而不断变化。这些见解符合唯物论反映论的原则。不过，他把语言和思想理解为毫无二致，这未免简单化了。欧阳建此文在哲学史上价值很高，然而在文学史上并未引起注意。而后世文艺理论中的言不尽意论的影响一直强大，甚至超过言尽意论。此文共 48 句，对偶 33 句，占百分之七十。论述紧凑，析理精微，环环相扣，语无浮词，义皆深透。可以认为是代表清峻简约派的白描骈文。

**束晳**（261～300）今河北大名人，祖父曾任太守，其兄得罪权贵石鉴，迁怒束晳，使之不获征辟。他好学不倦，得到张华赏识，任著作郎、尚书郎，参加过魏郡汲冢古墓出土竹简的整理研究工作。性情沉静，不慕荣利。其仿东方朔、扬雄而作的《玄居释》，先由门人提问：先生耽道修艺，洽览深识，鳞翼成而愈伏，术业优而不试，何不托身权威，凭借势力，以求升迁？作者回答：人各有志，只要从性守道，无论在朝在野一样尊贵。他安于清静无为的道家人生理想，思想倾向与蔡邕《释诲》、邵正《释讥》有继承关系，又有自己的特色。凌迅指出："他为文不是发愤以表志，而是设答以明心，因此缓舒平坦，端庄雅净，这是一。""束晳虽然身挫耽道，但也不以身挫为挫，而是在身挫之后，寻找到了归朴全真的道路，除此之外无所干求，也不以此自炫，从而使《玄居释》文质相辅，情理相应，这是二。"[①] 全文共

---

① 凌迅：《束晳文学论》，《山东师范大学学报》1981 年第 6 期。

199 句，对偶句 134 句，占百分之六十七。末段如下：

> 　　且夫进无险惧而惟寂之务者，率其性也；两可俱是而舍彼趣此者，从其志也。盖无为可以解天下之纷，澹泊可以救国家之急。当位者事有所穷，陈策者言有不入。瞿璜不能回西邻之寇，平勃不能正如意之立。干木卧而秦师退，四皓起而戚姬泣。夫如是何舍何执，何去何就？谓山岑之林为芳，谷底之莽为臭。守分任性，唯天所授。鸟不假甲于龟，鱼不假足于兽。何必笑孤竹之贫，而美齐景之富！耻布衣以肆志，宁文裘而拖绣。且能约其躬，则儋石之稿以丰；苟肆其欲，则海陵之积不足。存道德者，则匹夫之身可荣；忘大伦者，则万乘之主犹辱。将研六籍以训世，守寂泊以镇俗。偶郑老于海隅，匹严叟于僻蜀。且世以太虚为舆，玄炉为肆，神游莫竞之林，心存无营之室。荣利不扰其觉，殷忧不干其寐。捐夸者之所贪，收躁务之所弃。薙圣籍之荒芜，总群言之一至。全素履于丘园，背缨緌而长逸。请子课吾业于千载，无听吾言于今日也。

这一段 52 句，只有四个散句。单句对、双句对杂用，四六句不多，用典颇密，而且自然押韵，艺术技巧上较邯正《释讥》有所进步。

**王沈**，生卒年不详，高平人，曾任郡文学掾。据《晋书·惠帝纪》记，惠帝时，"政出群下，纲纪大坏，货赂公行，势位之家，以贵陵物，忠贤绝路，谗邪得志，更相荐举，天下谓之互市焉。高平王沈作《释时论》、南阳鲁褒作《钱神论》……皆疾时之作也"。

《释时论》采用主客问对体，假设冰氏之子打算进入煌煌之堂（即势利之场），东野丈人劝他罢休，给他讲了一番道理。此文不是发泄个人的牢骚，而是揭露举荐制度之腐败，对上层贵族各种丑恶表现做了淋漓尽致的描绘。由于贵戚之家垄断了朝廷要职，"公门有公，卿门有卿"，"多士丰于贵族，爵命不出闺庭。肉食继踵于华屋，疏饭袭迹于耨耕"。作者以犀利的笔触，痛斥求官买职者的种种丑态："忌恶君子，悦媚小人。敖蔑道素，慑吁权门。心以利倾，智以势惛。姻党相扇，毁誉交纷。当局迷于所受，听采惑于所闻。京邑翼翼，群士千亿，奔集势门，求官买职。童仆窥其车乘，阍寺相其服饰。亲客阴参于靖室，疏宾徙倚于门侧。时因接见，矜厉容色，心怀内荏，外诈刚直。谭道义谓之俗生，论政刑以为鄙极。高会曲宴，惟言迁除消息，官无大小，问是谁力？"

这段文字，可以称得上是微型《西晋官场现形记》。时至今日，我们仍然可以看到此类人等在活动。

《释时论》全文162句，对偶86句，占百分之五十三。此文骈化程度比不上束皙的《玄居释》和郄正的《释讥》，然而它变嬉笑为怒骂，对社会批判揭露的深度要超越前辈，最后四句尤其入木三分。

**潘尼**（250~311），潘岳之侄。赵王司马伦专政时，他称病不出；齐王司马冏起兵，他任参军，赵王败后，潘尼逐渐升迁。刘曜陷洛阳之前，他举家出逃，病死于途中。其所著《安身论》，开头就说："崇德莫大乎安身，安身莫尚乎存正，存正莫重乎无私，无私莫深乎寡欲。"对当时社会上"人人自私，家家有欲，众欲并争，群私交伐"的现象进行抨击。最后一段说：

> 今之学者诚能释自私之心，塞有欲之求，杜交争之源，去矜伐之态；动则行乎至通之路，静则入乎大顺之门，泰则翔乎寥廓之宇，否则沦乎浑冥之泉；邪气不能干其度，外物不能扰其神，哀乐不能荡其守，死生不能易其真。而以造化为工匠，天地为陶钧，名位为糟粕，势利为埃尘。治其内而不饰其外，求诸己而不假诸人。忠肃以奉上，爱敬以事亲，可以御一体，可以牧万民，可以处富贵，可以安贱贫；经盛衰而不改，则庶几乎能安身矣。

《安身论》遵循道家人生哲学，主张少私寡欲，不企不求，不矜不伐。这种态度在当时激烈的政治斗争中是比较安全的。潘尼的叔父潘岳、朋辈陆机、陆云、欧阳建等皆死于八王之乱，唯他能幸免于难，与其处世态度不无关系。此文共180句，对偶169句，占百分之八十九，骈化程度极高。多用排比句，三字排，四字排，隔句排，形式多变，流丽通畅，无板滞之嫌，而有浑厚之气。最后十八句，隔句自然成韵。全文基本上不用典故，也看不出有锻炼语词的意图，较之前面举过的一些长篇论文，有疏朗清爽之感，近乎白描一派。熊礼汇说："此文说理多用思辩语，常以'者……

也'句式作为判断,几乎一句一义。又用顶针句式,将直接提出的观点次第引出,语言精练,语义跳脱,颇有些玄理散文简约严密的特点。"① 不过此文的古文气息颇强烈,文气直泄而下,看不出"语意双行"的意图,既与建安骈文有别,又与宋齐骈文颇异。

有的学者把李密、陈寿列为骈文家,说《陈情表》"纯为骈体"。曹道衡认为,"李密的《陈情表》是历来传诵的名作,这篇文章笔锋富于感情,却不大讲究辞藻,纯用白描手法,和骈体文很少相似之处"。② 该文共 96 句,对偶 20 句,与骈文相差明显。有人举出陈寿所撰《三国志·魏书·武帝纪》和《蜀书·诸葛亮传》之两段"评曰",说这几段文字"总体上都是骈体之文,以双行为主"。而《魏武帝纪》之评语,18 句中对偶仅 6 句,《诸葛亮传》的评语,28 句中对偶仅 10 句,看不出"以双行为主"。

## 第四节　东晋骈文

东晋王朝共 104 年 (317～420),较西晋王朝 (265～316) 统治时间超过一倍,然而偏安江左,国势不逮,无力北伐。相当多的贵族士大夫不思振作,唯以清淡玄理为务,于是文坛风气丕变,建安以来的宏丽绮练,转化为质率平淡。刘勰《文心雕龙·时序》篇说:"自中朝(指东晋)贵玄,江左称盛,因谈余气,流成文体。是以世极迍邅,而辞意夷泰,诗必柱下之旨归,赋乃漆园之义疏。"沈约《宋书·谢灵运传论》说:"有晋中兴,玄风独振,为学穷于柱下,博物止于七篇。驰骋文辞,义单乎此。自建武暨乎义熙,历载将百,虽缀响联辞,波属云委,莫不寄言上德,托意玄珠,遒丽之辞,无闻焉尔。"他们主要就诗赋立论,矛头指向玄言诗,也包括谈玄论道的文章。若单就骈文发展史来看,东晋不如西晋。曹道衡说:"魏晋以来,骈偶化的倾向虽然在应用文中发展起来,但到了东晋初年,似乎有所减退,其原因恐怕和玄谈之风有一定关系。"但这并不等于东晋骈文没有

---

① 熊礼汇:《先唐散文艺术论》下册,学苑出版社 1999 年版,第 666 页。
② 曹道衡:《关于魏晋南北朝的骈文和散文》,收入《中古文学史论文集》,中华书局 1986 年版,第 37 页。

发展，应该看到，这一百年间，还是有不少人写出了一些较好的骈文作品。由于时间长，数量并不比西晋少。

## 一　东晋初期骈文

刘琨（271～318），汉宗室中山靖王之后裔，年轻时参加"二十四友"集团。曾与好朋友祖逖共被而卧，夜闻荒鸡鸣，祖逖踢刘琨曰："此非恶声也。"二人晨兴起舞，锻炼身体，以备国家召唤。后来祖逖到前线作战获胜，刘琨对亲友说："吾枕戈待旦，志枭叛逆，常恐祖生先吾着鞭。"这两件事后来成为历代励志典故。八王之乱中，刘琨曾参与讨伐赵王，后又周旋于齐王、范阳王、东海王之间，因拥立怀帝有功，封广武侯。曾率兵镇守北方多年，与各路军阀及少数民族武装集团转战，终因形势不利，为羯族首领石勒所败，乃投靠鲜卑族首领段匹磾，次年因段氏猜忌而被害。

刘琨的骈文，最著名的要数《劝进表》，作于建武五年（311），当时愍帝被俘，晋室无主。刘琨联合段匹磾，上书劝请已在江东的晋王司马睿（即后来的晋元帝）进皇帝位。此表与魏晋南北朝改朝换代前夕群臣向新主劝进者不同，不是歌功颂德，巴结讨好，而是从国家社稷利益出发，希望司马睿出来担当抗敌救国大任。名为劝进，义切复仇，文辞壮丽，语调铿锵，慷慨激越。今录其中一段如下：

> 自元康以来，艰祸繁兴；永嘉之际，氛厉弥昏。宸极失御，登遐丑裔。……主上幽劫，复沉虏廷。神器流离，再辱荒逆。臣每览史籍，观之前载，厄运之极，古今未有。苟在食土之毛，含气之类，莫不叩心绝气，行号巷哭。……愿陛下存舜禹至公之情，狭由巢矫抗之节。以社稷为务，不以小行为先；以黔首为忧，不以克让为事。上以慰宗庙乃顾之怀，下以释普天倾首之望。……臣闻尊位不可久虚，万机不可久旷。虚之一日，则尊位以殆；旷之浃辰，则万机以乱。方今踵百王之季，当阳九之会，狡寇窥窬，伺国瑕隙，齐人波荡，无所系心，安可以废而不恤哉！陛下虽欲逡巡，其若宗庙何？其若百姓何？

梁刘勰《文心雕龙·章表》说："刘琨《劝进》，张骏《自序》，文致耿介，并陈事之美表也。"唐李善注《文选》此文时引《晋纪》曰："刘琨作《对进表》，无所类窜，封印既毕，对使者流泪而遣之。"可见真情激发。明张溥说它"劲气直词，回薄霄汉"，可与诸葛亮《出师表》、岳飞《乞出师札》鼎足而三。方伯海说："司马氏手足相残，屠灭略尽，故外寇得而乘之。东西二京，相继失陷，怀愍二帝，相继就戮。自古国家厄运，未有再传如此之甚者。但中原群寇割据，四分五裂，除却江左，无可立国，若非急正号位，何以系中原之望？表中将位号当正，于事理形势利害，反复指陈，真堪一字一泪。"孙月峰说："不章锻句炼，然豪气有余，驱遣处亦自朗畅，文采亦烂如，自是伟作。"（均见《评注昭明文选》）谭复堂说："诚心所发，乃为高文。悃悃款款，朴以忠，文如其人，直可追配武乡侯《出师表》。"（《骈体文钞》评）

此文对偶句占全文百分之六十，若除去开头结尾表臣官衔及五处"臣琨臣磾，顿首顿首，死罪死罪"等套话，对偶实有百分之七十。明白晓畅，不用雕琢夸饰形容，读来朗朗上口，正是其真诚恳切心情的反映。刘琨的《答卢谌书》，历来选家评价甚高。该文共50句，对偶18句，占百分之三十六，不能算作骈文。

**郭璞**（276～324），字景纯，著名学者、作家、方士，曾为《山海经》《穆天子传》《尔雅》《方言》等古书作注。精术数卜筮，预知北方将有战乱，乃避地东南。曾任大将军王敦记室参军，不赞成王敦谋逆，被杀。其文学方面的代表作是《游仙诗》和《江赋》，骈文有《客傲》，共134句，对偶118句，占百分之八十。先设客问郭生，郭生笑答，重点描述其道家哲学人生观：

> 是以不尘不冥，不骊不骍，支离其神，萧悴其形。形废则神王，迹粗而名生。体全者为牺，至独者不孤。傲俗者不得以自得，默觉者不足以涉无。故不恢心而形遗，不外累而智丧，无岩穴而冥寂，无江湖而放浪。玄悟不以应机，洞鉴不以昭旷。不物物我我，不是是非非，忘意非我意，意得非我怀。寄群籁乎无象，域万殊于一归。不寿殇子，不夭彭涓，不壮秋毫，不小太山。蚊泪与天地齐流，蜉蝣与大椿齿年。然一阖一开，两仪之迹；一冲一溢，悬象之节。涣沍期于寒暑，凋蔚要

乎春秋。青阳之翠秀，龙豹之委颖，骏狼之长晖，玄陆之短景，故皋
壤为悲欣之府，蝴蝶为物化之器矣。

比起以前的主客问对体文章，《客傲》的特点是不发牢骚，不讥时弊，
也没有正话反说，主要讲哲学，比《齐物论》更齐一万物。作者以庄周、
老莱、严平等道家人物为榜样，自称"乐天"者。从《庄子》中选用大量
明喻暗典，加以改铸，发挥已意。文辞虽嫌繁复，而文脉一气贯通，六言
为主，很少四六对，近乎赋体之文。《文心雕龙·杂文》篇说："景纯《客
傲》，情见（显）而采蔚。"① 意即情意明朗，辞采丰美。

**葛洪**（284～364?）字稚川，号抱朴子，丹阳人，出身笃信道教的家
庭，叔祖父葛玄，即著名的葛仙翁。葛洪早年学儒，后皈依道教，21 岁从
军，因功封都尉，迁伏波将军，赐爵关内侯。晚年至广州，居浮云山，炼
丹，著述。该山后来因葛洪而成为风景名胜区。葛洪有多方面的成就，首
先是道教理论家，著《抱朴子》七十篇，内篇言神仙方药，鬼怪变化，养
生延年，禳邪却祸之事，属于道家之术；外篇言人间得失，世事臧否，属
于儒家理论。他又是医学家，有《肘后急备方》《金匮药方》等书，因长期
炼丹，观察记录药物化学变化，而成为中国科技史上重要的化学家。他还
是文学家，编著《隐逸传》《神仙传》《西京杂记》等书，在文学理论方面
发表过重要见解。《抱朴子》有大量神秘图箓，莫名其妙；其说理部分，大
都文字平易通达，凝重沉稳，平铺直叙，不故作艰深奇崛，不尚藻饰。也
有少数篇章，骈语连篇，自成段落，如《尚博》《畅玄》《嘉遁》等篇。他
的单篇文章，《抱朴子自序》可视为骈文，前面大半段说明著述缘起，几乎
全是对偶句。

洪体乏进趋之才，偶好无为之业。假令奋翅，则能陵厉玄霄；骋
足，则能追风蹑景。犹欲戢劲翮于鹪鹩之群，藏逸迹于跛驴之伍。岂况
大块禀我以寻常之短羽，造化假我以至驽之蹇足，自卜者审，不能者
止。又岂敢力苍蝇而慕冲天之举，策跛鳖而追飞兔之轨，饰嫫母之笃

---

陋，求媒阳之美谈，推沙砾之贱质，索千金于和肆哉！夫僬侥之步，而企及夸父之踪，近才所以踬碍也；要离之羸，而强赴扛鼎之势，秦人所以断筋也。是以望绝于荣华之途，而志安乎穷圮之域。藜藿有八珍之甘，蓬荜有藻棁之乐也。故权贵之家，虽咫尺弗从也；知道之士，虽艰远必造也。考览奇书，既不少矣。率多隐说，难可卒解，自非至精，不能寻究，自非笃勤，不能悉见也。道士宏博洽闻者寡，而意断妄说者众。至于时有好事者，欲有所修为，仓卒不知所从，而意之所疑，又无足谘。今为此书，粗举长生之理。

后面小半段介绍此书的性质、内容，纯用散语，合前后段共 63 句，对偶 34 句，占百分之五十四。如此前骈后散的结构，当时尚不多见。李兆洛说它"散朗修饰"（《骈体文钞》），意即清爽整齐。此文虽有不少典故，却并不难懂。

《抱朴子·诘鲍》篇辑录**鲍敬言**《无君论》，内容是彻底否认君权，写法是真正的白描骈文，值得特别注意。鲍敬言生平无考，可能是葛洪的朋友，二人曾多次辩论。《无君论》已佚，仅在《抱朴子·诘鲍》篇中保存若干片断。该文首先批评君权天授论，认为儒家所谓"天生烝民，而树之君"的说法，不是老天爷告诉谁的，而是想当皇帝的人编造的，其实君臣之道乃起于强者对弱者的压迫。"夫强者凌弱，则弱者服之矣；智者诈愚，则愚者事之矣。服之，故君臣之道起焉；事之，则力寡之民制焉。然则隶属役御，由乎争强弱而校智愚，彼苍天果无事也。"这就从根本上揭示出君主统治的不合理。

鲍敬言进而指出，因为有了君主，少数人剥削多数人，统治阶级腐化享乐，是造成劳动人民饥寒贫困的基本原因，而君主残暴，官吏贪污，不止是个人品质问题，乃是这种制度的必然结果。他说，假定桀纣"并为匹夫，性虽凶奢，安得施之？使被肆酷恣欲，屠割天下，由于为君，故得纵意也"。他不是把各种凶残现象看成孤立的个人罪恶，而是与君主制度联系起来清算，明确提出必须取消君主制才能从源头上解决问题。

鲍敬言认为，人生来平等，"本无尊卑"，"曩古之世，无君无臣，穿井而饮，耕田而食，日出而作，日入而息"，"祸乱不作，干戈不用，城池不设。万物玄同，相忘于道"。他所理想的是以小农经济为基础的农业空想社会，是中国政治思想史上难得的资料。

《无君论》分析透彻，论证有力，气势充沛，锐不可当。多采用对比手法，着力铺陈，以对偶句为主，散句为辅，但不是赋体之文，而是白描骈文。

## 二　东晋中期骈文

**桓温**（312～373），早年与孙绰、许询写玄言诗齐名，后来成为炙手可热的军阀和权臣，曾任安西将军，都督荆司雍益梁宁六州军事，率兵收复四川，曾一度攻入长安。后来任侍中、大司马，都督中外诸军、录尚书事，掌握军政大权，废哀帝，立简文帝，并密谋篡位，未果而病卒。否则，可能成为第二个王敦或刘裕。其骈文有《荐谯元彦表》：

> 臣闻太朴既亏，则高尚之标显；道丧时昏，则忠贞之义彰。故有洗耳投渊，以振玄邈之风，亦有秉心矫迹，以敦在三之节。是故上代之君，莫不崇重斯轨，所以笃俗训民，静一流竞。伏维大晋应符御世，运无常通，时有屯蹇，神州丘墟，三方纥裂，《兔罝》绝响于中林，《白驹》无闻于空谷。斯有识之所悼心，大雅之所叹息者也。陛下圣德嗣兴，方恢天绪。臣昔奉役，有事西土。鲸蜺既悬，思宣大化。访诸故老，搜扬潜逸。庶武罗于羿浞之墟，想王蠋于亡齐之境。窃闻巴西谯秀，植操贞固，抱德肥遁，扬清渭波。于时皇极遘道消之会，群黎蹈颠沛之艰，中华有顾瞻之哀，幽谷无迁乔之望。凶命屡招，奸威仍逼，身寄虎吻，危同朝露。而能抗节玉立，誓不降辱，杜门绝迹，不面伪庭。进免龚胜亡身之祸，退无薛方诡对之讥。虽园绮之栖商洛，管宁之默辽海，方之于秀，殆无以过。于今西土，以为美谈。夫雄德礼贤，化道之所先；崇表殊节，圣哲之上务。方今六合未康，豺豕当路，遗黎偷薄，义声弗闻。益宜振起道义之徒，以敦流遁之弊。若秀蒙蒲帛之征，足以镇静颓风，轨训嚣俗。幽遐仰流，九服知化矣。

此文举荐的对象，是巴蜀处士谯秀，字元彦，其祖父谯周，为蜀汉著名学者。秀性文静，不交于俗，躬耕山林。李雄割据巴蜀，以安车征秀，辞而不应。桓温平蜀后，上表特荐。朝廷以秀年老，遣使命当地官员四时存问。此表与本书前面列举的几通荐表有所不同，一是对于所荐者的处境和表现有较多的描述，给人颇为具体的印象；二是作者从当时国家形势和社会风气立论，大处着眼，堂堂正正；三是用典虽密而不艰深，皆能切合本旨。李兆洛说："茂密神秀，大家上驷。"（《骈体文钞》）王文濡说："简质朴古，有汉魏之遗音，求之于东晋浮嚣之世，殊未可多见。"（《南北朝文评注读本》）姜书阁说："文虽不长，而辞采华茂，固骈俪之佳构也。"① 全文 68 句，对偶 40 句，占百分之六十，不用"也""者"等语气词，已属标准骈文。

**孙绰**（314～371），字兴公，东晋中期文坛代表人物，著名诗人、清谈家。《晋书·孙绰传》说："于时文士，绰为其冠。"孙绰玄儒双修，既擅长理性思维，又善于观察、把握、描述人物（包括山水自然）的特点。既能以简淡朴质的语言说明玄理，又欣赏文采灿烂而行文注重裁制的作品。辞赋方面有《游天台山赋》，自称"掷地作金石声"。诗歌方面有玄言诗，谈玄理的散文有《喻道论》，宣称"周孔即佛，佛即周孔"。骈文有《兰亭诗序》和几通碑志。

孙绰与王羲之等人一同参加兰亭诗会。王羲之作序在前，孙绰序在后，故该文又称《兰亭集后序》或《三月三日兰亭诗序》。王序以散语为主，不属于骈文（所以本书不予论介），孙序以骈语为主，全文 46 句，对偶 32 句，占分之七十。如下：

古人以水喻性，有旨哉斯谈。非以停之则清，混之则浊耶！情因所习而迁移，物触所遇而兴感。故振辔于朝市，则充屈之心生；闲步于林野，则辽落之意兴。仰瞻羲唐，邈已远矣；近咏台阁，顾深增怀。为复于暧昧之中，思萦拂之道，屡借山水，以化其郁结，永一日之足，当百年之溢。以暮春之始，禊于南涧之滨。高岭千寻，长湖万顷，隆屈澄汪之势，可为壮矣。乃席芳草，镜清流，览卉木，观鱼鸟，具物同荣，资生咸畅。于是和以醇醪，齐以达观，泱然兀矣，焉复觉鹏鷃

① 姜书阁：《骈文史论》，人民文学出版社 1986 年版，第 345 页。

之二物哉！耀灵纵辔，急景西迈，乐与时去，悲亦系之。往复推移，新故相换。今日之迹，明复陈矣。原诗人之致兴，谅歌咏之有由。

此序先发议论，次纪观览，后述感受。主要讲因陶醉山水而进入无差别的精神境界。孙绰以玄学观察自然，从而领悟其中的玄理。他的玄言诗思路如此，《游天台山赋》亦如此，这是当时文人的一种思维习惯。

熊礼汇把孙、王二序进行比较，认为二序之哲理有同有异。相同者是，都感受到山水之美和游览之乐，都乐极而生悲，都认为新故相换人生匆匆。相异者是，王以"一死生为虚诞，齐彭殇为妄作"，孙主张万物齐一，大鹏与斥鷃无别。至于二序之艺术风格则大异。"王序描述较为具体生动，说理兼作抒情，多以咏叹语词出之；孙序议论多于描写，说理或直作判断，或略作推论，出语概括。王序语句疏散，挥洒自如，只是偶有大体整齐的对句；孙序语句多整齐，除连用三字句作长排，用六字句、七字句作对外，用得最多的是四字句，虽然用字浅近明丽略同于王序，总使人感到语紧意密，少有逸气。"①

由于孙绰是文坛大家，一些贵戚重臣死后，其子孙多请他作碑诔，如王导、褚裒、郗鉴、庾亮等。孙绰继承蔡邕以来的传统，以颂扬碑主德行为主，却略于叙事而好发议论。由于当时玄风大畅，往往既言其功业，又道其玄心，把尚玄体玄所带来的人生方式和精神向往当作一种美德来肯定，是其与汉末碑志不同之处。不过孙绰似乎爱表现自我，有时通过叙说与死者的交往以抬高自己，被讥为"多有寄托之辞。"当时庾亮之子及王濛之孙皆对孙绰表示不满，以致不采用其文章而退稿。姜书阁对其碑文评价颇高，说："他以骈文叙述碑主的家世，仕履、功德，夹叙夹议，寓颂扬于记实，人不以为谀。事为人所共睹，言之而信，则其褒美之辞，亦随而深入读者之心。"② 熊礼汇则嫌他叙述零碎，如同《文心雕龙·诔碑》所批评的，"枝杂"而少有"辨裁"。

下面是《司空庾冰碑序》："君喻嵩岩之玄精，挹清濑之洁流。贞质谋

---

① 熊礼汇：《先唐散文艺术论》下册，学苑出版社1999年版，第806～807页。
② 姜书阁：《骈文史论》，人民文学出版社1986年版，第347页。

于白珪，明操励于南金。虽名器未及，而任尽臣道，正身提衡，铨括百揆。知无不为，谋必鲜过。端委待旦，则有心宣孟；以约训俭，则拟议季文。君平恒无私，己谦寡欲，当世之所难，于君易之矣。于是慨然远鉴，量己而退，高抱帷幄，投迹潘屏。夫良玉以经焚不渝，故其贞可贵；竹柏以蒙霜保荣，故见殊列树。治而不乱者有矣，未有乱而弥治者也。考终以证始，即事以惩心，少长能一其度，贵贱不二其道，文康之雅量，于是乎弘著矣。"此文共 46 句，对偶 30 句，占百分之六十五，形容多而叙事少，正是其欠缺之处。

**袁宏**（324～376），东晋清谈名士，史学家，著有《后汉纪》，被誉为"一代文宗"。其单篇文章《三国名臣序赞》颇受后人称道。序共 172 句，对偶 92 句，占百分之五十五，前半段以骈语为主，论述君臣相得是事业成功的基本原因，认为"君子不患宏道难，患遭时难；遭时匪难，遇君难"。后半段以散语为主，评论荀彧、诸葛亮、周瑜等六位名臣。序之后是赞，以四言韵语，赞扬二十位人物。下面是序的前半段：

夫百姓不能自治，故立君以治之；明君不能独治，则为臣以佐之。然则三五迭隆，历代承基，揖让之与干戈，文德之与武功，莫不宗匠陶钧而群才缉熙，元首经略而股肱肆力，虽遭离不同，迹有优劣，至于体分冥固，道契不坠，风美所扇，训革千载，其揆一也。故二八升而唐朝（指帝尧）盛，伊吕用而汤武宁，三贤进而小白兴，五臣显而重耳霸。中古陵迟，斯道替矣。居上者不以至公理物，为下者必以私路期荣，御圆者不以信诚率众，执方者必以权谋自显。于是君臣离而名教薄，世多乱而时不治，故蘧宁以之卷舒，柳下以之三黜，接舆以之行歌，鲁连以之赴海。衰世之中，保持名节，君臣相体，若合符契，则燕昭乐毅古之流也。夫未遇伯乐，则千载无一骥；时值龙颜，则当年控三杰。汉之得材，于斯为贵。高祖虽不以道胜御物，群下得尽其忠；萧曹虽不以三代事主，百姓不失其业。静乱庇人，抑亦其次。夫时方颠沛，则显不如隐；万物思治，则默不如语。是以古之君子，不患弘道难，患遭时难；遭时匪难，遇君骓。故有道无时，孟子所以咨嗟；有时无君，贾生所以垂泣。夫万岁一期，有生之通涂；千载一遇，贤智之嘉会。遇之不能无欣，丧之何能无慨。古人之言，信有情哉！

孙执升说："序中所列，大都执义于汉者，不加贬；树功于魏者，不甚褒。深得与夺微权。通幅笔甚古，气甚充。故虽简洁高峻，却有滚滚不穷之势。"何义门说："赞胜陆士衡《高祖功臣颂》，序亦激昂，晋代之佳者。"（《评注昭明文选》）李兆洛说："伯仲士衡，持论尤胜，特堂宇遂窄耳。""窃以为浑穆不逮矣。"（《骈体文钞》）陆机有《汉高祖功臣颂》，赞汉初功臣三十一人，内容与袁宏此文相近，但文体有别，重点不同。陆颂开头是名单，接着是四言韵语到底，对偶不多，不属于骈文。而且开头以 20 句作总论，不像袁宏那样有 172 句的长序。所以就赞语而言，二者有可比之处；就序而言，无可比性。

**习凿齿**（？～384），东晋史学家，著《汉晋春秋》，今佚，骈文有《与桓秘书》，如下：

> 吾以去五月三日来达襄阳，触目悲感，略无欢情。痛恻之事，故非书言之所能具也。每定省家舅，从北门入。西望隆中，想卧龙之吟；东眺白沙，思凤雏之声；北临樊墟，存邓老之高；南眷城邑，怀羊公之风；纵目檀溪，念崔徐之友；肆睇鱼梁，追二德之远。未尝不徘徊移日，惆怅极多。抚乘踌躇，慨然而泣曰：若乃魏武之所置酒，孙坚之所陨毙，裴杜之故居，繁王之旧宅，遗事犹存，星列满目，琐琐常流，碌碌凡士，焉足以感其方寸哉！夫芬芳起于椒兰，清响生乎琳琅。命世而作佐者，必垂可大之余风；高尚而迈德者，必有明胜之遗事。若向八君子者，千载犹使义想其为人，况相去之不远乎！彼一时也，此一时也。焉知今日之才不如畴辰，百年之后，吾与足下不并为景升乎？

桓秘是桓温之弟，与习凿齿友善。凿齿因事惹怒桓温，出为荥阳太守，不久罢归故里襄阳。此信作于习氏若干年后，归里之际。作者观览故乡景物，怀念先贤。列举诸葛亮、庞统、邓艾、羊祜、崔州平、徐庶、庞德公、司马德操，以及曹操、孙坚、裴潜、杜袭、王粲、繁钦等与襄阳有关的三国名人。他们像星宿那样罗列眼前，引起作者的无限感慨与向往。面对历史，作者不是发思古之幽情，而是提出"彼一时也，此一时也。焉知今日之才，不如畴辰"，百年之后，你与我不被招贤纳士的刘表之俦所知遇呢？

文章篇幅短小，文字精练，列举一系列襄阳故实，使人倍感亲切。钱锺书对其中"西望""东眺""南眷""北临"有所评论，认为习氏师法前代之冯衍、张衡、刘劭、左思之赋、吴质之书，又启示后来的鲍照、王巾、苏轼的文章。这种"因地及史，环顾四方，缅怀百世"的写法，前后有继承关系。① 通过比较不难看出，赋家写"四望"以铺陈景物，常用四言句，不求对仗。散文家则多用散语，潇洒自如。而习凿齿的骈体文则喜欢四六对句。全文 46 句，对偶 26 句，占百分之五十六。其散句也富于灵动之感。

**曹毗**，生卒年不详，曹操的后裔，徐公持《魏晋文学史》列之于东晋中期。曹氏的文章有《对儒》，沿用主客问对形式，但从内容到写法都与前辈不同。第一，对句高达百分之八十三，且大量用韵；第二，以客问为主，主答为次；第三，主张"在儒亦儒，在道亦道"，无可无不可的立场，正是那个时代一部分思潮的反映。

文章中，客人问得很怪，不是指责主人为何不去做官，而是劝他退隐绝世。先说退隐的好处，次说你有高才而无淡泊之心，何必"检名实于俄顷之间，定得失夫一管之锋"。最后列举前代才人遭灾的故事，劝他及时全身远祸。主人的回答，既没有对社会的不满，也看不出个人的愤慨，着重说明"大人"的人生态度和生活方式，用形象的语言代替抽象的理论：

> 夫两仪既辟，阴阳汗浩，五才迭用，化生纷扰，万类云云，孰测其兆？故不登阆风，安以瞻殊目之形？不步景宿，何以观恢廓之表？是以迷粗者循一往之智，狷介者守一方之矫，岂知火林之蔚炎柯，冰津之擢阳草？故大人达观，任化昏晓，出不极劳，处不巢皓，在儒亦儒，在道亦道。运屈则纡其清晖，时申则散其龙藻，此盖员动之用舍，非寻常之所宝也。今三明互照，二气载宣，玄教夕凝，朗风晨鲜。道以才畅，化随理全。故五典克明于百揆，虞音齐响于五弦。安期解褐于秀林，渔父摆钩于长川。如斯则化无不融，道无不延。风澄于俗，波

---

①　参看钱锺书《管锥编》第三册，中华书局 1979 年版，第 906 页。

清于川。方将舞黄虬于庆云，招仪凤于灵山，流玉醴乎华阆，秀朱草于庭前。何有违理之患，累真之嫌。子徒知辨其说，而未测其源。明朝菌不可逾晦朔，蟪蛄无以观大年。固非管翰之所述，聊敬对以终篇。

此文关键词是："出不极劳，处不巢皓（巢父和商山四皓），在儒亦儒，在道亦道。运屈则行其清晖，时申则散其龙藻。"似乎儒道兼取，实际偏向于道。文中多有道家常用的概念和意象。联系曹毗的其他诗文，赞黄帝，信神巫，祈求降雨，这些与当时的神仙派道教有关。《晋书·文苑传》说："曹毗沉研秘籍（指神仙道法之书），踬足下僚，绮靡降神之歌，朗畅《对儒》之论。"《对儒》的命意清楚，但用词华丽繁复，算不上"朗畅"。

东晋时期的谈玄论道之文，继阮籍、嵇康以来的传统，好辩驳，多偶句，有气势。文章颇多，兹举王坦之《废庄论》为代表。

王坦之（330～375），祖父王浑，父王述，他本人以及他儿子王忱（与西晋王忱同名），皆曾担任内外军政要职，家族十分显赫。他的《废庄论》与阮籍的《达庄论》立场相反，写法也不同，不是主客问对，而是径直说理。主要观点是："若夫庄生者，望大庭而抚契，仰弥高于不足；寄积想于三篇（内外杂），恨我之怀未尽。其言诡谲，其义恢诞。君子内应，从我游方之外，众人因藉之，以为弊薄之资。然则天下之善人少，不善人多。庄子之利天下也少，害天下也多。故曰鲁酒薄而邯郸围，庄生作而风俗颓。礼与浮云俱征，伪与利荡并肆，人以克已为耻，士以无措为通，时无履德之誉，俗有践义之愆。骤语赏罚不可以造次，屡称无为不可与适变。虽可用于天下，不足以用天下人。"此文站在儒家立场批评庄子，许多话切中时弊，较少学派门户之见。文末说，"在儒而非儒，非道而有道"，意即对儒家的缺点也要批评，对道家的有些观点也要肯定，这是可贵的。全文共112句，比阮籍的《达庄论》短得多，不像阮籍那样大肆形容夸饰，以庞杂甚至难以准确把握的意象代替说理论证，而是采用理性的分析进行剖判。文章用字平易，语义明晰，多用对偶，爱用长句以壮气势，对偶句占全文的百分之五十五。当时与王坦之相呼应的还有孙盛的《老聃非大贤论》，稍后戴逵的《放达非为道论》等。唐代李谿作《广废庄论》，进一步推衍、发挥王坦之的观点，乃唐代古文体式。

### 三　东晋后期骈文

范宁（339～401），东晋经学家，南阳顺阳人，曾任豫章太守，热心兴办教育。他的学术著作有《春秋穀梁传集解》。崇尚儒学，反对玄学，对玄学倡导者王弼、何晏提出严厉批评，著《罪王何论》，全文如下：

> 或曰黄唐缅邈，至道沦翳，濠濮辍咏，风流靡托。争夺兆于仁义，是非成于儒墨。平叔神怀超绝，辅嗣妙思通微。振千载之颓纲，落周孔之尘网。斯盖轩冕之龙门，豪梁之宗匠。尝闻夫子之论，以为罪过桀纣，何哉？答曰：子信有圣人之言乎？夫圣人者，德侔二仪，道冠三才。虽帝皇殊号，质文异制，而统天成务，旷代齐趣。王何蔑弃典文，不遵礼度，游辞浮说，波荡后生。饰华言以翳实，骋繁文以惑世。搢绅之徒，翻然改辙；洙泗之风，缅焉将坠。遂令仁义幽沦，儒雅蒙尘，礼坏乐崩，中原倾覆。古之所谓言伪而辩，行僻而坚者，其斯人之徒欤？昔夫子斩少正于鲁，太公戮华士于齐，岂非旷世而同诛乎？桀纣暴虐，正足以灭身覆国，为后世鉴戒耳。岂能回百姓之视听哉？王何叨海内之浮誉，资膏粱之傲诞，画魑魅以为巧，扇无检以为俗。郑声之乱乐，利口之覆邦，信矣哉！吾因以为一世之祸轻，历代之罪重，自丧之衅小，迷众之愆大也。

魏晋之际，清谈与玄学盛行，代表人物是何晏（190～249）、王弼（226～249）。他们先后提出有与无、言与意、才与性、形与神等哲学问题，吸引许多士人展开讨论，从而使得中国思想史由汉末烦琐的章句之学，发展为玄虚的义理之学。当时赞成者甚多，反对者亦不少。西晋末年，五胡乱华，天下分崩离析，晋室被迫南迁。有一些思想家认为，造成祸患的原因是士大夫崇尚虚无空谈，不务实际，离背儒家经国济世之根本，陷入道家放逸旷达的途径，于是对玄学的恶果和放逸的风气进行严厉的批判。范宁这篇文章作于此时，题目针对王何玄学，并没有涉及其理论，主要指责他们所带的社会影响："王何蔑弃典文，不遵礼度，游辞浮说，波荡后生。饰华言以翳实，骋繁文的惑世。缙绅之徒，翻然改辙；洙泗之风，缅然将坠。遂令仁义幽沦，儒雅蒙尘。礼坏乐崩，中原倾覆。"其甚至认为王何"罪过桀纣"，"正足以灭身倾国"。

这样的批评实为声讨，未能击中要害。在范宁之前，西晋的裴頠（267～300）著《崇有论》，反对王弼"以无为本"，主张有比无更根本。对于玄学与清淡产生的危害，"薄综世之务，贱功烈之用，高浮游之业，埤经实之贤"，揭露更深刻。东晋初的葛洪（284？～364？）在其《抱朴子》中，更具体地批判玄学："入不能宰民，出不能用兵，治事则事废，衔命则命辱。动静无宜，出处莫可。"热衷谈玄与厌恶谈玄的争论，贯穿魏晋南北朝的始终。

后世也有为王何辩护的，如清朱彝尊的《王弼论》，钱大昕的《何晏论》。他们肯定王何在学术上的贡献，至于造成西晋灭亡，原因很多，不能由王何负责。最近数十年来，大部分哲学史家批判玄学唯心主义和清淡的不良影响，也有一部分学者正面评价玄学在思想史和美学理论上的突破。所以，对于范宁的这篇文章，看法未必一致。本书主要讲骈文，《罪王何论》虽然有古文的意味，但对偶句占百分之七十，不用典故和藻饰，属于白描骈文。东晋时期，这种文章是大量存在的。对于其写作技巧，后世评点家颇为欣赏。清末民初的王文濡说："义正词严，笔诛口伐。大言炎炎，小儒咋舌。末幅尤力透纸背，神栖霞表。此抱道卫世之作也。"（《南北朝文评注读本》）虽然有些偏爱，但代表部分人的观点。

**戴逵**（？～396）谯郡人，字安道，东晋著名画家、雕塑家、音乐家、思想家。他反对佛教因果报应说，著《释疑论》，与佛教徒慧远等人反复辩论。其《放达为非道论》，对魏晋以来不守礼法，放荡恣肆的社会风气提出严厉批评。全文如下：

> 夫亲没而采药不反者，不仁之子也；君危而屡出近关者，苟免之臣也。而古之人未始以彼害名教之体者何？达其旨故也。达其旨，故不惑其迹。若元康之人，可谓好遁迹而不求其本，故有捐本徇末之弊，舍实逐声之行。是犹美西施而学其颦眉，慕有道而折其巾角，所以为慕者，非其所以为美，徒贵貌似而已矣。夫紫之乱朱，以其似朱也。故乡愿似中和，所以乱德；放者似达，所以乱道。然竹林之为放，有疾而为颦者也。元康之为放，无德而折巾者也。可无察乎？且儒家尚

誉者,本以兴贤也,既失其本,则有色取之行。怀情丧真,以容貌相欺,其弊必至于末伪。道家去名者,欲以笃实也。苟失其本,又有越检之行。情礼俱亏,则仰咏兼忘,其弊必至于本薄。夫伪薄者,非二本之失,而为弊者,必托二本以自通。夫道有常经,而弊无常情。是以六经有失,王政有弊。苟乖其本,固圣贤所无奈何也。嗟夫!行道之人,自非性足体备,闇蹈而当者,亦曷能不栖情古烈,拟规前修。苟迷拟之然后动,议之然后言,固当先辨其趣舍之极,求其用心之本,识其枉尺直寻之旨,采其被褐怀玉之由。若斯途虽殊,而其归可观也;迹虽乱而其契不乖也。不然,则流遁忘反,为风波之行。自驱以物,自诳以伪,外眩嚣华,内丧道实。以矜尚掩其真主,以尘垢翳其天正,贻笑千载,可不慎欤!

戴逵主要从道德伦理和人格品性着眼,针对的并不是王、何,而是西晋后期即晋惠帝时的"放逸"之风。所谓"放逸",就是蔑视礼法、名教,追求自然、旷达。在政治上有反对封建制度束缚人性自由的意义;在道德上不屑于人伦常理。裴𫖯《崇有论》即指出他们:"或悖吉凶之礼,而忽容止之表,渎弃长幼之序,混漫贵贱之级。其甚者至于裸裎(不穿衣服),言笑忘宜。"葛洪《抱朴子》的《刺骄》篇也指出:"或乱项科头,或裸袒蹲夷,或濯脚于稠众,或溲便于人前。"更有恶劣者,一群人居巨室中,"对弄妻妾",即当众与妻妾性交。这些极不文明的行为,几近禽兽,而士大夫竟不以为耻,反以为通达。葛洪批评说:"夫古人所谓'通达'者谓通于道德达于仁义耳,岂谓通乎褒黩达于淫邪哉!"

戴逵此文有分寸,有区别,不像范宁那样剑拔弩张。他没有否定嵇康、阮籍等人的"放达",而批评元康之人"无德而折巾",仅仅貌似汉末郭泰等"达人"的冠带而已。他对于儒家和道家皆表示肯定,"儒家尚誉者,本以兴贤也,既失其本,则有色取之行,怀情丧真,以容貌相欺,其弊必至于末伪。道家去名者,欲以笃实也。苟失其本,又有越检之行。情礼俱亏,则仰泳兼忘,其弊必至于本薄"。他另有《竹林七贤论》和《七贤荣启期图》,对他们的行为表示赞赏。戴逵认为,学习道家,不能舍本逐末,追求形似,"外眩嚣华,内丧道真"。这样论析是有理论深度的。文章多处运用古文常见的虚词、连词，而句式百分之七十是对仗，所以可视为准骈文。王文濡说："反覆设譬，掩抑生姿。心苦而语婉，理丰而词泽。与范武子（范宁）之罪何晏，同抱卫世苦心。求于司马之朝，殆如凤毛麟角。"（《南北朝文评注读本》）

与东晋同时的北方先后有十六国，长期处于战乱之中，文化凋零，骈文乏善可陈。唯后秦佛学理论家僧肇，其哲学思想和文章写作皆属上乘。

僧肇（384～414），京兆人，家贫，以佣书为业，乃得历观经史，志好玄微，尤喜老庄，后出家，兼通三藏。著名僧侣鸠摩罗什从西域抵达今甘肃武威，僧肇慕名，自远从之，成为其四大弟子之一。不久随师到长安，受到后秦国主姚兴礼遇，入驻逍遥园，助法师译定经论。僧肇只活了三十一岁，留下有《肇论》（包括《般若无知论》《涅盘无名论》《不真空论》《物不迁论》等重要哲理论文）。其语言清峻严密，继承了王弼等人的写作风格，与阮籍《达庄论》之宏丽派明显有别。僧肇的骈体文有《鸠摩罗什法师诔序》，这是一篇纪念文章，前半段为序，103 句，对偶句占百分之六十四。后半段为诔，138 句，全是四言韵语，对偶很少，兹录其序如下：

> 夫道不自弘，弘必由人；俗不自觉，觉必待匠。待匠故世有高悟之期，由人故道有小成之运。运在小成，则灵津辍流；期在高悟，则玄锋可诣。然能仁旷世，期将千载，时师邪心，是非竞起，故使灵规潜逝，徽绪殆乱。爰有什法师者，盖先觉之遗嗣也。凝思大方，驰怀高观，审释道之陵迟，悼苍生之穷蔼，故乃奋迅神仪，寓形季俗，继承洪绪，为时城堑。世之安寝，则觉以大音；时将昼昏，乃朗以慧日。思结颓纲于道消，缉落绪于穷运。故乘时以会，错枉以正，一扣则时无互乡，再击则畏垒归仁。于斯时也，羊鹿之驾摧轮，六师之车覆辙，二想之玄既明，一乘之奥亦显。是以端坐岭东，响驰八极，恬愉弘训，而九流思顺。故大秦符、姚二大王，师旅以延之，其仁王也。心游大觉之门，形镇万化之上，外扬羲和之风，内盛弘法之术，道契神交，屈为神授。公以宗匠不重，则其道不尊，故蕴怀神宝，感而后动。自公形应秦川，若烛龙之曜神光；恢廓大宗，若曦和之出榑桑。融冶常

道，尽重玄之妙；闲邪悟俗，穷名数之美。言既适时，理有圆会，故辩不徒兴，道不虚唱。斯乃法鼓重震于阎浮，梵轮再转于天北矣。自非位超修成，体精百炼，行藏应时，其孰契于兹乎？以要言之，其为弘也，隆于春阳；其除患也，厉于秋霜，故巍巍乎荡荡乎无边之高韵。然陨运幽兴，若人云暮。癸丑之年，年七十，四月十三日薨乎大寺。呜呼哀哉！道匠西倾，灵轴东摧。朝曦落曜，宝岳崩颓。六合昼昏，迷驾九回。神关重闭，三途竞开。夜光可惜，盲子可哀。罔极之感，人百其怀。乃为诔曰（诔文略）

　　此文概述鸠摩罗什弘扬佛法的贡献，作者并未着重叙事，而详于评价赞颂，使用了不少佛典及儒家经籍中的典故和意象、比喻，语言经过精心锤炼，对偶整齐，文字流畅，是富于文采和哲理的文章。据《高僧传》记，当时佛学界对僧肇的《肇论》诸文赞赏备至。其师鸠摩罗什对僧肇说，我对佛学的理解不比你差，我的文辞不如你。南方高僧慧远赞《肇论》是从未有过的好文章。佛教居士刘逸民将僧肇比作魏之何晏。从论辩名理之文看，确有相似之处，但僧肇更多受辞赋的影响，如《物不迁论》即是。

　　综观魏晋文章，不难看出，骈俪化倾向是逐渐发展的。以"设论"体为例，东方朔《答客难》、扬雄《解嘲》、班固《答宾戏》、崔骃《达旨》等文，受汉大赋影响，排比句多于对偶句。东汉末至魏晋，小赋兴起，"设论"之文中的排比句渐渐让位于对偶句。蔡邕《释诲》、邵正《释讥》、皇甫谧《释劝》、夏侯湛《抵疑》、王沉《释时论》、潘尼《安身论》、郭璞《客傲》、曹毗《对儒》等文，对偶句越来越多地占优势，已经是准骈文，但仍然不同程度地保留辞赋及散文的成分，这条演进线索是清晰可寻的。魏晋时期的政论（包括表章、奏议）、史论（包括人物比较）、道论（包括谈论玄、佛、道）和书启之文，骈俪成分比两汉日益增加，其中有少数已是标准的骈文。但从全局看，议论、书启体之文还是散多于骈。至于记叙文、山水文、抒情文，基本上是散文的天下，骈文只是少数。这三类题材的骈俪化，是在齐梁以后。这是魏晋文章的总体状况和魏晋骈文的大体走势。

# 魏晋骈文名篇选读

## 曹植《求自试表》

臣植言：臣闻士之生世，入则事父，出则事君。事父尚于荣亲，事君贵于兴国。故慈父不能爱无益之子，仁君不能畜无益之臣。夫论德①而授官者，成功之君也；量能而受爵者，毕命②之臣也。故君无虚授，臣无虚受；虚授谓之谬举，虚受谓之尸禄③。《诗》之"素餐"④，所由作也。昔二虢不辞两国之任⑤，其德厚也；旦、奭不让燕、鲁之封⑥，其功大也。今臣蒙国重恩，三世于今⑦矣。正值陛下升平之际，沐浴圣泽，潜润德教，可谓厚幸矣。而位窃东藩，爵在上列⑧，身被轻暖，口厌百味，目极华靡，耳倦丝竹者，爵重禄厚之所致也。退念古之受爵禄者，有异于此，皆以功勤济国，辅主惠民。今臣无德可述，无功可纪，若此终年，无益国朝，将挂风人"彼己"之讥⑨。是以上惭玄冕，俯愧朱绂⑩。

方今天下一统，九州晏如，顾西尚有违命之蜀，东有不臣之吴。使边境未得脱甲⑪，谋士未得高枕者，诚欲混同宇内，以致太和也。故启灭有扈而夏功昭⑫，成克商、奄而周德著⑬。今陛下以圣明统世，将欲卒文、武之功，继成、康之隆，简贤授能，以方叔、邵虎⑭之臣，镇御四境，为国爪牙者，可谓当矣。然而高鸟未挂于轻缴⑮，渊鱼未悬于钩饵者，恐钓射之术，或未尽也。昔耿弇⑯不俟光武，乃击张步，言不以贼遗于君父也。故车右伏剑于鸣毂⑰，雍门刎首于齐境⑱，若此二子，岂恶生而尚死哉？诚忿其慢主而陵君也。夫君之宠臣，欲以除害兴利；臣之事君，必以杀身静乱，以功报主也。昔贾谊⑲弱冠，求试属国，请系单于之颈而制其命；终军⑳以妙年使越，欲得长缨占其王，羁致北阙。此二臣岂好为夸主而耀世俗哉？志或郁结，欲逞才力，输能于明君也。昔汉武为霍去病㉑治第，辞曰："匈奴未灭，臣无以家为。"固夫忧国忘家，捐躯济难，忠臣之志也。今臣居外，非不厚也，而寝不安席，食不遑味者，伏以二方未克㉒为念。

伏见先武皇帝武臣宿兵，年耆即世者有闻矣。虽贤不乏世，宿将旧卒，犹习战也。窃不自量，志在效命，庶立毛发之功，以报所受之恩。若使陛下出不世之诏，效臣锥刀之用，使得西属大将军㉓，当一校之队；若东属大司马㉔，统偏师之任。必乘危蹈险，骋舟奋骊，突刃触锋，为士卒先。虽未能禽权馘亮㉕，庶将虏其雄率㉖，歼其丑类，必效须臾之捷，以灭终身之愧，使名挂史笔，事列朝策，虽身分蜀境，首悬吴阙，犹生之年也。如微才不试，没世无闻㉗，徒荣其躯而丰其体，生无益于事，死无损于数，虚荷上位而忝重禄，禽息鸟视，终于白首，此徒圈牢之养物，非臣之所志也。流闻东军失备，师徒小衄㉘，辍食弃餐，奋袂攘衽，抚剑东顾，而心已驰于吴会矣。

臣昔从先武皇帝，南极赤岸㉙，东临沧海，西望玉门，北出玄塞㉚。伏见所以行军用兵之势，可谓神妙矣。故兵者不可预言，临难而制变者也。志欲自效于明时，立功于圣世，每览史籍，观古忠臣义士，出一朝之命，以殉国家之难，身虽屠裂，而功铭著于鼎钟㉛，名称垂于竹帛，未尝不拊心而叹息也。臣闻明主使臣，不废有罪。故奔北败军之将㉜用，秦、鲁以成其功；绝缨盗马之臣㉝赦，楚、赵以济其难。臣窃感先帝㉞早崩，威王㉟弃代，臣独何人，以堪长久？常恐先朝露，填沟壑，坟土未干，而身名并灭。臣闻骐骥长鸣，伯乐昭其能；卢狗㊱悲号，韩国知其才。是以效之齐、楚之路㊲，以逞千里之任；试之狡兔之捷㊳，以验搏噬之用。今臣志狗马之微功，窃自惟度，终无伯乐、韩国之举，是以于邑㊴而窃自痛者也。

夫临博而企竦㊵，闻乐而窃抃㊶者，或有赏音而识道也。昔毛遂，赵之陪隶，犹假锥囊之喻㊷，以寤主立功；何况巍巍大魏多士之朝，而无慷慨死难之臣乎！夫自衒自媒者，士女之丑行也；干时求进者，道家之明忌也。而臣敢陈闻于陛下者，诚与国分形同气㊸，忧患共之者也。冀以尘雾之微，补益山海；荧烛末光，增辉日月；是以敢冒其丑而献其忠，必知为朝士所笑。圣主不以人废言，伏惟陛下少垂神听，臣则幸矣。

——选自《昭明文选》卷三十七

**注释**

① 论德：考论德行及才具。

② 毕命：尽命，完成使命。

③ 尸禄：居其位而不做事，空受禄俸。

④ 素餐：白吃饭，不劳而获。语本《诗经·魏风·伐檀》。

⑤ 二虢：指周文王之弟虢仲、虢叔。两国：指二虢分别受封的东虢国、西虢国。二虢曾为文王的卿士，有功勋。

⑥ 旦：即周公姬旦。奭（shì 士）：即召公姬奭。都是周武王之弟，周灭殷后，分别封于鲁国、燕国。

⑦ 三世于今：指曹操、曹丕、曹叡三代帝王。

⑧ 位窃东藩，爵在上列：曹植当时为雍丘王，雍丘在魏国都城洛阳之东，故称"东藩"；王是最高封爵，故称"上列"。

⑨ 风人：指《诗经》中《国风》的作者们。"彼已"，指《曹风·候人》中"彼其（又作'己'）之子，不称其服"句。意谓名不符实。

⑩ 玄冕：王者戴的一种黑色帽子。朱绂（fú 扶）：红色的系印纽丝绳。

⑪ 脱甲：舍弃兵甲，言战争罢息。

⑫ "启灭"句：指启消灭有扈氏部族，使夏朝得以昌盛。

⑬ "成克"句：指成王在周公辅佐下平定管、蔡、商及淮夷徐、奄的叛乱，使周朝的威德能够著明。

⑭ 方叔、召虎：二人是周宣王卿士，方叔曾伐猃狁，又征荆蛮，召虎曾平定淮夷。

⑮ 缴（zhuó 浊）：箭尾系以丝线，用来射鸟。

⑯ 耿弇（yǎn 衍）：东汉初大将，曾讨张步，敌兵强，有人劝他等刘秀（光武帝）亲自来后再发动攻击。弇不从，及时出战，大破张步。

⑰ "车右"句：车右是古代齐国勇士，常坐齐王车右，故得名，他因左车轮轧轧作响（车有毛病）震惊齐王而自刎死。

⑱ "雍门"句：雍门，即雍门狄，齐国人。越兵犯齐，尚未交战，他就效车右故事而自刎死，齐王以上卿礼葬之，越兵也因此后撤七十里。车右、雍门狄故事皆见刘向《说苑》。

⑲ 贾谊：西汉政论家、文学家，曾向文帝提出愿任"属国之官"，主管对匈奴事务，说"行臣之计，必系单于之颈而制其命"。提议未被采纳。

⑳ 终军：西汉武帝时人，少年受命出使南越，曾对武帝说："愿受长缨，必羁南越王而致之阙下。"

㉑ 霍去病：汉武帝时大将，武帝要给他建宅第，他以匈奴未灭而推谢。

㉒ 二方未克：指吴、蜀二国尚未消灭。

㉓ 大将军：指曹真，他当时正统率魏兵在关陇地区与蜀汉方面的诸葛亮作战。

㉔ 大司马：指曹休，他当时正统率魏兵在江淮一带与孙吴军队作战。

㉕ 禽权馘亮：生擒孙权，杀掉诸葛亮。馘（guó 国），割下所杀死敌人的左耳，用以计功。

㉖ 雄率：大将。率：同"帅"。

㉗ 没世无闻：到死都无功绩可言。没世，去世。

㉘ 师徒小衄，军队受到小挫折。此指曹休督诸军向浔阳深入不利。

㉙ 赤岸：山名，在今江苏省六合区境长江北岸。

㉚ 玄塞：即长城。

㉛ 鼎钟：褒扬功绩的钟。典出《国语·晋语》七。

㉜ 奔北败军之将：此指春秋时秦国将军孟明和鲁国将军曹沫。孟明是秦国将领，曾被晋国俘虏，后来打败晋军，报仇雪耻；曹沫曾三次被齐国战败，鲁庄公犹以为将，后在柯之会上，他执匕首劫齐桓公，迫使齐尽还侵鲁之地。

㉝ 绝缨盗马之臣：楚臣曾在一次夜宴上醉酒调戏庄王美人，因而"绝缨"，庄王不予追究。后在晋楚之战中勇敢作战，以报庄王。"野人"曾盗穆公之马，穆公反赐酒。后在秦晋之战中，穆公被包围，幸得"野人"三百余人保护，最后战胜晋国。下文"楚、赵"，当是"楚、秦"。

㉞ 先帝：指魏文帝曹丕。

㉟ 威王：指曹植的胞兄曹彰。彰死于黄初四年，谥威王。

㊱ 卢狗：古代著名猎犬，又名韩卢。传说有人于韩国狗市相狗，卢狗悲号，人知其善。

㊲ 齐、楚之路：齐在东方，楚在南方，此言路的辽远。

㊳ 试之狡兔之捷：此言试卢狗以逐兔。

㊴ 于邑：抑郁忧闷。

㊵ 临博而企竦：博为古代局戏，类似于棋局。此言有人面对博戏就踮起脚跟挺直腰板。

㊶ 窃抃（biàn 弁）：悄悄地拍掌。

㊷ 锥囊之喻：战国时赵国平原君赴楚议合纵以抗秦，门下毛遂自荐同往，并以"锥处囊中""乃颖脱而出"为譬，表明愿意辅主立功。

㊸ 分形同气：形体相分而气性相同，喻关系极为亲密。

（徐公持　注释）

## 陆机《豪士赋序》

夫立德之基有常，而建功之路不一。何则？修心以为量者存乎我，因物以成务者系乎彼①。存夫我者，隆杀止乎其域②；系乎物者，丰约③唯所遭遇。落叶俟微风以陨，而风之力盖寡；孟尝遭雍门以泣④，而琴之感以末。何者？欲陨之叶无所假烈风，将坠之泣不足繁⑤哀响也。是故苟时启于天，理尽于民。庸夫可以济圣贤之功，斗筲⑥可以定烈士之业，言遇时也。故曰：才不半古，而功已倍之，盖得之于时势也。

历观古今，徼一时之功，而居伊周之位者有矣。⑦夫我之自我，智士犹婴其累；物之相物，昆虫皆有此情⑧。夫以自我之量而挟非常之勋，神器晖其顾盼⑨，万物随其俯仰，心玩居常之安，耳饱从谀之说，岂识乎功在身外，任出才表者哉⑩！且好荣恶辱，有生之所大期；忌盈害上，鬼神犹且不免⑪。人主操其常柄，天下服其大节⑫，故曰"天可雠乎"⑬。而时有袨服⑭荷戟，立乎庙门之下；援旗誓众⑮，奋于阡陌之上。况乎代主制命，自下裁物者哉！广树恩不足以敌怨；勤兴利不足以补害。故曰代大匠斫者，必伤其手⑯。

且夫政由宁氏，忠臣所为慷慨：祭则寡人，人主所不久堪⑰。是以君奭鞅鞅，不悦公旦之举⑱；高平师师，侧目博陆之势⑲。而成王不遗嫌吝于怀，宣帝若负芒刺于背，非其然者欤⑳？嗟乎！光于四表，德莫富焉；王曰叔父㉑，亲莫昵焉；登帝天位㉒，功莫厚焉；守节没齿，忠莫至焉。而倾侧颠沛，仅而自全。则伊生抱明允以婴戮㉓，文子怀忠敬而齿剑㉔，固其所也。因斯以言，夫以笃圣穆亲，如彼之懿，大德至忠，如此之盛㉕，尚不能取信於人主之怀，止谤于众多之口，过此以往，恶㉖睹其可！安危之理，断可识矣。又况乎飨大名以冒道家之忌，运短才而易圣哲所难者哉㉗！

身危由于势过，而不知去势以求安；祸积起于宠盛，而不知辞宠以招福。见百姓之谋己，则申宫警守，以崇不畜之威㉘；惧万民之不服，则严刑峻制，以贾㉙伤心之怨。然后威穷㉚乎震主，而怨行乎上下。众心日移，危机将发，而方偃仰瞠眄㉛，谓足以夸世。笑古人之未工，忘己事之已拙；知曩勋㉜之可矜，阇成败之有会㉝。是以事穷运尽，必于颠仆；风起尘合，而祸至常酷也㉞。圣人忌功名之过己，恶宠禄之逾量，盖为此也。

夫恶欲之大端，贤愚所共有，而游子徇高位于生前，志士思垂名于身后，受生之分，唯此而已㉟。夫盖世之业，名莫大焉；震主之势，位莫盛焉；率意无违，欲莫顺焉㊱。借使伊人㊲，颇览天道，知尽不可益，盈㊳难久持，超然自引，高揖而退，则巍巍之盛，仰邈前贤，洋洋之风，俯冠来籍㉟，而大欲不乏于身，至乐无怨乎旧㊵，节弥效而德弥广，身愈逸而名愈劲㊶。此之不为，彼之必昧㊷，然后河海之迹，埋为穷流，一篑之衅㊸，积成山岳。名编凶顽之条，身厌荼毒之痛，岂不谬哉！故聊赋焉，庶使百世少有寤者云。

——选自《陆士衡文集》卷一

**注释**

① 循心：遵循自身的资质禀性。因物：凭借外物。这两句的意思是：立德的多少在于自身的禀性，能否建功在于外物。

② 隆杀：兴隆和减削，指立德的高下。域：疆域，此指自身。

③ 丰约：丰盛和简约，指建功的多少。

④ 孟尝：战国时齐国贵族孟尝君。雍门：齐人雍门周，善鼓琴。桓谭《新论》记载，孟尝君问雍门周："你的琴声能使我悲哀吗？"雍门周回答："我以为您有值得悲哀的事。千秋百岁之后，您的坟上荆棘丛生，游人牧童任意在上面践踏，唱道：'如此尊贵的孟尝君也落得如此结局了！'"孟尝君听了，喟然叹息，热泪盈眶而将坠。雍门周引琴而鼓，声调凄婉，孟尝君潸然泪下。

⑤ 繁：同"烦"。

⑥ 斗：木头或竹子制成的方形容器。筲（shāo 捎）：一种竹制容器。斗筲，指气量狭小、才智短浅的人。

⑦ 徼（jiǎo 绞）：侥幸。伊、周：商代贤相伊尹和周代贤相周公。

⑧ "智士"二句的意思是：智慧之士尚且要受自身条件的局限，小小昆虫也要受他物的辅助。婴：缠绕。

⑨ 神器：指帝位。晖：照耀。意思是权势使他的一举一动都闪动着光彩。

⑩ 这几句的意思是：以寻常的资质而获得非常的功勋，贪于权柄，耽于安乐，溺于谀言，哪里还能意识到所得的功勋、所任的职务与自己的才干不相称啊！

⑪ 这两句的意思是：世人都希求荣华、厌恶屈辱，而鬼神也不免忌害地位高的人。

⑫ 意思是：天下人都用大节辅佐君主。服：用。

⑬ 这句的意思是：人主受命于天，君临天下，谁也不能反对。言外之意：居非分之位，便会招致众人的仇恨。语本《左传》。

⑭ 袨服：黑色的衣服。《汉书》记载，汉宣帝时，代郡太守任宣谋反被诛，其子任章逃亡在外。夜晚，身着黑衣，潜入庙内，执戟立于庙门，图谋行刺宣帝，事败被杀。

⑮ 援旗誓众：举起旗帜，率领众人宣誓，起兵造反。此处暗用项梁起兵典故。

⑯ 这句的意思是：存非分之想，行非分之事，必自伤其身。语出《老子》。

⑰《左传》记载，卫献公出亡在外，派使者对宁喜说："苟返国，政由宁氏，祭则寡人。"意思是说，宁喜掌握国家大权，卫献公只保有虚名。作者用这个典故来说明，忠臣不会忍受像宁喜那样的权臣来操纵朝政，人主也不堪忍受大权旁落的耻辱。

⑱ 君奭（shì 士）：指西周初年的召公奭。鞅（yāng 央）鞅：不高兴的样子。公旦：即周公。《尚书》记载，召公为保，周公为师，辅佐成王，而"召公不悦"。

⑲ 高平：指汉宣帝丞相魏相，封高平侯。师师，端庄整齐的样子。博陆：汉宣帝时重臣霍光封博陆侯。魏相对霍光权势太重曾进行批评。这两句的意思是：臣子权重，会招致猜忌。

⑳ 前句说：周成王始终对周公耿耿于怀。后句说：汉宣帝一见到霍光，就坐立不安，若有芒刺在背。典出《汉书·霍光传》。

㉑ 王曰叔父：语出《诗经·鲁颂·閟宫》。指周公为成王的叔父。

㉒ 登帝天位：指霍光拥戴刘询为皇帝。

㉓ 伊生：指商代贤相伊尹。商汤死后，其孙太甲无道，伊尹把他放逐于桐。后来太甲自桐潜出，杀死伊尹。明允，清明公允。婴戮：受戮。

㉔ 文子：即战国时越王勾践的大臣文种。文种协助勾践复国平吴，立有大功，但勾践听信谗言，赐剑文种，令其自尽。齿剑：触剑。

㉕ 前句指周公，后句指霍光。

㉖ 恶（wū）：即疑问词"何"。

㉗ 饕：贪财，贪食，此指贪图名利。冒：触犯。易圣哲所难：以圣哲（指上述周公、霍光等人）所难为易。这两句的意思是：贪图名利，已经触犯了道家的忌讳，何况运用短小的才智，把圣哲都感到困难的事看得很容易呢。

㉘ 申宫警守：即整顿宫中警戒。畜：养。崇：增长。不畜之威：指对百姓毫无仁义可言的淫威。

㉙ 贾：买。这里是招致的意思。

㉚ 穷：到达极点。

㉛ 偃仰：仰面而卧。睥睨：斜视，自尊貌。

㉜ 襄勋：往日的功勋。

㉝ 有会：一定的机缘。这两句的意思是：嘲笑古人办事考虑不周，却忘了自己干得更愚蠢；只知往日的功勋值得炫耀，却不明白事情成败有一定机缘。

㉞ 这几句的意思是：事情发展到极致，必然会导致颠覆；一些小小的兆头，往往预示着巨大的灾祸。

㉟ 恶：指死亡、贫苦等。欲：指饮食男女。语出《礼记》。这几句的意思是：不管是贤者还是愚人，对人生的基本需求本是一样的。而游宦之人追求生前的高官厚禄，有志之士希望身后扬名，人的一生所需要的不过就是这些罢了。

㊱ 这几句的意思是：没有比盖世之业更伟大的功绩了，没有比威震人主更显赫的权势了，没有比顺意而行更顺当的欲望了。

㊲ 伊人：指那些有功之人。

㊳ 盈：满。

㊴ 仰邈：指仰观。俯冠：指屈身低首。来籍：将来的史籍。这几句的意思是：假使大王明白事物已到极限不能再增加，凡事过满便难以持久，那么他的功业足可与前贤并列，他的风度足可载入史册，令后人倾慕。

㊵ 愆（qiān 千），丧失。这两句的意思是：只要大王及时隐退，仍旧可以享受先前的荣华富贵。

㊶ 弥：更加。节：指自我克制。劭：美好。这几句的意思是：克制自己越是有效果，德行就越深广；自身越是超脱，名声就越美好。

㊷ 昧：此指糊涂，不明白。

㊸ 堙（yīn 因）：堵塞。衅（xìn 信）：嫌隙，争端。

（韦凤娟　注释）

## 刘琨《劝进表》

臣闻：天生蒸民，树之以君，所以对越天地，司牧黎元①。圣帝明王，监其若此，知天地不可以乏飨，故屈其身以奉之②；知蒸黎不可以无主，故不得已而临之③。社稷时难，则咸藩定其倾；郊庙或替，则宗哲纂其祀。是以弘振退风，式固万世，三五以降④，靡不由之。伏惟高祖宣皇帝肇基景命，世祖武皇帝遂造区夏⑤，三叶重光，四圣继轨，惠泽侔于有虞，卜世过于周氏⑥。自元康以来，艰难繁兴；永嘉之际，氛厉弥昏，宸极失御，登遐丑裔，国家之危，有若缀旒⑦。赖先后之德，宗庙之灵，皇帝嗣建，旧物克甄⑧。诞授钦明，服膺聪哲，玉质幼彰，金声凤振⑨。冢宰摄其纲，百辟辅其政，四海想中兴之美，群生怀来苏之望⑩。不图天不悔祸，大灾荐臻，国未忘难，寇害寻兴。逆胡刘曜，纵逸西都；敢肆犬羊，陵虐天邑⑪。臣奉表使还，仍承西朝，以去年十一月不守，主上幽劫⑫，复沈虏庭，神器流离，更辱荒逆。臣每览史籍，观之前载，厄运之极，古今未有。苟在食土之毛，含血之类，莫不叩心绝气，行号巷哭。况臣等荷宠三世，位厕鼎司，闻问震惶，精爽飞越，且惊且悗，五情无主，举哀朔垂[13]，上下泣血。

臣闻昏明迭用，否泰[14]相济，天命无改，历数有归。或多难以固邦国，或殷忧以启圣明。是以齐有无知之祸，而小白为五伯之长[15]；晋有丽姬之难，而重耳以主诸侯之盟[16]。社稷靡安，必将有以扶其危；黔首[17]几绝，必将有以继其绪。伏惟陛下，玄德通于神明，圣姿合于两仪[18]，应命世之期，绍千载之运。符瑞之表，天人有征；中兴之兆，图谶垂典[19]。自京畿陨丧，九服崩离[20]，天下嚣然，无所归怀，虽有夏之遭夷羿，宗姬之离犬戎[21]，蔑以过之。陛下抚征江左，奄有旧吴[22]，柔服以德，伐叛以刑，抗明威以摄不类，杖大顺以号宇内[23]。纯化既敷，则率土宅心；义风既畅，则遐方企踵[24]。百揆时叙于上，四门穆穆于下。昔少康之隆，夏训以为美谈[25]；宣王[26]中兴，周诗以为休咏。况茂勋格于皇天，清晖光于四海，苍生颙然，莫不欣戴，声教所加，愿为臣妾者哉[27]！且宣皇之胤，惟有陛下，亿兆攸归[28]，曾无与二。天祚大晋，必将有主，主晋祀者，非陛下而谁！是以迩无异言，远无异望，讴歌者无不吟讽徽猷[29]，狱讼者无不思于圣德。天地之际既交，华夷之情允洽。一角之兽，连理之木，以为休征者[30]，盖有百数。冠带之伦，要荒[31]之众，不谋同辞者，动以万计。是以臣等敢考天地之心，因函夏[32]之趣，昧死上尊号。愿陛下存舜禹至公之情，狭由巢抗矫之节[33]；以社稷为务，不以小行为先；以黔首为忧，不以克让为事；上慰宗庙乃顾之怀，下释普天倾首之勤。则所谓生繁华于枯荑，育丰肌于朽骨，神人获安，无不幸甚。

臣闻尊位不可久虚，万机[34]不可久旷。虚之一日，则尊位以殆；旷之浃辰[35]，则万机以乱。方今踵百王之季，当阳九之会，狡寇窥窬[36]，伺国瑕隙，黎元波荡，无所系心，安可废而不恤哉？陛下虽欲逡巡[37]，其若宗庙何？其若百姓何？昔者惠公虏秦，晋国震骇，吕郤之谋，欲立子圉[38]，外以绝敌人之志，内以固阃境之情。故曰"丧君有君，群臣辑穆[39]，好我者劝，恶我者惧"。前事之不忘，后代之元龟也[40]。陛下明并日月，无幽不烛，深谋远猷，出自胸怀。不胜犬马忧国之情，迟睹人神开泰之路，是以陈其乃诚，布之执事[41]。臣等忝于方任[42]，久在退外，不得陪列阙庭，与睹盛礼，踊跃之怀，南望罔极。

——选自《晋书·元帝纪》

## 注释

① 蒸民、黎元：均指百姓。对越：配称。司牧：抚育。

② 语出荀悦《申鉴》："圣王屈己以申天下之乐。"

③ 语出《庄子》："君子不得已而临位天下也。"

④ 遐风：远古淳朴世风。式：范式。固：巩固。三五：三皇五帝。

⑤ 高祖宣皇帝：晋宣帝司马懿。世祖武皇帝：晋武帝司马炎。公元 265 年 10 月，司马炎逼魏元帝曹奂让位，丙寅日称帝，国号"晋"，建都洛阳。

⑥ 三叶：三代。指晋宣帝司马懿、景帝司马师、文帝司马昭。四圣：先后四位圣君。司马炎继承父祖遗业，于公元 280 年灭东吴，统一全国。俟：比。有虞：有虞氏即虞舜。卜世：预测晋王朝的统治时间。过于周氏：将会超过七百年的周朝。

⑦ 元康：晋惠帝年号（291～299）。永嘉：怀帝年号（307～312）。宸极：喻帝位。丑裔：指俘获并鸩杀晋怀帝的匈奴贵族政权刘汉。缀旒：比喻似断尚续。

⑧ 皇帝嗣建：指司马睿继位。旧物克甄：旧时的典章文物能够表彰发扬。

⑨ 金声凤振：喻声名远扬。

⑩ 冢宰：宰相。百辟：指公卿百官。来苏：生息、复苏。

⑪ 刘曜：前赵最后一位皇帝，公元 316 年攻陷长安，俘晋愍帝，西晋亡。西都、天邑：均指长安。

⑫ 西朝：指西晋。幽劫：指晋愍帝被刘曜掠至大同。

⑬ 鼎司：指三公的职位。朔垂：北方的沙漠与边陲。

⑭ 否（pǐ）泰：指世道盛衰和人事通塞。

⑮ 无知：春秋时代齐国宗室公孙无知。小白：即齐桓公。齐襄公立公孙无知并诛杀无当，引起祸乱。小白避乱于莒，齐襄公被杀后回国继位，成为春秋五霸之首。

⑯ 晋献公因听信宠妃骊姬的谗言，杀太子申，重耳被迫流亡 19 年。后回国为君，即晋文公，称霸诸侯。

⑰ 黔首：百姓、平民。

⑱ 两仪：天地。

⑲ 符瑞：吉祥的征兆。图谶：神秘性预示性图书。

⑳ 京畿：指帝王之都及其附近地方。九服：京城以外的地域，每五百里划为一区，按远近分为九等，称九服。

㉑ 夷羿：夏代东夷族有穷氏部落首领，废黜太康，专权 27 年。宗姬：周朝姬姓。周幽王废皇后和太子，改立爱妃褒姒为皇后，申侯联合犬戎攻镐京，杀幽王，西周

灭亡。

㉒ 江左：江东地区。旧吴：三国时东吴。

㉓ 抗：扬举。杖大顺：依仗天下大顺之势。

㉔ 纯化：教化。宅心：归心。企踵：翘起脚跟，表示殷切向望。

㉕ 少康：又名杜康，夏朝帝王相之子，攻杀寒浞，使中断40年的夏朝复兴。夏训：记载夏朝史实的训诰。

㉖ 周宣王：名姬静（？～前782），西周厉王之子，厉王暴虐，他继位后，勤理国政，使周朝中兴。《诗·丞民》篇就是赞美他的。

㉗ 颙然：仰慕状。声教：声威、教化。臣妾：指百姓愿意作臣民奴妾，服从效劳。

㉘ 胤：后嗣，晋元帝是宣帝司马懿的嫡系子孙。亿兆：指民众。祚：保佑，赐福。

㉙ 徽猷：伟大的贡献。

㉚ 休征：吉利的预兆。

㉛ 要荒：古时服事天子的邦国称"服"，这些邦国依距京城的远近分五等，距王城1500里至2000里以内为要服，最远的属地叫荒服。

㉜ 函夏：诸夏、华夏。

㉝ 由巢：巢父、许由，皆为尧时隐逸高士。抗矫：故意违俗，以示清高。

㉞ 万机：本为戒人君当慎于万事之微，后借指帝王繁多的政务。

㉟ 浃辰：十二天。

㊱ 百王：指历代帝王。季：指朝代之末。阳九：指灾异和厄运。窥窬：窥伺机会。

㊲ 逡巡：迟疑。

㊳ 惠公：晋惠公夷吾，鲁僖公十年立。子圉，即晋怀公。《左传·僖公十五年》记，晋与秦战于韩原，晋惠公被秦伯俘获。晋臣吕甥、郤乞谋划，立子圉为怀公。

㊴ 辑穆：和睦。

㊵ 元龟：大龟，上古用以占卜凶吉，引申为历史的借鉴。

㊶ 执事：书信中用以称对方的敬词。

㊷ 方任：地方任职之官。

（谭家健 注释）

## 鲍敬言《无君论》（节选）

夫天地之位，二气范物①。乐阳则云飞，好阴则川处②。承刚柔以率性，随四八而化生③。各附所安，本无尊卑也。君臣既立，而变化遂滋。夫獭多则鱼扰，鹰众则鸟乱，有司设则百姓困，奉上厚则下民贫。壅崇宝货④，饰玩台榭。食则方丈，衣则龙章⑤。内聚旷女，外多鳏男⑥。采难得之宝，贵奇怪之物；造无益之器，恣不已之欲。非鬼非神，财力安出哉⑦?

　　夫谷帛积则民有饥寒之俭，百官备则坐靡供奉之费⑧。宿卫有徒食之众，百姓养游手之人。民乏衣食，自给已剧，况加赋敛，重以苦役。下不堪命，且冻且饥。冒法斯滥⑨，于是乎在。王者忧劳于上，台鼎鞿颃于下⑩，临深履薄⑪，惧祸之及。恐智勇之不用，故厚爵重禄以诱之；恐奸衅之不虞，故严城深池以备之⑫。而不知禄厚则民匮而臣骄，城严则役重而攻巧。故散鹿台之金，发钜桥之粟，莫不欢然⑬。况乎本不聚金，而不敛民粟乎？休牛桃林，放马华山⑭，载戢干戈，载橐弓矢，犹以为泰⑮。况乎本无军旅，而不战不戍乎？茅茨士阶⑯，弃织拔葵⑰，杂囊为帏，濯裘布被⑱，妾不衣帛，马不秣粟⑲，俭以率物⑳，以为美谈。所谓盗跖分财，取少为让㉑；陆处之鱼，相煦以沫也㉒。

　　夫身无在公之役，家无输调之费，安土乐业，顺天分地㉓，内足衣食之用，外无势利之争。操杖攻劫，非人情也。象刑之教㉔，民莫之犯。法令滋彰，盗贼多有。岂彼无利性而此专贪残？盖我清静则民自正，下疲怨则智巧生也。任之自然，犹虑凌暴。劳之不休，夺之无已。田芜仓虚，杼柚之空㉕。食不充口，衣不周身。欲令勿乱，其可得乎？所以救祸而祸弥深，峻禁而禁不止也㉖。关梁所以禁非，而猾吏因之以为非焉；衡量㉗所以检伪，而邪人因之以为伪焉；大臣所以扶危，而奸臣恐主之不危；兵革所以静难，而寇者盗之以为难。此皆有君之所致也。

　　民有所利，则有争心。富贵之家，所利重矣。且夫细民之争，不过小小。匹夫校力，亦何所至㉘？无疆土之可贪，无城郭之可利，无金宝之可欲，无权柄之可竞。势不能以合徒众，威不足以驱异人㉙。孰与王赫斯怒，陈师鞠旅㉚，推无仇之民，攻无罪之国，僵尸则动以万计，流血则漂橹丹野㉛。无道之君，无世不有，肆其虐乱，天下无邦㉜。忠良见害于内，黎民暴骨于外，岂徒小小争夺之患耶？

　　　　　　　　　　　　　　　——选自《抱朴子·诘鲍篇》

**注释**

① 二气：指阴阳二气。范物：铸造万物。

② "乐阳" 二句：喜阳之物则腾云而飞，好阴之物则入川以处。

③ 率性：顺其本性。四八：四时八节，即立春、立夏、立秋、立冬，春分、夏至，秋分、冬至。化生：衍化生殖。

④ 壅崇宝货：将宝贵之物封存而尊重之。

⑤ "食则" 二句：吃饭时菜肴极多，占一丈见方的席面。衣服上装饰着龙一类的花纹。

⑥ "内则" 二句：宫廷之内聚集着怨旷的青年妇女，社会上却有很多无法娶妻的男人。

⑦ "非鬼" 二句：不是鬼怪也不是神仙，财物从哪里来的呢？意即不劳而获。

⑧ "谷帛积" 二句：大批粮食布帛积聚于官府，则百姓有饥寒之艰难，设置了各种官吏，势必耗费许多供奉的物资。俭：此处意为艰涩。

⑨ 冒法斯滥：冒犯法律的行为从而发生。

⑩ 台鼎：指三台、宰相等重臣。蹙頞：皱眉，表示忧愁。

⑪ 临深履薄：如临深渊，如履薄冰。语出《诗经·小雅·节旻》。

⑫ 奸衅：指作奸寻衅之事。不虞：意料不到。严城：严密的城墙。

⑬ "散鹿台" 三句：据《史记·周本纪》记，武王克殷后，散发殷纣王聚于鹿台的财物和屯于钜桥的粮食，以赈济贫弱百姓。鹿台：殷纣王宫苑中的台名。钜桥：在今河北省曲周县东。

⑭ "休牛" 二句：亦为周武王事。休牛、放马：表示从此不再征战。

⑮ "载戢" 三句：前二句出《诗经·周颂·时迈》，意为收藏起干戈弓矢，不再使用。载：语首词。戢：聚。櫜（gǎo 搞）：弓囊。

⑯ 茅茨土阶：传说尧舜的居室，以茅草为屋顶，以土为阶。

⑰ 弃织拔葵：据《史记·循吏传》，公仪休为鲁相，食蔬而美，拔其园葵而弃之；见其家织布好而疾，出其家妇，焚其织机。并且说：难道能让农工士女卖不出他们的产品吗？意即不与民争利。葵：蔬菜名。

⑱ "杂囊" 二句：前一句用汉文帝故事，据《风俗通》记，文帝尚节俭，收集群臣上书之布囊以缝制殿前之帷幕。后一句用公孙弘故事，据《史记·平津侯列传》记，公孙弘为丞相，却盖着布被。濯裘：掉了毛的皮衣。

⑲ "妾不衣帛" 二句：这是鲁相公季文子的故事，见《国语·鲁语·鲁语》。

⑳ 俭以率物：以节俭作为物理人情的表率。物：指物情。

㉑ "盗跖" 二句：语本《庄子·胠箧》。盗跖主张盗亦有道，分赃要均，取少让多。

㉒ "陆处" 二句：语出《庄子·大宗师》，"泉涸，鱼相与处于陆，相煦以湿，相濡以沫"。煦：当作 "呴"，嘘气。相呴以湿：嘘气以相湿。

㉓ 在公之役：在官府服役。输调：指赋税。输：运粮。调：税布帛。顺天分地：顺

天时，分地利。

㉔ 象刑之教：象征性刑罚。据《慎子》记："有虞氏之诛，以蒙巾为墨，以草缨当劓，以菲履当剕。"

㉕ 杼柚空乏：织布机空着。杼柚：指织布机，语出《诗经·小雅·大东》。

㉖ 救祸：解救灾祸。峻禁：严厉禁止。

㉗ 衡量：指衡器和量器，如秤、斗之类。

㉘ "匹夫"二句：普通百姓们斗气，能达到什么地步呢？意即所争影响不大。

㉙ 异人：异己之人，或异族，异国之人。

㉚ 王赫斯怒：大王赫然大怒了。语出《诗经·大雅·皇矣》。陈师鞠旅：陈列士卒，誓告军旅。语出《诗经·小雅·采芑》。

㉛ 漂橹：战场流血很多，以致盾矛之类武器都漂浮起来。橹：大盾。丹野：血染红了田野。

㉜ 天下无邦：意谓天下无安定之邦。

（谭家健　注释）

# 第四章

# 南北朝：骈文之鼎盛

## 第一节　南北朝骈文概说

所谓南朝，指宋、齐、梁、陈。所谓北朝，指后魏、东魏北齐、西魏北周。习惯称南北朝为"骈文鼎盛期"，严格地讲是在南朝，尤其是齐梁陈三代，至于北朝之骈文，还算不上鼎盛。下面讨论几个总体性问题。

### 一　南北朝骈文鼎盛之程度

第一，骈文应用范围空前广泛，但尚未覆盖一切文章。

长期以来，不少人认为南北朝文章都是骈文。胡适《白话文学史》说："六朝的文学，可以说是一切文体都受了辞赋的笼罩，都骈俪化了。议论文也成了辞赋体，记叙文（除了少数史家）也用了骈体文，抒情诗也用了骈俪，记事与发议论的诗也用骈俪，甚至于描写风景也用骈俪。故这个时代，可以说是一切韵文与散文的骈俪化的时代。"

他所说的"骈俪化"，如果指骈俪句子和骈俪修辞手法的大量运用，那是符合实际的。如果指文章体裁，说"一切文体都骈俪化了"，"是一切韵文与散文的骈俪化时代"，两个"一切"未免过甚其词。

首先看记叙文。南北朝之史书悉用散体，仅在总论、传论、序论和赞中使用骈俪。如范晔《后汉书》、沈约《宋书》、萧子显《南齐书》、魏收

《魏书》皆是，而姚察、姚思廉父子的《陈书》，连论赞都用散体。史部地理类之书，如《水经注》《洛阳伽蓝记》和大批方志地记，以及单篇的人物传记、自传，多用散体。萧统是骈文大家，其《陶渊明集序》用骈体，而《陶渊明传》则用散体，可见他心目中文体有所分工。至于志怪小说，如《幽明录》《异苑》《述异论》《续齐谐记》之属，笔记文如《世说新语》，以及大量笑话集，与骈文不沾边。

其次看议论文。议论文之骈偶化始于西汉，盛于魏晋，南北朝继续蔓延，不少人爱用骈偶句谈玄、论道、说理，以至出现整部书用骈文写作，如《文心雕龙》。但从整体上看，南北朝之议论文还是以散句为主体者居多，以骈句为主体者并不占主流。如《弘明集》《广弘明集》等，其中的名作如范缜《神灭论》，用对话体，接近口语。颜之推《颜氏家训》对偶甚少。刘昼的《刘子》，偶有骈丝俪片甚至骈偶段落，全书仍以散句为主。至于佛经翻译、道家典籍以及科技著述皆用散体，与骈文相距甚远。

再看公私应用文。确实骈风甚盛，作者甚多，但也没有囊括一切。帝王诏诰，凡涉及军国大事而告语范围广阔、内容庄重者，用骈体；凡告语范围较小，对象为亲属、近臣者，用散体。宋明帝杀弟刘休仁，同时发两诏，告天下者为骈体，告近臣说明真相者为散体。梁武帝的《北伐诏》《求贤诏》等用骈体，而《手敕皇太子》《敕湘东王》《敕责贺琛》用散体，例不胜举。臣下章表之作，朝贺、谢恩、建言类多用骈体，辩解、诉求、哀告多用散体。如谢灵运《诣阙自理表》、颜延之《上表自陈》、沈炯《请自养表》等皆散体。朋友间书信多用骈体，也有散体。家书多用散体，[①] 唯梁室诸王兄弟通信多用骈体。也有托他人代写寄妻书者，那是特例，并不普遍。

关于这个问题，曹道衡、熊礼汇、刘涛分别有所论述，可以参考。[②]

第二，对偶句越来越多，尤其是四六对句逐渐成为主体。

魏晋作家之骈文在其全部文章中只占少数。在骈文史上卓有成就的陆机，近 30 篇文章中只有 4 篇标准骈文。当时骈文和准骈文中的对偶句占百

---

① 参看谭家健《六朝家书研究》，1999 年发表，收入谭家健著《六朝文章新论》，北京燕山出版社 2002 年版，第 389 ~ 401 页。

② 参看曹道衡《中国中古文学史论集》、熊礼汇《先唐散文艺术论》、刘涛《南朝散文研究》的有关论述。

分之五十、六十、七十者居多，占百分之八十以上的较少。到南北朝时期，上述比例发生变化。据钟涛统计刘宋颜延之 21 篇文章，对偶句占一半以上的骈文有 7 篇，占三分之一，比例大于陆机。钟涛又统计梁任昉 17 篇文章，骈文有 9 篇，占一半以上。她统计《全后周文》卷十、卷十二庾信的文章共 38 篇，骈文有 36 篇。其中对偶句占百分之百者 4 篇，超过百分之九十者 6 篇，超过百分之八十者 12 篇。她又统计《全陈文》卷七徐陵的文章 19 篇，有 17 篇是骈文。其中有 3 篇的对偶句是百分之百，有 4 篇超过百分之八十。① 虽是抽样调查，未必全面，但可以说明一些问题。

再看四六对句的发展。战国已有个别四六对句，两汉和魏晋逐渐增多。陆机的《豪士赋序》全文 152 句，对句 122 句，其中四六对句 24 句。《荐戴渊疏》，全文 34 句，四六对句有 8 句。其他人的骈文，四六对句有多有少，还谈不上繁密，常常是四言对、六言对、杂言对，自由运用。到颜延之的《三月三日曲水诗序》和王融的《三月三日曲水诗序》，四言单句对仍占多数。直至梁后期萧统兄弟的骈文，庾信、徐陵的骈文，四六隔句对往往占全部对偶句的一半以上。这时以四六对句为骈文的基本句式逐步定型，人称"徐庾体"。可是，非四六的单句对仍然有不少人使用。骈文中的四六句占绝对优势是赵宋以后的现象。

第三，用典越来越繁密，越来越精巧。

用典始于举例、作证，后来发展为以典代论，借典抒情，以典联想，以典述难言之隐，并由事典发展为语典，以矜渊博，以见才情。人们既赞叹又不太满意。钟嵘《诗品序》对这种现象提出批评说："大明、泰始（皆宋初年号）中，文章殆同书抄。"沈约说颜延之的诗："错金镂采，雕绘满眼。"但是，对于骈文中的用典，似乎还没有太多指责。钟涛统计颜延之《三月三日曲水诗序》142 句，用典 102 句，《吊屈原文》35 句，用典 22 句。当时人对二文颇为推重。齐梁时，典故比重越来越大。谢朓《齐敬皇后哀策文》101 句，用典 80 句，王俭《褚渊碑文》350 句，用典 240 句，王屮《头陀寺碑文》270 句，用典 240 句，沈约《齐故安陆王碑文》476 句，

---

① 　参看钟涛《六朝骈文形式及其文化意蕴》，东方出版社 1998 年版，第 81 ~ 82 页、第 102 ~ 105 页。

用典382句，任昉《刘先生夫人墓志》24句，用典20句。① 谢朓《拜中军记室辞随王笺》下面一段话："朓闻潢污之水，愿朝宗而每竭；驽蹇之乘，希沃若而中疲。何则？皋壤摇落，对之惆怅；歧路西东，或以歔欷。况乃服义徒拥，归志莫从。邈若坠雨，翩似秋蒂。"13句中有11句语典，分别出自《左传》、《尚书》、班彪《王命论》、《楚辞》、《诗经》、《庄子》、《淮南子》、《孟子》、曹植《应诏诗》、潘岳《七哀诗》、郭璞《游仙诗》。经过作者精心熔铸，人们浑然不觉，这是成功的例子。但也有艰深难懂的，如徐陵《玉台新咏序》有多处典故，一千多年来无人知其出处。还有人故意断章取义，随意拼合，歪曲原义。《论语》中孔子提到管仲时说："如其仁。"后世竟以"如仁"代管仲。有人把曹操称作"曹武"，晋文帝称为"马文"，诸葛亮称为"葛亮"，很不像话。

第四，极力追求语词华丽新奇。

魏晋骈文中已出现华靡风气，尚不太严重。宋齐以降，逐渐普遍化。《文心雕龙·明诗》篇说："宋初文咏……俪采百字之偶，争价一字之奇。情必极貌以写物，辞必穷力而追新。"刘勰主要论诗，也包括骈文。"百字之偶"诗中不多见，而骈文中经常出现。李兆洛《骈体文钞》指出，"织词之缛，始于延之"。"织词"就是组织、铸造语词，"缛"就是繁密。在骈文中，最常见的是代指和比拟手法，不直接说某物、某事、某种现象、某种感受，而用其他物事或其他意象来替代。颜延之《吊屈原文》，共35句，以比喻代替描写者有十句。这个时期的诗歌讲究"五色相宣"，骈文亦然。江淹《齐太祖诔》开篇一段，颜色词有22个，且多两两对举，如丹—青、缟—红、墨—朱、紫—丹、翠—素等，十分浓郁。谭献认为此文"华缛已极"。

在造句上故意颠倒正常语序，别出心裁。《文心雕龙·定势》篇说："自近代辞人，率好诡巧，……厌黩旧式，故穿凿取新。……效奇之法，必颠倒文句，上字而抑下，中辞而出外，回互不常。则为新色耳。"如鲍照《石帆铭》"君子彼想"，应为"想彼君子"。孔稚圭《北山移文》"泪翟子之悲，恸朱公之哭"，应是"墨翟之悲泪，杨朱之恸哭"。把墨翟说成翟子，

---

① 参看钟涛《六朝骈文形式及其文化意蕴》，东方出版社1998年版，第83～84页。

杨朱说成朱公，不合汉语构词规则。江淹《别赋》"孤臣危涕，孽子坠心"，应是"孤臣危心，孽子坠涕"。《别赋》"心折骨惊"，应是"心惊骨折"。庾信《东宫行雨山铭》"草绿衫同，花红面似"，应是"衫同草绿，面似花红。"金代王若虚批评庾信的《哀江南赋》，"崩于巨鹿之沙，碎于长平之瓦，此何等语"，"申包胥之顿地，碎之以首，尤不成文也"，直斥其文理不通。

在词法方面故意编造新词。不用"司马"而用"典午"。"司马"本是姓，名词。作者拆开来，把"司"当成动词，如同各司其职之司。再用同为动词的"典"来代替。又把十二生肖中的"马"用十二地支中的"午"来代替，组成"典午"这个新名词。有人用生字代替熟字，如颜延之《三月三日曲水诗序》"赫茎素霓，并柯共穗之瑞"。"赫茎"指朱草，"素霓"指白虎，"并柯"即连理树（北京故宫御花园有此树），"共穗"即双穗禾，都是祥瑞之物。作者似乎是讲究用词典雅，实际上是故意让人看不懂，显示作者有学问。

## 二 南北朝骈文鼎盛之特殊背景

第一，南北朝较之魏晋，战乱有所减少，政治相对稳定，社会经济有一定的恢复、发展。

自从黄巾之乱，军阀混战，三国纷争，西晋统一仅十几年，即有八王之乱，继而五胡乱华，五马南渡，中原涂炭，民不聊生。北方先后出现十六国，南方与北方长期军事对抗。苻坚南侵，桓温、刘裕北伐。东晋内部则有孙恩、卢循起义，王敦、桓玄叛逆，腥风血雨，无有宁日。谋生不暇，遑论文化。反观宋齐梁陈一百六十多年，与魏晋颇有些不同。刘裕、萧道成、萧衍相继建立宋、齐、梁三朝，并未经过大规模战争，而是通过"禅位"比较平稳地过渡，对于社会经济文化的破坏相对较少。不少大臣、文人、学者，历仕两朝甚至三代，大批文化精英得以保存，而不像魏晋之际那样腥风血雨，"名士少有全者"，也不同于"八王之乱"中的"二十四友"多不得善终。只是梁末侯景之乱战争规模较大，涉及范围较广，对文化的破坏较严重。而陈亡于隋，战争时间和规模也有限，整个南朝和北朝之间的战争没有两晋十六国时期那么频繁。

从 439 年后魏灭北凉，北方统一，到 535 年分裂为东、西魏之前，有近一百年的相对稳定期，其中魏孝文帝迁都洛阳以后的四十年，极力推行汉化，南北文化迅速交流与融合。北齐北周经历三十多年的争斗归于统一。隋代周也是"禅让"，几乎没有太大的社会震动。

正是在这样的历史背景下，南方社会经济得以平稳发展，文脉得以薪火相传，于是南朝出现了不少诗书传家的文化世家。如陈郡阳夏的谢氏家族，即谢安、谢玄的后代，有谢灵运、谢惠连、谢庄、谢朓等。琅琊王氏家族，王导的族裔有王羲之、王献之、王俭、王融、王筠等，"七叶之中，人人有集"。彭城刘氏家族，有刘孝绰、刘孝仪、刘孝威、刘令娴等，"兄弟子侄七十人，皆能属文"。如果没有相对稳定的政治氛围和一定的物质条件，文化世家是难以形成的。北方在后魏时期渐趋平稳，与南方通好。这样的环境就为整个南北朝文学活动的交流与繁盛提供了十分必要的社会基础。

第二，帝王、贵族大力推动和积极参与的程度超过以往。

宋文帝于儒学、玄学、史学之外专设文学馆，文学独立成为专门学科。宋明帝"博好文章，才思朗捷"，"每有祯祥及行幸宴集，辄陈诗展义，且以命朝臣"，"于是天下风向，人自藻饰。雕虫之艺，盛于时矣"（裴子野《雕虫论》）。宋宗室如南平王刘休铄、建平王刘弘、卢陵王刘爱真、江夏王刘义恭等，皆以招揽才士、爱好文艺著称。齐高帝及诸子，如鄱阳王萧锵、江夏王萧锋、豫章王萧嶷，皆以好文学知名。尤其竟陵王萧子良，门下常有八位文人，号"竟陵八友"，沈约、萧衍即在其中。他们的境遇与西晋二十四友不同，并未因政治斗争而惨遭屠戮，而是在梁代齐之后，继续活跃于文坛。萧衍、萧统、萧纲、萧绎父子兄弟对中国文学的贡献，较之三国时曹氏父子兄弟有过之而无不及。《南史·文学传》说："梁代时主儒雅，笃好文学，故才秀之士，焕乎俱集。于时武帝每所临幸，辄命群臣赋诗，其文之善者赐以金帛，是以缙绅之士，咸知自励。"梁武帝萧衍本来是文人，当皇帝以后还和君臣比赛谁记得典故多，胜者有赏。当他比不过别人时就吃醋，不高兴。萧统通过编《文选》，团结了大批文人。萧纲提倡宫体诗，主张"为文且须放荡"，即自由想象。萧绎著有《金楼子》，是个图书迷，书呆子气很重。陈后主是昏君，又是文艺和音乐爱好者，汲引文士如恐不及，后宫及宗室皆竞为文学，江总、孔范等十人常侍饮宴、赋诗，号称"狎客"。"先令妇人擘彩笺，令（贵妃）制五言诗，十客一时附和，迟则罚酒。"

北朝后期的北周，宇文泰礼贤下士，给俘虏来的庾信等人很高的政治待遇。宗室中的赵王、滕王酷爱骈偶。庾信在北周能写出比前期艺术水准更高的作品，与王室的优待、推重不无关系。

如此浓郁的文化氛围，文学艺术自然兴旺发达。但是，文学既然成为贵族们的享乐品，那么单纯追求形式华美，就势所必然成为其胎里病。

第三，四声的发现与声律的自觉运用，永明诗歌体的形成，对于骈文语言的审美讲求，有一定的推动，但不宜强调过分。

中国古代散文中用韵现象，可以追溯到西周。史墙盘铭文、虢季子白盘铭文、《尚书·洪范》、《逸周书》之《允文》《小明武》、《国语》之《越语》等，已有不少韵语。战国时期，《管子》中的《四称》《心术》《白心》《内业》，全篇错落用韵，《弟子职》整篇用四言韵语。荀子的《礼论》《乐论》大段用韵。韩非的《扬权》《主道》全文用韵，或连句押，或隔句押，或多句押，自由变换。作于战国后期的《易传》之《文言传》《系辞传》有优美的韵文句子，《文子》《鹖冠子》以及20世纪70年代出土的简帛《为吏之道》《十问》等，都有多段自由用韵的文字。① 这些都是自然形成，看不出规则。到了汉代，陆贾《新书》、刘安《淮南子》用韵普遍，其中若干篇接近辞赋。东方朔《答客难》、扬雄《解嘲》《剧秦美新》、桓宽《盐铁论》等，都有或多或少的韵语。它们不一定整齐对仗，相当随便。到了东汉和魏晋，文章中的韵语大量增加，似乎有意追求语言的音乐之美。其中一部分成为本书所谓"准骈文"或骈文。如班固《答宾戏》、崔骃《达旨》、蔡邕《释诲》、阮籍《达庄论》、《乐论》，以及皇甫谧、夏侯湛、束晳、王沈、曹毗等人的作品，都有相当数量的韵语。这是受当时辞赋影响所致，也是文章审美意识增强的表现。然而这都和声律之发现没有关系。

齐梁时期正式形成诗歌中的声律说，即讲究四声八病的永明体，把中国诗歌史导向格律诗的时代。一些骈文作家身兼诗人，自然会把诗歌的声

---

① 参看谭家健《先秦韵文初探》，1994 年发表，收入谭家健《先秦散文艺术新探》，首都师范大学出版社 1995 年初版，齐鲁书社 2007 年增订再版。

律规则推广运用到骈文中去。骈文本来只讲句尾押韵,不讲句中平仄。到了齐梁时期,骈文的句子也有不少合乎平仄的了。钟涛举出齐王融《求自试表》、梁沈约《谢灵运传论》的一些句子,多合于永明体对平仄的要求。又举出庾信十一篇骈文小启,多数皆平仄谐调,① 而他们都是懂得声律的。这表明,他们是自觉地运用,而不是暗合于律。齐梁作家把骈文语言的音乐美推进到一个新的高度,是值得赞许的。

但是,押韵或不押韵,合律或不合律,并不是骈文最根本的要求。骈文可以有韵也可以无韵,可以合平仄也可以不合平仄。骈文不像唐以后的格律诗和律赋、宋以后的词、元代的散曲,它们倘不合声律,就不被承认甚至讥笑。科举考试中试帖诗如不合律,就不会录取。骈文(不包括赋)始终不曾格律化。诗有诗律,词有词律,曲有曲律,而未闻有骈律。明清科举考试中的表和判用骈文,只要求对仗工稳,未闻要求平仄合律。骈文不像诗词曲那样配合音乐,它只是诵读,而不用于歌唱。骈文如过分讲究平仄,就会束缚手脚,走入形式主义死胡同。

### 三　南北朝之骈文理论与批评

由于骈偶手法的普遍运用,骈文写作日益兴盛,于是产生一批从理论上进行总结和批评的论著。

刘勰《文心雕龙》有《丽辞》篇,他不是从文体角度,而是从修辞角度考察,认为骈偶起于自然界的均衡对称现象,骈句可上溯到《尚书》《周易》《诗经》《左传》。到了汉代的扬雄、司马相如、张衡、蔡邕,"崇盛丽辞,如宋画吴冶,刻形镂法,丽句与深采并流,偶意共逸韵俱发。至魏晋群才,析句弥密,联字合趣,剖毫析厘,然契机者入巧,浮假者无功"。既肯定丽辞的成就,又指出必须防止"浮假"。接着总结四种对偶,有言对、事对、正对、反对。又提出两事相对不可优劣不均,失去平衡,更不能孤立无偶。主张行文应有奇气和异彩,如果是"碌碌丽辞,则昏睡耳目","必使理圆事密,联璧其章,迭用奇偶,节以杂佩,乃其贵耳"。从《丽辞》所举例句看,他主要是对诗赋的要求,同时也适用于骈文。

---

① 参看钟涛《六朝骈文形式及其文化意蕴》,东方出版社 1998 年版,第 93～96 页。

《事类》篇专论用典。认为"事类"就是用古人的行事言论来类比文义，据事以类义，援古以证今。该文回顾用典手法的历史，说明用典至东汉已经成熟了。主张才与学结合，方能允当而繁富，"综学在博，取事贵约，校练务精，捃理须核"。文中列举一些成功和有缺陷的例子，如司马相如、曹植的作品中提到葛天氏之乐，"千人唱、万人和"，其实那支乐队只有三个人，可见刘勰强调用典必须精确允当。对于南朝用典激增，出现繁密而晦涩的现象，刘勰未予评论。奚彤云认为，"也许暗含了他对当代文章的不满"。①

《章句》篇专论句法。认为"搜句忌于颠倒，裁章贵于顺序"。又说："四字密而不促，六字格而非缓，或变之以三五，盖应机之权节也。"这主要适用于骈文。下面又谈到诗赋的发展，强调句中换韵，"两韵辄易，则声韵微躁；百句不迁，则唇吻告劳"。实际上五言诗中很少百句不换韵的现象，或许是针对赋与骈文而言。此文还提到某些语助词的用法，"夫""唯""盖""故"用于发端，"之""而""于""以"用于连接，"乎""哉""矣""也"用于句末。这些字在诗中少见，主要用于散文和骈文。

该书其他篇中不少论述与骈文有关。如《夸饰》《比兴》《练字》《诔碑》《哀吊》《章表》《奏启》《檄移》等，均提出写作的规范，注意的问题，强调根据内容的需要而选用适当的形式，对散文和骈文都有指导意义。

《文心雕龙》全书用骈体文写成，对仗工整，句式整齐，概念精确，论证严密，是系统的理论著作，同时也是优美的文章。后世不少骈文选家把该书的一些篇章当作骈体论说文的范本。

略晚于刘勰的萧统（501～531），是骈文高手，其作品将在第三节论述，这里介绍他主编的《文选》（后世又名其为《昭明文选》）。它对中国文学史的影响深远，从骈文史看，有两点值得注意，其一是，萧统所选作品，诗赋之外，有一半是"文"，而"文"中又有相当多的作品是骈体文，尤其是魏晋至宋齐之作。这样，此书实际上成为集当时骈文精华的选本，对于骈文发展史的作用自不待言。其二是，萧统所提出的入选标准，"综辑辞采，错比文华""事出于沉思，而义归乎翰藻"，将纯文学与非文学划出

---

① 奚彤云：《中国古代骈文批评史稿》，华东师范大学出版社 2006 年版，第 33 页。

一条界线，凡经、史、子部之作不予选录。从广义散文史看，这不符合中国文学史的实际；但对于骈文史来讲，却凸显了它特有的文学性质。中国几乎所有经部之书皆不用骈文，史部除论赞外亦不用骈偶，子部之书，先秦或有骈丝俪片，两汉有少量骈偶段落或准骈文。剩下来的被后世归入集部的文章，在骈文史上的地位就显得重要了。因此，《文选》也就成了后世学习骈文的重要教材。

随着南北朝骈文对写作技巧的日益追求，不少形式主义的弊病暴露出来，引起有识之士的不满和批评。

如裴子野（469～530），他不喜欢骈文。《梁书》本传说："子野为文典而速，不尚俪靡之词，其制作多法古，与今文异。"他曾著《雕虫论》，指责宋齐以来文风浮艳，"摈落六艺，吟咏情性"，"淫文破典，斐尔为功，无被于管弦，非止乎礼义，深心主卉木，远致极风云。其兴浮，其志弱，巧而不要，隐而不深"，"文章匪而采"，是"乱代之征"。他的批评十分严厉，主要嫌文章的内容醉心于花木风云，脱离六经礼义。这些批评似乎并非专指骈文，也包括辞赋。稍后萧纲作《与湘东王书》，说裴子野"乃是良史之材，了无篇什之美"，"质不宜慕"，反驳说："未闻吟咏情性，反拟《内篇》之则；操笔写志，更摹《酒诰》之作。迟迟春日，翻学《归藏》；湛湛江水，遂同《大传》。"他所举例子都是"文"而非诗。从裴子野现存文章看，其《宋略总论》学干宝《晋纪总论》，剖析刘宋兴亡教训，确有良史之材，基本上是骈文，整齐流畅，并非"了无篇什之美"。又如《喻虏檄文》，据说"受诏立成"，"时并叹服"。梁武帝说，此人身体瘦弱，然而"其文甚壮"。综观子野现存作品，并非某些人所说一概"法古"，"只会遏制文章的发展"。

较裴子野略晚的萧子显（489～537），著《南齐书·文学传》说："今之文章，作者虽众，总略而论，略有三体：一则启心闲绎，托辞华旷，虽存巧绮，终致纡回。宜登公宴，本非准的，而疏慢阐缓，膏肓之病，典正可采，酷不入情……次则缉事比类，非对不发，博物可嘉，职成拘制。或全借古语，用申今情，崎岖牵引，直为偶说，唯睹事例，顿失清采。"第三体主要讲声韵，从略。第二体无疑主要针对骈文之对仗和用典而言，批评十分严厉。

史称南朝尚文，北朝尚质。南朝骈风极盛之时，北方仍以经术为主。有少数北人学习南方永明体、宫体诗和骈体文，多数北人尚存抵触。西魏统治者宇文泰很不满意繁缛浮靡的文风，欲革其弊，命苏绰仿《尚书》文体作《大诰》。该文前段说到，"惟我有魏，承乎周之末流，接秦汉遗弊，袭魏晋之华诞，五代浇风，因而未革。将以穆俗兴化，庸可暨乎"？下面说："惟中兴十有一年仲夏，庶邦百辟，咸会于王庭，柱国泰泊群公列将，罔不来朝。时乃大稽百宪，敷于庶邦，用绥我王度。皇帝若曰：昔尧命羲和，允厘百工，舜命九官，庶绩咸熙。武丁命说，克号高宗。时维休哉！朕其钦若，格尔有位，胥暨我太祖之庭……"下面告诫百官："克捐厥华，即厥实，背厥伪，崇厥诚。"并下令"自是之后，文笔皆依此体"（《周书·苏绰传》）。这样艰涩的文字，毫无美感，很难被人们接受。过了十几年，到周宣帝时，诏书及律令仍然用当时流行的骈体。

不过，苏绰也不是泥古不化者。他另有一篇《奏行六条诏书》。语言平实，散句为主，不用对偶和典故，说理明白，逻辑清晰，与唐宋古文相当接近，而与六朝文大异其趣。可见当时文风还是多样化的，不可一概而论。

# 第二节 刘宋骈文

刘宋王朝（420～479）共60年。这个时期的文学，是江左唯美文学风行的开端，也是骈文全盛的初期。这时骈文的特点是：句式渐趋整齐，色彩更为绮丽，文字更加雕琢，更多地运用典故。刘勰《文心雕龙·时序》篇说："自宋武爱文，文帝彬雅，秉文之德，孝武多才，英采云构。自明帝以下，文理替矣。"所谓"文理替矣"，就是理不胜词，偏重形式，忽视内容。清代《四库全书总目提要》卷一八九说："宋初之文，上承魏晋，清峻之体犹存；下启齐梁，纂组之风渐盛。于八代之内，居文质升降之关，虽涉雕华，未全绮靡。"综观整个刘宋文坛，基本上是骈文与散文并行者多。

## 一 刘宋前期骈文

**傅亮**（374～426），字季友，北地灵州人，西晋文学家傅咸之长孙，东晋末，为刘裕掌书记，相当于今之秘书。刘裕受禅之前封宋公，进宋王，加九锡，以及晋恭帝禅位诏，皆出傅亮手笔。刘裕称帝后三年，病重。傅亮受命与徐羡之、谢晦辅政，旋任尚书令。又三年，与徐羡之等废少帝，拥立文帝。一年后被文帝诛杀。傅亮的骈文主要是表奏，稍用藻采，而不太追求华丽。名文《为宋公修张良庙教》主旨是缅怀前贤。全文如下：

> 纲纪：夫盛德不泯，义存祀典。微管之叹，抚事弥深。张子房道亚黄中，照邻殆庶。风云玄感，蔚为帝师。夷项定汉，大拯横流。固已参轨伊望，冠德如仁。若乃神交圯上，道契相洛。显默之际，宵然难究。渊流浩漾，莫测其端矣。途次旧沛，仁驾留城。灵庙荒顿，遗像陈昧。抚事怀人，永叹实深。过大梁者，或伫想于夷门；游九京者，亦流连于随会。拟之若人，亦足以云。可改构栋宇，修饰丹青。蘋蘩行潦，以时致荐。抒怀古之情，存不刊之烈。主者施行。

文章精练地概括张良一生的丰功伟绩，如辅佐刘邦击败项羽，成就汉室帝业，随后功成身退。其声望之高，度量之深，胸襟之广，罕有其匹。对偶虽然还不甚工整，但已占半数，可视为准骈文。谭献说："有金石之声，风云之气。"（《骈体文钞》评）王文濡说："铺陈直叙，不着藻采，而奇气旁薄，有昂首身天外，旁若无人之概。"（《南北朝文评注读本》）刘涛在肯定的同时，也指出文章尚有割裂词句求得"新色"的现象。如"微管之叹"，"冠德如仁"，就是割裂《论语》中孔子赞扬管仲的话来评价张良。[①] 傅亮所用的是后世所谓"语典"，意思还算完整；后来有人干脆把"微管""如仁"单独抽出来使用，那更是故意求新的割裂。

《为宋公至洛阳谒五陵表》颇受后来骈文史家注意。晋义熙十三年（416），刘裕北伐，光复旧都洛阳，拜谒皇室祖陵，包括宣帝司马懿、景帝司马师、文帝司马昭、武帝司马炎、惠帝司马衷之五座坟墓，事毕向朝廷报告经过。傅亮以简洁深情的文字，描述出师经过之艰辛，入洛所见之荒凉，以及谒陵场面和剪扫修缮情形。字里行间流露对故国的无限怀念与感叹，在一定程度上反映了北方人民及北伐将士的共同心情。清人许梿说：

---

① 参看刘涛《南朝散文研究》，中国社会科学出版社 2012 年版，第 217 页。

"以深婉之思，写悲凉之态。"何义门说："叙致曲折，复自遒劲，季友章表，故自专长，犹有东汉风味。若使宋不代晋，则读此文者，有不感激涕下者乎？"但是此文散句多于骈句，有些句子意对而辞不对，被一些选家当作骈文，从严讲算不上。

《宋书》本传录傅亮《演慎论》，骈句比上述二文多得多。其中一段如下：

> 《虞书》著慎身之誉，周庙铭陛坐之侧。因斯以谈，所以保身全德，其莫尚于慎乎！夫四道好谦，三材忌满。祥萃虚室，鬼瞰高屋。丰屋有蔀家之灾，鼎食无百年之贵。然而徇欲厚生者，忽而不戒；知进忘退者，曾莫之惩。前车已摧，后銮不息。乘危以庶安，行险而徼幸，于是有颠坠覆亡之祸，残生夭命之衅。其故何哉？流溺忘反，而以身轻于物也。故昔之君子，同名爵于香饵，故倾危不及；思忧患而豫防，则针石无用。洪流壅于涓涓，合拱挫于纤蘖。介焉是式，色斯而举。悟高鸟以风逝，鉴醴酒而投绂。夫岂弊著而后谋通，患结而后思复，云尔而已哉！

此文主旨是立身行事宜谨慎远谋，说理充分切当，可惜作者本人并没有做到。全文以双句对为主，且有不少四六式，用典不多，清爽明晰，"未全绮靡"，但最接近骈文，然而不被重视。傅亮之文作于晋末或宋初，文风之新变尚未得以体现。

**颜延之**（384～456），字延年，琅邪临沂人，好读书，无所不览，史称其"文章之美，冠绝当时"。晋末入仕，宋以后，历任太子舍人、始安太守、中书侍郎，累官至紫金光禄大夫，故后世称颜光禄。在魏晋文学史上，与谢灵运合称"颜谢"。后人认为，就诗而论，颜不如谢；就文而言，谢逊于颜。在骈文史上，颜延之是宋齐新变初期代表人物之一。其特点，一是用典繁密，征古炫博，二是文辞绮丽，铺锦列绣。典型作品是《三月三日曲水诗序》。

元嘉十一年（435），宋文帝禊饮于建业南郊之乐游原，与会者咸有诗，命延之为序。文章第一段简述古代帝王皆有宴乐，第二段以较大篇幅颂宋功德，第三段描述曲水禊饮之礼仪，第四段赞美舞乐场面之盛，来观之众。

"既而帝跸临幄，百司定列，凤盖俄轸，虹旗委斾。肴蔌纷藉，觞醳泛浮。妍歌妙舞之容，衔组树羽之器，三奏四上之调，六茎九成之曲。竞气繁声，合变争节。龙文饰辔，青翰侍御。华裔殷至，观听骛集。扬袂风山，举袖阴泽。靓庄藻野，袨服缛川。故以殷赈外区，焕衍都内者矣。"最后一小段记群臣赋诗。

此文内容平常，不外歌功颂德，取悦帝王而已，但文辞确实很美，艺术造诣颇高。谭献说："开合动宕，情文相生，丽体之上驷也。"孙月峰说："全以属对为主，已纯是四六文字。第句对多，联对少，或间有单句收耳。""修词非不工，只是顺文铺去，每事填以数句，全无活泼顿挫之感。"（《评注昭明文选》）近人骆鸿凯说："颜延年《三月三日曲水诗序》用字避陈翻新，开骈文雕绘之句。"李申耆（兆洛）谓"织词之缛，始于延之"，即以此篇为例。（《骈文学》）避陈翻新之例，除了本章第一节举过的"赪茎"（朱草）、"素霓"（白虎）、"并柯"（连理树）、"共穗"（双穗禾）等外，本节所引的"殷赈"，意即富饶；"靓庄"，指粉白黛绿。如果无注，实在难懂。上段共22句，据高步瀛《南北朝文举要》说，几乎无一字无来历，无一句无出处。据钟涛统计，颜氏此序共142句，对仗120句，用典102处，可谓繁富了。①

《陶征士诔序》。颜延之与陶渊明是朋友。宋文帝时，延之任始安太守，道经浔阳，与陶渊明畅饮多日，自晨达昏，尽宾主之欢。及渊明卒，延之为之作诔。其序中一段如下：

　　有晋征士，浔阳陶渊明，南岳之幽居者也。弱不好弄，长实素心。学非称师，文取指达。在众不失其寡，处言每见其默。少而贫病，居无仆妾。井臼弗任，藜菽不给。母老子幼，就养勤匮。远惟田生致亲之议，追慕毛子捧檄之怀。初辞州府三命，后为彭泽令。道不偶物，弃官从好。遂乃解体世纷，结志区外，定迹深栖，于是乎远。灌畦鬻蔬，为供鱼菽之祭；织絢纬萧，以充粮粒之费。心好异书，性乐酒德。简弃烦促，就成省旷。殆所谓国爵屏贵，家人忘贫者与？

---

① 参看钟涛《六朝骈文形式及文化意蕴》，东方出版社1997年版，第81~83页。

　　此文对于陶渊明的生平仕宦和习性嗜好，家庭生活，进退出处，尤其是不同流俗的品德，做了扼要的概括，代表当时士人的正确评价。据钟涛统计，包括序和诔在内共 195 句，对偶 108 句，用典 104 处。[①] 浦二田曰："以雕文纂组之工，写贴熨清真之旨。"谭献曰："味如醇醪，色若球璧。有道之士，知言之言。"（《评注昭明文选》）王文濡说："序文一句一字俱极斟酌，诔词前幅将陶渊明生平一一写出，入后追思往昔，知己情深，叡音永矣，谁箴余阙？有子期已死，伯牙绝琴之感。"（《南北朝文评注读本》）

　　《吊屈原文》。除了开头的套话，核心部分是下面一段："兰熏而摧，玉缜则折。物忌坚芳，人讳明洁。曰若先生，逢辰之缺。温风迨时，飞霜急节。嬴芊遘纷，昭怀不端。谋折仪尚，贞蒇椒兰。身绝郢阙，迹遍湘干。比物荃荪，连类龙鸾。声溢金石，志华日月。如彼树芳，实颖实发。望汨心歆，瞻罗思越。藉用可尘，昭忠难阙。"此段节短音长，词旨研练。孙执升曰："二雅之章，亦简重，亦沉郁，知非苟于作者。"（《评注昭明文选》）王文濡说："物忌坚芳，人讳明洁。于古来文士之遭厄，道尽无遗。每读一遍，为凄咽者久之。"（《南北朝文评注读本》）

　　《宋文皇帝元皇后哀策文》。应诏而作，内容无足取，文辞很下功夫。103 句，用典 82 处，对偶过半。方伯海评曰："颜光禄文，思沉意刻，在宋齐间应推巨子。但造作过而质伤，藻饰胜而气滞，以艰深文固陋，时或不免，不如士衡（陆机）、安仁（潘岳），朗然可诵也。"（《评注昭明文选》）姜书阁说，颜氏之文"不独此类韵文讲求骈偶对仗，他的书、表、序、论，也都唯偶俪是究"。[②] 此论未确。据钟涛统计，颜氏二十一篇文章，骈句占了一半以上有七篇，骈句为零者三篇，骈句占百分之八至二十七者七篇，其中三篇包括《释何衡阳达性论》和姜书阁盛赞为骈文而实为散文的《庭诰》。其余四篇，骈句在百分之三十三至四十四之间。[③] 可见，颜延之写作散体文要比骈体文多得多。

　　① 参看钟涛《六朝骈文形式及文化意蕴》，东方出版社 1998 年版，第 81 页。
　　② 姜书阁：《骈文史论》，人民文学出版社 1986 年版，第 362 页。
　　③ 参看钟涛《六朝骈文形式及文化意蕴》，东方出版社 1997 年版，第 81 页。

谢惠连（397～433），陈郡阳夏人，谢灵运族弟，后人合称"大小谢"，代表作是《雪赋》，骈文名作有《祭古冢文》。宋元嘉七年（430）彭城东府北墙下发现古墓，有二棺及明器数十种，不知年代。彭城王刘义康改葬之，命法曹参军谢惠连撰文以祭奠。墓主无任何资料可考，文章很难下笔，然而谢惠连却写得很得体。开头一大段用散文交代由来，继而转入祭文，核心部分如下："追惟夫子，生自何代？曜质几年？潜灵几载？为寿为夭，宁显宁晦。铭志湮灭，姓字不传。今谁子后，曩谁子先？功名美恶，如何蔑然？百堵皆作，十仞斯齐。墉不可转，堑不可回。黄肠已毁，便房已颓。循题兴念，抚俑增哀，射声垂仁。广汉流渥，祠骸府阿，掩骼城曲，仰羡古风，为君改卜。"文章提出的问题，描绘的情景，概括了许多流浪他乡，客死异地者的悲惨下场，作者满掬同情之泪，动人心弦。王文濡说："铭志湮灭，姓氏不传，而锡以假号，为之改葬，是特古人掩骼埋胔之事，苟欲哀之，情无所丽。文乃极有思致，凄恻动人。所谓良金美玉，殆无施而不可也。"（《南北朝文评注读本》）这段评点道出了此文的难处和好处。后世多有效法者，如梁任孝恭《祭杂坟文》即有某些相似之处。

范晔（398～445），字蔚宗，顺阳人，著名史学家，爱文学，善书法，通音律，著《后汉书》八十卷。后因参与谋反，事泄被杀。临刑前作《狱中与诸甥侄书》，谈到自己最得意之作是《后汉书》的传论。"吾杂传论，皆有精意深旨，既有裁味，故约其词句。至于《循吏》以下，及《六夷》诸序论，笔势纵放，实天下之奇作。其中合者，往往不减《过秦》篇。尝共比方班氏（班固）所作，非但不愧之而已。……赞自是吾文之杰思，殆无字空设，奇变不穷，同合异体，乃自不知所以称之。"《后汉书》传论确实写得好，有的序论具备一代政治史、文化史和社会问题专论性质，概括精到，稍后即受沈约、萧统等的重视。钱锺书说它们"纵横驰骋，感慨飞扬者，（较之班固）后来洵为居上"，但要说"无字虚设"，未免太夸大了。①

孙德谦《六朝丽指》把范史序论视为骈文，并说："叙事则简净，造句则研炼，而其行气曲折以达，疏荡有致。未尝不征故事，肆意议，篇体散

---

①　钱锺书：《管锥编》第四册，中华书局1979年版，第1279页。

逸，足为骈文大家。"姜书阁说："今读范氏史论，当知全是骈体。"[1] 本书以为，《后汉书》传论之句式，有一部分散多于骈，有一部分骈多于散，后者可以视为骈体文。

如《皇后纪序》，指出外戚擅权始于秦昭王时，两汉继之，东汉变本加厉，乃至朝政极度混乱。文章说："东京皇统屡绝，权归女主，外立者四帝，临朝者六后，莫不定策帷帘，委事父兄。贪孩童以久其政，抑明贤以专其威。任重道悠，利深祸速。身犯雾露于云台之上，家婴缧绁于圄犴之下。湮灭连踵，倾辀继路。而赴蹈不息，燋烂为期，终于陵夷大运，沦亡神宝。"

孙执升评曰："尊崇外戚，偏任阉人，皆母后临朝所必至也。事始于秦，祸乱于汉，覆辙相寻，传为家法，殊可浩叹。篇中就汉言之，已足为千年炯戒。"（《评注昭明文选》）

《逸民传论》，高度评价不满现实、任性放逸之士。有云：

> 尧称则天，不屈颍阳之高；武尽美矣，终全孤竹之洁。自兹以降，风流弥繁，长往之轨未殊，而感致之数匪一。或隐居以求其志，或回避以全其道，或静己以镇其躁，或去危以图其安，或垢俗以动其概，或疵物以激其清。然观其甘心畎亩之中，憔悴江海之上，岂必亲鱼鸟、乐林草哉！亦云性分所至而已。故蒙耻之宾，屡黜不去其国；蹈海之节，千乘莫移其情。适使矫易去就，则不能相为矣。彼虽硁硁有类沽名者，然而蝉蜕嚣埃之中，自致寰区之外，异夫饰智巧以逐浮利者乎！

孙月峰评曰："雅静有婉致，淡而味永。"何义门评曰："此篇抑扬反覆，殊有雅思，可以希风孟坚（班固）。"（《评注昭明文选》）

《党锢传序》，视野开阔，见解深邃，分析这种政治现象起自先秦而及于两汉。清代史学家王鸣盛说："《党锢传》首叙说两汉风俗之变，上下四百年间，了如指掌。下之风俗成于上之好尚，此可为百世之龟鉴。蔚宗之言至此，读之能激发人。"（《十七史商榷》）李慈铭说："剖别贤否，指陈得失，皆有特见，远过马、班、陈寿。""推明儒术气节之足以维持天下，

---

① 姜书阁：《骈文史论》，人民文学出版社 1986 年版，第 364 页。

反复唱叹，可歌可泣，令人百读不厌。"（《越缦堂读书记》）

范晔能别宫商，识清浊，故其文句音节和谐，铿锵有致，有暗合于四十年后之永明体者。刘师培说《后汉书》诸序，"几无一句音节不谐，而其诸赞，诵之于口，适与四言诗无异"。（《汉魏六朝专家文研究》）

**袁淑**（408～453），字阳源，陈郡阳夏人，历官尚书吏部郎、南东海太守、御史中丞，在宋文帝太子刘劭发动的政变中被害。他是宋初著名文人，史称其"博涉多通，好属文，辞采遒艳，纵横有才辩"，"喜为夸诞，每为时人所嘲"。他有五篇诙谐文，分别给驴、猪、鸡、蛇加九锡。所谓"加九锡"就是天子把九种礼物和待遇赐给有特殊功勋的重臣。曹操篡汉、司马懿代魏，刘裕取晋，之前皆加九锡，故此举往往成为"禅让"的前奏。历代九锡之文，均极力歌功颂德。袁淑的文章，把无比尊贵的九锡之礼赐给卑贱的动物，把它们某些生理本能故意夸大为了不起的贡献，用类比的手法使读者联想到历代连连上演的九锡大典，不过是一场又一场漫话世界里的闹剧而已。

《驴山公九锡文》抓住驴能负重、推磨、善鸣等性能，赞扬说："若乃三军陆迈，粮运艰难，谋臣停算，武夫吟叹。尔乃长鸣上党，慷慨应邡，崎岖千里，荷囊致餐，用捷大功，历世不刊，斯实尔之功也。音随时兴，晨夜不默，仰契玄象，俯协漏刻，应时长鸣，毫分不忒。……青脊隆身，长颊广额，修尾后垂，巨耳双桀，斯又尔之形也。嘉禾既熟，实须精面，负磨回衡，迅若转电，惠我众庶，神祇获荐，斯又尔之能也。尔有济师旅之勋，而加之以众能。是用遣中大夫闾丘骡、使衔勒大鸿胪、班脚大将军宫亭侯，以扬州之庐江、江州之庐陵、吴国之桐庐、合浦之珠庐，封汝为中庐公。""衔勒"指驴嘴上的嚼子，"班脚"指驴蹄上毛色往往黑白相间，庐与驴同音，暗示他们皆为同类。

《大兰王九锡文》封猪为王。兰者，栏也。开头说："大亥十年，九月乙亥朔，十三日丁亥，使者豪豨命大兰王曰。"十二地支中，亥属猪。豪豨即大野猪。下面说猪"体肥腯而洪茂，长无心以游逸，资拳养于人主。……君昔封国殷商，号曰豕氏，白蹄彰于周诗，涉波应乎龙象，歌咏垂于人口，经千载而流响"。（《诗经·小雅》有"有豕白蹄，蒸涉彼矣"之句）以上几句是写猪的历史。"相与野游，唯君为雄。……俯喷沫则成雾，仰奋鬣则生风。猛毒必噬，有敌必攻。长驱直突，阵无全锋，此君之勇也。"这是写野猪的勇猛。

南宋叶梦得《避暑录话》认为，表文"实以讥切当时封爵之滥"。韩愈《毛颖传》"本南朝诙谐文《驴九锡》《鸡九锡》之类而小变之耳"。钱锺书说："袁文之封鸡、驴为上公，赍豕、蛇以锡命，虽戏语乎，亦何妨以嬉笑为怒骂也。"①

袁淑并非一味诙谐，也有严肃的文章。如《吊古文》，吊祭多位前贤，含有警示、告诫世人谨慎立身行事之深意。其文曰："贾谊发愤于湘江，长卿愁悉于园邑，彦真因文以悲出，伯喈衔史而求人，文举疏诞以殃速，德祖精密而祸及。夫然，不患思之贫，无苦识之浅。士以伐能见斥，女以骄色贻遭。以往古为镜鉴，以未来为针艾，书余言于子绅，亦何劳乎蓍蔡。"文章以贾谊、司马相如、张升、蔡邕、孔融、杨修的遭遇为镜鉴，委婉地指出谨小慎微以处世的命意。此文以排句及骈语写成，言词朴实，不尚艳采，气势充溢，骨力劲健。

宋文帝太子刘劭欲行篡逆，袁淑劝谏，反而被杀，可见其立身行事素有正直刚烈之气。张溥说："史载袁世氏多忠烈，若阳原（袁淑字）死于元凶（指刘劭），名为风霜松筠，不虚也。"（《汉魏六朝百三名家集》题辞）

## 二　刘宋后期骈文

**鲍照**（约414～466），字明远，东海人，出身寒门，少有才华，先后依附宗室诸王，官职不高，抑郁不平。宗室之间争斗，两次牵涉他，后来在一次军事叛变中为乱兵所杀。文学史上，鲍照与谢灵运、颜延之合称"元嘉三大家"。散文史上，钱锺书推鲍为宋文第一家。

鲍照的辞赋名作是《芜城赋》，骈文代表作是《登大雷岸与妹书》，是中国文学史上第一篇以家书形式写山水的游记。其妹鲍令晖亦能诗。此信作于鲍照随临川王刘义庆出镇江州，从建康沿长江西行途中。大雷岸在今安徽境内长江边上，成语"不敢越雷池一步"即指此地，距江西鄱阳湖和庐山不太远，所以二地成为本文描写的重点。作者采用大赋手法，分段铺

---

① 　钱锺书：《管锥编》第四册，中华书局1979年版，第1311页。

陈南望高山，东瞰平野，北连湖泽，西视江河的景物与境界，用长镜头远距离摄取广阔的画面，描绘出宏大的气象。如：

> 西南望庐山，又特惊异。基压江潮，峰与辰汉连接，上常积云霞，雕锦缛，若华夕曜，岩泽气通，传明散彩，赫似绛天，左右青霭，表里紫霄。从岭而上，气尽金光；半山以下，纯为黛色。信可以神居帝郊，镇控湘汉者也。

由于长期胸怀不平，其笔下许多自然现象率皆呈现孤危、惊骇、争夺之状。写峰形则"负气争高，参差代雄"；写水势则"腾波触天，高浪灌日""思尽波涛，悲满潭壑"；写鱼鸟相争则"智吞愚，强捕小，号噪惊聒，纷乎其中"。展示的画面具有特殊的感情色彩。

此文基本上不用典故，多用四言单句对，相当工巧。如"带天有匝，横地无穷""寒蓬夕卷，古树云平""回沫冠山，奔涛空谷"。有时连连押韵，如"东顾五洲之隔，西眺九派之分。窥地门之绝景，望天际之孤云""滔滔何穷，漫漫安竭？创古迄今，触舻相接"。炼句接近诗歌。

许梿说："句句锤炼无渣滓，真是精绝。"（《六朝文絜》）黄子云说："沉雄笔挚，节哀句遒。又能状难写之景，较之康乐（谢灵运）互有短长。"彭兆荪认为："吴均《与宋元思书》不逮也。能仿佛其造句者，《水经注》而外，唯柳州（柳宗元）小记近之。"（《南北朝文钞》）谭献说："矫历奇工，足与（鲍照）《行路难》并美。"吴汝纶说："奇绝惊艳，前无此体，明远创焉。"（《南北朝文举要》引）

《瓜步山揭文》，是骈体小品。瓜步山在今江苏六合区东，距当时京城建康（今南京）很近，山不高而游人甚多。鲍照过此，大发感慨。

> 岁含龙纪，月巡鸟张。鲍子辞吴客楚，指充归扬，道出关津，升高问途。北眺毡乡，南晒炎国。分风代川，揆气闽泽。西睨天宫，穷曜星络；东窥海门，候景落日。游精八表，驶视四遐。超然永念，意类交横。信哉古人，有数寸之篇，持千钧之关。非有其才施，处势要也。瓜步山者，亦江中渺小山也，徒以因迥为高，据绝作雄，而凌清

瞰远，擅奇含秀，是亦居势使之然也。故才之多少，不如势之多少远矣。仰望穹垂，俯视地域，涕溟江河，疣赘丘岳。虽奋风漂石，惊电剖山，地纮维陷，川斗毁宫，毫发盈虚，曾未注言。况乎汛河浮海之高，遗金堆璧之奇，四迁八聘之策，三黜五逐之疵，贩交买名之薄，吮痈舐痔之卑，安足议其是非。

开头点明时间和出发地点与目标，接着写登高眺望所见。借瓜步山以地理位置佳而出名，暗讽世家大族无真才实学仅凭祖辈或姻亲而位居要津。立意与左思《咏史诗》"郁郁涧底松，离离山上苗。以彼径寸茎，荫此百尺条。世胄摄高位，英俊沉下僚。地势使之然，由来非一朝"一脉相承。批判门阀制度，反映了六朝庶族文人的共同心声。全文49句，对偶占三分之二，大部分是四言单句对，开头和结尾用骈语，中间一段用散语。最后六个排句喷薄而出，释放不平之怨气。李景华认为："其感情表达的显豁，语言文字的错落，都胜过《登大雷岸与妹书》。"① 钱锺书认为"仰望穹垂，俯视地域"等句，"乃居高临下之放眼，亦越世凌云之旷怀，情景双关"。②

《石帆铭》。石帆山在瓜步山之东，矗立江中，形若张帆，通体皆石，无草木。铭文如下：

应风剖流，息石横波。下深地轴，上猎星罗。吐湘引汉，歠蠡吞沱。西历岷冢，北泻淮河。眇森宏蔼，积广连深，沦天测际，亘海穷阴。云旌未起，风柯不吟。崩涛山坠，郁浪雷沉。在昔鸿荒，刊启源陆。表里民邦，经纬鸟服，瞻贞视晦，坎水巽木，乃刿乃铲，既刳既斫，飞深浮远，巢潭馆谷。涉川之利，谓易则难。临渊之戒，曰危乃安。泊潜轻济，冥表勤言。穆戎遂留，昭御不还。徒悲猿鹤，空驾沧烟。君子彼想，祗心载惕。林简松栝。水采龙鹔。觇气涉潮，投祭沉璧。揆检含图，命辰定历。二崤虎口，周王凤趋；九折羊肠，汉臣电驱。潜鳞浮翼，争景乘虚。衡石赤鼋，帝子察姐；青山断河，后父沉

---

① 参看漆绪邦主编《中国散文通史》，吉林教育出版社1994年版，第541页。
② 钱锺书：《管锥编》第四册，中华书局1979年版，第1316页。

躯。川吏掌津，敢告访途。

全文纯用四言，分六段六次换韵。第一段极言山所处地理位置形势，第二段形容山下长江之深广，第三段追溯山水之生成，第四段从山水引出哲理和历史传说，第五、六段，君子从中引发思考。许梿说："前人论鲍诗，得景阳（张协）之俶诡，合茂先（张华）之靡曼。吾于斯铭亦云。"（《六朝文絜》）。李兆洛说："不尽巧，故为大方。"（《骈体文钞》）此铭很像四言诗，选词造句颇费匠心，偶对精切，不落凡响，引用语典事典较多，用于发议论。其体式学张载《剑阁铭》，描写山形水势，高瞻远望，由现实而思考历史，从自然而引申社会。内容不限江东之石帆，涉及整个长江。大则大矣，实不如张铭之简括精辟。缺乏"山河之固，见屈吴起。兴实在德，险亦难恃"这样的警句。张铭以散句为主，自然流畅，不事雕琢，有些句子可对而不用对。鲍铭对句占百分之八十多。有时为求新奇而故意颠倒语序，如："想彼君子"作"君子彼想"，文理不通。

《河清颂》。史载，宋文帝元嘉二十四年（448）黄河济水俱清，当时以为祥瑞。鲍照作《河清颂》，梁时沈约称赞"其序甚工"。清人蒋士铨说："炼语奇丽，每苦有生涩处不可学，然其俊逸遒迈之气，动荡行间，固自雄视百代。"（《评选四六法海》）谭献说："辟灌之功，光辉斯发。开张工健，无一闲冗之句，序亦有顿挫节族。"（《复堂日记》）高步瀛说："序语瑰丽，犹有扬马遗风。铭词亦矜创。在六朝文中当首出。"（《南北朝文举要》）他们只看形式，不看内容。此文歌功颂德，极力夸饰，与刘宋王朝的实际表现相差甚远，是一幅虚构的历史画面。

《飞白书势铭》。飞白是一种书法的名称，即"八分之轻者"。八分，即八分书，笔画向左右分开，如八字分背，字体似隶书，而体势多波磔。鲍照此文是一篇专论书法的文章。全文如下：

秋毫精劲，霜素凝鲜。霭此瑶波，染彼松烟。超工八法，尽奇六文。鸟企龙跃，珠解泉分。轻如游雾，重似崩云。绝峰剑摧，惊势箭飞。差池燕起，振迅鸿归。临危制节，中险腾机。圭角星芒，明丽烂逸。丝萦发垂，平理端密。盈尺锦两，片字金溢。故仙芝烦弱，既匪足双；虫虎琐碎，又安能匹？君子品之，是最神笔。

起首总叙飞白书之形成，继而言及以八法之势，撰写出精绝奇异之六文。八法，即王羲之习书时工于"永"字之法。"永"字八法，可通一切字，写好"永"字诸笔，其他字无难写之处。六文，指古文、奇字、篆书、隶书、缪书与鸟虫书。此文最为精彩处是叙飞白书体之奇与笔势之妙数句。飞白书体势如鸟之举踵，如龙之腾跃，如珠串之解，如泉流之分，轻如游雾萦空，重似崩云委地，绝峰如剑之摧折，惊势如箭之飞扬，运笔长短参差，收放自如，似燕飞振羽，前后追随；如鸿鹄高翔，转而复归。其笔法之妙于此可见一斑。① 王文濡评曰："圭角嶙峋，笔墨飞舞，有剑摧箭飞之势，鸿归燕起之妙，与蔡邕之《篆势》、卫瓘之《隶势》，可称鼎足。"（《南北朝文评注读本》）作者运用一系列修辞手法描神绘势，既增强了所述对象的形象生动性，又使得文章富于典丽之气。与前人论书法之文相比，鲍照使用了大量的骈偶句和比拟形容之辞，这正是时代风气使然。

**谢庄**（421～466），字希逸，陈郡阳夏人，出身名门世族，谢灵运之侄。七岁能文，及长，善辞令，尤长于辞赋，历仕文帝、孝武帝、明帝，元嘉二十九年（452）南平王献鹦鹉，文帝命群臣作赋。时袁淑有盛名，读谢庄之赋后说："江东无我，卿当独秀。我若无卿，亦一时之杰也。"谢庄最有名的是《月赋》，宋武帝阅后赞曰："可谓前不见古人，后不见来者，昔陈王（曹植）何足尚哉。"（《本事诗·嘲戏》）

谢庄的骈文《宋孝武宣贵妃祢谏》颇获好评。据《南史·后妃传》，宣贵妃是南郡王刘义宣之女，孝武帝刘骏之堂妹，有丽色。刘义宣造反，败亡后，孝武帝密取之，假姓殷氏，左右宣泄者多死，故当时莫知所出。及薨，常常思见之。遂为通替（抽屉）棺，欲见时辄引替睹尸。如此积日，形色不异。谢庄作哀策文奏之，帝卧揽读，起坐流涕曰："不谓当今复有此才！"都下传写，纸墨为之贵。许梿称此文"调逸思哀"，"语语凄绝"。（《六朝文絜》）谭献说它"殊有岩逸之气"。（《南北朝文举要》引）孙月峰说："严密工丽，炼意炼句皆入妙。"陆雨侯说："无德可陈，只此竟矣。"

---

① 参看刘涛《南朝散文研究》，中国社会科学出版社 2012 年版，第 196 页。

（《评注昭明文选》）于景祥概括其特点，"一是叙述有条不紊，综合有法，由生而卒，由卒而葬，而一句一词，严峻之中仍有逸气；二是此诔在体制上，较此前或同时人之诔文更趋四六格式，不仅序文以四六对句为主，而且正文亦如此，不同于前人以四言为主"。[①]至于内容，实不足取。

谢庄骈文还有《求贤表》，建言切实，说理透彻。除讲清道理列举事实之外，还对举荐者提出要求，"若任得其才，举主延赏。有不称职，宜及其坐。重者免黜，轻者左迁。被举之身，加以禁锢"。这样就限制了举荐过滥的可能性。李兆洛说："发言条达，能尽事理。亦以稍削藻词，风骨始振。"

于景祥说："谢庄之文在骈文由宋向齐转变演进过程中，具有不容忽视的作用。虽然其文内容较为狭窄，又好堆砌典故，有时伤于繁密。但总体上看，他善于创新，不落俗套，格调飘逸。尤其突出的是，骈文自他始入清丽，并于音韵多所发现，为骈体之完备与鼎盛多有贡献。"[②]于氏所举谢文缺点，切中肯綮。所言优点，当指《月赋》等辞赋而言。赋以外的骈体文，似乎还谈不上多少创新，尤其是几篇哀策之文，俗套甚为明显，且谈不上清丽。

## 第三节　齐和梁前期骈文

萧道成建立的南齐（479～501）和萧衍建立的梁朝（502～557），历来认为是骈文鼎盛期之顶峰，作家作品甚多。本书为讲述方便，以《昭明文选》之成书为界，527 年以前为梁前期，527 年以后为梁后期，大致以作家生卒年为序。

### 一　齐代骈文

对齐梁文学的评价历来不一。刘勰《文心雕龙·时序》篇说："暨皇齐驭宝，运集休明……今圣历方兴，文思光被，海岳降神，才英秀发。驭飞

---

① 于景祥：《中国骈文通史》，吉林人民出版社 2002 年版，第 370 页。

② 于景祥：《中国骈文通史》，吉林人民出版社 2002 年版，第 367 页。

龙于天衢，驾骐骥于万里。经典礼章，跨周轹汉，唐虞之文，其鼎盛乎？"
《文心雕龙》作于齐末，故对齐代文学极力颂扬。梁萧子显《南齐书·文学
传论》则认为，"今之文章，略有三体"。其第二体针对骈文而言："缉事比
类，非对不发，博物可嘉，职成拘制。或全借古语，用申今情，崎岖牵引，
直为偶说，唯睹事例，顿失精彩。"其时齐已灭亡，故萧子显无所顾忌，专
讲缺点。唐初成书的《隋书·文学传序》则综合南北，对齐和梁前期文学
予以肯定。"暨永明、天监之际，太和、天保之间，洛阳、江左，文雅尤
盛。于时作者，济阳江淹，吴郡沈约，乐安任昉，济阴温子昇，河间邢子
才，巨鹿魏伯起等，并学穷书囿，思极人文，缛彩郁于云霞，逸响振于金
石。英华秀发，波澜浩荡，笔有余力，词无竭源。方诸张蔡曹王，亦各一
时之选也。"隋唐王朝兴起于北方，故《隋书》把南北文学相提并论。清
《四库全书总目提要》评《梁文纪》说："梁代沿永明旧制，竞事浮华。
……风靡波荡，文体日趋华缛也。然古文至梁而绝，骈体乃以梁为极盛，
残膏胜馥，沾溉无穷。唐代沿流，取材不尽。……寸有所长，四六既不能
废，则梁代诸家亦未可屏斥矣。"这是在批评的前提下有所保留。

**王融**（467～493），字元长，琅琊临沂人，出身世族。永明年间，与谢
朓、任昉、沈约、萧衍等在竟陵王萧子良门下，合称八友。少年通显，恃
才躁进，累官至宁朔将军。齐武帝病笃，他企图拥立萧子良，不成。太孙
郁林王即位后，立即收捕入狱，赐死，年仅 27 岁。

王融通晓韵律，文章藻丽俊爽，音调谐和，以《画汉武北伐图疏》较
有价值。永明末，世祖欲北伐，使毛惠芳绘《汉武北伐图》，令王融主其
事。融好功名，因上疏力主北伐。彭兆荪曰："举世偷安江左，宁朔（王
融）此表尚有封狼居胥（北伐）意，虽未必克践，固足以振元嘉以来颓废
之风矣。"（《南北朝文钞》）王融文中有云："方今九服清怡，三灵和晏，
木有附枝，轮无异辙，东鞮献舞，南辫传歌，羌僰逾山，秦屠越海。舌象
玩委体之勤，辀译厌瞻巡之数，固将开桂林于凤山，创金城于西守。而蠢
尔獯狄，敢仇大邦，假息关河，窃命函谷，沦故京之爽垲，变旧邑而荒凉；
息反坫之儒衣，久伊川之被发。北地残氓，东都遗老，莫不茹泣吞悲，倾
耳戴目，翘心仁政，延首王风。若试驰咫尺之书，具甄戎族之卒，徇其堕
城，纳其降虏，可弗劳弦镞，无待干戈。真皇王之兵，征而不战者也。"气

势磅礴，掷地有声，在当时文坛，确实足振颓风。

《求自试启》。王融祖父王僧达曾任中书令，融弱冠即欲绍兴家业，多次上书求官。此表自称："文武吏治，唯所施用。夫君道含弘，臣术无隐。翁归乃居中自见，充国曰莫若老臣。窃景前修，敢蹈轻节，以冒不媒之鄙，式罄奉公之诚。"显然自卖自夸。谭献评曰："遣辞体势，不独徐庾前导，且已为王卢开山。"王文濡说："寥寥短简，清词奔赴，譬若飞蓬自振，风木孤鸣，掩抑迂回，足动人听。惜乎不媒而自荐，有识所必讥耳。"（《南北朝文评注读本》）张仁青说："全文气机流动，绝不板滞。雄直之气，溢于篇章，措辞清婉，娓娓动人。"① 建业立功情志可嘉，但无论说理抒情皆不及曹植《求自试表》，只是文辞更加华美。

王融的《三月三日曲水诗序》，与颜延之同题，同时收入《昭明文选》。据史载，当时北魏使臣认为王胜过颜。后人有好评，也有不满。孙月峰曰："格调与前篇（指颜作）同而稍较活动，撰语亦较峭。"何义门曰："其藻愈腴，其味愈薄，使人思颜之妙。"谭献说："宽博过颜，而精炼稍逊。"方伯海曰："奉诏作序，颂述国家功德原不可少，然亦要辨主客。要曲水是主，功德是客，岂可使喧宾夺主。岂有将诸后支庶宰臣众职一一胪列，计全序中不啻三分之二。若不见其首尾，竟不知中间是为曲水序而作。六朝文降入齐梁，浮靡肤庸，愈趋愈下。"（引文均见《评注昭明文选》）

李景华说："其实王融此序，同样是应制之作，和颜延之并无二致。文章极尽歌功颂德之能事，较颜延之所作，有过之而无不及。"李景华还指出，王融的《永明九年策秀才文》"以劝农为本""文质彬彬"，反映"作者的政治理想"，是一篇形式内容皆可取的短骈。②

**谢朓**（464~499），字玄晖，陈郡阳夏人，出身谢氏名门世家，其母为宋文帝之女，曾任宣城太守，后世称谢宣城。齐东昏侯永元三年，谢朓不支持临安王萧遥光篡位，被反诬，下狱死，年36岁。在诗歌史上，他与谢灵运合称大小谢，与王融、沈约等共创永明体。其骈文成就不如诗，名作有《辞拜中军记室辞隋王笺》。隋王萧子隆好辞赋，赏爱谢朓，流连晤对，

①　张仁青：《中国骈文发展史》，1970年台湾初版，浙江大学出版2009年重印，第263页。
②　参看漆绪邦主编《中国散文通史》，吉林教育出版社1994年版，第641~643页。

不舍朝夕。隋王的长史（秘书长）嫌谢朓年轻而过于亲近，报告齐武帝。武帝命朓还都，调任新安王记室。于是谢朓不得已而作书告辞，其中有云："朓实庸流，行能无算，属天地休明，山川受纳，褒采一介，抽扬小善。故舍耒场圃，奉笔兔园。东乱三江，西浮七泽。契阔戎旃，从容宴语，长裾日曳，后乘载脂。荣立府廷，恩加颜色。沐发晞阳，未测涯埃。抚臆论报，早誓肌骨。不悟沧溟未运，波臣自满；渤解方春，旅翮先谢。清切蕃房，寂寥旧筚。轻舟反溯，吊影独留。白云在天，龙门不见。去德滋永，思德滋陈。唯待青江可望，候归舻于春渚；朱邸方开，效蓬心于秋实。如其簪履或存，袵席无改，虽复身填沟壑，犹望妻子知归。揽涕告辞，悲来横集，不任犬马之诚。"先叙别情，次及前好，中述去意，末订后期。通篇情思宛妙，如诗似赋。用典故而不冷僻，讲对仗而不板滞，求声韵而不做作。或四四对，或四六对，整齐中有变化，曲折活泼。尤其善用虚字（如其、虽复、犹望），以流畅的文字、精彩的意象，写难状之情思。孙执升说："文情委折，姿采秀妙。陆雨候谓其驱思入渺，抑声归细，袅袅兮韩娥之扬袂，知音哉！"（《评注昭明文选》）谭献说："情辞相副，只觉婉转悱恻，忘其寒乞，所谓妙于语言。"（《骈体文钞》）王文濡说："齐梁以后，文尚浮嚣，玄晖特起，独标风骨。此文华实并茂，悠然神往，洁比白云在天，清比清江可望，是齐梁之佼佼者。"（《南北朝文评注读本》）

谢朓有一些短启，如《谢隋王赐紫梨启》《谢隋王赐〈左传〉启》，不过十来句，措辞秀雅，情思悠扬，语短味长，前承王融，后启三萧。

**孔稚珪**（447～501），字德璋，会稽山阴人。学有美誉，太守王僧虔引为主簿，举秀才，后累官至太子詹事。好饮酒，游山水，不乐世务。名作有《北山移文》。移文是官府晓喻臣民的文告，有时也用于声讨敌人。孔氏借山神之口，揭露貌似清高实质卑劣的假隐士真官迷的虚伪面目。文中"周子"旧注以为指周颙，有人考证与周氏事迹不符。其实，"周子"乃虚拟，作张子、李子、刘子皆无不可，不必深考是谁。朱熹曾指出："晋宋人物，虽曰尚清高，然个个要官职。这边一面清淡，那边一面招权纳货。陶渊明真个是不要，所以高于晋宋人物。"（《朱子语类》）可见当时"周子"之类人物甚多。

孔稚珪巧妙地运用拟人手法，通篇以山神第一人称发话，把山间草木泉石人格化，情绪化，一同谴责"周子"。全文句句皆骈，无一散句。巧用转折词和连接短语，摇曳多姿。三言、四言、五言、七言，句法多变。用典不冷僻，多出《老子》《庄子》《淮南子》《列仙传》《高士传》等常见书，起到援古证今的作用。后世好评如潮。孙月峰说："铸词最工，极藻绘精切。若精神唤应，全在虚字旋转上。"（《评注昭明文选》）许梿说："炼格炼词，语语精辟。"（《六朝文絜》）王志坚说："酌文质之中，穷古今之变，骈文当推第一。"（《四六法海》）吴楚材、吴调侯说："假山灵作檄，设想已奇，而篇中无语不新，有字必隽，层层敲入，愈入愈妙。直觉泉石蒙羞，林堑增秽，读之令人赏心流盼不能已也。"（《古文观止》）王文濡说："借物讽人，古有此法。此文益广其体，尤称绝妙……足令山林生色，俗士汗颜。"（《南北朝文评注读本》）钱锺书说："以风物刻划之工，佐人事讥嘲之切，山水之清音与滑稽之雅谑，相得而益彰。"① 不过也有人批评，文中的"泪翟子之悲，恸朱公之哭"，破坏语序，文理不通。还有人嫌他"牙尖口利，骨腾肉飞，刻镂尽态矣"。（《评注昭明文选》）

　　《北山移文》在后世有不少人仿作。北宋有宋白《北山移文》，以蓬莱三神山名义谴责秦始皇汉武帝求仙之妄。宋元之际的潘音有《反北山嘲》诗，故意反用《北山移文》以讥宋臣仕元者。明末清初的尤侗有《西山移文》，嘲笑明遗民不能坚守民族节操出仕清朝者。②

## 二　梁前期骈文

　　**沈约**（441～513），字休文，吴兴武康人。他年长于王融、谢朓二十余岁，王、谢皆短命，而沈约长寿，历仕宋齐梁三朝，官位通显，齐时任吏部尚书，梁时任尚书令（相当于宰相），引领文坛数十年，在当时和后世影响甚巨。他首先是重要的史学家，有《宋书》80卷（已佚），《晋书》110卷，《齐纪》20卷等；其次是划时代的诗歌理论家，与周颙、王融、谢朓等人共创"永明体"，著《四声谱》（已佚），提出四声八病之说，使中国诗

---

① 钱锺书：《管锥编》第四册，中华书局1979年版，第1346页。

② 参看谭家健《北山移文新议》，1999年发表，收入谭家健著《六朝文章新论》，北京燕山出版社2002年版。

歌从此进入格律诗的时代。极力奖掖后进，不少文人受过他的提携、栽培。他的诗文数量之多居南朝前列，在骈文方面，有独具特色之文。

《谢灵运传论》。体例属于史论，内容属于诗论。此文首论诗歌之情与文的关系，继述从先秦到晋宋诗歌发展简史，而后提出其声律说："夫五色相宣，八音协畅，由乎玄黄律吕，各适物宜。欲任宫商相变，低昂互节，若前有浮声，则后须切响。一篇之内，音韵尽殊；两句之中，轻重悉异。妙达此旨，始可言文。"这些见解对唐代近体诗的形成起关键性作用，对骈文的音韵也有影响。此文是中国文学批评史上的重要文献，本身用骈体写作，词采华美，音韵谐和，体现了沈约的文学主张。

《恩幸传论》。该传所记有戴法兴、戴明宝、阮佃夫等十人，皆帝王身边小吏，他们不是宦官，最初担任低级行政职务，接近机要，得到皇帝信任，因而权贵皆与之勾结，以致参与帝王废立篡弑。文章仿效《后汉书》之《宦者传论》，从古代唯才是举不分贵贱说起，谈到曹魏九品中正制和晋宋以来的门阀制，贵贱判分。特别是宋武帝、明帝信任身边近习小臣，结果酿成大祸。其中说道："人主谓其身卑位薄，以为权不得重。曾不知鼠凭社贵，狐藉虎威，外无逼主之嫌，内有专用之功。势倾天下，未之或悟，挟朋树党，政以贿成。斧钺疮痏，构于床笫之曲；服冕乘轩，出于言笑之下。……及太宗（明帝）晚运，屡经盛衰，权幸之徒，慑惮宗戚。欲使幼主孤立，永窃国权。构造同异，兴树祸隙。帝弟宗王，相继屠剿。民忘宋德，虽非一途，宝祚夙倾，实由于此。"

孙执升说："从用人流弊说到恩幸，盖庙廊失职，则恩幸易于窃柄也。此是探源之论，后幅透发专权情状，更淋漓尽致。言者快心，读者痛心矣。"（《评注昭明文选》）郭预衡说："这样的传论内容相当充实，论列古今，了如指掌，剖析问题，也多击中要害。非大学问，大手笔不能作。有思想高度，也有文辞修养。"[①]

《修竹弹甘蔗文》。学习袁淑的诙谐讽刺手法，用拟人方式虚构一场植物之间的官司。甘蔗树叶粗大，得天帝宠信，掌握人事大权，铨衡百草，高下在心，而予夺乖爽。小草泽兰、萱草向修竹投诉甘蔗障蔽阳光，使它

---

① 郭预衡：《中国散文史》上册，上海古籍出版社 1986 年版，第 503 页。

们如处幽谷。修竹向其他植物调查属实,乃下判决,指责甘蔗"非有松柏后凋之心,盖阙葵霍倾阳之识。……使言树之草,忘忧之用莫施;无绝之芳,当门之弊斯在"。决徙根穷叶,斥出台外。此文模仿当时弹奏文章语气和格式,惟妙惟肖。后来,萧颖士有《伐樱桃树赋》,影射权相李林甫妒贤嫉能;唐韩愈有《毛颖传》,以毛笔比文人,抒发功成身废的牢骚;苏轼有《黄柑陆桔传》,借柑与桔争功邀宠讽刺官场丑态;明人汪波有《拔蕉赋》,以香蕉树遮阳比佞臣蔽贤,皆沈约寓言之余绪。王文濡说:"语虽游戏,要是有为而发,否则听雨却暑亦是隽品,何物休文,憎恶如是?明人汪波亦有《拔蕉赋》,东施效颦,徒形其丑耳。"(《南北朝文评注读本》)

《与徐勉书》。沈约年届七十,打算退休,致书好友徐勉倾吐衷情。其中说道:"开年以来,病增虑切。当由生灵有限,劳役过差,总此凋竭,归之暮年。牵策行止,努力祗事。外观旁览,尚似全人,而形骸力用,不相综摄。常须过自束持,方可鼋勉。解衣一卧,支体不复相关。上热下冷,月增日笃。取暖则烦,加寒必利,后差不及前差,后剧必甚前剧。百日数旬,革带常应移孔;以手握臂,率计月小半分。以此推算,岂能支久?若此不休,日复一日,将贻圣主不追之恨。冒欲表闻,乞归老之秩。"文章描写身体衰老的病态,真切细致,语言平实,毫不修饰,在抒情骈文书信中罕见。王文濡说:"质朴典雅,辞无枝蔓,不事雕饰,而气自浑厚。"(《南北朝文评注读本》)此文属于白描骈文。

《奏弹王源》。文章生动地反映了当时门阀士族的婚姻观念。出身世族的王源,贪图聘礼,把女儿嫁给门第不清楚的满家,又把剩余的钱为自己买妾。于是引起公愤,沈约乃作书弹劾。其中说道:"南郡丞王源,忝籍世资,得参缨冕,同者人貌,异者人心。以彼行媒,同之抱布。且非我族类,往哲格言;薰莸不杂,闻之前典。岂有六卿之胄,纳女于管库之人……高门降衡,虽自己作,蔑祖辱亲,于是为甚。此风弗翦,其源遂开,点世尘家,将被比屋。宜置以明科,黜之流伍。"如此苛严的门第观念,连清代人也不满。方伯海批评说:"满璋之子果贤耶,虽寒门何损?不贤耶,虽高门何益?古人只重择配,不问甲族也。"他举孔子把侄女嫁给南容和公冶长为例进行反驳。邵子湘说:"王、满连婚,致烦中丞白简,可见当时氏族之严,不知天下大事犹多,有重于此者否也。"(《评注昭明文选》)讥笑沈约多管闲事。今天看来，这是中国婚姻史上一份颇有价值的资料。

　　沈约有不少宗教哲理论文，明张溥说它的"逢时之意多，则觉性之辞少"。郭预衡、李景华对此类文章皆有所批评。还有《梁武帝集序》，对萧衍的文章极力赞扬，过甚其词，是"逢时"之作，然而却颇有名气。王文濡说："庄而亦韵，腴而不俗，劲笔风动，逸兴云飞，披条振藻，精于持论。殆即此文所谓兴绝节于高唱，振清词于兰畹者。"（《南北朝文评注读本》）萧衍确实能文，但并未达到沈约所论那种高度。

　　**江淹**（444～505），字文通，济阳考城人。究心辞章，夙著文誉，世称江郎。历仕宋齐梁三朝，齐武帝时，朝廷重要章表皆出其手。梁代齐，江淹官越做越大，乃持盈保泰，游心释老，恬退自足。尝夜梦一人，自称郭璞，曰："借君五色笔，今可见还。"淹即探怀授笔，此后才思大减，人称"江郎才尽"。江淹的名作是《恨赋》《别赋》，其他文章近百篇，庙堂制作及应酬文字占十之六七。较能反映真实个性的有《诣建平王上书》，作于宋末。时建平王刘景素好士，江淹在其门下，少年倜傥不俗，为世人所嫉，受诬下狱，江淹乃上书刘景素自白。其中有云："下官虽乏乡曲之誉，然尝闻君子之行矣。其上则隐于帝肆之间，卧于岩石之下；次则结绶金马之庭，高议云台之上；退则虏南越之君，系单于之颈，俱启丹册，并图青史。宁争分寸之末，竞锥刀之利哉！下官闻积毁销金，积谗磨骨。远则直生取疑于盗金，近则伯鱼被名于不义。彼之二子，犹或如是，况在下官，焉能自免？昔上将之耻，绛侯幽狱；名臣之羞，史迁下室。至于下官，当何言哉？夫以鲁连之智，辞禄而不返；接舆之贤，行歌而忘归。子陵闭关于东越，仲蔚杜门于西秦，亦良可知也。若使下官事非其虚，罪得其实，亦当钳口吞舌，伏匕首以殒身，何以见齐鲁奇节之人，燕赵悲歌之士乎？"

　　感情激越，陈说婉曲，于理于词，皆能动人。刘景素览书后即令出狱。文章似乎学邹阳《狱中上梁王书》。谭献说："开阖顿宕，气体岸异。""无意摹邹（邹阳）而神理自合。"（《南北朝文举要》引）方伯海曰："行文清轻爽利，先后层次，亦秩秩分明。"（《评注昭明文选》）前人自白之文，如谢灵运《诣阙自理》、颜延之《上表自陈》，皆散多于骈，江文则骈多于散，并不过分追求字句工整，大多在虚字转折呼应处用力。

　　《与交友论隐书》，作于三十岁时。其中心思想是，自己虽然所志不在仕宦，迫于衣食，目前还不能退隐。其中一段讲性格如何不合流俗，甚妙："性有所短，不可韦弦者有五：一则体本疲缓，卧不肯起；二则人间应酬，酷懒作书；三则宾客相对，口不能言；四则性甚畏动，事绝不行；五则愚蠢妄发，辄被口语。有五短而无一长，岂可处人间耶？知短而不可易者，所谓轮推各有定也。犹如鸡鹜之毛，不能得鸾凤之光采矣。"显然学嵇康《与山巨源绝交书》。下面又说："犹以妻孥未夺，桃李须阴，望在五亩之宅，半顷之田，鸟赴檐上，水匝阶下，则请从此隐，长谢故人。若乃登峨嵋，度流沙，餐金石，读仙经，尝闻其验，非今日之所言也。谁谓难知，青鸟明之。"

李兆洛说："五短颇规叔夜（嵇康）"，"妻孥两行，近人洪稚存（亮吉）学之，遂欲出兰。"（《骈体文钞》）王文濡说："内秀而外严，意腴而辞朴，光采不露，简古独绝，是为文通之别体。"（《南北朝文评注读本》）高步瀛说："后段亦有仲长公理《乐志论》之谊。"不过此文实难与嵇康《与山巨源绝交书》相比，嵇康始终拒绝与司马氏合作，江淹后来步步高升，到了梁初，仍然身未隐而心隐。江氏另有散文《报袁叔明书》也谈论归隐问题，二文可以合看。

王巾（？～505），字简栖，琅琊临沂人，文辞巧丽，为世所重，但官职低微。今存仅一篇《头陀寺碑文》。序文是工精的骈文，首言佛教之精旨，次述如来之立教及发展，传播于中土，几乎每句皆用佛经典故。下面描写头陀寺之建立及荒废，后来又重修，极尽形容藻饰之能事。碑文本身以四言韵语重述序文内容。现录序文数段如下：

> 头陀寺者，沙门释慧宗之所立也。南则大川浩汗，云霞之所沃荡。北则层峰削成，日月之所回薄。西眺城邑，百雉纡绛。东望平皋，千里超忽。信荆南之奥区，楚都之胜地也。宗法师行摰珪璧，拥锡来游。以为宅生者缘，业空则缘废；存躯者惑，理胜则惑亡。遂欲舍百龄于中身，殉肌肤于猛鸷。班荆荫松者久之。宋大明五年，始立方丈茅茨，以庇经像。……后有僧勤法师，贞节苦心，求仁养志，篡修堂宇，未就而没。高轨难追，藏舟易远。僧徒阒其无人，榱椽毁而莫构，可为长太息矣。宁远将军长史江夏内史行事彭城刘府君讳暄，……以此寺

业废于已安，功坠于几立，慨深覆篑，悲同弃井。因百姓之有余，闲天下之无事，庀徒揆日，各有司存。于是民以悦来，工以心竞。亘丘被陵，因高就远。层轩延衮，上出云霓；飞阁逶迤，下临无地。夕露为珠网，朝霞为丹護。九衢之草千计，四照之花万品。崖谷共清，风泉相涣。金姿宝相，永藉闲安，息心了义，终焉游集。

此文在后世颇获好评。方伯海说："熔铸浑成，滔滔滚滚，无割裂矫强痕迹，洵为才人极笔。"（《评注昭明文选》）李兆洛说："名理之言，出以回薄纪叙之体，贯以玄远。此南朝有数名篇，沾溉唐初，何能青胜"。（《骈体文钞》）钱锺书说："按余所见六朝及初唐人为释氏所撰文字，驱遣佛典禅藻，无如此碑之妥适莹洁者。叙述教义，亦中肯不肤。""刻划风物……均绝妙好词。"[1] 并指出唐王勃《滕王阁序》之"层峦耸翠，上出重霄；飞阁流丹，下临无地"即脱胎此碑之"层轩延衮，上出云霓；飞阁逶迤，下临无地"。

**任昉**（460~508），字彦升，乐安博昌人，宋末入仕，齐时任竟陵王萧子良记室，为竟陵八友之一，为文深受王俭、沈约等推重。王公大臣表章，多请托焉。当时还是朋友的萧衍开玩笑说，若登三府（太尉、司徒、司空），当以卿为记室（秘书）。后来萧衍称帝，果然重用。历任梁义兴太守、御史中丞，秘书监。

任昉的文章，当时曾得到很高的评价。《梁书·文学传序》说："高祖旁求儒雅，文学之盛，焕乎俱集。其在位者，则沈约、江淹、任昉，并以文采妙绝当时。"梁简文帝《与湘东王书》说："近世谢朓、沈约之诗，任昉、陆倕之笔，斯文章之冠冕，述作之楷模。"《梁书·任昉传》说："（昉）既以文才见知，时人云：'沈诗任笔'。"《南史》本传说："昉尤长为笔，颇慕傅亮才思无穷。当时王公表奏，无不请焉。昉起草即成，不加点窜。"同时人刘峻《广绝交论》说他，"遒文丽藻，方驾曹王；英特俊迈，联横许郭"。类似的赞语很多。北朝人也学习模仿任昉的文章。北齐三大才士之一的邢邵就说另一才士魏收（《魏书》的作者）对于江南任昉"非直模

---

① 钱锺书：《管锥编》第四册，中华书局1979年版，第1442页。

拟，亦大偷窃"，(《北齐书·魏收传》)可见影响之广。

按照当时的概念，有韵为"文"（主要指诗赋），无韵为"笔"（包括骈文和散文）。任昉所擅长的"笔"，即是后者。今本《任中丞集》中，属于代笔的有三十八篇，占三分之二，皆骈体。这类文章，要根据别人的身份和口气，适应某种特殊的目的和需要，采用一定的程式和套语，一般说来，很难见出作者本人的思想感情。其中有二十篇是替皇帝（或皇后）起草的文告，属于政府公文，更不容易有自己的观点，只有两篇尚值得一提。一是《为梁武帝集坟典令》，号召采集图文，大概作于掌秘书监时，也许就是按照任昉提出的建议而下达的命令。另一篇是《为梁武帝断华侈令》，反对"上慢下暴、淫侈竞驰""贩官鬻爵，贿货公行""妖艳竞爽，夸丽相高"。这是萧衍初期改革时弊的措施之一，也符合任昉为官清省，治家简朴的一贯作风。这两篇算是内容较为可取的。此外，还有一篇《为齐竟陵王世子临会稽郡教》，指斥"富人兼并，前史共蠹。大姓侵威，往哲修嫉。而权豪之族，擅割林池，势富之家，专利山海"。竟陵王萧子良享年仅三十五，其世子临会稽郡时肯定还是个孩子。这些观点可以看成是属于任昉的（起码是他所赞成的）。其余多是辞让、请谒、答谢之类礼貌性文字，思想内容基本上无可称道。当时及后人之所以赞赏，主要是着眼于艺术技巧，如用事、造语、撮句、炼意等，这正是古代一些文人共同兴趣之所在。如《为范尚书（云）让吏部封侯表》，清人孙月峰说："此篇合璧多，贯珠少，然风度固自胜。大约撮得句巧，炼得意秀，点得明，应得响，其趣味全埋在用事中。所以不觉其堆铺，但觉其圆妙。此乃是笔端天机，良不易及。"《为萧扬州作荐士表》，方伯海说："表中先后层次极分明，而引用故实，略加点窜剪裁，如出己手。"对于《为范始兴作求立太宰碑表》，孙执升说："淡事浓叙，洒洒不厌，可见构思之巧。"对于《为卞彬谢修卞忠贞墓启》，方伯海说："字字凝炼，截截周到，是有意摹拟东汉文字，故一路俱渊然作金石声。"（均见《评注昭明文选》）类似的话不胜枚举。今天看来，它们较之当时同类文章，除了对仗工整，用典得当和内容稍为质健之外，并没有太突出的特点。清人何义门（焯）说得比较公允："任笔有重名，亦以在当时稍为质健，特不能离去俗格，高出有限尔。"（同上书）何氏评价基本上是正确的。

代笔中有一篇文章还闹了一场误会。齐明帝萧鸾篡位前夕，实际上已经大权在握，废郁林王，立海陵王，眼看就要自己称帝。海陵王封他为宣城郡公。他叫任昉作表辞让，明明是故作姿态。任昉没有体会好意图，写得情词婉切，似乎真的不肯受封，弄得萧鸾很是恼火。结果，终萧鸾称帝执政之朝，任昉位不过列校，倒霉了好一阵。（见《宋书》本传）

任昉代拟的《宣德皇后令》，备受后人诟病。宣德皇后在齐末几次篡弑中充当传声筒。清王鸣盛说："萧鸾废郁林王而弑之，假立海陵王昭文，又废弑之而自立，皆托宣德太后令以行篡逆是为。明帝（即萧鸾）崩，子东昏侯立，无道被弑，萧衍迎后入宫称制，又假宣德皇后令以行篡事焉。一妇人也，而两朝篡夺皆托其名以欺人，真如儿戏。……任彦升《宣德皇后令》一篇，即是进衍为相国，封十郡为梁公，伪让不受，而假为后令以劝令受之也。"（《十七史商榷》）任昉早已是萧衍心腹，写这篇文章乃走过场，是萧衍称帝的前奏。该文对萧大肆吹捧，而对当时的齐朝，竟用对待敌寇的语言来形容齐军在萧衍讨伐之下的溃败。方伯海说："东昏侯虽恶同桀纣，萧衍未必心如汤武。且当日所云'鳞下''瓦裂'，何人哉！以此奖衍之功，齐之臣子病狂丧心亦甚矣！"（《文选集评》）何义门、方伯海都认为，此文不应入《文选》，昭明太子是为表现其父之功烈而看重它，其实可删。此令下达不久，萧衍即受禅位代齐，禅位文告也是任昉代拟。孙月峰责骂他是"叛国之奸贼"，禅梁文"全是非上媚君语"。这种指责乃是从忠于一家一姓出发，未必是公正的历史评价。南朝刘裕代晋、萧道成代宋、萧衍代齐、陈霸先代梁，都是在前朝已经昏乱糜烂不堪之际，一个比较积极有为的势力取而代之，整顿政治和社会秩序，使民众稍得喘息，是可以适当肯定的。尤其是萧衍，他当政前期施行过一些有利社会发展进步的政策措施，任昉替他抬轿子，当吹鼓手，也是作为老朋友老部下的一种责任。况且大势已去，萧衍乘势而起，禅位建梁，顺理成章。兴废更替，改朝换代，实是历史发展的自然规律。至于任昉顺应时事，撰作文告，更是不必厚非。[①]

《任中丞集》中能够表现作者真情实感的文章，主要表现在非代笔、非

① 参看谭家健《试论任昉》，1980 年发表，收入谭家健著《六朝文章新论》，北京燕山出版社 2002 年版。刘涛《南朝散文研究》，中国社会科学出版社 2012 年版，第 245 页。

请托之文中，最有名最受称许的是《奏弹曹景宗》。天监二年（503），北魏进攻义阳（今河南信阳），司州刺史蔡道恭坚守，兵不满五千，粮不足半年，抵抗百余日。而奉命驰援的郢州刺史曹景宗竟按兵不前，坐视不救，以致道恭战死，义阳陷落。任昉时任御史中丞（检察总长），上表严厉弹劾，要求惩处。文章义正辞严，意锐笔捷。孙月峰说："叙事明核，议论精笃。排体中绝不易得。"方伯海说："首言败军之将之刑，次言国家行兵未尝挫衄，中一言蔡道恭守司州之功，一言曹景宗陷司州之罪。且三关并失，为咎不可逃，究其由来，皆属观望逗留，违命误国。"（《评注昭明文选》）谭献说："可谓笔挟风霜，骏迈曲折，气举其辞。"（《骈体文钞》）此文是难得的好文章，可是梁武帝袒护曹景宗，置之不问。

许梿总评任昉之文说："彦升文简炼入韵，绝无畦町可窥，所谓秀采外扬，深衷内朗，其体格当在休文（沈约）之上。"（《六朝文絜》）清代许多评点家对任文的评赏都集中在文辞上，至于内容，除了少数几篇，实在没有多少值得称道之处。从现有作品看，任昉的诗文是不能和沈约相比的。

**丘迟**（464～508），字希范，吴兴乌程人，南齐入仕，梁武帝时，任散骑侍郎，永嘉太守。他的骈文名作是《与陈伯之书》。陈伯之原为齐将，萧衍起兵平齐内乱，陈伯之归附，任梁将军。不久，受部下挑拨，反梁降魏。天监四年（505），梁武帝萧衍派弟萧宏北伐，陈伯之驻军寿阳对抗，丘迟奉萧宏命作书劝降。陈伯之读后受感动，率部八千重新归梁。

此文站在汉族正统的立场，视南朝为唯一合法政权，北魏鲜卑族为非法割据势力，陈伯之叛梁降魏乃丧失民族气节行为。信中既批评陈伯之的原则错误，又申明梁朝廷不咎既往的政策。陈伯之父母和爱妾皆受保护。梁朝势力强盛，北魏分崩离析，只有早日反正，才是光明前途，既喻之以透彻之理，又动之以真切之情。最精彩文句是："暮春三月，江南草长。杂花生树，群莺乱飞。见故国之旗鼓，感生平于畴日。抚弦登陴，岂不怆悢？所以廉公之思赵将，吴子之泣西河，人之情也。将军独无情哉！想早励良规，自求多福。"以风光旖旎的江南景色和廉颇、吴起等历史典范，激发其热爱故乡、思念亲人的人之常情，使之感到无比温暖，看到大有希望，才幡然悔悟。

骈文发展到梁初，四六对句渐占多数，此文句无定式，长短不拘，骈散相间，畅快自由，洒脱多姿。在用典、比喻、形容、渲染等方面注意分寸，轻重得体，与当时虚张声势的浮夸文章有所不同。明张溥说："迟文最有声者，与陈将军伯之一书耳。……希范一片纸，强将投戈，松柏坟墓，池台爱妾，彼虽有情，不可谓文章无与其英灵也。"（《汉魏六朝百三名家集》题辞）王文濡说："明之以顺逆之理，严之以华戎之辨，动之以故国之情，莫不推勘入微，娓娓动听。而妙态环生，清词奔赴，抑扬合节，跌宕生姿。是之谓舌本有莲花，腕下生冰雪。"（《南北朝文评注读本》）高步瀛说："松伯不剪数语，极中庸人痛痒处。春三月一段，秀绝古今。文能移情，端属此等。"（《南北朝文举要》）

**吴均**（469～520），字叔庠，吴兴故鄣人，家世寒贱，好学有俊才，得到沈约的赏识。后来被引荐给梁武帝，召入赋诗，帝大悦，累迁奉朝请。因私撰《齐春秋》，暴露萧衍当年与某些政要勾结隐私，梁武帝深为不满，把书稿烧了。还说："何逊不逊，吴均不均"，遂疏远。吴均今存文十三篇，有三篇山水小简，历来倍受珍爱。

《与朱元思书》似作于从富春江至桐庐舟中。先写水势，"从流飘荡，任意东西"，是舟中的感觉。"风烟俱净，天山共色"，是仰视。"水皆缥碧，千丈见底，游鱼细石，直视无碍"，是俯瞰。然后再写山形："夹岸高山，皆生寒树，负势竞上，互相轩邈，争高直指，千百成峰。"再写各种音响："泉水激石，泠泠作响；好鸟相鸣，嘤嘤成韵。蝉则千转不穷，猿则百叫无绝。"继而发出归隐山林的遐想："鸢飞戾天者，望峰息心；经纶世务者，窥谷忘反。"既是奉劝别人，也是表白自己。他用简练的笔墨，把一百多里水路所见所感，提炼于几百字的短札之中。正如许梿所说："扫除浮艳，淡然无尘，如读靖节《桃花源记》，兴公（孙绰）《天台山赋》。此费长房缩地法，促长篇为短篇也。"（《六朝文絜》）此文有后世画家所谓"咫尺千里"之笔意。王文濡说："移江山入画图，缩沧海于尺幅，寥寥百余言，有缥碧千丈，烟波万顷之状。可以作宗氏（宗炳）之卧游图，可以作柳子（宗元）之山水记。"（《南北朝文评注读本》）

《与顾章书》抒情性更浓。开始说自己因病休养，回到石门山。此地"森壁争霞，孤峰限日，幽岫含云，深溪蓄翠"。四个动词把无生物的山水点染得富有生气。下面再写有生物："蝉吟鹤唳，水响猿啼，嘤嘤相杂，绵绵成韵。"造句精警，节奏鲜明，读来有韵律感。最后说，筑室于此，生活安逸，"幸富菊花，偏饶竹实，山谷所资，于斯已办。仁智所乐，岂徒语哉！"欢迎人们安心隐居于此。

吴均三简皆不用典故，不加雕琢，自然成对，纯属白描，清新省净，明丽秀美，在当时崇尚绮靡的潮流中，有如一股夏日之习习凉风。

吴均有骈体诙谐文《檄江神责周穆王璧》。据传说，周穆王南游，过汉江，江神求璧。穆王投璧于江，乃得渡。在吴均看来，这是江神借机敲诈勒索，乃以天神口吻斥江神退还原璧，"返此明玉"，"跃此华璧"。如果执迷不悟，"藏玉泥中，匿圭鱼腹"，将派力士神将率兵讨伐，扫荡水府，"右睨而河倾，左咤而海覆"，"打素蛤而为粉，碎紫贝其如粥"，颇有大闹龙宫的架势。表面上是针对汉江之神，也许隐含着对现实中贪官污吏以权谋私者的谴责。

**刘峻**（462～521），字孝标，生于建康，少孤，随母回原籍山东平原，曾被虏为奴，又随母为僧，不久还俗，寄人廊下，燃麻苦读，24岁时逃归江南，引荐入仕。梁初，入西府，典校皇室藏书。性情高傲，不从流俗。一日梁武帝集群臣，比赛各自默记某物典故。别人皆知武帝好胜，都假装说肚里空了，比不过皇上。刘峻不知情，拿起纸笔，一口气写下十几条，大大超过皇帝所记。众座皆惊，武帝不悦而失色，从此不再引见他。刘峻不久辞官归隐浙江东阳，著述为乐。他有学术著作《世说新语注》，是六朝三大名注之一。（另二注是裴松之《三国志注》、郦道元《水经注》）

刘峻的文章数量不多，质量很高，以骈体为主，不少名篇广为传诵。钱锺书说："梁文之有江淹、刘峻，犹宋文之有鲍照，皆俯视一代。"[①]

《广绝交论》，题目意为增广东汉朱穆的《绝交论》，主旨是批评当时交友之道沦丧。天监七年（508），作家任昉病故后，孤子贫困，昔日朋友故旧莫有收恤。刘峻见状大为感慨，作此论以谴责忘恩负义之徒。文章指出，交情有素交（诚实之交）和利交（利益之交）之分，如今素交尽而利交兴。利交又可分五种：一、势交，趋炎附势之交；二、贿交，贪图财货之交；

---

① 钱锺书：《管锥编》第四册，中华书局1979年版，第1406页。

三、谈交，标榜吹嘘之交；四、穷交，同甘而不能共苦之交；五、量交，较量名位而后定交。因此五交，便生三衅：败德殄义，禽兽相若，一衅也；难固易携，仇讼所聚，二衅也；名陷饕餮，贞介所羞，三衅也。朋友关系如同做买卖，只能绝交，即断绝交往，显然愤激之言。据说，曾受任昉提携的到溉，读刘峻此文后，气得把茶几踢倒，恼恨终身。

此文层次井然，前后呼应，议论纵横，爱憎分明。描绘各种人物心事丑态，入木三分。如"衔恩遇，进款诚"，"皆为匍匐逶迤，折枝舐痔，金膏翠羽将其意，脂韦便辟导其诚"。孙月峰曰："撰写工妙，不慌不忙，逐节描写，皆得其神。"邵子湘说："说尽末世交情，令人痛哭，令人失笑。对偶之工已成胜场，与散体判而为二矣。"（《评注昭明文选》）全文百分之九十以上是对句，仅在开头结尾和转折处用散句，一气贯通，灵活游荡而不板滞。典故虽多，选择精当，恰到好处。采用丰富多彩的比喻以资形容，体现了说理与抒情的完美结合，受到后人如隋王通、清李兆洛等的称赞。

《辨命论》。命运问题，从先秦的儒道墨各家，到汉代的贾谊、董仲舒、扬雄、班固、王充、王符等一直争论。魏李康有《运命论》，晋郭象有《致命由己论》，《列子》有《力命》篇，刘宋顾愿有《定命论》，佛教徒更鼓吹因果报应论，莫衷一是。刘峻基本上承袭道家，吸收儒家，批评墨家。提倡"君子居正体道，乐天知命，明其无可奈何，识其不由智力，逝而不召，来而不拒"，不必写什么《悲士不遇赋》。他强调命不由人，否认改变命运的主观努力，尽管有控诉社会不公的意图，但最终归结为宿命论和不可知论。不过他毕竟不承认神的存在和上天的安排以及因果报应，实际上把命看成人力所无法抗拒的自然力。唐初，萧瑀作《难辨命论》，从因果报应反驳刘峻。稍后，李善在《文选注》中评刘峻此文："辞多愤激，虽义越典谟，而足杜浮竞也。"此文结构复杂，第一段是正，第二段是反，第三段是合，各段之中又有变化，常常正话反说，闪烁其词，不易把握其真意。引用典故很多，不仅是修辞手段，而且是立论证据，对偶工整，完全没有李康《运命论》之古文气息。但是，《辨命论》的思想和艺术是不及他本人的《广绝交论》的。

《金华山栖志》是刘峻骈文中最具艺术水准的文章，作于隐居之后，叙述方式类似今之导游词。开头说自己生长草野，性爱山水。接着介绍浙江东阳地理、历史和金华山得名的由来，有如导游在车上先做景点介绍。经过一段路程之后，到达山间别墅，只见三面环山，一面平原，东西两侧沟渠交错，树木千族，花草万种，百鸟群飞，蛙跳猿鸣，一派生机。然后写附近有佛寺道院，有宗教活动，似乎导游带游客随缘参观。又写山居附近的农庄，红粟流溢，鸡鸭充斥，生活所资，无不皁实。游人似乎到农家乐做访问了。作者接着说，他是农民的朋友，常聚谈共饮，既歌且舞，十分融洽。最后表示，自己的理想就是隐居田园，与农民一同过日出而作日入而息的劳动生活。此文境界高逸，文字优美，语言明丽，虽是骈文而不拘四六，不用典故，读来使人陶醉，可惜未受历代选家注意。

《追答刘沼书》。刘沼是刘峻的朋友，不赞成《辨命论》，致书诘难。刘峻申析以答，反复再三。不久，刘沼作书未寄而病故。有人以遗稿示峻，峻感动之余，作此书以示悼念。二人见解不同，而友谊长存，故人虽逝，哀思无穷。文章造语精致，表达委婉，工力尤在用典贴切，看似平常，却句句有来历，内涵极丰富，后世评价甚高。许梿说："答死者书甚是创格，属辞特凄楚缠绵。俯仰徘徊，无限痛切。"（《六朝文絜》）方伯海说："不言所答之事，全从书未致而人已亡处生出感慨。""用典亦切而流。"（《评注昭明文选》）王文濡说："痛故人之沦亡，悲诤友之长逝，哀情自泻，清韵欲流。末幅尤音节苍凉，九原有知，亦当流涕。"（《南北朝文评注读本》）

刘峻的名作《自序》散句多于骈句，不是骈文，内容深刻动人，在后世引起许多同情与仿作者，有唐刘知儿，明韩敬义，清汪中、李慈铭，民国李详、黄侃等，本书从略。[①]

**陆倕**（469～526），字佐公，出身江左世家，父陆慧晓，在齐末梁初朝廷担任过重要职务。陆倕少勤学，善属文，齐末受竟陵王萧子良赏识，与范云、任昉、萧琛、王融、萧衍、谢朓、沈约等聚集于竟陵王府西邸，号称"竟陵八友"。萧衍代齐称帝，陆倕任太子舍人、太子詹事，是太子萧统

---

① 参看谭家健《刘峻的骈文成就》，1999 年发表，收入谭家健著《六朝文章新论》，北京燕山出版社 2002 年版。

门下"十学士"之一。后历任太常卿、中书侍郎、浔阳太守。陆倕的作品今存诗四首，赋三篇，文二十一篇（皆骈体），其中著名的是《新漏刻铭》和《石阙铭》。梁武帝萧衍称赞"其文甚美""辞义典雅""足为佳作"，特赐束锦。（《梁书·陆倕传》）太子萧统将二文收入《文选》，并且说："陆氏文该四始，学遍九流，高情胜气，贞然直上。"（《与晋安王纲令》）梁简文帝萧纲把陆倕与当时文坛名流相提并论："近世谢朓、沈约之诗，任昉、陆倕之笔，斯实文笔之冠冕，述作之楷模。"（《梁书·庾肩吾传》）梁元帝萧绎说陆文"词锋飙竖，逸气云浮"。（《太常卿陆倕墓铭》）

《新漏刻铭》前有序文，后有铭文。《文选》李善注引《梁典》曰："天监六年（507），帝以旧刻乖舛，乃敕员外郎祖暅之治之。漏刻成，太子舍人陆倕为文。"漏刻是中国古代一种计时器，以铜壶贮水，水浮竹箭，箭上刻时辰。水漏自上而下均匀滴入壶下的承器，器中之水位逐渐提升，竹箭随之上升，逐渐显现箭上刻的时辰。古代俗称"铜壶滴漏"，今故宫陈列有复制品。它不仅计时辰，而且能区别春分、秋分、冬至、夏至之日照时间的不同，是古代历书载体之一。祖暅，即祖暅之，是中国古代杰出的天文学家祖冲之之子。祖冲之创制"甲子元历"，又称"大明历"，未曾推行。507年，梁武帝命其子祖暅之应用在新制刻漏器上，510年正式施行。修订历法是国家大事，故梁武帝命陆倕撰文记其事。

陆倕此文，首先简述古代天文发展史。汉卫宏提到用漏刻传呼宫门之事而未详其法，霍融曾叙二分二至"详而不密"，晋"陆机之赋，虚握灵珠。孙绰之铭，空擅昆玉"。（陆机有《漏刻赋》，孙绰有《漏刻铭》，文章虽好，描述空虚。）"宏度遗策（晋李充字宏度，有《漏刻铭》，今佚），承天承旨"（宋何承天有《奏改漏刻箭》，对当时的元嘉历提出批评），"布在方策，无彰器用"。接着指出，"今之官漏，出自会稽"。（会稽山阴令魏丕所造）"积水违方，导流乖则，六日无辨，五夜（即五更）不分"。下面转入当代："皇帝有天下之五载也，乐迁夏谚，礼变商俗。业类补天，功均柱地，河海夷晏，风云律吕。"然而漏刻失准，"星火谬中，金水违用，时乖启闭，箭异锱铢。爰命日官，草创新器。于是俯察旁罗，登台升库，则于地四，参以天一"。（天得一生水，地得四生金）"金筒方圆之制，飞流吐纳之规。""漏成进御，以考成正晷，测表候阴，不谬圭撮，无乖黍累。又可以校运算之朕合，辨分天之邪正，察四气之盈虚，课六历之疏密，永世贻则，传之无穷。"序是主体，绝大部分是对偶句。铭用四句韵语，占全文三分之一。

明孙月峰说，"属对甚工，是细巧文字"，"微未宏富，然圆净雅彻"。（《文选集评》）清蒋士铨说："古质中自饶丰致。"（《评选四六法海》）清末谭献说："整栗有度，辞备体要，渊规淑灵。"（《骈体文钞》评）郭预衡说："假铭新器，称颂功德。其为武帝赞赏，不仅因为其'文甚美'，恐亦以其善于'逢时'之故。"① 刘涛说："对偶工整，句式灵活，毫无凝重滞塞之感。……研炼琢磨，造词造句，精到渊雅。虽未尚华，却也藻采可观。"②

如果把陆氏此文与陆机、孙绰之文以及萧绎同时所作《漏刻铭》相比较，相同之处是皆努力赞美漏刻的功用，不同之处是陆倕的很大篇幅歌颂梁武帝功业，其他三篇则无这类文字。这可以说明，陆文在当时受到重视，主要由于得到皇帝的欢心，太子秉承父皇心意而收入《文选》，遂随该书而千年流布。可见，虽有好的文字，也要有大人物捧场，才能扬名传世。

陆倕的《新刻漏铭》，曾影响日本学界。日本平安后期作家藤原敦光（1062～1144），作《盖天十二时铭序》，其中提到，梁天监六年陆倕作《漏刻铭》，日本永久四年，某沙门亦作《盖天铭》以继之。藤原敦光记录沙门的铭文，共四言二十八句，并为之作序。该序主要讲他自己如何喜欢研究天文历法，并且介绍他所制计时器的结构。藤原敦光主要是受唐人僧一行、梁令瓒的影响，陆倕对他也有启发。

陆倕的《石阙铭》在当时与后世皆受重视。石阙是立于宫城门外的两座石砌方柱，夹道而立，状如门而上阙横梁，石柱上刻有奇禽异兽和铭文。陆倕的《石阙铭》比《新刻漏铭》更长，主题更集中，纯粹歌功颂德。铭文用四言韵语，仅占全文六分之一。序文用骈语，先叙齐末昏暴，武帝起兵戡定，而后即帝位，定四方，来远人，兴文教，修礼乐，化行俗夷，再讲石阙制度的由来和功用，以及武帝建此阙的意图："帝御天下之七载也，构兹盛则，兴此崇丽，方且趋以表敬，观而知法。物观双碣之容，人认百

---

① 郭预衡：《中国散文史》上册，上海古籍出版社 1986 年版，第 507 页。
② 刘涛：《南北朝散文研究》，中国社会科学出版社 2012 年版，第 285 页。

重之典，作范垂训，赫矣壮乎！"

明孙月峰评价，"序文纯以藻绘为工，大约与王元长（王融）曲水序同调""亦善粉饰""谀词却绝工"。何义门说："前颂武功，故尔辞费。铭亦极工，结构形似。"（均见《评注昭明文选》）清蒋士铨说："体气渊雅，故尔遒上。若使开府（庾信）为之，更饶倜傥风流之致。"（《评选四六法海》）李兆洛说："以典章法度为系，而绝无尊严宏钜之思，词靡裁疏，不及《漏刻铭》远矣。"（《骈体文钞》）谭献说："宽缓是当时文体，难尽责以尊严。惟组练含容，功力自逊《刻漏》。"（《骈体文钞》评）。当代学者钟涛、程兴家认为，两篇铭文"盛赞梁武帝改朝换代，兴礼作乐的功业，肯定梁武帝的历史功绩，在当时有政治正确性"，"充分肯定梁武帝推翻齐统治的正当性，也树立了正义英雄一代圣君的形象"。①

## 第四节　梁后期和陈代骈文

这个时期大约 60 年。骈文的艺术技巧更加精致，对仗更工整，典故更委婉，词句更雕琢，而思想内容平庸，唯美主义思潮更加泛滥。

### 一　梁后期骈文

魏征《隋书·文学传序》评论梁代后期文风说："梁自大同（535～546）之后，雅道沦缺，渐乖典则，争驰新巧。简文、湘东，启其淫放，徐陵、庾信，分道扬镳。其意浅而繁，其文匿而彩，词尚轻险，情多哀思，格以延陵之听，盖亦亡国之音乎。"不过梁后期也有可取之文，在骈文史上不能忽视其应有的地位。

**陶弘景**（456～536），字通明，秣陵（今南京市）人，宋末入仕，入齐，任奉朝请、诸王侍读，齐末，辞官归隐句容之句曲山，即今南京东南之茅山。他和萧衍是老朋友，梁代齐，陶氏献图谶支持。萧衍称帝后，礼遇愈笃，征聘，不出。朝廷有大事，常遣人咨询，时人称"山中宰相"。陶

---

① 钟涛、程兴家：《赋论陆倕的骈文创作与其政治活动的关系》，《青海师范大学学报》2011年第 3 期。

弘景是中国道教史上重要理论家，也是著名医学家，在文学史上，他的诗文皆有佳作传世。最有名的有《答谢中书书》："山川之美，古来共谈。高峰入云，清流见底。两岸石壁，五色交辉；青林翠竹，四时具备。晓雾将歇，猿鸟乱鸣；夕日欲颓，沉鳞竞跃。实是欲界之仙都，自康乐以来，未复有能与其奇者。"全文仅 68 字，恐非全璧，却能描绘出山林佳境，朝晖夕阴，涧幽水清，鸟鸣猿啼，色彩斑斓，气象万千，令人神往。许梿说："演迤淡沱，萧然尘埃之外。"（《六朝文絜》）王文濡说："清气迎人，余辉照座。山川奇景，写来如绘，词笔高欲入云，文思清可见底。"（《南北朝文评注读本》）"谢中书"有人认为是谢徵（500～536），他任中书郎在 532 年之后，可见此文作于陶弘景晚年。

《寻山志》是一篇茅山游记。"寻山"即游山。文章一上来说明游山的动机和心情，然后写游山的经过和感受："历近垄，寻远岑，坐盘石，望平原。"观赏日月风云之变，草木泉石之状，继而"凌岩峭，至松门，背通林，面长源"，所见更多，所思更远。竟然想入非非，"遇王子而宿之，仰彭涓兮弗远"，"问渔人以前路，指示余以蓬莱"。作者是道教大师，当然要大力宣传神仙和道家的理想世界。但文章的主体部分是展示山水之美好，心境之旷逸，既没有东晋玄谈之晦奥，也看不出宋齐时的政治压抑感。

《解官表》，作于齐末，仅 24 句。"臣闻尧风冲天，颍阳振饮河之谈；汉德括地，商阴峻餐芝之气。臣栖迟早日，簪带久年，仕岂留荣，学非待禄，恒思悬缨象阙，孤耕垄下；席月涧门，横琴云际。始奉中恩，得遂丘壑，今便灭影桂庭，神交松友。一出东关，故乡就望。卷言兴念，临波泻泪。臣舟棹已遄，无缘躬诣，不任攀恋之诚，谨奉表以闻。"因为是表章，所以斟酌词句，典故对仗比较讲究，与《答谢中书书》之随意洒脱有所不同。李兆洛说："殊有隐秀之文，然无学道之气。"（《骈体文钞》）

《授陆教游十赉文》，仿九锡文体制，以老师口吻，赐给弟子十件礼物，嘉奖他协助隐居之功。有铁如意、竹杖、香炉、纸砚、手巾以及苍头、房舍、土地等。前半段骈句为主，后半段用散语。措辞夸张，略带诙谐，看不出讽刺味道。此文思想性艺术性皆不如袁淑的九锡文。

**刘孝仪**（483～550），彭城人，兄弟数人，皆能文。兄刘孝绰曾称赞家中有"三笔六诗"，"三"即三弟孝仪，"六"即六弟孝威。孝仪历任尚书左丞兼御史中丞，临海太守，有政绩，538 年出使东魏，有《北使还与永丰侯书》。文中叙述了路途中的艰辛，"足践寒地，身犯朔风。暮宿客亭，晨炊谒舍，飘摇辛苦，迄届毡乡"。接着介绍异国见闻："杂种覃化，颇慕中国。兵传李绪之法，楼拟卫律所治，而毳幕难淹，酪浆易餍。王程有限，时及玉关。射鹿胡奴，乃共归国，刻龙汉节，还持入塞。"胡奴是汉张骞出使西域的随从，善射。刻龙汉节是使臣的标志，暗用苏武典故。下面写回家受到欢迎，"稚子出迎，善邻相劳"，"未改朱颜，略多白醉，"欣喜之情，溢于言表。整篇文章表现了民族自豪感和爱国爱家乡的浓情，在当时书信中不可多得。蒋心余曰："古秀在骨，此等自非唐贤所及。"（《南北朝文举要》引）

刘孝仪曾在萧纲封晋安王时任其属官，有多通小启，谢赐诸物，十分精美。《谢晋安王赐宜城酒启》，刻画美酒使人酣醉之态，"未瞩罍耻（酒缸），已观帻岸。倾耳求音，不闻雷击。澄神密视，岂觌山高"。真是醉态可掬。又如《谢东宫赐城傍橘启》："多置守民，晋为厚秩。坐入缣素，汉譬封君。固以仰匹穰橙，俯连楚柚。宁似魏瓜，借清泉而得冷；岂如蜀食，待饴蜜而成甜。重以倒影阳池，垂华朱堞。信可珍若榴于式乾，贵葡萄于别馆。"此文有别于刘峻《送橘启》之着重写橘本身，而是极力形容此橘与众不同的价值，几乎句句用典。

刘令娴，生卒年不详。刘孝仪诸妹皆有才，第三妹即令娴，文尤清拔。其夫徐敬业，尚书仆射徐勉之子，曾任太子舍人、洗马、掌书记、晋安内史，夫妻感情深笃，常互相寄诗赠答。敬业三十而夭亡，刘令娴为之送葬，并撰写祭文。敬业父徐勉是文学家，本来欲撰哀辞，读此文后，叹赏而搁笔。

《祭夫文》开头一段赞扬夫君才艺声名，光盖朝野，超越潘岳、陆机等前辈，"惟君德爱礼智，才兼文雅，学比山成，辨同河泻。明经擢秀，光朝振野。调逸许中，声高洛下。含潘度陆，超终迈贾"。接着写他们幸福的婚姻和家庭生活。"二仪既肇，判合始分。简贤依德，乃隶夫君，外治徒奉，内佐无闻，幸移蓬性，颇习兰熏，式传琴瑟，相酬典坟。"自己得到夫君的熏陶，佳句如琴瑟和鸣，相酬美文，共习典坟，多么令人羡慕的文学伉俪。可惜好景不长，丈夫英年早逝，不啻晴天霹雳。"雹碎春红，霜凋夏绿，躬奉正衾，亲观启足。一见无期，百身何赎，呜呼哀哉！"最后写亲自送葬、祭奠，"生死虽殊，情亲犹一，敢遵先好，手调姜桔。素俎空干，奠觞徒溢，昔奉齐眉，异于今日。从军暂别，且思楼中。薄游未反，尚比飞蓬。如当此诀，永痛无穷，百年何几，泉穴方同"。情真意切，语短哀长，读后使人鼻酸。蒋士铨说："无限才情，出之以简易淡泊，当是幽闲贞静之妇。是编上下千余年，妇人与此者，一人而已。"（《评注四六法海》）许梿说："一弱女子耳，而深情无限，复以简淡出之，自是伟作！"（《六朝文絜》）谭献说："怆中无意琢削而语工。"（《南北朝文举要》引）全文用四言单句对，不见四六复句对，讲究音韵，几乎句句皆押，多次换韵。其中"雅—下—贾"为韵，"分—君—闻—薰—坟"为韵，"绿—足—赎"为韵，"一—桔—溢—日"为韵，"中—蓬—穷—同"为韵。有些字句显然经过精心熔铸，如以"春红"指花，"夏绿"指草，称许昌为"许中"，称洛阳为"洛下"，不仅典雅，而且精工（"中"对"下"），而毫不奥涩。

**庾肩吾**（487～551），字慎之，南阳新野人，长期侍从萧纲，与刘孝威、徐摛等抄撰群书，号高斋学士，萧纲即帝位，任度支尚书，侯景乱中，逃奔江陵，任江州刺史。他是宫体诗的倡导者之一，逃难中被俘，因为诗美，得以免死。今存文28篇，全是骈体，其中22篇是谢赐物小启，如《谢东宫赐宅启》："肩吾居异道南，才非巷北。流寓建春之外，寄息灵台之下。岂望地无湫隘，里号乘轩，巷转幡旗，门容幰盖。况乃交垂五柳，若元亮之居；夹植双槐，似安仁之县。却仰钟阜，前枕洛桥。地通西舍之流，窗映东邻之枣。来归高里，翻成待封之门；夜坐书台，非复通灯之壁。才下应王，礼加温阮。官成名立，无事非恩。"此文全用对偶，以四六为主，几乎每句用典。蒋心余评曰："丽而清，秾而逸，不矜人，不使气。""慎之诸启，直是玉屑争飞，金丸迸落。"（《南北朝文举要》引）

《谢赐历日启》："凌渠所奏，弦望既符；邓平之言，锱铢皆合。登台视朔，睹云物之必书；拂管移灰，识权衡之有度。初开卷始，暂谓春留；末览篇终，便伤冬及。徘徊厚渥，比日为年。""历日"即历书，文章句句紧扣历日记时的功用。彭兆荪《南北朝文钞》曰："按《齐东野语》载日历隐谜云：'都来一尺长，上面都是节。两头非常冷，中间非常热。'此虽俚谚，妇稚皆知，实乃脱胎此文'卷始''篇终'四语也。"

《答陶隐居赍术煎启》："窃以绿叶抽条，生于首峰之侧；紫花标色，出自郑岩之下。百邪外御，六府内充。山精见书，华神在箓。术荧火谢，尽采撷之难；启旦移申，穷淋漉之剂。故能竟爽云珠，争奇冰玉。自非身疲掌砚，役倦攀桃，岂可立致还年，坐生羽翼？"这里写中药"术煎"的生长、采集、煎制过程和疗效，文字简练、精确，如果没有这方面的知识，是写不出来的。"陶隐居"即陶弘景，当时著名医药专家。

《团扇铭》："武王玄览，造扇于前；班生瞻博，白绮仍传。裁筠比雾，裂素轻蝉。片月内掩，重规外圆。炎隆火正，石铄沙煎。清逾萍末，莹等寒泉。恩深难恃，爱极则迁。秋风飒至，箧笥长捐。勒铭华扇，敢荐夏筵。"从扇子的产生，流传，制作，形状，功能，写到用时则爱，不用则弃，相当全面，只有 72 字，而且隔句押韵，一韵到底，是精雕细刻之作。王文濡说："刻画入微，寄托深远，读之顿觉清风徐来，微凉欲生。"（《南北朝文评注读本》）以扇为题材的作品历代甚多，东汉班婕妤有《团扇诗》，班固、张衡、蔡邕、三国曹植、晋张载、陆机、傅咸、潘尼等有扇赋，南北朝诗赋骈文皆不乏此类作品。庾肩吾《团扇铭》是其中较著名者。

**萧统**（501~531），萧衍长子，萧衍称帝后即立为太子，31 岁病故，谥昭明。他对中国文学史的重要贡献是编辑《文选》，收战国末至梁前期诗赋文章 700 余篇，成为 1500 年来文人学者的必读课本。他的骈文较著名的有以下几篇。

《文选序》。先述文学的产生和随时代而变化，继论文学之体制和功用，再说到编选的缘起和选文的标准：不取经、子、史部之文，只取"赞论之综缉辞采，序述之错比文华，事出于沉思，义归乎翰藻"者。这种接近纯文学的观念，对后世乃至今日都有重大的影响。

《陶渊明集序》。此文先论古圣贤以身存道，不为物役，继述世人溺于势位，唯圣贤能超流俗之外。下面谈陶渊明文章之美，道德之高尚和编录其文集的用意。

> 有疑陶渊明诗，篇篇有酒。吾观其意不在酒，亦寄酒为迹焉。其文章不群，词彩精拔，跌荡昭彰，独超众类，抑扬爽朗，莫之与京。横素波而傍流，干青云而直上。语时事则指而可想，论怀抱则旷而且

真。加以贞志不休，安道苦节，不以躬耕为耻，不以无财为病，自非大贤笃志，与道污隆，孰能如此乎？尝谓有能读渊明之文者，驰竞之情遣，鄙吝之意祛，贪夫可以廉，懦夫可以立，岂止仁义可蹈，抑乃爵禄可辞，不必傍游太华，远求柱史，此亦有助于风教尔。

此序对陶渊明的文章和人格做了充分的肯定，只是"白璧微瑕，唯在《闲情》一赋"。谭献曰："识度非常，深至似胜文选序。"（《骈体文钞》）萧统另有《陶渊明传》，以散语叙其生平事迹，比这篇序的描述更生动具体，更具有史料价值。

《姑洗三月启》是给朋友的一封短札：

> 伏以景逼徂春，时临变节。啼莺出谷，争传求友之音；翔蕊飞林，竞散佳人之属。鱼游碧沼，疑呈远道之书；燕语雕梁，状对幽闺之语。鹤带云而成盖，遥笼大夫之松；虹跨涧以成桥，远现美人之影。对兹节物，宁不依然。敬想足下，声驰海内，名播云间。持郭璞之毫鸾，词场月白；吞罗含之彩凤，辩囿日新。某山北逸人，墙东隐士。龙门退水，望冠冕以何年；鹓路颓风，想簪缨于几载。既违语默，且阻江湖。聊寄八行之书，代申千里之契。

此文共 32 句，几乎句句工整相对，前半幅写节候景物，后半幅抒彼我情愫。用典新切，所举引郭璞、罗含都是东晋人士。"毫鸾"指授江淹之彩笔。此外，《答湘东王求文集及〈诗苑英华〉书》《太簇正月启》等，也受到后人的赞赏。

总的看来，萧统的文学创作成就不及萧纲、萧绎二弟。钱锺书说："昭明自为文，殊苦庸懦，才藻远逊两弟。未足方魏文之于陈思。"[①]

**萧纲**（503～551），梁武帝子。萧统逝世后，他立为太子，549 年即帝位，成为傀儡皇帝，二年后，被侯景杀害，谥简文。萧纲爱好文学，提倡宫体诗。姜书阁指出，萧纲"久处宫廷，罕接人世，生活空虚，思想贫乏，

---

① 钱锺书:《管锥编》第四册，中华书局 1979 年版，第 1401 页。

无论作诗作文，都很难有什么现实内容，题材则不外眼前的人和物，文辞则惟重在绮艳华采。左右效之，便成淫丽之作，世遂称为'宫体'。其中颇有一些反映宫廷糜烂生活的卑下无聊的淫秽之作。最不堪的如《咏内人昼眠》和《娈童》，几乎不堪入目"。① 几乎完全否定，其实未必。

萧纲的骈文以书启、碑、铭为多，其内容尚有价值者可分为三类。

第一类是谈论文学艺术的。在《与湘东王论文书》中，他批评复古倒退的文风："未闻吟咏情性，反拟《内则》之篇；操笔写志，更摹《酒诰》之作。迟迟春日，翻学归藏；湛湛江水。遂同大传。""若以今文为是，则古文为非；若昔贤可称，则今体宜弃。俱为盍各，则未之敢许。"同时，他还对当代作家谢灵运、裴子野、谢朓、沈约、任昉、陆倕、张率、周舍等人的作品做出评论。在《与当阳公大心书》中，他主张"立身先须谨慎，文章且须放荡"。在《答张缵谢示集书》中，批评扬雄、曹植对文学价值的贬低："不为壮夫，扬雄实小言破道；非谓君子，曹植亦小辨破言。论之科刑，罪在不赦。"这些见解，对当时及后世均有不小的影响。《答新渝侯和诗书》称赞对方的作品，强调诗歌应表达性情。王文濡说："风雅典则，卓尔不群。双鬟向光两句，有叹老之意。九梁插花两句，言和诗体制之高古。高楼怀怨至还将画等，似指其诗中情事，而赞美其形容尽致。"（《南北朝文评注读本》）

第二类是抒发友情的。如《与萧临川书》，是写给萧子云的信。开头四句："零雨送秋，轻寒应节。江枫晓落，林叶初黄。"最后四句："白云在天，苍波无极。瞻之歧路，眷慨良深。"情景相融，精妙如诗。王文濡说："词笔交辉，情义兼至。黯然离别之情，凄其怀远之苦，均于言外见之。一起尤清雅绝伦，一结亦遗响未坠。寥寥百余言，譬如渺渺沧波，瞻望匪极。"对于《与刘孝绰书》，王文濡说："清而亦华，腴而有骨。习习凉风，生于纸上，有空山无人，天籁孤鸣之概。"（均见《南北朝文评注读本》）《与刘孝仪令》是为悼念东宫旧僚而作，表面上写宴饮赋诗之乐，实则寄寓深切的哀思，是以乐衬哀之发，出语平易，而意蕴丰厚。有些句子学曹丕的《与吴质书》。《答徐摛书》表示对社会民生等问题的关切，是难得的由

---

① 姜书阁：《骈文史论》，人民文学出版社1986年版，第398页。

衷之言。

第三类是碑铭和赐物小启。《招真馆碑》是为道教宫观而作，环境氛围描写真切。《吴郡石像碑》记述两尊石像从海上漂来的传说。《行雨山铭》刻画一座假山，如同观赏真山真水。谢赐物小启用骈文，始于王融、谢朓，至梁末而大增，萧纲有 20 篇，萧绎有 19 篇。所谢之物有屏风、扇子、豹裘、舞簟等等。文字简短，形容刻画，委婉细腻，感恩戴德，媚态十足，艺术性很高，内容平常。当时其他人的谢启亦大率如此。

**萧绎**（508～554），萧衍第七子，眇一目，故倍受怜爱。初封湘东王，历任丹阳尹、荆州及江州刺史，简文帝被害后，他在江陵称帝，不久，其侄勾结西魏攻陷江陵，被掳后遭扑杀。萧绎在政治上不足取，他不顾大局，争夺帝位，互相残杀，最后弄得国破家亡。在文学上，他是图书爱好者，收罗甚富，兴趣广泛，学识渊博，尤长于诗赋。

萧绎骈文，较有价值的首先是论文之作。如《内典碑铭集林序》，对碑铭的发展演进做出概括，并提出："夫世代亟改，论文之理非一；时事推移，属词之体或异。但繁则伤弱，率则恨省。存华则失体，从实则无味。或引事虽博，其意犹同；或新意虽奇，无所倚约；或首尾伦帖，事似牵课；或翻博涉，体制不工。能使艳而不华，质而不野，博而不繁，省而不率，文而有质，约而能润，事随意转，理逐言兴，所谓精华，无以间也。"这段话对其他文体也普遍适用。在其专著《金楼子·立言篇》中，提出："吟咏风谣，流连哀思者，谓之文。""文者，惟须绮縠披纷，宫徵靡曼，唇吻遒会，情灵摇荡。"对文笔之分做出辨析。这些观点反映了当时纯文学的思潮。

其次，有些文章涉及现实政治。《职贡图序》对当时中外文化交往，物资交流有所描述，其中形容西域雪山，"雪无冬夏，与白云而共色；冰无早晚，与素石而俱贞"，准确而生动。《讨侯景檄》声讨侯景的滔天罪恶，《忠臣传谏诤篇序》称赞敢于谏诤的忠臣。谭献评曰："悲悼感愤，寄慨在耳目之前。"（《骈体文钞》）另有《丹阳尹传序》，梁之尹阳尹相当于清之直隶总督，文章对这一职位的重要性做出评论。《郑众论》写到东汉使臣郑众，见匈奴单于不拜，拔刀自誓，萧绎充分肯定其坚强不屈的民族气节。王文濡说："凭吊往哲，哀艳绝伦，思古幽情，萦于寸楮。殆有风生腕下，日隐幅中，雪走毫端，沙飞纸背之概。一结尤有弦外之音，袅袅不绝。"（《南北朝文评注读本》）《课耕令》虽然有些游山玩水的味道，为钱锺书所讥笑，但重视农耕还是可取的。

第三类是碑铭及小启。有些山馆碑，实为精美山水小品，如《青谿山馆碑》："原夫法象莫过于天地，著明莫过于日月。鼓之以雷霆，润之以风雨。咸秩无文，所以名山致祭，峻极于天。青谿山者，荆南之中岳也。隐隐干霄，亭亭无际。云盖三层，如在帝台之侧；桂林八树，非异景山之旁。轻霞旦起，影落照于阳谿；清风远至，响猿鸣于巫峡。西临百丈之穴，南带千仞之水。洪源湛淡，长波萦复……。"还有《衡山九贞馆铭》《庐山铭》皆属此类。如果与吴均山水书简相比，吴书是动态的，漂流在船上浏览两岸动植风光；萧碑是静态的，仿佛乘坐直升机从空中俯瞰山川形势。二者皆骈体短篇，各具特色。吴文自然清丽，倍受后世赞赏；萧文精心雕绘，颇不为人注意。其他碑铭，如《荆州放生亭碑》，肯定佛教放生活动，从头到尾都是四言对句，句句都用典故。《东宫后堂仙室山铭》是假山之铭，全用四言单句对。谭献说："工而入纤。"（《骈体文钞》）萧绎谢赐物小启有谢皇上及东宫赐第、赐笔、赐马等，艺术精湛而内容单薄。

萧绎有些文章，辞藻美妙而情意虚假，如《又与武陵王纪书》，是给弟弟萧纪的信。其中大谈手足情深，实际上磨刀霍霍，拼死相争。明张溥批评说："友于（兄弟）之情，三复流涕。""而同室之斗，甚于寇仇。狡人好语，固难以尝测也。"（《汉魏六朝百三名家集》题辞）

## 二　陈代骈文

**沈炯**（502~560），字初明，吴兴武康人，梁时任吴县令，侯景乱中，妻子被杀，自己侥幸获免，濒死者屡。梁将军王僧辩慕其才名，以十万金于敌军中赎得之，令掌书记。后归元帝，任门下侍郎、尚书左丞。江陵陷，被西魏虏入长安，授仪同三司，数年后，放还南朝。陈武帝、文帝重其才，加通直散骑常侍、明威将军，参谋军国大政。沈炯是陈初著名文人，明张溥对其文章评价甚高，说："江南文体，入陈更衰，非徐仆射（徐陵）、沈侍中（沈炯），代无作者。"（《汉魏六朝百三名家集》题辞）

沈炯的骈文名作有《经通天台奏汉武帝表》，作于西魏。曾独行经汉武帝通天台，抚今追昔，乃作表陈述思念故国之意。其中有云："凌云故基，共原田而膴膴；别风余趾，带陵阜而茫茫。羁旅缧臣，能不落泪。昔承明既厌，严助东归；驷马可乘，长卿西返。恭闻故实，窃有愚心。黍稷非馨，敢望缴福。但雀台之吊，空怆魏君；雍丘之词，未光夏后。仰瞻烟霞，伏增凄恋。"据传说，沈炯曾夜梦至宫禁，兵卫甚严。初明陈诉情事，闻有人曰："甚不惜放卿还，几时可至。"少数日，便获许东归，可见此文能感动神灵。许梿说："汉武辟疆开宇，宏拓郡县，厥功甚伟。而后世以神仙征伐之事概没其绩，独此文可称知己。"（《六朝文絜》）王文濡说："词旨哀艳，幽情若揭。虽鬼神本茫茫之事，祷告为无聊之思，然借题摅肝，因事抒悲，故国之思，怆然纸上，亦足以令人哀其遇而悲其志。"（《南北朝文评注读本》）张仁青说："本文吊古伤怀，字字哀艳，意致遒旷，文外独绝。读之可想见其南望乡国于苍烟暮霭中，怆然泪下之情景矣。"[1] 郭预衡说："有情之文，故不甚雕饰，而自然有味。这是和那寻常祠祀之文不同的。"[2] 清初吴伟业曾撰《通天台》杂剧，仿沈氏此文以自况。

沈炯有代王僧辩上梁元帝劝进表三通，其中第一表有云："臣闻丧君有君，《春秋》之茂典；以德以长，先王之通训。少康则牧众抚职，祀夏所以配天；平王则居正东迁，宗周所以卜世。汉光以能捕不道，故景历重昌；中宗以不违群议，故江东可立。俦今考古，更无二谋。"第二表说："天下者，高祖之天下；陛下者，万国之欢心。万国岂可无君？高祖岂可废祀？……陛下岂得不仰存国计，俯从民请？"意谓无论从历史的经验，还是从现实的需要来看，都应该早进大位，以定大局。这种情形与刘琨上晋元帝劝进表相似，是从国家利益出发的，与宋代晋、齐代宋、梁代齐之劝进表迥然不同，故获历代好评。明张溥说："劝进三表，长声慷慨，绝近刘越石。"（《汉魏六朝百三名家集》题辞）李兆洛说："悲深迫蹙，甚于越石（刘琨），而文体销稍逊其峻雄。"（《骈体文钞》）

沈炯有散体文《请归养表》，后世认为可与李密《陈情表》媲美。

**周弘让**（498～565），汝南安成人，梁末不仕，隐于茅山，侯景时任中

①　张仁青：《中国骈文发展史》，浙江大学出版社 2009 年版，第 289～290 页。
②　郭预衡：《中国散文史》上册，上海古籍出版社 1986 年版，第 522 页。

书侍郎，以此获讥于世。梁元帝时，授国子博士，陈初领太常卿，光禄大夫。他的骈文主要有《答王褒书》。王褒和周弘让是老朋友，西魏破江陵，王褒与庾信等被虏至长安。北周初，弘让兄弘正自陈聘周，周文帝特许王褒与江南亲友通音问，乃赠诗与书信于弘让。王书是骈文史上的名篇，本书下一节再介绍。周弘让的答书旗鼓相当，并称于后世。后半段说："昔吾壮日，及弟富年。俱值邕熙，并欢衡泌。南风雅操，清商妙曲。弦琴促坐，无乏名晨。玉沥金华，冀获难老。不虞一旦，翻覆波澜。吾已偈阴，弟非茂齿。禽尚之契，各在天涯。永念生平，难为胸肌。正当视阴数箭，排愁破涕。人生乐耳，忧戚何为？岂能遽悲次房，游魂不返；远伤金产，骸枢无托；但愿爱玉体，珍金相，保期颐，享黄发。犹冀苍雁赭鲤，时传尺素，清风朗月，俱寄相思。"文章先叙分隔多年之后忽得来书，有如对面，流涕沾膝的激动心情，次段叙述别后情状，接着怀念昔日情谊，最后叮嘱多加珍摄。言真意浓，动人肺腑。抚今，忆昔，前后相衔，强烈对比，连用"岂能""但愿""犹冀"数语转折，使文气畅达如行云流水。四言为主，典故较多，委婉深沉，包涵许多难以直述的情愫，写作技巧很是高明。王文濡说："抚今追昔，泣别伤怀。前幅述离别，中幅忆往昔，后幅勉将来。因哀求乐，无乐非哀。语语皆强相慰藉之词，亦语语皆有无限哀痛之意。恍见其握手河梁，相对陨涕之时，殆所谓因情生文者耶？"（《南北朝文评注读本》）高步瀛说："宛转凄冽，与王书工力悉敌。"（《南北朝文举要》）

**徐陵**（507～583），字孝穆，东海郯城人，八岁能文，及长，博涉史籍，工诗赋，善言辩。早年与父徐摛一同在晋安王萧纲府中任职，萧纲立为太子，徐陵与庾信等任东宫学士，是提倡宫体诗的骨干之一。梁武帝太清二年，出使东魏。同年，侯景叛乱，他羁留北方六年，才被放还建康，太尉王僧辩命掌书记。507年，陈霸先建立陈朝，徐陵官职不断迁升，历任太府卿、吏部尚书、领大著作、御史中丞，尚书左仆射、侍中、中书监等，是执政大臣之一，朝廷重要文书皆出其手。享年七十七岁，是陈代最重要的文学家。

徐陵的代表作首推《玉台新咏序》。作于出使东魏之前，奉太子萧纲之命编《玉台新咏》诗集而为之作序，诗集所收主要是有关宫廷女子生活的"艳诗"。其中一部分属于宫体诗，也有不少作品表现真挚爱情和不幸命运，还有的作品借爱情关系伤时慨世。该文思想内容平庸，艺术技巧高超，后世极为重视，是齐梁骈文屈指可数的代表作。

作者不拘泥于说明编写原则和体例，而是扣住作品所描写的内容和产生的环境，展开具体的描写，在生动的情景中展示主要意旨，在总集类序文中别具一格。全文分三大段，首段写丽人之美，从宫室起笔，引出丽人，再从丽人出常入贵、德艺兼综、宠遇非常、令人倾倒等几方面勾勒出她们"倾国倾城、无对无双"的风貌。次段写丽人之才，于"妙解文章，尤工诗赋"之后，又推出"优游少托，寂寞多闲"的情境，落到以诗怡神上来。末段写编撰之意，说明篇章分散，无由披览，以示合为专集的必要性，又翻出妙墨珍藏、暇日赏玩两段文字。如此一路写来，情事转接，层出不穷，如人彩绘画廊，目不暇接，见其丰而不觉其狭。

全文对偶占百分之九十五，大多是四六隔句对，也有四字单句对、六字单句对，交错使用，不致单调，"非惟""宁止"之类的转折词，或置前句起首，或置后句开端，增加参差跌宕之感。陈鹏对此文平仄逐句分析后认为，作者极为重视音韵之美，绝大多数句子平仄合乎后世所谓马蹄韵①。此文用典密而巧，多化用活用，贴切委婉，传神达意。如"楚王宫内，无不推其细腰；魏国佳人，俱言讶其纤手"。前句为事典，后句为语典。出自《诗经·魏风·葛屦》"掺掺女手，可以缝裳"，属于借用。"琵琶新曲，无待石崇；筚篥杂引，非因曹植"，是活用石、曹二人的诗题，表现丽人知音识曲。文中的多种用典技法丰富了骈文的艺术经验，但也有少数僻典，如"新制连篇，宁止葡萄之树""轻身无力，怯南阳之捣衣""争博齐姬，心赏穷于六箸"，千百年来，无人知其出处。

历代对此文赞扬极多。谭献说："四六之上驷"，"峭倩丽密"，"无一字不工"。（《南北朝文举要》引）许梿说："骈语至徐庾，五色相宣，八音迭奏，可谓六朝之渤澥，唐代之津梁。而是篇尤为声偶兼到之作，炼格炼词，绮绾绣错，几乎赤城千里霞矣。"（《六朝文絜》）王文濡说："孝穆兹序，亦为精心结撰之作。虽藻彩纷披，辉煌夺目，而华不离实，腴不伤雅，丽词风动，妙语珠圆。乾坤清气，欲沁于心脾；脂墨余香，常存于齿颊。斯

---

①　陈鹏：《六朝骈文研究》，巴蜀书社 2009 年版，第 267～273 页。

亦骈文之雄军，艳体之杰构也。"（《南北朝文评注读本》）

《与杨仆射书》，作于拘留北齐时，杨仆射即杨愔，是北齐执政大臣。全文两千五百字，分十四段，其中九段分别反驳对方阻挠自己回国的种种托词。开首即强调国难方殷，无心淹留。以下申述，复命有所，道路可通，归途无患；与侯景势不两立，决不会附从，自己也没有掌握北齐之机密。目前齐梁通好，按例当送还使臣，淹留于齐反足损其年寿，待乱平而后归，恐难期待。古今王者以孝治天下，齐何以强留使者不得归养？自己家室流离，亟待归访，久留不遣，尤非人情。最后一段，尤其动人。

> 岁月如流，平生何几？晨看旅雁，心赴江淮；昏望牵牛，情驰扬越。朝千悲而下泣，夕万绪以回肠。不自知其为生，不自知其为死也。足下素挺词锋，兼长理窟。匡丞相解颐之说，乐令君清耳之谈。向所未疑，谁能晓谕？若鄙言为谬，来旨必通。分请灰钉，甘从斧镬。何但规规默默，齚舌低头而已哉？若一理存焉，犹希矜眷，何必期令我等，必死齐都？足赵魏之黄尘，加幽并之片骨。遂使东平拱树，长怀向汉之悲；西洛孤坟，恒表思乡之梦。干祈以屡，哽恸增深。

遣词造句婉转平和，命意坚决严正，不用哀告乞怜之辞，而对齐方无理扣留多有指责。蒋心余曰："波翻浪涌，自具潆洄盘礴之势。故非无气者所能，亦非直下者可比。""可谓呕出心肝矣。"谭献曰："孝穆文终当以此文为第一。""古人之格自我而变，后人之法自我而开。"（《南北朝文举要》引）孙梅说："议论曲折，情词相赴，气盛而物之浮者大小皆浮。不意骈俪有此奇观。至末段声情激越，顿挫低回，尤神来之笔。"（《四六丛话》卷十七）张仁青说："古今骈体书札之文，以是篇为最长，亦以是篇文最美。唐之陆敬舆、李义山，以至宋、清诸子，多有模仿之者，虽或能得其形似，而顿宕风流，则终有未逮。"① 钱锺书说："陵集中压卷，使陵无他文，亦堪追踪李陵报苏武书，杨恽答孙会宗，皆只以一书传矣。非仅陈籲，亦为诘难，折之以理，复动之以情，强抑气之愤而仍山涌，力挫词之锐而尚剑铦，

---

① 张仁青：《中国骈文发展史》，浙江大学出版社2009年版，第300页。

末喻八端，援据切当，伦脊分明，有物有序之言。彩藻华缛而博辨纵横，
譬之佩玉琼琚，未妨走趋，隶事工而论事畅。"①

徐陵在齐期间，极力维护国家尊严。据本传记，徐陵参加东魏欢迎宴
会，当日甚热。北周才人魏收嘲曰："今日之热，当由徐常侍来。"意谓南
方人把北方天气搞坏了。徐陵回答："昔王肃至此，为魏制礼仪。今我来
聘，使卿知寒暑。"魏收大惭。按，杨衒之《洛阳伽蓝记》亦有关于南北文
人互嘲的记载。

《与李那书》。李那即李昶，是北周大手笔。徐陵得到朋友从北周带来
李那四首诗文，即作书表示仰慕和称赞。谭献曰："从容抒写，神骨甚清。"

《与王僧辩书》作于北齐，望其援引回国。李兆洛曰："孝穆之惊彩奇
藻，摇笔波涌，生色远出，有不烦绳削而自合之意。"（《骈体文钞》）王文
濡曰："此文独特文骨，不尚词华，标句清新，发言哀断，又复一气舒卷，
意态纵横，盖情挚而文自真，气劲而笔斯达。"（《南北朝文评注读本》）

徐陵写过一些政治性很强的文章，如《劝进元帝表》，较沈炯之表更热
心于歌功颂德。《为贞阳侯与王太尉书》，为萧渊明回国继承皇位反复向王
僧辩寻求支持，结果导致王氏与陈霸先关系破裂被杀，国家也遭殃。王僧
辩于徐陵有知遇之恩，王被害后，徐陵接着为陈霸先服务，作《为陈太尉
让表》《陈公九锡文》《梁禅陈诏》《为陈武帝即位告天下文》等，这些官
场文章。历代选家从技巧着眼，不乏赞赏之辞。本书认为，其内容没有什
么价值可言。

徐陵也有少量比较通俗的散文，如《与顾给事书》，为自己辩解。完全
不用对仗和典故，接近口语。可见当时应用文并非骈文一统天下。

**顾野王**（519～581），语言文字学家，著有《玉篇》，是东汉许慎《说
文解字》以后最重要的文字学著作。他的骈文《虎丘山序》，是游览今苏州
虎丘山之诗序，性质类似王羲之《兰亭集序》。王序重在抒情说理，顾序重
在写景含情。其后半段说："于时风清邃谷，景丽修峦。兰佩堪纫，胡绳可
索。林花翻洒，乍飘扬于兰皋。山禽转响，时弄声于乔木。班草班荆，坐
蟠石之上，濯缨濯足，就沧浪之水。倾缥瓷而酌旨酒，剪绿叶而赋新诗。

---

①　钱锺书：《管锥编》第四册，中华书局 1979 年版，第 1473 页。

肃尔若与三径齐踪，怆然似共九城谐韵。"描写景物之清新与刻画游人旷逸之心态有机融合，境界悠然高雅，是难得的山水小品。其中乐趣，与记帝王贵族皇家园林宴游《三月三日曲水诗序》之类，审美意味完全不同。

伏知道，南朝陈诗人，生卒年不详，平昌安丘（今属山东）人，梁武昌令伏挺之从子，有骈文《为王宽与妇义安公主书》。王宽，陈时官至司徒左长史、侍中。清许梿《六朝文絜》、李兆洛《骈体文钞》皆选录伏书，并给以较高评价。此文把美好家庭生活的回味、丈夫对妻子的思念与离别的痛苦，借助一系列典故和想象，委婉而细腻地表达出来。全文语言整饰，文字优美，营造出一个又一个的意境，充分发挥了骈文长于抒情的文体特点。全文 36 句，用典 17 处。如"阳台"出宋玉《高唐赋》，"萧史"出《列仙传》，"鱼岭逢车"出干宝《搜神记》，"芝田息驾"出曹植《洛神赋》，"长眉始画"出《汉书·张敞传》，"玉山"出《山海经》，"青鸟"出《汉武故事》，"彩笔"出《南史·江淹传》，"一鸾羞镜"出刘敬叔《异苑》，"轻扇初开"出鲍照《中兴歌》，"挥忽"出陆机《文赋》，"镜台新出"出何逊《咏春风》，"琴鹤"出陶渊明《拟古九首》，"镜水"出司马相如《报卓文君书》，"素书"出汉乐府《饮马长城窟行》，"梦想还劳""荡子"出《古诗十九首》之十六、之二。有的是直引短句，有的摘引名句，皆包含丰富的文化内涵，能引发无限的联想。这样大量用典以代直陈的手法，是骈文中最常见的修辞方式，因而受到历代评论家的高度重视。

王文濡说："软语温存，柔情绮腻。若置身温柔之乡，名花解语；储月罗绮之队，美人坐谈。受者读之，当必愁眉不复颦，笑靥自然开。"（《南北朝评注读本》）用典贵贴切而不贵繁富，贴切则委曲尽情，繁富则凝重奥涩，有时甚至牵强。本文是讲夫妻关系的，而有的典故无关夫妻。如"玉山"、"青鸟"是神仙之间的信使。把"倡妇""荡子"与公主、驸马比拟，岂止不伦不类。所以有些骈文家喜欢白描，尽量少用典故或避免僻典。

与伏知道相先后的同类题材的作品有何逊（？～518）《为衡山侯与妇书》。衡山侯指梁宗室萧恭。该文有的典故与伏文相同，如"昔人遨游洛汭，今遇阳台，神仙仿佛，有如今别"二语出自宋玉和曹植作品，加上"仿佛""有如"使之区别开来。"始知萋萋萱草，忘忧之言不实，团团轻扇，合欢之用为虚"，这是故意反用成语。"一日三秋，不足为喻"，这是拓展古句。何文之"镜想分鸾，琴愁别鹤"，较伏文之"一鸾羞镜""琴鹤恒惊"，命意更显豁。王文濡说："幽情婉转，轻语缠绵，纸上犹存余香，字里如闻哀响……言情之作，斯为独绝。"（《南北朝文选评注读本》）

何逊、伏知道两篇代人拟作之情书，也有人不欣赏。清初学者周亮工批评说："载书见志，取喻己怀。如病者之自呻，乐者之自美，安能隔彼膜而披其衷。讵可挖他肤而附其骨。故以此假人，不能快我心；以此代人，不能畅人意。何逊衡山之作，徒涉于淫。"（周亮工《尺牍新钞》）

梁陈之时，骈文已普遍为文人学士所使用。历史著作中的纪传仍用散体，总论则多用骈体，如何之元的《梁典总论》即是。

何之元（503？～593），庐江人，梁天监末年入仕，侯景之乱，武陵王授北巴州太守，未行。谏王东下，被囚。江陵陷，使齐，齐主以为扬州别驾。后返陈，不仕。陈亡，移居常州晋陵。隋开皇十三年卒，年九十余。有《梁典》三十卷，已佚，今存序文，为散体文；总论，为骈体文。逐一评论武帝、简文帝、元帝、敬帝之成败得失。论武帝占全文三分之二，肯定其前期积极有为的业绩，批评其后期错乱败亡的弊政。文长不录，关于简文帝只有几行文字，关于元帝的评论如下：

> 世祖聪明特达，才艺兼美，诗笔之丽，罕与为匹。伎能之事，无所不该。极星象之功，穷著龟之妙。明笔法于马室，不愧郑玄；辩云物于鲁台，无渐梓慎。至于帷筹将略，朝野所推。遂乃拨乱反正，夷凶殄逆。纽地维之已绝，扶天柱之将倾。黔首蒙拯溺之恩，苍生荷仁寿之惠。微管之力，民其戎乎？鲸鲵既诛，天下且定，早应移銮西楚，旋驾东都。礼祀宗祊，清跸宫阙。西周岳阳之败绩，信口宇文之和通。以万乘之尊，居二境之上。夷虏乘衅，再覆皇基。率土分崩，莫知攸暨。谋之不善，乃至于斯。

上文指出梁元帝萧绎长于文章学术，而拙于政治谋略。这是统而言之，缺乏具体分析。元帝之所以留恋江陵，不愿迁都建业，乃是出于内部争斗。侄子萧詧勾结西魏北周，弟萧纶投靠东魏北齐，还有萧纪企图从巴蜀东下，在这种情势下，元帝萧绎不敢离开江陵根据地。梁室诸王皆觊觎皇位，视手足如仇敌，谁也不把恢复皇都再造梁室放在心上，再三错失良机，最后让陈霸先渔翁得利。何之元亲身经历战乱，看得清楚，可是文章说不明白，但也点到贞阳侯萧渊明"以旁枝外人，滥尸非次"。何文还不点名地批评萧纶君臣播越，奔命齐土，"天欲亡之，非人能救"。他还在另一场合谏阻成都的萧纪东下夺位。

何之元之前，干宝的《晋纪总论》散多于骈。而何之元《梁典总论》通篇对仗，质直无文，对唐代史论有一定的影响。初唐朱敬则的《宋武帝论》《北齐高祖论》《陈后主论》等史论，皆用骈体，可能受何之元启发。

**陈叔宝**（553～604），即陈后主，陈朝最后一位帝王，在位七年，不恤政事，骄奢淫逸，游宴无度。尤好艺文，左右常有十"狎客"陪侍，八贵妃夹坐，不分尊卑，以彩笺作五言诗唱和。隋军已经攻入金陵，后宫还在演奏《后庭花》乐曲。王国维把陈后主与南唐李后主相提并论，二人都是昏君，都有文才，都耽爱歌舞享乐。陈后主的诗歌内容浮艳，当俘虏之后不再写作，文学成就不及李后主，但其骈文并不浮艳，艺术上有一定造诣。他有一篇《与江总书》，为哀悼属下东宫学士管记陆瑜而作，全文如下：

> 管记陆瑜，奄然徂化，悲伤悼惜，此情何已。吾生平爱好，卿等所悉，自以学涉儒雅，不逮古人，钦贤慕士，是情尤笃。梁室乱离，天下糜沸，书史残缺，礼乐崩沦，晚生后学，匪无墙面，卓尔出群，斯人而已。吾识览虽局，未曾以言议假人，至于片善小才，特用嗟赏。况复洪识奇士，此故忘言之地，论其博综子史，谙究儒墨，经耳无遗，触目成诵。一褒一贬，一激一扬，语玄析理，披文摘句，未尝不闻者心伏，听者解颐，会意相得，自以为布衣之赏。吾监抚之暇，事隙之辰，颇用谈笑娱情，琴樽闲作，雅篇艳什，迭互锋起。每清风明月，美景良辰，对群山之参差，望巨波之洗漾，或玩新花，时观落叶，既听春鸟，又聆秋雁，未尝不促膝举觞，连情发藻，且代琢磨，间以嘲谑，俱怡耳目，并留情致。自谓百年为速，朝露可伤，岂谓玉折兰摧，遽从短运，为悲为恨，当复何言，遗迹余文，触目增泫，绝弦投笔，恒有酸恨。以卿同志，聊复叙怀，涕之无从，言不写意。

此文作于陈叔宝为太子时。陆瑜是东宫时属官，英年早逝，太子为之涕泣，自制祭文，遣使吊祭。还特意写下这封给江总的书信。前面一段讲述自己的兴趣爱好，喜文史，慕贤士，中段描写与陆瑜相处密切，关系融洽，"促膝举觞，连情发藻，且代琢磨，间以嘲谑"。名分为君位，实际是朋友。最后表示无限悲伤。联系后来陈后主与十狎客的关系来看，此文所言当属可信。对比萧纲《与刘孝仪令》之悼念刘遵，二文都是以太子身份记述死去的属下，都是深于言情之作，而结构稍有不同。萧文先讲死者的品性才情，再讲自己和他的交往友情，最后都是表达哀思。二文都不雕琢，一往情深，皆难能可贵之作。许梿评点陈后主此文说："情哀理感，能令铁石人动心。""不图亡主竟获如此文。我斥其人，我不能不怜其才也。"（《六朝文絜》）

陈后主当政时期，发布过一些诏令，如《课农诏》《求贤诏》《求言诏》《咨询诏》《恤民诏》《讯狱诏》等。虽未必能贯彻实行，至少主观愿望是可嘉的。张溥说："史称后主标德储宫，继业允望，遵故典，弘六艺，金马石渠，稽古云集；梯山航海，朝贡岁至。辞虽夸诩，审其平日，固与郁林、东昏殊趋矣。"张溥还说，假令陈叔宝只是做王侯，当与齐之竟陵王，梁之临川王，不失文章美誉；让他作皇帝"系以大宝，困之万机"，他是不堪重任的。（《汉魏百三名家集》题辞）郭预衡说："这样的诏令，似与世间所传后主言行颇不一致。""颇有些'体国经野'之意，这在南朝各代帝王诏书中，是很突出的。""后主之多被指责，主要因为他是末代之君。……实际上此人也是个很有才华的文章作者。即令有荒淫之行，也未必同其他的前辈帝王有多少差别。"[①] 刘涛的《南朝散文研究》认同郭预衡的见解。

江总的骈文，历来颇受重视。本书认为，他是出名的混事宰相，政治上是负面人物，把文学活动作为享乐工具，表现和记录其腐朽的生活情趣，形式确实精妙，内容实在庸俗。于景祥说："江总之诗，为宫体狎客之诗，伤于浮艳，格调低下。其骈文也为宫体模样，也可称为狎客之文，艳冶露骨。"其《为陈六宫谢章》"刻意雕琢，句句精绝，却浮靡轻艳，了无生气

---

可言"。①

## 第五节　北朝骈文

从公元 439 年后魏灭北凉，五十六国时期结束，到 589 年隋灭陈之前，这个时期称为北朝（也有人以 386 年后魏建国为北朝之始），共 150 年。后魏太和元年（477）以前的北方文化落后于南方，虽然有少数人的骈文尚可观，但总体水平不高，数量不多。太和时期（477～500），魏文帝大力推行汉化，骈文水平有所提高。定都洛阳之后的前四十年（494～534），骈文创作较为繁荣，先后出现了一批知名作家。534～589 年，后魏分裂为东魏北齐和西魏北周，最终统一于隋。其间，北齐高欢反对汉化，压制汉人；北周宇文泰提倡复古。但由于南北文化交流日益加强，大批南方作家来到北方，骈文浓厚的审美情趣具有强大的吸引力，北人喜爱骈文的趋势不可遏止，使得北朝骈文出现新的高潮，以庾信、王褒为北方代表和以徐陵、沈炯为南方代表，在骈文文坛并驾齐驱。这就是北朝骈文发展的大体态势。

### 一　北魏骈文

高允（390～487），渤海人，少为僧，后还俗，四十余岁始出任，太武帝时为中书博士、侍郎，文成帝时拜中书令，孝文帝时拜镇军大将军，领中书监，历事五帝，居官五十年，享年九十八岁。《全后魏文》收文十一篇，其中《议兴学校表》，建议兴学校以敦教化，为朝廷所采纳，史称北魏"郡国立学，自此始也"。此文骈散兼用，以说理为主。另一代表作《酒训》，晚年代文明太后和孝文帝作，训诫百官勿荒于酒而丧其身。开头是散句，然后一大段有骈有散，骈句约一半以上。如：

> 自古圣王，其为飨也，玄酒在堂而醴酒在下，所以崇本重原，降于滋味。虽泛爵旅行，不及于乱。故能礼章而散不亏，事毕而仪不忒。非由斯致，是失其道。将何以范时轨物，垂之于世？历观往代成败之

---

① 于景祥：《中国骈文通史》，吉林人民出版社 2002 年版，第 413 页。

效，吉凶由人，不在数也。商辛耽酒，殷道以之亡；公旦陈诰，周德
以之昌；子反昏酣而致毙，穆生不饮而身光。或长世而为戒，或百代
而流芳。酒之为状，变惑情性，虽曰哲人，孰能自竞？在官者殆于政
也，为下者慢于令也；聪达之士荒于听也，柔顺之伦兴于诤也。久而
不悛，致于病也。岂止于病，乃损其命。谚亦有云：其益如毫，其损
如刀。言所益者止于一味之益，不亦寡乎？言所损者天年乱志，天乱
之损，不亦多乎？无以酒荒而陷其身，无以酒狂而丧其伦。迷邦失道，
流浪漂津，不师不遵，反将何因？

　　从《尚书》的《酒诰》开始，中国历代诫酒的文章很多。此文见解平
常，却是有感而发，言语恳切，说理直白，行文自然，没有堆砌和浮华之
病。此文表现出朴素畅达的特色，与南朝的同类文章之骈俪风格有明显区
别，符合皇帝皇太后训诫之文的风格。高允的上述二文，虽然还不够成熟，
但可以说是北朝骈文的开端。

　　北魏前期的骈文作者还有**常爽**，生卒年不详，生活于太武帝时，约相
当于南朝刘宋初期，曾任宣威将军。《魏书》本传说他：“笃志好学，博闻
强记，……五经百家多所研综。”鉴于当时贵游子弟多事戎马，不修学问，
他特置馆授徒，教授门生七百余人，称得上是教育家，对推动北魏汉化有
一定贡献。今存《六经略注序》，见《魏书》本传，主旨是宣扬儒家教育思
想，简述六经的意义，其文曰：

　　仁义者，人之性也；经典者，身之文也；皆以陶铸神情，启悟耳
目，未有不由学而能成其器，不由习而能利其业。是故季路，勇士也，
服道以成忠烈之慨；宁越，庸夫也，讲艺以全高尚之节。盖所由者习
也，所因者本也。本立而道生，身文而德备焉。昔者先王之训天下也，
莫不导以《诗》《书》，教以《礼》《乐》，移其风俗，和其人民。故恭
俭庄敬而不烦者，教深于《礼》也；广博易良而不奢者，教深于《乐》
也。温柔敦厚而不愚者，教深于《诗》也，疏通知远而不诬者，教深
于《书》也。洁静精微而不贼者，教深于《易》也，属辞比事而不乱
者，教深于《春秋》也。

此文对句颇为工整，且句型多变，行文畅远，条理清晰，是一篇整练可观的骈文，同时多用"者""也"，带有明显的古文气息。

**路思令**（486～536），北魏后期骈文作家，阳平人，历任尚书左民郎，征虏将军，南冀州刺史。其生平活动，贯穿魏孝文帝太和至孝静帝天平三年。他的作品仅存一篇，见《魏书》本传，题为《陈兵事疏》，是针对当时国势而提出的对策。此文多半篇幅运用对句，骈化程度较北魏前期骈文为高，其中较为工稳的复句对，如"三代不必别民，取治不等；五霸不必异兵，各能剋定""汤武之贤，犹须伊望之佐；尧舜之圣，尚有稷契之辅"，可算工整自然。文章后半段指出国家军政方面的弊端："乃令嬴弱在前以当锐，强壮居后以安身。兼复器械不精，进止不集。任羊质之将，驱不练之兵；当负险之众，敌数战之虏。欲令不败，岂有得哉？"再加上"便谓官号未满，重爵屡加；复疑赏赉之轻，金帛日赐。帑藏空虚，民财殚尽。致使贼徒更增，胆气益盛"。这就指明政策的失误是国家衰败和积弱的原因。末段提出救国大计："今若舍上所轻，求下得重。黜陟幽明，赏罚善恶。搜徒简卒，练兵习武。甲密弩强，弓调矢劲。谋夫既设，辨士先陈，晓以安危，示其祸福。"这里提出富国强兵谋略，甚为明晰。最后更流露充沛的气魄："如其不悛，以我义顺之师，讨兹悖逆之坚。岂异历萧斧而伐朝菌，鼓洪炉而燎毛发？虽愚者知其不旋踵矣。"此文说理透辟，分析精当，表达明晰，配合骈偶的气势，以简健朴质的文辞，展现刚贞之气，是北魏后期骈文代表作之一。

**孝文帝元宏**（467～499），是中国历史上著名改革家，积极推广汉文化，行汉制，改胡姓，易服饰，变风俗，促进胡汉文化融合，对推动历史前进起到积极作用。在文学上，他一方面主张"辞无烦华，理从简要"；另一方面，努力吸收南朝文章所长，学习写作骈文。其《令官民各上便宜诏》，内容是广开言路，形式上多用骈句。全文44句，有26句对偶。虽然还不太工整，不事雕饰，不用典故，但说理明白，条理清楚。另一篇《报卢渊亲伐江南书》，偶句略少，而用典增多。这都是向南朝骈体靠近的尝试。

**孝庄帝元子攸**（507～531），献文帝之孙，528～531年在位，实际上是大军阀尔朱荣的傀儡，时时受控制、胁迫，并不甘心。双方明争暗斗不已，元子攸杀尔朱荣。三个月后,尔朱荣之侄尔朱兆杀元子攸。孝庄帝在位时有《尔朱荣进位太师诏》,不得已而作。文章把着重点放在拓跋氏建国之丰功伟业,同时褒扬尔朱荣的功劳。文章以工稳的对句、较多的典事、具体的比喻,表现出雄健刚劲的北朝后期骈文风格,比前期骈风有长足的进步。

公元 520 年,北魏侍中元乂幽禁灵太后,控制魏明帝,企图挟天子以令诸侯,从而挑起内乱。中山王**元熙**起兵讨伐,失败,被囚杀。狱中作《与故知书》,有云:

> 吾与弟并蒙皇太后知遇,兄据大州,弟则入侍。殷勤言色,恩同慈母。今皇太后见废北宫,太傅清河王横受屠酷。主上幼年,独在殿前。君亲如此,无以自安,故率兵民建大义于天下。但智力浅短,旋见囚执。上惭朝廷,下愧相知。本以名义干心,不得不尔,流肠碎首,复何言哉!昔李斯忆上蔡黄犬,陆机想华亭鹤唳,岂不以恍惚无际,一去不还者乎?今欲对秋月,临春风,藉芳草,荫花树,广召名胜,赋诗洛滨,其可得乎?凡百君子,各敬尔宜。为国为身,善勖名节;立功立事,为身而已,吾何言哉!

此文是政治军事斗争均告失败后的绝命之作,句句包含凄凉无奈之声,与李斯、陆机当年处境相似。虽然对句将近一半,却自然形成,无意考究,情见于辞,义胜乎文,是古文气脉而出以骈俪句式者。总体上看,北魏皇室骈文写作水平皆不太高,但是反映出他们学习汉文化的积极努力,值得格外珍视。

## 二 北魏骈体墓志

朱亮主编的《洛阳出土北魏墓志选编》(科学出版社 2001 年版)辑录北魏墓志 200 余篇,其文体骈散相间。北魏都城迁洛以前墓志偶句较少,迁洛以后,由于孝文帝大力推行汉化,骈偶的使用在公私文翰中大量增加。北魏墓志的结构大致是:开头追述高曾祖父官爵,用散句;中间介绍墓主品行、志趣、仕宦表现,用骈句;结尾讲逝世,封赠,子孙亲友哀悼;最后是四言韵语的铭文。从整篇墓志看,有的骈多于散,可视为骈文;如散多于骈，则归于散文。墓主多为皇亲国戚显贵，作者均未署名，当是北方人士。下面略举数例。

《元绪墓志》（正始四年，公元 507 年）中段：

> 君少恭孝，长慈友。涉猎群书，遍爱诗礼。性宽密，好静素。言不苟施，行弗且合，不以时荣美意，金玉渎心。雍容于自得之地，无交于权贵之门。故傲曹者奇其器，慕节者饮其风，遇显祖不夺厥志，逢孝文如遂其心，故得怡神园沕，养度茅邦。朝野同咏，世号清王。及景明初登，选政亲贤，以君国懿道尊，雅声韶发，乃抽为宗正卿。非其好也，辞不得已而就焉。君乃端俨容，平政刑，训以《常棣》之风，敦以《湛露》之义，于是皇室融穆，内外熙怡。（《洛阳出土北魏墓志选编》第 18 页）

元绪是北魏明元帝的曾孙，洛州刺史，封乐安王。此墓志书法美观，文章得体合度。突出元绪好诗礼，性静素，言行不苟，谥号"清王"，可见他受汉文化熏陶已深。墓志以骈句居多，句式整齐，对偶有时尚欠精准。如"时荣"对"金玉"，"雍容"对"无交"，"自得"对"权贵"等。

元和后期的墓志已大量使用典故，显示出作者对汉文化传统典籍相当熟悉。如《元彌墓志》（太和二十三年，公元 499 年）有云：

> 君柘绪岐阴，辉构朔垂，公族载兴，仁麟攸止。是以霄光唯远，缀彩方滋，渊源既清，余波且澈。君体内景于金水，敫外润于钟楚，名标震族，声华枢苑。临风致咏，藻思情流，郁若相如之美上林，子云之赋云阳也。然凝神玮貌，廉正自居，淹辞雅韵，顾盼生规。释褐起家为荆州广阳王中兵参军。颇以显翼荆蛮，允彼淮夷，接理南崵，而竹马相迎。还朝为太子步兵校尉。自以股肱皇储，温恭夙夜。……（《洛阳出土北魏墓志选编》，第 5 页）

此文事典、语典甚多。"公族载兴，仁麟攸止"，乃熔铸《诗经》中的《麟之趾》"振振公族，于嗟麟兮"，《甫田》"攸介攸止，烝我髦士"而成。

"顾盼生规"语出嵇康《赠秀才入军》。"竹马相迎"出《后汉书》中郭伋任太守，儿童欢欣，乃骑竹马相迎的故事。"股肱重储，温恭夙夜"，合用《尚书》中《康王之诰》的"今命尔予翼作股肱心膂"，《诗经》中《采蘩》"夙夜在公"为语典，切合其太子步兵校尉身份。以司马相如《上林赋》、扬雄《甘泉赋》称誉元弼的文才，则是熟典，其他不一一列举。

北魏末年明帝、庄帝时期的墓志，骈文更加成熟，对句和典故的使用更加普遍。如《元子正墓志》（建义元年，公元 528 年）中段：

> 王资岳灵而降生，应天鉴以挺质。金玉光明之姿，自怀抱而有异；兰蕙芬芳之美，始言笑而表奇。器宇渊凝，风神颖发。齐万顷而为深，空千里以比峻。至于孝友谦恭之行，辨察仁爱之心，乃与性俱生，非因饰慕。自始服青衿，爱自绛表。好问不休，思经无怠。遂能搜今阅古，博览群书；穷玄尽微，义该众妙。谅以迈迹中山，超踪北海者矣。加以雅好文章，尤爱嘉客。属辞摛藻，怡情无倦；礼贤接士，终宴忘疲。致邹马之徒，怀东阁而并至；徐陈之党，慕西园以来游。于是声高海内，誉驰天下。当年绝侣，望古希俦。（《洛阳出土北魏墓志选编》139 页）

元子正是皇族，《魏书·献文六王传》说他"美貌，性宽和"。庄帝时任尚书令，封始平王，在尔朱荣政变中全家遇害。墓志着重称赞他认真学习汉文化，与儒雅之士交游，朋友中有像西汉邹阳、司马相如，三国徐干、陈琳那样的文士，称赞元子正的声望超过三国时好学喜文的中山王兼北海王曹衮，用典甚切元子正皇族身份。

## 三　东魏北齐骈文

**温子昇**（495～547），济阴人，二十二岁入仕，累官至散骑常侍、中军大将军。东魏末，元瑾作乱，被高澄怀疑参与预谋而下狱，饿死。温子昇当时即有文名。济阳王元晖业曾说："我子升足以陵颜（延之），蹑谢（灵运），含任（昉），吐沈（约）。"明张溥认为未免夸大，但他确实不愧为北方骈文的代表。据唐人张鷟《朝野佥载》卷六记，庾信初到北方，有人问，北方文士如何？信答："唯有韩陵山一片石堪共语，薛道衡、卢思道少解把笔，自余驴鸣犬吠，聒耳而已。"所谓"韩陵山一片石"，是指温子升的《韩陵山寺碑》，虽是为佛寺立碑，重点为高欢歌功颂德。内容无足取，笔墨不可谓不精致，尤善于以典叙事，渲染气势。如揭露尔朱荣的罪恶："禄去王室，政出私门，铜马竞驰，金虎乱噬，九婴暴起，十日并出。破璧毁珪，人物既尽；头会箕敛，杼轴其空。"写高欢平乱的军威："运鼎阿于襟抱，纳山岳于胸怀，拥玄云以上腾，负青天而高引。钟鼓嘈赞，上闻于天；旗旗缤纷，下盘于地。壮士凛以争先，义夫愤而竞起。兵接刃于斯场，车错毂于此地。"谭献说："夭矫腾骧，负声结响，振清绮以雄丽，宜乎子山（庾信）之倾倒也。"（《骈体文钞》）钱锺书说："意制清绮，无殊江左。"[1]于景祥说："本文一方面仍然保持北方文学的特质，刚健清新，重乎气质，呈现出爽利劲健之风；一方面又合理吸收南朝骈文之长，对偶精工，词采雅丽，显现出形式技巧之美，显示出合南北文学之所长的新鲜活力。"[2] 也有人（如李兆洛、高步瀛）评价不太高。

**邢邵**（496～?）字子才，河间人，东魏末任中书侍郎，北齐时任秘书监。与温昇升并称"温邢"，后与魏收并称"邢魏"。他的文章骈化程度较高。如《请置学及修立明堂奏》，其末段云："以臣愚量，宜罢尚方雕靡之作，颇省永宁土木之功，并减瑶光材瓦之力，兼分石窟镂琢之劳，及诸事役非世急者。三时农隙，修此数条，使辟雍之礼，蔚尔而复兴；讽诵之音，焕然而更作。美榭高墉，严壮于外；槐宫棘寺，显丽于中。更明中令，重遵乡饮；敦进郡学，精课经业。如此，则元凯可得之于上序，游夏可致之于下国。岂不休欤？"

此文很少典故，明畅恳切。其中"永宁""瑶光"为宫殿名，"石窟"当指龙门石窟。"元凯"指八元八凯，尧舜时贤人。"游夏"指子游子夏，孔子入室弟子，均为人们熟悉的普通典故。谭献称之为"扶质立干，垂条结繁之文"（《骈体文钞》评）。据说邢邵与魏收曾互相诋毁，邢说魏对于任昉，"非直摹拟，亦大偷窃"。魏收则说："伊常于沈约集中作贼，何意道我

---

① 钱锺书：《管锥编》第四册，中华书局 1979 年版，第 1508 页。
② 于景祥：《中国骈文通史》，吉林人民出版社 2002 年版，第 457 页。

偷任？"同时人祖珽评论说："见邢魏之臧否，即是沈任之优劣。"其实邢邵较之沈约，遣词命意相对浅淡，差距明显。

**魏收**（506～572），巨鹿人，历仕东魏北齐，累官至中书令、尚书右仆射。东魏末，国家大事，军国文辞，皆收所作，敏速之工，邢温所不逮。他是史学家，著《魏书》130卷，每借作传酬恩报怨，索要笔金，颇犯众怒，人称"秽史"。虽被迫两次修订，怨者仍不满。但该书保存了大量史料，自有其可传的价值。魏收的骈文有《为侯景叛移梁文》，或以为作者是杜弼，但后经魏收润色。其中，"以此赴敌，何敌不摧；以此攻城。何城不陷"为唐骆宾王《讨武氏檄》所袭用。于景祥说："不仅词彩精美，说理深透，而且特具远见卓识。不但形式美，而且经世有用。"[1] 该文预料侯景将来必叛梁，果然言中。谭献甚至怀疑，"颇似事后为之"。（《骈体文钞》评）

魏收的《枕中篇》，是一篇家训，教育子弟不可骄奢淫逸，其中说道："处天壤之间，劳死生之地，攻之以嗜欲，牵之以名利。粱肉不期而共臻，珠玉无足而俱致，于是乎骄奢仍作，危亡旋至。然则，上智大贤，唯几唯哲，或出或处，不常其节。其舒也，济世成务；其卷也，声销迹灭。玉帛子女，椒兰律吕，诡谀无所先；称肉度骨，膏唇挑舌，怨恶莫之前。勋名共山河同久，志业与金石比坚。"语句整齐，陈说明畅，间杂用韵，铿锵可诵，通达纵横，不失雄逸之气。不难看出既有北方的质直，又有南朝的富赡。不过有些辞意尚嫌肤浅，含蕴不够丰厚。

**祖宏勋**（？～551），涿郡范阳（今北京市）人，东魏时曾任太守，《北齐书》说他"在官清素，妻子不免寒馁，时论高之"。他生逢乱世，深感官场昏暗，自动弃官归隐。祖宏勋的爵位不如温、邢、魏等人显赫，在当时名气不如他们大；然而他的骈文名作《与阳休之书》，在后世的评价比他们三人的作品高。

该文是一封招友人弃官偕隐的书信，分为两大段，前段叙说自己息心山林的乐趣和旷达的情怀，后段劝谕友人解脱名缰利锁，挂冠来归，以避世远祸。开头以平淡的笔墨，介绍他在本县雕山有处野舍，经过修葺，焕然一新。"即石成基，凭林起栋，萝生映宇，泉流绕阶，月松风草，缘庭绮

---

[1] 于景祥：《中国骈文通史》，吉林人民出版社2002年版，第461页。

合。日华云实，傍沼星罗。檐下流烟，共霄气而舒卷；园中桃李，杂松柏而葱茜。"这些动态式的骈句，营造出山间别墅的优雅境界。然后写他休憩其间，是极高的心灵享受："时一褰裳涉涧，负杖登峰，心悠悠以孤上，身飘飘而将逝。杳然不复自知在天地间矣……孤坐危石，抚琴对水；独咏山阿，举酒望月。听风声以兴思，闻鹤唳以动怀。企庄生之逍遥，慕尚子之清旷。"这一段纯为白描，有如游记。下面对友人讲道理，你现在系名声于缰锁，振紫佩于台上，鼓袖于堰下，在帝王身边整理图书，高谈阔论。自以为美，我以为无可取。"今弟官位既达，声华已远。象由齿毙，膏用明煎。既览老氏谷神之谈，应体留侯止足之逸。若能翻然清尚，解佩捐簪，则吾于兹山庄，可办一得。把臂入林，挂巾垂枝，携酒登巘，舒席平山。道素志，论旧欸，访丹法，语玄书。斯亦乐矣，何必富贵乎？"

此文处处诚恳贴心，语浅意深，志尽文畅，彩而不艳，整而不拘，转折巧妙，舒卷自如。首尾呼应，气脉贯通，情、景、理如水乳交融，显然是知心好友才能如此坦然自得。许梿说："旷怀雅量，弥率弥真。"（《六朝文絜》）王文濡说："悠然神往，清雅绝伦，林泉山水之气，苍然迎人，沁入心脾，嚼之不尽，读之恍见其坐石抚琴，举酒望月之乐。顿觉身外之富贵，皆成粗土。信乎隐逸之士，自有其真也。"（《南北朝文评注读本》）

**樊逊**（生卒年不详），河东北绮氏人，服膺两汉，仿东方朔《答客难》自制《客诲》。为文能运用南朝的艺术形式，而糅合北朝的贞刚之气。如《天保五年举秀才对策》，策问中五个问题，皆能以工巧的骈俪之文一一对答。该文特点之一是对偶句密度极高，如问《求才审官》，答曰："臣闻雕龙画凤，徒有风云之势；金舟玉马，终无水陆之功。三驾礼贤，将收实用；一毛不拔，复何足取。是以尧作虞宾，遂全箕山之操；周移商鼎，不纳孤竹之言。但处士盗名，虽云久矣；朝臣窃位，盖亦实多。汉拜丞相，便有钟鼓之妖；魏用三公，乃致孙权之笑。故山林之与朝廷，得容非毁；肥遁之与宾王，翻有优劣。至于时非蹈海，而曰羞作秦民；事异出关，而言耻从卫乱。虽复星于帝座，不易高尚文心；月犯少微，终存耿介之志。"八个对偶句中，四六对句占其六，讲的都是古代求才故事。特点之二是用典繁密。上述第一问中，对策有八个典故，包括：尧、周、汉、魏、秦、卫、"星于帝座"、"月犯少微"。全部五问之中，对策有 45 个典故。第三个特点是流露出北朝贞刚之气。如《问升中纪号》，对曰："伏维陛下以神武之姿，天然之略，马多冀北，将异山西。凉风至，白露下。北上太行，东临碣石。方欲吞巴蜀而扫崤函，苑长洲而池江汉。复恐迎风纵火，芝艾共焚。按此六军，未申五伐……未若龙驾虎伏，先收陇右之民；电转雷惊，因取荆南之地。"这段文字主旨是歌颂高洋父子之军功，篇幅不大，但气势充沛，其描状之夸张可与温子升《韩陵山寺碑》并驾。《北齐书》本传说："尚书擢第，以逊为当时第一。"

## 四　西魏北周骈文

**李那**（516～565），又名昶，顿丘临黄人，历任西魏北周，为宇文泰、宇文护掌机要，诏令文笔，皆出其手。他的文章曾得到徐陵致书高度评价。李那接徐书后，随即作答。文章不长，几乎句句对偶，处处用典，精雕细刻，藻彩缤纷。其中颂扬徐陵一段说："足下泰山竹箭，浙水明珠，海内风流，江南独步。扶风计吏，议折祥禽；平陵李廉，办酬文约。况复丽藻星铺，雕文锦缛。风云景物，义尽缘情；经纶宪章，辞殚表奏。久已京师纸贵，天下家藏。调移齐右之音，韵改河西之俗。岂直扬云藻翰，独留千金；嗣宗文雅，难传好事。"大量使用历来形容文人才子的成语典故以代赞语。下面讲到自己则十分谦逊："仆世传经术，才谢刘歆；家有赐书，学匪班嗣。弱年有意，频爱雕虫。岁月三余，无忘肆业。户牖之间，时安笔砚。嚬眉难巧，学步非工。恒经牧孺之讥，屡被陈思之诮。羞逢仲子，类居山之鼓琴；屡见予将，同本初之车服。"这段谦辞，也全部出以典故，委婉得体。李那是地道的北方人，从此文中可以看出，南北文学的差距越来越小。

**王褒**（513？～576），字子渊，琅琊临沂人，出身名门，梁武帝喜其才艺，以侄女妻之。梁元帝时任吏部尚书、左仆射。魏军破江陵，被俘至长安，以文才受优待，历官至太子少保、少司空。官位显荣，但始终思念故土，留北二十余年，郁郁寡欢。武成二年，陈朝派周弘正使周，周武帝特许王褒等与南朝亲友通音信。王褒给周弘正之弟周弘让带去书信和诗，周弘让随即有书回答。若按时间顺序，应该先介绍王褒的来信。因为本书先讲南朝后讲北朝，于是变成现在这样先介绍周的答书，后介绍王的来信。

王褒这篇短札，把思念旧友与怀恋故国两种情思紧密而自然地结合，并贯穿全文始末。友情之外别有怀抱，显得格外厚重深沉。第一段八句描写自己身处北周。第二段十二句表示从令兄处得知近况，十分欣慰。第三段十二句回忆周弘让往昔的爱好。最后一段描写自己已经衰老及对故乡亲友的无限思念。

> 顷年事道尽，容发衰谢，芸其黄矣，零落无时。还念生涯，繁忧总集。视阴愒日，犹赵孟之徂年；负杖行吟，同刘琨之积惨。河阳北临，空思巩县；霸陵南望，还见长安。所冀书生之魂，来依旧壤；射声之鬼，无恨他乡。白云在天，长离别矣；会见之期，邈无日矣。援笔揽纸，龙钟横集。

这篇文章的主要特色在于善用幽隐曲折的方式，表达无可言喻的深层痛苦。也许碍于政局，较少直接吐露乡国之思。文章或寓情于景，或景中含情，或用象征事物，如"征蓬""流水""木皮""桂树"，或借历史典故，如阮籍、刘琨、王粲、班超……与作者处境结合，经浓缩之后代替直陈，并且往往两典相对，既共融又不互犯，潜气内转，感慨系之。作者还特别注意声律，从第二段开始，基本上是四言隔句对，间以四六对句，长短错落有致，呈一唱三叹之势。从"视阴愒日"到篇末，三次换韵，三次用感叹词"矣"。其中有的两联之间平仄协调，上抗下坠，节奏轻重相得益彰。谭献评价为"情文相生，俯仰欲绝"，"情语可味"（《骈体文钞》评）。王文濡说："穷途末路，不胜去国离乡之感，悲凉慷慨。觉苏李五言诗有此真挚，无此沉痛。"（《南北朝文评注读本》）

**庾信**（513～581），字子山，南阳新野人，十五岁起，与父庾肩吾及徐摛、徐陵父子先后任梁太子萧统、萧纲东宫抄撰学士，写宫体诗。侯景乱中，他从建业逃到江陵，任梁元帝右卫将军、散骑常侍。后出使西魏，不久元帝败亡，他被迫留在长安，因其文名而倍受优待。北周代西魏，他任骠骑大将军、开府仪同三司，故后世称"庾开府"。随着官职越来越高，他的乡情也越来越切，诗赋骈文均有反映。作品风格由前期轻浮绮靡一变而为悲凉慷慨。杜甫曾经说："庾信平生最萧瑟，暮年诗赋动乡关。"

庾信最著名作品是《哀江南赋》。其序比赋本身更出名，以至独立成篇，是骈文史上标志性作品。《哀江南赋》的题目出自楚辞《招魂》中"魂兮归来哀江南"。约作于 578 年，主旨是哀悼并总结梁王朝败亡的惨痛教训，感叹自己的身世命运，对萧氏王室的昏庸腐败有深入的解剖，对自己不得已出任敌国感到愧疚。赋文 3376 字，序文 528 字，等于赋的内容提要。序分三大段，首段叙作赋缘由，即中年逢乱，至于暮齿，漂泊流离，忧思难忘。次段抒发亡国之悲痛，仕周之悔恨，未能尽忠报国，形如南冠之囚。末段感慨梁室之亡，帝王失德，治国无方，江表王气终于一旦。

序文以四四、四六复句对为主，又有八四、七四、五四复句，还有单句和散句，穿插错落，用虚字连词贯穿，一气呵成，如金石铿锵、绕梁行云。最大特点是处处用典，却又使人不觉，既古雅隐曲，又通达自然。"畏南山之雨，忽践秦廷；让东海之滨，遂餐周粟。""三日哭于都亭，三年囚于别馆"，这是正用，以古人比自己。"荆璧睨柱，受连城而见欺；载书横阶，捧珠盘而不定"，这是反用，表示自己未能像蔺相如、毛遂那样出使不辱。还有化用，取其词而不取其事，如"下亭漂泊，高桥羁旅"，用汉代孔嵩、梁鸿故事，二人遭遇与庾信不同，仅是"漂泊""羁旅"的境况类似而已，可起烘托气氛作用。庾信的用典技巧，对后世骈文和律诗提供了借鉴。

《哀江南赋》被后世誉为南北朝骈文压卷之作，仿其意而作赋以叹时事者，代不乏人。北齐颜之推有《观我生赋》（写自己三为亡国之人的毕生经历感受）。明末夏完淳有《大哀赋》，写清兵入关，南明灭亡和自己抗清斗争。清末金应麟有《哀江南赋》，控诉英军在鸦片战争中对江浙百姓的暴行。王闿运有《哀江南赋》，写他所经历的太平天国之乱，例不胜举。

对《哀江南赋》及序的赞誉之词极多，难以遍举，批评指责也不少。金人王若虚说："堆垛故实，以寓时事。虽记闻为富，笔力亦壮，而荒芜不雅，了无足观。如'崩于巨鹿之沙，碎于长平之瓦'，此何等语？至云'申包胥之顿地，碎之以首'，尤不成文也。"（《滹南遗老集·文辨》）清全祖望说："甚矣，庾信之无耻也。失身宇文，而犹指鹑首赐秦为天醉。信则已先天而醉矣，何以怨天？……即以其文言之，亦自不工……故其词多相复。"（《鲒埼亭集外编·题哀江南赋后》）李景华指出："几乎句句用典，于作者苦心孤诣，于读者终隔了一层。恐怕是骈体辞赋中一个极端的例子，实在不足为训。"①

　　《思旧铭》，为伤悼梁宗室萧永而作。西魏破江陵，萧永和庾信、王褒同时被俘送长安。不久，萧永去世，王褒有送葬之诗，庾信有思旧之铭，都包含着深沉的故国之思。此文名为铭，其实是哀诔，并非墓志铭。铭文本身为四言韵语，不到全文三分之一，序文为骈体，占三分之二强。序文先追溯国破家亡之际，两人的共同遭遇，以及羁旅之中与萧永诀别的悲痛心情，然后回顾作者与萧永两人不同境地的情谊，用浓墨重彩宣泄感今怀昔的哀思。末段有云："昔尝欢宴，风月留连。追忆平生，宛然心目。及乎垂翅秦川，关河羁旅，降乎悲谷之景，实有忧生之情。美酒酌焉，犹思建业之水；鸣琴在操，终思华亭之鹤。重为此别，呜呼哀哉！麟亡星落，月死珠伤，瓶罄罍耻，芝焚蕙叹。所望钟沉德水，声出风云；剑没丰城，气存牛斗。"

　　文章用典繁密，而且相当晦奥。如果没有注释，很难读懂。作者有意用典以代直陈，以避猜忌。如"星纪吴亡，庚辰楚灭"用春秋时吴灭楚、越灭吴，比拟梁元帝诛侯景，旋又亡于西魏。"纪侯大去，郧子无归"用春秋时期纪侯被迫离开本国喻元帝被俘，以郧人无处可归比喻萧永、庾信等被虏北上，委婉贴切。绝大部分骈句工整雅丽，但又穿插少量带感叹词的类似古文的句子，如"所谓天乎，乃曰苍苍之气；所谓地乎，其实抟抟之土。怨之徒也，何能感焉"。怨天恨地无济于事，可见哀愁之深重。钱锺书说："信与永皆梁臣入北，是以触绪兴哀，百端交集。思逝者，亦后自念……痛天地之无知，国亡而没世沦落，赍志常怀。"②

　　庾信有书启十六篇，皆为骈文精品，多数是对北周皇族赵王、滕王赏赐的答谢，赐物有米、马、丝布、干鱼、犀带、新诗等。其中有的两篇同题，居然文字不重复，实在不易。从思想内容看，无非是颂谀物品之美，陈述感激之忱，有时甚至故作寒酸姿态，低三下四，但比喻形容确实曲尽其妙，选词造句多姿多彩。如《谢赵王赉白罗袍裤启》，形容袍裤保暖，"对天山之积雪，尚得开衿；冒广厦之长风，犹当挥汗"。称赞袍裤上所绣

----

　　①　参看漆绪邦主编《中国散文通史》上册，吉林教育出版社1997年版，第541页。
　　②　钱锺书：《管锥编》第四册，中华书局1979年版，第1526页。

花鸟，"凤不去而恒飞，花虽寒而不落"。全文唯此二句无出典，乃庾氏新制妙语，备受后世赞赏。题画诗之仿效者有李白、张祜、章华等。关于《谢赵王赐米启》，王文濡说："自来咏物之体，贵在不即不离，诗文虽异，其理则一。此文语语推开，亦语语贴切，而身世之悲，感谢之情，熔铸于尺幅之中，秀色可餐，余味无穷。捧腹而读，可以疗饥。"（《南北朝文评注读本》）关于《谢明皇帝赐丝布启》，王文濡说："清而不浅，华而不浮。若许小事，竟成绝大文章。文人之笔，其锋可畏。末幅尤善于说词，妙谛横生。"（《南北朝文评注读本》）庾信诸启明显受父亲庾肩吾和三萧沾溉。

《为梁上黄侯世子与妇书》。梁上黄侯萧晔之子萧悫，与庾信先后被俘虏入长安，庾信代他作书给留在南方的妻子。这是一篇将国破家亡之恨与夫妇分离之痛相糅合的抒情名作，从一个侧面反映出南北对峙局面下许多民众的共同悲伤。"龙飞剑厘，鹤别琴书，莫不含怨而心悲，闻猿而下泪。人非新市，何处寻家？别异邯郸，那应知路？"这些典故已不限于夫妻思念，而且包含着故国之情。王文濡说："丰神飘逸，意态轻盈，淡语传神，言外见意，词藻不多，而深情无限。盖其秀在骨，而不可以皮相者。"（《南北朝文评注读本》）清许梿《六朝文絜》将何逊、庾信、伏知道三文合称为"香奁绝作"。此文在思想内涵上显然比伏知道、何逊之文更深刻。

庾信有一些精妙的器物铭，如《望美人山铭》："高唐疑雨，洛浦无舟。何处相望，山边一楼。峰因五妇，石是三侯。险逾地肺，危凌天柱。禁苑斜通，春人恒聚。树里闻歌，枝中见舞。恰对妆台，诸窗昼开。遥看已识，试唤便回。岂同织女，非秋不来。"写的是一座大型盆景式的假山，其中的人是假人，可是被他写活了。王文濡说："语语写山，亦语语写人。双管齐下，正喻兼该。而曲有峰青，语夺山绿。见烟鬟云髻，迎人欲来；萝带荔衣，因风而舞。"（《南北朝文评注读本》）庾信此铭，整齐押韵似诗，王文濡的评语也秀丽如诗。《东宫行雨山铭》："山名行雨，地异阳台。佳人无数，神女羞来。翠幰朝开，新妆旦起。树入床头，花来镜里。草绿衫同，花红面似。开年寒尽，正月游春，俱除锦被，并脱红纶。天丝剧荡，蛣粉生尘。横藤碍路，弱柳低人。谁言洛浦，一个河神。"字字句句，构思精巧，还故意颠倒词序以求新奇，既是骈文，也是诗。王文濡说："描绘如画，秀语天成。此中有人，呼之欲出，与前篇异曲而同工。"（《南北朝文评注读本》) 同类短铭还有《至仁山铭》，为梁太子萧纲园中假山作，也十分精致。有的题目（如《行雨山铭》）与萧纲等人作品重复，立意也相近，盖是众人同题分作，这是当时文坛习惯。

庾信有的赞文，体物含情，如诗如画，如《鹤赞》。北周武成二年（560），双白鹤飞集上林园，被捕获，六翮摧折，相顾哀怨，雄先绝，雌孤鸣。天子愍之，命庾信作赞。他以散体作序，以骈体作赞。其文曰："九皋遥集，三山回归。华亭别泪，洛浦仙非。不防离缴，先遭见羁。笼摧月羽，弋碎霜衣。（以上八句一韵）塞传余号，关承旧名。南游湘水，东入辽城。云飞欲舞，露落先鸣。（六句一韵）六翮摧折，九门严闭，相顾哀鸣。肝心断绝。松上长悲，琴中永别。"共二十句，句句对仗，工整切当。既是写双鹤之罹难，又暗寓夫妻之永别，很能引发战乱中许多流离失所的民众的共鸣。王文濡说："清商动魄，哀响堕泪。如读《瘞鹤铭》，如闻《别鹤操》。游湘入辽，永别长悲，江南回首，故乡安在？信其借鹤以自悲耶？"（《南北朝文评注读本》）以孤鹤自况，是可能的。《瘞鹤铭》，原刻于镇江焦山崖壁，署名"华阳真逸撰"，有人认为是梁陶弘景所作并书丹，唐代后期该碑刻落入长江中，今仅存93字，是书法史上的珍品，内容无足称道。《别鹤操》，宋人曹勋所作琴曲，共8句43字，音乐史上颇有名，文学价值不高。二者都无法与庾信《鹤赞》相比。

庾信的有些谢启，艺术技巧很精，但似乎缺少一点士大夫应有的骨气。如《谢滕王赐集序启》，就不如李那《答徐陵启》。李与徐是平等关系，李称誉徐的文章好，确实是好。庾信与滕王地位不平等，一个是帝子王孙，一个是羁留客卿。滕王的诗文成就不如徐陵，庾信竟称之为"济北颜渊，关西孔子"，有点肉麻。还说自己的文章"好事者不求，知音者不用"，其实当时权贵纷纷请他写碑铭。庾信骨子里自视甚高，瞧不起北方文士，却如此故作谦卑。庾信虽有乡关之思，但不如徐陵之敢于抗言力争南归，也不如王褒之"犹持汉使节，尚服楚臣冠"（王褒《赠周处士》）。王褒在西魏进犯江陵时，受命督军抵御，史称尽"忠勤之节"。庾信在侯景进犯建业时任建业令，率千人守朱雀桥，竟"以众先退"，弃城而逃。《哀江南赋》只讲别人"拒神亭而亡戟，临横江而弃马"，似乎与自己不相干，怪不得全祖望骂他"无耻"。

庾信写过许多神道碑，受后世选家看重。钱锺书不以为然，说："按信集中铭幽谀墓，居其太半，情文无自，应接未遑，造语谋篇，自相蹈袭。虽按其题，各人自具姓名，而观其文，通套莫分彼此……如宋以后科举应酬文字所谓'活套'，固六朝及初唐碑志通患。"①

　　**宇文逌**（？～580），宇文泰第十三子，封滕王，《周书》本传称他，"少好经史，解属文，雕章间发"，"行文骈俪，文风华美"。他与庾信交往，常赐衣物。有《滕简王集》八卷，已佚，今存骈文二篇。《庾信集序》概述作者生平和文学成就，骈句为主。《道教实花序》，是一部道教著作的序言，几乎全文皆骈：

　　　　混成元胎，先天地而生；玄妙自然，在开辟之外。可道非道，因金篆以诠言；上德不德，寄玉京而阐说。高不可揆，深不可源。阖之而彰三光；舒之而绵六合。广矣大矣，于得尽其钩深；恍兮忽兮，安可穷其象物。十善之戒，四极之科。金简玉字之音，琼笈银题之旨。升玄内教，灵宝上清。五老赤书之篇，七圣紫文之记。故以晖诸篆籀，焕彼图牒。玄经阆籍，可得而谈者焉。若乃包含天地，陶育乾坤。无大不大，无小不小。随之而不包其后，迎之而不见其前。周流六虚，希微三气。无上大道，游于空洞之上；梵形天尊，见于龙汉之劫。日在丁卯，拜东华之青童；辰次庚寅，虔台山之静默。汉史外载，道有三十七家，九十三篇。斯止略序宗涂，匪奥探赜。讵详金液之异，未悟石函之奇。见之者尚迷，闻之者犹豫。非有天尊之说，曾无大圣之言。岂下四药之丹，罕识五光之彩。区区琐琐，盍名而言。

　　文章采用大量《道德经》的成句，组成四六对仗，形容大道之玄妙莫测；继而概述此书"略序宗途，匪奥探赜"的作用，钩玄提要，言简意赅，文字水平较高。作者虽是少数民族，吸收汉文化已经相当精深，与同时期南朝道家之文区别不太大。

　　有的骈文史把北朝三大散文著作归类于骈文，或认为是"以骈偶为主

---

①　钱锺书：《管锥编》第四册，中华书局1979年版，第1527页。

体"，本书不敢苟同。《颜氏家训》全书语言通俗，多用口语，侃侃而谈，如道家常。有时偶尔使用少量比较整齐的对仗和排比句，那是当时风气使然，在全篇中不到十分之一二，而且多为古文式对仗，极少骈四俪六的句式。全书有大量当时事例，很少历史典故，其散体文特征在整个魏晋南北朝都是突出的。《水经注》和《洛阳伽蓝记》在描写山水风景和建筑物之宏伟壮美时，往往采用少量四六对句加以形容赞赏，每段不过二三十字而已，在全书中不到十分之一，可称为骈丝俪片，连骈偶段落也很少。

# 南北朝骈文名篇选读

## 颜延之《陶征士诔序》①

夫璿玉致美，不为池隍之宝；桂椒信芳，而非园林之实②。岂其深而好远哉，盖云殊性而已。故无足而至者，物之藉也③；随踵而立者，人之薄也④。若乃巢、高之抗行，夷、皓之峻节⑤，故已父老尧、舜，锱铢周、汉⑥；而绵世浸远，光灵不属，至使菁华隐没，芳流歇绝，不其惜乎⑦！虽今之作者，人自为量，而首路同尘，辍途殊轨者多矣。岂所以昭末景、泛余波⑧！

有晋征士浔阳陶渊明，南岳之幽居者也。弱不好弄，长实素心；学非称师，文取指达。在众不失其寡，处言愈见其默⑨。少而贫病，居无仆妾。井臼弗任，藜菽不给。母老子幼，就养勤匮⑩。远惟田生致亲之议，追悟毛子捧檄之怀⑪。初辞州府三命，后为彭泽令。道不偶物，弃官从好。遂乃解体世纷，结志区外，定迹深栖，于是乎远⑫。灌畦鬻蔬，为供鱼菽之祭；织绚纬萧，以充粮粒之费⑬。心好异书，性乐酒德，简弃烦促，就成省旷⑭。殆所谓国爵屏贵，家人忘贫者与？有诏征为著作郎，称疾不到⑮。春秋若干，元嘉四年月日卒于浔阳县之某里。近识悲悼，远士伤情，冥默福应，呜呼淑贞⑯。

夫实以诔华，名由谥高，苟允德义，贵贱何筭焉⑰。若其宽乐令终之美，好廉克己之操，有合谥典，无愆前志。故询诸友好，宜谥曰"靖节征士"⑱。

——选自《昭明文选》卷五十七

### 注释

① 诔文作于宋文帝元嘉四年（427），这里仅选其序。征士：不应朝廷征聘的读书人。陶渊明曾拒受晋安帝征聘，故有此称。

② 璿（xuán 玄）：美玉。池隍：城池。隍（huáng 皇），没有水的城壕。桂椒：桂与椒，都是芳香木，常用以喻贤人。信：实在，的确。古人认为桂、椒等树多生于山野。以上四句以美玉不在城池，佳树不生园林比喻志士高洁，不趋荣利。

③ 无足而至：据《韩诗外传》卷六记载，晋平公游西河，感叹没有贤士同乐。船

夫盍胥答道："主君亦不好士耳。夫珠出于江海，玉出于昆山，无足而至者，由主君之好也。士有足而不至者，盖主君无好士之意耳。"藉：凭借。二句说，贤士的来到，靠的是君王贤明，求贤慕士。

④ 随踵：前后相继。薄：鄙薄。二句说，随俗入仕，人所鄙薄。

⑤ 巢：巢父，传说为唐尧时隐士，尧让以天下，不受。高：指伯成子高，尧时立为诸侯，禹即位后，弃爵归耕。事见《庄子·天地》。抗行：高尚的行为。夷：伯夷。皓：即"商山四皓"，汉初隐于商山的四位老人，名东园公、绮里季、夏黄公、甪里先生。汉高祖召见，拒不应召，事见《史记·留侯世家》。峻节：高尚的节操。

⑥ 父老尧、舜：仅把尧、舜视为年长者，而不受命称臣表示对功名权位的轻视。语本《后汉书·郅恽传》。锱铢周、汉：轻视周、汉王室，拒与合作。锱铢（zī zhū 姿）：古重量单位，喻轻微，细小，此处意为看轻，轻视。

⑦ 绵（mián 棉）：延续。浸：逐渐。光灵：高尚的精神品德。属（zhǔ 主）：连接。菁华：同"精华"。芳：美好的品德。流：传，传布。这五句说，离古渐远，风范未续。贤人隐没，甚可惋惜。

⑧ 量：气量，抱负。首路：启程上路。同尘：同乎流俗，语出《老子》："和其光，同其尘。"辍途：中途停止。殊轨：不同的道路。末景：夕照，余光。余波：喻前人的流风遗泽。这六句说，当今之人，纵使各有抱负，但有人一开始就随波逐流，中途止步，分道扬镳的多得很。岂能保持晚节，继承前贤遗风。

⑨ 弱：年少。弄：游戏，嬉戏。语出《左传·僖公九年》："夷吾弱不好弄。"素心：心地纯洁。称师：自称师表。指达：意思通达。指：通"旨"。处言：独居。言：助词，无义。默：沉默寡言。这六句说陶渊明性格特点，即心地纯洁，恬淡闲静。

⑩ 井臼：汲水舂米，指操持家务。藜菽：泛指粮食。藜：野菜，嫩时可食。菽（shū 叔）：豆类的总称。就养：指侍奉父母。匮：缺乏，不足。这几句说陶渊明贫病的生活情况。

⑪ 惟：思。田生：田过，战国齐人。他认为父重于君，事君是为养亲，事见《韩诗外传》卷七。毛子：东汉人，名义，字少卿。家贫，为养亲而入仕，母死即辞官归隐。事见《后汉书》刘平、赵孝等传序。

⑫ 初辞州府三位：指陶渊明曾任江州祭酒、镇军参军，建威参军等职，因"不堪吏职"辞归，后为生活所迫做过八十一天彭泽令。道不偶物：主张与现实不相合。从好：顺从自己的好尚。解体：脱身。世纷：世务纷纭。结志：立志。区外：尘世之外。定迹：犹定居。深栖：隐居。这八句说陶渊明弃官归隐，厌倦尘世纷扰，决心定居田园。

⑬ 灌畦：浇灌菜畦。鬻：通"育"。鱼菽之祭：薄陋的祭物。古人祭祀多用猪，

牛、羊三牲，故以鱼豆做祭品者为薄陋。绚（qú 渠）：古时鞋头上的装饰。纬萧：用蒿草编成帘子。这四句述说陶渊明躬耕的俭朴生活。

⑭ 酒德：以饮酒为德。简弃：犹抛弃。烦促：麻烦紧迫的事情。省旷：简约安闲旷达。这四句写陶渊明的习性。

⑮ 国爵：国家的爵位。屏：抛弃。此句化用《庄子·天运》"至贵，国爵屏焉"。家人忘贫：语出《庄子·则阳》，意谓淡泊无欲，家中人不以贫困为苦。征：征召。著作郎：官名，三国时始设，掌编纂国史。

⑯ 春秋：年龄。元嘉：南朝宋文帝刘义隆的年号。近识：邻近的熟人。冥默：封建迷信所谓的"阴间"，此指陶渊明的魂灵。福应：祝福语。意谓理应得福佑。淑贞：贤良坚贞。淑：善良，美好。贞：坚定有操守。这六句写陶渊明之死及人们悲悼的情形。

⑰ 实：实际。华：光彩，光辉，此用如动词，谓增添光彩。名：名声，名望。谥（shì 士）：帝王、贵族大臣、士大夫死后，依其生前事迹给予称号。

⑱ 宽乐：宽厚和悦。令终：保持善名至死。令：善，美好。美：美德。操：志节，品行。谥典：即谥法。靖节：陶渊明的谥号。这六句说陶渊明被谥为"靖节征士"的缘由。

（刘彦成　注释）

## 孔稚珪《北山移文》①

钟山之英②，草堂之灵③，驰烟驿路④，勒移山庭⑤。夫以耿介拔俗之标⑥，潇洒出尘之想⑦，度白雪以方洁⑧，干青云而直上⑨，吾方知之矣。若其亭亭物表⑩，皎皎霞外⑪，芥千金而不盼⑫，屣万乘其如脱⑬，闻凤吹于洛浦⑭，值薪歌于延濑⑮，固亦有焉。岂期终始参差⑯，苍黄翻覆⑰，泪翟子之悲，恸朱公之哭⑱，乍回迹以心染⑲，或先贞而后黩⑳，何其谬哉！呜呼！尚生㉑不存，仲氏㉒既往，山阿寂寥㉓，千载谁赏㉔？

世有周子㉕，隽俗之士，既文既博㉖，亦玄亦史㉘。然而学遁东鲁㉙，习隐南郭㉚；偶吹草堂㉛，滥巾北岳㉜；诱我松桂，欺我云壑。虽假容于江皋㉝，乃缨情于好爵㉞。其始至也，将欲排巢父，拉许由，傲百氏，蔑王侯㉟，风情张日㊱，霜气横秋㊲。或叹幽人长往㊳，或怨王孙不游。谈空空于释部㊳，核玄玄于道流㊵。务光何足比㊶，涓子不能俦㊷。及其鸣驺入谷㊸，鹤书赴陇㊹，形驰魄散，志变神动。尔乃眉轩席次㊺，袂耸筵上㊻，焚芰制而裂荷衣㊼，抗尘容而走俗状㊽。风云凄其带愤，石泉咽而下怆。望林峦而有失，顾草木而如丧㊾。

至其纽金章(50)，绾墨绶(51)，跨属城之雄(52)，冠百里之首(53)，张英风于海甸(54)，驰妙誉于浙右(55)。道帙长殡(56)，法筵久埋(57)。敲扑喧嚣犯其虑(58)，牒诉倥偬装其怀(59)。琴歌既断，酒赋无续。常绸缪于结课(60)，每纷纶于折狱(61)。笼张赵于往图(62)，驾卓鲁于前策(63)。希踪三辅豪(64)，驰声九州牧(65)。使我高霞孤映，明月独举，青松落荫(66)，白云谁侣？涧户摧绝无与归(67)，石径荒凉徒延伫。至于还飙入幕(68)，写雾出楹(69)，蕙帐(70)空兮夜鹄怨，山人去兮晓猿惊。昔闻投簪逸海岸(71)，今见解兰缚尘缨(72)。

于是南岳献嘲，北陇腾笑，列壑争讥，攒峰竦诮(73)。慨游子之我欺，悲无人以赴吊(74)。故其林惭无尽，涧愧不歇，秋桂遣风，春萝罢月(75)，骋西山之逸议(76)，驰东皋之素谒(77)。今又促装下邑(78)，浪栧上京(79)，虽情殷于魏阙(80)，或假步于山扃(81)。岂可使芳杜厚颜，薜荔无耻(82)，碧岭再辱，丹崖重滓(83)，尘游躅于蕙路(84)，污渌池以洗耳(85)？宜扃岫幌(86)，掩云关，敛轻雾，藏鸣湍，截来辕于谷口，杜妄辔于郊端(87)。于是丛条嗔胆(88)，叠颖怒魄(89)，或飞柯以折轮(90)，乍低枝而扫迹(91)。请回俗士驾，为君谢逋客(92)。

——选自《昭明文选》卷四十三

**注释**

① 北山：即文中的钟山，又名紫金山，位于南京市东北。移文：古代文体，是官府文书的一种。

② 英：指山神。

③ 草堂：隐者所居之处。灵：指山神。

④ 驰烟驿路：山神腾烟驾雾，奔跑在大路上。

⑤ 勒移山庭：把移文刻在山庭。勒：刻。

⑥ 耿介：耿直有节操。拔俗：超乎流俗。标：仪表。

⑦ 潇洒：洒脱无拘束。出尘：与“拔俗”意近。

⑧ 度白雪以方洁：说真隐士的品行可以和白雪的洁白相比。度（duó）：量。方：比。

⑨ 干青云而直上：志向凌驾于青云之上。干：触，凌驾。

⑩ 若其：至于那种。亭亭：耸立的样子。表：外。

⑪ 皎皎：洁白的样子。霞外：云天之外，指人世之外。

⑫ 芥千金而不盼：把千金视作草芥，不看在眼里。芥：小草。盼：一作“眄”，看。

⑬ 屣万乘其如脱：把天子之位看得如草鞋一样，可以轻易地脱掉。屣（xǐ 洗）：草鞋。万乘：指天子。

⑭ 闻凤吹于洛浦：《列仙传》说周灵王太子晋，好吹笙，作凤鸣之声，游于伊、洛一带，久之仙去。

⑮ 值：遇。薪歌：采薪者之歌。延濑：长河之滨。水流沙上曰濑。以上两句说他们常与仙人同游，与奇士相遇。

⑯ 岂期：哪里料想到。终始参差：前后不一样。

⑰ 苍黄翻覆：变化不定。苍黄：青色和黄色。

⑱ 翟子：墨翟。朱公：杨朱。此四句意思是：哪里料到还有这样的人，行为前后不一，变化不定，就如墨子见了染丝要悲泣，杨朱见了歧路要恸哭。

⑲ 乍：忽然。回迹：隐居起来。心染：内心为功名利禄所染。

⑳ 贞：正，高洁。黩：污浊。

㉑ 尚生：又称向长，尚平，字子平，东汉人，隐居不仕。事见《高士传》。

㉒ 仲氏：指汉人羊仲、裘仲，皆廉洁退隐之士。旧注或指仲长统，他是曹操的属官，并非隐而不仕者。

㉓ 山阿寂寥：山林空寂寥落。山阿：山的隐曲处，此指北山。

㉔ 赏：欣赏，游赏。

㉕ 周子：一般认为是指周颙。但《南史》和《南齐书》的《周颙传》并无先隐后仕之事，与《移文》不合。

㉖ 隽俗之士：超出世俗的俊杰之人。隽：同"俊"。

㉗ 既文既博：既有文采又博学。

㉘ 亦玄亦史：也懂玄学也通历史。

㉙ 学遁东鲁：即学东鲁之遁。东鲁：鲁国隐士颜阖。《庄子·让王》说鲁君聘他，他却逃跑了。

㉚ 习隐南郭：即习南郭之隐。习：学。南郭：南郭子綦，隐士，事见《庄子·齐物论》。以上二句是说：周子只是表面上学着颜阖、南郭的样子，装腔作势。

㉛ 偶吹：混在吹奏乐器的人中间，即滥竽充数。草堂：周子住处。

㉜ 滥：过分，不恰当。巾：隐者的头巾。北岳：即北山。这两句是说，就像南郭先生冒充吹竽者一样，周子在北山冒充隐者滥戴隐士的头巾。

㉝ 假容：假装隐士的样子。江皋：江边。

㉞ 缨情：系情。好爵：猎取功名利禄。这两句是说，虽装作是隐士，心里却追怀利禄。

㉟ 排：摈斥。拉：摧折。傲：傲视。蔑：轻蔑。这几句说，周子蔑视一切人。百氏：诸子百家。

㊱ 风情：风度气概。张日：蔽日。

㊲ 霜气：秋天肃杀之气。横：盖。这两句说周子极其狂妄自大。

㊳ 叹幽人长往：叹息隐者长期去而不返。意即后继无人。

㊴ 空空：指佛学义理。释部：指佛经。

㊵ 核：考核。玄玄：指道的玄妙深奥。道流：道家者流。

㊶ 务光：隐士。李善注引《列仙传》说，汤得天下，后让务光，务光潜水逃走。

㊷ 涓子：齐人，隐士，事见《列仙传》。俦：同列，匹敌。

㊸ 鸣：此指喝道声。驺（zōu 邹）：骑士。谷：山谷。

㊹ 鹤书：鹤头书，此指诏书。陇：山。这两句是说，朝廷派使者进山招隐士。

㊺ 眉轩：眉飞色舞。轩：举，扬。席次：座席。

㊻ 袂：衣袖。耸：举。这两句是说，周子接到朝廷诏书，得意忘形，不再做隐士。

㊼ 芰（jì 技）制、荷衣：均指隐者的衣服。

㊽ 抗：显露。尘容、俗状：均指世俗小人的面貌。走：与"抗"同意。

㊾ "风云"四句：风云为之凄怆带恨，石泉也因此呜咽落泪，看那山林冈峦、花草树木，都对他失望丧气。

㊿ 纽：系。金章：铜印。

(51) 绾（wǎn 晚）：系。墨绶：黑色的带子。这两句说，周子做了县令，挂上铜印、墨绶。

(52) 跨属城之雄：言周子所任县是郡中各县最大的。跨：超过。雄：长。属城：邻近相连各县。

(53) 百里：指一县管辖的地域。这是说周子当任一县之长。

(54) 张：张扬。英风：美名。海甸：海边。

(55) 驰：传播。妙誉：声誉。浙右：浙江东部一带。

(56) 道帙：道家书籍。殡：弃置。

(57) 法筵：佛家讲经说法的讲席。埋：埋没。

(58) 敲扑喧嚣犯其虑：鞭笞犯人的喧嚣声扰乱了他的思虑。敲扑：敲打、鞭笞。

(59) 牒：公文。诉：诉状。倥（kǒng 恐）傯（zǒng 总）：急迫的样子。这句说公文诉状等烦琐事务萦系心头。

(60) 绸缪：纠缠。结课：考核官吏的政绩。

(61) 纷纶：忙碌。折狱：断案。

⑥2 笼：盖过。张、赵：指西汉名臣张敞、赵广汉，两人都曾做过京兆尹。往图：以往的图书记载。

⑥3 驾：超出。卓、鲁：指东汉循吏卓茂、鲁恭，两人都做过县令。前策：从前的簿册，指历史记述。这两句是说，周子要超过张、赵、卓、鲁这些历史上著名的地方官。

⑥4 希踪：希图效法。三辅：指汉京城长安附近所分京兆尹、左冯翊、右扶风，以辅卫京城。豪：贤人豪士。

⑥5 驰声：传扬名声。九州：古时天下分为九州。牧：州的军政长官。九州牧：泛指天下各处的地方官。

⑥6 落荫：空余阴影。

⑥7 涧户：水涧和庐舍。摧绝：破坏。无与归：没有人再到这里来了。

⑥8 还飙入幕：旋风吹入帐幕。还飙：旋风。

⑥9 写雾：流泻的云雾。楹：屋柱。

⑦0 蕙帐：用芳香的蕙草做成的帐幔。

⑦1 投簪：投冠，即弃官。簪：官吏连冠于发的饰物。逸：隐遁。

⑦2 解兰缚尘缨：指出山做官。兰：香草，隐者所佩，以示芳洁。尘缨：世俗的冠带。

⑦3 攒（cuán 审阳平）：聚。攒峰：众多的山峰。竦（sǒng 耸）：耸动。诮：讥笑。这四句是说，周围的山峰丘壑争相讥笑周子。

⑦4 游子：指周子。我：山神自称。吊：慰问。

⑦5 遣：遣逐。这两句是说，秋桂、春萝因受假隐士欺骗，感到惭愧，不愿再得到风月的拂照了。

⑦6 骋：这里是传布的意思。西山：首阳山，伯夷叔齐隐居的地方。逸议：隐者的评议。

⑦7 驰：也是传布的意思。东皋：隐士居处。谒：告，这里是议论的意思。素谒：贫而有德之人的议论。

⑦8 促装：急治行装。下邑：县，相对国都而称"下"。

⑦9 浪枻（yì 易）：鼓桨，指乘船。上京：京都，指建业。这里是说，周子从县城去建业。

⑧0 魏阙：指朝廷。

⑧1 假步：借步。山扃（jiōng 迥阴平）：山门。这两句说，他虽然一心奔向宫廷，但他还想借路北山。

⑧2 "岂可"二句：怎么让芳杜、薜荔为之感到羞耻？厚颜：羞愧。芳杜、薜（bì

毕）荔：均香草名。

㉝ 重淬：重被玷污。淬（zǐ子）：污浊。

㉞ 尘：污染。游躅：指周子游玩的足迹。蕙路：长着香草的路。

㉟ 洗耳：《高士传》：尧聘许由为九州长，许由不肯，听到这消息后，用颍水洗耳。渌池：清池。

㊱ 扃：此处为动词，意为关闭。岫（xiù秀）幌：山窗。

㊲ 来辕：周子进山的车。杜：阻塞。妄辔：乱闯的马。以上六句说应该拒周子于山外。

㊳ 丛条：丛聚的枝条。瞋：怒目。瞋胆：使肝胆生气。

㊴ 叠颖：重叠的草木。颖：草的末端。怒魄：使魂魄发怒。

㊵ 飞柯以折轮：飞起树枝去折断车轮。柯：树枝。

㊶ 乍：忽然。扫迹：扫除周子的足迹。

㊷ 君：山神。谢：辞绝。逋：逃。俗士、逋客：均指周子。

（宋绪连　注释）

## 沈约《谢灵运传论》①

史臣曰②：民禀天地之灵，含五常之德③，刚柔迭用，喜愠分情④。夫志动于中，则歌咏外发⑤，六义所因⑥，四始攸系⑦，升降讴谣，纷披风什⑧。虽虞夏以前，遗文不睹⑨，禀气怀灵，理无或异⑩。然则歌咏所兴，宜自生民始也。

周室既衰，风流弥著⑪。屈平、宋玉，导清源于前，贾谊、相如，振芳尘于后。英辞润金石⑫，高义薄云天⑬。自兹以降，情志愈广。王褒刘向扬班崔蔡之徒⑭，异轨同奔，递相师祖⑮。虽清辞丽曲，时发乎篇，而芜音累气⑯，固亦多矣。若夫平子艳发⑰，文以情变，绝唱高踪，久无嗣响⑱。至于建安，曹氏基命⑲，三祖、陈王，咸蓄盛藻⑳。甫乃以情纬文，以文被质㉑。自汉至魏，四百余年，辞人才子，文体三变。相如工为形似之言㉒，二班长于情理之说㉓，子建、仲宣以气质为体㉔，并标能擅美，独映当时。是以一世之士，各相慕习。源其飙流所始，莫不同祖《风》《骚》㉕；徒以赏好异情，故意制相诡㉖。

降及元康㉗，潘、陆特秀㉘，律异班、贾㉙，体变曹、王㉚。缛旨星稠，繁文绮合㉛，缀平台之逸响㉜，采南皮之高韵㉝。遗风余烈，事极江右㉞。有晋中兴㉟，玄风独扇㊱，为学穷于柱下㊲，博物止乎七篇㊳。驰骋文辞，义殚乎此㊴。自建武暨于义熙，历载将百㊵。虽比响联辞，波属云委；莫不寄言上德，托意玄珠㊶，遒丽之辞㊷，无闻焉耳。仲文始革孙许之风㊸，叔源大变太元之气㊹。爰逮宋氏，颜、谢腾声㊺，灵运之兴会标举㊻，延年之体裁明密㊼，并方轨前秀，垂范后昆㊽。

若夫敷衽论心㊾，商榷前藻㊿，工拙之数(51)，如有可言。夫五色相宣，八音协畅(52)，由乎玄黄律吕，各适物宜(53)。欲使宫羽相变，低昂互节(54)，若前有浮声，则后须切响(55)。一简之内，音韵尽殊；两句之中，轻重悉异(56)。妙达此旨，始可言文(57)。

至于先士妙制(58)，讽高历赏(59)。子建"函京"之作(60)，仲宣"灞岸"之篇(61)，子荆"零雨"之章(62)，正长"朔风"之句(63)，并直举胸情，非傍诗史(64)。正以音律调韵，取高前式(65)。自灵均以来(66)，多历年代，虽文体稍精，而此秘未睹。至于高言妙句，音韵天成，皆暗与理合，匪由思至(67)。张、蔡、曹、王，曾无先觉(68)；潘、陆、颜、谢，去之弥远。世之知音者，有以得之，知此言之非谬。如曰不然，请待来哲(69)。

——选自《宋书·谢灵运传》

## 注释

① 谢灵运：南朝宋代著名诗人，陈郡阳夏（今河南太康）人，谢玄之孙，袭封康乐公，世称谢康乐。其诗大都描写山水名胜，刻画自然景物，对山水诗的形成发展有很大影响。

② 史臣：此文是《宋书》作者沈约在传末所发表的评论，故自称"史臣"。

③ 五常：五行，金、木、水、火、土。

④"刚柔"二句：刚柔这两种不同的性质交替作用，就分出了喜怒等各种不同的感情。

⑤"夫志"二句：感情在内心冲动，就外发而为诗歌。志：指人的感情。

⑥ 六义：《毛诗序》："诗有六义焉，一曰风，二曰赋，三曰比，四曰兴，五曰雅，六曰颂。"因：依。

⑦ 四始：《史记·孔子世家》："《关雎》之乱以为风始，《鹿鸣》为小雅始，《文王》为大雅始，《清庙》为颂始。"攸：所。

⑧"升降"二句：意思是说感情在歌谣中不同程度地抒发出来，突出地表现在诗歌

里。纷披：形容多。风什：代指诗歌。风：《诗经》中的十五国风，即各地民歌。什：《诗经》中的雅颂，十篇为一组，称为什。

⑨"虽虞夏"二句：《尚书·虞书·益稷》有"帝庸作歌"，《夏书》有"五子之歌"。此以前的诗歌，《尚书》不载，故云。

⑩"禀气"二句：人禀受天地的灵气而发为诗歌，道理也许没有差异。

⑪ 周室：西周王朝。弥著：更加显著。

⑫ 金石：镌刻铭文的钟鼎碑石。钟鼎为金属，碑为石，合称金石。

⑬ 薄：迫近。云天：云霞、天穹，形容高。

⑭ 王褒：字子渊，西汉辞赋家。刘向：字子政，西汉经学家，文学家。扬：扬雄，字子云，西汉著名辞赋家。班：班固，字孟坚，东汉著名史学家和辞赋家。崔：崔骃，东汉文学家。蔡：蔡邕，字伯喈，东汉著名文学家。

⑮"异轨"二句：道路不同而趋向一致，并且互相效法。

⑯ 芜音累气：芜杂之音，烦累之气。

⑰ 平子：张衡，字平子，南阳西鄂（今河南南阳）人，东汉著名的文学家和科学家。艳发：文采焕发。

⑱"绝唱"二句：最美好的辞令，最高尚的情操，以后很久都不多见。这是指张衡的《四愁诗》。

⑲ 建安：汉献帝年号（196～220）。曹氏基命：建安时期，政权实际掌握在曹操手中，为曹丕称帝奠定了基础。

⑳ 三祖：指武帝曹操，文帝曹丕，明帝曹睿。陈王：指曹植，曹植在魏明帝太和六年二月封为陈王。咸蓄盛藻：都有华美的词藻。

㉑"甫乃"二句：才开始根据情理来组织文辞，用文辞来润饰内容，互相配合，组织成完美的作品。

㉒ 形似：指辞赋。司马相如擅长辞赋，辞赋重在体物，描写形象逼真，故称之为"形似之言"。

㉓ 二班：班彪、班固。班彪：班固的父亲。情理：抒情说理。班彪的《北征赋》，班固的《幽通赋》《咏史诗》，皆抒情说理之作。

㉔ 子建：曹植的字。仲宣：王粲的字，建安七子之一。气质：指作家的材性。

㉕"源其"二句：探求其风流的源头，都是以风骚为祖。

㉖"徒以"二句：只是因为欣赏爱好不同，故内容形式各异。

㉗ 元康：晋惠帝年号（291～299）。

㉘ 潘陆：潘岳、陆机，西晋著名文学家，有"潘江陆海"之说。

㉙ 班贾：班固、贾谊。

㉚ 曹王：曹植，王粲。

㉛ “缛旨”二句：浓丽的意旨，像星星一样多，繁盛的辞藻，像锦缎一样组合。

㉜ 缀：联结。平台之逸响：指司马相如等人的辞赋的风格。平台：汉梁孝王刘武在封地大梁大建宫室，连至城东三十里的平台，招延四方文士，邹阳、司马相如等辞赋家都曾往游宴写作。逸响：高雅的作品。

㉝ 南皮之高韵：指曹丕等人的诗赋的风格。曹丕曾与吴质、阮瑀等人共游南皮宴游赋诗。曹丕《与朝歌令吴质书》：“每念昔日南皮之游，诚不可忘。”南皮县，今属河北省。

㉞ 余烈：留下的业绩。江右：江东。

㉟ 有晋中兴：西晋灭亡后，司马睿渡江在南京建立东晋王朝，故称中兴。

㊱ 玄风：指老庄之学。《老子》讲求“玄之又玄”，因此其学说又称玄学。独扇：风刮得特别厉害。

㊲ 柱下：指老子，老子曾为周柱下史。

㊳ 博物：广泛探求物理。七篇：指《庄子》。《庄子》内篇共七篇，向来认为是庄周本人的作品。

㊴ 殚：尽。

㊵ 建武：晋元帝司马睿年号（317）。义熙：晋安帝司马德宗年号（405～418）。

㊶ “虽比响”四句：虽作品连续不断出现，如水波一样连接，如云一样委积，但没有谁不谈论玄学。比（bì 必）：连缀。上德：指《老子》哲学。《老予》：“上德不德，是以有德。”玄珠：指老庄哲学中所说的道。《庄子·天地》：“黄帝游乎赤水之北，登乎昆仑之丘而南望，还归，遗其玄珠。”

㊷ 遒丽：遒劲华丽。

㊸ 仲文：殷仲文，东晋文学家。孙：孙绰，字兴公。许：许询，字玄度。孙许并为玄言诗人。

㊹ 叔源：谢混，字叔源，东晋文学家。太元之气：指以孙许为首的玄言诗的风气。太元：晋孝武帝年号（376～396）。

㊺ 爰：于是。逮：到，及。宋氏：南朝刘宋王朝。颜谢：颜延之、谢灵运。

㊻ 兴会标举：兴致高昂。

㊼ 延年：颜延之的字。

㊽ “并方轨”二句：都与前代杰出的作家并驾齐驱，给后代作家留下典范。方：并。

㊾ 敷衽论心：坐下来平心讨论。敷衽：古人席地而坐，坐时衣襟须铺地，故以敷衽指坐。

(50) 商榷前藻：讨论评价前人的作品。

(51) 工拙之数：精工笨拙的规律。

(52) 八音：古代称金、石、丝、竹、瓠、土、革、木为八音。金为钟，石为磬，琴瑟为丝，箫管为竹，笙竽为瓠，埙为土，鼓为革，柷敔为木。

(53)“由乎”二句：由于颜色声音各自适合物的需要。玄黄：泛指各种颜色。玄：黑。律吕：乐律的统称。古代乐律有阴律阳律各六，阳六日律，阴六日吕，合称律吕。

(54)“欲使”二句：想要使平仄相间，高低错节。宫羽：古代五音（宫商角徵羽）之一。宫声洪大，代指字的平声。羽声高亢，代指字的仄声（包括上、去、入三声）。

(55)“若前”二句：假若前一句有平声，那么后一句就须用仄声。浮声：平声。切响：仄声。

(56)“一简”四句：指五言诗的一句之内，音韵各不相同，两句之中，轻重也完全两样。

(57)“妙达”二句：精妙到能领悟这层道理，才可谈得上写文章。

(58) 先士妙制：前代文士的好作品。

(59) 讽高历赏：讽咏高妙的诗歌，赏玩历来的佳作。

(60)“子建”句：指曹植的《赠丁仪王粲》一诗。其首句是：“从军度函谷，驱马过西京。”

(61)“仲宣”句：指王粲的《七哀诗》。其中有这样两句：“南登灞陵岸，回首望长安。”

(62) 子荆：孙楚，字子荆，西晋文学家。零雨之章：指孙楚的《征西属官送于陟阳侯作诗》。其首句为：“晨风飘岐路，零雨披秋草。”

(63) 正长：王瓒，字正长。朔风之句：指王瓒的《杂诗》。其首句为：“朔风动秋草，边马有归心。”

(64)“并直举”二句：这些佳作都是直抒胸臆，不是依傍现成诗句或靠运用史实。

(65)“正以”二句：正是凭着音律调韵的和谐，取得高于前人的成就。

(66) 灵均：屈原的字的别称。

(67)“皆暗与”二句：都是暗中与音律的法则相合，不是自觉地经过思考达到的。

(68) 张蔡曹王：指张衡、蔡邕、曹植、王粲。曾无先觉：竟然无人预先认识察觉。

(69) 来哲：将来的哲人，今后的识者。

（谭家健　注释）

## 徐陵《玉台新咏序》

凌云概日，由余之所未窥①；千门万户，张衡之所曾赋②。周王璧台之上③，汉帝金屋之中④，玉树以珊瑚作枝，珠帘以玳瑁为柙⑤。其中有丽人焉。

其人也，五陵豪族，充选掖庭⑥；四姓良家，驰名永巷⑦。亦有颍川新市，河间观津⑧，本号娇娥，曾名巧笑⑨。楚王宫内，无不推其细腰⑩；魏国佳人，俱言讶其纤手⑪。阅诗敦礼，非直东邻之自媒⑫；婉约风流，无异西施之被教⑬。弟兄协律，自小学歌⑭；少长河阳，由来能舞⑮。琵琶新曲，无待石崇⑯；箜篌杂引，非关曹植⑰。传鼓瑟于杨家⑱，得吹箫于秦女⑲。

至若宠闻长乐，陈后知而不平⑳；画出天仙，阏氏览而遥妒㉑。至如东邻巧笑，来侍寝于更衣㉒；西子微矉，得横陈于甲帐㉓。陪游馺娑，骋纤腰于《结风》㉔；长乐鸳鸯，奏新声于度曲㉕。妆鸣蝉之薄鬓，照堕马之垂鬟㉖，反插金钿，横抽宝树㉗。南都石黛，最发双蛾㉘；北地燕脂，偏开两靥㉙。

亦有岭上仙童，分丸魏帝㉚；腰中宝凤，授历轩辕㉛。金星将婺女争华㉜，麝月共嫦娥竞爽㉝。惊鸾冶袖，时飘韩掾之香㉞；飞燕长裾，宜结陈王之佩㉟。虽非图画，入甘泉而不分㊱；言异神仙，戏阳台而无别㊲。真可谓倾国倾城、无对无双者也。

加以天情开朗，逸思雕华㊳，妙解文章，尤工诗赋。琉璃砚匣㊴，终日随身；翡翠笔床㊵，无时离手。清文满箧，非惟芍药之花㊶；新制连篇，宁止蒲萄之树㊷。九日登高，时有缘情之作；万年公主㊸，非无诔德之辞。其佳丽也如彼，其才情也如此。

既而椒房宛转，柘馆阴岑㊹，绛鹤晨严，铜蠡昼静㊺。三星未夕，不事怀衾㊻；五日犹赊，谁能理曲㊼。优游少托㊽，寂寞多闲，厌长乐之疏钟㊾，劳宫中之缓箭㊿。轻身无力，怯南阳之捣衣[51]；生长深宫，笑扶风之织锦[52]。虽复投壶玉女，为欢尽于百骁[53]；争博齐姬，心赏穷于六箸[54]。无怡神于暇景，惟属意于新诗[55]，可得代彼萱苏，微蠲愁疾[56]。

但往世名篇，当今巧制，分诸麟阁，散在鸿都[57]。不藉篇章，无由披览。于是然脂暝写，弄笔晨书，选录艳歌，凡为十卷。曾无忝于雅颂，亦靡滥于风人，泾渭之间，若斯而已[58]。

于是丽以金箱，装之宝轴[59]。三台妙迹，龙伸蠖屈之书[60]；五色华笺，河北胶东之纸[61]。高楼红粉，仍定鲁鱼之文[62]；辟恶生香，聊防羽陵之蠹[63]。

灵飞六甲，高擅玉函<sup>㉞</sup>；鸿烈仙方，长推丹枕<sup>㉟</sup>。

至如青牛帐<sup>㊱</sup>里，余曲未终，朱雀窗<sup>㊲</sup>前，新妆已竟。方当开兹缥帙，散此缥绳<sup>㊳</sup>，永对玩<sup>㊴</sup>于书帏，长循环于纤手。岂如邓学春秋，儒者之功难习<sup>㊵</sup>；窦传黄老，金丹之术不成<sup>㊶</sup>。固胜西蜀豪家，托情穷于鲁殿<sup>㊷</sup>；东储甲观，流咏止于《洞箫》<sup>㊸</sup>。孌彼诸姬，聊同弃日<sup>㊹</sup>；猗与彤管，丽以香奁<sup>㊺</sup>。

——选自《徐孝穆全集》卷四

**注释**

① 凌云：台名，魏文帝建。概日：当亦台名，其取义犹如与日齐高。由余：春秋时戎王之臣，到秦国聘问时，秦穆公曾引他观览秦国宫室台观之美。见《史记·秦本纪》。

② 张衡：东汉天文学家、文学家。其《西京赋》形容宫室建筑群的曲折深广，有"门千户万"之句。

③ 周王：指周穆王。《穆天子传》载，他曾为盛姬造重璧之台。璧：美玉。

④ 汉帝：指汉武帝。《汉武故事》载，汉武帝幼时曾说，若能得阿娇为妇，"当作金屋贮之"。

⑤ 珊瑚：珊瑚虫分泌的石灰质骨骼，形状像树枝，以红色为多，生热带海中，古代视为珍贵的装饰品。玳瑁：海中似龟的动物，其背壳有褐、黄交错的花纹，可做装饰品。柙：帘额，置于帘的上端以镇帘。《汉武故事》载，汉武帝造神屋，庭前立玉树，以珊瑚为枝，又穿白珠成帘，玳瑁为帘柙。

⑥ 五陵：指汉高祖、惠帝、景帝、武帝、昭帝五座陵园，在长安（今陕西西安）北，其地多居住豪门大族。充选：指被采选入宫。掖庭：嫔妃所居的后宫名。

⑦ 四姓：《后汉书·明帝纪》称外戚樊氏、郭氏、阴氏、马氏为"四姓"。良家：封建社会中，与倡优、奴婢、乞丐等"贱民"相对，称士农工商清白之家为良家。永巷：即掖庭，秦称永巷。

⑧ 颍川：郡名，在今河南省境内。晋明帝庾皇后为颍川鄢陵人。新市：在今湖北京山东北。河间：汉郡国名，治所在乐城，今河北献县东南。汉武帝钩弋夫人赵氏为河间人。观津：汉县名，在今河北武邑东南。汉文帝窦皇后为清河郡观津县人。

⑨ 娇娥：疑指汉武帝陈皇后，名阿娇。娥：秦、晋一带称美女为娥。巧笑：魏文帝宫人名。以上八句言丽人出身。

⑩ 楚王：指楚灵王。《韩非子·二柄》载："楚灵王好细腰，而宫中多饿人。"

⑪ 魏国：西周诸侯国，在今山西芮城一带。《诗经·魏风·葛屦》云："掺掺女手，可以缝裳。"《毛传》解释"掺掺"说："犹纤纤也。"所以文中借以赞美丽人之手。

⑫ 阅诗教礼：犹如说知《诗》达《礼》，是女子有德性的表现。东邻之自媒：宋玉《登徒子好色赋》说有东邻美女登墙窥视他，即欲自媒求合之意。

⑬ 婉约：柔美的样子。西施之被教：西施，春秋时美女名。《越绝书》载，西施曾在越国美人宫接受调教。

⑭ 弟兄：指西汉李延年及其女弟。协律：指校音合律，也用为掌管音乐的官名。《汉书·外戚传》载，李延年知音，善为新声变曲。其女弟为歌女，美丽善舞，后得幸于汉武帝，即李夫人。李延年也被任命为协律都尉。

⑮ 河阳：汉县名，在今河南孟州市西。此指河阳主家，赵飞燕早年曾在这里"学歌舞，号为飞燕"，后得幸于汉成帝，立为皇后。据《汉书》颜师古注，河阳为后世妄改，当为阳阿。

⑯ 石崇：西晋人，曾任散骑常侍、荆州刺史等职。他的《王明君辞序》中说到造琵琶"新曲"，多哀怨之声。

⑰ 箜篌：亦弦乐器名。曹植有乐府诗《箜篌引》。

⑱ 杨家：指西汉杨恽家。杨恽《报孙会宗书》申曾说到他的妻子"赵女也，雅善鼓瑟"。

⑲ 秦女：指秦穆公女弄玉。《列仙传》载，箫史善吹箫，能招致百鸟。弄玉爱而嫁之，后吹箫引来凤凰，一起乘凤仙去。从"其人也"至此，写丽人的出常入贵，体貌优美，德艺双全。

⑳ 长乐：汉代宫名，为皇后所居。陈后：指汉武帝陈皇后，陈午之女，擅宠十余年，无子。后卫子夫得幸，她心中不平，"几死者数焉"。见《汉书·外戚传》。

㉑ 阏氏（yān zhī 焉支）：匈奴王的妻妾的称号。桓谭《新论》载，陈平为解平城之围，向汉高祖设谋说，张扬欲献美女与单于，匈奴阏氏有妒性，必竭力使汉脱围而去。

㉒ 东邻：司马相如《美人赋》说："臣之东邻，有一女子，云发丰艳，蛾眉皓齿……恒翘翘而西顾，欲留臣而共止。"此用其典。侍寝于更衣：《汉书·外戚传》载卫子夫因侍汉武帝更衣于轩中而得幸。

㉓ 西子微颦：《庄子·天运》说，西施有心病，常捧心而颦，人皆以为美。横陈：即横卧。甲帐：最华贵的帷帐。《汉武故事》载，武帝杂错珠玉珍宝以为甲帐，其次一等为乙帐。

㉔ 馺娑（sà suō 飒梭）：汉代殿名，在建章宫中。结风：《拾遗记》载，赵飞燕身轻，风至则欲随风飘去，汉成帝"以翠缨（绿色带子）结飞燕之裙"。结风又为舞名，见傅毅《舞赋序》。此处实妙含双关。

㉕ 长乐：此处为长日游乐之意，与上句"陪游"相对。鸳鸯：殿名。《飞燕外传》载，汉成帝曾居鸳鸯殿便房，见赵飞燕女弟合德。度曲：制曲。

㉖ 鸣蝉之薄鬓：指蝉鬓，一种发式。据《中华古今注》载，始制于魏文帝宫人莫琼树，望之缥缈如蝉翼。堕马之垂鬟：指堕马髻，一种发式，创于东汉梁冀妻孙寿。见《后汉书·梁冀传》。鬟（huán 环）：环形的发髻。

㉗ 金钿（diàn 店）：镶嵌金花的钗。宝树：喻指步摇类首饰。

㉘ 南都：与下文"北地"对言，指南方。石黛：古代妇女用以画眉的青黑色颜料。双蛾：双眉。蚕蛾的触须弯而细长，故称女子美丽的长眉为蛾眉。

㉙ 燕脂：用以化妆的颜料。《古今注》载，商纣王榨取红蓝花汁做化妆颜料，因其花为燕地所产，故称燕脂。靥（yè 叶）：今称酒窝。从"至若宠闻长乐"至此，写丽人的倍受宠遇。

㉚ 岭上仙童，分丸魏帝：魏帝指魏文帝曹丕。他的《折杨柳行》诗说西山"有两仙童"，给他"一丸药"，服食以后，"身体生羽翼"，乘云轻举。

㉛ 宝凤：指凤鸟氏。《左传》昭公十七年言凤鸟氏为历正。轩辕：指黄帝。《汉书·律历志》注引应劭曰："言黄帝造历得仙。"按，清纪容舒《玉台新咏考异》言此四句"与下文不属，疑有脱落"，可供参考。

㉜ 金星：靥妆的一种。婺（wù 务）女：星名，即二十八宿之女星。

㉝ 麝（shè 射）月：亦为靥妆名。嫦娥：神话传说中羿的妻子，因偷吃不死之药，飞升入月宫，这里用以代指月。

㉞ 惊鸾：形容体态轻盈。冶袖：艳丽的衣袖。韩掾：指晋人韩寿，为贾充属官。他姿容美丽，贾充女爱而与之私通。充女用外国所贡香料，一着人衣，经月不息。韩寿身沾此香气，被贾充发觉，遂嫁女与韩。

㉟ 飞燕：赵飞燕，见本篇注㉔。裾（jū 居）：衣前襟或衣袖。陈王：曹植曾封陈王。他的《洛神赋》向洛神表述情意说："愿诚素之先达兮，解玉佩以要之。"

㊱ 甘泉：汉代宫名。《汉书·外戚传》载，李夫人死后，汉武帝怀想不已，"图画其形于甘泉宫"。

㊲ 神仙：指巫山神女。戏阳台：宋玉《高唐赋》言楚先王游高唐，梦见巫山神女自荐枕席，临去时说："且为朝云，暮为行雨，朝朝暮暮，阳台之下。""亦有岭上仙童"至"无对无双者也"，写丽人佳妙，宜得男欢女爱生活。

㊳ 天情：本然的情致。逸思：活泼的思怀。雕华：秀美。

㊴ 琉璃：一种半透明有光色的矿石。

㊵ 翡（fěi 匪）翠：一种绿色的硬玉。笔床：笔架。

㊶ 箧（qiè 切）：箱子。芍药之花：傅统妻有《芍药花颂》。

㊷ 新制：新巧的创作，与上句“清文”指清丽的创作相对。以上四句言丽人创作极多，题材亦广。“蒲萄之树”，出典未详。

㊸ 万年公主：晋武帝之女，死后，武帝命贵嫔左芬作诔文。从“加以天情开朗”到此下二句末，写丽人富有才情。

㊹ 椒房：皇后所居殿以椒和泥涂壁，暖而有香气，故称椒房。宛转：形容殿屋深邃曲折。柘馆：汉代宫馆名，在上林苑中。阴岑：指苑中山的背面。

㊺ 绛鹤：指赤色鹤形锁钥。严：指关合。铜蠡：铜铺，铜制的螺形衔门环的底座。蠡（luó 罗）：通“蠃”，即螺。相传春秋时公输班见水中蠡引闭其户而不可开，遂取其象，以制铺首。

㊻ 三星：即参星，二十八宿之一。怀衾（qīn 亲）：抱着被子。《诗经·召南·小星》：“嘒彼小星，维参与昴。肃肃宵征，抱衾与裯。”郑玄笺以为是“诸妾夜行，抱衾与床帐，待进御之次序”。

㊼ 五日犹赊：《礼记·内则》载妾有“五日之御”制度，郑玄注：“五日一御，诸侯制也。”此言进御之间歇日甚多。赊：远。理曲：弹奏演唱。

㊽ 少托：犹如说少事，无寄托情怀之处。

㊾ 厌：厌倦。长乐之疏钟：长乐宫中稀疏的钟声。钟室在长乐宫中，见《三辅黄图》。

㊿ 劳：这里有焦心难耐之意。缓箭：指时间缓慢推移。古代之计时器滴漏以漏壶中箭的刻度显示时间。

(51) 南阳：郡名，治所在宛县，即今河南南阳。捣衣：洗衣。古代诗文中常以拆洗或裁制衣物寄远以表相思之情。“南阳之捣衣”出典未详。

(52) 扶风：郡名，辖境约当今陕西乾县以西、秦岭以北地区。扶风之织锦：前秦苻坚时，窦滔为秦州刺史，被流放西去，其妻织锦为回文诗以寄情思，见臧荣绪《晋书》。以上四句言丽人无从寄其相思之情。

(53) 投壶玉女：投壶是古代一种游戏，向特制壶中投矢，以所中多寡定胜负。《神异经》载有东王公与玉女做投壶戏的神话，此即用其事。百骁（xiāo 消）：《西京杂记》载投壶一般取中不取返，郭舍人改变为激矢令返，一矢能返百余次，谓之骁。

(54) 博：指六博的局戏。共有黑白十二棋，每人各六，两人对博。争博齐姬：出典未详。六箸：博戏双方各投六箸以行六棋。以上四句言以游戏遣时，亦为欢有限。

(55) 怡神：怡悦精神。暇景：闲暇时光。

(56) 萱：草名，古人认为可以使人忘忧。苏：皋苏木。相传其汁甜，食之可以解饥释劳。蠲（juān 捐）：免除。从"既而椒房宛转"至此，写丽人寂寞无聊，属意于以诗抒怀。

㊗ 麟阁：麒麟阁，在未央宫左。汉萧何建以藏朝廷图书。鸿都：东汉宫门名，内设有书库。

㊘ 泾渭：两条水名，都在今陕西境内，一清一浊，常用以喻事物高下。以上四句言所录作品虽无忝于《雅》《颂》，亦不属于《国风》。从"但往世名篇"至此，交代编辑《玉台新咏》的意旨及本书的性质。

㊙ 轴：书卷的卷轴。

㊚ 三台：汉时称尚书台、御史台、谒者台为三台。妙迹：指美妙的书法。蠖（huò货）：即尺蠖，虫体细长，以屈伸其体前行。龙伸蠖曲：形容笔体飞动。三国吴书法家皇象善八分篆草，世称其字如"龙蠖蛰启"。

㊛ 五色花笺：彩笺。河北：泛指古黄河以北地区。胶东：汉封国名，治所在即墨（今山东平度东南）。

㊜ 红粉：女子化妆用的胭脂与白粉，也用以代指美女。鲁鱼：指文字因字形相近而错讹。《抱朴子·遐览》："书三写，鱼成鲁。"

㊝ 辟恶生香：指芸草。芸草有香味，能辟除恶气，防止蠹虫蛀书。羽陵之蠹：《穆天子传》载，穆天子行至崔梁，在羽陵地方书为蠹虫蛀蚀。

㊞ 灵飞六甲：都是成仙方术一类东西。《汉武内传》载，汉武帝得西王母授予真形、六甲、灵飞十二事，盛以黄金几，封以白玉函。玉函：玉制的书套。

㊟ 鸿烈：即《淮南子》，亦称《淮南鸿烈》。丹枕：即枕中丹书，仙方以红笔书写，故称丹书。《博物志》载刘德治淮南王狱，得枕中鸿宝秘书。

㊠ 青牛帐：以青牛为图画之帷帐。为与下句"朱雀窗"相对，特用与神仙道士相关的青牛典故。据说老子曾乘青牛出函谷关，又有汉方士封君达好道，常乘青牛，号青牛道士。

㊡ 朱雀窗：《博物志》载西王母降临九华殿，东方朔从朱鸟牖中偷窥西王母。

㊢ 缥（piǎo 殍）：淡青色。帙（zhì 至）：书套子。绦绳：古代穿书简的丝绳。

㊣ 对玩：相对把玩，即对卷玩味。

㊤ 邓学春秋："邓"指汉和帝邓皇后，邓禹的孙女，早年即"昼修妇业，暮诵经典"，入宫后又"从曹大家受经书"。

㊥ 窦传黄老："窦"指汉文帝窦皇后，《汉书·外戚传》载，她"好黄帝老子言"。金丹：指还丹金液，方士炼金石所成之药，认为服食后可得长生。

㊦ 西蜀豪家：指三国时蜀国刘琰。鲁殿：指东汉王延寿所写《鲁灵光殿赋》。刘琰

曾为车骑将军，生活豪侈，有侍婢数十，既能歌唱，"又悉教诵读《鲁灵光殿赋》"。

⑦⑬ 东储：东宫储君，指太子。甲观：汉代太子宫中观名。洞箫：此指王褒《洞箫赋》。《汉书·王褒传》载，汉元帝为太子时，"喜褒所为《甘泉》及《洞箫颂》，令后宫贵人左右皆诵读之"。

⑦⑭ 娈彼诸姬：全用《诗经·邶风·泉水》句。娈（luán 峦）：美好的样子。姬（jī 机）：妾。弃日：荒废时日。

⑦⑮ 猗（yī 衣）与：叹美词。彤（tóng 同）管：后世称女史记事所用之赤管笔。香奁（lián 连）：杂置香料以收藏珍物的匣子。从"至如青牛帐里"至此，言闺中余闲，此书足资把玩，远胜研读儒、道之书，吟诵辞赋，尽可披阅，以消时日。

（孙静　注释）

## 庾信《哀江南赋序》

粤以戊辰之年，建亥之月，大盗移国，金陵瓦解①。余乃窜身荒谷，公私涂炭②。华阳奔命，有去无归③。中兴道销，穷于甲戌④。三日哭于都亭，三年囚于别馆⑤。天道周星，物极不反⑥。傅燮之但悲身世，无处求生⑦。袁安之每念王室，自然流涕⑧。昔桓君山之志事，杜元凯之平生，并有著书，咸能自序⑨。潘岳之文采，始述家风；陆机之辞赋，先陈世德⑩。信年始二毛，即逢丧乱，藐是流离，至于暮齿⑪。《燕歌》⑫远别，悲不自胜。楚老相逢，泣将何及⑬。畏南山之雨，忽践秦庭⑭；让东海之滨，遂餐周粟⑮。下亭漂泊，高桥羁旅⑯。楚歌非取乐之方，鲁酒无忘忧之用⑰。追为此赋，聊以记言⑱，不无危苦之辞，惟以悲哀为主。

日暮途远，人间何世⑲！将军一去，大树飘零⑳；壮士不还，寒风萧瑟㉑。荆璧睨柱，受连城而见欺㉒，载书横阶，捧珠盘而不定㉓。钟仪君子，入就南冠之囚㉔；季孙行人，留守西河之馆㉕。申包胥之顿地，碎之以首㉖；蔡威公之泪尽，加之以血㉗。钓台移柳，非玉关之可望㉘；华亭鹤唳，岂河桥之可闻㉙！

孙策以天下为三分，众才一旅㉚；项籍用江东之子弟，人惟八千㉛。遂乃分裂山河，宰割天下㉜。岂有百万义师，一朝卷甲，芟夷斩伐，如草木焉㉝？江淮无涯岸之阻，亭壁无藩篱之固㉞。头会箕敛者，合从缔交；锄耰棘矜者，因利乘便㉟。将非江表王气，终于三百年乎㊱？是知并吞六合，不免轵道之灾<sup>㊱</sup>；混一车书，无救平阳之祸<sup>㊲</sup>。呜乎！山岳崩颓，既履危亡之运<sup>㊳</sup>；春秋迭代，必有去故之悲<sup>㊴</sup>。天意人事，可以凄怆伤心者矣<sup>㊶</sup>！况复舟楫路穷，星汉非乘槎可上<sup>㊷</sup>；风飙道阻，蓬莱无可到之期<sup>㊸</sup>。穷者欲达其言，劳者须歌其事。陆士衡闻而抚掌，是所甘心<sup>㊹</sup>；张平子见而陋之，固其宜矣<sup>㊺</sup>。

——选自《庾子山集注》卷二

**注释**

① 粤：发语词。以：相当"于"。大盗：指侯景。侯景原是东魏军阀，后降梁，受封为河南王，梁武帝太清二年（戊辰，548年）八月叛梁，十月（建亥）攻陷梁都金陵（今南京），又陷台城（宫城），先后逼杀武帝、简文帝，废豫章王萧栋，自立为帝。移国：易国，篡位。

② 窜身：逃匿。荒谷：春秋楚地名，借指江陵（今属湖北）。公：贵族。私：平民。涂炭：陷入污泥，坠入火炭，喻指遭遇苦难。

③ "华阳"句：梁元帝承圣三年（554），庾信奉命从江陵出使西魏。此年十一月，西魏攻陷江陵，庾信被迫羁留长安。华阳：华山之南，指江陵。奔命：为王命奔走，指出使。

④ "中兴"句：梁朝中兴的希望完全丧失了。梁元帝平定侯景之乱，即位江陵，梁朝似由亡国而复兴，到甲戌年（554年），西魏攻陷江陵，杀死元帝。销：同"削"，削减。穷：尽。

⑤ "三日"句：首句指三国时蜀将罗宪守卫永安城，闻后主刘禅降，率部众至都亭哭了三日。（见《晋书·罗宪传》）都亭：都城附近的亭舍。次句指春秋鲁国叔孙婼（chuò 绰）曾被晋国囚于馆舍，其随员囚于别馆。别馆：正馆的旁舍。

⑥ 天道：天理。周星：即岁星。古人迷信，岁星是天之贵神，照临之处，一定昌盛。按常理，事情坏到极点一定转向反面。现在江陵沦陷，竟是物极不反，违背了岁星照临的天道。

⑦ 傅燮（xiè 谢）：东汉人，因不受重用，外放汉阳（今甘肃天水一带）太守，遭叛敌围困。其子劝他弃郡归乡，他感慨地说："世乱不能养浩然之志，食禄怎能回避危难？我还能到哪里去？"最后率部突围牺牲。（见《后汉书·傅燮传》）

⑧ 袁安：东汉人，官至司徒。因皇帝幼弱，外戚专权，每逢上朝谈论国事，无不感叹流涕。（见《后汉书·袁安传》）

⑨ 桓君山：桓谭，东汉人，著有《新论》。杜元凯：杜预，晋初儒将，著《春秋经

传集解》。两书均有作者自序。

⑩潘岳曾作《家风》诗，述家族的风尚。陆机曾作《祖德赋》《述先赋》，歌颂祖先功德。

⑪二毛：白发与黑发相间，指人已半老。江陵陷落时，庾信四十二岁。藐是：远是。流离：漂泊流亡。暮齿：暮年。

⑫《燕歌》：《燕歌行》，乐府诗题，多为从征伤别之作。

⑬"楚老"句：东汉桓帝时，党锢祸起，陈留（属楚地）张升辞职归乡，道逢友人，相抱而泣。有一老父叹息说：龙不能隐鳞，凤不能藏羽，天下罗网高悬，哪里能够安身？虽泣何及乎。

⑭南山之雨：语本《列女传·贤明传》。南山：此处指南朝。雨：喻战乱。忽践秦庭：指仓促来到西魏。句意为，因畏惧梁朝动乱，本拟隐居远祸。然国事危急，只得匆匆出使西魏。

⑮"让东海"句：战国时，田太公曾将齐康公赶到海滨。让：禅让。此处指北周篡夺西魏。遂餐周粟：周武王灭商，伯夷、叔齐耻食周粟，饿死于首阳山。此处指庾信在北周做官，自愧不如夷、齐。

⑯下亭：东汉孔嵩往京城，途中宿于下亭，马被盗。（见《后汉书·范式传》）东汉梁鸿至吴，投靠世家，居大屋下。（见《后汉书·梁鸿传》）高桥：一作"皋桥"，在今江苏苏州阊门内。羁旅：漂泊异乡。

⑰楚歌：楚人之歌。汉初项羽败，四面皆楚歌。鲁酒：鲁地之酒，味薄。

⑱追：追补。聊：姑且。记言：即记事。

⑲日暮途远：语本《史记·伍子胥列传》，此处意为年老命艰。远，一作"穷"。人间何世：当代是怎样一个世界。

⑳"将军"句：东汉将军冯异，每当诸将论功时，独屏树下，号称大树将军。此处"将军"为自喻。飘零：形容军队溃散。侯景乱时，梁简文帝命庾信率部扎营朱雀桥。侯景兵到，庾信退逃，部众溃散。

㉑"壮士"句：战国时荆轲为燕太子丹报秦仇，太子送至易水边。荆轲歌曰："风萧萧兮易水寒，壮士一去兮不复还。"此句指自己出使西魏，不能归国。

㉒"荆璧"句：指蔺相如完璧归赵。此句反用典故，相如使秦不曾受侮，自己使魏却见欺，以致不得归国。

㉓载书：盟书。珠盘：珠饰的铜盘，诸侯定盟之器。战国时，平原君与楚定合纵之盟，从日出到正午，楚王尚未决定。毛遂按剑历阶而上，据理力争，楚王才定。毛遂随即捧铜盘让楚王歃血为盟。此句指自己未能使西魏与梁朝结盟，故称"不定"。

㉔"钟仪"句：钟仪，战国楚人。楚伐郑，郑人将其俘获后献于晋国。晋侯问："南冠（楚冠）而絷（囚禁）者谁也？"此句亦自喻。

㉕"季孙"句：季孙即季孙意如，春秋鲁大夫，曾陪鲁昭公参加平丘之盟，被晋国扣留。后欲释放他，不肯归。叔鱼威胁他，说要替他在西河预备行馆（意为囚禁）。季孙惧，方肯归。（见《左传·昭公十三年》）行人：官名，负责外交事务。此句指自己出使，拘于长安。

㉖"申包胥"句：春秋时，吴伐楚。楚大夫申包胥至秦求救。秦王不允，他依墙痛哭。后获允，他九顿首而坐。（见《左传·定公四年》）顿地：叩头至地。碎之以首：意为叩头至碎。

㉗"蔡威公"句：春秋时，蔡威公预感国家将亡，闭门而泣，三日三夜，泪尽而出血。（见刘向《说苑》）

㉘钓台：在武昌，借指故国梁朝。移柳：杨树。玉关：玉门关，借指北周。

㉙华亭：在今浙江嘉兴县南，晋诗人陆机曾在此游乐十余年。河桥：在河南孟州市南。《世说新语》载：陆机带兵战于河桥，兵败被杀，临刑前叹曰："华亭鹤唳，岂可闻乎！"此句连上句意为，羁留在北周，望不见故乡的杨柳，听不见故乡的鹤鸣。

㉚孙策：三国吴开国之主。一旅：五百人。

㉛项籍：即项羽。江东：长江下游南岸。项羽起兵时，仅有精兵八千。

㉜宰割：割据称雄。

㉝卷甲：喻指梁朝军队溃败。芟（shān 删）夷：除草，削除，形容侯景屠杀人民如除草伐木。

㉞"江淮"句：江、淮两条河流不起天堑的作用，军营的墙壁不如藩篱坚固。

㉟头会箕敛者、锄耰棘矜者：均指出身下层的人。句意为，梁朝灭亡时，陈霸先等一些下层人士，纷纷起来取代梁朝。头会箕敛：秦时按照人头数纳税，以箕盛之。语出《汉书·陈余传》。锄、耰（yōu 优）：农具。棘戟：兵器。矜：矛铤的把柄。以上数语皆出贾谊《过秦论》。

㊱江表：指长江以南。王气：指梁朝气数。三百年：自孙权建都建业奎孙皓迁都，又自东晋建都建康，历宋、齐朝，至梁朝亡，将近三百年。

㊲六合：上下、四方。轵（zhī 至）道之灾：刘邦入秦，秦王子婴在轵道（车道）旁投降。此处指梁元帝在江陵投降。

㊳混一车书：指秦统一措施："车同轨，书同文"。平阳之祸：指晋永嘉、建兴时，怀帝、愍帝先后在平阳被害。平阳：在今山西临汾县。此指梁武帝父子先后在台城被害。

㊴ "山岳"句：指梁朝覆亡。"既履"句：指自己时运不佳。

㊵ 春秋迭代：喻梁、陈王朝更替。去故：指告别故国，即梁朝。

㊶ 天意人事：指梁朝灭亡，既是天定，也属人为。凄怆：伤感、悲痛。

㊷ 楫：船桨。星汉：银河。槎（chá 查）：水中浮木。张华《博物志》载，海边有人乘槎至天河，见城郭、屋舍整齐，宫中多织妇。此处反其意用之，指自己不能乘槎赴天，走投无路。

㊸ 飙（biāo）：狂风。蓬莱：海上三神山之一，上有不死药。《汉书·郊祀志》载，古时国君派人去三神山，均不至。此句喻指自己前程无望。

㊹ 陆士衡：即陆机。陆机入洛后闻左思作《三都赋》，抚掌（击掌）而笑，认为左思一定作不好。待左思赋成，佩服之至。此句意为，自己作赋，即便受人嘲笑，也是甘心的。

㊺ 张平子：即张衡。他轻视班固《两都赋》，另作《二京赋》。陋：贱，轻视。

（禹克坤　注释）

# 第五章

# 隋唐五代：骈文由盛极而渐变

## 第一节 隋唐五代骈文概说

### 一 隋唐五代骈文的分期和特点

隋唐五代是几个朝代的合称，现当代的多数中国文学史通常将其合为一个阶段，也有少数文学史把隋代附于北朝文学之末。近三十年出版的中国散文史中，郭预衡《中国散文史》、漆绪邦主编的《中国散文通史》、谭家健《中国古代散文史稿》，都把隋唐五代散文独立成编。近三十年出版的中国骈文史中，姜书阁《骈文史论》、于景祥《中国骈文通史》都把隋代附于北朝之末。本书把隋骈与唐骈合为一章的主要理由，首先是从中国古代历史发展来看，隋之于唐，颇似秦之于汉，结束了长期分裂而走向集中统一，创建或完善了包括政治、军事、经济、文化在内的一系列行之有效的重大制度（如中央官制、府兵制、均田制、科举制等），从而促成了贞观—开元盛世的出现。汉承秦制，唐承隋制，不可分割。其次，从中国文学发展史看，隋代文学是南北朝文学分道扬镳的终结，是唐代文学大融合大繁荣的前奏。从隋末到唐初，骈文并未出现阶段性变化。若将隋骈与北周南陈之骈文相比，则不难发现较大的差别，那就是南北文风开始融合的趋势。

关于唐代文章的分期，主要有三期和四期两说。三分论首见于欧阳修主编的《新唐书·文艺传序》："唐有天下三百年，文章无虑三变：高祖、太宗，大难始夷，沿江左余风，缉句绘章，揣合低昂，故王杨为之伯。玄宗好经术，群臣稍厌雕琢，索理致，崇雅黜浮，气益雄浑，则燕许擅其宗……大历、贞元之间，美才辈出，擩哜道真，涵泳圣涯。于是韩愈倡之，柳宗元、李翱、皇甫湜等和之……此其极也。"下面还讲到"言诗则杜甫、李白、元稹、白居易、刘禹锡"以及李贺、杜牧、李商隐等。可见上述三个时期是指"文章"而言，不包括诗。四分论即初、盛、中、晚，元人杨士弘在《唐音》中提出，主要指唐诗。后人从之，泛及唐代其他文体。以骈文史而论，二十年代谢无量《骈文指南》说："综考有唐一代之骈文，初唐犹袭陈隋余响，燕许微有气骨，陆宣公善论事，质直而尚藻饰。温李诸人，所谓三十六体者，稍为秀发。唐骈文之变迁，其荦荦大者，如是而已。"显然四分，但过于简单。四十年代成书的高步瀛《唐宋文举要》乙编（专论骈文）说："唐初文体，沿六朝之习，虽以太宗之雄才，亦学庾子山为文，此一时风气使然……当时最著者为四杰，其小品犹存齐梁韵味，而鸿篇巨制，则务恢而张之，虽宏博瑰丽，震烁一时。其弊也，或流于重腿（同坠），或溺于泛滥，亦学者所当择也……及燕许以气格为主，而风气一变，于是渐厌齐梁而崇汉魏矣。然古人之体格未成，骈俪之宗风亦坠，虽见雅饬，殊乏精彩。开天以后，日益蜕化，洎韩柳出而骈文益衰，然作者亦未尝绝也。晚唐温李齐名，义山隶事精切，藻思周密，实出飞卿之上，然才力渐薄，遂开宋四六之先声矣。"高氏所论比较全面。张仁青、姜书阁、于景祥、叶农、叶幼明大体遵循，本书亦从之。

至于四期的具体年代，元杨士弘定为：初唐自高祖至睿宗光天末（618～712），凡95年；盛唐自玄宗至肃宗末（713～761），约50年；中唐自代宗至敬宗末（763～825），约63年；晚唐自文宗至唐亡（827～907），约81年。他是就唐诗而言。以骈文而论，本书主张：初唐自高祖至武后光宅（618～684），约66年；盛唐自武后至肃宗末（684～761），约78年；中唐自代宗至文宗末（762～840），约78年；晚唐自武宗至唐亡（841～907），约66年。这样分期主要考虑到主要骈文家的生卒年和主要活动期，是约数而非确数，没有截然划分的意义，不少骈文作家是跨时期的。五代应独立为一期，但作家作品不多，故附于唐末。

隋唐五代骈文的发展，有三个特点。

第一，与散文互为盛衰。初盛唐骈文盛而散文衰，中唐散文复兴而骈文处弱势，晚唐五代则又骈散换位。骈文散文都是波浪式前进，而不是直线运行。

第二，骈文的前进一直伴随着对它的批评。史学家从整个文化史角度指责六朝而兼及唐初；骈文家从骈文写作如何纠偏归正着眼；古文家严厉批判骈俪之风，目的是恢复古道和古文的正统地位。他们都不是彻底摈弃骈偶、对仗、音韵这些写作技巧和骈文这种文体形式，其矛头皆指向重形式轻内容片面追求唯美趣味的不良倾向。

第三，唐代骈文在不断批评中仍然得以繁荣发展。其支持力量，首先在于骈文的内在基因，它具有整齐对称、典雅高贵、音韵和谐等强大的审美吸引力，符合中国古代读书人普遍的审美心理。其次是唐代的文化环境有助于这种文体形式的推广与普遍化。隋代开始的科举考试，必考律诗、律赋和表、判等文体，它们都要求使用对偶骈俪符合音韵之句；隋唐时期类书和韵书（如《北堂书钞》《艺文类聚》《初学记》《切韵》《经典释文》《一切经音义》等）的大量出现，使得文人用韵使典更为便捷；唐代各种文化艺术（诗、赋、小说、绘画、音乐、舞蹈）的全面繁荣，为骈文从多方面吸取营养，变得更加丰富多彩，提供了前所未有的条件。另外，初盛唐时期国力强盛，社会稳定，经济繁荣，达到中国封建社会的顶峰，这些外在背景，各种文学史言之甚详，就不必赘述了。

## 二　隋代的骈文批评

隋代初期继承北方文化传统。隋文帝持身简朴，提倡节俭，文化政策承袭北周宇文泰，主张"屏黜轻浮，遏止华伪"。开皇四年，普诏天下公私文翰，并宜实录。泗州刺史司马幼之文辞华艳，竟付有司治罪。同时臣僚李谔向文帝上表请正文体，其中说，古人为文乃"训民之本"，"道义之门"，"降及后代，风教渐落。魏之三祖，更尚文词，忽君人之大道，好雕虫之小艺。下之从上，有同影响，竞骋文华，遂成风俗。江左齐梁，其弊弥甚，贵贱贤愚，唯务吟咏。遂复遗理存异，寻虚逐微，竞一韵之奇，争一字之巧。连篇累牍，不出月露之形；积案盈箱，唯是风云之状。……故文笔日繁,其政日乱,良由弃大圣之轨模,构无用以为用也"(《隋书·李谔传》)。李谔的思路与北周的苏绰大致相近,主要指责内容轻浮无用,而对于骈偶形式并未完全否定,李氏本人文章的对偶句仍然不少,这是当时习惯使然。

隋文帝用行政命令来解决文风华艳问题,与北周宇文泰所发动的文风复《尚书》之古一样未能持久。十余年后,隋文帝去世,儿子杨广继位,他作风奢华,生活靡烂,文风又回复到南朝。然而,就在隋炀帝杨广当国时期,北方大儒王通(584~617)依然对南朝许多骈文家持批判态度。其《中说·事君》篇模仿《论语》中孔子的语气说:"子(王通自称文中子)谓文士之行可见。谢灵运,小人哉,其文傲,君子则谨。沈休文,小人哉,其文冶,君子则典。鲍照、江淹,古之狷者也,其文急以怨。吴均、孔稚圭,古之狂者也,其文怪以怒。谢庄、王融,古之纤人也,其文碎。徐陵、庾信,古之夸人也,其文诞。或问孝绰兄弟,子曰:鄙人也,其文淫。或问湘东王兄弟,子曰:贪人也,其文繁。谢朓,浅人也,其文捷。江总,诡人也,其文虚。皆古之不利人也。"他只肯定曹植、颜延之、王俭、任昉。王通的评语只有一个字,态度基本上是否定性的,未免片面。王通终生未仕,在隋代影响有限,可是其门人弟子不少人入唐后地位显达,(其中某些人有所附会)效应还是不可低估的。

唐代是各体文学争奇斗艳的时代,也是骈文由鼎盛而渐变的时代。唐代骈文使用范围之广,作者之多,均超越南北朝;然而引起非议之纷纭,指责之尖锐,也超过以往。人们的批评有大致三种情况。

一是从整体上批评六朝(尤其南朝)以及当下文坛的浮艳、华靡之风气,包括诗、赋、骈文在内。有时着重于某几个朝代,有时指斥某几位作家,目的都是为当下文坛提供经验教训,指明前进方向。

二是着重批评骈文的形式主义弊端,并不否定骈文这种文体和骈偶、用典等修饰手段,目的是对骈文创作加以改进。套用毛泽东对王勃的评语,也就是反对"死骈",提倡"活骈"。

三是从文体上批评骈文,主张思想上复古道,文体上复古文。有的人明确表示不喜欢"时文"(即骈文),有的并不完全排斥对偶、用典、声韵等骈文常用技法,有的人以写作古文为主,同时也写作骈文。

上述三类批评的共同点是坚持文章必须有益教化，必须把注重内容放在讲究形式之上。至于文与道、古与今、理与辞等具体问题，批评家们的见解则不尽相同。

## 三　初盛唐史学家的意见

从唐代起，中国断代史开始"国史官修"。唐人所修《晋书》《陈书》《隋书》《北齐书》《周书》，都有文学传或文苑传。史官的立场基本上可以反映当时意识形态主流的观点。

**魏征**（580～643）是唐初重要的政治活动家，也是史学家、文学家。他主编的《隋书·文学传》肯定南齐和梁前期文学，说："暨永明、天监之际，太和、天保之间，洛阳江左，文雅尤盛。"以下列举江淹、沈约、任昉、温子昇、邢劭、魏收六位为例，"并学穷书圃，思极人文，缛彩郁于云霞，逸响振于金石。英华秀发，波澜浩荡，笔有余力，词无竭源。方诸张、蔡、曹、王，亦各一时之选也"。对于梁后期及陈代文学，则提出严厉批评："梁自大同之后，雅道沦缺，渐乖典则，争驰新巧。简文、湘东启其淫放，徐陵、庾信分路扬镳。其意浅而繁，其文匿而彩，词尚轻险，情多哀思。格以延陵之听，盖亦亡国之音乎。周氏吞并梁荆，此风扇于关右。狂简斐然成俗，流宕忘返，无所取裁。"所谓"意浅而繁，文匿而彩"，正是梁陈以及唐初骈文的普遍毛病。"格以延陵之听"指春秋时吴国公子季札观乐于鲁，对《诗经》各国乐诗的批评。

在《陈书·后主本纪》传论中，魏征提到，"古人有言，亡国之君，多有才艺。考之梁陈及隋，信非虚论。然则不崇教义之本，偏尚淫丽之文，徒长浇伪之风，无救乱亡之祸矣"。[①] 在承认陈后主之类"亡国之君"多有才艺的同时，魏征指责他们"偏尚淫丽之文，徒长浇伪之风"，矛头指向包括诗赋、散文、骈文等文学创作的不良风气。而魏征所坚持的正是以教化仁义为本的文艺观。

魏征在呈献给皇帝参阅的《群书治要序》中写道："近古皇王，时有撰述，并皆包括天地，牢笼群有，竞采浮艳之词，争驰迂诞之说，骋末学之

---

① 《陈书》主编姚思廉在《后主本纪》传论这段话前，明白交代是"史臣魏征赞曰"。

博闻，饰雕虫之小技，流荡忘返，殊途同归。虽辩周万物，愈失司契之源；术总百端，弥乖得一之旨。"所谓"近古皇王"当指曹魏以来历代帝王；所谓"竞采浮艳之词""饰雕虫之小技"，当指他们的文学创作；所谓"迂诞之说""末学之博闻"，当指引述佛家和道教的理论与民间传说。这些正是齐梁文章所常见的，所以这些批评不仅针对文学，也包括整个学术风气。

与魏征同时的令狐德棻主编的《北齐书·文苑传》说："江左梁末，弥尚轻险，始自储宫，刑乎流俗，杂沾滞以成音，故虽悲而不雅。……原夫两朝（指梁陈）叔世，俱肆淫声，而齐氏变风，属诸弦管（指齐后主好俗乐）；梁时变雅，在夫篇什。莫非易俗所致，并为亡国之音。"《周书·庾信传论》说："然则子山之文，发源于宋末，盛行于梁季，其体以淫放为本，故能夸目侈于红紫，荡心逾于郑卫。昔扬子云有言：'诗人之赋丽以则，词人之赋丽以淫。'若以庾氏方之，斯又词赋之罪人也。"令狐氏批评庾信的词赋，当是针对其梁末作品。至于入周后所作，令狐氏似乎避而不论。他这样措辞严切，当是有感于初唐浮靡文风而发。

比魏征稍晚的李延寿（生卒年不详）编写的《北史·文苑传》，一字不改地抄录《隋书·文学传序》"梁自大同以后"到"盖亦亡国之音"那段话，可见魏征的观点得到当时史家的认同。

**刘知幾**（661～721）是初盛唐著名史学家，其《史通》是一部系统的史学理论著作。他强调文史区别，重史轻文。对东晋史家罗含和南北朝谢灵运、江淹、温子昇、卢思道、庾信所作"偏记杂说"近乎史者十分不满。他批评唐初所修《晋书》，"作者皆当代词人，远弃史、班，近师徐、庾，夫以饰彼轻薄之句，而编为史籍之文，无异加粉黛于壮夫，披绮纨于高士者矣"（《论赞》）。其实《晋书》纪传并不用骈文写作，只是论赞用骈，并附录若干骈文。《叙事》篇尖锐地指责史书滥用对偶，"自兹（指班、马）以降，史道陵夷，作者芜音累句，云蒸泉涌。其为文也，大抵编字不只，捶句皆双；修短取均，奇偶相配。故应以一言蔽之者，辄足为二言；应以三句成文者，必分为四句。弥漫重沓，不知所裁"。此处当专指骈文，因为当时律诗已经成体，其对仗限于三四句、五六句两联，不可能全篇"捶句皆双"。同书《杂说》下篇写道："自梁室云季，雕虫道长。平头上尾，尤忌于时；对语丽辞，盛行于俗，始自江外，被于洛中。而史之载言，亦同于此。"他强烈反对骈俪之风侵蚀史书的写作。同篇自注中以何之元《梁典》为例，指责何之元为了"对语丽辞"，不恰当地改铸古人语言，这种批评对骈体文写作有普遍意义。不过刘知几并非彻底否定骈文写作。其《史通》基本上是骈体，对仗较为宽松，句式比较灵活、自由，常常夹杂散文式的句子，后世的骈文选家每每选其中一些著名篇章作为范文。

刘知幾十分推崇《左传》等史传文，但并不赞成复古。他认为北周时苏绰笔下的"军国词令，皆准《尚书》"，"虽去彼淫丽，存兹典实，而陷于矫枉过正之失，乖乎适俗随时之义"（《杂说》中篇）。这是很有进化眼光的。

## 四　初盛唐骈文家的态度

王勃（650～676）的《上吏部裴侍郎启》说：

> 夫文章之道，自古称难。圣人以开物成务，君子以立言见志。遗雅背训，孟子不为；劝百讽一，扬雄所耻。苟非可以甄明大义，矫正末流，俗化资以兴衰，家国由其轻重，古人未尝留心也。自微言既绝，斯文不振。屈、宋导浇源于前，枚、马、张淫风于后。谈人主者，以宫室苑囿为雄；叙名流者，以沉酗骄奢为达。故魏文用之而中国衰，宋武贵之而江东乱。虽沈、谢争骛，适先兆齐梁之危；徐、庾并驰，不能免周、陈之祸。

这篇文章把文学的政教作用放在最根本的地位，对王符《潜夫论》、仲长统《昌言》等议论政治讥刺风俗的著作充分肯定，对屈原、宋玉以至徐陵、庾信的诗赋及骈文作家持否定态度。这不是王勃的首创，他祖父王通就有类似见解。这也表明王勃并非排斥骈文这种文体，而是批评骈文中的不良倾向，以骈文家而批评徐陵、庾信，以改进骈文的文风。

杨炯（650～693?）的《王子安集序》对贾谊、司马相如、曹植、王粲直到晋、宋、齐、梁、陈、周、隋许多作家都加以抨击，更把矛头指向当代。"尝以龙朔（唐高宗年号）初载，文场变体，争构纤微，竞为雕刻。糅之以金玉龙凤，乱之以朱紫青黄，影带以徇其功，假对以称其美。骨气都尽，刚健不闻。"其中所指弊病，在当时骈体应用文中最为突出。该文大力赞扬王勃革新文风的贡献，实际上就是肯定王勃"新骈""活骈"的贡献。

**卢照邻**（634～686）和王、杨之否定前代文学有所不同。其《南阳公集序》，对孟子、荀卿、屈原、宋玉、贾谊、司马相如、两班、二陆及邺中、江左诸人之新体皆表示赞赏，对南北朝后期文学有所保留，仅推重庾信和卢思道。他不满意齐梁以来的"文律烦苛""雅颂不作"，又强调中和，避免偏激，要求"妙谐钟律，体会风骚，笔有余妍，思无停趣"。卢照邻此文主要论诗赋，无疑也包括上述作者之骈文在内。

继四杰之后批评骈偶的有**卢藏用**（生卒年不详），他写作骈文，但不以骈体自限，疏朴有理致，醇茂而痛快。其《右拾遗陈子昂文集序》对贾谊、司马迁评价很高，对司马相如、扬雄既肯定又有所保留，说东汉至魏晋作家"随波而作"，"虽大雅不足，然其遗风余烈，尚有典型"。他对南朝和初唐文风极力抨击："宋齐之末，盖憔悴矣，逶迤陵颓，流靡忘返，至于徐庾，天之将丧斯文也。后世之士，若上官仪者，继踵而生。于是风雅之道，扫地尽矣。"其重点批评对象主要是骈文家徐陵、庾信、上官仪。卢藏用十分推崇儒家经典和先秦子书，鼓吹文章要有益教化，对中唐古文家有所启迪。

在"四杰"等人尖锐批评齐梁文学的同时，也有人持异议，那就是《文选注》作者李善（630～689）。在唐代，《文选》是文人学子必读之书，俗谚说"文选烂，秀才半"。李善用毕生精力为该书作注，有很高的学术价值。它有利于《文选》的普及和扩大齐梁文学的影响，对唐代骈文创作起到推动作用。李善《进〈文选注〉表》说："楚国词人，御兰芬于绝代；汉朝才子，综鞶帨于遥年，虚玄流正始之音，气质驰建安之体。长离北度，腾雅咏于圭阴；化龙东骛，煽风流于江右。爰逮有梁，宏材弥劭。昭明太子，业膺守器，誉贞问寝，居肃成而讲艺，开博望以招贤。摹中叶之词林，酌前修之笔海。周巡绵峤，品盈尺之珍；楚望长澜，搜径寸之宝。故撰斯一集，名曰文选。后进英髦，咸资准的。"李善对昭明太子萧统的赞美和对齐梁文学的珍视，与王勃、杨炯等人大相径庭。

**张说**（667～730），盛唐名相，骈文大家，对各体文学和不同风格采取兼容并包态度，对前代和当代文人多有赞美之辞。其《卢思道碑》列举子游、子夏、屈原、宋玉到汉魏六朝隋唐42位作家，肯定他们"吟咏性情，纪述事业，润色王道"，可谓"文伯"。对当代作家李峤、崔融、宋之问以及四杰，都很欣赏。张说的评论既讲长处，也不回避缺失，态度通达平稳，有长者之风。综观张说的文学理论，其中有不少积极见解。他既重视文章的政治教化作用，又肯定其抒情状物的表态功能，同意"风骨""重道"等口号，也讲作文要错综润色，辞采雅丽，既有典则，兼具滋味。张说的言论多从大处着眼，不一定专对骈文。由于他的骈文创作成就和政治地位都很高，其影响远非同时代其他批评者所能比拟。

## 五　中唐古文家的批评

奚彤云指出，虽然初盛唐骈文家和中唐古文运动前驱者"都曾从政教角度对六朝文学提出批评，但性质不同；骈文家只限于指责其内容缺乏政教意义，对它的形式技巧则给予肯定。而古文家却彻底批判其文风，并以推崇先秦汉文章为基础，逐渐创立与骈文相异的表达艺术"。"显然，前者的意图是希望强化骈文的政教功能。后者根本否定六朝文，则是为了确立'古文'的地位。"①

萧颖士（717～760）宣称，"平生属文，格不近俗，凡所拟议，必希古文"（《赠韦司业书》）。他所谓"俗"文，指当下流行的骈文。又说："文也者，非云尚形似，牵比类，以局夫俪偶，放于奇靡。其于言也，必浅而乖矣。所务乎激扬雅驯，彰宣事实而已。"（《江有归舟序》）萧颖士力图把文与道结合起来，是唐代文章"中兴"的开启者。王运熙、杨明认为萧氏"局夫俪偶"一语，"虽然简单，却值得注意。在此以前，刘知幾曾批评某些史家受骈俪文风的影响，'编字不只，捶句皆双，修短取均，奇偶相配'……但于其他文体并未反对骈偶。……萧颖士此处，乃泛指各种文体而言，因此可以说是首次在理论表述中表示了对骈偶文体的反对"。②

贾至（718～772）的《议杨绾条奏贡举疏》说："今考文者以声病为是非，而唯择浮艳，岂能知移风易俗化天下之事乎？是以上失其源，而下袭其流，乘流波荡，不知所止。先王之道莫能行也。"此文对科举考试衡文标

---

① 奚彤云：《中国古代骈文批评史稿》，华东师范大学出版社 2006 年版，第 52 页。
② 王运熙、杨明：《中国文学批评通史》（隋唐五代卷），上海古籍出版社 1996 年版，第 440～441 页。

准表示不满。唐时除了考诗赋之外，还考策和判，后二者皆用骈体。考官常以是否辞藻华美定高低。贾至倡导"宏道"之文，从先秦文章吸取营养，颂扬三代五经之文，指斥楚骚以至宋、齐、梁、陈文学是"荡而不返"，对唐中宗时期的文坛尤其是宫廷创作基本予以否定。他的观点有排斥文学审美功用的倾向（见其《工部侍郎李公集序》）。

**独孤及**（725~777）强调"先道德后文学"，推崇两汉文章。其《检校尚书吏部员外郎赵郡李公中集序》说："志非言不形，言非文不彰。是三者相为用，亦犹涉川者假舟楫而后济。自典谟缺，雅颂寝，世道陵夷，文亦下衰。故作者往往先文字，后比兴，其风流荡而不返。乃至有饰其辞而遗其意者，则润色愈工，其实愈丧。及其大坏，俪偶章句，使枝对叶比，以八病四声为梏桎，拳拳守之，如奉法令。……天下雷同，风驱云趋，文不足言，言不足志。亦犹木兰为舟，翠羽为楫，玩之于陆而无涉川之用，痛乎流俗之惑人也旧矣。"独孤及对骈文形式主义可谓深恶痛绝。他着重从骈偶与四声八病等语言形式束缚文章内容表达的角度进行批评，比萧颖士简单的"局夫俪偶"一句深入一步。

稍后，**柳冕**（生卒年不详）主张"文道合一"，"文章本于教化，发于性情"。据此，他对秦至魏晋作家一概予以批判。其《与徐给事论文书》说："自屈、宋以降，为文者本于哀艳，务于诙诡，亡于比兴，失古义矣。虽扬、马形似，曹、刘骨气，潘、陆藻丽，文多用寡。则是一技，君子不为也。"《与滑州卢大夫论文书》说："屈、宋以降，则感哀乐而亡雅正。魏晋以还，则感声色而亡风教；宋齐以下，则感物色而亡兴致。教化亡，则君子之风尽。故淫丽形似之文，皆亡国哀思之音也。"这种意见颇为偏激，连文学作品的表现特征，文学家长期积累的形式技巧也加以排斥。柳冕本人不擅古文。故他在上文中自称："老父虽知之不能文之，虽文之不能至之。""志虽复古，力不足也。言虽近道，辞则不文。虽欲拯其将坠，才不足也。"

**梁肃**（753~793），主张文道互用，不那么绝对化，他强调的内容如下。第一，实施社会政教离不开文章，"道德仁义非文不明，礼乐刑政非文不立"，文道关系是"以道为本"，又须"博之以气""饰之以辞"；第二，他认识到文章的发展变化与社会治乱及作家才气有密切关系；第三，他既反对华而不实的文风，又在一定程度上肯定自然景物的审美。他认为"贾生、马迁、刘向、班固，其文博厚，出于王风者也。枚叔、相如、扬雄、张衡，其文雄富，出于霸途者也"（《补阙李君前集序》）。前四位是散文家，后四位是辞赋家，虽然都予以肯定评价，然而王道高于霸道，可以认为梁肃把散文看得高于辞赋。

中唐古文运动领袖**韩愈**（768～824），积极提倡古文，反对骈文。但和古文前驱者有所不同，他没有点名批判南北朝及当代骈文作家，也没有激烈抨击骈偶俪辞泛滥现象，而是在推崇古文的同时，对骈俪浮艳文风表示鄙薄和排斥，在宣扬如何创作古文的正面立论中包含对骈文的批判。

韩愈反复申述，他提倡古文是为了复兴古道。"愈之志在古道，又甚好其言辞。"（《答陈生书》）"愈之为古文，岂独取其句读之不类于今者耶？思古人而不得见，学古道而欲兼通其辞。通其辞者，本志乎古道者也。"（《题欧阳生哀辞后》）"句读之不类于今者"的古文，其对立面正是句读讲究骈四俪六的骈文。韩愈的"古道"较其前驱者有所补充和阐发，主要是儒家的政治观、伦理观，也包括社会生活中的一些原理原则，与唐代思想史上的儒学复古是互为表里的，后者甚至是更崇高的目的。为了推广古文，韩愈提出了一系列重要的理论观点。

"文以明道。"《送陈秀才彤序》说："读书以为学，缵言以为文。非以夸多而斗靡者也。盖学所以为道，文所以为理耳。"所谓"夸多而斗靡"者，指的就是骈文中常见的浮夸现象。

"不平则鸣。"在《送孟东野序》中，韩愈把自古以来许多思想家、文学家的著作都看成"不得已而言者，其歌也有思，其哭也有怀。凡出乎口而为声，其皆有弗平者乎"。他所举古人从战国到西汉扬雄为止。"其下魏晋氏，鸣者不及于古，然亦未尝绝也。就其善者，其声清以浮，其节数以急，其辞淫以哀，其志驰以肆。其为言也，乱杂而无章。"显然，他对魏晋以后的文学家不太满意。他对唐代陈子昂、苏源明、元结、李白、杜甫、李观、孟郊、李翱、张籍十分推重，说他们"其高出于魏晋，不懈而及于古"。其中几位是诗人、古文家，没有专门的骈文家。

"唯陈言之务去。"骈文从魏晋以来，已经形成许多成熟的语汇和表达方式，尤其是爱用典故，取古人之陈言，代替自己的见解。韩愈很讨厌这种做法，主张"辞必己出"，反对从古籍中做"窃贼"。奚彤云指出，"以前篇什之文虽也讲究政教功能，但无需直接阐发儒经义理。至于典型的骈文则只缀取经典之辞，而更加忽略其文义。所以'明道'不仅是一种全新的创作要求，而且与南朝以来的骈文写法必然龃龉不合。对此，韩柳有相当明确的意识。韩愈要求学古文当'唯陈言之务去'及'师其意不师其辞'就是针对骈文师其辞不师其义而言"。①

"文从字顺各识职。"韩愈主张"因事陈词""文章语言，与事相侔"，做到"丰而不余一言，约而不失一辞。其事信，其理切"（《上襄阳于相公书》），即繁简得当，适合表达对象的要求，没有多余的话。这实际上是针对骈文堆垛之风而发的。不少骈文家为了拼凑对仗，辞藻丰富华美，不惜叠床架屋，堆砌典故和形容词，甚至割裂文句，乱造新词，晦涩使人莫解，读起来很别扭。

古文运动另一位领导者**柳宗元**（773～819）支持韩愈的古文理论，对骈文的批评比韩愈更尖锐。他明确主张"文者以明道，是固不苟为炳炳烺烺，务采色，夸声音，而以为能也"（《答韦中立论师道书》）。所谓"炳炳烺烺，务采色，夸声音，而以为能"者，就是骈文中的形式主义倾向。柳宗元的《乞巧文》，以愤激的反语，表达他对文章中华靡、媚俗现象的憎恶："眩耀为文，琐碎排偶。抽黄对白，喑哑飞走。骈四俪六，锦心绣口。言沉羽振，笙簧触手。观者舞悦，夸谈雷吼。独溺臣心，使甘老丑。"这是一篇专门声讨社会上各种不良现象的文章，也包括滥用骈偶在内。在《柳浑行状》中，他赞扬柳浑"凡为文，去藻饰之华靡，汪洋自肆，以适己为用"。写文章要适合表达自己的思想感情，要去掉华靡的辞藻和不必要的修饰，皆针对骈文而言。

柳宗元主张向先秦两汉古文学习，本之于《诗》《书》《易》《礼》《春秋》五经，"参之穀梁氏以厉其气，参之孟、荀以畅其支，参之庄、老以肆其端，参之《国语》以博其趣，参之《离骚》以致其幽，参之太史公以著其洁"（《答韦中立论师道书》）。他这样讲是对先秦散文文学性的发扬和提炼，比韩愈《进学解》中同样的观点又进了一步。

柳宗元很重视西汉文章，其《西汉文类序》说："文之近古而尤壮丽，

---

① 奚彤云：《中国古代骈文批评史稿》，华东师范大学出版社 2006 年版，第 51～52 页。

莫若汉之西京。""殷周之前，其文简而野。魏晋以降，则荡而靡。得其中者汉氏，汉氏之东，则既衰矣。"观点与韩愈相同。柳宗元认为古文的功能不仅仅是明道，也可以有愉悦娱乐作用。他肯定韩愈的《毛颖传》，反驳时人批评韩愈"以文为戏"，认为读完文章能使人开怀大笑没有什么不好。这种观点是对散文文学性的开拓，在文学批评史上很有意义。

**李翱**（774？～836？）是古文运动的大将，继承韩文的平易一面，强调明道，要求内容纯正和辞章之工，文、理、义三者兼善。"义虽深，理虽当，词不工者不成文，宜不能传也。文、理、义三者兼并，乃能独立于一时，而不泯灭于后代，能必传也。"（《答朱载言书》）他推崇六经和先秦诸子，还有西汉贾、枚、两司马、刘向、扬雄。他反对东汉以后的骈俪之风，认为"文卑质丧，气萎体败，剽剥不让，俪花斗叶，颠倒相上。"（《祭吏部韩侍郎文》）他指出当时文坛各有所好，各有所偏。"天下之语文章，有六说焉；其尚异者则曰：文章辞句，奇险而已。其好理者则曰：文章叙意，苟通而已。其溺于时者则曰：文章必当对。其病于时者则曰：文章不当对。其爱难者则曰：文章宜深不当易。其爱易者则曰：文章宜通不当难。此皆情有所偏，滞而不流，未识文章之所主也。"在他看来，写文章在以明道为本的共同基础上，可以采用不同风格和技巧。如江河之水，其同者在出源而至海，"其曲直，浅深，色黄白，不必均也。"如百味食品，其同者在饱腹，"其味咸酸辛苦，不必均也"（《答朱载言书》）。可见，他虽批评骈文，但并不完全否定文章采用对偶，态度还是比较通达的。

**皇甫湜**（777？～835？）继承韩愈的奇崛一面，其文学理想是"以非常之文通至正之理"（《答李生第二书》），所谓"非常之文"可能导向奇崛。"至正之理"即儒家之道。他有一篇《谕业》，用形象化的语言评论了唐代十一位文章家，其中九人——李邕、贾至、李华、独孤及、杨炎、权德舆、韩愈、李翱、沈亚之皆以古文著称。皇甫湜充分肯定他们的长处，也指出局限和不足。他说独孤及文"略无和畅"，权德舆文"不能有新规胜概"，韩愈文"或爽于用"，李翱文"才力偕鲜"。他对骈文家张说、苏颋评价最高，其他骈文高手，均未进入他的视野，反映出重散轻骈的基本立场。

**裴度**（765～839）是古文家，曾任中书令，出将入相。韩愈因谏迎佛骨触怒德宗，险些被杀，经裴度力保，得免死，贬潮州。后来，裴度率大军平定淮西藩镇吴元济，以韩愈为行军司马、判官、掌书记，相当于参谋长兼秘书，可见二人关系之深。在文学上，韩、裴二人都对骈文不满，都主张复古，强调政教功能。具体到如何要求古文，如何对待骈俪技法，则有明显分歧。裴度有《答李翱书》，其中高度评价周、孔之文，荀、孟之文和《文言》《系辞》《国风》《雅》《颂》之文。他对"骚人之文"，相如、子云之文，以及贾谊、司马迁、董仲舒、刘向之文皆多有褒扬，可见裴度的文学史观与中唐古文运动各家是一致的。然而他却批评李翱，"观弟（李翱是裴度的从表弟）制作大旨，当以时世之文多偶对俪句，属缀风云，羁束声病，为文之病甚矣"，"且文者，圣人假之以达其心。达则已，理穷则已，非故高之，下之，详之，略之也"，"文之异，在气格之高下，思致之深浅，不在其碟裂章句，堕废声韵也。人之异，在风神之清浊，心志之通塞，不在于倒置眉目，反易冠带也"。

王运熙、杨明认为，此文大意在于反对当时古文作者的某些作品有意为奇言怪语，反对那些作品在笔法结构上故意抑扬高下，疏密详略，在句式音节上故意"碟列章句，堕废声韵"。"他并不是主张使用骈体，反对散体。""他的意见有合理之处，但其立论未免片面。他实际上否定了对文章艺术形式的讲求。……只需思想内容正确，则说出便是，这反映他轻视文章艺术的倾向。"[①]

在同一篇文章中，裴度点名批评韩愈，"恃其绝足，往往奔放，不以文立制，而以文为戏"。王运熙、杨明认为，这"是一种重教化，轻审美愉悦的观点"。本书认为，韩愈古文中有一部分含有嘲戏性的杂文，是先秦诸子说理寓言故事的重大发展，而裴度反而以此诟病韩愈，其观点未免保守。

奚彤云说："裴度认为，他们一意排斥骈偶和声律，不仅未能摆脱对文辞技巧的关注，反而走向另一极端，是矫枉过正的行为。由于声律骈偶是被运用纯熟的表现手段，古文家突然将它们废去，并换之以完全对应的形式，自然会引起新的惶惑。裴度就只希望纠正文章之病，降低文辞的修饰成分，做到'达则已，理穷则已'。它虽与古文家的理想有较大距离，但也

---

①　王运熙、杨明：《中国文学批评通史》（隋唐五代卷），上海古籍出版社1996年版，第574页。

提醒人们骈文的传统是不应也不能彻底割断的。"①

翟景运说:"裴文所谓'气格''思致'乃是就文章艺术风格而言,裴度所赞成的改革在这一层面。至于'章句''声韵'乃是就文章体制言,对于偶对俪句,属缀风云,羁束声病等为文之病,当无异词。但他同时认为韩愈写作古文刻意求新之处,不免碟裂章句,堕废声韵,指为'颠倒眉目,反易冠带。'如果说这种批评是针对韩愈等人文章中那些矫揉造作,怪怪奇奇之处,对矫枉过正的作品具有纠偏的作用,但同时也还是难免显示出他对'章句'和'声韵'的重视。"②

## 六　晚唐五代的骈文观

晚唐五代,古文逐渐衰落,骈文再次盛行。某些文章家对古文和骈文重新进行审视,其代表人物是李商隐和刘昫。另一些文章家继续批评骈文中的形式主义,代表人物有杜牧、孙樵、黄滔、牛希济等。

**李商隐**(813~858),是晚唐最具盛名的诗人,早年不喜欢偶对,写作古文,后来学习骈文并成为大家。他对先秦至唐代许多作家兼综博采,推重贾谊、司马相如、徐陵、庾信、元结、韩愈,赞美韩愈的《平淮西碑》,却不同意韩愈独尊周孔之道。他肯定孔子是圣人,但认为"道"不能为孔子所独占。其《上崔华州书》说:"始闻故老言,'学道必求古,为文必有师法',常悒悒不快。退自思曰:夫所谓道,岂古所谓周公孔子者独能耶?盖愚与周孔俱身之尔。是以有行道不系古今,直挥笔为文,不爱攘取经史,讳忌时世。百经万书,异品殊流,又岂能意分出其下哉?"翟景运认为,李商隐"旗帜鲜明地反对古文功利主义的文章理论所倡导的'反道缘情'。"他的"这些言论批评矛头直接针对着中唐古文家,表现出李商隐强烈的叛逆精神和独创精神"。③

李商隐把自己数百篇骈文编为《樊南甲乙集》,定名为"四六",从此骈文有了正式的文体名称,一直沿用到民国初年。在该书的序言中,李商

---

① 奚彤云:《中国古代骈文批评史稿》,华东师范大学出版社 2006 年版,第 55 页。
② 翟景运:《晚唐骈文研究》,商务印书馆 2010 年版,第 48 页。
③ 翟景运:《晚唐骈文研究》,商务印书馆 2010 年版,第 67~68 页。

隐概述自己从学习古文到学习骈文的经过,并颇为自得地说:"有请作(骈)文,或时得好句、切事、声气、景物,哀上浮壮,能感动人。"这几句话被一些人理解为对骈文的自我肯定。

奚彤云指出,在这篇序言里,"李商隐也明确感到,骈文受古文排挤的状态已经无法改变。文中特别提及其仲弟圣仆劝说他写作古文,而他未能接受的事,表明对来自古文家的压力有深刻的体会。他知道骈文已降为特殊的文体,需要得到单独的命名,于是根据其句式的特点称之为四六。但在释名时却故意言不及义,用博戏的点数'六博格五',和童蒙教育中所学干支数'四数六甲'来作比附,并自称'未足矜',带有一种明显的自嘲口吻,大概他对骈文退守一隅的现实还不能心平气和地接受"。①

**杜牧**(803~853),是晚唐著名诗人和散文家,属于古文一派,重视学习先秦两汉之文,推崇韩愈。他主张文辞质朴,鄙视骈文语句华丽。其《答庄充书》说:"凡文以意为主,气为辅……苟意不先立,止以文彩辞句,绕前捧后,是言愈多而理愈乱,如入阛阓,纷纷然莫知其谁,暮散而已。是以意全胜者,辞愈朴而文愈高;意不胜者,辞愈华而文愈鄙。是意能遣辞,辞不能成意,大抵为文之旨如此。"他继承韩愈,进一步批评骈文辞胜于意的倾向。

**孙樵**(生卒年不详),他自称作文之道渊源于韩愈,其文章理论与韩愈一脉相承,以明道为言,"追慕古人"。他有一篇《乞巧对》,模仿柳宗元的《乞巧文》,用四言韵语批评当时庸俗文风,"彼巧在文,摘奇搴新。辖字束句,稽程合度。磨韵调声,决浊流清。雕枝镂英,花斗窠明。至有破碎经史,稽古倒置,大类于俳,观者启齿。下醨沈谢,上乖风雅。取媚于时,古风不归"。这是在抨击骈文中的形式主义。当然,他并没有完全否认骈文这种文体,对古代和当时某些骈文作家还是有所肯定的。

**黄滔**(840~911)是闽地文坛盟主。他主张"文本于道""道散于文",重视教化,贬斥六朝文学,推重元结、韩愈。其《与王雄书》抨击骈文说:"夫俪偶之辞,文家之戏也,焉可贵其戏于作者乎?是若扬优喙,干谏舌,啼妾态,参妇德,得不为罪人乎?"他认为骈文崇尚对偶、声律,有如优伶演戏,小妾娇啼,故作姿态,是文章的罪人。这已经不仅针对技巧问题,而是对

---

① 奚彤云:《中国古代骈文批评史稿》,华东师范大学出版社2006年版,第57页。

骈文体制的否定。其尖锐激烈，超过柳宗元《乞巧文》和孙樵的《乞巧对》。

**牛希济**（生卒年不详），五代时曾任前蜀翰林学士、御史中丞，是著名词人。他的《文章论》力主"以治化为文"，严厉批评"齐梁以降，《国风》《雅》《颂》之道委地"，"淫靡之义，恣其荒巧之说"，"忘于教化之道，以妖艳为胜"。他主张"退屈、宋、徐、庾之学，以通经之儒，居燮理之任"，称赞韩愈"正之于千载之下，使圣人之旨复新"，指责科举考试诗赋策制，"唯声病忌讳为功，比事之中，过于谐谑。学古文者深以为惭"。《文章论》明确主张文章要"端明易晓"，反对"僻事新对，用以相夸，非切于事理者"。他本人的文章大体平易畅达，然而他的词却多写男女之情，艳冶之词，与其论文主张异趣，盖两种文体美学标准不同所致。

五代时期，文章复古的口号受到一些人的批评，如《旧唐书·文苑传》。该书作者**刘昫**（887～946），今河北容城人，后唐、后晋两度出任平章事（宰相），监修国史。《旧唐书》虽由他署名，但可以反映当时一批上层文人的共同观点。刘昫明显地偏向近体诗和骈体文，指责当时"是古非今"，唯知"宪章谟诰，祖述诗骚"，"未为通论"。他推崇沈约对声律的贡献，认为其可与曹植、谢灵运比美。对唐代文学，他标举"燕、许之润色王言，吴（少微）、陆（贽）之铺扬鸿业，元稹、刘蕡之对策，王维、杜甫之雕虫"（指他们的近体诗）。王运熙、杨明说："上述这些人的文章，其文体大抵是骈体（引者按：刘蕡对策除外）。史臣举他们而不举韩愈、柳宗元，显出对古文的不重视。"①《旧唐书·文苑传》对韩愈、柳宗元、李翱评价不高，指责较多，不少地方流露出崇尚骈俪声律轻视政治教化的倾向，后来招致北宋古文家欧阳修等的不满，乃另修《新唐书》。

## 第二节　隋和初唐骈文

### 一　隋代骈文

隋代骈文家多数来自北周、北齐，少数来自梁、陈。他们作品的思想

---

① 王运熙、杨明：《中国文学批评通史·隋唐五代卷》，上海古籍出版社1996年版，第714～715页。

深度、写作技巧，虽然无法超越庾信、王褒，但比起其他前辈则大有提高，是初盛唐骈文高度繁荣的前奏。

卢思道（535～586），范阳人，北齐末任黄门侍郎，北周官至武阳太守，隋初任散骑侍郎。因恃门第才华，他言行放纵，屡遭贬斥，仕途不得意，五十岁时著《劳生论》，指责时世，发泄愤懑。文章学西晋王沈《释时论》和梁刘峻《广绝交论》，采用主客问对，先抑后扬结构，前半段表白自己生活态度，后半段批判时人卑劣行径，精彩处在生动刻画出社会上逢迎巴结种种丑相。士大夫为升官进位，不惜奴颜婢膝，谄媚权贵。"朝露未晞，小车盈董、石之巷；夕阳且落，皂盖填阎、窦之里"（按：董、石、阎、窦皆汉代贵戚），奔走趋奉，唯恐不及，假装恭敬，不顾是非，无耻吹嘘，"俯偻匍匐"，"唉恶求媚"，"舐痔自亲"，"近通旨酒，远贡文蛇"，甚至在权贵之家有丧事时，伪造哭泣之状以求赏识。一旦那位当权者失势，攀附者马上惊慌失措，"亡魂失魄"，"心战色沮"，接着摇身一变，另投新贵，对旧主人如弃敝屣，甚至趁火打劫，落井下石。这种人"居家则人面兽心，不孝不义；出门则诡谀谗佞，无愧无耻"。此类现象不但在当时盛行，后世亦常见，因而其揭露具有普遍意义。彭兆荪评曰："诋斥物情，纵谈世变，孝标《绝交》以外，能媲此者鲜矣。"（《南北朝文举要》引）《劳生论》发挥骈文长处，反复对比，频频用典，即使是当时人当时事，也不直说，而用古人古事替代，以造成委婉含蓄、富于联想的效果。这也是南北朝骈文家讲究修辞的普遍风气。钱锺书说："卢思道《劳生论》，按'设论'之体，略如《答客难》《解嘲》，而愤世嫉俗之甚，彼出以婉讽者，此则发为怒骂。隋文压卷，当推此篇。"[①]

卢思道还有《北齐兴亡论》《后周兴亡论》，对两朝兴亡历史经验教训进行总结，相当深刻。明张溥说："暴扬淫昏，发露谄恶，君百桀纣，臣百廉虎，阳秋直笔，殆云无隐。"（《汉魏六朝百三名家集》题辞）

薛道衡（540～609），河东汾阳人，北齐时任中书侍郎，与卢思道齐名，北周时任陵州、邛州刺史，隋时任内史舍人、内史侍郎，炀帝时任司隶大夫。因撰《高祖文皇帝颂》，炀帝怀疑讽刺他，借故下狱，缢死。赞美

---

① 钱锺书：《管锥编》第四册，中华书局1979年版，第1547页。

先帝怎么就是讽刺今上？问题在于炀帝弑父自立，心里有鬼，所以无端猜忌。李兆洛说："今寻其托讽之处，亦殊不可得。"（《骈体文钞》）查无实据，死得有些冤枉。

薛道衡值得注意的文章有《老氏碑》。文章分三大段，第一段描述老子所处时代的氛围和老子的神异表现；第二段颂扬隋文帝的文治武功，礼乐敷设；第三段记老子庙的营建经过。李兆洛说，"为老氏立碑，不详立碑之意，而详立碑之人（指隋文帝）"，"意存扬颂，遂泛滥而忘其所归"（《骈体文钞》）。其实，这是六朝碑文的通病，从曹植的《孔子庙碑》以来率皆如此，而"疏朴之致"在第一段中尤其明显，如写老子：

> 老君感星载诞，莫测受气之由；指树为姓，未详吹律之本。含灵在孕，七十余年，生而白首，因以老子为号。其状也，三门双柱，表耳鼻之奇；蹈五把十，影手足之异。爰自伏羲，至于周氏。绵纪历代，见质变名，在文王武王之时；居藏史柱史之职。南朝屡易，容貌不改，宣尼一睹，叹龙德之难知；关尹四望，识真人之将隐。乃发挥众妙，著书二篇。率性归道，以无为用。其辞简而要，其旨深而远。飞龙成卦，未足比其精微；获麟笔削，不能方其显晦。用之治身，则神清志静；用之治国，则反朴还淳。既而炼形物表，卷迹方外。霓裳鹤驾，往来紫府；金浆玉酒，宴衍清都。参日月之光华，与天地而终始。

这段文字，把道家思想与道教传说糅合在一起，叙述清楚，不求华美，不用僻典，风格与庾信、徐陵不同。于景祥说："由宋齐一直到梁陈，骈体文在形式技巧上变本加厉，务求富赡绮丽，精工典则，因而造成绮靡浮艳之弊。到周隋时期，不少文士已经认识到六朝骈文的积弊，加之北方文士的生活环境、习俗影响，渐渐开始摆脱南朝文风的影响。而高明者则合其所长，去其所短。薛道衡骈文趋向于疏朴，便是文风转变的一种表现。"[①]

**刘炫**（545~618），河间人，北周末任州从事，隋初，任殿中将军，坐事除名。大业中，射策高第，除太常博士，后去职，隋末大乱中，冻馁而

---

① 于景祥：《中国骈文通史》，吉林人民出版社 2002 年版，第 501 页。

死。其著作有关于《尚书》《毛诗》《左传》《孝经》《论语》之述义多种。《北史·儒林传》称，"性躁竞，颇好俳偕，多自矜伐，好轻侮当世，为执政所丑，由是官途不遂"，"郁郁不得志，乃为《自赞》"。该文仿刘峻《自序》，但并非记述生平经历，重点讲四幸一恨。

　　其大幸有四，其深恨有一。性本愚蔽，家业贫窭，为父兄所饶，厕缙绅之末，遂得博览典诰，窥涉今古，小善著于丘园，虚名传于邦国，其幸一也。隐显人间，沉浮世俗，数忝徒劳之职，久执城旦之书。名不挂于白简，事不染于丹笔。立身立行，惭恧实多；启手启足，庶几可免，其幸二也。以此庸虚，屡动神眷；以此卑贱，每升天府。齐镳骥骤，比翼鹓鸿，整缃素于凤池，记言动于麟阁，参谒宰辅，造请群公，厚礼殊恩，增荣改价，其幸三也。昼漏方尽，大畫已嗟，退反初服，归骸故里。玩文史以怡神，阅鱼鸟以散虑。观省野物，登临园沼，缓步代车，无事为贵。其幸四也。仰休明之盛世，慨道教（道德教化）之陵迟，蹈先儒之逸轨，伤群言之芜秽。驰骋坟典，厘改僻谬。修撰始毕，图业适成，天违人愿，途不我与。世路未夷，学校尽废。道不备于当时，业不传于身后，衔恨泉壤，实在兹乎！其深恨一也。

　　此文写得乖巧，许多事实隐藏在概括性语句之中。据史载，刘炫初仕于州，"以吏干知名"，即"虚名闻于邦国"了。入隋，预修国史，以待顾问，与修天文律历，兼内史省职，曾上书谏废学校，并奉诏诣行在。此即"屡动神眷，每升天府""整缃素于凤池"。刘峻《自序》只讲失意事，得意事一字不提。刘炫相反，倒霉事一笔带过。他曾伪造古书骗奖被除名，因得罪蜀王杨送益州，仅用"惭恧实多"含糊其词而已。此文格调不高，稍得试用，受宠若惊；多次贬抑，无所抗争，不如刘峻《自序》那样引起后世巨大反响。此文骈散兼用，以骈为主，率意而言，不用典故，比薛道衡更加"疏朴"。

　　**祖君彦**（？～618），范阳遒县人，父祖珽，是著名诗人。君彦以文才著称，为炀帝所嫉，仕途失意，仅任书佐。大业十三年（617），他投奔农民起义军魏公李密，任书记，负责撰写军书檄移。次年，李密败，祖君彦为王世充所杀。他的《为李密檄洛州文》，是一篇声讨隋炀帝罪行的通告。文章分两大部分，前半部分谴责炀帝十大罪行和必然灭亡的命运，指责他陷兄弑父，残害兄弟；奸妹淫亲，形同禽兽；酗酒作乐，荒废朝政；大造宫室，劳民伤财；赋税苛重，盘剥残酷；穷奢远游，扩建长城；征伐高丽，穷兵黩武；拒谏忌言，妒害贤能；政以贿成，疏贤亲佞；言行不一，有功不赏。真是十恶不赦，人人得而诛之。后半部阐述李密起义兵顺天合时，必然胜利，晓谕洛州及各地郡县官吏迅速弃隋奔魏。

作者对隋炀帝认识透彻，所以写来事实充足，义正词严，句句击中要害。在揭露每一罪状时，先提出正面典范作为论据并以资对比，皆为人们熟悉的三代事例或名言。而列举炀帝罪行时，既注意其典型性、尖锐性，又往往以桀纣这样的暴君做比喻，倾向鲜明，其中名句如"罄南山之竹，书罪无穷；决东海之波，流恶难尽"，后来演变为成语"罄竹难书"。

全文通篇对仗，以四六对句为主，造句通畅，多用白描，选用典故多为经史熟典，明白易懂。行文气势高扬，情辞慷慨。在音律上，不违声病，节奏整齐，朗朗上口。此文历来被认为是隋代骈文的代表作之一，是站在人民大众立场对反动封建统治的起诉书，是中国农民革命史上的重要文献。

杨暕（？～617），隋炀帝第七子，少年聪慧，为祖父隋文帝杨坚所爱，颇涉经史，尤工骑射。炀帝即位，封齐王。617年，炀帝在扬州被宇文化及杀死，杨暕同时被害。他的《召王贞书》是一封招募人才的信。王贞，字孝逸，好学，善属文，曾举秀才，授县尉。齐王杨暕镇江东，以书召之，全文如下：

夫山藏美玉，光照廊庑之间；地蕴神剑，气浮星汉之表。是知毛遂颖脱，义感平原；孙惠文词，来迁东海。顾循寡薄，有怀髦彦，籍甚清风，为日久矣，未获披觏，良深延迟。比高天流火，早应凉飙，凌云仙掌，方承清露，想摄卫攸宜，与时休适。前园后圃，从容丘壑之情；左琴右书，萧散烟霞之外。茂陵谢病，非无封禅之文；彭泽遗荣，先有归来之作。优游儒雅，何乐如之。余属当藩屏，宣条扬越，坐棠听讼，事绝咏歌；攀桂摛词，眷言高遁。至于扬雄北渚，飞盖西园，托乘乏应刘，置醴阙申穆。背淮之宾，徒闻其语；趋燕之客，罕值其人。卿道冠鹰扬，声高凤举。儒墨泉海，词章苑囿。栖迟衡沁，怀宝迷邦，徇兹独善，良以于邑。今遣行人，具宣任意。侧望起予，甚于饥渴。想便轻举，副此虚心。无信投石之谈，空慕凿壁之逸。书不尽言，更惭词费。

前面用两个典故，说明贤能之士应为当世所用。如毛遂自荐于赵平原君，西晋孙惠投奔东海王司马越。下面又用司马相如卧病家中，作《封禅书》以待汉武帝，陶渊明尚未离开彭泽，即作《归去来兮辞》，比喻王贞之出处有方。继而讲到自己镇守扬州，忙于政务，罔顾文事。与我乘车者缺乏应场、刘桢之类文人，酒宴时没有申公、穆生那样的学者。像邹阳那样离开淮南而来者，像乐毅那样从各地趋燕者，我只是空闻其语，未见其人。下面夸奖王贞道德如鹰扬，声望如凤举，为儒墨之泉海，词章之苑囿，何必怀宝迷邦，独善其身呢？现在特派人来传达吾意，希望能启发我，以慰求贤若渴之忱。请勿轻信张良不为群雄接纳如以水投石的传言，也不要学颜阖凿壁而逃避征召的逸士。此信写得相当恳切，对王贞的仰慕和自己的求贤渴望，表达得充分、周到，曲折尽情，文字技巧很高，所以屡为后世骈文选本所录。王文濡评价为，"局度安详，词意飘逸"，"有优游儒雅之致"（《南北朝文评注读本》）。

## 二　初唐骈文与"四杰"

唐初文风，沿袭梁陈，流行宫体诗和骈体文。代表作家是上官仪（607～664），累官至宰相，高宗时他建议废武后，因遭嫉而退，后来被诬告，下狱死，可见他政治上有主见，并非一味阿附者。其诗歌多奉和之作，格律精工，婉媚华丽，适合宫廷需要，士大夫纷纷效法，称为"上官体"。他归纳六朝以来对偶方法，提出"六对""八对"之说，对于发展诗歌写作技巧有一定贡献。其文章多为骈体，精心雕绘，讲究形式，丽而不遒，有一股甜俗气味。试看其《为朝臣贺凉州瑞石表》之一段："伏惟皇帝陛下，庆韫上元，与天皇而合德；祥凝太始，体耀魄以齐明。作周锡允，王业本于冰翼；生商降祉，宝座基于玉筐。然后枢电效神，皇虹授彩。彤云澹景，标映龙颜；瑞火流光，呈发鸟迹。由是凝图作极，握纪中天。化洽九垓，恩绵八表；功成戢武，散骓服于桃园；业定宏文，覃正朔于昌海。辑五玉而彰礼备，陈万舞而表乐成。”

据说当时凉州天降瑞石（大概是陨石），其上有一百多字，竟然呈现“李世民”及“皇太子”等字样（可能是当地官员伪造）。于是官僚大做文章，歌功颂德，这是汉代以来历朝文人的一贯伎俩。此文对仗工整，用典繁密，极力夸饰，满纸光彩而内容平庸。上官仪另有《请封禅表》，也和历代请封禅者同一套数。这类作品，实在乏善可陈。不过也有可读之作，如《为李秘书上祖集表》：

> 臣闻汉朝中叶，陈农求访于图书；魏历初基，袁涣请收于篇籍。遂使容台增饰，册府载辉，雅道照于前古，风流被于末裔。伏惟陛下睿德纬天，神功光表；截海班朔，益地延图。垂衣视典，探群玉之幽赜；虚已缘情，动兼金之歌咏。由是芸香秘室，青简具陈；壁水上庠，漆书咸集。臣大父隋荆州刺史元操，筮仕登朝，官成三代。学综书部，思洽词源。虽岁序寂寥，微尘无弭。河东薛道衡，人推才杰；范阳卢思道，时号文宗。并叶契相忘，齐声比价。竞炫梁车之宝，争擒郢骑之珍。而二家文集，久蒙宸照，独于臣门，未污天烛。贻厥之训，在臣宜守；献书之典，有国通规。今缮写已讫，合若干卷，谨诣阙奉进。

这是一封为朋友代拟进呈祖父文集的上表，虽然有些颂圣的套话，但行文流利通畅，表达得体，读来了无滞碍。

在上官仪之前，有未受文坛主流重视的**王绩**（585～644），隋末曾任县丞，入唐后弃官还乡，饮酒赋诗，过着放荡不羁的隐居生活。他的散文有《五斗先生传》《醉乡记》《自撰墓志铭》等，也有少量骈文，颇能展示其个性，如《答刺史杜之松书》。杜刺史请他到州衙讲礼，他断然拒绝，回信说：“下走意疏体放，性有由然；兼弃俗遗名，为日已久。渊明对酒，非复礼义能拘；叔夜携琴，惟以烟霞自适。登山临水，邈矣忘归。谈虚语玄，忽焉终夜。僻居南渚，时来北山。兄弟以俗外相期，乡间以狂生见待。歌去来之作，不觉情亲；咏招隐之诗，惟忧句尽。帷天席地，友月交风。新年则柏叶为樽，仲秋则菊花盈把。罗含宅内，自有幽兰数丛；孙绰庭前，空对长松一树。高吟朗啸，挈榼携壶。直与同志者为群，不知老之将至。欲令复理簪屦，修束精神，揖让邦君之门，低昂刺史之坐。远谈糟粕，近弃醇醪，必不能矣。亦将恐刍狗贻梦，栎社见嘲。去矣君侯，无落吾事。"

此文把他所处的高雅脱俗的生活环境，自由自在的人生态度，以及对礼法的厌弃之情，描绘得淋漓尽致。蒋心余曰："能以淡胜，故自高出群贤。"（《唐宋文举要》引）结尾几句，颇有点不客气，可以看出嵇康和祖宏勋的影响。不久杜刺史有书回答，王绩又再述志趣，看来二人关系还不错。

初唐骈文成就最高的是"四杰"，尤其是王勃。**王勃**（650～676），中国骈文史上最负盛名的作家之一，字子安，绛州龙门（今山西河津）人，出身学术世家。祖父王通，隋末大儒；叔祖王绩，唐初诗人；父亲王福畤，曾任太常博士、雍州司户参军、齐州长史、交趾令。王勃自幼聪敏过人，六岁能属文，九岁作《汉书注指瑕》，十四岁为太常伯刘祥道所赏识，誉为"神童"，举荐对策高第，拜朝散郎，十六岁上《乾元殿颂》，沛王闻其名，征为侍读，十七岁上《宸游东岳颂》，十九岁上《拜南郊颂》。诸王斗鸡，王勃戏为《檄英王鸡文》，高宗怒，斥出王府。二十岁后客居蜀，历经梓州、绵州、成都等地，二十三岁归京，参时选，与杨炯、卢照邻、骆宾王同时为吏部侍郎李敬玄延举。三府交辟，以疾辞。二十四岁，求补虢州（今河南灵宝）参军，以觅药。二十五岁，匿官奴，惧事泄，杀之，事发当诛，会赦除名。二十六岁，复旧职。不久，弃官东游，历经楚州、江宁、淮阴、浔阳、洪州、泸州、广州，至交趾省父，返渡南海，堕水卒。

王勃生活在唐代鼎盛时期，少年得志，意气风发，理想抱负甚高。他的思想，以儒家"达则兼济天下""振兴斯文"为基调，乐观、开朗、积极向上，是前期作品的主导。经过"檄鸡"和"杀奴"两次挫折之后，仕进意识逐渐淡泊，"穷则独善其身"和道家的放逸、佛家的"色空"等观念都时有表现。但他始终不曾消极颓废，而是努力振作，不断自我激励，这在他后期的诗文中皆有所反映。

今传《王子安集》，共二十卷，赋二卷，诗一卷，文十七卷八十一篇，其中序四十四篇，清人蒋清翊作注，中华书局1995年校点出版，附录罗振玉抄录自日本的佚文二十四篇，其中序二十篇。

综观王勃的"文"，骈文占绝大多数，也有少量散体。其中序文又占大多数，是其精华所在，除四篇书序、两篇自序外，余皆宴游饯行赠别之作，大致以出京客蜀为界，分作前后期，思想观念和情感心态皆有所区别。如《山亭思友人序》，十九岁作于长安，是抒情言志的自序：

> 高兴之后，中宵起观，举目四望，风寒月清。邻人张氏有山亭焉，洞壑横分，奇峰直上，郁然有造化之功矣。嗟乎：大丈夫荷帝王之雨露，对清平之日月。文章可以经纬天地，器局可以蓄泄江河。七星可以气冲，八风可以调合。独行万里，觉天地之崆峒；高枕百年，见生灵之龌龊。虽俗人不识，下士徒轻，顾视天下，亦可以蔽寰中之一半矣。惜乎此山有月，此地无人。清风入琴，黄云对酒。虽形骸真性，得礼乐于身中；而宇宙神交，卷烟霞于物表。至若开辟翰苑，扫荡文场，得宫商之正律，受山川之杰气。虽陆平原、曹子建，足可以车载斗量；谢灵运、潘安仁，足可以膝行肘步。思飞情逸，风云坐宅于笔端；兴洽神清，日月自安于调下，云尔。

此文眼界极其阔大高远，气势充沛浩瀚，自诩"大丈夫"，"荷帝王之雨露，对清平之日月。文章可以经纬天地，器局可以蓄泄江河"，"顾视天下，亦可以蔽寰中之一半矣"，这是何等抱负，多么狂放。"俗人不识，下士徒轻"，并不在话下。他要在文学上创造自己的事业，"开辟翰苑，扫荡文场"。陆平原、曹子建，在他看来，可以车载斗量；谢灵运、潘岳，在他面前只能膝行肘步。他的理想是跨越六朝，复兴周孔之道，"甄明大义，矫正末流"。

在《上吏部裴侍郎启》中，他说得更明白："自微言既绝，斯文不振。屈宋导浇源于前，枚马张淫风于后。谈人主者以宫室苑囿为雄，叙台流者以沉酗骄奢为达。故魏文用之而中国衰，宋武贵之而江东乱。虽沈谢争骛，适先兆齐梁之危；徐庾并驰，不能止周陈之祸。"这些话有的是承袭前人，虽然有些纠枉过正，但可以看出他改革文风的锐气。同时所作的还有《山亭兴序》，提到的文学史上的人物更多，二文可以合看。

《守岁序》。守岁的风俗最早见于东晋周处《风土记》，除夕之夜不眠，以待元旦。王勃此文作于长安，描述京师守岁的繁华欢乐情状。

岁月易尽，光阴难驻。春秋冬夏，错四序之凉炎；甲乙丙丁，纪三朝之历数（岁月日，三者之始，故曰三朝）。十二月之阴气，玉律穷年；一万岁之休祯，金觞献寿。贲鼓雷动，烟火星流。伥子黄童，统钧陈而驱赤疫（先腊一日，命童男童女，作大傩，以逐疫）；诸王等集，陈玉帛而朝诸侯。京兆天中（京兆处天之中），竦楼台而彻汉；长安路上，乱车马而飞尘。王丞相之登临（晋元帝正月朝会，请丞相王导同登御床，王导固辞），行将在目；戴侍中之重席（后汉正旦朝会，帝令群臣说经相诘难，义不通者夺席，通者益其席，侍中戴凭重坐五十余席。席：坐垫。）忽而明朝。槐火灭而寒气消，芦灰用而春风起。鱼鳞布叶，烂五色而翻光；凤脑吐花，灿百枝而引照（鱼鳞、凤脑，皆指节日彩灯）。悲夫！年华将晚，志事寥落。公孙弘之甲第，天子未知；王仲宣（王粲）之文章，公卿不识。对他乡之风景，忆故里之琴歌。柏叶为铭，未泛新年之酒；椒花入颂，先开献岁之词。（《晋书·列女传》：刘臻妻陈氏，正旦献《椒花颂》。）作者七人，同为六韵。

这篇文章当作于他任职沛王府时。王勃年甫弱冠，对于新春的到来，充满喜悦，笔墨光昌流丽，处处流露对盛世的赞美。他提到了东晋名臣王导，东汉大儒戴凭，也许就是他未来的榜样。又想到发迹很晚的政治家公孙弘和流落他乡的文学家王粲，可能就是他隐约的担心。然而，他仍旧充满自信，所以把这篇《守岁序》与陈氏的《椒花颂》相提并论。此文除了引述几位历史人物作暗喻外，没有繁多的典故，这正是与他后期作品的不同之处。

《送劼赴太学序》。劼，指王勃的小弟弟王劼。太学，唐时国子监六学之一。文章回顾王氏家学渊源，"吾家以儒辅仁，述作者八代矣"，"吾被服家业，沾濡庭训，切磋琢磨，战兢惕厉，二十余载矣。……今既至于斯矣，不蚕而衣，不耕而食，吾何德以当哉！"勉励小弟："执德弘，信道笃。心则口诵，废食忘寝。涣然有所成，望然有所伏。然后可以托教义，编人伦，彰风声，议出处。"最后一段是："行矣！自爱，游必有方。离别咫尺，未足耿耿。嗟乎！不有居者，谁展色养之心？不有行者，孰就扬名之业？"实际上是一封家书，诚恳真挚，浅白如话。虽引用《诗经》《左传》《论语》，而浑然不觉。少用四六句，多用叹词转折词，是骈散兼行之文。

凡题目涉及四川和江南者大多可归入后期的文章。① 如《游庙山序》：

> 吾之有生，二十载矣。雅厌城阙，酷嗜江海。常学仙经，博涉道
> 论。知轩冕可以理隔，鸾凤可以术待。而事亲多衣食之虞，登朝有声
> 利之迫。清识滞于烦城，仙骨摧于俗境。呜呼！阮籍意疏，嵇康体放，
> 有自来矣。常恐运促风火，身非金石。遂令林壑交丧，烟霞板荡。此
> 仆所以怀泉途而惴恐，临山河而叹息者也。粤以胜友良暇，相与游于
> 玄武西山庙，盖蜀郡三灵峰也。山东有道君庙，古者相传以名焉。其
> 丹垩丛倚，玄崖纠合。俯临万仞，平视重玄。乘杳冥之绝境，属芬华
> 之暮节。玉房跨霄而悬居，琼台出云而高峙。亦有野兽群狘，山莺互
> 啭。崇松坿巨柏争阴，积濑与幽湍合响。眇眇焉，迢迢焉，王孙何以
> 不归？羽人何以长往？其玄都紫微之事耶！方敛手钟鼎，息肩岩石，
> 绝视听于寰中，置形骸于度外，不其然乎！时预乎斯者，济阴鹿弘允、
> 安阳邵令远耳。盖诗以志，不以韵数裁焉。

此序作于王勃二十岁客居剑南时。庙山在剑南道梓州玄武县西，山之
东有道君庙，是道教圣地。王勃与朋友游此山，先作《游庙山赋》，又为三
人所作之诗撰《游庙山序》。文章第一段述说对道教神仙理想的向往已久，
第二段描写庙山风景的优美和建筑的崇丽。第三段表述将"敛手钟鼎（抛
弃富贵生活），息肩岩石（退居山林休息），绝视听于寰中（不关心世事），
置形骸于度外（追求精神超脱）"与《游庙山赋》的基调相同，只不过赋更
为夸饰，更多想象。明何镗《名山记》卷四十五引屠长卿的评点说："初唐
沿齐梁绮靡之遗，卢、骆、王、杨，皆以骈丽为工，王尤媚中带老。"所谓
"老"，当指尚有淡雅古意，不够浓艳。

王勃后期的作品甚多，最负盛名的代表作是《秋日登洪府滕王阁饯别
序》，后世简称《滕王阁序》。关于此文的创作经过有许多传说，据五代王

---

① 据张志烈《初唐四杰年谱》（巴蜀书社 1993）载，王勃十八岁时有东吴之行，到过楚州、
江宁等地。二十六岁南下赴交趾，再次经过江南一些地方，每每留有诗文。

定保《唐摭言》等书记载，王勃父亲王福畤贬交趾（今越南）令，王勃前往省亲，溯长江而上，船泊安徽马当，夜梦风神相告：助风一帆，得与盛会。于是他一夕而达南昌，正赶上洪州都督阎某大宴宾客于滕王阁。阎已密令其婿准备一篇文章，以显示才华，宴会上故意谦让请来宾执笔作序，众客知都督之意，皆推辞。王勃乍到，不知底细，欣然命笔。阎愠怒，令人伺其下笔。报第一句"豫章故郡，洪都新府"，阎曰："老生常谈。"报"襟三江而带五湖"，阎沉吟不语。报到"落霞与孤鹜齐飞，秋水共长天一色"，阎氏矍然而起曰："此真天才也。"遂极欢而罢（见五代王定保《唐摭言》）①。

此文以花团锦簇般的文字，描绘滕王阁所在地区的地理位置、历史胜迹、古今人物和楼台之美、宴会之盛，即景生情，表现他远大的抱负和怀才不遇而又积极对待的人生态度。有立功异域的壮志，有报国乏门的感叹，有无人引荐的遗憾，有欣逢知己的喜悦，有时光不待的遗憾，有作客他乡的愁烦，有安贫知命的慰藉……这种种感情通过景物和典故错综交融在一起，代表当时失意知识分子的复杂而普遍的心绪，在后世长期引起共鸣。

在艺术上，文章意境高远，结构宏大，层次清晰，前后呼应，语言精美，用典贴当。全文145句，只有"呜呼""嗟夫"两个散句，其余皆排列整齐，平仄和谐，富于韵律之美。其中多以四六为主的双句对，还有不少当句对，即句内自对，如"腾蛟起凤""紫电青霜""钟鸣鼎食""青雀黄龙"等。有些句子吸纳前人又加以提升，成为千古名句。如"落霞""秋水"两句源于庾信，"老当益壮""穷且益坚"出自马援。可见此文乃集前代文学技巧之大成，因而得到历代许多人的仿效和赞誉。

唐王绪有《滕王阁赋》、王仲舒有《修滕王阁记》、韩愈有《新修滕王阁记》，清代陈维崧有《滕王阁赋》，皆不及王勃。明人冯梦龙将"风送滕

---

① 王勃路过洪州的时间，有些学者主张是随父同赴交趾。本书认为，《滕王阁序》说得明白："他日趋庭，叨陪鲤对。"若与父同行，何得言"他日"？从此文及其他南行文章看，不见父亲身影。另说所据佚文《过淮阴谒汉祖庙祭文》，虽自署"父命作"，实为虚托。王勃此时是被赦闲员、罪臣身份，当不得擅祭前朝帝王，故署"父命作"，而其父未必同行同祭。代他人或父兄作祭文者，在当时和后世比比皆是。

王阁"故事改编成话本小说。清人余诚评点王勃说："对众挥毫，珠玑络绎，固可想见旁若无人之概。而字句属对极工，词旨转折一气，结构浑成，竟似天衣无缝。纵使出自从容雕琢，亦不得不叹为神奇，况乃以仓卒立就，尤属绝无而仅有矣。"（《古文释义新编》）清李扶九说："以文论，此四六体也，平仄要合，对仗要工，段落要明，次序要清，多用古典，词要藻丽，方有足观。以法论，首叙天文地理，次叙贤主嘉宾，次叙时令，次叙阁内阁外，似尽矣。乃忽拓开笔势，将古之失意者感慨一番，又将今之失意者规勉一番，方叙到自己又自负一番。波澜壮阔，不是徒了题目者。"（《古文笔法百篇》）王益吾说："文兴到笔落，不无机调过熟之病。而英思壮采，如泉源之涌。"（《唐宋文举要》引）杨用修说："使勃与韩杜并世对毫，恐地上老骥，不能追云中俊鹘。后生之流指点，妄哉！"毛泽东说："唐初王勃等人独创的新骈、活骈，同六朝的旧骈、死骈，相差十万八千里。"又说："（王勃）这个人高才博学，为文光昌流丽，反映当时封建盛世社会动态，很可以读。"①

　　对于这篇旷世名文，后人除了赞美之外，也不乏指瑕者。宋王观国《学林》指出："星分翼轸"，"翼轸"二宿乃荆州之分，而豫章郡未曾隶属荆州。王氏又引欧阳修的话，称"《滕王阁序》类俳"，"好古文者不取也"。宋叶大庆《考古质疑》指出："既言九月，又言三秋，是诚赘矣。"宋章俊卿《山堂考索续集》指出："以杨得意而曰杨意，此又足见措辞之荒谬者。"清俞樾为之辩护，认为"星分翼轸"未可厚非。清章藻功的《思绮堂文集》有长篇骈文《登滕王阁书〈王子安集〉后》，对王勃此文逐段赞赏备至，对某些指瑕做出回应。其中写道："尤异者长天秋水，警句堪夸；明月清风，幽魂自赏。（自注：诗话：王勃死后，常于湖滨风月之下，自吟《滕王阁序》中句云：落霞与孤鹜齐飞，秋水共长天一色。后有士人泊舟于此，闻之辄曰：曷不去'与'、'共'二字，乃更佳。自尔绝响，不复吟矣。）妄言妄听，谓才鬼之有知；或泣或歌，谅文人其不尔。矧落花芝盖，庾子山实倡其音，王子安偶赓其调。就使自成作者，暗合古人，似此名言，生前

---

① 参见逄先知《古籍新解，古为今用——记毛泽东读中国文学史书》，光明日报 1984 年 9 月 7 日。

无数，明然得意，殁后难忘。……方疑作之者未必孤吟，且笑删之者亦非定论。"关于"与""共"二字之不可删，清人孔广森、今人张仁青都发表过意见。本书认为，二字有调配音节轻重疾徐的作用，删去就不能显示骈文的吟诵之美了。

王勃的名启，有两封上武侍郎启，还有《上从舅侍郎启》和《上吏部裴侍郎启》，内容都是呈送自己的文集，祈望得到赏识。《上吏部裴侍郎启》常为中国文学批评史所引用，主要阐述两点，一是文风问题，一是科举问题。首先指出文章之道，"圣人以开物成务，君子以立言见志"，"苟非可以甄明大义，矫正末流，俗化资以兴衰，家国由其轻重，古人未尝留心也"。又引孟子、扬雄之言为理论依据，批评从屈宋到徐庾等历代作家，"导浇源于前"，"张淫风于后"，"以宫室苑囿为雄"，"沉酗骄奢为达"，造成"中国衰""江东乱"，使得"周公孔氏之教，存之而不行于代，天下之文靡不坏矣"。虽然否定得有些过头，但目的是大声疾呼以纠正唐初沿袭梁陈文坛的弊病，因此得到当时和稍后许多人的响应。

唐代科举考试以诗赋取士，与文风关系密切。王勃此启，向主持科考的吏部侍郎裴行俭建议："君侯受朝廷之寄，掌镕范之权，至于舞咏浇淳，好尚邪正，宜深以为念者也。伏见铨擢之次，每以诗赋为先。诚恐君侯器人于翰墨之间，求材于简牍之际。果未足以采取英秀，斟酌高贤者也。徒使骏骨长朽，真龙不降。炫才饰智者，奔驰于末流；怀真蕴璞者，栖遑于下列。"请他留意擢拔"识天人之幽致，明国家之大体"，对社会有用的人才，而不能只看文章。这些意见虽然未能被当局采纳，却得到杨炯及后来韩愈等人的赞成。此文以说理为主，用典较少，散句较多，带有古文气息，风格与其序文不同。

王勃有十一篇塔寺碑铭，应事主之托而作，刻画景物，宣扬佛法，赞美施主，已成格式，用典甚密，雕琢极细，夸饰极力，内容平庸，文字重沓，语言艰涩。《益州夫子庙碑》中有的典故，连张说也看不懂，只好请教天文学家僧一行。这种现象，是六朝骈文形式主义在唐代的遗留。王勃虽然不满意此类风气，然而他自己亦未能免俗。真正改革和扭转骈文形式主义逆流，要到中唐古文运动以后。

刘麟生指出，王勃等四杰的骈文"过于逞才"，"过于绮靡，无复凝炼之妙"。"后世骈文堆垛之风气,与此不无关系。"① 如其《乾元殿颂》3620 多字,极歌功颂德之能事。《益州夫子庙碑》2800 多字,堆砌烦冗,把孔子的故事炒来炒去,夸饰形容多而新意少,索然寡味。

**骆宾王**(619~687),婺州义乌人,历任中央和地方低级官职,不得志,曾无辜入狱,遇赦后绝意仕进,对武则天专权深为不满。公元 684 年,高宗死,武后废中宗李显,立睿宗李旦,杀废太子李贤,即将正式称帝。英国公李敬业等于扬州起兵讨伐武氏,骆宾王为李氏草《讨武氏檄》。李氏兵败后,骆宾王亡命不知所终。此檄在文学史上有盛名,慷慨激昂而又沉郁凝练,富于鼓动性和号召力。开头一段对武氏出身微贱、生活淫乱、性情残忍、怀藏政治野心等各方面进行淋漓尽致的揭发;第二段宣扬李敬业起兵的正义性和军力之强盛,有必胜的信心;第三段号召各地人士放弃观望犹豫态度,共同勤王,参加伐武行列。该文不以用典见长,而以气势取胜,名句如"喑呜则山岳崩颓,叱咤则风云变色",笔力千钧。"一抔之土未干,六尺之孤何托",扣人心弦。"请看今日之域中,竟是谁家之天下"(毛泽东曾用作社论题目),豪气干云。文章采用了述事、议论、抒情多种表现手法,首尾呼应,一气呵成,梁末以来檄文常见的板滞、繁缛、堆垛、雕琢等毛病大大净化。文章富赡华丽之外别见典重,艳发之中时露俊逸,给人以神完气足、挥洒自如的感觉。林次崖说:"历暴武氏罪恶,真无容身之地。辞气严正,文韵清警,得意处如夜明珍璞,当世共宝。似此文亦宇内间出也。"过珙说:"前半段写武媚奸雄处,条条足令彼心折;中幅为义旗设色,写得声光奕奕,山岳流动。"余诚说:"此檄辞严义正,最为得体。而行文又复颇有条理,自是中古不灭。"(《古文释义新编》)

据唐末段成式《酉阳杂俎》记,武则天读到"蛾眉不肯让人"时,只是微笑。读到"一抔之土未干,六尺之孤何托"时,竟叹曰:"宰相安得失如此人才!"可见连敌人也不得不佩服。

魏晋以来檄文中名作如林,写法大体近似,而效果不尽相同。近者如祖君彦讨隋炀帝文,列十大罪状,条条有根据。而骆文声讨武氏,颇有失实之处,如"弑君鸩母",查无实据,武后觉得可笑。骆文对李敬业的夸张

---

① 刘麟生:《中国骈文史》,东方出版社 1996 年版,第 64~65 页。

过分，使人难以置信，结果是李敬业很快失败；祖文对反隋力量的描述大体属实，结果是隋王朝迅即垮台。祖君彦跟从李密，被王世充击败，被杀，身虽死而反隋事业却成功了。骆宾王在李敬业溃散后受通缉，亡命天涯，反武事业和个人命运不成功，在后世所享盛誉，远超祖君彦。这说明，作为政治历史文献的价值和作为文学作品的影响是不能等量齐观的。

骆宾王的《与博昌父老书》，是一篇抒情骈文，风格与《讨武氏檄》不同。博昌故城在今山东博兴县境内，骆宾王的父亲曾任该县县令。后来县治迁到今博兴县北的乐安故城。骆宾王从当地父老来信中得知消息，回信表示慰问，并叙阔别相思之情。文章不长，第一段向父老作礼节性的致意，然后以凝练的笔墨倾吐深沉的怀恋。第二段用倒叙及对比手法写出十五年来的变化。旧游故交，略无半在，两位老前辈均已谢世，感叹人生的艰难与短促。第三段，从县治迁到乐安后，原址想必变得荒凉，他便很自然地回忆起当年父亲在世并死于任上的往事，感伤情绪更加升华。"昔吾先君，出宰斯邑，清芬虽远，遗爱犹存。延首城池，何心天地；虽则山河四塞，是称无棣之墟；松槚十秋，有切维桑之里。"第四段说，今年丰收了，父老们可以颐享清福，并没有忘记我。可是我王命在身，于役不遑，无法滞留，只好"伫中衢而空轸，巾下泽而莫因。风月虚心，形留神往。山川在目，室迩人遐，以此怀劳，增其叹息"。

此文清新活泼，没有一般骈体书启繁密猥琐、装腔作势、空话连篇的毛病，以对偶为主的同时，也用一些散句。其中关联词"况""又""故可""宁复"等，起到很好的承前启后、转折呼应、递进勾连的修辞作用，使文章显得灵便而不板滞。王志坚《四六法海》评语说："是骆丞集中极淡远之作，文固不以繁为贵。"

骆宾王的宴集序，短小而富有情致，如《秋日与群公宴序》：

　　昔挂瓢隐舜，蹈箕山而不归；解组逃齐，泛沧波而长往。咸用潜心物外，摈影丘中，岂若拟迹小山，陶心大隐，叶仲长之怡性，偶潘岳之栖闲。群公或道合忘筌，契金兰而贵旧；或情深倾盖，披玉叶以交新。于时玉女司秋，金乌返照，烟含碧篠，结虚影于鳞枝；风起青蘋，动波纹于翼态。庭榴剖实，擎丹彩以含珠；岸石澄澜，泛清漪而散锦。既而誓敦交道，俱忘白首之情；款尔连襟，共挹青田之酒。不有雅什，何以摅怀，共引文江，同开笔海云尔。

这次宴集，没有滕王阁那么大的场面，那么多的人物，用笔较为简练，抒情多于写景，畅叙共同感受，少谈个人情怀。其中"不有雅什，何以摅怀"，又见李白《春夜宴诸从弟桃李园序》；"共引文江，同开笔海"颇似《滕王阁序》"请洒潘江，各倾陆海"。这些字句可能是当时大家都用的套语。

**杨炯**（650～692），今陕西华阴人，字盈川，幼聪慧，善属文，恃才傲物，曾讽刺朝士虚有其表者为"麒麟楦"（唐代一种游戏，刻画麒麟形象，覆盖驴身，去其皮，还是驴），惹得时人愠怒。他与王勃、骆宾王、卢照邻合称"王杨卢骆"。杨炯闻之，曰："吾愧在卢前，耻居王后。"意谓自己应为四人之冠。稍后张说曰："杨盈川文如悬河注水，酌之不竭。既优于卢，亦不减王。耻居王后，信然。愧在卢后，谦也。"于景祥说，杨炯"同王勃相比，总的成就要差，又少秀逸之气。但格调雄厚沉着，自有其独到之处"①。姜书阁说："就其存文而论，实无突出成就，亦无为世传诵之篇，较有可取者，惟王勃集序耳。"②

杨炯的《王子安集序》对王勃推崇备至。文章说："龙朔初载，文场变体，争构纤微，竞为雕刻。……骨气都尽，刚健不闻。（王勃）思革其弊，用光志业。薛令公朝右文宗，托未契而推一变；卢照邻人间才杰，览清规而辍九攻。知音与之矣，知己从之矣。于是鼓舞其心，发泄其用。八纮驰骤于思绪，万代出没于毫端。契将往而必融，防未来而先制，动摇文律，宫商有奔命之劳；沃荡词源，河海无息肩之地。以此伟鉴，取其雄伯，壮而不虚，刚而能润，雕而不碎，按而弥坚。大则用之以时，小则施之有序。徒纵横以取势，非鼓怒以为资。长风一振，众萌自偃。遂使繁综浅术，无藩篱之固；纷绘小才，失金汤之险。积年绮碎，一朝清廓，翰苑豁如，词林增峻。反诸宏博，君之力焉；矫枉过正，文之权也。"

---

①　于景祥：《中国骈文通史》，吉林人民出版社 2002 年版，第 539 页。

②　姜书阁：《骈文史论》，人民文学出版社 1986 年版，第 453 页。

此文高度评价王勃在改革唐初文风、拨乱反正方面的巨大贡献,其中见解,受到后世文学批评史家的重视。此文很少雕绘和典故,的确如"长河注水",滚滚而下,滔滔不绝,了无滞碍。

杨炯的宴集序,名篇有《群官寻杨隐居诗序》。开始从大处落墨,先说我们杨氏宗族,历来人物盛于天下,而这位杨姓隐者是真正的高尚之士,与"迹混朝市名为大隐"之流不可同日而语。接着说,天子巡于下都,群官随行,造访杨隐者之居。下面纯用绘画笔法,先远后近,步步深入:

> 群贤以公私有暇,休沐多闲。忽乎将行,指林壑而非远;莞尔而笑,览烟霞而在瞩。登块圠,践莓苔,阮籍之见苏门,止闻鸾啸;卢敖之逢高士,讵识鸢肩。忆桑海而无时,问桃源之易失。寒山四绝,烟雾苍苍;古树千年,藤萝漠漠。诛茅作室,挂席为门。石隐磷而环阶,水潺湲而匝砌。乃相与旁求胜境,遍窥灵迹。论其八洞,实惟明月之宫;相其五山,即是交风之地。仙台可望,石崖犹存。极人生之胜践,得林野之奇趣。浮杯若圣,已蔑松乔;清论凝神,坐惊河汉。游仙可致,无劳郭璞之言;招隐成文,敢嗣刘安之作。

这简直像一篇游记,在具体描绘隐者所居环境景物中,透露主人的仙风道骨和独特情操,使人不胜钦慕。高步瀛说:"骨肉匀停,色味俱美,骈文正则。"(《唐宋文举要》)

杨炯的《登秘书阁诗序》,前面大半部分盛赞皇家图书馆秘书阁的典藏:"若夫麒麟凤凰之署,三台四部之经,周王群玉之山,汉帝蓬莱之室。观星文而考南北,大象入于玑衡;披帝册而质龙神,负图出于河洛。司先王之载籍,掌制书之典谟。刘向沉研、扬雄寂寞之士,于兹翰墨;马融该博、傅毅文章之才,此焉游处。莫不出言斯善,有道可尊。黼黻其德行,珪璋其事业。心同匪石,达人千载之交;手握灵珠,文士一都之会。陶泓寡务,泪素多闲,命兰芷之君子,坐芸香之秘阁。徒观其重栏四绝,阁道三休,红梁紫柱,金铺玉砌。平看日月,唐都之物候可知;坐望山川,裴秀之舆图在即。虹蜺为之回带,寒暑由其隔阔。岂直昆仑十二,瀛海千寻,西州有百尺之楼,东国有千秋之观。"几乎句句紧扣藏书楼的特殊个性。而后半段登阁观览景色并赋诗，没有什么特色，若移用于游览别处亦无不可。

卢照邻（637～688），自号幽忧子，范阳（今河北涿州市）人，曾任县尉，因疾去职，居太白山，服丹中毒，手足挛废，不堪其苦。向朝士乞药，每人仅求二千，可见其困顿。预为坟墓，卧其中。50 岁时投颍水自溺。其诗文多抒愁苦，骈文有《五悲文》：一悲才难，二悲穷道，三悲昔游，四悲今日，五悲人生。今录其《悲今日》中的一段如下：

> 平生连袂，宿昔衔杯。谈风云于城阙，弄花月于池台。皆是西园上客，东观高才，超班匹贾，含邹吐枚。一琴一书，校奇踪于既往；一歌一咏，垂妙制于将来。弦将调而雪舞，笔屡走而云回。自谓兰交永合，松契长并。通宵扼腕，终日盱衡。骂萧朱为贾竖，目张陈为老兵。悲苍黄分骤变，恨消长之相倾。贵而不骄，人皆共推晏平仲；死且不朽，吾每独称范巨卿。及其寒产摧联，支离括撮，已濡首兮将死，尚摇尾兮求活。庄西贷而鱼穷，姬东徂而狼跋。今皆庆吊都断，存亡永阔，凭驷马而不追，寄双鱼而莫达。向时之清淡尚存，今日之相知已没。则有河滨漂母，陇上樵夫。盘飧带粟，粥面兼麸。藜羹一箦，浊酒一壶。夫负妻戴，男欢女娱。攀重峦之岸萼，历飞涧之崎岖。哀王孙而进馈，问公子之所须。……传语千秋万古，寄言白日黄泉，虽有群书千卷，不及囊中一钱。

前一段追叙朋友相聚的快乐，中段述今日境况之艰难，末段安贫任命，自我解脱。文章语言精美，通篇工对，表达心曲细致入微。这一组五篇文章都深受辞赋影响。

卢照邻的《乐府杂诗序》是为朋友侍御史贾君的诗集所作的序言。首段言诗之由来及汉乐府，次段言魏晋以后但知效古，罕能创新，表现了他的文学史观，第三段叙贾侍御之官守及文章成就，等四段赞美贾之杂诗，是全文重点所在，末段说明诗集编辑成书的经过。高步瀛《唐宋文举要》评论说："缛采星稠，藻思绮合，极笔歌墨舞之致。"

卢照邻宴集诗序中的佳作，有《宴梓州南亭诗序》：

梓州城池亭者，长史张公听讼之别所也。……以公寄切上僚，故久无州将。连四千石之重任，急十万井之雄班。职逾剧而道弥高，位逾崇而德弥广。市狱无事，时狎鸟于城隅；邦国不空，日观鱼于濠上。宾阶月上，横联蜷之桂枝；野院风归，动葳蕤之萱草。则有明珠爱客，置芳酒于十佾；羽服神交，契仙游于五日。圆潭写镜，光浮落日之津；杂树开帏，彩缀飞烟之路。藤萝杳霭，挂疏阴以送秋；凫雁参差，结流音而将夕。百年之欢不再，千里之会何常？下客凄惶，暂停归辔；高人赏玩，岂辍斯文？咸请赋诗，以纪盛集。

此文简明流畅，没有太多的藻饰，属于容易诵读之作。然其视野的广度，情怀的深度，语词之典丽，皆逊于《滕王阁序》。王勃对宴会主人的赞语仅"都督阎公之雅望"一句，卢照邻对张长史的大段奉承纯系客套。无论从诗文就果或单就骈文而论，王勃为"四杰"之首是无可争议的。

### 三　初唐其他骈文作家

**朱敬则**（635～712），河南永城人，累官至同凤阁鸾台平章事（相当于宰相），在朝正直敢言，曾谏武后以酷刑审讯大臣。后因触怒当权者，贬荆州刺史。其居官清廉，致仕返里，仅一人一马，子曹皆步行随归。著作有《十代兴亡论》，用十一篇骈体文分别评论曹操、司马懿、刘裕、高欢、杨坚、杨广、陈叔宝等十一位创业及亡国之君，分析其成败得失，见解比较允当。毛泽东在读史笔记里肯定朱敬则是"政治家""历史家"。

《宋武帝论》采用对问方式，肯定刘裕军事才能，北伐武功，"西尽庸蜀，北划大河，自汉末三分，东晋拓境，未能至也"。有人问，其"克敌得隽，奇迹多于魏武"，确乎？朱氏认为，刘裕敌手较弱小，因衅取乱，不同于曹公之力克强敌袁绍。至于礼乐文明，道德人望，不逮于建安。又问：刘裕弃德非道，杀戮功臣，舍旧无亲，请问其理。朱氏认为，高鸟尽，狡兔死，历代多有。又问：刘氏入长安，故老扣马攀车请留，而匆匆撤兵，何哉？朱氏回答："刘裕家本江南，全军远克，未能制命夏魏，施号秦凉，虽曰关中，实是边地，鞭长不及马腹。""贪归受禅，所留不过爱子，待归一举而可取，卒如其策，智士哉！"这样的分析符合刘裕当时心态。但是，弃统一大业于不顾，为早登帝位而放弃关中，终究是重一己私利而轻国家大利，不能称为"智士"。从全文看，此文比起沈约《宋书·武帝纪》史论之一味颂扬，要客观得多。

《陈后主论》批评十分尖锐，指出他虽然初期也曾求忠谠之士、禁左道之人及淫祀妖书，而当强敌临边，南国濒危，不行礼义，苛刻日滋，尽情享乐，"嬖妾五十"，"丽服一千"，"贵妃夹坐，狎客承筵"，"花笺彩笔，吟咏烟霞，长夜不疲，略无醒日"。结果贺若弼、韩擒虎迅速攻破江宁，陈军"迎刃自裂，听鼓争奔"。陈后主等人或"投井求生"，或"横奔畏死"，于是"五百里之俘囚，累累不绝；三百年之王气，寂寂长空"。其剖析鞭辟入里，语言痛快淋漓，比《陈书·后主本纪》之论赞又胜一筹。结尾一段，较论刘禅、孙皓、高纬、陈叔宝四位亡国之君，高步瀛说："笔势悍挚，后半语杂诙谐，结语尤妙。"（《唐宋文举要》）

朱敬则另有《五等论》，肯定秦始皇置郡县废五等分封制，批评魏王朗、曹元首主张恢复五等制，"皆不知时也"。朱氏的意见是正确的，是柳宗元《封建论》的先导，惜乎未能充分展开。

**宋之问**（656～712），初唐著名诗人，与沈佺期合称"沈宋"，有多首著名诗篇在后世甚得好评，被认为是唐代律诗定型者之一。此人又是唐代"文人无行"之最。早期以诗奉承武后，深得赏识。媚附武氏男宠张易之兄弟，曾为他们提尿壶。二张垮台后，宋之问被弹劾，潜逃外地，不久秘密返京，刺探政治情报，卖友告密以赎罪，得以复出。旋又依附太平公主，太平失势，乃投靠安乐公主，为时人所不齿。睿宗时远谪钦州（今属广西），玄宗即位，赐死。

宋之问的骈文，颇受后人关注的如《早秋上阳宫侍宴序》。作者使用了最高级的形容词语，拼命吹捧武则天。开头一段说："臣闻神器至大，非圣无以光临；宝位至尊，非神无以长守。我金轮圣神皇帝垂妙觉，抚鸿勋，出轩宫（帝妃之舍）而镇紫微（中央帝座），卷翟衣（以五彩雉毛织成）而袭玄衮（皇冠）。释罘祝网，万族咸宁；革故维新，五刑不用。润玉律而含元气，转金浑而调顺晷。穷荒极远，重译左言之俗；负阻凭危，背德殊风之类。莫不厥角稽颡，执贽来庭。烟火通于万方，车书混于千里。庆延八室，享配于明祇；辟水三雍，讲论乎道义。麟凤荐祉，龟龙奉图。石铭显瑞于郊畿，玉书告祥于宫掖。以日继月，纷纶葳蕤。竹帛书之而未穷，夷夏歌之而不极。圣人之具品周矣，天子之能事毕矣。自古以下，迄于梁隋，何功于人，比我全德？"前几句说武后以女主临天下，由内宫而居帝位，乃圣乃神。接着说她像商汤那样网开一面，"五刑不用"，真是颠倒黑白。武后重用周兴、来俊臣，刑罚之苛密，前所未见，"请君入瓮"的瓮中火烤之刑即其一种，怎么是"五刑不用"呢？本段最后六句，把武则天说成全德全能的千古一帝，十分肉麻，吹捧得武氏非常高兴，在一次诗歌比赛中，硬把已赐给东方虬的锦袍夺回赏给宋之问。蒋心余说，此文"遒宕之气，直逼子安（王勃）之上矣"。有人说："此文没有陈隋及唐初这类作品的浮华绮靡之态，而是疏宕有致，很有气势。"本书认为此文媚气、奴气十足，唯独缺少骨气。

宋之问的私人宴集序，倒也清爽雅致。如《春夜令狐正字田子过弊庐序》：

> 田二官考室颍阳，令狐九闲居渭涘。征君太守，世业相亲。洛邑秦京，道游非远。春山采药，挹二子之高踪；夜月回车，入故人之穷巷。辟书幌，卷琴帷，绿竹一丛，清风三尺。幽吟所托，游仙招隐之诗；嘉话伊何，丹丘白云之事。焚枯未荐，饱我以老氏之言；举白无哗，醉予以胡丘之说。池塘润于时雨，衣巾渐于和气。兰欲芳而逼人，林将曙而催鸟。嗟乎！语默恒理，聚散何常？请挥翰写心，用旌厥事。使嵩高洞里，记兹夕之当歌；太白岩中，念今宵之秉烛。共编四韵，贻诸好事云。

老友相聚，只叙游仙招隐，不论帝勋皇恩，没有歌舞的喧闹，唯存闲淡的心境。场景幽静，语词雅洁，隽永有味，不亚于宋氏那些传诵的五言诗。

**陈子昂**（661～703），梓州射洪人，是唐初诗歌革新的旗手，他标举汉魏"风骨"，反对齐梁以来"逶迤颓靡"之风，使得"天下翕然，质文一变"，在中国文学批评史上有重要地位。他的改革主要针对诗歌，未曾直接言及骈文。后世古文选本多选他的《谏用刑书》，皆视为古文。高步瀛《唐宋文举要》归入散文。有的骈文史说它"仍是骈体"。其实《谏用刑书》与当时骈体文以及陈子昂本人的骈体文皆相差很大。全文散句占多数，骈句甚少，且多用"者""也""之""哉""矣"等语气词，应属散文。

陈子昂有标准的骈体文，如《梁王池亭宴序》。"子昂少游白屋，未历朱门。闻王孙之游，空怀春草；见公子之兴，每隔青霄。弋阳公座辟青轩，饰开朱邸。金筵玉瑟，相邀北里之欢；明月琴樽，即对西园之赏。鄙人幽介，酒醴知惭；王子爱才，文章见许。白日已驰，欢娱难恃。平生之乐，其在兹乎？"全文20句，仅最后两个散句，完全不用语气词，与《谏用刑书》在文体上很少共同之处。再看《送吉州杜司户审言序》。杜审言是陈子昂的朋友，杜甫的祖父。此序对杜审言极为推重、赞赏：

> 杜司户炳灵翰林，研几策府。有重名于天下，而独秀于朝端。徐、陈、应、刘，不得劘其垒；何、王、沈、谢，适足靡其旗。而载笔下僚，三十余载。秉不羁之操，物莫同尘；含绝唱之音，人皆寡合。群公爱祢衡之俊，留于京师；天子以桓谭之非，谪居外郡。苍龙阁茂，扁舟入吴。告别千秋之亭，回棹五湖之曲。朝廷相送，驻旌盖于城隅；之子孤游，森风帆于天际。白云自出，苍梧渐远。帝台半隐，坐隔丹霄；巴山一望，魂断绿水。于是邀白日，藉青巅，追潇湘之游，寄洞庭之乐。吴歌楚舞，右琴左壶。将以缓燕客之心，慰越人之思。杜君乃挟琴起舞，抗首高歌。皓时首而未遇，恐青春之蹉跎。且欲携幽兰，结芳桂，饮石泉以节味，咏商山以卒岁。返耕饵术，吾将老焉。群公嘉之，赋诗以赠。

前面还有八十来字的冒头，删而不录。此文可谓情文并茂的《别赋》，而韵味与一般送别诗赋皆不同。文章发挥骈偶的特长，叠用意象相近或相对的语句，涂饰形象鲜明的辞藻，配以长短低昂，顿挫有致的节奏，简直可以入乐歌唱。若论陈子昂的骈文，此篇当可首选。不过，像这样的骈文在陈氏集中并不多。

## 第三节　盛唐骈文

刘衍指出，盛唐之文的发展出现了新的变化：一方面骈体文更加兴盛，政论之文或歌功颂德之文多用骈体；另一方面，碑文、墓志和一部分疏议，不固守骈文疆域，或由骈入散，或以散代骈，散文开始增多，而且骈文和散文也日趋分工明确，凡大赋大颂多用骈文，务实致用性的文章则多用散文。盛唐骈文虽然有沿"四杰"之旧的发展痕迹，但内容的充实、质朴，形式上出现散化、淡化趋向更为明显。① 代表作家有燕国公张说、许国公苏颋（时称"燕许大手笔"）以及张九龄等。

## 一　"燕许"和张九龄等

**张说**（667～730），洛阳人，武后时入仕，历事武后、睿宗、中宗、玄宗，曾三登左右丞相，三任中书令，三次总戎临边。他与玄宗关系尤其密切，曾助睿宗以太子隆基（即后来的玄宗）监国（代皇帝主持国家军政要务），又与太子密谋对付政敌太平公主，深得玄宗信任。《旧唐书》本传说他："前后三秉大政，掌文学之任凡三十年。为文俊丽，用思精密。朝廷大手笔，皆特承中旨（皇帝旨意）撰述。天下词人，咸讽诵之。尤长于碑文墓志，当代无能及者。喜延纳后进，善用己长，引文儒之士，佐佑王化。当承平岁久，志在粉饰盛时。"

最能体现张说骈文成就的是他的论政论事之文，举例如下。

《请置屯田表》。"臣闻求人安者莫过于足食，求国富者莫先于疾耕。臣再任河北，备知川泽。窃见漳水可以灌巨野，淇水可以溉汤阴。若开屯田，不减万顷，化萑苇为秔稻，变斥卤为膏腴。用力非多，为利甚溥。谚云：岁在申酉，乞浆得酒。来岁甫尔，春事方兴。愿陛下不失天时，急趋地利。上可以丰国，下可以廪边。河漕通流，易于转运，此百代之利也。"文章不长而意义深远。在黄河北岸屯田垦荒，是历代行之有效的利国利民的积极措施。文章没有典故，纯属白描，对仗自然，不事雕饰，质朴明快，体现了当时尚不多见的骈文散体化的倾向。

《请不从灵驾表》。公元705年，武则天去世，唐中宗拟率百官赴洛阳迎武后灵柩还长安安葬。张说代表百官上表劝谏。文章一开始就从国家和百姓立场出发，指出这项活动"国计非便，群情不安"。接着从正面说理，

---

① 参看刘衍《中国古代散文史论稿》，南方出版社2000年版，第247～248页。

区分"圣人之孝"与"凡人之孝",天子应"以顺民理国为孝"。第二段列举事实分析兴师动众的害处。"陛下此行,群司毕从,于人取给,臣实难之。水旱小愆,农虑非浅。东都则水漕淮海,易资盐谷之蕃;陆走幽并,近压戎夷之便。朝命新复,人望在安。宜应静镇,未可移动。……况扈从兵马,既不预集;行宫廪蓄,又未先备。发朝甫尔,支计阙然。仓卒敦迫,必不堪办。"最后一段引用本朝旧制约束中宗,并说明取消迎灵的好处和意义。中宗接受意见,决定推迟。此文敢于犯颜直陈,事理严正,言辞恳切,达到一定思想高度。文章不务华词丽句,自然浑融,以四言对句为主,夹以少量散句,可能受陈子昂《谏迎高宗灵驾入京书》启发,但陈书陈辞慷慨,笔锋犀利;张表行文妥帖,运思精密,风格各异。宋姚铉《唐文粹》说张说之文"雄辞逸气,耸动群听",应是指这类文章。

《洛州张司马集序》。此文提出重要的美学观点:"夫言者志之所之,文者物之相杂。然则心不可蕴,故发挥以形容;辞不可陋,故错综以润色。万象鼓舞,入有名之地;五音繁杂,出无声之境。非穷神体妙,其孰能与于此乎?"高步瀛说:"燕公之文以气势胜,此篇词句秀丽,隶事精切,又兼徐庾之长。"(《唐宋文举要》)

《大唐西域记序》。文章详记玄奘大师的身世和佛学造诣,远赴西域取经的经过,赞扬他为求真理而不畏艰险的精神,言简意赅地概括了玄奘在中外文化交流方面的巨大贡献。张说是唐代早期的传奇作家,他的一些碑文带有传奇色彩,如《大通禅师碑》,记禅宗北宗大师神秀死后,"白雾积晦于禅山,素莲寄生于老树","双林变色,泗水逆流",未免过于夸张。

《旧唐书》批评张说"志在粉饰盛时"之作,有《圣德颂》《皇帝在潞州祥瑞颂》等。这类作品反映出盛唐气象,写法多落俗套,当代学者批评说:"一味歌功颂德,粉饰太平。""过于凝重呆板,而缺乏生气。"①

**苏颋**(670~727),京兆人,武后时中进士,曾平反来俊臣等制造的大批冤狱。中宗时与父亲苏瑰同掌枢密,时人荣之,玄宗时与宋璟同为宰相。其为文迅捷,思如泉涌,挥笔若飞,有时奉帝命草拟诏书,一天数十通,苏颋口拟,书吏笔录,竟跟不上,求他慢点,否则手腕要脱落了。今传文

---

① 参看漆绪邦主编《中国散文通史》上册,吉林教育出版社 1994 年版,第 746 页。

集中，十之六七为应制之作，濡染经典，博于用事，凝重雅正，气态雍容，台阁气较张说更浓，是程式化的骈体文。此类文章古人十分重视，当代学者评价不高，刘麟生说，苏颋不如张说。郭预衡举其《授李林甫特进制》为例，奸相李林甫为人至为卑劣，苏氏从政号称"至公"，与李氏同朝未必毫无察觉，然而竟将李林甫品德吹捧得无比崇高。① 姜书阁以《礼部尚书褚无量碑》为例说，"他写的碑志则语言拗涩，虽是唐骈，却不十分通畅，远不如张说"，"看来燕许并称，似为不恰"。②

漆绪邦主编的《中国散文通史》在承认苏颋创作成就不如张的同时，特指出其《双白鹰赞并序》，"词采壮丽，描写逼真"，"充分显示他的才华，为后人所瞩目"。③ 开元三年，东夷贡白鹰一双，苏颋奉命作赞。前半段序文刻画鹰的威武勇猛，确实相当传神，但尚未超出六朝同类作品（晋傅玄、孙楚皆有《鹰赋》）。后半段以鹰比人："鹰之大者，精明竦峻，劲而横绝，雄则远振。""鹰之次者，勇锐光芒，截海而至，乘风载扬。""下鞲必中，惟吏之良。"林云铭《古文释义》说："是篇先把白鹰层层点缀过，即将朝廷不贵异物之意斡旋一番。再叙远方入贡之诚。且有益于国家用人之法，可以式微在位，大有关系。其赞语亦用文武两意分贴，是能于小题目中做出大文章者。"

《太清观钟铭》颇受后世重视。铭文仅 5 句，用楚辞体。序文 63 句，绝大多数是四六骈句，少量散句。首言钟之用大，继叙钟为道观所需，再论钟既铸成，有益于道教之传扬，末论作铭之由。高步瀛说："敛典丽为肃括，易铺排为包扫，摆落一切，直趣深微，诚大手笔也。"（《唐宋文举要》）此铭文字精美，内容一般。

**张九龄**（678~740），韶州曲江人，玄宗开元二十一年，继张说任宰相。为人刚正不阿，敢于直谏，受李林甫排挤，三年后罢相。其骈文风格与张说相近，气味深厚，情词兼美，博大闲雅，从容不迫，语言更浅近自然，散文化趋向更明显。唐玄宗曾赞叹："九龄文章，真文场之元帅也。"

---

① 参看郭预衡《中国散文史》中册，上海古籍出版社 1993 年版，第 101 页。
② 姜书阁：《骈文史论》，人民文学出版社 1986 年版，第 461~462 页。
③ 参看漆绪邦主编《中国散文通史》上册，吉林教育出版社 1994 年版，第 752 页。

名作当首推《请诛安禄山疏》。据《新唐书》本传记，安禄山初以范阳偏将入奏，气势傲桀。张九龄就预言，"乱幽州者，此胡雏也"。后其在讨伐契丹战斗中兵败，统帅此役的张守珪执安禄山送京师法办。张九龄上疏请诛之。其中说道，安禄山"狼子野心，兽面逆毛，既非类而偷生，敢恃勇以轻进。为贼败衅，挫我锐气。必正法乎军中，庶章威乎阃外。兹其执送京师，请行刑典"，"况形象已逆，肝胆多邪，稍纵不诛，终生大乱"。玄宗没有处分，反而赦免了他。后来安禄山果然反叛，盛唐王朝从此一蹶不振。玄宗被逼出奔四川时，想起当年张九龄的忠告，为之泣下。

张九龄有的赠序，是精妙的骈体小品，如《饯宋司马序》："宋司马才通命塞，云翼泥蟠。蔡邕朔方，不废琴书之业；贾谊宣室，欲言鬼神之事。既而出宿南浦，与鸿雁而同归；追饯北梁，对江山而不乐。是日渚云欲霁，林鸟将春。惜时物之方华，重情人之自远。群公有感，中座无欢。他日清风，自当元度之夕。兹辰零雨，得无子荆之咏。遂相与援翰，赋诗赠行。"左迁出京，朋友饯别，唐诗中此类作品甚多。张九龄此文，一骈到底，除最后两句外，没有散语，实际是一首诗。此文把历史典故与自然景物以及宾主情感有机融为一体，与初唐四杰之宴集序相比，毫不逊色。

有的骈文史在介绍张九龄骈文时，仅举其《东海徐文公神道碑序》和《荔枝赋序》为代表，据以说明张九龄"大大加速了唐代文章骈散结合的进程"。细检所引《荔枝赋序》文字共 25 句，仅两句（八字）成对，该序全文也是散语为主，骈语甚少，《东海徐文公神道碑序》亦然。该两例纯然散体，不宜视为骈文，不足以说明"加速了骈散结合的进程"。

**张鷟**，生卒年不可确考，与上述三位开元名相大体同时。他性情轻浮，官职低微，为文敏捷，著述颇丰，且传播甚广。新罗、日本使臣尝以重金求购其文。名作有传奇小说《游仙窟》，唐时传入日本，清末由中国驻日本公使黎庶昌发现后带回中国。此文以自叙口吻，写他出使河源，误入神仙洞府，假托游仙，实为狎妓。其中写景和叙事多用通俗骈语。自我介绍时说："下官望属南阳，住居西鄂，得黄石之灵术，控白水之余波。在汉则七叶貂蝉，居韩则五重卿相。鸣钟食鼎，积代衣缨；长戟高门，因循礼乐。下官堂构不绍，家业沦胥，青州刺史博望侯之孙，广武将军钜鹿侯之子。"其中唱词多用五七言诗，调笑多有唐时口语，在中国小说史上有一定价值。

《朝野佥载》是张氏另一部名作，属于散体笔记，记朝野轶闻，尖锐讽嘲，无所顾忌。如卢藏用走"终南捷径"，张昌仪卖官鬻爵，周兴之"请君入瓮"，具有文献价值。《龙筋凤髓判》是一部判牍文集，全用骈体文，是当时科举考试的参考书。宋人洪迈《容斋续笔》卷十二说："纯是当时文格，全类俳体，但知堆垛故事（典故），而于蔽罪议法处不能深切，殆是无一篇可读，一联可味。"清代的《四库全书总目提要》则将它与白居易的判文并称，"居易判主流利，此则缛丽，各一时之体耳"，"不得指为騺病"。今举其《山阳公主为子求内官亲得侍卫》判语如下:

> 山阳分辉若木，派演咸池，七襄之驾既严，万金之礼斯盛。张教勋旧，窃汤沐之微滋；窦固名宗，沾脂粉之余润。但任人以器，有国之大经；官不私亲，前王之令范。拜官床下，时闻丞相之男；乞卫宫中，惟允左师之息。燕王之请身入侍，竟不依从；馆陶之为子求郎，终无允许。若有言有行，胡越可以正除；无德无功，昆弟岂容滥及。宜铨其器识，察其廉能，待得其实，方可详择。

此文不支持山阳公主为其儿子求官，主张任人唯才，并列举大量历史故事为例。又如永安公主出嫁，有司奏请于例外加钱二十万造宅，《龙筋凤髓判》判语认为不可，说："肃雍之制盖异常伦，筑馆之规特优恒典。小不加大，必上下和平；卑不凌尊，则亲疏顺序。帝女之仪注，旧有章程；长公主之礼容，岂容逾越。"高步瀛说："藻采鲜妍，风华掩映，万选万中之誉，非虚也。"（《唐宋文举要》）姜书阁《骈文史论》还举出其《陈情表》，认为是"能披露真情实感的文章"，"话说得相当老实"。洪迈的批评未免苛刻。

**李邕**（678～747），扬州江都人，著名学者李善之子，武则天时入仕，玄宗时，历任陈州、渭州等地刺史，汲郡、北海郡太守，后世称李北海。他敢于直谏，又颇自矜炫，姚崇、张说、李林甫都讨厌他。《旧唐书》本传说他"早擅才名，尤长碑颂……中朝衣冠及天下寺观，多赍持金帛，往求其文。……受纳馈遗，亦至巨万。时议以为自古鬻文获财未有如邕者"。他又喜欢过豪华生活，"性豪侈，不拘细行，所在纵求财货，驰猎自恣"。结果贪赃之事遭揭发，被指控连引，最后杖决而死。

李邕的碑文，《洪州放生池碑》《张韩公行状》等受当时文士推重。其他有《国清寺碑》《岳麓寺碑》《灵岩寺碑》《嵩岳寺碑》《大相国寺碑》《东林寺碑》等。每篇都有各自面目，绝不雷同，其叙事、议论、描写、抒情，各有侧重。如《五台山清凉寺碑》，开笔即描写五台山之高，然后再叙建寺以来的经历和修缮情况及结果。"夫其清凉之为状也，壮矣，丽矣，高矣，博矣，靡可得而详矣。赫奕奕而烛地，峯巍巍而朔天。寒暑隔阂于檐楣，雷风击薄于轩牖。星楼月殿，凭林跨谷；香窟花堂，枕峰卧岭。尊颜有睟，像设无声。观之者发惠而兴敬，居之者应如而合道。天花覆地，积雪交辉；梵响乘虚，远山相答。珍木灵草，仰施而纷荣；神种异香，降祥而闻听。凄风烈烈，谁辨冬春；奔溜潺潺，不知晨暮。经所谓吉祥之宅，岂虚也哉！"对仗整齐而又灵动、流畅，把一所佛教园林寺院刻画得十分华美。可是他并不主张佞佛，和前辈范缜、傅奕以及后辈韩愈同样排佛斥道，曾向唐中宗进谏，否认长生久视之奇术和仙方。

李邕的《端州石室记》，记广东端州一座溶洞，前半段着重描写洞内景物，各种钟乳石千奇百怪。"肇衍洞穴，延袤中堂，蹙怪形以万殊，研地势以千变。伏虎奔象，浮梁抗柱。激涛海而洪波沸渭，叠杳筱而群峰嵯峨。飞动逼人，屹耸惊视。密微微而三分地道，风萧萧而一变天时。窦乳炼于玉颜，石床列于仙座。隔阂尘境，延集福庭。寂兮寥兮，恍兮惚兮，使营魄九升，嗜欲双遣。形若希羽翼，志若摩云天。秦汉之间，莫知代祀；羲皇之上，自谓逍遥。"后半段写各种人士慕名而来游，地方长官政事有暇，提琴命友，以邀以游，快活无比。文章的内容不同于观赏地面上的园林，其形式不同于《五台山清凉寺碑》之带有古文气息，纯是骈文笔法，反映出当时骈文风格的多样化。

壮族**韦敬一**之骈文。据清初《广西通志》的记录和近期的进一步整理研究，广西上林县有两通唐代壮人撰写的碑刻。其一是《大宅颂》，全称为《澄州无虞县清泰乡都万里六合坚固大宅颂》，碑文开头有"岭南大首领澄州都云县令骑都尉四品子"字样，作者为韦敬辨。碑刻于唐高宗永淳元年（682），共386字，散句多，骈句少，属于古文，残缺模糊严重。其二是《智城碑》，全称为《廖州大首领左玉钤卫金谷府长上左果毅都尉员外置上骑都尉检校廖州刺史韦敬辨智城碑》，作者为检校无虞县令韦敬一，碑刻于武则天万岁通天二年（697），共 1115 字，骈句占绝大多数，是相当规整的骈文。

关于两篇碑文作者的族籍，《广西通史》《壮族文学史》以及黄桂凤、莫道才、白耀天①等基本上肯定是壮人，但尚有怀疑。肯定的理由主要是唐代"大首领"称号仅用于四夷尤其是岭南一带，以原各部落首领担任羁縻州都督、刺史之加衔，他们有很大的自治权，可世袭，是宋以后土司制度的源头，元、明、清以降，普遍存在于云、贵、川、湘、桂以及缅北、泰北。从两碑文字可知，原澄州刺史韦厥的后代在争夺继承权过程中，兄弟兵刃相见，后来韦敬辨获胜，统一全境，兄弟言归于好，乃建造大宅院。"六合"，意谓有东西南北四面围墙和屋顶、地板，十分坚固。《智城碑》刻于智城山脚一处岩厦石壁上。智城是一座城堡，利用三面环抱的山势而建，现存有城墙遗址四处，池三处，水井一处，还有石碾、石马槽等遗物，面积比大宅院大得多，是韦敬辨之弟韦敬一于大宅完成十五年后所建。可能是按兄终弟及次序，由韦敬一继任该地区大首领。以上材料可以证明两碑作者都是壮人首领。质疑的主要依据是《大宅颂》小序中说："维我宗祧，昔居京兆，流派南邑，上望无阶。"另一理由是当时岭南地区经济落后，壮族文化教育程度还没有达到写作《智城碑》这样的水平。两条论据似乎还不够充足。历史上一些少数民族人士往往存在攀附中原名门望族的心理，以提高本家族的社会地位。至于岭南地区文化落后，不足以证明少数文人写不出骈文来。在唐代，今广西地区先后有李尧、赵观文等成为进士，而进士科举必考律诗、律赋和骈体表判。唐德宗时，比广西更远的交趾人姜公辅，曾任宰相，有骈文《对极言敢谏策》传世，其弟亦能骈文。可见韦氏兄弟能作骈文和古文，是不成问题的。

《智城碑》的内容，首先肯定家族团结，百姓富裕。"往以萧墙起衅，

① 参看集体编著《壮族文学史》，广西人民出版社 1986 年版，第 371 页；集体编著《壮族通史》，广西民族出版社 1988 年版，第 535 页；黄桂凤《从壮人〈大宅颂〉与〈智城碑〉看大唐文化之东渐》，《社会科学家》2004 年第 4 期；莫道才《从上林唐碑〈大宅颂〉和〈智城碑〉看唐代中原文风对岭南民族地区文化的影响》，《民族文学研究》2005 年第 4 期；白耀天《〈六合坚固大宅颂〉、〈智城碑〉通释》，《广西民族研究》2005 年第 4 期。

庭树暧阴",现在"同气情申,阋墙讼息","性该武禁,艺博文枢"。文章以大量篇幅,赞美智城山川雄奇,风光秀丽。"澄江东逝,波开濯锦之花;林麓西屯,篠结成帷之叶。""(山)直上千百仞,(水)周流数十里。昂昂然写嵩岱之真容,隐隐然括蓬莱之雅趣。丹崖碧崿,掩朝彩以飞光;玄岫巉巇,含暮烟而孕影。攒峰嵊峭,絷碧云以舒莲;骇壑澄渊,纫黄舆而涌镜。悬岩坠石,蹲羊伏虎之态;落涧翻波,挂鹤生虹之势。""木落而天朗气清,花飞而时和景淑。""珍禽瑞兽,接翼连踪;穴宅木栖,晨趋昏啸。"还写到城墙坚固,"壮而更壮,实地险之不逾;坚之又坚,俨丘陵之作固"。西南地区少数民族山寨或城堡,多具有完备的生活设施和坚固的防御功能,是客观形势的需要。作者极力夸饰家乡之美,显示出对本民族世代居住之地的由衷热爱。《智城碑》描绘细致,对仗整齐。句式以四四、四六双句对为主,也有三六、四七式,和四言、七言单句对,运用娴熟灵便。像这样的骈文,在中原地区不乏先例。对于岭南少数民族地区而言,它是中原汉族文化对西南壮族文化的深刻影响和有机融合的具体例证。

## 二 盛唐诗人和古文家的骈文

**王维**(701~761),字摩诘,河东人,累官至尚书右丞。他多才多艺,其诗与孟浩然齐名,是盛唐山水田园诗派的主要代表,其画开创南宗一派。苏轼曾称赞他"诗中有画","画中有诗"。他精通音律,擅长书法,晚年退隐,笃志奉佛,常通过山水诗文宣扬隐士生活和佛教禅理。他前期骈文大都文字清丽,境界壮阔,气势博大,格调豪迈。如《送秘书晁监还日本国诗序》,是送日本朋友晁衡归国而写的赠别诗的序言,全篇用四六句为主的骈文写作,谈古论今,回顾中日两国人民的友好关系与亲密往来,表达对晁衡依依惜别的深情,态度庄重而真诚。晁衡后因海上遇风归国未成,王维的诗和序便成为中日人民友好往来的见证。兹摘录其中三段如下:

> 海东国日本为大,服圣人之训,有君子之风。正朔本乎夏时,衣裳同乎汉制。历岁方达,继旧好于行人;滔天无涯,贡方物于天子。同仪加等,位在王侯之先;掌次改观,不居蛮夷之邸。我无尔诈,尔无我虞。彼以好来,废关弛禁。上敷文教,虚至实归。故人民杂居,

往来如市。

晁司马结发游圣，负笈辞亲。尚礼于老聃，学诗于子夏。鲁借车马，孔丘遂适于宗周；郑献缟衣，季札始通于上国。名成太学，官至客卿，必齐之姜，不归娶于高国；在楚犹晋，亦何独于由余。游宦三年，愿以君羹遗母；不居一国，欲其昼锦还乡。庄舄既显而思归，关羽报恩而终去。……

嘻！去帝乡之故旧，谒本朝之君臣。咏七子之诗，佩两国之印。恢我王度，谕彼藩臣。三寸犹在，乐毅辞燕而未老；十年在外，信陵归魏而逾尊。子其行乎，余赠言者。

此文用许多历史典故代指中日两国关系和晁衡的游学活动，皆为人们所熟悉者，语言明畅爽快，对仗工整自然，与初唐及六朝赠序风格有所不同。高步瀛说："兴会飙举，情景交融。"（《唐宋文举要》）

《荐福寺光师房花药诗序》，主要介绍荐福寺道光禅师的花房药圃。开头一段大谈色空心物真幻等佛学观念，比较抽象。接下去描述来自各地的奇花灵药，并与礼佛学禅活动相结合，最后落脚到作诗纪胜。全文绝大多数是对仗，四六句尤多。典故较少，语言明丽，读来只觉花香药气满纸，不难看出王维的佛学造诣和文学功力都相当深厚。

上人顺阴阳之动，与劳侣而作。在双树之道场，以众花为佛事。天上海外，异卉奇药。齐谐未识，伯益未知者，地始载于兹，人始闻于我。琼蕤滋蔓，侵回阶而欲上；宝庭尽芜，当露井而不合。群艳耀日，众香同风。开敷次第，连九冬之月；种类若干，多四天所雨。至用杨枝，已开贝叶。高阁闻钟，升堂觐佛。右绕七匝，却坐一面。则流芳忽起，杂英乱飞。焚香不俟于旃檀，散花奚取于优钵。漆园傲吏，著书以稊稗为言；莲座大仙，说法开药草之品。道无不在，物何足忘。故歌之咏之者，吾愈见其嘿也。（嘿，同默，指对道的默悟）

王维是以山水画著称的，同时也能刻画人物。他的骈文中有时以画家的笔触，勾勒重点对象的外貌和风神，甚有气势。如《送高判官从军赴河西序》中，着重描写唐代名将哥舒翰的威猛形象："上将有哥舒大夫者，名盖四方，身长八尺。眼如紫石棱，须如猬毛磔。指撝而百蛮不守，叱咤而万人俱废。鬓髯奋胝，哮吼如虎。裂眦大怒，磨牙欲吞。不待成师，固将身先士卒；常思尽敌，不以贼遗君父。矢集月窟，剑斩天骄。蹴昆仑使西倒，缚呼韩令北面。岂直赵人祭其东门，匈奴不敢南牧而已。"哥舒翰是突厥族首领后裔，唐代著名武将，战功卓著，唐代许多诗人曾提到他。王维此序本是送哥舒翰部下高判官的，主要内容却是对哥的赞扬，尤其是容貌威风的刻画，用画家的笔法，很像明清长篇小说大将出场时的介绍。在六朝及初唐，已有不少骈体碑铭书序叙述武将功绩，然而如此生动者尚属罕见。至中唐传奇中才不断出现带有神奇色彩的夸张手法，那已在王维之后。

有的论著在介绍王维骈文时，举《画学秘诀》为例。该文乃后人伪作，清赵殿成《王右丞集笺注》及今人陈铁民《王维集校注》均有考辨。有人举《山中与裴秀才迪书》作为王维骈文代表作。细检该文共 40 句，真正的对偶只有两句，另四句意对而辞不对，余皆散语。该文是散文史上的名篇，放在骈文史上介绍未必合适。

**李白**（701～762），字太白，祖籍陇西成纪，五岁后随父迁居绵州隆昌（今四川江油），他是唐代杰出的浪漫主义诗人。今存有文章五十九篇，有不少骈体宴序赠序，往往以诗为文，充满激情和诗意。

名作如《春夜宴从弟桃李园序》：

> 夫天地者，万物之逆旅；光阴者，百代之过客。而浮生若梦，为欢几何？古人秉烛夜游，良有以也。况阳春召我以烟景，大块假我以文章。会桃李之芳园，序天伦之乐事。群季俊秀，皆为惠连；吾人咏歌，独惭康乐。幽赏未已，高谈转清。开琼筵以坐花，飞羽觞而醉月。不有佳作，何伸雅怀？如诗不成，罚依金谷酒数。

这是记一次与从兄弟夜游桃园情景并为众人所赋之诗作的序。开头几句主张及时行景，紧扣"夜"字；接着四句，紧扣"春"字；"群季"四句，紧扣"从弟"；"幽赏"句，紧扣"宴"字；"不有佳作"四句，紧扣"诗序"。字面上看，有人生苦短及时行乐的慨叹，但仔细体味，热爱生活、热爱自然、热爱诗歌创作的欣喜之情贯穿始终，不能以"消极"视之。全文一气呵成，语言洒脱而又组织严密，绝大部分是对偶句，很少用典和雕饰。妙在虚字叹词穿插，使全文转折灵活，轻松流畅，如诗如赋，比初盛唐时其他人之宴集序，多些散文气息。特别是几个"之"字"者"字，使节奏更加轻重疾徐有致。《古文观止》评点说："发端数语，已见潇洒之致，而转落层次，语无泛设。幽怀逸趣，辞短韵长，读之增人许多情思。"李扶九《古文笔法百篇》评曰："劈头从天地光阴发出如许奇想，是其识见之高卓处。烟景而曰'召'，文章而曰'假'，是其下字特异处。写景则曰'烟景'，写赏则曰'幽赏'，写醉则曰'醉月'，总不脱一'夜'字，是其体贴精细处。而且一句一转，一转一意，尺幅中具有排山倒海之势。"

又如《暮春于江夏送张祖监丞之东都序》，有曰："吁嗟哉！仆书室坐愁，亦已久矣。每思欲遐登蓬莱，极目四海，手弄白日，顶摩青穹，挥斥幽愤，不可得也。而金骨未变，玉颜已缁。何尝不扪松伤心，抚鹤叹息。误学书剑，薄游人间。紫微九重，碧山万里。有才无命，甘于后时。刘表不用于祢衡，暂来江夏；贺循喜逢于张翰，且乐船中。"此文送友人到洛阳，前半段大谈自己的心怀和抱负，高耸突起，不同凡响，若与其《上韩荆州书》合观，不难发现骈文与散文用笔的区别。东都是盛唐行都，文章似乎隐含希求引荐之意。刘表、贺循一联，两个"于"用得特别，颇耐寻味。

再看《秋夜于安府送孟赞府兄还都序》，也是送友人还都（长安），以主要篇幅颂扬孟的品格："夫士有饰危冠，佩长剑，扬眉吐诺，激昂青云者，莫不夸炫意气，托交王侯；若告之急难，乃十失八九。我义兄孟子则不然耶。道合而襟期暗亲，志乖而肝胆楚越。鸿骞凤立，不循常流。孔明披书，每观于大略；少君读易，时作于小文。四方贤豪，眩然景慕。虽长不满七尺，而心雄万夫。至于酒情中酣，天机俊发，则谈笑满席，风云动天。非嵩丘腾精，何以及此？"这是一位豪侠之士，与李白个性有相合之处。

李白号称诗仙，与道士特别友好。《冬夜于随州紫阳先生餐霞楼送烟子元演隐仙城山序》，又是另一番情趣。

> 吾与霞子元丹，烟子元演，气激道合，结神仙交。殊身同心，誓

老云海，不可夺也。历行天下，周求名山。入神农之故乡，得胡公之精术。胡公身揭日月，心飞蓬莱。起餐霞之孤楼，炼吸景之精气。延我数子，高谈混元，金书玉诀，尽在此矣。白乃语及形胜，紫阳因大夸仙城。元侯闻之，乘兴将往。别酒寒酌，醉青田而少留；梦魂晓飞，渡渌水以先去。吾不凝滞于物，与时推移。出则以平交王侯，遁则以俯视许巢。朱绂狎我，绿萝未归。恨未得同栖烟林，对坐松月。有所欵然，铭契潭石。乘春当来，且抱琴卧花，高枕相待。诗以宠别，赋而赠之。

此文既赞美别人，又表现自己学道归隐的理想，与前面序文积极用世的渴求不同，反映了李白思想的复杂性，与他一些诗歌所反映的情绪是一致的。李白还有《江夏送林公上人游衡岳序》，其中援佛入道，文章漂亮，但对禅学的理解不如王维，与王维《荐福寺光师房花药诗序》相差明显。

**李华**（715~766），赵州赞皇（今河北赞皇）人，开元二十三年进士及第后入仕，官职不高，晚年客隐山阳（今江苏淮安）奉佛。李华是古文运动的先驱，主要成就在古文，代表作有《卜论》，论龟卜之术可废。《鹡击狐记》用寓言以刺世。赋体之文有《言医》，骚体之文代表作是《吊古战场文》。此文的文体归属，今人或归于辞赋，或编入古文，或视同骈文。在古代，它属于哀吊类，例用骈偶而有韵，李华却亦骈亦散，散句略多于骈句，增加了议论文字，呈现出文体创新的意图。此文所谓"古战场"，并非具体指某个地方，而是采用概括手法，展示古今一个个悲凉惨烈的战争场面，刻画了在对付外族入侵防御战争中的失败者无比恐惧和痛苦的心态，以及战争给人民造成的灾难。历来论者认为是借古讽今，影射唐玄宗穷兵黩武的军事行动。最后结论是"守在四夷"，即各民族和睦相处，边境就安宁了。

清人李扶九《古文笔法百篇》说："通篇意在守，不在战。守则以仁义，乃孔孟之旨也。但用赋体为文，段段为韵，感慨悲凉之中自饶风韵，故尔人人乐诵。且可为穷兵黩武者炯戒，可为战死者吐气，读者无不叹息，真古今至文也。"浦起龙《古文眉诠》说："战场所在多有，此文则专吊边地，非泛及也。开元天宝间，迭启外衅，藉以讽耳。与少陵《出塞》诗同旨。"浦氏此言未确。杜甫肯定反侵略战争："苟能制侵陵，岂在多杀伤"。

李华没有区分正义战争和非正义战争，虽然有几句话赞扬赵破林胡和周逐猃狁，但最大篇幅用于渲染一场反侵略战争之恐怖气氛，读后令人心情压抑。笔者参加过抗美援朝，到过三八线，当时指战员们身处战场，豪情满怀，与李华所描写的心态有天壤之别。战争中也有牺牲，甚至惨烈。我作为军队的文化教员，当时想到的是屈原的《国殇》，而不是《吊古战场文》。

李华的骈文，耐人欣赏的有《贺遂员外药园小山池记》。

> 悦名山大川，欲以安身崇德。而独往之士，勤劳千里；豪家之制，殚及百金，君子不为也。贺遂公衣冠之鸿鹄，执宪起草，不尘其心，梦寐以青山白云为念。庭除有砥砺之材，础碩之璞，立而象之衡巫；堂下有畬锸之坳，圩埌之凹，陂而象之江湖。种竹艺药，以佐正性，华实相蔽，百有余品。凿井引汲，伏源出山，声闻池中，寻窦而发。泉跃波转而盈沼，支流脉散而满畦。一夫蹋轮而三江逼户，十指攒石而群山依蹊。智与化侔，至人之用也。其间有书堂琴轩，置酒娱宾，阜庳而敞若云天，寻丈而豁如江汉。以小观大，则天下之理尽矣。心目所自，不忘乎赋情遣辞，取兴斯境。当代文士，目为诗园，道在抑末敦元，可以扶教。赵郡李华略而记之。

这是一所私家园林，小巧精致，有假山、湖沼、流泉、花药，还有水车汲水，有书堂琴轩可以招待文士雅士，境界优美，笔调清新，值得品味。

**独孤及**（725～777），河南洛阳人，祖先为匈奴族，天宝十三年入仕，历任濠州、舒州、常州刺史，是古文运动先驱，写作以古文为主，骈文不多，不纯。其文长于议论，如《吴季子札论》，是一篇反评历史人物的史论。春秋时吴王寿梦之幼子季札，曾三次推让王位而不就，《左传》《史记》等史书皆赞扬备至，后世迄无异议，独孤及却提出不同意见。他认为季札让国仅着眼于个人名誉，而未从国家利益出发，这种矫情推让的结果，导致吴国王室杀机四伏，内乱不止，最终灭亡。其中说道：

> 以季子之弘达博物，慕义无穷，向使当寿梦之眷命，接余昧之绝统，必能光启周道，以霸荆蛮。则大业用康，多难不作。阖庐安得谋于

窟室？专诸何所施其匕首？呜呼！全身不顾其业，专让不夺其志。所去者忠，所存者节。善自牧矣，谓先君何？与其观变周乐，虑危戒钟，曷若以萧墙为心，社稷是恤？复命哭墓，哀死事生，孰与先衅而动，治其未乱？弃室以表义，挂剑以明信，孰与奉君父之命，慰神祇之心？则独守纯白，不干义嗣，是洁己而遗国也。吴之覆亡，君实阶祸。且曰非我生乱，其孰生之哉！

在独孤及看来，若季札不让国，则吴可以兴，而他却"洁己而遗国"，使得公子光买刺客专诸以鱼肠藏匕首杀吴王僚，造成吴国大乱。"吴之覆亡，君实阶祸。"联系唐之太宗、玄宗继位皆不依宗法次序，然而终成唐代之盛世的现实，可见作者批评季札或许是为了歌颂当今。文章立意新颖，论析严密，语言遒劲，在当时就得到好评。唐人崔祐甫的《独孤公神道碑》说："著论延陵（季札），君子谓其评论之精，在古人右。"此文实开宋人翻案史论（如苏轼《贾谊论》等）之先声。高步瀛《唐宋文举要》将此文归入散文。本书认为，此文骈散兼用，骈句略多于散句，反映出古文家独孤及以古文改造骈文的尝试。可是，独孤及连季札之鲁国观乐，徐墓挂剑，也加以贬抑，未免过分了。

另一名作《仙掌铭》，纪华山之仙掌峰，对河神巨灵劈山通水的神话进行辨析。一开头就指出，山川的形成是自然变化的结果，"阴阳开阖，元气变化，泄为百川，凝为崇山"。接着又说，人们"疑有真宰，而未知尸其功者"，于是产生了神话的解释：太华山、首阳山本为一体，巨灵劈之为二，以通黄河之水，其掰山的手掌印痕，至今存留于仙掌峰上。有人聆听此神话后感到畏惧，未免有些迷信，知道天地阴阳"锻炼六气，作为万形"之理，就不值为仙掌峰骇异。如果求诸神灵，距正道就更远了。此文反映出作者朴素的唯物主义的世界观，不仅以其识见服人，同时表现出高超的写作技巧。文思诡奇曲折，写来迷离恍惚，却并非不可捉摸，起伏多变又紧扣中心，加以绘景生动，文句精辟，成为唐代铭文中的佳作。唐人崔祐甫《独孤公神道碑》说，此铭"格高理精，当代词人，无不畏服"。稍后王涯亦作《仙掌辩》，议论持正，但文章平淡无味，不能与独孤氏相比。清陈均《唐骈体文钞》收录此文，高步瀛《唐宋文举要》则将其归入散文。本书认为此文与当时铭文纯用骈句有所不同，但总的看来，还是对句较多，亦兼用散语，所谓引古文入骈者。

独孤及的序文丰富多彩。如《华山黄神谷宴临汝裴明府序》，其中一段如下："案谷之西，顶实三峰，东面石壁丛倚，束为洞壑，乳窦潜泄，喷成盘涡，两崖合斗若与天接。二三子将极其登探也，至则系马山足，披榛石门，入自洞口，至于梯路。蹑连嶂与叠嶂，度岖嵚而蹑凌。兢贪缘绝磴，及横岭而止。澡身乎飞泉，濯缨乎清涟。……然后靡灵草以为席，倾流霞而相劝。楚歌徐动，沂咏亦发。清商激于琴韵，白云起于笔锋。是日也，高兴尽而世绪遗，幽情形而神机王。颓然觉形骸六脏悉为外物，天地万有无非秋毫。亦既醉止，则皆足言以志仙迹，且旌吾友嘉会之在山也。"此文所记华山黄神谷，至今仍是华山一处风景区。文章开头用散句简单介绍临汝令裴君路过华山，与朋友及童子十余人同游。接着以骈句写景记游，继而抒情畅怀，阐发庄子的道家哲理，在当时这类宴集序中很有代表性。还有一篇《送李白之曹南序》，刻画李白才华横溢而又潇洒飘逸的神采，包含着深刻的人生哲理。独孤及的《阮公啸台颂》，对阮籍的人格、风神和作品极力赞扬。颂文80字，颂前之序339字，多用骈句，仅有少量散句。

稍后的梁肃在《独孤及集后序》中说："其文宽而简，直而婉，辨而不华，博厚而高明，论人无虚美，比事为实录，天下凛然复睹两汉之遗风。"这是包括骈散各体文章统而言之，评价大致是中肯的。

## 第四节　中唐骈文

初盛唐骈文鼎盛之际，古文运动已在逐渐酝酿。在萧颖士、李华、独孤及、柳冕、梁肃等人大声疾呼的基础上，中唐时期以韩愈、柳宗元为旗手，理论上进一步明确化、系统化，创作上全力以赴，积极倡导，产生了一大批思想高度和艺术水准皆超越骈文的新古文，影响广泛的作品越来越多，写作古文的队伍越来越大，形成了后世所谓中唐古文运动。这时，古文重新占据文坛主导地位，骈文退居客位，仅流行于诏制和部分奏议，而议论、书启、吊祭、序记、碑传之文，大多改用散体，或以散驭骈。在新的形势下，骈文并未停滞，而是沿着初盛唐改革派指引的路线而变化，向实用、浅近和散化的方向前进。中唐骈文大匠首推陆贽，其次为令狐楚。其他一些文章家则以古文为主而兼作骈文，有不少佳作，但成就不太高，影响也不太大。

## 一　中唐骈文两大家

**陆贽**（754～805），字敬舆，今浙江嘉兴人，十八岁中进士。唐德宗为太子时，知其有文名，即位后召为翰林学士。公元783年，朱泚反，陆贽随德宗避居奉天（今陕西乾县），许多军国诏令由陆贽起草，思如泉涌，无不曲尽事情，切中机要，对稳定局势、平息叛乱，起到很好的作用。他九年后任宰相，二年后罢相，又一年贬忠州别驾，十年后病卒于贬所。陆贽骈文成就主要体现在制诰和奏议中，变繁缛复沓为平易自然，建言切实，持论笃正。"敷陈论列，无往不可，而又纂组辉华，宫商协调。……指事如口讲手画，说理则缕析条分。旁及景物，则兴会如腾；远计边琐，则武库森列。"（孙梅《四六丛话》）名作如《奉天改元大赦制》，作于朱泚乱后，是替德宗安抚天下的自我检讨，其中有些话说得相当沉痛、深刻。如：

> 朕嗣守丕构，君临万方，失守宗祧，越在草莽。不念率德，诚莫追于既往；永言思咎，期有复于将来。……然以长于深宫之中，暗于经国之务。积习易溺，居安忘危。不知稼穑之艰难，不察征戍之劳苦……或一日屡交锋刃，或连年不解甲胄。祀奠乏主，室家靡依。生死流离，怨气凝结。力役不息，田莱多荒。暴命峻于诛求，疲甿空于杼轴。转死沟壑，离去乡闾。邑里丘墟，人烟断绝。天谴于上而朕不悟，人怨于下而朕不知。驯致乱阶，变兴都邑。贼臣乘衅，肆逆滔天。曾莫愧畏，敢行凌逼。万品失序，九庙震惊。上辱于祖宗，下负于黎庶。痛心腼貌，罪实在予。

历代君王在不得已时下"罪己诏"不在少数，如此诚恳者不多见。虽以德宗名义，其实也反映陆贽的观点。据说诏书发布后，武夫悍卒，无不挥泪激发。785年，李怀光叛，德宗又一次离开长安逃往汉中。陆贽代作《贞元改元大赦制》，再次检讨罪过，承认"烛理不明，违道招损"，"爽德播灾于人，为之父母，实用愧耻"。这种文章，虽是"王言"，而陆贽敢于变相批评皇帝，无疑要有巨大的勇气。

另一名作是《请罢琼林大盈二库状》。琼林、大盈二库是皇帝的小金库，是在正常开支之外另设的收取各地献纳的额外盘剥款项，以资挥霍，陆贽建议取消。文章第一段正面说理，天子不聚私财；第二段讲皇帝设私库，古无其制；第三段指出设私藏之严重后果，是文章的核心；第四段以历史事实说明天子行事要出以公心。末段说明罢二库以分人的意义："陛下诚能近想重围之殷忧，追戒平居之专欲。器用取给，不在过丰；衣食所安，必以分下。凡在二库货贿，尽令出赐有功，坦然布怀，与众同欲。是后纳贡，必归有司；每获珍宝，先给军赏。瑰异纤丽，一无上供。推赤心于其腹中，降殊恩于其望外。将卒慕陛下必信之赏，人思建功；兆庶悦陛下改过之诚，孰不归德？如此，则乱必靖，贼必平。……是乃散其小储，而成其大储也；损其小宝，而固其大宝也。举一事而众美具，行之又何疑焉？"德宗出于形格势禁，只得取消二库。高步瀛《唐宋文举要》说此文"指陈利害，剀切动听。文章得此，无不尽之怀"。

陆贽同类文章还有《奉天论尊号加字状》，针对群臣为颂扬天子功德而加尊号，陆贽请求对尊号加以贬损：

> 伏以睿德神功，参天配地，巍巍荡荡，无得而名。臣子之心，务崇美号，虽或增累盈百，犹恐称述未周。陛下既越常情，俯稽至理。愚衷未谕，安敢不言。窃以尊号之兴，本非古制，行于安泰之日，已累谦冲；袭乎丧乱之时，尤伤事体。今者銮舆播越，未复宫闱；宗庙震惊，尚愆禋祀。中区多梗，大憝犹存。此乃人情向背之秋，天意去就之际。陛下诚宜深自惩励，以收揽群心；痛自贬损，以答谢灵谴。岂可近从末议，重益美名，既亏追咎之诚，必累中兴之业。以臣庸蔽，未见其宜。乞更详思，不为凶孽所幸。此臣之至愿也。谨奏。

当时有人上表请复尊号，连上六次。陆贽却反其道而行之，不讨好皇帝，恳陈逆耳之忠言，既婉转而又深切，极有分寸，十分难得。正因为"言事激切，动失上之欢心"（《旧唐书》本传），不久罢相，此表或即其原因之一。

陆贽对奸邪近臣，批评毫不留情，如《论裴延龄奸蠹书》。户部侍郎裴延龄是德宗的聚敛之臣。陆贽揭露他是"尧代之共工，鲁邦之少卯"，大张挞伐，毫不留情。他明知裴氏深得皇帝宠幸，却不愿"观时附会"，而要甘冒风险，直言不讳，反映出铮铮铁骨的性格。德宗不予理会，不久裴延龄进谗言，陆贽被免职。

骈文的实用化从张说、张九龄开其端倪，陆贽使之前进了一大步。正如苏轼在向皇帝推荐陆贽文章的《乞校正陆贽奏议进御札子》中所说的，其论"深切于事情，言不离乎道德……上以格君心之非，下以通天下之志。……至于用人听言之法，治边驭将之方，罪己以收人心，改过以应天道，去小人以除民患，惜名器以待有功。如此之流，未易悉数，可谓进苦口之药石，针害身之膏肓"。这是内容评价。朱熹说："这人极会议论，事理委曲说尽，更无渗漏，虽至小底事，被他处置得亦无不尽。"（《朱子语类》卷一三六）姜书阁说："陆贽的这种骈体官牍，朝廷文书，言事则周密详尽，说理则深刻精察。而皆达之以情，委婉曲折，细入毫芒，然犹词无所避，意无所隐。……基本上不用典故，不征事，全凭'白战'，也就是完全以自己的浅近、平淡、朴实、醇厚的语言，写出内心欲达之事理情致。"① 这是艺术评价。

由于陆贽骈文的散文化倾向十分显著，以致后代有些选家不认为是骈文。明王志坚《四六法海》、清陈均《唐骈体文钞》皆不取陆贽之文。近人高步瀛《唐宋文举要》之乙编骈文类也不选陆文，而将其《奉天请罢琼林大盈二库状》归入甲编散文类。郭预衡认为，"陆贽这些文章，虽属骈体，却又不同于历来的骈体。不仅全不隶事，而且多用通俗语句，这样的骈体，实为一种新骈体"，"这是唐代骈体文章一个新的发展"。② 这种新骈体对宋四六有明显的影响，例如不拘四六，多用长句，多用经典成语为典，多用虚词，杂用单句等等，都在宋四六文中得到继承和发展。

**令狐楚**（766～837），今广西宜山人，其奏章得到唐德宗的赏识，元和九年，入朝为翰林学士，五年后任宰相，不久去职，历任各大镇节度使。

---

① 姜书阁：《骈文史论》，人民文学出版社 1986 年版，第 470 页。
② 郭预衡：《中国散文史》中册，上海古籍出版社 1993 年版，第 162 页。

令狐楚的文章以骈体奏章为主，当时即享有盛名，晚年曾教授李商隐写作骈文，使李氏骈文大有长进。

令狐楚的《河阳节度使谢上表》，本来是新官到任后的例行公事，他却写出了真情实意和眼下的施政要略。其后半段说："伏以郡称河内，山倚太行。古为雄藩，今号要地。但缘疮残未复，杼柚已空。力欲辑绥，曷由振举？谨当拊循赢卒，字育疲甿。横征擅赋誓不为，峻法严科议不用。与之休息，使得便安。以此执心，期于报德。前临河渎，羡朝宗而指期；仰观众星，俟拱辰而何日。所守有限，不获诣阙辞让，无任感激攀恋涕咽之至。"文章表现出宽政爱民的良好意愿。

《请罢榷茶使奏》反对强制推广茶树种植之弊政。文章说："伏以江淮间数年以来，水旱疾疫，凋伤颇甚，愁叹未平。今夏及秋，稍较丰稔，方须惠恤，各使安存。昨者忽奏榷茶，实为蠹政。盖是王涯破灭将至，怨怒合归。岂有令百姓移茶树就官场中栽植，摘茶叶于官场中造作？有同儿戏，不近人情。方在恩权，孰敢诅议？朝班相顾而失色，道路仄目而吞声。今宗社降灵，奸凶尽戮，圣明垂佑，黎庶各安。微臣伏蒙天恩，兼领使务。官衔之内，犹带此名，俯仰若惊，夙宵知愧。伏乞特回圣听，下鉴愚诚，速委宰臣，除此使额。"此文不事雕琢，说理直截了当，出语自然，通俗浅显，与陆贽风格相近。

令狐楚有临终进谏的《遗疏》，写得情深辞质："臣永惟际会，受国深恩。以祖以父，皆蒙褒赠；有弟有子，并列班行。全要领以从先人，委体魄而事先帝。此不自达，诚为甚愚。但以永去泉扃，长辞云陛，更陈尸谏，犹进瞽言。虽号叫而不能，岂诚明之敢忘？今陛下春秋鼎盛，寰海镜清，是修教化之初，当复理平之始。然自前年夏秋以来，贬谴者至多，诛戮者不少。伏望普加鸿造，稍霁皇威，殁者昭洗以云雷，存者沾濡以雨露。使五谷嘉熟，兆人安康。纳臣将尽之苦言，慰臣永蛰之幽魄。"史称此文"辞致曲尽，无所谬脱"，虽是拘谨的骈体，其抒情性与散体无异。

## 二　中唐古文运动领袖之骈文

**韩愈**（768～824），字退之，今河南孟州市人，郡望昌黎，故后世称韩昌黎。他仕途坎坷，几经贬谪，终官吏部侍郎，卒谥文，故后世又称韩吏部、韩文公。韩愈是中国散文史上划时代的大师，他领导中唐古文运动，使古文"起八代之衰"。《旧唐书》本传说："（愈）尝以为自魏晋以还，为文章者多拘偶对，而经诰之指归，（司马）迁（扬）雄之气格，不复振矣。故愈所为文，务反近体（指骈体文），抒意立言，自成一家新语，后学之士，取为师法。当时作者甚众，无以过之，故世称韩文焉。"

从骈文史看，韩愈在以下两方面产生了影响。

第一，他所创作的新古文，继承先秦西汉优良传统，吸纳了魏晋以来骈文和辞赋的积极因素，又避免了骈文的不良倾向和固有缺陷，并对其加以改造与融会、消化，其成功经验为后世古文家所发扬，也为骈文家所借鉴。其主要方法，莫山洪概括为"破骈为散"，沙红兵概括为"刻意避骈"或"融合化用"。莫氏揭出四点。一是增加句子字数，改变原来的对仗。如"洼者为池，而缺者为洞"，本是四言对句，中间加"而"字，就意对而辞不对了；有时在对句之末加"者""也"，变整齐为参差，使之更散文化。二是把原本两句一对者，缀加一散句，变成不对称了。三是把原本两两相对变成三句四句相连的排比句，近乎赋体手法。四是减少事典，增加语典。① 沙红兵认为这是古文与六朝骈文藕断丝连的表现。②

第二，韩愈在写作古文的同时，也作少量骈文，其中不乏佳篇或可读之作，且往往带有古文气息。

有的骈文论著称韩愈"既是古文家，也是骈文家"，似乎两方面成就等量齐观，笔者未敢苟同。无论从数量、质量和影响看，韩愈的古文都大于高于其骈文。沙红兵对韩集中古文与骈文做过粗略统计，其碑志 78 篇"几乎都出以散体"，厅壁记 11 篇"全为散体古文"，表状类 53 篇，有 20 篇骈体。③ 四篇代人上书，几乎通篇对偶。如《为裴相公让官表》，清储欣说："江河浑浩流转之气，行于四六骈俪之中，亦厥体一大变化也。"《为韦相公让官表》，方苞、曾国藩皆认为宋人四六祖此。韩愈本人谢表则具有自己的感情色彩。如《潮州刺史谢上表》，欧阳修批评说："戚戚怨嗟，有不堪之

---

① 莫山洪：《骈散的对立与融合》，齐鲁书社 2010 年版，第 199～204 页。

② 沙红兵：《唐宋八大家骈文研究》，人民文学出版社 2008 年版，第 82～84 页。

③ 沙红兵：《唐宋八大家骈文研究》，人民文学出版社 2008 年版，第 81、96、105 页。

穷愁形于文字。"曾国藩说："求哀君父，不乞援奥灶（指权贵），有节假人，固应如此。"刘大櫆说："通篇硬语相接，雄迈无数。"至于大量贺表、举荐表皆例行公事，当属于韩愈自己所说的："时时应事作俗下文字，下笔令人惭，及示人，则人以为好矣。小惭者亦蒙谓之小好，大惭者即必以为大好矣。"（《与冯宿论文书》）表中最著名的《论佛骨表》则为散体。

据粗略统计，韩愈祭文哀辞40篇，其中散文3篇，最佳者为散体《祭十二郎文》；四言韵文22篇，六言骚体4篇。骈文仅两篇，其中《祭薛中丞文》全用四六，或疑非韩公作；《潮州祭神文》之二，以"矣""也"为句尾，杂言长句组成对仗。方苞说："其体出于《九章》及古歌谣。"可是此文并不押韵。曾国藩说："别出才调，岸然如古。"因此，可归之于白描骈文。

韩愈的杂著除厅壁记外有46篇，大多是散体。《送穷文》《进学解》是赋体之文，少量是韵文，《五箴》是骈体。其中《好恶箴》曰："无善而好，不观其道；无悖而恶，不详其故。前之所好，今见其尤，从也为比，舍也为仇；前之所恶，今见其臧，从也为愧，舍也为狂。维仇维比，维狂维愧，于身不祥，于德不义。不义不祥，维恶之大，几如是为，而不颠沛？齿之尚少，庸有不思；今其老矣，不慎胡为？"全文阐述人事好恶转换之辩证法。共24句，前16句中有四句对、八句对、双句对，最后四句，意对而辞不对，只有中间四个散句。韩愈的赠序、诗序除一篇以五言诗为主者外，皆散体。书启58篇全部散体。

有人以《送李愿归盘谷序》为骈文。此文吸收散文、骈文、辞赋、诗歌诸多成分，在立意、谋篇、选词、造句各方面多有创新，历来咸以为散文。高步瀛《唐宋文举要》将之归入甲编散文类。刘大櫆说它："兼取偶丽之体，却非骈偶之文。"意谓韩愈作古文兼采骈偶之句法体式，但毕竟不是骈文。日本赖山阳说："此文有六朝风习，虽不深于文者亦知之。惟其造语依然昌黎本色。试以六代文学比较之，何人手笔得仿佛于此？是非深于文者不知也。"（《唐宋文举要》引）所谓"昌黎本色"即古文本色。

**柳宗元**（773～819），字子厚，今山西运城人，进士及第不久，曾参加王叔文等领导的"永贞革新"，失败后贬永州司马、柳州刺史，长期未能起复，郁郁而终。他是哲学家、文学家、散文大师，与韩愈共同领导中唐古文运动。他在散文史上与韩愈齐名；在骈文创作上，成就高于韩愈。清李调元说："柳四六最工，在礼部时笺表多出其手。"其骈文为当时所推重。

柳宗元对中国骈文史的贡献，首先在于他的古文与骈文大量吸收六朝骈文的营养。莫山洪归纳为"化骈为散"，表现在四方面。第一，化对句为散句，骈散结合，在其山水游记中尤为明显。第二，化典雅为通俗，不用或少用事典，多用语典，主要表现在表章中。第三，化简单对句为散句长联，有长达十几句甚至二十句者。第四，"将骈文的声韵辞藻方面的特点运用于散文之中，化骈文声韵为散文声韵，使散文一样具有声韵美；多用虚字，改变六朝骈文潜气内转的特点，形成新的文气"。①

其次，柳宗元创作的骈文，内容和形式皆个性鲜明。

其碑志 72 篇，沙红兵统计，有骈文 7 篇。如《唐故特进南府君睢阳庙碑》，纪念在安史乱中死难的南霁云，有两小段散句简介南公及其子封赠官爵，另一段描述南氏向贺兰进明乞师时的壮烈场面，其他皆以四六对句为主，评论与描述相结。瞿兑之说其"议论伟绝，从天而降"，"笔力横姿"，"恐怕韩愈那些散文碑志也不过如此"②。钱基博说："碑志之文，韩愈事多实叙而驭以奇……宗元语为虚美而凝以骈。"③"虚美"指高度形容夸张。沙红兵认为"此文应该承认在人物形象刻画，叙事跌宕起伏等方面的确逊韩（《张中丞传后叙》）一筹"，这正是"古文与骈文两种文体之间的差异"。④其意谓骈文是不长于叙事的。

其山水厅壁亭院记 36 篇，沙红兵统计有 8 篇骈文。《岭南节度使飨军堂记》描绘驻今广州的岭南最高军政长官接待外商大厅的场面、礼仪和声势，大多是对偶，不守四六。有些文句吸收《仪礼》，稍作调整，化散语为骈语，融先秦古籍成句为整饬的散体对偶，句法灵巧。《永州龙兴寺东丘记》记该丘风景之开发。骈句近百分之六十，往往化散为骈，不用四六，颇喜长联。如："其地之凌阻峭，出幽郁，寥廓悠长，则于旷宜；抵丘垤，伏灌莽，迫遽回合，则于奥宜。因其旷，虽增以崇台延阁，回环日星，临瞰风

① 莫山洪：《骈散的对立与融合》，齐鲁书社 2010 年版，第 208～215 页。
② 瞿兑之：《骈文概论》，海南出版社 1994 年版，第 95 页。
③ 钱基博：《中国文学史》上册，东方出版中心 2008 年版，第 315 页。
④ 沙红兵：《唐宋八大家骈文研究》，人民文学出版社 2008 年版，第 86 页。

雨，不可病其旷也；因其奥，虽增以茂树丛石，穹若洞谷，蓊若林麓，不可病其邃也。"这样的对偶在传统骈文中少有，柳文中常见。有人把永州八记当成骈文，沙红兵认为它们是"经典的古文"，由于吸收了一些六朝文学因素而被有的书当作骈文了。细数后不难发现，永州八记骈句很少，有两篇全是散语，其余各篇之骈句，或两句，或四句、六句，最多者十四句，占该文五分之一左右。柳氏游记，皆随物赋形，随意生发，单行奇句，夹杂骈语，爱用排比，参差错落，变化多端；而不同于传统骈文之叙意双行，双节双转，相合成文，句式整齐有序。如将永州八记入骈文史，其与"四杰"山水园林之文比较，很明显不是一类。如放在散文史上与郦道元、苏源明等山水散文联系起来，就不难发现其文体的继承与发展关系。

沙红兵统计，柳氏之"书"35篇，基本是散文；"启"27篇，多用骈体。如《上裴晋公度献唐雅诗启》，向裴度呈献自己的作品以求引荐，几乎全部对偶，且不乏长对。《谢李吉甫相公示手札启》《上西川武元衡相公谢抚问启》是写在柳宗元遭贬谪后，别人都不理他，李、武二位老丞相致书存问，使他倍感温暖。蒋之翘说："子厚诸启不拘于四六声韵，故其辞意蔚然，沉着痛切，近似选书（指《昭明文选》之六朝书启）。"其实六朝骈文这样的作品并不多。

柳氏表、状多程式化骈文，以四六为正格，堆垛典故，文字雅饬。如《柳州贺破东平表》《为裴中丞贺破东平表》，所贺者同为破李师道一事，前表重点在颂扬武功，后表中心在推重仁德，都以对偶精切见长。《为王京兆贺雨表》共四通，皆骈体短篇。王志坚说它们"神理肤泽，色色精工，不惟唐人伎俩至此而极，即苏（轼）王（安石）一脉，亦隐隐逗漏一斑矣"（《四六法海》卷三），未免过奖。

柳宗元的骈体祭文当以《祭吕衡州温文》为首选，以提问开篇，气势凌厉，末尾十四个反诘句，为朋友早逝鸣不平。长歌当哭，回旋反复，把读者带入似幻非幻之中。对句为主，散句间错，随手化散为骈，整齐而又富于变化。此文兼具韩愈《祭十二郎文》和欧阳修《祭石曼卿文》之长，而知名度不及二文，原因可能在于韩欧是散文而柳文是骈体。

柳氏骈序中，《送元秀才下第东归序》写法别致。开头两个四七言对句是破题，中间两长对各十一句，有如八股文之两扇合为一股。最后一段散中夹排，劝谕之后以元秀才"遂欣欣而去"结尾。笔调矫健，余韵悠然，唐骈中不可多得。

### 三　中唐诗人之骈文

**刘禹锡**（772～842），洛阳人，参加"永贞革新"，失败后贬连州、郎州、播州，先后历时23年，敬宗初年召还，历任集贤殿学士、苏州刺史、太子宾客，有《刘宾客文集》。刘禹锡是唐代著名哲学家、诗人、古文家，他也写作骈文，传世名作是《陋室铭》：

> 山不在高，有仙则名。水不在深，有龙则灵，斯是陋室，唯吾德馨。苔痕上阶绿，草色入帘青。谈笑有鸿儒，往来无白丁。可以调素琴，阅金经。无丝竹之乱耳，无案牍之劳形。南阳诸葛庐，西蜀子云亭。孔子云：何陋之有？

借陋室作铭，自述其志，抒发安贫、乐道、清高、自赏的襟抱。东汉以来，铭文以四言韵语为正格，并不要求句句相对。而此文杂用三言、四言、五言，几乎通篇对偶整齐，一韵到底，音调谐美，抑扬有节，层次井然，是骈体铭文的新创。"山不在高，有仙则名"两联，劈头耸起，乃千古名句，后世不知有多少人效法。"斯是陋室，唯吾德馨"，点题并揭出宗旨。以下并不直接写德如何馨，着重写室似陋而实雅。"苔痕"一联，写室外之景；"谈笑"一联，写室中之人；"调素琴"二联，写室中之事。于室中主人无一字着墨，而其兼容博采、脱俗不凡的品格跃然纸上。引诸葛亮、扬雄两位隐居之处作比而不用比字，最后以孔子半句话作结，省去的"君子居之"正是点穴之笔，让读者自己体会，含而不露，妙不可言。清李扶九说："小小短章，无法不备。凡铭多自警，此却自得自夸，体格稍变。起以山水引喻，则来不突；末引古结，则去不尽。……末引'何陋'之言，隐藏'君子居之'在内。若全引便著迹，尤见其巧处。"（《古文笔法百篇》）

《吏隐亭述》。亭在连州，刘禹锡曾任该州刺史。吏隐者，隐于为吏也。此文前半段描写吏隐亭的环境景色，后半段表达对曾任职连州的元结的敬仰。"先生元结，有铭其碣。元维假符，余维左迁。其间相距，十五余年。

对境怀人,其犹比肩。天下山水,非无美好,地偏人远,空乐鱼鸟。谢公开山,涉月忘还。岂曰无娱,伊险且艰。溪山尤物,城池为伍。却倚佛寺,左联仙府。势拱台殿,光含厢庑。穷如壶中,别见天宇。石坚不老,水流不腐。不知何人,为今为古,坚焉终泐,流焉终竭,不知何时,再融再结。"

此文绝大部分用韵,四言为主,间有杂言。如诗似赋,怀古感今,情景交融。最后几句,相信自然界变化是无穷的,充满哲理。

刘禹锡表章多用骈体,这是当时惯例。如《贺收蔡州表》,对李愬生擒吴元济上表祝贺,除开头结尾少量散句外,中间大段多是骈语:"陛下圣谟独运,睿感潜通。天助神兵,人生勇气。既擒凶逆,爰正刑书。伏三纪之逋诛,成九衢之壮观。宗社昭告,华夷式瞻。行吊伐而在礼无违,炬威声而何城不克!楚氛改色,淮水安流。汉上疲人,尽沾雨露;汝南遗老,重睹升平。"这类公式化的文章当时很多。于景祥指出,此文"歌颂宪宗皇帝的功德,这是比较平常的程式,内容也不新鲜。但另一方面写淮西之捷,铺陈排比,则气势壮阔,格调昂扬。特别是'楚氛改色,淮水安流'……数语,雄浑典丽,笔调雅健,带有豪迈的之风"。[①]

刘禹锡也有些精彩的骈体书启,如《谢裴相公启》:

> 某启:某遭罹不幸,岁将二纪。虽累更符竹,而未出网罗。亲知见怜,或有论荐。如陷还汗,动而愈沉。甘心终否,无路自奋。岂意天未剿绝,仁人持衡,纤神虑于多方,起湮沦于久废。居剥极之际,一阳复生;出坎深之中,平路资始。通籍郎位,分曹乐都。乔木展旧国之思,行云有故山之恋。姻族相贺,壶觞盈门。官无责词,始自今日。禽鱼之志,誓以死生;草木之年,惜共晼晚。章程有守,拜谢无由。瞻望岩廊,虔然心祷。谨启。

裴相公,指裴度,唐文宗、敬宗时任宰相,推荐刘禹锡,使他在外贬二十多年后得以召还,故刘禹锡致书鸣谢。"仁人持衡",指裴度主持公道。"居剥极之际",典出《周易》剥卦,喻阴盛阳衰,小人得势,君子困顿,

---

① 于景祥:《中国骈文通史》,吉林人民出版社 2002 年版,第 603 页。

事业败坏。"一阳复生",语出《周易》复卦,比喻阳气复兴,时来运转。"出坎深之中,平路资始",指走出《周易》坎卦所示险境,走上平坦之路。"分曹东都",指从外地召还东都洛阳任职。以下感激之词,皆由衷而发,以禽鱼知恩,草木将衰自比,诚恳笃实,非一般客套文字可比。

**白居易**(772~846),字乐天,祖籍太原,进士及第后,历任翰林学士、江州司马、杭州刺史、苏州刺史、河南尹、刑部尚书,晚年号香山居士。白居易是中国文学史上的大诗人,新乐府运动的倡导者,在散文创作上成绩斐然,名作甚多。其骈文有散化倾向,如《策林》中的《古器古曲》:

> 臣闻乐者本于声,声者发于情,情者系于政。盖政和则情和,情和则声和,而安乐之音由是作焉;政失则情失,情失则声失,而哀淫之音由是作焉,斯所谓音声之道与政通矣。伏睹时议者,臣窃以为不然。何者?夫器者所以发声,声之邪正,不系于器之今古也;曲者所以名乐,乐之哀乐,不系于曲之今古也。何以考之?若君政骄而荒,人心动而怨,则虽舍今器用古器,而哀淫之声不散矣;若君政善而美,人心和而平,则虽奏今曲废古曲,而安乐之音不流矣。是故和平之代,虽闻《桑间》《濮上》之音,人情不淫也,不伤也;乱亡之代,虽闻《咸韺》《韶武》之音,人情不和也,不乐也。

这段话主要阐述乐系于政,乐无古今而政有美恶,源于传统的儒家美学思想。全文38句,除了六个散句,余皆为排偶。其中四个长排,组织成完整的正反对比,同时多用虚词、转折词,使文章灵动变化,体现出强烈的散文气韵。此文完全不用典故,属于白描骈文,上承陆贽、下启宋四六。

《续座右铭》从另一个角度体现出他对骈文的改造。东汉崔瑗的《座右铭》,倍受白居易喜爱,曾书之于壁,复作续篇以自励:

> 勿慕贵与富,勿忧贱与贫。自问道何如?贵贱安足云?闻毁勿戚戚,闻誉勿欣欣。自顾行何如?毁誉安足论?无以意傲物,以远辱于人;无以色求事,以自重其身。游与邪分歧,居与正为邻。于中有取舍,此外无疏亲。修外以及内,静养和与真;养内不遗外,动率义与

仁。千里始足下，高山起微尘。吾道亦如此，行之贵日新。不敢规他人，聊自书诸绅。终身且自勉，身殁贻后昆。后昆苟反是，非我之子孙。

崔铭二十句，仅八句对偶，不是骈体。白铭三十句，仅八个散句，乃骈体铭文。其中有八句一对者，四句一对者，两句一对者。此文较刘禹锡《陋室铭》显得单调，其对后世影响不如崔铭，但也属于佳作。

白居易骈文也有败笔，如《为宰相请上尊号表》、代元稹《为宰相谢官表》，被宋洪迈《容斋四六丛谈》批评为"君臣上下亦无羞耻矣"，"文过饰非"，"有玷盛德"。

唐代科举考试，要求考生作"表"和"判"（判决书），例用骈体。中国古代地方各级长官率皆行政而兼司法，审理狱讼是日常功课，入仕前必须练习。白居易留下的判词就是他当年的作业，颇受后人好评。如《甲牛抵死乙马判》："马牛于牧，蹄角难防，苟死伤之可征，在故误而宜别。况日中出入，郊外寝讹。既品量以齐驱，或风逸之相及。尔牛孔阜，奋骍角而莫当；我马用伤，踠骏足而致毙。情非故纵，理合误论。在皂栈以来思，罚宜惟重；就桃林而招损，偿则从轻。将息讼端，请征律典。当陪半价，勿听过求。"这是一份模拟判决书，甲牛抵死乙马属于误伤，所以从轻发落，是比较公平的。绝大部分是对句，文字流利，浅显易懂，不像张鷟《龙筋凤髓判》那样缛丽。

**吕温**（772~811），字和叔，今山西永济人，进士及第后入仕，与王叔文友善，德宗末年出使吐蕃，顺宗立，吐蕃以中国有丧，留温不遣。时值"永贞革新"，吕温虽同情而实未参与。革新失败，吕温回朝，革新党人皆坐贬，唯吕温因出使甫归而独免。后人颇有怀疑，然而同党之柳宗元、刘禹锡对吕温的人品和文章皆充分肯定。后因得罪宰相李吉甫，贬温州刺史，再贬道州、衡州。有《吕衡州集》。

吕温是古文运动的中坚人物，曾师从古文先驱梁肃。《旧唐书》本传称赞他"文体富艳，有丘明、班固之风"。骈文亦有佳作，如《三受降城碑铭》，三受降城在今内蒙古境内，唐景龙二年（708）朔方总管张仁愿筑以防突厥，是巩固北方边防的重大措施。吕温对此举加以誉扬，并呼吁后人继续努力。铭文用四言韵语，前有四六序，是铭文的四倍。其中写道："六句雷动，三城岳立。……分形以据，同力而守。东极于海，西穷于天。纳阴山于寸眸，拳大漠于一掌。惊尘飞而烽火耀，孤雁起而刁斗鸣。涉河而南，门用晏闲。"文章囊括古今，审视敌我，气势宏大，视野开阔。思想与艺术较班固《燕然山铭》高，影响不如班铭大。

《药师如来绣像赞序》。吕温被吐蕃扣留期间，妻萧氏不知其存殁，乃绣药师如来佛像，求佛祖保佑。两年后吕温还都，感妻至诚而作此赞。赞语十句，用楚辞体，序文八十句，绝大部分是骈句。刻画其妻怀念之笃挚深沉，极为传神；描述绣像之竭尽心力，尤其真切。"是用浚发慧根，妙求真相。断鸣机躬织之素，染懿筐手绩之丝。尽瘁庄严，彰施彩绣，缠苦心于香缕，注精意于针锋。指下而露洗青莲，思尽而云开白日。然后练时洁室，华设珍供。夕炬传照，晨炉续烟。齐献至诚，泣敷恳愿。遂得慈舟密济，觉路潜引。当道场发念之日，是荒裔来归之辰。幽赞冥符，一何昭焯？"事佛而得福，虽为巧合，但夫妻感情的笃厚，文章之雅饬，弥足珍贵。

《虔州三堂记》，主旨是在仁政爱民前提下，观赏园林台池之乐。采用大段排比对偶句，分别描写春夏秋冬四时不同景色。"秋之日，金飙扫林，翕郁洞开，太华爽气，出关而来。于是乎，弦琴端居，景物廓如，月委皓素，水涵空虚。鸟惊寒沙，露滴高梧。境随夜深，疑与世殊。此则庾公西楼未足以澹神虑也。冬之日，彤云千里，大雪盈尺。四眺无路，三堂虚白。于是乎，置酒褰帷，凭轩倚楹，瑶阶如银，玉树罗生。日暮天霁，云开月明。冰泉潺潺，终夜有声。此则子猷山阴未足以畅吟啸也。"春之日、夏之日句式、字数与秋冬之日完全相同。全文兼用骈散，以骈为主，而又吸收辞赋的铺陈手法，情景自然融合，既写实而又富于想象，是骈文的改造。

《代百僚进农书表》属骈体公文，向皇帝进呈农书，以劝农耕，意见是积极可取的。除开头结尾用少量散句外，中间大段纯用骈偶。其中说："因天地之和，顺阴阳之理。利其器用，精厥法式。行之而不倦，动之而不劳，四海靡而风行，百姓迷其日用，弘我农本，实惟农书。"说理中肯。又有《地志图序》，介绍李该博所绘制的地志图，赞扬该书在大唐地理学上的贡献，是优秀的骈体书序。

**李德裕**（787~850），字文饶，今河北赵县人。元和初入仕，历任翰林学士、中书舍人、各大镇节度使，文宗及武宗时，两度出任宰相，后为白敏中等所构陷，贬潮州，再贬朱崖（今海南岛），卒于贬所。

李德裕是中唐后朝"牛李党争"中的李派领袖，是著名政治活动家，也是文章家，创作以古文为多，明确反对浮华之风，声称"家不藏《文选》"，不喜欢骈文，但也有一些骈偶佳作。由于翰林学士职务关系，他写了不少骈体诏令制诰，时称大手笔。他善于准确而委婉地表情达意，而无意追求辞藻华丽；能将汪洋恣肆与凝练含蓄相结合，造成雄健奔腾的气势而又不使人一览无余。清王士禛《池北偶谈》说他："骈偶之中，雄奇骏伟，与陆宣公上下。"这主要是指其政治性文章而言。

《幽州纪圣功碑铭》，记幽州卢龙节度使张仲武在北方边境与回纥长年征战，击退胡人多次侵扰，维护国家安全的功绩。"勖哉上将，光我中兴。""王褒以日逐归德，称为人瑞；班固以稽落荡寇，大振天声。孰若天子神武，百蛮震慑，乘其蹙困，临以兵锋。刈单于之旗，纳休屠之附。非万里之伐，无三年之勤。巍乎成功，辉照后代。"文章骈散兼用，以骈为主，比吕温的《三受降城碑铭》境界更波澜壮阔，笔调更曲折变化，清孙梅《四六丛话》赞曰："经济大文，英雄本色。"

《赐太和公主敕》，是一份特殊的外交文书。太和公主是唐文宗的姑母，已远嫁回纥二十余年，原本为了胡汉和亲，后来回纥反叛，文宗此敕即为此而发。前段表述皇帝对姑母的想念和慰问，后段严肃指出："今回纥所为，甚不循理。""恣为侵掠，马首南向。"并向公主提出："为其国母，足得指挥。若回纥能不禀命，则是弃绝婚好。今日以后，不得以姑为词；若恃我为亲，禀姑教令，则须便自戢敛，以继旧欢。想姑以朕此书，喻彼将相，令其知分，更不循非。"表面是致公主的信，实际上是给回纥首领的通牒。先礼后兵，义正词严，斩钉截铁。

《太和新修〈辨谤略〉序》。《辨谤略》是李德裕等编辑的一部书，收集历代君王止谤、辨谤事例，以资借鉴。"理昔贤被诬之状，表前王善鉴之明。""视之于未形，鉴之于无象"，防止谗佞之徒在背后对正人君子进行攻击诽谤，使"忠臣得以纳其诚，武臣得以尽其力"。这是一本很有价值的政治参考书，可惜未能流传下来。

《舌箴》，主张慎言语，勿饶舌。前人箴铭多用四言，不求句句偶对。《舌箴》以六言对句为主，杂用四言对句和少量散句。其中有云："传以言从作义，易以讲习施悦，天以卷舌屏谗，儒以全舌驾说。伯阳之诫，柔存刚缺。言贵无瑕，辩贵若讷。则知门犹是闭，囊不在括。是以扬雄悼谗者之冤，梅福痛忠臣之结。……勿以寙言而取宰相，以舌三寸而为帝师。徒见娄敬掉而获爵，不知魏其齰以可悲。"文中采用了大量的语典事典，包含着深刻的经验教训，发人深思。

## 第五节　晚唐五代骈文

唐王朝晚期，随着政治改革的彻底失败，中兴美梦化为泡影，农民起义猛烈爆发，中央王朝摇摇欲坠。军阀割据混战此起彼伏，权臣党派之争你死我活，宦官弄权竟然可以废立皇帝。恢复儒家道统的鼓吹无补于帝国的没落，士大夫的振兴希望趋于破灭，大部分知识分子感到前途渺茫，消极颓废，追求享乐。文坛上出现一股唯美主义潮流，主要体现在宫体诗、青楼词和骈体文中，形式浮华绮靡，内容平庸空虚。古文仍有人写作，成就较高的是小品杂文，然而已不占文坛主流地位。

晚唐五代骈文作品很多，精品较少；作家很多，有重大成就的名家较少。文字技巧、艺术表现力超越前人，而社会政治影响较之中唐陆贽、盛唐张说、张九龄相差甚远。许多骈文作者首先是诗人、古文家，称得上骈文大家的唯李商隐一人而已。

### 一　"小李杜"等人之骈文

**杜牧**（803~852），字牧之，今陕西西安人，进士及第后历官内外，曾任黄州、湖州等地刺史、后任中书舍人，其诗文独步当时。他关心政治，喜读经史，尤嗜谈兵，曾为《孙子兵法》作注。其议论文援古证今，侃侃而谈，富于气势，在文学史上最负盛名的是《阿房宫赋》。文末提出："灭六国者，六国也，非秦也。族秦者，秦也，非天下也。""秦人不暇自哀而后人哀之，后人哀之而不鉴之，亦使后人而复哀后人也。"几句话总结出精辟的历史教训。此赋被有些人归于骈文，本书归于赋体之文赋。主要理由是其中排句多于偶句,散句又更多于排偶之句,不符合骈文的要求。其最大特色是把古文句法和笔意引入辞赋,故后人称杜牧为宋代文赋初祖。

杜牧骈文中有《贺平党项表》。党项是古羌族之一支,是后来西夏国的祖先,初居今四川松潘一带,唐初内迁今甘肃东部陕西北部。安史之乱后,党项曾与吐蕃、吐谷浑联合攻唐,后来受到反击。杜牧此文首先追溯历史,认为将胡人内迁是失策,接着讲党项内迁后坐大为乱,第三段讲唐朝出兵围剿取得胜利,第四段极力颂扬:"自此兵为农器,革作轩车。泥紫金于常山,沉残戎于青海。天覆尽得,禹画无遗。统华夏为一家,用夷狄为四守。"然而党项并未被消灭,稍后唐王朝平定黄巢还得到党项的支援。杜牧关心政治的热情于此可见一斑,"华夏一家""夷狄四守"的理想尤为可贵。

《上吏部高尚书状》是一封答谢信,描述自己仕途不顺的穷困境状:"三守僻左,七换星霜,拘挛莫伸,抑郁谁诉。每遇时移节换,家远身孤,吊影自伤,向隅独泣。将欲渔钓一壑,栖迟一丘。无易仕之田园,有仰食之骨肉。当道每叹,末路难循,进退维艰,愤悱无告。"然后写高尚书对他的关心,手书褒举,他不胜感激。在多数骈句中夹杂少量古文语句:"君子爱其死,以有待也;养其身,以有为也。是小人忘生杀身之地,刳肠奉首之报,今得之矣,又何求焉。"于骈偶书信中吸纳了古文及诗歌的因素。

**李商隐**(813～858),字义山,号玉谿生,今河南沁县人,他的一生,多年佐幕,数易幕主,偶任京官,职位低微。早年得到牛党令狐楚的栽培,后来受李党王茂元的赏识,以女妻之,被牛党斥为"背恩",长期受排挤,潦倒终身。李商隐首先是中国诗歌史上的大诗人,其次是在艺术上有突出贡献的骈文家。

他的骈文,历代评论甚多。《旧唐书》本传说他:"博学强记,下笔不能自休,尤善为诔奠之辞。与太原温庭筠、南郡段成式齐名,时号三十六体。"宋晁公武《郡斋读书志》说他:"从(令狐)楚学俪偶长短,而繁缛过之,旨能感人。人谓其横绝前后无过者。"清朱鹤龄《新编李义山文集序》说:"义山四六,其源出于子山,故章摛造次之华,句挟惊人之艳,以碟裂为工,以纤妍为态。迄于宋初,杨刘刀笔,犹沿习其制。"孙梅《四六丛话》说:"徐庾以来,声偶未备;王杨之作,才力太肆;沿及五代,不免靡弱;宋代作者,不无疏拙。惟《樊南甲乙》,则今体之金绳,奏章之玉律也。循讽终篇，其声切无一字之聱屈，其抽对无一语之偏枯，才敛而不肆，体超而不空，学者舍是从何入乎？"瞿兑之《中国骈文概论》说："他的诗像庾信，他的文便像徐陵。总之无论什么复杂的事情，难言的衷曲，一到他手里，便拿古事古语来比拟得十分确切，十分活动，再加上灵动的笔法，疏宕的文气，真叫读的人觉得娓娓忘倦。……虽然表面上华缛，然而里面是很有骨气的。"刘衍《中国古代散文史论稿》说："商隐之作承前启后，确有成就。但是也有其不可忽视的流弊。一味追求俪章偶句，因而助长骈偶之风；有的文章用典繁缛，显得晦涩空疏。"① 从总体上看，李商隐骈文艺术性很高，思想性平常，但也有些值得重视的作品。

第一类，涉及重大政治事件和人物者。

如《为濮阳公檄刘稹文》。濮阳公即王茂元。会昌三年（843）四月，昭义节度使刘从谏卒，其侄刘稹秘不发丧，自称兵马留后，继而拒诏反叛。唐武宗发兵征讨，王茂元奉命参加平叛。李商隐为王茂元作此檄文，指出"秘丧则于孝子未闻，拒诏则于忠臣已失"，不要效法成德军王元逵和魏博军何重阳父死子承的先例，而要记取义武、淮西、淄青数藩反叛失败的教训。如及时归顺朝廷，还可以受重用。否则，天子从四面八方进军，你们"以两州之残孚，抗百道之奇兵，比累卵而未危，寄孤根于何所？则老夫不佞，亦有志焉，愿驱敢死之徒，以从诸侯之末"，将坚决与你作战。文章说理周详，举事富赡，大气磅礴，笔力雄健，刚柔相济，语夹风霜，是晚唐骈文中不可多得之作。

《为李贻孙上李相公启》，赞美李德裕，肯定他定策败回纥、戡定太原和潞泽两次藩镇叛乱的功绩，并颂扬其文章和品德，最后自叙经历，属望援引。所述李氏功业基本上符合历史实际，而非阿谀奉承。叙事简明，评论允当。高步瀛《唐宋文举要》评点说："风发泉涌，藻采纷披。"同类作品还有《太尉卫公会昌一品制集序》等。

《祭全义县伏波庙文》。全义县在今广西，有伏波庙，祀东汉末年伏波将军马援。李商隐代桂管观察使郑亚撰写此文，表达对这位廓清边疆有功名将的敬仰。文章综述马援生平，重点在征交趾后病故，后人建祠纪念，

---

① 刘衍：《中国散文史论稿》，南方出版社 2000 年版，第 409 页。

比美诸葛亮。高步瀛《唐宋文举要》说："考义按部，选词就班，循循规矩之作，而情韵不匮。"

第二类文章，流露出对某些社会问题的关切。

《太仓箴》。太仓是京师积谷之仓。文章极言钱粮重地关系重大，守仓官吏必须谨慎戒惧，廉明公正，守道不渝。其中说："险哉太仓，险若太行。彼悬车束马，如陟高冈；此祸胎怨府，起自斗量。无小无大，不可不防。""各敬尔职，一乃心力。仓中水火，人马勿食。""借借贷贷，此门先塞。须防苍蝇，变白作黑。""敢告君子，身可杀，道不可渝。"文章很短，多用熟典，所提出的忠告，至今仍有现实意义。

《道士胡君新浚井碣铭》。道士胡宗一为梓州城内浚井，解决了群众饮水的困难，故立碣作铭表彰。铭前有长序，是四六骈体。前三段叙胡道士身世、禀质，赞其医术，及辟谷、导气等，下面着重写他如何筹措、施工："君乃于宫之西南，载考水经，仍穷井德。一八四八，鲍侍郎遽尔庾辞；九二九三，郑司农蔼然深义。"两句典故有来头。鲍照《井字谜诗》："二形一体，四支八头，四八一八，飞泉仰流。"《易经》井卦九二："井谷射鲋。"郑玄有注。又井九三曰："井渫不食，为我心恻。"末段写胡道士得府中同僚相助，浚井成功。此文的社会意义是不言而喻的。

第三类是抒发真情实感的。

哀祭文最能代表李商隐的骈文艺术成就。《祭外舅司徒公文》，为岳父王茂元作。王氏历任岭南、泾原、陈许等镇节度使，义山在其幕中多年，深得赏识。祭文主要缕述王氏生平和贡献，屡经征战，戍边，平叛，最后在讨伐刘稹的进军途中病故，家人及将士无比悲痛。此文抒情浓烈而叙事模糊。王氏所历重大事件，无时间、无地点、无人物，全用历史典故替代，如云遮雾罩，影影绰绰，不明原委，这是骈文拙于叙事的胎里病。

翟景运说："李商隐骈体祭文最突出的艺术特征，是善于将仕宦之路的艰辛偃蹇，亲人故旧的散亡凋零，以及对死者的祭奠哀悼纠结在一起，由一种感伤诱发出多种感伤，由此取得一石激起千重浪的效果。"[①]《祭徐姊夫文》《祭裴氏姊文》《祭处士房叔父文》《祭张书记文》等，皆祭文佳作。

---

① 翟景运：《晚唐骈文研究》，商务印书馆 2010 年版，第 205 页。

　　李氏的《樊南甲乙集》中有大量干谒求荐之文。翟景运指出，"晚唐干谒文中多有作者对自身孤苦流离身世遭际的自伤自怜，对于幕主多少带有乞求的味道"，比初盛唐"多了一种悲情的成分，它既不是以高谈阔论的气势征服人，也不是以娓娓道来的逻辑分析说服人，而是通过哀感恻怆的自伤自叙打动人"。① 如《上尚书范阳公启》，感谢卢弘正聘用。前段写自己长期坎坷怀才不遇，后段颂扬卢弘正政绩品德并感恩，大量用典而处处贴切。关于《献相国京兆公启》，于景祥说："清新而不浮靡，挺拔而不纤弱，华藻而不浮荡，这是李商隐骈文的本色。"② 翟景运说："不仅使用华美靡丽的语言绕前捧后，手法也十分接近诗歌中的比兴。""通过六个层次，比喻过程才算完成。文章叙事当以明白显豁为宗旨，这样繁富的比喻，虽然外表华丽，却与基本的表达宗旨相悖。"③

　　李商隐的陈情文，首选是《上河东公启》，婉谢东川节度使柳仲郢赏赐乐妓。文章先诉说丧妻的哀痛和对小儿女的怀念，再陈述志在玄门无意男女情爱，接着说乐妓原有所欢，不得掠美夺爱。藻思缜密，措辞允妥，状曲折细微隐衷于尺素之中。《唐宋文举要》说："清新俊逸，工于言情。"《元结文集后序》推崇元结的文学成就，为其不师孔氏辩护，说："孔氏于道德仁义外有何物？百千万年圣贤相随于途中耳。""孔氏固圣矣，次山安在其必师之哉！"虽然唐时三教并重，但这也是十分大胆的言论。

　　有的文学史说，李氏代人起草的公私文书，内容既已时过境迁而失去意义，文字技巧也就无足多称。此评价未免过于苛严。本书所举即有不少代笔，但必须指出，其中大量代上表，套话空话假话连篇，虽能"代人哀则哀，代人谀则谀"（明陈明卿评语），但文字再美也是优孟衣冠，而非作者真情实感。至于代人谢送礼赐物小启，水平并未超越庾信，甚至更堆垛。李义山骈文多有令人把玩的妙句，而缺乏发人深省的佳篇。罗宗强说："他所追求的细美幽约的审美情趣，在诗歌创作上取得了完全的成功，别开门户；而在散文（指骈文）的创作上，应该说是一个失败。"④ 不少评论者称

①　翟景运：《晚唐骈文研究》，商务印书馆 2010 年版，第 201 页。
②　于景祥：《中国骈文通史》，吉林人民出版社 2002 年版，第 628 页。
③　翟景运：《晚唐骈文研究》，商务印书馆 2010 年版，第 220 ~ 221 页。
④　罗宗强：《隋唐五代文学思想史》，中华书局 2003 年版，第 242 页。

李商隐为晚唐唯美主义思潮的代表，是符合实际的。

**温庭筠**（812～870），字飞卿，山西太原人，名门之后，及其身时已衰落，随从公卿子弟狂游狭邪，行为不检，每犯禁忌。曾多次投幕，依傍他人，潦倒终生。温庭筠是中国词史上最早大力作词的人，在唐代词人中数量最多，影响至巨。其诗与李商隐合称"温李"。《全唐诗话》说他"押官韵作赋，凡八叉手而成八韵，时号温八叉。……而士行玷缺，缙绅薄之"。《全唐文》存文29篇，皆骈体书启。陈均《唐骈体文钞》录其上蒋侍郎、上令狐相公、上宰相、上学士、上杜舍人、上吏部韩郎中等启，皆干谒乞求援引，情感笔调大致相类，对所处窘困境状刻画较为真切。如《上裴相公启》有云："处默无粢，徒然夜叹；修龄绝米，安事晨炊？既而羁齿侯门，旅游淮上。投书自达，怀刺求知。岂期杜挚相倾，臧仓见嫉。守土者以忘情积恶，当权者以承意中伤。直视孤危，横相陵阻。绝飞驰之路，塞饮啄之途。射血有冤，叫天无路。"刘衍说："可见温庭筠求援引也十分艰难，受过不少挫折，有愤世恨世之痛。他在这篇书启中，上面所引片段是感情较浓，对仗也很工巧的。但全文仍多用典，并不通俗。至于大多数文章，则用词晦涩，用典冷僻。其总体面目是锤炼有余，明朗不足，腴而实枯，文学价值不高。"①

短启中有《答段成式书》八首，其一谢赠墨。"蒙赉易州墨一挺。竹山奇制，上蔡轻烟，色夺紫帷，香含漆简。虽复三台故物，贵重相传；五两新胶，干轻入用。犹恐于潜旷远，建业尫羸。韦曜名方，即求鸡木；傅玄佳致，别染《龟铭》。恩加于兰省郎官，礼备于松楸介妇。汲妻衡弟，所未窥观；《广记》《汉仪》，何尝著列？"此文以大量典故形容夸饰墨之精妙绝伦，颇为费解。莫山洪说："这类文章也只能算是文士之间斗才的文字游戏，不能算是好文章。没有体现出中唐以来骈文的变化。"② 于景祥说："总的看来，他的骈文虽文采绚烂，华丽非凡，但雕琢过甚，内容空虚，带有浓厚的唯美主义倾向，应该说是齐梁陈隋至唐初绮靡浮艳的骈体文风在新

---

① 刘衍：《中国散文史论稿》，南方出版社2000年版，第413页。

② 莫山洪：《骈散的对立与互融》，齐鲁书社2010年版，第240页。

的历史条件下的复活。"①

**段成式**（？～863），山东临淄人，父文昌，曾任宰相。成式少年苦学，尤深佛理，累官至江州刺史、太常博士。著作有《酉阳杂俎》，属于笔记小说，悉为散体，语言质朴。今存文十八篇，有骈有散。他和温庭筠是朋友，常互赠笔墨兼附短简。其《寄余知古秀才散卓笔十管软健笔十管书》，赞扬笔的价值，语言较为平畅，典故不难理解。如说："窃以《孝经援神契》，夫子撂之以拜北极；《尚书中侯》，周公授之以出玄图。其后仲将稍精，右军益妙。张芝遗法，庾氏新规。其毫则景都愈于中山，麝柔劣于羊劲。或得悬蒸之要，或传痛颔之方。起自蒙恬，益臻其妙。不惟元首黄瑄之制，含丹缠素之华。软健备于一床，雕镂工于二管而已。"比起庾信答诸王赐物小启，少了一些感恩颂德的谀辞，多了一些朋友间随意交谈的絮语，不是文士之间斗才逞能的文字游戏。

《好道庙记》记缙云郡有古祠曰好道，祠南帝女神。大旱之年，州人诣神求雨，一再灵验，乃隆重庆祝以酬神。作者自称，本来不信神鬼，然而"以好道州人所向，不得不为百姓降志枉尺，非矫举以媚神也。因肆笔直书，用酬神之不予欺"。这种记叙性文字，他人多用古文，而段成式则骈散并用，交代清楚，叙次井然，场面热烈，印象深刻，体现出当时骈散相融的倾向。

如仅以骈文而论，温庭筠、段成式与李商隐无法相提并论。当时合称"三十六体"，或以为指他们诗风相近而言。

## 二　晚唐骈体小品

唐代末期，出现一批小品文大家。鲁迅称赞他们"并没有忘记天下，正是一塌糊涂的泥塘里的光彩和锋芒"（《小品文的危机》）。他们的骈文与其散文一样，托物寄讽，辛辣地批判剖析社会政治上各种丑恶和不良现象。主要代表是**皮日休**（834～883），襄阳人，早年隐居鹿门山，因自号鹿门子。进士及第入仕，后为黄巢所掳。黄巢称帝，任翰林学士。黄巢败亡，不知所终。有《皮子文薮》十卷，其中九卷是文。

---

① 于景祥：《中国骈文通史》，吉林人民出版社 2002 年版，第 629 页。

《祝疟疠文》，是骈体祭祷之文。疟疠即疟疾。文章借教训病魔以谴责社会。后半段列举七种应该惩罚的现象：

　　疠乎！疠乎！有事君不尽节，事亲不尽孝，出为叛臣，入为逆子。天未降刑，尚或窃生，尔宜疠之；有专禄恃威，僭物行机，上弄国权，下戏民命。天未降刑，尚或窃生，尔宜疠之；有卖交取禄，诏交结族，一言不善，祸发如镞。天未降刑，尚或窃生，尔宜疠之。……疠乎！疠乎！尔目不盲，尔耳不聋。如向来之所陈，奚不祸于其躬？仁者必有厄，义者必有穷，见仁义而勿疠，遇奸佞而肆凶。非惟去乎物患，抑亦代乎天功。疠乎！疠乎！苟依吾言若是，吾将达尔于帝聪。

文章认为，代表天谴的疠神，应降疠于危害社会之徒，不要侵犯好人。构思巧妙，多用对偶句和排比句。前半段不规则押韵，后半段一韵到底，铿锵有致。

《襄州孔子庙碑》是白描骈文。其中有云："伟哉夫子！后天地而生，知天地之始；先天地而没，知天地之终。非日非月，光之所及者远；不江不海，浸之所及者溥。三代礼乐，吾知其损益；百代宪章，吾知其消息。君臣以位，父子以亲，家国以肥，鬼神以享。"没有任何典故与雕饰，也可以说是以古文语句写作的骈文。

《皮子文薮》中的《鹿门隐书》六十则，其中不少是用古文句法而写成的骈体短论或独立的对偶片段。如：

　　民性多暴，圣人导之以其仁；民性多逆，圣人导之以其义；民性多纵，圣人导之以其礼；民性多愚，圣人导之以其智；民性多妄，圣人导之以其信。若然者，圣人导之于天下，贤人导之于国，众人导之于家。后之人反导为取，反取为夺。故取天下以仁，得天下而不仁矣；取国以义，得国而不义矣；取名位以礼，得名位而不礼矣；取权势以智，得权势而不智矣；取朋友以信，得朋友而不信矣。尧舜导而得也，非取也，得之以仁；殷周取而得也，得之亦以仁。吾谓巨君、孟德以后，行仁义礼智信者，皆夺而得也，悲夫！

这是一篇矛头指向上层统治者的白描骈体小品文，自始至终，语意排比，句不单行。前两大段以圣人与后人对比，最后将尧舜、殷周与巨君、孟德双比双收小结。层次明晰，井然有序，是唐末骈散相融之又一例。

较皮日休稍晚的骈文作者有司空图、顾云等。

**司空图**（837～908），字表圣，今山西永济人，进士及第后，累官至中书舍人，后期隐居中条山。朱温篡唐，召为礼部尚书，不起，闻唐昭宗被弑，不食而卒。司空图是诗人，诗歌评论家，著有《二十四诗品》，影响深远。文章自成一格，有时也发些慷慨之言，但显得有气无力，其较可称道者，不在古体杂文，而在骈体杂著。

《释怨》，解释朋友之间的怨恨。文章认为"势轧则仇，名浮则忌。仁以利摇，情由色醉。衅积携贰，其来有自"。对各种势利之交有具体的描述，但不及梁刘峻《广绝交论》揭露之深刻。文章最后主张："至人达观，物我俱遣。混休戚，忘健羡。孰寿孰夭，孰荣孰贱，大笑几何，虚舟无怨。"这种和稀泥的态度与他提倡"屈己""耐辱"的生活原则相符。

《复安南碑》。唐末交趾作乱，反叛朝廷。咸通七年（866），安南护卫静海节度使高骈率军破蛮兵20万，收复故地。后来又整治安南至广州之西江水道，便利运输，此碑赞扬高骈的功绩。文章用骈文叙述岭南少数民族与中央王朝时叛时附的关系，用大量形象夸张的语句代替具体事件的介绍，比杜牧的《贺平党项表》更含糊不清。如："我旅力振，凶徒大崩。动必冰摧，疾如彗扫。……骇修鳞之决纲，轧累卵于排山。七擒摅必胜之能，九变逞无前之锐。伏尸百万（显然太夸张），未穷追北之师；廓地三千（其实三县而已），岂独安南之境。"场面浩大，却看不出这次战争究竟怎么打的，战功赫赫，数字却经不起考核。但作者维护国家统一的立场是值得肯定的。

司空图编有多种作品选集，今存序言若干篇。《擢英集述》反映了他的文学观和编辑原则，强调范围要广，取材要精，所录皆非显达，重视地位低微者。最后说："夫著言纪事，在演致于全篇；赋象缘情，或标工于偶句。虽豹文必备，方成隐雾之姿；而翠羽已零，犹称凌波之玩。诚欲兼搜于笔海，亦当间掇于兰丛。人不陋今，才惟振滞。韵笙簧于骚雅，资粉泽于风流。事窃推公，岂止交游之内？僭将罪我，益知褒采之难。"表示不轻视当今之作，唯以振起衰颓为务。无论作品典雅严正，还是风流蕴藉，都要求有文采，合韵律，选文讲求公道，不限于交游之内。这些意见是可取的。

司空图关注民间文学，其《障车文》是通俗骈文。"两家好合，千载辉光。儿郎伟（喂），且子细思量，内外端相，事事相亲，头头相当。某甲郎不夸才韵，小娘子何暇调妆。甚福德也，甚康强也。二女则牙牙学语，五男则雁雁成行。自然绣画，总解文章。叉手已成卿相，敲门尽是丞郎。荣连九族更千箱，见却你儿女婚嫁，特地显庆高堂。"这是一篇贺婚词，可能是临场念唱的，有些话是口头语，在当时骈文中别具一格。还有几篇"忏文""斋文"，属于民间宗教活动的四六文。

**顾云**（？～894），今安徽池州人，曾任高骈从事，后来参与过宣宗、懿宗、僖宗三朝实录的编纂。为文娴于骈体，讲究藻饰，尤其是干谒之文，几乎形成固定的套路。可读之作有《题致仕武宾客嵩山隐诗序》。武宾客，指武则天之侄武攸绪，则天时封安平郡王，辞官归隐嵩山。中宗、睿宗先后召拜太子宾客，再三力辞不就。在炙手可热的武氏贵戚中，甘当远离仕禄的隐士，实为凤毛麟角。这篇序文赞扬武攸绪的清高自守，后半段写道："及龙图去吕，龟鼎还刘，（指武后退位，政归李氏）中宗皇帝方欲访道昆岩，鸣鸾茨岫，遥飞鹤版，亲授蒲轩。扣蓬藋之荒扉，远征枚乘；扫皋夔之右席，强走严陵。莫不黄屋翘襟，高霞叠梦。由是轻鸥出浦，明月离云。才拜宸阶，旋登甲观。以公尝栖洞府，不喜尘机，虽当挂珮垂绅，愈若投罗触罝。及飞章上阙，雪涕辞天。帐祖席于青门，辖仙装于紫陌。……故能振清风于戚里，飞逸驾于云逵。宜乎与禄产分镳，夷齐结辙。比夫吞腥咽腐，怀禄偷安者，不亦优乎！"虽极力修饰形容，因多系熟典，不觉艰深。

顾云在高骈府中佐幕，所拟《上僖宗表》，竟然出现指责皇帝之辞。如说黄巢兵来，"陛下仓皇西出，内官奔命东来。黎庶尽被杀伤，衣冠悉遭屠戮。今则园陵开毁，宗庙荆榛。远近痛伤，遐迩嗟怨。虽然，奸臣未悟，陛下犹迷，不思宗庙之焚烧，不痛园陵之开毁。臣之痛也，实在于斯"。据说高骈性傲慢，有时不服从朝廷调遣。顾云此文，实为高骈态度的折射。此文语言浅白，不避重复，散骈相杂，写作水平不高，与顾云那些精心结撰委婉谦卑的干谒文，判然有别。

### 三　五代十国骈文

五代十国，骈文作者虽然不少，精品难觅。

**黄滔**（840～911?），今福建莆田人，早年在家中苦读，久困考场，56岁才中进士，投靠地方长官王审知。朱温篡唐，王审知据闽称王，颇得力于黄滔的献策。唐末名士居闽者多奉黄滔为文坛盟主。其现存文章有两大类，一为杂文短论，一为干谒书启。书皆古文，启多骈体，不少书启铺采摘文，注重骈偶、辞藻、用事。一些书启杂文小品，文从字顺，清新可读。黄滔的书启有《崔右丞启》《崔右丞第二启》《赵起居启》《段先辈第二启》等等，其《与蒋先辈启》如下："三吴烟水，百越山川。干戈杳隔于音尘，门馆久违于趋觐。空自明祈日月，暗祝神祇。相如征出于上林，贾谊召来于宣室。不然者，隐于商岭，栖于傅岩，克俟搜罗，直膺梦寐。焚香稽首，以日系时。滔一滞江乡，六更寒燠，都由恶命，早失良时。迢递一名，进取则大朝有难；零丁数口，退休则故国无家。归蜀还吴，言发涕下。"一方面倾吐怀才不遇的忧愤，另一方面又将自身的坎坷与社会变乱联系在一起，深切地感慨不遇于时，但仍期待有朝一日"相如征出于上林，贾谊召来于宣室"，而不忍栖隐山林。这类文章皆为由衷之言，较少借助繁缛华丽的辞藻。感情真实，语多凄切而不求怜悯，亦无倨狂之气。只有几处熟典，其他则明畅平实，风格与顾云等不同。

又如《崔右丞第二启》："滔依栖门馆，感激生成。频年忝极荐之书，词逾一鹗。累榜以未亨之数，愧积迁莺。莫不惕息肺肝，兢惶颜面。既兹负累，合在弃嫌。而又荐以羁游，仰干笺翰。虽宏容之不改，且循省以何安。冰炭交怀，芒刺在背。今则已装行计，即拟出京。不唯推戴岳之诚，指于皎日。抑且切恋轩之志，泣向清风。攀感屏营，罔知指喻。"文中对崔右丞的多年荐举心存感激，把屡试不第的痛苦、惭耻、不平之情，凝结于一字一句中。

《代郑郎中上兴道郑相启》，代姓郑的郎中谢姓郑的宰相的关怀，与上面所引的直抒心怀者又有所区别。全文四六，句句对偶，以喜悦的心情描述与郑相不同一般的关系："某早甘退迹，忽喜逢时。遂从学省之前衔，爰践兰宫之峻极。已为尘忝，诚合揣循。窃思顷年九陌，秋天都堂，雪夜常容，披雾每许。参琼逮夫片玉，升科兼金列榜。虽登龙群彦，同戴丘山；而附凤一心，偏投胶漆。既以宗盟属意，仍从知旧留情。重叠依投，绸缪奖录。遂使庆钟末路，福逮今辰。既预门墙，仍从埏埴。宛得御车之便，无烦拥彗之劳。"特别强调他们既是早相识又是同宗，措辞华丽而又得体，可谓善颂善祈。

值得注意的是，黄滔本来不爱"骈丽之辞"，说是"文家之戏也"（已见本章第一节）。可见理论上喜欢不喜欢与实际上能不能写作不是一回事。

**韦庄**（836～910），今陕西西安市人，前期仕唐，黄巢破长安，韦庄陷于乱中，写作了著名长诗《秦妇吟》。后期仕后蜀，为王建掌书记，朱温篡唐后，他力劝王建称帝，任宰相。韦庄是唐末五代重要诗词作家，词坛上与温庭筠合称"温韦"。骈文名作有《又玄集序》。此集共选唐代诗人一百五十家，名诗三百首。序文认为，古人之文不能尽美，选者当取其精华，以"清词丽句"为标准。并提出："谢玄晖文集盈编，止诵澄江之句；曹子建诗名冠古，惟吟清夜之篇。是知美稼千箱，两歧系少；繁弦九变，大濩殊稀。入华林而珠树非多，阅众籁而紫箫唯一。所以撷芳林下，拾翠岩边。沙之汰之，始辨辟寒之宝；载雕载琢，方成瑚琏之珍。故知颔下采珠，难求十斛，管中窥豹，但取一斑。"所以他认为："国朝大手名人，以至今之作者，或百篇之内，时纪一章；或全集之中，微征数首。但掇其清词丽句，录在西斋；莫穷其巨派洪澜，任归东海。"《唐宋文举要》说："发挥选政贵精之旨，颇见切当。"文章意旨清爽，了无滞碍，比司空图的《擢英集述》更为流畅可诵。《又玄集》在国内早已失传，二十世纪五十年代从日本回归本土。

**欧阳炯**（896～971），今四川成都人，早年事前蜀王衍，后来事后蜀孟昶，任宰相，蜀亡后入宋，任翰林学士，是五代十国著名词人。其《花间集序》是中国古代第一篇词论。文章肯定词有别于诗的语言和音乐特征："镂玉雕琼，拟化工而回巧；栽花剪叶，夺春艳以争鲜。是以唱云谣则金母词清，挹霞醴则穆王心醉。名高白雪，声声而自合鸾歌；响遏青云，字字而遍谐凤律。"文章还追述歌词的源头和演变，批评南朝以来宫体艳情之诗的内容空虚、形式不佳："自南朝之宫体，扇北里之倡风，何止言之不文，所谓秀而不实。"认为曲子词主要是为上层社会游乐歌唱的，词本是艳曲，文人词又不同于民间词。在词的传统上，他特别肯定李白和温庭筠"无愧前人"，五代花间派词正是这一传统的继承和发展。欧阳炯这些主张有积极意义，也有一定局限，可以代表一部分花间派词人的看法，并与他们的创作实践基本一致。序文对仗工整，辞彩纷呈，绮丽满眼。"生香活色，旖旎风流"（《唐宋文举要》），是五代骈文中的名作。

　　**韩熙载**（902～970），青州人，后唐进士，因故奔吴，仕南唐，历任吏部尚书、中书侍郎。其骈文在当时颇负盛名，求作碑铭者甚多，今存作品很少。《上睿宗行止状》是他24岁初入吴时的投名状，目的是请求吴主接纳，却没有乞怜之意。简介籍贯出身，便转入正面论述帝王选贤用能之道："某闻钓巨鳌者，不投取鱼之饵；断长鲸者，非用割鸡之刀。是故有经邦治国之材，可以践股肱辅弼之位，得之则佐时成绩，救万民之焦熬；失之则遁世藏名，卧一山之苍翠。"然后再谈自己，自幼不同于其他儿童，不贪玩耍，读书好勇，有文韬武略，"争雄笔阵，决胜词锋"，"运陈平之六奇，飞鲁连之一箭，场中劲敌，不攻而自立降旗；天下鸿儒，遥望而尽摧坚垒。横行四海，高步出群"。口气很大，放言无忌，颇有东方朔上书汉武帝的架势。选词造句，直接明快，毫不掩饰，大异于当时委婉曲折吞吞吐吐的干谒之文。

　　韩熙载后期官职很高，收入丰厚，养妓女，赏乐舞，士无贤愚皆慷慨接待。家财耗尽后，政治上遭重挫，贬谪，结果弄得一贫如洗，竟向诸伎乞食。晚年有上李后主的《分司南都乞留表》。其中说："臣无横草之功，可补于国；有滔天之罪，自累其身。羸形虽在，壮节全无。满船稚子婴儿，尽室行啼坐哭。狂风孤烛，病身那得长存；万水千山，回首不堪永诀。"狼狈不堪，十分可怜，意态与前引《行止状》判若两人，然而语言同样明白如话。

　　**徐铉**（916～991），江都人，仕南唐，累官至御史大夫、吏部尚书，南唐亡后入宋，任散骑常侍。在南唐有文名，与韩熙载合称"韩徐"，今存文260多篇。其记叙文能从大处落墨，开篇即发议论，阐述为人处世之道，笔力横肆，辞藻富赡。如《毗陵郡公南原亭馆记》，是一篇私家园林记，写法颇不寻常。开头说："人生而静，性之适也。若乃庙堂之贵，轩冕之盛，君子所以劳心济物，屈己存教，功成事遂，复归于静，用能周旋于道，常久而不已者也。"下面用骈句描绘亭馆的环境、景物。"其地却据峻岭，俯瞰长江，北弥临沧之观，南接新林之戍。足以穷幽极览，忘形放怀。于是建高望之亭，肆游目之观，睨飞鸟于云外，认归帆于天末。四山隐现而屏列，重城逦迤而霞舒。纷徒步而右回,辟精庐于中岭。倚层崖而筑室,就积石以为阶。土事不文,木工不斫。虚牖夕映,密户冬燠。素屏麈尾,梨几藜床。谈玄之侣,此焉游息。"最后又是议论:"古人有言,朝廷之士,入而不能出。况于轻钟鼎之贵,循山林之心。将相之权,不能累其心;脏腑之亲,不能系其遁。道风素范,岂不美欤!"风格清爽,文字素洁,几乎看不到典故,也没有刻意夸饰,自然而然,是晚唐骈体园林记中妙品,与初盛唐园林记显然有别。

《吴王李煜墓志》。南唐后主李煜降宋后,因不忘故国而被宋太宗以牵机丸毒杀,死得很惨。徐铉深知死因,既不能违背当今皇帝的意向,又不能对故主一笔抹杀。此文很难写作,只能含糊叙述,以概括其功过;精细使典,以见其态度。文章从容含蓄,意在言外,稳妥得体,其中涉及降宋的文字是:"果于自信,怠于周防。西邻起衅,南箕构祸。投杼致慈亲之惑,乞火无里妇之辞。始劳因垒之师,终后涂山之会。"借用不同的历史典故暗喻当时的处境和事态的发展。述其败亡缘由说:"以致法不胜奸,威不克爱。以厌兵之俗,当用武之世。孔明罕用应变之略,不成近功;偃王躬行仁义之行,终于亡国。道有所在,复何愧焉?"措辞实在煞费苦心。据《东轩笔录》卷一记,当时有与徐铉争名而欲中伤之者,故意推荐徐铉来写这种可能惹祸的文章。徐铉在太宗面前泣辞,不得已奉诏:"但言历数有尽,天命有归而已。……太宗览读称叹。"

《唐故中书侍郎光政殿学士承旨昌黎韩公墓志铭》,记叙韩熙载生平事迹,并称颂其为人,抒写知己之情。其文曰:

> 公之为人也,美秀而文,中立不倚。率性而动,不虞悔吝。闻善若惊,不屑毁誉。提奖后进,为之声名。片言可称,躬自讽诵。再典岁举,取实去华。故其门人,多至清列。屡从谴逐,殆乎委顿。俯视权幸,终不降心。见理尤速,言事无避。凡章疏焚藁之外,尚盈编轴焉。审音妙舞,能书善画。风流儒雅,远近式瞻。向使检以法度,加以慎重,则古之贤相,无以过也。俸禄既厚,赏赐常优。忘怀取适,不事生计。身殁之日,四壁萧然。衣衾椑椟,皆从恩赐。诏集贤院编其遗文,藏之秘阁,凡所开卷可知也。铉与公乡里辽夐,年辈相悬。

一言道合，倾盖如旧。绸缪台阁，契阔江湖。区区之心，因而获雪。一生一死，何痛如之。援毫反袂，识彼陵谷。

此文骈散结合，优雅流畅，情感深厚，早前的豪华和晚年的凄凉都点到了。

徐铉、欧阳炯皆入宋，并当任官职。有的学者将他们归之于宋初之五代文派。本书认为他们的文学活动主要在入宋以前，宋初仅其余绪而已。

# 隋唐五代骈文名篇选读

## 祖君彦《为李密檄洛州文》（节选）

自元气肇改，厥初生人①。树之帝王，以为司牧②。是以羲农轩顼之后③，尧舜禹汤之君，靡不祗畏上玄，爱育黔庶④。乾乾终日⑤，翼翼小心，驭朽索以同危⑥，履薄冰而为惧。故一物失所，若纳隍而愧之⑦；一夫有罪，遂下车而泣之⑧。谦德轸于责躬，忧劳切于罪己⑨。普天之下，率土之滨，蟠木距于流沙，瀚海穷于丹穴⑩，莫不鼓腹击壤⑪，凿井耕田，致之升平，驱之仁寿⑫。所以爱之如父母，敬之若神明，固能享国多年，祚延长久⑬。未有暴虐临人，克终天位者也。

隋氏往因周末，预奉缀衣⑭。狐媚而图圣宝，肱箧而取神器⑮。及缵戎负扆，狼虎其心⑯。始曈明两之晖，终干少阳之位⑰。先皇大渐，侍疾禁中，遂为枭獍，便行鸩毒⑱。于是罪深于莒仆⑲，衅酷于商臣⑳。天地之所不容，神明之所嗟愤。加以州吁安忍㉑，阋伯日寻㉒。剑阁所以怀凶㉓，晋阳于焉起乱㉔。旬人为罄，淫刑斯逞㉕。夫"九族既睦"，唐帝阐其钦明㉖；"百世本枝"，文王表其光大㉗。况乃隳坏盘石，剿绝维城，唇亡齿寒，宁止虞虢㉘，欲其长久，其可得乎！其罪一也。

禽兽之行，在于聚麀㉙；人伦之礼，别于内外。而兰陵公主，逼幸告终㉚。谁谓鞔首之贤，翻见齐襄之耻㉛。逮于先皇嫔御，并进银环㉜；诸王子女，咸贮金屋㉝。牝鸡鸣于诘旦㉞，雄雌恣其于飞㉟。祖服戏陈侯之朝㊱，穹庐同冒顿之寝㊲。爵赏之出，女谒遽成㊳；公卿宣淫，无复纲纪。其罪二也。

平章百姓㊴，一日万机㊵。未晓求衣㊶，昃暮忘食㊷。是以大禹不重于尺璧㊸，光武无隔于反支㊹。体此忧勤，深虑幽枉㊺。而荒湎于酒，俾昼作夜。或号或呼，酣嗜声伎㊻。常居窟室，每藉糟丘㊼。朝谒罕见其身，群臣希睹其面。断决自尔不行，敷奏于焉停拥㊽。中山千日之酒，酷酊无知；襄阳三雅之杯，留连讵比㊾。又广召良家，充选官掖。潜为九市，亲驾四驴，自比商人，见邀逆旅㊿。殷纣之遣为小，汉灵之罪更轻。内外惊心，遐迩失望。

其罪三也。

"上栋下宇"，著于《易》爻[51]；"茅茨采椽"，陈诸史籍[52]。圣人本意，唯避风雨。讵待珠玉之华[53]？宁须绨锦之丽？故琼宫崇构，商辛以之灭亡[54]；阿房崛起，秦族以之倾覆。而不遵古典，不念前车，广立池台，多为宫观。金铺玉户[55]，青琐丹墀[56]，蔽亏日月，隔阂寒署。穷生人之筋力，罄天下之资财。使鬼尚难为之，劳人固知不可[57]。共罪四也。

公田所彻[58]，不过十亩；人力所供[59]，才止三日。是以轻徭薄赋，不夺农时，"宁积于人，不藏府库"[60]。而课税繁猥，不知纪极[61]；猛火屡烧，漏卮难满[62]。头会箕敛，逆折十年之租[63]；杼轴其空，日有万金之用。父母不保其赤子，夫妻相弃于匡床[64]。万邦则城郭空虚，千室则烟火断绝。西蜀王孙之室，翻同原宪之贫；东海糜竺之家，俄成邓通之鬼[65]。其罪五也。

古先哲王，卜征巡狩，唐虞五载，周则一纪[66]。本欲亲问疾苦，观省风俗。乃复广积薪刍，多聚饔饩[67]，年年历览，处处登临。从臣疲弊，供顿辛苦。飘风冻雨，聊窃比于前驱[68]；车辙马迹，遂周行于天下[69]。秦皇之心未已，周穆之意难穷。宴西母以歌云，浮东海以观日[70]。家苦纳秸之勤，人阻来苏之望[71]。且夫天子有道，守在海外；夷不乱华，在德非险。长城之固，战国所为，乃是狙诈之风，非关稽古之法[72]。而乃追踪秦代，板筑更兴[73]，广营基址，延袤万里。遂使尸骸遍野，血流成川；积怨比于丘山，号哭动于天地。其罪六也。

辽水之东，朝鲜之地，《禹贡》以为荒服，周王弃而不臣[74]。示以羁縻，达其声教[75]。苟欲爱人，非求拓土[76]。又强弩末矢，不能穿于鲁缟；冲风余力，非敢动于鸿毛[77]。石田得而无堪，鸡肋食而何用[78]？而恃众怙强，穷兵黩武，惟在并吞，不思长策。夫兵犹火也，不戢则自焚[79]。遂使亿兆夷人，只轮莫返[80]。夫差丧国，实为黄池之盟[81]；苻坚灭身，良由寿阳之役[82]。欲捕鸣蝉于前，不知黄雀于后[83]。复矢相顾，鬿吊成行；义夫切齿，壮士扼腕[84]。其罪七也。……

——选自《文苑英华》卷六百四十六

**注释**

①"自元气"句：古代认为，天地开辟之前，宇宙充斥原始气体，混沌一片，后来

变化，其中的清气上升为天，浊气下沉为地，精气凝聚为人。肇：开始。厥：加强语气词。

②"树之"二句：是说天给人类设立帝王，让帝王执掌管理人类。语出《左传》襄公十四年。司牧：管理、统治。

③羲：伏羲氏。农：神农氏。轩：轩辕氏，即黄帝。顼：颛顼（zhuān xū 专须）氏。后：上古对帝王的称呼。

④祇（zhī脂）：恭敬。上玄：上天。黔庶：黔首、庶人，平民百姓。

⑤乾乾：形容君子自强不息，语出《易经·乾卦》。

⑥驭朽索：用朽了的缰绳驾驭马车，比喻昏君统治人民，极其危险。语意出自《尚书》伪篇《五子之歌》。

⑦"故一物"二句：是说圣明帝王如果对一人一物处理失误，不得其所，就感到惭愧，好像自己把他推落壕沟。语出张衡《东京赋》。隍：护城的壕沟。

⑧"一夫"二句：《说苑·君道》载，夏禹看见罪人，便下车询问，并为他哭泣。此用其事。

⑨"谦德"二句：谦恭的美德使他们痛心而责备自己，忧思人民劳累使他们关切而归罪自己。轸（zhěn诊）：伤痛。躬：自身。

⑩"蟠木"二句：无论从东海山岛到西部流沙，从北方的瀚海到南方的丹穴。蟠木：一名度索，传说是东海中的山名，上有大桃树，屈蟠三千里（见《史记集解》引《山海经·海外经》）。流沙：即居延海，在今甘肃额济纳旗北境。瀚海：古时北方海名，当在今蒙古高原东北境内。丹穴：古地名，一说山名，在南方边远处。

⑪鼓腹击壤：《帝王世纪》载，唐尧时，天下太平，有个八十岁老人在路边击壤游戏，并唱歌道："日出而作，日入而息，凿井而饮，耕田而食，帝何力于我哉！"壤：古时一种玩具，一式两个，一个定位，一个投掷，击中为胜，所以叫"击壤"。

⑫驱：促使。之：指代百姓。仁寿：仁爱长寿。这句语意出自《汉书·礼乐志》载王吉上疏。

⑬祚（zuò坐）：福气。祚延：传福子孙。

⑭"隋氏"二句：是说隋文帝杨坚从前由于北周末年的时机，参与侍奉于宫闱内廷。这是指北周大象二年（580），周宣帝病危之际，杨坚假借诏命进宫侍奉宣帝，以此执掌内外兵马，辅助朝政，进而篡位。缀衣：皇帝居处所设的帐幄。《尚书·顾命》载，周成王病危，召公、毕公在寝宫受命辅助康王之后，"出缀衣于庭"，在朝廷设帐幄，表示准备后事。此用其事，以喻杨坚。

⑮"狐媚"二句：杨坚长女是北周宣帝皇后。所以说杨坚利用女儿谄媚迷惑，图谋

皇位，用偷窃手段取得政权。狐媚：像狐狸似的谄媚惑人。胠（qū屈）箧：撬开箱子偷东西。圣宝、神器：都指皇位、国家政权。

⑯"及缵戎"二句：是说等到杨广继立为帝，他的心肠就像虎狼般暴虐。缵（zuǎn纂）：继承。戎：发扬光大。"缵戎"是用《诗经·大雅·烝民》"缵戎祖考"语意，即谓继承父业。扆（yǐ以）：画有斧形图案的屏风。"负扆"指周朝制度规定，皇帝宝座背后，树立扆的屏风，后用来作皇帝即位的典故。

⑰ 始曀二句：杨广是杨坚的次子。原来他哥哥杨勇是太子。所以这里说杨广先谗言诽谤太子杨勇，终于夺取太子之位。曀（yì意）：天色阴沉。明两：喻称太子，语出《易经·离卦》，原意是说一个光明接着一个光明，所以说"明两"。干：侵占。少阳：天子是太阳，太子为少阳。

⑱ "先皇"四句：隋文帝病危，杨广在宫中侍奉，毒死父亲。大渐：病危。枭（xiāo销）：古以为食母的恶鸟。獍（jìng镜）：古以为食父的恶兽。鸩（zhèn震）：鸩鸟羽毛有毒，古用作毒药。

⑲ 莒（jǔ举）：周代诸侯国名，在今山东莒县一带。莒仆：春秋时莒纪公之子，杀父自立。

⑳ 衅：罪恶。商臣：春秋时楚成王的太子，杀父自立，即楚穆王。

㉑ 州吁：春秋时卫庄公的庶子。《左传》隐公四年载，卫庄公死，太子继位为卫桓公，州吁杀桓公自立，后被卫国人处死。鲁国大夫众仲说州吁篡位是"阻兵而安忍"，即依仗兵力而安于残忍。此喻指隋炀帝害兄事。

㉒ 阏（è遏）伯：上古高辛氏的长子，其弟名叫实沉，兄弟不和，"日寻干戈，以相征讨"（见《左传》昭公元年）。此喻指隋炀帝与兄弟间自相残杀。

㉓ 剑阁：指剑阁栈道，在今四川剑阁东北大、小剑山之间，古来为关中到蜀中的交通要道。这里指隋文帝第四子杨秀，封蜀王，出镇蜀中。怀凶：指杨秀对杨广心怀不平，后被废为庶人，长期幽禁。

㉔ 晋阳：今山西太原市，隋代为并州治所。这里指隋文帝第五子杨谅，封汉王，出镇并州。起乱：杨勇被废后，杨谅在并州大整军备，暗中准备对付杨广。隋文帝死，他就起兵作乱。兵败投降，废为庶人，幽禁而死。

㉕ "甸人"二句：是说执行皇室死刑的官吏替杨广杀尽他的兄弟，滥用刑罚就这样得逞。甸人：周代掌管王田的官吏，也负责执行天子同姓罪犯的死刑。罄：尽。

㉖ "夫九族"二句：是说"九族既睦"这一教诲，唐尧阐发了它恭敬、光明的美德。九族：上自高祖，下至玄孙，合称九族。唐帝：唐尧。钦：敬。明：光明远大。"九族既睦"及唐尧的教诲，见《尚书·尧典》。

㉗ "百世"二句：是说"百世本枝"这一训诫，周文王以自己为表率，使它发扬光大。本：一族的本宗，即宗主。枝：同"支"，一族的支裔。"百世本枝"，语本《诗经·大雅·文王》。

㉘ 隳：毁。盘石：比喻开国皇帝封建子弟为诸侯王，是维护封建帝国的基础大石，语出《汉书·文帝纪》。剿（jiǎo 绞）绝：灭绝。维城：用《诗经·大雅·板》"宗子维城"语，比喻皇室同姓子孙的诸侯国应像城池般坚固。虞虢：均为周代诸侯国。《左传》僖公五年载，晋国假道虞国以征伐虢国，大夫宫之奇劝阻，指出虞、虢是"唇亡齿寒"的关系，虞侯不听，结果两国都被晋所灭。

㉙ 聚麀（yōu 优）：是说两代公鹿都与一只母鹿交配，是禽兽行为。"麀"是母鹿。以上二句用《礼记·曲礼》语，指责隋炀帝奸淫其父文帝的嫔妃。

㉚ 兰陵公主：隋文帝第五女，炀帝之妹。这句指斥炀帝逼奸其妹兰陵公主，因而致死。按，此事不载《隋书·列女·兰陵公主传》。

㉛ "谁谓"二句：意思是说，兰陵公主被奸致死，并不说明她是贤女，反而暴露炀帝奸淫的可耻。敤（kě 可）首：一作"敤手"，传说是虞舜之妹，是位贤女，这里用以喻指兰陵公主。翻：反而。齐襄：春秋时齐国诸侯襄公，与其妹鲁国桓公的夫人通奸，这里喻指隋炀帝。

㉜ 进银环：据载，周代天子的嫔妃侍寝，由内官女史安排次序日期。侍寝当天，侍寝嫔妃左手戴银环，送进寝宫。事后，银环戴在右手上，出宫。这句是说隋炀帝让他父亲的嫔妃侍寝。

㉝ "诸王"二句：是说隋炀帝兄弟诸王的女儿，都被霸占。子女：指女儿。贮金屋：用汉武帝娶阿娇事，此喻炀帝霸占诸王之女。

㉞ "牝鸡"句：是说母鸡在清晨报晓，寓意是女代男职，亡国之征。牝（pìn 聘）鸡：母鸡。诘旦：清晨。《尚书·牧誓》载，周武王引古人格言："牝鸡无晨。牝鸡之晨，惟家之索（尽）。"认为商纣宠用妲己，导致亡国。此用其语。

㉟ "雄雉"句：是说雄雉恣意飞到雌雉身边，寓意是恣意淫乱。《诗经·邶风·雄雉》："雄雉于飞，泄泄其羽。"《毛诗小序》认为此诗讽刺卫宣公淫乱。此用以刺炀帝。

㊱ 衵（rì 日）服：内衣。陈侯：指春秋时陈灵公。《左传》宣公九年载，他与佞臣一起私通夏姬，穿着内衣，在朝廷淫戏。

㊲ 穹（qióng 穷）庐：毡帐，俗称蒙古包。冒顿（mò dú 末独）：古匈奴部族姓氏，用指匈奴族。据载，古匈奴习俗，父死，子以后母为妻，兄弟死，取嫂、姨为妻。这句是说炀帝淫乱如同匈奴。

㊳ 女谒：向皇帝宠幸的妇女干谒乞求，从而取得爵禄恩赏。遽成：很快就成。

㊴ 平章百姓：引用《尚书·尧典》载唐尧的教诫。意思是皇帝应教导百官，使他们和谐相处，恪守礼法。"百姓"，这里指百官。

㊵ 一日万机：引自《尚书·皋陶谟》，意思是皇帝每天要处理许多机宜事项。

㊶ 未晓求衣：邹阳《上吴王书》说，汉文帝"不明求衣"，天不亮就穿衣起床，操心政事。

㊷ 昃晷忘食：《尚书·无逸》说周文王从早晨到太阳偏西，忙得没时间吃饭。昃（zè 仄）：太阳偏西，午后时分。晷（guǐ 鬼）：日影。

㊸ "是以"句：因此夏禹不看重珍贵玉器，而珍惜光阴。

㊹ "光武"句：汉代谶纬术数认为，根据每月初一的干支推算，当月有一天的干支违反术数，是犯忌的凶日，不宜上书，违者遭灾。这天叫"反支日"。据王符《潜夫论·爱日》载，下令上书不避反支日，是东汉明帝，不是汉光武。

㊺ "体此"二句：凡帝王应体会这样的忧思勤劳，深入考虑吏民被压制的冤枉。

㊻ "而荒湎"四句：说隋炀帝却荒淫沉湎于酒，使白天成为黑夜，狂喊乱叫，酒酣寻欢，爱好声色。这四句化用《诗经·大雅·荡》中假托周文王斥责商纣荒淫作乐的话。俾：使。声伎：指声色歌舞。

㊼ 每藉糟丘：常常醉卧在山丘般的酒糟堆上。藉：以……为卧具。糟丘：相传夏桀曾辟酒池，堆糟丘。

㊽ "断决"二句：是说隋炀帝从此就不亲自批阅奏章，决定大事，百官不再拥挤上朝面陈奏议。敷奏：面君陈诉奏议。停拥：皇帝不上朝，百官也就停止拥挤向朝廷面诉。

㊾ "中山"四句：意思是说，隋炀帝好酒远远超过前人。中山：古郡国名。《搜神记》载，中山人狄希能造千日酒，饮后醉千日。酩酊：大醉的样子。曹丕《典论·酒诲》说，汉末荆州牧刘表，坐镇襄阳，子弟好酒，专门制作大小三个酒杯，依次称为"伯雅""仲雅""季雅"。留连：同"流连"，缱恋不舍。讵比：怎能相比。

㊿ "潜为"四句：《续汉书·五行志》载，东汉灵帝在宫中设市场，自己驾着四条白驴套的车，身穿商人衣服，装作商人，让宫女装作旅馆主人，邀他住宿。潜：偷偷地，指在宫中偷学民间集市为游戏。九市：汉代长安市场依行业分九个市集，路西六市，路东三市，故称市场为九市。

○51 "上栋"二句：《易经·系辞下》说："上古穴居而野处，后世圣人易之以宫室，上栋下宇，以待风雨。"这里节引其语。栋：房屋主梁。宇：四面墙壁。爻（yáo 摇）：组成卦符的长短横画。

○52 "茅茨"二句：《韩非子·五蠹》："尧之王天下也，茅茨不翦，采椽不斫。"是说唐尧时宫室是草屋，盖顶的茅草不修剪，采来树木作椽子，不加雕饰。茨（cí 辞）：茅草盖屋顶。翦：通“剪”。

(53) 讵待：哪能需要。珠玉之华：珍珠、美玉这样华贵。

(54) 琼宫崇构：美玉建造的高大宫殿。据载，商纣建宫室瑶台，饰以美玉，大三里，高千丈。商辛：即商纣。

(55) 铺：铺首，宫门上的门环。

(56) 青琐：门窗上雕镂的连环图纹，漆青色。丹墀（chí 池）：红漆台阶。

(57)“使鬼”二句：是说这样的宫殿，神鬼都难造，更不可以过度劳役人民。

(58) 彻：周代赋税制度，耕田百亩，取十亩收成交赋税，称“百亩而彻”（《孟子·滕文公上》）。

(59)“人力”二句：是说周代服劳役，每人一年三天。见《礼记·王制》。

(60)“宁积”二句：是说宁愿让钱粮积蓄在人民家里，不准藏在政府国库。这原是隋文帝在开皇十二年（592）诏书中的话，见《隋书·食货志》。

(61) 猥：杂乱烦多。纪极：法度和限止。

(62)“猛火”二句：形容苛税酷烈贪婪。漏卮（zhī 支）：漏了的酒杯。

(63) 头会（kuài 快）箕敛：已见《哀江南赋序》篇注㉟。逆折：提前征税。

(64) 杼轴：同“杼柚”，织布的意思。《诗经·小雅·大东》：“小东大东，杼轴其空。”意谓东方大小诸侯国纺织的布帛被搜括一空。此用其语，指责炀帝残酷剥夺。匡床：安稳的方床。

(65)“西蜀”四句：意思是说，豪富之家都变成贫户饿鬼。西蜀王孙：指汉代蜀中临邛的卓王孙，富比人君。原宪：字子思，孔子弟子，敝衣穷居。东海糜竺：三国时蜀汉富商，祖籍朐（qú 渠），在今山东省，所以称“东海”。邓通：西汉富人，后饿死。“邓通之鬼”：意即饿鬼。

(66)“唐虞”二句：据载，唐尧、虞舜时，五年巡狩一次；周代天子十二年一次。纪：十二年。

(67) 饔：熟食。饩（xì 戏）：食品。

(68)“飘风”二句：屈原《九歌·大司命》写大司命出天门，“令飘风兮先驱，使冻雨兮洒空”，这里用以形容隋炀帝出游，与大司命相仿。飘风：旋风。冻雨：暴雨。聊：姑且。窃比：私自用来比喻，因大司命是天神，故云。

(69)“车辙”二句：《左传》昭公十二年：“昔周穆王欲肆其心，周行天下，将皆必有车辙马迹焉。”此用其语，比喻隋炀帝意图追踪周穆王，周游天下。

(70)“秦皇”四句：据载，秦始皇到山东海边，修筑石桥，想过海观看日出。周穆王曾到西王母瑶池作客，饮宴唱歌，有"白云在天"之辞。此喻隋炀帝肆意巡游。

⑦ 纳秸（jié 节）：交纳禾秸草料，运输服劳役。语出《尚书·禹贡》。阻：断绝。来苏：《孟子·梁惠王下》引《尚书》逸篇说，"徯我后，后来其苏"。意思是等待商汤，商汤来了，百姓就死而复生了。此指人们断绝了活命的希望。

⑦ "长城"四句：修筑长城以巩固国防，是战国时期的作为，究其原因，乃是起于诸侯国伺机欺诈成风，做此防备，与考据古道的法度无关。狙诈：狡猾奸诈。

⑦ 板筑：古代筑城，搭起墙板，垒土夯实。此谓筑城劳役。

⑦ 荒服：《尚书·禹贡》以京城为中心，分天下地域为五服，每远五百里为一服，第五服为"荒服"，属于最边荒地区。弃而不臣：放弃，不要求他臣服。

⑦ 羁縻：与宗主国保持联系，但行政独立，就像马笼头、牛绳拴住马牛似的。声教：声威和教化。

⑦ "苟欲"二句：这样做的目的是只要爱护人民，并非要开拓领土。

⑦ "又强弩"四句：形容朝鲜国力微弱，无害，且不敢妄动。这四句语出《汉书·韩安国传》。弩（nǔ 努）：机械射箭的弓。末矢：箭的射力只剩最后一点点。鲁缟：据说古时鲁地产的缟素极为轻细。冲风余力：强风袭击之后余下的风力。

⑦ "石田"二句：是说石田不能耕种，鸡肋不值得吃，比喻侵略朝鲜无益。

⑦ "夫兵"二句：语出《左传》隐公四年。戢（jí 集）：收藏。

⑧ 亿兆夷人：语出《尚书·泰誓》，此指异族人民。只轮莫返：喻全军覆没。

⑧ "夫差"二句：春秋时，吴王夫差伐齐，在黄池（在今河南封丘）会盟时企图称霸，结果被越王勾践灭亡。

⑧ "苻坚"二句：东晋孝武帝太元八年（383），前秦苻坚东下攻克寿阳，在淝水被东晋谢玄大败。后被姚苌缢死。寿阳：在今安徽寿县。

⑧ "欲捕"二句：《韩诗外传》载，楚庄王想伐晋，孙叔敖以寓言劝谏：螳螂袭蝉，不知黄雀在后。这里喻隋炀帝一味扩张，不知自己危亡。

⑧ "复矢"句：复矢：用箭为死亡战士招魂。古礼招魂用死者衣服，因战死众多，无衣可用，便用箭招魂。相顾：指招魂者互相看望，表示死伤极多。髽（zhuā 抓）：古代妇女平常用黑纱包裹发髻，遇有丧事则去掉黑纱，改用麻线扎发髻，便叫髽。髽吊：妇女扎好丧髻，到丧家吊唁。扼腕：表示悲壮义愤。

（倪其心　注释）

## 王勃《滕王阁序》①

南昌故郡，洪都新府②；星分翼轸，地接衡庐③。襟三江而带五湖④，控蛮荆而引瓯越⑤。物华天宝，龙光射牛斗之墟⑥；人杰地灵，徐孺下陈蕃之榻⑦。雄州雾列，俊彩星驰⑧。台隍枕夷夏之交，宾主尽东南之美⑨。都督阎公之雅望，棨戟遥临⑩；宇文新州之懿范，襜帷暂驻⑪。十旬休暇，胜友如云⑫；千里逢迎，高朋满座⑬。腾蛟起凤，孟学士之词宗⑭；紫电青霜，王将军之武库⑮。家君作宰，路出名区⑯；童子何知，躬逢胜饯⑰。

时维九月，序属三秋⑱。潦水尽而寒潭清，烟光凝而暮山紫⑲。俨骖騑于上路，访风景于崇阿⑳。临帝子之长洲，得仙人之旧馆㉑。层峦耸翠，上出重霄㉒；飞阁流丹，下临无地㉓。鹤汀凫渚，穷岛屿之萦回㉔；桂殿兰宫，列冈峦之体势㉕。

披绣闼，俯雕甍㉖。山原旷其盈视，川泽盱其骇瞩㉗。闾阎扑地，钟鸣鼎食之家㉘；舸舰弥津，青雀黄龙之轴㉙。虹销雨霁，彩彻区明㉚。落霞与孤鹜齐飞，秋水共长天一色㉛。渔舟唱晚，响穷彭蠡之滨㉜；雁阵惊寒，声断衡阳之浦㉝。

遥襟俯畅，逸兴遄飞㉞。爽籁发而清风生，纤歌凝而白云遏㉟。睢园绿竹，气凌彭泽之樽㊱；邺水朱华，光照临川之笔㊲。四美具，二难并㊳。穷睇眄于中天，极娱游于暇日㊴。天高地迥，觉宇宙之无穷；兴尽悲来，识盈虚之有数㊵。望长安于日下，指吴会于云间㊶。地势极而南溟深，天柱高而北辰远㊷。关山难越，谁悲失路之人㊸，萍水相逢，尽是他乡之客㊹。怀帝阍而不见，奉宣室以何年㊺。

嗟乎！时运不齐，命途多舛。冯唐易老，李广难封㊻。屈贾谊于长沙，非无圣主；窜梁鸿于海曲，岂乏明时㊼？所赖君子安贫，达人知命。老当益壮，宁移白首之心；穷且益坚，不坠青云之志㊽。酌贪泉而觉爽，处涸辙以犹欢㊾。北海虽赊，扶摇可接㊿；东隅已逝，桑榆非晚[51]。孟尝高洁，空余报国之情[52]；阮籍猖狂，岂效穷途之哭[53]。

勃，三尺微命，一介书生[54]。无路请缨，等终军之弱冠[55]；有怀投笔，慕宗悫之长风[56]。舍簪笏于百龄，奉晨昏于万里[57]。非谢家之宝树，接孟氏之芳邻[58]。他日趋庭，叨陪鲤对[59]；今兹捧袂，喜托龙门[60]。杨意不逢，抚凌云而自惜[61]；钟期既遇，奏流水以何惭[62]。

呜呼！胜地不常，盛筵难再。兰亭已矣，梓泽丘墟[63]。临别赠言，幸承恩于伟饯[64]；登高作赋，是所望于群公[65]。敢竭鄙诚，恭疏短引[66]。一言均赋，四韵俱成⑥。请洒潘江，各倾陆海云尔⑱。

选自《王子安集》卷五

**注释**

① 滕王阁：在南昌市赣江边。唐高祖李渊子滕王李元婴于显庆四年（659）任洪州都督时建，后世多次毁建。今阁系 20 世纪 90 年代重建。

② 南昌：一作"豫章"，应以豫章为是。豫章郡是西汉时所置，所以称"故"；唐时才改为洪州都督府，亦称洪都、洪府，所以称"新"。

③ 分：分野。古人按天上星宿所处位置划分地面区域，称为分野。翼、轸：星名，二十八宿之一，属于南方七宿。《越绝书·内经九术》把豫章列在翼、轸分野。衡：衡山，唐属衡州。庐：庐山，唐属江州。衡、江二州与洪州同属江南西道，故云"地接"。

④ 三江、五湖：异说甚多，这里三江似泛指长江下游，五湖似指太湖。此句谓洪州以三江为前襟，以五湖为衣带。

⑤ 蛮荆：古时对楚地的称呼，指今湖北、湖南、四川、贵州一带。瓯（ōu 欧）越：古时对浙江以东地区的称呼，包括福建、广东、广西一带。

⑥ 物华：物产之精华。天宝：天的珍宝。龙光：指剑光，因晋张华二剑没水，化而为龙，故以龙称剑。见《晋书·张华传》。这句说明洪州有异物。牛斗：二星名。墟：区域。

⑦ 人杰：人才杰出。地灵：地方灵秀。句谓灵秀之地生英杰之士。徐孺：后汉人，《后汉书·徐稚传》载，徐稚字孺子，豫章南昌人，一时高士。汝南陈蕃，为豫章太守，在郡不接宾客，为稚特设一榻，稚去则悬挂起来，以示优异。这二句意思是，洪州有特出人物。

⑧ 雄州：大州，指洪州。雾列：街衢闾阎排列，如雾之弥漫。俊彩：才华出众的官员。星驰：如天上群星，光耀交驰。

⑨ 台隍：城池。枕：占据。夷夏之交：谓洪州处于夷夏接壤之处，是个要害地方。宾主：指这次聚会的主人和客人。尽东南之美：全是东南地区的俊杰。

⑩ 都督：官名。唐在各州设都督，为地区军事长官。阎公：此人无考；或以为指阎伯玙，岑仲勉《唐集质疑》已证其误。雅望：崇高的声望。棨戟：古时王公以下官员出行之仪仗。

⑪ 宇文新州：复姓宇文的新州刺史，其人不详。或说是宇文钧（见《古文观止》），或说是宇文峤，皆无确证。新州：地在今广东新兴县。懿范：美德堪为楷模。襜（chān 搀）帷：车四旁的帷幕，这里借指宇文所乘之车。暂驻：短时停留，参加此宴。

⑫ 十旬休暇：唐制，官吏每十日休假一天，称为旬休。暇：一作"假"。胜友：才俊异常之友。

⑬ 千里逢迎：参加宴会者都是远道而来的，大家在滕王阁遇合聚会。

⑭ 腾蛟起凤：形容文采飞扬，有如蛟龙腾空，凤凰起舞，光彩夺目。孟学士：其人不详。词宗：文坛领袖。

⑮ 紫电青霜：皆宝剑名。王将军：其人无考，当时座客。武库：指代军事家胸中的韬略。以上四句是说，参加宴会的人，无论文官武将，都富有才华。

⑯ 家君：家父。王勃的父亲王福畤这时正作交趾县令，王勃前往探望，路过南昌。名区：著名地区，指洪州。

⑰ 童子：王勃自称。胜饯：盛大的饯别宴会。

⑱ 序：节序。三秋：古人对秋天的习惯称呼，包括孟秋、仲秋、季秋。

⑲ 烟光：夕阳照射下的雾气。这句是说，在秋日夕阳之下，烟气凝聚，群山一派紫色。

⑳ 俨（yǎn 眼）：整肃，整顿。骖骓（cān fēi 参飞）：车旁的马，这里泛指车马。上路：道上。崇阿：高山之阿。阿：山曲处。

㉑ 帝子：指滕王李元婴。长洲：指建滕王阁于其上的长沙洲。仙人：亦指滕王。仙人一作"天人"。旧馆：指滕王阁。

㉒ 层峦：重叠的山峦。层峦一作"层台"。台：楼台。耸翠：绿色高耸。重霄：高空。

㉓ 飞阁：连接高楼的架空阁道。流丹：漆成红色，鲜艳欲滴。下临无地：因阁高，向下似看不到地，故云。《文选》卷五十九王屮《头陀寺碑文》："飞阁逶迤，下临无地。"这二句由此脱化而出。

㉔ 鹤汀：鹤所栖息的水边平地。凫渚（fú zhǔ 扶主）：野鸭聚集的小洲。萦回：萦绕。这两句的意思是，站在阁上瞭望，满眼是水鸟集聚的大小岛屿。

㉕ 桂殿兰宫：用桂树木兰建造的宫殿，形容宫室的华美。列冈峦之体势：排列成如冈峦起伏的形体趋势。列：一作"即"。即：趁着。句谓宫定顺着山势排布。

㉖ 披：开。绣闼（tà 榻）：雕绘着花纹的门扇。俯：指府视。雕甍（méng 萌）：雕塑华丽的屋脊。

㉗ 旷：空阔。骇瞩：惊异地注视。这两句的意思是，山峦原野，旷远无边，尽收眼里；河流沼泽，浩渺曲折，望而惊异。

㉘ 闾阎：里巷门，这里指住宅。扑地：遍地。钟鸣鼎食：古时富贵人家，鸣钟列鼎而食。这是说，南昌住户多富家豪族。

㉙ 舸舰：各种船只。青雀、黄龙：船形及其装饰。轴：通舳，船尾，这里代船。

㉚ 霁：雨止天晴。彩彻：日光光彩照彻。区明：空间分外明亮。

㉛ 落霞：由上向下飞的彩霞。鹜（wù 务）：野鸭。长天：辽远的天空。这两句仿六朝人句法。胡仔《苕溪渔隐丛话》前集卷第七引《西清诗话》曾批评这是王勃对前人的模仿，但也可窥见王勃的创造。考王勃集中，用此类句法者不止一处，如《饯宇文明序》："言泉共秋水同流，词锋与夏云争长"，即是一例。

㉜ 彭蠡（ll 里）：即江西的鄱阳湖。

㉝ 雁阵：指大雁飞行时的行列。衡阳：即今湖南衡阳市，城南有回雁峰，传说北雁南飞至此而止。

㉞ 遥襟：远怀。俯畅：低声吟唱。逸兴：高雅的兴致。遄（chuán 船）飞：疾速飞扬。

㉟ 爽籁：指箫管之类乐器。纤歌：清细的歌声。凝：聚，指歌声不散。白云遏：飘动的白云被歌声阻住。古代歌唱家秦青曾"抚节悲歌，声振林木，响遏行云"，见《列子·汤问》。

㊱ 睢园：即梁园，又称菟园，汉梁孝王刘武的花园，其中多竹，所以又称梁王竹园，梁王常与文士在此饮宴，这里用来比滕王阁。彭泽：指陶渊明。陶渊明好酒，曾为彭泽县令。

㊲ 邺水朱华：指建安文采风流。邺：在今河北临漳县西，是曹魏兴起之地。朱华：荷花。临川：指谢灵运，他曾任临川内史，故称。钟嵘《诗品》说，谢灵运诗，"其源出于陈思（曹植）"，所以本文说"光照"。这两句是说，参加宴会的多是曹植、谢灵运那样文采辉耀的人物。

㊳ 四美：指良辰、美景、赏心、乐事。谢灵运《拟魏太子邺中集诗序》："天下良辰、美景、赏心、乐事，四者难并。"一说指音、味、文、言，见《文选》刘琨《答卢谌诗》及李善注。二难：见微知著，古人所难；交疏吐诚，今人所难。一说"二难"指贤主、嘉宾。这句说，参加宴会的人都是能洞察事物动向，彼此开诚相见的明哲之士。

㊴ 睇眄（xì 细）：目光向左右看。中天：半天空。

㊵ 盈虚：月圆月缺，引申为盛衰、穷通、离合等意。数：运数，命运。古人说的"数"，多含唯心成分，但有时又是自然之理的意思。

㊶ "望长安于日下"二句：晋明帝（司马绍）幼时，曾说"举目见日，不见长安"，见《世说新语·夙惠》。这句说，回望京城，如在天上。指：一作"目"。吴会：吴郡和会稽郡，今江苏浙江一带，这里与长安对举，当是指苏州；因为秦汉时，会稽郡治在吴县（苏州），郡县连称为吴会。云间：地名，古属吴郡，这里作远方的代称。

㊷ 地势极：指大地的尽头处。南溟：南海，见《庄子·逍遥游》。天柱：古代神话，昆仑山上有一根铜柱，其高入天，叫作天柱。见《山海经·神异经》。北辰：北极星。这里用天柱、北辰暗喻朝廷、君主。

㊸ 关山难越：道路艰险难于行走。失路：迷失道路。关山、失路：都含双关意思。一是说，作者南下省亲，历尽关山跋涉之苦；一是说，仕途坎坷，自己不得志，被黜南行。

㊹ 萍水：喻流浪生涯，如水上浮萍，飘荡不止。

㊺ 帝阍：指君门。宣室：汉未央宫正室。《汉书·贾谊传》载，贾谊为长沙王太傅后一年多，被汉文帝在宣室召见。奉宣室：指能得到君王召见，入朝为官。

㊻ 冯唐：汉安陵人，文帝时，为中郎署长，一次文帝经过中郎署，见他年纪已大，还为郎官，跟他谈话，发现他有见识，才封他做车骑都尉。景帝时，被免官。武帝求贤良，有人推荐冯唐，但他已九十余岁，不能再出来做官了。李广（前？～前119），汉陇西成纪人，武帝时名将。多次抗击匈奴，有功，属下军吏士卒，不少都封了侯，但他终身不得封侯。

㊼ 梁鸿：字伯鸾，东汉扶风平陵人。据《后汉书·逸民传》载，梁鸿家贫好学，不求仕进。曾因事过京师，作《五噫之歌》，讥刺时政，章帝闻而非之，梁鸿于是改易姓名，与妻子住在齐鲁之间，后来又到吴地，为人春米。海曲：齐、吴近海，故称。明时：政治清明之时。

㊽ 宁移白首之心：岂能在老年时改变自己的上进心。穷且益坚：遭遇困厄意志更加坚定。青云之志：高尚的志向。《后汉书·马援传》："（马援）尝谓宾客曰：'丈夫为志，穷当益坚，老当益壮。'"

㊾ 贪泉：《晋书·良吏传》载，广州城北有水名为贪泉，传说喝了贪泉的水就会贪得无厌。吴隐之到广州做刺史，路过贪泉，特意酌而饮之，作诗一首："古人云此水，一歃（shà 霎，饮的意思）怀千金。试使夷齐（伯夷、叔齐）饮，终当不易心。"后来他一直很清廉。爽：指心志清明，不受污染。涸（hé 合）辙：积水已干的车辙，比喻困境。典出《庄子·外物篇》。这句是说，虽如鲋鱼处在干车辙中，而心境依然欢畅。

㊿ 赊：远。扶摇：旋风。《庄子·逍遥游》说，北海有鱼，变化为鸟，叫作大鹏。大鹏乘"扶摇"上升到九万里的高空，飞到南海。这里用北海喻京城，意思是如果有人举荐，他还可以北归朝廷。

○51 东隅：东方日出的地方，指早晨。桑榆：日落时，余光留在桑树和榆树之上，因用以指黄昏。《后汉书·冯异传》："失之东隅，收之桑榆。"这里意思是说，早年时光逝去，功业未成；晚年得志，也不为迟。

㊾ 孟尝：字伯周，东汉时会稽上虞（今浙江上虞市）人。汉顺帝时任合浦太守，革除官吏贪求珍珠流弊，后隐处草泽，桓帝时尚书杨乔上书推荐他，但终不被任用。见《后汉书·循吏传》。

㊿ 这句是说，岂能效法阮籍那样放任不羁，遇穷途而痛哭。猖狂：放任不守礼法。

54 三尺：指绅（衣带）下垂的长度。《礼记·玉藻》："绅长制，士三尺。"微命：指一命，卑微的官阶。《周礼·春官·典命》郑玄注："王之下士，一命。"命是官阶，周时官阶从一命到九命，一命为最低一级官，后用指官职卑微。一介：一个微不足道的人。介：微。

55 请缨：请求赐予长缨，意思是请求给予杀敌命令。缨：系于马颈用以驾车的皮带。终军：已见曹植《求自试表》篇注⑳。弱冠：二十岁。这是说，自己和终军的年龄相同，但没有请缨的门路。

56 投笔：指去文就武。《后汉书·班超传》说，东汉班超，本来是做抄写工作的，有一天他扔下笔感叹说："大丈夫无它志略，犹当效傅介子、张骞立功异域，以取封侯，安能久事笔研（砚）间乎？"后从军，通西域，有功，封定远侯。宗悫（què 却）：字元干，生年不详，卒于公元465年，南朝宋南阳人。少时，叔父宗炳问他的志愿，他回答说："愿乘长风破万里浪。"

57 簪笏：簪子和手板，是古时做官的服饰和用具。舍簪笏，抛弃官职的意思。百龄，百年，指一生。晨昏：旧时习惯，早晚向父母问安。奉晨昏：即侍奉父母。这里指去探望他的父亲王福畤。这两句说，抛掉一生前程，到遥远的地方去侍奉父母。

58 谢家宝树：指东晋谢玄。《世说新语·言语》载谢安曾问子侄们，为什么人人都希望子弟好？谢玄说："譬如芝兰玉树，欲使其生于庭阶耳。"宝树：犹玉树，旧时常以喻贵家子弟，或秀美有文才的人。芳邻：好邻居。孟氏芳邻：指孟母三迁择邻而居之事。事见《列女传·母仪》。

59 趋庭：在庭中快步走过。趋是古时的礼节。叨（tāo 滔）：忝辱。鲤：孔鲤，孔子的儿子。《论语·季氏》载，孔子曾独自站着，孔鲤曾快步走过庭院。孔子问。"学《诗》乎？"孔鲤答："未也。"于是孔鲤退回学《诗》。后来孔鲤又走过庭院。孔子问："学《礼》乎？"孔鲤答："未也。"于是退而学《礼》。这两句的意思是，将像孔鲤那样，到父亲那里去接受教诲。

60 捧袂（mèi 妹）：捧着对方的衣袖，这是对长者表示恭敬的动作。托龙门：即登龙门的意思，表示得名望高的人的接待。《后汉书·李膺传》说，东汉李膺名声很大，"士有被其接者，名为登龙门。"这两句是恭维阎都督的话。

61 杨意，即杨得意，为适应四六对仗要求，省"得"字。下联称钟子期为钟期，句法相同。据《史记·司马相如传》载,汉武帝时,杨得意为狗监,曾向武帝推荐司马相如。相如得见武帝,献上他的《大人赋》,武帝读后,"飘飘有凌云之气"。凌云:超出尘世之意。自惜:自怜。这两句以司马相如自比,叹息碰不到引荐的人。

⑫ 钟期:钟子期,春秋时楚国人。《列子·汤问》说,楚国的伯牙善鼓琴,钟子期最能欣赏。"伯牙鼓琴,志在流水。钟子期曰:善哉!洋洋兮若江河。"这里以伯牙自比。奏流水:比喻写这篇序文。这两句说,像钟子期和伯牙是知音那样,阎公是文章知己,写这篇序文又有什么惭愧之处。

⑬ 兰亭:故址在今浙江绍兴。晋王羲之曾与孙绰、谢安等四十一人宴集于此,羲之作《兰亭集序》。梓泽:晋石崇金谷园的别名,在河阳(今河南孟州市)之金谷。石崇曾集诸名士在此赋诗,并有《金谷诗序》。丘墟:荒丘废墟。

⑭ 伟饯:盛大的饯别宴会。这两句说,承蒙阎公让我在盛大的饯别宴会上写这篇序。

⑮ 登高作赋:这是恭维别人的成语,见《诗经·鄘风·定之方中》序、《韩诗外传》七及《汉书·艺文志》。群公:指在座宾客。

⑯ 疏:陈述,书写。短引:指这篇序。

⑰ 一言:一字。古人集会赋诗,或规定一个统一的韵,或规定一些字,每人分一个字作韵脚。均赋:都写。四韵:诗一般两句为一韵,四韵共八句。王勃写的《滕王阁》诗,就是八句。

⑱ 潘:指潘岳。陆:指陆机。江、海:比喻才学渊博。钟嵘《诗品》:"余尝言陆才如海,潘才如江。"这里用来称赞座中宾客。洒、倾:施展出来的意思。

(岳国钧　注释)

## 骆宾王《讨武氏檄》①

伪临朝武氏者②,人非温顺,地实寒微,昔充太宗下陈③,尝以更衣入侍④。洎乎晚节⑤,秽乱春宫⑥。密隐先帝之私,阴图后庭之嬖。入门见嫉,蛾眉不肯让人;掩袖工谗,狐媚偏能惑主。践元后于翚翟⑦,陷吾君于聚麀⑧。加以虺蜴为心⑨,豺狼成性;近狎邪佞,残害忠良。杀姊屠兄⑩,弑君鸩母⑪。神人之所共疾,天地之所不容。犹复包藏祸心,窥窃神器⑫;君之爱子,幽之于别宫⑬;贼之宗盟,委之以重任⑭。

呜呼,霍子孟之不作⑮,朱虚侯之已亡⑯。燕啄皇孙⑰,知汉祚之将尽;龙漦帝后⑱,识夏庭之遽衰。

敬业皇唐旧臣，公侯冢子⑲，奉先帝之遗训，荷本朝之厚恩。宋微子之兴悲⑳，良有以也；桓君山之流涕㉑，岂徒然哉！是用气愤风云，志安社稷；因天下之失望，顺宇内之推心；爰举义旗，誓清妖孽。南连百越，北尽三河㉒；铁骑成群，玉轴相接㉓。海陵红粟㉔，仓储之积靡穷；江浦黄旗㉕，匡复之功何远。班声动而北风起㉖，剑气冲而南斗平㉗。喑呜则山岳崩颓，叱咤则风云变色。以此制敌，何敌不摧；以此攻城，何城不克！

公等或家传汉爵㉘，或地协周亲㉙，或膺重寄于爪牙㉚，或受顾命于宣室；言犹在耳，忠岂忘心？一抔之土未干㉛，六尺之孤安在㉜！倘能转祸为福，送往事居㉝，共立勤王之勋，无废旧君之命，凡诸爵赏，同指山河。若其眷恋穷城，徘徊岐路，坐昧先几之兆㉞，必贻后至之诛。㉟请看今日之域中，竟是谁家之天下！移檄州郡，咸使知闻。

选自《骆临海集笺注》卷十

**注释**

① 又作《代李敬业传檄天下文》：乾隆辛丑（1781）翰林院编修项家达编刻四卷本《骆丞集》题作《代徐敬业讨武氏檄》，今人选本多作《讨武氏檄》。各本个别文字略有出入，兹以陈熙晋《骆临海集笺注》本为准。

② 临朝：当朝执政。武氏：武则天。按武则天于嗣圣元年（684）废中宗为庐陵王；立雍州牧豫王旦为皇帝。改元文明，皇太后仍临朝称制，政事决于太后，皇帝不得有所预。

③ 下陈：下列。指武则天曾充当太宗才人。

④ 更衣：易衣，换衣服，泛指休息处或如厕。

⑤ 洎（jì忌）：及，到。晚节：指太宗晚年。

⑥ 春宫：东宫，太子住的宫。武则天于唐太宗晚年即与东宫晋王李治（后为高宗）有情。太宗崩，武氏随众出为尼，高宗潜纳入宫，拜昭仪，后立为皇后。

⑦ 翚翟（huī dí挥笛）：雉羽。唐朝制度规定，皇后服袆衣，深青色，文为翚翟之形。元后：皇后。这句是说武则天终于登上皇后的宝座。

⑧ 聚麀：参见祖君彦《为李密檄洛州文》注㉙。这句斥责武则天匹配太宗、高宗父子，无异禽兽。

⑨ 虺（huǐ毁）：指毒蛇。蜴（yì义）：蜥蜴，俗称四脚蛇。

⑩ 杀姊屠兄：姊指韩国夫人，及其女贺兰氏，均得高宗宠幸，武则天借进食之机，

鸩杀之。兄指武惟良，为武则天异母兄，素有怨仇，武后遂将其由卫尉少卿出为始州刺史，并借故诛杀。

⑪ 弑君鸩母：史无明文记载，《资治通鉴·唐纪十九》胡三省注云："此以高宗晏驾及太原王妃之死为后罪。"此解似亦可通。

⑫ 神器：帝位。见张衡《东京赋》。

⑬ "君之爱子"二句：斥武则天废中宗（李显）为庐陵王，立睿宗（李旦）为帝，武则天仍临朝称制，睿宗居于别殿。

⑭ "贼之宗盟"二句：谓武则天起用诸武，"以武承嗣为礼部尚书，寻除太常卿，同中书门下三品"。承嗣建议则天"革命"，"尽诛皇室诸王及公卿不附己者，武三思又盛赞其计"。事见《旧唐书·外戚传》。

⑮ 霍子孟之不作：慨叹当时没有像汉霍光那样忠心耿耿的大臣出来稳定朝政。子孟：霍光字。

⑯ 朱虚侯：指刘章，年二十，有大志。吕后晚年，诸吕专政。他主动与太尉周勃、丞相陈平等商议，诛吕禄、吕产等外戚，迎立代王，是为孝文帝。

⑰ 燕啄皇孙：汉成帝惑于能歌善舞的赵飞燕，立为后，其妹为昭仪，并承恩宠。姊妹性奇妒，残害后宫皇子。其时童谣云："燕飞来，啄皇孙；皇孙死，燕啄矢。"见《汉书·五行志》。

⑱ 龙漦（chí 池）：龙所吐涎沫。传说夏后藏龙漦于庭，直至商、周，无敢发者。周厉王发而观之，漦流于庭，童女遭之而怀孕生女，怪而弃之，因入于褒，长而美。后周幽王伐褒，褒人献之，即褒姒。幽王嬖之，遂至亡国。事见《史记·周本纪》。

⑲ 冢子：长子。《新唐书·李勣传》载，李勣于高宗总章二年（669）卒，子震嗣，终桂州刺史，震子敬业、敬猷。

⑳ 宋微子：商朝纣王之兄。原名启，纣淫乱，屡谏不听，去之。周武王灭纣，周公诛纣子武庚，命微子代殷后，国于宋。"微子将往朝周，过殷之故墟，志动心悲，作雅声，谓之麦秀歌。"见《尚书大传·周传》。

㉑ 桓君山：东汉桓谭，字君山，沛国人。光武帝迷信谶纬，谭上书极谏，帝大怒，将处斩。谭叩头流血，良久乃得释，出为六安郡（今安徽寿县安丰南）丞。意忽忽不乐，道病卒。

㉒ 三河：已见《为李密檄洛州文》篇注㉖。此处泛指今山西，河南一带中原地区。

㉓ 玉轴：战车的轮轴。

㉔ 海陵：今江苏泰州，唐属扬州辖区。红粟：泛指粮秫。

㉕ 江浦：泛指长江、运河下游地区。黄旗：帝王旗帜。

㉖ 班声：班马嘶声。临战列阵之马队曰班马。

㉗ "剑气"句：这句暗用丰城宝剑气冲斗牛事，意思是说起事部队斗志昂扬，利剑寒光闪闪，使天上星星黯然失色。

㉘ 家传汉爵：世代受朝廷封爵授荫。汉：喻唐。

㉙ 地协周亲：分封各地宗室勋臣。周：喻唐。

㉚ 膺重寄于爪牙：担负忠君爱国的重任有如爪牙。

㉛ 一抔（póu 衰）之土未干：一捧黄土还没有干燥，指高宗陵墓还未干涸。

㉜ 六尺之孤安在：未成年的孤儿何在。兼指中宗李显被废为庐陵王与睿宗李旦居于别殿。"安在"或作"何托"。

㉝ 送往事居：让高宗安寝，辅睿宗亲政。往：指死者。居：指生者。

㉞ 坐昧先几之兆：看不见客观形势发展预兆，意谓坐失杀贼立功良机。几：事物之预兆或萌芽状态。

㉟ 必贻后至之诛：相传禹大会诸侯，防风氏后至，禹诛之。句意谓行动迟缓落后者，必定受到处罚。

（杨柳　注释）

## 陆贽《奉天请罢琼林大盈二库状》

右①。臣闻作法于凉，其弊犹贪；作法于贪，弊将安救②！示人以义，其患犹私；示人以私，患必难弭。故圣人之立教也，贱货而尊让，远利而尚廉。天子不问有无，诸侯不言多少③。百乘之室，不畜聚敛之臣④。夫岂皆能忘其欲贿⑤之心哉！诚惧贿之生人心而开祸端，伤风教而乱邦家耳。是以务鸠敛而厚其帑椟之积者⑥，匹夫之富也；务散发而收其兆庶之心者⑦，天子之富也。天子所作，与天同方⑧。生之长之，而不恃其为；成之收之，而不私其有⑨。付物以道，混然忘情⑩。取之不为贪，散之不为费。以言乎体则博大，以言乎术则精微。亦何必挠废公方⑪，崇聚私货，降至尊而代有司之守，辱万乘以效匹夫之藏，亏法失人，诱奸聚怨？以斯制事，岂不过哉？

今之琼林、大盈，自古悉无其制。传诸耆旧之说，皆云创自开元⑫。贵臣贪权⑬，饰巧求媚，乃言郡邑贡赋，所用盖各⑭区分：税赋当委之有司，以给经用⑮；贡献⑯宜归乎天子，以奉私求。玄宗悦之，新是二库⑰。荡心侈欲⑱，萌柢于兹⑲。迨乎失邦，终以饵寇⑳。《记》㉑曰："货悖㉒而入，必悖而出"，岂非其明效㉓欤？

陛下嗣位之初，务遵理道。敦行约俭，斥远贪饕㉔。虽内库旧藏，未归太府㉕；而诸方曲献㉖，不入禁闱。清风肃然，海内丕变㉗。议者咸谓，汉文却马㉘、晋武焚裘㉙之事复见于当今矣。近以寇逆乱常㉚，銮舆外幸㉛，既属忧危之运㉜，宜增儆励之诚㉝。臣昨奉使军营，出由行殿，忽睹右廊之下，榜㉞列二库之名。戄然若惊，不识所以。何则？天衢尚梗㉟，师旅方殷㊱。疮痛呻吟之声，噢咻㊲未息；忠勤战守之效，赏赍未行。而诸道贡珍㊳，遽私别库。万目所视，孰能忍怀？窃揣军情，或生觖望㊴。试询候馆之吏，兼采道路之言，果如所虞，积憾已甚。或忿形谤讟㊵，或丑肆讴谣㊶。颇含思乱之情，亦有悔忠之意。是知甿㊷俗昏鄙，识昧高卑，不可以尊极临㊸，而可以诚义感。顷者，六师初降㊹，百物无储，外扞凶徒，内防危堞㊺，昼夜不息，迨将五旬。冻馁交侵，死伤相枕，毕命同力，竟夷大艰㊻。良以陛下不厚其身，不私其欲，绝甘以同卒伍，辍食以啖㊼功劳。无猛制而人不携，怀所感也；无厚赏而人不怨，悉㊽所无也。今者，攻围已解，衣食已丰㊾，而谣讟方兴，军情稍阻。岂不以勇夫恒性，嗜货矜功，其患难既与之同忧，而好乐不与之同利，苟异恬默，能无怨咨㊿？此理之常，固不足怪。《记》(51)曰："财散则民聚，财聚则民散。"岂其殷鉴(52)欤？众怒难任，蓄怨终泄。其患岂徒人散而已，亦将虑有缔奸鼓乱干纪而强取者焉(53)。

夫国家作事，以公共为心者，人必乐而从之；以私奉为心者，人必咈(54)而叛之。故燕昭筑金台，天下称其贤(55)；殷纣作玉杯，百代传其恶(56)。盖为人与为己殊也。周文之囿百里，时患其尚小；齐宣之囿四十里，时病其太大(57)。盖同利与专利异也。为人上者，当辨察兹理，洗濯其心，奉三无私(58)，以壹有众(59)；人或不率(60)，于是用刑。然则宣其利而禁其私，天子所恃以理，天下之具也。舍此不务，而壅利行私，欲人无贪，不可得已。今兹二库，珍币所归(61)。不领度支(62)，是行私也；不给经费(63)，非宣利也。物情离怨(64)，不亦宜乎？

智者因危而建安，明者矫失而成德。以陛下天姿英圣，傥加之见善必迁(65)，是将化蓄怨为衔恩，反过差为至当。促殄遗孽(66)，永垂鸿名(67)，易如转规(68)，指顾可致(69)。然事有未可知者，但在陛下行与否耳。能则安，否则危；能则成德，否则失道：此乃必定之理也。愿陛下慎之惜之。陛下诚能近想重围之殷忧(70)，追戒平居之专欲(71)。器用取给，不在过丰；衣食所安，必以分下。凡在二库货贿，尽令出赐有功。坦然布怀[12]，与众同欲。是后纳贡，必归有司；每获珍华，先给军赏，瑰异纤丽，一无上供。推赤心于其腹中，降殊恩于其望外。将卒慕陛下必信天赏，人思建功；兆庶悦陛下改过之诚，孰不归德[13]？如此，则乱必靖，贼必平。徐驾六龙[14]，旋复都邑[15]。兴行坠典[15]，整缉焚纲[16]。乘舆有旧仪，郡国有恒赋，天子之贵，岂当忧贫。是乃散其小储，而成其大储也；损其小宝，而固其大宝[17]也。举一事而众美具，行之又何疑焉？吝少失多，廉贾不处[18]；溺近迷远，中人[19]所非。况乎大圣应机，固当不俟终日[20]。不胜管窥愿效之至，谨陈冒以闻。谨奏。

选自《陆宣公翰苑集》卷十四

## 注释

① 右：唐代表状，要求把将论列的事或人的概要写在前面。"右"即指概要。"右"下才开始论述。古时文字，直行书写，由右至左，"右"在前面。

② "臣闻"四句：这里化用春秋时郑国大夫浑罕的话。"君子作法于凉，其弊犹贪；作法于贪，弊将若之何？"（《左传》昭公四年）凉：薄。弊：弊病、危害。

③ "天子"二句：见《荀子·大略》。有无、多少：都指财货而言。

④ "百乘"二句：见《礼记·大学》。百乘（shèng 剩）：指千乘之国的大夫，封地可出兵车百乘。畜：养。聚敛：搜刮。

⑤ 欲贿：喜爱财物。

⑥ 鸠敛：聚敛。帑（tǎng 倘）：藏金的库房。椟（dú 读）：藏珍宝的柜子。

⑦ 散发：发放财物进行救济。兆庶：亿万百姓。

⑧ 与天同方：和天一致。方：道。

⑨ "生之"四句：此四句暗用《老子》："生而不有，为而不恃。"不恃其为：即无为、任其自然之意。

⑩ "付物"二句：对待客观事物，依据大道，不掺杂个人的感情。混然：没有区分的样子。

⑪ 挠废公方：扰乱废弃国家的正式法令。

⑫ 开元：唐玄宗年号（713～741）。

⑬ 贵臣：指王鉷（hóng 洪）。他迎合唐玄宗旨意，每年向玄宗进奉钱百亿万缗，贮入百宝大盈库，以备玄宗挥霍之用。

⑭ 盍：何不。各：彼此，指赋税和贡献。

⑮ 经用：正常的开支。

⑯ 贡献：进奉，进贡。古代"贡献"主要指物质财宝，今日之"贡献"主要指精神财富和事功成就。

⑰ 新是二库：新设置这两个库。是：此。

⑱ 荡：放纵。侈：扩大。

⑲ 萌柢：萌芽生根。

⑳ 这两句意谓，等到玄宗逃出长安，这两库财物终于被窃国大盗安禄山占有。

㉑ 记：指《礼记》。引文见《大学》篇。

㉒ 悖：不合理。

㉓ 明效：明显的验证。

㉔ 斥远：排斥和疏远。贪饕：指贪官污吏。

㉕ 太府：即太府寺，掌管国家的财物廪藏。

㉖ 曲献：不正当的零星贡献。

㉗ 丕：大。句谓全国风气大变。

㉘ 汉文却马：汉文帝时有人进献千里马，被文帝拒绝，并下诏说："朕不受献也。其令四方，毋求来献。"事见《汉书·贾捐之传》。

㉙ 晋武焚裘：西晋武帝时程据献雉头裘，帝命于殿前焚之。

㉚ 寇逆：指朱泚。公元782年，淮西李希烈叛唐。次年唐王朝派泾原兵进讨，路过长安。唐王朝以粗粝饷军，激起兵变，拥戴前卢龙节度使朱泚为帝，攻入长安。常：国法。

㉛ 銮舆外幸：指朱泚作乱时，唐德宗外逃武功。銮舆：指天子车驾。

㉜ 属：值。运：时期。

㉝ 儆：通"警"，小心。励：勉力。

㉞ 榜：文告。

㉟ 天衢：帝京的道路。此指政治局势。梗：阻塞不通。

㊱ 师旅：军队，喻战事。殷：盛。

㊲ 噢咻（ō xiū 喔休）：抚慰病痛之声。

㊳ 诸道：各地区。唐太宗分天下为十道，玄宗增加为十五道。贡珍：进贡珍贵物品。

㊴ 觖（jué 决）望：埋怨。

㊵ 谤讟（dú 独）：诽谤和怨言。

㊶ 讴谣：歌谣。齐歌叫"讴"，徒歌叫"谣"。

㊷ 甿（máng 忙）：民。

㊸ 尊极：指天子至高无上的地位。临：对待。这里有压制之意。

㉔ 六师：即六军。周制，天子六军。此指皇帝卫队。初降：刚刚到达。

㊺ 危堞：高城。堞：指城上女墙。

㊻ 毕命：不顾性命。夷：平定。大艰：大难。指朱泚之乱。

㊼ "绝甘"二句：拒绝甘美之物，以之与士卒共享，减停饭食以宴赐功劳者。

㊽ 携：怀有二心。悉：知道。

㊾ "攻围"二句：指建中四年（783），李怀光打败朱泚兵于澧泉，朱泚引兵遁归长安。当时重围解去，诸道贡赋运至，用度开始好转。

㊿ 这两句是说：假若不是恬淡静默的人，怎能没有怨恨嗟叹之声？

51 记：指《礼记·大学》。

52 殷鉴：殷朝的借鉴。引申为前人的历史教训。典出《诗经·大雅·荡》："殷鉴不远，在夏后之世。"

53 缔奸：构合奸谋。鼓乱：鼓动叛乱。干纪：违犯法纪。

54 咈（fú 弗）：违拗。

55 燕昭：战国时燕国国君。为报齐仇，曾在易水东南筑台，置千金于台上，卑身厚币，招募天下贤才。结果乐毅等人相继来燕，遂使燕国势力强大。

56 殷纣：事见《史记·宋微子世家》。

57 "周文"四句：本《孟子·梁惠王下》。囿：豢养动物的园林。

58 奉：奉行。三无私：语出《礼记·孔子闲居》："奉三无私以劳天下。天无私覆，地无私载，日月无私照。奉斯三者以劳天下，此之谓'三无私'。"

59 壹有众：统一众心。

60 率：遵循。

61 珍币：珍宝和货币。归：积储。

62 "不领"句：琼林、大盈二库收藏的财物，不归国家财政部门支配。度支：官名，掌管国家财政收入。

63 "不给"句：琼林、大盈二库所藏，不供应国家的正常费用开支。

64 物情离怨：人心离散怨恨。

65 见善必迁：见到好事就去做。语本《周易·益卦·象辞》。

66 促殄（tiǎn 忝）：速灭。遗孽：指朱泚残部。

67 鸿名：大名。

68 转规：转动圆形的东西，比喻轻而易举。

69 指顾：片刻。言时间短促，只要用手一指、用眼一看的工夫。

70 重围：指被朱泚所围。殷忧：极大的忧患。

⑦ 专欲：个人贪欲。

⑦ 布怀：宣布个人想法。

⑦ 归德：归向有德。即拥护唐王朝。

⑦ 六龙：指天子的车。汉以来制度，皇帝乘舆驾六匹马。

⑦ 坠典：指因混乱局势而无法举行典礼仪式。

⑦ 整缉：整理。棼（fén 坟）：乱。纲：法纪。

⑦ 大宝：帝位。《易·系辞下》："圣人之大宝曰位。"

⑦ 廉贾：取薄利的商人。不处：不做那种事。

⑦ 中人：中等智力的人。

⑧ "况乎"二句：语本《易·系辞下》："君子见几而作，不俟终日。"应机：即"见几"。几，通"机"，指事物的征兆。

（李景华　注释）

## 欧阳炯《花间集序》

　　镂玉雕琼，拟化工而迥巧①；裁花剪叶②，夺春艳以争鲜。是以唱云谣则金母词清③，挹霞醴则穆王心醉④。名高白雪，声声而自合鸾歌⑤；响遏青云，字字而偏谐凤律⑥。杨柳大堤之句，乐府相传⑦；芙蓉曲渚之篇，豪家自制⑧。莫不争高门下，三千玳瑁之簪⑨；竞富樽前，数十珊瑚之树⑩。则有绮筵公子，绣幌佳人⑪。递叶叶之花笺，文抽丽锦；举纤纤之玉指，拍按香檀⑫。不无清绝之辞，用助妖娆之态⑬。自南朝之宫体⑭，扇北里之倡风⑮。何止言之不文，所谓秀而不实⑯。

　　有唐以降，率土之滨⑰。家家之香径春风，宁寻越艳⑱；处处之红楼夜月，自锁嫦娥⑲。在明皇时，则有李太白应制清平乐词四首⑳，近代温飞卿复有金荃集㉑。迩来作者，无愧前人。

　　今卫尉少卿字弘基，以拾翠洲边，自得羽毛之异㉒；织绡泉底，独抒机杼之功㉓。广会众宾，时延佳论。因集近来诗客曲子词五百首，分为十卷。以炯粗预知音㉔，辱请命题㉕，仍为叙引㉖。昔郢人有歌阳春者，号为绝唱，乃命之为花间集。庶使西园英哲，用资羽盖之欢㉗；南国婵娟，休唱莲舟之引㉘。

　　广政三年夏四月大蜀欧阳炯叙。

选自《花间集》卷一

**注释**

① 拟化工而迥巧：化工，犹言天工。贾谊《鹏鸟赋》有"天地为炉兮，造化为工，阴阳为炭兮，万物为铜"之句。化即造化，简言之则曰化工。迥，远。此言模拟天工而巧妙远过之。

② 裁花剪叶：《大业拾遗记》："炀帝筑西苑，宫树秋冬凋落，乃翦彩为花叶缀于条。"

③ 唱云谣则金母词清：金母，谓西王母，古之仙人。《穆天子传》："周穆王好神仙，觞西王母于瑶池之上，西王母为天子谣曰：'白云在天，山陵自出。道里悠远，山川间之。将子无死，尚能复来。'"词清，指此。

④ 挹霞醴则穆王心醉：挹，酌。霞醴，仙酒。王嘉《拾遗记》："周穆王东巡大骑之谷，指春宵宫，集诸方士仙术之要，时已将夜，西王母乘翠凤之辇而来，共玉帐高会，荐清澄琬琰之膏以为酒。"

⑤ 名高白雪，声声而自合鸾歌：白雪，即阳春白雪，古高雅歌曲。鸾，凤凰之属，五彩而多青色。《山海经·海外西经》："轩辕之国，在北穷山之际，其不寿者八百岁，鸾鸟自歌，凰鸟自舞。"

⑥ 响遏青云，字字而偏谐凤律：响遏青云，言歌声高亮，竟能遏止青云。凤律，即律吕，古正乐律之器，相传黄帝命伶伦作律，取嶰谷之竹，制为十二筒，听凤凰鸣声，以别十二律。故后世称律曰凤律。

⑦ 杨柳大堤之句，乐府相传：《大堤曲》，俗曲名。《襄阳乐》三首云："朝发襄阳城，暮至大堤宿。大堤诸女儿，花艳惊郎目。"李端《襄阳曲》有句云："襄阳堤路长，草碧杨柳黄。"

⑧ 芙蓉曲渚之篇：指《采莲曲》，后人仿作者极多。梁羊侃尝自造《采莲》《棹歌》两曲，梁元帝、简文帝皆有《采莲曲》。

⑨争高门下，三千玳瑁之簪：玳瑁，龟类动物，产于海洋，其甲熟之甚柔，可制各种装饰品。《史记·春申君传》："赵平原君使人于春申君，春申君舍之于上舍，赵使欲夸楚，为玳瑁簪，刀剑室以珠玉饰之，请命春申君客。春申君客三千余人，其上客皆蹑珠履以见赵使，赵使大惭。"

⑩ 竞富樽前，数十珊瑚之树：《晋书·石崇传》："石崇与贵戚王恺、羊琇互相夸富。珊瑚树，高二尺许，崇以铁如意击之，应手而碎。乃命左右悉取珊瑚树，有高三四尺者六七株，条干绝俗，光彩耀日，如恺比者甚众。"

⑪ 绮筵公子，绣幌佳人：泛指豪家贵族之子女。绮筵，犹美席。绣幌佳人，犹言豪

门佳人。豪门妇女所居曰绣户，言绣者，盖形容其户饰之华美。

⑫ 拍按香檀：古乐器有拍板者，用坚木三片，长五六寸，阔约二寸，束其二，以一片拍之，以节乐。下一片略厚，所以节乐者，古本用节，魏、晋间有宋纤，善击节，以木拍板代之，拍板始此。其后或改以檀香为之，故又名檀板。

⑬ 妖娆：妍媚貌。

⑭ 南朝宫体：指南朝齐梁时宫体诗。

⑮ 北里倡风：北里，本淫荡之歌舞名，唐时为妓院所聚之地，在长安城北，时称平康里，又称平康坊。每年新进士游宴其中，时人谓为风流薮泽。

⑯ 言之不文，秀而不实：皆孔子语。见《左传》襄公二十五年，又见《论语·子罕篇》。秀，吐花。禾之未秀者曰苗。此盖孔子伤颜渊之早卒，言禾有苗而不开花，开花而不结实者，喻人亦然。（此段叙历代词曲之变迁）

⑰ 率土之滨：谓境内全部，语出《诗经》。

⑱ 家家之香径春风，宁寻越艳：春秋时，吴王夫差种香于苏州西南之香山，常遣美人前往采香，故有采香径。见乐史《太平寰宇记》。越艳，谓越国之美人。

⑲ 处处之红楼夜月，自锁嫦娥：唐朝时，富贵之家多建红楼以居眷属。后世因以红楼为妇女居处之通称。嫦娥，古之仙女，世每以为美人之代称。

⑳ 李太白应制清平乐词四首：唐玄宗开元年间，帝与杨贵妃幸兴庆宫之沉香亭，会芍药花初开，梨园弟子奏乐。宣李白进《清平调》三章。事见《唐音癸签》及《太真外传》。

㉑ 温飞卿：唐温庭筠，号飞卿，少敏悟，工词章小赋，与李商隐齐名，世称温李。喜作侧词艳曲，作赋八叉手而成。不得志，郁郁而终。所作词几全为《花间集》所采录。（此段序唐以来作家之盛）

㉒ 拾翠洲边，自得羽毛之异：翠，即翡翠，鸟名，其青羽者俗称翠鸟，其羽可为装饰品。古时广东省城西南三十里有拾翠洲。

㉓ 织绡泉底，独殊机杼之功：任昉《述异记》："南海中有鲛人室，水居如鱼，不废织绡，其眼能泣，泣则出珠。"机杼，织具，机以转轴，杼以持纬，引申谓文章之结构。以上四句言其广为搜罗，独致珍贵作品，故其所选词篇，无论构思、布局，均极新巧，异于凡制。

㉔ 粗预知音：预，通"与"，参也，如预闻，干预。知音，通晓音律者。

㉕ 辱请命题：辱，屈也，谦抑之词，通用为酬应语，如辱蒙，辱赐，皆此义。命题，指为书命名。

㉖ 叙引：叙，文体之一种，用以陈述著作者之意趣。今多作"序"，古者殿于末，

后世列诸卷首。引，亦文体之一种，与序同。

㉗ 西园英哲，用资羽盖之欢：《文选》曹植《公宴诗》："清夜游西园，飞盖相追随。"西园英哲，即指曹子建及同游诸子。羽盖，以翠羽为饰之车盖，言尊贵者车饰之豪华。

㉘ 南国婵娟，休唱莲舟之引：南国，泛指江南一带地方，古人诗文多用之。婵娟，色态美好，后世用为美人之代称。莲舟之引，指《采莲曲》。以上四句言《花间集》问世后，风雅之士在聚会游宴时固有新曲可听，而江南佳丽在寂寞时亦有新歌可唱。

㉙ 广政：后蜀孟昶年号。五代十国之一后蜀，始祖孟知祥，后唐庄宗时，为西川节度使，后建号称帝，都成都，史称后蜀，以区别于王建之前蜀。

（谭家健　注释）

# 第六章

# 宋代:骈文之新变与延续

## 第一节　宋代骈文概说

### 一　宋代骈文的发展变化

骈文形成于魏晋,从南北朝到唐末,人们泛称"今文""今体""时文";从晚唐李商隐起,才有正式文体名称"四六",但使用者不多。《新唐书·艺文志》著录有崔致远《四六集》、李巨川《四六集》。宋陈振孙《直斋书录解题》著录晚唐有薛逢、田霖《四六集》各一卷,薛、田与李商隐同时或稍后。到了宋代,以"四六"称文集者大增,在各种笔记、诗话中,"四六"一词普遍使用。北宋末及南宋出现好几本四六话。于是"四六"便成为骈文的代称,即使有的骈文不全是四六句,人们也忽略不计。这种情况一直继续到清初。如果说,唐末以前骈文比较接近赋和诗,北宋以后的骈文则更接近于"文",它与古文的距离逐渐缩小,与诗赋的距离逐步扩大。这是"宋四六"和唐代骈文的最大区别。

宋代骈文的发展阶段,目前学术界有三段、四段、五段之分,本书取五段说。

**北宋初期**,约八十年。前四十年,即太祖、太宗两朝,文人多来自后周、后唐、后蜀,文坛承袭五代,充斥"芜鄙之气",人称"五代体",代表作家有李昉、陈彭年、赵邻几等。赵氏之文，"属对精切，致意缜密"，但"繁富冗长，不达体要"（《宋史·文苑传》）。批评者有柳开、梁周翰、姚铉等。南宋陈师道《后山诗话》说："国初士大夫例能四六，然用散语为故事尔。"曾枣庄说："这确实是宋初多数四六文的特点。除生硬堆积典故外，还间用散语。这与北宋古文运动以后的四六骈文不同，是不能熟练驾驭四六骈文的表现，与'五四'以后初期白话文不文不白、亦文亦白颇有些相似。"① 宋初有个别作家，古文骈文皆著名，如王禹偁，不属于五代体。

后四十年，即真宗和仁宗前期，骈文代表作家有杨亿、刘筠、钱惟演以及夏竦、晏殊等。他们文化素养高，诗文兼擅，曾编纂《西昆酬唱集》，人们以"西昆体"合称其诗与文。他们仰慕的不是五代体而是李商隐。杨、刘的作品变鄙陋为典雅，艺术规范，辞藻华美，受到普遍欢迎，"耸动天下"。批评者有石介、尹洙等，他们比柳开等晚四十余年，从卫道立场发动抨击，否定过多，矫枉过正。石介提倡古文，他本人写的古文并不好，故未能取代杨、刘骈文。较杨刘稍晚的前期古文家范仲淹、宋庠、宋祁兄弟，也写作骈文。

**北宋中后期**。即仁宗后期至北宋末，约八十余年。古文运动形成高潮，先后盟主为欧阳修、苏轼。这场文学运动与庆历政治革新同步，古文运动与诗歌革新并进，推崇儒家之道，又适当吸收佛老。欧阳修既狠批古文中的"太学体"，又贬斥骈文唯美主义。对于骈文前辈杨亿、刘筠，他们尊重而不盲从，扬其所长，弃其所短，去其弊端，以古文改造骈文，时人称"以文体为四六"，后人称为"欧苏新四六"，或"宋四六"。从总体上看，欧苏新四六不及他们的古文成就大。但是由于欧苏及其同道们，多数是朝廷秉笔大臣，担任过翰林学士、知制诰、中书舍人，曾主持科举考试，有些人还担任过相当于首相、副首相等要职。他们的"四六文"往往以"王言"即朝廷公文形式发布、流传，他们的古文也因其特殊政治地位而影响广泛。所以，在北宋古文运动取得稳定性胜利的同时，新四六也取代了旧骈文，成为散文之下的次一类文体，得以存在和发展。北宋的骈散之争，不是古文完全取代骈文，大体上是一主一辅的并行关系。

**南北宋之际**。即徽宗晚年、钦宗、高宗时期，约四十来年。金兵南侵，

---

① 曾枣庄：《论宋代的四六文》，《文学遗产》1995 年第 3 期。

二帝北虏，宋室播迁。民族遭受浩劫，百姓陷入水火。学者文人无不关心时政。战与和、攻与守、妥协派与恢复派、保守派与改革派……各种主张和矛盾尖锐激烈。这时期对社会思想影响最大的是政论散文，如李纲、胡铨、陈东等人之文；其次是骈文，如汪藻、綦崇礼等人之文。或代王言，或作章表，无不慷慨激昂。值得注意的是，高宗绍兴三年，复置词科，专门录取骈文人才，此举为南宋造就了大批四六高手，影响了文坛发展趋向，使得骈文在南宋一度大放异彩。陆游《陈长翁文集序》说："我宋更靖康祸变之后，高皇帝受命中兴，虽艰难颠沛，文章独不少衰。"然而好景不长，绍兴十二年，宋金和议成立，偏安局面形成，君臣渐习苟安，社会风气趋于浮艳。陆游文章接着说："久而寝微，或以纤巧摘裂为文，或以卑陋俚俗为诗，后生或为之变而不自知。"

**南宋中期**。即孝宗、光宗、宁宗时期，约六十年。孝宗初期颇有志恢复，规划北伐。一段时期主战派在朝廷占上风，民心开始振作，社会各方面出现复兴现象，号称"中兴"。无论诗、词、骈、散，多以宣扬爱国主义，抒发民族情感为基调。骈文和古文名家辈出，数量大增，不少佳作传诵甚广。孝宗、光宗时期达到高潮，产生了一批大作家、大学者，达至宋代文化之鼎盛。绍兴词科培养的四六人才，这时大展拳脚了。清彭元瑞《宋四六选序》说："洎乎渡江之衰，（以骈文）鸣者以浮溪（汪藻）为盛。盘州（洪适）之言语妙天下，平园（周必大）制作高禁中，杨廷秀（杨万里）笺牍擅场，陆务观（陆游）风骚余力。"此外还有范成大、李廷忠等。尤可喜者，北宋中后期四六名家皆以古文为主而骈文为次，而南宋则有专以骈文擅长者。罗大经《鹤林玉露》引时人之言："渡江以来，汪、孙、洪、周，四六皆工，然皆不能作诗。其碑传等文，亦只是词科程文手段，终乏古意。"可见骈文已成为一些作家的专业。

**南宋后期**。即理、度、恭、端四朝，约五十余年。疆域越来越狭小，政治军事形势越来越严峻，朝廷越来越振兴乏力，不少人苟延残喘，得过且过，国家已是衰世，文坛亦进入衰败期。古文骈文都失去昂扬气势，讲究细密工巧，拘谨雕琢。作品数量不少，质量下降。不过也还有一批值得称道的作家。彭元瑞《宋四六选序》列举有："举幕中之上客，捉刀竞说三松（王子俊有《格斋三松集》）；封席上之青奴，标准犹传一李（李刘有

《四六标准》)。后村（刘克庄）则名言如屑，秋崖（方岳）则丽句为邻。臞轩（王适有《臞轩先生四六》）、南塘（赵汝谈有《南塘先生四六》）、筼窗（陈耆卿号）、象麓（戴翼号），雄于末造，迄在文山（文天祥）。"曾枣庄指出南宋后期骈文的缺点："一是体格卑弱，缺乏北宋中期至南北宋之际的雄放；二是唯以流丽稳贴为宗，无复前人之典重；三是行文繁冗，用典较多，甚至达到'类书之外编，公牍之副本'的程度。"① 还有第四，公私应用骈文皆程式化，歌功颂德夸张不实的成分越来越多，习以为常。即使名家亦未能或免，可悲也矣。

## 二 宋代骈文的特点

宋代骈文的主要特点是散文化。具体地讲有以下几方面。

**喜用长句作长联。**唐代骈文多上四下六隔句对，也有少数人用三句以上长联，不严守四六句型。陆贽、令狐楚、韩愈、柳宗元等人骈文中皆有先例，但总体上看，只是少数人偶尔为之。宋初杨亿等人，尚谨遵四六律令。到欧阳修、苏轼，便大胆突破旧规，他们的长联有三句、四句一扇者，单句也不是四字句、六字句，而是长短不拘的古文句子，两扇相合有长达五六十字者。如苏轼《乞常州居住表》："臣闻圣人之行法也，如雷霆之震草木，威怒虽盛，而归于欲其生；人主之罪人也，如父母之谴子孙，鞭挞虽严，而不忍致其死。"这个四句加四句的长联，纯是散语，连四六句的影子也没有了。南宋文人对此颇为不满。楼钥《北海先生文集序》说，当时"作者争名，恐无以大相过，则又习为长句，全引古语，以为奇偶，反累正气。…… 一联或至数十言，读者不以为善也"。邵博《闻见后录》卷十六说："宋初四六必谨四字六字律令，欧苏四六不守此限，以长句入四六，徘语为之一变，偶丽甚恶之气一除，而四六之法则亡矣。"清人孙梅《四六丛话》认同其说。张仁青认为，"宋人四六之能自立，亦正在此"，"此乃文章之变，无所谓是非也"。② 不过，宋四六长联，的确为明清八股文始作俑。

**多用经典成语，少用事典。**从六朝到唐末，诗文多用事典，亦称"隶

---

① 曾枣庄：《论宋代的四六文》，《文学遗产》1995 年第 3 期。
② 张仁青：《中国骈文发展史》，浙江大学出版社 2008 年版，第 377 页。

事"，即以历史故事浓缩为典故。宋人则多用先秦经典中的句子，略加删节，作为独立分句置于对偶中，称为"语典"或"成语"（与现代汉语的"成语"不是一回事）。古人从小熟读先秦经典，其意义容易理解。多用语典使骈文更加明畅，更加散文化，与事典之艰涩效果大不相同。如南宋孙觌《代高丽王谢赐燕乐表》有云："荡荡乎无能名，虽莫见羹墙之美；欣欣然有喜色，咸豫闻管籥之音。"前两句出《论语》，后两句出《孟子》。第二句和第四句仅加了两个字，属于以整句入典。苏轼《吕公著加司空同平章军国事制》云："既得天下之大老，彼将安归；以至国人皆曰贤，夫然后用。"分别出自《孟子》中的《离娄》和《梁惠王》章，当时赞为妙联。清程杲《四六丛话序》说："宋自庐陵、眉山，以散行之气运对偶之文，在骈体中另出机杼，而组织经传，陶冶成句，实足超越前人。"也有人不赞成。钱基博《骈文通义》说："至宋而此风始盛，运用成语，隐括人文。然有余于清劲，不足于茂懿。"本书认为，所谓"清劲""茂懿"，不过是不同风格，见仁见智，不足以论有余与不足。何况，文章易懂总比难懂更能赢得读者。

**爱用虚词、连接词、语气词**。唐代的标准骈文，除句中的"而""之"外，较少在句末用虚词，句首用转折词，也罕见感叹词。本来可以用的，为凑成四六句以求整齐，也尽量不用，以致读起来不够顺畅。宋人则常用，虽无实义，却增加了感情色彩和语气韵味，因而也更靠近散文。如唐王勃《滕王阁序》，除"嗟乎""呜呼"两句外，全文没有感叹句；除句中用"而""之"外，句末无虚词，句首无连词，全为四六句。再看前引苏轼《乞常州居住表》"圣人之行法也"一联，八句中的"之""也""而"共八字，若在唐骈皆可能略去。苏轼《谢制科启》："一之于考试，而掩之于仓卒，所以为无私也，然而才行之迹，无由而深知；委之于察举，而要之于久长，所以为无失也，然而请属之风，或因而滋长。"此乃上五下五长联，皆古文散句，无典故，无藻饰。其中六个"而"，四个可删，两个"然而"可删"然"字，两个"所以"可全删。苏轼《重请戒长老住石塔疏》："念西湖之久别，本是偶然；为东坡而少留，无不可者。"这是典型的"以文体为四六"。也就是以古文改造骈文，激活骈文，既保存了骈文整齐对称之美，又增添了古文婉转流畅的气韵。虚词、连词、转折词在宋四六中功不可没，是少不得的。

**骈文的使用范围缩小而品种增多**。北宋初年，沿袭唐末五代，骈文使用范围广泛。到北宋中后期，古文运动节节推进，骈文地盘逐步退让，情势大变。凡表现个人情感和见解、主观色彩较浓的文体率用散体，如赠序、宴集序、游记、笔记、道论、史论、碑传、哀祭之属，唐人用骈者宋人用散。南宋王应麟《辞学指南》明确指出"记序用散文"，"不可少类时文"。实用文中，骈散有明确分工。凡军国大事，表、章、札子、封事，需要准确详密地陈述见解者用散文。元陈绎曾《四六附说》说："谏表、论事表、请表、乞陈表、荐表，皆用散文。贺表、谢表、进表，皆用四六。""笺：谏戒论事皆用散文。""诏多用散文，亦有用四六者。"制、诰、令、封赠、贬责之属，用四六。曾枣庄说："私人信函，书信多为散体，形式内容都较为灵活，能见出作者真性情；启多为四六，多应酬文字（引者按：用于贺生日、节庆、升官、赠物等）没有多少文学价值。"①

宋代骈文新品种很多，主要有乐语、上梁文、青词等。

乐语。明徐师曾《文体明辨》云："乐语者，优伶献伎之词，亦名致语。宋制，正旦、春秋、兴龙、坤成诸节，皆设大宴，仍用声伎。于是命词臣撰致语以畀教坊，习而诵之。而吏民宴会，虽无杂戏，亦有首章，皆谓之乐语。"元陈绎曾《文章欧冶》说："致语，乐工间白，一破题，二颂德，三人事，四陈诗。"

上梁文，建屋时祝贺用的骈文。明徐师曾《文体明辨》："上梁文者，工师上梁之致语也。世俗营构宫室，必择吉上梁，亲宾裹面杂他物称庆，而因以犒匠人。于是匠人之长，以面抛梁而诵此文以祝之。其文首尾用俪体，而中陈三六诗，诗各三句，以按四方上下，俗礼也。"

青词。原为道士上奏天庭或征召神将的符箓，以对偶句为主，多用典故，词语华丽。宋代文人每每应道观之请作青词，除宗教内容外，也抒发世俗情怀，有的作家也将其收入自己的文集中。

欧阳修、苏轼、王安石及南北宋诸名家皆有乐语、上梁文留存。宋吕祖谦《宋文鉴》、元苏天爵《元文类》、清庄仲方《宋文苑》、清彭元瑞

---

① 曾枣庄：《论宋代的四六文》，《文学遗产》1995 年第 3 期。

《宋四六选》皆选录多篇。此体虽为通俗应用骈文，但可以写景，抒情，自由洒脱，艺术价值往往在公式化公牍骈文之上。

有些骈文研究者以长于议论为宋四六特点之一，此说可商。从中国骈文史看，宋以前议论骈文已经很发达，谈玄如阮籍，论文如刘勰，论史如刘知几，议政如陆贽，皆非宋人可比。从整个宋代文学看，各体作家皆爱议论，散文是首选，其次才是骈文。所以无论纵向横向比较，宋四六文在发议论方面的功能都不够突出。明王志坚《四六法海》指出："四六与诗相似，皆著不得议论。宋人长于议论，故此二事皆逊于唐人。"他认为宋四六和宋诗之议论皆不如唐代。

## 三　宋代的骈文批评

### （一）北宋古文家的意见

北宋初年，骈文沿袭五代余风，首先提出批评的是一批古文倡导者。

**柳开**（947～1000），字仲涂，从小喜欢韩柳古文，自命名为肩愈，字绍元，立志继承韩愈、柳宗元的事业。论文主张重道致用，宣扬教化，尚朴崇散，不愿学"今之文"，即五代体骈文。其《应责》说："古文者，非在辞涩言苦，使人难读诵之；在于古其理，高其意，随言短长，应变作制，同古人之行事，是谓古文也。……吾若从世之文也，安可垂教于民哉！亦自愧于心矣。欲行古人之道，反类今之文，譬乎游于海者，乘之以骥，可乎哉！"其《上王学士第三书》说："代言文章者，华而不实，取其刻削为工，声律为能。刻削伤于朴，声律伤于德。无朴无德，于仁义礼智信也何？"其《上王学士第四书》指责"今之文"，"假彼之物，执为己有"，又"重之以华饰"，"为伪于德"。这些都是针对当时骈文而发的。柳开志向高远，而其古文不佳，时人说他"以断散拙鄙为高"，故不能打开局面。

与柳开同时的佛教徒智圆，外释而内儒，推崇古文，不满骈文。其《送庶几序》说："且代人所为声偶之文，未见有根仁柢义，模贤范圣之作者。连篇累牍，不出风云月露之状，绍时附势之谈，适足以伤败风俗，何益于教化哉！"宋初人多学李商隐，而李氏文集中有大量代人所作"声偶之文"，的确存在上述弊端。

**姚铉**（967～1020），曾费时十年，编选《唐文粹》，于文只选古文不选骈文，于诗只选古体不选近体。该书序言提倡复古尊古，认为"至于魏晋，文风下衰，宋齐以降，益以浇薄"，"厥后徐庾之辈，淫靡相继。下逮隋季，咸无取焉"。他对唐代一系列古文作家评价很高，对其他唐文"止以古雅为命，不以雕篆为工，故侈言蔓辞，率皆不取"。他的散文史观与初盛唐人相近，对近体诗的态度未免片面。

**穆修**（979～1032），是北宋古文运动的直接前驱。《四库全书总目提要》说："宋之古文，实柳开与修为倡。然开之学，及身而止。修则一传为尹洙，再传为欧阳修。而宋之文章于斯为盛，则其功一不鲜矣。"穆曾整理、刊刻韩愈文集加以推广，以实际行动抵制轻古重骈之风。其《答乔适书》说："今世士子习尚浅近，非章句声偶之辞不置耳目，浮轨滥辙，相迹而奔，靡有异途焉。其间独敢以古文语者，则与语怪者同也。众又排诟之，罪毁之，不目以为迂，则指以为惑。"穆修与姚铉不同，他只反对五代体骈文，不反对西昆体诗，所作古文虽文从字顺，却不免平衍拙涩。

**范仲淹**（989～1052），北宋政治改革家、文学家，大力提倡改革文风。其《奏上时务书》说："臣闻国之文章，应于风化。风化厚薄，见乎文章。是故观虞夏之书，足以明帝王之道；览南朝之文，足以知衰靡之化。故圣人之理天下也，文弊则救之以质，质弊则救之以文。质弊而不救，则晦而不彰；文弊而不救，则华而将落……况我圣朝，千载而会。惜乎不追三代之高，而高六朝之细。然文章之列，何代无人？盖时之所尚，何能独变？大君有命，孰不风从？可谕词臣，兴复古道，更延博雅之士，布于台阁，以救斯文之薄，而厚其风化也。"这番话文质兼顾，重点在用博雅之士以复兴古道。其《尹师鲁河南集序》说："唐贞元、元和之间，韩退之愈主盟于文，而古道最盛。懿、僖以降，寝及五代，其体薄弱。皇朝柳仲涂开起而麾之，髦俊率从焉。……洎杨大年亿以应用之才，独步当世，学者刻辞镂意，有希仿佛，未暇及古也。其间甚者，专事藻饰，破碎大雅，反谓古道不适于用，废而不学者久之。"这是针对当代的批评。由于范仲淹有很高的政治地位和文学成就，其影响非前述几位古文家可比。

**欧阳修**（1007～1072），他对骈文既非常不满，又有一定程度的认同。欧阳修最佩服韩愈及其古文，其《记旧本韩文后》追述自己学习韩文的经过："是时天下学者杨刘之作，号为时文，能者取科第，擅名声，以夸荣当世，未尝有道韩文者。"显然不以骈文为然。其《苏氏四六》指出骈文的毛病："往时作四六者，多用古人语，及广引故事，以炫博学，而不思述事不畅。"《与乐秀才第一书》说："今之学者或不然，不务深讲而笃信之，徒巧其词以为华，张其言以为大。"《与荆南乐秀才书》说，自己少年时所好者乃"穿蠹经传，移此俪彼"之文，目的是"较胜于场屋，取科名"，"今世人所谓四六者，非修所好，少为进士时，不免作之"，乃是为了"适时顺俗"，"取禄仕而窃名位"，"贪禄仕以养亲"。其《苏氏文集序》干脆把"时文"说成"言语声偶摘裂"之文。他后来进入官场，作章表，知制诰，代王言，都是职务需要，而非兴趣所在。这是欧阳修一再申明的基本态度。也正由于从小喜爱古文的同时不得不学习骈文，以及在官场不得不使用骈文，他深知骈偶有不可废止的一面。他的名言是："偶俪之文苟合于理，未必为非，故不是此而非彼也。"（《论尹师鲁墓志》）这个"理"主要就内容而言。他又说："近时文章变体，如苏氏父子以四六述叙，委曲精尽，不减古人。"（《苏氏四六》）又说："夫时文虽曰浮巧，然其为功，亦不易也。"这是就形式而言。他对杨亿、刘筠骈文给予肯定，说："杨、刘风采，耸动天下，至今使人倾想。"（《与蔡君谟帖》）又说杨亿"真一代文章豪也"（《归田录》）。对石介一味贬斥杨刘，他明确表示反对。

奚彤云指出："宋代古文家对骈文的写作特点有较为深入的把握，在此基础上，他们中间一些人，根据古文的要求改造了骈文的创作，从而逐步形成了宋四六的观念。"① 代表人物就是欧阳修。

**李觏**（1009～1059），论文主张羽翼六经，反对浮艳流宕，但不像苏舜钦那样完全否定"文"。其《上宋舍人书》，肯定三代秦汉人文彬彬之盛，"魏晋之后，涉于南北，斯道积羸，日剧一日"，"世主储君，而争夸奸声乱色，以为才思，虚芜巧伪，灭去天理"。经过唐代李杜韩柳的努力，"尧舜之道，晦而复明；周孔之教，枯而复荣"，"文章之懿，高视千古"。到了宋代，"颓风未绝，近代以来，新进之士，重为其所煽动。不求经术，而撦小说（指佛道邪说）以为新；不思理道，而专雕镂以为丽。句千言万，莫辨

---

① 奚彤云：《中国古代骈文批评史稿》，华东师范大学出版社 2006 年版，第 67 页。

首尾。览之若游于都市，但见其晨而合，夜而散，纷纷藉藉，不知其何氏也"。李觏的矛头指向以五代体骈文为代表的形式主义倾向。

**苏轼**（1037～1101），他对于如何写文章发表过许多精辟见解，多侧重于古文，较少直接评论骈文。他称赞韩愈"文起八代之衰"，也就是对八代骈文的否定。这个判断对后世影响深远。宋初文人普遍崇尚《昭明文选》，苏轼对之有尖锐批评。其《答刘沔书》说："梁萧统集《文选》，世以为工。以轼观之，拙于文而陋于识，莫统若也。"认为其见识与儿童无异，误收李陵答苏武书、蔡琰二诗，不辨真伪。其《题文选》说："舟中读文选，恨其编次无法，去取失当。齐梁文章衰落，而萧统尤为卑弱。"萧统说陶渊明《闲情赋》"白璧微瑕"，苏轼斥责他"乃小儿强作解事者"，即不懂装懂。

苏轼对唐代骈文大家陆贽极力推重。其《乞校正陆贽奏议札子》说："唐宰相陆贽，才本王佐，学为帝师。论深切于事情，言不离于道德。智如子房，而文则过；辩如贾谊，而术不疏。上以格君心之非，下以通天下之志。""聚古今之精英，实治乱之龟鉴。"在给一位朋友的信中，他说："文人之盛，莫如近世。然所私慕者，独宣公一人。"苏轼喜欢陆贽之文，可能受其父苏洵影响。苏洵《上欧阳内翰第一书》列举五位散文家：孟子、韩愈、欧阳修、李翱、陆贽。并说："陆贽之文，遣词措意，切近的当，有执事（指欧阳修）之实。"苏轼本人所作四六文，显然继承陆贽所开创的散文化的传统。这一点对于宋四六风格的形成极为重要。

**王安石**（1021～1086），他强调文章以内容为主，形式必须服从内容，"有补于世"；反对讲究"章句声病，苟尚文辞"。他批评韩愈讲的学古道必兼学古文，是偏重于修辞之末事。其《韩子》诗说："力去陈言夸末俗，可怜无补费精神"，认为韩愈"务去陈言"是"末俗"，无补于用。批评柳宗元教人作文只是"辞"而已，非"作文之本意"。"本意"应是传道。其《张刑部诗序》抨击："杨刘以其文词染当世，学者迷其端原，靡靡然穷日力以摹之，粉墨青朱，颠错丛庞，无文章黼黻之序，其属情藉事，不可考据也。"其《上邵学士书》说："某尝患近世之文，辞弗顾于理，理弗顾于事，以襞积故实为有学，以雕绘语句为精新。……求其根柢济用，则蔑如也。"这些话都是针对骈文的，但似乎有忽视艺术性的倾向。

**张耒**（1054～1114），他反对专门在文学技巧上争奇斗胜。其《答李推官书》说:"自唐以来至今,文人好奇者不一,甚者或为缺句断章,使脉理不属;又取古书训诂希于见闻者,挦扯而牵合之,或得其字,不得其句,或得其句,不得其章,反复咀嚼,卒亦无有,此最文之陋也。"张耒的上述批评不是针对宋初的"太学体",而是针对宋四六中断章取义、滥用经典的不良现象的。

**叶梦得**(1077~1148),生活在南北宋之际。其《避暑录话》卷上说:"自大观(宋徽宗年号)后,时流争以经句为工,于是相与褒次排比,预蓄以待用,不问其如何。粗可牵合,则必用之,虽有甚工者,而文气扫地矣。"尖锐批评四六文滥用经典成语之弊。

### (二)宋代理学家的骈文批评

曹丽萍《南宋骈文研究》设专章介绍十余家,下面举石介、朱熹、叶适为代表。

**石介**(1005~1045),有的文学史列为古文家。王运熙、顾易生主编的《宋金元文学批评史》将其列为北宋理学家第一名。石介强调复兴古文是为了复兴古道。其《怪说》极力抨击杨亿。"昔杨翰林欲以文章为宗于天下,忧天下未尽信己之道,于是盲天下人之目,聋天下之耳……穷妍极态,缀风月,弄花草,淫巧侈俪,浮华篆组,刓镂圣人之经,破碎圣人之言,离析圣人之意,蠹伤圣人之道。"其《上赵先生书》说:"今之为文,其主者不过句读妍巧,对偶的当而已。其美者不过事实繁多,声律谐和而已。雕镂篆刻伤其本,浮华缘饰丧其真。于教化仁义礼乐刑政,则缺然无仿佛者。"都把矛头指向当时盛行的骈文。其中对杨亿的否定太过分,有明显的重道轻文倾向,甚至乱扣帽子,受到欧阳修的批评。欧氏《与石推官第一书》说石介"自许太高,诋时太过,其论若未深究其源者"。其《与石推官第二书》说,石介完全否定"雕刻文章","此又大不可也"。

**朱熹**(1130~1200),是理学大师,同时在文学、史学、经学、教育学等许多方面有重大成就,曾经多次评论骈文。

关于骈文的历史发展,其《入蜀记》卷四描述说:"自汉魏之间,骎骎为此体,极于齐梁,而唐尤贵之,天下一律。至韩吏部、柳柳州大变文格,学者翕然慕从,然骈俪之作终亦不衰。"这是符合实际的。《朱子语类》说:

"汉末以后，只做属对文字。直至后来，只管弱。……直至韩文公出来，尽扫去了，方做成古文。然亦止做得未属对合偶以前体格，然当时亦无人信他。故其文亦变不尽。……又如子厚亦有双关之文，向来道是他初年文字，后将年谱看，乃是晚年文字，盖是他效世间模样做则剧耳。文气衰弱，直至五代，竟无能变。到尹师鲁、欧公几人出来，一向变了。其间亦有欲变而不能者，然大概都要变。所以做古文自是古文，四六自是四六，都不滚杂。"（《朱子语类》卷一三九，以下凡引朱熹均见此卷）这段话基本正确，指出柳宗元作骈文是不得已顺世随俗，把古文与四六分开，看成不可混杂的两种文体，皆极精辟。莫砺锋指出："欧阳修、尹洙倡导古文之后，并没有把骈文驱逐出文坛，而是让骈文成为次于古文的一种文体，而获得独立的存在，这比后人论述宋代散文时仅及古文而无视骈文的简单化处理，要全面准确得多。"①

对唐代骈文家，朱熹推崇陆贽。他说："陆宣公奏议极好看，这人极会议论事理，委曲说尽，更无渗漏，虽至小底事，被他处置得亦无不尽。""陆宣公奏议末数卷论税事，极尽纤悉。是他都理会来，此便是经济之学。"他对欧阳修很敬佩，也有些不满，指出其"制诰皆治平间所作，非其得意者。恐当时亦被人催促，加以文思缓，不及仔细，不知如何，然有纡徐曲折，辞少意多，玩味意不能已者，又非辞意一直者比"。对于与欧阳修同时的范淳夫骈文，他则评价甚高。"曾问某人，前辈四六语孰佳？答云：莫如范淳夫。……自然平正典重，彼工于四六者都不能及。""范淳夫文字纯粹，下一个字，便是合当下一个字，东坡所以伏他。"对南宋骈文他有尖锐批评："今来文字，至无气骨。向来前辈虽是作时文（骈文），亦是朴实头铺事实，朴实头引援，朴实头道理。看着虽不入理，却有骨气。今人文字全无骨气，便似舞讶鼓者，涂眉画眼。""如今时文，一两行便做万千屈曲，若一句题也要立两脚，三句题也要立两脚，这是多衰气！"所谓"也要立两脚"就是滥用对偶，而不顾内容是否需要。这些批评皆切中时弊。

**叶适**（1150～1223）南宋著名事功派思想家、文学家。他对专门培养骈文作家的词科提出严厉批评，其《进卷》说："自词科之兴，其最贵者，

---

① 莫砺锋：《朱熹文学研究》，南京大学出版社 2000 年版，第 141 页。

四六之文，然其文最为陋而无用。士大夫以对偶亲切用事精的相夸，至有一联之功擅终身之官爵者，此风炽而不可遏，七八十年矣。前后居卿相显人，祖父子孙相望于要地者，率词科人也。其人未尝知义也，其学未尝知方也。探纸援笔，以为比偶之词，又未尝取成于心而本其源流于古人也。是何所取，而以卿相显位待之，相承而不能革哉！"这是釜底抽薪之论。当时词科正盛，叶适之言影响并不是很大。到了南宋后期，越来越多的士人认同叶适的观点，终于导致词科的衰落，骈文加速走向低潮。

南宋理学家谈论骈文较多的还有魏了翁、真德秀、吕祖谦等。他们不像北宋程颐那样指责"以文害道"，而是"重道而不废文"。不少理学家既是古文家，也是骈文高手。他们试图让骈文向古文靠拢，在内容上，有意识地把"道"融入骈文，干预社会，直面现实，大谈正心、修身、齐家、治国、平天下。在形式上，追求平实，雅正，有"气""味"。语言流利顺畅，论述清晰透彻，不刻意锻炼雕琢，多用习惯语，少用代替语，必要时用熟典，避免僻典，不为新巧而任意改变语序和词性。这样的骈文除了以对句为主之外，与古文几乎无大区别，比北宋欧苏新四六更前进一步，在南宋实用性骈文中相当流行。其理论和创作之不足处是，对骈文的审美重视不够，文章稍嫌枯淡，缺乏传统骈文精巧细致的艺术吸引力。

### （三）　北宋西昆体骈文家对骈文的态度

奚彤云指出，西昆体是一种润饰治道的庙堂文字，这类文章在宋初被认为具有崇高地位而为古文家所肯定。西昆体代表作家杨亿并非以词人才子自许，而希望能与扬雄、韩愈相颉颃。[①] 杨亿也是"抗心希古"的，（见其《武夷新集自序》）也喜欢在骈文中缀连经典成语，不过只是利用其词句作为文章的装饰品，并未领悟其中"圣道"，所以受到石介的批评。

北宋西昆体作家张咏（948～1017）明确提出："视文之臧否，见德之高下。若以偶语之作，参古正之辞，辞得异而道不可异也。"（《张乖崖集》卷七《答友生问文书》）他认为骈文古文都可以阐明儒道，这个观点很重要。张咏为官清廉刚正，骈文写得"疏通平易"，为清代四库馆臣所肯定。

---

① 　奚彤云：《中国古代骈文批评史稿》，华东师范大学出版社 2006 年版，第 66 页。

北宋骈文名家夏竦（985～1051）也曾批评骈文的形式主义。其《厚文德奏议》说："近岁学徒，相尚浮浅，不思经史之大义，但习雕虫之小技，深心尽草木，远志极风云。……尚声律而忽规箴，重俪偶而忘训义。"其见解与当时古文家相同。

晏殊（991～1055）是诗词骈文高手，史家归之于西昆派。其《答高监丞书》极力赞扬韩愈，"若乃扶道垂教，铲除异端，以经常为己任，死而无悔，则韩子一人而已。非独以属词比事为工也"。他也是主张对骈文进行改革的。

奚彤云指出："夏竦、晏殊等人的态度表明，他们都已认同于古文，愿意以此重塑骈文，甚至不再维护骈文的优势地位，这和古文家可谓殊途同归。不过与古文家主动变革骈文不同，骈文家参与这场变革是出于时势所趋，他们并无足够的准备和能力彻底更新骈文的创作与批评。"①

## 四 宋代的骈文理论专著

王铚《四六话》。王铚，字性之，今安徽阜阳人，父王素是欧阳修的学生。王铚于北宋末年，曾任湖南安抚司参议官，南渡后受秦桧摈弃，曾居庐山，以诗酒自娱。陆游《老学庵笔记》说："王性之泛闻该洽，尤长于国朝故事，莫不能记。对客指画诵说，动数百千言，退而质之，无一语谬。予自少至老，惟见一人。"《四六话》作于宣和四年（1122），是最早的四六评论专著。评论骈文作家57人，其中北宋50人，唐代7人，全书共65条。《四库全书简明目录》说："古无专论四六之书，有之自铚始。……所论多宋人表启之文，大抵举其工巧之联，而气格法律皆不顾。"《四库全书总目提要》说："宋代沿流，弥意精切，故铚之所论，亦但较胜负于一联一字之间。……终宋之世，惟以隶事切合为工，组织繁碎，而文格日卑，皆铚等之论导之也。然就其一时之法论之，则亦有推阐入微者，如诗家之有句图，未可废也。"此评价似乎偏低。客观地看，此书论四六技法颇有见地。例如指出用典有伐山语（即生典），有伐材语（即熟典），"生事必对熟事，熟事必对生事。若两联皆生事，则伤于奥涩；若两联皆熟事，则无工"。主张"四六贵出新意，然用景太多而气格低弱，则类俳矣。唯用景而不失朝廷气

---

① 奚彤云：《中国古代骈文批评史稿》，华东师范大学出版社2006年版，第68页。

象，语剧壮而不怒张，得从容中和之道，然后为工"。论唐四六与宋四六的区别，宋初四六的渊源，四六文与诗赋的关系等，都有文学史价值。

**谢伋《四六谈麈》。**谢伋，字景思，生活年代略晚于王铚，其从祖谢良佐是著名理学家，父亲谢克家曾任参知政事，岳父綦崇礼曾任中书舍人、翰林学士。谢伋于南渡后入仕，官职不高。因秦桧之祸，寓居黄岩山二十余年，短期知处州，不久病逝。《四六谈麈》成书于 1141 年。全书 55 条，所论皆宋人四六文，以北宋为主，兼及南宋初期，涉及文体比《四六话》广。《四库全书总目提要》说："其论四六，多以命意遣词分工拙，视王铚《四六话》所见较深。其谓四六施于制诰表奏文檄，本以便于宣读，多以四字六字为句。宣和间多用全文长句为对，习尚久之，至今未能全变，前辈无此格。又谓四六之工在于剪裁，若全句对全句，何以见工？尤切中南宋之弊。其中所摘名句，虽为他书互见者多，然实自具别裁，不同抄袭。"此书对四六应用文之缘起及范围有清楚的介绍。如说，早期训诰誓命、诏策书疏"无骈俪粘缀，温润尔雅。先唐以还，四六始盛，大概取便于宣读。本朝自欧阳文忠、王舒国，叙事之外，自为文章，制作混成，一洗西昆磔裂烦碎之弊，厥后学之者益以众多。况朝廷以此取士，名为博学宏词，而内外两制用之。四六之艺，咸曰大矣。下至往来笺记启状，皆有定式。故谓之应用，四方一律，可不习知？"谢书材料不及王书丰富，但见识深刻全面，王侧重在修辞，谢着眼于命意，二书可以互补。

**杨渊《云庄四六余话》。**此书首次著录见陈振孙《直斋书录解题》，作"杨渊撰"，"视前二家（指王铚、谢伋）为泛"。元人所撰《宋史·艺文志》著录为"杨囷道《四六余话》"，囷为"渊"之古字。明以后著录为《云庄四六余话》，作者为南宋初期孝宗时人，生平无考。此书属于资料汇编性质，全书 106 条。今人施懿超逐条核查，认为"全部或几乎全部辑录自宋人笔记涉及四六的材料，引用《容斋随笔》达 23 条之多……无作者自论部分"。[①] 杨氏的基本观点，强调事精对切，以剪裁为工，简述宋四六自宋初经欧、苏至南宋的发展过程。"本朝四六，以刘筠、杨大年为体，必谨四字六字律令，故曰四六。然其弊类俳，欧阳公深嫉之。曰：今世人所谓四六者，非

---

① 施懿超：《宋四六论稿》，上海古籍出版社 2005 年版，第 237 页。

修所好。少为进士，不免作，自及第，遂弃不作。在西京作三相幕，于职当作，亦不为作也。""皇朝四六，荆公谨守法度，东坡雄深浩博，出于绳墨之外，由是分为两派。近时汪浮溪、周益公诸人类荆公，孙仲益、杨诚斋诸人类东坡。"又指出，四六各自有体，"制诰笺表贵乎谨严，启疏杂著不妨宏肆"。还重点分析评论了宋代词科考试露布、表两种门类中的四六佳句。《四库金书总目提要》说它："持论精华，固习骈体者之所必资也。"

　　**洪迈《容斋四六丛谈》**。洪迈（1123～1202），南宋著名学者，父洪皓、兄洪适、洪遵皆有文名，而洪迈学术成就尤高，著作有《容斋随笔》五集、《夷坚志》等。《容斋四六丛谈》共 29 则，涉及唐宋多位作家，全部出自《容斋随笔》，题目、文字皆无改动。宋元书目中未见著录，首见于明王道明所编《笠泽堂书目》，很可能是由明人编辑成书。《四库全书总目》认为"所论较王铚《四六话》、谢伋《四六谈麈》特为精核。盖迈初习词科，晚更内制，于骈偶之文，用力独深，故不同剿说也"。所论主要在于属辞比事和对偶，以警策精切为工，有几条显示出作者考据精确的能力。《容斋随笔》中涉及四六文的材料相当丰富，这 29 条只是其中小部分而已。

　　**祝穆**（？～1256），《新编四六宝苑群公妙语》。祝氏是朱熹的学生，江西婺源人，博览群书，著作有《古今事文类聚》170 卷、《方舆胜览》70 卷，皆学术名作。他仿效王铚、谢伋、杨渊等前辈的方法，集腋成裘而作《新编四六宝苑群公妙语》。其书已残，目前最全者为中山大学图书馆藏明钞本四十二卷。其卷一"议论要诀"，卷二"宏词提纲"，卷四至二十五"名公私稿"（南宋四六名篇），卷二十六以下为对句散联汇编。全书体例明晰，内容充实，是指导四六写作的工具书。清代单独刊刻二卷本《新编四六宝苑群公妙语》，实为祝氏原书之卷一"议论要议"，专讲四六文作法，把前人四六话中的散辑资料，分门别类为三十四题。依次为："总论体制""叙述贵得体""用古书全句""用全句贵善衬""包题贵尽""体题贵切""体物贵工""认意贵明""下字贵审""属对贵巧""用事贵精""用事贵博""实事相等""字面贵换易""时忌贵回互""亲语贵相贯""状景贵脱洒""借彼明此""夺胎换骨""生事对熟事""古事配今事""逐句自为对""对字有来历""造语有典重者""有质实者""有平正者""有奇壮者""有豪放者""有新奇者""有华丽者""有感慨者""有戏用方言者"

"有当用徘语者""有不可用徘语者"。这样把骈文的写作方法、句法、对偶、用事及不同风格进行比较系统的概括,比起前人散碎混编的四六话,在理论形态上提高了一步。

**王应麟《辞学指南》。**王应麟（1223～1296），字伯原，浙江鄞县人，南宋末年累官至礼部尚书。宋亡后不出，著作有《困学纪闻》等。《辞学指南》四卷，附刻于大型丛书《玉海》之末，是一部专为士人应试博学宏词而编的入门书，也是系统讨论各种四六文章作法的专著。首卷总论编题、作文法、语忌、诵书、文选、合诵、编文诸问题。其他三卷按十二种体裁作分类论列：制诰、诏、书、表、露布、檄、箴、铭、记、赞、颂、序。每类文体先考释名称来历，再引述名家和王氏自己的评语，提示起联、铺叙、形容、末联等作法，然后开列历届词科名篇题目，再选录代表性范文以示例。全书篇章组织有条理，很实用，从中可以了解四六文在科场考试中的作用。其全书体例已经摆脱了之前四六话之资料汇编状态。

今存重要的宋代大型骈文选本有：《圣宋名贤五百家播芳大全》（有1190年序）和《圣宋名贤四六丛珠》100卷，两书皆宋人叶棻编辑。还《圣宋千家名贤表启翰墨大全》，有庆元六年（1200）吴焕然序，编者不详，原为140卷，今存日本天理图书馆为删削本，仅存贺表、谢表、陈表三类，共二十六卷，每类再分总叙、事偶、句联、要段、全篇五部分，约2800篇，可以看出宋四六的应用情况。①

# 第二节　北宋骈文（上）

## 一　北宋初期骈文

北宋初期骈文的重要作家公认首推杨亿。然而在杨氏之前，王禹偁是不可忽视的人物。

**王禹偁**（954～1001），字元之，济州巨野（今山东巨野）人，曾经四入掖垣，三掌制诰，一入翰林，三次贬黜，最后贬黄州知州，有《黄冈竹

---

① 参看施蛰超《宋四六论稿》第七章《类书类四六文叙录》，上海古籍出版社2005年版。

楼记》，此作是北宋古文名篇。他也精于骈文，有《小畜集》《小畜外集》。《全宋文》录其文 302 篇，其中 140 篇是骈文。

王禹偁骈文为其古文所掩，近百年骈文史很少提到他，但在宋代文坛评价颇高。北宋黄庭坚将他与杨亿并称："元之如砥柱，大年若霜鹤。王杨立本朝，与世作郢郭。"（《次韵杨明叔见饯十首其七》）陈鹄《耆旧续闻》云："本朝名公四六，多称王元之、杨文公、范文正公、晏元献、夏文庄……"苏颂称赞王氏"辞诰深纯，得裁成制置之体；册命庄重，兼典谟训诰之文"（《小畜外集序》）。

王禹偁的骈文可分制诰、表启两大类。

制诰类得体庄重，宏丽典赡。如《授御史大夫可司徒门下侍郎平章事制》首联云："坐霜台而司宪，振肃皇纲；践黄阁以持衡，缉然帝戴。"上句指任职御史大夫，古称宪台、霜台；下句指门下侍郎，相当于副首相，故称黄阁。"具官某"以下为颂德，一叙旧官，再叙新官，用汉代赵尧、邴吉二典以比拟。"於戏"以下为戒辞，虽不用典，告诫恩宠之意表达清晰，用语妥帖讲究。

表启类工对简洁，情事兼优。后代选家多看重其《黄州谢上表》。其开头客套用散语，"伏念"以下陈述在朝中任职的经历和遭际，是文章的核心部分："臣叨司帝诰，又历周星……入直则闭阁待制，退朝则闭门读书……虽每日起居，实经年抱病。不敢求假，恐烦医官。后忝预史官，同修实录，昼夜不舍，寝食殆忘。……忽坐流言，不容绝笔。夫谗谤之口，圣贤难逃。……盖行高于人则人所忌，名出于众则众所排。自古及今，鲜不如此。伏望皇帝陛下雷霆霁怒，日月回光。鉴曾参之杀人，稍宽投杼；察颜回之盗饭，或出如簧。未令君子之道消，惟赖圣人之在上。……以微臣之行已，遇陛下之至公。久当辨明，未敢伸理。今则上国千里，长淮一隅。虽叨守土之荣，未免谪居之叹。霜摧风败，芝兰之性终香，日远天高，葵藿之心未死。"

宋时惯例，贬官到任后必有谢表，以示悔过并叩谢从宽发落。王禹偁此表与他人颇不相同。实际上主要为自己辩护，并不承认有罪过。王氏与修《太祖实录》，直书以求实，宰相张齐贤不悦，加上此前王曾作诗讥张肥胖，张借机挑剔，贬王氏外郡。王氏谢表显然深感委屈，故陈述如何废寝忘食，有病也不请假，忽然遭受流言飞语，实录未完成就停止工作。他以曾参杀人，颜回盗饭比喻自己无辜，声言"不省附丽权臣，心无苟合"，"出一言不愧于神明，议一事必在于正直"，说明未参与张齐贤与李沆两丞相的明争暗斗。这些话都非常大胆直率，在众多谢表中难能可贵。《滁州谢上表》《单州谢上表》等皆属此类。

王禹偁的四六启以精于作对、妥帖用典为时人及后代所称道。张洎，南唐李后主大臣，后入宋，太宗闻其名，任命为翰林学士，后又任参知政事（副首相）。王氏作启以贺张入翰林院，有云："追踪季札辞吴，尽变为国风；接武韩宣适鲁，独明于易象。"二典出《左传》，皆人所熟知，形容张洎来自南方，可见中原文化得到传扬。吴公子季札在鲁国观乐，对《诗经》十五国风有精辟的评论，这是文化史上一次美谈；晋国韩宣子到鲁国，纵论易象的哲理意义，成为经学史上一段佳话。

此启语言简洁平易，用典精当熟稔，以古文笔法作骈偶文字，是王禹偁四六启的特色，有别于当时流行的五代体。所以王应麟认为他"独开有宋风气，于是欧阳文忠得以承流接响"（《困学纪闻》卷十九）。

杨亿（974～1020），字大年，今福建浦城人，少有文才，年十一，太宗召试诗赋，下笔立成，深受嘉赏，时称神童。十九岁赐进士及第，真宗时，历任知制诰、翰林学士、史馆修撰等职，性耿介，尚名节，不屑巴结逢迎。他才思敏捷，文格雅健，诲掖后进，终生不离翰墨，著述甚多，影响巨大。南宋赵彦卫《云麓漫钞》说："本朝之文，循五代之旧，多骈俪之词，杨文公始为西昆之体。"由于他长期担任朝廷秉笔文臣，同僚及晚辈如刘筠、钱惟演、夏竦等皆从而效之。杨亿的骈文讲究辞采，多用典故，取材博赡，炼词精整。《五朝名臣言行录》卷四引《吕氏家塾记》云："杨文公凡为文章，所用故事，常命子侄诸生检讨出处，每段用小片纸录之。文既成，则缀粘所录而蓄之，时人谓之衲被焉。"其做法与李商隐写诗先罗列材料如獭祭鱼相似，其实就是现代学者做学术资料卡片。杨亿文章典故虽多，却平易畅达，恰到好处。如为祝贺宋真宗驾华澶州与宋军击败契丹于澶州及大名，杨亿在处州上《驾幸河北起居表》，其中有云：

臣闻涿鹿之野，轩皇所以亲征；单于之台，汉帝因之耀武。用歼夷于凶丑，遂底定于边陲。五材并陈，盖去兵之未可；六龙时迈，固犯顺以必诛。矧朔漠余妖，腥膻杂类，敢因胶折之候，辄为鸟举之谋。固已命将出师，擒俘献馘。虽达名王之帐，未焚老上之庭。是用亲御戎车，躬行天讨。劳师细柳之壁，巡狩常山之阳。师人多寒，感恩而皆同挟纩；匈奴未灭，受命而孰不忘家。行当肃静塞垣，削平夷落。枭冒顿之首，收督亢之图。使辽阳八州之民，专闻声教；榆关千里之地，尽入提封。蛇豕之穴悉除，干戈之事永戢。然后登临瀚海，刻石以铭功；步降云亭，泥金而展礼。逮追八九之迹，永垂亿万之年。

文章宗旨是颂扬抗击外族侵略中原的正义战争，持论正确，立言得体，文气豪宕，对仗工整。典故皆出习见之经史，以古比今，贴切允当。

又如《求解职领郡表》，陈述官俸微薄，生活窘迫，难以奉亲养家，请求外任。情辞坦诚，语言朴质，颇能动人。杨亿曾外任处州知州三年，官声颇佳。他有些书启不乏巧对，据吴处厚《青箱杂记》云："杨文公为执政所忌，母病谒告，不俟朝旨，径归韩城。……公有启谢朝中亲友曰：'介推母子，愿归绵上之田；伯夷弟兄，甘受首阳之饿。'"以古之廉士介子推不受禄和伯夷叔齐让国作比，表明自己不恋禄位。此两句似乎随手拈来，取之胸臆。郭预衡认为，以杨亿"现存之文而论，其间虽不免穷态极妍之作，却也有指实造事之文。而且有些文章，作为一代'时文'，又很有时代特点，与当时的古文相似，即平易自然，而不甚浮华，特别是他的几篇陈情之文"。他还有"论政之文"，如《次对奏状》云，"本是刀笔时文，由于据事直言，不全用四六，骈散相间，遂成为宋四六之新特点"。① 杨亿有些描绘亭台楼阁之文，对环境描写非常精美。如《临虚阁记》中有："春之晨，杂芳被堤，绿波如染，可以临清流而赋诗；夏之日，凉风拂衽，炎云成峰，可以登高明而逃暑。潦收水清，群木摇落，可以咏秋气于楚词；岁寒天暮，密雪飞舞，可以歌南山于周雅。固足以栏心猿而习静，狎海鸥以忘机。"春与夏各四句组成一联，秋与冬各三句组成一联，变四排比为两对仗。这样优美灵动的句子，在前代散文骈文中可觅少数先例，但不多见。

---

① 郭预衡：《中国散文史》中册，上海古籍出版社 1993 年版，第 414～415 页。

与杨亿齐名的刘筠的文章，流传至今仅两篇。

**夏竦**（985～1051），今江西德安人，有文武才，军政事务不乏建树。他以知制诰起家，朝廷典策多出其手笔，仁宗时任宰相，封英国公。《宋史》说他："急于仕进，喜交结，任数术，倾侧反复，世以为奸邪。"他屡次陷害名臣，阴险贪婪，喜搜括，耽享受，恶评如潮，但在文学上确有造诣，是西昆派骈文家、文字学家、桥梁建筑高手，曾在青州督率士卒以全木结构建虹桥，是中国桥梁史上的创举。南宋王铚《四六话》对其骈文评价很高，说："先公（指其父王莘）言：本朝自杨刘四六弥盛，然尚有五代衰陋之气。至英公（夏竦）表章，始尽洗去。四六之深厚广大，无古无今，皆可施用者，英公一人而已，所谓集大成者。至于王岐公（王珪）、元厚之（元绛），皆出英公。王荆公虽高妙，亦出于英公，但化之以义理而已。"清《四库全书总目提要》说："竦虽奸党，然学问则殊该博。其文章词藻瞻远，风骨高秀，尚有燕许轨范。"比之于唐之沈铨期、宋之问，不应以人废文。

夏竦的名作如《免奉使表》。他奉命出使契丹，以其父战死于征辽军中，不忍向仇人下拜，请免使职。其文有曰："比膺使指，往奉欢盟。选授至艰，道途差近。况多侑布，实济空拳。然念顷岁先人没于行阵；初春母氏始弃遗孤。义不戴天，难下单于之拜；哀深陟岵，忽闻禁侏之音。车府露章，槐庭泣血。王姬筑馆，接仇之礼既嫌；曾子回车，胜母之游遂辍。荷两宫之大庇，戴三事之昌言。退安四壁之贫，如获万金之赐。"坚持民族气节，值得肯定。陈述苦衷，深沉宛转，对仗典雅精整。不拜单于用汉郑众事，"禁侏"是《公羊传》对夷乐的称呼，《四六话》认为，是生事对熟事。其中"义不戴天"一联，欧阳修很欣赏，《归田录》中引用，仅改"单于"为"穹庐"，改"禁侏"为"夷乐"，更明白易懂了。

**晏殊**（991～1055）西昆派诗词作家，也是骈文家，受杨亿影响颇深。他比杨小17岁，而经历相近，皆以神童召对，皆以擅长骈对驰骋文坛，皆以28岁知制诰。《全宋文》辑其文53篇，多为骈体，如《御飞白书记》，为赞美皇帝书法而作，全文如下：

> 日新盛德，天纵多艺。师心独运，冠世研精。万象奔驰于笔端，三辰奋涌于毫末。翩然而鸾皇飞蓦，蜿然而虬龙蟠跃。圣域之雄观，

书林之具美。一字可以逾华衮，群莫能望清光。摛染所及，洪纤毕该。宇宙入其胸怀，风云出手掌握。造化协其隐显，阴阳顺其卷舒。发虚无之蕴，而森为众形；收雷霆之动，而归于精象。非淹圣之独智，孰能当于此乎！

飞白是种草书，此文形容其精美活泼，如亲眼看见。与鲍照的《飞白书势铭》之评论飞白书法不同，此文乃专门赞美皇帝的书法创作。此外，《进两制三馆牡丹歌诗状》，推介大臣们的诗歌；《举范仲淹状》，足见其奖掖人才；《侍读学士等请宫中视学表》，视学即读书。《因果禅院记佛殿记》描述一座优美的佛寺，其环境描写充满佛理禅趣。另有《五云观记》，为北宋政坛五鬼之一大奸臣王钦若而作，王已故去，王夫人为之修缮所筑五云观。全文贯穿道家思想，多用道家典故，体现清净冲虚，归真返璞之旨。其实王钦若为人奸和险伪，善逢迎，喜挑拨，功归于己，咎在他人。这种人无"清净"可言，因此文字虽美而名不符实。

## 二　北宋前期古文家之骈文

范仲淹（989～1052）北宋大臣，政治改革家，古文家，亦能骈文。如《谢赐凤茶表》，有云：

> 臣某言：入内西头供奉官麦知微至传宣旨，抚问臣□，赐臣凤茶一合者。久离帝右，曷测天衷，异恩一临，群疑尽决，臣中谢。窃念臣至诚许国，孤立事君。屡触雷霆之威，数蹈风波之险。一心自信，三黜宁逃。方安江海之情，敢觊云天之间。伏蒙皇帝陛下，仁存旧物，泽被远臣。圣训叮咛，皇慈委曲。念犬马之微志，锡龙凤之上珍。馨掩灵芝，味滋甘澧。濯五神之精爽，祛百疾之冥烦。允彰仁寿之恩，特出圣神之眷。谨当饵为良药，饮代凝冰。思苦口以进言，励清心而守道。上酬君父，旁质神明。

此表作于1042年，范氏任陕西经略安抚招讨副使，负责巡边抗击西夏军务。在这之前，范氏的一些改革主张和举措，遭到某些人的质疑和攻击。

此番皇帝赐茶,在范氏看来,具有政治安抚意义。所以表文一开头就说:"异恩一临,群疑尽决。"接着又说,自己虽然"至诚许国","一心自信",却屡触天威,数蹈风波,多次贬黜。没料到皇上"念犬马之微志,锡龙凤之上珍",令他感激莫名。最后表示,当以赐茶为"良药","思苦口以进言";"饮代凝冰","励清心而守道"。这几句话,既是表白自己将继续"进言""守道",也暗含期望皇上理解"良药""苦口""凝冰""清心"的"微志"。一纸例行公事的谢赐物表,在范氏笔下,却包含着丰富而含蓄的政治用意。

其临终《遗表》,概述生平,尤为感人:

> 念臣生而遂孤,少乃从学。游心学术,决知圣道之可行;结绶仕途,不信贱官之能屈。才脱中铨之冗,遂参丽正之荣。耻为幸人,窃论国体。昨自明肃厌代之后,陛下奋权之初。首承德音,占预谏列。念昔执卷,惟虞无位之可行;况今得君,安敢惜身而少避。间斥江湖之远,旋尘侍从之班。大忤贵权,几成废放。属羌臣之负险,顾将列以难栽。乃副帅权,仍峻使用。亦尝周旋战备,指目地形。力援定川之师,始期遇敌;誓复横山之壤,亟逼讲和。虽微必取之功,多弭未然之患。预中枢之密勿,曾不获辞;参大政之几微,益难胜责。自念骤膺于宠遇,固当勉副于倚毗。然而事久弊则人惮于更张,功未验则俗称于迂阔。以进贤援能为树党,以敦本抑末为近名。洎忝二华之行,愈增百种之谤。上系天听,终辨众谗。因恳避于钧衡,爰就班于符竹。一违近署,五易名城。虽圣恩曲示于便安,奈神道常恶其满盈。请麾上颖,盖遭拙疹之未平;息鞍东徐,益觉灵医之不校。唯积痼之见困,非晚岁之能支。……

这段文字简单概括了作者一贯忠诚于朝廷而又坎坷不平的仕宦经历,最后一段对仁宗提出衷心的希望。文章写得朴素无华,委婉曲折,语重心长。后人比之于诸葛亮《出师表》。

有人把范仲淹的《岳阳楼记》当成骈文。《岳阳楼记》被公认为古代散文名篇,传诵千古。全文79句,对偶句共22句。对偶句占百分之二十八,散句占百分之七十二。对偶句中没有四六句，而多用四六句乃是唐宋骈文的主要特征。只要和范氏《遗表》相比，两种文体的差别就十分清楚。

宋庠（996～1066），今湖北安陆人，进士出身，历任太子中允、直史馆、同修起居注、知制诰兼史维修撰、翰林学士，两度参知政事（副相），两任同平章事（首相）。史称他慎静为治，忠厚好学，俭约不好色，读书至老不倦，与弟祁均以文学名擅天下，后世合称"大小宋"。《全宋文》录其文十八卷，约700余篇。他属于古文家，也写作骈文。如《乞致仕表》，古者七十致任，他当时六十七岁，盛极求退，以多病为由，实为自我出局。文章严整有序，清切明畅。

宋庠的骈文中颇具特色的是《蚕说》，第一段描写蚕妇如何悉心养蚕，爱护蚕宝宝和蚕丝。"春夏之勤，发蓬不及膏；秋冬之织，手胝无所代。余子于子，可谓殚其力矣。今天下文绣被墙屋，余卒岁无褐；缇帛婴犬马，余终身恤纬。宁我未究其术，将尔忘力于我耶？"

第二大段由蚕来回答，是文章的主体：

> 蚕应之曰："嘻！余虽微生，亦禀元气。上符龙精，下同马类。尝在上世，寝皮食肉，未知为冠冕衣裳之等也，未知御雪霜风雨之具也。当斯之时，余得与蠕动之俦，相忘于生生之域。蠢然无见羡之乐，熙然无就烹之苦。自大道既隐，圣人成能。先蚕氏利我之生，蓄我以术。因丝以代毳，因帛以易韦。幼者不寒，老者不病。自是民患弭而余生残矣。然自五帝以降，虽天子之后，不敢加尊于我。每岁命元日亲率嫔御，祀于北郊。筑宫临川，献茧成服。非天子宗庙，黼黻无所备；非礼乐车服，旗常无所设。非供祀无制币，非聘贤无束帛。至纤至悉，衣被万物。女子无贵贱，皆尽心于蚕。是以四海之大，亿民之众，无游手而有余帛矣。秦汉而下，本摇末荡。树奢靡以广君欲，开利涂以穷民力。云锦雾縠之巧岁变，霜纨冰绡之名日出。亲桑之礼颓于上，宠身之服流于下。倡人嬖妾被后饰而内闲中者以千计，桀民大贾僭君服以游天下者非百数。一室御绩而千屋垂增，十人漂絮而万夫挟纩。虽使蚕被于野，茧盈于车，朝收暮成，犹不能给；况役少以奉众，破实而为华哉？方且规规然重商人衣丝之条，罢齐官贡服之职，衣弋绨

以示俭，袭大练而去华，是犹捧块埋尾闾之深，覆杯救昆冈之烈，波惊风动，谁能御之？由斯而谈，则余之功非欲厚啬身以侈物化，势使然也。二者交坠于道，奚独怒我哉？且古姜嫄、太姒皆执子之勤，今欲以己之劳而让我，过矣。"于是织妇不能诘而终身寒云。

这是一篇寓言，假设织妇与蚕对话，织妇终岁勤苦不免卒岁无褐，而富贵人家文绣被墙屋，缇帛衣犬马，不平的现实是如何造成的呢？作者先肯定蚕丝织品的功用和上古对织事的重视，然后指责，"秦汉而下，本摇末荡。树奢靡以广君欲，开利涂以穷民力"，"一室御绩而千层垂缯，十人漂絮而万夫挟纩"。显然，作者并不是否定丝织品，而是把批判锋芒指向竞逐豪奢淫靡的社会风气。作者本人崇尚俭约，不好声色，对过分追求生活享乐的恶俗深恶痛绝，因而作此文以发感慨。文章的结构比较单纯，织妇与蚕，一问一答，不同于宋初流行的花间派骈体。虽以对句为主，却是古文气派，流利而不板滞，铺叙而少夸饰。虽大量櫽栝《史记》《汉书》《后汉书》《左传》《诗经》《礼记》《周礼》《老子》《庄子》各家注疏中的语句和典故，而又不为典故役使，真正做到了运化无痕。

**宋祁**（998～1067），字子京，宋庠弟，历官翰林学士、史馆撰修、工部尚书，曾与欧阳修同修《新唐书》。宋祁的诗属西昆派，所作古文受太学体影响，所撰《新唐书》语言艰涩、险怪。同事欧阳修嘲讽他，在其卧室门上贴八个字："宵寐匪祯，札闼鸿庥。"宋祁不解。欧阳修说：你不是喜欢险怪么？这就是"夜梦不祥，书门大吉"呀！（引者按：这种破噩梦之法，沿用到 20 世纪 40 年代）可是，宋祁的骈文追慕唐代燕许二公，崇尚浑融、典重。张仁青说："子京为宋代古文运动之创始者，颇不慊意于骈偶，然其出入馆阁数十年，与兄庠俱以四六擅名天下，时号二宋。今观其集，多庙堂之作，温雅瑰丽，沨沨乎治世之音。盖文章至五季而风骨渐弱，宋初诸家，各奋起振作。……杨亿、刘筠，以至钱惟演、晏殊，则沿回温、李之波；子京兄弟，则方驾燕、许之轨。"① 试看其《谢除安抚表》的一段：

---

① 张仁青：《中国骈文发展史》，浙江大学出版社 2009 年版，第 384 页。

又况常国奥壤，全赵旧封。地饶财赟，人尚武功。技击踶强者三万，凌隍峭堞者六州。介在山东，隐若天限。窃循屚怯，有忝俞咨。此盖伏皇帝陛下道推曲成，义不偏任。善护所短，冀责有能。内忧制锦之伤，惕成流汗之热。再念儒者之学，本劳而少功；数奇之人，恐不得所欲。且言虎者三而成惑，拔杨者一乃有余。斧鼎中隔，则寸焰沸冰；丹藙先容，则枯卉蒙嚣。伏望陛下念臣身远族寡，察臣徇公绝私。宁无中伤，必赐明辨。臣亦夙夜自儆，美丑必陈。同士甘辛，求民疹瘝。询徽障之曲折，缮器械于犀兕。粗修厥官，申报所守。

宋祁曾任河北西路安抚使兼知定州，这是他到任后之谢表，其中提请皇上留心可能有人"中伤"，"言虎者三而成惑，拔杨者一乃有余"。后来，果然言中。有人上书批评他在定州以及后来的益州任上生活奢华（这属实），不理政务（这不实。宋祁曾对河北边防提出长篇奏议，见《宋史·宋祁传》，若不理政事是写不出来的）。幸而宋祁早有预警，皇帝没有怪罪。此表叙述恳切，语言明晰，看不出险怪与艰涩的毛病。宋祁另有《定州谢到任谢两府启》，可以参看。王铚《四六话》说："国朝名辈，犹杂五代衰陋之气，似未能革。至二宋兄弟，始以雄才奥学，一变山川草木人情物态，归于礼乐政典文物，发为朝廷气象，其规模闳达深远矣。"

# 第三节　北宋骈文（下）

## 一　欧苏新四六

**欧阳修**（1007～1072），字永叔，号六一居士，今江西永丰人。少孤贫，母亲画荻授书，苦学而成进士，历任馆臣、知贡举、知制诰，先后任多处地方官，最高职务是参知政事（副首相）。他积极参与政治革新，三次被贬，是政治活动家、文学家、史学家、经学家、目录学家、金石学家。就文学成就而言，他成功地领导了北宋古文运动。目前的文学史首先肯定他是散文大师，当时被誉为"今之韩愈"，其次是诗词名家、辞赋家，较少评论其骈文。其实欧公骈文在宋代地位甚高。南宋吴子良《林下偶谈》说：

"本朝四六以欧公为第一。苏、王次之。"陈善《扪虱新语》说："以古文为四六，自欧公始。"明王志坚《四六法海》说："欧公之诗，力矫杨刘西昆之弊，专重气格，不免失之率易。而四六一体，实自创一家。"当代治骈文史者都认为他是宋四六的开创者。姜书阁概括其特色有三："一、以文体为属对，不求切对之工；二、不用故事陈言，纯以自己的语言，叙事明白；三、不以浮靡之辞充塞篇章，只用平淡文字倾吐衷曲。"[①]　于景祥说："欧阳修的骈文，一方面上承陆贽以散入骈，散骈结合的改革成果，使传统骈文继续散化，把联语加长，使偶对的字数句数更加灵活多样；同时又在一定程度上保留了骈文的声韵之美和整齐之美。因此，他的骈文既有古文之气势，又有骈文之谐美，成为赵宋骈文的一代规范。"[②]

施懿超进一步做具体分析，指出欧公四六分前后期，前期与杨刘风格相近。皇祐以后，公牍文数量大增，皆官职使然。这些四六文贯彻了他的古文思想，同样具有较高的审美价值。但是，欧氏到底是以古文为四六的开创者，其四六文并非绝大多数皆为散体四六，沿袭旧制者也大量存在。[③]阮忠认为，欧阳修改造骈文，"并非不遵守四六文的通则，只是在叙事言情时淡化了文体规则的内涵，注入了更多随心顺性的因素，方有四六文变化的发生，并已具有散文化和明白晓畅的风格"，"他一方面在表奏书启之外尽兴地以古文为生活，另一方面在表奏书启之中保持四六文的基本体制而运用古文的笔法，对传统四六文的改造并不彻底"。[④]

欧公《谢知制诰表》是其散体四六代表作。

> 伏以王者尊居万民之上，而诚意能与下通；奄有四海之大，而惠泽得以遍及者，得非号令诰告发挥而已哉！然其为言也，质而不文，则不足以行远而昭圣谟；丽而不典，则不足以示后而为世法。居是职者，古难其人。乃以愚臣，而当此选。（中谢）伏维皇帝陛下，茂仁圣

---

① 姜书阁：《骈文史论》，人民文学出版社1986年版，第492页。
② 于景祥：《中国骈文通史》，吉林人民出版社2002年版，第670页。
③ 施懿超：《宋四六论稿》，上海古籍出版社2005年版，第34页。
④ 阮忠：《欧阳修的四六文认同与变体的发生》，收入《第三届骈文国际学术研讨会论文专辑》，西北师范大学文学院编，世界图书出版公司广州有限公司2014年版。

之姿，荷祖宗之业。日慎一日，曾未少懈。而自羌夷负固，边鄙用师。勤俭率先于圣躬，焦劳常见于玉色。虽有忧民之志而亿姓未苏，虽有欲治之心而群臣未副。故每进一善，则未尝不欲劝天下之能；每官一贤，则未始不欲尽人材之用。虽以爵禄而砥砺，尚须训诫之叮宁。尤假能言，以论至意。可称是者，不又艰欤？伏念臣虽以儒术进身，本无辞艺可取。徒值向者时文之弊，偶能独守好古之勤。志欲去雕华，文反成朴鄙。本惧不适当世之用，敢期自结圣主之知？陛下奖之特深，用之太过。此臣所以恳让三四，至于辞穷。而天意不回，宠命难止。尚虑顽然之未谕，更加使者以临门。恩出非常，理难旅默。及俯而受命，伏读训辞，则有必能复古之言，然后益知所责之重。夙夜惶惑，未知所措。伏况文字之职，厕于侍从之班，在于周行，是为超擢。不徒挥翰以为效，自当死节以报恩。惟所使之，期于尽瘁。

文章首先叙述知制诰职位的重要性，同时说明自己屡辞该职的原因，对皇帝委以重任深感责任重大，接着表示答谢之意和报恩之忧。通篇骈句双行，相合成文，不依四六律令。短联有四字、五字、六字、七字、八字、十一字者，长联有上四下十，两联合计二十八字者。用典很少，虚字大量出现，尤其是转折词，"而""则""于""以""故"等，既有骈文整齐顿挫的节奏美感，又增添了迂回曲折的古文意韵。

欧公四六文中，乞致仕罢职者有许多篇，这和他多次卷入政治斗争有关。以《乞罢政事第三表》和《亳州乞致仕第二表》最有特色。四六格式被打破，拓展为五加七或六加八的双句对，长句达有十二字者，典故能不用就尽量不用，雕饰能减省就尽量减省。官职去留乃人生大事，文章却举重若轻，娓娓道来，不觉沉重，有古文之气势和布局，曲折婉转，处处真情流露。清张伯行《唐宋八大家文钞》对《乞罢政事第三表》评点说："其自叙处，恳恻而不伤于激，非惟立言有体，而忠爱之诚与洁身之义自见。"其在亳州乞致仕共有十通，事情相同，文字却不重复，这是大本事。

欧公四六并非一贯全是散化的。他的传统四六不但早期有，后期也有。多用四六，典故繁密，同样引起后人重视和赞赏。如《亳州谢致仕表》作于去世之前一年。下面举引其中几句，并注明典故出处："道愧师儒（出

《周礼·地官·大司徒》），乃忝春宫（出《左传》隐公三年杜预注）之峻秩；身居畎亩（出《孟子·万章》上），而兼书殿之清名。至于头垂两鬓之霜毛（出杜牧《长安杂题诗》），腰束九环之金带（出《隋书·李德林传》）。虽异负薪之里（出《史记·滑稽列传》），何殊衣锦之归？（出《汉书·项籍传》）……虽伏枥之马（出曹操诗《龟虽寿》）悲鸣，难恋于君轩（出鲍照《代东武吟》）；而曳尾之龟（出《庄子·秋水》）涵养，未离于灵沼（出《诗经·灵台》）。"王铚《四六话》很喜欢这些句子，而朱熹颇不以为然。《朱子语类》说："人老气衰，文亦衰。欧阳公作古文，力变旧习。老来照管不到，为某诗序，又四六对偶，依旧是五代文习。"施懿超说，这种变化不能简单地归于回复五代之风，可以理解为四六创作技巧更加精练。① 朱熹以年老气衰来解释实在没有道理，因为早在作《谢致仕表》的前一年，欧公于亳州连上十表求致仕，并无五代文习，怎么一年后就有了呢？至于技巧更加精炼之说也成问题，一年之前的十表之技巧更灵便，未必不精练。在欧阳修心目中，四六文一直有两种范式：一新一旧。有时依旧式，有时用新式，这是他创作随心顺性的态度所导致的，与年龄并无必然因果关系。

欧公的四六文绝大部分是公私应用文。而记事、写景、抒情之文用骈很少，这是其古文与骈文在题材上的明显区别。也有例外，如《西湖念语》（即致语，演出前的开场白）就是情景交融的四六小品，全文如下：

> 昔者王子猷之爱竹，造门不问于主人；陶渊明之卧舆，遇酒便留于道士。况西湖之胜概，擅东颍之佳名。虽美景良辰，固多高会；而清风明月，幸属闲人。并游或结于良朋，乘兴有时而独往。鸣蛙暂听，安问属官而属私；曲水临流，自可一觞而一咏。至欢然而会意，亦旁若于无人。用知偶来胜于特来，前言可信；所有虽非己有，其得已多。因翻旧阕之辞，以写新声之调。敢陈薄伎，聊佐清饮。

此文作于颍州，宴饮之地西湖在颍州城东。欧公既致仕，心情闲适，

---

① 施懿超：《宋四六论稿》，上海古籍出版社2005年版，第33页。

快意于游乐，所以满纸兴味无穷，而且多含哲理。佳句如"偶来胜于特来，前言可信""所有虽非己有，其得已多"。全文用旧体四六格式，无宋四六之长句，但多用转折词，摇曳多姿，典皆熟事熟语，也反映出四六的新变。文章虽短，艺术水准甚高，可惜不受骈文史家重视。

欧公四六小启不乏佳作，如《上随州钱相公启》《谢石秀才启》《谢校勘启》等，不一一论介。

**曾巩**（1019～1083），字子固，今江西南丰人。进士及第后，曾经八年担任馆职，十二年七任地方长官，最后任中书舍人，不满一年即病逝。曾巩散文平易稳重，思想接近儒家。他的骈文中，最受推重的是制诰。虽然任中书舍人时间不长，但由于他是写作快手，作品很多。据其同事王震《南丰先生文集序》说，有时一日起草授官制诰数十人，皆能做到"本法意，原职守，而为之训敕者，人人不同，咸有新意。而衍裕雅重，自成一家"。本来，朝廷公事，官样文章，"牵于应用常格，不得不然"，人们说"翰林无文章"（沈德潜语，见《唐宋八大家文评》引），可是曾巩却得到人们的赞许。孙梅《四六丛话》卷十三说："南丰代言之文，古质直追三代，不可以四六名之。间出四六之语，裁对高浑，运词典藻。求之唐人，张燕公有其瑰奇，而无其缜密。"

《贺南郊礼毕大赦表》乃例行公事、歌功颂德之文，曾巩却借机提出圣王的道德规范和行为准则，以贺代讽，可谓善颂善祷。开头一大段写道："人之所归者莫如德，天之所享有在于诚。其惟圣王，克有全美。伏惟皇帝陛下聪明稽古，承继祖宗，慈惠爱人，抚临邦国。有遍覆并容之大度，有防微慎独之小心。不从游畋，不近声色。无纷华盛丽之好，无便僻侧媚之私。岁时吉蠲，以承七庙，左右顺适，以奉两宫。其功施于人，效见于事。则宅仁由义，缙绅之徒成材于学校；超距蹴鞠，熊罴之旅养勇于营屯。瓯窦污邪之收，充于仓廪；关通和钧之利，阜于市廛。家有豫乐之声，人无愁怨之色。"所描绘的并不是现实，而是理想。这正是曾巩作为纯儒的政治向往的体现。此文自然明达，委贴平整，是学者之文。

再如《齐州谢到任表》：

伏念臣素乏他长，偶知好学。议先王之制作，尝究本原；论夫子之文章，颇探间奥。历事圣君于三世，与游儒馆者十年。不知苟曲以取容，但信朴愚而自守。比缘私计，请贰外藩。嗟疾病之余生，困米盐之细务。方指期于满岁，将垂翼于故栖。遽此外迁，处之剧郡，维般扬之列壤，实季则之遗区。习诈而夸，著流风于在昔；多盗与讼，号难治于当今。比试用于此邦，必咨求于强吏。盖因能而任官者，不违其分；则量力而受位者，得竭其材。岂伊儒懦之资，可副浩烦之用？恐殚精思，无补毫分。然而由积累以冒恩，实养成之有自。此盖伏遇皇帝陛下智周万物，明照四方。在疏远污贱之中而察其所守，无左右游谈之助而知其所长。故令覆露之仁，及此滞蒙之质。敢不无忘夙夜，勉尽疲驽。行归于周，久自安于直道；老当益壮，誓无易于初心。

此表情辞笃实，说理明达，行文严谨，不加修饰，句式规范，对仗工整，用典妥帖，符合曾巩一贯文风。齐州即今济南，曾巩任齐州知州，留下不少诗歌和散文。

**王安石**（1021～1086），字介甫，今江西临川人，进士及第后，曾任多处地方官，神宗立，受重用，两度入相，封荆国公，大力推行新法，因各种阻力而失败。王安石是中国政治史上著名的改革家、文学家、哲学家、经学家，为人志高气盛，恃才傲物，刚毅果决，锋芒毕露，时称"拗相公"。其散文雄健劲峭，峻洁奇崛，骈文也有鲜明特色。南宋杨渊《云庄四六余话》说："皇朝四六，荆公谨守法度，东坡雄深浩博，出于准绳之外，由是分为两派。近时汪浮溪、周益公诸人类荆公，孙仲益、杨诚斋诸人类东坡。"施懿超认为，王安石四六虽受欧阳修散体四六影响，但总体而言，仍和苏轼派大相径庭，上承夏竦等人而自成一派。王安石派四六谨守法度，以典雅见长，以用事亲切、属对工巧为特点。[1] 沙红兵认为，所谓宋四六两派，"与其以王安石、苏轼等具体作家来划分，不如从具体作品和文体的实际情况出发划分更准确。在王安石、苏轼的骈文作品中，都分别是体现二派的作品文体并存"[2]。

① 施懿超：《宋四六论稿》，上海古籍出版社2005年版，第35页。
② 沙红兵：《唐宋八大家骈文研究》，人民文学出版社2008年版，第173页。

王氏"谨守法度"之文，可以《百僚贺平熙河表》为例。全文皆四言对、六言对及四六隔句对，几乎一句一典，或用古事，或用古语。"奋张天兵，开斥王土（出《诗经·北山》），旌旗所指，燕及（出《诗经·雝》）氐羌。楼橹相望，诞弥（出《诗经·生民》）河陇。（中谢）窃以三年鬼方之伐（出《周易·既济》），高宗所以济时（出《诗经·六月》）；六月猃狁之征（出《诗经·车攻》），宣王所以复古。政由人举，道与世升。伏维皇帝陛下，温恭而文，睿智以武。讲唐虞之百度，拔方虎于一言（用周宣王故事）。我陵我阿（出《诗经·皇矣》），既饬鹰扬之旅，实墉实壑（《诗经·韩奕》），遂平鸟窜之戎。用夏变夷（出《孟子·滕文公》上），以今准古，是基新命，厥迈永图。"此文大量使用《诗经》语对《诗经》语。

韩琦辞相，王安石作《贺韩魏公启》。首先贺其名成身退："宠辞上宰，归荣故乡。兼两镇之节旄，备三公之典策。贵极富溢，而无亢满之累；名遂身退，而有褒嘉之崇。"继而赞其一生功业："内揆百官之众，外当万事之微，国无危疑，人以静一。周勃、霍光之于汉，能定策而终以致疑；姚崇、宋璟之于唐，善致理而未尝遭变。记在旧史，号为元功。固未有独运庙堂，再安社稷，弼亮三世，弭宁四方，崛然在诸公之先，焕乎如今日之懿。"此文对仗精工，字字考究。其中说韩琦兼具周勃、霍光、姚崇、宋璟之功，被王铚《四六话》称为互换格。"有彼此相须曾不及当时事，此所以助发意思也。"北宋并无周勃平诸吕、霍光废昌邑王之类大政变，故曰"不及当时事"。韩琦也没有像周勃、霍光那样事后遭到怀疑。把周、霍与姚、宋拼合为一联来比较韩琦，可以显现出其荣幸和崇高。这就是所"助发"的意思。不过从历史事实来讲，终究不够贴切。

王氏"谨守法度"的作品尚多，如大批制诰表章和贺启。《谢甘师颜传宣抚问并赐药表》其中四句"信使思言，有华原隰，宝奇珍剂，增贲丘园"包含五个典故。宋谢伋《四六谈麈》赞曰："言约意尽，众以为不及也。"同类作品还有《贺赵资政少保启》《上宋相公启》等。

王安石"出于准绳"的骈文，可以《手诏令视事谢表》为例。王安石因新法受阻而请辞宰相，神宗不允，令继续视事。王氏上表申述继续推行新法的决心，其中有云："所宜引分以固辞，乃敢冒恩而轻就。实恃明主知臣之有素，故以孤身许国而无疑。人习玩于久安，吏循缘于积弊。欷言不忌，诐行无惭。论善俗之方，始欲徐徐而变革；思爱日之义，又将汲汲于施为。以物役己，则神志有交战之劳；以道徇众，则事功无必成之望。恐上辜于眷属，诚窃幸于退藏。犹贪仰俯于末光，亦冀粗成于薄效。"不用奥典，熔铸古语，以意遣词，较少严格的四六句，较多勾连转折词。内容与欧阳修乞致仕诸表不同，而文风皆属于散体新四六。

再如《答吕吉甫书》。吕惠卿为人奸诈，在王安石变法中扮演两面派角色，颇感惭愧，致函王安石自辩。王安石作书回答，说："与公同心，以至异意。皆缘国事，岂有他哉！同朝纷纷，公独助我，则我何憾于公？人咸言公，吾无预焉，则公何尤于我？趣时便事，吾不知其说焉；考实论情，公宜昭其如此。开谕重悉，览之怅然。昔之在我者，诚无细故可疑；则今之在公者，尚何旧恶足念。然公以壮烈，方进为于圣世；而某苶然衰痵，将待尽于山林。趣舍异路，则相煦以湿，不如相忘之愈也。想趣召在朝夕，惟良食为时自爱。"此文旨在说明彼此关系，由相助而相恶，问题在彼而不在我。立场严正而措辞婉转，内心愤懑而语句平静，言简意赅，每句都经得起咀嚼。全文 30 句，18 个对句，12 个散句，明白如话，不拘四六，整齐而又潇洒自如，兼具骈散之长，在宋四六中十分难得。同类文章还有《诏进所著文字谢表》和《进〈字说〉表》。对于后者，茅坤指出，该文"非表之四六常体，而说字处特隽"（《唐宋八大家文钞》）。

王安石的《英德殿上梁文》比较特别，是为供奉英宗神主庙堂落成而作。其前段如下："儿郎伟（关中方言：儿郎们）！天都左界，帝室中经。诞惟仙圣之祠，夙有神灵之宅。嗣开宏构，追奉睟容。方将广舜孝于无穷，岂特沿汉仪之有旧。先皇帝道该五泰，德贯二仪。文摛云汉之章，武布风霆之号。华夏归仁而砥属，蛮夷驰义以骏奔。清跸甫传，灵舆忽往。超然姑射，山无一物之疵；邈矣寿丘，台有万人之畏。已葬鼎湖之弓剑，将游高庙之衣冠。今皇帝孝奉神明，恩涵动植，纂禹之服，期成万世之功；见尧于羹，未改三年之政。乃眷熏修之吉壤，载营馆御之新宫。考协前彝，述追先志。孝严列峙，寝门可象于平居；广拓旁开，辇路故存于陈迹。宫师肃给，斤筑隆施。揆吉日以庀徒，举修梁而考室。敢申善颂，以相歌谣。"

上梁文是民间应用文，由工匠头于上梁时宣读表示祝贺。王氏此文用于皇家建筑，不同于民用。它没有描绘环境及建筑物本身形态，着重宣扬英宗的功业和神宗的孝敬。行文造句选词取典，严守四六律令，当时同类文章如黄庭坚《靖武门上梁文》亦如此。与苏轼之《白鹤新居上梁文》之用于私人建筑者，思想倾向和艺术技巧皆大异其趣。高步瀛将之作为王氏四六代表作选入《唐宋文举要》。

**苏轼**（1037~1101），字子瞻，号东坡居士，今四川眉山人，20岁成进士，仕途多舛，因不赞成新法，迭受打击，几乎丢命。高太后临朝时，旧党执政，累官至翰林学士、礼部尚书。哲宗亲政，新党得势，他再次被贬，远谪岭外七年，63岁遇赦还，次年死于常州。

苏轼是中国文化史上罕见的全才，诗、词、文、赋、书、画、美学，都达到历史上第一流水平。在骈文史上，他与欧阳修共同开创宋四六，欧阳修对他评价很高，其《试笔》说："近时文章变体，如苏氏父子以四六叙述，委曲精尽，不减古人。自学者变格为文，迄今三十年，始得斯人。不惟迟久而后获，实恐此后未有能继者尔。"所谓"苏氏父子"当以苏轼为主。清孙梅《四六丛话》说："东坡四六，工丽绝伦中，笔力矫变，有意摆落隋唐五季蹊径。以四六观之，则独辟蹊境；以古文观之，则故是本色。"施懿超说："宋四六为散体四六，欧阳修开其先，真正的革新完成当在苏轼之手，可以说达到了顶峰，以致后人难以超越。""苏轼四六是古文与四六的最佳融合，是散体四六的最高代表。"①

苏轼骈文从内容看，有三点值得特别注意。首先是制诰表奏之文，与新旧党争密切相关，两次遭贬，都由文章引起。

第一次是"乌台诗案"。元丰二年（1079），苏轼知湖州，上谢表，说陛下"知其愚不适时，难以追陪新进，察其老不生事，或能牧养小民"。攻击者指责所谓"新进""生事"，就是谤讪新法，又从苏轼诗中深文周纳，罗织讽刺新法的罪证，曲解其咏古桧诗中的"根到九泉无曲处，世间唯有蛰龙知"，说是隐射神宗皇帝，依律论斩。宋时最高检察机构御史台俗称"乌台"，故曰乌台诗案。因众臣力保、神宗爱才，苏轼免死，贬黄州。此案是新党对旧党的一次沉重打击，导火索就是《湖州谢上表》。

第二次远谪起因是《吕惠卿责授节度副使制》。吕惠卿因投靠王安石，

---

① 施懿超：《宋四六论稿》，上海古籍出版社2005年版，第50页。

得以晋升，元丰元年，司马光执政，逐吕惠卿，起草制命。别人惧其报复，不敢接手。苏轼拿起笔来，"一挥而就，不日传都下，纸为之贵"（朱弁《曲下旧闻》）。苏轼自己也觉得骂得痛快，淋漓尽致。明杨慎说："历数惠卿罪状，无一渗漏，令人读之击节。"这个吕惠卿政治上无行，写文章却是高手，尤长奏表。他贬后作谢表对苏轼拟的制令进行反驳，其文也受到后人重视。八年后，新党得势，吕惠卿还朝，挑出当年苏轼贬他的制命中有批评青苗、均输的话，诬告"讽刺先朝"，乃谪贬惠州、琼州。"责吕制"是苏氏四六代表作之一，也是他长期困厄岭南的祸根。

苏轼制诰名篇甚多。如《吕公著平章军国事制》。吕公著，属旧党，司马光死后，继任宰相。其为人正派，有操守，得人望。苏轼此制充分肯定其品德，意味着对旧党的支持。其中名联是"既得天下之大老，彼将安归；（出《孟子·离娄上》）乃至国人皆曰贤，夫然后用"（出《孟子·梁惠王下》），受到时评激赏。高步瀛《唐宋文举要》说："用经语如已出，而出以大方。"南宋楼昉《崇古文诀》说："此篇识体而加以俊迈。四六文字难得有血脉。"再如《王安石赠太傅制》。苏王政见不同，而私交颇洽。王安石死后赠太傅，苏轼此制相当于皇帝的悼词，概括其生平伟绩，肯定他是"希世之异人"，任"非常之大事"，赞扬其人品和学问，对变法则暗有微词。此文是"代王言"，比韩愈私人撰述的《柳子厚墓志铭》更难措辞下笔，后人评赞甚多。

其次是苏轼贬谪的谢表和私人书启，具体反映他所处恶劣环境和痛苦心情。如《谢量移汝州表》，有对贬黄州处境的回顾："只影自怜，命寄江湖之上；惊魂未定，梦游缧绁之中。憔悴非人，章狂失志。妻孥之所窃笑，亲友至于绝交。疾病连年，人皆相传为已死（当时曾有此讹传）；饥寒并日，臣亦自厌其余生。"据说宋神宗阅后赞曰："苏轼真奇才！"清储欣评点说："真景真情，最能感动。"苏轼谪贬时所作散文、诗、词、赋，皆旷达乐观，罕见如四六文中的愁苦状态。

到海南岛后作《到昌化军谢表》，有云："臣孤老无托，瘴疠交攻。子孙恸哭于江边，已为死别；魑魅逢迎于海上，宁许生还。念报德之何时，悼此心之永已。俯伏流涕，不知所云。"可谓如泣如诉。沈德潜评曰："气象愁惨，不堪卒读。"

　　徽宗即位，宽赦旧臣，苏轼内迁，离开海南，到达广东，作《答丁连州启》。有云："七年远谪，不知骨肉之存亡；万里生还，自笑音容之改易。久恬飓雾，稍习蛙蛇。自疑本儋崖之人，难复见鲁卫之士。……岂谓知郡朝奉，仁无择物，义有逢时。每怜迁客之无归，独振孤风而愈厉。固无心于集苑，而有力于嘘枯。远移一纸之书，何啻百朋之锡。"丁姓朋友时任粤北连州知州，曾救助并存问逆境中的苏轼。故苏轼于北上途中作答，感激对方厚爱，倾呈心曲，畅叙友情，爽利明达，语挚而意深。

　　1101年，苏轼第二次量移汝州，上表请定居常州。陈述当时家庭窘迫之状："自离黄州，风涛惊恐，举家重病，一子丧亡。今虽已至泗州，而资用罄竭，去汝尚远，难于陆行。无屋可居，无田可食。二十余口，不知所归。饥寒之忧，近在朝夕。与其强颜忍耻，干求于众人；不若归命投诚，控告于君父。臣有薄田在常州宜兴县，粗给膳粥。欲望圣慈，许于常州居住。"全文以对句为主，而此段多有散语。明王志坚《四六法海》说："苏公诸表，言迁谪处，泪与声下。然到底忠梗，无一乞气怜语，可谓百折不回矣。"实际情况并非如此，乞怜之语还是有的。

　　再次，苏轼有些四六文与政治无关涉，表现出开朗洒脱的一贯性格。

　　如苏轼知徐州时，作《徐州鹿鸣宴赋诗序》："元丰元年，三郡之士皆举于徐。九月辛丑晦，会于黄楼，修旧事也。庭实旅百，贡先前列之龟；工歌拜三，义取食苹之鹿。是日也，天高气清，水落石出。仰观四山之晻暖，俯听二洪之怒号。眷焉顾之，有足乐者。于是讲废礼，放郑声，部刺史劝驾，乡先生在位。顾群贤毕集，逸民来会。以谓古者于旅也语，而君子会友以文。爰赋笔札，以侑尊俎。载色载笑，有同于泮水；一觞一咏，无愧于山阴。真礼义之遗风，而太平之盛节也。"

　　宴集序在唐四六文中多有，宋时少见。此序处处仿效《兰亭集序》，有些句子竟相似，是在馆阁文字以外的"典瞻高华，浑厚和雅"之作。

　　再如惠州所作《白鹤新居上梁文》："鹅城万室，错居二水之间；鹤观一峰，独立千岩之上。海山浮动而出没，仙圣飞腾而往来。古有斋宫，号称福地。鞠为茂草，奄宅狐狸。物有废兴，时而隐显。东坡先生，南迁万里，侨寓三年。不起归欤之心，更作终焉之计。越山斩木，溯江水以北来；古邑为邻，绕牙墙而南峙。送归帆于天末，挂落月于床头。方将开逸少

（王羲之）之墨池，安稚川（葛洪）之丹灶。去家千岁，终同丁令（威）之来归；有宅一区，聊记扬雄之住处。今者既兴百堵，爰驾两楹。道俗来观，里闬助作。愿同父老，宴乡社之鸡豚；已戒儿童，恼比邻之鹅鸭。何辞一笑之乐，永结无穷之欢。"景物优美，心情愉悦，与前引黄州、海南的回忆截然不同。此文名为上梁文，无异于一篇《白鹤新居记》。稍后，叶梦得有《石林草堂上梁文》，孙觌有《西徐上梁文》，皆仿效其体格。古人认为此类作品乃"以戏笔为文"。苏轼的戏笔是有的，如《除吕大防制》，代皇帝起草委任状，应该用褒扬之词，苏轼却开玩笑。吕大防是个胖子，制书竟称他"直大而方"，吕大防很不高兴。此属于恶谑，不能当成优点。

还有《集英殿春宴教坊词》《紫辰殿正旦教坊词》等，用于皇家宴会，形式整齐美观，内容平庸俗套，多歌功颂德谀辞，与上面所举两文不同。

苏轼的骈文，从技巧形式看，有三点特色。首先是对偶句更增长。欧阳修的长联单句字数加长，或者用三加三的复合句。苏轼演变为每联四加四以上，而每句字数无定。如《贺杨龙图启》："朝廷之上，号为无讳，而太平之美，终不能全；台谏之列，岁不乏人，而众弊之原，犹或未去。"更长的偶句如《既醉备五论》："言富贵安逸者，天下之所同好也，然而君子独享焉，享之而安，天下以为当然者，何也？天下知其所以富贵安逸者，凡以庇覆我也；贫贱劳苦者，天下之所同恶也，而小人独居焉，居之而安，天下以为当然者，何也？天下知其所以贫贱劳苦者，凡以生全我也。"这样八加八的长联，很像后来八股文中的两扇。沙红兵认为，苏文中的长对，是一种特殊的对偶，其上下两联各自看来，至少在三句以上，合在一起，往往表达一个比较完整的意思，构成并立或补充的关系。有时不仅是两个散句，可能是多个散句形成排偶，加上少用典，因此理解上更容易，更顺畅。①

其次，对偶句更古文化。沙红兵概括欧阳修、王安石，尤其是苏轼的对偶句有五种新变：一是句中加"以""之""也""者"等虚字，增强对偶句的婉转与浏亮之美；二是以较长较复杂的散句入对句；三是把几个复句对偶纳入一个单句之中；四是用"然而""而况""故""则"等字勾勒，在词意两方面经过多重承转递进，分层次表达相对独立的意思，最终再组

---

① 沙红兵：《唐宋八大家骈文研究》，人民文学出版社 2008 年版，第 227 页。

成完整的意思；五是虽不以虚字承转，但以散行之气，运对偶之文，古文章法同样可辨。①

例如《答陈斋郎启》："陋彼素餐，是闻也，非达也；凛然遗直，惟有之，则似之。"《答王幼安宣德启》："顷者海外，淡乎盖将终焉；偶然生还，置之勿复道也。"《代张方平谏用兵书》："夫惟圣人之兵，皆出于不得已，故其胜也，享安全之福，其不胜也，必无意外之患；后世用兵，皆得已而不已，故其胜也，则变迟而祸大，其不胜也，则变速而祸小。"对中有对，对比之中包含因果关系，用连词以推理。这样例子是宋四六中散文化议论化的代表。南宋邵博颇不以此种句法为然，认为这样一来，就不成其为四六文，"四六之法则亡矣"。

再次，苏轼四六文中，既有不用或少用典故者，也有用典繁密更经史化者。试以《除吕公著平章军国事制》的一段为例："吕公著，吁谟经远，精识造微。非尧舜不谈（出《孟子·公孙丑》上），昔闻其语（出《论语·季氏》）；以社稷为悦（出《孟子·尽心》上），今见其心（出《左传·襄二十五年》）。三年有成（出《论语·子路》），百揆时叙（出《尚书·尧典》）。维乃烈考（指吕公著之父吕夷简），相于昭陵（宋仁宗陵名）。盖清静以宁民（出《史记·曹相国世家》），亦劳谦（出《周易·谦卦九三》）而得士。凡我仪刑（出《诗经·文王》）之老，多其宾客之余（出《史记·张耳传》）。在武丁时（出《尚书·君奭》），虽莫追于前烈；作召公考（出《诗经·江汉》），固无易于象贤（出《礼记·郊特牲》）。而乃屡贡封章，力求退避。朕重失此三益之友（出《论语·季氏》），而闵劳以万几（出《尚书·皋陶谟》）之繁。是用迁平土（出《尚书·舜典》）之司，释文昌（出《晋书·天文志》之任。毋废议论，时游庙堂。（出刘向《九叹》）於戏！大事虽咨于房乔（唐相房玄龄），非如晦（唐相杜如晦）莫能果断；重德无逾于郭令（郭子仪），而裴度亦寄安危。冈俾斯人，专美唐世。"此段几乎句句用典，有时竟然以经语对经语，史事对史事，难得如此精工。

苏轼喜欢用经典成句组成妙对，如《谢赐对衣金带马状》有"枯羸之质，匪伊垂之，而带有余；（《诗经·都人士》有'匪伊垂之，带则有余'）

① 沙红兵：《唐宋八大家骈文研究》，人民文学出版社 2008 年版，第 144～148 页。

敛退之心，非敢后也，而马不进"（《论语·雍也》有'非敢后也，而马不进'）。上联扣带，下联扣马，皆八字整句。据说东坡十余岁时，奉父命作谢对衣带金马表，即有此联。老苏喜曰："此子他日当自用之。"数十年后，苏轼任要职，获带马赏赐，果然用上了少年时的现成对子，成为文坛佳话。

苏轼的四六贺启，有时用对方同姓古人事入典，有用对方先辈语入典，南宋对此人甚为赞赏。其实并非优点，逞才使气，过繁过细，他人难以效法，故无以为继。

**苏辙**（1039～1112），字子由，苏轼弟，十八岁与兄同登进士第，同时入仕，而宦达过之。仕途与新旧党争相纠结，兄弟同休戚，共命运，手足情深，诗文齐名。元丰元年（1078），苏轼遭"乌台诗案"，苏辙上书乞纳自身官职赎兄，乃坐谪左迁。元祐元年（1086），高太后听政，苏辙被召还京，历任中书舍人、户部侍郎、知制诰、御史中丞、门下侍郎，执掌朝政，这八年是他的辉煌期。子由骈文多与其政治生涯有关。其《谢除中书舍人表》云："臣生本西蜀，家世寒儒，学以父兄为师，贫无公卿之助。私有求于禄养，辄自力于文词。慨然东游，无以上达。际会仁祖，访求直言。策语猖狂，恃圣神之不讳；考官怪怒，恶悻直之非宜。熟知忤俗之言，特被爱君之诏。感激恩遇，遂忘死生。莫酬国士之知，遇有私门之祸（居父丧）。未填沟壑，重迫饥寒。时于道途，望见神考（神宗）。一封朝奏，夕闻召对之音；众口交攻，终致南迁之患。生虽不遇，尝辱顾于二宗（仁宗、神宗）；时不见容，势殆滨于九死。厄穷自致，佝勉何言。敢云衰病之余，复被宠光之幸。"此表以叙事见长。其中第一件事是，应制举时极言得失，考官责其"不逊"，得到仁宗宽恕。第二件事是，上书言去"三冗"，受到神宗接见。二帝皆有殊恩，故详言之，而如何"时不见容""众口交攻"，则一笔带过。文章虽用四六而略无矫饰，情辞真挚，与古文无异。

哲宗亲政，起用新党，斥逐旧党。苏辙连贬汝州、袁州、筠州、雷州、循州。1101年，徽宗即位，遇赦还，移永州、岳州。这段时期是他政治生涯的低谷。最后他闲居荥昌，十二年不见客，《到筠州谢表》反映了这时的心情。"伏念臣家传朴学，仕偶圣时，本无意于功名，徒自勤于翰墨。因时乏使，亟尘言事之班；窃食无功，复预闻政之列。才经九岁，遍历要途。人心忌其超迁，天意恶其满盈。扪心自省，事犹可追；任意直前，罪所从出。今兹责分留务，弃置陋邦。不亲吏民，许追思其过咎；稍沾禄秩，俾粗免于饥寒。人微固无可言，恩深继之以泣。……顾惟兄弟二人，迭相须为性命；江岭异域，恐遂隔于存亡。况复坟墓阔疏，父子离散。若臣家之忧患，实今世之孤穷。静言思之，谁可告者。惟有自投于君父，庶几有冀于生全。"此文以陈情为主，检讨之后，特别提到兄苏轼隔处江岭，请求关照，庶几生全。这种难兄难弟相濡以沫情愫，极其可贵。全文不用典故，以精纯感人。

## 二 北宋后期骈文

**晁补之**（1053～1110），字无咎，苏门四学士之一，为文好议论，重事功，敢于建言。史称"才气飘逸""文章温润典澹，凌厉奇卓"。其《脱责叙事谢帅启》揭露地方政府财谷重，文书繁，帑藏空，捶楚多等弊政。《贺陈履常教授启》批评朝廷，"设科举爵位以诱人，假诵数词章以干禄。彼其出赋，则乡党自好者耻夫屡献；不以礼际，则山林长往者岂肯遽来？故上安于有司之区区糊名以为公，而士惑于飞金载质以为耻。莫闻贤德之风，率多食饵之鱼"。剖析相当深刻。徽宗耽于享乐，不理朝政，他上《请御正殿表》，是非常大胆的举动。《亳州到任谢表》因入元祐党籍而遭贬，坦陈抑郁困惑。高步瀛《唐宋文举要》说："婉转恳挚，语能感人。"《降职叙事谢中书启》，为修缮扬州亭廨而降职勇敢自辩。此类四六，当时不可多得。补之喜爱民间文艺，曾作《调笑》致语，有云："盖闻民俗殊方，声音异好。洞庭九奏，谓踊跃于鱼龙；子夜四时，亦欣愉于儿女。欲知风谣之变，请观调笑之转。"另具一种通俗质朴趣味。

**秦观**（1049～1100），字少游，曾任秘书省正字，兼国史院编修，政治上倾向旧党，故累遭贬谪。他是北宋著名词人，其骈文文质彬彬，雅洁有致。《谢馆职启》叙写胸中不平："伏念观，族系单薄，器能浅陋。少时好赋，仅成童子之雕虫；中岁穷经，未究古人之糟粕。始荣名于进士，俄充赋于直言。滥居方物之前，叨被传车之召。文章末技，固非道义之尊；箕斗虚名，只取谤伤之速。亟从引避，几至颠跻。褒未就于衮华，恶已成于疮痏。三期之内，王尊乍佞而乍贤；七年之中，鲁田一与而一夺。"以简洁的语句，反映出他真实的感受。《谢程公辟启》感谢辟举。"升将军之故第，泛宾客之旧湖。""往来乎十州三岛之上，俯仰乎千岩万壑之间。"心情十分愉快。神宗晏驾，哲宗年幼，太皇太后临朝，启用旧党司马光、吕公著为首相、副相。秦观很高兴，作《贺吕相公启》，称颂吕公著。"青天白日，奴隶亦知其明；（用韩愈成语）璞玉浑金，鉴识莫名其器。""四世五公，勋在王室；一门万石，宠冠廷臣。宗族谓之小许公（唐许国公苏颋），夷狄以为真汉相。"（用《汉书·王商传》典故）从中可以看出他充满期待。高步瀛《唐宋文举要》评点说："运古生新，而骨格要自凝重。"

**张耒**（1054～1114），北宋诗人，主张文贵明理，不务求奇，他的散文写得随意，自然，骈文亦如此。其文内容真诚，较少套话。《贺潘奉议致仕启》写道："伏审上还印绶，退即里闾。已私知止之安，将受永年之福。凡居亲旧，实助忻愉。窃以人之多艰，在于儒者尤甚。壮年讲学，谓富贵利禄之可期；出试多遗，信功名遇合之有命。加以岁月荏苒，时不待人，目顾簪裳，义则当止。彼贪冒无耻者，率皆优佚而老；惟进退顾义者，不免饥寒之忧。未余汉庭之赐金，复休故社之乔木。追计官游之廪禄，何有一毫？复与平生之单瓢，相从三径。莫非命也，谓之何哉！"文章气韵贯通，自然流畅，知己之交，肺腑之言，读来倍感亲切。《润州谢执政启》，回顾仕官经历，颇多感慨。"困棰楚者十年，逃饥寒于斗禄。仕已成于浪漫，意何有于功名。始误置于成均，复进升于儒馆。佐东观之论著，颇见旧闻；纪先帝之事功，遂游藏室。擢升右史，密侍清光。虽儒学之至荣，岂茅草之素望。而疾病侵耗，心力衰疲。分敢自安，义当引去。驽马自竭，骥历块而。尚叨便郡，获养残躯。狱讼希简，职事不废乎诗书；山林幽深，形骸颇为之清快。庶余龄之可养，幸沉痼之有瘳。仰报至恩，将必有在。"先讲在朝廷如何荣幸，身体有病，打算退休；现在外任润州，当努力工作，感谢至恩。并无感激涕零之言，叙事平淡，朴素，得体。

## 第四节　南宋骈文（上）

关于南宋骈文，孙梅《四六丛话》概括地说："盖南宋文体，习为长联，崇尚侈博，而意趣都尽，浪填事实，以为著题，而神韵浸失所由，以不工为工，而四六至此为不可复振矣。"当代学者王水照、施懿超、曹丽萍、祝尚书等不认同其说，以为南宋骈文比北宋繁盛。

## 一　两宋之交及南渡初期骈文

汪藻（1079～1154），字彦章，今江西德兴人，24 岁成进士，历任地方官。48 岁至 53 岁，五年之中，历任中书舍人、翰林学士、兵部侍郎，是其骈文创作最佳期。53 岁以后贬外地，历五处知州，最后十年夺职闲居永州，著作有《浮溪集》。

对汪藻骈文的评价，历代学者多数肯定，对其人品则有所批评。孙觌为汪氏所作墓志铭说："一时诏令往往多出公手，凡上所以指授诸将，戒励战士，训饬在位，哀悯元元之意，具载诰命之文。开示赤心，明白洞达，不出户窥牖，而天威咫尺，坐照万里，学士大夫传诵，以比陆宣公。"陈振孙《直斋书录解题》说："绍兴后置词科，习者益众，格律精严，一字不苟。若浮溪，尤集其大成者也。"元方回《瀛奎律髓》称汪氏四六"中兴第一"。《四库全书总目提要》说："统观（汪氏）所作，大抵以俪语为工，其代言之文，如《隆祐太后手书》《建炎德音》诸篇，皆明白洞达，曲当事情，诏令所被，无不凄愤激发，天下传诵，以比陆贽。说者谓其著作得体，足以感动人心，实为词臣之极则。"清孙梅《四六丛话》将宋代词臣骈文分为三等，"欧阳公、苏长公，其上也；曾南丰、真西山，其亚也；汪浮溪、周益公，又其次也"。但他认为汪文的艺术性不及李商隐之文。姜书阁说："他政治眼光鄙浅，主张退让，以冀苟安，殊不足道。""回护张邦昌，代为粉饰，即等于站在敌人一方，为金人说话。……作者思想品德如此，虽写了几句精彩的四六偶对，竟不能给予过高评价。"① 程千帆、吴新雷既肯定汪文成就，同时指出，他有些话"显然是在为张邦昌回护开脱。这虽是事势所迫，但不能不说是一个严重缺点"。② 施懿超说："汪藻四六兼具王、苏两派特征，能在坚守四六文体固有体制基础上，最好地融入古文风格。作品体现了宋四六最高水平，是集大成的典型代表。"③ 曹丽萍说："作为集大

---

① 姜书阁：《骈文史论》，人民文学出版社 1986 年版，第 499～501 页。
② 程千帆、吴新雷：《南宋文学史》，河北教育出版社 2008 年版，第 542 页。
③ 施懿超：《宋四六论稿》，上海古籍出版社 2005 年版，第 76 页。

成者汪藻，一方面继承吸收了欧苏散体四六气机灵活表意明畅的长处，一方面又对其过于随意的骈文语言技巧进行改造，严格遵守骈体固有体制，加强用典、声韵、字句等形式要素的锤炼功夫，开南宋骈文格律化之先路。"①

　　汪藻骈文代表作，首推《隆祐太后告天下手书》。1127 年 3 月，金兵陷汴京，掳徽、钦二帝北去，立宋丞相张邦昌为大楚皇帝。张邦昌自感孤危，于四月中旬迎哲宗废后孟氏临朝，称隆祐太后，以太后名义立徽宗第九子康王赵构为帝，接续大宋国脉。汪藻所起草的这篇"手书"，相当于南宋王朝成立文告。文章先叙国难当头之艰险，继述太后本人起复听政之缘由，接着宣布康王继统的合法性及重大意义。在当时情势窘迫的政治局面下，能够把各种复杂关系和诸多内容以简洁的文字说得明白恳切，以达到安定大局，维系人心，共济国难之目的，显然不是一篇普通告示，而是一篇挽狂澜于既倒，拯危亡于旦夕的政治鸿文。其中说："历年二百，人不知兵；传序九君，世无失德。虽举族有北辕之衅，而敷天同左祖之心。"这是对北宋败亡的历史教训和正统地位做扼要的概括。又说："汉家之厄十世，宜光武之中兴；献公之子九人，惟重耳之尚在。"以汉光武帝兴汉和晋文公复国比喻康王赵构，使人们对前景充满信心。宋罗大经《鹤林玉露》说："事词的切，读之感动，盖中兴之一助也。"

　　问题出在中间几句话："众恐中原之无主统，姑令旧弼以临朝。虽义形于色，而以死为辞；然事迫于危，而非权莫济。内以拯黔首将亡之命，外以纾邻国见逼之威。遂成九庙之安，坐免一城之酷。"这几句话回护张邦昌受伪命，当时即有人不满。南宋李心传《建炎以来系年要录》把这几句缩为二句："扶九庙之倾危，免一城之残酷。"程千帆认为"是事势所迫"，不得已的妥协。因为其时权力在张邦昌手中，公告如果不回护他，肯定发不出去，康王继位就存在问题。这可以说是"严重缺点"，但不宜说"站在敌人一方，为金人说话"。过了一个月，在众臣强烈要求之下，高宗对张邦昌进行贬责。汪藻写的《张邦昌责词》和对其同伙宋齐愈的责词，就完全站在宋王朝立场说话了。此外在汪氏的散文中，也有赞扬抗金英雄（如

---

　　①　曹丽萍：《南宋骈文研究》，江西高校出版社 2009 版，第 88 页。

《郭永传》）、抒发恢复中原情怀之作。《镇江府观月记》以祖逖、谢安为榜样，"愤中原之未复，寇敌之未擒，欲吞之以忠义之气"。因此，说他"只求苟安"未必全面。

汪藻另一名作是《建炎三年十一月德音》。建炎初年，金兵渡江，高宗南逃避难海上，汪藻起草了这篇实际上是罪己诏的文告。第一段言强虏逼迫，屡致播迁，并以商人五迁自励，表示国祚必复的信心。第二段悯怜百姓在战乱中的痛苦，自己承担责任。"言念连年之纷扰。坐令率土之流离。乡闾遭焚劫之灾，财力困供输之役。肆夙宵而轸虑，如冰炭之交怀。嗟汝何辜，由吾不德。"下面宣布，将大赦天下，修德图治，减轻负担，访求民隐，听纳意见。"惟八世祖宗之泽，岂汝能忘；顾一时社稷之忧，非予获已。少俟寇攘之息，首图蠲省之宜。""已敕辅臣，相与虚怀而听纳；亦令在位，各须忘势以咨询。直言者勿遣危疑，忠告者靡拘微隐。"皇帝这样表态，很难得了。后人常以汪藻比陆贽，主要因为此文与陆氏的《奉天改元大赦制》同一机杼，并产生了同样的积极影响。

汪藻骈文引起后人訾议的还有《李纲罢相制》。李纲是著名抗战派，高宗即位之初，他担任宰相，仅七十天，即遭投降派排挤而罢免。罢相制词由汪藻执笔，指责李："朋奸罔上，有虞必去于驩兜；欺名盗世，孔子先诛于正卯。""专杀尚威，伤列圣好生之德；信谗喜佞，为一时群小之宗。"这些话严重失实，有肆意攻击之嫌。在这之前，汪藻曾投书李纲，颂扬备至；前褒后贬，自相矛盾。据《鹤林玉露》记："当时亦有以此事问彦章者，彦章云：'我前启自直一翰林学士，而彼不我用，安得不丑诋之！'可笑也。"《四库全书总目提要》说："杨万里记汪藻与李纲不叶，其罢相制词，至比之驩兜、少正卯，颇为清议所讥。是又名节心术之事，与文章之工拙，别为一论者矣。"施蛰超说："宋人笔记中的这些看法只是一种误解而已。制词其实只是张浚弹劾李纲奏议的一个复述。""汪藻起草制词只是尽到作为词臣的职责。""不涉及由制词而见人品的问题。"[①] 如此辩解有点勉强。联系汪藻在官场中的表现，北宋末投靠蔡京，后来又因此而被贬，其政治投机性是无法否认的。

---

① 施蛰超：《宋四六论稿》，上海古籍出版社 2005 年版，第 91～92 页。

　　本书对汪藻的评价是：写作技巧超过陆贽，少数文章的历史作用略相似，个人品德和威望远不及陆贽。

　　孙觌（1081~1169），今江苏常州人，徽宗、钦宗、高宗三朝，历任中书舍人、翰林学士、知制诰、御史中丞、户部尚书。他在政治上附和投降派汪伯彦、黄潜善等，攻击抗战派李纲、陈东、岳飞、刘光世等。汴京陷落后，他为钦宗草降表，向金主献媚，并接受金方特赐女乐，为士人所不齿。朱熹有《记孙觌事》，痛加揭露。然而其四六文确实写得好。周必大为孙氏文集所作序言说："公轶群迈往，赋才独异，而复天假之年（寿89岁）磨淬锻炼，重之以江山之助，名章隽语，少而成，壮而盈，晚而愈精。靖康时为执法词臣，其章疏制诰表奏，往往如陆敬舆（陆贽）。明辩骏发，每一篇出，世争传诵。耄年为论撰次对，亲为谢表启，各出新意，用事属辞，少壮所不逮。"《四库全书总目提要》既指责其品德，又承认"尤长于四六"，"晚而愈精，亦所谓孔雀虽有毒，不能掩文章也"。程千帆、吴新雷说："有文无行，辱国媚敌，在历史上，孙觌是可以和明末阮大铖比丑的。"[①]

　　孙觌的名作是其应试文《代高丽王谢赐燕乐表》。其名句有："荡荡乎无能名，虽莫见宫墙之美；欣欣然有喜色，咸预闻管籥之音。"此句用《论语》《孟子》成句作对，略加剪裁，工致切当，王应麟《辞学指南》推为定格。又如《和州送交代》有："渭城朝雨，寄别情于垂杨；南浦春波，渺愁心于细草。"前句出王维诗《渭城曲》，后句出江淹《别赋》。其《西徐上梁文》中段说："乃占吉日，爰举修梁。邻翁无争畔（出《韩非子·难一》）之嫌，山灵有筑垣之助（出《传灯录》卷四）。地偏壤沃，井洌泉甘。岂徒恋三宿之桑（出《后汉书·襄楷传》），故将面九年之壁（出《神僧传》卷四《达摩传》）。老蟾驾月（出苏轼诗《留题延生观后山上小堂》），上千岩紫翠之间；一鸟呼风（出杜甫诗《韦讽宅观曹将军画马》），啸万木丹青之表。黄帽钓寒江之雪（出柳宗元诗《江雪》），青裘披大泽之云（出《后汉书·严光传》）。行随乌鹊之朝（出曹操《短歌行》），归伴牛羊之夕（出《诗经·君子于役》）。拥百结之褐（出王隐《晋书》），扪虱自如（出《晋书载记·王猛传》）；拄九节之筇（出杜甫《望岳诗》），送鸿而去（出嵇康

---

　　① 　程千帆、吴新雷：《南宋文学史》，河北教育出版社2008年版，第543~544页。

《送秀才入军诗》)。里闾缓急，皆春秋同社之人（出《礼记·月令》）；兄弟团圆，共风雨对床之夜（出苏轼《与子由别于郑州诗》自注）。"（以上出典参看高步瀛《唐宋文举要》乙编）几乎句句有典，或铸古事，或裁古语，精巧允贴。高步瀛认为此文是孙氏文集中"压卷之作"，而《代高丽王赐乐谢表》"徒以彼循乎当时体格，确合规矩耳。以视此文，何啻仙凡之别？"其《西徐上梁文》和《马迹上梁文》都是孙氏晚年精心传撰之作，其中饱含着个人复杂的感情，经得起咀嚼，比那些代言文更有兴味。

**綦崇礼**（1083~1142），字叔厚，今山东潍坊人，少有神童之誉。南渡后，历任中书舍人、翰林学士、知绍兴府。《宋史》本传说他："妙龄秀发，聪明绝人。""入翰林凡五年，所撰诏命数百篇，文简意明，不私美，不寄怨，深得代言之体。"楼钥在该书序中说："公平时为文，不为崖异之言，而气格浑然天成，故一当书宣之任，明白洞达，虽武夫达人，晓然知上意所在。"他力主抗金，为人端方亮直，不畏权贵。绍兴二年，秦桧向高宗提出"南人归南，北人归北"的妥协方案，崇礼力斥其非。秦桧罢相，崇礼草制词，其中有云：

> 自初预政，疑若献忠。从其长则未尝争议于当然，私于朕则每独指其不可。遂令代相，倚以为邦。务推勿贰之诚，庶尽欲行之志。自诡得权而举事，当耸动于四方；逮兹居位以陈谋，首建明于二策。罔烛厥理，殊乘素期。念方委听之长，更责寅恭之效。而乃凭恃其党，排斥所憎。进用臣邻，率面从而称善；稽留命令，辄阴怵以交攻。岂实汝心，殆为众误。顾窃弄于威柄，或滋长于奸朋。

此文把秦桧两面三刀的奸邪嘴脸揭示得淋漓尽致。《宋史·奸臣传》说，此文"播告中外"，"人始知桧之奸"。六年后，秦桧复相，派人到綦家搜索这篇制词的草稿，企图进行报复。可见綦文触到了秦桧的痛处。

其他文章如《邹浩追复龙图阁待制》。邹浩是北宋末年理学家，哲宗、徽宗时历任右司谏、侍郎，直言敢谏，受章惇、蔡京打击陷害，贬今湖南衡阳、广西桂林，死于常州。高宗时恢复名誉，此制特意褒奖直臣，说他"处心不欺，养气至大。言期瘳意，引裾尝犯于雷霆；计不顾身，去国再迁于岭徼。群臣动色，志士倾心"。并表示悼念说："英爽不忘，想生气犹在；奸谀已死，知朽骨之尚寒。"再如《吕颐浩开督府制》，楼钥赏其宏伟；《王仲嶷落职制》，王应麟取其精切。《谢宫祠表》是他罢政务处闲职的谢表，佳句有："杂宫锦于渔蓑，敢忘君赐；话玉堂于茅舍，更觉身荣。"一联之内贵贱自对，两相比照，殊有深味，陆游叹其工巧。张仁青赞赏綦氏之文风直白晓畅，"殆骈文中之白乐天欤！"

## 二　南宋中期骈文

**周必大**（1126～1214），今江西吉安人，历仕高宗、孝宋、光宗三朝，两入翰林，首尾十年，官至左右丞相，执政八载，封益国公，宁宗时以太傅致仕，立朝刚正，处事明决。朝廷高文大册多出其手，"制命温雅，周尽事情，为一时词臣之冠"（《宋史》本传）。以宰执而主盟文坛，时人比之于欧阳修（徐谊《平园续稿序》），或赞之为"文中虎"（孙奕《示儿编》）。孙梅说："益公以文学致身宰辅，享耆艾之齿（寿88岁），好学不倦，晚益精进，著作之富（有集200卷）古所未有。晚岁笔意人事至而天真全，欧苏殆无以过。"（《四六丛话》）

周必大的名作是《岳飞叙复原官制》。岳氏父子为秦桧陷害，屈死于大功垂成之秋，天下志士扼腕切齿。秦桧死后，朝野上下呼吁平反，因高宗习于苟安而未成。孝宗即位，岳飞旧部联名讼冤。朝廷乃复其原官，以礼改葬。周必大起草了这篇被后世称为南宋之"快事""快文"的文章。此文最难处理者在如何表述高宗责任。正由于高宗偏安政策和猜忌武将，致使秦桧以"莫须有"罪名得售其奸。作为词臣，既要为岳飞昭雪，服天下人心，又要替高宗回护，保朝廷体面。而孝宗虽是高宗养子，却以至孝著称，制词不能有半点差池。文章开始，陈述前代帝王褒扬功臣、追怀宿将的恩德，说明高宗早想为岳飞昭雪，不过"褒思有渐"，未能骤行。此番孝宗下令复其官，正是秉承高宗旨意，是祖宗恩泽的继承发扬。在此基础上，以专节概述岳飞功勋，赞扬其谋略、忠诚与治军严明。而大小战功，人所共知，则一笔带过。关于冤屈只用四句话："会中原方议于橐（读 gāo）弓，而当路立成于投杼。坐急绛侯之系，莫然内史之灰。"第一句意谓中原正在议和罢兵，第二句说执政大臣相信谣言而动摇了亲者（暗指高宗）的信任。

"投杼"典出《战国策》，有人误传孝子曾参杀人，曾母不信，三传之后，曾母大惧，丢掉织布梭越墙而奔。这就巧妙地撇开了高宗猜忌之过。第三句，用汉初典故，绛侯周勃被诬告谋反，朝廷不分青红皂白急捕之，后来释放。第四句典出西汉，内史韩安国因事下狱，受狱吏侮辱，愤而言："死灰独不复燃乎?"不久果然复职。意谓岳飞有如周勃之系狱，却未能如韩安国之死灰复燃。二典把岳飞未及时昭雪作安慰性比拟。文章最后提到："闻李牧之为人，殆将抚髀；阙西平而未录，敢缓旌贤。"李牧是赵国名将，秦用反间计诱赵王杀李牧，汉文帝闻其事而拍腿惋惜。西平侯李晟是中唐大将，受谗解兵权而未收入功臣图录，唐德宗发现后给予补正。这两句话巧用古事以赞当今。此文对岳飞、高宗、孝宗三方面都给足面子，岳飞有功而含冤，高宗受蒙蔽而思改正，孝宗英明及时补救，可谓三全其美。用典故说事，不仅是装饰性手段，更起到历史性论证说明的作用。

周必大有退休后降少保的谢表，其中多含委屈，是巧于措辞的高明之文。宁宗时权相韩侂胄当政，士民不满，布衣吕祖泰"上书请诛韩，以必大代之"。御史指责周暗中指使，"私植党与"，"首倡伪徒"。经调查与周无关，但仍降秩一等，改少傅为少保。（皆荣誉职）周必大上谢表，并没有叫屈，只是沉痛检讨：

> 告老七年，宿衍犹在；贬官一等，洪造难名。敢期垂尽之年，犹丽怙终之罪。伏念臣疏庸一介，际遇四朝。逮事高皇，已遍尘于台省；受知孝庙，复久玷于机衡。不思勖勚于同寅，乃敢与闻于异论。既脏腑众所共见，岂口舌独能自明。惟光宗兴念于元像，亦属分于闉寄；肆陛下曲怜其末路，爰俾遂于里居。首将正于狐丘，巢忽危于燕幕。狂生妄发，姓名辄及于樵苏；公议大喧，论罚何输于薪粲，仅削司徒之秩，仍存平土之官。兹盖恭遇皇帝陛下，崇德尚宽，驭民以敬，故国皆曰杀，虽无可恕之情；而毫不加刑，姑用惟轻之典。遂令衰朽，亦与生全。臣有愧知中，无阶报上。省愆田里，视桑榆之几何；托命乾坤，比栋材而知免。

据岳珂《桯史》，韩侂胄"欲文致以罪，而难其重名，竟或有辩论，乃置于贬。及（周氏）谢表至，引咎纤徐，言正文婉，晒然消释"。此案与韩侂胄兴庆元党案，斥朱熹等为伪学有关，故学界议论纷纷。实际上周必大心里非常恼火，不得不忍气吞声。在稍后《与张帅书》的私人通信中，其态度和言辞就不同了。其中有云:"既被诬于京兆，甘守选于铨曹。未尝蹊田而夺牛（出《周易·无妄》六三，意谓无妄之灾）人皆知此；俄使无心而得马，天实为之。"不难看出他满腹牢骚。然而这个韩侂胄又是力主北伐，崇岳贬秦，最后被投降派史弥远暗杀。韩周矛盾属于统治阶层内部矛盾。

周必大其他四六文，颇多名篇名句，如《刘锜赠太尉制》。金主完颜亮南侵，大将刘锜任江淮防御使抵抗金兵。不久完颜亮因兵变被杀，刘锜在作战后期病逝。周必大这篇追悼性嘉奖令说:"岑彭殒而公孙亡，诸葛死而仲达走。虽成功有命，皆未究于生前；而遗烈在人，可徐观于身后。"岑彭是东汉光武帝大将，统兵讨伐四川割据势力公孙述，灭蜀前夕被刺客所害。诸葛亮第六次北伐出祁山，病逝于前线，对手司马懿随后也撤军。这两段历史与刘锜的情况相似，虽未获全胜于生前，而功业自存于身后。周文妙处正在于引用事典比拟十分恰当。宋罗大经很赞赏，周氏本人亦颇得意，曾以此文为例总结制诰写作经验。（均见罗大经《鹤林玉露》）

**陆游**（1126～1210），字务观，号放翁，今浙江绍兴人，进士出身，仕途坎坷，46岁入蜀，参加王炎、范成大幕府，其后又做过几任地方官。他坚持抗金，力倡恢复，屡受打击排挤而罢黜，68岁还乡，85岁去世。

陆游是伟大的爱国诗人，留下诗作近万首，散文骈文皆有成就。《四库全书总目提要》说:"游以诗名一代，而文不甚著。集中诸作，边幅颇狭。然元祐党家，世承文献，遣词命意尚有北宋典型。故根底不必其深厚，而修结有余；波澜不必其壮阔，而尺寸不失。……较南渡末流以鄙俚为真切，以庸沓为详尽者，有云泥之别矣。"四库馆臣是将其骈散文统而言之，故颇有微词。张仁青专就其四六文评论说:"今观渭南集中，盖以书启为独多，亦以书启为独绝。名章俊句，层见叠出，令人应接不暇。使事熨贴，对仗工整，不落纤巧，不事涂泽，当时罕与比埒。"[①]

---

① 张仁青:《中国骈文发展史》，浙江大学出版社2009版，第407页。

试看其《贺叶枢密启》中的一段：

当一震于雷霆，宜坐消于氛祲。夫何玩寇，令使逋诛。九圣故都，视同弃屣；两河近地，进若登天。莫宣方叔之壮猷，更类棘门之儿戏。坐殚民力，孰奋士心。上方抚髀而喟然，公宜出身而任此。恭惟某官负沉雄迈往之略，躬英发绝人之姿。抚卷慷慨，夙有四方之大志；立朝开济，晚收九牧之重名。果副简求，肆当柄任。以元龙湖海之气，参子房帷幄之筹。北斗以南一人，谁其伦拟；长安之西万里，行矣清夷。某识面莫先，托身最早。侧听延登之渥，自悲沦落之余。虽意气推藏，非复雕鹗离风尘之望；然饥寒黩迫，犹怀驽马恋栈豆之思。

文章首先对南宋苟安妥协派表示了极大愤慨，接着赞美叶枢密，希望他奋然崛起，担当收复失地重任，最后表达自己报国济世的心愿。慷慨激昂，奔放纵横之气，不可遏止。文字不拘四六，任意驰骋，唯情所之，一如其诗。

陆游61岁时起用为严州知州，《答葛给事启》反映出当时的复杂心情。

杜门讼（自责）六十年之非，久安散地；起家忝二千石之重（知州禄相当汉二千石郡守），忽奉明恩。惊衅垢之渐除（过错被原谅），扶衰残而下拜。伏念某学由病废，仕以罪归。冥心鹓鹭之行（不想进入官员行列），投迹鸡豚之社（参与平民社区生活）。海三山（蓬莱、方丈、瀛洲）之缥缈，钓鳌（指远大抱负）已愧于初心；楚七泽（泛指云梦等泽沼）之苍茫，殪兕亦成于昨梦（出《战国策·楚策》）。但欲负未慕许行（农家）之学，岂复叩角歌宁戚之诗（宁戚叩牛角而歌以干齐桓公）。偶逢公朝使过之时（出《后汉书·索卢放传》："使功不如使过"），躐升（超拔授予）近郡（严州近临安）承流之寄（委托）。所蒙（受）过矣，自揆茫然。天际郁葱，望九重之云气；道周蔽芾（道路曲折为小草树叶遮蔽），扫四世之棠荫（陆游四世祖曾任严州知州。棠荫，甘棠之荫，典出《诗经·召南》，喻政绩垂芳后世）。得遂此行，孰为之地（谁为我开通安身之地）？

这位胸怀壮志的老诗人，奋斗大半生，已到耳顺之年，经过"乞陈"才得到一任地方官职。与老朋友谈心，此刻心情不便明言，便使用大量典故，做委婉而深沉的表述，可见仕途之艰辛。高步瀛《唐宋文举要》说："虽用当时体格（指四六书启规格）而神气骏迈，吐属不凡。"陆游同时还有《知严州谢丞相启》，讲的是同一件事，因对象是丞相王淮，地位高于葛给事，所以措辞更委婉，然而也掩盖不住愤慨之情，二文可以合看。

　　**杨万里**（1127~1206）字廷秀，人称诚斋先生，今江西吉安人，历仕孝宗、光宗、宁宗三朝各处地方官，最高职务是秘书监，享年80岁。杨万里是南宋著名诗人，亦擅文章，自称"鄙性好为文，而尤喜四六"（《与张严州敬夫书》），其骈文以书启为优。孙梅《四六丛话》说："《诚斋集》四六小简，俱精妙绝伦，往往属对出于意外，妙若天成。南宋诸公皆不及也。"南宋杨渊《云庄四六余话》把宋四六分为王安石"谨守法度"和苏东坡"出于准绳"两派，认为杨万里类东坡。王水照、熊海英《南宋文学史》指出："杨万里不与汪藻、綦崇礼、洪迈之隶事精严、制语宏阔一路，而最擅简札书启之类小篇。""吸取了王安石讲究字面对仗出典的特点，而能以气行词，表情达意流畅明了不滞涩，则近于苏东坡。"①

　　曹丽萍指出，书和启占杨氏四六绝大部分，是其文学价值最高所在。他没有词臣派职务代言的压力，不同于其他诗人把骈文创作当成"余事"。他写作骈文完全出于自己的性情和兴趣，而非被迫无奈。杨万里在书启中所表现的诗意、精致的抒情性和唯美主义，代表南宋骈文中亲近六朝的特殊倾向。②

　　从思想性而论，杨氏最佳作品是那些颂扬抗敌救国的作品，如《贺张丞相除枢密使都督启》。张丞相指抗金名将张浚，对杨万里有教诲、提携之恩。启文从大处着墨，不及私谊，赞美他对抗战的重大贡献和崇高威望：

　　　　道侔三代之佐，学关百世之师。即之温然，乃名满寰区而不处；

---

①　王水照、熊海英：《南宋文学史》，人民出版社2009年版，第106页。

②　曹丽萍：《南宋骈文研究》，江西高校出版社2009年版，第192、193、195页。

识其小者，谓材兼文武之有余。国论万变而守如初，孤忠百炼而难于合。敌马南牧，折棰以鞑其酋；衮衣东征，投戈而拜吾父。与其淹恤于边圉，曷若遄归于庙堂。盖欲倾海以洗乾坤，公之始愿；则不以贼而遗君父，誓不俱生。上勉徇于精诚，礼姑崇于宥密。关河响动，华夏气舒。万口欢呼，孰不诵诸葛出师之表；诸生延竚，又将赓武公入相之诗。

文章文采飞扬，语词奇壮。满腔爱国壮健豪情充塞于字里行间，不仅是对张浚个人的激励，同时也对广大抗金将士产生积极的影响。

杨万里有的文章确实像苏轼，如《贺周子充（必大）参政启》，有云：

顾其道显晦之如何，岂其身淹速之是计。故莘渭布衣而涉三事，莫之或非；若夷夔终身而效一官，则又谁怼？委世浸薄，古风不归。至于一游说之间，便萌取卿相之意。岂有平日不为当世之所许，乃欲任人之事权；彼其初心惟以无位而为忧，不思既得之愧怍。今执事致身于台斗，而旷怀寄梦于江湖。半生两禁之徘徊，五载六官之濡滞。逮其望磅礴郁积而极其盛，维岳峻天；举斯民咨嗟叹息而屈其淹，如防止水。

杨万里与周必大是朋友，往来书启甚多。周必大出任执政宰臣，杨万里不进呈恭维谀辞，只提出殷切期望，非至交实难臻此。文章纯属古文笔法，虽然全篇对仗，但多长句而少见严格的四六句。偶对精切而不拘谨，行文恣肆而能转折。

杨氏有些文章很像王安石，如《除吏部郎官谢宰相启》，有云：

湖海十年，分绝修门之梦；云天一札，忽传省户之除。孰云处士之星，复近长安之日。伏念某老当益懒，病使早衰。落叶空山，昼拾狙公之橡栗；寒江钓雪，花随聱叟之笭箵。自知甚明，无所可用。方搅牛衣而袁卧，惊闻驺谷之冯招。蓬门始开，山客相庆。载命吕安之驾，旋弹贡禹之冠。搔白首以重来，问青绫之无恙。玄都之桃千树，花复荡然；金城之柳十围，木犹如此。慨其顾影于朝迹，从此寄身于化工。此盖伏遇大丞相舜使是君，稷思由己。谓郎官上应于列宿，任惟其人；而宰相下遂于物宜，器非求旧。眷前鱼而罔弃，使去鹤之复归。

曹丽萍盛赞此文善用古代经典诗文名句，"寥寥几笔便能勾勒出令人回味无穷的情丽境界，其中有对比鲜明的颜色，有余音绕耳的乐声，还有作者一份细腻的雅士情怀。在某种意义上，其艺术效果和审美品位甚至超越了欧苏很多骈文作品"。① 末句有些过誉。此文从艺术技巧看确实高超，从思想品位看，不太高尚。不过担任四品郎官而已，何必如此狂喜？"雅士"云胡哉！近比陆游之谢知严州启，远比苏轼从惠州归来后的书启，心理差距明显。文中"老当益懒"，曹丽萍引作"老当益嫩"。从上下文看，作"懒"符合原意。古"懒"字作女字旁，为"嬾"之本字，与"嫩"形近而易讹。

曹丽萍《南宋骈文研究》全书共四章，第四章专论杨万里骈文，对其审美化追求达致的艺术成就，如何善用数目对、叠字对等等有详细论述。

杨万里的《诚斋诗话》中有二十二则四六话，主要探讨四六的语言技巧和风格，认为"四六有作流丽语者，亦须典而不浮"，"有作华润语而重大者，最不可多得"，四六用典，"有断截古人语而补以一字，如天成者；有用古人语，不易其字之形而易其意者"等，皆经验之谈。

**洪适**（1117～1184），今江西鄱阳人，弟洪遵、洪迈皆擅文辞，合称"三洪"。程千帆认为，以四六文论，当以洪适成就最高。洪适以词臣起家，累官至宰相。孝宗赞许其"文词有用，论事可观"。《四库全书总目提要》称："其内外诸制，皆长于润色，藻思绮句，层见叠出。"代拟《亲征诏》有云："凡我文武军民，怀十二圣百年涵养之恩，痛中原四十载分崩之难。奋忠出力，不与仇敌俱生。大可以成功名而取富贵，次可以守父母而保妻子，皇天后土，实佑此心。"文辞明畅，对仗灵便，命意亲切。《虞允文同签枢密院事制》赞扬虞氏抗金大功，"一扫妖氛，微管仲吾其左衽；再开幕

---

① 曹丽萍：《南宋骈文研究》，江西高校出版社 2009 年版，第 212 页。

府，用李勣贤于长城"。《王大宝致仕制》肯定王氏高尚品德："闵劳以来，圣王隆待下之仁；归洁其身，君子尽遗荣之美。"另有花信亭、容膝斋、聚贤斋等处上梁文，和《秋阅致语》《设藩乐语》《鹿鸣宴致语》《广东秋教致语》等致语四十多篇，皆为情景交融的四六文。

王子俊，生卒年不详，号格斋，江西吉水人，曾任四川制置使幕僚，为杨万里、周必大门客，有《格斋四六》。史称其"四六超然绝尘，典雅流丽，由衷而发，渐进自然，无组织之迹，卓然自成一家"。集中多代言之作，故彭元瑞《宋四六选叙》说："尊幕中之上客，捉刀竟说三松。""三松"是王子俊堂号。王氏非代言之笔颇具个性。如《贺少傅周益公致仕启》，赞扬周必大功成身退："勋在鼎彝，名满华夷。方堂堂当国之胄，极蹇蹇匪躬之操。格天扶日，了无一节之诡随；破斧缺斨，始有后来之汹涌。人方愿去子高之胄，公乃遂挂神武之冠。从容绿野之游，缱绻赤松之约。方将骑牛涧壑，尽领故山之云烟；争席渔樵，不袭曩时之爵里。世如果有仙者，公独非其人与？"最后两句酷似散语而字字相对，的确是"渐近自然"。再如《免解谢参政启》。宋代科举制度，士子应朝廷礼部试之前，须先试于本地州府，及格后举荐参加礼部试，称为乡举或乡解。"解"是"送"的意思，王子俊某次乡试未获通过，故曰"免解"。他致函本地参政官说："瑟虽工而玉不好，将何以求？斤欲挥而质已亡，不如其已。""吾玉未尝献足未尝刖，犹可自珍；彼力苦易制价苦易酬，庸何足羡！"表示不在乎落选，将继续努力，"某敢不激昂宿志，演绎旧闻。穷当益坚，肯但攻发策决科之学；死且不朽，更勉图传世行后之方"。不怨天，不尤人，有志气，有真情，这在当时大量的同类文章中不可多得。

## 第五节　南宋骈文（下）

### 一　南宋后期骈文

李刘（1175～1245），号梅亭，今江西崇仁人，进士出身，曾在湖南、四川做幕僚及地方官，后来两任中书舍人，三入翰林，官终吏部侍郎，有《梅亭四六》（收表文69篇）、《四六标准》（收启文1200篇）等著作，骈文数量空前绝后。门人罗逢吉说："梅亭先生语言妙天下，而四六尤脍炙人口。"（《陆心源皕宋楼藏书》卷八九）孙能传称赞他"学问宏博"，"巧于用事"（《剡溪漫笔》）。周密既肯定他"用事中的"，也指出有时失之俳谐。《四库全书总目提要》说："刘平生无他事可述，惟以俪语为长。""南渡之始，古法犹存。""逮刘晚出，唯以流丽隐帖为宗，无复前人之典重，沿波不返，遂变为类书之外编，公牍之副本，而冗滥极矣。然刘之作，颇有隶事亲切，措词明畅，在彼法之中，犹为寸有所长。"孙梅《四六丛话》说："梅亭四六，雕琢过甚，近于纤冗，排偶虽工，神味全失，骈体至此，发泄未尽，难以复古矣。"施懿超认为清人看法不够全面，她认为："在南宋四六流弊日重的当时，能独具一格的是李刘四六，用全经语而不累文气，用典而运古能化，同时又有典厚得体的一面。"①

李刘名作如《贺丞相明堂庆寿并册封皇后礼成平淮寇奏捷启》，其中名句有云："南方之强欤？北方之强欤？（出《礼记·中庸》）风移俗易；东夷之人也，西夷之人也（出《孟子·离娄》下），气夺胆寒。风声鹤唳（出《晋书·苻坚传》），不但平淮；雪夜鹅鸣，更观擒蔡（出《新唐书·李愬传》）。信君子不战，战必胜（出《孟子·公孙丑》上）；知人臣无将，将则诛（出《汉书·叔孙通传》）。"这一系列用典紧扣当时平定淮安叛军李全之役。多用整句作比，有的取其词而易其意。（如《中庸》之"南方之强""北方之强"皆指坚强的性格，李刘则指强悍的人。《孟子》之"东夷之人"指舜，"西夷之人"指周文王，李刘借指不服王化的少数民族。类似的借用法在宋四六中常见，当时即有人不以为然。高步瀛《唐宋文举要》既肯定他："运古入化，文亦极飞动之致。"又指出擒淮寇李全归功于奸相史弥远，有献媚之嫌。其实，历代凡有重大军事胜利，群臣贺表必首先归功皇帝，其次是宰相。这是文坛惯例，不必深责。

李刘并非史弥远的党羽或投靠者。史弥远（1164～1233），南宋最恶劣的奸臣，专权 26 年，以阴谋废太子，杀抗金首相韩侂胄以讨好金人，把每年向金纳币由 20 万增加到 30 万，另加军费 30 万，从而乞和苟安。从此以后抗金形势一蹶不振，史家称之为秦桧第二。但是此人又善于用人，提倡

---

① 施懿超：《宋四六论稿》，上海古籍出版社 2005 年版，第 121 页。

理学，故博得当时部分士人的好感。李刘对史弥远的政策是不赞成的，其《上史丞相启》针对当时的军国大政提出建议，说："窃惟国家闲暇之时，当思文武长久之术。况外夷之云扰，贵内治之日严。讵云行李之通（指金宋和议已成），可缓仓桑之虑（指和议不可靠）。国虚难动，民困易摇。岂待谋国之数公，知讳用兵之两字（执政大臣不愿听'用兵'二字）。然能应则乃可谓定敌，欲翕者未始不张。今徒千里而畏人（畏敌），未思四境之不治。一气先竭，百为弗开。……与其待一朝之患始出于兹，孰若折千里之冲早为之所。"这番话明显反对苟安妥协、不图恢复、不积极备战的投降主义政策。在史弥远炙手可热之时，敢于如此大胆进言，是需要一定勇气的。文章完全不用典故，直白建言说理，毫不转弯抹角，风格与其他书启不同。

再如《上叶枢密启》，文章针对当时形势提出一系列积极建议，运用了不少经典成句和典故，如："城非不高，池非不深（出《孟子》），险谁与守；饥者欲食，劳者欲息（化用'饥者不得食，劳者不得息'），怨岂在明。藉令有效死之民，亦未见决胜之将。外忧纵缓，内蠹已多。愿察积薪厝火之形，亟为彻桑未雨（出《诗经》）之计。通民气于士气，参天心于人心。收拾群材，恢张众志。"此文主张应及时做好与金人开战的准备，观点与《上史丞相启》一致，而风格稍异，其政治见解和语言技巧皆属李氏四六之上乘。

据刘克庄《跋方汝玉行卷》，真德秀曾戏命李刘作竹夫人（竹枕）制词，迅即成章。有云："保抱携持，朕不安丙夜（炎夜）之枕；展转反侧，尔尚形八方之风。""常居大厦之间，多为凉风之助。剖心析肝，陈数条之风刺；自顶至踵，无一节之瑕疵。"罗大经《鹤林玉露》说：前联"八字用诗（经）书（经）全语，皆妇人事。而形四方之风，又见竹夫人之玲珑"。每句皆以枕比人，妙合双关。后二联不限妇人，已是暗喻近臣应有节操。李刘之前，北宋末张耒有《竹夫人传》；李刘之后，高丽文人李谷（1298～1351）亦作《竹夫人传》，皆散体拟人寓言，骈体者尚未见到。

宋俞德邻《佩韦斋辑闻》记，"梅亭李公甫工偶俪之文，好用经句，守荣州（代荣州知州）日，四川茶马司欲夺荣之盐井而榷（征税）之。公甫申省争辩，其一联云：'征商自此始矣，必求垄断而登之；作俑其无后乎！谓其象人而用也。'"两句皆《孟子》成语，批评征盐税开垄断之恶例，竟引用古人整句来说理辩论。俞德邻赞曰："词意俱到，良不易得。"

　　李刘《四六标准》中有一篇《见赵茶马》，是写给时任川秦茶马监牧公事赵彦绾的书信，与上面引述的与四川茶马司争辩不知孰先孰后。《见赵茶马》纯为恭维对方，全篇用典，上联用茶典，下联用马典，颇为罕见。优点是显示作者学殖深厚，缺点是堆垛繁芜，易招獭祭之讥。

　　李刘亦善用今事。如《贺虞大参帅蜀启》："小范（范仲淹）有胸中百万兵，西贼闻之胆惊破；富弼上河朔十二策，北边皆其手抚摩。"《上卫参帅启》："夷狄问潞公（文彦博）之年，幸其未老；儿童诵君实（司马光）之字，持此安归。"用本朝名臣事迹入典，北宋已开其端，李刘更加平易晓畅。

　　孙梅对李刘四六总体评价不高，对其表文却赞扬有加，说："以之陈谢，则句随寸草偕春；以之请乞，则字与倾葵共转；以之荐达，则好贤如《缁衣》，不啻出口；以之进奉，则宫廷绘《无逸》，曲牖（yǒu）渊衷。义等格心，功同造膝矣。"（《四六丛话》卷十）如《知荣州谢到任表》，有云：

　　　　伏念臣殖学拙疏，赋材偏浅。耗精神于场屋，得弗偿劳；疲筋力于尘埃，衰不待老。顷由政府，入纠成均。韩愈补苴，奚益茫茫之坠；郑虔坎坷，难陪衮衮之登。久去国以奉祠，辱起家而贰郡。敢意三刀之梦蜀，复令五月而渡泸。惟令荣隐之邦，实昔夜郎之壤。刀耕火种，矛渐剑炊。岁计经营之租，无六千斛；郡仰斥卤之羡，已五百年。比因刻木之花销，致辱前茅之根据。熏鼠不嫌于穿室，夺牛反甚于蹊田。凡昔留州，悉令送使。无复斗升水之贷，存活介鳞；纵得二千石之良，终成狼狈。

　　文章将个人的困顿经历与荣州的偏僻落后一一道来，铺叙为主，抒情为辅，连连用典以加强效果，流畅可诵。

　　李刘四六既受到后人称赞，也受到一些指责。刘克庄指出："四六家必用全句，然鸿庆（孙觌）欠融化，梅亭（李刘）稍堆垛。"（《后村先生大全集》卷九十八《林太渊稿序》）俞德邻指出，李刘善用经句，然"间有牵强偶合者"（《佩韦斋辑闻》卷二）。施懿超总结说，李刘四六"优劣并存，优点在于流丽工巧，缺点也在于流丽工巧。多则有堆垛之嫌，巧或者易失于雕琢俳谐”，“实有牵强附会之嫌”。① 王水照、熊海英说：“他一方面较好地继承了宋四六叙事委备，议论畅达的特质，又更讲求行文的思致，文辞的新巧华赡。然雕琢过甚，气骨渐弱。”②

**李廷忠**，生卒年不详，号橘山，今浙江临安人，南宋淳熙进士，曾任无为县学教授、德县知事，骈文与李刘齐名，有《橘山四六》（320 篇）。《四库全书总目提要》说：“廷忠名位不显，故集中启札为多，大抵候问酬谢之作。北宋四六，大都以典重渊雅为宗。南渡末流，渐流纤弱。廷忠生当淳熙、绍熙之间，正风会交变之时，故所作体格稍卑，往往好博务新，转伤繁冗。组织尚为工稳，其佳处要不可掩。”于景祥说其“总的特征是刻意雕琢，穷力追新，务呈渊博，而伤于冗繁卑弱，浮靡乏力”。③ 王水照、熊海英则肯定他，“以词句新奇精巧，用典该博，组织工稳见长”。④

清彭元瑞《宋四六选》选李廷忠文 14 篇，大多内容充实，格调高尚，关切国家安危、社会治乱和军政大计。如《贺娄同知启》向全国军务中枢官员枢密院同知建言：“俾习知军国之务，将共图社稷之勋。”“武不可渎乌可忘？而和虽足贵岂足恃？是必简蒐军实，锄去将骄。留屯十二使，非无用之空言；番上十二卫，有可行之故典。”《庐州丁帅启》强调庐州是京师门户，应积极备战，使“胡人不敢纵南下之牧，天子遂可宽西顾之忧。泚口百万师，想真儒之莫敌；颍川二千石，信大拜之可期”。文笔矫健，气势如虹。《贺娄正言启》主张谏官应大胆进言：“且献其可，必献其否，允资骨鲠之儒；欲错诸安，毋错诸危，宜正股肱之位。”《通交代秦令启》向接替他任县令者交代工作，让“新令尹必知旧令尹之政”，简要流畅，明白如话，看不出烦冗卑弱之弊。

**真德秀**（1178～1235），号西山，今福建浦城人。宁宗时曾任起居舍人、太常少卿及多处地方官，理宗时任中书舍人、翰林学士、户部尚书、参知政事。真德秀是南宋时期继朱熹之后的重要理学家。韩侂胄当政时禁理学，韩死后，经过真德秀、魏了翁等人的努力，恢复了理学的正宗地位。

---

① 施懿超：《宋四六论稿》，上海古籍出版社 2005 年版，第 127 页。
② 王水照、熊海英：《南宋文学史》，人民出版社 2009 年版，第 236 页。
③ 于景祥：《中国骈文通史》，吉林人民出版社 2002 年版，第 705 页。
④ 王水照、熊海英：《南宋文学史》，人民出版社 2009 年版，第 106 页。

真氏论文主张"穷理致用",曾编选《文章正宗》40 卷,以明理义切时用为宗旨,否则辞虽工亦不录,有重道轻文倾向。然而他的文章亦自成一家,既是古文高手,又是南宋理学家骈文的代表。在内容上,干预政治,针砭时弊;在形式上,自然平易,典重淡雅。王迈《真西山集后叙》说他,"每上一谏疏,草一制诰,朝士大夫与都人士,争相传写"。孙梅《四六丛话》说:"南宋骈体,西山先生为一大家。华而有骨,质而致工,不染词科之习,野处(洪迈)、诚斋(杨万里)而下,皆不逮也。"

代表作如《进〈大学〉衍义表》,有云:

> 惟《大学》设八条之教,为人君立万世之程。首之以格物致知,示穷理乃正心之本;推之于齐家治国,见修己为及物之原。曾子之传,独得其宗;程氏以来,大明厥旨。迨师儒之继出,有章句之昭垂。臣少所服膺,晚而知趣。谓渊源远矣,实东鲁教人之微言;而纲目灿然,乃南面临民之要道。曩叨侍从论思之列,适当奸谀蒙蔽之时。念得开广于聪明,惟有发挥于经术。使吾君之心,炳如白日;于天下之理,洞若秋毫。

《大学衍义》是宋明理学名作,真德秀历时十年编撰而成,将儒家道德哲学与政治哲学合而为一。上述这段文字,概述《大学》的重要性,不用典故,不加夸饰,近乎白描,文赡义精,句稳语重,而自具理致,风格与古文接近。

《江东漕谢到任表》,是真德秀从京城调任江东漕运使的述职报告。有云:"因博采于风谣,颇究知其疾苦。以垂罄之家而困追需之目;以屡歉之年而多流徙之人。官无定征之簿书,里有难平之徭役。文移星火,不胜胥吏之诛求;牒诉丘山,半为赋租之烦重。兴言及此,勿救可乎?赋难遽省,盍渐损赋外之征;民未易苏,当先去民间之蠹。"文句明白如话,跳动着一颗解除民瘼的急切之心。蒋一葵《尧山堂偶隽》卷七说他能于"四六中见经济(经国济世)",到任即行惠政,救济穷民,"深洽不愧其言"。

然而这份报告却引起上司的责怪。真氏又作《江东赈济无罪可待谢丞相启》,为自己申辩:"顷当原隰驱驰之时,备睹田野焦熬之实。欲籴(dí)

则人苦青蚨（铜钱）之乏，欲济则官无红腐（陈粮）之储。抑立视其死斁，既有负求刍之托；苟利之可也，又难逃矫制之刑。与其失职以偷安，宁若损身而任责。"宁愿自己受刑罚，也不能坐视民众苦难于不顾。宋代骈体启文作者中，罕见如此铮铮铁骨敢于担当者。

当然，像上面这样的散体四六在真氏文中只占少数，多数还是接近传统骈文风貌。如《回孙状元启》："伏以璧水蜚英，夙高士望；玉珍上对，果亚伦魁。新六馆之荣观，壮七闽之盛事。恭惟某官，清标绝伦，劲气横秋。学探精微，期欲造圣人之奥；身居穷约，常忧天下之心。饬躬允蹈于规绳，抗志弗渝于金石。比承清问，独罄丹衷。深陈立德隆替之由，力辩国论是非之正。虽明白峭直，不为媚俗之言；而温厚深酝，自得告君之体。"这是私人信函，回答对方提问，并评论其文章。文章几乎全是四六句，与前引二例之白描略有不同。

曹丽萍指出，南宋理学家骈文的特色，"概括起来主要就是'平淡'。这与六朝乃至三唐及杨刘西昆体骈文的尚丽求新倾向迥然不同"。"所谓平淡的主要表现，在文章表达上比较流利顺畅，意思清晰透彻；用语上不刻意锻炼，多为习见词语，少用代词，少用装饰性强和色彩特别艳丽的名词或形容词，句式不会过分地为求尖新而随意颠倒语序改变词性；用典比较少，如果要用，多用士人熟知的经史语料。"[①] 这段话也可以用来概括真德秀骈文的艺术特色。

刘克庄（1187～1269）号后村，今福建莆田人，历孝宗、光宗、宁宗、理宗、度宗五朝，曾任地方官及秘书监、中书舍人、龙图阁直学士，是文学上的多面手。其诗属江湖派，数量仅次于陆游，其词属豪放派，为文兼擅骈散。林希逸《后村先生刘公行状》说："言诗者宗焉，言词者宗焉，言四六者宗焉。"《四库全书总目提要》说："克庄从真德秀讲学，年至八十，乃媚附于贾似道。人品诗品，并遂颓唐。然时出清新，亦未可尽废。文体雅洁，较诗为胜，题跋诸作，乃独擅胜场。"张仁青说："后村骈体，与诚斋相近，瘦淡自然，有清新独到之处。唯初年颇染刻琢之习，专以修饰词句见长，又好用本朝故事，遂致庸廓肤浅，古意渐失，然较之并世诸子，

---

① 曹丽萍：《南宋骈文研究》，江西高校出版社 2009 年版，第 185 页。

已侗乎远矣。"①

如《谢傅侍郎举著述启》，有云："伏念某家故为儒，幼尝承学。善和书卷，颇窥上世之归藏；杜曲桑麻，粗有先人之薄业。自执手周南之后，多卧疾漳滨之时。念顷为举子之词章，屡不合主司之程序。既无用于斯世，遂长攻乎古文。"述其居家求学经历，明白洞达，有如散体。该启还谈到文章流变："窃以洙泗之盛，始分设教之科；汉唐以来，代有能言之士。然晁董名儒，而不免科举之累；若燕许大手，而惟工台阁之辞。才之难全，古所共叹。暨我本朝之盛际，森然诸老之名家。六一之文唱于汉东，宛陵之诗鸣于庆历。未几一变，遂宗王氏之《新经》；厥后横流，别出江西之宗派。正大之理，破于穿凿；浑厚之体，溢为尖新。有如命世之宗工，方绍斯文之正统。"虽对汉唐评价或欠准确，但对北宋文坛的概括大致符合实际。

《宴吉倅（吉安副知州）王实之致语》是在朋友王迈宴席上的祝词。其中写道："志节日烈而霜严，文章水涌而山出。声名早著，不数黄香之无双；科目低小，犹在杜牧之第五。元化孕此五百年之间气，同辈立于九万里之下风。每以直道而事人，未尝曲学以阿世。朱云折槛，诸公惭请剑之言；阳子哭庭，千载壮裂麻之举。一叶身轻，何去之勇；六丁力尽，而挽不回。有谪仙人骏马名姬之风，无杜少陵残杯冷炙之态。"王迈以立朝刚正，敢于犯颜直谏著称，多次遭贬，多次辞官。这篇致语以大量古事作比。其中朱云是西汉大臣，反对任奸臣张禹为丞相，成帝怒，欲斩之，朱云抱殿槛折断得脱。刘克庄以此典比附王迈反对奸臣史嵩之复任宰相，上疏批评理宗此举是"欺天下之大者"。任命宰相称"宣麻"，文中"裂麻"指撕裂宰相的任命状。此文极力刻画王迈的忠鲠之气、豪侠之风，形象鲜明，跃然纸上。几乎句句有典，贴切精致，自然清新，与刻意雕琢者有所不同。

**方岳**（1199～1262），南宋著名诗词作家，号秋崖，今安徽祁门人。绍定进士，历任丞相赵葵参议官，南康军、邵武军、袁州、抚州知事，直言敢谏。他屡屡触犯权贵史嵩之、贾似道、丁大全等，迭受打击，终被弹劾罢归，郁郁而终，有《秋崖集》。《四库全书总目提要》说："岳才锋凌厉。

① 张仁青：《中国骈文发展史》，浙江大学出版社 2009 年版，第 413 页。

洪焱祖《秋崖先生传》谓其诗文不用古律，以意为之，语或天出。可谓兼尽其得失。要其名言隽句，络绎奔赴，以骈体为工，可与刘克庄相为伯仲。"彭元瑞《宋四六选叙》称赞"秋崖则丽句为邻"，选录其文30篇。

方岳在赵葵属下时，曾尖锐批评赵在军事上的失策。知江西南康军时，贾似道任湖广总领，手下押运物资的船队经过南康时，狐假虎威，横行霸道。方岳将他们捉拿治罪，反被贾似道弹劾，调动职务，移知福建邵武军。方岳作《两易邵武军谢庙堂启》，极力申辩，针对贾似道指责他有违"体统"进行反驳。按当时体制，湖广路过的兵丁不归江西地方管。方岳指出："独有湖广之纲梢（类似花石纲船队），敢据康庐之石闸（南康之星江码头），薄人于险，竟致漂沦。""每挺刃以骇吾民，至杀人而尸诸市。可为太息，莫敢谁何？""吁天何辜，有来赴诉。然则为之长者，得不追而援之？夫奚桀黠吏之单辞，已触权贵人之盛怒。""其所谓之体统，实可骇于文移。（官方通告）。纵令自卧上床，使君卧下床，未除豪气；然君处北海，寡人处南海，胡涉吾疆？骤腾劲奏之章，重费并包之度。""谓尔湖广，谓我江东，瞭然汉地理之志；劲此邻邦，劲彼朝士，岌乎唐藩镇之忧。"（将贾似道比作跋扈的唐代藩镇）"若曰统临之部，本无界限之分。恐郡国难而朝廷处之亦难；既江东可则福建奚其不可？"在另一牒文中，方岳还说："军无纪律，骚动吾民，国有常刑，合作断遣。"（谓合当做出判决处置）他面对巨大压力，毫无惧色，可谓铮铮铁汉。方岳被劾调离南康时，当地有人写诗称赞："秋崖秋壑（贾似道字秋壑）两般秋，湖广江东事不侔。直到南康论体统，江西自隔两三州。""自隔"即只隔之意，批评两地邻近而体统相异。

方岳四六中，最具审美意味的是《秋崖新居上梁文》：

> 折腰五斗米，未寒鸥鹭之盟；盖头一把茅，聊作龟鱼之主。浩然小筑，雅矣倦游。秋崖老子，本自犁锄，误亲笔砚。朋友相过而问字，劝趋文石之班；君王颇悦其能诗，每与儒臣之选。引归袖而指天星，携简书而卧云壑。百十年胡公碑下，久矣寂寞；数月间工部眼前，忽然突兀。（用"眼前忽突现此屋"半句，妙。）山林有味，花柳无情。钟山之英，草堂之灵（用《北山移文》成句），当识秋崖此意；太虚为

室，明月为烛，未问康庐主人。

此文不同于其他上梁文以写景为主，而是专门抒发作者的兴致情趣，活画出潇洒出尘的"秋崖老子"形象，当作于罢官归隐之后。

方岳的骈文颇有别于南宋之格律化，而接近北宋之散文化。其文爱用长联和语气词，以类似古文的句子两两契合相对，名言隽语，俯拾即是。如"维弼画河朔十三策，每慨然于俎豆雍容之时而敢为；小范有胸中百万兵，虽投之于羽檄交驰之地而不乱"（《贺李制置启》），两联竟多达四十二字。"袭六为七，作一经无纸上已陈之语；自甲至乙，凡四库皆腹中本有之书。""此所谓行秘书耶？昔公安在？如欲用真学士者，舍我其谁？"（《代贺高秘书启》）"勿用小人，必乱邦也，谁当共济于艰难；不有君子，其能国乎？时则渴闻于忠谠。"（《贺林侍御启》）此外，他也尤善于将前人成语典故略加变化，组成新巧允贴之妙联，如："芍药扬州，叹已老三生之杜牧；桃花观里，笑重来前度之刘郎。"（《除兵部耿职谢王丞相启》）"不俟驾行，亦颇哀老子否？径排闼入，得无呵醉尉耶？"（《回高通判启》）他喜欢把陈述句改为疑问句，显得飘逸灵动，这在严守四六呆板凝滞的格律派四六文中是难觅的，而在方岳集中举不胜举，别有风味。

## 二　南宋晚期骈文

**文天祥**（1236～1283），号文山，今江西吉水人，二十岁中状元，历任地方官。1275 年他起兵勤王，任右丞相，赴元军谈判，被扣留，中途逃脱，转战东南；1278 年兵败被俘，囚大都三年，不屈，被害。文天祥是民族英雄，其诗、词、散文、骈文皆有名篇传诵千古。《四库全书简明目录》说："天祥大节炳然，不必以词章为重，而词章实卓然可传。"张仁青说，文公"著作亦极雄赡，如长江大河，一泻千里。其廷试对策及上理宗诸书，持论削切，尤不愧肝胆如铁石之目。至笺启之属，亦皆气象峥嵘，字句新颖"。[①]

如《贺赵侍郎月山启》。朋友赵月山从太平州应召进京，将拜参政，文公作启，赞扬其品德、才能、功绩，表示崇敬之情和殷切期望，同时借机

---

①　张仁青：《中国骈文发展史》，浙江大学出版社 2009 年版，第 415 页。

抒发自己为国为民的远大抱负和慷慨激昂的爱国热忱。文章描绘赵月山以儒生而出入兵间的雄姿，淡于功名利禄的品德，这些与文天祥本人有相似之处。信中两次提到抗金功臣虞允文，既比喻赵月山，也隐约自许。启文典雅堂皇，跌宕起伏，气势充沛，层次井然，用典虽多，但事事暗关赵之身份、为人及任所太平州的历史地理环境。高步瀛《唐宋文举要》说："气象峥嵘，字句新颖，沿用俗式，自铸雅词。南宋四六得此，可为后劲。"

如《通胡都承石壁启》。朋友胡石壁从湖南调任枢密院都承旨。此信赞扬对方："出入文武，开合枢机。龙虎变化，山林高深，间出魁杰；冰雪聪明，雷霆精锐，独步艰难。肯綮十九年而刃如新，扶摇九万里而风斯下。连麾江海，春浮五袴之声；叠节东南，星度六丝之影。自任以天下之重，独贤于王事之劳。""旌旗夜召于长沙，乘驿晓行于湘水，亟跻两地，试韩范之规模；宏济中天，溯赵张之事业。"此文表达出复兴国家、文武并举的强烈期望。

如《山中堂屋上梁文》，实即山中新居记。写景抒情紧密结合，生动地显现出文天祥丰富的情感和高雅的品性。有云："自昔园林台馆之胜，难乎溪山泉石之全。琅琊两峰，似太行之盘谷；建阳九曲，类武陵之桃源。然而有窈而深者，无旷而夷；有清而厉者，无雄而峭。所以罕并于四美，其间各擅于一长。而况索之于杖屦之余，去人远甚；未有纳之于户庭之近，奉亲居之。主人白发重关，彩衣四世，出随园鹄，付轩冕于何心；归对林鸟，觉箪瓢之有味。"此文较苏轼《白鹤新居上梁文》、孙觌《西徐上梁文》、洪适《容膝斋上梁文》、辛弃疾《新居上梁文》等，文字长得多。文章境界高雅，情韵悠长，笔墨细腻，吸收了不少历代名句，如"不知老之将至""自谓羲皇上人""眼前突兀见此屋""有护田一水，排闼两山之势"等。这有别于他人使用经典成句仅作比拟性委婉表达，而是直接移来代替自己感受体验，化古语为己语。此在诗词中常有，在上梁文中不多见。

如《宴湖南董提举致语》，作于湖南提刑使任中。有云："剑池丹井，提携翠越风流；天柱祝融，脱活青云标路。尽道平常老子，移来上界神仙。英荡照空，霜飞暑路；锋车度晓，烟旁衮衣。我提刑同看长安花，共听衡阳雁。风云一气，朱结绶，贡弹过；车马同途，翰卜邻，邕识面。霄汉瞻佳士，潇湘逢故人。共谈礼乐字三千，好吞云梦泽八九。度牛斗，跨麟鹤，襟期交注樽罍；缥鸾凤，挐虎螭，勋业同刊彝鼎。"此文描述与二十年前同榜进士老朋友相聚，结合湖南山水，共话情趣理想，文采飞扬，诱人神往。

**陆秀夫**（1236～1279），与文天祥齐名的民族英雄，今江苏盐城人。1278年，元兵破宋京临安，陆秀夫、张世杰于福州拥立端宗，陆秀夫任右丞相。君臣漂零海上，不久端宗死，陆秀夫立端宗弟赵昺，代拟《景炎皇帝遗诏》，以端宗名义宣告赵昺继位，号召天下臣民克服困难，齐心合力，奋斗到底。次年，元兵追至今广东新会崖山（今属珠海市），陆秀夫无处可逃，乃负小皇帝投海，宁死不降，不当俘虏。这篇四六文，辞意恳切，情感沉痛，气势悲壮，是宋四六中最后一篇发出耀眼光芒的历史文献。

## 三　宋代僧侣骈文

宋代有不少高僧，儒释道互通，诗文兼擅，与文坛名士多有交往，其中一些人写作骈文。

**惠洪**（1070～1128），北宋著名诗僧，俗姓喻，江西瑞州人，19岁为僧，号觉范，又称觉范禅师，与黄庭坚为忘年交，曾三次入狱，后归庐山。其作品有《冷斋夜话》《石门文字禅》，后者是诗文集，30卷，第28卷基本上是骈文，包括疏54篇。（有日僧廓门贯彻注，张伯伟等点校本，中华书局2012年出版）内容有请某禅师住某寺者、请茶榜、药石榜者、募化建寺庙及供物者、浴佛祈雨祈晴者，皆短篇，文字精妙，宋苏轼，金党怀英，元刘埙等皆有此类作品。第28卷还有书11篇，多代致官员，骈散兼用，文字较长。

唐以来禅宗主张"不立文字"，而惠洪则明确提出"文字禅"，即通过诗文说禅，从而形成"不离文字"的禅林风气。他的短疏往往通过对自然山水环境的观察和对人物品性的赞扬，形象地体现禅意。如《请璞老住东禅》：

> 寺近双峰，地连七泽。观今法席，号古丛林。师门挺多，开己见之户牖；学者益众，横肱断之干戈。纷然江淮，遂成阡陌。赖有人中师子，来为病者医王。伏惟某人，父奉僧龙，孙承祖印。重建东山法道，特弘西祖宗风。电驰三要之机，云合六和之众。慈云先布，增觉苑之光华；法雨将倾，发道苗之种性。

东禅寺在湖北靳州黄梅县西，又号莲华寺。"双峰"指靳州破头山，今谓之双峰山。"七泽"，指湖北云梦泽。"人中师子"指佛，于九十六种一切天中，一切降伏得无所畏，故称人中师子。狮子，古学常写作师子。"医王"，指佛祖。"东山法道"，指禅宗五祖弘忍，住靳州东山传道。"三要"指临济宗之三要。"六合"谓身和、语和、意和、戒和、见和、利和。此文虽然有不少佛家典故和习惯用语，但是大意清楚明白，主要是期望璞老禅师住持东禅寺之后，团结僧众，平息门户之争，重建东山之道。

《请璞老开堂》：

> 曹溪宗于天下，而黄梅为得法之源；达摩祖于神州，而东禅盖付衣之地。历观先世勃兴，皆道大德全；俯视今时嗣续，多名存实废。思得逸群耆宿，追还古格丛林。果有老成，来膺妙选。伏惟某人，行业无玷，声称有闻。为佛印、祖印之儿孙，共东山、西山之云月。聘檀林岂生杞，凋虎穴不容彪。玉聚虎绅，云屯缁衲。伫一音之雷震，特扬古佛之风；四方国之山呼，仰视后天之算。

"开堂"指新任住持入院，开法堂宣说佛法。曹溪，指禅宗六祖惠能驻锡之地，在广东曲江。黄梅，指五祖弘忍传法处，在湖北。达摩，指禅宗初祖，梁武帝时从天竺来到中国，创立禅宗。付衣，指传授衣钵给继承人。佛印（1032～1098），宋代高僧，是苏轼的文友。祖印，宋代高僧，与黄庭坚交好。此文无僻典，行文命意显豁，不像他人佛疏那样雕绘满眼，云遮雾罩，莫名其妙。

惠洪的化缘疏，是写给僧俗大众看的，文字通畅易懂。如《化油炭二首》之一：

> 石霜枯木寒灰，都忘世礼；药山草衣橡实，略露家风。南北随缘任运，尚求冬暖夏凉；今岁郁密堂深，犹少炭炉红火。有忠道者，潜来献诚。要令坐对红金，实藉十方檀信。醉余一掷之戏，化为海众冬温。他日果证菩提，顿超暖忍顶地。

"石霜""药山"皆著名穷僧。红金，指炉中炭火。"暖忍顶地"，佛经说，有暖地、顶地、忍地，皆世间第一可观之地。此文目的是求施舍炭火，不用大谈禅理。后来，元明骈体化缘疏榜，都是走通俗的路子，惠洪是开风气者之一。

《禅仪外文》。日僧虎关师炼（1278～1346）编选，收宋代僧侣骈文一百余篇。所谓"禅仪外文"，即禅门正规文体之外的随宜之文，包括疏、榜、祭文三大类。其中疏59篇，榜6篇，皆短篇骈体，无散句；祭文44篇，稍长，间用散句。作者十二人，其中八位僧侣作品最多，惠洪一人有13篇入选；四位是官员，一人一篇。总的看来，选文之骈对精巧，以俗为雅，以形象意境说抽象禅理，主旨在似懂非懂、若明若暗之间，耐人寻味。如肇淮海禅师的《介石住虎丘疏》：

> 大王来也，庭前柏树抽枝；相国知音，壁上高僧开口。在彼在此，无古无今。某人，貌癯石老水清，机迅雷轰电激。大地六反震动，为人三十年来。障回东涧之澜，屹作中流之柱。玉盘掇转，双琐蛾眉恨未舒；宝剑光寒，十尺辘辘翻不彻。共此一轮明月，休言千里同风。要御奔轮，毋劳坚壁。计长年柏岩住，其志虽高；为九峰一疏来，则吾岂敢。

作者肇淮海，即元肇，又称淮海禅师，南通州人，活动在南宋理宗时。虎丘，指今苏州虎丘寺。文中提到的九峰，是五代至宋初的高僧。此疏用许多典故对介石和尚大加赞美，但没有像惠洪请璞老那样提出具体要求。

有的疏文实际上是榜文，请对方一起喝茶、吃汤、尝药石等，口吻幽默，别具有情趣，如璨无文禅师《请痴绝住径山》：

> 熟炙橘皮，倒用卢扁活人之法；烂研巴豆，是名佛祖夺命之丹。追配古人，喜有此老。某人，道地药草，命世医王。用简易方，四十年间横行海上；起膏肓疾，三千里外识得病原。恶毒时真是和平，辛烈处绝无滋味。使大地人神清气爽，尽在此行；提破砂盆玉振金声，

全凭辣手。

熟炙橘皮可以治许多病，至今仍是常用药，巴豆则是要命的毒药，痴绝禅师二药都能用，说明医术高明。全文都是讲其治病医术和用药之奇特。简北涧禅师的《梅屏榜》，亦为风趣的药石榜。看来和尚与道士同样有服药炼丹的爱好。

**橘洲宝昙**（1129～1197），南宋初年嘉定人，有《茶榜》，请雪窦寺别峰长老喝茶。全文如下："山中有乔木万株，飞雪千丈，真故老之家；渴来为沽酒三味，无金二两，肆秦人之祸。借东风之快便，荐北苑之新杯。唤起瞪朦，为伊澡雪。口香楚水，眼老吴云。沦尽扬子江心之波，不作天下大伪之梦。痛扫除于诸病，虽噫欠亦生风。蟹眼一翻，笑捧炉之安用；羊肠百绕，戒覆车之在前。眷此输诚，幸临勿却。"此文把饮茶时的愉快感受和欢悦的心情描绘得酣畅淋漓。

再看一篇《汤榜》，是橘洲写给象田寺住持德和尚的，全文如下："割蜂房而得髓（取蜂蜜），中有花王；腐莺粟以成云，岂无童子。全胜酥酪，安用橘皮。虽风流各擅于一时，而明月可同于千里。法唯一味，价在四方。明珠白璧岂暗投人，毒药醍醐亲曾下口。敢邀云驭，来主象田。行看猊座，天雨四华；伫听雷声，地摇六震。聊伸菲薄，愿借宠光。"喝汤比饮茶内容更复杂，描写较前文更精彩。"腐莺粟以成云"，疑为把"莺粟"花提炼成药膏，化为云雾状而吸食，即抽鸦片。宋代已有关于"莺粟"的记述。莺粟花在宋以前已传入中国，它可以提炼鸦片，当时作药物用。宋代的《开宝本草》说"婴子粟"是止泻良药，宋《本草衍义》说把"莺粟""水煮加蜜作汤饮"，"多食利二便"，其籽、壳是滋补品。苏轼有"道人劝饮鸡苏水，童子能煎莺粟汤"的诗句。苏辙《种药诗》详说"莺粟"的作用，可"便口利喉，调肺养胃"。元代名医朱震亨既肯定它有"止病之功"，又指出其毒性，"杀人如剑，宜深戒之"。橘洲禅师《汤榜》中的几句话，透露出是由童子在"莺粟"汤中加蜜，味道比酥酪还甜。"毒药醍醐曾亲下口"说明其对"莺粟"的毒性已有所认识。

金代李俊民有《茶榜》《粥榜》，元代刘壎有《厨榜》《门榜》，萨都刺有《雪窦请特翁茶汤榜》，都是此类简短而精妙的骈体小品。

《禅仪外文》录祭文四十篇,有长有短,骈句为主,也有少量散语,或四言对句韵语。试看无文粲禅师《众寮祭痴绝禅师》:

> 佛法至密庵,谨严缜密,如金匮石室,过者不敢仰视。三传至师,暴白宣明,若揭日月,天下皆得而见焉。肆口说,纵笔书,或辨而放,或径而约。谓其平易,则断崖绝岸,不容步趣也;谓其峭峻,则通途坦道,不禁往来也。猗欤旨哉!自先大惠以来,未有盛于师者矣。是故六座道场,不足为师重;三奉明诏,不足为师荣;甫登径山,即如灭定,不足为师惜。虽然,去年哭佛鉴,今年哭老师。天下大老并哭于期月之内,自是而往,眼中有泪,其将为谁哭乎?吁!

祭文主要赞颂痴绝禅师佛学修养之高雅,僧侣地位之尊贵。文章说理平易,描述冲淡而意味深沉,是散骈交错之文。其他祭文,生者与死者关系各不相同,文章内容、角度、措辞也不一样。

据王汝娟统计,《全宋文》收录的南宋僧侣骈文,有橘洲宝昙近六十篇,北涧居简(1164～1246)近二百篇,无文道璨(1213～1271)三十余篇。《全宋文》之外,物初大观(1201～1268)有一百五十余篇,淮海元肇(1189～1265)有六十余篇,藏叟善珍(1194～1277)有四十余篇。以上几位的代表作品,《禅仪外文》皆有选录。王汝娟对南宋禅林四六的主要体裁和用途,文章特征、句法、用语,其总体性通俗化、应用化倾向和影响等等做了比较细致的分析①。南宋僧侣骈文是不同于士大夫骈文的一朵奇葩,值得深入研究。

---

① 王汝娟《南宋禅四六略论》,见王水照、侯体健主编《中国古代文章学之衍化与异形》,复旦大学出版社 2013 年出版。

## 宋代骈文名篇选读

### 欧阳修《亳州谢致仕表》

臣某言：今月十七日进奏院递到敕告①：伏蒙圣恩，除臣太子少师，依前观文殿学士致仕者②。愚诚恳至，曲轸于皇慈；宠命优殊，特加于常品③。本期得谢，更此叨荣④。臣某中谢⑤。

（以上除太子少师，许其致仕）

伏念臣猥以庸近之材，早遭休明之运⑥。不通之学，既泥古以难施；无用之文，复虚言而少实。是以三朝被遇，四纪服劳⑦。蒙德重于丘山，论报亡于毫发。而年龄晚暮，疾病尪残⑧。辄希知止于前人⑨，不待及期而后请。自陈悃愊，屡至渎烦⑩。既久历于岁时，始曲蒙于开可⑪。仍超加于异数，非止赐于残骸⑫。道愧师儒，乃忝春官之峻秩；身居畎亩，而兼书殿之清名⑬。至于头垂两鬓之霜毛，腰束九环之金带，虽异负薪之里，何殊衣锦之归⑭？使闾巷咨嗟，共识圣君之念旧；搢绅感悦，皆希后福之有终⑮。岂惟愚臣，独受大赐？

（以上说屡次陈乞，方许致仕，且依观文殿学士，除太子少师，尤感君恩之厚）

此盖伏遇皇帝陛下无私覆物，博爱推仁⑯。以其夙幸遭逢，密契风云之感会；曾经服御，不忘簪履之贱微⑰。致此便蕃，萃于衰朽⑱。虽伏枥之马，悲鸣难恋于君轩；而曳尾之龟，涵养未离于灵沼⑲。余生易毕，鸿造难酬⑳。

（以上陈谢）

——选自《欧阳文忠公集·表奏书启四六集》卷五

**注释**

① 进奏院：宋朝掌官奏、诏令及各种文书的投送承传的官署。递：传。敕：告谕，专指皇帝的诏令。

② 除：拜官，授职。太子少师：《宋史·职官志八》："太子少师为从一品。"依：按照。前：以前。欧阳修曾任观文殿学士。观文殿学士为正三品，设有学士、大学士，非曾为宰相者不授此职。

③ 愚：自称谦辞，我。诚：的确。恳：诚恳。至：极。曲轸：敬辞，用于君上的颁赐，犹云俯降。皇慈：皇帝的慈爱。优：丰厚。殊：特别。加：超过。常品：普通一般的品级。

④ 期：希望。得：能够。谢：辞却，指致仕。叨：忝，谦辞，如言叨承、叨蒙，表示承受的意思。

⑤ 中谢：宋人表奏中常用语。意为衷心感谢。

⑥ 伏念：伏着想，下对上（多用于对皇帝）陈述自己想法时用的敬词。猥：谦辞，辱。庸近：平庸浅陋。遭：遇。休明：美善。运：命运。

⑦ 三朝：谓仁宗、英宗、神宗三朝。被：受，遇。遇：礼遇。纪：纪年单位，十二年为一纪。四纪即四十八年。欧阳修自天圣八年中进士至熙宁四年辛亥致仕，凡四十二年，四纪举成数而言。服劳：服侍效劳。

⑧ 尪（wāng）：弱。残：废疾。

⑨ 辄：就。希：希望。知止：知道停止。

⑩ 陈：陈述。悃愊：至诚。屡：多次。渎：轻慢。

⑪ 历：经过。岁时：时间。开可：应允。

⑫ 异数：特殊的礼遇。止：只。残骸：指暮年的身躯。古以为臣身属于国君所有，所以称致仕回乡为赐骸骨。

⑬ 道：学术、思想等的总称。师儒：古指教官或学官。忝：辱。春宫：即东宫，太子所居之宫。峻秩：尊贵的职位。这句话是指除太子少师一事。畎亩：田地，田间，指乡野。兼：有。兼书殿之清名：指依前观文殿学士致仕一事。

⑭ 垂：悬，挂。霜毛：白发。九环之金带：古帝王及大官僚穿常服时用的腰带，始自魏周，隋唐沿用，只是皇帝的带环增加至十三。异：不同。负薪：背柴草，指力役。负薪之里：指故乡。欧阳修致仕后归颍上，没有回庐陵，所以说"异于负薪之里"。殊：不同。衣：穿。锦：有彩色花纹的丝织品。这句话是说，君恩浩荡，虽不回故乡，也有衣锦还乡的荣耀。

⑮ 闾巷：指百姓所居之处。咨嗟：赞叹。念旧：怀念旧人。搢：插。绅：大带。古代仕宦者插笏垂绅，所以称士大夫为搢绅。感悦：感动喜悦。后福：未来或晚年的幸福。终：终了，与"始"相对。

⑯ 覆物：遮覆万物。博爱：《国语·周语下》韦昭注曰："博爱于人为仁。"推：推行。

⑰ 夙：平素。契：契合。会：会通。这句话指皇帝能"博爱推仁"。曾经：一经。服御：穿戴驾乘，指使用。簪履：常比喻卑微旧臣。这句话是说皇帝能"无私覆物"。

⑱ 便蕃：安适。萃：集中。衰朽：老迈无能，这里是作者自指。

⑲ 曳：拖。曳尾之龟：比喻没有仕宦的人。《庄子·秋水》："庄子钓于濮水，楚王使大夫二人先焉，曰：愿以境内累矣。庄子持竿不顾曰：吾闻楚有神龟，死已三千岁矣，王巾笥而藏之庙堂之上，此龟者宁其死为留骨而贵乎？宁其生而曳尾于涂中乎？"涵养：滋润养育。灵沼：沼名，这里指皇帝的恩泽。以上是说，虽身处朝廷，但已老迈，也不能报答皇恩；致仕之后，却也仍然离不了皇恩的滋润。

⑳ 毕：完，尽。鸿造：大恩。酬：酬报，报答。

（谭家健　注释）

## 苏轼《吕惠卿责授节度副使制》

敕①：凶人在位，民不奠居②；司寇失刑③，士有异论。稍正滔天之罪，永为垂世之规。具官吕惠卿④，以斗筲之才⑤，挟穿窬之智⑥，诐事宰辅，同升庙堂⑦。乐祸而贪功，好兵而喜杀。以聚敛为仁义，以法律为诗书。首建青苗，次行助役⑧。均输之政，自同商贾⑨；手实⑩之祸，下及鸡豚。苟可蠹国以害民，率皆攘臂而称首⑪。

先皇帝求贤若不及，从善如转圜⑫。始以帝尧之心，姑试伯鲧⑬；终然孔子之圣，不信宰予⑭。发其宿奸，谪之辅郡⑮；尚疑改过，稍畀重权⑯。复陈罔上之言，继有砀山之贬⑰。反复教戒，恶心不悛⑱；躁轻矫诬，德音犹在⑲。始与知己，共为欺君。喜则摩足以相欢，怒则反目以相噬⑳。连起大狱，发其私书㉑。党与交攻，几半天下；奸赃狼藉，横被江东。至其复用之年，始倡西戎之隙㉒。妄出新意，变乱旧章㉓。力引狂生之谋，驯致永乐之祸㉔。兴言及此，流涕何追。

迫予践祚之初㉕，首发安边之诏㉖。假我号令，成汝诈谋。不图涣汗之文，止为款贼之具㉗。迷国不道，从古罕闻。尚宽两观之诛，薄示三危之窜㉘。国有常典，朕不敢私。

——选自《苏东坡集·外制集》卷中

### 注释

① 敕（chì斥）：自上命下之词，特指皇帝的诏书。

② 凶人：恶人。在位：居于要位。奠居：安居。

③ 司寇：主管刑狱的官。失刑：意即刑罚不严。

④ 吕惠卿（1032～1111）：泉州晋江（今属福建）人，字吉甫，举进士。初为王安石所信任，参加制定青苗、均输等法，官至参知政事。嗣即力求扩大个人权力，渐与王安石分裂。司马光恢复旧法时被贬谪。

⑤ 斗筲：都是量器，容量很小。这里用斗筲比喻吕惠卿才识短浅，器量狭小。

⑥ 穿窬（yú 逾）：穿壁翻墙，指偷窃行为。

⑦ "谄事"句：说吕惠卿讨好王安石，一同高升。宰辅：辅政大臣，一般指宰相或三公。

⑧ 青苗：青苗法。助役：免役法。

⑨ 均输：均输法，即由政府设立发运使，总管东南财赋，统一采购物资，用以杜绝大商人的操纵。所以本文说政府这样做是"自同商贾"。

⑩ 手实：手实法。唐宋时官府令民户自报田地和财产作为征税根据的办法。吕惠卿又创制五等丁产簿，规定申报项目极为广泛，尺椽寸土，鸡豚家畜，均须陈报。如有隐匿，许人告发，并以查获资产的三分之一赏给告发人。此法终以扰民太甚，不久罢废。

⑪ 攘臂：捋起袖子，伸出胳膊。

⑫ 先皇帝：宋神宗赵顼。转圜：转动圆体器物，比喻便易迅速。

⑬ 伯鲧：夏禹的父亲。帝尧曾派他治理洪水，失败之后，被殛于羽山。

⑭ 宰予：孔子的弟子。他与子贡皆以长于辞令著称。因白天睡大觉，孔子讥笑他"朽木不可雕也"。这四句说，神宗曾试用吕惠卿治理国政，但最后却不信任他了。

⑮ 宿奸：一贯的罪恶。熙宁八年（1075），御史蔡承禧和邓绾上疏论吕惠卿结朋党、排斥异己，又与其弟吕开卿强借秀州县民钱买田。吕惠卿因此被罢政事，出知陈州（治所在今河南淮阳）。

⑯ 畀（bì 毕）：给，给以。这两句指吕惠卿后来又为资政殿学士，知延州（治所在今陕西延安）。

⑰ 砀山之贬：元丰五年（1082），吕惠卿再次被贬知单州（治所在单父，今山东单县）。砀山：县名，今属安徽，宋时属单州辖境。

⑱ 悛（quān 圈）：改过，悔改。

⑲ 躁轻：急争权势，轻举妄动。矫诬：假托名义，进行诬陷。宋神宗在贬吕惠卿知单州时，曾"数其躁轻矫诬之罪"。德音：这里指神宗皇帝斥责吕惠卿的话。

⑳ "喜则"二句：据《汉书·张汤传》载，汉酷吏张汤曾为病中的朋友摩足。相噬（shì 式）：互相咬。

㉑ "连起大狱"二句：王安石将罢相，引荐吕惠卿执政。吕惠卿素与王安石之弟王安国有隙。吕惠卿乘势陷害王安石，王安国被除名。此后，他又将李逢、李士宁等打入

狱中，借以打击王安石。他唯恐王安石被重新起用，甚至公布王安石给他的私人信件。

㉒"至其"两句：吕惠卿在知延州和太原府期间，指斥当时将帅养威持重，不敢出战，于是亲率大军直抵无定河，向西夏等国挑战。

㉓"妄出"两句：起初，陕西边防的汉兵和少数民族的弓箭手各自为军。每次作战，都以少数民族部队为先锋，汉兵守城，伺机出战。吕惠卿任户延经略史时，改变旧制，将两军合而为一，当即遭到反对，吕惠卿不听。

㉔"力引"两句：吕惠卿竭力引荐布衣徐禧。徐禧拜官，知谏院，赞同吕惠卿将汉兵和少数民族军队合编的主张，升任泾原经略使。在陕西永乐城一战中被西夏军打败。城陷后，徐禧和陕西转运判官李稷皆战死。

㉕迨：等到。予：宋哲宗赵煦自称。践祚：即帝位。

㉖"首发"句：哲宗即位后，即诏令疆吏勿侵扰外界。

㉗"假我"四句：吕惠卿假传哲宗诏令，贪功幸进，派遣步骑二万袭击西夏，杀西夏兵六百人。此举致使宋朝失信于西夏，西夏即借口入侵户延。涣汗之文：帝王发布号令，犹如汗出于身，不能收回。款：招待。止为款贼之具：意谓吕惠卿只是充当了引适敌入侵的工具。

㉘"尚宽"两句：宽大不斩，只予远贬。两观：皇宫门前悬挂法令的两座高台。三危：山名，在今甘肃省敦煌，岷山之西南，这里指僻远地区。

（陶文鹏　注释）

## 汪藻《隆祐太后告天下手书》[①]

比以敌国兴师，都城失守[②]。祲缠宫阙，既二帝之蒙尘[③]；诬及宗祏，谓三灵之改卜[④]。众恐中原之无统，姑令旧弼以临朝[⑤]。虽义形于色，而以死为辞[⑥]；然事迫于危，而非权莫济[⑦]。内以拯黔首将亡之命，外以舒邻国见逼之威[⑧]。遂成九庙之安，坐免一城之酷[⑨]。

乃以衰癃之质，起于闲废之中，迎置宫闱，进加位号[⑩]。举钦圣已行之典，成靖康欲复之心[⑪]。永言运数之屯，坐视邦家之覆，抚躬独在，流涕何从[⑫]？

缅惟艺祖之开基，实自高穹之眷命[⑬]。历年二百，人不知兵；传序九君，世无失德[⑭]。虽举族有北辕之衅，而敷天同左袒之心[⑮]。乃眷贤王，越居近服[⑯]。已徇群情之请，俾膺神器之归[⑰]。繇康邸之旧藩，嗣我朝之大统[⑱]。汉家之厄十世，宜光武之中兴；献公之子九人，惟重耳之尚在[⑲]。兹

为天意，夫岂人谋？尚期中外之协心，共定安危之至计。庶臻小愒，同底
丕平㉒。用敷告于多方㉑，其深明于吾意。

——选自《浮溪集》卷十三

### 注释

① 隆祐太后：宋哲宗昭慈圣献孟皇后，绍圣三年被废黜。靖康之难，金军陷汴京，
六宫尽被掳掠北输金国，她因被废弃无封号而得幸免。张邦昌僭位，依吕好问等奏请，
册封其为元祐皇后，尊称宋太后，遣人致书康王赵构，请即大位。元祐太后于靖康二年
垂帘听政，下手诏布告天下，令康王登极，以示宋室不亡，中国有主，即此书。因
"元"字犯后祖名，改称隆祐太后。

② 比：近来。都城：京师汴梁（今河南开封），于靖康元年陷落。

③ 祲：妖气。宫阙：宫廷，此处泛指社稷。既：不久。蒙尘：帝王或大臣逃亡在
外，蒙受风尘，此指宋徽宗与钦宗被俘后被押往金国。

④ 诬：冤屈。宗祊：宗庙。祊，原指宗庙的门。三灵：旧称天、地、人为"三
灵"。（一说日、月、星，又一说灵台、灵囿，灵沼）改卜：国家覆亡，三灵改由他人
祭祀。

⑤ 众：北宋遗臣。统：主管，此指政权。旧弼：弼是矫正弓弩用的器具，引申为纠
正、辅佐。此处指前朝的辅佐大臣，即张邦昌。这句说：百官们虑及中国无主，所以推
举前朝台辅大臣暂时执掌朝政。

⑥ 义形于色：脸上表现出仗义持正的神气。《宋史》张邦昌本传称其曾以自刎相
辞，不肯僭位。

⑦ 事：事变、形势。权：权变、机谋。济：渡过。这句意思是：但形势紧迫，非得
借此权术不能渡过危难。

⑧ 这句说：对内可借此拯救将被杀戮的人民，对外则可暂时缓解敌国的威逼。

⑨ 九庙：古时帝王立庙祭祀祖先，先是七庙，至西汉末年，王莽增为祖庙五、亲庙
四，共九庙。酷：暴虐，惨痛。这句说：终于保全了九庙，也使人民避免了破城后被屠
城的惨祸。

⑩ 衰：衰弱。癃：年老手脚不灵活。质：身体、身躯。起：起用。闲废：被废弃而
闲置。迎置：被迎接来安置在某处。位号：封号，指被册封为元祐太后一事。

⑪ 举：举行。钦圣：宋钦宗。金人围汴，钦宗曾有过复后之议，诏未下而城陷，所
以说是"已行之典"。靖康：宋钦宗年号。复：恢复皇太后称号。

⑫ 永：通"咏"。永言：咏叹。运数：国运。屯：艰难。覆：覆亡。抚：抚摸。

躬：身体。这句说：感叹国运的维艰，坐看国家覆亡，抚摸着自己的身躯，（觉出）只有我一个人还幸存着，我真想痛哭，可又能向谁去诉说呢？

⑬ 缅惟：缅怀。艺祖：宋人称太祖赵匡胤为"艺祖"。开基：开创基业。高穹：苍天，天似穹窿。眷命：因眷爱而赋予重任。这句说：缅怀太祖的开国，全然是秉承上天的旨意。

⑭ 传序：传袭。宋自太祖开国至钦宗被俘，共历九朝，计一百六十八年，言二百，是取其成数。失德：丧失恩德，此处引申为过错。这句说：前后二百年，天下太平，没有战争，九代君王，世世代代没有什么过错。

⑮ 举族：整个皇室。北辕：辕，驾车用的直木或曲木，此处代车，指六宫皇室被掠北输一事。衅：指事端，朕兆，灾祸。敷（fū 夫）：通"普"。敷天：即普天之下。左祖：拥戴，忠于。祖：裸露，左祖即裸露左臂。典出《汉书·高后纪》：太尉周勃行令军中，拥戴吕氏者右祖，拥戴刘氏左祖。军皆左祖。

⑯ 乃：于是。贤王：康王赵构，当时为兵马大元帅，驻济州，靖康二年即位于南京（今河南商丘一带）。越：发语词。近服：王畿以外的地方。这句说：于是怀念贤德的康王，正处在京都以外的地方。

⑰ 徇：曲从，迎合。俾：使。膺：受。神器：帝位，政权。归：归附，归属。这句意思是，（他）顺应众人的请求，已登大位，使政权有了归属。

⑱ 繇：由。康邸：康王的府邸。藩：旧指诸侯的封地。嗣：西汉自高祖至哀帝共十代而发生继承，承袭。这句说：从康王的旧封地来承继我朝的大业。

⑲ 厄：厄运。十世：西汉自高祖至哀帝共十代。王莽之乱导致西汉天亡。光武中兴：指光武帝刘秀建立东汉王朝。献公：即晋献公，春秋诸侯。献公晚年，诸子争位，自相残杀。次子重耳逃亡国外，后借秦国之力返国即位为晋文公，重振国威，成为"春秋五霸"之一。此处诸比康王。

⑳ 庶：庶几。臻：至，达到。小憩（qì 器）：稍得休息，喘息。语出《诗经·大雅·民劳》。底：通"抵"，达到、求得。丕：大。平：安定。这句说：以期稍得喘息，再去求得天下太平。

㉑ 用：以。敷：布。多方：旧指列国诸侯，此处借指各镇将领及州郡长官。这句意思是：以此布告天下，希望你们能深刻理解我的意图。

（王琦珍　注释）

## 陆秀夫《拟景炎皇帝遗诏》①

朕以冲幼之资，当艰厄之会②。方太皇命之南服，黾勉于行③；及三宫胥而北迁④，悲忧欲死。卧薪之愤，饭麦不忘⑤。奈何乎人，犹托于我⑥？涉瓯而肇霸府，次闽而拟行都⑦。吾无乐乎为君，天未释于有宋⑧。强膺推戴，深抱惧惭⑨。

而夷虏无厌，氛祲甚恶⑩。海桴浮避，澳岸栖存⑪。虽国步之如斯，意时机之有待⑫。乃季冬之月⑬，忽大雾以风，舟楫为之一摧，神明拔于既溺⑭。事而至此，夫复何言？矧惊魂之未安，奄北哨其已及⑮。赖师之武，荷天之灵，连滨于危，以相所往⑯。沙洲何所？垂阅十旬⑰；气候不齐，积成今疾。念众心之巩固，忍万苦以违离⑱。药非不良，命不可逭⑲。

惟此一发千钧之重，幸哉连枝同气之依⑳。卫王某，聪明凤成，仁孝天赋㉑，相从险阻，久系本根㉒。可于柩前接皇帝位，传玺绶㉓。丧制以日易月，内庭不用过哀㉔，梓宫毋得辄置金玉㉕，一切务从简约。安便州郡，权暂奉陵寝㉖。

呜呼！穷山极川㉗，古所未尝之艰难；凉德薄祚，我乃有负于臣民㉘。尚竭至忠，共扶新运。故兹诏示，想宜知悉。

　　　　　　　　——选自《乾坤正气集》卷九十七

**注释**

① 景炎皇帝：宋端宗赵昰（同"是"），"景炎"是他在位的年号。遗诏：皇帝的遗嘱。

② 朕：皇帝自称。冲幼：年龄幼小。资：资质，亦可释为"资历"，"阅历"。会：时候。

③ 太皇：指赵昰的祖母太皇太后谢氏。南服：南方边地，实指福建一带。黾（mǐ敏）勉：勉力，努力。行：指出行福建。元军快到临安时，谢太后令赵昰到福建镇守，由吉王晋封为益王。

④ 三宫：指皇帝、皇太后和皇后。胥：胥靡，被拘执后随从服役的意思。北迁：公元1276年元兵破临安，宋降，宋恭帝等被胁迫迁到元上都（故址在今内蒙古自治区正蓝旗东闪电河北岸）。

⑤ 卧薪之愤：用春秋时越王勾践卧薪尝胆之事。这里是形容要发愤图强，恢复中原。饭麦不忘：《后汉书·冯异传》记载，汉光武帝刘秀在艰苦中吃麦饭都不忘复国大事，这里表示抗元兴宋的决心。

⑥ "奈何"二句：怎么百姓还把希望寄托在我身上呢？

⑦ 涉：渡水来到。瓯：浙江温州的别称。肇：开。霸府：王府。元将伯颜破临安，赵昰与赵昺（时封广王）均逃往温州，后又航海至福州。次：止，停。闽：指福建福州。拟：模拟，类似。行都：京城（首都）以外另设一都城，以备必要时皇帝和政府暂住。

⑧ 乐：乐意，愿意。释：舍弃。有宋：即宋朝。

⑨ 强膺推戴：勉强地接受拥戴。膺：受。惧惭：害怕，惭愧。

⑩ 厌：通"餍"，满足。氛祲（jìn 浸）：凶恶的气氛。甚恶：非常猖狂。

⑪ 海桴（fú 扶）：海船。浮避：飘浮逃避。澳岸：海边，指福建、广东沿海一带。栖存：居住。公元 1276 年，元兵逼进福州，张世杰等拥景炎帝入海，至泉州，又至潮州、惠州、广州。

⑫ 国步：国运，即国家的命运、前途。如斯：如此，到了这个地步。意：通"抑"，或者。

⑬ 季冬之月：指景炎二年十二月（实已为 1278 年初）。

⑭ 神明：指神灵。拔：援救。溺：水淹。景炎二年十二月，赵昰乘船辗转至井澳，海上飓风大作，船被摧毁，他几乎淹死，因此惊吓成疾。

⑮ 矧（shěn 审）：况且。奄：忽然。北哨：指元兵。已及：已经到达。赵昰刚逃到井澳，元将刘深率兵来追，赵昰又迁移至谢女峡。

⑯ 滨：接近。相：选择。以上四句是说，依仗军队的英勇，承蒙上天的灵佑，虽不断地濒临危难，我还是到了避难之所。

⑰ 沙洲何所：海边是什么样的地方，意谓此地很艰苦。垂：将近。阅：经历，经过。从 1278 年初赵昰因船翻惊吓成疾到 1278 年 4 月立此遗诏时约一百天。

⑱ 忍万苦：能忍受住万分的痛苦。违离：离开，即去世。

⑲ 逭（huàn 换）：逃避。《尚书·太甲中》有"自作孽，不可逭"之语。

⑳ 一发千钧：千钧（一钧三十斤）重的东西系在一根头发上，以喻极其危险。幸：幸亏。连枝同气：喻亲密的兄弟关系。依：依托。将要继承赵昰帝位的是其弟赵昺，所以说，在万分危急时候的重任，幸亏有兄弟可以依托。

㉑ 卫王：指赵昺，初封广王，后又封卫王。某：代"昺"字。夙：早。仁孝天赋：天赋予（他）仁孝之心。

㉒ 久系本根：早就具有帝王传统的根基。

㉓ 柩：装了尸体的棺木。玺（xǐ 喜）：皇帝的印章。

㉔ 丧制：指办理丧事的礼仪、程序等。以日易月：用"日"来代替"月"，意谓要从速办理，时间不要拖得太长。内庭：朝廷内。

㉕ 梓宫：皇帝的棺木。毋得辄置金玉：不要放置金玉一类的宝物。

㉖ 安便：方便。安便州郡：让州郡方便，即不要因办丧事而烦扰州郡。权：权且，姑且。陵：帝王的墓。寝：皇室墓地供祭祀用的庙。

㉗ 穷、极：都是"尽"的意思。穷山极川：走遍了山山水水。

㉘ 凉德：薄德，有"不义"的意思。祚：福。负：辜负。

（唐永德　注释）

# 第七章

# 辽金元明：骈文的低潮

## 第一节  辽金元明骈文概说

### 一  辽金元明骈文的历史地位

目前出版的几部中国骈文史，对辽金元明四朝骈文有不同评价。刘麟生《中国骈文史》、张仁青《中国骈文发展史》从宋代跳到清代，对四朝完全没有介绍。姜书阁《骈文史论》（全书 540 页）不讲辽代，设《金元骈文》置于《明清骈余》一章之前，占 9 页；另有《明代骈文》占 8 页。于景祥《中国骈文通史》（全书 1072 页）第八章《西夏辽金——骈文的远播》，其中《辽代骈文》29 页，《金代骈文》50 页，是目前记述辽金骈文篇幅最多者。该书第九章《元明——骈文的衰落》，共 63 页。其中第二节《元代正统骈文之流变》占 2 页，第三节《骈文对元代小说和戏曲的影响、渗透》、第四节《元代的俳谐骈体》两节合计 5 页。第五节《明代骈文》、第六节《骈文对明代戏曲和小说的影响渗透》、第七节《骈文的畸形——八股文》，三节合计 47 页。叶农、叶幼明的《中国骈文发展史论》不讲辽金，分别设有《元明——骈文的衰落期》（4 页）、《元明骈文的辑录与整理》（3 页）、《元明骈文的研究》（9 页）。其他文学史著作，如黄震云《辽代文学史》、王永《金代散文研究》、郭预衡《中国散文史》、漆绪邦主编的《中国散文通史》等，对辽金两代骈文作家作品只有简单的介绍或涉及。目前研究上述四朝骈文的单篇论文也比较少。选本方面，明王志坚《四六法海》、清王先谦《骈文类纂》及新中国成立后出版的各种骈文选，都未选辽金骈文，元明骈文也选得很少。

辽金元明四朝骈文是整个中华骈文通史的组成部分。如果把中华骈文史比作一条长河，南北朝、初盛唐及晚唐五代是高潮，宋代另辟河道出现新潮，清代是又一小高潮。辽金元明总体处于低潮，但各朝略有区别，基本趋势是逐步升高，而不是一路下滑。

辽金两代大致与两宋并行。两宋好比河水的主流，辽金有如河水的支流，主流高而支流低。

关于辽代骈文的历史地位。辽代是由契丹族作为统治政权的朝代，建国于 916 年，初期与五代十国并存，北宋建国后，辽国仍占据北方大部分地区，经历九帝 210 年，于 1125 年亡于金。辽代文献保存至今甚少。目前，收录辽文较多的是陈述辑录的《全辽文》，中华书局 1982 年出版，收文章700 多篇，骈文约 100 多篇（按本书标准，对偶句占一半以上视为骈文）。按作者及文体，辽代文章大致分布在四方面。

第一类是署名帝后的作品，包括诏谕、敕制、哀册、书状、宣告等文章约 240 余篇，其中骈文较多的是致高丽国王的诏书。高丽在军事地缘上与辽国为近邻，不得不向辽国称臣，在政治制度和文化渊源上则奉宋为宗主国，与辽宋两国同时保持经常性往来。保存在十五世纪朝鲜学者徐居正辑录的《东文选》中的文书大多是骈文，写作水平甚高，得到南宋谢伋《四六谈麈》的称许。与《全辽文》中所见的辽国致高丽文书相比，辽文持居高临下势态，文体常用骈四俪六，写作水平略逊高丽一筹。辽代帝王其他诏诰文书，少数用骈，多数用散，还有极少数参用口语。当代学者认为，其散体文可能出自帝王本人，骈体者可能由文人代笔。这些帝王之文，无论骈散，皆以文献价值为主，文学价值为次。

第二类是臣僚作品，包括表奏、书疏、议对、牒文等，约 180 篇。其作者以汉族文人居多，也有少量契丹族文人。作品中绝大部分是散文，骈文较少。表奏类中，远不如宋人同类作品之敢于大胆诤谏。论议类中罕见宋人之爱发议论的特点，看不到史论、道论、文论，也缺乏宋人文集中常见的抒情述志的骈体书启。

第三类是与宗教祭祀有关的纪念性作品。佛教类占多数，纪念儒家孔子、道家及父母者占少数。佛教书序多用骈文，写作水平相当成熟。寺塔碑铭描写山水风物和建筑规模者习用骈句，艺术性较强。还有幢记、颂偈、舍利匣记、写经记等，共约270篇，有骈有散，作者多是僧侣或信徒。

第四类是墓志铭和其他杂著，约120篇。墓志铭格式大同小异，先述家世，祖宗三代有何官爵；次述历次仕宦和表现；接着是儿女孙辈的官职，最后是四言韵语的铭文。大部分以散句记经历，如流水账，以骈语称颂在各种任官期间的表现。如果与《辽史》本传或其他史籍记述相比，隐恶扬善，夸张渲染比比皆是，其史料价值是要打折扣的。其中有些形容词是套话，屡见不鲜。

杂记中有些作品出于无名氏之手，或自由发挥，或如实写来，有相当的艺术水平；至于内容，多不关军国大事，也不反映社会矛盾和现实弊端；就文体而言，不如北宋之丰富多彩。北宋盛行的游记、宴集序、赠序以及辞赋之类，在《全辽文》中几乎看不到。

以上评述并不意味着对辽代散文和骈文的否定，而是要证明其总体水平在中国散文史和骈文史上都属于低潮。但在二百一十年的低潮中，也有少量突出的浪花，有一些较好的或可读的作品。

关于金代骈文的历史地位。金朝是女真族占统治地位的政权，建国于1115年，历十帝120年，1234年亡于蒙古，大致与南宋同期。金代之文，目前以闫凤梧主编的《全辽金文》中的《全金文》收录最多，文共2546篇，约为《全辽文》的三倍；收录作家558人，体裁和内容更加丰富多样化。其中凡帝王诏令制诰，多署"无名氏"，约200篇。另有祝文、告文、册文、誓文，内容是以帝王身份和语气所写，亦署"无名氏"，约100篇左右。与宋及高丽交涉的外交文件皆称"书"，署帝王姓名。臣僚的表、疏、札子，封事皆多于辽。各种碑记，不再以佛教为主，有相当数量的孔子庙记、道教真人碑记，还有纯属纪念性建筑物的碑记，如城堡、桥梁、官衙、学校、水利设施等建筑物碑记和名人功德碑等。其中也有少量山水游记、庭院园林记、上梁文、青词、政论、史论、私人书启、个人传记，数量质量远不及《全宋文》。

　　上述各体文章中，有多少属于骈文尚未细检，但肯定要比辽代多。然而比之南宋，金文仍属低潮。

　　关于金代骈文的评价，有的论著认为，徽、钦二帝在金国所作骈文如《谢赐币帛及许诸女相见表》，骈花俪叶，精美非常，这样的形式美文，在大金庙堂中流传，其影响是可想而知的。金初由宋而降金的刘豫，虽不是著名文士，却带来骈俪之风，所作骈文不仅工丽，而且雅致。有的学者批评说，"将这些降表纳入金代骈文的研究视野，非常牵强"，"降表中展现的摇尾乞怜之态，为女真人所不齿，是代笔文人所要刻意摒弃的，又怎么可能成为学习的榜样呢？"① 刘豫是中国历史上臭名昭著的汉奸，其《谢封曹王表》表示，他将收集残兵余部，寻机攻击宋军，以报金国之大恩。对这种卖国求荣的文章不应毫无批判，一味赞赏。

　　关于元明骈文的历史地位。姜书阁说："元以蒙古族的统治阶级入主中国，由于以往的生活习惯不重视文学，对于汉族这种传统文学形式更不复讲，故在元代这八十多年间，文坛上的骈四俪六之文体，几乎绝迹。""明初及晚明时期，尚可能有骈文可言。而明代中期，以李、何、王、李为首的前后七子统治文坛之时，便绝无骈文可言了。"② 这样讲似乎不够全面。于景祥对元代骈文评价不高，其《中国骈文通史》讲元代正统骈文只用了1600余字，而介绍金代骈文用了36000余字。

　　元代骈文历史地位高于金代骈文。目前收文最多的是李修生主编的《全元文》，收作家三千余位，录文章三万余篇，是《全金文》的十多倍，其中有一定数量的骈文。元代虽无骈文大家，却不乏可读之作。于景祥论元代正统骈文与论金代骈文的篇幅不成比例，未能反映元代骈文的应有地位。

　　于景祥在元明两代都设专节论骈文对小说戏曲的影响，认为其中的骈文片段水平超出正统骈文之上。实际上夹杂在元明戏曲中的骈句都很简短，只能算骈丝俪片，在戏曲中只是插曲而已。小说中的骈句比戏曲骈语有时稍长些，也只能看成骈文段落，是不能独立成篇的，它们在骈文史上的地

---

① 王永：《金代骈文新论》，《民族文学研究》2013年第6期。
② 姜书阁：《骈文史论》，人民出版社1986年版，第514、522页。

位和影响是有限的。

戏曲小说属于通俗文学，其中的骈语无疑也属于通俗文学。其句子结构多数成双作对，有时骈四俪六，有时长短句相间，通俗易懂，活泼灵便，适合下层民众欣赏。它们所使用的形容词、名词，几乎都是人们所常见和耳熟能详的。通常不用典故，少加雕饰，有时对仗不甚工整。例如《西游记》《水浒传》中描写风景、介绍建筑、叙述场面的骈文段落，都是极浅俗的骈文；如果与元明上层文人的同类题材骈文相比，艺术性相差太远。

## 二　辽金元明骈文的历史分期

关于辽代文学的发展。《辽史·文学传》概括说："辽起松漠，太祖以兵经略方内，礼文之事固所未遑。及太宗入汴，取晋图书礼器而北，然后制度渐以修举。至景、圣间，则科目事兴，士有由下僚擢升侍从，駸駸崇儒之美。"可见，景宗、圣宗以前是辽代文化草创时期；景、圣以后，儒学所代表的汉文化才逐渐兴盛起来。据此，黄震云的《辽代文学史》以景宗、圣宗前后为界，把辽代文学分为前后两期。于景祥把辽代骈文分为三个时期，前期从辽太祖到景宗，即从公元916年到982年，共66年。从现存庙堂文章来看，基本上是以散体为主，骈体为次，骈散文都呈现出比较平易、质朴，甚至粗疏的状态。中期从圣宗到兴宗，即从982年至1055年，共73年。这个时期，社会安定，经济、文化皆有所发展，"科目日隆，雅辞相尚"（陈述《全辽文》序例）。圣宗、兴宗皆能作诗文，今存署名兴宗的诏书，有不少可能出自本人手笔。后期即道宗、天祚帝两朝，从1055年到1125年辽亡，共70年，史称道宗颇好儒术，能诗文。天祚帝的文学才能，超过列祖列宗。这一时期，朝野文人中能作骈文者数量大大超过前期和中期。

关于金代文学的分期。清人伍绍棠在《金文最》跋文中说："溯夫渤海龙兴，飙风电扫，始于收国，以迄海陵。文字甫兴，制科肇始。譬之唐室初定，议礼多藉马周；魏台始营，故事或谘王粲，此一时也。大定、明昌，四方静谧，乘轺之使，酬匹裂而叙欢；射策之英，染缇绅而试艺。恺乐娱晏，雍容揄扬。譬之马工枚速，奋飞于孝武之朝；柳雅韩碑，缋藻乎元和之盛，此又一时也。逮乎汴水南迁，边疆日蹙；龙蛇项洞，豺虎纵横，羁人同楚社之悲，朝士有新亭之泣。譬之杜樊川之慷慨，乃喜谈兵；刘越石之激越，辄闻伤乱，此又一时也。"这是就整个金代文学而言。

于景祥根据伍绍棠上述见解，把金代骈文分为三个时期，金太祖收国元年到海陵王正隆末年为初期（1115～1160），世宗大定元年到章宗及卫绍王末年为中期（1161～1212），宣宗金廷南迁汴水以后为末期（1213～1234）。于氏认为，金代骈文总的趋势是逐渐走向兴盛，前期不如中期，中期不如后期。①

王永认为，在上述三期之后应该还有第四期，即从金亡至忽必烈至元元年（1234～1264），主要是金遗民文学。王永的《金代散文研究》把金代散文发展历程的四个时期加上四个标题："借才异代期""国朝文派期""金文极盛期""遗民余音期"。

三分法与四分法并无原则性区别，主三分者在论述末期作家时，一定会包括其金亡以后的作品。三期四期合起来不过五十年，虽然跨三四期作家的风格，尤其思想倾向前后会有所不同，但如果再一分为二，就颇不便对某些作家做总体性的考察。

关于元代骈文的分期。元代学者王理为苏天爵所编《元文类》作序说："大凡《国朝文类》（即《元文类》），合金人、江右以考国初之作，述至元、大德以观其成，定延祐以来以彰其盛。"他采用三段论，国初至世祖至元前为初创期，包括金人和归北的汉人之作；至元（1264）至延祐（1314）为有成期，延祐以后为兴盛期。苏天爵的《元文类》迄于延祐之末（1321），所以王理仅论及元代文章发展的大半。元末杨维桢（1296～1370）的《王希赐文集再序》说："我朝文章，肇始杨、刘，再变为姚、元（明善），三变为虞、欧、揭、宋，而后为全盛。……自天历（1328）以来，文章渐趋衰靡。"杨氏活到元亡之后，他加上后面一句，说明从文宗天历（1328）至元亡（1368）为衰靡期，这样更全面了。

姜书阁、于景祥两部骈文史对元代骈文叙述简略，均未做分期，因此我们不妨参考目前中国散文史的分期。郭预衡《中国散文史》分元代为三期，一是"早期儒者之文"，论许衡、郝经、王恽。二是"后起诸家之文"，

---

① 于景祥：《中国骈文通史》，吉林人民出版社 2002 年版，第 765 页。

论姚燧、戴表元、刘因、吴澄、赵孟頫。三是"晚期治世之音",论虞集、揭奚斯、欧阳玄。他还说:"元代后期国家已不算是'治世',而文章却产生了'治世之音',这是元代文章发展中一个特殊现象。"① 所谓"治世之音"即"润色鸿业"之文。谭家健《中国古代散文史稿》分三期:元代前期散文,论耶律楚材、郝经、姚燧、王恽、戴表元、刘因、吴澄;元代中期散文,论虞集、欧阳玄、揭奚斯、宋本、萨都刺、马祖常、李孝光;元代后期散文,论杨维桢、戴良、陶宗仪。谭书的三期比郭书的三期,时间都推后一些。由于散文家大多兼作骈文,散文史分期当与骈文史相同或相近,或许可供骈文史分期参考。

明代的骈文分期。明末天启年间的岳元声的《四六宙函序》分为前后两期,以明中叶为界。本书分为前期、后期、晚期。

明初至正德为前期,是平缓的低潮期。约 150 年间,没有出现骈文大家。骈文的使用范围越来越少,即使其固有的阵地——朝廷诏诰表章,仅少部分用骈体,大部分用散体。在民间应用文中,书启、碑志、序跋等,以散体为主。

究其直接原因,第一是最高统治者的限制。明太祖朱元璋,当过游丐、和尚,古文接触很少,遑论骈文。他的诏令有时用大白话,偶尔带有安徽土语。洪武六年,他下令禁止四六表笺。《大明会典》卷 75 说:"凡表笺,洪武间令止作散文,不许循习四六旧体。"明余继登《典故纪闻》卷三说:"太祖谓中书省臣曰:……近代制诰表章之类,仍蹈旧习。朕尝厌其雕琢,殊异古体,且使事实为浮文所蔽。其自今凡诰谕臣下之词,务从简古,以革弊习尔。中书宜布告中外臣民,凡表笺奏疏,毋用四六对偶,悉从典雅。"这次禁令虽未能杜绝骈文,但文坛风气为之一变。

第二是八股文的兴起。洪武初开科举,考题中有四书义、五经义,成化时规定须用八股程式。所谓八股,即四副长对子,是段与段相对。它不用四六隔句对,不用典故,尤禁秦以后故事,不许巧设比喻,不讲究修饰,力求清真雅正。朱元璋最忌别人提起他当过和尚,凡与"僧"或"光"同音义近的词,他都生疑,动辄杀头。在这样的政治氛围之下,以比喻、联

---

① 郭预衡:《中国散文史》中册,上海古籍出版社 1993 年版,第 733 页。

想为特征的骈文写作便举步维艰了。不过,科举考试中有"表"和"判",例用四六文,考生还是要学会写骈体。

有的骈文史说,明代骈文总体上是马鞍形,前后略高,而中间是低谷。其实,明初也是低潮,明前期、后期不乏可读之作。

明后期,即嘉靖—隆庆—万历,约100年间,是逐渐恢复期。本期的思想文化较明前期有变化。王阳明的"心学"对长期占统治地位的程朱理学有所冲击。受其影响,以李贽为代表的一批"狂徒",藐视礼法,离经叛道,大倡"童心说",反对以孔子之是非为天下之是非。在文学上,公安派、竟陵派批评前后七子的复古主义,主张独抒性灵,表现自我,促成小品文的繁荣。在公私应酬中,则盛行四六书启。为了适应社会需要,当时有大量四六书启选本出版供人模仿,其中多陈词滥调,罕见真情实感。到了晚明,皇帝更昏庸,宦官更专横,士大夫们集会结社讥评时政,思想空前活跃。关外满族势力日益强大,不断侵扰中原。李自成、张献忠领导的农民武装星火燎原,明王朝很快垮台。这时,大批文化人投入救亡斗争,抵抗清军,维护明王朝为代表的汉族主体地位。散文、骈文都成为政治斗争的工具和武器。

明后期的徐渭、汤显祖、陈继儒等,以特有的个性写作骈文书信、小品,使得沉寂多年的骈文有了生气。

明晚期即泰昌—天启—崇祯三朝,20多年,黄纯耀、陈子龙、张煌言、夏完淳等的骈文,反映出民族斗争中强烈的爱国热情和誓死不屈的抗争意志。从作品的思想内容而言,其上继南宋,下启清初。从形式技巧而论,有些还是急就章、随感录,来不及精雕细刻,可以认为是新的骈文高潮的前奏。

### 三　金元明时期的骈文批评和骈文专著及选本

金代后期骈文批评家**王若虚**(1174~1243),自号滹南遗老,有《文辨》四卷。论文主张自然真率,典实平易,反对浮华奇险,求文害理。其对于两汉唐宋许多古文名篇的用词造句指瑕摘疵,时有卓识,但也有烦琐、拘泥的偏向。其弟子王鹗称其文"不事雕琢,惟求当理,尤不喜四六"。《文辨》说:"四六,文章之病也。而近世以来,制诰表章率皆用之。君臣上下之相告语，欲其诚意交孚，而骈俪浮辞，不啻俳优之鄙，无乃失体耶？后明王贤大臣一禁绝之，亦千古快事也。"这是对骈文采取彻底否定的态度。又说："夫臣子陈情于君父，自当以诚实恳切为主，而文用四六，既已非矣，而又使事如此，岂其体哉！宋自过江后，文弊甚矣。"他批评南齐孔稚圭《北山移文》："立意甚新可喜，然其语亦有鄙恶处。"认为孔文中"林惭无尽，涧愧不歇，秋桂遣风，春萝罢月"等拟人化语，"既已大过"，"不亦怪乎"。这是迂腐之见。他批评庾信《哀江南赋》"堆垛故实，以寓时事，虽记闻为富，笔力亦壮，而荒芜不雅，了无足观。"此评有欠公允。又说："'崩于钜鹿之沙，碎于长平之瓦'，此何等语，'申包胥之顿地，碎之以首'尤不成文也。"这的确是文句不通。他认为杨亿、刘筠"必谨四字六字律令，故曰四六。然其弊类俳可鄙，欧苏力挽天河以涤之"。他赞赏苏轼"为四六而无俳谐偶丽之辞"，"世或谓其四六不精于汪藻……岂知东坡也哉"，不同意将汪藻置于苏轼之上。

金元之际的**刘祁**（1203～1250），山西太原人，其《归潜志》中有关于骈文的见解。如说："文章各有体，本不可相犯。故古文不宜蹈袭古人成语，当以奇异自强。四六宜用前人成语，复不宜生涩求异。如散文不宜用诗家句，诗句不宜用散文言，律赋不宜犯散文言，散文不宜犯律赋语。皆判然各异，如杂用之，惟失体，且梗目难通。"叶农、叶幼明指出："喜欢用成语，这是宋代骈文的特点。……至元代，风气在变，骈文不只使用成语，亦杂用散文言，诗句、律赋语。而刘祁则严守宋人习气，对当时骈文风气的变化表示不满。"①

元初**卢挚**（1241～1314），古文家，其《文章宗旨》说："夫古文以辨而不华，质而不俚为高。无排句，无陈言，无赘辞。""三无"皆针对古文参用骈语而言，否定骈散相融，未免片面。

元初，刘壎与刘将孙对"时文"的见解鲜明对立。时文，唐及北宋泛指骈文，明清专指八股文，南宋及元代指科举之文——其中，律赋、制、诰、表、判用骈文，经义、论、策用散文，偶尔论亦可用骈语。

**刘壎**（1240～1319），江西南丰人，深恶科举误国，指责时文束缚人

---

① 叶农、叶幼明：《中国骈文发展史论》，澳门文化艺术学会 2010 年版，第 241 页。

才。其《答友人论时文书》有云："宋朝束缚天下英俊，使归于一途（指科举），非工时文，无以发身而行志，虽有明智之材，雄杰之士，亦必折抑而局于此，不为此，不名为士，不得齿荐绅大夫……可哀也。""斯文也，在今为背时之文，在昔为亡国之具。""学以明理，文以载道，其妙在于自得，岂为衒友朋校短长之计哉！"刘壎指责科举为亡国之具，举两例为证，一为南唐后主在宋军围城时犹放榜考试，二为南宋时元兵围襄阳六年，城内犹放解试、省试，置国家存亡于度外，"爱文而不爱国"。他的矛头主要指向科举考试制度，对时文本身的弊病并未多讲。

**刘将孙**，生卒年不详，稍晚于刘壎。将孙之父刘辰翁（1232～1297），是宋末元初著名的文学家、评点家。刘将孙主张调和文体之争，"诗不论某家某体"，"文不论时文古作"。其《题曾同父文集后》说："时文之精即古文之理也。""能时文未有不能古文，能古文而不能时文者有矣，未有能时文而有余憾者也。如韩柳欧苏皆以时文擅名，及其为古文也，如取之固有。""时文起伏高下，先后变化之不知所以，宜腴而约，方畅而涩，可引而信之者，乃隐而不发。不必舒而长之者，乃推之而极。若究极而论，亦本无所谓古文，虽退之政（论）未免时文耳。"刘将孙此论未免过于偏爱时文，所谓"本无所谓古文"之说不能成立。南宋至元初，不少人用时文法评点古文，以适应科举之需。刘将孙的见解反映了当时的文坛风气，并不能真正调和骈散的分歧。

元代的骈文理论著作有**陈绎曾**的《四六附说》。陈氏原籍处州，后居吴兴，活动于元代中期，是著名作家戴表元的学生，著作有《文章欧冶》《文说》等。《四六附说》一卷，附录于《文章欧冶》之中，篇幅不大，却是真正有系统的四六理论著作。此前的四六话，都是零散的评点资料，随意生发，多限于对偶、用典、句法、字法等技巧，琐碎而不成系统。陈氏此书把四六写作方法提升到更高的理论层次。他把唐代骈文创作方法概括为约事、分章、明意、属辞四方面，称之为古法；把宋人的新规概括为剪裁、融化两点，称之为今法。他把骈文体裁分为三大类：第一，台阁类，如诏、诰、表、檄等；第二，通用类，如青词、朱表、致语、上梁文等；第三，应用类，如启、疏、札等。他对二十来种文体提出写作要求，对唐体、宋体各举六七人为范式。他把骈文的结构方式总结为五点：起，破题；承，解题；中，述德或作人事；过，自述或在述德之前；结，述意。又把骈文风格归纳为浑成格、精严格、巧密格三大类，以浑成为上，巧密为下，指出有些"格"是与古文相融通的。虽然其概括未必准确全面，却对骈体应用文写作具有普遍的指导意义。

**袁桷**，略后于陈绎曾，有《答高舜元十问》，其中说："大要寡学而才气差敏者，直师东坡。南渡以后，皆宗之。金源诸贤，只此一法。惟荆公一派，以经为主。独赵南塘单传，莫有继者。汪彦章则游于苏王之间。若精究，当取夏英公、杨文公、翟忠惠、綦北海、王竦寮、元章简、王禹玉、张安道、刘莘老诸人文字，置几上，贱子当面言源委矣。"（《全元文》卷七二四）高洪岩说："他不满学习东坡不成而带来的流弊，但并没有否定苏轼骈文的意思，而是与陈绎曾一样将苏、王分为两派，但并没有像陈氏那样以苏轼上接唐代而宗之，将北宋诸老作为模仿对象，实际上是将骈文的台阁化的特点提出来，重在实用。这一点与陈氏也不矛盾，只是陈氏对骈文创作方法的演变更为重视，而有新体旧体之分，而袁桷的看法与当时使用范围的两极分化密切相关。他作为御用文人自然主张骈文的台阁化，所以模仿的对象也应该是那些台阁重臣。"[①]

明代初期，骈文受到轻视。开国文臣之首宋濂曾经指责："辞章至于宋季，其弊甚久。公卿大夫视应用为急，俳偕以为体。偶丽以为奇。腼然自负，其名甚高……又稍上之，骋宏博则精粗杂揉，而略绳墨；慕古奥则删去语助之辞，而不可以句。"（《剡溪集序》）他认为应酬性四六文的流行，导致抄袭、华丽风气的出现，反映了文章的衰败。与宋濂同时的苏伯衡说："自夫以辞翰为文也，文之为用，末矣。彼殚一生之精力从事于其间者，音韵之铿留，采色之炳焕，点画之妩媚，则自以为至文矣，而乌在为文也？嗟夫，文而止于辞翰而已，则世何贵焉？而于世抑何补焉？"（《苏平仲文集》卷五《王生子文字说》）这是重实用的文学观。明初文臣王炜在《文训》一文中引用其师黄缙之言曰："古语变而为四六，古声变而为词曲，文之弊也甚矣。"这是厚古薄今的文学史观。

明中期，文学复古思潮盛行，秦汉派、唐宋派、前后七子大都轻视骈

---

① 高洪岩：《元代文章学》，上海三联书店 2014 年版，第 170 页。

文，贬抑六朝。奚彤云指出，与之同时存在三种骈文评论：一是少数复古派所复之古，包括六朝文，视之为学习对象；二是在明代文体论著作中，无法避免地要对骈文进行评介；三是讨论科举文章时也会涉及骈文。① 这些声音虽然不大，但对骈文创作产生程度不同的影响。

杨慎（1488～1559），正德状元，诗文有复古倾向，重视民间文学，对骈文有所批评，认为骈文"竞趋浮华"，说当年司马光辞知制诰，并非真的"不能为四六"，而是想"矫当世之失"，"用心良苦"。杨氏对骈文也有所肯定，其《群公四六序》说："四六之文，于文为末品也。昌黎病其衰飒，柳子厚以为骈拇。然自唐初以逮宋季，飞翰腾尺，争能竞工。其类声气见于偶俪缔绘之中，直可与陆宣公奏议上下相映，奚可以文章末品少之？"

黄省曾（1490～1540）对六朝文较为重视，善作碑诔之文。王世贞《五岳山人集序》认为他"出于东京（东汉），间以六朝"。黄氏在《大司马王公家藏集序》中称赞王世贞之文"缀言雄高，罗搜六代之奇，绘织九流之要。故衍材宏丽，吐之裕足，沛其有余，出之流莹，灿乎澄析"。这是将六朝文与先秦诸子文相提并论。

王文禄（1503～1583），嘉靖举人，著有《文脉》，杂论古今之文，承认六朝文的合理因素。他说："夫六朝之文风骨虽怯，组织甚劳，研罩心精，累积岁月，非若后代率意疾书，顷刻盈幅，皆俚语也。""皇陵碑文体用六朝，气雄西汉，文华而实见。"

徐师曾（1510～1573）著有《文体明辨》。他崇尚古已有之的散文体制，不满意后出的骈文，称之为"俗体"，有明显的崇散抑骈倾向。他对几种按旧例用骈体而在明代改用散体者大加称赞，对骈文在公牍文领域的衰势和古文的复兴感到欣慰。

胡松，嘉靖进士，他编选《唐宋元名表》一书，驳斥当时对四六文的轻视，强调四六文也能阐明儒家之道，精神上与散文同趋。他重申北宋欧苏派以古文之法改造骈文的主张，使四六文更偏向于议论。

沈懋孝，隆庆进士。其《论四六骈体》（《明文海》卷九三）说："至宋王介甫、苏子瞻，始厌薄浓词，为真写意之体。其后汪浮溪、周益公、

---

① 奚彤云：《中国古代骈文批评史稿》，华东师范大学出版社 2006 年版，第 80 页。

杨诚斋之徒嗣之，故宋表传至今，今之士林皆式之，盖纯乎议论矣。"他认为四六表文，凡陈谢、辞职、陈事、进规，可用散体议论；诸凡大庆、大典、谢赐衣马等，可以采用铺张藻饰，即骈体文常用的手法。

**王世贞**（1526～1590），嘉靖进士，官至南京刑部尚书，后七子首领之一，力主文必秦汉，鄙薄唐宋古文和宋代骈文，对六朝骈文稍有肯定。他认为宋四六启"无益于事，然其文辞尚有可观"，讨厌明后期盛行四六之启，批评说："旨不能外谄谀，辞不能脱卑冗，不知所底止。"（《觚不觚录》）

**屠隆**（1542～1605），万历进士，著有《文论》，崇尚秦汉，贬斥韩愈。说："文体靡于六朝，而昌黎氏反之。然而文至于昌黎氏大坏焉。""今读其文，仅能摧骈俪为散文耳。妍华虽去，而淡乎无采也；酝酿虽除，而索乎无味也；繁音虽削，而暗乎无声也。"他承认六朝骈文有动人的感染力，"浓华色泽，比物连类，亦种种动人"，"其类天下之丽，洵美且都矣"。其《论诗文》有云："秦汉六朝唐文近杂而令人爱，宋文近醇而令人不爱。秦汉六朝唐文有瑕之玉，宋文无瑕之石。""莫质于西京，而丽如六朝者，亦自不可废。"

**赵南星**（1550～1627），万历进士，官至吏部尚书，是东林党重要人物。万历以后，四六文在官场有所恢复，一些不喜欢骈文者不能接受，于是有抵制四六的呼声。赵南星曾作《废四六议》（《明文海》卷八二），该文说："余自万历乙亥结发薄游，士大夫书礼往来，直抒情愫，鲜有用四六者。……至癸巳罢官，乃有以四六来者。余才拙性疏，不能为此。然林下无事，每抗精殚思为之，殊以为苦。今衰朽才尽，偶起一官，营职之外，复有应酬之烦，食事欲废，安能作四六也。虽有来者，必不能答，恐有不恭之罪，然此事殊可废也。"还说："余之厌四六，犹齐宣王之于败紫也。作此议欲与士大夫共废之，而不能家至户晓，即知之而未必肯从，欲上疏而以其细事不足言也。乃属掌道彭侍御仲飞等，刻之以与台中诸君，人各一通，骢马所至，即下令禁之，不期月而天下无四六矣。"

崇祯初年，诏诰亦多用骈体，崇尚简约的崇祯皇帝很不高兴，崇祯三年曾下诏"禁诰文骈丽语"（《明史》卷二一六）。

由于明末骈文有所恢复，乃出现骈散之争，双方代表人物是艾南英和陈子龙。**艾南英**（1588～1646）属唐宋派，为文主张径取唐宋，直溯秦汉，摒弃六朝。**陈子龙**（1608～1647）属秦汉派，主张规摹秦汉，否定唐宋而不废六朝，他本人骈散兼擅。崇祯元年（1628），他俩与文友相会于娄江，艾南英当众抨击前七子之李梦阳、后七子之李攀龙。陈子龙年方十九，意气正盛，摄衣与争。艾南英脾气更大，出语粗暴。陈子龙不堪忍耐，竟然动手打艾南英的嘴巴，实在是极不文明的现象。事情过后，双方书信往返争辩不休，陈子龙的观点是："文当规模西汉，诗必宗趋开元。吾辈所怀，以兹为正。至于齐梁之篇，中晚之新构，偶有间出，无妨斐然。若为晚宋之庸沓，近日之俚秽，大雅不道，吾知免夫。"（《几社壬申合稿凡例》）陈氏以西汉为宗，以六朝为辅，排斥宋末以后文章。艾南英有《答陈人中（子龙）论文书》，认为孔子讲的"辞达"之"辞"，指整个篇章，不是字句。故骈文所重视之辞藻修饰，不足以成"辞"，反而"碍气"。在《答夏彝仲论文书》中，他区别古文与骈文："盖昔者以东汉末至唐初偶俳摘裂，填事粉绎，工丽整齐之文为时文，而反是者为古文。"又比较二者之优劣："夫文之古者，高也，朴也，疏也，拙也，典也，重也。文之华而为六朝者，轻也，渺也，诡也，俊也，巧也，俳也，此直有识者所共知矣。"（《与周介生论文书》）这场争论是清代骈散之争的先导。

在晚明，对六朝骈文深入研究并积极评价的是**张溥**（1602～1641），崇祯进士，曾组织进步社团"复社"，进行文学及政治活动。他编辑《汉魏六朝百三名家集》，每家皆有题辞，多用骈文写作，体现其文学史观。其自序对六朝骈文充分肯定，说："江左名流，得与汉朝大手同立天地者，未有不先质后文，吐华含实者也。人但厌陈季之浮薄，而毁颜谢；恶周隋之骈衍，而罪徐庾。此数家者，斯文具在，岂肯为后人受过哉！"其《徐仆射题辞》说："然夫三代以前文无声偶，八音自谐。""浸淫六季，制句切响，千英万杰，莫能跳脱。""历观骈体，前有江、任，后有庾、徐，皆以生气见高，遂称俊物。""玉台一序，与九锡并美，天上石麟，青睛慧相，亦何所不可哉？"其骈文批评的重心已从文辞技巧转移至作家的个性和创造力，具有鲜明的时代特色。

明后期出现的许多四六选本的序言中，大多给骈文以积极的评价，不一一列举。

明代的四六话只有蒋一葵的《尧山堂八朝偶隽》，又名《木石居精校八朝偶隽》，编著者蒋一葵，江苏武进人，万历进士。编者从历代史传、笔记、文话中辑录八朝骈文中精彩偶句及相关评论资料，共七卷，"八朝"包括晋、宋、齐、梁、陈、隋、唐、宋，并附五代和元。所谓"偶隽"即俪语中的隽秀者。此书不像前代四六话那样以"四六"代指骈文，而改用"偶隽"为书名，突出了骈文的句式特征和语言的华美，也不像前人那样以文体分类编排，而以名句作者时代先后为序，更能彰显出骈文的历史轨迹，同时加简单的评语，体现其文学史观和审美能力。莫山洪指出，此书"展示了骈文发展的基本脉络，对每个阶段的重要作家都作了比较具体的描述，把握了各个时期重要作家所占分量，突出了唐宋骈文发展的成就。""六朝资料最多的是庾信，初唐最多的是王勃，宋代则以苏轼、王安石为首。"[1]缺点是"摭拾未广，所采亦不尽工"（《四库全书总目提要》），蒋氏本人的评论较少。

**明代的骈文选本**，今存约 50 余种，书名多为"四六"，大致可分三类。

**第一类**是以文体分类，彰显编者的文体观和文学史观。明代最早最大的骈文选本是李天麟（大兴人，万历进士）编选的《词致录》（传到朝鲜后又称《四六全书》），刊行于万历十五年（1587），收录文章 684 篇，共十六卷，分为五门：制词门（59 篇）、进奏门（254 篇）、启扎门（331 篇）、祈告门（19 篇）、杂著门（48 篇）。"门"下又分类，如册文类、诏令类等共计 44 类。作家起自魏晋，迄于宋代，以词命之文中风格浑厚者为主，企图纠正只重形式雕饰忽视内容质实的不良倾向。作品多选自《文苑英华》和《圣宋名贤五百家播芳大全》。清代《四库全书总目提要》认为"颇胜明末之猥滥"。

王志坚（1576～1633）的《四六法海》在后世影响更大。编者王志坚是江苏昆山人，万历进士，曾任南京兵部主事、湖广学政。在文学上宗法唐宋派，反对秦汉派，先编选《古文渎编》《古文澜编》，专选唐宋八大家之文。他既崇尚散体文，又编选骈体文为《四六法海》。刊刻于天启七年（1627），全书十二卷，起于魏晋，迄于元，共 655 篇，依文体分为 40 类，不收赋，而特重表与启。每类之下以作者时序排列，部分文章之后有作家生平及写作背景简介，约 230 余条，其中约 40 条涉及文本分析评点。

---

① 莫山洪：《骈散的对立与互融》，齐鲁书社 2010 年版，第 364 页。

该书自序认为，"魏晋以来，始有四六之文，然其体未纯"，其鼎盛在齐梁和初唐，而后演变，由中唐迄宋，至元而衰。这样概括基本上符合实际。下面又说："自宋而后，至其末流，必求议论之工，证据之确，所以去古渐远。然矩矱森然，差可循习。至其末流，乃有浑语如优，俚语如倡，祝语如巫，或强用硬语，或多用助语，直用成语而不切，叠用冗语而不裁。四六至此，直是魔障，所当亟为澄汰，不留一字也。"这些现象有的是四六通俗化，向下层普及后所产生的，也有些是四六散文化的表现。王氏视为最大流弊，足见他是以典雅为骈文正统风格的。

此书以四六命名，但并非纯是四六文，早期之文尤多骈散相杂者。其目的不同于后来李兆洛《骈体文钞》那样有意调和骈散之争，王氏意图是反映骈文发展之实际进程。诚如《四库全书总目提要》所说，其论骈体之始，"大抵皆变体之初，俪语散文相兼而用。其齐梁以至唐人，亦多取不甚拘对偶者，俾读者知四六之文，运意遣词与古文不异，于兹体深为有功。至于每篇之末，或笺注其本事，或考证其异同，或胪列其始末，皆原原本本，语有实征，非明代选本可及"。其缺陷之一是不该对某些文章做删节。后来清人蒋士铨在此书基础上编辑《评选四六法海》，选文更精，评析更细。王书当时不太受重视，当代学者评价甚高。

**第二类以文学鉴赏为主要目的**，以满足读者娱情悦性的审美需求，如：

谭元春辑、马世奇评释《四六金声》十卷。谭氏是明末竟陵派散文名家，马氏江苏无锡人，崇祯进士，曾居馆阁，甲申事变，自缢死。该书所选皆明人书启，分为：序、节令、庆贺、敦请、上陈、复答、寿诞、婚姻、迎送、拜谢十类。凡例说："必期排偶之谐律令，韵致叶宫商，句调铿锵，词华璀璨者……若陈篇饾饤，掇拾窃取而沿袭旧物者，概不入选。"

张梦泽《四六灿花》十二卷。张氏是江苏武进人，万历进士，官至江西按察史，与汤显祖、董其昌等有交往。此书收明代小启，以内阁、六部、九卿、督抚、郡县，以及婚姻、杂用等分类。其主要特点是评点，有眉批、夹批，点出语句之佳处，行文之脉络，篇末有总评，有注释。此书大体能反映明代小品之精华。

陆云龙《四六俪》二卷。陆氏字雨侯，秀才，著名评点家。此书所选书启，分称贺、迎送、延请、报谢、言事、干谒、写怀、婚聘、杂事九项，多选美文，有眉批和尾评，注重修辞和情韵，并不突出应酬目的。

张应泰《古今四六》十三卷，分为序、书、启、露布、檄、碑、上梁文、铭，分类较广，自六朝至明，倾向于娱情悦性，其中不乏游戏之作。

**第三类是官场应酬之作，如：**

李日华《四六类编》十三卷。李日华（1563～1633），浙江嘉兴人，万历进士，官至太仆寺少卿，画家兼诗文家。此书所收皆官场应用文，以官职分类。

钟惺《四六类函》十二卷。钟惺（1574～1624），湖北天门人，竟陵派领袖之一，喜爱散文，编有《周文归》《秦汉文归》等散文选本。《四六类函》以官职分类，附有注释、职官考略、典故出处等，属应酬之作，影响不及其散文选本。

李国祥《古今濡削选章》四十卷，按官职分类，自六朝迄宋明，明代作品尤多，《四库提要》说它，"大抵为应酬而作"。

李自荣《名家新语满纸千金》八卷，皆明代书启，分为婚姻、生子孙、科第、起造、节令、馈送、答谢、求索、请谒、贺寿、祭奠等类，是典型的应酬选本。

明后期四六选本中有十三种属于车书楼系列，由出版商王世茂刊刻，约请名人编选，他本人也参加部分工作并署名。选本多为日用应酬作品，以满足各级官员、幕僚和交际广泛者的需要。以盈利为目的，质量成问题，或传抄，或重复，或伪托，故略而不论。

## 第二节　辽代骈文

关于辽代骈文的分期，前节已介绍各家意见。本节不按时代分期，而按族群分类论介。

### 一　契丹族作家之骈文

**太宗耶律德光**（902～947）之文，《全辽文》有21篇，其中19篇是三言五语的批示，能称作文章的一篇是散体，另一篇以骈语为主，即《立石敬瑭为大晋皇帝册》。文章开头一段描述形势，宣扬国威，接着以居高临下的口气训示石敬瑭："尔惟近戚，实系本枝。所以予视尔若子，尔待予若父也。……今中原无主，四海未宁，茫茫生民，若坠涂炭。况万机不可以暂废，大德不可以久虚，拯溺救焚，当在此身。"以下把石敬瑭夸奖一番，然后说："是用命尔，当践皇极。仍以尔自兹并土，首建义旗，宜以国号曰晋。联永与尔为父子之邦，保山河之誓。於戏！补有王之阙礼，行兹盛典；成千载之大义，遂我初心。"这是一份重要的历史文献，可以证明石敬瑭是辽国所扶持的傀儡、儿皇帝。文章用了不少先秦古籍中的训诰之语，古奥、典雅、庄重、威严，初学汉文的太宗未必写得出来，可能出自代笔。①

**耶律琮**，生卒年不详，是太祖的侄孙，智而能文，景宗时任左金吾卫上将军、涿州刺史。《全辽文》录其《与雄州孙全兴书》，其文意在与宋通好，通篇骈偶，全文如下："琮滥受君恩，猥当边任。臣无交于境外，言则非宜；事有利于国家，专之亦可。切思南北两地，古今所同。曷尝不世载欢盟，时通贽币。往者晋氏后主，政出多门，惑彼强臣，忘我大义。干戈以之日用，生灵于是罹灾。今兹两无纤隙。若或交驰一介之使，显布二君之心。用息疲民，重修旧好，长为与国，不亦休哉！琮以甚微，敢干斯义，远布通悟，洞垂鉴详。"此书作于 974 年。后晋出帝石重贵与辽国关系破裂，947 年为辽太宗所灭，文中"干戈日用"即此指。"二君"指辽国与北宋，涿州即今河北涿州，雄州在今河北易县，两地相邻。据《辽史·圣宗纪》，保宁六年，宋遣使议和。辽方派涿州刺史耶律昌本（耶律琮）议和，此举值得肯定。文章有相当水平，议事说理平等谦和，行文造句整齐对仗，开诚布公，少用官腔套语，诚实可信，得到圣宗嘉许。

**萧绰**（953～1009），辽初女政治家，景宗皇后。其子圣宗即位时 11 岁，由太后摄政，成为辽国实际统治者，后世称萧太后。《全辽文》收文三篇，其中《遣使诣宋纳款称臣表》属于骈体。有云："辽国太后妾萧氏言：盖闻溟海纳言，系众流而毕会；太阳照舒，岂爝火以犹飞。方天下之大同，故圣人之有作。拊心惮往，饮泣陈辞。伏念妾先世乘唐晋之季年，割燕云之外地。既逢圣运，已受齐盟。义笃一家，誓传百禩。孰谓天心改卜，国

---

① 本节所引辽代骈文，除个别文章外，均见陈述辑录《全辽文》，中华书局 1982 年版，全一册。

步多艰。先王遇板荡之余，励复兴之志。始历推戴，淹致沦沮。爰属茕嫠，俾续禋祀。常欲引干戈而自卫，与社稷以偕亡。伏念生灵，重罹涂炭。与其陷执迷之咎，曷若为奉上之勤。伏惟皇帝陛下，四海宅心，兆人为命。敷文德以柔远，奋武烈以训时。必将拯救黎元，混一边宇。仰承严命，敢稽归款之诚；庶保余生，犹荷永绥之惠。……"从内容看，当作于圣宗即位之初。北宋势力强大，行将统一全国，辽国审时度势，纳款称臣。此举并非战败乞降，而是主动请求以小事大。文章写得谦恭得体，情辞相称，有可能是亲笔。

**耶律昭**，生卒年不详，圣宗时人，博学能文。有《答萧挞凛书》，萧挞凛是辽国西北路招讨使，于耶律昭有知遇之恩。此文先分析西北军事形势，然后提出对策。其中有云："为今之计，莫若振穷薄赋，给以牛种，使遂耕获。置游兵以防盗掠，颁俘获以助伏腊，散畜牧以就便地。期以数年，富强可望。然后练简精兵，以备行伍，何守不固？何动而不克哉？然必去其难制者，则余种自畏。……昭闻古之名将安边立功，在德不在众。故谢玄以八千破苻坚百万，休哥以五队败曹彬十万，良由恩结士心，得其死力也。阁下膺非常之遇，专方面之寄，宜远师古人，以就勋业，上观乾象，下尽人谋，察地形之险易，料敌势之虚实，虑无遗策，利施后世矣。"此文说理透畅，建言切实，语句大体整齐，不加夸饰，骈多于散，平易通畅，古文气息很浓，是经世致用之文，受到《辽史》作者重视，被摘录于《食货志》，后世史家多次引用。

**圣宗耶律隆绪**（971~1031），11岁即位，在位期间是辽国全盛期。《全辽文》录其文64则，只有五六篇称得上文章，其他都是三言五语的批示。其中骈文有《遣张干等封高丽王册》，作于统和十四年（997）。当时太后临朝，圣宗尚未亲政，当是他人代笔。有云："汉重呼韩，位列侯王之上；周尊熊绎，世开土宇之封。朕法古为君，推恩及远。惟东溟之外域，顺北极以来王。岁月屡迁，梯航靡倦。宜举真封之礼，用旌内附之诚。爰采彝章，敬敷宠数。咨尔高丽国王王治，地临鳀壑，势压蕃隅。继先人之茂勋，理君子之旧国。文而有礼，智以识机。能全事大之仪，尽协酌中之体。鸭江西限，曾无恃强之心；凤岫北瞻，克备以时之贡。言念忠敬，宣示封崇。升一品之贵阶，正独坐之荣秩。仍疏王爵，益表国恩。……"此文绝大部分是对句，尤多四六，整齐工切，用语典雅考究，庄重得体，比太宗封石敬瑭诏、萧太后致宋帝书，写作水平高出一筹。

**耶律常哥**（1006~1077）是一位才女，其兄耶律适鲁曾任太师。她操行修洁，自誓不嫁，能诗文，曾作回文诗以讽权奸耶律乙辛。今存骈文《述时政文》，表示对治国理政的关心和建议，全文如下："君以民为体，民以君为心。人主当任忠贤，人臣当去比周，则政化平，阴阳顺。欣怀远则崇恩尚德，欲强国则轻徭薄赋。四端五典，为治教之本；六府三事，实生民之命。淫侈可以为戒，勤俭可以为师。错枉则人不敢诈，显忠则人不敢欺。勿泥空门，崇饰土木；勿事边鄙，罔费金帛。满当思溢，安必虑危。刑罚当罪，则民欢善；不宝远物，则贤者至。建万世盘石之业，制诸郡强横之心。欲率下则先正身，欲治远则始朝廷。"其政治思想观念来自儒家，这些见解唐宋时很普通，并不突显，却表达得堂堂正正，清楚明白。全文对仗，无一散语，出自一位契丹女子之手，是难得的。黄震云《辽代文学史》说："在某种意义上说，可以和诸葛亮《出师表》，魏征的《隋史绪论》和谏疏相比肩。"① 此评价似乎有些太高了。

## 二　汉族作家之骈文

汉族作家作品皆作于中后期，作者身份皆为高级官员。

**李翊**，圣宗时人，累官至云州刺史兼御史大夫、上柱国，地位很高。今存骈文一篇：《特建尊胜陀罗尼幢记》。从题目看，是记佛教经幢，然其内容几乎不宣讲佛教佛法，而是为了纪念已故父母。文章从头到尾，绝大多数是骈句。前半段回顾自己的毕生经历，是稀见的抒情文，以形容描写代替叙述，看不出做过什么官，经历过什么挫折，与当时墓志铭写法有区别。后半段赞颂父母："亡考长官世袭簪裾，性惟清慎。守谦恭则无爽五常，蕴敏惠则洞闲三教。爰因筮仕，著功勤而早遂利名；不原字人，叹徒劳而归终里社。亡妣夫人，浮阳茂族，邹鲁名家。禀亲教而洞晓妇德，承闺训而妙熟女史。加以瑰姿态逸，从夫之淑慎退彰；仪静体闲，守德之功容备著。岂谓因缠微恙，莫驻盛颜。畏日煦而花露俄零，悲风扇而香魂忽

① 黄震云：《辽代文学史》，长春出版社2010年版，第204页。

散。翊念兹永诀，痛切追思。"以下写如何在京城选择地区，如何修建经幢等，写法也不同于一般墓志铭那样详记父亲官职履历。此文作于公元1000年，正值北宋初期，以杨亿等人为代表的西昆派诗文盛行之时。李翊很可能受其影响，追求工丽、富赡，用词造句相当考究。不但与辽代初期骈文风格不同，在他所处的辽骈中期也不常见。

张俭（962～1053），宛平人，兴宗时任、左丞相，中书令。他有骈文《圣宗皇帝哀册》，作于1031年，相当于皇帝驾崩的公告，开头一段渲染环境，衬托哀思："古树号风，寒风带雪。会同轨于万方，启攒途于七月。缟仗俄排，祖庭斯设。凌晨将御于龙辐，远日欲辞于凤阙。哀子嗣皇帝臣宗真，□慕绝浆，哀摧泣血。爰命召于辅臣，俾祖述于鸿烈。"接下去颂扬圣宗德业，突出其武功，东征西讨。其中有的大体属实，有的难免夸张。如宋辽澶渊之战，本来宋军得胜，由于主和派的妥协，才订立退让的和约，此文完全归功于圣宗如何如何英明，这是御用文人势所必然。

李仲宣，圣宗时人，曾任知蓟州军事判官，有《佑唐寺创建讲堂碑》，作于统和五年（988），篇幅颇长，开始一大段描写蓟州盘山位置："夫幽燕之分，列郡有四，蓟门为上。地方千里，籍冠百城。红稻青秔，实鱼盐之沃壤；襟河控岳，当旗戟之奥区。"接下去刻画盘山风光，"深维地轴，高辟天门。焕碧冲霄，寒青压海。珠楼璇室，仰杳窕于昆丘；宝洞琼台，辉磅礴于恒岳。崆峒左倚，太行右连。怀珠之冰派其阳，削玉之峰峭其后。岭上时兴于瑞雾，谷中虚老于乔松。奇树珍禽，异花灵草。绝顶有灵池焉，向旱岁而能兴雷雨；岩下有潮井焉，依旦暮而不亏盈缩。于名山之内，最处其佳"。蓟门，唐称蓟州，治今天津市蓟县。县内的盘山，现在是国家5A级风景区。下面记述高僧希悟如何发现、草创、扩建寺庙的经过。同类文章他人多用散语，此文悉用骈句，刻画建筑内外情况，细致周详，叙事写景赞颂相融一体，竟然很少宣扬佛理，属于文学性强的作品。

王观，道宗时燕京人，进士出身，历任翰林学士、乾文阁学士、参知政事兼南院枢密使，后因矫旨修私第，削职为民。《全辽文》录其骈文《燕京大昊天寺碑》，作于咸雍三年（1067），文章说：

尾络之分，燕为大邦。辟千里之日围，聚万家之星井。中有先公

主之馆第，雕华宏冠，甲于都会。改而为寺，遵遗托而荐冥福也。诏
王行已督辖工匠，梓者斤，陶者埴，金者冶，彩者绘。钟云屯，杵雷
动，三霜未逾而功告毕。栋宇廊庑，亭槛轩牖，猛檐栱角，栏楯栋栌，
皆饰之以丹青，间之以瑶碧。金绳离其道，珠网罩其空。缥瓦鸳翔，
修染虹亘。晓浮佳气，涵宝砌以生春；夜纳素辉，烁睿题而夺昼。中
广殿而崛起，俨三圣之睟容；旁层楼而对峙，龛八藏之灵编。重扉牙
启，一十六之声闻列于西东；百二十之圣贤分其左右。或鹿苑龙宫之
旧迹，或刻檀布金之遗芬。种种庄严，不可殚纪。

　　中国古代寺庙，或由朝廷敕建，或地方官员公帑修建，或王公贵族舍
宅为寺，或高僧大德募捐集资。燕京大昊天寺原为大长公主馆第，遵公主
遗嘱捐出以求冥福。道宗施五万缗以助，派宣政殿学士王行已负责施工，
历时三年完成。堂宇宽阔，装饰华丽，中有大殿，列三世佛像，旁有层楼，
为藏经之阁。十六"声闻"指十六位悟四谛（苦、集、灭、道）而得道者
之塑像。后面还有类似释迦牟尼佛鹿苑的花园。清初《日下旧闻考》记，
大昊天寺匾额及此碑皆道宗御书，故又称"御笔寺"，故址在西便门大街之
西，清初已废为农田。王观此文乃奉旨撰写，富丽堂皇，极尽夸饰之能事。
若与北魏末年的《洛阳伽蓝记》舍宅为寺的描述相比，杨衒之主要以散语
记实况，以少量骈语写外观，而王观则用大量骈语描述各类建筑之精致豪
华，其写作水平在辽代同类题材文章中属于上乘。

　　**邢希古**，道宗时曾出使北宋，后曾接待出使辽国的苏辙。苏辙著文称
他"恭顺详敏，有儒者之风"。大安二年（1086）邢氏作《易州太宁山净觉
寺碑铭》，是一篇骈体风景文，文字颇长，描写颇细。他不像李仲宣那样一
上来就写大环境，而是开门见山，直叙山间寺院内外各处景观，略于内而
详于外。"寺之背，迥峰层峦，隐映殊状，峭拔而起者，曰称翠屏。其下特
构小殿，即（五代）冯道吟台之故地。西北深而复高者，乃柏梯上方（寺）
也。烟萝荫密，磴陌回盘。古有神坛，丛柏尚茂。岩壁四向，卓立万仞，
青耸接天，空翠分色。风雷之所吐纳，日月之所蔽亏。脱落埃尘，此非常
境。西有乳水洞，洞豁而深，石蕊垂生，四时凝滴，盛暑或入，凉气射人。
前视金坡口，即蔚萝去来之会路；北带奇峰岭，亦山民樵采之危栈。东顾

平陆，原野旷然。易水燕圻，苍茫在目。"这段文字，如诗如画。最可贵处是夹有一段议论："近世兴修，多名都大邑，并肆兼闾……务胜贪冒之徒皆奔走之，其不知雕饰伤工，僭差害政。兹寺之建，土不金碧，省费也；木不文镂，全朴也；陛不增高，因地也；栱不重梁，循制也。壮丽而无奢，质素而匪陋。可以归依，可以长久，是故君子美之。"此文批评当时在城市大兴土木，成片拆并商肆和民居，一些贪赃枉法之人纷纷奔走出动，全不考虑雕饰过度费工，工程超规格损害政治。近数十年来中国一些地方在兴建各种建筑时，也频频发生上述现象。邢氏比李仲宣约晚一百年，李文受宋初文风影响，通篇皆骈，刻意雕章绘句。邢文在北宋古文运动取得胜利、占主导地位之后，骈句之中参用散句，对偶虽多，却不见四六，自由洒脱，气韵悠然，无板滞堆垛之感，是以古文改造骈文的表现。

**张琳**（？～1122），道宗、天祚帝之间人，累官至枢密副使，知枢密院事，他有一篇《道宗宣懿皇后哀册》，作于天祚帝乾统元年（1101），是为天祚帝祖母萧观音冤案平反的皇室文告。萧观音是道宗的皇后，多才多艺，深得道宗宠爱。她所生皇子被立为太子，萧皇后之父封太师。奸臣耶律乙辛图谋不轨，为独揽朝政，扫除障碍，诬陷萧观音与伶人私通。道宗不察，竟赐死，等到萧观音的孙子天祚帝即位，才得以昭雪。当时张琳任枢密副使，行尚书户部侍郎、修国史，奉帝命撰写哀册。前一部分颂扬萧皇后的美德与才华，后一部分表达天人共戚山河举哀的悲情。有云："呜呼哀哉！坤纪断维，月轮覆辙，（按：坤、月皆比喻萧皇后）陵域暝兮苦雾暗，山楹寂兮流泉咽。万籁暗鸣，百灵惨烈。呜呼哀哉！银海寒湛，蛟函影沉。琨佩叮当兮无复听，云车缥缈兮何处寻？声虽不闻六宫侧愿闻之耳；形虽不见九族倾将见之心。时不来兮杳隔霄壤，事已往兮空成古今。呜呼哀哉！树萧萧兮秋峦，草萋萋兮春渚。皆从来巡幸之地，尽伊者宴游之所。灵迹何在？慈颜如睹。呜呼哀哉！载念宠渥，失于奸臣。青蝇之旧污知妄，白璧之清辉可珍。如金石之音，默而复振；如镜鉴之彩，昏而复新。……"①

哀册相当于公祭文，抒情为主，仅用四句辩诬。大量文字铺陈渲染氛围，含有辞赋成分。句式以对偶为多，基本上属于骈体。黄震云《辽代文

---

① 陈述：《全辽文》，中华书局 1982 年版，第 283 页。

学史》说它"除了政治说教外，没有实际内容"①，评价未免太低。萧观音
被害是辽国历史上一件大事，朝野上下纷纷不平。道宗时曾任翰林学士的
王鼎，著《焚椒录》详记原委，专门为萧观音辩诬，属于散体文，是研究
萧观音案的重要文献，可以与张琳哀册合看。

　　无名氏的《谢赐柑实表》，作于天祚帝乾统四年（1104）："聘礼式成，
祝帝龄于紫阁；恩华固异，锡仙实于公邮。方厥包来贡之期，捧兹德维馨
之赐。天香满袖，染湘水之清霜；云液盈盘，浥洞庭之余润。梓里岂遑于
遗母，枫朝切原于献君。感德滋深，谕言罔既。"此文最早见于北宋末年谢
伋《四六谈麈》，说："政和间北使还，有《谢柑实表》。"又见南宋吴曾
《能改斋漫录》，比谢伋所录多了最后两句。陈述《全辽文》据吴曾转录，
不著撰人。黄震云《辽代文学史》说作者是耶律孟简②，经查《全辽文》
耶律孟简名下并无此文，不知何据。从内容看，作者是一位辽国使臣，赴
宋祝贺宋帝生辰，宋帝赏赐礼品中有产自南方的柑子，于是上表致谢。他
完全模仿南朝谢启，短小精致，使典造句，委婉尽情，比之庾肩吾谢湘东
王赐柑、赐橘、赐梨诸启和刘峻的《送橘启》，在体物写态方面还有差距，
可是在辽文中是唯一的谢赐物的骈体小品，所以受到谢伋重视。

## 三　僧侣作家之骈文

　　辽代崇佛，僧侣地位甚高，有不少人文化素养深厚，留下作品相当多，
其中有相当一批骈文。下面择要介绍，除智光外，皆生活于辽后期。

　　**智光**，圣宗时人，燕京悯忠寺沙门，统和十九年（997），撰《龙龛手
鉴序》，首先介绍印度梵文的主要特点和中国文字的发展历程。前一段说：
"夫声明著论，乃印度之宏纲；观迹成书，实支那之令躅。印度则始标天
语，厥号梵文。载之以贯线之花，缀之以多罗之叶。开之以字缘字界，分
之以男声女声。支那则创自轩辕，制于沮涌。代结绳于既往，成进牍以相
沿。辨之以会意、象形，审之以指事、转注。洎乎史籀，变古文为大篆，
程邈变小篆隶书。蔡邕刊定于石经，束皙网罗于竹简。九流竞骛，若百谷之

---

　　①　黄震云：《辽代文学史》，长春出版社 2010 年版，第 217 页。
　　②　黄震云：《辽代文学史》，长春出版社 2010 年版，第 207 页。

朝宗；七略遐分，比众星之拱极。寻原讨本，备载于《埤苍》《广苍》；叶律谐钟，咸究于《韵英》《韵谱》。专门则《字统》《说文》，开牖则《方言》《国语》，字学于是足乎昭矣。"文章要言不烦，把中国文字的构成和几种主要字体，几位重要人物和著作，简单明了地讲清楚了。中间一段讲翻译佛经需要精通字学，后面一段介绍《龙龛手鉴》应运而生："有行均上人，字广济，俗姓于氏。派演青齐，云飞燕晋。善于音韵，闲于字书。睹香严之不精，写金河而载缉。九仞功绩，五变炎凉，具辩宫商，细分喉齿。……以平上去入为次，随部复用四声列之，又撰《五音图式》附于后，庶力省功倍，垂益于无穷者矣。"

行均的《龙龛手鉴》是中文字学史上的一部重要著作，成书于997年，所收汉字比汉代许慎的《说文》多一倍半，简省《说文》之五百四十部首为二百四十二部首，还广收当时俗字，为当时字书之革新。此书传入北宋后，受到沈括《梦溪笔谈》的赞许。智光本人是文字学家，熟悉梵文。他这篇序言，纯属学术著作，不涉佛理，三分之二是骈句，三分之一是散句。

**普壤**，道宗时沙门，大康六年（1080）作《藏掩感应舍利记》。舍利是释迦牟尼火化后凝练成的晶状物，后来也指高僧火化所遗残余骨殖，皆为佛教圣物，历来珍重，妥为保存。此文先述舍利如何传入中国，次叙如何掩藏，如何出现奇特感应。有一段追述隋仁寿二年建舍利塔时出现的奇景。"青山六震，紫云四飞，舍利吐异色之光，名峰枰殊声之响。祥花香拂于天宫，瑞玉纹现于真像。雷电晦暝，怖魔军以无能；风雨纵横，去妖邪而不便。故以先援圣以同居，石泉地涌；预记贤而共隐，天降金刀。异涧名花，不让补锦之地；殊野丛桂，未省旃檀之林。隋林起碎身之塔，印度涌灵文之碑。名境交布于殊方，遗形彻覆于异国。"近若干年来中国发现的佛舍利，多藏于名刹宝塔地宫，置于多层金银珠玉精工细作的匣函之内，今天人们还可以瞻仰。普壤没有描写藏掩之内部器具，而着力刻画藏掩的外部环境，和藏掩时的神秘气氛。山震云飞，花香玉现，雷鸣电闪，风雨纵横，妖邪恶魔不敢接近，甚至石泉涌于地，金刀降自天，严加守护。夸张渲染，极富想象力，读来令人震撼。

**道殿**，道宗时五台山金河寺沙门，撰有《显密圆通成佛心要集序》，是为其所著佛教著作写的序言。开头说："原夫如来一代教诲，虽言行浩汗，理趣渊冲，而显之与密，统尽无遗。显谓诸乘经律论是也，密谓诸部陀罗尼是也。爰自摩腾入汉，三藏渐布于支那；无畏来唐，五密盛兴于华夏。九流共仰，七众同遵。法无是非之言，人析修证之路。暨经年远，误见弥多。或习兴教，轻诬密部之宗；或专密言，昧黩显教之趣。或攻名相，鲜知入道之门；或学字声，罕识持明之轨。遂使甚深观行，变作名言；秘密神宗，翻成音韵。今乃不才，双依密显二宗，略示成佛心要。庶望将来，悉得圆通。……"显宗、密宗是佛教两个派别。显宗认为通过语言文字能显示佛教教义；密宗主张通过语密、身密和意密，三密同时相应，可以即身成佛。二宗长期互相争论。道殿此文则强调显密原是一家，无所谓孰是孰非，提倡息争止讼，属于佛教各派中的调和派。

**了洙**，天祚时燕京人，乾元四年（1104），撰《范阳丰山章庆禅院实录》，记述今北京（辽时称范阳）良乡西北丰山之中多处佛教建筑的环境和人们的感受，写法近乎游山记。文章颇长，兹摘录其要点："郡城西北两舍之外，三峰叠秀，远望参差……状如丰字，因号曰丰山。盘陉修阻，疏外人境。""翠微之下，营构新宇，题曰涵虚殿。以其无经像之设，彩缋之繁，豁然虚白，况诸道也；树石之间庵庐星布，采椽茅茨，示朴质也；居人无系，任其去来，示无主宰也。"下面描写春夏秋冬不同景色和感受："春阳方煦，层冰始泮，异花灵药，馥烈芬披，谿谷生云，林薄发吹。夏无毒暑，在处清凉，怪石巅顶，蠹莎叠鲜。谈道之者，匡坐其上，横经挥麈，议论哓哓。奇兽珍禽，驯狎不惊。秋夕云霁，露寒气萧，岩岫泊烟，松阴镂月。猿声断续，萤光明灭，石崖结溜。冬雪不飞，长风吼木，居室凛然。"此描写使人仿佛到了仙境，下文紧接着回到人间。东南一径，度石梯，下座石，陟长岭，"至玄心，则下寺也。又道出甘泉村南，并坟庄，涉泥沟河水，东西奔西冯别墅，则辗庄也。又东北走驿路，抵良乡，入京师"，画出一条实实在在的路线图。此文不仅描绘出一个幽雅的山林静修环境，最妙在最后议论："噫！处之于人，是相待也。人之于处，又乌异哉！夫境静心谧，处繁情扰，人孰弗若是乎？苟欲布设奇物，高树亭观，挈朋命侣，以骋游宴者，此非其处也。或欲聚徒百千，来施委积，轰轰阗阗，谿谷成市者，则又非其处也。惟是外形骸，忘嗜欲，恬于势利，高尚其事，耽味道腴者，乃从而栖遁焉。古之所谓隐于山者，则其类欤！"如果你想追求热闹繁华、游客众多的去处，就不要到这里来。只有外形骸，忘嗜欲，远势利，以体道为乐者，才到这里栖息，这正是所谓隐于山林者。这番话体现出了洙的美学观和人生观是佛道相融的，有别于世俗的山水游乐观。比起前面引述过的邢希古反对过分雕饰寺庙建筑，追求自然朴素之美，此文又上升到更高的层次。文章的布局有点有面，有叙有议，有开有合，见物见人。语言运用灵活多变，虽精心构词造句，传神写态，而不显雕琢。骈散随意，虽多对句而不拘四六，古文气息颇浓，与北宋末年文坛风气有关。

无名氏的《长明灯记》，作于乾统五年（1105）。长明灯是供奉在寺庙佛像前的一种礼器，长明不熄，至今某些著名寺院仍然可以见到，中外一些古墓中也有留存。此文见《昌平外志》，拓本犹存。先交代"大辽国幽燕之北，虎县之东门乡兴寿里邑众杨守金等特建灯幢"。虎县不见《中国历史地名大辞典》，可能是字误。今北京西北昌平区有兴寿镇，或即古之兴寿里，称镇是近年改的。文章主要内容是赞美神灯，有云：

> 夫天地之大，在昼则明，在夜则晦；日月之朗，在显则烛，在隐则遗。明天地未明之时，照日月未照之所，唯我长明灯乎！邑众等倡此胜缘，齐之附响。财各乐施，福须默运。所建燃灯幢于佛前，置之有坚，确然不拔。且夫凿其龛，拟象于旸谷；刻其螭，取类于烛龙。膏油泉注，朝则盛，夕则愈盛也；兰炬火热，前则明，后则益明也。翼□层檐，门以轻素。虽雨暗风霾，常皎如也。昭于上梯睹史宫，俾善者往生；同于下钥阿鼻地狱，令罪人解脱。其光不出一龛，福利遍周沙界。以近识远，睹色了空，其在兹乎。度观见者，作礼者。祛暗得明，即迷成觉。由目识而开心识，自外灯而见内灯。善逐光生，恶随烟灭。尘沾而不堕于三途，影覆而当于十地。其十相功德，亦复无量。猗欤盛事，千古不磨。志之于石，庸示来者。

文章记述造灯缘由，灯的形制、功能，从中引申出"即迷成觉""解脱""心识"等一系列佛理。全文绝大部分是对偶句，长短不一，语言质直，多用"也""者"，显然受欧苏新四六的影响。作者不详其姓氏，可能是民间文人，可见辽代末期骈文不限于朝廷和上层，已普及到乡间和下层。

无名氏《朔县杭芳园栖霞寺碑》，作于乾统七年（1107），是一篇记述寺庙修建经过的纪念碑。朔县栖霞寺由当地"元帅吴相施宅而为"，不在深山而在城市。碑文说，"杭芳园右临广路，面欺（？）玉塞之戎阃，背依金城之戍楼。"朔县邻近边塞，故元帅府邸与军事指挥所及防御设施相依存。改宅为寺，尽量利用原有建筑物加以增补。"前其殿也，阶陛栏楯，栋梁枕楣，塑绘佛像，皆规模古定……何必改作？仍旧贯也，无乃不可乎？中其殿也，小也可观，俭而中礼……后其堂也，雕楹卓荦，镂栱昂藏，朱户宏开，绮疏洞彻……东西廊庑，南北延袤，二十五间，施于神位，崛起层阁，有于三仞……厚墙墉于百堵，严管籥于三扉。居僧七十辈，讲疏十有五……"前一大段大致是关于殿内装饰和佛事活动的描述。下面议论："昔为宅也，焕赫朱门，交荣戟，拥旌旗，森列虎罴之士；今为寺也，装严金地，供香花，鸣钟□□□□。较诸损益，一何辽哉！重念日往月来而既久，陵谷变迁以何艰。□□时移，患于事易，虑不克久焉，余文之于石……实录其事，以示来者。"最后一段是四言韵文。

此文的内容可取，文字可观。改宅为寺，规模古制，一仍旧贯，不大拆大卸，避免靡费，是一种实事求是的办事原则。这对于当今各地修复寺庙和各种名胜古迹，具有一定参考价值。文章根据古碑拓录，几处文字模糊，但仍可看出以对句为主，夹用散句，条理清楚，层次井然，排比有序，风格朴实，写作水平不算太高。此文对于施主吴元帅没有大肆赞美，歌功颂德，只是"实录其事，以示来者"，态度可嘉，作者可能是民间人士。此碑现在保存于山西省朔州市文物保管所。

# 第三节　金代骈文

清庄仲文《金文雅序》说："金初无文字也，自太祖得辽人韩昉而言始文。太宗入宋汴州，取经籍图书，宋宇文虚中、张斛、蔡松年，高士谈辈先后归之。而文字猥兴，然犹借才异代也。……洎大定、明昌之间，赵秉文、杨云翼主文盟时，则有若梁襄、陈规、许古之劲直，党怀英、王庭筠之文采，王若虚、王渥之博洽，雷渊、李纯甫之豪爽，为金文之极盛。及其亡也，则有元好问以宏衍博大之才，足以上继唐宋而下开元明，与李俊

民、麻革之徒为之后劲。迹其文章，雄深挺拔，或轶南宋诸家。"所述兼括
骈散，可备参考。

## 一 金代初期骈文

金代初期骈文中有些属于诏令、制诰、册文、祝文以及宗室大臣表章，
有的当代学者视为帝王及大臣本人所作。王永则认为，"金初这些庙堂骈
文，大部分为文士代笔"，"金代自熙宗、海陵王起，经由汉族文人教授，
始通汉文，略有诗赋传世，但其骈文写作的能力，未必足以支撑其亲自撰
写诏令"。他根据南宋洪皓《松漠纪闻》等书，判断"至少在金代文学初期
帝王皇室之骈文，应该是韩昉、宇文虚中等人所撰"[①]。

王永的《金代散文研究》曾举金朝第三代皇帝熙宗为例。皇统九年
（1149），翰林学士张钧为熙宗起草《罪己诏》，有"惟德弗类，上干天
威"，"顾兹寡昧，眇予小子"等句。参知政事奚族人萧肄译成女真语报告
熙宗说，"弗类"是大无道，"寡"者孤独无亲，"昧"则于人事弗晓，
"眇"则于物无所见，"小子"为婴孩之称，"此汉人托文字以訾主上也"。
熙宗大怒，以残酷手段杀死张钧。其实，所举各句皆历代帝王自责自谦的
常用套话。[②] 可见熙宗虽号称向慕华风，但对中国古籍较为生疏，乃至无法
理解稍为古雅的文体和语词，他不大可能亲自撰写骈文诏诰。

**韩昉**（1082～1149）出身燕京大族，辽天祚帝天庆二年（1112）状元，
曾任少府少监、知制诰。1125 年辽亡后仕金，历事太宗、熙宗两朝，累官
至翰林学士、礼部尚书、参知政事，与修国史，起草诏令。有文集，已佚。
《全辽金文》收录他一篇墓志铭。王永认为，失收之文至少还有两篇，一为
《更定官制诏》，《全辽金文》署无名氏。南宋洪皓《松漠纪闻》卷二录此
文，标明"韩昉撰诏书"，[③] 兹摘其前半段："皇祖有训，非继体者所敢忘；
圣人无心，每立事于不得已。朕丕承洪绪，一纪于兹；祇遹先猷，百为不
越。故在朝廷之上，其犹草昧之初。比以大臣力陈恳奏，谓纲纪以未举，

---

① 王永：《金代骈文新论》，《民族文学研究》2013 年第 6 期。
② 王永：《金代散文研究》，中国社会科学出版社 2011 年版，第 20 页。
③ 王永：《金代散文研究》，中国社会科学出版社 2011 年版，第 25～26 页。

在国家之何观。且名可言而言可行，所由集事；变则通而通则久，故用裕民。宜法古官以闻政府，正名号以责实效，着仪而辨等威。天有雷风，辞命安得不作；人皆颜闵，印符然后可捐。凡此数条，皆今急务。礼乐之备，源流在兹。祈以必行，断宜有定。"此诏作于熙宗天眷二年（1139），中心内容是下令改革官制。全文绝大部分用对仗，不用典故，庄重大方，笃定不移，符合历来诏书体式。

另一篇是《诛宗盘等诏》，只有十句："周行管叔之诛，汉致燕王之辟。惟兹无赦，古不为非。不图骨肉之间，有怀蜂虿之毒。欲申三宥，公议岂容；不顿一兵，群凶悉殄。"完颜宗盘是熙宗伯父，阴谋作乱，被熙宗诛杀。文章说明平叛乃不得已之举，引古证今，说理明畅，坚决果断。文章全部对偶，似非全璧。《金史》本传说："昉善属文，最长于诏册，作《太祖睿德神功碑》，当世称之。"该文今已无存。

**刘彦宗**（1075～1128），宛平人，进士，先仕辽，后降金，受重用，累官至同中书门下平章事（宰相），太宗天会五年（1128）作《贺宋画河请和表》。有云："窃惟有宋，昔谓殊邻，始驰一介而来，请讲两朝之好。推诚以待，背德不恭。乃父阴结于平山，既渝海上之约；厥子不割我三镇，又愆城下之盟。迨恶贯之既盈，蹈覆车而不戒。圣算先定，天兵载扬，以蚁虫蚊蚋之屯，战貙虎熊罴之士。且天助者顺，人助者信，既弗履行；虽城非不高，池非不深，讵能固守？彼众狼狈而失据，我军奋跃以登陴。夷门之火始然，汴河之水皆沸。臣主无捐躯之所，社稷有累卵之危。间使络绎之求哀，诸侯涕泣而拜叩。申致画河之请，敢逃削地之诛。且能修臣子之极恭，惟所命令；是用存朝廷之大体，不即灭亡。已昭讨叛之形，又著柔服之义。金鼓一动，威德两全。此盖皇帝陛下旋乾转坤，开日辟月，逍遥游息而广土已定，拱揖指顾而大事聿成。巍巍成功，高冠百王之上；煌煌国步，独尊六合之间。"1127年，金灭北宋；次年，宋高宗败于金，请画黄河为界而讲和。刘彦宗作为执政大臣，赞成休兵，并作此表贺太宗。刘彦宗和韩昉等北方汉族士大夫，长期生活于辽及金统治之下，虽然在文化上认宋朝为正宗，而在政治上对宋没有感情。他们与原为宋臣，后降金，反过来攻宋的刘豫等汉奸是不同的。此表从头到尾皆工整相对，无一散语，正是文学上继续学习北宋骈文作法的结果。

金代民间人士也有写作骈体者，代表如下。

**王重阳**（1113～1170），咸阳人，在终南山修道，后到山东文登、宁海、莱州诸处讲道，收丘处机等七人为弟子，制定道士出家制度，创立中国道教全真派，著有《重阳全真集》《教化集》等。他的文章中有《金莲社开明疏》，如下："窃以慧灯永照，须凭玉蕊之光；性烛长明，决得全莲之耀。内沐三光之秀，外消四假之明。步虚摄空，探玄搜妙。洗来莹净之乡，出入芳馨之路。各怀珠璧，共捧琼瑶。显要全神，须令养气。消通斯决，请挂芳街。"这是一篇道教信徒结社启示，主要说明金莲社的宗旨，全文对仗，典雅工整。王重阳另有《玉花社疏》，通俗如话。同一支笔竟然能写出两种不同风格的文章来，殊为难得。

在金代，有些医家编纂各种医药、方剂之类书籍，其序言多为骈体。如阎明广《流传经络井索图序》、宋云公《伤寒类征序》、王伟《注解伤寒论序》等，语言比较浅白，出对自由，没有传统骈文典的晦涩的毛病。① 其代表如刘完素（1120～1200），河间人，当时名医，《全辽金文》录其文三篇，其一为《素问要旨论序》，前半段如下：

> 天地之道，生一气而判清浊。清者轻而上升为天，浊者重而下降为地。天为阳，地为阴，乃为二仪。阴阳之气各分三品，多寡不同，故有三阴三阳之六气。然天非纯阳，而亦有三阴；地非纯阴，而亦有三阳。故天地各有三阴三阳，总之以十二矣。然天之阴阳者，寒暑、燥湿、风火也；地之阴阳者，木火、土金、水火也。金火不同其运，是故五行彰矣，然天地气运升降，故以阴阳相感生化万物矣。其在天则气结成象，以为日月星辰也；在地则气化为形，以生人为万物也。然人为万物之灵也，非天垂象而莫能测矣。

《素问》是中国古代医学名著，《素问要旨论》是刘元素阐释《素问》要旨的著作。在序文中，他首先表达其自然观，以阴阳解释天地万物的构

---

① 参看蒋正华《骈文对辽金道教文章创作的渗透》，收入《第三届骈文国际学术研讨会论文专辑》，西北师范大学文学院编，世界图书出版公司广州有限公司 2014 年版。

成。这种观念至今仍对中医基本理论有巨大影响。这篇文章看似古文，然而语句两两相对，相合成文。所引 30 句，有 20 句组成对偶，后半段散句多些，总体上看，不同于骈四俪六之文，却接近不拘四六的宋代新四六。

**乔宸**（？～1179），洪洞（今属山西）人，生活于海陵王与世宗时期，历任县丞、知县、河东南路按察使、孟州防御使，是著名的诗词作家。他有一篇《座中铭》，全文如下：

> 宅无一区，不偬不赁，而廯宇足以居；田无一亩，不农不桑，而衣食足以厚。家无一仆，不佣不雇，而得供己之人，足以充部曲；世无一官，不进不献，而藉任子之荫，足以补职员。尔无致主之术，泽民之才，今享福既已若是，其用心宜何如哉！乃若富不知足，贵不知止，无餍之欲，何时而已。患中性之易流，防侈心之渐启。缅思古人，尚且有勒几杖以识其过，佩韦弦以矫其情。吾恐久而易忘之也，故书之以为座中之铭。

此铭当作于作者任县丞、知县小官时，主旨是自我满足，警戒贪得无厌，心态是真诚的。中国古代的座右铭，从东汉崔瑗起，代有名作，体现了高尚的人生观、道德观，形式多用四言韵语，可骈可散，短小简练，可吟可诵。此文继承这一传统，骈句为主体，散句缀篇末。其中有上三下三、上四下四的长句，正是宋四六的特色所在，与唐宋同题作品不遑多让。

## 二 金代中期骈文

**世宗完颜雍**（1123～1189），太祖之孙，在位近三十年，南北修好，与民休息，兴学重农，上下相安，时称"小尧舜"。与同辈兄长熙宗完颜亶之凶残好杀不同，他宽厚大度，尊儒学，好文史。今存文十四篇，有十三篇是简短的散体国书，一篇是稍长的骈体《答宋孝宗书》，全文如下：

> 叔大金皇帝致书侄宋皇帝：和约再成，界山河而如旧；缄音遽至，指巩洛以为言。援昔时无用之文，续今日既盟之好。既云废祀，欲伸追远之忱；止可奉迁，即候刻期之报。至若未归之旅柩，亦当并发于

行途。抑闻附请之辞，欲废受书之礼。出于率易，要以必从。于尊卑之分何如？顾信誓之诚安在？事当审处，邦可孚休。方届霜严，善绥福履。今因资政殿大学士范成大等回，专附书奉答，不宣。

这篇文章的背景是宋方要求送还徽、钦二帝灵枢，而不用君主受书之礼。金方同意发送灵枢，但不废受书旧礼，以维持金与宋的尊卑关系。这反映出双方的名分之争，但和平关系并未破裂。从大定后期金朝与宋孝宗的几通国书看，双方吊丧、贺节相当亲密。以上十四通国书，都可能是世宗亲笔，这篇稍长的骈文，相信他写得出来。

世宗原配夫人**乌林答氏**有《上世宗书》。海陵王完颜亮，荒淫残暴，宗族妻女有姿色者即召入后宫。世宗完颜雍任当时济南尹，夫人乌林答氏美姿容，被完颜亮召赴中都。其欲拒之，恐累及世宗，行至良乡，自杀，临死前留遗书致世宗永诀。这篇文章坚持节操，谴责海陵，保护世宗，真诚感人。所用语言有骈有散还有俗语，可谓字字血，声声泪。如说："时运不济，命运多舛。打开水面鸳鸯，拆散花间鸾凤。妾幼读诗书，颇知义命。非不谅坠楼之可嘉，见金之可愧。第故欲投其鼠恐伤其器。是诚羝羊触藩，进退两难耳。故饮恨以行，挥涕而别，然其心岂得已哉！诚恐楚国忘猿，祸延林木；城门失火，殃及池鱼尔。妾既勉从，君危幸免。逆亮不知此意，以为移花就蝶，饥鱼吞饵矣。呼！燕雀岂知鸿鹄志哉！"

这是中段，前后还有至诚至痛之言，不少语句来自《周易》《诗经》《孟子》《庄子》《滕王阁序》中的名言，还有一些是常用成语。虽然算不上精工细致，而是骈散兼用的急就章，但对句占多半，有一定文化修养。世宗夫人有这样的文章，可能受世宗本人能作骈文的影响。

**王寂**（1128～1194），著名文学家，尤长散文，活动于海陵王、世宗时期，字元老，号拙轩，蓟州玉田人，天德进士，历任太原县令，蔡州、通州刺史，中都转运使，工诗文，著作有《拙轩集》。他有一篇骈文，题目是《梦赐带笏上表称谢觉而思之得其五六因补其遗忘云》，有云：

为贫而仕，素惭四壁之空；得宠若惊，猥被万钱之赐。抚躬知愧，感泣何言。伏念捕骊得鳞，画蛇成足。嗟当途之见嫉，技绝徼以可怜。

盖为容无蟠木之先,甘后来居积薪之上。岂其衰朽,有此遭逢。丹赤扪心,无负孝先之经腹;重黄夺目,不堪沈约之诗腰。兹盖伏遇皇帝陛下,力援孤踪,甄收旧物。念言交构,济臣于不侧之渊;惟独断至公,起臣于久废之地。哀其老态,奖以异恩。臣敢不佩鱼自警以不眠,解貂无从于彝饮。垂绅画策,赞股肱庶事之康;搢笏称觞,报冈陵万年之福。

史载王寂曾任职地方长官,该地大发洪水,他救治无能,反而乘机索取官物,激发民怨,而被贬谪。此文是贬谪后所作,梦中受朝廷赏赐金带玉笏,立即上谢表,醒来忘记十分之五六,起床后补足。可见他盼望重返官场多么急切,真个是梦寐以求。与王寂同时的北宋朝廷,经常赐大臣金带玉笏对衣等等,受赏者照例上表致谢。清彭元瑞《宋四六选》辑录此类作品甚多,苏轼即有名作在其中。王寂此文与北宋同题作品相比,谈不上多么典雅富丽。客观地评价,这应该是一位官迷心窍者心情的反映,与唐人传奇《枕中记》基调截然相反,不是厌弃官场而是热恋富贵。

巧合的是,王寂梦后五年起复还朝,果然获赏带笏。他再作谢表(见《全辽金文》),这回并非幻觉,而是真实。联想到苏轼十岁时奉父命作《谢对衣带马表》,属于学童练习。数十年后,苏轼外贬还朝任要职,获赏的理想实现了。其谢表中竟用上了儿时习作语典,"枯羸之质,匪伊垂之,而带有余"(形容身体瘦弱);"敛退之心,非敢后也,而马不进"(贬谪而归,走在后面是因为马劣)。两联之中有四句摘自《诗经》和《论语》现成语句,以描写当时情状,备受后人称赏。王寂二表是一幻一真,苏轼二表是一少一老,都体现了愿望向现实的转化。

**党怀英**(1134～1211),奉符(今山东泰安)人,号竹溪,著名文学家,历任史馆编修、翰林学士。他与南宋爱国词人辛弃疾是同窗好友,后来一个尽忠于宋,一个效力于金,走着相反的道路。赵秉文说党怀英"文章冲粹","以高文大册,主盟一世"。(《竹溪先生文集序》)元好问说:"论者谓公之制诏,百年以来亦当第一。"(《中州集》丙集第三)

其代表作如《诛永蹈诏》:"天下一家,讵可窥于神器,公族三宥,卒莫逭于常刑。非忘本根骨肉之情,盖为宗社安危之计。亦由谅德,有失睦亲。乃于间岁之中,连致逆谋之起。恩以义掩,至于重典之亟行;天高听卑,殆非此心之得已。兴言及此,恍叹奚穷。"(《中州集》丙集第三)章宗以皇太孙即帝位,皇叔郑王永蹈和镐王永中不满,谋逆,章宗诛之而下此诏以自解,实际是蓄谋已久的铲除,却说成不得已。据说章宗曾夸奖说:"近日制诰,惟党怀英最善。"

党怀英政治上认同金国,文化上推崇儒术,排斥佛道。其散文有《曲阜重修至圣文宣王碑》,对孔子及金国"平辽举宋"歌颂备至。《重建郓国夫人殿碑》批评"佛屠无夫妇,绝父子,废人伦,其空言幻惑,不足以为教"。但他也写过弘扬佛法、表扬高僧的骈文,如《请照公和尚开堂疏》:

> 窃以千百亿佛,同证妙明;二十五轮,俱修圆觉。正真既立,语默自融。然而驰术者,将头觅头;演唱者,以指喻指。世道交丧,源流益微。故对病用药,须赖良医;而运斤成风,必须善斫。不离于坐,乃有当仁。照公和尚,临济真宗,晦堂嫡派。从虎须边得法,向锄头下乘机。宗说俱通,性空双泯。现庄严王作佛事,开沤和门为道场。有为而未尝为,常住而无所住。阴春白雪,久闷妙音;明月清风,独游胜境。不露作家手段,谁提古德心宗。而况只陀树百有余荫,独昙花难逢一现。今则师祖推出,丛林耸观。虽堂下从来草深,而户外行将屦满。

郭预衡说:"骈四丽六,含妄佛颂圣,也是一篇太平盛时颇合时宜的文字。这样的文章虽与前面那篇《郓国夫人殿碑》大相矛盾,但为了投机取容,可以不说真话。这样的人物历代皆有,怀英之文,尚非无耻之尤者。"[①]

这篇文章,处处是佛家哲理典故,禅语机锋,妙趣横生而又含义深邃,富于意蕴。若单从技巧看,是高超的。宋金元时,既尊儒又学佛者大有人在,党怀英不过逢场作戏而已,郭氏之论未免过于苛责了。

**赵秉文**(1159~1232),磁州(今河北磁县)人,号闲闲老人,进士出

---

身，入仕后，历事五帝，四入翰林院，累官至礼部尚书，主盟文坛近三十年，是文学家、书法家。门人元好问称赞他"道德文章，师表一世"（《赵闲闲真赞序》），元郝经说他是金代苏东坡。今存文180篇，其中骈体文30余篇，包括制诰、国书、表章、赞铭等体。其庙堂之文，有欧苏遗风。如《许道真致仕制》："安车蒲轮，天子所以厚优贤之礼；黄冠野服，人臣所以遂归老之心。其恩荣足以两全，而前后不可多得。有臣如此，如卿几人？具官道直以方，气刚而大，议论非世儒所到，名节以古人自期。擢身先朝，置之谏列。斥安昌窃位，已闻折槛之声；及梁冀伏诛，方见埋轮之志。"文章充分肯定许道真刚正不阿的品格，语言平顺，用典熟贴，对偶自然，行文明快，受宋代欧苏四六的影响。

赵秉文身跨金代中后两个时期，前期颇有"气象甚雄"之文。如《答夏国告和书》："以生民为心，不以细故而忽生民之命；以天下为度，不以私忿而伤天下之功。惟我国家奄宅中外，威制万里，恩结三方。高丽叛归，却而不受；蕞宋既服，受其称臣。苟有利于生灵，自不较其名分。矧惟尔夏，时我宝邻，盟誓既百年于兹，恩好若一家之旧。乃者北兵之大扰，因而东道之不通。岂意同盟，堕此奸计。俾我两朝之交赞，至于一矢之相加。幸上天开悔祸之期，使赤子有息肩之望。……"金国迫于蒙古的逼近，停止南侵，并同意西夏求和。文章借机宣扬国威，对西夏有所批评，最终表示和解。此文内容值得肯定，语言风格平通，不装腔作势，句式不专取四六，开头一联长达30字，这正是欧苏新四六的特色。

后期代他人所作的《左参乞致仕表》有云："世局艰虞，必得非常之佐；运遭明圣，岂私无用之臣。……在承平犹可冒居，而多难将何有补？岂但人言之可畏，实于贤路以恐防。况从改岁以来，已及悬车之际；陈力就列，不能者止。投闲置散，乃分之宜。岂可徒恋明恩，久叨重任。"文章恳陈暮年心曲，感慨世局多艰，委折尽情，有李商隐遗风。

赵秉文有些铭赞骈文，辞义精粹。如《富义堂铭》："富于利者，惟曰不足；富于义者，亦惟曰不足。足于义者多辱，不足于利者无欲。多辱之辱，其祸常酷。无欲之欲，其乐也独。是谓不触龟而卜。"此文有对比，有推论，析理周密，有物有序，雅正清越，令人警悚。

### 三 金代后期骈文

金后期作家中的不少人，文学活动跨越金代亡国之前和亡国之后数十年。骈文的重要代表作家是李俊民。

**李俊民**（1176～1260），泽州晋城人，二十二岁状元及第，入翰林院，后弃官归里，入元不仕，隐居嵩山，享年85岁，有《庄靖集》。《四库全书总目提要》说："俊民抗志遁荒，不縻好爵，出处之际，能洁其身。""文格冲淡和平，具有高致，亦复似其为人。"《全辽金文》录其文109篇，三分之二以上是骈体，包括祭文、榜文、青词、疏文、上梁文、杂文等，是金代骈文作品最多者。他的一些杂文尤为别致，如《劾张唐臣酒过》，批评酗酒之过。"欲解忧于杜康，佳期难遇；俄立威于宁越，和气有伤。民自速辜，酒以为礼。……受爵不让，多方数穷。登床而忤郑公，脱靴而忿力士。鸱夷过左阿君之家，沐猴舞平恩侯之第。自以为适，不知败德；自以为真，不知丧身。……犯朱虚之令，激灌夫之怒。拳击刘伶之肋，帽脱张旭之顶。曳堕地之遰，骂到官之郑。不闻南康之纳狂客，不见后阁之遗穷宾。在侧虽有二豪，所指岂惟十手。醉犹未醒，死而复苏。"引用一连串古代醉汉丑态，令人忍俊不禁，属于滑稽诙谐之文。

还有《崔时可举子醮谢青词》，是为朋友生子代拟谢神之文。"皇矣盖高，必以至诚而感；虽然生子，兀然吉梦之占。爰罄丹悃，仰酬洪造。伏念臣某，幼违慈训，长慕贞风。稔经二纪之艰危，远赖一家之余庆。方笃奉先之孝，俄膺锡嗣之祥。续莫大焉，望不到此。难称生前之报，预图身后之修。"宋四六中多有贺生子之文，罕见如此兴高采烈喜气洋洋者。

李俊民崇佛，又信道。《张村寺为佛寂灭设斋疏》云："十方兰若，久为灰劫之尘；六祖丛林，未睹花开之兆。达摩归去后，弥勒下生迟。虽铁石人，皆有向道心；于瓦砾中，谁是说法者。因缘佛事，举似家风。暮鼓晨钟，惊破龙蛇之地；千山万水，唤回瓶钵之流。"又有《请杨仲显同住神霄宫疏》："伏念白首鹅经，颇愧山阴之士；青云鹤驾，望来华表之仙。某夙业琳宫，近经灰劫。所愿烟霞伴侣，风月闲人。共坚为道之心，庸敞栖真之地。伏惟先生，主张宗教，壮观玄门。虽所乐者岩居，亦何妨于市隐。当如修静，暂辞莲社而来；那在季真，更乞镜湖之赐。幸无固拒，曲示光临。"这是请道士杨仲显来主持神霄官的信函，平淡明畅，雅俗共赏，乃其隐居民间，受乡邻百姓请托而作。

其榜文中有《祭孤魂榜》《设粥榜》《茶榜》，后者是请朋友们喝茶的告示："诗人多识，遂留荼苦之名；文人滑稽，乃立嘉叶之传。岂谓诗情之重，或成水厄之忧。驿徒致卫公之泉，吃不得卢仝之碗。今兹团月，别具典刑。与其强浮泛而体轻，孰若自快活而心省。甘易回颊，枯免授肠。但归爱惜之家，以待合尝之客。"作者以愉快的心情，谈古论今之典故；以轻松的笔调，抒发饮茶之雅兴。"叶嘉传"指苏轼为茶叶所作拟人化的《叶嘉传》。南北朝时戏称饮茶为"水厄"，典出《洛阳伽蓝记·正觉寺》。

其疏文中有《葬枯骨疏》《药局疏》《抄经疏》，杂著中有赞、铭、檄、悼犬、求田、焚问舍券等，皆为短小骈文，从题目可知其内容丰富，贴近社会底层，草根气息很浓。

其《姚子昂宜休斋铭》曰："物极则反，器满则覆。居安虑危，身宠思辱。金燃眉坞之脐，玉刖荆山之足。室高为鬼瞰，货积为盗蓄。名不可贪，利不可逐。宜休宜休，以小人之心，为君子之腹。"这是他为朋友书斋所作铭文，基本思想是"居安思危，身宠思辱"，勿贪求名利，很有教育意义。此文句式双行，两两相对，开合自然，转承得体。

他在翰林院时的作品很少流传，有一篇《上行省中书书》，对中书省官员提出希望："不吐不茹，激古人之风；无党无偏，公天下之选。"见解平常，文字平顺。从内容看，此文很可能是代他人所拟。其中所说"某暂脱戎行，获膺民寄"，"承乏刀州"，"垂加衮字之褒"，都不合他本人的经历。李氏制诰表章之文一篇也没有保存。

**李纯甫**（1185～1231），弘州（今河北阳原）人。进士及第，两入翰林，连知贡举，"无意仕进，得官未成考，旋即归隐，日与禅僧士子游，以文酒为事"（《金史》本传）。为文学庄周、左氏，雄奇简古，今存不过十篇，多是散体，骈文虽少，但个性鲜明。如《李翰林自赞》："躯干短小，而介视九州；形容寝陋，而蚁虱公侯；言语謇吃，而连环可解；笔札讹痴，而力挽万牛。宁为时所弃，不为名所因。是何人邪？吾所学者，净名庄周。"文章寓庄于谐，以嘲为赞，妙趣横生，称得上雄而奇。

李纯甫有的骈文十分散化而且白描，与古文难以区别。如《重修面壁庵碑》，是自己学佛的心得体会。"屏山居士，儒家子也。始知读书……颇善史学，求经济之术；深爱经学，穷理性之说。偶于玄学，似有所得；遂于佛学，亦有所入。学至于佛，则无可学者。乃知佛即圣门，圣人非佛。西方有中国之书，中国无西方之书也。吾佛大慈，皆如实语。发精微之义于明白处，索玄妙之理于委曲中。学士大夫，犹畏其高而疑其深，诬为怪诞，诟为邪淫，惜哉！"整篇文章，不见典故，不用四六，不加修饰，轻松洒脱，思想属于异端，文字极其放肆，是难得的骈文小品。

**秦至安**（1188~1244），金元之际全真教道士，丘处机再传弟子，为当时道教文章之盟主。《全辽金文》收其文八篇，有的是骈文，如《老君石像》：

绝圣弃智，挫锐解纷。居太初太易之前，隐无形无象之内。五千五百重天，藏精于卵壳；九十九亿万岁，贮物在弹丸。此其太上乎？曰：非也。恍兮忽，其中有物，物不可得而名；杳兮冥，其中有精，精不可得而见。此其太上乎？曰：非也。迎之而不见其首，随之而不见其后。独立而不改，周行而不殆。能为万象生，而不逐四时凋。此其太上乎！曰：非也。然则孰为太上？曰：凭君似向黄花问，惟有黄花翠竹知。

历代关于老子的赞颂很多，或骈或散，本书前此曾列举过一些，唯独此文别致。作者把《老子》中的许多原话组成对仗，来概括老子学说的精髓。用三个"此其太上乎"的问答，说明老子之道不可道，名不可名。最后以两句平仄整齐相对的诗句，类似佛教偈语作结，实在妙极。宋人喜欢用经语成句作对，一篇之中不过少数几句而已，此文以成句作对仗占三分之一。

《披云仙翁赞》曰："披云仙翁，玄竹中龙。德之如何？太华之峰。节之如何？值来之松。九龄悟道，遍礼琳宫；千里求师，密契真风。阐玄化于阴山之外，续琼章于火劫之中。炼谭马三阳之镜，铸丘刘八极之钟。玉树重芳于海上，金莲复见于山东。直待养成千岁鹤，一声铁笛紫云中。"此文赞美一位道教长老，使用了一系列形象化的比喻：龙、松、玉树、金莲、千岁鹤、紫云笛。前十句四言对仗,后十句中有两句八言加八句七言,全文一韵到底,简直是诗。然而不论古体、近体、七律、排律都没有这种格式,只能称之为特体骈文,是作者的新创。

《创建元都清虚观记》,以写景为主。有云:

> 起三清之邃宇,建五祖之华堂。香厨密甃于瑶琅,云室馨含于艺术。药灶隐静庐之胁,丹炉连方丈之阴。竹隐轩风,松筛经月。焕丹青于列圣之像,灿金碧于群仙之容。虽陶隐居之华阳洞天,潘师正之逍遥道观,何以加此?

此文精心刻画元都清虚观的建筑和环境之优美,室中修炼之雅静高洁,洋溢着道家的审美意趣,令人悠然神往。所用典故和器物、人事,皆属道教所特有,与描写佛教胜景之文判然有别,不愧为道教文章之高手。

**杨宏道**（1189～1270）,淄川（今山东淄博）人。他跨越宋金元三朝,金哀宗时曾任陕西麟游酒税监,金亡归南宋,任襄阳府学教谕,都是芝麻官。其入元后又北迁今河南济源。他的诗很有名,文次之,其骈文学宋代新四六,行文较自由,辞采较素淡,如《投蓝田县令张伯直书》有云:

> 十年避地,事业从可知;四海无家,生理何劳问。惟是心存其恒德,亦蒙齿录于高人。初疑已断之机,便成废置;终悟不调之瑟,犹可更张。死灰有意于复燃,璞玉敢期于自献。少作既悔,旧文尽焚。欲营一亩之宫,潜究六经之旨。志久未遂,时难再来。感落叶于清秋,每临风而浩叹。萤飞庭户,思披车胤之书;雨雾郊墟,空咏文公之句。

这是一封干谒书信,前半段叙述自己如何事业无成,四海无家,希望有高人推荐,以期璞玉再现,死灰复燃。文字平通,没有哭穷和煽情以乞怜。后半段是对张县令的颂扬,希望获得垂青,最后一句申明"断无请谒之私"。然而其欲盖弥彰,实际意图昭然若揭。历代请谒之文很多,但是,向区区县令低声下气者仅见此者,足见杨氏潦倒之极。因贫而求仕是古代读书人的普遍现象,他毕竟不同于王寂那样的官迷,此文是能引起共命运者的同情的。此外,《通镇江赵守范书》《为节妇尼募缘疏》都是成熟的骈文。

**元好问**（1190～1257），号遗山，秀容（今山西忻县）人，进士出身，曾任尚书员外郎，金亡后不仕。他是金元之际集大成的文学家，不少著作撰写于金亡之后，有的文学史将他列入元代。他的成就首先是诗，其次是诗论，其词、曲、散文皆有名篇传诵，唯骈文不受注重。清李慈铭《越缦堂读书记·遗山集》说："遗山诗格调固高，文亦落落大方，殊有风气，而重滞平衍，时亦不免，颇逊于诗。"这是兼评骈散的。有的论著说："元好问的骈文创作的自然清新，平直真淳之风……不仅在金代骈文作家中无人可及，就是放到整个中国骈文史上来衡量，也不失为一大家，他的骈体，可以说是此类文体造妙自然的里程碑。金代以后，直至清末，再无人可与之相比。"评价未免过高。《全辽金文》录其文共254篇，骈文不过20多篇，所谓"里程碑"式的文章实在难觅，说金至清末无人可比，太夸大了。

试看其《李辅之官济南序》：

> 辅之李君，膺刲章之招，有泛舟之役。时则暮春三月，人则楚囚再期。鲁连之一箭空飞，季子之百金行尽。释射钩之怨，虽当三沐而三熏；动去国之魂，徒有九招而九散。见铜驼之荆棘，梦金马之衣冠。感今怀昔，愬焉如捣。况复中年哀乐，流景须臾。歌《俪驹》而再中，横素波而径去。瞻仰弗及，我劳如何。如登春台，翻失熙熙之意；仰天击缶，能无呜呜之声。

此文作于金亡之后，抚今追昔，触景伤情，充满对故国的怀恋。凄清哀婉，精练深沉，是不可多得之作，但未免雕饰痕迹，谈不上"平易自然"，影响不及其散文名篇《送秦中诸人引》。

再如《请太一宫提点李天师住天封疏》：

> 太室兼衡霍之秀，天封维仙圣所庐。剑飞而古柏仍存，石润而仙蒲未老。孰为真隐，再畅玄风。扬潘马之徽音，续谭刘之正脉。李公大师，源分涡水，名动汉庭。静一得精微之传，冲退为衰薄之镇。惟

望拜之祠既举，而司真之治方虚。敢因黄鹤之书，敬促青牛之驾。璧门金阙，瞻星汉以非遥；玄都召坛，仁嵩呼之复振。善哉行矣，今正是时。

因为要请李天师主持天封道观而对他极力颂扬，用了许多与道教有关的典故，写得文采飞扬，妙笔生花。然而比起同时代李俊民的《请杨仲显同住神霄宫疏》，看不出太多的特色。

元好问的《外家别业上梁文》颇为别致，既不写景，也不说理，竟然回忆生平，大发牢骚。"遗山道人，蝉蜎书痴，鸡虫禄薄。猥以勃萃盘跚之迹，仕于危急存亡之秋。""一军构乱，群小归功，劫太学之名流，文郑人之逆节。命由威制，佞岂愿为？""伊谁受赏，于我嫁名。悼同声同气之间，有无罪无辜之谤。耿孤怀之自信，听众口之合攻。"1232 年 2 月，蒙古军围汴京，金哀宗弃城突围，守城元帅崔立降蒙古，矫旨立梁王监国。崔立自负有救一城生灵之功，劫太学生刘祁、麻革及元好问、王若虚等撰文立碑，颂其功德，元好问在威逼之下不得已从命。此事被认为失节，备受指责，元好问深感委屈。这篇上梁文讲到这件事，应该说是一篇充满愤慨的抒情文，但算不上骈文史上的"里程碑"。

元好问在哀宗正大元年（1224）应辞科所作《秦王擒窦建德降王世充露布》，是一篇模拟古人口气的骈文。秦王指李世民，露布即布告。此文颇受重视。姜书阁说："骈比偶对，笔法还有些笨拙，不及宋人四六之精熟。"[1] 宋元时期此类拟古之作颇多，古代的朝鲜也有此类骈文作品。

综观金代骈文，初期借才异国，作家多来自辽宋；中期开始出现女真族作家和北方生长的汉族作家，他们都以两宋骈文为学习榜样；后期的作家在诗、词、文几方面更为成熟，骈文亦能显示出自己的个性，在题材和手法上都比初、中期有所扩大和提高。

有的论著认为，金代骈文就个体而言不及欧、苏，但从整体上则比宋代骈文疏逸畅达，自由灵活。此论似可斟酌。

金骈在中国骈文史上仍处于低潮，比辽骈高出一等，比宋骈差距甚大。

---

① 姜书阁：《骈文史论》，人民文学出版社 1986 年版，第 513 页。

《全宋文》360 册，全金文约为 4 册，比例为 90：1。在内容上，由于宋太祖曾告诫子孙勿杀言官，故宋人爱发议论、敢于大胆批评时政。金代则缺乏政治言论自由，张钧因《罪己诏》被曲解而遭熙宗惨杀，祁宰因谏伐宋疏而被海陵王诛戮，从而金人不敢议政，也很少论史、论道。金骈中没有出现像汪藻《隆祐太后告天下手书》、周必大代拟为岳飞平反制诰那样震动全社会的历史名文。在形式上，宋人创造了新四六，喜欢以经典成句组对，甚至讲究经语对经语，史语对史语，以及数字对、方位对、色彩对……愈益细密，这些手法在金骈中少见。金骈的佳作多与宗教有关，佛道书疏、青词、祭文，乃至民俗性的宣告文字，以及抒情言志的铭赞，一些人写得姿态横生，个性较为突显，而不像宋骈那样往往受理学的束缚。这些作品促使骈文进一步向社会下层普及，这也许就是金骈的特色所在。

## 第四节　元代骈文

1234 年蒙古灭金，1271 年定国号为元，1279 年灭南宋。大批北方、中原、江南文化人士陆续归附，合南北文化而形成新的文学潮流。文坛作家大增，其中以汉族居多，其余的包括契丹族、蒙古族、回族、维吾尔族等。《全元文》是金文的十多倍。其中有相当数量的骈文，但其使用范围较宋代缩小，官方文书如诏令、哀册、表章等仍有一定需求；私人写作如书启、序跋、庆贺、吊祭、赞铭以及与宗教有关的文字，尚有人使用骈体，题材和风格各异。

### 一　元代初期骈文

从灭金至灭南宋，约四五十年，作家多为北方人。

**耶律楚材**（1190～1244），燕京人，契丹皇族后裔，金亡后为成吉思汗召用，累官至中书令，在政治、文教等方面多有建树，主张继承汉文化，对促进多民族国家的形成做出了贡献。他精通汉语，诗文兼擅，著作有《湛然居士文集》等，骈文有制、表数篇，邀请高僧住寺或开讲的书疏二十多通。（见《全元文》第 1 册）

如《请容公和尚住竹林疏》：

庆寿慈悲,拽摆犁而耕种;竹林潇洒,叹槽厂之空闲。已让位而逃,宜见机而作。我容公禅师,一条生铁脊,两片点钢唇。参透济下没巴鼻禅,说得格外无滋味话。呵佛骂祖,且有半面人情;揭海掀山,别有一般关捩。试问孤峰顶上,何如十字街头?若是本色瞎驴,好趁大队;既号通方水牯,何必芒绳。谨疏。

这些骈文简疏,相当于文士间的小启。作者以朋友身份,邀请某和尚出任某寺住持。(其中包括今北京红螺寺)不讲弘扬佛法意义,而以调侃、幽默的笔调,漫画的手法,风趣的语言,突出对方形象,半开玩笑说,你来这里,可以自由自在啊。"呵佛骂祖"是禅宗一派的极端行为,与法相宗、密宗谨守佛门法度者有些不同。

再如《心经宗说后序》:"白华山主揞折脚铛,煮熟没米粥;万松野老用穿心椀,盛与无口人。虽然指空话空,争奈依实具实。嗟见浑抡吞枣,只管诵持;故教混沌开眉,妄生穿凿。如明以字,莫认经头;未解本文,具看注脚。"以通俗口语解佛读经,妙极。比耶律楚材早五六十年的金人党怀英,也写过致和尚的书疏,也是这种泼辣风格,但文字稍长,夸饰稍多。

**许衡**(1209~1281),今河南沁阳人,幼习程朱之学,元太宗十年(1238)应试中选,入儒籍,在家乡讲学,人称鲁斋先生,后来成为北方理学大师。1254年应秦王忽必然召,任陕西提学。1260年忽必烈即帝位,召至京师,任国子祭酒,后转中书左丞。他提出行汉法,重农桑,兴学校等主张,与刘秉忠共议官制,改革历法,测定一年为365.2435天,与实际公转时间仅差26秒。他在政治、思想、文化、教育等方面均有成就,有《鲁斋遗书》等著作。他的骈文代表作如《呈丞相乞致仕状》:

许某呈,某旧患脚气,复因忧戚变为肿。此等病候,类多难治。三数年来,此止从忌慎之严,苟延视息。今乃叨居要地,陪列元臣。无德无才,既不足以办事;非亲非旧,又不足以服人。虚负宠恩,莫任忧畏。以故耳增重听,心苦多忘。腰痛未已而手麻,腹满才轻而溲涩。有因危之势,无安养之期。望加矜怜,特赐奏闻。使退循常分,仍守旧资。岂惟免尸位之愆，亦可效育才之助。心获无歉，病庶有疗。仰惟高明，伏幸裁处。右谨具呈。（《全元文》第 2 册，下同）

元代中央行政权集中于中书省，中书左丞相当于中书省秘书长，故文中说："叨居要地，陪列元臣。"元臣指丞相。由于许衡直言敢谏，与丞相阿合马意见不一，经常争辩，于是以多病为理由，请求退休。他列举的病症，有脚气、腿肿、重听、健忘、腰痛、手麻、腹胀、小便不利等，皆老年人常见病。文字浅近，叙述具体，对偶自然，无造作之弊。

《留吴行甫疏》，是写给国子监学官吴行甫的书信，劝他继续担任教职。文章说："窃以学务求师，师明则可以就学；贤期卫道，道明则益以为贤，义有当从，谦何过执。伏惟行甫先生，德堪模范，学究渊源。已烦善诱之勤，先著小成之效。远图可望，幼志俱亲。岂容中道之退归，深仰舆情之企慕。智惟成物，忠必诲人。忍令诸子（指众学子）之无依，坐视前功之不继。万愿复垂绛帐，弘古人之旧风；重授青衿，起今日之新学。谨修短疏，用表深衷。切望高明，特赐允许。"

国子监是古代中央政府直属最高学府，国子祭酒即校长，副职为司业，教官有博士、助教等。许衡先说明教师的重要，接着说吴老师很称职，希望不要中途退出，继续坐讲堂（绛帐），教学生（青衿），弘旧风，起新学。若在南宋人笔下，文章也许繁选典实，斟酌字句。此文却不加修饰，平实恳切，情辞并茂，相信吴老师会被许校长说服的。

除骈文和散文外，许衡也写白话文。其《大学要略》长达五千字，通篇口语："《大学》之书，是孔夫子的言语……三千徒弟，于内有个徒弟唤做曾子，那个记述孔子的语言，做成《大学》阿的是。"录以志趣。

**郝经**（1223～1275），今山西晋城人，是元初接受程朱儒学的北方代表人物之一，受忽必烈招致、器重，官至翰林侍读学士。他曾出使南宋，宋相贾似道谎报战功，害怕郝经到达临安泄露真情，把他扣留在长江边上的仪征，长达 16 年。郝经不屈，羁留期间撰写了大量学术著作及诗文，有《陵川文集》39 卷。散文长于议论，有词采；骈文较少，但个性鲜明。如《容斋铭》："偃偃以弗顾，巍巍以弗瞩，是谓之忽。落陷阱而不为之引，溺渊水而不为之拯，是谓之忍。当于义而不为，事俯仰以循时，是谓之随。惟兹三者，人欲之私，凡百君子，察而去之。铲塞（？）以为通，抑藩篱而大同。东西其横，南北其从。浮云在空，马牛其风。彼横逆而至，于我何加焉？……"此文突出表现其人格理想，充满他所崇尚的浩然正气。此文突破历来铭文以四言为主的格式，改为长短不拘的对句并夹以散语，音韵铿锵，简劲有力。南宋洪适有《容膝斋上梁文》，以抒情为主；郝经此文以说理为主，各有侧重。郝氏还有《志箴》《家人箴》《友箴》《自恕箴》等，皆言简义赅，骈散相兼，风味独特。

郝氏有一批模拟古代事件之檄文、露布、制诰，皆长篇骈文，如拟《赠韩愈礼部尚书制》，给韩愈以极高的评价：

> 故吏部侍郎韩愈，执德不回，以道自任。几圣未达于一间，大儒兼综于四科。传仲尼心，若颜渊、曾参之亲炙；述孟轲志，谓荀况、扬雄为未醇。明白而皆仁义之归，奥衍而得性命之正。完三光五岳之气，浩然而独存；承八代百家之微，巍若而自振。力辟二氏，申明《六经》。去陈言而新斯文，距邪说而立名教。巍巍乎太山北斗，玉洁石光；浩浩乎长江大河，龙翻凤跃。置之朝廷之上而不喜，斥之岭海之外而不忧。六军无哗，逾月而清辇毂；万刃注视，片言而折凶锋。以有用之才，明佐王之道。直造先秦之上，岂惟自汉以来。

关于韩愈的评论历来甚多，当以苏轼《韩文公庙碑》最具权威，是中国散文史上的名作。郝经这篇骈文，对韩愈的道德文章和政治表现做出概括，比苏文更简要。全文对仗，无一散语，整齐而又流畅，典重而不浮华，只举事例，不用典故，化成语如己出。

**王恽**（1227~1304），今河南汲县人，累官至翰林学士、知制诰，同修国史。他早年曾向元好问请教，受其指点，有《秋涧集》100卷，（见《全元文》第6册）其中祭文60多篇，铭文30多篇，表章、道疏数十篇，多为骈体，数量可观。《四库全书简明目录》说："恽诗文源出元好问，故意态波阔，具有轨范，足以嗣响其师。奏议尤疏畅详明，了如指掌。史称恽有才干，语殆非虚。"王恽是理学信徒，为文主张文理结合，然而其散文并无理学气味，尤长于山水游记，视野开阔，状景清拔。说理之文，往往切中时弊，颇有骨鲠，骈文亦不乏可观者。如《进呈世祖皇帝实录表》有云：

> 惟世祖皇帝，仁孝英明，睿谋果断。爰从潜邸，有志斯民。植根干而佐理皇纲，聘耆德而讲明治道。始平大理，再驾长江，过化存神，有征无战。迨其龙飞泝水，鼎定上都，革弊政以维新，扩同仁而一视。规模宏远，朝野清明。内则肇建宗祧，创设台省，修举政令，登崇俊良；外则整治师徒，申严边将，布扬威德，柔服蛮荒。……万汇连茹，群飞入彀。削平下土，统正中邦。慕义响风，声教奠朔南之暨；梯山航海，职贡无遐迩之殊。方且开学校而劝农桑，考制度而兴礼乐。国号体乾坤之统，书画焕奎璧之文。

元世祖忽必烈是元代仅次于成吉思汗的第二位英主，元代的典章制度、国号、国都皆由他确定，文治武功、内外政策都取得了巨大成就。王文对忽必烈的历史贡献做了集中的概括，虽是歌功颂德之文，但大体符合实际，当得起四库馆臣"疏通详明，了如指掌"的考语。

**阎复**（1236～1312），今山东高唐人，宪宗九年（1259）入仕，至元八年（1271）供职翰林院，历任翰林学士、集贤学士，知制诰、修国史，以文学见长，不肯为政事官。在翰林院长达三十六年，至元至大德年间重要诏令典章，多为阎复所草。有《静轩文集》五十卷，今存五卷，（见《全元文》第9册）清孙梅《四六丛话》列举元骈文六家，阎复列首位。其骈文有代皇帝起草的加封孔子、伯夷、叔齐和元初四位丞相的制诰，以及他自己致上司的书启等多篇。其中《尚书省上梁文》是精妙骈体：

> 龙蟠虎踞，近依天阙之九重；鸟革翚飞，肇启文昌之八座。昭风云之庆会，耸华夏之具瞻。麟凤来游，燕雀相贺。钦惟圣朝，罄天张宇，亘地开封。混六合以为家，揽群英而入彀。周卿有六，以冢宰统百官；唐省分三，曰尚书总庶务。喉舌曲枢机之密，股肱资辅佐之良。惟政事之有堂，实熙朝之盛典。再涓吉地，爰筑新基。荜来落落之奇材，构出潭潭之仙府。左带凤池之水，右瞻鳌冠之峰。听鸡有便于新朝，待漏不烦于他所。三槐论道，端居上相之尊；一笔为霖，广作苍

生之福。允协龟策，共举虹梁，博采欢谣，庸申善颂。

上梁文是建筑物上梁时的颂词，盛行于两宋，延续至辽金元。此文为尚书省新建官衙而作。尚书省在南北朝、唐宋为中央政府行政机构之中心，总揽政务。元代以中书省为中枢，尚书省时设时废，明代不设宰相及尚书省，六部直接由皇帝控制。阎复是元初人，故认定尚书省如"喉舌典枢机之密"，尚书令如"股肱资辅佐之良"，宰相"端居上相之尊"，"广作苍生之福"，表明他对尚书省的期望和祝福。上梁文用于民间和私人建筑时，往往写得轻松活泼，少用典故；用于皇家宫殿和官衙时，比较庄重严谨，典事繁多。此文属于后者。

**姚燧**（1238~1313），今河南洛阳人，伯父姚枢、老师许衡，皆开国名儒。姚燧历任翰林学士承旨、知制诰兼修国史。张养浩《牧庵文集序》说："公才气驱驾，纵横开合，纪律惟意，约要于烦，出奇于腐。江海驶而蛟龙拏，雷霆薄而元气溢。"《元史》本传说他"为文宏肆该洽，豪而不宕，刚而不厉，春容盛大，有西汉风，宋末弊习为之一变"。《四库全书简明目录》说："燧学出于许衡，而文章过衡远甚。雄深雅健，绰有古风。碑志尤足补史阙。有元一代，自虞集外，罕能旗鼓相当者。"有《牧庵集》36卷，（《全元文》第9册）其制诰之文为骈体。如《刘秉忠追赠赵国文正公制》：

渊深而智，山静其仁。方见龙之在田，尝迨天之未雨。贯百王之一其道，于圣学以开明；敷五典之三为纲，肇人纪之修叙。身本斯立，政条用张。颁禄于陕之东西，屯田于淮之南北。从征六诏，与越三江。赞神武不杀之仁，洽民心好生之德。咸嘉漠之入告，至大业之佐成。是以枫宸之念功，俾于兰省以总政；属王旅箪壶之迎苏，随王与车轨之混同。……

受追赠者刘秉忠（1216~1274）是忽必烈在藩的近臣，随之东征西讨，渡长江，入四川，征云南，密谋夺取皇位，以后又定朝仪官制，负责设计修建上都（开平）大都（北京），建议改蒙古国号为元，对元代的确立和发展有重大贡献。姚文的评价全面而属实。前面几句，出自《周易》《诗经》

等经典；中间几句，点出刘秉忠参与的重要事件。全文多为七八字对句，少用四六句，正是北宋散体四六的习惯，平实晓畅，不像南宋同类四六那样华丽浮夸。

再如《左丞许衡赠官制》：

> 玉裕而金相，准平而绳直。出处则惟义所在，言动以礼自持。休休焉有容，属属乎其敬。人能弘道，惟朝闻夕死之是期；我欲至仁，匪昼诵夜思而不得。行己似秋霜烈日，化人如时雨和风。来席下之抠衣，满户外者列屦。达简在帝心者，率多丞弼；穷固守师说者，不失善良。鹤鸣九皋，而声闻于高；凤翔千仞，必德辉乃下。爰立相以尧君舜民之志，所告上皆伊训说命之言。丹宸斥奸，少不避雷霆之奋击；青台治历，本于策日月而送迎。

姚燧是许衡的学生，这篇赠制的内容基本属实。前引赠刘秉忠制重在政事武功，创业立规；此篇赠许衡制重在品德、招贤、献策。刘制更具体，许制更概括，各有千秋，而文风大体一致。

刘壎（1240～1319），今江西南丰人，南宋咸淳元年（1265）开馆授徒，渐有文名，日后初涉科场，结交官员，写作应酬文章。元成宗元贞元年（1295），其56岁时被举荐任建昌学正，至大二年（1309）任延平儒学教授，享年八十岁。刘壎终其身不过小小的学官，却留下大量骈文著作，今存《水云村泯稿》三十卷（《全元文》第10册）。其中代他人所拟制诰16篇，贺表20篇，致大小官员通书、贺启、谢启等八十来封；以及祭文、祝文、祷文、致语、法语、榜文、青词、醮词、佛道疏、营造记等五花八门的骈体文140多篇。其文章总数260多篇，堪称元代骈文第一大家，然而清人评价不高。《四库全书简明目录》说："壎才力雄赡，尤工于四六，隶事铸词具有精采。然壎之所长，在以散体为四六，壎所短即在以四六为散体。故其杂文，不古不今，转成伪体。"此评未必允当。以散体为四六，宋金元明大有人在，刘氏的特色在于以四六作民间俗体之文。大致看来，其制、表及官员通书、谢启之类官场应用文的语言是古代的，民间俗体骈文的语言有古有今，不古不今的。称之为"杂文"或"别体"可以，不能说是"伪体"。

如《万缘堂化田疏》："结万人缘，盖为同修净土；图三餐饱，固须广置良田。如来尚且甘乞食之羞，道人那有蒸沙之法。欲求赡足，宁免钞题。或拨三顷五顷，特地周旋；或捐十锭八锭，随时增置。拈匙弄碗，知有来处；槌钟打磬，报无尽期。是名千年田，虽历劫而不卖；只此一盂饭，至成佛而乃消。休吝休悭，常舍常有。"此文旨在为佛寺募捐田产，作为佛寺的稳定性经济来源。语言浅俗，对仗整齐，很适合向大众宣传。明徐师曾《文体明辨序说》解释"募缘疏"说："募缘疏者，广求众力之词也。桥梁、寺观、经缘，与夫释老衣食之类，凡非一力所能独成者，必撰疏以募之。词用俪语，盖时俗所尚。"刘壎此类文章还有《金绳禅寺修造疏》《三官祠修内殿疏》等，皆属于"不古不今之文"。

《为枯木和尚下火》：

> 和尚原是儒家，弃而为僧，为保福寺藏住。一日往近郊访旧，酒后回至定光院前，失足而逝，就于彼寺敛棺茶毗。（以上为小序，以下为火葬时致语——作者注）正欣枯木遇芳春，惊见东风扫路尘。明月照空今寂寂，定光光里见真身。寂照禅师朽木和尚，生今历万苦千辛，眼里识三文两字。见居宝福藏下，足可安身；却向滑石路头，忽然失脚。休问怎生倒地，且图如此散场。一把火送汝长行，无生无死；三千界任君游戏，自去自来。大众共听，一言判断。咄！三杯暖饱后，一枕黑香余。

这是为某和尚火化时的致语，宗教性质淡薄，滑稽意味强烈，生动风趣，不古不今。《寿昌和尚起棺语》也是如此，该文最后几句说："正喜山门改观，俄闻筵席散场。到这里有甚商量？只兀底也须寻个发放。请大众听，咄！仰天大笑出门去，明月芦花何处寻。"有几句纯属口语。

至于古色古香之作，则有《自赞》："眸不炯炯，貌不堂堂。勋业未建，鬓毛已苍。其卓乎有立，以胸中粗识大道理；其未能免俗，以笔下间为小文章。斯人也，使展其霖雨之手，固当忠君父而泽民物；而著之水云之村，亦能咏风月而歌沧浪。虽然，此犹其小者也。若以方寸之耿耿，终不以死生而存亡。"这是一篇自我评价的短文，彰显其豁达的人生理念和不凡的政治志向，个性鲜明，不同于其他人之自赞。

《贺端午日生辰》原题下自注"自作"，为自己贺生日："节临重午，日纪生申。蒲艾浮香，正值锦标之揭；桑蓬袭喜，式增宝牒之晖。凡与照临，孰不欣快？僭陈微礼，仰祝修龄。齐国之生孟尝，恰是逢日；汉朝之诞胡傅，愿见同年。"还有《贺娶妇》，原题下自注"自作"，为自己庆贺新婚，实在滑稽。

《厨榜》："斋以事帝，必蠲洁于庖羞；幽则有神，其董临于烹饪。望威灵之丕振，俾腥秽之顿清。倘苾苾芬芬，致众真之歆祀；则明明赫赫，有三锡以褒功。禁戒非轻，职司毋赦。"这是为寺庙厨房写的告示，要求清洁真诚，否则"禁戒非轻，职司毋赦"，所以用语严肃庄重。

此外，还有祝香语、放生语、祈雨、谢晴之文等，皆民间通俗骈文。

刘壎这些骈文，对于了解当时民间宗信仰、风俗习惯、大众文化生活、思想意愿等情状，皆有所帮助。

**戴表元**（1244～1310），今浙江奉化人，宋末进士，曾任宋建康府学教授，入元后，任信州等地教授，不久以疾辞归，有《剡源文集》30卷（《全元文》第12册）。《元史》本传说他"慨然以振起斯文为己任"，"其文清深雅洁，化腐朽为神奇"，"至元、大德间，东南以文章大家名重一时者，唯表元一人而已"。郭预衡说他"高情旷度"，"既不同于宋代季世之音，也不同于元代盛世之体，与姚燧等同辈之作，也是很不同的"。[①] 他的散文成就较高，骈文不多，有十来篇短赞，如《通苏教授启》。此文为朋友苏某将到奉化任教授，戴表元向他介绍地方文化界情况，内容颇值得注意。"惟此弦歌之国，素无刀笔之风。越自近年，诱成恶党。鱼鳞田籍，化为子虚之归；鹤发儒宗，侮以侯白之术。计虑疏而自陷危阱，造诣拙而倒持太阿。信娄斐之小言，弃堤防之通例。貂不足而狗尾续，惊位置之何多；蚕则绩而蟹有筐，几主名之莫辨。得者不以感，慢之反以有辞。宜谤议之喧天，致纲纪之扫地。"大意是说，原来文化氛围浓厚的地方，现在农田变成游乐园，老师成了滑稽演员；规划不周陷入自我危机，管理笨拙授人以柄，

---

① 郭预衡：《中国散文史》，上海古籍出版社1986年版，第724页。

相信各种不可靠的言论，抛弃堤防老规矩，工程预算叠加，衙门官职很多，名称变来变去，得官者不知感谢，怠慢者大吵大闹，批评意见铺天盖地，社会道德风气败坏。据历史学家研究，元代东南地区商品经济发展，市民文化畸形繁荣，造成种种弊端，戴表元对此深恶痛绝。遗憾的是这种现象在几百年后的中国东南沿海各地又出现了。此文堪称历史龟鉴。

**赵孟頫**（1254～1322），字子昂，号松雪道人，今浙江湖州人，其五世祖是宋孝宗的父亲（孝宗后来成为高宗养子）。赵孟頫于南宋末年做过地方低级官员，入元后经人推荐，历任兵部郎中、翰林学士承旨，受到元世祖、成宗、仁宗重视。他是宋王朝宗室后裔，在元朝始终是个文学侍从之臣，一直不安于位，诗文中流露悔愧，在后世被指责为政治失节。然而他在中国文化史上是多面手，是第一流的书画大家，诗文词曲都有名作流传，有《松雪斋文集》（《全元文》第19册），夫人管道昇是著名女诗人。赵孟頫的骈文不多，主要是制诰和少量书、序。其代表作是《赠张九思上柱国鲁国公谥忠献制》，对元代名臣张九思做出历史评价，有云：

> 具位宽厚有容，质直好义。早逢熙运，位登喉舌之司；逮事春宫，身任羽翼之寄。属奸臣之作乱，闭宫门而弗开。仓猝之间，忠节可尚。太皇知其谨慎，委任尽其始终；世祖畴其勋庸，爰置诸其左右。天下诵司马光之字，朝廷推万石君之风。从容乎庙堂，密勿乎禁近。鞠躬尽瘁，弥亮三朝；正笏垂绅，夷险一节。

受追赠者张九思（1243～1303），早年受到世祖太子真金赏识，留备宿卫。至元十九年，太子随从世祖巡幸上都，宰相阿合马留守大都。妖僧高和尚、千户王著发动兵变，夜聚数百人，假称太子回京，入健德门，直趋东宫，大呼开门。张九思正在东宫值班守卫，时值昏夜，事起仓卒，众人不知所措，九思下令不得擅启宫门。妖贼见欺骗不行，乃越墙，趋南门外，杀宰相阿合马。九思发现有诈，命卫士奋力击贼，尽获之，终于稳定局势。此后，他官职升迁，皇太子病卒，他任中书省右丞。世祖卒，皇太孙（即成宗）即位，九思任中书平章事，位列宰辅。赵孟頫这篇制词，内容充实，重点突出，评价允当。文章继承北宋散体四六风格，少用典故，平实雅正，承转自如，明畅可诵。

另一篇《五柳先生传论》是白描骈文：

> 志功名者，荣禄不足以动其心；重道义者，功名不足以易其志。何则？纡青怀金，与荷锄畎亩者殊途；抗志青云，与徼幸一时者异趣。此伯夷所以饿于首阳，仲连所以欲蹈于东海者也。矧名教之乐，加乎轩冕；违己之病，甚于冻馁。此重彼轻，有自然矣。仲尼有言："隐居以求其志，行义以达其道，吾闻其语，未见其人。"嗟乎！如先生近之矣。

郭预衡认为，赵孟頫仕元朝，内心颇自矛盾，其称伯夷鲁连，表明志在远举，但既已出仕，则悔之已晚。"违己之病，甚于冻馁"乃是深有体会之言,①反映他无奈的心境。全文骈散相杂，以骈为主，是述志之文。

## 二　元代中期骈文

从 1279 年至 1328 年，约五十年。

**康晔**，生卒年不详，曾被东平千户严忠济聘为府学祭酒（府立学校校长），并送给他一匹马。他致函《谢严东平赠马启》示谢，文章先自谦才素无良，志同驽马，无足取用；然后赞美对方，名高德大，不拘小大，不计过错，量材使用；使自己得备官府，从而不必徒行，深表感激。全文几乎句句用典，处处与马有关，寓意委婉，耐人寻味。历来谢赐小启，率皆以典代物，从南朝萧氏兄弟，徐、庾父子，到两宋四六名家，不乏此类名作。据北周颜之推《颜氏家训》记，某博士买驴，书券三百，不见驴字，被讥用典过繁。康文 206 字，马字仅一见。他不会不知道博士买驴的笑话，还故意这样写作，除了显示博学才情，也可能含有以文为戏的成分。

**袁桷**（1266～1327），今浙江宁波人，历任翰林编修官、直学士、侍讲学士。他是戴表元的学生，论文宗欧阳修、王安石、曾巩，有《清容居士集》（《全元文》第 23 册）。今存骈文多为应用文字，如朝廷制诰、册文、祝文和表、笺以及勋臣碑铭等。其文风于平正中求宏丽，喜引经训，显示

---

① 郭预衡：《中国散文史》，上海古籍出版社 1986 年版，第 731 页。

精博，颇得时人赞许。《四库全书简明目录》说："楨早从戴表元、王应麟、舒岳祥诸遗老游，文律诗法俱有授受。又博览古籍，练习旧章。故册诰之文，典礼之仪，为一时弁冕。……大德、延祐之间，称艺林领袖，盖不虚焉。"

大德初年，阎复等推荐袁楨入翰林国史院，他作《谢阎学士启》表示感谢，并谈到对翰林院和史职的见解。有云："王言之制曰七，史官之长有三。风动四方，必训辞之温雅；诏垂万世，在书法之简严。维班马之良，不能继获麟之笔；而燕许之体，难以推倚马之才。艺不两能，物无全美。笔则笔，削则削，非曲学之可为；见所见，闻所闻，恐直情而难致。古有斗米而作赋，近多千金以致词。好恶成一己之私，褒贬失当时之实。掩长卷以窃叹，抱遗经而自娱。故魏收以轻薄寡才，咸称秽史；王通虽隐沦不仕，独著《元经》。"他还指责当时有的史官缺德，纳千金以致美词，"好恶成一己之私，褒贬失当时之实"，类似北魏魏收之著"秽史"。其揭露相当深刻，与前述戴表元批判地方上文化设施的弊端，一朝一野，可互相补充。

《回宣城郭教授启》风格与前启有所不同。"伏惟教授学士，藻思春云，丰神秋月。子綦隐几，立言深愧于炎詹；林宗垫巾，置论匪邻于危核。脱颖悟折冲之敏，发铡穷肯綮之情。流涕力疏于《治安》，多病耻陈其《封禅》。怀章宿邸，知富贵之有时；弃缗入关，审功名之可卜。方盛世兴贤于郡国，讵长才抱道于草茅。云龙类从，冥鹏运徙。遴选金台之彦，孰敢居前？深怀宝剑之篇，岂宜缓后？……"此为前段，用大量历史名人典故夸奖对方。下面一段则谦辞述己："楨学殖尘荒，经畲德附。儒林文人之源委，老矣亡传；子墨客卿之词章，终焉自失。每念空囷而增庋，诚思拔茹以避贤。位卑语轻，望浅任重。吾徒掌帝之制，弗称经纶；君子赠人以言，有惭斧藻。永绎其旨，不知所酬，伏希亮察。"大概是那位郭教授来函请求举荐，他以位卑言轻婉言拒绝。此文高华精博，不像前引《谢阎学士启》之平正俊逸。谢阎启学北宋欧苏四六，回郭启有南宋李刘等笔意。

**虞集**（1272~1348），今江西崇仁人，南宋名相抗金英雄虞允文五世孙。宋亡时虞集七岁，成长之后，已是元朝一统天下，所以他没有亡国之恨，而成为盛世之文的代表。他曾任儒学教授、集贤院修撰、翰林直学士、国子祭酒，皆为文职。有《道园类稿》50卷（《全元文》第26册），散文为主，骈文不多，在其所拟制、诰、表、笺中。《四库全书总目提要》说："有元一代，作者云兴，大德、延祐以还，尤为极盛。而词坛宿老，要必以（虞）集为大宗。"《四库全书简明目录》说："金元之间，元好问为文章耆宿，迨元之季，则以（虞）为大宗。……大凡其陶铸群材，固不减庐陵（欧阳修）之在北宋也。"清初黄宗羲推崇他与姚燧为元文两大家。这都是就其散文而言，说他可比欧阳修，未免过誉了；其骈文成就更没有那么高，但不乏可读之作，如《奏开奎章阁疏》。奎章阁是朝廷藏书之所，相当今之国家图书馆，古代朝鲜亦曾设立，至今保存在汉城大学内，笔者曾经参观过。虞集对皇帝开办图书馆表示赞美，说："特奉圣恩，肇开书阁。特辞万机而就佚，游六艺以无为。……集群玉于道山，植芳园于灵囿。委怀淡泊，造道精微。若稽在昔之传闻，孰比于今之善美。臣等躬逢盛事，学愧前修。虽已竭于论思，惧无堪于神补。敢不咏歌《雅》《颂》，极襄赞之形容；探赜《图》《书》，玩盈虚之往来。冀心神之融会，成德性之纯熙。"元代开国之初不大重视文章学术，如今开办图书馆，总算是有益文教的善举，此文有些颂扬皇恩的套话，亦在情理之中。行文学宋四六，多用长联，造语平淡，缺少情致，可能是这种文章体制所限吧。

再如《经筵官进职谢表》。经筵讲官是给皇帝讲解古代经典的学术官员，十分荣耀。此表分四段，第一段是帽子，第二段说明讲官职务的重要性，"昔者明王，不以天纵而自圣；本之先哲，式资道揆以开人。故伏羲则画于河图，神禹锡畴于洪范。凡将图治，慎在求闻。盖帝王传授之精，布于方册；而古今治乱之迹，可以鉴观。爰咨博洽之材，用广聪明之识。然守职业者，特见诸政事之著；惟事启沃者，先端其心术之微。故兹职旷典之行，实重真儒之寄"。中间一段，自谦不称其职；最后一段，对皇帝提出期望："皇帝陛下，以乾坤之德为德，以尧舜之心为心。无一念不在于民生，无一事不遵于祖宪。遐方毕服，犹虞水旱之为炎；群贤在朝，尚恐俊良之攸伏。必合二帝三王之至盛，以登四方万国之太平。"这些话，对于从小受儒家思想熏陶的宋代皇帝，也许是老生常谈；但对于与中原汉文化有着隔膜的元代皇帝来说，不无启迪。

上述二例，皆官样文章，未免拘谨，难见才情。至于私人书启，情辞则异。如《贺海南将军启》："出节少府，移镇大邦。收部曲于久闲，俄旌旗之改观。浮云连海,空闻薏苡之车;明月照楼,自看芙蓉之剑。落落几忘于世故,惓惓深结于主知。退然不言,遂以经岁。抚髀而叹,能无廉颇之思;刻印以封,不在雍齿之后。偃塞万里之外,辉煌一日之间。酌酒以饮枢臣,委曲道将军之旧;为书以授贤子,驰驱将使者之车。受弨弓而永藏,锡康爵以既醉。上恩之厚,外廷所无。"纯用四六,对仗工整,用典繁密,切合海南地区之远,将军久戍之劳,是以博彩见长之作。不过,从总体上看,虞集的骈文不如其散文特点突出。

**萨都剌**(1272~1355)[①],雁门(今山西代县)人,蒙古族(一说回族)著名诗人,出身将门,少年家道中落,家境清寒,曾经商侍亲,奔走吴楚。55岁中进士后从政,做过属吏小官,后归隐,寄情山水,享年84岁,有《雁门集》(《全元文》第28册)。其骈文造句如诗词,结构如散文,虽然句式相对成文,却跳脱纵横,摇曳多姿。今存多为与和尚交游的记录,如《雪窦请野翁茶汤榜》:

> 怒虎出林,万壑松风鼎沸;苍龙在窟,千寻瀑雪空悬。正宜一味之森严,痛洗多生之浮薄。窗南睡足,日上危峰;天外身容,春先大地。斗官焙固应绝胜,寄家书仍恐暗投。瀹尽三万六千顷太湖之波,唤起二百五十年昭陵之梦。顽矿妖邪之无赖,求售争先;风流蕴藉之有余,策勋何晚。银河无边,肆佛祖翻澜之辩;宝露不竭,策唐虞治世之勋。蒐天地之英材,起山林之沉痼。大川一饮,舌头落处皆知;少室单传,皮髓寻时已错。嫌太白士气犹在,笑歧黄风味忒奢。用之则行,悦而诚服。礼仪具有,足为丛社之光;道脉延洪,别试诸方之妙。

这是一篇邀请朋友吃茶汤的通知书。雪窦山在今浙江奉化市西北,是著名风景名胜地,山麓有佛教禅宗十刹之一雪窦寺。茶汤会是寺庙所设斋会,邀请世俗人士与会结缘。萨都剌此文写景只用开头四句,以下描述喝

---

① 关于萨都剌生卒年有不同说法,1970年《辞海》作"1308~?",本书依据李修生主编《全元文》的作家小传。

茶时的心情则用恣肆的笔法和夸张的语言，极言其豪励、痛快的感受，表现了他独特的生活观和自然观。文章意象雄浑阔大，境界高远脱俗，蕴涵深厚，几乎每一联每一句每一语词都值得咀嚼、体悟。从此文可以看出李白、李贺、辛弃疾对他的影响，文章既是骈文，也可以说是不押韵的诗，不按谱的词。其《禹溪和尚住雪窦》《云外和尚住天童诸山》《印月江住湖州河山江湖》《冷石泉居平口北禅教寺诸山》等文，都是这种风格。在元代骈文中，洵为上品。

**揭傒斯**（1274～1344），今江西丰城人，博学多才，为世所重，官至翰林学士，曾任辽、金、宋三史总裁官，有《揭文安公集》（《全元文》第28册），骈文不多，以制、表为主。元黄缙《揭公神道碑》说他"为文叙事严整而精核，持论一主于理，语简而当"。《四库全书总目提要》说："凡朝廷大册及碑版之文，多出其手，一时推为巨制。"他以议论文见长，说理周密，层次清晰，温顺和平，但时有说教味道。如哲学小品《静虚解》：

> 惟静为能统天下之至动，惟虚为能容天下之至大。至动，天也；至大，地也。非至动无以见静之用，非至大无以见虚之载。惟静虚，众理出焉，万物生焉，故圣人则之。君子学成于静，益受于虚。非静虚无以成君子，况圣人乎？惟圣人为能合静虚之体，致静之用，故可参天地，赞化育。非常静虚无以成圣人，况天地乎？惟天得虚而无不覆也，惟地得静而无不载也。故能运行四时，化生万物。而非静虚无以为天地，故体莫大于静虚，用莫大于天地。是以众人法君子，君子法圣人，圣人法天地，天地法静虚。静虚者至矣。

此文所讨论的静与动，虚与实，体与用，是中国哲学史上的重要范畴。老子主张"致虚极，守静笃"；荀子主张"虚壹而静"；佛教哲学家提出"体"与"用"。历代哲学家纷纷发表意见，宋代二程主静，清代颜元主动。揭傒斯虽不是哲学家，但受当时学术氛围影响，对这几个范畴的辩证关系也有兴趣进行深入细致的分析解剖。其概念环环相扣，行文两两相对，层层推进，逻辑严密，富于理趣，风格很像魏晋玄学。此文大部是对句，其中有两个长对，上联起自"非静虚无以成君子，况圣人乎？"下联起自"非静虚无以成圣人，况天地乎？"两联相加共 12 句，60 多字，字数略有参差，意对而字不完全相对，长句之中又有小对，此类对仗，在明清八股文中常见。文章不用典故，纯粹白描，以古文气韵运行于骈偶句型之中，宋明理学家不乏其例。

姜书阁不欣赏此文，说："这算什么文章？只能是空疏无学，肤浅鄙陋的村夫子的经义下乘。"[1] 村夫子能写出这样深刻而流利的哲理文章吗？

## 三 元代后期骈文

大致从 1328 年至 1368 年，约 40 年。杨维桢说过："我朝自天历以来，文章斯趋衰靡。"虽然总体上如此，但仍有少数出其类而拔萃的作家作品。

**许有壬**（1287～1364），今河南汤阴人，延祐二年中进士，历任翰林学士承旨、御史中丞、集贤殿大学士，枢密副使，中书左丞。他正直敢言，常与执政大臣争辩；能诗文，有《至正集》（《全元文》第 38 册）。其骈文不多，《武昌新居上梁文》最具个性：

> 伏以广厦千万间，尚欲庇寒士风雨；束书三十载，始能有京师屋庐。昔贤负山斗之名，终身无楼台之地。迂疏涉世，我何人斯！因循为家，知几年矣。朝台暮省，已多索米之讥；春诵夏弦，靡获栖身之所。举室每安于薄禄，斯言可质于上苍。徒费伯氏之赀，莫制中人之产。荜门圭窦，揣分自宜；画栋朱门，效颦奚暇！身尝走俗，难求郗超之办资；才乏惊人，敢慕文昌之买宅。但未克高飞而远走，又不能穴处以巢居。踯躅连房，与在舟而何异；纷纭插架，任充栋以莫容。长者出庭，幼或突面。左足下榻，右已及阶。潦入则奥亦横流，雪积而势将下压。幸人境得一区之隙，念农夫犹五亩之居。天上归来，方欲采山钓水；人间走遍，恰知问舍求田。此邦较楚俗而差淳，故乡如并州而在是。胭脂入画，怆先子之曾留；凤凰来仪，俨前峰之如揖。云间紫阁，晚景侵寻；眼底青山，中原咫尺。幸便途于桑梓，爰从事于楩楠。欲罢不能，与奢宁俭。叔兮督斧斤之役，深入山林；季也司

---

① 姜书阁：《骈文史论》，人民文学出版社 1986 年版，第 516 页。

桢干之劳，实崇基磴。拮据集事，老子独惭；周旋相攸，拙谋时与。虽埙篪于牵作，亦杖屦以遨嬉。此盖席世泽诗书之余，所以见今日轮奂之美。榱题数尺，固得志所不为；堂构百支，以贻谋则可继。如辇如跛，岂事外观？苟合苟完，具存昔训。上栋下宇，既成始有之规，前书后琴，行遂闲居之乐。……

前半段述其早期居大不易，莫能制中人之产，居处狭窄，左足下塌，右已及阶，与在舟中无异。直到致仕归来，始知求田问舍。下半段讲退休之后起新屋，依孔子之言，"与其奢也宁俭"。如《论语》所记，卫公子荆所云："始有曰：苟合矣。少有曰：苟完矣。"不事外观，依存古训。可以看出他忧乐观的核心思想是提倡节俭，反对奢侈。宋人为自己新居作上梁文，多以写景为主，借景抒情述志；而此文以叙述为主，于今昔比较中自我满足，语言朴实不华，自然流畅，情愫亲切。许有壬居官五十年，后期品秩甚高，其居家生活情况是否真如此言，尽管他说"斯言可质于上苍"，人们仍然存疑，待考。他还有二十来篇画像赞，皆是短篇骈体，人物性格鲜明，如见其人，如闻其语。

**杨维桢**（1296～1370），今浙江诸暨人，号铁崖，东维子，泰定进士，曾任归德路总管府推官，晚年居松江。明灭元，太祖召修礼乐志，以不仕两朝应付，旋卒。他政治上属于元遗民，文学上名气很大，诗风奇诡，文章不拘一格，有《东维子文集》（《全元文》第42册）。他有一些骈文短赞，爱憎分明，如《余子玉小像赞》："滑稽玩世如东方朔，而不羡金马之居；安乐行窝如邵尧夫，而不著经世之书。小夫贱隶不能忤，是其度之汪若；王公大人不能诎，又其守之宴如。古之市带，今之里闾。与花草为寒暄，与云月为盈虚。其读父之《易》，盖画前之元有；而传世之诗，岂删后之可无者乎！"

这是以古文作骈文，不取四六却又用韵，这类文章不乏先例。他的老师欧阳玄曾写过《刘静修先生画像赞》，也是这种古文式骈体。

杨氏有《二贼箴》："大佞似信，大黠似愚。行之似忠，居之似虚。煦煦徐徐，默受俯趋。刺之而不得，即之而弥污。古之所谓愿贼，今之所谓哲夫。小让售大贪，小惠受大奸。曲逢苟合，节角俱刓。孰可孰否，突梯两端。机法狙令，而比盗于不刃不干。古之所谓吏贼，今之所谓能官。"以骈句韵语讽刺圆滑的乡愿，力透纸背。他所欣赏的是有棱有角的人，像余子玉、孙元实、坦然子等，杨氏写了好几篇小像赞颂扬这些朋友。

　　**吴莱**（1297～1344），今浙江浦江人，父亲吴直方，曾任集贤大学士、荣禄大夫。吴莱自幼聪颖，喜读诗书，学问广博，举进士不利，遂淡泊名利，终生不仕，长期于深山讲学读书，学生中有明初文学家宋濂等。其著作涉及经学、音韵、刑律等多种领域，文学著作有《吴渊颖文集》（《全元文》第44册）。《元史》本传引黄溍说："吴莱之文，堑绝雄深，类秦汉人所作，实非今世之士也。"宋濂说："以精深玄懿之学，发沉雄奇绝之文。诸作置之司马迁、相如、刘向、王褒之间，吾知其未必有愧也。"（《渊颖先生碑》）四库馆臣认为宋濂评价过高。吴莱骈文不多，少数箴、赞不乏佳作。

　　代表作如《盐官箴》。盐是人们生活必需品，从汉代起即设盐官，管理盐的生产、销售和税收，是关系国计民生的重要职位，被视为财源广进的肥缺。吴莱此文向盐官提出告诫，指出盐为"五味之长，百肴之王"，"礼存国容，醢佐王食"，"物因天产，利许民共"，"将众是济，岂容之私？"盐官切勿以权谋私，否则，"法如张弓，利若舐刃"，"贪以近宝，宝不可即；富以敛怨，悲何能克？""敢告有司，敬之毋愿"。浙江沿海出产海盐，明清江南盐商富可敌国，不少盐官栽倒在盐池里。吴莱此文切中肯綮，的确"精深沉雄"，是关心国家和民众利益的表现。

　　吴莱的《盗跖赞》，是"奇绝"之文，居然为春秋时期大盗唱赞歌，说："我观古人，我赞唯跖。""盗本有道，杀人以矜，横行鲁国，按剑东陵。""分金我义，后出吾仁。"基本上继承庄子的观点。吴莱又指出，"圣人不作，大盗日争，所恃者力，相擒以兵。上行下效，侥幸邪侈"。那些大小军阀和各级官吏，是"不盗之盗"，他们把良民逼成盗贼，"人岂齐豹（齐国大盗），地非萑苻（强盗窝），谁生祸首，卒化盗区。跖斯可赞，为善者惕"。吴莱生活在元代末年，各地农民起义刚刚兴起，他看到了苗头，找到了根源，故发此惊心骇俗之言，并不是支持农民起义，而是呼吁统治者提高警惕。上述二文都采用四言韵语，对句占多数，可视为骈文。

　　**戴良**（1317～1383），号九灵山人，今浙江浦江人，通经史百家，曾任日泉书院山长，元末任江北儒学提举。农民起义军起，他依附张士诚，不久挈家泛海至胶州，明洪武六年南迁，隐居四明山，洪武十五年被召至京师，授官不就，有《九灵山房文集》（《全元文》第53册）。他以散文见长，成就高于其诗，骈文亦能见个性。如《九灵自赞》：

> 识字不如扬子云，摛辞不似沈休文。胡为而有沈之瘦，胡为而有扬之贫。观汝之生，盍视汝真。以不死不活之眼，而欲览八咏之风致；以半饥半饱之腹，而欲吐四赋之清新。此所以乱叔敖于优孟，辱中郎于虎贲也乎！若乃处荣辱而不二，齐出处于一致。歌黍离麦秀之音，咏剩水残山之句。则于二子，盖庶几乎无愧。

他以扬雄、沈约、孙叔敖、蔡邕自比，身穷志高而自赞。他在元朝不曾仕官职，却以元遗民自居，歌黍离麦秀之音，咏剩水残山之句自夸，以为胜过美化王莽的扬雄、追随萧衍的沈约。这是不识时务之言，然而这篇骈文确实流丽而又工致。

《松风老人吕君像赞》：

> 君名复，字元膺，松风其别号也。胡仲厚氏为写像，九灵山人赞之曰：以两眼而窥六艺之奥，以一心而究六伎之精。汲汲乎其成己之志，拳拳乎其济物之诚。得一善有以澡身而浴德，拔一毫可以起死而回生。是故知之者识其为吾儒之老成，不知者有以谓擅夫一代之医名而已矣。虽然，此皆得其粗而语其肤者也。彼其怡神浩劫之余，游心太古之初。忌者之所不能毁，附者之所不能诶。惟尝读其书者，于此复睹其图焉。然后知其老不枯、贱不污，身之瞿而道之腴乎！

吕复是当时名医，戴良曾为之作《沧州翁传》，以散文记其医术之高明。又作画像赞，以骈文颂扬其品德之高尚。同样的题材还有《滑伯仁像赞》，也是以骈体赞美老儒而兼医师的朋友。他的这类骈体都学宋代新骈体，多用长句，不用典故，不加雕琢，气韵悠然，了无滞碍。这是以古文改造骈文的表现，也可以说是骈文吸收古文的变体，上承欧阳玄、杨维桢，而下启明代骈体小品。

元代除了正统骈体，还有一些非正统文人写作非正统四六文字。内容形式与正统骈体有差别，当时不受重视，今天应该承认它们是元代文苑百花中的一丛野花。

**陶宗仪**，元末明初人，（1329～1412？），其《南村辍耕录》中，有某士子作四六弹文，揭露科举考试中舞弊现象，其略云：

> 文运重开，多士欢腾于此日；科场作弊，丑类莫盛于今年。启奸人侥幸之门，负贤相宾兴之意。事既如此，人其奈何！切维考试官实文章之司命，讵宜伪定于临期；员外郎执科举之权衡，安可公然而受贿？……俞潜、徐鼎，三月初收买试官；邱民、韩明，五日前预知题目。元孚乃南泉之大贾，挥金不啻于泥沙；许征实云间之富家，纳粟犹同于瓦砾。……大坏文风，难逃舆论。呜呼！天之将丧斯文也，实系兴亡之运；士欲致用于国，岂期贡举之私。此非一口之诬谋，实乃众情之公论。

此文通俗浅显，妇孺能解，可能出于考生之手，犹如一张传单，"路府州县盛传之"，受到广大群众欢迎。文章写作水平不高，但是起到了揭露批判社会丑恶现象的作用。

《南村辍耕录》中还有一篇陆居仁为官妓连枝秀写的募缘疏。连枝秀已年过四十，脱离风月场，投身佛门，想通过化缘筹款建造栖身尼庵，本来是件好事。她在接待陆居仁时有些失礼，请陆撰写募缘疏，陆借机在文章中极力嘲弄调笑。全文用四六对偶的骈体，把连枝秀从前的妓女生活与如今空门处境句句对比，对其人生角色的转换，身份的改变，不是尊重，而是尽情讥讽，有些话庸俗无聊。疏文一出，遐迩传诵，以为笑谈。连枝秀遭恶意羞辱，携弟子连夜逃遁。《南村辍耕录》编撰者陶宗仪说："文虽新奇，因近徘体，视厚德君子有间矣。"委婉地批评陆居仁有些缺德。

古代妓女是饱受玩弄侮辱的低贱者，年老色衰，或从良，或入佛门，都是解脱，应该还以人格的尊严，不能再拿她们昔日的苦难作笑料，使之再次受辱。这应是文化人的道德底线。她接待不礼貌，你可以不写，但不能拿笔来报复。

## 第五节　明代骈文

关于明代骈文，民国以来学者们总体评价不高。20 世纪 30 年代的金矩香说："有明骈文，疏疏落落，皆无关于取法。其文集存于今者，不下千余种，所谓名篇巨制，毋论汉唐，且两宋之不若。最陋者，属对虽工，措辞近佻，甚至以卦名对卦名，以干支对干支，立定间架，几同刻榜。至官场尺牍，斋醮青词，肤廓陈滥，千手一律，其佳者亦仅资谀颂耳，复何奇哉。"① 当代学者看法有所不同。奚彤云认为，万历以后"四六的重兴实具难以遏制之势。因为明末士人喜将大量精力花费于交际应酬，其间所作文章在种类、数量上都极为可观。这些作品的内容一般难具新意，要想给人以醒目之感，只能在文辞上多加点缀，所以传统的四六体制自然得到恢复"。②

明骈总体上处于中国骈文史的低潮，而后期则是清代骈文复兴的前奏。明骈大量的应酬选本生于后期，多数是模式化的陈陈相因之作。诚如金矩香所说的"肤廓陈滥，千手一律"，价值不高。但是，从明代二百七十多年上千种文集中，还是可以披沙拣金，找到一批不同价值的可读之作。尤其晚明，不少爱国志士的骈文，充满强烈的民族救亡图存的炽热感情，和斗争到底誓死不屈的坚强意志，凛然的正气上干云天，光辉的人格照烁千古。只有南宋末年的骈文可以相比，在中国骈文史上值得大书特书，应该给以突显的地位。

### 一　明代前期骈文

明代前期骈文指洪武至正德约 150 年间之骈文。

**宋濂**（1310～1381），字景濂，浙江浦江人，元末已有文名，元顺帝任命他为翰林院编修，辞谢不就，隐居龙门山；后被朱元璋征召至南京，明代建国后，任翰林学士、知制诰，总裁《元史》修撰。《明史》说他是"开

---

① 金矩香：《骈文概论》，商务印书馆 1933 年版，第 129 页。

② 奚彤云：《中国古代骈文批评史稿》，华东师范大学出版社 2006 年版，第 90 页。

国文臣之首"。他的散文名作很多，对于宋元骈文，他颇不以为然。其《剡溪集序》批评说："辞章至于宋季，其弊甚久。公卿大夫，视应用为急，俳偕为体，偶俪为奇，腼然自负其名甚高。"由于职务的需要，他代皇帝起草了一批任命官吏的骈体诏书，多作于洪武六年禁用四六表笺之前，大都是程式化的。其《宋学士文集》中有《拟诰命起结文》十篇，包括吏部尚书、吏部侍郎、各司郎中、中书左右丞、中书参知政事等十种官职。其格式是：开头一段讲该官职如何重要，中间是某官姓名简历及其表现，结尾一段提出希望加以勉励。这样的套路可以适用于多人，多次翻版使用，徒具形式，没有多少文学价值。宋濂文集中的诰、表很少，受到后人注意的有《进大明律表》。开头一大段说："臣闻天生蒸民，不能无欲。欲动情胜，诡伪日滋。强暴纵其侵陵，柔懦无以自立。故圣人者出，因时制治，设刑宪以为之防，欲使恶者知惧，而善者获宁。传所谓狱者，万民之命，所以禁暴止邪，养育群生者也。譬诸禾黍，必刈稂莠而后苗始茂；方于白粲，必去沙砾而后食可餐。苟梗化败俗之徒，不有以诛之，虽尧舜不能以为治。"以下简述中国古代法律的起源，接着用散文记述从战国魏李悝到唐长孙无忌所作律令。全文前骈后散，脉络清楚，层次井然。语言简朴，不事藻饰。

《宋学士文集》中有大量碑铭、赠序、书序，都是散文。而在南北朝和唐代则大多习用骈体。在宋代，私人书启习用四六，而宋濂集中乎没有书启。从此可见骈文在明初的使用范围较前代大大缩小了。

《宋学士文集》中有几篇"赞"，是精彩的骈文短制。如《先师内翰柳公真赞》，全文如下："伟貌长身，端严若神。即而就之，煦然春温。海阔天高，莫窥觇其宏度；霆奔飙竖，岂驱驾乎雄文。来趋跄之衿佩，作仪表于荐绅。出入容台，振百年之礼乐；昭宣帝制，焕大号于乾坤。惟其具赅博崇深之学，所以继光明俊伟之伦。仰瞻遗像，有涕沾巾。倘使泉台之可作，庶几士俗之还淳。""内翰柳公"指柳贯（1270～1342），是宋濂的老师，元末曾任国子博士、江西儒学提举、翰林待制，是著名经学家、散文家。本文是其画像赞，既描述其精神气度，也颂扬其道德文章，基本上符合柳贯实际情况，而非故意夸张恭维。文章除开头四散句外，皆为俪语，有双句对，也有单句对，大致押韵，诵读起来有铿锵之美。

又如《约之禅师画像赞》："庞蔚之姿，宏辩之材。一衲三十年，胁不沾席；谈玄八万偈，舌若惊雷。崖树重荣，兆法门之复振；塔光呈瑞，疑古佛之再来。炯炯乎眼光闪烁，沉沉乎气宇恢弘，飒飒乎九江风动，澄澄乎玉几天开。盖真超乎实际，斯不染于尘埃。彼身安于部娄，曾莫陟其崔嵬。倘于斯而观感，庶立懦而兴颓。"约之禅师无考。此文主要赞扬其如何感动听众和观众，全文对仗，无一散语，中间有四个排句，显得顿挫灵动，余韵悠然。

**刘基**（1311～1375），字伯温，浙江青田人。元末进士，曾任县令，后弃官归隐。朱元璋下浙江，请他出山，为之出谋划策，赞商军国要务。朱元璋称帝后，他任御史中丞、兼太史令。在民间传说中，刘伯温与诸葛亮齐名，是足智多谋的军师。他的文学成就主要是寓言和散文，其骈文不多，诏诰书启尤少，一些表章散语多于骈语。（如《谢恩表》，纯为官样文章）倒是几篇非实用性文章，是骈体而非四六，颇具意趣。如《清斋记》，描写高僧义中上人的清静心境和居室的清静环境。有云：

> 浮屠氏离世绝俗以为洁，其道故剪须薙发，割情断爱，所以洁其身也；蔬茹粝食，屏斥鱼肉，所以洁其口也；趺坐面壁，收神内视，所以洁其目也；晨钟暮鼓，梵音海潮，所以洁其耳也；焚檀爇沈，氤氲桂薰，所以洁其鼻也；幽兰阒然，惟寂惟寞，所以洁其心也。五情既治，百魔不生，洁不污而后天下之清归矣。……有室曰清斋，环以群山，萦以碧水。……太虚澄明，烟空雾豁，原野昭旷，而天地为之清焉；丹苑发鲜，绿荫永昼，凉飙彻暑，银汉挂户，而节物为之清焉；时雨新濯，竹树生色，猿鸟不呼，松柏帖妥，而岩壑为之清焉。遥望西湖，如大圆镜，翠줐垂映，波澜锦章。而是室之下，白石玉皎，暗泉重奏，足音无闻，谷响相答。……

"记"之为体，一向以散文为主，骈文亦用。此文前段是口目耳鼻心五层排比，后段是天地、节物、岩壑三层排比。开头、结尾及中间有少许散句连接，浑然一体，情景相应，描绘精细，饶有禅趣。

刘基有三篇《官箴》，其下篇有云：

无谓余明,人莫能昧,离娄善察,不识其背。无谓余能,人莫敢欺,校人烹鱼,子产弗知。主事惟公,烛诈惟诚。小节勿固,小慧勿行。无矜我廉,决之使通。何以弭贪,慎检乃躬。去谄斥佞,远吏近民。待人以宽,律己以勤。无咎人弗信,忱至斯孚;无患人不闻,惟德不孤。德以进善,威以挫奸。德不可偏,威不可烦。无谓彼富,我必极之。无谓彼贫,我必直之。持心如衡,以理为平。无为避嫌,以纵无情。人有恒言,为臣不易。是用作箴,敢告有位。

自西汉扬雄作《九州百官箴》以来,历代多有续作。此文主要讲做官的不要怎样怎样,而上篇中篇主要讲应该怎样怎样,相当周全,至今可为吏治龟鉴。历代官箴多用四言或五言,只求整齐,不一定对仗。此文全篇皆偶句,仅最后四句为散语,而且多处押韵,不用典故,明白易解。

刘基的《司马季主问卜》《渔樵子对》,采用主客问对,大肆铺陈排比,属于赋体之文,不是骈文。

**王祎**(1332～1373),浙江义乌人,元末隐居青岩山,明初应征召入仕,与宋濂共同主持修撰《元史》,之后任翰林待制,奉旨到云南招降该地元军,被杀害。王祎的文章与宋濂齐名,人称其"醇朴宏肆","开有明一代风气之先"。其骈文名作是《常遇春追封开平王制》:

天开鸿业,笃生英杰之臣;星陨将营,载举哀荣之典。肆大勋之垂集,俄上将之云亡。庸锡褒封,诞颁涣号。具官常某,英敏而沉毅,严肃而恢宏。自初建于义旗,即来归于戎旆。首从淮右,扬采石之锋;旋定江东,振丹阳之捷。拓边疆于全楚,歼强敌于三吴。扫河洛而奠中原,指幽燕而平朔土。功成百战,允为一世之豪;气盖三军,岂特万人之勇。近报滦阳之凯,益穷漠北之追。揽哀讣之遽来,知力疾而犹战。眷言忠尽,深用悼伤。海宇一家,既已成为大统;君臣同体,期共享于太平。事乃若斯,情何能已。……

常遇春是明初大将,15岁随从朱元璋,渡长江,取太平,破集庆(南京),全歼陈友谅,俘虏张士诚,与徐达率师北伐,破元大都(北京),取上都（开平），逐元顺帝于漠北，完成统一大业。洪武二年，暴卒于回师途中，追封开平王。这篇制诰即皇帝悼词，简要叙述常遇春的重要功绩，表达了皇帝的哀伤和褒扬。据史载，朱元璋得知常遇春病故，流泪写下一首诗，有"忽闻昨日常公薨，泪洒乾坤草木温"之句。王祎此文纯用四六，对仗工整，气势恢宏，严肃沉重，富于感染力。关于常遇春，有一些民间传说，京剧有《状元印》，南京紫金山有他的陵墓保存至今。宋濂也有《开平王神道碑铭》，以长篇散文详述历次战功，影响不及王作。

**解缙**（1369～1415），江西吉水人，自幼聪悟，出口成章，十八岁中解元，二十岁中进士，任中书庶吉士、翰林学士，常侍洪武帝左右，甚被爱重。一日在大庖（大厨房）西室，皇帝说："朕与尔义则君臣，恩犹父子，当知无不言。"于是他上万言封事（秘密奏章），有些意见大胆而尖锐："国初至今，将二十年，无几时不变之法，无一日不变之人。""良由陛下诚信之有间，而用刑之太繁也。宜其好善而善不显，恶恶而恶日滋。善未必蒙福，而恶未必蒙祸也。尝闻陛下震怒，锄根剪蔓，诛其奸逆者矣；未闻诏书褒一大善，赏延于世，复及其乡，尊荣奉恩，始终如一者也。或朝赏而暮戮，或忽罪而忽赦，施不测之罪，则有之矣。""入人之罪，或谓之无私；而出人之罪，必疑受贿。逢谀甚易，而或蒙褒；营救甚难，而多得祸。祸不止于一身，刑必延手亲朋，谁肯舍父母妻子而批龙鳞，犯天怒哉？""陛下进人不择于贤否，授职不量于重轻。建不为君用之法，所谓取之尽锱铢；置朋奸倚法之条，所谓用之如泥沙。"文章竟然胆敢批评皇帝朝令夕改，用刑太繁，赏罚随心，使人们不敢辩护营救。这些话句句触及朱元璋的痛处。因为皇帝主动要求他知无不言，故未怪罪，只是打发他回乡好好学习。

此文在明代及后世受到高度评价。明末李贽引廖道南《东阁记》说："高皇帝网罗英俊，智屈群策。当时翊运元臣，亲如（李）善长，贵如（汪）广洋……雷霆所击，罔不震摄。缙以一少年，上庖西万言，批鳞逆心，罔所忌讳，而圣度优容，令其进学。才难之叹，犹可想见规模宏远矣。"（《续藏书》卷十）清沈德潜说："有明一代臣工奏疏，其关系国计民生，卓然可传者，不可枚数。然能格君心之非，直陈无隐，有过于（汉）贾谊、（唐）刘蕡者，当推解文毅公一人。"（《解文毅公集序》）这篇万言书骈散兼用，可视为骈文，也有人视为散文。

成祖即位，解缙受到重用，入阁办事，任翰林学士兼右春坊大学士，主持编辑《永乐大典》和《太祖实录》。事毕，有《进太祖实录表》，本是歌功颂德例文，在他笔下却有新的内容。先是赞扬大明创业乃应天命，故能速成。朱元璋出身农家，若与秦始皇、汉光武、魏晋南北朝、隋唐宋元开国皇帝相比，他可以说是白手起家。接着又说太祖在位时间最长（31年），超汉高祖、光武帝、唐高祖、宋太祖和元世祖。（前四位年寿皆不及朱元璋，但元世祖在位35年，享年80岁，胜过朱元璋。）表中有一大段特别赞颂马皇后："天生圣善，克相肇基。侧微德迈于嫔虞，开创功超于胥宇。永协坤元之吉，夙开文定之祥，鸤鸠均众子之恩，螽斯衍百男之应。保合承天之庆，简能造化之仁。历考古之后妃，盖莫能盛于周室。然挚任诞圣而无辅运之绩，邑姜辅运而无诞圣之祥。矧皆起于邦君，乃克成其世绪。降及近世，皆非等伦。若夫同起布衣，化家为国，调元翊运，参机赞谋，正位中宫，十有五年，慈训昭明，文德通理，家邦承武，天下归仁，诞育圣躬，万世永赖。自古以来，未之有也。"

历来进皇帝实录表少有兼及皇后者。解缙破旧例，对马皇后大唱赞歌，除了马后确实有功德可颂之外，另一个重要原因是明成祖朱棣自称马后所生（其实他的生母是项妃），以提高其篡夺帝位的合法性。解缙此表特别突出马后既有"辅运"之功，又有"诞圣"之祥，功德超过西周文王武王二后，显然是讨成祖的欢心。此表作于永乐初年，洪武初期禁用四六表笺之限已放宽，故纯用骈语，不见散句，俨然宋元旧规，比起元王恽《进世祖实录表》，体格相同而内容独具明初历史特色。

成祖本来喜欢解缙，但由于他刚直敢谏，无所顾忌，不识时务，连连得罪朝臣和王子，终于失去皇帝信任，甚至讨厌他，入狱五年后处死。成祖为何由爱重而恼怒，学者有不同分析判断。郭预衡说，解缙"并非狂生"，乃"出于无知"，"少不更事，入世犹浅"。[①]他不懂得伴君如伴虎的道理。

**于谦**（1398～1457），浙江杭州人，民族英雄。抵抗蒙古入侵，保卫北京，拥立代宗，对稳定国家大局做出了卓越贡献。英宗复辟，于谦被冤杀，

---

① 郭预衡：《中国散文史》下册，上海古籍出版社1999年版，第78、80页。

后人比之于南宋抗金英雄岳飞。他不以文学家名世，却有多篇名作传诵千古，如诗歌中的《石灰吟》，骈文有《小像赞》：

> 眼虽明不能见几，腹虽大不能容人，貌不足以出众，德不足以润身。其性虽僻，其情则真。所宝者名节，所重者君亲。居弗求安逸，衣弗择故新。不清不浊，无屈无伸。遭清明时，滥厕搢绅。上无以黼黻皇猷，下无以润泽生民。噫！若斯人者，所谓生无益于时，死无闻于后，又何必假粉墨以写其神耶？

句句自谦自贬，唯以真情名节自许，读后令人肃然起敬。全文对偶，四五七字错落，一韵到底。文以人传，是历代自赞中的佼佼特出者。

**李东阳**（1447～1516），湖南茶陵人，18 岁中进士，仕宦 50 年，入阁 18 载，是宰辅重臣兼文坛巨擘，茶陵派领袖，散文名家。亦偶作骈文，如《祭学士柯先生文》有云："故见李司隶者，倾龙门之高；见韩荆州者，失封侯之贵；见欧阳内翰者，叹宫阙之壮，华山之峻，河水之深。而况托师生之分，聆道德之音者乎！此愚于公所以愤懑抑郁而涕泪沾巾者也。当夫名冠甲第，辞雄玉堂，愚于此时固已窥公之材略；山静川澄，水清玉莹，杜苞苴之门，辞起复之命，愚于此时则又见公之德行。若是者，非愚之私也，盖天下之所知，而公论之所为也！"柯学士名潜，景泰状元，官至翰林学士，李东阳与他有师生之谊。此文辞约情深，无冗长拖沓之语，又切合柯潜之为人，是祭文中佳作。此文以散文行气，以骈偶构词，有三层排句，排比之中又有独立偶句，自然流畅，无斧凿勉强的痕迹，属于散文家的骈文。

**唐寅**（1470～1524），字伯虎，号六如居士，江苏苏州人。弘治解元，因受他人科场舞弊案牵连被革职，遂无意仕进，性情浪漫，不事生业，家无余粮，而坐客常满。他是著名画家，能诗文，时人说他"尤工四六，藻思丽逸，翩翩有奇气"（袁充《唐伯虎集序》），后世流传有《唐伯虎点秋香》的故事和戏剧。其骈文作品不多，但有个性，有感情，如《上吴天官书》：

> 寅再拜：昔王良适齐，投策而叹；欧冶去越，折剑言词。艺不云售，

慨犹若此,况深悲极愤者乎?寅凤遭衰悯,室无强亲,计盐米,图婚嫁,察鸡豚,持门户。明星告旦,而百指伺饷;飞鼠启夕,而奔驰未遑;秋风飘尔,而举翮触隅;周道如砥,而垂头伏枥。舆隶交叱,刀锥并侵;烟霭就微,颠仆相继。彷徨间阓之下,婆娑里巷之侧。飞尘扬波,行人如蚁。恫恫踽踽,不可与处。此乃有生之忧,非寅之所畏也。至若横树辞荣,芳林引暮。学书未成,为箕未贷。艳色废于群丑,齐音咻于众楚。鸡既鸣矣,而飘摇远游;日云夕矣,而契阔窭叹。九衢延丝,而穷辙连如;高门将将,而败剌无从。……此寅所以抚案而思,仰天而叹,不能不为之愤悁而哀伤也。……

“吴天官”指吴宽,曾任吏部尚书,是散文家。唐寅向他倾吐自己的愤懑,家庭的穷困和生活的艰难,希望得到援引。四六工整,对仗精切,无须借助语典、事典之委婉锻炼,而衷曲自然流淌。郭预衡说:“确属富于才情之文,上规六朝,骈四俪六,虽不免模拟之态,但在当时,正是台阁余风未息、七子倡‘文必秦汉’之际,这样的文章,也就自为一体,别有风致。”①

唐寅有三封与好友文徵明的书信,其中第一封长达 1200 字,把自己身世的不幸,个人遭遇冤案的委屈和众恶皆归,无可申诉,并难于自拔的痛苦心情宣泄无余。张鼎《唐伯虎集序》说:“余读唐伯虎先生与文衡山先生书,慷慨激烈,悲歌风雅,眼底世情,腔中心事,一生冲宇宙凌海岳之气,奋在几席。掩卷究其本末,嗟乎!丈夫遭时不遇,遂至于此哉!”

作为风流才子,尤其是画家,唐寅也有描绘良辰美景,花团锦簇般的文章,如《拟瑞雪降群臣贺表》,其中大段写雪景:

万里琼瑶,冻起玉楼之粟;一天星斗,光生银海之花。上下同云,山川一色。从风翔舞,旋惊腊月梨花;随霰飞扬,忽讶阳春柳絮。回青山而改白,妆金屋以成银。琼宇珠宫,恍惚神仙之宅;银屏玉案,似非人世之居。见狡兔之潜踪,想遗蝗之入地。闻雁声于远道,印鹤

---

① 郭预衡:《中国散文史》下册,上海古籍出版社 1999 年版,第 151 页。

趾于空庭。瑶草琪花，一望楼台澄彻；竹篱茅舍，千家山郭精神。湿飘僧舍之茶烟，密减高楼之酒力。月明海峤，骚人回剡曲之舟；云开山黢，豪客觅灞桥之句。忽讶光明于一夜，兆开饶洽于三农。花萼楼头，月色溶溶并洁；芙蓉掌上，露华湛湛俱零。信大道之感通，乃灵麻之协应也。

这是一篇拟作，不是真的为群臣贺雪表，但下雪可能是真的。从南朝特别是唐宋以来，贺雪、贺雨之表章不计其数。此表开头结尾都依例颂圣祈福，说一大堆套话，但中间一大段如果单独摘录出来，就是一篇瑞雪赞。作者是画家而兼诗人，故此文兼具诗画之美，色彩的搭配，景物的布局，动静浓淡，远近大小，似乎皆有讲究，艺术技巧是高超的，值得欣赏的。

## 二　明代后期骈文

明代后期骈文指嘉靖、隆庆、万历三朝，约 100 年间之骈文。

晚明作家沈德符《万历野获编》卷十描述明后期骈文情况说："四六虽骈偶余习，然自是宇宙间一种文字。今取宋人所构读之，其组织之工，引用之巧，令人击节起舞。本朝既废辞赋，此道亦置不讲。唯世宗奉玄，一时撰文诸大臣，竭精力为之。如严分宜、徐华亭、李余姚，召募海内名士几遍，争新斗巧，几三十年。其中岂少抽秘骋妍可垂后世者，惜乎鼎成以后，概讳不言。然戊辰庶常诸君尚沿余习，以故陈玉垒、王对南、于谷峰辈，犹以四六擅名，此后遂绝响矣。又嘉靖间倭事旁午，而主上酷喜祥瑞，胡梅林总制南方，每报捷、献瑞，辄为四六表，以博天颜一启。上又留心文字，凡俪语奇丽处，皆以御笔点出，别令小内臣录为一册。以故东南才士，缙绅则田汝成、茅坤辈，诸生则徐渭等，咸集幕下，不减罗隐之于钱镠。此后大帅军中，亦绝无此风矣。"

沈德符这段话说明，嘉靖皇帝崇尚道教，大臣严嵩、徐阶等人投其所好，招募名士，撰写道教的青词、醮词之类文章，皆用四六，争新斗巧。当时东南地方抗击倭寇，胡宗宪等大帅常有捷报以及发现祥瑞的文书，也用四六表章。嘉靖皇帝喜欢的好文字，就用御笔点出来，并集合成册。这样就促成许多文人写作骈文的风气，可是后来都没有流传下来。今天看来，上述作品确实难觅佳作,成就不如其他题材。

徐渭(1521~1593),字文长,浙江绍兴人,明代著名戏曲家、画家,曾任闽浙总督胡宗宪幕客,于抗倭军务多有参赞策划,擅诗文,有狂气。胡宗宪冤死后,徐渭一度发疯,一再自残,无故杀妻,下狱七年,经友人力救得出。他既作古文,也写骈文;既具六朝规模,又有晚明风貌,个性鲜明。其文以骈体小启居多,用于官场应酬,有贺启、谢启,或为己作,或代人作。如《谢督府胡公启》:

> 渭失欢帷幕,动逾十年;俯托丝萝,历辞三姓。过持己见,遂骇众闻。诋之者谓矫激而近名,高之者疑隐忍以有待。明公宠以书记,念及室家。为之遣币而通媒,遂使得妇而养母。然渭于始议之日,曾陈再让之辞。蒙召中军,托以斯事,久而不报,付之无缘。畴知白璧之双遗,竟践黄金之一诺。传闻始觉,坐享其成。昔孙明复号称大儒,以相国为之媒而后娶;杜祁公荐登高第,乃县令坚其议而始婚。若渭则实非其人,偶遭其遇。凤蒙国士之待,既思何以酬恩;今受王孙之怜,益愧不能自食。徒知母在而喜,顽然捧檄之情;豫拟身教所先,遵以齐眉之敬。岂敢言兄弟家邦之仪法,庶以答父母国人之盛心。

胡督府指胡宗宪(1512~1565),明代抗倭统帅之一,嘉靖进士,曾任江浙总督,长期主持东南军务,任用戚继光等名将,发挥了统领的作用。但他又勾结赵文华、严嵩,虚报战功,累献祥瑞,讨好世宗。严嵩贬后,他被牵连,革职,下狱死,后人毁誉参半。徐渭长期在胡宗宪幕中,颇受重视,代胡氏起草许多文书。此启主要内容是感谢胡为他做媒娶妻,非一般客套,而是发自内心的感激。胡宗宪之死,主要是品行有亏,为众议所不容;而徐渭认为是冤屈,为之发疯,以致无故杀妻,因而受到刑律制裁。从此启看,"得妇而养母",十分高兴啊,后来怎么突然杀妻呢?也许是精神变态,一时冲动,此谜待解。

《徐渭集》序文类中有一批题画骈文。其中《沈氏号篇序》即借题画而再现风景之文:

吾越有耶溪者，滞绕名山，号称佳丽。回洲度渚，涵镜体以长萦；散藻澄苔，转风光而轻泛。其在前代，尤为巨观。红藻映隔水之滨，紫骝嘶落花之陌。镜明伊迩，兰渚非遥。嘉会不常，良辰难待。舟移景转，三春才子之游；日出烟消，几处渔郎之曲。古今所记，图牒攸存。迩来居士沈君，栖其妙致，挽慕前修。始羁迹于市廛，终寄情于鱼鸟。眷言耶水，尤嗜曲溪。转入一天，还回几折。数声长笛，渺沧浪而自如；一棹扁舟，入荷花而不见。意将流传斯景，歌咏其由，遍征文士。乃于末简，要予微言。今晨把玩，俨游风景之真；他日追陪，或预几筵之末。

若耶溪是浙东著名风景区，南朝以来，诗文题咏甚多。徐渭以精妙的四六俪体，写景，抒情，记事，辞藻华美，神韵酣畅。他是画家，故特具审美眼光。题画品字之作在徐氏集中颇多，或骈或散或混用，不拘一格。

徐氏有一批祭文，受人请托而作，其中有祭达官贵人者，也有祭各类神灵者，如祭东岳神、祭城隍神、祭北斗等。有意趣的是《代祭关神文》：

伏惟兼封侯王，特谥壮缪，蜀汉前将军关：蜀国鼎分，既以阳扶先主；解池盐涸，又且阴戮蚩尤。魂魄在天，忠良振古。抑扬之权不爽，善恶之辨必严。某父某官某，居官三擢而致罢，稍许廉循；处世七旬而有余，率称谨慎。昨年疾疢，扣神明而幸生；今夏缠绵，伏枕席而几殆。尤蒙余庇，渐亦加餐。细省其由，不胜自惧。岂曩时对事，或七戒之偶犯逾闲；致今日病椿，苦二竖而薄以示戒。某敢不被除用物，洗涤乃心。更设清供，再渎尊听。凡有罪过，宜加某躬；幸赐宥原，以赎父寿。某不胜恐悚祷祈之至。

关羽是汉末蜀国大将，北宋以后，历代不断兴起关羽崇拜，屡次对其进行加封。北宋徽宗封其为"义勇武安王"，元文宗封其为"显灵义勇武安英济王"，明太祖敕建关帝庙，很快推广至全国，明神宗加封其为"协天护国大帝"，民间还有伏魔大帝、武财神等称号。明清时期，关帝崇拜流传至海外，东南亚尤盛，几乎有华人处即有关帝庙。徐渭此文，记录明中期某官之父，因病而祈求关帝，慢慢痊愈，故设供酬神，特请徐渭撰文致谢，反映出民间信仰与祭祀活动情况，具有风俗史价值。

徐渭的骈体杂文，有募缘文、游记文、游戏文等，如《促潮文》："隆庆壬申，携向党山观潮。同行者浮白醉我，戏令作促潮文，因展卷临书，还而归之。八月之吉，与客泛舟，阅中秋之二朝，当潮信之前夕。摄衣内履，候于党山，向扶桑而举尊，酬海若以遥望。愿今辰之抟弄，比他日而争奇。惊雷斧天，毯雪高斗。疏松卷柏，助为琴瑟之音；怒象斗狮，不减龙天之会。一洗广陵之小巧，报汗枚生；聊为登州之蜃楼，来酬坡老。千年盛事，万古流传。"隆庆壬申年是 1572 年，中秋后二日即八月十七日。徐渭与朋友到浙江党山观潮，正是最佳潮期。友人戏令他撰文促潮神，希望今辰出现高潮。"惊雷斧天（斧用作动词，同'劈'），毯雪高斗（潮浪卷起如雪球争斗）。疏松卷柏，助为琴瑟之音；怒象斗狮，不减龙天之会。"这是想象，不是实录。他希望超越西汉枚乘笔下的广陵潮，回应苏东坡在山东蓬莱所见之海市蜃楼。枚、苏所记乃"千年盛事，万古流传"，他企盼此番所见也能如此。此文显示徐渭当时兴致盎然，豪气逼人，幻想超越千古，实际上潮水年年有，海市不可期。此文只是戏作，不可能和枚、苏相比。

《义冢募文》是为那些死无葬身之地的孤骨建立义冢而作的化缘之文，对客死外地不得魂归故土者充满同情和哀伤。文章不用四六，不事藻饰，以类似宋四六之长句作对，可以看出作者的侠气。最后几句是："概及则泛而不能，广募则嫌而招议。故夫今日劝施举事，止可及一乡一邑之群公；迨他时掘圹穿泉，亦难曰四海九州皆兄弟。嗟乎！英雄豪侠之觐，慨然轻樗蒲百万之输；刍米仆赁之资，不过费阁下一朝之享。此义事而不举，彼浪费而乐为。孰重孰轻，必有能辨之者。"由于募缘对象是社会上的广大民众，所以语言通俗平易，风格与《沈氏号篇序》大不相同。徐渭另有《义冢记》，用散文叙述义冢的修建经过。还有几篇道教仪式中的疏文，用骈体。上梁文在宋代用四六体，徐渭的《景贤祠上梁文》则用散体，可见骈体文在明代的应用范围越来越小。

**李贽**（1527～1602），明代著名思想家，文学家，号卓吾，回族，泉州晋江人，曾任云南姚安知府，五十四岁辞官，先后在湖北黄安、麻城著书讲学，以"异端"自居，经常批评孔孟之道和宋儒宣扬的"存天理，灭人欲"。在文学上，他提倡"童心说"，重视小说、戏剧的地位，著作有《李氏焚书》《续焚书》《藏书》《续藏书》《初潭集》等，今人合编为《李贽集》。他的文章，绝大多数是挥洒自如的散体，也有少数的骈体。如《自赞》：

> 其性褊急，其色矜高，其词鄙俗，其心狂痴，其行率易，其交寡而面见亲热。其与人也，好求其过，而不悦其所长；其恶人也，既绝其人，又终身欲害其人。志在温饱，而自谓伯夷、叔齐；质本齐人，而自谓饱道饫德。分明一介不与，而以有莘借口；分明毫毛不拔，而谓杨朱贼仁。动与物迕，口与心违。其人如此，乡人皆恶之矣。昔子贡问夫子曰："乡人皆恶之何如？"子曰："未可也。"若居士，其可乎哉！

这是一幅漫画式的小照，从"乡人"眼中来看自己，几乎全是贬语，而实为自夸自傲。这是唐宋以来许多"自赞"的共同手法，而如此一反常态者则不多。此文竟自谓夷齐之清高，却"质本齐人"之虚荣；公然声称"一介不与"，却以伊尹（有莘）乐尧舜之道为借口，只有最后一句以疑问方式做含混的自我肯定。前人的自赞多整齐的四言加六言对句，李氏此文共三十句，有九句散语，四句排语，余皆偶语，包括上联三句下联三句的对偶句，四七对句，六六对句和四四对句，不拘一格，是骈文的异体，泼辣之极，与其散体文句式迥异不同。

《告土地文》作于1593年，全文皆骈，散语极少，如下：

> 自庚寅动工以来，无日不动尔土，无岁不劳尔神。唯尔有神，凡百有相，遂使群工竭力，众僧尽心。以致佛殿告成，塔屋亦就。目今趺坐直上，则西方阿弥陀佛一躯也，金碧辉煌，宛有大人贵相矣。瞻仰而来者，能无顿兴念佛念法之心乎？卓立在前，则护法韦驮尊者威容也，金甲耀光，已手降魔宝杵矣，专修净业者，能无更坚不懈不退之志乎？又况观音、势至咸唱导于吾前，更有文殊、普贤同启迪于吾后。悬崖千丈，友罗汉直抵上方；少室无余，面达磨犹在东壁。谁无

缓急,大士即是救苦天尊;孰识平生,云长尤是护法伽蓝。黑海有门,唯法无门,现普陀于眼底;上天有路,唯道无路,睹灵山在目中。十界同虚,判念便分龙虎;六窗寂静,一棒打杀猢狲。从兹继继绳绳,咸愿师师济济。务同一念,莫有二心。则卓吾之庐,即是极乐净土;龙湖上院,遍是华严道场矣。此虽仗佛之赐,实亦尔相之能。故特塑尔之神,使与司命并列。虔恭致斋,不酒不肉;殷勤设素,匪荤匪腥。唯茶果是陈,只蔬饭以供。名香必爇,愿与司命齐意;好花用献,当听韦驮指麾。有恶则书,见过速录。细微毕举,毋曰我供汝也而有阿私;小大同登,毋曰众汝敬也而有偏党。幽明协赞,人神同钦。则尔土有力,帝将加升,长守此湖,永相依附矣。

万历二十一年,龙湖芝佛院修佛殿及塔屋告成,李贽作此文谢土地神。文章赞美屋宇之辉煌,歌颂佛法之弘大,敦请土地神监督僧俗的言行。其中有一些佛教人名和典故,韦驮、观音、大势至,友罗汉,达摩面壁,云长护法,皆通俗易懂。还有些佛教概念,如黑海即苦海,灵山即鹫山,十界即十法界,六窗即六根(眼耳鼻舌身意),也不难理解。最有趣是"虔恭致斋"以下至全文结尾,对土地神如朋友,如下级地方小吏,轻描淡写,如话家常,完全没有毕恭毕敬,诚惶诚恐的俗态,这正是李贽不媚佛道个性的表现,与《西游记》中孙悟空对待土地神的态度相近。

《王龙溪先生告文》,是为好朋友**王畿**(1498～1583)而作的祭文。王畿是王阳明的得意门生,对推动心学的发展发挥了重要作用。李贽也深受心学的影响,认为王畿提出的"现成良知"是把"良知密藏昭然揭日月而行中天",推崇备至,比之于孔门的子夏(西河夫子)。下面摘录其首段:

圣代儒宗,人天法眼:白玉无瑕,黄金百炼。今其没矣,后将何仰,吾闻先生少游阳明先生之门,即一往而超诣;中升西河夫子之坐,逐至殁身而不替。要以朋来为乐兮,不以不知而愠也,真得乎不迁不贰之宗。正欲人知而言兮,不以未信而懈也,允符乎不厌不倦之理。盖修身行道者将九十岁,而随地雨法者已六十纪矣。以故四域之内,或皓首而执经;五陵之间,多继世以传业。逐令良知密藏,昭然揭日月而行中天；顿令洙泗渊源，沛乎决江、河而达四海，非直斯文之未丧，实见吾道之大明。先生之功，于斯为盛！

此段文字近乎宋四文，多散句长联，结尾多用虚字，几乎找不到传统的四六句，似散而实骈。

**汤显祖**（1550～1616），中国古代著名的戏曲家，江西临川人，进士出身，历任礼部主事、遂昌知县，因不附权贵而降职、免官，不再出仕。其代表性剧作是《牡丹亭》。他的散文学曾巩、王安石，他的骈文学六朝。曾自述："弱冠始读《文选》，辄以六朝声色为好，亦无从受其法也，规模步趋，久而思路若有通焉。"（《与陆景邺》）又说："颇能偶语，长习声病之学"（《答张梦泽》）。汤显祖骈文题材广泛，包括颂德，怀人，赠别，祝寿，记游，咏物等，技法圆熟，风格潇洒，别具才子气派，如《答黄金宇文学》：

大江以西，乃有黄先生。载籍极博，发天苞地络之文；才思殊腴，倒珠海瑶山之笔。奏牍可以三千，而无缘索长安之米；对策几乎六十，而不获奉贤良之诏。人无足与之语，天有所不可谋。良怖其才，深悲其遇。不佞早策步于先醒，晚垂精于后死。逾六望七，委笔默以颓唐；越阡度陌，叹知游之契阔。忽承骈语，喜溢新知。何今兹而始来，及佳人之迟暮；恐爱之而莫助，感捐佩以何言。闻将弃小儒之文，业已领大乘之教。割尘情于绮语，发妙想于灵心。然则此中所为丽藻云霞，正彼岸所为空花阳焰。敢因愧谢，竟此愿言。所谓伊人，安得褰裳以往；逝肯适我，犹堪秉烛而游。

朋友黄君，怀才不遇，弃儒学佛，寄来骈文书信。汤公以骈文作答，恭维并劝慰。句式采用四六，对仗精巧，用典切当，辞藻精妙，即使放在六朝唐宋骈体书启中亦不遑多让。沈际飞评曰："笔底恣纵。"

再如《寄黄思白》："莼鲈适口，亲吴江于季鹰；花鸟关心，写辋川于摩诘。进退维谷，屈伸有时。倘门下重兴四丘之云，在不佞借三江之水。芳讯时通，惟益深隆养，以重苍生。"短简小启，情深词雅，兼具友情与诗意。

《答钱岳阳督学》。钱楯号岳阳,时任江西学政。汤三公子中举后,受学政督导,汤显祖致书示嘱托之意。文章前半段赞钱公,后半段讲到儿子:"若小儿开远,方当舞象之年,敢附睢龙之世。而亦拂其总角,引以誉髦。虽豫章之生七年,材不材而出地;得夫子之墙数仞,步亦步以窥天。夫岂阆其无人,必小子之有造;若云幸哉有子,慰愚父之无聊。心底厉以弗谖,意攀援而靡及。恃父子家人之爱,辱公侯国士之知。三事为期,万年以祝。"

此文看似平易,实际上化用先秦经典许多成句而浑然不觉。沈际飞评曰:"推陈出新。"汤显祖集中类似小简尚多,或骈或散,自由随意。

**陈继儒**(1558~1639),明末小品名家,号眉公,上海松江人,隐居不仕,交游甚广,上至阁老,下至寒士,与文坛名士尤熟稔。他多才多艺,兼习儒释道,精通书画,长于文物鉴赏,思想活跃,见识开阔,行为不拘常格,所作文章甚多,以小品擅长,自由洒脱,笔墨奇峭,俊逸不俗。著作有《陈眉公全集》等。他的骈文不多,皆发自内心,较少官场应酬之作。

陈继儒小品中最出色的是序跋,所序诗文集的作者中,最难得是女诗人姚青娥,今浙江嘉兴人,她的高祖姚悦、曾祖姚裒、祖父姚顺聪三代合著《尚亢斋三世诗》,是不多见的文坛佳话。姚青娥著有《玉鸳阁诗集》,不幸早逝。陈继儒为之作序,一改当时序跋多用散文的习惯,特意采取富赡绮丽的骈体,运用大量古代典故来比拟形容其优秀品德和文学成就。全文如下:

> 槜李,故范少伯、西子之旧游也。南湖水落,妆台之明月犹悬;西廊烟消,绣榻之彩云不散。遂使当年之红粉,幻出绝代之青蛾。秘枕异书,结褵名士。《阳春》赓和,鸾凤锵锵;子夜于飞,蝴蝶栩栩。
>
> 肝肠如雪,能吟柳絮之词;志节凌霜,直拟木兰之操。笔床茶灶,不巾柶闭户潜夫;宝轴牙签,少须眉下帷董子。鸟衔幽梦,远只在数尺窗纱;蛩递秋声,悄无言半龛灯火。手翻贝叶,十指生香;诗嗽莲花,一尘不染。锻炼成慧心道骨,惟知织素流黄;洗刷尽绮语艳歌,直欲恶紫夺朱。
>
> 若向公车待诏,必然金马秘书郎;可怜洞府修文,竟作玉皇香案

吏。断肠兮，珠弹雀而忽堕；伤心哉，梭化龙而奋飞。柏子炉寒，茱萸佩冷，秦箫顿咽，范叔何堪！痛丹铅已蚀于乌丝，幸绿字尚萦于蛛网。是用收遗文于琬琰之上，扫人间粉黛三千；庶几续清韵于骚雅之余，振古调国风十五。纵绕窦韬妻织锦，焉用文之；即遣卫夫人吮毫，啜其泣矣。[①]

　　第一段指出，青娥生活在西施和范蠡的故乡，婚后夫妻诗词唱和，如鸾凤和鸣，蝴蝶双飞。第二段是主体，描写青娥如同东晋才女谢道韫咏柳絮之词，有香树木兰般的情操，静心苦读堪比董仲舒和王符，学问、文章达到很高的境界："锻炼成慧心道骨，惟知织素流黄；洗刷尽绮语艳歌，直欲恶紫夺朱。"（典出《论语·阳货》）如果赴京应试，她必然能进翰林院，成为秘书郎。第三段写青娥早逝，令人痛惜悲叹。"可怜洞府修文，竟作玉皇香案吏"，此句用李贺去世时神话作比，意谓本如同洞府之修文郎，竟被上帝召为书记官。"断肠兮，珠弹雀而忽堕；伤心哉，梭化龙而奋飞。"后者是晋侃的典故，侃少年时捕鱼得梭，后来化为龙而飞去。"秦箫顿咽，范叔何堪。"秦箫，秦时萧史善吹箫，穆公以女妻之，后来夫妇乘凤飞天仙去，后世以"秦箫咽"比喻才女逝去。"范叔何堪"，疑指东汉范式，素与张劭友情深厚，张去世后，范远赴墓前吊祭，此句谓朋友伤悲不堪。最后几句说，收集其遗文成集，续清韵于骚雅，振古调于国风，比之于屈原之《离骚》，《诗经》之《国风》。下面又说，如同东晋窦韬妻苏蕙的织锦回文诗，大书法家卫夫人的笔墨，无法用文字来赞美。陈眉公此序，当时即获得多人赞赏。明郑元勋《媚幽阁文娱集》评论说："绣绝风骚，堪与《玉台新咏序》并绝。"

　　再如《祭董宗伯文》。董宗伯，即董其昌（1555～1636），今上海华亭人，曾任礼部尚书，故称宗伯，是著名画家，与陈继儒是同乡、同学、同行，交谊甚深。祭文如下：

　　　　呜呼！兄长不佞儒四岁，少而执手，长而随肩。涵盖相合，磁石

---

相连。八十余岁，毫无闲言。山林钟鼎，并侍人间。昔也吾兄未登贤能之籍，儒已脱履于青山白云之巅。兄不我迂，我不兄膻。

戊子己丑，科第蝉联，屡进屡退，游书画禅。神考拔之中秘，光考列之讲筵，今皇帝握容台以备顾问，掌詹事而寓优闲。上书告老，腰玉归田。正席八座之上，疏恩三代之间，兄之禄位备矣。赤心耿耿在意，黄发皤皤满颠。驰驿三千里，郡邑拜迎于车下；介觞千百岁，亲朋填溢于道边，兄之寿荣矣。挥毫拂素，笔大如椽，哗晔夏电，簇簇春蚕。四方借赝笔以衣食者，养妻子，制金钱，传播于外夷绝域，流通于广厦细旒。而藩王中贵，曾不得其数行之墨，与半幅之笺，兄之名光矣，大矣。孚上公而进退不愆，享上誉而福履不镌，跻上寿而香山洛社，直与不佞平分清风明月之权。

所未至者，宰相耳。宰相如小儿紧鞋袜，外虽可观，内实不快。十九璧碎，十一瓦全，而兄不然。枚卜命下，追锋召之，前席问之。锦而入，缟而完，素旌丹旐而旋，哭别于春明门外者，累累满长涂大川，而兄不然。珰祠秽天下，狼狈入冰山之案；虏骑薄都城，仓皇辟烽火之烟，而兄不然。古之遗命，或分卖香履于铜雀，或垂戒木石于平泉。为达者姗笑，为识者痛怜，而兄不然。

兄亦何恋？兄亦何牵？祖京年稚未婚，而妇翁如王太常者，夙闻其家范之端严。虽子裕未青，而名师教之，名兄辅之，岂难一博士弟子员！赐恤赐谥，谅朝廷必有耆旧簪履之惓惓，而奚俟子孙陈乞与束帛之戋戋？道装入木，道貌如仙，朝上帝于九阍，谒祖宗于九原，其生也顺，其归也全。

老友一杯，攀告几筵，高山流水，琴断无弦。呜呼痛哉！

第一段说，二人自少年时即相交，后来一在野，一在朝，亲密无间，如磁石相连，八十余年。你不怪我迂腐，我不嫌你官场膻气。第二段赞美董氏科场顺利，官运亨通，得到三代皇帝赏识，正席八座（六部尚书、都御史、大理寺卿合称八座），恩及三代（父子孙），禄位已备矣。董氏的画作，传播于中外绝域，流通于广厦闾里，王公大臣，珍贵其数行之墨，半幅之笺，名声光大矣。触犯上公（高层）而不被计较，获得上等荣誉而福禄不断，已经高寿有如白居易之安享晚年。第三段将董氏与别人相比：有的人，外虽可观，其实并不快活；有的人，迁升得快，垮台也快；有的人傍依权势而不能持久，有的人卷入魏忠贤奸党为之建生祠，有的人投靠贵戚如杨国忠之冰山，有的人（如曹操）临死前留恋儿女妻妾，有的人（如李德裕）舍不得私家林园。这些人，为达者姗笑，为识者痛怜，而吾兄不然。连用四句"兄不然"，以证其脱群拔俗。第四段说，吾兄已无牵挂了。你的小儿子祖京虽年少未婚，可是有外公王太常公管束，名师教诲，前途无量。朝廷必赐美谥，勿需子孙陈乞。你将"朝上帝于九阍（九天之门），谒祖宗于九泉。其生也顺，其归也全"，可以安息了。

　　历代达官贵人的祭文，纪功述德，多夸大其词；哀伤悲悼，多套语假话，而陈氏不然，讲的都是实话，肺腑之言。董其昌官至礼部尚书，祭文并不历数其仕宦履历。董氏的书画文章，成就很高，陈文并未评点赞扬。重点讲董氏福寿全归，没有遗憾，表现出一种豁达的生死观。明代祭文有的用四言韵语，有的用散语，用骈者较少。此文骈句占绝大多数，连连排比，整齐而不划一，其中杂有若干散句，起变动和勾连作用，显得灵活而不板滞，自然而不造作。自始至终，一韵到底，诵读起来，有音韵之美。在陈氏众多的祭文中，此文是最能体现其独特个性之作。

　　关于董其昌的人品，历来评价不一。一些人说他在家乡纵容家人，横行霸道，鱼肉百姓，为非作歹，百姓恨之入骨，聚众愤起，抄董家，焚其屋，四处散发传单，并向官府提出控诉，形成影响极坏的民变。另一些人相信《明史》的记述，是因为董其昌为官不循私情，得罪有权势的乡宦，对方煽动乱民报复，并极力扩大事态。董氏家人可能干过一些坏事，但被夸大了，把许多罪名归之于董其昌，其实经不起核实和推敲。陈继儒的祭文回避此事是无可厚非的，本书只评介陈文，不介入对董其昌的争论。

　　陈继儒有28篇记体之文，唯《观濠堂记》是骈文：

　　　　昔摩诘图画辋川，香山命篇池上，皆以讨天机于逝者，非止托心赏于泠然。有美吾师，实弘斯理。偶剪蓬蒿之径，渐成桃李之蹊，止水一泓，为山半篑。鸥矶清浅，花枝笑于镜中；雉堞参差，人影行于树杪；璧月映柳，兔罦在汀；停云淡而无言，芳草凄兮不断。四围秀色，翠笼薜荔之墙；一道晴霞，霜晕芙蓉之浦。枯兰吐蕙，槁木蒸芝。神仙于此楼居，大夫从之赋作。醉来刻竹，清歌散渭亩之阴；倦以据梧，幽梦仗郁林之石。夕阳殿角，蕉叶扇而鹿眠；点雪炉头，茶烟横而鹤避。红亭客散，碧芝风生。门设不关，帘钩半上。凭轩踞狻猊之鼎，隐几披龙马之文。身侍羲皇，地邻濠濮。登斯堂也，盍往观乎？鱼鸟亲人，须眉可鉴。谦而善下，含哲士之虚心；净以纳瑕，得硕人之雅量。淡成君子，信荐王公，进退近乎中庸，安流类乎无竞。澄怀观道，何如世上之风波？抱膝鼓琴，聊尔胸中之丘壑。

据牛鸿恩对《晚香堂小品》的注释，陈梦莲《眉公府君年谱》载，继儒三十一岁设馆于沈氏荒圃，"即今何氏园之观濠堂也"。牛鸿恩认为，下文的"有美吾师"似即何三畏，字绳武，曾官绍兴、杭州，后退隐。陈继儒15岁从何三畏求学，观濠堂是何氏的私家园林。① 此文先述造园的原则是"以讨天机于逝者（水），非止托心赏于泠然"。下面接着点明，园子很小，"止水一泓，为山半篑"（二句化用《老子》《论语》语典），环境优美，"鸥矶清浅，花枝笑于镜中；雉堞参差，人影行于树杪"。由近及远，有静有动。"四围秀色，翠笼薜荔之墙；一道晴霞，霜晕芙蓉之浦。"纯是画家的笔法。然后再写园中之人，神仙居此，大夫从之，醉来，倦了，梦里，眠中，皆极尽雅兴，以雪煮茶，刻竹赋诗（汉时少纸，以竹简为纸），交往者为廉清官吏，（有如陆龟蒙从郁林太守任上归家，舟中只有押舱石）仿效的是庄子倚靠着梧桐几案谈论哲理，何等逍遥自在。最后点出景中之理：鱼鸟山水"谦而善下，含哲士之虚心；净以纳瑕，得硕人之雅量。淡成君子，信荐王公。进退近乎中庸，安流类乎无竞"，情景理融为一体。陆云龙《皇明十六家小品》评点说："骈丽中议论风生，不特饶彩，亦且饶理。"宋人风物记，多以散句于篇末大发议论。陈眉公以骈体说理，深邃含蓄，以少许文字胜宋人之饶舌多许。

赞体骈文如《王小颠赞》："王小颠，七十矣。自舞还自歌，不衫亦不履。有时孤坐秋露中，有时鼾睡炙日里。童子呼得来，王公推不起。去后

---

① 牛鸿恩选注《晚香堂小品》，首都师范大学出版社2010年版，第175页。

令人思，醉后令人喜。双眼何曾著名利。短竹还教付山水。人道是阎蓬头老汉亲传，我疑是东华山人铁拐李。"颠，即疯癫的癫。短竹，指竹筒或竹制乐器。阎蓬头，陈文中多次提到，或是其家乡地方传说中人物。铁拐李，八仙之一，在华山遇太上老君得道，神游四方，其形状坦腹跛足。此文用精炼的笔墨，整齐的骈句，刻画出一位性格孤特、不慕名利、不交王公、自由自在、似颠非颠的人物形象。与历代习见人物赞不同的是，其语言浅俗，含蕴深厚，辞约义丰，尤其是反对之句，值得细细品味，是传神写意的画家之文。

**计成**（1552～1634?），江苏吴江人，少年时代受过良好教育，熟悉经史子集，诗词绘画，青年游历北京、湖广，中年回到江南，定居镇江，专事造园。先后为仪征汪士衡造"悟园"，为阮大铖造"百乐园"，为扬州郑元勋改建"影园"。晚年总结毕生造园经验，撰写《园冶》，1631年成稿，1634年刊行。全书三卷，15000字。总论为《园说》，分论十篇：相地、立基、屋宇、装折、门窗、墙垣、铺地、掇山、选石、借景。此书是中国最早的最系统的造园理论著作，受到国内外园林建筑界的高度重视。

从骈文史而论，《园冶》全部用骈文写作，对句为主，散句很少，文笔优雅，在形容描写之中包含了科学的建筑理念，丰富的美学思想，深刻的人生体悟，是骈文史上一朵奇葩。

试看《园说》开头一段：

> 凡结园林，无分村郭。地偏为胜，开林泽剪蓬蒿；景到随机，花洞共修兰芷。径缘三益，业拟千秋。围墙隐约于萝间；架屋蜿蜒于木末。山楼凭远，纵目皆然；竹坞寻幽，醉心即是。轩楹高爽，窗户虚邻。纳千顷之汪洋，收四时之烂漫。梧阴匝地，槐荫当庭。插柳沿堤，栽梅绕屋。结茅竹里，浚一派之长源；障锦山屏，列千寻之耸翠。虽由人作，宛自天开。刹宇隐环窗，仿佛片图小李；岩峦堆劈石，参差半大痴。萧寺可以卜邻，梵音到耳，远峰偏宜借景，秀色堪餐。紫气青霞，鹤声送来枕上；白萍红蓼，鸥盟同结矶边。看山上个蓝舆，问水拖条枋杖。斜飞堞雉，横跨长江。不羡摩诘（王维），何数季伦（石崇）金谷……

这段文字，用整齐工允的对仗，简练地概括出中国造园艺术的理想，体现了历代山水画家和哲人高士所追求的情趣。藻绘精致，气韵流畅，满纸烟霞，美不胜览，就像看一幅工笔画。

《相地》篇包括"山林胜""城市地""郊野地""江湖地""旁宅地"等许多小段。后者指在普通住宅旁边筑园，不时会有朋友来往，共同游览。"开池浚壑，理石挑山。设门有待来宾，留径可通尔室。竹修林茂，柳暗花明。五亩何拘，且效温公（司马光）之独乐；四时不谢，宜借小玉（侍女）以同游。日竟花朝，宵分月夕。家庭侍酒，须开锦幛之藏；客集征诗，量罚金谷（石崇）之数……"文章采用大量古代文人的风雅典故，引起读者无限联想，如同在园中张挂图画、雕刻形象，充实了园林的历史文化内涵。

《借景》是讲中国古代园林的高超手法。计在该文中写道："构园无格，借景有因。切要四时，何关八宅。林皋延伫，相缘竹树萧森；城市喧卑，碧择居邻闲逸。高原极望，远岫环屏。堂开淑气侵人，门引春流到泽。艳红艳紫，欣逢花里神仙；乐圣称贤，足并山中宰相……湖平无际之浮光，山媚可餐之秀色。寓目一行白鹭，醉颜几阵丹枫。眺远高台，搔首青天那可问；凭虚敞阁，举杯明月自相邀……"从此文看，计成所借之景，不仅指自然之景，更重要的是人文之景。观景而思人，因人而赏景。人景合一，是他设计园林的重要理念。园林并非纯自然物，而是为人设计，为人所赏用的。园林的主人和来宾，在这里所感触者，不仅有模仿自然的景物，还包含非自然的历史文化，风雅、高洁、旷达的志向、情趣、境界等。在晚明，诗书画都追求风雅，私家造园成为文化时尚，散文骈文皆小品化。以骈文写作造园著作者还有文震亨（1586~1645），其《长物志》一书中，有《室庐》《花木》《山石》《禽鸟》《蔬果》五卷论造园，文字骈中带散。而以散文写作的造园专著，有祁彪佳（1602~1645）的《寓山注》，作者是明末著名园艺术家，该书是明代散文史上的名作，可与计成《园冶》合看。

## 三　晚明骈文

泰昌、天启、崇祯、南明之骈文，民族存亡成为文学关注的中心主题。**黄淳耀**（1608~1645），今上海嘉定人，崇祯进士，不受官职。弘光元年（1645），嘉定人民起义抗清，他被推为首领之一，城被清兵攻陷后自尽。他能诗文，有感讽时政之作，其骈文有《上座师王登水先生启》。作者中秀才较早，以后二十余年，五次乡试均失败，终于得到座师王登水赏识而中举，于是写下这封感谢信。前半段叙述自己的志向，以孤高不群自诩："伏念某海堧（读软，空地）贱士，林草鄙生。抗高标于媚学（科场庸俗之学）之场，弹右调于无人之野。书忘寝食，思起班扬贾董而与游，学论精微，将求濂洛关闽所未发。至若帖经墨义（指八股文），耻为绨章绘句；风变永嘉，力追正始。功非武事，语高廓清。坐是沉沦乡校者廿年；因之蹭蹬棘围者五举。虽未臻于强仕（古称四十岁为强仕之年），人方滥数为达人。顾名已宿于文场（久负盛名于文坛），已亦自疑于晼晚（日暮）。"

中段向座师致谢，有情有礼，恰到好处。"不谓雕虫末技，荐在冰雪聪明。叨居摸索之中，得骋风云之气（二句比喻中举）。兹盖恭遇老师阁下，诚能体国，公以生明。龚（遂）黄（霸）高汉吏之称，燕许擅玉堂之笔（二句恭维王师）方且五雀六燕（喻轻重相差无几），平操人物之权衡。遂令纤利小材，尽入文章之渊府；荼（读聂）然觤觪（读委被。此四句自谦文章委靡），荷此甄收，感乃铭心，谢宜重茧。"（喻多方奔走以致谢）

最后一段用汉代赵壹、邴诎典故，表示他不愿趋炎附势；又用欧阳修不接受范仲淹重用，比喻自己不希求老师举荐他做官。下面还用任安在卫青失势后不肯离去，表达自己将永远忠诚，不负师恩。

谢科举、谢荐任官职之书启，在宋代盛行用四六文。此文不落俗套，显示出谢恩而不卑微的性格。纯用对偶，无一散语，用典繁密，多常见熟事，切合本旨，畅情达意，可见其骈文技巧之成熟。故颇受选家重视。

**陈子龙**（1608～1647），字卧子，今上海松江人，明末抗清志士。崇祯进士，南明初建，任兵科给事中，五十日上书三十通，言辞激切。清兵破南京，他在松江起兵，事败避匿山中。又秘密组织太湖军抗清，事泄被捕，途中投水死。陈子龙早年组织文学社团几社，是明末复古派健将。《明史》本传说他"治诗赋古文取法魏晋，骈体尤精妙"。他被认为是一时骈文大家，对清初骈文复兴起了重要作用。

陈子龙早年喜欢《昭明文选》，写过一些模拟名篇的习作，如《拟求自试表》《拟山巨源复嵇叔夜书》《拟修淮阴侯庙教》等。他用骈体写过几篇历史人物论赞，如《郭林宗赞序》《吊二陆（陆机陆云）文序》，以及概述明初功臣的文章，如《皇明同姓功臣表序》《高帝功臣表序》《成祖功臣表序》等，都是甲申事变以前的作品。其任职南明之初，曾上《恢复有机疏》，其中写道：

> 自入国门，将再旬矣。惟遣北使，得一聆天语。不识密勿之臣，英谋宏议，日进几何？但见官署寂寂，人情泄沓，交鞚击毂，宛然泰阶之风；好爵高班，无异升平之日。无有叹神州之陆沉，念中原之榛莽者。岂金陵佳丽之乡，六朝风流之地，可供清谈坐啸耶？臣恐王敦、祖约、苏峻之徒不绝于世，而王导、陶侃、温峤之亚未见其人，又无论西秦而北赵也。清歌漏舟之中，痛饮焚屋之下，臣诚不知所终矣。

文章尖锐批评南明朝廷只顾享乐，不图恢复，置国土沦亡、危机四伏于脑后。他感到忧心如焚，大胆谏言，情词激切，风格峻利。

陈子龙在中国骈文史上大放光彩的是那些体现民族气节的书信，如《答赵巡按书》。这位赵姓朋友已归顺清朝担任新职，来信劝降。陈子龙复函拒绝，开头一大段先叙述自己半生遭遇之坎坷和易代之际的苦难经历，继而写到接获对方来信的感想："拜读来教，知公台效忠本朝，勉应时命……至如哀者（指他本人），性近山麋，质同井鲋。逢萌之冠久挂，中散之虱愈多。且星仅周三，毛已见二。秋零早剥，日昃嗟离。歌遍五噫，已易梁生之姓；章成七发，难平楚士之心。倘仰藉垂天，得游物外。黄冠自放，白发相依。俾城近青门，颇有种瓜之客；山开白社，常来插柳之人。则春笋秋莼，咸饫明德；晨钟夕梵，悉领湛施矣。相见无朝，书不尽意，迹遐神迩，曷禁怆然。"一个是降清官员，一个是矢志节士，道不同不相为谋，各从其志罢。这样的拒绝，言辞虽不严厉，但立场十分明确。文章用典繁密以求婉转，造语雕琢以求含蓄，风格接近宋元易代之际的四六文。

最感人的还是《报夏考功书》。夏考功即复允彝，曾任吏部考功员外郎，抗清失败后投水殉国，与陈子龙是至交。此书实为祭文，因为夏公临死前遗书子龙，乃采用给死者回信的方式倾吐心声，故称为"报书"，原文2500字，其中有云：

常思上负国家生成之恩，下负良友责望之旨。终夜不寐，当食辄叹。窃不自量，以为崩城陨霜，不绝于天；义徒逸民，不乏于世。夫赵有程婴，智有豫子，楚士一哭而《无衣》赋，韩臣弃家而素书出。何则？精诚之至，事有会合也。彼千乘之国，一家之臣，而尚有如此之士，岂天下万里，养士三百年，遗民数百万，而遂无一人乎？以彼所为，概可睹矣。仆虽懦弱，安敢宁处三冬之际？苟完茔域，将鹑衣洗足，自托汗漫。齐鲁文学之儒，燕赵奇节之士，荆楚感激之徒，庶几得一人焉。倘天下滔滔，民望已绝，便当凿坯待期，归死丘墓，足下其肯营一室于夜台之侧以待我乎？

文章诉说抗清失败，报国无门，壮志难酬的悲愤与苦闷，赞扬夏公的忠贞气节，表达了自己以身殉国的决心，希望死后与好友为邻相伴。满纸激情，喷薄如射，字字血，声声泪。行文造语，颇似魏晋，唯意所适，而不像宋人那样局限于骈四俪六。王先谦《骈文类纂序目》称赞陈子龙"词藻既富，气体特高，明史称工，非溢美矣"。

**张煌言**（1620～1664），民族英雄，号苍水，浙江鄞县人，崇祯举人，清顺治二年（1645）起兵邑中，奉鲁王监国绍兴，任翰林院编修，典制诰，出筹军旅，与清军作战，辗转浙东舟山一带。桂王时任大学士兼兵部尚书，曾与郑成功协同进军江苏浙江，率6000人攻至芜湖，军威大振。后因郑成功兵败南京，张煌言不得不退回浙东，坚持抗清斗争先后19年。由于叛徒告密，被俘，就义于南京。他的诗文皆有佳作，写于易代之际的一些书信和回忆性散文《北征录》《奇零草序》等都是很有气节的文章。其中《与赵安抚书》是骈文。赵安抚名廷臣，汉军旗人，康熙元年任浙江巡抚。为了镇压浙东抗清势力，清廷下"迁海令"，企图切断沿海居民对义军的支持。赵廷臣逮捕、拘禁张煌言的妻小，同时致函，以甜言蜜语进行诱降。张煌言给赵廷臣回信，予以有力反击。

该信开头就宣布："不佞，明之孤臣也，有死无二。与执事非有同朝之雅，义无外交，何必复通笺牍。但天理民彝，及不佞生平，不可不正告天下，故勒书附使者以报。"表示这是敌对阵营之间的对抗性文书。第一大段追溯自古以来，忠臣受到尊重，叛徒必遭谴责的历史。第二大段抨击"清人"的反动政策，一是灭我皇明宗室，"虽在遐荒，靡弗芟薙"，"祸酷徽钦，祀荒杞宋"。二是杀戮忠臣遗老，奖赏叛臣降将及卖主求荣之徒。三是挑拨离间，阳为网罗，阴行羁縻。四是施行迁海令，"百万生灵，弃田园，毁庐舍，捐坟墓，而不知所以安插之？飞鸿满道，硕鼠兴嗟"。接着指出"清人"统治不会长久，"如谓今日域中，幅员尽入版图，华夷庶几一统。独不见强秦方启霸图，何竟亡于二世；暴隋既成王业，亦遂失于再传。况赖宗庙之灵，吾国已自有君。……又何烦执事之恫疑虚喝哉！"第三大段讲到张煌言本人的经历和遭受的迫害，表示决不会屈服。尽管你们"藉我田宅矣，囚我妻孥矣。用是依墙乞援，泪尽申胥；启冶铸兵，誓深祖逖"，"枕戈待旦，久历岁时。但三户亡秦，谶讳已兆；一成祀夏，历数有征"，"为龙为蛇，不佞进退有余裕矣"，我岂能"解甲投戈，俯首屈膝"于清人呢？第四大段提出"暂解兵争，稍苏民困"的要求："今执事既衔命而来，以保境息民为意，则莫若尽复滨海之民，即以滨海之赋，畀我海上之师。在清人既能开诚布公，捐弃地以收人心，在海上亦何惜讲信修睦，且休兵以待天命。"显然是停战缓兵之策。这封信不同于前述陈子龙复赵巡按的私人通信，而是"海上"对"清人"的交涉和抗争性文件。义正词严，有理有据，既是文学作品，也有历史文献价值。

　　张煌言被捕后，绝食三日。赵廷臣派人劝降，张氏又回信坚拒，用的是散文，明白表示"视死如归"，愿追随宋末文天祥、谢枋得等先烈于地下。在这之前，还有散体书信《复郎廷佐书》。郎廷佐父亲与清军作战死于辽东，他却投降仇敌，认贼作父。张氏痛加斥骂："譬之虎伥戒途，雁奴伺夜。既受其役，竟忘其哀，在执事固无足怪，而仆闻之，发且冲冠矣：虽然执事固我朝勋旧之裔，辽东死事之孤也。念祖宗之厚泽，宜何如悲伤？痛父母之深仇，宜何如报雪？……顾以（李）陵（卫）律自居，华夷莫辨，甚为执事不取也。"气冲霄汉，义薄云天。这些文章可以合看，都是张煌言崇高的民族气节的表现。

　　在易代之前张煌言还有骈体文《祭平夷侯周九苞文》，赞美周九苞及其部曲报国疆场的壮举，同时显示出作者的人生价值观。

　　**夏完淳**（1631～1647），少年才子，今上海松江人，14岁从父夏允彝、师陈子龙起兵抗清，17 岁时被清军拘捕，在大堂怒斥汉奸后慷慨就义。他的诗赋散文，后人辑为《夏完淳集》，作品中洋溢着爱国热情，充满大无畏气概。散文《土室余论》《遗夫人书》《狱中上母书》等，皆可歌可泣。其《大哀赋》，大约作于顺治三年（1646）亡命江湖之时，仿庾信《哀江南赋》，有长篇骈体序，亦仿庾信之序。

粤以乙酉之年，壬午之月，玉鼎再亏，金陵不复。公私倾覆，天地崩离。托命牛衣，巢身蜗室。吊东幸之翠华，蒙尘积道；望北来之浴铁，饮马姑苏。申胥之七日依墙，秦庭何在？墨允之三年采薇，周粟难餐。黄农虞夏，邈哉尚友之乡；南北东西，渺矣容身之所。在昔士衡有辩亡之文，孝穆有归梁之札。客儿饮恨于帝秦，子山伤心于哀乱。咸悲家国，并见词章。余始成童，便膺多难。揭竿报国，束发从军。朱雀戈船，萧萧长往；黄龙战舰，茫茫不归。两镇丧师，孤城溃版。三军鱼腹，云横歇浦之帆；一水狼烟，风动秦房之火。戎行星散，幕府飙离。长剑短衣，未识从军之乐；青磷蔓草，先悲行路之难。故国云亡，旧乡已破。先君绝命，哭药房于九渊；慈母披缁，隔祗园于百里。羁孤薄命，漂泊无家。万里风尘，志存复楚；三春壁垒，计失依刘。蜀市子规，千山俱哭；吴江精卫，一水群飞。哭海岛之田横。尚无其地；葬平陵之翟义，未有其人。天晦地冥，久同泉下；日暮途远，何意人间。鲁酒楚歌，何能为乐；吴歈越唱，只令人悲。已矣何言，哀哉自悼。聊为此赋，以舒郁怀。呜呼！黄旗紫盖，雪戟霜矛。何意南朝天子，竟投大将之戈；北地单于，遂系降王之组。岂高庙之馨，十七世而旁移；孝陵之泽，三百年而终斩乎？此天时人事，可以疾首痛心者矣。国屯家难，瞻草木而抚膺；岳圮辰倾，睹河山而失色。劳者言以达其情，穷人歌以志其事。追原祸始，几及千言。寄愁心于诗酒，阮籍穷途；结豪士于屠箫，张良沧海。后有作者，其重悲余志也夫！

文章记述了明朝覆亡，义军失败，父亲殉难，母亲为尼，自己亡命江湖的大致经历，抒写了内心的苦闷与斗争到底的决心。文章采用大量古代爱国怀乡志士的典故，如申包胥、田横、张良、陆机、徐陵、庾信……写得悲歌慷慨，壮怀激烈，洋溢着坚忍不拔的精神，比庾信《哀江南赋序》更昂扬，更充满凛然正气。清初朱彝尊为《大哀赋》题辞云："束发从军，死为毅文。其《大哀》一赋，足敌兰成（庾信），昔终童（西汉少年终军）未闻善赋，汪踦（春秋鲁国爱国童子）不见能文，方之古人，殆难其匹。"历代仿庾信《哀江南赋》者甚多，以颜之推《观我生赋》所述亲身经历最接近。夏完淳之后，以金应麟《哀江南赋》写鸦片战争中英军蹂躏江南最惨痛，王闿运《哀江南赋》写太平天国期间长江流域社会民情最具体生动，情感最复杂。庾、颜、金、王皆作于事变之后，痛定思痛。夏完淳作于事变之际，仍在艰苦奋斗，浴血拼争之中，其意志之刚强情感之悲愤，是其他人难以比拟的。

**牛金星**（约 1595～1652），有《讨明檄》，见于清初彭贻孙编的《平寇志》，是明末农民起义军的重要文献。牛金星是河南宝丰人，天启举人，后因冤案革去功名。1640 年，参加李自成义军，出谋划策，深得信任。1644 年三月，义军攻入北京，明崇祯皇帝自缢，李自成成了大顺皇帝。牛金星任左辅，天佑殿大学士，相当于宰相。农民军进城后，纪律败坏，政策失当。吴三桂引狼入室，李自成一战即溃，五月退出北京，不久死于湖北通山。牛金星对义军的政策错误负有一定责任，他还倾轧弄权，谗杀李岩，造成内部分裂。其下场，一说是降清，一说隐居江西山中，当了道士。

《讨明檄》由牛金星起草，攻北京时绑在箭头上射入城中，敦促明朝统治者放弃抵抗。文章从上下古今说起，天命靡常，唯民心所归。接着历数明廷种种罪恶："咨尔明朝，久席泰宁，寝弛纲纪。君非甚暗，孤立而炀蔽恒多；臣尽行私，比党而公忠绝少。甚至贿通宫府，朝廷之威福日移；利入戚绅，闾左之膏脂尽竭。""士无报礼之思"，"民有偕亡之恨"，揭露相当深刻。对崇祯皇帝有所保留，说"君非甚暗"，是符合实际的。崇祯即位，曾励精图治，但过于苛严，谁都不相信，最后彻底孤立。檄文第二大段宣传义军对明廷的基本政策："如杞如宋，享祀永延。""有室有家，民人胥庆。""凡兹百工，勉保乃辟。绵商孙之厚禄，赓嘉客之休声。"政策相当宽大，而实际执行则相反，大肆杀戮掠夺，从公侯百官到平民百姓一律遭殃。结果军心涣散，民心尽失，大顺王朝迅速土崩瓦解。尽管如此，《讨明檄》

还是一颗威力强大的政治炮弹，当时是起了积极作用的。

文章用传统四六骈体，为便于广大民众理解，语言平易，用典较少；为显示庄重严肃，有些句子模拟《尚书》。为加强气势，多用平行句，从头到尾，相对成文，稳重周到，表达得体。比起历代著名檄文，如陈琳讨曹操文、祖君彦檄隋文、骆宾王讨武后檄文等，此檄之文字水平不算考究，但仍然具有无可替代的历史价值。

# 辽金元明骈文选读

## 释善制① 《燕京大悯忠寺观音菩萨地宫舍利函记》

恭闻应物为现，利乐无穷者，大圣观音；有感克从、功德巨测者，灵踪舍利。金言所载，宝牒攸存。善制肇纠巨社，会万人金玉之资；欲满宿心，塑百尺水月之像②。将圆宝相，先实地官。化檀那③近百千家，获舍利余一万粒。封以金匮，贮以石函。圆净璨然，实为神异。所冀光彻无间之狱，福洽有顶之天。良因不虚，巨利斯在。上愿我国家二仪④齐于圣寿，两耀⑤等于文明。三宝⑥长隆，四方永肃。八难⑦除十四种之怖畏，四生⑧见三十二应之威神。获圆通之法门，愿大作于佛事。大安十年岁次甲戌闰四月辛未朔二十二日壬辰甲时。

——选自陈述编《全辽文》，中华书局1982年出版

### 注释

① 善制：道宗时僧人。大安十年（1094）撰此记。署"燕京管内左右衔都僧录、崇禄大夫、检校太师、行鸿胪卿、聪辩大师、赐紫沙门善制"，后又加守司徒，是辽代僧官。

② 水月之像：观音菩萨有三十三种像，作观水中月影状者称水月观音。

③ 檀那：又称檀越，佛教寺院对施舍财物者的尊称。

④ 二仪：天地。

⑤ 两耀：日月。

⑥ 三宝：佛、法、僧。

⑦ "八难"，谓见闻佛法有障难八处：一地狱，二饿鬼，三畜生，四长寿天，五郁单越，六盲聋暗哑，七世智辩聪，八在佛前佛后。

⑧ "四生"，指三界六道有情产生之四种类别：卵生、胎生、湿生、化生。

（谭家健 注释）

## 乌林答氏① 《上世宗书》②

尝谓女之事夫，犹臣之事君。臣之事君，其心惟一，而后谓之忠；女之事夫，其心惟一，而后谓之节。故曰忠臣不事二君，贞女不更二夫，良

有以也。妾自揆蒲柳微躯，草茅贱质，荷蒙殿下不弃，得谐琴瑟之欢。奈何时运不齐，命途多舛。打开水面鸳鸯，拆散花间鸾凤。妾幼读诗书，颇知义命，非不谅坠楼之可嘉③，见金之可愧，第欲投其鼠恐伤其器④，是诚羚羊触藩⑤，进退两难耳。故饮恨以行，挥涕而别，然其心岂得已哉？诚恐楚国亡猿，祸延林木⑥，城门失火，殃及池鱼云尔⑦。妾既勉从，君危幸免，逆亮⑧不知此意，以为移花就蝶，饥鱼吞饵矣。吁，燕雀岂知鸿鹄志哉⑨！今至良乡⑩，密迩京国，则妾洁身之机可以逞矣。妾之死，为纲常计，从偷生忍辱，延残喘于一旦，受唾骂于万年，而甘聚麀、鹑奔⑪之诮，讵谓之有廉耻者乎？妾之一死，为后世为臣不忠、为妇不节之劝也，非若自经沟渎而莫知者比焉。逆亮罪恶滔天，其亡立待。妾愿殿下修德政，肃纪纲，延揽英雄，务悦民心，以仁易暴，不占有孚矣。殿下其卧薪尝胆，一怒而安天下，勿以贱妾故，哀毁伤生，而作儿女子态也。裁书永诀，不胜呜咽痛愤之至。

——选自（清）张金吾编《金文最》，

山西古籍出版社 2002 年出版

### 注释

① 乌林答氏：世宗原配夫人，聪敏孝慈，容仪整肃，事姑孝谨，治家有叙。海陵王时，世宗任济南尹。海陵淫暴，征宗族妻女有姿色者入后宫。夫人被召，不肯行，恐累及世宗，行至良乡，自杀。世宗即皇帝位后，追封昭德皇后。

② 世宗：金世宗完颜雍（1123～1189），金太祖之孙，精于骑射，娴于指挥，海陵王时先后任中京留守、燕京留守、济南尹。1161 年，海陵王南侵，他趁机在燕京起事，海陵王在扬州被部将完颜元宜杀死，完颜雍在燕京即帝位，在位 28 年，史称明君。

③ 坠楼可嘉：典出《晋书·石崇传》。石崇有妓曰绿珠，美而艳。权贵孙秀使人求之。崇谓绿珠曰："我今为尔得罪。"绿珠泣曰："当效死于官前。"自投楼下而死。

④ 投鼠忌器：典出《汉书·贾谊传》，欲击鼠而恐损坏鼠所藏身之器。比喻欲打击恶人恐伤及所涉善良。

⑤ 羚羊触藩：典出《周易·大壮》："羚羊触藩（篱墙），不能进，不能遂。"意谓不可硬碰，进退两难。

⑥ 楚国亡猿，祸延林木：典出《淮南子·说山训》："楚王亡其猿，而林木为之残。"

⑦ 城门失火，祸及池鱼：典出《太平广记》四六六卷，谓城门失火，人皆汲护城

河水救火，水尽而鱼死。后世喻因牵连而受害。

⑧ 逆亮：金主完颜亮，史称海陵王，金太祖之孙、熙宗堂弟，1249 年杀熙宗自立为帝，荒淫残暴，滥杀无辜，1161 年被部下杀死于南侵军中，后来谥为炀帝。

⑨ 燕雀安知鸿鹄志：典出《庄子·逍遥游》，鲲鹏一飞九万里，小鸟笑之，说我在附近跳跃就够了，何必高飞。

⑩ 良乡：即今北京南郊之良乡，属房山区。下句"京国"，指燕京。

⑪ 聚麀：麀是母鹿，父子两代公鹿与同一母鹿交配，后世比喻子淫其父妾。鹑奔：《诗经·鄘风》有《鹑之奔奔》诗，旧说，卫惠公之庶兄公子顽与惠公生母淫乱，国人作此诗以讽之。

（谭家健 注释）

## 康晔《谢严东平赐马启》①

微劳亡有，敢及三命之荣②；小己奚堪，遽冒千金之赏③。所赐厚矣，何愧如之。伏念晔：材素无良，器非致远④。徒勉厉驽之志⑤，莫成率骥之功⑥。无所取裁，确然大耳⑦！诗书废弃，难追韩愈之飞黄⑧；乡里归来，亦乏少游之款段⑨。敢忘代劳之俊足⑩，孰怜负俗之陈人⑪？贲然来思⑫，念不到此。兹盖伏遇相公⑬，秉鞭作牧⑭，如驭临民⑮。名高齐驷之无称⑯，德大鲁駉（jiōng）之有颂⑰。小者大者，挈之维之⑱。虽病颡之驹，谓何饰矣⑲；至泛驾之马⑳，亦在驭焉。不图衰朽之踪㉑，曲被闲驰之惠㉒。自矜光宠㉓，获免徒行。敢曰据鞍㉔，效马伏波之矍铄㉕；恐其踸踔㉖，有杜工部之损伤㉗。感佩良深，染濡奚罄。

——选自黄均、贝远辰、叶幼明选注《历代骈文选》，
湖南文艺出版社 1986 年出版

**注释**

① 严东平：即严忠济，因担任东平路行军万户，故称严东平。公元 1255 年，他在东平首创府学，任命康晔为儒林祭酒。不久，又赠给康晔良马一匹。

② 敢及：岂敢达到。三命：周代的官爵分为九个等级，称九命。其中规定侯伯之卿为三命。严东平地位相当于侯伯，府学祭酒相当于侯伯之卿，故称三命。

③ 小己：指个人。奚堪：怎么能够。遽冒：平白蒙受。

④ 材：材质。器：材器，本领。致远：指远大作为。

⑤ 厉驽：劣马。比喻自己才质平庸。

⑥ 率骥之功：骥是良马，用以比喻严忠济。严忠济是地方行政长官，康晔只是个学官，要在严忠济的领导下去做好工作，故称率骥之功。

⑦ 确然大耳：确然，阔大的样子。指自己虽然昂昂七尺之躯，但无可取之处。

⑧ 韩愈之飞黄：飞黄，指骏马之疾驰。韩愈《符读书城南诗》："飞黄腾达去，不能顾蟾蜍。"

⑨ 少游之款段：款段，指马缓步而行。少游，北宋词人秦少游。此处应为诗人陈师道。北宋章惇任丞相，嘱秦少游找陈师道来见他。陈师道不愿去，答书说，等你章惇将来东归时，"师道当御款段，乘下泽，候公于东门外"。（《宋史·陈师道传》）

⑩ 敢忘：怎敢忘记。骏足：良马。

⑪ 负俗：不合世俗要求。陈人：《庄子》中有"人而无人道，是之谓陈人"。也指不合世俗，不懂人情的人。

⑫ 贲（bēn奔）然来思：《诗经·白驹》："皎皎白驹，贲然来思。"贲然，迅速的样子。思，语词，无义。

⑬ 兹盖：转折词，无义。伏遇：古代遇见尊者，伏地而通姓名。相公：指严忠济。

⑭ 秉鞭作牧：手拿马鞭充当马夫。

⑮ 驭：驾驭，引申为管理。临：莅临，引申为治理。

⑯ "名高"句：《论语·季氏》："齐景公有马千驷，死之日，民无德而称焉。"齐景公富而无德，故民众不称赞他，对比严忠济既富又有德，故比齐景公名高。

⑰ "德大"句：鲁駉，指《诗经·鲁颂·駉》。这首诗按照《诗序》的说法，是歌颂"鲁僖公能遵伯禽之法，俭以足用，宽以爱民，务农重谷，牧于坰野"。这里用鲁僖公代指严忠济，并称赞他的德化超过鲁人对僖公的歌颂。

⑱ 小者大者：指有小才和有大才的人。縶之维之：《诗经·小雅·白驹》："皎皎白驹，食我场苗，縶之维之，以永今朝。"縶，拴住脚。维，系住缰绳。这里用来比喻招引贤者，不使离开之意。

⑲ 病颡之驹：额角长疮的病马。谓何饰矣：考虑如何装饰它。

⑳ 泛驾：即覆车，翻车。

㉑ 不图：没有想到，没有料到。踪：步履。

㉒ 曲：委屈。闲驰：从容驰行。

㉓ "自矜"句：我以您对我的宠幸作为骄傲。

㉔ 敢曰：不敢说。据鞍：跨上马鞍。

㉕ 马伏波：即东汉马援。《后汉书·马援传》，人们赞扬他："矍铄哉！是翁也。"

㉖ 觯鞚（duǒ kòng 躲控）：松弛马勒。

㉗ "有杜工部"句：杜工部，指杜甫。杜甫《醉为马坠，诸公携酒相看》诗中说："垂鞭觯鞚凌紫陌……不虞一蹶终损伤。"

（黄钧、贝远辰、叶幼明　注释）

## 牛金星《讨明檄》

　　上帝鉴观，实惟求莫①；下民归往，只切来苏②。命既靡常，情尤可见。粤稽往代，爰知得失之由③；鉴往识今，每持治忽之故。咨尔明朝，久席泰宁④，寝弛纲纪⑤。君非甚暗⑥，孤立而炀蔽恒多⑦；臣尽行私，比党而公忠绝少⑧。甚至贿通官府，朝廷之威福日移；利入戚绅，闾左之脂膏尽竭⑨。公侯皆食肉纨袴，而倚为腹心；宦官悉龁糠犬豚，而借其耳目。狱囚累累，士无报礼之思；征敛重重，民有偕亡之恨⑩。肆昊天既穷乎仁爱，致兆民爰苦于灾褫⑪。

　　朕起布衣，目击憔悴之形，身切恫瘝之痛⑫。念兹普天率土⑬，咸罹困穷；讵忍易水燕山，未苏汤火。躬于恒冀绥靖⑭，群黎犹虑。尔君若臣，未达帝心⑮，未喻朕意，是以质言正告。尔能体天念祖，度德审几⑯；朕将加惠前人，不吝异数。如杞如宋⑰，享祀永延，用彰尔之孝；有室有家，民人胥庆⑱，用彰尔之仁。凡兹百工，勉保乃辟，绵商孙之厚禄⑲，赓嘉客之休声⑳。克殚厥猷，臣谊靡忒㉑；惟今诏告，允布腹心。君其念哉！罔恫怨于宗工㉒，勿陷危于臣庶。臣其慎哉！尚效忠于君父，广贻穀于身家㉓。谨诏。

——选自《平寇志》卷九

### 注释

　　① 莫：安定。《诗经·大雅·皇矣》："皇矣上帝，临下有赫，监观四方，求民之莫。"本文开头两句即化用此四句。

　　② 来苏：因为投奔他而获得休养生息。苏：苏息。

　　③ 粤稽：考查、考核。粤：语助词。往代：前代。爰：乃、于是。

　　④ 席：凭借、依仗。泰宁：平安。

　　⑤ 寝（qǐn）：积渐、逐渐。弛：废弃。

　　⑥ 这句是说，明崇祯帝也并非十分糊涂。

　　⑦ 炀蔽：去礼远众之弊。《逸周书》卷六《谥法解》："去礼远众曰炀，好内远礼曰

炀，好内急政曰炀。"

⑧ 比党：勾结成党羽。

⑨ 此四句中，"甚至"原无，"朝廷"原作"朝端"，"利入戚绅"原作"利擅宗绅"，"尽竭"原作"殆尽"，俱依计六奇《明季北略·李自成伪檄》校改。闾左：居住在村庄左边的贫苦百姓。

⑩ "公侯"以下八句原脱，依《明季北略》补。龁（hè 核）：咬。偕亡之恨：用《尚书·汤誓》典："时日曷丧，予及汝偕亡。"反映了人民对暴君的诅咒。

⑪ 这两句大意是：由于上天无法施行仁慈爱抚，致使百姓陷于灾难之中。昊：大，指天。祲：旧谓阴阳相侵的灾祸之气。

⑫ 恫瘝（tōng guǎn 通管）：痛病。恫：痛。瘝：病。

⑬ 普民率土：全国全民。《诗经·小雅·北山》："溥天之下，莫非王土；率土之滨，莫非王臣。""溥"通"普"，普遍。

⑭ 绥靖：安抚平定。冀：希求。

⑮ 若：和，与。帝：古人想象中的万物的主宰。未达帝心：不明上帝意旨。

⑯ 两句大意是：你如果能体念上天的意旨和祖宗的遗训，忖度德行，审察时机。

⑰ 杞：古国名。周武王灭殷后，封夏禹后裔东楼公于杞，地在今河南杞县。宋：古国名。周公平定武庚反叛后，把商的旧都周围地区分封给微子启，建都商丘（今属河南）。如杞如宋：比喻明朝投降后仍将保持像杞、宋那样前代之君的地位。

⑱ 胥（xū 虚）：相与，皆。庆：庆幸。

⑲ 辟：开拓。绵：延续。商孙：商代子孙。

⑳ 赓（gēng 庚）：继续。休声：吉庆、美善的声音。

㉑ 两句的大意是：能够竭尽他的谋划，为臣的德行无错误。猷（yóu 犹）：谋划。忒：差错。

㉒ 罔：不要。宗工：宗室和百官。

㉓ 贻：赠。穀：俸禄，旧指在官食禄。身家：指本人及其家属。

（萧善因　注释）

中国社会科学院
老年科研基金资助

中国社会科学院
老年学者文库

谭家健 ／著

# 中华古今骈文通史

下

社会科学文献出版社
SOCIAL SCIENCES ACADEMIC PRESS (CHINA)

# 目　录

## 下　册

# 第八章

# 清代：骈文之"中兴"与衰落

## 第一节　清代骈文概说

　　清代骈文在中国骈文史上曾经有过一段时期的繁荣，有人称之为"中兴"，有人称之为回光返照，但其地位是无法与鼎盛的南北朝、初盛唐、新变的宋代骈文相比的。其延续到清末，至民国二三十年代便与古文一道逐渐淡出历史舞台了。

　　清骈区别于元明者有四。一是出现了大批优秀的骈文作家作品。叶农、叶幼明说："清代写作骈文的人数之多，历史上任何一个时代都无法与之比拟。"[①] 骈文专集和单篇骈文数量之多，也无法精确统计。二是流派众多，各具特色，写作艺术超过元明。以时代分，有魏晋派、六朝派、三唐派、宋四六派；以体格分，有清俊、矜练、博丽、圆熟等派；以地域分，有常州派、仪征派等。三是引发了骈散大辩论。中唐和北宋两次古文运动，骈文家只是受批评，罕见反驳。清代骈文家主动挑战，称古文只是"语"，骈文才是"文"，以文章正宗自居。四是清骈虽盛，但内容更狭窄，形式无新变。叶农、叶幼明说："清代骈文内容之狭，比之元明，有过之而无不及。作品虽然众多，但是不过歌颂升平，应酬交接，偶然徜徉山水，自适皋壤而已。其能稍

---

　　① 叶农、叶幼明：《中国骈文发展史论》，澳门文化艺术学会 2010 年版，第 157 页。

微反映一点现实或抒发一点个人牢骚者，则百无一二焉。"① 姜书阁说："即就世所盛称的清代复兴骈文的骈文家而论，究竟有谁是超出六朝、唐、宋骈俪或四六而有所独创呢？没有，绝对没有。那么，又如何谈得到复兴呢。"②

清代骈文虽然没有初盛唐那样广泛影响全社会，也没有出现宋代那样划时代的新变，然而相对于辽金元明骈文之低潮，清骈无疑达到一个历史的新高度。作家形成地域性、家族性群体，作品被大量集结、选评，艺术水准达到新的高度。清骈比较少见南宋骈笺和明代骈启那样俗套泛滥，令人生厌，而以其短小活泼的书信、序跋、箴铭、杂记等充满审美意趣的个性化作品，为上层文化人士所欣赏。读者群体虽然较小，艺术品位却相当高雅。这些也许就是清骈的历史特色所在。如果没有质量仅有数量，是无法称之为"复兴"的。

清代骈文为何能出现短期繁荣？从政治社会环境看，清代康熙、雍正、乾隆三朝，社会逐渐稳定，经济较为繁荣。统治者一方面大兴文字狱，镇压知识分子，一方面设博学鸿词科，开《四库全书》馆，笼络学者文人。在这种情势下，有些文化人避开现实政治，把心血用在整理和研究传统文化典籍方面，以实现自身价值，在中国学术史上形成所谓朴学或曰汉学，而与重义理之宋明理学、心学相区别。从文化心态氛围看，明人喜欢空谈心性，往往束书不观，师心自用，乐散文之简易，惮骈文之繁复。清代的汉学重视考据、训诂、文字、音韵等，强调学有本原，以熟记典故为博雅，以古奥精巧相矜尚，骈体文正好可以展现其才智。清代不少汉学家同时也是骈文家，而古文家则颇倾向于宋学，被骈文家讥为疏浅。康熙年间，出版了诸如《古今图书集成》《佩文韵府》《骈字类编》等检索文章典故的大型工具书，为骈文写作提供了方便。造成清代骈文高潮的原因还很多，上述情况应该算是主要的。

## 一　清代骈文的发展阶段

清代骈文的发展大致可分三阶段。

---

① 叶农、叶幼明：《中国骈文发展史论》，澳门文化艺术学会 2010 年版，第 159 页。
② 姜书阁：《骈文史论》，人民文学出版社 1986 年版，第 530 页。

第一，清前期：顺治、康熙、雍正，约九十年，是始盛期。

首批清初骈文家是明遗民，政治倾向鲜明，但文坛影响不大。稍晚的骈文家，多生于明而长于清。晚明骈文复苏时，这些年轻人受当时风气习染，与明末骈文家或有交往，或受指教。清初骈文成就最大的是陈维崧和毛奇龄。同期的骈文家还有毛先舒、吴兆骞、陆繁弨等。他们虽与遗民之痛恨清廷有所不同，但也经历了江山易代的巨变，于是，家国兴亡破败之悲，身世颠沛流离之痛，常吐露于笔端，即使不写这方面的题材，亦志深笔长，感慨多气。稍后的章藻功等，政治态度和文章内容较前辈逐渐变化。谢无量《中国大文学史》说："清初骈文家当推毛西河（奇龄）、陈其年（维崧）。西河不以骈文名，而所作颇合六朝规矩。其年骈体，本与江都吴绮园次，钱塘章藻功岂绩，并有声誉。然园次才弱，岂绩欲以新巧胜二家，又遁为别调。其年导源庾信，才力高健。园次追步李义山，岂绩纯用宋格。"

第二，清中期：乾隆、嘉庆至鸦片战争以前，约一百年，是全盛期。

这时大规模战争基本上结束，偃武修文，学术文化氛围越来越浓。汉学大盛，取得了喜人的成就。汉族文化人对清廷的态度逐渐软化，由对抗转化为合作，少数文化人仕宦显达，成为重要学术领军人物。如纪昀、毕沅、彭元瑞、阮元、梁章钜等，内而尚书、大学士，外而巡抚、总督，他们的影响力自非一般作家可比。谢无量说："及乾嘉之世，四方无事，在上者多方以励文学，士人研精考索，遂往往好为沉博绝丽之文。自乾嘉以来，以骈文传者，不啻数十百家，极一时之盛。于是清之骈文，其高者率驾唐宋而追齐梁，远为元明所不逮。"[①]

清中期著名骈文作家有胡天游、杭世骏、袁枚、刘星炜、邵齐焘、汪中、吴锡麒、洪亮吉、孔广森、孙星衍、恽敬、刘嗣绾、方履篯、彭兆荪、董基诚、祐诚等。杰出者公认是汪中、洪亮吉。这批人中有不少是汉学大师，有的兼擅骈散。各家特色越来越显著，堪称鼎盛气象。

第三，清晚期：从鸦片战争到辛亥革命，约七十年，属衰落期。

列强入侵，国门大开，连连丧权辱国，面临瓜分之势。太平军席卷大半个中国，捻军横行中原，回民暴乱西北，阿古柏分裂新疆，清王朝在风雨飘

---

① 《谢无量文集》第七卷《骈文指南》，中国人民大学出版社 2011 年版，第 233 页。

摇中挣扎。思想文化方面，西学东渐，首先是自然科学，继而社会科学，进而有文化艺术。一系列新的文化元素给中华传统文化带来严重冲击。紧跟历史潮流的是散文家，最早是地主阶级改革派，相继是洋务派、维新派、资产阶级革命派。他们所用文体，首先是桐城派，而后是其支派湘乡派、侯官派，再后是新变的报章体、新民体。热心救亡图存的志士们已经少有心思写那种不切实用、雕章琢句的骈体文了。这时骈文较清中期明显被冷落了，但也还存在。叶农、叶幼明说："这时的骈文起了如下变化。一是骈文的重心由江浙转向沅湘，集中到曾国藩幕下；一是鸿篇巨制减少，而多为短篇；一是弃博丽而尚轻倩。"①

著名骈文作家有：梅曾亮、金应麟、谭莹、周寿昌、俞樾、李慈铭、王闿运、谭献、张之洞等。还有少数骈文作者的创作活动延续到 20 世纪二三十年代，本书将在"民国骈文"一节中另做介绍。

## 二　清代骈文理论批评

吕双伟认为："乾嘉道时期完成了骈文地位的完整论述，即与古文求对等地位，和古文争文坛正统，以及整合骈散奇偶不拘三部分。这些内容不是在时间上有截然分开的先后顺序，而是彼此同步或交叉出现，不过在不同时期论述的内容侧重点有所不同罢了。"② 求对等、争正统、融骈散也是整个清代骈文批评的三要素，虽然互有交叉，但大致符合清代骈文理论批评的发展顺序。

顺治年间，骈文批评较为冷清，康熙年间逐渐活跃。有人继承晚明遗风，继续编四六选本，作为写作范式；有人张扬骈文的独立性，将之与古文并列；有人对清初骈文家陈维崧等开展积极的推荐性评价；但仍然有相当多的文人对骈文尤其是六朝骈文持否定或轻视态度。

康熙皇帝提倡文以载道，青睐古文。他指示大臣徐乾学编《古文渊鉴》并为之作序。他还讲过："文章贵于简当，可施诸日月。章奏之类，亦须详明简要。明朝典故朕所悉知，其奏疏多用排偶芜词，甚或一二千言，每日

---

① 叶农、叶幼明：《中国骈文发展史论》，澳门文化艺术学会 2010 年版，第 165 页。
② 吕双伟：《清代骈文理论研究》，人民出版社 2011 年版，第 124 页。

积藏几案，人主讵能尽览！"（《大清圣祖仁皇帝实录》）

康熙、雍正时期重臣**张廷玉**的《古文雅正序》说："昔人之论古文也……究之辞命、议论、论事，莫不贯于理。唯贯于理，则内有以关乎身心意知之微，而外有以备乎天下国家之用。故夫性命之文，约而达，赡而精，奥博而有体要。他若俶诡幻怪，卮词蔓衍，与夫月露风云，连篇累牍，大雅弗尚也。""他若"指的就是古文之外的骈文。其观点和语言与隋代李谔相近。清初古文家侯方域、吴伟业、朱彝尊、戴名世等皆轻视骈文。

清初有人编四六选本为骈文争一席之地。如黄始编《听嘤堂四六新书》及其广集，将古文与骈文视为同一层次，虽有主次之分，但无高低贵贱之别。这有利于当时骈文创作地位的提高。但应该看到，相对于同时期大量出现的古文选本，清初骈文选本的影响是很小的。

**陈维崧**（1625～1682）是清初骈文创作大家，在骈文批评方面也很有地位。他对当时文坛轻视骈文的现象不满。其《词选序》说："客或见今才士所作文，间类徐庾俪体，辄曰：'此齐梁小儿语耳！'掷不视。是说也，予大怪之。"他认为，徐庾之作中有堪与庄骚左国史汉比美的佳篇。"天之生才不尽，文章之体格亦不尽"，应当允许作家各据所长选择文体，不能强求一律。在《陆悬圃文集序》中，他指出骈文散文的不同特征："一疏一密，既意隔而靡宣；或质或文，复情睽而罕俪。然而诸家立说，趣本同归；百氏修辞，理惟一致。倘毫枯而腕劣，则散行徒增阗冗之讥；苟骨腾而肉飞，则俪体讵乏惊奇之誉？原非泾渭，讵类玄黄？"认为骈散原本相辅相成，殊途同归，不应对立。

**毛际可**（1633～1708），顺治进士，与毛奇龄、毛先舒齐名。在《陈其年文集序》中，他自述最初怀疑和否定骈文，觉得模式固定，千篇一律，后来读了陈维崧的骈文，改变了看法。"余偶披篇首，已见其棱棱露爽；继讽咏缠绵，穷宵达昼。言情则歌泣忽生，叙事则本末皆见。至于路尽思穷，忽开一境，如凿山，如坠壑……为之舌翘而不能下。始悟文之有骈体，犹诗之有排体也。"二十年后，他在《汪蓉洲骈体文序》中，概述他对骈文源流的见解。他认为东汉六朝是高潮，唐初北宋"风韵渐减"，明代"陈陈相因"，清代"骈体之工，无美不备"，自陈维崧一出，"觉此中别有天地"。可是，"比来模拟相寻，久习生厌"。他试图对骈文创作历史经验做出梳理。

吕双伟指出："尽管陈维崧、吴绮等人的骈文创作取得了很大成就，当时的骈文理论也多次张扬骈文的正常地位，但直到康熙末年，骈文和古文对等的观念在文人中还没有普遍树立起来，骈文仍然受到轻视。"他又说："面对这种歧视，当时的骈文家不得不从经史中追溯骈体源流，以争取其正常的文体地位。到嘉庆中后期，随着骈文创作自身的繁荣和汉宋之争在文学上的激化，倾向于骈文的作家们不甘心只为骈文取得和古文的对等地位，转而改变自中唐以来的古文文统之说，否定古文正宗说，否定古文为'文'说，倡导骈文才为文章正宗。自嘉庆末到道光年间，随着汉宋学术的交融和对骈文、古文特征的全面认识，文学上走向骈散交融。这种交融主要不是机械地独立地将骈文和古文分开，平等对待，而是主张在文章中将对句和散句有机地结合起来，不拘骈散，以文意和文气为指归。这种思想贯穿于后来同光年间，成为晚清骈散创作及评论的主流。"① 这段话概括了乾隆以后骈文理论批评的大趋势。

袁枚 （1716～1797）是古文名家，却不赞成桐城派。他对骈文的见解，有四点值得注意。一是批驳骈文无用论，肯定骈散各有所宜。其《答友人论文书》说："足下之答绵庄曰：'散文多适用，骈文多无用，《文选》不足学。'此又误也。"袁枚认为，早先骈散相杂，无所谓骈文无用。后来骈散分开，是时势使然，与有用无用无关。评价文章不必以适用为贵，应将满足审美要求放在突出地位，而这正是骈文所长。二是否定唐宋八大家之说，否定古文文法，肯定骈散各有利弊，不得重古文而轻骈文。其《书茅氏八家文选》批评茅坤没有全读唐宋两朝文，仅就其所见所知撮合八家，其中有的人（如苏洵、苏辙、曾巩）根本成不了家。三是否定韩愈文起八代之衰，认为六朝之文固未尝衰。四是主张骈散合一。"一奇一偶，天之道也。有骈有散，文之道也。文章体制如各朝衣冠，不妨互异。其状貌之妍媸，固别有在也。"这些观点有重要影响。

孔广森 （1752～1786），著名骈文家，他对骈文体制有清醒的认识。既看到长处，也承认短处。他说："六朝文无非骈体，但纵横开阖，一与散体文同也。""骈体文以达意明事为主，不尔则用之婚启，不可用之书札；用

---

① 吕双伟：《清代骈文理论研究》，人民出版社2011年版，第85、125页。

之铭诔,不可用之论辩,直为无用之物。"(孙星衍《仪郑堂遗稿叙》引)承认骈文可能成为"无用之物",这是很有眼光的见解。

**彭兆荪**(1768～1821),曾对骈文史深入分析,其《荆石山房文序》说:"文章骈格,咸谓肇始东京。……由质趋文,势有必至。马扬而后,益事增华,俪偶之兴,实基于此。爰逮魏晋,以迄陈隋,众制蜂起,雅材弥劭。有唐一代,斯体尤崇。颖达以之叙经,房乔以之论史。其于散著,途异源同。昧者不察,目为卑滥,是盖末流之放失,以致伪体之滋繁。"强调骈散同源而异途。并要求骈文做到:"义归于渊雅,词屏于哗嚣,侔色于敦彝,含音乎琴瑟。斟酌华实,迥远淫哇,作者抗行,良无愧矣。"他这样讲,目的是提高骈文创作的思想品位,以便使其与古文并居文坛正宗地位。

**曾燠**(1760～1831),善骈文,选编《国朝骈体正宗》,其序文说:"夫骈体者,齐梁人之学秦汉而变诸。后世与古文分而为二,固已误矣。""古文丧真,反逊骈体。骈体脱俗,即是古文。迹似两歧,道当一贯。"曾燠并不想故意抬高骈文地位,而是承认骈文有种种弊端,"飞靡弄巧,瘠义肥辞","活剥经文,生吞成语",是比较中肯的批评。

乾隆中后期,骈散调和论越来越多,到道光中期成为文章创作的主流。古文家一方面尊宋学而重义理,一方面重训诂而不轻考据,讲辞章而求博学,兼容而不排斥骈文,王芑荪、方履篯、梅曾亮、陆继辂等,率皆如此。

乾嘉时期甚至整个清代,对骈文地位和骈散关系见解最偏激者是阮元。

**阮元**(1764～1849)是清代学术文化史上的巨人,26岁中进士,仕途显达,历任兵、礼、户部侍郎,浙江、河南、江西巡抚,两广、湖广、云贵总督,以体仁阁大学士致仕,高寿86岁。他很早就提出禁鸦片整海防以备外侮。在各地方任上,他组织编辑刊刻大量巨型丛书,包括经学、史学、文学、考古学、自然科学,并在杭州、广州办学堂,培养学术人才。对于这样的学术大师,虽要敬重,但也不必为贤者讳,阮元的骈文观点是不能成立的门户之见。

阮元极力为骈文争夺正宗地位,作《文笔考》《文言说》《文韵说》等文,把古文彻底排斥在文统之外,连"别调"也不是。他以考据家的姿态,找出六朝"有韵为文无韵为笔"的一些资料,提出文必有韵,文必有偶的说法,断定骈文才是文,古文是笔而非文。他说:"凡文者,在声为宫商,在色为翰藻。""今人所便单行之文,极其奥折奔放者,乃古之笔,非古之文也。"(《文韵说》)"为文章者,不务协音以成韵,修词以达远,使人易诵易记,而惟以单行之语,纵横恣肆,动辄千言万字,不知此乃古人所谓直言之言,论难之语,非言之有文者也,非孔子所谓文也。"为了对抗古文文统,他拟定了骈文文统,认为六朝《文选》之文、唐宋四六文、明清八股文才是文章正宗。孔子所作《易》之《文言》,是千古文章之祖,也是骈文之祖。此外,"经也,子也,史也,皆不可名之为文也",把唐宋八大家排除在"文"之外。(《书梁昭明太子〈文选序〉后》)他组织学生和儿子用命题考试作文的方法为他助威。于是文笔之辨、骈散之争激烈展开,从晚清延续到民国,支持者有之,反对者更多。

**方东树**(1772~1843),桐城人,姚门弟子,曾任阮元幕宾,主张禁鸦片,御外侮,图自强,著有《汉学商兑》,其中对骈文正统论有尖锐批评。"所谓专门汉学者,由是以及于文章,则以六朝骈俪有韵者为正宗,而斥韩欧为伪体。……扬州汪氏谓文之衰自昌黎始。其后扬州学派皆主此论,力诋八家之文为伪体。阮氏著《文笔考》,以有韵者为文,其旨皆如此。"方东树说他们是"无目而唾天"。

**刘开**(1784~1824),姚门弟子,桐城人,他有两篇文章专谈骈散。一篇是《与王子卿太守论骈体书》,认为古文骈文各有优劣长短,主张不分骈散,提倡互融。"骈之与散,并派而争流,殊途而合辙。""骈中无散,则气壅而难疏;散中无骈,则辞孤而易瘠。两者但可相成,不能偏废。""宗散者鄙俪词为俳优,宗骈者以单行为薄弱,是犹恩甲而仇乙,是夏而非冬也。""骈散之分,非理有参差,实言殊浓淡……一以理为宗,一以辞为主耳。"意见较为公允。另一篇是《与阮芸台(阮元)宫保书》,作于阮元任两广总督时,正是骈散争论激烈之际。针对阮元的骈文正统论,刘开从先秦两汉、唐宋八大家到明代唐宋派的古文传统以及方苞的继承与发展这些方面,做出系统的阐述,主张"以汉人之气体,运八家之成法,本之以六经,参之以周末秦诸子"。他反驳对韩愈的攻击:"夫退之起八代之衰,非尽扫八代而去之也。但取其精而汰其粗,化其腐而出其奇。其实八代之美,退之未尝不备也。"在文宗问题上他并未妥协,而是坚持在古文正统基础上给骈文一定地位。

晚清邓绎《藻川堂谭艺·三代篇》说："阮氏芸台尊训诂，为校勘记而抑古文辞诸家，贵偶贱奇，偏举《易文言》之偶韵以为之说……尤为固陋，而举世不悟其非，故嘉道以来文辞之能自树立者鲜矣。"

民国初年，章炳麟作《国故论衡》，其中《文学总论》批评："阮元之徒，猥谓俪语为文，单语为笔。"章氏举出六朝时人也称任昉、徐陵之文为"笔"，难道他们写的不是骈文吗？可见阮氏的文笔考是以偏概全。

继续批评者尚多，如王肇《文笔说》、胡怀琛《文笔辩》、王利器《文笔新解》、逯钦立《说文笔》等。20 世纪五十年代，郭绍虞《文笔与诗笔》指出，"文是文笔或诗笔的共名，即押韵者为文，不押韵者为笔。而当时不押韵脚的骈文实为笔而非文"，认为阮之文笔说不免穿凿附会，与骈散之分并无直接关系。

黄保真、成复旺、蔡钟翔合著的《中国文学理论史》对阮元提出批评："他就这样一股脑儿取消了唐宋以来古文作为文的资格，就否定桐城派标榜文统而言，当然来得十分彻底。但是他却一笔抹杀了近千年散文发展的历史事实，这样的否定在理论上是不科学的，在实践中也无助于推动文体改革。如果用这样的理论来指导的创作，则完全是开历史的倒车。""至于阮元为骈文力争正统，在理论上更没有什么价值了。"①

吕双伟指出，阮元关于"文"的一系列论述，核心是强调"文"的音韵和对偶，是走向今天所谓的形式主义。一方面有浓重的复古性，一方面也是针对当时的经史子为文的实践和理论。他把八股文归为文章正宗，其偏颇显而易见。②

咸同年间，骈文淡薄，古文复盛。光绪时期，骈文略有起色。整个晚清的骈文理论批评较之中期大为逊色，而其中的佼佼者当首推曾国藩。

**曾国藩**（1811～1872）是晚清时期影响中国历史进程的重要人物，在其事功成就之前已有文名，随着政治地位的提高，学术地位也日益提高。他包容汉宋，兼擅骈散，宗桐城而有所突破。在姚氏义理、考据、辞章之

---

① 参见黄保真、成复旺、蔡钟翔《中国文学理论史》第七编第二章第一节《阮元的〈文言说〉和李兆洛、蒋湘南的骈散合一论》，北京出版社 1985 年版。

② 吕双伟：《清代骈文理论研究》，人民出版社 2011 年版，第 133、136、137 页。

外加上经济，把阳刚阴柔的美学标准加以细化。他不赞成阮元诸多观点。曾氏依姚氏《古文辞类纂》体例，编《经史百家杂钞》，包括先秦、两汉、六朝、唐宋，明代只取归有光，清代只取姚鼐，基本上是桐城派的文统，所不同的是不排斥六朝。该书《题语》说："近世一二知文之士，纂录古文，不复上及六经，以云尊经也。然溯古文所以立名之始，乃由屏弃六朝骈俪之文，而返之于三代两汉。今舍经而降以相求，是犹言孝者敬其父祖而忘其高曾……将可乎哉！"《经史百家杂钞》所选内容广泛，经部包括五经之文，子部有《孟子》《荀子》《庄子》《韩非子》《淮南子》等，史部有《史记》《汉书》《后汉书》《三国志》《唐书》《资治通鉴》，六朝文中有许多骈体文。该书既有别于当时众多的古文选本，同时也是用事实对阮元的"经史子非文"的反驳。他把散文的外延大大扩张，符合中国散文史的实际情况，是相当通达的散文观。近半个多世纪来的古代散文选本大多依循曾氏的选文范围。

在《湖南文征序》中，曾氏深入阐发骈散各有所长，骈宜于抒情，散长于说理的论调。"自群经而外，百家著述，率有偏胜。以理胜者，多阐幽造极之语，而其弊或激宕失中；以情胜者，多悱恻感人之言，而其弊常丰缛而寡实。自东汉至隋，文人秀士，大抵义不孤行，辞多俪语，即议大政，考大礼，亦每缀以排比之句，间以婀娜之声，历唐代而不改。虽韩李锐志复古，而不能革举世骈体之风，此皆习于情韵者类也。宋兴既久，欧苏曾王之徒，宗奉韩公，以为不迁之宗。适合其时，大儒迭起，相与上探邹鲁，研讨微言。群士慕效，类皆法韩氏之气体，以阐明性道。自元明至圣朝康雍之间，风会略同，非是不足与于斯文之末，此皆习于义理者类也。"他把骈散的历史发展平等看待，而且揭示出宋以来散文兴盛与儒家理学大师迭起有关。清代文人概述骈散历史者甚多，曾国藩此论是比较深刻、全面的一篇。黄保真三位的《中国文学理论史》说："他这样来论述文章发展的历史，就一举打破了宋代以来古文家所严守的壁垒，不仅在内容上兼重情理，而且在形式上融会骈散了。这一来长期解决不了的骈文与散文之争，明理与抒情之争，都变得没有必要了。"①

---

① 　参看黄保真等《中国文学批评史》第七编第二章第二节 "姚门弟子与曾国藩的古文理论"，北京出版社 1985 年版。

曾国藩对历代一些骈文名家有很好的评价，其《鸣原堂论文》说："陆（宣）公则无一句不对，无一字不谐平仄，无一联不调马蹄（一种押韵方式），而义理之精，足以比隆濂洛；气势之盛，亦堪方驾韩苏。退之本为陆公所取之士，子瞻奏议终身效法陆公。而公之剖析事理，精当不移，则非韩苏所能及。吾辈学之，亦须略用对句，稍调平仄，庶几笔仗整齐，令人刮目耳。"这样细致入微的鉴赏，在历代四六话中罕见。在给儿子曾纪泽《拟陈伯之答丘迟书》的批语中，他强调骈文贵在运气："六朝偶俪之文中，有能运单行之气，挟傲岸之情者，便与汉京不甚相远。"曾氏认为，韩柳古文代替骈文而兴起，是物极则变的必然规律，韩愈对偶俪文并不是绝对排斥，而是纳入古文创作之中。（《送周荇农南归序》）此皆开明圆融之见。

曾国藩的朋友、门人撰文赞同并发扬曾氏的观点。罗研生《文征例言》说："文章家每轻视骈体，以谓徒工藻绘，难语于高古精深。然此在文之命意修辞求之，不在体之单行与比偶也。"此是说文章是否精深高古，不在形式，而在内容。郑献甫《与阳朔容子良书》讲到，"仆尝谓散文若古诗，难学而不易工；骈文若律诗，易学而最难工。然散文之工不工皆自知，而骈文之工不工多不自知"。以骈文散文比之于古诗律诗，见解非常精到。

曾国藩以后，骈散相容渐渐为越来越多的文人所接受，但也还有人持不同意见。

**李慈铭**（1830～1894），光绪进士，有《越缦堂读书记》，始于1853年，止于1889年，逐年月记述读书心得，其中不少涉及骈文。他崇尚六朝文，肯定初唐文，不满中唐陆贽、晚唐李商隐，反对以气行文，认为那样开宋四六门径，背离骈文正宗。该书卷五说："余尝论四六虽大家所不经意，然初唐后竟失传。盖六朝人整炼者如白战健儿，流丽者如簪花美女。其气息神韵，均不可及，又能不见堆垛之迹。……王杨四子稍滞矣……燕许二公更弱矣。……至陆宣公、李樊南全以气行文，大开宋人门径。……樊南尤长者推祭诔诸文，然概以四六成句，率多浮词套语。余雅不喜此体。国朝如陈迦陵、吴园次诸君，直胎息如此，一经传法，已坠恶道矣。"他高度评价洪亮吉、汪中，辩证地看待胡天游、彭兆荪、方履籛，指出他们的优点和缺点，对《国朝骈体正宗》《八家四六文》《四六丛话》所选文章的代表性及其价值都有所批评。他的一些见解虽不无偏颇，但对于研究清代骈文有启发。

**谭献**（1832～1901），号复堂，杭州人，同治举人，其骈文见解体现在《复堂日记》和对《骈体文钞》的评点中。他崇尚六朝，推崇傅亮、任昉，不废唐骈，肯定初唐和李商隐。他最喜欢李兆洛的《骈体文钞》，替他补充了不少评点，不满意陈均的《唐骈体文钞》，认为遗珠太多，对彭兆荪《南北朝文钞》和孙梅《四六丛话》基本上否定。对清代骈文家，他最重视汪中、孔广森，对袁枚、邵齐焘有褒有贬。谭献骈文批评的主要倾向是负面评价多于正面肯定，总是挑毛病。谭氏著作系统性不强，往往三言五语；理论深度不足，但一针见血，有很多合理成分。比起那些专门用一些高深难测的形容词大肆吹捧讨好作者的评点家们，其批评更有学术价值。

**朱一新**（1846～1894），浙江义乌人，光绪进士，曾任翰林院编修，后来到广东讲学。著作有《无邪堂答问》，是在广雅书院与学生问答的记录，内容广泛，其中涉及骈文者并不多，但是他把"潜气内转，上抗下坠"作为骈文的艺术特征，在骈文理论批评史上是一次重大提升。他说："骈文自当以气骨为主，其次则词旨渊雅，又当明于向背断续之法。向背之理易显，断续之理则微。语语续而不断，虽悦俗目，终非作家。……惟其藕断丝连，乃能回肠荡气。……潜气内转，上抗下坠，其中自有音节，多读六朝文则知之。"（《无邪堂答问》卷二）

吕双伟解释说："所谓'潜气内转'是指文意的承转，无须借助虚词的提示，自然而不生硬。而'上抗下坠'是指骈文的对偶句上下两句音节间调和，文气要有起伏跌宕，前有浮声，后需切响，平仄调谐，形成抑扬顿挫之势。"吕氏指出，"潜气内转，上抗下坠"最初是描述音乐的，"朱一新借用到骈文批评上，更加适合骈文形式对偶文风典雅内敛的特征。在表达效果上，潜气内转无疑造成了骈文的文气流畅和润物无声的特征。这就有力的反驳了古文家批评骈文凝重呆滞的观点，也是乾嘉以来骈文理论追求'气'和'风骨'的自然结果"。[①]

朱一新提出"潜气内转，上抗下坠"是对骈文写作技巧的深入发掘，它注意到句与句之间甚至段与段之间在文意文气方面的密切联系。这就胜

---

① 吕双伟：《清代骈文理论研究》，人民出版社 2011 年版，第 239～241 页。

过此前的骈文批评家（尤其是宋代的四六话）仅注意对偶之精和用典之切，仅仅限于一两个句子之间的关联，一两个词语的内涵。"潜气内转"更注重整体效果，"上抗下坠"更注重句子之间的音节效果，比起单纯的调平仄和押韵脚又前进了一步，但是它仍属于形式技巧问题，并未能从根本上解决骈文凝重呆滞，重叠晦涩，文气不畅这些胎里病。所以，它虽然渐渐为骈文批评家所接受，但是影响并不大，在文坛上无法与桐城派的一系列美学范畴相比。朱一新的名字很少被五四以来的中国文学批评史提到，近年奚彤云、吕双伟把他介绍出来，才引起注意。

### 三 清代的骈文评论专著和骈文选本

**孙梅《四六丛话》。** 孙梅（1739～1790），字松友，浙江吴兴人，乾隆进士，曾任内阁中书及安徽太平府同知。此书以汇集历代骈文资料为主，附加编者评论为辅，共 31 卷，选书达 352 种，起汉代史乘，迄清代笔记，涉及时间之长，引用材料之丰富，卷帙之浩大，皆超越其他四六话。按文体分类，一《选》（即关于《昭明文选》的评论）、二骚、三赋、四制敕诏策、五表、六章疏、七启、八颂、九书、十碑志、十一判、十二序、十三记、十四论、十五铭箴赞、十七祭诔、十八杂文、十九诙谐、二十总论，还有五卷是作家小传。

此书最精彩处在编者的评论，尤其是各体之前的"叙说"，说明该文体的含义、代表作家和作品及写作要求。而在"总论"的"叙论"中，他表达了对骈文总体性的见解，认为"行文之法，用辞不如用笔，用笔不如用意"，"隶事之方，用史不如用子，用子不如用经"等。

奚彤云指出，孙梅编撰此书的根本目的"是为了与古文相抗"，"替骈文争取地位"。其"总论"叙说隐含着对桐城派文人拒绝骈文的反驳。他"标举四六，则是想说明骈文亦能兼得古文的长处，其作用绝不逊于古文，这种思想也贯穿在他的文体论中"，"对于某些古文创作明显占优势的文体，孙梅特意为骈文在其中争得了地位"。奚彤云指出，孙梅大加赞扬的"论"体中，"这些作品虽属上品，但就议论的深刻、精微而言是不及散文的，孙梅故意为之扬长避短，就是要在世人面前树立骈体之论的威信"。① 莫山洪认为孙梅强调"情"或"意",是在强调骈与散的结合。"骚和赋显然不能归为骈文",孙梅却认为是"古文之极致,俪体之先声","将骈文与古文结合在一起,认为二者都受到骚的影响,这显然也是孙梅融合骈散的思想"。②

《四六丛话》刊行后,受到以阮元为首的为骈文争地位的学者的大力推崇和极高评价。也有人在肯定该书成就的同时,指出其不足。《续修四库全书总目提要》说:"核其所论,于历代文章体式,颇能该括诸家,推阐精微,品题藻鉴,格取浑成,不斤斤以声律章句分工拙,持论尚称近正。……其于四六诸体源流得失之辨,往往不能窥其要领,如论铭之起源……论檄之起源……追源溯流,皆不免失之纰缪。且其间议论,大抵词胜于意,虽极纵横博辨之致,终是行文之体,非衡文之作。"晚清李慈铭对它极为不满。《越缦堂读书记》说:"其论四六,推重欧苏而薄徐庾,其序以骈行之,亦不工,盖非深知此事者矣。"

**彭元瑞《宋四六话》。**彭元瑞(1731~1803),江西南昌人,乾隆时任礼、兵、吏部尚书,协办大学士,政坛地位很高,曾编《宋四六选》(详后),而《宋四六话》实为该书的有关资料。彭氏在自序中说得清楚:"予撰《宋四六选》,泛观宋人书,其中间及骈体,多一时典制,议论流利,属对精切,爱不能割,辄抄付箧,积成巨帙。略以文体铨次,凡十二卷。意在集狐,匪供祭獭。"引书达169种,(其中不少转抄宋人之四六话)依文体编排,分制、诏、表、启、上梁文、乐语六大类,与其《宋四六选》相同。另有赋、檄、露布、判、议、论、杂文、散语,摘句、谐谈等小类,为《宋四六选》所无。他的学生称赞说:"分类辑录,以见古人巧思潜发,妙义环生,揽各体之菁华,存一朝之典故。"有些以对偶为戏的资料颇有意趣。如某学子嘲同舍朋友白天睡懒觉,出上联征对:"宰予昼寝,于予与何诛?"某人作下联以应之:"子贡方人,于我则不暇。"这四句都是《论语》中的成句,一经串联,谑而不虐。此书虽为宋代四六资料集,也可以看出清人对骈文的理解和当时骈散相争的一些情况。

---

① 奚彤云:《中国古代骈文批评史稿》,华东师范大学出版社 2006 年版,第 116 页。
② 莫山洪:《骈散的对立与互融》,齐鲁书社 2010 年版,第 412 页。

清代骈文选本,先介绍通代性的,后介绍断代性的。

**王先谦《骈文类纂》**四十六卷。此书出版晚(1902),收文最多,比较全面,故置之首位。王先谦是湖南长沙人,同治进士,入翰林院,历任国子祭酒、江苏学政,是清末享有盛名的学者,治学重考据,论文赞成义理、考据、辞章并重,对于骈散之争,偏向于散文。他说:"骈散二体,厥失维均,而骈之为累,尤剧于散。"(《国朝十家四六文钞序》)然而他还是倾全力完成了《骈文类纂》这部巨著。该书上起战国之楚,下迄清末,入选标准是注重雅洁,去绝浮艳,参照姚鼐《古文辞类纂》分为十五类,多出"檄移""杂文"两类。他不像李兆洛《骈体文钞》那样和姚书唱对台戏,而是加以补充。此书入选历代作家 294 人,作品 1825 篇。作家分布是:楚 3、汉 13、魏 7、吴 3、晋 23、刘宋 13、齐 6、梁 35、陈 9、北魏北齐北周 11、隋 11、唐 69、宋 12、元 19、明 4、清 64。各代作品收录前三名是:清 509 篇、梁 295 篇、唐 219 篇。作家前三名是:庾信 138 篇、洪亮吉 131 篇、陆机 54 篇。篇数未必准确,因为他把连珠一首算成一篇了。

从序目中可知,王氏对魏晋骈文是肯定的,对六朝以降则有所批评。他说:"汉魏之间,其词古茂,其气浑灏,纵笔驱染,文无滞机。六朝以还,词丰气厚,羡文衍溢,时病烦芜。宋元以降,词瘠气清,成语联翩,只形剽滑。明初刘(基)宋(濂),略仿小文,自时厥后,道益榛芜。"他对宋骈的认识偏颇,南宋仅选汪藻一家,而对清代骈文给予极高评价。王氏在每种文体之前的序言中,有不少独到之见。他不采用过细的分体,而是把性质相近者加以合并。

**李兆洛《骈体文钞》**。李兆洛(1769~1841),江苏常州人,嘉庆进士,曾任安徽凤台知县,是有成就的汉学家和阳湖派散文家。《骈体文钞》31卷,选文 620 篇,始秦李斯刻石,迄于隋。李氏曾为姚鼐《古文辞类纂》作校刊,不满姚书不选六朝文,决心另选一部《骈体文钞》以纠偏缪,不但重点选六朝,而且上溯两汉,甚至以秦汉文为宗。他主张要探讨文章发展源流,必须包括六朝,方能尽其变,不赞成明清散文家只重唐宋,忽视秦汉。他选这本书就是要把古代文脉完整地连接起来,不要割裂。这种见解比明代唐宋派、秦汉派高明。问题是,他这本书为何命名为《骈体文钞》?既称为"骈体",为何入选那么多明显非骈之文呢?对于这个文不对题的问题，其好朋友庄绥甲曾劝他改书名，特别指出收司马迁《报任安书》、诸葛亮《出师表》甚为不妥。李兆洛复函说："洛之意颇不满于今之古文家但言宗唐宋而不敢言宗两汉。……故因流以溯其源，岂第屈司马、诸葛以为骈而已，将推而至《老子》《管子》《韩非子》等，皆骈之也。"他显然故意抬杠，以先秦子书中也有些骈句为由，还要把骈文推向更早。他把骈句与骈文混为一谈，认为骈句古已有之就等于骈文古已有之，所以不肯更改书名中的"骈体"二字，就是要为骈文正本溯源。

此书一出，就受到以阮元为首的认骈文为正宗一派的热烈欢迎，同时遭到古文家坚决反对，指责他把明明是古文者硬说成骈文，自乱其体。还有一些坚持骈文固有体格的骈文家也很不满意，大呼那算什么骈文。如伍绍棠《南北朝文钞跋》说："近时阳湖李氏刊《骈体文钞》……于是贾生《过秦论》、太史公《报任少卿书》，乃均指为骈体。宜为陆祁孙辈所訾议也。"伍绍棠氏、陆祁孙皆骈文家。

奚彤云指出："李兆洛将东汉以前的文章径称为'骈体'，亦难脱矫枉过正之讥。因为西汉文章虽颇有骈句，但这类句子对仗既不工整，在文中也未占到绝对优势，不能改变当时文章以单行为主的主体面貌。特别是像司马迁《报任安书》这样典型的单奇之文……与后世古文更为接近，被列入《骈体文钞》确实显得牵强附会。"[①] 陈鹏认为，《骈体文钞》"辑录较多两汉文章，但现在看来，几乎都不是骈文"。[②]

李氏此书在当时受到一些人热捧，其重要原因是，不少人不愿意看到骈文散文谁是正宗争论继续下去，以为主张骈散不分就可以消除矛盾。有这么一本书证明散文也有骈文因素，岂不可以息争止讼了！这是和稀泥的态度。骈散谁为正宗今天已失去争论意义，现代散文作者既不写古文，也不写骈文，无所谓谁高谁低谁主谁次的问题。但骈散二体之间有何区别，作为学术历史研究，还需要进一步讨论。今天写中国文学史，既要讲散文史，也要讲骈文史，这两种文体的区别和争论存在一千多年，怎么可以用"骈散合一""骈散不分"来了此公案呢？倘若今天的读者以为《骈体文

---

① 奚彤云：《中国古代骈文批评史稿》，华东师范大学出版社 2006 年版，第 130 页。

② 陈鹏：《六朝骈文研究》，巴蜀书社 2009 年版，第 18 页。

钞》反映了骈文起源和发展的实际情况，那就会以假乱真，把骈散文体区别越搅越糊涂。

下面介绍几部断代性总集。

**许梿《六朝文絜》**，十二卷，道光五年（1825）刊行。六朝包括晋、宋、齐、梁、陈、隋（其中晋仅陆机一人）。分十八类，36篇，其中赋、表、启、书、铭收文较多，其他各类有的仅一两篇。多为精美短篇，每篇皆有评点，着眼于文章的形式和情感。光绪十四年（1888），黎经诰为之作笺注，近百年来多次印行。

**彭兆荪**（1769～1821）**《南北朝文钞》**，分上下卷，收文100篇，按文体分类，每篇加按语，有作者生平和写作背景介绍及评点。彭氏论文追求醇正，不喜欢应酬之作以及杂采佛道语入典。仿诗选不选大家李白杜甫惯例，此书不选徐陵庾信和已入《昭明文选》者。清末谭献对此不满，批评它"简而未当"。

**陈均《唐骈体文钞》**十七卷，嘉庆二十五年（1820）刊行。此书不分文体，开始列帝王，而后以作者时代先后为序，迄于五代。收录作者140人，作品343篇。选文以辞藻之美为尚，轻视陆贽、权德舆政论之文。其序言说："内相奏书、文昌论事、史台陈戒之文，公车时务之策，理以讽议为长，不与词藻并录。"选文较多者依次是李商隐39篇，王勃10篇，张说、温庭筠各9篇，韩愈只有一篇，柳宗元未入选。全书不选赋，不认作骈文，此书虽有未能尽善之憾，但大致反映了唐骈面貌。

**彭元瑞《宋四六选》**二十四卷，分六大类：诏一卷，制三卷，表六卷（又细分为贺表、进表、谢除授表、杂谢表、陈乞表），启十三卷（细分为贺除授启、杂启、谢除授启、谢荐事启、杂谢启、通启、辞谢启），上梁文、乐语各一卷。共收文章766篇，北宋以苏轼的作品最多，南宋主要有汪藻、洪适、周必大、杨万里、陆游、刘克庄、方岳、王子俊等，而以李刘的作品最多。彭元瑞的自序高度评价宋四六，尤其南宋，不满意六朝骈文，重视官场应用文，不选论、记、箴、铭、碑、志之文。编者倍受朝廷恩宠，故选文喜欢歌功颂德者，不喜欢批评讽刺和牢骚愤懑之文，有大量贺生皇子，贺太后寿，谢赐衣带、马、药，贺冬，贺年，贺升迁、加爵等同题重复、同类模式化之文，此书未能反映宋四六全貌。

清代本朝骈文的选本如下。

李渔（1611～1680）《四六初征》，选清初骈文家三百余人作品670篇。

吴鼒（1755～1821）《八家四六文钞》八卷，八家是：邵齐焘、刘星炜、吴锡麒、袁枚、洪亮吉、孙星衍、孔广森、曾燠。

张寿荣《后八家四六文钞》八卷，后八家是张惠言、乐钧、王昙、王衍梅、刘开、董祐诚、李兆洛、金应麟。

曾燠（1760～1831）《国朝骈体正宗》十二卷，收42家，文171篇。

张鸣珂《国朝骈体正宗续编》八卷

姚燮（1805～1864）《皇朝骈文类苑》十四卷，收清初至道咸作家125人，骈文512篇。此书编成较上列各书为晚，收入作家较多。

王先谦（1842～1917）《国朝十家四六文抄》收晚清骈文十家，以续前八家、后八家。

# 第二节　清前期骈文

顺治至雍正朝，约九十年，大致可分三期。易代之际，社会剧烈动荡，士大夫以救亡图存为己任，为民族复兴而斗争，以诗文抒情述志，有的奔走漂泊于海内外，有的隐居避世于山林。康熙初中期，开博学宏辞科，有少数人被动应考，勉强与清廷合作，政治态度有所变化，而思想深处仍然蕴藏着苦懑和不同程度的悲愤。诗赋、散文、骈文都是他们的书写工具。康熙后期至雍正朝，民族矛盾淡化，不再成为文学的基本主题。

杨旭辉指出，清初骈文作家能够充分利用历史典故和文学典故中所蕴含的"历史记忆"和"历史暗示"，来实现当下文学写作中的"情感隐喻"，把身经家国之变后，心灵深处痛苦的情感搏动融合在骈文典故的横向连续、组接和文字情感意脉的纵向流动之中。这种文学书写的方式，自然成为遗民志士在异族统治时期抒写亡国之思的一种掩体和保护，是文化专制高压下的一种生存智慧和书写方式的选择。[①] 这是清初骈文的显著特色。

---

① 杨旭辉：《清代骈文史》，人民出版社2013年版，第182页。

## 一　清初之明遗民骈文

**朱舜水**（1600～1682），名之瑜，号舜水，浙江余姚人，明末贡生，南明多次授官不受。与友人坚持东南沿海抗清武装斗争，三次到日本乞兵被拒，转而至安南，见国王不拜，几被杀，感动国王转为礼敬。1660 年返厦门，参与郑成功、张煌言北伐，功败垂成。1661 年，至日本，为当地士人讲学。经过艰苦努力，日本水户侯源光国厚礼延聘，日人安东守等师事之。朱氏为之建学校，设四科，讲儒学，日人称为朱夫子。他居留日本二十二载，对中日文化交流做出巨大贡献。有《朱舜水集》二十八卷，其抗清复明的系统论述见《中原阳九述略》，散体为主。其他书简、问答，占全书三分之一，骈体间见。

《安南供役纪事》，以长篇散文详细记述寓居安南的经历，其自叙为骈体，节录如下：

> 愧我中夏沦胥，外夷闰位。天既不赋瑜以定乱之略，瑜何忍复生其任运之心。是以遘播异邦，流离一十三载；间关瀚海，茹荼百千万端。庶几天日再明，沉州复陆。乃忽有安南国王檄召区区，相见之际，遂为千古臣节所关，不死不足以申礼，然徒死亦不足以明心，不得不亲至其廷，往返辩折。况瑜大仇未复，又何肯轻丧于沟渠。故不亢不挠，以礼譬晓。国王之识习局于褊浅，而才气颇近高明。谗夫鸱张，极力煽其焰；元臣箝口，无或措一辞。独力支撑，四面丛射。逼勒有甚乎卫律，嗟叹无闻于李陵。虽十一日磨砺之锋，不敢轻试；而三百年养士之气，未得大伸。……子卿以奉使困饥雪窖，洪皓以迎请流递冷山，节烈尚矣，瑜则无所奉也。（《朱舜水文集》卷二）

此文骈多散少，以十余字长骈双行句式叙事，以西汉苏武、南宋洪皓自比。然彼为敌国，此为藩臣，彼为使节，此为征士，身份不同。当时安南国王是黎维褆。明万历间，大臣莫氏篡权，已历四世。国王欲夺回权力，请朱舜水作答安南某将军书，呼吁其起兵勤王，《安南供役纪事》录其文并题为《代安南国王书》。所谓"供役"指朱舜水初到安南，适逢国王征聘能作文字者，以供役使，相当于书记的角色。其文曰：

> 盖闻圣哲必因时以建功，贤智贵正名而戡乱。乘机遘会，溉釜同袍。慨我遭家不造，以致遗国多艰。先王之冢子，幽之于别宫；蠹贼之宗盟，宠之以重任。牛骨五具，读前史而兴悲；蜜水一盂，岂在今而罔恤。此有志之所切齿，而义士之所抚心也。
>
> 恭惟某官，胸罗今古，掌握风雷。上马击贼徒，下马草露布。文事则雍容牺象，武备则首足莱夷。真命世之逸才，匡时之俊杰。抚兹社稷丘墟，民人涂炭。伪新之篡窃四世，舂陵之举事几人？即或守雌而伏，自当愤发为雄。乃者，审敌观变，似图一举百全，比得秘函，不禁手额。知某官惓惓为国，切切勤王。国祚灵长，臣民胥庆。梁国反周为唐，汾阳歼安诛史。方之今日，岂让古人？但何无忌酷似其舅，刘下邳岂非人豪？凡我同盟，咸宜共奋。
>
> 某动众兴师，矢公非富。幸群工之协赞，励率土而同仇。与子偕行，无敢或后。登坛誓众，竞欲争先。乘兹敌忾之诚，立奏中兴之绩。靖彼睡鞠之卧榻，完兹无缺之金瓯。某出奇制胜，彼备多则力分；某官内抚外援，敌防此则失彼。虏聚目中，功成指顾。使旗常铭翼辅之勋，乾坤正忠义之气。裂土分茅，锡圭莫卤。光荣增于祖考，福泽流于子孙，岂非大丈夫之伟烈，而奇男子之愉快哉！倥偬军务，草率裁缄，会晤非遥，瞻言有日。

这是一篇标准骈文，全文对仗，几无散句。文章申述勤王之正义，痛斥莫氏之罪恶，赞赏某将军之文韬武略，企望他效法唐代狄仁杰促使武则天立李显为太子，使武周恢复为李唐；郭子仪平定安史之乱，为国家中兴建功业。其事名正言顺，其文气盛辞达，颇似骆宾王之《讨武氏檄》。梁启超《朱舜水先生年谱》认为，"自此后九年，安南莫氏灭，黎氏复国，其功或即肇于兹"（《饮冰室合集》第二十二册）。

朱舜水居留日本期间，受到德川幕府源光国的优渥礼聘。七十岁时，源氏贺寿，朱氏作《谢源光国贺七十算启》，反映了朱氏当时的境况和心情，折射出中日友好关系，有云：

伏念之瑜,异邦樗栎,儒林赘疣。寸寸葭材,曾何资藉于补衮;纠纠葛屦,奚能步武于承筐。仅效晋平之好学,难希五羖之适秦。内举外举,雅愿慕夫祁奚;戏彩弄雏,心伤悲乎莱子。比拟耆英往圣,能无形秽神惊。幼安明哲保身,潞公华夷钦仰。或为王者之师,或奏旂常之绩。其最下者,学贯天人。方之子瑜,品殊霄壤。负兹蓬矢之志,深辜棘心之吹。而乃赐之杖,授之几,膺殊礼以冒高贤;酱而馈,爵而醋(以酒漱口),归西伯而称大老。文武周公而下,邈矣其风;后王列辟之尊,孰闻斯义?元王知其意而未必备其礼,明帝循其度而未必竭其诚。求其情意交孚,节文如贯;洵矣华夏罕俦,古今希遘。岂惟冠友邦之冕,直欲开编录之宗。展也大成,允矣君子。伏愿扩而充之,怙冒必先四者;引申勿替,殷陈普及三农。兴贤立教,风俗变于黎民;崇德遴才,广明扬于白屋。伫见含哺击壤,祝效华封;自当勒石铭金,名垂万古矣。临启可胜悚惶祈望之至!

德川幕府世代掌控日本政权,故启文称源光国为"宰相上公"。开头和结尾赞美颂扬备至,中段谦称自己乏材无能,而备受照顾。文章引用不少中国古代选贤用能典故,希望他普及三农,兴贤立教,崇德遴才。朱氏还有《与源光国告老启》《谢源光国贺八秩启》,或纯为骈体,或骈散兼用。

朱氏书简有二百多通,极少数是骈体,如《谢木下贞干启》,全文如下:

弟生不辰,逢天惮怒。中原沦陷,累累几同丧家;薄海流离,栖栖竟无宁宇。出没波涛险恶之域,自分偾躯必葬鱼肠;亢礼雕题椎结之庭,逆知劲骨决遭毒手。长怀辗转,无计图维。深荷贵邦容纳之宏仁,不吝增太仓之稊米;欲报水户君尊,崇之大德,妄希足岱岳以轻尘。奈何道不逢原,竟诧师傅于谁氏;行非出类,敢云雨化以何人?幸遇台台,文苑之宗,人伦之冠。博综夫典谟子史,研穷乎孔孟程朱。邈矣闻名于西土,晚哉相见于东都。身体力行,无须拾格致之余沈;意诚心正,自能祛理气之肤言。外修抑抑之威仪,内蕴渊渊之学术。胸罗烨烨之文采,自成表表之词章。实而若虚,谦不自满。邅惮蒹葭映玉，不觉醇醪醉人。念弟四海无家，数甲子于绛县之老；一身多病，晞夕景于桑榆之杪。台台乃贶以琼瑶，望其长久。极知爱厚之情，温然挟纩；深铭比况之意，展也劳心。敢不加餐自喜，或有一得之可期；冀毋金玉尔音，庶几半载之室迩。临缄率复，统惟鉴涵。

朱氏的朋友木下贞干（1621~1699），号顺庵，出生于京都，自幼好学，十三岁作《太平颂》，受到后光明天皇称赏。酷爱韩愈之文，又习朱熹、王阳明之学，为世所敬慕，桃李满门。朱舜水居留日本期间，与木下为忘年交。这封《谢木下贞干启》当作于晚年，概述流落海外之艰辛，表达对水户侯（即源光国）接纳之谢意。认识木下之后，朱舜水至为钦佩，大加赞美，今虽老病，仍然希望收桑榆之夕景，"有一得之可期"。可见烈士暮年，壮心未已。全文对句，少用四六型，多用四八、六七、八八之双句对，间以四四、六六、七七单句对，潜气内转，荡气回肠，余味无穷，是歌颂中日友谊之佳作。

张斐（1635？~1687？），浙江余姚人，明亡后浪迹江湖，与朋辈共谋反清复明。1686年，他在朱舜水之孙朱毓仁帮助下到达日本长崎。他对同乡前辈朱舜水极为敬崇，曾写作两篇祭文，表达自己并非"逃此而苟活"，而是"将忍死而有为"。第二封《又祭楚瑜先生文》，有云：

呜呼！中原陆沉，天地倾圻。狂澜一泻，九州尽决。既胥溺而莫救，何大海之不可涉？奋一往而轻身，去故乡以永别。塞孤踪而至此，懔纲常于无缺。况忠信之所孚，又此邦之多杰。咸俨师而散友，复尊德而乐业。管宁渡辽而俗化，文翁入蜀而教洽。盖君子之所处，必有益于人国。唯我公之高躅，亦犹遵夫前辙。苟吾道之可行，又何憾乎异域？……将忍死而有为，非逃死而苟活。竟夙志之无成，仅一身之归洁。目岂瞑而泪渍，心不灰而血结。国陨祚而长悲，家望祭而徒切。怅归魂归于万里，渺惊波之难越。呜呼！已焉哉！唯浩气之常存，塞中天而不灭。起后生之顽懦，励壮夫之名节。慨予生之独晚，慕前修之余烈。闻父老之遗言，心每伤而呜咽。跪陈辞以奠衰，灵飘缈其来接。①

在张斐看来,既然中原陆沉,天地倾坼,复国难以实现,而在异域日本如能实现"吾道",传播中华文化,也就无所遗憾了。他以管宁避难辽东而俗化,文翁入蜀兴学而教治,比喻朱舜水并自期,这就是此文的核心价值观所在。

祭文可用辞赋体、骈体、散体,此文属于前者,骈句多于散句而且一韵到底。另一封《复大串元善启》纯然骈体,多用四六,自述胸臆,有云:

> 幼学《春秋》,素秉尊攘之教;长虚岁月,徒为视息之人。将偕隐以入山,嗟无寸土之干净;聊抗怀而蹈海,视同尺水之波涛。击楫可誓澄清,叹乘流之祖逖;席帽而历险阻,伤去国之管宁。袖匕首而入函关,身脱虎狼之地;提椎而潜下邳,泪湿犬羊之天。固知君子名邦,可栖迟以终老;而念伊人隔水,敢溯洄之忘返。志比陶侃而弥勤,无少懈于一息;恩较侯嬴而更重,实难赎以身。况符谶未亡,文叔之兴可卜;薪胆心竭,勾践之霸将成。盖四十载之经营,既多义士;三百年之德泽,尚有曾孙。夏有一成,已赖斟鄩之定乱;楚虽三户,欲仿包胥之乞师。……览胜他乡,偶欲登高而有作;遥怜故国,不知挥涕之无从。苟其不然,尚为有待。寻尺未分,徒索居而寡偶;方寸已乱,何乐土之可安?②

此文使用大量中国古代典故,鲁连拒秦蹈海,祖逖中流击楫,勾践卧薪尝胆,包胥入秦救楚,管宁去国化俗……都是他追慕的榜样。夏有一成可以中兴,楚虽三户亡秦必楚,他相信可以复明,但理想如何实现,仍无所适从,尚有以待。这实际上是一首海外"漂人"的政治感怀诗。张斐常对朋友说不擅作骈文,从留下的少数几篇骈文来看,却很有特色,尤其在思想内容方面。

---

① 张斐:《莽苍园稿》,凤凰出版社 2010 年版,第 181 页。
② 张斐:《莽苍园稿》,凤凰出版社 2010 年版,第 167～168 页。

顾炎武（1613～1682），著名学者、思想家、抗清志士，坚持不与清廷合作，拒绝参加博学鸿词考试和明史馆工作。他的两个外甥，徐乾学（康熙进士，后来官至刑部尚书，明史馆总裁）和徐元文（顺治进士，官至文华殿大学士），二人曾以甥舅情谊，邀请他回乡居住，不必流寓在外，实质上是想限制他的抗清活动。顾炎武作《答原一（乾学字）、公肃（元文字）两甥书》，先回顾以前的政治、文化活动："已而山岳颠颓，江湖沸涌，酸枣之陈词慷慨，尚记臧洪（以东汉末臧洪声讨董卓自况）；睢阳之断指淋漓，最伤南八（中唐南霁云守睢阳，断指以表示对见死不救者的愤怒）。"下面提到他被仆人告发密谋反清，顾氏杀仆而仇家反诬，因而入狱，被友人营救出狱后，浪迹南北。文章没有讲进行过什么活动，但已表明他受当局迫害，不会合作的。文中指出，如果回乡，经济上会成为你们负担，政治上会引起别人对你我的猜疑，你们受得了吗？措辞含蓄而立场鲜明。

《与杨雪臣书》谈到他居住在华山的情况："尔乃徘徊渭川，留连仙掌（华山附近仙掌峰），将营一亩，以毕余年。然而雾市云岩，人烟断绝，春畦秋圃，虎迹纵横。又不能依城堡而架椽，向邻翁而乞火。视古人之栖山隐谷者，何其不侔哉！世既滔滔，天仍梦梦，未知此生尚得相见否？"联系他在华山时期所作散文，可见与其他隐士不同，志在恢复，念念未忘，精神世界有别于一般人。

黄宗羲（1610～1695），著名思想家、经学家、史学家，抗清志士。其政论散文《原君》尖锐批判君主制度，其传记散文宣扬民族气节，其骈文亦大体如此。如《余若水周唯一两先生墓志铭》，记明遗民耻事新朝，生活十分窘迫。"嗟乎！名节之谈，孰肯多让，而身非道开，难吞白石；体类王徽，常须药裹。许迈虽逝，犹勤定省；伯鸾虽简，尚存室家。生此天地之间，不能不与之相干涉，有干涉则有往来。陶靖节不肯屈身异代，而江州之酒，始安之钱，不能拒也。吾于会稽余若水、甬上周唯一两先生有深悲焉。"文章以一些古人做比较，感慨殊深。黄宗羲也有些反映社会生活情趣的骈文，如《姚江暮社赋序》，描写民间赛社，情景生动。

王夫之（1619～1692）在哲学、经学、史学、文学理论批评各方面均有巨大成就，坚持抗清立场，不改明衣冠，隐居湖南衡阳西部山区数十年，潜心著述。尽管他闭门谢客，远离城市，当局还是不放心，派人监视。有一次，王夫之发现窗户纸被人用刀子划破，显系夜间窥探者所为。乃怒作《勘破窗纸者爰书》，其中写道："何物潜窥，似托微踪于草际；竟同叵测，欲施锋刃于窗间。漫尔作无端之孽，讵异贼心；暗中怀有隙之私，非关儿戏。……条条分明，载其狠心怒目；咄咄怪事，恍若戴角披毛。"骂狗特务是禽兽，以四六偶句，作投枪匕首，犀利、痛快。王夫之还有骈体书启、赠序等，如《六十初度答徐蔚子启》，借助大量典故，融汇了沧桑的人生经历和悲愤的故国情怀，表现出孤苦清高的人格。全文对偶，无散句，属于沉博典丽之文。

## 二　顺治至康熙中期骈文

上面五位都是坚持民族气节，不仕清，不妥协的志士。下面几位或同时或略晚些，政治态度有变化，前期抗清，后期或参加博学宏辞科，或仕清，而对亡明仍然怀恋。

**吴绮**（1619～1694），字园次，江苏扬州人。他与王夫之年龄相同，政治态度不同。王氏抗清，吴氏仕清，顺治初年应科举，由诸生而拔贡，入仕后历任兵部主事、员外郎、湖州知府。王是学者，吴是作家，长于词和骈文，文章多风力，尚风节，饶风雅，人称"三风太守"。有《林惠堂全集》，其骈文作品以酬答友人、山水纪游为主要内容，间有感情之作。

《有明御史仲渊何公墓表》赞扬了明末抗清志士何弘仁的事迹，也寄托了他本人的"哀江南情结"，文中使用了大量历史典故，都与明末形势有关。如："鹿走秦原，马浮南渡。痛靖康之失守，急用谠言；值建武之纷更，爰求劲节。""舟覆崖山，问赵孤而莫在；途穷蜀道，持汉节以安归。""路丞惊窜，曾来灵隐寺中；潘阆潜奔，竟出延秋门外。朝朝痛哭，溪边碎读《离骚》；处处哀吟，井内独存《心史》。""作雪庵之谒，松阳无让菊阳；读文山之歌，信国何如鲁国。望西山而莫见，蹈东海而不归。"采用历代爱国者的故事，比拟何御史为救亡图存而奔走呼号，始终不渝。强烈的感情色彩与鲜明的历史画面有机结合，使读者受到一次又一次的心灵撞击，其产生的效应是一般的白描概述所难以达到的。可见吴绮虽然仕清，而内心深处的"亡国之痛"仍然十分纠结。

《邓尉山游记》。邓尉山在今江苏省苏州市吴中区西南，以多梅树著名。

吴氏此文，运用骈文的语言，采取散文的结构，是典型的游记写法，从哪天起程，哪天归来，到过哪些地方，步步详记。先抵灵岩寺，寺门已锁，乃循蕉岭，访渔村，又抵王庄，已是半夜。"倦客穿林而扣户，酒人持烛以下堂。把袂欢呼，衔杯谑浪"，好不畅快。次日一早，登古刹，藉草香花桥，啜茗梵天阁，览山景，望太湖，驻足而赏梅花。"香清翠羽，长如不月而明；色净珠胎，乃欲与云俱淡。则虽封姨善妒，不堪夜葬夷光；犹喜徐妪多情，尚可春留和靖。急趋旧径，遍选寒丛，老干纷披。乱点帽檐之雪；幽香馥郁，全薰衣袖之风。"最后一段是抒发此游感想。文章顺畅流丽，不用典故。如果把对句改为散句，与散文游记没有区别，实际上是以散为骈。

初游之后，意犹未尽，又有《约友人邓尉山看梅启》，再将梅花之美形容一番。"春来陌上，仅得三分；风到人间，初传一信。吴王旧国，长留未断之香；邓尉名山，犹剩不残之雪。梦回绿风，三更难醒梨云；行扑紫骝，万里尽迷花雾。……吟尚明月，尽翠羽之周嘈（南宋蒋捷改《梅花引》为《翠羽吟》）；字染寒香，见黄昏之浮动（北宋林逋有咏梅名句'暗香浮动月黄昏'）"。此文辞藻秀丽，笔调清逸，情致高雅，对仗工整，音节和谐。如果说《邓尉山游记》像散文，这封书信则颇似律诗。

《倚山阁听雨记》作于晚年，时吴绮旅居湖北丰溪。此文不写登阁所见，专写听雨所感。除了开头结尾稍做交代，中间一大段描写细雨的声音和状态。"时维秋也，觉爽气之初澄；或值雨焉，喜微阴之暂合。听檐声之淅沥，尽入波间。见水气之溟濛，唯存隔岸。若谢翱羽之忆国，涕陨鹿田；如元微之之怀人，梦残猿峡。汪子既推窗而望远，听翁亦凭槛以遐观。水静天空，都非常境；山连岸转，大有殊观。松被云遮，不见微茫之松火；竹径日映，犹闻点滴于竹林。……千亩穰锄，馌妇停踪于垄上；一川蓑笠，农夫低影于田间。鸦尽归林，鱼还吐沫。风吹山带，似谈还浓；点皱波纹，方成即散。"

中国古代诗词曲赋写雨的很多。专写听雨的名作如南宋蒋捷词《虞美人·听雨》，分别叙述和比较少年、壮年、老年听雨的不同心境，包含着世变事移所造成的深沉伤感。吴绮此文以写景为主，提到南宋末年谢翱雨中忆国，使人联想到明朝的亡国。全文的基本思想倾向是最后一段几句："无多萧寂，此中偏觉怡情；偶尔凄清，是外翻成得意。""鸡虫忘夫得失，乃忆少陵旧句。"萧寂中求怡情,凄清处觅得意,即俗话所谓苦中作乐。杜甫《缚鸡行》有"鸡虫得失无了时,注目寒江倚山阁"。此文化用其前句,重申忘怀得失,接下一句点明文章题目所在地。文章蕴涵深婉,针脚绵密,是值得反复咀嚼的佳作,不可以等闲写景文字视之。

**毛奇龄**(1623~1713),经学家、文学家、书法家,字大可,浙江萧山人,以祖籍郡望号西河,十几岁中秀才,明亡时,哭于学宫三日,入山筑土室读书,并参加抗清活动,失败后变姓名,逃匿江湖间。56 岁时,与陈维崧、朱彝尊、尤侗等同举博学鸿词科,授翰林院检讨,明史馆纂修官,数年后称疾归里,著述为业,享年 91 岁,著作有《西河文集》400 余卷。通经学、史学、音韵、乐律,精考据,好辩驳,爱同别人唱反调,随意臧否人物,故为士流所忌。他治学之余,作诗词,写文章,著诗话、词话。其骈文与陈维崧、章藻功合称清初三大家,又与毛先舒、毛际可合称"浙中三毛"。钱基博《骈文通义》比论云:"毛体疏俊,陈文绮密。倚气爱奇,陈不如毛;典丽新声,毛则逊陈。"论者认为,毛氏骈文以自然流畅为特色。毛奇龄的思想倾向,前期以亡明为正统,后期肯定清朝统一中国。

前期名作有《故明特授游击将军道州守备列女沈氏云英墓志铭》。沈云英之父沈至绪,崇祯末任湖南道州守备,"流寇"掠劫湖广,沈至绪战死。其女沈云英领余部,"率十余骑,奋呼突隍,直趋贼垒,连斩卅寇,顿惊五校。夺父骸于车上,拔贼帜于帐中。……归而启营,示以再战。寇避其威,立徙邻郡"。朝廷闻之,授云英游击将军,代父职。其夫贾万策,以都司守荆州,贼陷该城,贾亦遇害。沈云英辞去军职,扶柩还乡,课塾授经,不幸因小疾而长逝,年三十八。毛氏此铭颇长,前序是四六为主,后铭是四言韵文。盛赞云英是效忠明室的女烈士,"于父为孝,于国为忠,于夫为节,于身为贞","文能传经,武足戡乱"。题目称"故明",可见作于清初,也可以看出作者的政治立场。钱基博《骈文通义》说这个题材,如"入后人手,易为诡丽,而独以矜庄出之。雍容揄扬,骈文所长"。此文严肃庄重全面周到,情节交代清楚,更多地吸收了散文的平实精简,避免了骈文的含糊夸饰,比起庾信、李商隐记述某些军功之墓志铭,更显得翔实可信。

毛氏后期骈文名作有《平滇颂序》,作于 1681 年 11 月,平定吴三桂叛乱,收复昆明之后。吴三桂是大汉奸、大野心家,明末镇守山海关防清。

李自成进北京，他有意归顺，获悉其父被拷打，爱妾被掠夺，一怒而开关迎宿敌。清兵长驱直入，李自成土崩，明统治瓦解。吴三桂为清军追亡逐北，最后俘虏南明永历皇帝于缅甸，受清廷封藩王于云南。若干年后，其野心膨胀，叛清称帝，三年后被康熙帝以武力消灭。毛奇龄的文章揭露、谴责了吴三桂的卑劣："夫逆（指吴三桂）之佐命，非有吕（尚）散（宜生）之旧也；其乞援来归，又未尝有申包之泣，温生之痛也。只以娈嬖（爱妾陈圆圆）被略，仓皇奔救，鼠窜狼顾，计无所复，遂假羽校以自资，而侥幸成功。其苴茅滇土，宠畀亲藩，重禄外戚，其为非分，亦也久矣。"毛氏又大力颂扬康熙的英明决策："量其不臣之心，撤（指撤销滇粤闽三藩王封号）亦反，不撤亦反。撤之则反速而患小，不撤则反迟而患大。患小则拔之如牦豪，患大则撼之如丘山。"这次决策实际上吸取了西汉削藩的经验教训。三藩已经坐大，撤藩势在必行，撤亦反，不撤亦反，康熙已做好武力平叛的准备，吴三桂发动叛乱，康熙马上下手。历史证明，这次行动是必要的、成功的，包括收复台湾在内的战事，都是为了统一中国，值得肯定，因而毛氏此文也是值得肯定的。钱基博说："出以驱迈，我用我法，真有来如云兴，聚如车屯之势。"陈耀南说："堂皇俊伟，议论崇弘。"（《骈文通义》）行文骈散兼用，评论高屋建瓴，缺点是略嫌重复，有些话，前面讲过，后面又说。毛氏的散文好议论，骈文也有这个毛病。

《复沈九康成书》是怀念故友的抒情文，不涉及政治。沈康成及文中提到的子长都是毛奇龄的朋友，事迹不详。子长曾将其作品给毛氏请他作序，毛的回信尚未寄到，而子长突然逝世。这封信为此而发感慨。信中用了大量古代文人典故，以比喻作者与子长的交谊，情深意切。最后一段写道："曩时延陵贻剑，失之生前；今者西河赠篇，迟于身后。死而有知，古今同痛，兹丐足下焚前寄序，复诵是书。""延陵之剑"指春秋吴国延陵公子季札路过徐国，徐君爱其剑而未言。公子知其意，拟在回国途经时再送给他。岂料回来时徐君已死，公子乃解剑挂于徐君墓前而去。可贵之处是在朋友死后仍然满足其生前的愿望。毛氏信中还有一个重要典故是"秣陵之书"，讲的是南朝梁刘峻的朋友刘沼曾致信与他商讨学术问题，信未发出而刘沼病故。刘峻得知后，为死友作《重答刘沼书》，感念故友情谊，是南北朝骈文名作。毛奇龄的《复沈九康成书》，乃仿刘峻而作，实际上是写给死友子长的。不但要沈九替他在子长墓前焚其所索要的序文,还要诵读此信,以此向死友传达生者的纪念,这是十分感人之举。王文濡说:"立言真挚,笔意亦疏宕入古。"此文用事典十八处,有几处颇妥切,如向秀山阳闻笛而作《思旧赋》,潘岳为杨道之父子殒命作《思旧赋》、为任咸妻作《寡妇赋》,曹丕为文友徐、陈、应、刘一时俱逝而作《又与吴质书》等。还有些典故是讲友谊深厚生死不渝的,在某些爱挑毛病的读者看来,有的未免失之牵强或多余。这也是骈文家的通病。

《与秦留仙翰林书》,其中讲到毛氏救助一名中年歌女的故事。这位歌女"少好讴弹","中丁沦落。小吏挟之而趋府,将军劫之以还镇"。毛氏"赏其有技,而哀其不逢。为之拔起污涂,脱诸网罟,暂厕他部,仍还故里。仆既沦落,与之相同,而归来无日。于其行也,南望迁延,若有所恨"。下面描写送别的场面:"是时平桥雨过,楼前日熏。柳花飘园,芍药坠地。眺汝水之回波,望平原之迷离。红亭东去,白日将斜;青草西头,紫骝犹住。乃徐起哀弹,更为变曲。……歌南浦之词,咏东归之什。新声谬迷,繁缦绸杂。仆夫为之眷顾,去马于焉却秣。游子望乡而增欷,行人停车而雪涕。"不用典故,纯是白描。不写歌女的容貌和声音,也没有男女恋情,只有同情和惜别。语言平淡无奇,场景动人肺腑,与宋以来词曲中歌妓相别的场面及审美视角大不相同,体现出对不幸的弱女子人格的尊重和技艺的赞赏。

**陈维崧**(1626~1682),字其年,号迦陵,江苏宜兴人,父亲陈慧贞,是明末"四公子"之一,老师陈子龙是誓死抗清的烈士。陈维崧少年以诸生而有文名,风流倜傥,不曾仕明,后亦不曾仕清,以处士游走四方,声名籍甚,他人馈遗,随手散尽,以致生活困顿。康熙十八年,他54岁时应博学鸿词科,授翰林院检讨,与修《明史》,三年后卒于官。陈维崧的文学成就,首先是词,有词作1200首,是清初词坛两大派之一阳羡派的代表。其次是骈文,有《陈检讨四六》二十卷。自称"腹中有骈文千篇,特未写出耳"。同时著名古文家汪琬读其骈文,叹曰:"自唐开、宝后七百年,无此等作矣。"《四库全书总目提要》卷一七三说:"国初以四六名家者,初有陈维崧及吴绮,次则章藻功。……维崧泛滥于初唐四杰,以雄博见长。绮则出入于樊南诸集,以秀逸擅胜。"谢无量《骈文指南》说:"清朝乃有四六名家者，陈其年最号杰出。"

陈维崧没有参加抗清活动，其作品对社会动乱、民生疾苦和个人沉沦漂泊、怀才不遇等，有不同程度的反映。这些在其词与赋中较为明显突出，因为那是写给自己看的；在应酬之作骈文中稍为委婉些。

《上合肥先生书》，描述从南方到北方沿途感受："慨自蛾飞玉塞，蚁溃金堤。既七圣之路迷，亦百王之道尽。汉台晋阙，共废垒以纵横；伊鼎姜璜，并颓垣而芜没。……若乃邯郸为游侠之魁，朝歌乃轻华之窟。玫瑰作城，东京樊重之家；玳瑁为梁，西洛石崇之宅。或奕瑰蝉之所割据，或贺六浑之所攘窃。……此皆历代名都，累朝胜域。今则空余风月，无复绮罗。"许多中原古城名都在少数民族军阀掠劫破坏中消失，其兴亡沧桑之伤感，是针对当时而发的。

《周栎园先生尺牍新钞序》中说："于是操弦泣下，搁管悲来。北渡萧综，时闻落叶；南归苻朗，每见江流。"以南朝梁亡，萧综被掳至北周，前秦崩颓，苻朗不得已降晋作典故，说的就是他自己。《方素伯集序》说："辰倾岳圯，宋微子有麦秀之歌；国破家亡，周大夫有黍离之叹。"《戴无忝诗集序》说："沧江森森，谁家精卫之魂；白昼漫漫，何处杜鹃之哭。"形容的是别人的文章，倾吐的是自身的块垒。

《征刻〈今文选〉〈今文钞〉启》。陈氏与朋友冒禾书、冒丹书选编当代骈体文为《今文选》，散体文为《今文钞》，发出征文启事。其中提到文章典籍在战乱中遭浩劫："不幸中更兵燹，涂历乱离。帐中之秘，与银雁以俱飞；箧衍所藏，共珠囊而不见。他若庾开府生平所作，五存五亡；杜荆州畴昔之碑，一山一谷。凡诸遁甲以及秘辛，老兵既裂以补袍，里媪亦藉之覆酱。残通恶栈，烂然四部之珠英；败纸烟煤，宛然五车之玉屑。"这是一场空前的文化灾难啊！征文启事特别提出："若有性喜刺讥，语工怨悱，宋玉既口多微词，孙盛复直书时事者，鄙人悝怯，不登杨恽之歌；君子温柔，毋为赵壹之赋。"申明不收批评讽刺现实之文，他说自己胆怯，其实是惧怕清初业已兴起的文字狱。

《三芝集序》是为朋友吴绮三个儿子的诗集所作序，对吴绮归隐山林，训儿课诗，安享天伦之乐极力描绘，称为"德门之盛事"，"艺苑之美谈"。最后写道："嗟乎！我辰安在，笑口难开；生世不谐，忧心曷极！

棋上有不平之局，酒边多懊恼之歌。寄语尊公，何劳永叹。弄红珠于掌上，舍斯无取乐之方；玩翠羽于堂前，即此是消愁之物。"前面羡慕吴绮享乐，后面又劝他消愁，忘掉不谐不平与懊恼，慨叹殊深，既针对朋友，也安慰自己。

《征万柳堂诗文启》。万柳堂是康熙时文华殿大学士冯溥的花园，文人雅士聚集之处。陈维崧为之征诗文以赞扬之。先写园子的历史，再写园外环境如何闹中取静，园内景物如何自然成趣，再推测主人审美意趣之高尚，还写到客人如何游览与激赏。文章博大雄厚，奔放恣肆，体现出陈氏骈文"博丽派"的风格。百余年后，桐城派大师刘大櫆游此园，并不描写景物，而对达官贵人以民脂民膏建私家园大张挞伐。就语言艺术而言，刘氏的散文不如陈氏的骈文；就思想倾向而论，刘氏要高陈氏一筹。

《归田唱和诗序》。陈维崧的朋友毕际有，厌倦官场，归隐田园，去职时作诗述怀，朋友们纷纷唱和，都为一集，请陈氏序之。此文先写毕氏显赫的家世，继而述其在家庭内外的表现。父亲去世，长兄早亡，少孤尚幼，"先生只身恤纬，中夜茹荼，弱必致哀，贫能备礼"，孝行感动官府及百姓。接下去颂扬其出仕后政绩。毕氏曾任今崇明岛地方官，该地城郭崩坏，土瘠民穷，毕公一面修缮海防，一面减轻负担。"公洒血上书，单车入告，叩阍有路，愿除已去之丁；窃禄何情，冀缓难供之饷。两年惠政，人思以贾姓名儿；一郡仁声，众共曰杜公吾母。"然而却遭到小人诬告："谤书一篓，谁明良吏之冤；衅起二桃，孰辨远臣之枉。"毕先生只好辞官而去。这是一篇骈体写成的循吏传，内容丰富，描述诚挚，很有感情。可是，此文典故太多，以古人古事掩盖了今人今事，读后如雾里看花，仅能见其轮廓而不见其真容。毕先生的政绩到底如何，若想进一步了解，还要查阅散体文的传记及地方志等等。这是骈文疏于叙事的胎里病，从六朝到唐宋元明清，在碑铭传记领域率皆如此。

陈氏有的小题文章别具风致。如《请周翼微篆刻图章启》，极言周氏刻字技艺之精："烂铜破玉，频镂蝌蚪之形；汉印秦章，屡画蛟螭之状。""见蔡中郎之鸟篆，则传观尽讶其精；观戴安道之鸡碑，则好事群惊其妙。""然而聊为游戏，何妨暂挥郢客之斤；姑与周旋，何须不刻宋人之叶。嗟乎！绝技可传，多能有属。只论一艺，愿诸君无失此人；若问其他，恐当愿世竟无其亚。"整篇文章从头到尾，皆整齐对句，无一散语。信手写来，不见雕砌之痕。王文濡《清代骈文评注读本》说："刻画中饶有风致，自是心手调和之作。"

关于陈维崧的骈文成就，当时即获很高评价。毛先舒在陈氏《湖海楼俪体文》序言中说："能于属词隶事之中，极其开阖。不外绅青媲白之法，自行跌荡。正如山阴楷书，而具龙跳虎卧之奇；杜陵排律，乃得歌行顿挫之法。蔚乎神笔，讵不然欤？"后来赞美揄扬者不胜枚举，但也有人对他不满乃至指责。陈维崧与优伶徐紫云搞同性恋，同居多年，有艳词多首流传。清末谭莹（1800~1871）的《论骈体文绝句十六首》评陈维崧说："词科才子总能文，藻采偏缘德行分。陶亮闲情宜极笔，肯因沉博录扬云。"谭莹用陈维崧说过的话反讽他。陈氏《与张苣山先生书》说："秽如扬雄，虽沉博绝艳之文，定属外篇；洁如陶潜，则闺房情致之赋，不妨极笔。"谭氏说陈氏有辞藻而无德行。蒋士铨说："迦陵学子山，只见其叫嚣。"汪廷儒说陈文"俗调"，屠寄说他与仿效者"并遭诋诃"。钱基博说："有清厉学，华实并茂。……卑谷人（吴锡麒）浮艳之作，陋迦陵（陈维崧）侧媚之词。"（钱基博《鹿门学略第二十一》）陈耀南《清代骈文通义》说："其年传世诸篇，如《陆悬圃文集序》，论骈散之宜，说唯析中；推陆氏之制，则采溢于情。《请周翼微篆刻图章启》，意畅笔圆，而词繁调滑。……《三芝集序》《征田太翁八秩寿言启》《寿徐健庵先生序》诸篇，善颂善祷，多纤巧俗滑之病。《闰牛叟贯花词序》一篇文格尤卑。且应酬诸作，大抵格熟调庸，众篇一律，此其所以可厌也。……人谓其年之文气粗词繁，是亦骈文家之最易犯者。"他还说陈其年、吴锡麒、胡天游，写文章像中药铺里的抽屉，逢题即能按类撮取典故，敷衍成文。"盖思想之深辟，情感之浓挚，皆置其次，而务铺排编类之是求。"乃一针见血之论。昝亮充分肯定陈维崧的成就，同时指出其不足有五：一是用典雷同，二是造语重复，三是捁扯太过，导致浮薄，四是争奇斗巧，语词伤意，五是任气使才，雄而不遒，肆而不逸，熟而不健，丽而不清。[①] 分析较全面。

---

① 参看昝亮博士论文《清代骈文研究》第五章第一节"陈维崧骈文试论"，1997年。

### 三 康熙后期至雍正之骈文

下面几位,或于明末尚幼,或生于清初甚至更晚,故不再有明显的民族情结。

**吴兆骞**(1631~1684)江苏吴江人,少有才名,被誉为"江左三凤凰"之一,顺治乡试举人,因主考官被检举舞弊,牵连他,流放黑龙江宁古塔23年。朋友求助贵公子纳兰性德,附吴兆骞《金缕曲》二首。纳兰性德是著名词人,颇欣赏之,言于其父大学士明珠,吴兆骞得以赎还,三年后病逝于北京。吴氏文学成就主要在诗歌,反映身世不幸,描绘边塞风光,谴责沙俄的侵略暴行,歌咏广大军民的抗俄斗争。其赋中名作是《长白山赋》,据说康熙读后动容。

他的骈文工整博丽,受到后人推重,如《孙赤崖诗序》。孙赤崖,江苏常熟人,与吴兆骞同榜中举,同案牵连,同谪塞外。孙氏将其流放所作诗结集,请吴为序。由于同病相怜,同声相应,此序既是叙友,也是述己,哀孙氏之不幸即所以自哀,写得情动于衷,凄婉悲切。第一段说由来志士遭遇穷厄,未有不发而为诗,托长歌而申恨者。第二段简述孙氏少年知名,艺林之俊,却受到不白之冤。"乃以拾尘之惑(孔子厄于陈蔡,颜回拾尘中粒而食之,被同学怀疑偷吃好东西),遽从栖火之嗟(如纳鱼于汤,栖鸟于火)。灵琐难陈,遐陬遂谪(难向皇宫陈诉,而远谪遐方)。飘零皂帽,辽东空来(东汉管宁戴皂帽避难辽东);襟裾素衣,吴关长谢(穿上褴褛的囚服,长别家乡吴城)。土室迢递,托黄鹤以俱飞(西汉公主远嫁乌孙,作歌曰:'居带土室兮心内伤,愿为黄鹄兮归故乡');客梦徘徊,指白狼而难越(白狼河,今辽宁大凌河)。"仅用12句概括受诬和远谪。第三段说孙氏以诗抒怀,用古代诗人梁鸿、蔡邕、蔡文姬、刘琨、庾信作比,他们都在极其困苦时留下了作品。第四段申述自己与孙氏的密切关系。"仆旧托攀稽(如同向秀与嵇康是好朋友),近同迁贾(我们都像贾谊那样被放逐)。黄垆游宴(王戎与嵇康、阮籍同饮于黄公酒垆),久限山河。紫塞军侨(充军之人),更分乡里(分派在不同地区)。北郭之贫已甚(北郭骚是齐国著名穷人),南馆之会徒乖(南方相会徒然放弃)。永念生平,弥嗟弦括(如箭与弦相分)。却题短引(短序),爰寄沉思。"

一对老同学、老朋友，同是天涯沦落人，有许多难言之委屈，说不尽，理还乱，只好用典故含蓄表达，让对方细细体会，以实现心灵深处的交流和慰藉。王文濡说："一唱三叹，慨当以慷，余音凄恻，不绝如缕。"（《清代骈文评注读本》）

**蒲松龄**（1640～1715），山东淄博人，19岁中秀才，以后屡试不第，蹉跎科场数十年，对其中弊端有切身感受。平生除短期作幕外，大部分时间授徒乡塾，积四十年之力，完成中国文言小说史上顶峰性巨著《聊斋志异》，此外还有诗文、俚曲等，今人合编为《蒲松龄集》。

蒲氏虽不以骈文名家，但骈文造诣很深，代表作如《聊斋志异序》，随小说广泛流传。前半段叙述其写作经过："松落落秋萤之火，魑魅争光（我好比散落的萤火，如同嵇康那样耻与鬼怪争光）；逐逐野马之尘，魍魉见笑（像春天的水气飘荡，为异类所笑）。才非干宝，雅爱搜神（晋人干宝著有《搜神记》）；情类黄州，喜人谈鬼（苏轼在黄州，爱听鬼故事）。闻则命笔，遂以成篇。久之，四方同人，又以邮筒相寄。因而物以好聚，所积益夥。甚矣，人非化外，事或奇于断发之乡（人皆受教化之民，事却比断发文身之地还奇特）；睫在眼前，怪有过于飞头之国（《唐书·南蛮传》记，某国有人，头颅飞去还会回来）。遄飞逸兴（李白诗句），狂固难辞；永托旷怀，痴且不讳。展如之人（求实之人），得无向我胡卢耶？（也许会掩口笑我）然五父衢头，或涉滥听（街谈巷说，或许粗制滥造）；而三生石上，颇悟前因（有些预测生前死后之事，或可悟出前因）。放纵之言，有未可概以人废者（不可因人废言）。"这一段将他怎么喜欢收集鬼怪故事，别人如何帮助，以及他对鬼怪故事的态度交代清楚了。后半段主要反映他的因果报应观念和佛教迷信思想。说他父亲梦一僧人，乳头贴一膏药，醒来时，松龄即出生，而乳头有痣。他因此怀疑前生是和尚，所以门庭凄寂，笔耕萧条。由于无法摆脱尘世烦恼，未能超生悟道，就像范缜说的，成为到处漂零的残花。只好寒灯搦毫，"妄续幽冥之录（南朝刘义庆《幽冥录》），仅成孤愤之书（韩非有《孤愤》篇）。寄托如此，亦足悲矣"。

蒲松龄创作狐鬼故事，一方面暗寓对社会的批评，发泄自己的孤愤；另一方面无可否认，他受佛教因果报应影响很深，善有善报，恶有恶报，人间不报，阴间还要报的思想，几乎贯穿聊斋全书。这一点是读者和评论者应该正视的。此序不长，绝大部分是对偶句。用典虽多而贴切，皆常见熟典，无注亦能懂，属于标准的四六文。

蒲松龄《聊斋文集》中有各色各样的骈文，最具特色的是诙谐文。如《戒应酬文》，蒲氏痛感卖文为生，代人歌哭的辛酸，立誓戒绝应酬之文。然而当有人提着酒食上门求文时，为了口腹之需只好破戒。文章在自我调侃中故作谐趣的掩饰。《责白髭文》作于四十八岁时，仕途无望而白髭已生，于是责备白髭势利，何不生于宰相公卿之首，髭神反过来嘲讽作者的贫困。似乎是明人吴宽《责须文》的赓续。《怕婆经疏》，杜撰惧内男子饱受悍妇打骂之苦，希望西方《怕婆经》重新流入中国，让"义夫读而生勇，懦夫诵而立威，庸妇闻之心惊，悍妇闻之息焰"。蒲氏在《聊斋志异》的《马介甫》中附录杜撰的佛经《妙音经续言》，痛骂天下悍妇之丑劣，天下不成丈夫者的无耻。中国古代文学中刺悍妇之文由来已久。东汉冯衍《与妇弟任武达书》，对老妻如何悍妒，向妻弟作尽情的倾吐，坚决要离婚。刘宋虞通有《妒记》，梁张缵有《妒妇赋》，而蒲氏竟连作两篇。蒲氏游戏骈文还有《群芳揭乳香札子》，让牡丹、芍药、兰、菊向东皇投诉乳香"恃宠抽条，煽威弄影……党与自封，势欲蔽天"，从而使得众芳憔悴。此文明显仿效沈约《修竹弹甘蔗文》。蒲氏的《讨青蝇文》要求趋炎附势的青蝇离开穷酸的自己，"出幽而迁乔"，"引朋呼类"，"适彼乐土"，否则就拿"响竹敝帚"把你们赶走。似乎追踪韩愈的《送穷文》。①

**陆繁弨**（？～1700），浙江杭州人，父辈多为明末复社骨干，易代之际合门义烈。清兵攻入浙中，其父陆培抗清殉难于横山，这时陆繁弨还只有十岁，"亲亡国破"，"如飞汤火之中"。顺康之际，伯父陆圻受湖州庄廷鑨《明史》案文字狱牵连，遭迫害，全家老幼，全靠叔父陆阶维持。这种特殊的家庭背景和惨痛遭遇，在他的诗文中留下深刻的烙印，其《三叔六十寿序》做了简要的表述。"痛昔横山抗节之岁，复有离人；既而燕京诏狱之年，先我家督。斯时也，内无将母，出鲜从行。……栖冰衔胆。想啜菽以难期；杀夭刳胎，比覆巢而尤酷。……虽义烈之靡悔，讵家国以两全。幸

---

① 参看陈曙雯《蒲松龄骈体诙谐文探析》，收入《第四届中国骈文学会年会论文集》，2015年10月，南京大学文学院编印。

而笃生叔父，克保寒门。乙酉酸辛，即随时而奉母；壬寅氛祸，复犯难以从兄。……骨肉离而复合，宗枋绝而复兴，揆厥所由，伊谁之力。"在一次又一次的危难时刻，叔父忍辱负重，如履薄冰，艰难维护，才使得陆门一家孤儿寡母，在严酷的政治生态环境中度过多次危机。

在《吴锦雯先生寿序》中，他对这位父执在《明史》文字狱中，如何维护陆家做了具体的刻画。当时陆家老少，皆遭镇压，"朱颜皓首，都抱覆盆；幼子童孙，相随入狱"。别的朋友纷纷躲避，不敢出面，而吴先生却"抱薪救火，奚啻探汤；履薄临深，几于从井。而且曲计生前，兼图身后"，连坟地都替陆家买好了。这种生死之交，患难中更见真情。

陆繁弨不仅抒写本人和家庭的苦难，对社会上的不幸者也一掬同情之泪，如《小青焚余序》即是。据莫道才主编的《骈文观止》说，相传小青是杭州贫家女，能诗善曲，嫁给富家子冯千秋为妾，为正妻某夫人不容，乃别居孤山，抑郁而死。其诗稿为某夫人所焚，陆繁弨辑其流传者为《小青焚余》，并作序，其中还附有致某夫人书一篇。莫道才又据钱谦益之《列朝诗集》，认为小青实无其人，世传作品系伪托，[1] 与民国初年王文濡《清代骈文选注读本》见解不同。王氏引述施愚山（闰章）的《蠖斋诗话》，施氏曾就诗稿询问陆繁弨的伯父陆圻，陆圻说，小青乃冯云将之妾，所谓某夫人者，乃进士杨廷槐之妻，两家亲旧。某夫人雅爱文史，与小青怜惜，曾劝她脱身妾室，小青不可。后来夫人北去，小青致书为别，称"命薄甘死，宁作风中兰，不作雾中絮"。施氏疑其诗恐难免文人润色。陆圻笑曰："西湖上正少此捉刀人。"从上述文字看，陆圻是看过《小青焚余》的，知道陆繁弨把某夫人与小青关系搞错了，为什么不公开更正呢？可能认为那不过是文人游戏笔墨罢了，不必太认真。小青真相到底如何，待考。

**纳兰性德**（1655～1685），字容若，满族，父亲是大学士明珠，他本人自幼聪颖，好读书，善骑射，由举人而进士，任康熙一等侍卫。容若是清代最有成就的满族词人，尤以小令见长，多伤感情调，间有雄浑之作，亦能诗，有《通志堂集》。骈文约十来篇，其中序文三篇，《名家绝句钞序》《贺人婚序》《渌水亭宴集诗序》皆骈体，后者是其代表作。康熙十八年夏

---

[1]　莫道才主编《骈文观止》，文化艺术出版社1997年版，第507页。

日，容若在府中渌水亭举行宴集盛会，名士朱彝尊、秦松龄、严绳孙、姜英、陈维崧、汪楫、张见阳等与会，赏花、饮酒、赋诗。此文仿效六朝三唐宴集序作法，前半段描写风物之美，后半段抒发感怀之情："若使坐对亭前，渌水俱生泛宅之思；闲观槛外，清涟自动浮家之想。何况仆本恨人，我心匪石者乎。间尝纵览芸编，每叹石家庭树，不见珊瑚；赵氏楼台，难寻玳瑁。又疑此地田栽白璧，何以人称击筑之乡；台起黄金，奚为尽说悲歌之地。偶听玉泉呜咽，无非旧日之声；时看妆阁凄凉，不似当年之色。此浮生若梦，昔贤于以兴怀；胜地不常，曩者因而增感。王将军兰亭修禊，悲陈迹于俯仰，古今同情；李供奉琼筵坐花，慨过客之光阴，先后一辙。但逢有酒开尊，何须北海；偶遇良辰雅集，即是西园矣。"这段文字，融汇了许多典故，石崇珊瑚、赵氏玳瑁，是在河南洛阳；而玉田种壁、黄金筑台、邯郸击筑，皆在北京附近。王羲之兰亭集序记修禊之情，李太白夜宴桃园写坐花之感，正是此文学习的典范，有些句子被吸纳。曹丕曹植兄弟与邺下文人同游西园，与容若以贵族公子身份邀集文友，亦颇为近似。

书信五篇，《与顾梁汾书》是骈文。康熙二十三年，容若护驾南下，游览江南风光，非常得意。他给留在北京朋友写长信，概叙中途所见所感，以写景为主，景中有情。其中描绘天子出巡之盛大气势，最具特色："王道荡平，非同九折；天清气朗，时值三秋。风伯驱尘，雨师洒路。千乘万骑，驰骤风飙；豹纛蜺旌，蔽亏日月。云门宛转，与雁唳而俱闻；铙吹悠扬，随渔歌以互答。黄华分翠凤之香，紫蓼映红云之丽。仆手携湘管，身佩吴刀，随昌宇以侍衣，偕方明而夹毂。日睹龙颜之近，时亲天语之温，臣子光荣，于斯至矣。"这样颂扬，符合御前侍卫身份。但他并不流连忘返，而是向往清闲的生活。此信最后一段说："傥异日者，脱屣宦途，拂衣委巷。渔庄蟹舍，足我生涯；药臼茶铛，销兹岁月。皋桥作客，石屋称农。恒抱影于林泉，遂忘情于轩冕，是吾愿也。然而不敢必也，悠悠此心，惟子知之。"这种人生理想在其诗词中也时有透露。

容若的骈文还有祭文、募捐引、谢表、贺表、帖子等。其中《端午帖子》生动地记述了北京各种民俗和文化活动："节自天中，时当夏仲。五花施帐，争歌长命之词；重碧盈尊，叠和延年之颂。钗名玉燕，两两斜飞；群绕朱丝，双双并结。捕蜩枭而作供，惜鸲鹆之能言。草是宜男，共斗五时之胜；镜呼天子，相传百炼之金。团扇鲛绡，画凤文而绕户；赤符神印，穿金镂以垂门。采术浴兰，俗传万井；觟蒲簪艾，胜极千秋。水跃丹鱼，广泽鼓青龙之舰；风高黄雀，灵飙回彩鹢之帆。哭曹女于娑娑，吊屈平于湘汉。既望古而增慨，遂既事以兴怀。"后半段抒情，发胜事常存良辰难再的慨叹。他的骈文句子，较少夹杂散语，每每近乎诗词，具有诗情画意，不难看出，是精雕细刻之作。

**章藻功**（1656～?）①，字岂绩，浙江杭州人，康熙四十二年（1703）进士，授翰林院庶吉士，五月后引疾归，事母终身，有《思绮堂集》。毛际可说："读岂绩文，灿若舒华，烂若列锦，至其中有郁结，往复百折，以畅所欲言。则又如园茧之抽丝，峡猿之啸月，使人不自知其移情焉。"（毛际可《安序堂文钞》，卷十二《竹林深处骈体文序》）《四库全书总目提要》说他"刻意雕琢，纯为宋格"，"欲以新巧胜"陈维崧、吴绮二家。陈耀南《清代骈文通义》说他："往往圆熟佻薄，几同儿戏。譬如《为友人焚后井居启》《吴鹿紫桐江口号跋》等，可谓自卑文格矣。"张仁青《中国骈文发展史》说："观《思绮堂》骈文三百篇，格律精严，雕琢曼藻，故是南宋本色。"

如《继祖母高太孺人传》，记章氏家境清寒，继祖母含辛茹苦，勤俭操持。选取日常生活中若干琐事，娓娓道来，刻画出祖母平凡而高尚的感人形象：

> 万间莫庇，徒然四壁之家；两世俱单，更以二人之命……粟熬以汁，度我朝昏；粥漉为馇，饱儿课读。日常索饭，那堪应不成声；出欲沉渊，除是死而却累。祖母高仓皇趋救，号泣携还。但努力以显扬，顾甘心而操作。剪刀频放，烛照明余。砧杵多劳，月寒色苦。易来糕饼，认淋漓指血之痕；典去衣裳，忍冻烈肌肤之状。

有人比此文于李密《陈情表》，李表不如其具体。有人比之于归有光《项脊轩志》，归志不如其周到，既有概述，又有特写。孙子饿得不想活要

---

① 目前提及章藻功者，皆曰生卒年不详。本书根据路海洋《章藻功骈文刍议》（载《广西社会科学》2012年第7期）所推定。

跳河，祖母连忙跑去拽回来。忍痛为人工洗衣并典当，手指淋漓出血，皮肤冻裂开口，这样的细节，即使用散文也很难描述，何况是不长于叙事的骈文。在章氏笔下，此文竟能达致与散文异曲同工的效果。如果放在清代一些记母亲课儿夜读的骈文中相比，章氏此文也是很有特色的。

章氏骈文既学宋格，也习初唐，如《登览滕王阁书王子安序后》，有云："岁惟己丑（1709），时际中元。金尚伏而暑气残，火乍流而秋声作，舟真似芥，杭一水而折三；舆恰如篮，界两山而分半。风吼翻阳之侧，等谢安泛海之游；月团江渚之中，同庾亮登楼之兴。竭来眺远，浏览凭空。翼轸衡庐，天地是不刊之位；冈峦岛屿，山川亦常在之形。射斗牛以寒光，唱渔舟而响彻。"这一段化用王勃序中一些句子，风神清健，气韵沉雄，不同于其他仿作。该文颇长，赞赏《滕王阁序》并反驳有些人对它的指责。

章藻功也有反映社会情态的作品，如《浙江总督王氏祠堂记》：

> 海门之地接蛇龙，省会之居同燕雀。檐裝雁齿，屋瓦参差；船画龙头，江潮漂没。而招招逐利，扁舟多满覆之虞；出出告灾，比户有俱焚之惨。公先时维护，临事精详。慎曲突以徙薪，防惊波而骇浪。争渡者须量舟而载，毋许多人；救焚则不俟驾而行，率先一己。劬劳垣堵，信可反风；安稳布帆，曾无溺水。抑或凶荒灾祲，即绘图以上陈；鳏寡独孤，亦停车而下问。

刻画具体细致，连渡船不能超载，救火应该立即动身，这样的规定也写进文章，一位勤政爱民的地方长官形象便呼之欲出了。此外《答张弘邃太史书》倾吐身世，叹老嗟贫。《贫净文》用扬雄《逐贫赋》、韩愈《送穷文》旧题以拟人化手法代贫鬼陈情。《送王文在之任丰都序》记朋友王廷献其人其事，可视为以骈文语言表达散文意韵，被认为是骈文中的别调。

张仁青认为章氏在当时最有名的文章是《皇上南巡驻跸西湖行宫恩赐御书恭纪》。康熙四十二年南巡杭州，召见引疾居家的章藻功，并赐御书。章氏感激莫名，而作此文。第一大段颂扬康熙"包九舜而出十尧"，巡幸杭州，使得浙西浙东江南江北喜气洋洋，无限荣光。第二大段恭维康熙书法之精妙，"直起晋始，服一台二妙以中心（晋卫瓘、索靖同在尚书省，皆善草书，人称'一台二妙'），若论唐初，退八体六文而北面（王莽变原先的八种字体为六体）"。第三段讲他得到御书如何珍爱，"捧来圣迹，俨若球图"，"尺璧何曾足重，此真宝贵千秋；寸珠未必皆珍，是乃腾辉万里"。写作技巧圆熟雕琢，思想内容平庸俗调，是典型的感恩戴德之作。

**黄之隽**（1668～1748），江苏华亭人，康熙进士，授编修、右春坊右中允，后因事革职。他活了八十一岁，是跨越康熙、雍正到乾隆初年的人物。少年聪颖，博闻强记，过目成诵。他喜欢唐诗，从唐诗中选出佳句集为香奁诗930首，句无重出，意义贯通，浑然天成，合称《香屑集》。以骈体文作自序，亦集唐人文句为之，凡2600余言，对偶工整，组织精密，一一如从己出。张仁青《中国骈文发展史》将该文每句出处一一注明，称赞说："可谓前无古人，后无来者。虽其词皆艳丽，千变万化，不出绮罗脂粉之间。于文章正轨未能有合。其记诵之博，运用之巧，亦不可无一之才矣。"① 下面引开头一小段，以见一斑：

> 脂粉简编（李商隐《为举人上翰林萧侍郎书》），每讽词人之口（崔融《报三原李少府书》）；花钿侍从（常衮《赠婕妤董氏墓志》），终惭神女之工（崔融《嵩山启母庙碑》）。为芳草以怨王孙（李商隐《谢河东公和诗启》），缘情不忍（皇甫湜《狠石铭》）；执定镜而求西子（李商隐《献河东公启》），与影俱游（蒋至《网两赋》）。不吟纨扇之诗（黄滔《汉宫人诵洞箫赋赋》），自夺鸳衾之侨（张仲素《回文锦赋》）。岂敢传诸作者（李白《大鹏赋序》），寻耻雕虫（温庭筠《上崔相公启》）；殊不类其为人（皮日休《桃花赋序》），希声刻鹄（骆宾王《上吏部侍郎〈帝京篇〉启》）。

陈耀南说："用人若己，要在自然浑涵，妙手偶得。倘通篇如是，则宝玉大弓，自非己有；而况七宝楼台，堆砌成体耶？"（《清代骈文通义》）

在清代，集唐人诗句而拼成新诗，是一种文学习尚。许多诗人的集子里常有"集唐"一类诗体。此外也有集前人词句为新词者，如顾文彬集宋

---

① 张仁青：《中国骈文发展史》，浙江大学出版社2009年版，第437页。

人吴文英《梦窗词》之句拼为《香水词序》,即此同类。偶尔拼凑是可以的,大量写作就如同儿童拼积木了。

# 第三节　清中期骈文

清代乾隆嘉庆时期,是中国文化史上的黄金时代。经学、史学、哲学、语言学⋯⋯大师辈出,形成后人所称道的乾嘉学派。文学方面,诗、词、散文、小说、戏曲,都有辉煌成就。骈文也盛况空前,群星灿烂。这种文化环境延续到鸦片战争之前,此后中国历史开始发生划时代的巨变,军事、政治、思想、文化形势都不同了。下面分乾隆时期和嘉庆至道光前期两段分别介绍。

## 一　乾隆时期骈文

**胡天游**(1696~1758),字稚威,浙江绍兴人,博览群书,才华横溢。其貌不扬,满脸麻子,斗鸡眼,这更使他恃才傲物,任气好奇,以显示其尊严。雍正七年贡生,两应乡举,仅得副榜(举人之备取生)。清制科举文体,皆限字数。胡氏不守常规,作"策"长达2000字,作"论"数十字而已,故未能中举。乾隆元年应博学鸿词科,临场大流鼻血,退考。后来终生未仕,晚年潦倒,客死山西。他的诗很出名,骈文尤佳。刘声木《苌楚斋三笔》说他"天才绝特,骈体文当推为国朝冠冕"。今人昝亮说:"其骈文变俗熟为奇涩,化浮靡为高古,在雍正及乾隆初期,独领风骚,实开乾嘉诸子之先河。"[①]

代表作如《拟一统志表》。"一统志"即《大清一统志》,是一部官修大型地理书。清朝乾隆时期,中国疆域达到全盛,奠定了当代中国版图的基础,《大清一统志》即其系统而全面的记述,至今仍是研究历史地理及边界交涉的重要参考书。胡氏对之推崇备至,文中写道:"若乎本朝作志以大一统,尤该前史所列而超百家。⋯⋯明之以绘画,使井井有条;纬之以尺幅,如寸寸而度。列省十五,省各有图;成卷数千,卷首有表。表傍行而

---

① 参看昝亮博士论文《清代骈文研究》第五章第二节"胡天游骈文试论",1997年。

如谱之可案，图环审而如目之朗陈。……毕罗千年，登烛纸上。览之而足明要害，究之而足审变更。抚之而念武取文守之甚难，顾之而思牢笼弹压之有道。盖将一凭几以观九州，信可不下堂而周万里。"此文全面概括了该书的优点和功用，堂皇阔大，气势恢宏，矫健流宕，使用大量长联和排句，读来流利畅达，不像其他文章那样奇涩。

《禹陵铭》，歌颂绍兴大禹陵。以圣人"天授""玄哲""神功""经纬""赞化""制典""广运""神武""宏宪"为线索分段铺写，章法井然，极力渲染，沉博雄奇。张寿荣说："收得尽，颂得住，搏挽有力，气息沉雄。"（《国朝骈体正宗译本》眉批）谭献《复堂日记》称此文与《拟一统志表》"不愧八代高文，唐以后不能为者"。

《逊国名臣赞序》，长达 2000 余字，对明代名臣一一评论。陈耀南说："论析毫芒，词严义正。长凡二千余言，而以排奡（ɑo）之气行之，理足辞赡，有挥斥八极，开拓万古之意。"文章大量使用连词、助词，组成排句，循环往复，酣畅淋漓。

《开元铁牛铭》，描述唐代铁牛之形状及制作过程。"牛各有牧，或作先牵，或作回叱，其面目意色，各宛然肖发。想其初时，巧倕其工，妙范在中。磐南山而取铁，烁万冶而未穷。于是扇太乙，鞲祝融，丁昆吾，走雷公。天熟绛气，地吹炎风。既陶既模，剖形而始呈厥功。"这样的文章，既有别于一般铭文之板滞，又保留了铿锵有力的韵味。

对于胡氏其他骈文，张仁青评点说："《报友人书》之骨貌淑清，风神散朗；《玉清宫碑》之摆脱町畦，高朗秀出；《有道先生安颐蒋君碑》之情辞斐美，墨采腾奋；《赵开府碑》之格老气苍，笔力健举。"[①] 不一一列举。

胡氏骈文之弊病，姚燮认为"失之于涩"。李慈铭《越缦堂读书记》说他，"工于刻画，而纪事之法甚疏。故碑志诸作，体例乖谬，不胜指驳"。钱基博《骈文通义》说他"振采失鲜，负声乏力，颇乖秀逸，蹈于困踬"。昝亮说，"胡天游之骈文绮靡略逊于陈维崧，高古不如汪中，厚重难比洪亮吉。但其道健胜其年，雄奇越容甫，涩险超稚存"，是骈文奇才。[②] 胡氏好

① 张仁青：《中国骈文发展史》，浙江大学出版社 2009 年版，第 468 页。
② 参看昝亮博士论文《清代骈文研究》第五章第二节"胡天游骈文试论"，1997 年。

用僻典怪字，以炫其博学，往往使人读不懂，这是不少清骈的通病。

杭世骏（1696～1776），字大宗，浙江杭州人，雍正二年举人，乾隆元年举博学鸿词科，授翰林院编修，后改监察御史。乾隆八年，诏求直言，世骏上时务策，指出朝廷抑扬满汉，民族政策有偏向，触动清朝统治者痛处，论斩。荐主徐木向乾隆求情，额头磕肿了，才得免死，革职回乡。从此闭门读书，不问时政，但关心文坛，对晚辈之士如袁枚、汪中，多有褒扬。杭氏80岁时，乾隆下江南，到杭州问起杭世骏，说道，这老东西还没死吗？当晚他就去世了。

陈耀南说："勇批逆鳞，不远愈于姝媚取怜者耶？……气节矫然，发而为文，亦尚矜练。《寄所亲书》，写情如诉，富晋人神韵。《方镜诗序》，体物浏亮，深于理趣。《东城杂记序》，清丽出尘，富饶禅味。"

杭世骏《寄所亲书》是中国骈文史上少见的言情之作。作者当时在京城，"所亲"或是妻妾，或歌妓之通文辞者。开头写道："此间秋意甚佳，十晴一雨。登游文酒，排日为欢，未与故乡殊致。所恨翠被寒生，绮情时触。放愁则艰于发端，郁念则宛乎在梦。曼睇柔些，何关人事？安神靡体，非此安归？"于被里梦中想起古诗文中所描写的美丽的眼神和体态，人间事真如此令人关切吗？下面又说："结蠑蛾于癛寐（语出《诗经·国风》，梦中想念美女），揽芳泽于心神（语出《史记·滑稽列传》，心神中已闻到香泽）。镂刻空花，转相诞幻，诚摄生所怵也。销铄精胆，蹙迫和气（语出《文心雕龙》），又志士所累歇也。"接着用道家佛家言论警诫自己。最后说："情尘不萌，爱流已涸。闻者疑为矫情，言之洵为无罪。玉台对簿，良可理原；绀榭皈僧，底须忏悔。……挥兹智剑，还我慧珠；解脱因缘，屏当妄语。德我罪我，亦无朁（渐也，语出《左传》）焉。"

中国古典诗词曲赋中抒发男女思恋之情者极为常见，散文中很少，只有沈三白的《浮生六记》略备一格。骈文中，东汉末秦嘉、徐淑夫妇有两封骈体书信。南朝庾信、伏知道、何逊分别有代人致妻书，那并不是作者的真情实感。杭世骏这封信，通过委婉的手法，相当真实细腻地叙述自己如何日夜思念，梦寐以求，然而理与情互相斗争，深知必须严加控制，把这种自我矛盾的心态暴露无遗。

《东城杂记序》简述杭州城东区都市景观和人文盛况，将《东城杂记》

比作南宋耐得翁《都城纪胜》和周密的《癸辛杂识》。杭氏是杭州人，对记述家乡杂事之书特别有感情，文化意蕴十足。《郑元勋传》《梅文别传》《赵子林传》皆融情于事，严整有序，颇得史家笔法。

**袁枚**（1716～1797），字子才，浙江杭州人，十二岁中秀才，二十四岁成进士，入翰林院，历任江宁等地知县，四十岁辞官，于南京小仓山筑随园，号随园居士，吟咏、著述、授徒，享年82岁。他是著名诗人、笔记小说家、文学批评家，提倡"性灵"说。他的散文、骈文都很有成就，喜欢交朋友，赞赏者很多，批评者也不少。

袁枚有骈文九十来篇，才气纵横，耸动一时。杭世骏《小仓山房文集序》说："吾友子才太史，扫群弊而空之。记叙用敛笔，论辩用纵笔，叙事或敛或纵，相题为之，而大概超越空行，总不落一凡字，此其志也。"

其议论文个性鲜明，立意超卓，不同凡响。如《重修于忠肃公庙碑》，是为明代忠臣于谦平冤之文。先铺叙蒙古也先兵临北京城下，挟英宗为人质以逼降，继而写于谦如何挺身而出，英勇抗敌，有回天挽日之大功，后来却被诬杀。文章针对五种谬论，逐条批驳，特别拈出《孟子》"民为贵、君为轻"，《左传》"丧君有君"，《司马法》"以战止战"等古代名言为根据，堂堂之阵，正正之旗，笔力万钧。陈耀南说："发抒议论，词成廉锷，义吐光芒，可谓能伸于谦之冤矣。"王文濡说："记丑（记述同类）而博，才辩而通，煌煌巨制也。"全文皆骈，用典繁密，以历代故事比拟明代，都是熟事，不觉得艰奥。

《余杭诸葛武侯庙碑》。余杭上宋村有诸葛亮庙，人或问，武侯功在四川，庙留南国，何也？袁氏回答，武侯联合蜀吴，共抗曹魏，实有大功于吴。赤壁战前，吴人惶恐，武侯批驳投降谬论，筹定抗曹之策。"于是东风一面，焚尽余皇；旗盖三分，永成鼎足。"此后，他力主吴蜀"两国宜和而不宜斗"。惜乎双方军将不能理解，因争夺荆州而分裂，造成两败俱伤。武侯仍坚持通和，报聘，如唇齿相依。"公之经营梁益，即所以联络武昌也。"多次北伐，使魏人不敢觊觎孙吴，同时牵扯住司马懿，使他"无暇篡夺"。所以武侯不但有功于吴，而且有助于魏。此文叙议结合，以理取胜。说吴人立庙是理所当然，但又说"兼可烝尝于曹社"，就未免有些牵强了。

《祭吴桓王文》。吴桓王即孙策。文章赞颂孙策开国创业的巨大功绩，文韬武略，礼贤下士，以及用兵、安民、睦邻之术。他对孙策不幸被刺、英年早逝，表示惋惜，不赞成有的人指责孙策粗心大意，与项羽、诸樊同类。袁枚认为，在战争中受伤被困，刘邦、刘秀都难免，不必苛求。最后一段，竟然以地方官身份要和古代名王交朋友。"千载论交，王识少年之令尹（袁枚时年27，任江宁知县）；九原若作，吾从总角之英雄（孙策十八岁领父孙坚残军）。"发诗人之奇想。王文濡说:"兴往情来，雅义丽辞，文质相称。"

　　袁枚的抒情文以《上尹制府乞病启》为代表。尹制府即尹继善，时任两江总督，袁枚是他的下属，因母病告假，实即辞职。袁枚与尹继善还是师生关系，受尹器重。此文不同于一般例行公事，而是委曲陈情。开头说"明公恩勤并至，荐擢交加"，"知己之深恩未报"，本"当效涓滴于高深之世"，不料老母卧病，不胜惊恐。接着写母亲抚养之恩未尝敢忘。老母曾随自己在官署居住八年，不能适应环境，回到故里。现在如果再次接她出来，则年老体弱，难涉关河。如果继续住在故乡，只能远道问候，母亲身边"隔坐无人，谁调汤药"。下面又写母子双方心理状况:"夫人情于日暮颓唐之际，顾子孙侍侧而能益精神；儒生于方寸督乱之余，虽星夜办公而必多丛脞。在朝廷无枚数百辈，未必遽少人才；在老母抚枚三十年，愿为承欢今日。""或老人见子，顿减沉疴；则故吏怀恩，还思努力。"这段话，句句恳切，字字动情，发自肺腑。文句是整齐相对的骈语，意韵则是一气贯通的散文，有人比之于李密《陈情表》。

　　袁氏记叙之文，如《祭襄勤伯鄂公文》。鄂容安是大学士鄂尔泰长子，曾任两江总督，袭父爵三等襄勤伯，在平定天山叛乱中死于伊犁。文章主要记叙他在新疆的经历和战绩，用大量古代典故比拟当时时事，气象恢宏。王文濡说:"比事属辞，有大气包举之势。"然而，倘若读者不太熟悉古史，颇难从这些典故中了解鄂容安到底做过哪些事情，这是骈文叙事的通病。

　　《御祭卞忠贞公墓纪恩碑记》。卞忠贞公，指东晋卞壸（kǔn），在讨伐苏峻叛逆中死难。乾隆十六年南巡，至南京栖霞山，御祭卞公墓。袁氏受卞家后裔之托，作碑记之。文章前半段叙述忠贞公事迹，后半段颂扬圣天子隆恩。王文濡说:"伟词宏议，掷地可作金石声。"此文基调与祭鄂襄勤公文相近，同样采用大量典故以叙事。乾隆时期号称有"十全武功"，其中几次是在西域用兵。袁枚此类文章当作于任职翰林院时，适应朝廷优抚阵亡将士而作。卞壶虽死于晋代，乃忠于王事者，故褒扬有加。

昝亮把袁枚骈文艺术特色概括为四点：第一，间出议论，长联纵横；第二，体格创新，别开生面；第三，用典博丽，属对精整；第四，骈散并重，意致疏爽。昝亮也指出袁氏骈文的缺失，有时写作态度不够严肃，近乎戏谑，有些谀墓文字，意在应付，投人所好。有时肆意逞博，失于繁芜、晦涩；有时使典不当，向壁虚构。清人朱一新说："根柢不深，偶用古语，多成赘疣。"康有为说："袁子才气虽胜，颇失之野。"刘师培说："矜小慧，而时遁纤巧。"简有仪《袁枚研究》（台北文史哲出版社1988年出版）有详细介绍，可参看。总的看来，袁枚骈体文自具个性，但较其散体文仍略逊一筹。

**刘星炜**（1718~1772），字映榆，江苏常州人，乾隆十三年进士，历任翰林院编修、侍讲、侍读学士，广东安徽学政，内阁学士，工部侍郎。他先后在翰林院十一年，曾为皇子师。他的文章以赋、颂最出名，多以皇帝行踪和典事为题材。举凡北幸热河，盛京祭陵，南巡江浙，游京口、惠山、虎丘、邓尉、灵岩、栖霞等名山，率皆有赋颂。他多次得到皇帝称许、褒奖，清代文人很是羡慕。屠寄说他："纷纶羽猎，错采封禅，揄扬主德，臣子之愿。"一些清代骈文选本往往把刘氏作品列在第一位，当代学者颇不以为然。陈耀南说，"规摹院体（翰林院体例），但事赓扬者居其七"，"堆砌成文，是故情虚气窒，昏睡耳目"。

不过，他也有不同于庙堂之文者。如《为胜国阎陈二公征诗启》，热情赞扬明末江阴抗清英雄阎应元典史、陈明远县尉，以数千之守兵，抗击二十万围城之悍卒，坚持八十一天。城破后阎陈二位壮烈殉国，而江阴全城竟无一人投降。他们的事迹，可歌可泣，感动了无数同时人和后来者。清初邵长衡（1637~1704）的《阎典史传》是流传最广的一篇散体文。刘星炜此文属于骈体征文启事，目的是征集诗文以资纪念，在记事方面不如邵文详细具体。可贵之处在末段，把誓死不屈的阎陈二公与历史上的投降派相比较，抑扬之意十分鲜明。

曹虹等认为，"康乾间文字狱盛行，多有文人因文字之失，而担以莫须有罪名，被处以极刑。在血的教训面前，士人多三缄其口，明哲保身。在这样的社会政治环境中，此文却以表扬明末抗清名将阎应元、陈明运为题材，以明代遗烈为赞美对象，尤为难能可贵"。① 陈耀南则认为，"以奴顺文笔（指刘氏赋颂），叹忠节鬼雄，恐起二公于地下，未必肯受也"。乾隆时期清朝统治已基本稳固，故大力提倡忠孝节义，批判降清二臣（如钱谦益），表扬抗清义士，乾隆三十三年、四十一年，两度褒扬史可法。刘星炜在翰林院多年，深谙个中三昧。他的这篇政治性很强的征诗启事，正是当时政治气候有所改变的反映。

**邵齐焘**（1718～1769），江苏常熟人，乾隆进士，在翰林院十年，落落寡合，三十六岁罢归，主讲常州龙山书院。为人为文，皆有魏晋风度。其人高度近视，严冬拥炉脱鞋而坐，客至，仓率觅鞋，左右脚各异履。客暗笑，主人亦自笑，不以措意。在龙山讲学，好称举往古，与时俗习科举工揣摩者往往不合。其文风倡导"去烦而清，易浮以真"。后人将其骈文归之于六朝派。

邵氏早年在翰林院，作品多为润色鸿业的庙堂之文，代表作如《东巡颂》，颇有汉赋风采。辞官后以书、序、墓志为主，多为短章，格调高逸，清新雅倩，富于感染力。

《答王芥子同年书》。王芥子，即王太岳，与邵齐焘同榜进士，同入翰林，同擅文名。邵罢归后，王留京，官至国子司业。乾隆三十年南巡，有诏征在籍词臣试阙下，准备起用。当时有人猜测，"此举意在邵某"。王太岳劝他借机重返旧职。邵氏作函答谢美意，申明己志，重叙旧谊，说明不想出山的理由：身患痼疾，亲衰子幼，且馆阁重地，"道山册府，虽号优闲，载笔赓歌，事资华国，非可但糜禄赐，苟为荣显而已"。辞婉而意坚。这种态度，在官场十分难得。下面回忆当年与朋友于北京相处的美好时光，又谈到关于文稿和骈文写作的看法，提出骈文应"于绮藻丰缛之中，存简质清刚之制"，后来得到许多人的赞同。这封信比较长，内容丰富，娓娓而谈，情深意切，是很好的抒情文。姚燮评点说："婉娈侧艳，情绪牵绵。"（《国朝骈体正宗评本》）陈耀南说："寓绵牵至情于古雅素淡之中。"

《送顾古湫同年之荆南序》是惜别短制，典型的齐梁之文。其中一段写道："月明千里，虫吟四壁。风篁凄而轩序凉，烟岚清而林野肃。寒蝉抱

---

① 曹虹、陈曙雯、倪惠颖：《清代常州骈文研究》，江苏人民出版社 2010 年版，第 135 页。

树，惊征客之秋心；候雁衔芦，极愁人之远望。指途衡霍，击汰沅湘。杜汀兰畹，正则之所行吟；陶牧昭邱，仲宣之所游目。涉彼迥路，谢此伦好，离筵召悲，别景加促。执手一去，填膺百忧。"姚燮评曰："大似兰成。"（庾信小字兰成）"极凄婉，极骀宕，语语矜练而出，尽态极妍，无限风光。"王文濡说："深文隐蔚，余味曲包，置诸兰成集中，不辨楮叶。"陈耀南说："情文兼至……富自然浑成之趣。"

《佩兰诗草序》。《佩兰诗草》的作者是女诗人朱素芳，江苏常熟人，能诗，早逝。其夫曹缵芳辑集刊行。邵序先述朱氏身世、才华、品德，赞其温惠、孝谨，再评论其诗，"婉约而有新意，流利而无鄙词"。进而提出"文以共赏为欣，歌以继声为善"，用大段文字批评以男女分工拙。这种尊重女性作家的文学观是进步的，与江南多才女有一定关系。

曹虹等对邵齐焘有比较全面的分析评价，一是格调崖岸，意度夷旷的人品，二是"名理雅致"的创作，三是"绮藻丰缛"中存"简质清刚"的骈文理论。① 昝亮总结邵氏骈文特色，一是骈散灵活，清英雅润；二是兼备众法，隶事简切；三是糅合成句，苍秀凝重。钱基博指出其优缺点是："才气苦弱，故务其清捷，殊得风流媚趣；课其实录，则清便婉转而未为刚，藻绮映媚而未为丰。"颜建华认为钱氏评价较为中肯。

**汪中**（1745~1794），字容甫，江苏扬州人，七岁失父，由母亲启蒙，少年时助书商贩书，因得博览群书。20 岁中秀才，27 岁选拔贡，以后不复应试，多次出任幕宾或讲席。汪中淹通经史子集，有《述学》《广陵通典》《荀卿子通论》等著作。他性格孤特，好持异论，不信释老阴阳之谈，不喜宋儒性命之学，推崇荀子、墨子，非议孟子，经常批评、谩骂学界闻人，被称为"狂生"，得罪不少人，翁方纲甚至主张取消其秀才资格。因为其经历坎坷，心情很不舒畅，发而为文，所以立论多异乎寻常，甚至惊风骇俗。

汪中是清代骈文大家，刘麟生《中国骈文史》归之于六朝派。其实，他贯通八代，融汇骈散，自铸伟词，很难局限于那一时段。王念孙说："其文则合汉魏晋宋作者而铸成一家之言，渊雅醇茂，无意模仿，而神与之合，

---

① 曹虹、陈曙雯、倪惠颖：《清代常州骈文研究》，江苏人民出版社 2010 年版，第 116~132 页。

盖宋以后无此作手矣。"(《述学序》)章炳麟说:"今人为俪语者,以汪容甫为善。然犹未窥晋人之美。彼其修辞安雅,则异于唐;持论精审,则异于汉;起止自在,无首尾呼应之式,则异于宋以后之制科策论。"(《菿汉微言》)传诵名作甚多。

《狐父之盗颂》。《列子·说符》记,狐父地方有盗,见饿者于道,下壶餐以饷之。饿者不食,而死。《列子》认为,人则盗矣,食非盗也,不敢食是失于名实。汪中对盗者大加赞扬。首先肯定,"彼盗之食"来之不易,要有很大的勇气,准备承受刑罚,取之有术,"得之惟艰"。然后做成熟食,"既淅既炊,以济路人。食之何咎?救之何报?悲心(慈悲之心)内激,真行(正直之行)无挠"。他感叹说:"吁嗟子盗,孰如其仁?用子之道,薄夫可敦。"最后竟然说,谁是这样的盗者,我要去投奔他。文章超越庄子"盗亦有道",突出盗者扶危济困、善良光辉的一面。在明清小说中,赞美大盗不乏先例,在骈文中罕见。

《经旧苑吊马守贞文》。马守贞,明万历时秦淮名妓,能诗画,性豪爽,命途不济,备受欺凌摧残。汪中过其旧居,感而哀之,前序为骈体,后吊为骚体。他认为马托身乐籍,少长风尘,实不得已,未可深责,对她的死表示悲悯。后半段联系自己,"余单家孤子","无以治生","一从操翰,数更府主,俯仰异趣,哀乐由人"。"静言身世,与斯何异?"把幕客比于妓女,未必恰当。幕友与府主是宾主关系,合则留,不合则去,况且汪中的几任幕主对他都不错。汪文并不是针对具体的人和事,而是对屈居下僚的身份地位不满,追求更独立的人格和更自由的生活。古代真正把文人当倡优蓄之的是皇帝,那是汪中所不敢触及的。

《吊黄祖文》是翻案文字。三国名士祢衡,恃才傲物,先后投奔曹操、刘表,皆因出语轻慢不见容。刘表荐祢衡于性格褊急的江夏太守黄祖,意在借刀杀人。起初黄祖很欣赏祢衡文笔,说你能写出我腹中所欲言,给予优待。后来祢衡狂傲冒犯,黄祖大怒,杀之。历代皆深责黄祖,而汪中却肯定他能赏识文人,原谅其醉后误杀乃一时恶念。汪中还说,祢衡"虽枉天年,竟获知己","可以不恨"。联系自己,"苟吾生得一遇兮,虽报以死而何辞?"这是为士人怀才不遇而故作偏激之辞。

《自序》是汪中的名作。梁刘峻有《自序》,自比东汉冯衍有三同四异。

以后文人出于同病相怜，不断仿作。唐刘知几《史通》的《自序》，学冯衍、刘峻，而自比扬雄，相似者四，不似者一。明韩敬《刘孝标沈休文集序》，将刘峻与沈约相比，三异七同。到清代，汪中复自比刘峻，四同五异。叙事恳切坦诚，连家有悍妻，婆媳不和，身体有病，不离汤药，种种困苦皆倾吐无遗，凄楚感人。稍后，比汪中小八岁的杨芳灿也作《自序》，自比李商隐，四同三异。清末，李慈铭《自序》中写到，"感江都汪生之文，爱综我生"，"为五悲五穷之说"。民初骈文家李详《自序》，自称受刘峻启发而比迹汪中，三同四异，每况愈下。抗战时期，黄侃教授也作《自序》，自比冯衍、刘峻、汪中，详于所同而略于所异。黄侃身体一直不好，总担忧活不长，情调更低沉。可见刘文及汪文激起了长时期不遇于时之文人的共鸣。

汪中最负盛名的是《哀盐船文》。乾隆三十五年冬，仪征长江中大批盐船失火，烧坏船一百三十艘，焚及溺者一千四百人。这场罕见的浩劫，激起 27 岁的汪中的无限悲痛与同情。文章详述火灾经过，从初起到熄灭，船与人突然燃烧的种种触目惊心场面：火势迅疾凶猛，船民来不及逃生，拼命挣扎，溺者、焚者尸体飘浮，支离破碎，面目全非。汪中并不以天神作祟为解，纯然出于仁爱之心而祈祷，希望遇难灵魂得以安息。文章情深意挚，哀婉凄绝，很快广为传诵。寓居杭州的老作家杭世骏特为这位年轻人作序，称赞他"采遗制于《大招》，激哀音于变徵（zhǐ）"，"一字千金"。

汪氏其他文章如《浙江始祀先蚕之神庙碑文》。乾隆五十九年，下诏于杭州立庙祭蚕神。汪文认为，蚕神是人不是神。"凡物生天地之间，其功可被于万民，其精气着为列象，则必有聪明睿智之人，竭其心思，变通以尽其利，而后世奉以为神。"《泰伯庙铭》，历代皆赞扬泰伯"让国"，汪中则着眼于对吴地文明进步的贡献。《黄鹤楼铭》《广陵对》反映出他在历史地理方面的渊博学识。

汪中为人为文皆不守故常，他的一些文章颇有别于通常的四六文。骈散杂糅，句子修短自如，对比鲜明而不求严谨，音节铿锵而不拘韵律。正如陈耀南所说，"不斤斤于奇偶之数，正韵之辨"，无法用格律派骈文或桐城派古文来衡量。他有些文章古文选本骈文选本都选。然而毋庸讳言，汪氏无论立意遣词谋篇，都喜欢追求耸动视听，往往舍同求异，避熟就生，爱用僻字、拗句，艰涩不畅。

**吴锡麒**（1746~1818），号谷人，浙江杭州人，乾隆四十年进士，历任翰林院编修、侍读、侍讲、国子祭酒，一辈子担任文教官员，跨越乾隆嘉庆两代，虽不附权贵，但名动公卿。他晚年以亲老乞养归里，主讲扬州各书院。清吴鼒说他的骈文数量多，体裁广，融汉魏六朝唐人之作于一炉，"不矜奇，不恃博，词必择于经史，体必准于古初"。

其擅长史论。如《岳飞论》，分析岳飞北伐不成，被迫班师，有功不赏，反而受戮，主要原因是高宗不愿二帝还朝，秦桧又为金人内应，故制造千古奇冤。虽然精忠为国者流芳百世，妥协媚外者遗臭万年，但是偏安之局由斯而定，中原大地从此不返矣，乃国家民族之大辱。批判矛头指向昏君奸臣，谴责统治者为一己之私自毁长城。最后赞颂："然则公之死，虽赍恨于烟霞；公之烈，自争光于日月矣！"文章以事实为证据，以虚词作勾连，前后贯串，气势宏阔，语言警拔，多有佳句。如："诚以飞一日不死，则和议必不成；飞一日在朝，则己身终莫保。"此是对秦桧诛心之论。此外还有《李泌论》《韩信论》《务本论》《友论》等。

其次是序，如《洪稚存同年机声灯影图序》。洪亮吉，字稚存，与吴锡麒同榜进士，母氏教养成人，为了纪恩，倩人绘《机声灯影图》以寄缅怀。吴氏的序，始叙洪氏"少失乾荫，爰依外氏"，母亲含辛茹苦，在异常艰难的条件下，训子夜读。后来洪亮吉成进士得榜眼，而太夫人仙逝十年矣。接着以浓墨重笔描绘当年最难忘的场景，"咿唔课读，宛转鸣机"，"麻衣对母，锦字教儿。驰夕如梭，焚膏易尽。邻梦醒而残音未歇，渔讴动而微火犹明"。最后把洪亮吉比拟于孝子曾参、子路。陈耀南说："表蒋氏苦节，美北江（洪亮吉号北江）孝思。风树之想，孝子之爱，跃然纸上。"乾嘉时同类作品有钱陈群绘其母《夜纺授经图》，得御题二绝；董士锡《萧氏寄庭灯景图记》，以散体记萧母于织坊夜课两儿读书情状。蒋士铨（1725~1785）有散文《鸣机夜课图记》，较吴文更长，描写更细，感染力更大，但吴文仍不失为骈文佳作。

吴锡麒的书信，如《寄王冶山同年书》。王冶山将赴任宜昌知府，吴文先致问讯，关切三峡美景，羡慕朋友为政风流，与时和乐，接着介绍自己归里后的闲适生活。王文濡说："委婉有致，澄洁无尘。"还有《答张水屋书》。张氏不是升官而是左迁，故吴氏以"官隐"相慰，说自己早就印累绶苦，久不关心，足下不必留恋。王文濡说："情生文耶？文生情耶？天人兼行之作。"其中佳句有："溪边古柳，已怕折腰；帘外青山，将羞植笏。""猿鸟无猜，水云得意。"将景物拟人化，情绪化。这样的文字充分发挥骈文诗化的长处，在散文书信中是少见的。《黄相圃书》，与对方一道怀念好友黄玉珍，追寻往日游踪，悼惜至交长逝，格调与上述二函不同。王文濡说："飙厉摧霜，（陆机）《哀逝赋》之遗响也。"该文更像是一篇骈赋。

对于吴文缺点，清人颇嫌其"才力苦弱"。今人张仁青说，"圆美可诵，而古义稍失"，"然终觉体格纤弱，雕镂过甚，缺乏峻嶒之风骨与雄浑之气势"。① 陈耀南不满意其《恭谒祖陵赋》，认为"铺张扬厉，当时共称巨文，其实大可不作也"。其实，身在馆阁，不得不作也。

**洪亮吉**（1746～1809），字稚存，号北江，江苏常州人，少孤，母氏辛勤教养。乾隆四十五年举人，五十五年进士第二（榜眼），历任翰林院编修、贵州学政。仕前曾入朱筠、毕沅等人幕，广交游，受学于袁枚，邵齐焘、蒋士铨诸名流。他也是跨越乾隆嘉庆两代之人，是出名的孝子、良友、直臣。他在外地得知母病危，匆忙赶回，情急路滑，跌入河中，差点淹死。居丧，五日不食，几乎饿死。挚友黄景仁贫病交加，居山西解州，生前曾托以后事。洪亮吉闻凶讯从西安借马疾走，夏日炎炎，千里奔丧，并将灵柩送回其故乡。嘉庆四年，下诏求直言。洪亮上书痛陈时弊，有"小人荧惑""视朝稍晏"之语，天子大怒，下狱论斩。经大臣苦谏，免死，谪新疆。在伊犁百日，京师大旱，嘉庆帝下诏祈雨，并清宿狱，归远戍，特别提到赦免洪亮吉。诏甫下，即降雨。万里远戍，百日而还，历代罕有先例。他居家十年，潜心写作，著撰等身，其《治平篇》《生计篇》提出百年来人口增长速度远大于土地和生活资料的增长，应控制人口，是近代人口论先驱。他精于经学、史学，有《春秋左传诂》《六书转注录》《三国疆域志》《东晋疆域志》《十六国疆域志》《乾隆府州厅县志》等。文学方面，其诗、词、散文、骈文皆称巨擘，有诗文集多种，散文笔记有《外家纪闻》《伊犁日记》《天山客话》以及《北江诗话》等。

---

① 张仁青：《中国骈文发展史》，浙江大学出版社 2009 年版，第 470 页。

　　洪亮吉与汪中合称"汪洪"，是乾嘉骈文鼎盛期的主要代表，常州骈文学派的旗手。其文体裁多样，内容丰富，见解犀利，风格雄奇。依题材大致可分为山水、情志、历史学术三类。

　　山水文在洪氏文集中成就最高。他到过西南、西北、东南各地，许多奇山异水、民族民俗风情，经过他的仔细观察和描绘，得以生动地再现。在贵州，他撰有《贵州水道志》，在新疆，他写过《天山客话》，皆散体。其骈体游记往往以"赞"为题，前有长序，是四六文；后有短赞，是四言韵语。序赞结合，六朝已有，多用于纪人记事，洪氏大量用于写景，是山水文体的拓展。洪氏有《白水河赞》，记今之黄果树瀑布："有白水河，其始也，自地至天，倒行者百丈（指瀑布倒挂百丈）；其继也，由上迄下，横飞者数里。……惊雷怒霆，不敢过其侧；飞霰积雪，未能凝其旁。一川茫茫，虽子夜而如昼；百步凛凛，即炎天而亦寒。行客木屐，欲搜乎山坳；仙人水帘，忽悬乎天外。下则洞阔数武，岩深百寻。飞泉盖之，不见日影。"笔者曾到过那里，如今的水帘洞仍如此。非亲临其境是写不出来的。

　　《狮子崖赞》记一处少数民族山寨。"延回一村，异景百出。高曾（高祖曾祖）居巢（高脚屋），卑幼处穴。一榻之外，无非鸡豚；百仞（山上）之余，乃蠥牛马。怪鱼窥人，头尾五色；妖鸟咒客，飞鸿百回。黄果满树，即儿童之粮；红蕉百寻，裁蛮女之裤。此则吴越山水逊其灵奇，荆江土风减彼殷阜者矣。"此文赞赏少数民族的生活，认为比中原地区更好，其民族观是平等友善的。

　　在新疆他写有《天山赞》，说："其横互南北，界画中外，载雪万仞，排云百重。半岭以上，灵禽不飞；百步之外，晴霰尚炫。"《瀚海赞》说："瀚海亦曰流沙，亦曰大漠……戈壁也。平沙漫漫，寸土不入，极目千里，殊无遁形。"《冰山赞》说："其冰一日数圻，亦终古莫解，高撑层霄，下绝九地。"他感慨道，这么美的山水，比内地的天目山、太华山、太室山强多了，而"世人不知，逸客不访。……是则天地之奇，山川之秀，宁不待千百载后，怀奇负异之士，或因行役而过，或以迁谪而至者，一发其底蕴乎！"边远地区大自然之美，等待行役迁谪之士来发现，在古代相当普遍。洪亮吉的不少诗歌、散文、骈文，都是自然美的发现者记录者。

　　记游常州及东南各地之文更多。如《八月十五日夜泛舟白云溪诗序》，当作于乾隆五十五年中进士以前。他与孙星衍等五六位好友泛舟常州白云溪（白云溪，是当时常州文人聚居的社区，今已填平与街市合成一片民宅矣），诗酒流连，通宵达旦。开头几句是："小雨忽晴，秋花转媚；云溪小阁，月来沉沉。钱塘郭生，南巷吕子，或携壶觞，远洁箫遂。予与孙君，买舟深巷，径可十尺，租才百钱。王生居廛，叠市甘脆，菱粟之属，粲已盈艇，与二三子拍浮其中。"以下多用骈语："幛袖作帆，折柳代楫。西经红桥，东阻北郭。两岸宿鸟，一川游鱼。随波沸腾，离树上下。啾啾唧唧，声不得歇。沿溪以北，稍有竹树，下荫密藻，宽可弥田。黑白万羽，浮沉千头。波喧叶飞，悉萃其里。从湖以南，檐瓦可数。桥阴数尺，乃界中外。孤箫一声，高树答响。吕生狂歌，不觉离口。楼阁半里，钩帘一时。儿童不眠，应以拊掌。歌韵欲寂，盈觞劝酬。欣罗狂谈，乐说旧事。忽复相睹，首已如沐。吟肩既冷，零露可挹。离离星辰，方讶西暗，川东晓毕，惊见日出，相与登岸，因而赋诗。"此情此景，或以为是发同学少年之狂。读到后面几句，才知道他们均已是中年，且"各值多故，樽俎逾乎昔约，风雨破其奇怀。颜非朱而潭鲤惊，衣皆麻而林鸟讶。此则览盈之照，则逃影于闺；聆入秋之声，而离树却走也"。据洪亮吉自己回忆说，当年他与孙星衍等人都有扶摇九万里的气概，经过多难的人生道路之后，才发现美好的理想已被无情现实击得粉碎，只好苦中作乐了。这种情感，历代士人皆有，经过洪亮吉前面一大段如诗如画的铺垫，最后才点出主旨，因而给读者带来的激荡远非平铺直叙可比，足构思巧妙和匠心独运。全文无一典故，看似随手写来，几乎句句锤炼。

此外还有游京口南山、幕府山十二洞、九华山、天台山、黄山、庐山等文字，以记为题，以若干短赞为附录，每一则赞语简介该山某处景点，作用有如今之说明牌，但皆骈语且用韵。游记中最受称扬者为《游天台山记》，作于其新疆归来之后，十年闲居之时。写法打破常规，不按行踪，抓住四点，分段描述琼台之幽，石梁之奇，华顶之高，赤诚之丽。四个字概括了天台山最吸引人的风貌和情趣。还写到在某处打坐养神，在某处作五禽戏，饶有情趣。也写到山间佛寺建筑，却不像东晋孙绰《天台山赋》那样发挥佛理。洪亮吉不佞佛道，诗文中不用禅语，即使在他九死一生之际，仍然坚持儒家人生观，没有像许多失意文人那样，遁入空净寂灭之道。

《黄山浴硃砂泉记》记作者浴于黄山之汤泉,七次而皮肤瘙痒之疾顿失,此泉如今还在。《游武夷山记》用骈文句法,散文的章法,记武夷山百里之行数日之游,景区许多胜景都写到了。《游(苏州)消夏湾记》是一则小品,把自然风光与人的审美赏景活动有机融合,富于诗情画趣,表现出心情之闲适。

洪亮吉笃于友谊,有大量书信、诗序、墓志和吊祭之文。传诵最广的有《出关与毕侍郎笺》,是处理黄景仁丧事后写给毕沅的报告。开篇描写途中景物,渲染悲凉气氛,接着记述治丧情况及黄氏遗愿,最后赞扬并希望毕侍郎鼎力促成遗著的刊刻。写景、叙事、抒情三位一体,前两段用骈,后一段用散,自然流畅,情溢于文,感人至深。陈耀南说:"一死一生,交情乃见。仲则(黄景仁字)有知,当感巨卿(以东汉范巨卿比洪亮吉)于地下也。"

《伤知己赋序》,追悼十位亡友,据钱林《文献征存录》记:"初,亮吉落落未知名,及肄业梁溪书院,与孙星衍、吕星垣、黄景仁有四才子之目,游四方,颇为诸先辈赏异。既而不得志,游吴中,巡抚毕沅客之,稍久而诸先辈多凋谢,乃为《伤知己赋》。"此文将他人的不幸经历与对朋友的眷恋、追思,及自我身世之感结合起来。"遂多苍凉激楚之音,极沉郁缠绵之致,沉折往复,词不胜情。"①

洪氏与好友孙星衍有书信多通。其《再与孙季逑书》作于赦归之后,把自己的生活状况和心境描述得异常凄凉,其中讲到打算筑生坟,"门皆东开,易见日月;穴必西向,昵就父母(之墓)",还要栽植松树,准备作棺木之用。王文濡说:"满腹牢骚,倾筐倾篚而出之。意致之沉郁,文气之隽洁,如读鲍照、吴均诸书。"笔者查阅鲍吴文集,竟找不到如此低沉者。实在太伤感了!

洪亮吉为亲友写过不少碑诔之文。《适汪氏二姊诔》,为二姊而作,抓住几个生活细节,突显二姊性情,形象鲜明。有一次,十余位姊妹共处一厅,邻室失火,众人皆奔,二姊独入内室扶祖母以出,足见其沉着与孝心。二姊所适汪氏为巨族,常有喜庆大事,二姊作为当家媳妇,任总调度,"堂

---

① 张仁青:《中国骈文发展史》,浙江大学出版社 2009 年版,第 546 页。

寝左右，列盈盈之百筵；居邻东西，陈戈戈之束锦。侍婢林立，行僮候门。姊指画裕如，应机俄顷。"颇有似《红楼梦》王熙凤办丧事的才干。此类文章以叙事为主，同时充满浓郁的感情。

洪亮吉的历史学术文章，也有骈体，为数不多，折射出他不平常的历史观。

《楚相孙叔敖庙碑》，赞美春秋时楚令尹孙叔敖。洪氏是《左传》专家，熟悉古史，此文把先秦两汉关于孙叔敖的故事传说收罗得相当完备，故形象丰满。传说孙叔敖儿时见两头蛇，俗传见者必死，叔敖杀而埋之，曰：虽我死，不害他人。洪氏写道："一日出见歧头蛇，杀而埋之，啜其泣矣，是将死矣，其谁知之。母也圣善，痛何伤乎？子有阴德。"全文散骈兼行，自然流畅，体现他的道德观和贤人理想。

《重修唐太宗庙碑记》，充分肯定李世民的丰功伟绩，对其杀长兄夺皇位做出辩解："即或阋伯构衅（指兄弟相残），玄武贻讥（玄武门之变受到后世讥评）。此之播称，或云惭德（令人感到惭愧的品行）。"洪氏认为不算大毛病，"西京歌尺布斗粟（西汉民歌讽刺汉文帝兄弟不相容），庙亦称宗；东征赋取子毁巢（《诗经》之《鸱鸮》据说是讽周公东征杀管蔡二弟的），名无嫌圣。恢恢乎包举天地之概，非一端可议者乎？"见解可谓通达。

《东阿寻西楚霸王墓记》。在项羽墓碑旁发现有李将军从项王死，洪氏认为："大王之爱士至矣，将军之报主忠矣。是知三户崛起，得死士而能然；一人从亡，较兴王而盛矣。天之亡也，人何恨焉。"不以成败论英雄，肯定项羽，尤其是那位殉死者。但又重复项羽"天亡我也"这个错误结论，那是历代学者都批评过的，大可不必翻案。

《蒋青容先生〈冬青树〉乐府序》。蒋青容即蒋士铨，戏剧家，有《红雪楼九种曲》，《冬青树》是其中之一，歌颂南宋末年文天祥、谢枋得誓死抗元的故事。洪氏的序，对文、谢二公无限敬佩，对投降派无情批判。张仁青说："其哀文公，则哀宋室也；哀宋室，则哀乎明之覆亡也。黍离麦秀之感，国家民族之痛，一于此文寄之。"[①] 其他学者也有类似看法。本书认为，洪亮吉出生时，明亡已逾百年，其诗文中看不到对明王朝的怀念和民

---

① 张仁青：《中国骈文发展史》，浙江大学出版社 2009 年版，第 646 页。

族仇恨。当时文人多已仕清且忠于清,清廷统治已经巩固,大力表彰明室抗清忠臣,贬抑投降二臣。所以,歌颂史可法,赞美阎应元的文章不受查禁,何况《冬青树》讲的是宋人。洪氏此文可以说明他的历史观道德观是传统的忠孝节义,并不能说明他当下的政治立场还与清廷有二心。说他"怀念故国"之类是过于深求了。

洪亮吉有些学术文章用骈体,这不是优点。吴山尊在《八家四六文钞序》中说:"太史(指洪氏)于经通小学,于史通地学。自叙所著书及与他人说经之书,多用偶语述其宗旨,然数典繁碎,初学效之,易伤气格而破体例。"所以他删而不录。

**孔广森**(1753~1787),山东曲阜人,17 岁中进士,入翰林院,授编修。曾从戴震、姚鼐受学,精研经史小学,尤长于《公羊春秋》,是清代今文经学重要人物之一,可惜仅享年三十五岁。其骈文不多,能吸取六朝初唐之精华,作品如《元武宗论》。元代自武宗以后二十六年间,八易其主,多非正常继位,争夺激烈残酷,兄弟、叔侄甚至父子相残,弄得国无宁日。孔文属史论,总览元室全局,分析各次事件、各种势力之间的关系,指出:"百里之侮,阋于兄弟;干戈之扰,动于萧墙。"乱由内起。然后从皇位继承的选择与变更中寻找教训,即没有制度可依。"四维灭亡,六典缺绝",不像"古之王者,因时而制礼,虑难而立经"。"一生一及,废质家亲亲之法;三昭三穆,明文家贵贵之典。"最后说:"春秋之义,先大一统。君而二统,未有不乱者也。"元代往往出现两个权力中心,母后或皇亲干政,这就是症结所在。此文笔力雄健,挥斥自如。陈耀南说:"口铦笔辣,学深公羊。"不过事件之因果似乎不够清晰,若用散文来写,也许更明晰。

《闺秀王采薇〈长俪阁诗集〉序》。王采薇是孙星衍的夫人,女诗人,其《长俪阁诗集》很受当时诗坛称赏。洪亮吉有《长俪阁遗像赞》,是专赞王夫人的。洪氏《北江诗话》提到,王夫人之诗,"其幽奇惝恍处",孙星衍也写不出。孙王夫妇感情甚笃,王氏早逝,孙不再续弦。孔文专论其诗,抓住女性题材这一特点,把王诗与历代妇女诗联系起来,着力描写夫妻唱和之亲密,几乎一句一典,雕绘满眼,似乎有意学徐陵《玉台新咏序》。

《送同年洪员外朴督学湖北序》,对洪朴就任新职寄予厚望。最精彩处在于对当时教育界学术界丑恶现象的揭露与批评。"今之学者,袭为至易之技，工为无用之言。以诗书作地芥之媒，比文章于刍狗之具。治《礼记》者，丧删其简；习《春秋》者，传束高阁。至于四书之外，八比之余，授本不通其读（读逗），称文罔识其训……而教不原于经，言不则于古，漫云进士，赋孤竹而未知；亦有侍中，问移（读 yí）监而莫对。"颇有点像《儒林外史》那些不学无术之徒。孔文最后希望洪督学，"上不负天子树人之意，下不失先师建善之风"，克服上述弊端。全文纯用白描，明白通畅，与《长俪阁诗集序》风格迥异。

**孙星衍**（1752~1818），号渊如，江苏无锡人，与洪亮吉齐名，仕前曾入毕沅幕，恃才傲物，多与众忤。乾隆五十二年榜眼，授翰院编修，后升任山东粮道，去官后主讲扬州、绍兴各家书院。他一生经历乾嘉两代，好学不倦，勤于著述，精于校勘，学术成就高于文学创作。他的骈文当时名气很大，今存仅十一篇，主要是应酬论学、抒情之文，名实似有差距。

名作有《祭钱大令文》。死者是其好友武功县令钱汝器。历来祭文大多褒扬死者功业品德，寄托哀思悲伤，孙文却以调侃语气行文，把死者生前许多遗行、阙失，用古代典故比拟暗讽。如："围花作县（西晋潘岳挥霍浪费），倾穴移金（东汉郭况贪财聚敛）。桃分子瑕之筵（弥子瑕是春秋卫君的男宠），手进襄成之袖（春秋楚国襄成君巴结楚王）。"据说这位钱令生前预言他死后为汾河之神。孙文借此大肆渲染，说他将在阴间继续享乐燕饮，妻妾陪侍。文章从头到尾都在与死者谈笑，看不出多少悲情。清人张菊龄说："寓规讽于俳偕，祭文中别自一体。"（《国朝骈文正宗评本》）有人评论说："对死者生前爱恋男色，挥金如土的小节加以嘲讽，并附合死者成神之说，于无形中刻画出逝者生前放浪不羁、率真而为的个性。逝者已矣，即使那些有碍节操的小节，也是如此可爱和令人怀念。这份哀悼之情因此就多了一份普通人之间的关切和情愫。"此文所列并非小节而是秽行，并不"可爱"，冠以"放浪不羁、率真而为"不太合适，说"多了一份普通人之间的关切"实难理解。生前为县令，死后成河神，祝愿他阳世阴间都享尽艳福，似非"普通人"之间的"关切"。

孙星衍的序跋亦用骈体。陈耀南说："《关中金石记跋》，感慨兴亡。综举金石体要，皆疏宕赅肯，不佻不砌。……《补三国疆域志后序》，有典有则，揄扬得体，寓交情于推挹之中，文亦净练，而华采寡矣。"

　　**杨芳灿**（1753～1815），号蓉裳，江苏常州人，乾隆四十二年拔贡，廷试一等，曾任甘肃知县、知州，在西北近二十年，后入赀为员外郎，丁母忧，辞归。主讲衢州、杭州及关中各书院。善骈文，与同域洪亮吉、孙星衍齐名。洪、孙均为学者兼作家，杨则专志于文学，无学术著作传世。洪、孙骈散兼擅，杨不写散文。其骈文更具唯美倾向，注重辞章之美，复古痕迹更重，尊骈意向更明显。

　　名作有《重修汉平襄侯祠碑记》，实为姜维传，作于杨芳灿任甘肃伏羌县令时，城西有姜维旧祠，县人修葺立碑，杨为之记，颂扬姜维生平功业。姜维生于天水，初仕魏，后归蜀，受器重。诸葛亮死后，他任大将军录尚书事，总领军国大权，艰苦奋斗，以攻为守，曾十一次出兵北伐。杨文说他，"以羁旅之孤臣，受军国之重寄，率能奋忠勤，仗胆义，支拄偏安之局，恢张薄伐之师"。然而，"谗臣构衅，阉竖擅权"，"宫邻内逼，劲敌外侵。徒恃剑门之险，竟失成都之守"。魏军邓艾绕过剑阁，从阴平小道入川，守将诸葛瞻行动迟缓，魏军直扑成都，后主不战而降。姜维迫于皇命，不得已放下武器，而暗中图谋恢复。他用反间计挑拨钟会杀邓艾，又诱使钟会称王蜀中，事泄，与钟会同时被杀。后人对姜维多予肯定，杨氏碑记赞美有加。针对东晋孙盛《晋阳秋》关于姜维策略的批评，杨氏引南朝裴松之《三国志注》予以反驳。王文濡说："伯约（姜维字）伪降，煞具苦心。文能曲曲传出，伟议宏辞，可当一则史论。"陈耀南说："写姜维撑持残局，悲凉凄楚，直追子才（袁枚）于谦碑。"此文叙事层次清晰，论断剖判明允，平实质直，看不出唯美倾向。

　　杨芳灿骈文以序为多，书信次之，山水较少，但颇为精致。曹虹等说："综观这些序文，由于数量众多，有些篇章偏重铺陈，不事剪裁，有重复牵率之嫌，或生雷同之感，似缺乏同辈洪亮吉、孙星衍的锤炼之功。但芳灿知人论世，品鉴文藻，其文华赡富丽，兼以古雅精博，惊才绝艳，极富异量之美。"①

　　**王昙**（1760～1817），浙江嘉兴人，乾隆五十九年举人，会试不第，白衣终身。性豪侠，广交游，善弓马剑器。传说鼻中藏两小剑，曾于筵席上

---

　　① 曹虹、陈曙雯、倪惠颖：《清代常州骈文研究》，江苏人民出版社 2010 年版，第 229 页。

吐剑飞舞，把和珅吓得半死，被诬为"妖人"。能诗，工骈文，立论新颖别致。其《谷城西楚霸王墓碑记》，极力推崇项羽，连杀义帝也肯定，大骂班固不该把项羽从本纪降为列传。"佞臣班固，窦宪笔奴，为叶公龙，为史公猪。"批评刘邦有十罪：不仁、不武、不忠、不孝、无礼、无义、不弟、不慈、不智。见解与众不同，有一定道理，但过于偏激。

《哀江南文》。题目与庾信《哀江南赋》相近，而意图与手法不同，庾赋以铺陈哀怨为基调，王文以评论比较为目的。文章首段点明，他是仿贾谊《过秦论》、干宝《晋纪总论》，总结南明弘光帝之所以亡，而东晋南宋之所以存的经验教训。指出："国必由乎人灭，地不系乎天亡。"弘光之亡，在人为错误。南明王朝始建，君臣即追求享乐，无意进取。"半壁江山，终无一战；小朝气象，不觳中兴。"内部争斗不停，外部诸将失控。对清军的进攻，连连败退，一直退到云南、缅甸。文章比较东晋、南宋，皇帝虽孱弱，但有许多忠臣、大将支撑，连连挫败叛乱，不断巩固防区，故能坚持百余年。王昙站在历史家的立场，态度较为客观，视清军为"我方"，不恋南明"故国"，不像庾信那样以逃亡遗孽作哀悼追悔文章。王文虽骈体，并不专主四六，多用长联，有十字、十二字一联者，述史实而不用典故，以散语虚词发感慨，既有骈文整齐豪迈的气势，又有散文流畅通达的美感。

**曾燠**（1760～1831），号宾谷，江西南城人，21岁成进士，历官军机章京，户部员外郎，两淮盐运使，湖南、湖北按察使，广东布政使，贵州巡抚，在盐务及贵州民政方面均有政绩。在扬州及广东任上，他大力推动文教事业，聚集名士刻印诸多典籍，以诗文课当地士子，编辑《国朝骈体正宗》。曾氏本人有《赏雨茅屋诗集》22卷，其中名篇迭见。

《重修曾襄愍公祠碑文》，是一篇精辟的历史人物论。曾铣（1509～1548）是嘉靖年间著名军事家，曾任副都御史、山西巡抚、兵部侍郎，平定辽东叛乱取得胜利，在西部河套地区作战中屡建奇功，《明史》称赞他"有胆略，长于用兵"，据说发明了地雷和手榴弹。河套地区多年失陷，曾铣主张武力收复，左相夏言支持，右相严嵩反对。嘉靖帝开始很高兴，后来犹豫，严嵩为扳倒夏言，诬告曾铣，罗织罪名，故意激怒嘉靖，结果夏言、曾铣皆论斩。这是一起冤案，严嵩倒台后不久，曾氏得以平反，赐谥"襄愍"，民间为他建祠纪念。曾燠的碑文总结历史教训说："夫国家之安危,常系于一二人之好恶;事功之成败,每争于一二言之主奴。无他,权势使然也。权在必争,则党同伐异之见出;势有相角,则挟私废公之事多。端起于大臣,而祸流于庶职,事坏于一代,而论待于千秋。"接着批评嘉靖帝刚愎自用,猜忌无端,滥施酷刑,戮辱臣下,使弄权者得以行其私,而任事者反罹其害。文章的见解高明,切中嘉靖要害。这位皇帝爱自作聪明,喜怒无常,忽奖忽罪,时智时愚,对胡宗宪、戚继光也是如此,所以经常被严嵩利用而败军国大事。王文濡《清代骈文评注读本》评点说:"平反襄愍,能道出分宜(严嵩字)逵害之由,臣奸君暗,将才由此灰心。"

乐钧认为曾氏骈文风格有两种,一是"掣鲸鱼于碧海",有登高望远的大气魄,如前文即是;二是"戏翡翠于兰苕",即抒情写景的小品,如游苏州邓尉山后观《楞伽山房图》,以纤细之笔绘景色,以由衷之言吐深情:"峰高罩目,湖远逢天。坞闭丹霞,泉飞白雨。沙鸟共风帆相乱,村花与云气俱芳。寺钟动而水烟寒,渔榔鸣而林照晚。支遁之所栖处,致能之所归休。……与鸥鹭为群,赖茶水为活,著书以消岁月,啸傲而凌沧州。而且妇能写韵,子可传经。笔床砚匣之间,萦回岚翠;低阁芦帘之下,荡漾星河。此即神仙,遑问人世。"其《秋湖觞菱图序》《听秋轩诗序》皆如此。写景之优美自不待言,更难得的是心态闲淡。曾燠仕途顺利,一直生活在高雅的文化氛围之中,他的诗序常有退隐林泉的念头,但是没有哀怨,没有不平之鸣,更多的是高雅的文化享受与情趣。

**刘嗣绾**(1762~1820),江苏常州人,杨芳灿的学生,嘉庆十三年会元,在翰林院十余年,后辞官归里,主讲无锡东林学院。晚年中风,手足麻痹,吃饭要母亲喂。擅诗、词、骈文,尤以书、启、记、序为佳。张寿荣称赞说:"文如丽日奇花,艳艳夺目;如新炙莺黄,轻脆圆润,小品中绝佳手也。"(《尚絅堂文集跋》)

高才不遇是刘嗣绾的基本心态,以会元而翰林,竟十年未进一阶,抑郁之情非同一般,在其诗词中多处流露,在骈文中稍为委婉含蓄。其《山中与鲍若汀书》,借景物而吐露心曲,其文颇如其词:

　　故人不见,城闉致隔。馨颜犹昨,景光迭新。山木悦君而不知,岭云贻我而谁赠?顾此天绘,惜无画图。足音窅然,使人失盼。夫一

日之感，采葛为劳；千秋之思，抚松成怆。以余多恨，能无眷眷？山
斋虽僻，亦足晏娱。钟声上云，檐翠下雨。冷泉咽其清梦，瘦竹摇其
苦魂。山鬼宜笑，时来奇萝；野狐之媚，乃复拜月。一灯荧然，辄堕
遐想。颇望足下，能来同之。

此文写山景，突出凄清、冷僻、孤寂。采葛、抚松、钟声、雨滴、冷
泉、瘦竹、山鬼、野狐，这些意象组成的境界，是被现实所排斥者的避居
所，与北朝祖宏勋《与阳休之书》、唐代王维《山中与裴迪秀才书》从安静
的自然环境中自得其乐的心态是不同的，大有不得志而逃匿的意味。

《颐园读书记》，记城市郊区幽静处，完全是隐者口吻。张寿荣评点称
赞它"精湛""疏朴有致""意趣洒然""体物浏亮，情韵双兼""略作感
慨，不尽低徊"。

《贻友人书》。老友某君参加科举考试二十年未中，想通过地方官员保
举孝廉方正以得官，可惜名不符实，刘嗣绾劝他罢休。历代劝朋友勿留恋
官场者多矣，对象皆已仕者。这位友人二十年想当官当不上，已经官迷心
窍。刘嗣绾的劝解也不像前人那样大谈官场如何险恶，田园如何美好。他
直截了当地指出，足下"去文苑而入儒林，舍文章而论道德，则必至名实
不相符，言行不相顾。虚车（比喻没有真材实学者，典出《荀子》）不足以
远行，赝鼎（假古董）不足与入庙。系而无用，致叹匏瓜；华而不实，贻
讥桂树。若足下者，为麒麟之楦耶？为鹦鹉之车耶？……足下勿滥南郭之
吹，免贻北山之笑也"。

《朝野金载》记，唐杨炯嘲笑朝士，有如当时以动物为戏者，将画有麒
麟形象的皮覆驴身。戏毕，去其皮，还是驴，时称"麒麟楦"。楦即塞鞋子
的楦头，填充物。鹦鹉能言，但不知其意，且无实行，典出《琅琊代醉
篇》。南郭之吹，即南郭先生滥竽充数。北山之笑，即孔稚圭《北山移文》
对官迷的嘲笑。以这些熟典来劝朋友，实为最辛辣的讽刺。陈耀南说："针
砭热中，流畅同于散体。"

刘嗣绾也有关心民生的文章，如《与蔡浣霞书》，其中大段文字记述江
淮水灾。"仆之南下，江淮告灾，堤岸摧魂，村墟楚瞩，负薪塞土，迄无成
功。湖身浸高，河势倒注，岂惟陵谷，始叹变迁。溯厥滥觞，匪自朝夕。

舟舻比阻,往来殆绝。劳歌动地,呼声殷天。流民播荡,未复邦族。雁尸遍野,雉罗弥泽。生涯无籍,坐益穷蹙。"哀叹淮河泛滥给民众造成巨大的灾难。最后一段讲到自己,"日昨反里,危坐债台,重以亲知,叠遭丧故。自维身世,因感天人"。情绪低沉缠绵。《清史列传》本传说他:"少作明艳,中年则以沉博排奡为胜,晚更清遒骏迈,以快厉之笔,达幽隐之思。"此文属于晚年作品。

## 二 嘉庆至道光前期骈文

**彭兆荪**(1769~1821),字甘亭,江苏太仓人。九岁起先后随父亲在山西宁武、安徽汝阴官衙居住十年,后以父荫补国子监生员,应乡举屡试不第。父亲去世后,曾在胡克家等人幕中作幕宾,五十三岁时地方官推荐他应孝廉方正科,辞不就,旋卒。喜《文选》,工诗及骈文,有《小谟觞馆诗文集》。曾协助曾燠编辑《国朝骈体正宗》,他本人选编有《南北朝文钞》。其骈文风格工丽而兼沉雄,代表作如《泛颍记》,作于乾隆五十七年(1792),客居今安徽阜阳三年之后,对颍州西湖留下美好的印象,遂以四言为主的骈偶文体作《泛颍记》。以轻松的笔调描状伏日游湖所见所感,既绘景色:"白鹭前起,没于苍烟;红藕作花,近在舵尾。""沦涟半规,环若镜奁:别出一泓,又似初月。"又记声馨:"渚间鸣蛙,声出无迹。""汀曲丛草,香来不名。"还突出游人的欢喜:"狂朋围坐,谐笑狎恰。""酒气温馨,溢于蘋藻;雁鹜唼喋,旁窥尊罍。""伊谁乌乌,苇间微吟,忽聆悠扬,舵楼一曲。"这篇骈文极工丽之能事,不禁使人联想起欧阳修同样是描写颍州西湖的名词《采桑子》:"轻舟短棹西湖好,绿水逶迤,芳草长堤,隐隐笙歌处处随。无风水面琉璃滑,不觉船移,微动涟漪,惊起沙禽掠岸飞。"李慈铭《越缦堂读书记》有云:"甘亭毕力于文,骈体自为专家,然工丽虽胜,而痕迹亦显。"当指《泛颍记》吸收《采桑子》。

《答李宏九进士书》。老朋友李宏九新科进士,来信劝他放弃学术,专攻八股时文,以求功名。他回信拒绝,对科举表示厌弃。文章开头历数古来士人,有三种选择。博雅好古,修身砺行,上无愧得人,下无忝稽古,此为上策。铲采埋光,寄身汗简,不务功名,穷究学业,此为中策。只读八股讲章,不知其他学问,通过科举以图进身,此为下策。他形容道:"鸡毛三寸,兔园一册，黄花误读，孤竹不知。问太傅之为谁，辨孟坚之非固。……鱼目可混，瓦釜易鸣，饰金章于走肉，被采紫于行尸。古今衮衮，不乏其俦。得尚非荣，失而何冀。"最后申述，我决心做平民百姓，"当力穑求丰，不必披榛觅路……以科举为一厄，甘墨水之三升。昌黎应科举之书，紫阳戒门人之语。前型具在，不复更论"，韩愈、朱熹都教学生不要沉溺于科举，请你用别的规劝我，不要再谈科举了。彭氏对科举的态度，颇有点像《儒林外史》的作者吴敬梓。此文批判时弊，用典虽多，却气畅辞断，事昭理析。王文濡说："一肚皮不合时宜，借此宣泄，隽快处，可唤醒一般干禄人。"陈耀南说："义贞辞畅，无饾饤獭祭之劳，有凌厉骏迈之势。"另有《张子日进士送行诗序》，讥刺官迷禄蠹，可以合看。

《天池记》。此天池在山西宁武县西南，至今仍是风景区。作者文末附记说，《北史》《水经注》已记载，清初郡守秦雄褒有《天池记》，是散文，他"嫌其摹绘未尽"，又以骈文述之。开篇交代天池位置、形势和变迁，继而摹写湖上清波，湖畔花木，湖中鱼鸟和游人盛况。其中提到湖水至清，"不受斥草，时有翠鸟，衔污其中，激素飞清，尤足异已"。还提到湖水常满，旱不减，涝不增。这些材料都来自《水经注》。彭文比郦道元更具体详细，比秦雄褒的文章更博丽富赡，发挥了骈文写景的优势。四言为主，少用典故，句式平整，但变化不多。朱一新《无邪堂答问》说："挦扯太多，真气不足。"陈耀南说："语多矜炼，而流宕不足。"昝亮指出，彭氏骈文的缺点有：第一，结调太熟，才气稍弱；第二，太讲究对偶叠字甚至奇僻，能密不能疏；第三，风格驳杂，一篇之中，雅郑俱见，珉玉并存。[①]

刘开（1784～1824），字孟涂，安徽桐城人，年十四，从姚鼐学古文，与方东树、梅曾亮、管同合称姚门四大弟子。中秀才后，屡试不第，白衣客公卿间，以士节自持。他推崇方苞，主张以散文为正宗，骈散兼用，不赞成阮元的骈文正宗说。他的骈文游记受到重视，如《游石钟山记》。此前，北魏郦道元《水经注》已有记述，但原文已佚，唐有李渤《辨石钟山记》，宋有苏轼《石钟山记》，重点皆在辨石钟命名之缘由。刘开以写景为目的，关于"石钟"之发声，只有几句话："以今所历，不异旧闻。"然后

---

① 参看昝亮博士论文《清代骈文研究》第五章第五节"彭兆荪骈文试论"，1997年。

着力描写山的全貌,"其前则洪流激荡,扼江与湖;其后则层翠曼延,连岗及岭,陟其巅则巨体四裂,若断若连;穷其底则曲洞中通,半水半地。石空见心,山瘦出骨。龙鳞刻划,虎状崚嶒"。下面还详述游人目观和心理上的美感。这些文字,苏、李二记是没有的,王文濡说:"刻画如入画境。"

《孔城北游记》《于都行记》,显然学《水经注》,其中许多语句摘自郦道元书。如"孤峰插天,状如单楹""连嶂叠出""高柯负日""层岩刺天,高霞翼岭""石壁深高,沙渚平""颓波崩浪""倾涧怀烟""虎牙角立,龙潭独沉,净湍回清,流瀑悬素""暂焉栖寄,可以凭襟",不胜枚举。清代散文家有一些人学《水经注》,不免流于尖新。刘开吸收郦注而无斧凿痕迹。郦道元写景多数只客观介绍,不见游踪。刘开写游记,先后分明,起于何时,停于何处,有何感慨,纯为散文结构。其文以四言对句为主,间用六言对,罕见长联及四六句,颇似魏晋及南朝前期文,精爽明快,不拖泥带水,兼得骈散之长。

**董基诚**(1787~1847)、**董祐诚**(1791~1823)兄弟,阳湖人,少年随父游宦,作幕。基诚三十岁成进士,官至开封知府。祐诚二十七岁为举人,三次会试不第,先后作幕十年,多历坎坷。他抑郁不平,广涉学术,律算、舆地、名物,三十三岁病逝。兄弟二人分别有古文二卷、骈文二卷、词二卷。其骈文合刻为《**栘华馆骈体文**》四卷,其中兄30篇,弟27篇。包括赋、书、序、碑、诔、跋语等。他们的骈文成就,可以概括为三方面。

一是识见精卓。

最有名的是董祐诚《兴平县马嵬堡唐贵妃杨氏墓碑》,从四方面为杨贵妃辩护。世人责备杨妃诱惑玄宗享乐,结纳安禄山,阻止玄宗亲征,反对太子监国,皆"语误传闻""情兼疑似"。祐诚指出,帝王逸乐,周王虞帝尚且不免,何况玄宗?其当国之初,已有观灯御楼,教曲梨园种种举措,并不是有了杨贵妃才开始荒淫怠政。他认为杨玉环虽然比不上班婕妤坚拒汉成帝同车,樊姬屡次向楚庄王进谏;然而她能在马嵬事变时,"甘陨轻躯,以绥宗社",以一死而纾军心,比陈后主之张丽华,北齐高纬之冯小怜,敌军逼近宫门还在唱小曲,不可同年等语。这样的评论很有历史眼光。最后为之叫屈:"齐台沉魄,蝉化何年;蜀道冤魂,鹃啼无处。南飞孔雀,青田之羽已雕;西序金荾,红心之草不死。九原可作,不平谓何?"曹虹等认为："此文有见解，有史识，又藻采富丽，足当'博丽警秀'之评，谓为绝世奇作也不为过。"①

基诚的《阳湖县新建主簿署厅壁记》，慨叹清代县衙主簿事务烦琐，处境尴尬。"钱谷会计之细，岂曰未知？刑狱击断之能不能，谁谓不逮？既无恒守，亦无与闻。责及钤键，长吏辄纠其专；罚止鞭棰，豪右已许其酷。方伯连师，是焉遥临；监牧守令，抑又密逼。后顾则前踬，右挈则左牵。"主簿相当于今县政府办公室主任，事事都找他，事事都无权决定，上下左右，送往迎来，吏民百姓，都打交道，很难应付。基诚在官府场浪迹有年，对其中恶习和甘苦比较熟悉。此文可与韩愈《蓝田县丞厅壁记》相比。

祐诚的《送洪右甫叙》，为送洪亮吉之子洪饴孙出任东湖县令而作，竟大谈县令难做，有四不可为：其一受制于上司，其二代前任受过，其三要精于行贿，其四催逼赋税，欺压百姓。同类文类当以明代袁宏道《与丘长孺书》最称透辟，袁文说："弟作县令，备极丑态，不可名状。大约遇上官则奴，候过客则妓，治钱谷则仓老人，谕百姓则保山婆。一日之间，百暖百寒，乍阴乍阳，人间恶趣，令一身尝尽矣。苦哉！毒哉！"袁氏极尽嬉笑怒骂之能事，至于具体入微，还要数二董。

二是感情沉郁。

二董这类骈文较多，以祐诚为最。他二十一岁即赴陕客游，落拓寄居，功名未就，空负文名，能不伤怀。《与杨绍起书》有云："矧以尘梦迫虑，风土乖宜。百事振心，万忧拂性。车回歧路，何处寻家；人上河梁，不堪掩袂。堂前击筑，已销佣客之魂；台上引弦，自陨惊禽之羽。宁止悲生红女，望极湛江。昔建安才子，横涕荆楼；魏国词人，凄神汉殿。亦有华阳奔命，东海羁宾。真定常山，奄风波而失所；河阳漳水，望云雨而长乖。要皆丁元二之灾年，值三州之离会。"此文典故颇多，引古人以自况。"车回歧路""人上河梁"，表达思故园情切而不能返的无奈。"堂前击筑""台上引弦"以下一系列故事，吟唱离愁别恨，锤心炼骨，振振有声。②

基诚的《泣秋阳赋序》有云："悲哉！黍谷吹律，不能照幽都之春；鲁

---

①　曹虹、陈曙文、倪惠颖：《清代常州骈文研究》，江苏人民出版社 2010 年版，第 323 页。

②　路海洋：《清代常州古文与骈文研究》，凤凰出版社 2014 年版，第 246 页。

阳之戈,不能胜羲轺之辙。耿弇冠军之岁,已逾其三;戴凭明经之年,又涉其半。长河滔滔,逝者如是;流景短短,来时大难。忧如之何,怆可知矣!……嗟乎!长卿奇才,四壁徒立;李子辩士,十上不行。是即幽渺弗闻,亦为涕泣横奇者矣。"这时他二十五岁,已觉时光逝迈,不可挽留,年岁渐长,依旧穷旅奔波。他的理想抱负是像耿弇(东汉人,二十二岁时刘秀命他为大将军)戴凭(东汉明帝时人,十六岁举为明经)等人为国家建功立业,赍志宏远,不仅文人而已。

《鹤梦归画序》是为朋友方履篯悼念亡妻的画而作,先写悼亡之情,再写画中之影,归结为一切皆空,缠绵婉丽,情韵深长。

三是写景清隽。

基诚《八月十五夜泛舸舟亭序》,特点在于夜景,"半川以上,气尽金银;缘岸而下,晴开绀碧",绘出河面水气,水中倒影。"冷蝶团粉,时来亲人;枯蝉嘶风,似复留客",秋虫亦通人情。"杂花依草,青红不名;疏藤上墙,诘屈成格",中秋时花草开始萎败,与春夏之盛茂不同。这些语词都是琢炼精工,辞意俱妙的佳句,作者把填词的本事用到骈文中来了。

祐诚的《游牛头山记》写道:"古刹绀寺,矫出天外。门接云窟,牖通鹊巢。枯僧擘罗,梵钟度谷。玉女香绕,灯王月澄。鱼鳞瓦晴,惟见金黛;虬甲松古,纯成龙蛇。怪禽五色,礼陀罗之幢;迷蝶两三,涂天人之粉。鹭阙盘郁,花光阴阳;鹿宫觚棱,红采上下。"历来描写寺庙的骈文甚多,不乏铺叙佛像庄严、佛法宏深之词。此文不落俗套,不致力于宗教氛围,而着墨于色彩、形象、光线。"鱼鳞"以下十余句,句句如实勾画,字字细致入微,读后有似亲临其境,就近观察,倍感真切。

基诚的《与方彦闻书》,竟然大写梦中登天之奇想:"更上直视,天关豁开。龙吟惊霆,虎瞵裂胆。上将阊阖,钩袟欲搏;雄神弯弧,戟手即射。临睨六合,悄乎忧人。蚁垤累累,衡庐东西;蜃巢啾啾,蠢动什伍。培塿崇岳,潢污百川,烟沉睨开,点列危堞。稍复眩转,乍障氛雾。周流彷徨,神失常舍。忽又耸跃,翩若堕翼。啼鸟一声,遽然悚悟,瞪目四视,晴暾徽徽。一再以思,心骨俱战。"前几句描述天庭龙虎神灵守护,下面一大段俯视下界,房舍如蚁巢,高山如小丘,百川如水沟。忽然目眩神怳,忽起忽落，周流彷徨，神失常舍。窗外鸡鸣，张眼一看，阳光普照矣。这是一个非常奇幻而又有真实体验的梦。最后转为人世如梦的感慨："嗟乎！尘世似海。……寿非金石，应时终流；质异松柏，望秋当落。"结句是"千秋之谋，何苦不早"。什么是"千秋之谋"？曹丕《典论·论文》说："盖文章经国之大业，不朽之盛事。年寿有时而尽，荣辱止乎其身，二者必至之常期，未若文章之无穷。"董基诚与朋友共勉的应该就是指这样的"大业"吧。

**方履钱**（1790～1831），字彦闻，祖籍江苏常州，后著籍北京大兴。嘉庆二十三年举人，道光六年大挑一等，以知县用，两年后入闽，先后知永定、闽县，有治才、政绩。道光十一年，炎夏祈雨，中暑，暴卒，年四十二。方氏治学广泛，包括史志、地理、六书、九章，尤喜金石、古钱。少学骈文于杨芳灿，被视为奇才，骈文各体皆有佳作。

山水之文，如《江行记》，记从南京到武汉溯长江而上所见所感。此文不像鲍照《登大雷岸与妹书》那样从宏观俯瞰，而是从舟中平视，不驰骋想象于江水之外。远景用笔不多，"瞬睫少举，可抚万里；云天相迮，曾不一尺"，足见江面之宽广。"东望栖霞之岫，西眺彭泽之陂。指鹦鹉之洲，揖鹊尾之渚。"这是展望联想。写近处所见，相当具体。早上起来，"霁光在枕，晨飔上衣。舟人群呼，客子惊视"，"初映曜轮，砥如重簦；乍激回驹，矗见层峦"，"赤潦拍荡，垂腕能接；黄霞弥漫，障袖欲飞"。再写自己在船上的活动："徐理襟帻，低凭轩窗。一编将展，奔鱼驻而窥视；狂吟遽伸，鸣鼍为之起舞。""读景纯之赋，吸怒涛于吻沫；考道元之经，摧逆流于握指。"下面又写到停舟休息，"漱澜作食，借石谋居，菰米欲炊，浊醪横前"，"宿雁戢翼，招其逸侣；江豚掉尾，时甘啗人"，"日落未落，招美人之菱花；道阻且长，伤交甫之弃佩"。最后发表感想：人生百年，应该经风雨看世界，不能把自己关在小屋里，被奇异事物所吓倒，要勇敢地面对自然界。这篇游记处处饶有意趣，非常生活化，不像鲍照那样着意描写波涛凶险、禽鱼搏噬这种紧张恐怖的场景。

《立鱼峰赞并序》。立鱼峰在广西柳州城南，山形如立鱼，今已辟为公园。方文精彩处是写山洞："至山之半，始睹一洞。贯洞之中，复得两穴。疆石外蟠，湿云内奋。窦有鬼斧，壁无鸟踪。""钟乳斜瀑，惊赤虹于潜漱；流琼碎阶，疑落星于中夜。谢客登山之作，倒镌于阳崖；松公泐名之碑，驾峙乎岩缺。"今天景况仍大致如此。文章体例与洪亮吉山水赞相同,前序为长篇四六骈体,后赞为短制四言韵语。柳宗元有《柳州山水近治可游者记》,仅数十字提到立鱼山及山洞。戴震有七律《题立鱼峰》,概述山之形状气势,而未及洞穴。

抒情之文如《别知己赋序》,作者二十五岁时作,序为四六骈文,赋为六言骚体。文章表达对知己好友依依惜别之情,同时抒发光阴易逝,功名未就(此时尚未中举)的感慨,对友人的学术文章及友谊给予很高的评价。自古以来,诗、词、文、赋、戏曲,惜别之作多矣,这篇文章的特点就是悲而不伤,"虽无苏李临觞之怨,而有庄惠解带之忱",此二句即为基调。"苏李临觞",指汉代苏武、李陵相别。"庄惠"指庄周、惠施,二人是好朋友。"解带"指王羲之听朋友支道林论道高兴得解脱衣带。

碑传之文如《怀远县重修涂山大禹庙碑》。先写大禹功绩,从治水入手,赞颂大禹之孝、之诚、之勤、之功、之神、之明、之化、之工。再写大禹受禅天下,大会诸侯,诛防风,伐屈骜,神奸慑服。然后写涂山祭典之盛,考历代史迹以及重修禹庙的缘由。叙事简明,意脉清晰。陈耀南说:"意匠经营,具见巧心。"

论学之文如《与方立论古泉书》。方立,董祐诚字,是方履籛的好朋友,方氏托他在西安搜罗古钱币,董复信说长安市上多劣币、赝品。方氏乃再次致函,细述收藏古钱之四益五失。钱上特殊年号有助了解历史之正统、僭伪,钱面各式文字可通晓造字用字之法,钱之轻重、型制、变化可证王朝之兴衰等等。从这类短札中不难窥见学者型文人之广泛知识和开阔视野,能启迪读者心智。

清末谭献对方履籛骈文评价很高,认为是常州骈文学派的后军,可与洪亮吉、孙星衍抗衡。张舜徽说他为文"震荡飘忽,气逸不可止。而格韵超秀,不堕唐以下,自是嘉道间能手。托体甚高,而词采华健,固非世俗为俪偶之文者所可企"。[①] 也有人批评他。陈耀南说:"务为典博,而希踪范晔,铺砌奇僻,尤有过之。"不过,从上面所举的几篇来看,"典博""奇僻"现象都不明显。

---

① 转引自颜建华《清代乾嘉骈文研究》,光明日报出版社 2011 年版,第 49 页。

## 第四节　清后期骈文

蒋伯潜、蒋祖贻的《骈文与散文》说："乾嘉以后，国势已开始衰乱起来，文人当然没有闲情逸致来掉笔头做骈体文了。""骈文和散文发展到清代便已抵达了限度的顶峰。因为骈文的通行较散文为早，所以他比散文结束也赶前一步。且看散文，在乾嘉以后还是余风未泯，而骈文已悄然灭寂，告终了它的命运。"①

道光、咸丰、同治、光绪时期，骈文虽衰但并未"灭寂"，还有不少人写作，成就大不如前。

### 一　道光后期至同治时期骈文

**梅曾亮**（1786～1856），字伯言，江苏南京人，祖父梅文鼎是著名数学家，父亲是举人，饱读诗书。母亲喜爱民间文学，曾改订弹词《再生缘》。梅曾亮是道光进士，曾任户部郎中，在鸦片战争中支持抗英斗争，晚年主讲扬州书院。他少年时喜欢骈体文，多有佳作，后改学古文，师事姚鼐，姚死后，成为桐城派中坚人物。他没有"进取之志"，缺乏"阐道翼教"的兴致，有时发表与正统思想不合的言论。其散文《书棚民事》，敏锐地注意到进山毁林开荒以发展生产的棚户农民破坏水土保持，求生存与保护生态环境存在矛盾。这是了不起的真知灼见。

梅曾亮对林则徐一向敬佩，有骈文《谢林制军启》。道光十七年（1837），湖南新宁匪首兰正滋事，被扑灭。道光帝指示，查清该匪身死实据。当时林则徐任湖广总督，查实之后，道光仍不满意，给湖南巡抚降秩处分。林则徐上书，力言"兰匪身死无疑，而追究不已，非所以尊国体而安反侧者"，道光才罢休。梅曾亮致函林公表示敬佩，说："下肃民志，上重国威"，"知大体"，"得大臣之干局。"梅氏另有散文《与某公书》，为林则徐在鸦片战争后被贬鸣不平。

---

① 蒋伯潜、蒋祖贻：《骈文与散文》，世界书局 1942 年版，上海书店出版社 1997 年重印，第 97～98 页。

《姚姬传先生八十寿序》，对姚老师的道德文章高度评价。"惜抱先生，文章千古，可谓在兹；洪范五福，盖将咸备。"特别指出姚氏提倡的"义理""辞章""考据"三要义。称扬姚师："论思六艺，雕琢百家。阙疑斯慎，非坤乾而不征；圆机所流，说云汉而无碍。存大体于碎义，贾孔不能溺其心；辨古书于群言，邹鲁不能眣其目。及乎微之发覆，世昌子美之诗；欧阳代兴，人学退之之步。黜险怪而弗录，刘昼惭其大愚；耻儆儆而弗珍，虞初别于小说。述者谓明，学者崇之。"文章使用古代文人学士的事迹和典故进行类比，对姚鼐的生平事业学术成就做出相当全面的概括。

《冷循斋墓志》，记述南京人冷宣南几件特出表现。一是父亲死于塞外，他千里奔丧，"一叫已绝，五内如崩。乃散发奔星，承眶载露。出张家口，至七台，扶柩归里。风号雪虐，辽廓无睹之乡；昼号夜哭，情事未申之罪。吁其悲矣"。二是表兄黄某死，冷先生为之治丧，使其寡妻弱子皆得妥善安置。三是经过鄱阳湖，见翻船孤客，陌路无归，冷乃资助川资，使归乡里。四是冷先生参加乡试，用《后汉书》语词，试官不学，疑出自释家之书，未录取，实在委屈。梅氏此文虽以骈句为主，但章法井然，叙述简练有致，得散文之精髓。

梅曾亮有多篇宴集之文。如《江亭展禊序》，记道光十六年在北京西郊与四十七位朋友雅集盛况。开头一小段采用散体交代原委，中间一大段铺叙聚会情状。先写"登堂之地"环境开阔，次记"宾客之选"皆英流硕彦，再写"词翰之美"，以系列典故比喻朋友们的才华。此文骈中夹散，喜用长联，增加了轻松自然、流利明快的气息。

《与汤燮堂书》是书信体游记。大段文字写鄱阳湖，水面浩渺无际，变化无常。通过"粘天""无缝""决眦""沉目"这样的语词表达其不同于一般湖泊的特殊感受。还写到湖上渔民"遨游"，"管弦沸地"，有如城市。湖面阴晴不定，一会儿倾盆覆雨，天昏地暗；一会儿突然放晴，天明水净。下面一段记后五日游鸠江之故乡情怀。"昼寝反侧，忽闻乡音，同人相呼，长干见塔。自此数日，遇长老述亲戚之情话，见流辈吐湖海之豪气。始大欢乐，旋复感叹。"以朴实的笔调刻画出久别故乡的游子归来心绪，以骈文的语句体现散文的气脉，亲切自然，似淡而实腴。

不过总的看来，梅氏骈文不如其散文。

**金应麟**（1793～1852），字亚伯，浙江杭州人，道光进士，历任监察御史、给事中、鸿胪寺卿、直隶按察使。他居京多年，常与龚自珍等议论朝政，揭露时弊，曾多次上书建议整顿军备，改革水师，巩固海防。鸦片战争时，每次退朝，过宣武门，常与朋友宗稷臣等"谈海上事"，表现出关心国家安危的爱国主义精神。他擅长骈文，喜欢李商隐，曾为在抗英战事中死难的两江总督裕谦作《靖节裕公诔》，赞扬裕谦及王锡朋、葛云飞等在浙江定海战死的将领，控诉英军的罪行。同时还有《哀江南赋》，其中写道："三里五里，千魂万魂。骷髅逐渡，磷火焚林。白杨乌悲乎暮雨，青枫鬼唱乎秋坟。霜棱棱而欲下，天惨惨而将冥。门复门兮卧豺虎，闾复闾兮啼鼯鼪。"虽有仿效庾信《哀江南赋》的痕迹，其思想价值高过庾赋。

《与孙子和书》有一大段谈论某些高级官僚在鸦片战争中的丑恶表现。他们平时"鼓其意气，足以沙汰江河；出其小智，自足辨别利害。而大事当前，强寇内逼，仓皇反复，进止无依。麋蒙象皮，鹎披隼翼。见巨敌而唯闻流涕，鼓中军而不知所为。遗以帼巾，谓之留髭之妇；奉以金帛，比于食乳之儿"。文章没有指名道姓，但此类人不在少数。伊里布就是这种人，遇敌退缩，还犒劳讨好英军。金文揭露深刻，入木三分。他还用散文上书痛斥琦善、吴邦庆等妥协投降派，可与此文合看。

《书赵甬江〈世敬堂集〉后》，对明代臭名昭著的奸臣赵文华进行笔伐。赵文华是严嵩的干儿子，曾任工部尚书、太子少保，劣迹斑斑，但会写文章，有文集《世敬堂集》。后来以罪革职还乡，暴死途中。可是有些人认为赵曾做过一些好事，为之开脱，辩解，金应麟此文针对这些言论而发。前半段是散文，后半段是骈文，结论部分指出："大诈似忠，将无作有。静言庸违，固无足怪。独惜赤堇之士、丹山之英，以华筑城之小功，忘华堕邦之大恶。晋佳名于少保，颂美谥于襄成。捐乡以货，何如增税之百万；导君以鬼，讵假子升之片言。海神先祠，奸同五利。脏腑全出（赵文华死时情状），孽伴牵山。是知华能欺于乡，而不能欺于史也；华能辨于王，而不能辨于国也。"这是一篇犀利的历史人物论。说的是明朝人和事，对于认识清朝官场也有借鉴意义。

**谭莹**（1800～1871），字玉笙，广东南海人，道光举人，做过州学训导、府学教授，受阮元赏识，任学海堂长三十年。他学习杜甫、元好问的方式，以诗论骈，写了十六首七绝，评点清代十六位骈文家，包括陈维崧、袁枚、吴锡麒、洪亮吉、刘星炜、邵齐焘、孙星衍、王太岳、彭兆荪等，既肯定成就，总结其特色，也不讳缺失，在清代骈文批评史上有一定影响。他的骈文为时所重，《清史·列传》本传说他："沉博艳丽，奄有众长。粤东二百年来，论骈体必推莹，无异辞者。"张舜徽说："言之有物有序，与夫徒事堆砌以缛采取长者大殊。"（《清人文集别录·乐志堂文集》）

骈文名作如《温伊初梧溪诗画册后序》，是朋友一部诗画集的序言，像一篇精妙的山水园林记。开头说，梧溪是登云山最佳处，"倾岑阻径，累嶂联岩"，"碧玉泻其涟漪，白龙涵其巨波。引双派之古潭，缘万石之空濑。赭岸藏日，丹崖刺天"。继而写中间有平地："境既深邃，中复夷衍。晨凫夕雁，翱翔于其上；名蟹佳虾，踊跃于其下。……松篁夏秀，则百谷俱青；苹藻冬生，则竟川含绿。"有农田屋舍："绮田砥平，次见堂庑。突兀横笀，可支素琴。玲珑仰空，乃觇漆简。诚参寥之胜概，习静之幽致也。"温先生有志隐逸，来到这里，写下许多作品。"既达妙旨，斯传翰墨。柳州之记，昌谷之诗，元结之铭，李邕之序，莫不畅余荫于林薄，寄幽怀于山泽者焉。"又征同好作品和图画，集成一册，请他作序。他高兴地说："山长水远，川陆多奇；地老天荒，林泉终閟。灵秀自钟于开辟，荒延实藉乎品题，不有佳游，奚征胜地。"正如郦道元说的，"山水有灵，亦当惊知己于千古者"。作者并未到过梧溪，仅凭诗画而作序，读来有如亲临其境。文章层层展开，井然有序，不加藻饰，具自然质朴之美，有些句子似《水经注》。

谭莹还有《拟郦道元〈水经注〉序》。郦道元本有序，谭又代拟。陈耀南说他："嗟陵谷之无定，痛沧桑之靡常。既郦公之知己，亦当世之诤臣也。"又有《农具诗序》。陈耀南说："议论明通，用事亲切。彼不辨菽麦，目未窥园者，固不足与议矣。"记农具最好是散文，用诗已不易，用骈文作序只能统而言之，可以看出谭莹对农业生产的关心和重视。

**郑献甫**（1801～1872），广西象州人，壮族，从小学习中原文化，尤其仰慕曾任职柳州的柳宗元。他14岁中秀才，24岁为举人，34岁为进士，任职京师，讲学两粤，屡官至吏部侍郎。著作有《补学轩文集》及续编，其中包括骈体文四卷，计131篇，文体涉及记、序、论、书、状、传、志、祭文、寿颂等，内容包括他对时局和社会变化的看法、对文坛骈散争论的意见、与朋辈的友好情谊、对亲人的思念，以及山水游记等等。散文作品更多，在岭南作家中名列前茅。

郑献甫持比较通达的骈散论。其《诗文分体论》说："文之有散体又有骈体也，犹诗之古体又有律诗也。体具于东汉，别于三唐，而严于北宋，若其初则均未有也。"这段话很精当。他指出诗歌中讲究对仗格律者为律诗，不拘对仗者为古体。等于说先有古体诗，后有格律诗，此乃文体发展中出现的不同形态，诗之古与律可以并行，文之骈与散亦然，本无所谓优劣，唐宋才分别高下。判断基本上符合实际。但是他作为散文家又尖锐地指出，骈文的确存在"三弊"或"四弊"，（见《与李秋航论四六书》《为张眉叔论四六文述略》）简言之，即语词华丽，典故繁多，表达累赘。他跟一味调和骈散者尚有区别，并不是和稀泥。

郑氏骈文以山水游记为佳，具体地刻画出广西地域特色，代表作首推《游白龙洞记》。此洞位于广西宜宾城内，如今是著名的旅游景点。文章先叙宜州城环境："诸州之水多绕城南，宜州之水独绕城北。"继而记述渡水登山所见，"江荒日白，树密云青。鸥边招舟，人影半渡。犊外扶伞，山光忽来。途迫若开，磴盘在空"。终于到达洞前，"薜萝在眼，云霞荡胸。树老石上，不粘寸土"。老树长在石头上，正是广西喀斯特地貌的特点。进入白龙洞，感到"风来穴中，突见丈室。喘哮少定，踊跃告行。烛奴引前，灯婢列后。凿空直下，乘间曲入。火色石色，离离目中；钟声鼓声，隐隐足下（地下河水流淌撞击发声）。更进百步，阳开阴合。所见益奇，石柱削下，如垂佛牙（钟乳石倒挂）；石坎空中，定藏仙骨"。据民俗学家考察，西南民族地区有置木棺或石棺葬于洞穴的习俗。文章接着说明白龙洞得名缘由："回首斜行，当面横亘有石焉，蜿蜒在地，蹶尔不起；躞蹀向人，赫然欲飞，首尾相纠，鳞翼自动。"寥寥几笔就把这条石龙写活了。文章还记述了洞外的摩崖石刻和宜州秋天的美景："阳光隐山，凉意浮水。鱼鳞万龙，螺髻千峰。疏林来风，不落一叶；野树当屋，犹开数花。"这正是亚热带植物之花叶生长期长的表现。最后说，"此去百筑，别循一径，同人皆有难色"，只好回家，临别"徘徊不忍去"，依依难舍之情溢于言表。同类题材还有《白崖山寨记》《浈水纪行》等，皆富于岭南风味。

郑献甫的骈文，以四言居多，间用六言，杂以散句，对仗工整，而不刻意讲求，很少典故，近乎白描。前引《游白龙洞记》即其代表。其骈文集中还有 60 多篇寿序，乃应酬作品，乏善可陈。此为当时社会流行风气，少数民族地区亦在所难免。①

**周寿昌**（1814～1884），字荇农，湖南长沙人，道光进士，历任翰林院编修、内阁学士、礼部侍郎。毕生好学，尤嗜史书，学古文于梅曾亮，亦能骈文，朴茂清切。他和曾国藩、李鸿章、郭嵩焘都是朋友，有论学谈文书信来往。曾国藩有《送周荇农南归序》，是一篇论骈散关系的重要文章。周寿昌有《曾涤生侍讲求阙斋记》，作于曾国藩三十几岁筑"求阙斋"书室时，周寿昌也才三十出头。文章把"求阙"的含义做深入阐发，总结出四条：一曰"砭志"，即磨砺意志；二曰"箴述"，即认真做学问；三曰"翊化"，即赞助教化；四曰"呕生"，即关心民生。这是对曾氏的殷切期许，也包含周氏的人生理念。最后一段写到斋舍本身："则是斋者，固鲁宗道退思之岩，阮长之不欺之室也矣。斋无定构，择里斯处。十尺非隘，寻仞非阔。有图有史，有琴有尊。牖北开以当风，户东向以纳日。禽鸟时至，能为好音。苔藓径生，领其野趣。间于其中，招素心，数晨夕，商榷今古，激昂文酒。斯又事外之旷致，境中之胜概也。时与吟少陵之诗，得千万间广厦；客有入岐伯之室，试五千卷读书。"条理清楚，有分有合，但前面几大段太多典故，不大好懂。最后这一小段境界高雅，清爽明快而又切题，把全文的意脉引向高潮。

周氏是书画名家，诗文兼擅，名扬海外。高丽相国李裕元请他作《嘉梧堂记》，高丽国侍读闵翰山求其诗集，与之论诗。周氏作书答之，主张作诗必使"言成而有则"，虽"相谲而义取"，"使后之人，读诗而推其隐，论世而感其遇。正劳人思妇之有作，实忠臣孝子之寓言。以此称诗，其犹殆庶。匪比诸小夫浪子，流连光景，无义心与古骨，徒回肠而荡气也"。周氏这些文章，为中外文化交流做出了贡献。

**王诒寿**（1830～1881），字眉叔，浙江绍兴人，贡生，只做过八品训

---

① 关于郑献甫的骈文和骈文理论，请参考莫山洪《论郑献甫的骈文》，《广西师范学院学报》，2014 年 11 月；《论壮族文人郑献甫的骈文理论》，《民族论坛》2016 年第 9 期。

导，工于骈文，有《缦雅堂集》。他的骈体游记，于刻画自然风物建筑景观之外，更注意所见所遇之人的表现，富于人情味，很可能是受明末小品游记的影响。

如《游仙华山记》。山在浦江西南，最胜处仙华峰又名少女峰。作者与朋友数人入山，先至古仙华庙，后到少女殿，介绍建筑的来由。遇当地人曹翁，指出山之奇在三岩，尤以第三岩为最高险。曹翁引导至岩下，朋友皆不敢上。"童辈乃贾勇以登，呼之亦不能止。见其蛇行入天门，回嶂合邃，人影倏忽，裂石漏响，语笑忽堕，久之乃见立第一峰最高顶"，下来后又对众人讲上面有古洞、石屋如何如何，十分有趣。接着写曹翁饮同游者于其家，"土屋向阳，杉扉临涧，木床竹几，净无纤埃。呼儿刨笋，因携白木之砧；移尊就花，乃启黄鸡之局"。菜肴中有"石衣"，"产三岩，采之极难，味清而腴，香泠而郁，洵乎露华云气之长养，非凡品也"。黄昏回到城里，"椿灯已明……寓庐不远，苍头来迎，入门笑言，儿辈诧慕"。此文写景叙事相间，语句亦奇亦偶，分不清是散文还是骈文。

《暨阳道中为沈晓湖博学书》是书信体游记。开头仅"晓湖足下"四字，便径入记游。出东门，过七里亭，至白麟溪，投旅舍，用相当篇幅写夜景及感受。次日冒雨复行，石险路滑，"忽得村落，（村民）恍睹官府。揖田媪而乞浆，觅土锉以燎袜"。中午度布谷岭，至牌头，风横雨猛不可行。仆夫觅宿山中逆旅，主人乃其旧相识，迎待甚殷。"烧花猪之肉，暖绿蚁之樽，殷勤劝酬，为之醺然。"把普通店家的质朴情谊写得极其浓烈。此文以骈句为主，少用四六，笔墨闲淡，随意点染，情深意挚。

《送谭仲仪之皖序》，对县令一级官僚之腐败贪暴痛加揭露谴责。其中写道："阶缘时会，猎取一官。将以筹白檀之饷，渔夺是其本怀；将以偿紫缬之输，兴生问其孰利。饿豸之喙一尺，黠狐之幻百方。丹魄紫裘，服玩侈其珍丽；季蛇叔虎，僚友较乎瘠肥。是谓眚墨，其大较也。以贼深博烛奸之名，以苛暴为济贪之具。笞榜百楚，俨鼓吹之悦听；呼啸满堂，置是非于不问。凝血棒赤，断骨枷青。善族碎于狡猾，而豪强不敢击；愚氓畏若踞蝂，而盗贼益以横。是为毒螫，其尤甚也。"陈耀南说："饬斥吏治，以讽为勉，有质有文。独恨此类骈文于有清为甚寡也。"

## 二　光绪宣统时期骈文

**李慈铭**（1829～1894），字爱伯，号莼客，浙江绍兴人，自幼天资聪明，于书无所不窥。21岁中秀才，41岁才中举，由于科场蹭蹬，曾入资为户部郎中，长期居留京师，诗文名噪一时。51岁成进士，仕途不顺，60岁任都察院山西道监察御史。甲午战争中国失败，他极度忧愤，咯血而卒。李氏跨越道光、咸丰、同治、光绪四朝，主要写作活动在光绪前20年。他著述甚丰，涉及经学、史学、小学、诗文，最负盛名的是《越缦堂日记》。李氏恃才傲物，勇于批评，政界不避权贵，学界不讳名流，故为时人所忌。

李氏骈文以下几类最为出色。

第一是揭露吏治与时弊，关心国家大局之文。

如《送高次封太守归利津序》，高次封与李氏在户部同事，后任绍兴知府，因病去职还乡。李氏赠序，主要内容谈论户部及绍兴官场之腐败。户部被都中百司视为"膏腴"，"外结吏胥，内交宦寺"，"道光以后，四方用兵，帑藏久虚，犒饷尤亟"，于是"大盐大冶，争以赀进。……人人自以为弘羊不数，刘晏复生，持权轧倾"，"而（高）君淡若无与，泊焉寡营"。描写户部办公情状："曹之故事，掌印与主稿者，颐指令史，鼻跷刺天。僚吏唯阿，严事唯谨。钤尾画诺，不问所事。尚书、侍郎，呵殿而至，搢袖指牍，扬扬升堂。僚吏称娖，鱼贯侧行，屏息立后，不出一语。长贰相见，莫知谁何？前者咨事既完，复随其后，却缩而退。"这班昏庸的官僚，办事一塌糊涂。"度支何所筹？平准何所恃？孰为竭泽？孰为漏卮？出入十年，苪（读忽，轻浮）莫一致。"国家最高理财机关，竟然这个样子！

序文提到，高君在绍兴施政，地方豪强处处作梗。"吾越郡新复于寇，又遭大水……桥堰尽坏，田不可耕。而郡之搢绅，狃祸怙恶，视为利薮。时浙之大吏，出于兵仔，纳货方竞，州县瘠饶，皆有则程（出卖富县穷县官职皆有定价）。上蒙下欺，讳言欺灾。"高知府申请上司救济，而地方官员却"方兴催科，林居虎冠，计亩敛贿，率倍常赋。名修海塘，大肥其家。（高）君力相抗拒，卒于不胜。于是群猰聚雷，并力撼君"，结果弄得"西堤甫完，东闸告塞。三县之水，邑而不流；万顷之田，潦以不治"。高知府四处奔走忙碌，累得中风疾发，口不能言，在郡不满一年，被迫辞职。如此淋漓尽致揭露地方政治之文，十分难得。

《复张香涛学使书》。在给张之洞的信中，作者畅述自己为何应举"十试而不收"，任官"五考而不调"，原因有四。一是官场讲究论资排辈。"校格论资，晚世尤甚。一升礼部（中进士），即嗤孝廉（举人）为浊泥；幸列秘书（翰林院），便笑郎署（六部）为俗物。而同岁（科举同年）之中，复分寒燠；一廷之上，又判渭泾。"二是不会巴结钻营。"舐痔尝秽，官方以为常；柔面胁肩，妻子所不耻。朋曹共进，相夸以附钻；死友密亲，不讳其倾轧。"三是文学界以俗鄙为尚。"《折扬》之歌，市里皆悦；《回波》之曲，庙堂所珍。……以腐秽为合格，以鄙俗为尽情。"四是学术派别纷争。"以况今兹亦有两道：侈陈商周之器，可束注疏而不观；高谈程、朱之书，可薄班、马为无用。求赝鼎于贱贾，访学究于三家（三家村），亦足以竦誉公卿，附势贵要。"当时汉学宋学势不两立，而李氏兼习两家，故不合时宜。如此犀利尖刻的批判，需要很大的勇气。

《送施均父之兰州序》。兰州是清代陕甘总督驻在地，实际上掌控整个大西北。此文纵论西北在历史上的重要性，特别指出，清政府已对新疆实行有效统治。"圣朝拓疆万里，自出嘉峪，以抵伊犁……化戈壁为田畴，编瀚海于户籍。天竺之山北拱，葱岭之水东流，以视皋兰，近为腹地。"然而近年西域"群盗猖獗"，"烽燧彻乎甘泉，鼙鼓震于骆谷。铁胫黑齿之丑，遍屯陇坻；次飞羽林之军，愁渡洛汭"。指的是新疆阿古柏集团分裂祖国，甘肃回民白彦虎发动暴乱。下文充分肯定左宗棠收复新疆平定回乱的巨大功绩。"今则楚军（左宗棠部号楚军）贾勇，使相临戎（左宗棠亲临前线）。一战而关陇平，再战而甘凉达。逮收金积，遂落旄头。枹罕为举部之降，灵武请献城之命。于是属夷并进，商贾鳞趋。"施先生此去，虽然路途艰辛，但到了那里，会受到热烈欢迎："看子荆之长揖，待孔璋以飞书。燕支（胭脂）满山，以遗妻子；蒲桃积斛，以酿酒醪。此亦足以荡奇胸，称快事矣。"笔力雄健，纵横跌宕，大起大落，气势磅礴，不用典故而厚重，不加藻饰而堂皇。在晚清，赞扬左宗棠收复新疆之骈文，还有王诒寿的《陕甘总督相国左公七十寿序》，可以合看。

第二是倾吐胸中块垒，大发怀才不遇的牢骚之文。

《四十自序》，作于十次乡试不第之后，中举之前，正值李氏人生低谷。

他以自我总结的方式,倾吐满腔愁苦和多年积愤,把数十年的郁闷概括为"五悲""五穷",包括家庭的不幸,仕宦的艰辛,际遇的阻碍,乃至身体多病等等。如说:"十旬九病,一日半飧。革带量腰,孔距逾尺。小冠宜首,广仅盈规。行箧积其(药)方书,药烟交乎旧帐。涉夏则气息不续,入冬而肢体皆冰。"如此具体细致,可与沈约《与徐勉书》有关文字相比。沈当年七十,李方四十。李文先写"五悲",继述"五穷",最后总结,条理井然,对仗工整,文辞精当。多用典故,以古况今,增添了高雅沉博的美学效果。开头自称受刘峻、汪中启发,实际上那只是就题目而言,至于结构并不相同。刘逐项自比冯衍,汪又自比刘峻。李文只讲自己,不比他人,这种写法是学唐卢照邻《五悲文》。不过,卢文是五篇短文各有小题合为一组,李文是不可分割的整体。

《答仆诮文》,作于《四十自序》同时。李君作文守岁,仆人教训主人,大略云,官人自幼聪明,"吟诗上口,听经能背","镂膺周秦,胝手汉魏,不今是逸,而古为媚","若痴若醉,所得几希","西家之子,乳臭青紫",东家之儿,积资千亿。而官人仅有薄田,"三年不治,荒草责税"。他人之随从,锦幛大马;我从官人,薄衣单骑。官穷至此,乃文章作祟。"官自固穷,我将自绝。"打算辞职不干了。"先生闻言,辗然而笑……因濡笔以为之文曰:吾拙吾力,吾默吾识,吾饥吾寒,匪吾文是职,乃天之所以全吾真而养吾逸。"此文乃仿效西晋陆云《牛责季友文》。牛因为主人只会读书,不会做官,不愿为他驾车了,牛与仆人的基本观点相同,表面上自嘲,实际上自矜。陆文已残,主人答词今已不见,李文以仆诮为主体,主人回答简单,即我的穷困不在文章,而是命运的安排。似谐而庄,似愚而智。全篇仅仅几句散语,余皆四言偶语,两句一韵,前半段三十多句一韵,后半段自由换韵。语言通俗平易,风格滑稽多趣,是正话反说的不平之鸣。

第三是记游之文。

《夏日雨中集天宁寺记》,记与诗友樊增祥等同游北京广安门外天宁寺。先略述建寺历史,然后着墨于夏雨中的观感。"先夕猛雨,经日滂沛,炎氛涤除","流水周于市廛,新绿拭其衢巷",而寺中则"道俗阒寂,鸟隐树而不飞,云摄山而俱敛"。"近览梵塔,黛压诸天。遐俯畿甸,翠合大地。山泽通其清气,雷霆走于下方。""泉石悦其羁魄,风雨证其素心。则若忘京华之居，息久旅之感焉。"20 世纪 50 年代以后，天宁寺几次为工厂占用，80 年代稍事修复，现有密檐式宝塔一座，佛殿一间，庭院数亩，很难寻觅李氏所述景象了。

《极乐寺看海棠记》。寺在北京西直门外，高梁河畔，距五塔寺约 500 米。李文以简单交代开头，第一大段着重写海棠之盛，映衬佛寺与周围环境；第二大段点评佛寺东西两侧多处建筑之美，笔墨精致；末段介绍同游者。明代袁宗道有《极乐寺记游》，着意于古树。刘侗《帝京景物略》提到极乐寺，沿高梁河而写水。二文皆属散文小品。

《重五日游龙树寺记》。寺在宣武门南，与法源寺相邻，是清末文人雅集之所，李慈铭在寺中参加过多次聚会。此文前半段介绍建寺经过和多处景观，后半段畅叙同游之欢悦。文章作于升任监察御史之后，心情颇佳，没有谈禅论道，也没有人生喟叹。龙树寺入民国后渐颓败，1924 年，徐志摩曾在那里宴请印度诗人泰戈尔。法源寺现已修葺一新。

第四是怀旧之文。

《与柯山亲友书》是在北京写给绍兴亲友的信，最精彩处是对绍兴城市和郊区风物的回忆。"每念吾越，常禧迎恩之郊，东郭南门之外；景物丰丽，殆绝人寰。山浮翠鲜，水拭绿净，港町林抱，村墅花接。哢鸟引响，浴鹅成群。画船碧篷，出明妆以宛宛；酒楼青帜，招游屐而傲傲（醉舞貌）。路沿纸鸢之风，渠放秧马之水。柳岸吹碧，时露半帆；菜畦叠黄，晴敧万笠。箫鼓达乎月出，城郭迥其烟浮。盖离家以来，思之辄病；及病之际，又思之辄瘳。虽沧桑顿殊，而梦寐不改。"这段描写，比宋代孟元老《东京梦华录》写汴梁，明张岱回忆杭州，境界更美。尤其后联，离家思之辄病，病中思之辄瘳，动人心弦。这封信还有一大段想象回乡之后如何与亲戚朋友邻居们欢聚畅叙别情，比陶渊明《归去来兮辞》回家后的想象之辞更真切，更具体；比骆宾王《与博昌父老书》更充满人情、乡情。此是不可多得的好文章。

《三山世隐图记》，记李氏数代故居三山村居的环境和人物活动，突出三位祖先的高情雅致。第一位是六世祖中书君曾在那里结社吟诗作画，传有《鉴湖垂钓图记》及诗；第二位是曾祖父孝廉君与茹尚书、王进士于此填词作诗；第三位是祖父州佐君有绝句十首。历经离乱，林谷仅存，而风烟已改，故将祖先作品都为一集，以述祖德而传后世。此文妙在以自然景致衬托人物情态，三位祖先志趣相近，而作者用笔不同，俨然丹青高手。

《息荼庵记》记李慈铭本人在故乡一处院落，共十七间，分别名为"受礼庐""祥琴室""苦瓜馆""卧蓼轩"，而总其名曰"息荼庵"。他说："荼者舒也，息者休也。"可以舒心地休息。此文略于写景，而详记附近有宋明以来七位名人的旧居，历史文化氛围极浓。

《轩翠舫记》记作者在北京保安寺一处宅子，原主人久废不治，作者课童仆召匠役加以修葺，栽植了二十多种花木，名其廊曰"花影廊"，圃曰"小东圃"，室曰"碧交馆"，轩曰"听花榭"，总其名曰"轩翠舫"，"有牵船就岸意焉"，即辞官退休之处。此时作者五十九岁，居此宅已十四年，所以很有感情和雅趣，看来他是一位很爱花的人。

李慈铭有多篇宴集序、赠序、图序等。如《庚午九日曹山宴集夜饮秦氏娱园诗集序》《辛未九日宴梅山寺诗序》《冬月夜与族兄弟宴慈仁寺序》《薛慰农太守烟云过眼图序》《沉江秋水图序》《送谢编修督学山西序》《九哀赋序》等。皆情文并茂，辞旨俱佳，为选家所重视。

陈耀南说："爱伯精思闳览，矜名节，矫俗流，忧国伤时，至以身殉。生平专治汉学，而服膺宋儒，学术议论，弘通持平，而每为词章所掩。及遗书即出，乃征鸿博。其（骈）文沉博绝丽，富妍练之美。盖径取汉魏，而渊雅纯净。其欲近掩孙洪，远过庾鲍。"

**王闿运**（1832~1916），字壬秋，号湘绮，湖南湘潭人，19岁中秀才，25岁中举人，此后多次会试不第，曾短期入曾国藩湘军幕，因意见不合离去。平生以著述、讲学为主业，曾在四川、江西等地方官府任幕客，以经术、辞章名扬海内，经史子集皆有重要成就，诗名尤高。他著作甚丰，有《尚书笺》《春秋公羊传笺》《庄子注》《湘军志》《湘绮楼诗词》，还有文集、日记等。光绪三十四年（1908），清廷特授其翰林院检讨，旋加侍讲，辛亥革命后任清史馆长、参政院参政。他得知袁世凯有复辟企图，即辞职还乡，卒年85岁。王氏德高望重，门生故旧甚众，性诙谐，有傲气，思想保守，但爱国立场鲜明。其文章"溯庄列，探贾董，其骈俪则揖颜庾，诗歌则抗阮左，记事之体一取裁龙门"（《清史稿》本传）。

王闿运有政治骈文《御夷论》。晚清时列强频频入侵，当时有战和两种主张的争论，王氏认为皆非上策。"和战者，政教之末迹；争议者，谋国之下道。"应以"强国"为要，先要明白何以其攻势之常不敌。曰："夷狄之患起于我弱，我弱之故生于失政。"国家贫弱必然挨打。所以，"内不强不足以谋外，人无衅不可以构隙。（夷狄）其尊中国也如天，其觊觎也如鬼。……其闻圣人首出，诸侯效命，则蒲伏稽首，求通属国；其有自负强大，侵轶边界，则驱之而已奔亡矣。是故中国强夷弱，则秦人置百越之郡；中国强夷狄强，则汉文为渭桥之师；中国弱夷狄弱，则元、成（汉武帝、汉成帝）受匈奴之朝；至于中国弱夷狄强，边患滋多矣"。这是从中国两千年中外关系史中总结出来的结论。他一连写了三篇《御夷论》，讨论对付外敌的策略，可见其对国家命运的关切。此文骈散兼用，不用典故，纯是白描，古文的晓畅和骈文的整齐，共同构成遒劲有力的气势。

王氏骈文风格多样，《秋醒词序》是另一种类型，是为自己的《秋醒词》作序，原词已不存。此文实为"秋夜有感"，抒怀而兼谈理。秋夜假寐而醒，家人皆入睡，一片沉寂，唯有清风蚊鸣。作者感到"乃绝声闻"，唯见"北斗摇摇"，"蜃墙如练"，顿时产生大千世界"辽落一身"的孤独感，联想到自然界一刻不停慢慢在变，人生或长或短，或仕或隐等。待到家人醒来，"群籁渐生"，由静而动，恍惚又从仙界回到人世。于是悟出静而思动，动而慕静的玄理。文章融景于情，由情悟道，参用佛玄却未陷入消极出世。这类哲理骈文魏晋盛行，而清代稀见。他把道理讲得清楚明晰，文章写得流畅优美，故很受好评。此文既有学六朝文痕迹，又具备晚清骈散互用的特色，句尾多用虚词叹词，行文显得摇曳多姿。王文濡评点说："超于象外，得其环中，会心处正不在远。"陈耀南说："理深文妙，华实相扶。"

《桂颂》。序文说："湘绮楼东，有古桂一株，枝叶婆娑。秋日花余，折繁枝置水瓮中，凡百余日。大树深根，花悉凋歇。宛彼弱条，寄于勺水，无根苞之可托，寡柯条以为辅。微花四秀，风香郁然。"作者联想到有的人"少遇挫折，遂以夭枉。智慧内削，丰采外凋"，然而"嗟此桂枝，依柯分命，独能苕颖不悴，飞馨流艳；鉴寒泉而写影，零暮雨而无悲。非徒表劲于疾风，明贞于晚岁而已。似别有怀抱，自负孤贞，不夺不移，有符大道"。于是大加颂扬，把桂枝比拟于楚囚钟仪和汉代司马迁，并把自己此颂比拟于屈原《橘颂》，显然是在提倡不怕艰苦环境，在挫折中挺拔独立的人格理念。序文兼用骈散,颂文纯用四言,前后互补,相得益彰。

王闿运有两封给妻子的书信,风格特异。

《与孺人启》,用六朝文体。有云:"十年相守,一旦分襟,既殊少小之愁春,复异关山之远役。想卿独处,应不劳思?然孔雀五里而徘徊,文君白头而踯躅,况于燕楚异地,凉暄殊节者乎!当阶红叶,寸寸芳心;入室燕雏,喃喃款语。中人偶望,远感仍来。又足以驻景延年,化公为童者也。"纯用偶语,文辞流丽,较六朝倩人代作寄妻书之虚情假意,有天壤之别。

另一封题为《到广州与妇书》,以质素的语句,缕述岭南土特产和饮食习惯。"菜必生辛,羹必稠甜。若夫槟榔酸涩,蕉子甘烂。薯重十斤,芥高七尺。君迁小柿,新会大橙。不含霜雪,多复皱腐。腌橄榄以盐豉,取蚁粪为奇南。榕树不可爨,木棉不可絮。……邦人市海鲜,别为厨馆。则有鲨鱼之翅,海蛇之皮……咸蟹、龙虾、雄鸭、腊鹑,腥秽于市井,纷错于楼馆者,不可胜计。又俗好烧炙,物喜生割。操刀持叉,千百其徒。乞人待肉食而餐,宾筵以多杀为豪。婚礼烧猪,辄列数百。……"

所述广东菜肴,至今仍然如此。当时湖南人看来,不可理解,王氏斥为"奇诡""可笑"。今天的湖南人在广东不计其数,已经完全接受了。文章题材新颖,描述准确细致,用语不拘奇偶,通俗易懂,读来亲切有味。王文也可能受西晋束皙俗赋《饼赋》启发。晋时之"饼",泛指面食。该赋详细介绍各种饼食的制作方法,如何选料、加工、配佐、烹调,以及如何香味诱人,使食客垂涎欲滴等等,反映了当时北方饮食习惯。然而仅仅"饼食"而已,未及其他。

王氏中年所作《吊朱生文》,是另一种气氛。同治四年(1865)春,王氏从北京返湘,在河北真定旅馆见到朱姓人灵柩,询其二仆得知,原是同乡,并先后中举,同年参加会试,乃作文吊之。其中写道:"我生而返,子死而归,……闻子之来,航海通津,父子离别,以病托人。亦穷于药,亦遍于神。药不医死,神岂通问?迟速之期,子又奚咨?无恤无亲,于友于殡。无畏不归,余送子榇。余情好悲,独往无聊,爱与之子,爱暮爱朝。虽未相识,仿佛而要。"竟然陪朱生灵柩同归故里,可见极重乡情。此文纯是四言,声调低沉,读来不胜凄怆。中国古代科举考试途中,南方举子到北方京城参加会试，有的要经过数月长途跋涉，某些人贫病交加，死于途中。这类故事在小说戏曲中往往出现，恰恰让王闿运在现实中遇到了。他自己那一年是第二次落第，所以一方面吊唁死者，一方面倾吐自己的郁闷。此文与明王守仁《瘗旅文》有相似之处。王守仁是远谪之官吊远来之吏，王闿运是落第举人吊落第举人，颇有"同是天涯沦落人，相逢何必曾相识"的共同感受。

王闿运喜欢模拟六朝骈文名篇。其《哀江南赋》仿庾信同题名作，描述太平天国之乱，亦步亦趋，连音韵也相同，艺术性高，政治立场不足取。王氏还仿鲍照《大雷岸与妹书》，仿徐陵《玉台新咏序》等。张仁青说："《湘绮楼集》中，隋珠赵璧，璀璨满纸，虽曰模仿之作，创作之意少，舍己从人，处处无一'我'在，然而其上继骈文之正轨，延续骈文之命脉，遂使骈文一道，不作广陵之绝，则大有功在焉。"①

**阎镇珩**（1846～1910），湖南石门人，17岁中秀才，以后屡试不利，不求仕进，以执教为业，曾任石门天门书院山长、荆门州学教谕，著作甚多，著名的是《六典通考》200卷。有《北堂山房骈文》25篇，序文较多，往往涉及湖湘人物及景观，借以抒情言志，如《新刻屈贾合刻集序》等是。

**皮锡瑞**（1850～1908）长沙人，经学家。13岁中秀才，33岁中举人，三次会试不利，乃潜心讲学著述。甲午战败后，积极宣扬保种保教，熔合中西，纵论变法图强，遭到王先谦、叶德辉等保守派的攻击。戊戌变法失败，他被清廷革去举人功名，逐回原籍，交地方官严加管制。他的经学代表作有《经学历史》《五经通义》等。有《师伏堂骈文二种》，其中《游空灵峡记》以四言为主，骈散兼用，气韵生动，写景与用典交融，抒情与议论相间，建筑与游人兼顾，婉转流丽，意味隽永，别具审美旨趣。

讲晚清骈文，不能不提到**张之洞**（1837～1909）。他号香涛，河北南皮人，26岁点探花，历任翰林学士、国子司业、山西巡抚、两广、湖广、两江总督，终官体仁阁大学士、军机大臣。他在各地任封疆大吏近三十年，身边聚集大批文人学士，有旧派也有新派。他对外敌主战，对内偏向维新。在各地办工厂，兴学校，创实业，练新军，力促废科举，派学生出洋。其

---

① 张仁青：《中国骈文发展史》，浙江大学出版社2009年版，第431页。

洋务实绩超过曾国藩、左宗棠、李鸿章。其思想体系比较保守,作《劝学篇》,主张"中学为体,西学为用",政治制度、道德哲学、文化传统不可改变;科学技术、农商工矿、外交规则等等可以学西方。此书影响巨大,体用之争,讨论了近百年。张之洞的学问渊博,精通经史。他的骈体文属宋四六派,以气息行文,不失亲切自然,于此前之夸靡繁缓积习,颇能有所廓清。张仁青说他:"步趋两宋,务博大昌明,不为奥衍僻涩,以号称高古,而树义精深,取材渊长,直如杜诗韩笔。"①

如《祭汉虞仲翔唐韩文公宋苏文忠公文》,作于两广总督任内,为虞仲翔、韩愈、苏轼立祠于广州越秀山,纪念三位传播中原文化于岭南的功绩。

> 维三君立德功言,兼三不朽;历汉唐宋,为百世师。经学参荀郑之间,文品列欧曾以上。竭忠肝而悟主,守直道以危身。洎乎放废之余,力倡儒先之教。戍所抗辽东之疏,弗待青蝇;南来书泷吏之诗,居营白鹤。行芬志洁,比泽畔之灵均;云集影从,成海滨之邹鲁。化民兴学,异代同符。似鼎足之并尊,宜溪毛之共荐。尔乃苍梧万里,迁客飘零;诃林一株,旧居摇落。访潮州庙碑之记,披发而下大荒;拜儋耳笠屐之图,负瓢而行田野。合祠未备,守土滋惭。兹者就粤秀之山,徙安期之宅,重恢杰构,特举明禋。

其他还有诸大老寿序及各类应用文等二三十篇。当时颇获好评的是为李鸿章所作七十寿序。这时李鸿章还有八年寿命,还将办几件大事,清王朝也还有十几年寿命,因此对李的评价还没有到"盖棺论定"的时候。所以张文只能代表当时一部上层人士对李的看法,可以当历史文献看待。陈耀南说,"其文肆畅流转,举重若轻","博采新名,以入旧体,足见巧思。而好以数字颜色刻意求偶,亦章、吴以来之恶习也","祭古圣哲诸篇,皆短篇流畅之作,而其意其词,陈而不新。骈文至此,盖亦弩末矣"。

清末有两位烈士,谭嗣同和秋瑾,他们不以骈文著称,却有名作传世。

**谭嗣同**(1865~1898),改良主义激进派,为了促进改革,不惜抛头

---

① 张仁青:《中国骈文发展史》,浙江大学出版社 2009 年版,第 480 页。

颅，洒热血。他的文章，自谓先学桐城派，后学魏晋。其实，既非桐城，亦非魏晋，内容是混杂儒佛道墨，古今中外，语言是参差不齐，非骈非散，唯意所之。但他也有少数正统的骈体文。如《报刘淞英书》：

> 嗣同少禀惴惰，长益椎鲁。幸承家训，不即顽废。然而家更多难，弱涕坐零；身役四方，车轮无角。虽受读辬蕳大围之门，终暴弃于童蒙无知之日。东游江海，中郎之橡竹常携；西及天山，景宗之饿鸱不释。飞土逐肉，掉鞅从禽。目营浩罕所屯，志驰伊吾以北。穹天泱漭，矢音《敕勒》之川；斗酒纵横，抵掌《游侠》之传。戊己校尉，椎牛相相迎；河西少年，搴拳识面。于时方为驰骋不羁之文，讲霸王经世之略。墨洒盾鼻，诡辩澜翻；米聚泰山，奇策纷出。狂瞽不思，言之腾笑。以为遂足以究天人之际，据上游之势矣……

讲的是他少年狂傲，游侠四方的豪情壮志。于景祥说："这是地道的骈体文，不但讲究对偶，而又使事用典，但与传统骈文相比，其文气更为舒逸，感情真挚、浓烈，同时又文笔简洁，条理明晰，表现出以气命词的特征。"[1] 这类文章，他只是偶尔为之。

**秋瑾**（1875～1907），革命女杰，在日本留学时参加同盟会，回国后在浙江绍兴组织光复军，准备发动反清起义，事泄，被捕，就义。临刑前五天，给朋友徐小淑写下一封绝命辞，如下：

> 痛同胞之醉梦犹昏，悲祖国之陆沉谁挽。日暮途穷，徒下新亭之泪；残山剩水，谁招志士之魂。不需三尺孤坟，中国已无干净土；好持一杯鲁酒，他年共唱摆仑歌。虽死犹生，牺牲尽我责任；即此永别，风潮取彼头颅。壮志犹虚，雄心未谕，中原回首肠堪断。

对仗工整，语言明快，情辞慷慨，动人肺腑。秋瑾自号鉴湖女侠，其诗文多阳刚之气。此文可与其"拼将十万头颅血，须把乾坤力挽回"等诗

---

① 于景祥：《中国骈文通史》，吉林人民出版社 2002 年版，第 1003 页。

句合看。

清代晚期，有一些骈文著作在中下层社会流行。

《秋水轩尺牍》，作者许葭村，字思湄，浙江绍兴人，生活在道光、咸丰年间，一生做府县幕僚，长达四十年。《秋水轩尺牍》是他的书信选集，共 200 篇，包括叙侯、庆吊、劝慰、请托、辞谢、求借、陈情等内容。咸丰末年刻印问世后，影响广泛。20 世纪 30 年代上海的广益书局、广文书局、世界书局曾分别印行。1940 年中华书局出版此书评注本，列为尺牍的模范。20 世纪 80 年代，湖南文艺出版社、华岳出版社相继出版校点整理本。校点者认为，"此书虽系往来应酬之作，却也反映了封建社会官场生活的一角，表现了幕友依人作嫁的苦况。书信语言清丽，用典自然，行文整饬而流畅，感情真纯，词语华美，富于文采。它不仅有一定艺术价值与审美价值，也有一定社会价值"①。"还特别注意发挥骈体文的长处，炼句琢字，力求华丽，对仗工稳，用典灵活。不少地方采用四六句式，华美辞藻，恣意烘托，使文章具有音乐美和节奏感。读起来铿锵有力，韵味无穷。"②

赵树功《中国尺牍文学史》认为："这本尺牍实是一本庸俗之作。其内容不外庆吊，叙侯、辞谢、应酬，虚浮粉饰过多而有伤本真，遣词造句动辄用典耀学，凭空设障，使这漂亮的废话又加些生硬。有的力求工整对仗，说出话来莫名其妙。尤其不敢恭维的是许某人的思想，他虽是个一生奔波的下层文人，但却没有因为出身而减少其下层人的'愚腐'。整部尺牍 200 余札，多系俗滥之调儿，难觅通达的说法，在花哨的文字下，看不出属于自我的东西。尤其在平民阶层，为祸不小。"③

《秋水轩尺牍》比较具体地反映了清代一位下层幕僚艰辛的处境、无奈的心态、生活的拮据、工作与亲情的矛盾，以及朋友之间的互相关怀与劝慰等丰富的内容，是中国封建社会末期为基层政权服务的特殊文化群体的思想感情的真实记录，具有其他文学作品所不能替代的社会价值，是中国骈文到了末期仍能在一定的人群中发挥交流作用之一例。所谓"为祸""愚

---

① 华岳出版社 1988 年版《白话评注译秋水轩尺牍》前言。
② 湖南文艺出版社 1987 年版《秋水轩尺牍》序言。
③ 赵树功：《中国尺牍文学史》，河北文艺出版社 1999 年版，第 577 页。

腐""俗滥"的评价是有失公允的。

幕僚，亦称幕宾、幕友，近代俗称"师爷"，源于先秦两汉，延续至六朝、唐宋元明，至清代大盛，成为一特殊的行业，相当于省府州县地方长官的私人秘书，承担许多具体的行政事务。大致分"文案""刑名""钱粮"几大类，师爷各有分工，各司其职，却非官非吏，没有官衔和俸禄。其薪酬称聘金，出自地方长官私囊，多少并无定格。他们与地方长官不是上下级关系，而是宾主关系，师爷称长官为东家、东翁，长官称师爷为西宾、西席，合则留，不合则去。师爷们熟悉吏治，通晓法律规章制度、办事程序和各种潜规则，是各级地方长官不可或缺的左右手。各色各样的劣幕，或为虎作伥，助纣为虐；或狐假虎威，欺上瞒下。也有相当数量的师爷，敬业守法，秉公办事，克尽厥职。从《秋水轩尺牍》看，许思湄作幕四十年，生活清苦，连借钱捐个小官的目的都没有实现，可见不属于劣幕。

尺牍第199篇《示恬园侄》，是晚年写给同样做幕的侄儿的信，说："幕之有宾，即古长史、参军，如昌黎所云温生、石生，为乌大夫罗致者流，虽系辟佐藩镇，间亦通籍于朝。近则以值（薪金）相招，以力自食，等诸孟尝门客矣。然道以人重，事在人为。果使砥行植品，积学多才，彼印累而绶若者，未尝不礼貌加之，腹心倚之。若不检于行，不忠于事，骨肉尚难取信，衾影亦觉怀惭，无怪朝下榻而暮割席也。予游食四十年，兢兢以此自勖。今将归去，因汝尚知自好，故亲笔及之。尤望汝终身行之。"此信是他对幕僚工作的简要概括，推崇"砥行植品，积学多才"，批评"不检于行，不忠于事"，这也许是他所奉行的工作理念。

有多封尺牍道出了师爷的苦衷。

第113篇《与章又梁》写道："盐山五载宾朋，本相浃洽，只以民俗好讼，而郡友又喜吹求，置青毡于荆棘丛中，何复恋此鸡肋？"大意是说，与青盐山县令宾朋关系融洽，但此地民俗喜欢纠缠狱讼，而郡友（指上司衙门的幕友）爱吹毛求疵。我好比清洁的青毡放到荆棘丛中（被人挑刺），又何必留恋这块食之无味弃之可惜的鸡肋呢？所以我要辞职而去。

第135篇《与周刺史办命案》，把沧州好讼者的纠缠情形讲得更清楚："自阁下解组（解下官印）对簿（到上司接受审查），目不交睫者累夕。两致书于左右，俱未得报。嗣柯明府除道（出行）东来，亟询颠末，少慰下念。昨晤耿亭，道阁下旦晚回任，不禁喜极而狂。惟闻议者归咎于原办之失，则弟不能无辞也。盖原验本有缢痕，覆验又有血坠，且各犯所供自缢之状，与初验所填自缢之痕，确相吻合。阁下穷力研究，又未讯有殴死招供，岂能舍有凭之明验，而定无供之爰书（判决书）？今议者不察，以成败为毁誉。阁下虽无一言见责，而众口铄金，积毁销骨。闻之亦未免介然于中，此则弟痛心疾首，不敢隐默以任咎者也。"

　　沧州发生命案，许师爷验尸裁定是自杀，上报以后，有人认为是他杀，上司把沧州周知府调离查问。作为原办案人许师爷很紧张，几天几夜没有合眼，后来得知周知府又回任了，才放心。可是听说有人还要追究原办者的过失，许师爷不能不辩解，此事弄得他痛心疾首。过后，他向周知府提出辞职。在尺牍第134篇《与沧州刺史周》中说："弟以菲材而遭知遇，原图日久相依，乃以恶犬（指当地恶劣讼师）横噬（狠狠地咬），不得不作避地之举。"不难看出师爷的无奈处境。

　　许师爷收入菲薄，生活拮据，在尺牍中有很多记录。第130篇《向沧州刺史借米》写道："家无儋石（石，读担，一百斤。儋，读丹，两石为儋），已同臣朔之饥（《汉书·东方朔传》：侏儒饱欲死，臣朔饥欲死）；廪有余粮，定许鲁公之借（周瑜向鲁肃借粮，鲁肃有米两囷，指一囷借周瑜）。乞喻司事（管仓库者）一言，即发小米两石。庶几炊成巧妇，不致无米兴嗟。（化用古谚'巧妇难为无米之炊'）岂惟馔食先生（反用《论语·为政》：'有酒食，先生馔。'），仅曰授餐有礼也（授餐，指就幕席而获供饮食）。"此文虽短，用典颇多，委婉陈词，真意在增加廪食费用，其生活之艰难可想而知。

　　《秋水轩尺牍》全书有十二封信向人借银。或因"贱眷北上，酬应增繁，笔税砚租，难供厄漏"，或欲援例捐官，以出涸辙，有时只借一百元应急，有时因为东主突然去世，断了经济来源，只好求助他人，有时为了增加收入而兼做酒笔买卖。第148篇《托仇笔山卖酒》说："今者小价（仆人）自津运来南酒，色香味俱佳。""其价每坛以八钱为率，用即来取。"第152篇《托滦州刺史吴卖笔》说："兹舍亲寄销湖颖数百管，试之尚属精良。""用敢寄奉珊架，内三钱者六十管，二钱者二十管。尚蒙照数存销，非惟志爱屋及乌，亦为管城子（笔）庆得所矣。"读后令人叹喟。

　　许师爷作幕常在北方，与老母妻儿往往不能团聚，思念之苦，尺牍中随处可见。如第 28 篇《复龚未斋》中说道："弟读书读律，窃愧无成；自东自西，徒劳何补？倚闾有白头之老，谁修定省于晨昏？分黎失黄口之儿（指小儿夭折），空听笑啼于梦寐。加以陌头柳色，丝丝牵少妇之愁；因而枝上鹃声，夜夜起王孙之感。尤如一囊秋水，顾影生寒；徒使万绪春云，登高雪涕。爰思完聚，极意经营。凭寄南金，冀共鹿车之挽；还来北辙，用申乌哺之私。"第 156 篇《与陈笠山》讲到，四十天内，大儿、七儿、八女、九女，相继出天花而夭。"廿四年鸿飞萍荡，向以贫也非病。所自慰者，膝下一块肉（只有一子）耳。不期疾雨倾巢，竟无完卵。欲留则门鲜五尺（无五尺应门之童），欲归则田乏十双（四亩为一双）。而内人则思子情殷，病从心起，更无可解之术。每于灯昏漏转之时，觉人生泡幻，百念俱灰。早不如披发入山，得以万缘都尽了。"类似的片段太多，不能一一引述。这些发自肺腑的真情，难道还不属"自我的东西"吗？

　　清代有的医学著作用骈文书写。

　　《理瀹骈文》，作者吴尚先（1806～1886），浙江杭州人，著名医生，专研中医外治数十年，总结其临床经验，写成此书。专门讲外治之法，包括略言、续增略言、正文、膏方、治心病方五部分，使用的语言是以对偶句为主的骈体文。书中有很多病名、药名、膏方名和医史典故，没有相当的医学知识很难看懂。中国中医药出版社于 2007 年出版了注释本，非专业人士大致可读了。现摘录《治验》数段如下：

　　　　干戈未靖，乡村尚淹。（此书初版作于 1864 年，太平天国尚未平息）瞻望北斗，怀想西湖。愁闻庚子哀赋（庾信《哀江南赋》），怕览陶公归辞（陶渊明《归去来辞》）。案有医书，庭多药草。幸晨夕之闲暇，借方技以消磨。地去一二百里，人来五六十船。未把上池之水，空悬先天之图。笑孟浪而酬塞，愧不良而有名。徒以肺腑无言，且托毫毛是视。浮沉迟数（指脉象）之不明，汗吐下和之弗问。或运以手，或点其背。膏既分傅，药还数裹。爱我者见而讶之，忌我者闻而议之……斯膏也，既并行不悖；斯药也，亦相与有成……则是膏与是药，不能造命，犹可尽人。一息尚存，其机竟转。此非独儒门之所求事亲，而亦太上之所云济人者也。

这篇《治验》主要说明写作此书的背景和心态。除了中间引述多处医史典故外，说理平易明畅，对仗工整稳妥。从内容看，不具备文学性；从形式看，是骈句的运用。

**启蒙读物《幼学琼林》**，初作者是明末程登吉，江西西昌（今建昌）人。清嘉庆年间，邹圣脉做了增补和注释。民国初年，费有容、叶浦荪、蔡东藩等又做了补充。此书内容是综合性的，共四卷，分述天文、地理、岁时、官职、人伦、礼俗、饮食、器用、宫室、文事、科第、制作、技艺、花木、鸟兽等35类，堪称袖珍型百科小辞典。作者不仅传授知识，而且进行一般行为规范和基本生活准则教育，带有教科书性质。全书用骈语写作，数个对句成一组，可视为骈丝俪片。多数是四六双句对，或四、五、六、七言单句对以及多句对，完全没有散句。全书参差有韵，读起来朗朗上口，节奏明快，每每举引典型人物和历史故事说明论点，既有知识性，又有趣味性、教育性。

如"天文类"开头几句是："混沌初开，乾坤始奠。气之轻清上浮者为天；气之重浊下凝者为地。日月五星，谓之七政；天地与人，谓之三才。"

"夫妇"类开头几句是："孤阴则不生，独阳则不长，故天地配以阴阳；男以女为室，女以男为家，故人生偶以夫妇。阴阳和而后雨泽降，夫妇和而后家道成。"

"文事类"有云："锦心绣口，李太白之文章；铁画银钩，王羲之之字法。雕虫小技，自谦文章之卑；倚马可待，羡人作文之速。称人近来进德，曰士别三日，当刮目相看；羡人学业精通，曰面壁九年，始有此神悟。"

"人事"类说："兼听则明，偏听则暗，此魏徵之对太宗；众怒难犯，专欲难成，此子产之讽子孔。欲逞所长，谓之心烦技痒；绝无情欲，谓之槁木死灰。座上有江南，语言须谨；往来无白丁，交接皆贤。将近好处，曰渐入佳境；无端倨傲，曰旁若无人。"

《幼学琼林》包含大量成语典故，有助于了解历史，熟悉社会，可以用于口头交谈，也适合一般人的信函和诗歌、散文、骈文、对联的习作，充实青少年基础知识，所以发行量很大，笔者小时候就曾经读过。如果说三字一句的《三字经》适合于民国时期小学一二年级，四字一句的《千字文》适用于三四年级，那么以四六对偶句为主的《幼学琼林》，则是五六年级乃至中学的课外读物。

# 清代骈文选读

## 袁枚《上尹制府乞病启①》

枚历官有年，奉职无状②。蒙明公恩勤并至③，荐擢交加④。虽停年之资格难回⑤，而知己之深恩未报。人非草木，必不谢芳华于雨露之秋；水近楼台⑥，益当效涓滴于高深之世⑦。不意本月三日，故里书来，慈亲卧病。枚违养之余，已深趑趄⑧；得信之后，愈觉惊疑。

伏念枚东浙之鄙人也⑨，世守一经⑩，家徒四壁。对此日琴堂之官烛⑪，忆当年丙舍之书灯⑫。授稚子之经，划残荻草⑬；具先生之馔，撤尽簪环⑭。余胆罢舍⑮，断机尚在⑯。未尝不指随心痛⑰，目与云飞⑱。

自蒙丹陛之恩⑲，得奉版舆之乐⑳。春晖寸草㉑，养志八年㉒。然而萱爱家乡，种河阳而不茂㉓；笋生冬日，觉梓里之尤甘㉔。客秋之莼菜香时㉕，堂上之鱼鲑返矣㉖。枚欲再行迎养，则衰年有恙，难涉关河；倘远讯平安，则隔坐无人㉗，谁调汤药。在亲闻喜少惧多之日，实人子难进易退之时。瞻望乡关，何心簪笏㉘。

夫人情于日暮颓唐之际，顾子孙侍侧而能益精神；儒生于方寸瞀乱之余㉙，虽星夜办公而必多丛脞㉚。在朝廷无枚数百辈，未必遽少人才；在老母抚枚三十年，愿为承欢今日㉛。情虽殷于报国，志已决于辞官。第养之一言，固须臾所难缓；而终之一字，非人子所忍言。且高堂之年齿未符，或恐事违成例㉜；大府之遭逢难遇㉝，未免官爱江南。兹当五内焚如㉞，忽尔三秋痁作㉟。思归无路，得疾为名㊱。

伏愿明公，念枚乌鸟情深㊲，允其养亲之素志；怜枚犬马力薄，准以乞病之文书。实缘依恋晨昏㊳，退而求息；非敢膏肓泉石㊴，借此鸣高。得蒙篆摄有人㊵，当即星驰就道㊶。或老人见子，顿减沉疴，则故吏怀恩，还思努力。此日得归膝下，皆仁人之曲体鲰生㊷；他年重谒军门㊸，如婴儿之再投慈母。

——选自《小仓山房外集》卷五

**注释**

① 尹制府：尹继善，字元长，是袁枚的座师，时任两江总督。制府：总督府。明清时，因总督习称制军、制台，所以其官署亦可叫制府。

② 奉职：遵奉职守，指工作。无状：无善状，不像样子。

③ 恩勤：语本《诗经·豳风·鸱鸮》："恩斯勤斯，鬻子之闵斯。"后世多以"恩勤"称父母抚育子女的恩情和辛劳。这里用来称颂尹继善对自己的关怀。

④ 荐擢：推荐，提升。

⑤ 停年之资格：根据年资来提拔官吏，叫停年格，是北魏崔亮所创。这里指做官的时间。

⑥ 水近楼台：宋俞文豹《清夜录》："范文正公（范仲淹）镇钱塘，兵官皆被荐，独巡检苏麟不见录，乃献诗云：'近水楼台先得月，向阳花木易为春。'"此处比喻因地处近便而获得优先的机会。

⑦ 效涓滴：报效微小的力量。高深之世：指道德高尚、风俗淳厚的社会。

⑧ 违：离开，这里指不能供养母亲。踧踖（cù jí）：恭敬而局促不安的样子。

⑨ 鄙人：乡下人。自称的谦辞。

⑩ 世守一经：世代都以经书自守。因当时以经书取士，这里指世代依靠科第出身。

⑪ 琴堂：县官的衙门。

⑫ 丙舍：古代王宫中的别室，后泛指正室两旁之屋。

⑬ 划残荻草：南朝陶弘景幼年家贫，其母用荻草当笔，画灰教子写字。

⑭ 具：供应。馔：饮食。簪环：妇女所用簪子、耳环之类首饰。

⑮ 余胆：剩下的熊胆丸。据说唐朝柳仲郢的母亲善于教子，曾把熊胆和成丸，叫仲郢夜读时含着，表示不忘刻苦。（见《唐书·柳公绰传》）

⑯ 断机：孟子小时候废学而归，其母以刀断织规劝孟子。（见刘向《列女传》）

⑰ 指随心痛：曾参有一次心动，辞归问母。母说："因为思念你而咬了手指头。"孔子夸奖说："曾参之孝，精感万里。"（见《搜神记》）

⑱ 目与云飞：唐朝狄仁杰在并州做官，其父母在河阳。有一次，狄仁杰登太行山，看见白云飞驰，对左右人说："我父母就住在白云下面。"（见《唐书·狄仁杰传》）

⑲ 丹陛：古时宫殿前的台阶以红色涂饰，故称"丹陛"。这里借指皇帝。丹陛之恩：指中进士。

⑳ 版舆：古代一种代步具，由人扛抬，俗称轿子。后也用以指官吏迎养父母。

㉑ 春晖寸草：春晖，春天的阳光；寸草，小草。小草微薄的心意报答不了春日阳光

的深情，比喻父母深情，难于报答万一。

㉒ 养志：儒家宣扬孝道，要求人子顺从父母的意志。

㉓ 萱：萱草，旧指母亲。种河阳而不茂：萱草不适合在河阳生长，这里指母亲不愿居住在我做官的地方。

㉔ 笋生冬日：三国时孟宗母爱吃笋，时冬天，笋尚未生，宗入林哀叹，而笋为之生。（见《三国志·孙皓传》注）梓里：故乡的代称。

㉕ 客秋之莼菜香时：晋朝张翰在洛阳做官，见秋风起，想起家乡吴中的莼羹、鲈鱼，于是辞官回家。（见《世说新语·识鉴》）这里泛指在外居住的人思念家乡的时候。

㉖ 堂上：指母亲。鱼軿（píng 平）：古代贵族妇女所乘有帷幕的车，用鱼皮为饰。这句说母亲返回故乡。

㉗ 隅坐：旁坐。无人：指无人侍奉。

㉘ 簪笏：见《滕王阁序》篇注㊼，这里借指做官。

㉙ 方寸：心。瞀（mào 冒）乱：精神错乱。

㉚ 丛脞（cuǒ）：细碎，烦琐。语出《尚书·益稷》。

㉛ 承欢：指侍奉父母。

㉜ 高堂：指父母。年齿：即年龄。此时作者母亲年六十二岁。事违成例：当时习惯，父母年过七十，方可辞官养亲。

㉝ 大府：也指总督府，借指尹继善。

㉞ 五内：五脏。焚如：形容内心深处像烧灼般难过。

㉟ 痁（shān）作：疟疾发作。痁：疟疾。

㊱ 得疾为名：可以病为名，申请辞官。

㊲ 乌鸟：乌鸦，相传乌鸦能反哺，旧时因借喻人子孝养父母。

㊳ 晨昏：见《滕王阁序》篇注㊼。此指人子侍奉父母的日常礼节。

㊴ 膏肓泉石：古代医书上把心尖脂肪叫膏，心脏与横隔膜之间称为肓，认为是药力达不到的地方，指不可医治的绝症。膏肓泉石：自己对泉石的嗜好已达到不可医治的程度，实指隐居之癖。

㊵ 篆：印章多用篆文，因即以为官印的代称。摄：代理。

㊶ 星驰：如流星奔驰，形容迅速、紧急。一说星夜奔驰。

㊷ 鲰生：卑小愚陋的人，本为骂人语，这里是自称的谦辞。

㊸ 军门：因总督称制军，兼管军事，所以可称军门。

（尹恭弘　注释）

## 洪亮吉《游天台山记》

天台山者①，山水清深，灵奇栖止之所也②。其径路迥殊，卉草亦别，霜霰异色③，风霜态歧。

山最幽者为琼台④。沈埋沧溟⑤，凌历世宙⑥。金碧之影，见层霄之中⑦；云霞之光，衣九地之表⑧。山花抽篮⑨，圆叶疑扇；林翼接翠，和声同琴⑩。樵踪蛇纡⑪，升降数十；石脊猱奋，回皇半时⑫。岩果润肺，作朝霞之红；灵泉清心，漾夕涧之绿。双阙峙其前⑬，绝壑振其表⑭。霜同剥藓，偶印来踪⑮；云与昔贤，难停去影⑯。登陟既疲，久坐石室，作华佗"五禽戏"⑰，乃返。

最奇者为石梁⑱。长不计丈，狭仅盈咫⑲。潜蛇窥而甲悚⑳，飞鸟过而魄堕。余斋心既空㉑，往志益奋。青苔十层，去屐不啮㉒；飞瀑万仞，来目未眩㉓。遂休神于蓝桥㉔，啸咏于碧涧。飞花积衣，重至盈寸；惊笋碍帽，长皆及寻㉕。至鱼鳖唼其影而步不移㉖，猿猱摄其神而坐不返㉗。盖浑浑乎身世两忘焉㉘。

最高者为华顶㉙。此山本斜侵东溟㉚，高压南峤㉛。乌兔重叠㉜，交辉于其巅；鱼龙万千，出没乎其趾㉝。于是山栖谷汲、餐松饵柏之士，无不萃焉㉞。结茅以居者至七十二所，类皆委形神于土木㉟，冀寿命于金石者也㊱。灵雨界山㊲，春霰迷谷。余与清凉僧振屦欲往㊳，笠飘于上，衣裂于下。隔岁槲叶㊴，横来吓人；经时飓风，险欲飞客㊵。土人云："海雾至重，即上亦无所睹也。"重以松桧拔地㊶，振龙鸾之吟㊷；尘霾蔽天，现蛟蜃之影㊸。凛然瑟然，半道乃返。距顶尚百步耳。

最丽者为赤城㊹。水复注水，云头已穿㊺；山仍戴山，日脚亦碍㊻。途经百盘，望乃咫尺㊼。施丹埤堄之上㊽，焕采乾坤之中㊾。晴日堕而转红，冻雨洗而逾赤。游客十憩，方臻松扃㊿；巢禽百飞，乃届石窦[51]。一塔冠斗，双桥冒虹[52]。绛萼万树，疑飞仙之饭桃[53]；元宫一区[54]，云化人之委蜕[55]。心神澄澈，视听凝一，而游遂止于此矣。

凡居山者五日。耳疲于听，而鸿蒙之响，万劫不停[56]；目倦于观，而惝恍之形，六时屡变[57]。手劳于笔记，而腕不欲休；心瘁于描摩，而兴不可遏。遂至揭藏经之纸[58]，竟写记游。坐团蕉之僧，愿传诗诀[59]。亦可谓方外之胜游，尘表之奇福矣[60]。凡宿清凉寺、方广寺、桐柏官者各一夕，雨阻国清寺者二夕。所历者，为腾空岭、万年岭、寒风岭、桐柏南峰、北峰，赤城上寺坡、下寺坡，共得诗三十首。

时嘉庆十年二月十一日也[61]。

——选自《洪北江全集·更生斋文集》卷三

**注释**

① 天台山：在浙江省东部，甬江、曹娥江和灵江的分水岭。从东北向西南延伸，南连仙霞岭。主峰华顶山，在天台县城东北。上有国清寺，为隋代敕建，是佛教天台宗的发源地。

② 灵奇栖止之所：神灵怪异栖息的地方。

③ 霰（xiàn 线）：小雪珠。异色：有特色。

④ 琼台：山峰名。峰势卓立如柱，三面绝壁。峰后是百丈崖，峰前是双阙峰，台上有仙人座等名胜。

⑤ 沈：同“沉”。沧溟：大海。意谓琼台幽深得像沉没在大海里。

⑥ 凌历：经历。世宙：世世代代。

⑦ 金碧：指神仙世界的黄金宫阙、碧玉花树。影：指形象。层霄：高空。

⑧ 衣：动词，披盖。九地：指各种地形，语本《孙子兵法》。九地之表：即指地面上。

⑨ 山花抽篮：丛开的山花，好似仙女提着花篮。抽：提。

⑩ “林翼”二句：青翠掩映的茂密森林，在山风中和谐地呼啸，像是悦耳的琴声。

⑪ 樵踪：打柴人的踪迹，即樵夫在山间踏出的小道。句意谓小道像蛇一样弯曲，盘山上下数十回环。

⑫ 回皇：亦作“徊惶”，惶恐。此句意谓在山梁上奋力跳跃的猿猴，忽然停留片时作惶恐态。

⑬ 双阙：山峰名，在琼台前。双峰峙立，状如台阙，故名双阙峰。

⑭ 绝壑：绝壁，即琼台峰后的“百丈崖”。句意谓百丈崖使得琼台峰势卓然挺峭。

⑮ 偶印来踪：意谓布满寒霜和剥落的苔藓的山顶上，偶然留下游人的踪迹。

⑯ 云与昔贤，难停去影：意谓白云和以往的贤人辞琼台而去，没有留下身影。

⑰ 五禽戏：东汉医学家华佗发明的一种健身体操，动作模仿虎、鹿、熊、猿、鸟，故称五禽戏。

⑱ 石梁：在石桥山。石梁飞架两山间，龙形龟背，宽不盈尺。长数十步，下临万丈

深涧，瀑布飞洒，有"石梁雪瀑"之称，是天台山第一绝胜处。

⑲ 咫：古代长度单位，周制八寸，合今制市尺六寸二分二厘。盈咫：刚够八寸，形容极狭窄。

⑳ 甲悚：鳞甲悚然，意近于毛骨悚然。全句意谓潜蛇窥探一下石梁就要鳞甲悚然，与下句"飞鸟过而魄堕"，同是形容石梁绝险难渡。

㉑ 斋心：祭祀敬神前清心洁身。斋：用作动词。空：虚空，没有世俗杂念。

㉒ 去屣：脱去鞋子。啮：咬。石梁上青苔很厚，脱鞋行走，踩在石梁上不咬脚。

㉓ 来目未眩：意谓脚下的万仞飞瀑看在眼里也没有眼花头晕。来目：看在眼里。

㉔ 蓝桥：在陕西省蓝田县东南蓝溪上。相传是唐代裴航遇仙女云英的地方。这里以"蓝桥"喻"石梁"为仙境。

㉕ 惊笋碍帽：竹笋高得戳到帽子使人吃惊。寻：古代长度单位，合八尺。

㉖ 至鱼鳖唼其影而步不移：意谓人到水边，鱼鳖啄着人的影子而不为所动。

㉗ 摄：牵引。此句意谓猿猴到人近边，容易干扰、分散人的精神，而人依然安坐不回头。

㉘ 盖浑浑乎身世两忘焉：意谓置身这种境界，便忘了自身和尘世的存在，浑然与大自然成为一体。

㉙ 华顶：山峰名。天台山上下八重，整体像一朵盛开的莲花，华顶峰正处于花心的顶端，因此得名。

㉚ 斜侵东溟：天台山的斜坡余脉伸入东海之滨。

㉛ 南峤：南面诸峰。峤：高而尖的山。

㉜ 乌兔重叠：意谓日光和月光在华顶重叠，形容华顶极高。乌兔：金乌和玉兔，指太阳和月亮。

㉝ 趾：脚。指华顶山脚。

㉞ 山栖谷汲、餐松饵柏之士：指隐居山林的人。萃：聚集。

㉟ 委形神于土木：委，寄托；土木，大自然。意谓将心身交付大自然。

㊱ 冀：希望。金石：道家求长生而服食的金丹石散之类药物。

㊲ 灵雨：好雨。界山：以山为界。意谓下雨只限于山中。

㊳ 屧（xiè 屑）：鞋。振屧：举步。

㊴ 隔岁槲叶：隔年的樟树叶子。槲（hú 胡）：树名。

㊵ "经时"二句：意谓有时一阵大风，险些把游客刮飞了。

㊶ 重以：再加以。拔地：拔出地面。

㊷ 振龙鸾之吟：意谓飓风发出龙鸾呼啸般的声响。吟：鸣。

㊸ 蛟螏（lì立）：古代传说中的神蛇。

㊹ 赤城：赤城山。山顶圆形，石色微赤，远望很像城上排列如齿的矮墙，因此得名。山上有玉京洞、金钱池、洗肠井、赤城塔等名胜。

㊺ 水复注水，云头已穿：意谓沿山而上，山溪瀑布不绝，水源在云层上面。

㊻ 山仍戴山，日脚亦碍：意谓山上又有山，高耸得阻碍太阳运行。

㊼ 途经百盘，望乃咫尺：望着近在咫尺的地方，却要盘旋上百次才能到达。

㊽ 施：加。丹。朱红色。埤堄（pì nì）：城墙上的矮墙。

㊾ 焕采：焕发光彩。乾坤：天地。

㊿ 臻：至。扃：门。松扃：松门，此指赤城寺的山门。

(51) 届：到达。石窦：山洞，指山上的玉京洞。

(52) 一塔：指赤城塔，共七层，高约二十丈，梁岳阳王妃建。斗：北斗星。冠斗：意谓塔顶挨着北斗，赤城塔在赤城山顶，这里形容塔之高。冒：上冲。冒虹：意谓双桥拱起，高过天空的彩虹。

(53) 绛萼：红花。飞仙之饭桃：仙人服食的桃子。

(54) 元宫：寺观，此指赤城寺。

(55) 云化人之委蜕：赤城寺一片石，据说是得道之人仙化后留下的躯壳，换句话说，是世人成仙的地方。云：据说。化人：已成神仙之人。委蜕：自然脱去的躯壳。

(56) 鸿蒙：亦作“澒蒙”，宇宙空间。劫：古印度传说世界经历若干万年毁灭一次，重新再开始，这样一个周期叫作一“劫”。

(57) 惝恍之形，六时屡变：意谓天地宇宙的形态从早到晚都在变化。惝恍（chǎng huǎng）：模糊不清。六时：佛教分一昼夜为六时，即晨朝、日中、日没、初夜、中夜、后夜。

(58) 揭藏经之纸：拓佛经碑刻的纸。

(59) 团蕉：蒲团，僧徒打坐修行的草制坐垫。诀：窍门。

(60) 方外：世俗之外。尘表：尘世之外。

(61) 嘉庆：清仁宗颙琰年号。嘉庆十年，即1805年。

（石昌渝　注释）

## 汪中《自序》

昔刘孝标自序平生[①]，以为比迹敬通，三同四异[②]，后世诵其言而悲之。尝综平原之遗轨，喻我生之靡乐[③]，异同之故，犹可言焉。

夫亮节慷慨[④]，率性而行，博极群书，文藻秀出，斯惟天至[⑤]，非由人力。虽情符曩哲，未足多矜⑥。余元发未艾⑦，野性难驯。麋鹿同游⑧，不嫌摈斥。商瞿生子⑨，一经可遗⑩。凡此四科，无劳举例。

孝标婴年失怙，藐是流离，托足桑门，栖寻刘宝⑪；余幼罹穷乏，多能鄙事，赁舂牧豕，一饱无时⑫。此一同也。孝标悍妻在室，家道坎坷⑬；余受诈兴公，勃豀累岁⑭。里烦言于乞火⑮，家构衅于蒸藜⑯。蹀躞东西，终成沟水⑰。此二同也。孝标自少至长，戚戚无欢；余久历艰屯，生人道尽⑱。春朝秋夕，登山临水，极目伤心，非悲则恨。此三同也。孝标夙婴羸疾，虑损天年⑲；余药裹关心⑳，负薪永旷㉑。鳏鱼嗟其不瞑㉒，桐枝惟余半生㉓，鬼伯在门㉔，四序非我㉕。此四同也。孝标生自将家，期功以上，参朝列者，十有余人㉖，兄典方州，余光在壁㉗；余衰宗零替，顾影无俦㉘，白屋藜羹，馈而不祭㉙。此一异也。孝标倦游梁楚，两事英王㉚，作赋章华之宫，置酒睢阳之苑㉛，白璧黄金，尊为上客，虽车耳未生，而长裾屡曳㉜；余簪笔佣书，倡优同畜㉝，百里之长，再命之士，苞苴礼绝，问讯不通㉞。此二异也。孝标高蹈东阳，端居遗世，鸿冥蝉蜕，物外天全㉟；余卑栖尘俗，降志辱身，乞食饿鸱之馀，寄命东陵之上㊱，生重义轻，望实交陨㊲。此三异也。孝标身沦道显，藉甚当时㊳，高斋学士之选㊴，安成《类苑》之编㊵，国门可悬㊶，都人争写㊷；余著书五车，数穷覆瓿㊸，长卿恨不同时㊹，子云见知后世㊺，昔闻其语，今无其事。此四异也。孝标履道贞吉，不干世议㊻；余天谗司命㊼，赤口烧城㊽。笑齿啼颜，尽成罪状，跬步才蹈，荆棘已生㊾。此五异也。

嗟夫！敬通穷矣，孝标比之，则加酷焉。余于孝标，抑又不逮。是知九渊之下，尚有天衢㊿；秋荼之甘，或云如荠(51)。我辰安在(52)？实命不同。劳者自歌，非求倾听(53)。目瞑意倦，聊复书之。

——选自古直《汪容甫文笺》

**注释**

① 刘孝标：即梁文学家刘峻，曾作《自序》。

② 敬通：冯衍，字敬通，东汉辞赋家，潦倒而死。

③ 综：本指经纬线交织，引申指考察。平原：刘孝标，孝标是平原人。遗轨：一生的行迹。喻：明白，理解。此两句意为：我曾经通过考察刘孝标的一生的行迹，明白了

我一生没有欢乐的原因。

④ 亮节慷慨：节操高尚，性格豪爽。语出刘孝标《自序》。

⑤ 斯：为。天至：出于天性。

⑥ 曩（nǎng）哲：过去的贤人。曩，从前。多：称赞。矜：夸耀。此两句意为：虽然自己的情况符合先哲的条件，但是不值得称赞和夸耀。

⑦ 元发：即玄发，亦即黑发。"元"是"玄"的避讳字，为避清康熙帝玄烨之讳而改。艾：灰白色。

⑧ 麋鹿同游：指自己与普通人交友往来。

⑨ 商瞿生子：孔子弟子商瞿年三十八岁无子，母欲更娶室。孔子曰："瞿过四十当有五丈夫子。"后果然。这句是说自己年四十方有子嗣。

⑩ 一经可遗：西汉韦贤精通《礼》《尚书》等儒家经典，数子皆贤达。人们赞赏说："遗子黄金满箱，不如一经。"句谓，我仿效韦贤，不留给子孙财宝，只传以经书。

⑪ 四科：四条，四方面。以上四句言孝标幼时的不幸遭遇。《梁书·刘峻传》："峻生期月，母携还乡里。宋泰始初，青州陷魏，峻年八岁，为人所略至中山，中山富人刘宝，以束帛赎之，教以书学，魏人闻其江南有亲属，更徙之桑乾。"藐：幼小。托足：立足，安身。桑门：寺庙，刘峻少时曾在佛寺栖身。

⑫ 罹：遭遇。穷乏：穷困，匮乏。《汉学师承记·汪中》："（汪中）生七岁而孤，家凤贫，母邹，绩以继饔飧。冬夜，藉薪而卧，且供爨给以养亲。力不能就外傅读，母氏授以小学、四子书。"鄙事：卑贱的活计。赁舂：受雇为人舂米。牧豕：养猪。以上四句是说自己幼年生活穷苦，为了谋生，曾干过多种鄙贱的活，很少吃饱饭。

⑬ 悍妻：凶悍之妻。家道坎坷：家道困顿。刘孝标《自序》说："敬通有忌妻，至于身操井臼；余有悍室，亦令家道坎坷。"

⑭ "受诈兴公"两句：东晋孙绰字兴公，有女癖怪，孙绰隐瞒真相，嫁王文度之弟阿娟，婚后女顽嚣，方知兴公之诈，事见《世说新语·假橘》篇。勃指婆媳不和。

⑮ "里烦言"句：典出《后汉书·蒯通传》，里妇夜亡肉，姑疑为妇盗，怒而逐之。邻母告其姑曰："昨夜犬得肉，相争斗，请火逐之。"姑悟，乃追还其妇。

⑯ 蒸藜：意为煮野菜。据传孔子弟子曾参因其妻蒸藜不熟而出之。（见《孔子家语·七十二弟子》）后人用以代指妇人的过失。蹀（dié）躞（xiè）：行进艰难貌。

⑰ 这两句是说：夫妻关系不好，生活很艰难，最后有如沟水各奔东西。按：汪中初娶孙氏，能诗，而不习家事，与汪母不相容，出之。续娶朱氏，以孝称。

⑱ 此句是指自己的生活长期艰难困苦，无路可走了。艰屯（zhūn）：艰难。生人：指人生。

⑲ 夙：一向，素来。搜：扰。羸：瘦弱。天年：天然的寿数。此句是说孝标素来被疾病所困扰，过分的焦虑减损了年寿。

⑳ 负薪永旷：因为有病，长期旷废。负薪之忧，语出《孟子》，指生病。旷：指废置，不曾出仕。有的注作"长期未能娶妻"，非是。

㉑ 药裹：药包，药袋。关心，指一直惦记吃药。杜甫有诗曰："药裹关心诗总废。"

㉒ 鳏鱼：《释名·释亲属》："鳏，昆也；昆，明也。愁悒不寐，目恒鳏鳏然也，故其字从鱼，鱼目恒不闭者也。"陆游诗："愁似鳏鱼夜不眠。"

㉓ 桐枝惟余半生：指自己体弱多病，年寿将不长。

㉔ 鬼伯：阎王。此句指自己随时都有可能被阎王召去。

㉕ 四序：四季，此指时间光阴。

㉖ "孝标生自将家"句：指刘孝标出生于贵族之家。期功：古代丧服名，此代指孝标的亲近家族。参朝列者：上朝参见皇帝的官员，有十多人。

㉗ 兄典方州：刘孝标兄刘孝庆，梁武帝天监年间为青州刺史。典：主管。方州：地方州郡。"余光在壁"，指孝标可以沾家族的光。

㉘ 衰宗：衰败的宗族。零替：衰败。此两句指自己家族衰败。形单影只，不可能得到亲朋帮助。

㉙ 白屋：古代平民房屋不施彩，故称"白屋"。藜羹：藜是一种野菜，即灰菜，黎羹是用灰菜做的羹，此泛指粗劣食物。馈：吃饭。不祭：不能祭祀祖先。此两句意为：我住的是平民房屋，饮食粗劣，只能维持自己的粗茶淡饭，没有用于祭祀祖先的祭品。

㉚ 孝标倦游梁楚：据《梁书·刘峻传》载，孝标曾游宦豫州、荆州等梁、楚旧地。两事英王：孝标于齐明帝建武年间在豫州刺使萧遥手下为官，梁武帝天监初召入西省，典校秘书。

㉛ 章华之宫：章华是楚离宫名，为楚灵王所筑，后世代称帝王离宫。睢阳之苑：睢苑，又名"梁苑"，汉梁武王刘武所筑，为游赏及延宾之所，当时名士司马相如、枚乘、邹阳皆为座上客。此两句意为：孝标在帝王园圃作赋饮酒。

㉜ 车耳：古时高官所乘车辆的屏蔽物，用以遮蔽尘泥，此代指达官所乘之车。长裾：又称"长袖"，借指歌舞伎。曳（yè）：拖。此两句意为：孝标虽没有做高官，却也享受过荣华富贵。

㉝ 簪笔：插笔于冠或笏，以备书写。佣：受雇佣。此句意为：我受雇于人做幕僚，为人抄抄写写，如同倡优。

㉞ 百里之长：一县之长。再命之士：低级官吏。再命，即二命。周代官爵分为九个等级，最高为"九命"，最低为"一命"。苞苴：馈赠的礼物。问讯：互相问候。句意

为：我与那些低级官吏们都没有礼尚往来和相互存问。

㉟ 高蹈：隐居。东阳：地名，在今浙江金东区。端居：平居，安居。遗世：避世。据《梁书·刘峻传》载，晚年刘峻居东阳，吴、会人士多从其学。鸿冥："鸿飞冥冥"的缩略语。鸿雁飞向又高又远的天际，比喻隐者远走高飞，全身避害，自持高洁。蝉蜕：蝉从幼虫变为成虫时脱下的壳，比喻洁身高蹈，不同流合污。物外：世外，意指超脱于尘世之外。天全：保全天性。以上四句意为：孝标在东阳隐居避世，像高飞的鸿雁和脱壳的蝉一样，保全了自己高洁的志向和天性。

㊱ 鸱：鸢，鸱鹰，为凶猛的鸟类，喻指凶残之人。此句意为：向凶残贪婪者乞求他们吃剩的食物。寄命：寄身。东陵：《庄子·骈拇》说，伯夷死名于首阳之下，盗跖(zhí)死利于东陵之上，二人者，所死不同，其于残生伤性，均也。

㊲ "望实"句：声名与实际利益都丧失了。

㊳ 籍甚：指名声盛大。

㊴ 高斋学士之选：高斋学士是梁晋安王身边十位学士的雅称，刘峻在其中。

㊵ 梁晋安成王萧秀曾命刘孝标编纂类书《类苑》。

㊶ 国门可悬：秦相吕不韦使门客撰成《吕氏春秋》，公布于咸阳市门，以千金悬赏能增损一字之人。此句比喻《类苑》是一部无可挑剔的成功作品。

㊷ 都人争写：晋左思写成《三都赋》，时人"竞相传写，洛阳为之纸贵"。

㊸ 余著书五车，穷数覆瓿：我著书很多而命运不济，只能用来盖陶瓮。

㊹ 长卿：西汉文学家司马相如字。此句意为，恨不能与西汉大文学家司马相如同时。

㊺ 子云：西汉文学家语言学家扬雄的字。句谓扬子云其人也只是到后世方为人们所了解。

㊻ 履道贞吉：古人认为，人能守正道而不能自乱则吉。此两句意为：孝标立身处世守正道，不乱发议论干预世事，故生活吉利。

㊼ 谗：说别人的坏话。司命：神话中主宰命运的神。此句意为：我与生俱来就得罪了司命之神。这是汪中的自谲之辞，说的是气话。

㊽ 赤口烧城：亦作"赤舌烧城"，比喻谗谄言极其厉害。赤舌，即火一样的舌头，喻指谗言者之口。汪中性情忧直，不信释老阴阳神怪之说，又不喜宋儒性命之学，被当世诬为"名教罪人"。

㊾ 跬(kuǐ)步：半步，跨一脚。踔：顿脚，此指行走。荆棘：本指地上一种丛生的多刺灌木，这里有两重意思，一是喻指奸佞小人，二是喻指芥蒂、嫌隙。此两句意为，我不论是笑是哭，都成罪状，我刚一迈步，面前的道路就荆棘丛生，我的人生道路

太艰难了。

(50) 是：语助词，表肯定语气。九渊：即九重之渊，亦即深渊。天衢：大路。上两句意为：九渊之下，都有大路可走。言下之意是说，自己生于人世上却无路可走。

(51)《诗经·邶风·谷风》："谁谓荼苦，其甘如荠。"《毛传》："荼，苦菜也。"《郑笺》："荼诚苦矣，而君子于己之苦，毒（酷烈）又甚于荼，比方之荼则甘如荠。"秋荼：秋天的苦菜，荼至秋而繁。荠：荠菜。汪中借《谷风》自况，说明自己内心痛苦之酷烈。

(52) 辰：时辰，引申为时运。此句意为，我的时运在哪里。

(53) 劳者自歌：《公羊传·宣公十五年》："什一行而颂声作矣。"何休注："饥者歌其食，劳者歌其事。"此两句意为：我写这篇《自序》好比劳动者唱歌一样，并不寻求知音来倾听与欣赏。

（谭家健　注释）

## 王闿运《秋醒词序》

戊午①中秋，既望之次夕②，余以微倦，假寐以休③。怀衿无温④，憬焉而寤⑤。方醒之际，意谓初夜，倾听已久，乃绝声闻。揽衣出房，星汉照我。北斗摇摇，庭院垂光。芳桂一株，自然胜露⑥；秋竹数茎，依其向月⑦。青扉半开，知薄寒之已入；蜃墙如练⑧，映苔地以逾阴。象床低彩凤之帷⑨，金釭续盘龙之焰⑩。罗帱轻扬⑪，而已惊蚊宿；琐窗无听⑫，而坐闻虫语⑬。湛湛之露⑭，隔鸳瓦而犹凉⑮；淅淅之风，送鸡声而俱远。辽落一身⑯，旁皇三叹⑰。岂象网三求之后⑱，将钧天七日之终⑲。怃然自失，旋云有得矣！

嗟乎！镜非辞照，真性在不照之间；川无舍流，静因有不流之体。然则屡照足以疲镜，长流足以损川。推移之时，微乎其难测也。且齐有穿石之水⑳，吴有风磨之铜㉑，油不漏而炷焦㉒，毫不坠而颖秃㉓，积渐之势也。笋一旬而成竹，松百年而参天，迟速之效也。人或以百年为促，而不知积损之已久；或以耄期为寿㉔，而不悟佚我之无多㉕：是犹夏虫之疑冰㉖，冬鶡之忌雪矣㉗！一年已来，偶有斯觉；未觉之顷，相习为安。况同景异情，觉而仍梦，庸得不即机自警㉘，依影冥心者哉㉙！

于斯时也，从静得感，从感生空。意御列风之是非㉚，乘轩云而升降㉛；接卢敖之汗漫㉜，入李叟之有无㉝。犹陈思之登鱼山㉞，茂陵之叹蔽屣㉟。俄而侍娃旋起，闺人已觉，一庭之内，群籁渐生[36]。似华胥之顿还[37]，若化城之忽返[38]。是知安闺房者，苦人之扰天；栖空山者[39]，必静而慕动。神仙纵可以学至，傥非智慧之士，所得而息机焉[40]。

居尘途而谈元寞[41]，在金门而希隐遁[42]。悬车之愿徒设[43]，拂衣之效无闻[44]。与夫北山轩眉[45]，终南捷仕[46]，牛巢论禅代之事[47]，武陵知汉晋之迁[48]。亦有欣哀，未容相笑也。若出而思隐，将隐而思出乎？子思所以有素行之箴[49]，许由所以有一瓢之累也[50]！但幸契遐心[51]，堪祛劳虑，信有为之如六，悟还真之用九[52]。盖梦在百年之中，而愁居七情之外[53]。由是澄心眇言[54]，然脂和墨[55]，聊赋其意，命曰《秋醒词》。浣笔冰盂[56]，叩声霜磬[57]。飞萤入户，引幽想以俱明；早雁拂河，闻秋吟[58]而不去。人间风月之赏，别有会心；道场人天之音[59]，切于常听也。

——选自《王湘绮先生文集》卷三

## 注释

① 戊午：清咸丰八年，1858年。

② 既望之次夕：十七日晚。农历每月十五日为望，十六日为既望。

③ 假寐：和衣而眠，闭目养神。

④ 衿：衣襟。无温：不暖。

⑤ 憬焉而寤：睡醒了。憬（jǐng 景）：睡醒。

⑥ 胜露：落上了露水。胜（shēng 生）：承接，承受。

⑦ 依其向月：依依然向着月亮。

⑧ 蜃：传说是蛟龙之属，能吁气成楼台城郭之状。蜃墙：此指月光下的幻影。如练：如熟绢一样洁白而柔软。逾阴：超越阴影之上。

⑨ 象床：以象牙作装饰的床。彩凤之帷：绣着彩凤的床帷。

⑩ 金釭（gāng 刚）：以金作装饰的灯。盘龙之焰：像盘龙一样的火焰。

⑪ 罗帱：罗制帷帐。帱（chóu 仇）：帐。

⑫ 琐窗：雕刻着连锁图案的窗棂。无听：没有声响。

⑬ 坐闻虫语：因此听到虫子的叫声。坐：因而。

⑭ 湛湛之露：浓重的露。

⑮ 鸳瓦：我国古代屋瓦的排列，是一行瓦背在上，一行瓦背在下，一顺一反，成偶出现，故称鸳瓦。

⑯ 辽落：同"寥落"，在本文中有孤独、冷落之意。

⑰ 旁皇：同"彷徨"。

⑱ 象网三求之后："象网"应为"象罔"。据《庄子·天地》篇说，黄帝遗失了玄珠，知、离朱和喫诟三个人都没有找到，而象罔却在他们三人之后找到了。此喻自己反复思索而不得之际。

⑲ 钧天七日之终：据《史记·扁鹊仓公列传》记载，秦穆公曾经病得七天不省人事，而据他自己说，是到了上帝所住的地方钧天去了。

⑳ 齐有穿石之水：指水滴石穿现象，语本《汉书·枚乘传》："泰山之溜穿石。"

㉑ 风磨之铜：据说，把铜放到通风处，经过很长时间以后，铜质艳艳如火，其价贵于黄金，叫风磨铜，或风沫铜。

㉒ 油不漏而炷焦：指灯虽不漏油，依然能把油耗完。炷：油灯的灯芯。

㉓ 毫不坠而颖秃：毫与颖都指毛笔的笔尖。句指长期使用可以把笔尖磨秃。

㉔ 耄期：八九十岁的年纪。

㉕ 佚我：供我安乐。《庄子·大宗师》："佚我以老，息我以生。"这句大意是说，不知道供自己安乐的时间并不多。

㉖ 夏虫之疑冰：仅仅能在夏季生活的昆虫，怀疑冰的存在。语出《庄子·秋水》篇。

㉗ 冬鹖之忌雪：鹖即"鹤"的另一种写法。鹤为候鸟，忌严寒与炎夏。杨修《齐曹植书》云，"对鹤而辞作暑赋"，指鹤忌热而言，本文言其忌寒。

㉘ 庸得：怎得。即机：就机，趁此机会。自警：自我警醒，警戒。

㉙ 依：按照。影：隐藏，潜在。冥心：潜心苦思。

㉚ 御列风：用《庄子·逍遥游》列子御风意。

㉛ 轩云：飞云。

㉜ 卢敖之汗漫：据《淮南子·道应训》记载，卢敖曾为秦博士，奉秦始皇之命寻求神仙不老之术，一去而不复返。汗漫：漫无边际。

㉝ 李叟：老子。有无：《老子》中常常对举的概念，如"有无相生"。

㉞ 陈思：陈思王曹植。鱼山：在今山东省东阿县，有曹植墓。

㉟ 茂陵：汉武帝陵墓，借指汉武帝。《史记·封禅书》记载："于是天子曰：嗟乎！吾诚得如黄帝，吾视去妻子如脱屣耳。"蔽屣：即敝屣，破鞋。

㊱ 群籁：万籁，自然界的一切声响。渐生：渐起。

㊲ 华胥：《列子·黄帝》篇中所描绘的理想国。顿还：忽然而归。

㊳ 化城：佛教语中幻化的城郭，比喻小乘所能达到的境界。

㊴ 栖空山者：指隐居者。

㊵ 息机：摆脱世俗活动。“所得”疑为“安得”之误。

㊶ 尘途：人世间。元寞：应为“玄寞”，因避讳康熙皇帝的名字玄烨而改玄为元，与“玄寂”同意，指守道无为，寂静。

㊷ 金门：金马门的省称，指官署衙门。

㊸ 悬车之愿：辞官回乡的愿望。古人年七十辞官还乡，把车子挂起来，以示归老乡里的决心，叫悬车。徒设：空设。

㊹ 拂衣：提衣，振衣，这里特指辞官归隐。效：征验，结果。

㊺ 北山轩眉：典故不详，似是化用孔稚珪《北山移文》的文句，“尔乃眉轩席次，袂耸筵上”，指出仕时的得意神态。钟山，又称北山。轩眉：扬眉。

㊻ 终南捷仕：终南山在陕西西安市之南。捷仕：指以隐居山林沽名钓誉，达到做官的捷径。典出唐朝卢藏用与司马承祯的对话。

㊼ 牛巢论禅代之事：典故不详。疑指放牛的巢父与许由谈论尧以许由为九州长，巢、由皆不屑而去之事。

㊽ 武陵知汉晋之迁：陶渊明《桃花源记》写武陵渔人偶然进入桃花源，其中的人竟不知秦、汉、魏、晋朝代的变迁。本文反其意而用之。

㊾ 子思：孔子弟子原宪之字。素行之箴：指原宪能在贫困处境中坚守节操。子贡为卫相，结驷连骑见原宪，原宪住在穷人聚居的地方，穿着破衣，戴着旧帽相见。子贡以为可羞，问他是否病了。原宪说，无财只能谓之贫，学道而不能行方才是病，他只是“贫”而不是“病”。

㊿ 许由：传说中尧时高士。一瓢之累：《逸士传》载，“许由手捧水饮，人遗一瓢，饮讫挂木上，风吹有声，由以为烦，去之”。

(51) 契：合。遐心：出世之念。

(52) 有为：即有为法，泛指一切事物。如六：即六如，佛教把人世间一切事物比喻为梦、幻、泡、影、露、电。《金刚经》：“一切有为法，如梦、幻、泡、影，如露亦如电。”还真：回复本性。用九：九为阳数，凡筮得阳爻，都用九。《周易·文言》：“乾元用九，天下治也。”这二句是说：既相信佛教一切事物皆如梦幻之说，又领悟儒家回复本性平治天下之理。

(53) 七情：人的七种感情，一般指喜、怒、哀、惧、爱、恶、欲。

(54) 澄心：心情清静。眇言：精妙的语言。眇（miào）：通“妙”。

(55) 然脂：点灯。然：同“燃”。和墨：调墨。

(56) 浣笔：洗笔。冰盂：洗笔池。

(57) 霜磬：秋天早晨的磬声。

(58) 河：天河。秋吟：秋天的歌与诗。作为蟋蟀的别名亦通。

(59) 道场：佛教与道教信徒进行诵经行道等宗教活动的场所。人天之音：讲究人与天之间关系的声音。

（赵慎修　注释）

# 第九章

# 现当代：骈文之余波

## 第一节　现当代骈文概说

　　本章所谓"现当代"，指从辛亥革命迄二十一世纪初期共约一百余年。其中"现代"指从中华民国成立至中华人民共和国成立，简称民国时期。1949 年以后简称"当代"，故分为两节。台湾香港骈文家，不少人从 20 世纪二三十年代开始写作，延续到 20 世纪七八十年代，故合为一节。

　　从中国骈文史总体来看，现当代骈文是骈文发展长河中的余波。近百年来文学的总趋势，以白话文为书写工具逐渐成为主流，以文言文为书写工具退居客位，分水岭是五四运动。当时新文学家批判的"桐城谬种"指向古文，"选学妖孽"指向骈文。骈文是一步步退出文坛的，在民初尚有相当市场，20 世纪二三十年代仍占一席之地，四十年代稀罕，五十到七十年代几乎看不到了。这个时期出版的中国文学史，骈文所占篇幅极少，被斥为形式主义。20 世纪八十年代以来，骈文的创作和研究有所恢复，出版了一批骈文作品集和研究专著及选本，成立了中国骈文学会，举办了多次研讨会。当代学界对骈文的认识逐渐改变，20 世纪八九十年代以来出版的中国文学史，戴在骈文头上的形式主义帽子基本上摘掉。当然，骈文概念还比较混乱，骈文史上的诸多问题，学界还存在不同意见，有待继续讨论。

　　现当代骈文与古代骈文相比较，至少有以下几点不同。第一，应用范围不同。从南北朝到唐宋元明，历代之政府公文，诏诰、表章、檄移之类，多数用骈体。到清代大大减少，民国初期仅用于通电、祝颂、书序，20 世纪 30 年代以后公文皆不用骈文但尚用古文，五十年代以后全部用白话文，这是最明显的区别。第二，传播方式不同，速度加快。古代骈文，先以手写本在少数人中间传阅，转抄，等到刻板印刷成书，才为更多人所了解。现当代骈文，除民初外，多数是在报纸杂志发表，然后排印成书，其传播速度和广度远非古代可比。第三，骈文的批评讨论逐渐淡化。骈散之争，民初只有极少数人参与，多数人不感兴趣。民国时期人们对骈文普遍不满，新文学家一顿猛批，连同古文一概打倒，古文家和骈文家基本上没有回应，很快就偃旗息鼓了。第四，骈文的形式从 20 世纪 40 年代以后慢慢发生新的变化。一些骈文作者吸收新的词语，新的句法，减少典故，趋向浅近化。20 世纪 80 年代以来，这类新骈文在内地成为一种时尚。

内地当代骈文与台港骈文是在不同政治、文化环境中并存和发展的。港台骈文直承民国骈文，内地骈文中断了三十年，应该合而观之，彼此参照。

就作家而论，台湾骈文作家最有成就的"二轩"，都是官员而后兼教授，其他骈文作家多为大学教师。香港骈文作家没有官员，几乎都是大学教师。内地骈文作者职业较广，分布在文学艺术、宣传教育、新闻出版、群众文化、政府机关等许多领域，大学教师不太多。从年龄看，台湾"二轩"、李渔叔及张仁青均已作古，健在者年龄状况不详。香港作家中，饶宗颐九十多岁，邝健行七十多，何祥荣五十多。内地作者中，从八十多岁到三十多岁的都有。

就作品而论，台湾以应酬性祝颂、吊祭之文居首位，香港序跋较盛行，皆少见评论现实者。而内地以赞颂传统、褒扬现实为主，也针砭时弊，讽刺丑恶。一个时期以来，各地区"万金买一赋"的潮流盛行，骈赋成为一批风景名胜区的推销广告和不少城市形象的宣传片，台港尚未出现这种现象。从写作技巧看，台港普遍高于内地，讲究古雅精致，不用现代语词，传统风味较浓。内地新体骈文比较浅显，雅俗共赏，年轻作者尚显稚嫩，古典文学根底不如台港。海峡两岸暨港澳骈文写作者、研究者、教学工作者，需要加强交流合作，互相切磋，取长补短，齐心合力，使骈文这种文体形式在海峡两岸暨港澳能够更健康地发展。

## 第二节　民国时期骈文

民国时期的 38 年间，中国发生了历史性巨变，由大清帝国变为"中华民国"。人们的书写工具和文学体裁由文言文为主转变为白话文为主。这种转变大致可分为三段。第一阶段从辛亥革命到五四运动前后，以古文为主，骈文为次，白话文尚在兴起中。第二阶段从二十世纪二十年代初期到全面抗战前后，白话文逐渐成为主流，古文由主位退居客位，骈文逐渐趋向式微。第三阶段从全面抗战至 1949 年，白话文愈益占据统治地位，古文骈文越来越少见。上述三个阶段皆以作家主要创作活动为主。其中少数作品或提前或延后，各朝各代变更之际皆有这种现象，是很难截然划分的。

### 一　辛亥革命至"五四"运动前后之骈文

有研究者认为，民国初年文坛曾出现过骈文兴盛的"奇景"。其一是骈体小说大量涌现。据郭战涛《民国初年骈体小说研究》统计，1912～1917年间，竟有 46 部之多，基本上属于鸳鸯蝴蝶派或民国旧派小说。① 本书之体例，不讲历代骈体小说。"奇景"之二是骈文以通电和其他公文形式迅速传播。从中央政府到各级地方政府、大小军阀，经常发骈文通电，民间团体也喜欢以骈文作通电表达意愿和诉求。这是前所未有的。至于哀祭、祝颂、信函、书序、启示、游历之文用骈体，由于不少发表在报刊上，传播比以往更快更广，给人们造成的印象似乎是骈文盛行。

据 1920 年出版的《当代骈文类编》所收集，1912 年至 1920 年间的骈文有 204 篇之多。该书由国华书局于 1920 年出版。正编由李定彝（武进人，通俗小说家）编，收文 156 篇，以文体分类，其中序 70 篇，作者 68 人，知名人士有黎元洪、饶汉祥、朱启钤、樊增祥、易顺鼎、王闿运等。续编由包独醒编，收文 48 篇，作者 27 人。此书编者欢迎辛亥革命，所收文章有：《贺双十节赋》《湖南光复纪念颂》《贺新年赋》《国庆纪念颂》《公祭（辛

---

① 参看郭战涛《民国初年骈体小说研究》，广西师范大学出版社 2011 年版，第 86～90 页。

亥革命）先烈哀诔》《南社粤支部序》等。有多篇启事为助赈、为贫儿、为义冢、为某贫病而死者募捐。还有整顿风俗的文章如《忏淫记》等。此书基本思想倾向是正面的，虽然也有社会应酬之文，如祝寿、祭奠等，但很少当时一些遗老遗少怀念清廷、敌视革命以及流连风月的骈文，而后者在当时并非少数。

民国初年，绝大多数学者文人的政治、社会、文化观念受到巨大冲击。一些人投身变革，跟上潮流，积极利用或改造传统文学形式（包括诗词、散文、骈文、辞赋、小说、戏剧等）使之成为表现新内容的工具。他们是旧文学的殿军，新文学的先驱，南社诸子是其代表。还有一些人虽不是改革者，却积极服务现实，以骈文作为传播利器，如饶汉祥等人，其是非功过颇难简单裁定。另有一批人，他们的骈文恋旧厌新，主要表达哀怨情感，内容脱离现实主流较远，而形式更承接传统且颇为精致。

刘纳指出，民初文学有一个独特现象，政治立场对立的人士却共同追挽过去的年代。《南社丛刊》差不多成为悼诗悼文的专辑。南社文人在悲悼亡友的同时，也凭吊民国前10年那段难忘的岁月，凭吊当年的英风豪气和生当大任舍我其谁的抱负。与此同时，依然占据文坛正统地位的遗老们也在痛哭和凭吊，夹带着故国之悲，体认着离乱之戚。这是一个时期文人的公共性，[①] 而骈文正是反映这种情绪的重要载体。

民初有几位骈文作家，当时年纪不大，而其政治性骈文影响甚大。

其一是**饶汉祥**（1883～1927），湖北武穴人，1902年中举，1905年留学日本，1907年回国。武昌起义时，他任湖北军政府黎元洪秘书，起草《致全国父老书》，此后随黎在政坛沉浮，曾任黎元洪两度总统府之秘书长。1923年，他为黎起草《致京外劝废督府电》《致京外劝息兵电》，期望清除军阀割据混战，获各界同情；1925年，为郭松龄起草讨伐张作霖电。郭败后，饶避居天津，旋返故里，次年病逝。有《珀玕文集》8卷，另《黄陂文集》八卷，后者为代黎元洪所拟电文稿。

饶汉祥在近代骈文史上的主要贡献是把骈文应用于全国性通电。在他之前，通电多用古文；从他开始，多用对偶排比的骈文，增强了通电的鼓

---

① 刘纳：《民初文学的一个奇景：骈文的兴盛》，《郑州大学学报》1996年第5期。

动性,拓展了骈文的功能。一个时期内,饶氏骈体被竞相效法,在公牍文中影响甚广。

饶氏最出名的作品是为武昌起义而作的《致全国父老书》。文章开头申明,我中夏国土,悠久文明及今日河山,乃大汉先民遗留,不容他族侵占。接着痛斥清廷,"敢乱天纪","竟履神皋"。"入关之初,淫威大肆。我神明胄裔,父老兄弟,遭逢惨戮,靡有孑遗。若扬州,若江阴,若嘉定,屠戮之惨,纪载可稽。又变法易服,凌乱冠裳,而历代相传之文教礼俗,扫地尽矣。"下面着重描述近代以来清廷之倒行逆施:"乃者,海陆交通,外侮日急。我有家室,无不图存。彼以利害相反,不惜倒行逆施。开放知识则谓坏其法律,崇尚术技则谓乱其治安。百术欺愚,一意压制。假预备立宪之美名,以行中央集权之势;借举行新政之虚论,以为搜刮聚敛之端。而乃修园陵,治宫殿,赍璧佞,赏民贼,吾民膏血,剥削殆尽。哀鸿遍野,呼吁不尽。是谁夺其生产,而置之死地乎!且矜其宁送友邦,弗与华族之谬见。今日献一地,明日割一城。今日卖矿,明日卖路。吾民或争持,则曰干预政权,曰格杀勿论。……呜呼!谁无生命,谁无财产,而日托诸危疑之地,其谁堪之!"继而宣传革命军之声势和主张,呼吁"十八行省父老兄弟,戮力共进,相与同仇。还我邦基,雪我国耻。永久建共和政体,与世界列强并峙于太平洋之上,而共享万国和平之福"。

这篇鸿文,写得雄浑爽利,酣畅磅礴;揭露清廷,淋漓尽致;宣传革命,气壮山河。此文迅即感动全国民众,各地纷纷支持革命。当时福州有一名十一岁小姑娘,读此文后,捐出 10 元压岁钱,寄给上海《申报》,支援革命。她就是后来的著名女作家冰心。

《请张作霖下野电》,长达三千字,谴责其五大罪状,兹摘录一段如下:

> 军事迭兴,赋敛日重。邑无仓廪,家无盖藏。强募人夫,兼刮驴马。僵尸盈道,槁草载途,桀以遁逃,骚扰剽掠。宵忧盗难,昼惧官刑。哀我穷闾,宁有噍类?推衍所极,必至无民。藐兹三省,介处二邦。宝矿毡庐,森林卉服。侨民满路,牧马成屯。轨陆分张,海航密接。朝发平壤,夕薄辽城。交通不周,责言猝至。入关竞逐,敝墓必桴。盗党生中,敌兵励北。彼若自卫,宁复我疆。推衍所极,必至无

省。东省果失，北京必危。列强交争，共管立定。禹甸腥臊，尧封涂炭。谁为祸始，驯至国亡。

这段文字，前半部分讲国内情状，后半部分讲国际形势。"介处二邦"指日本、俄国。"朝发平壤，夕薄辽城"指日本兵已逼近国境，"侨民"已渗透我国。除"列强共管"外，其他的预测，九一八以后皆不幸而言中。

张仁青说，当时上述二篇通电，"一经报章刊载，立即腾播众口，奔走相告，在宣传上收到极大之效果，至今犹传为美谈"。[①]

其二是**刘师培**（1884～1919），字申叔，江苏仪征人，出身学术世家，17 岁进学，18 岁中举，会试不第。之后在上海结识章太炎、蔡元培，赞成革命，改名光汉，倡言排满。1904 年任《警钟日报》主编，1907 年在日本加入同盟会，为《民报》撰稿。随后，受日本人影响，热衷无政府主义。不久，因与同盟会成员发生矛盾，为两江总督端方收买，充当密探。辛亥革命后他又为袁世凯效力，加入筹安会，作《君政复古论》，鼓吹恢复帝制。袁氏败亡后，退居天津，1917 年，受聘为北京大学教授，任《国故月刊》总编辑，与新文化运动抗衡。1919 年病故，有《刘申权先生遗书》。

刘师培是政治上的侏儒，学术上的巨匠。文学方面有《中国中古文学史讲义》等著作，影响甚巨。他的骈文观继承阮元，以骈文为正宗，称散文为笔，排斥于文学之外。在文章写作方面，他主张白话文、古文（包括骈文）并用，说："近日文词，宜区二派，一修俗语，以启喻国民；一用古文，以保存国学。"他写的骈文，好用古字僻典，颇嫌深奥。因其政治活动和学术成就，其作品在文坛颇有影响。名作如下。

《书〈曝书亭集〉后》。《曝书亭集》是明末清初著名词人、学者朱彝尊的文集。朱氏早年与抗清志士有联系，诗词多故国之思。50 岁后应康熙博学鸿词科，授翰林院检讨，入直南书房，得到康熙的赏识，诗文变调为颂清。刘师培这篇文章比较其先后表现，对其晚节尖锐讽刺。全文如下：

秀才朱氏博极群书，虽考古多疏，然不愧博物君子。夫朱氏以故

---

① 张仁青：《六十年来之骈文》，文史哲出版社 1977 年版，第 28 页。

相之裔，值板荡之交。甲申以还，蛰居洛浦。高栗里之节，卜梅市之居。东发深宁，差可比迹。观于《马草》之什，伤满政之苛残；《北邙》之篇，吊皇陵而下泣。亡国之哀，形于言表，此一时也。及其浪游岭峤，回车云朔。亭林引为知己，翁山高其抗节。虽籝笔佣书，争食鸡鹜。然哀明妃于青冢，吊李陵于虏台。感慨身世，迹与心违，此一时也。至于献赋承明，校书天禄。文避北山之移，径夸终南之捷。甚至轺车秉节，朵殿承恩。仕莽子云，岂甘寂寞；陷周庾信，聊赋悲哀。此又一时也。后先异轨，出处殊途。冷落青门，忆否故侯之宅；萧条白发，难沽处士之称。此则后凋松柏，莫傲岁寒；晚节黄花，顿改初度者矣。秋风戒寒，朗诵遗集，因论其行藏之概，以备信史之采焉。

指责朱彝尊晚年变节事清，顿改初度，好比出仕于王莽的扬雄，陷身于北周的庾信。此文反映刘师培当年的革命豪情。然而曾几何时，他本人由反清斗士变为清廷密探，由力主推翻帝制变为鼓吹恢复帝制，品行更可鄙。

《国粹学报三周年祝辞》。

《国粹学报》由清末革命团体"国学保存会"于1904年在上海创办，宗旨是宣传反清、爱国、保种、存学，编辑有邓实、陈去病、章太炎、黄侃、黄节、刘师培、马叙伦、罗振玉等，每月一期，武昌起义后停刊。1907年2月，该刊三周年时，刘师培写下这篇祝辞，前一大段概括中国学术发展的历史，从西汉至明清，总结其成就，指摘其弊端。后一大段批判清末以来学术之腐败、堕落，对于当时崇拜西学，轻视国学，数典忘祖的现象痛心疾首，着重指出：

　　或谓中邦之籍，学与用分；西土之书，学与用合。惟贵实而贱虚，故用夷以变夏。不知罗甸遗文，法郎歌曲，或为绝域之佚言，或为文人之戏笔。犹复钦为绝学，被之庠序。而六书故道，四始遗书，均为考古所资，转等弁髦之弃，用学合一，果安在耶？盖惟今之人，不尚有旧，复介于大国，惟强是从。是以校理旧文，亦必比勘西籍。义与彼合，学虽绌而亦优；道与彼歧，谊虽长而亦短。故理财策进，始案管子之书；格物说兴，乃尚墨家之学。甚至竺乾秘籍，耻穷于身毒；良知俗说，转向于扶桑。饰殊途同归之词，作弋誉梯荣之助。学术衰替，职此由之。

这时刘师培刚加入同盟会，革命热情高涨，斗志昂扬，批判学界崇外轻中，鞭辟入里。可是几年之后，他在政治上变节，学术上复古，以"保存国粹"来对抗新文化运动，与其初衷相距越来远。

《松陵文集序》。

松陵是苏州吴江市的别称。《松陵文集》是陈去病编辑的苏州地方文献，收集清代苏州地区名贤之文。初编出版于1911年，二、三编出版于1922年，刘师培此序作于辛亥革命之前。文章认为文集之意义有三：一曰"励俗"，二曰"表义"，三曰"表哀"。今录其第三段如下：

> 及夫诗廑板荡，民痛陆沉。长兴集南土之军，叶氏抗西山之节。或志决身歼，有死无殒。或地偏心远，与世长辞。桑田既易，难填沧海之波；鲁戈空挥，莫返虞渊之日。惟短简之长留，幸遗闻之未泯。今也旧国故都，望之怅然；剩水残山，所思不见。读其文者，莫不低徊往迹，凭吊前徽。行人抒怀旧之情，壮士抱残戈之念。是曰表哀，其善三也。

所谓"表哀"就是彰显爱国志士抵抗清廷迫害，坚持民族气节，"或志决身歼，有死无殒"，或隐居不出，宁折不弯的悲壮情怀。文章写得不错，可是这时的刘师培已是端方镇压革命的帮凶，他在上述三方面又能真正体会到什么呢？特别是第三条，他自己的言与行，正相反对。

在辛亥革命成功、中华民国成立之际，有许多文人以诗词歌赋、散文、骈文各种文艺形式热烈歌颂，欢呼胜利，畅想未来，兴奋之情，洋溢报刊。稍后，革命团体南社成员集结其作品为《南社丛刻》共二十二集，起民国元年，迄民国十二年（1912~1923）其中多数是古文，少数为骈文。比较有代表性的骈文作者是**郑泽**（1882~1920），湖南长沙人，字叔容，南社社员，民国以后，曾任《长沙日报》主笔、湖南高等师范教授、中学校长、财政厅秘书等职务，39 岁病逝。著作有《郑叔容诗文词集》《梦庵遗稿》等。他有 28 篇文章收入《南社丛刻》第 6 卷、8 卷、12 卷、15 卷，包括 18 篇古文，10 篇骈文。其中《湖南光复纪念颂》（见《南社从刻》15 集），后来又收入李定彝编《当代骈文类纂》（民国九年国华书局出版），该文的中心是赞颂辛亥革命和湖南首先响应之动。兹摘录如下：

> 武昌首义，天下响应。湘浦踵兴，中原色骇。爰整劲旅，载扬洪伐。西克荆襄，北控鄂豫。扬旗舰于洞庭，翔箾幕于汉皋。曾未浃月，虏酋扫命，子黎喁喁，重见天日，视夏配天，不失旧物。兵不刃血，农不辍耒，行者歌于涂，居者庆于野。瞰裔抗稜，宅中定命，武略张皇，声威震赫，如积薪之热火，沸汤之沃雪也。伊古以来，玉步之改多矣，未有若斯之易也。抑所以左右而先后之者，湘中实有力焉，逐客无哀郢之思，大国有张楚之号。南风方兢，朔土乖离。盖一旅可以复夏，而三户终必亡秦。天实为之，岂偶然哉。
>
> 且夫湘土之奥衍，海内之上区也；湘士之劲厉，军中无所敌也。故天下非弱也，席卷者四百州；神器难妄干也，窃据者三百哉。及湘土光复，鄂渚安枕。湘土长区，胡马夺气。绪使汉阳不守，虏骑渡江，湘无异军之突起，鄂乃后顾以增忧。八千子弟，将卷斾于江东；百二关河，畴封泥于函谷，天下事未可知也。天造草昧，湘为首庸。度德量能，其谁与让；建威销萌，靡得而称，湘之茂绩，蔚矣盛矣。元年改朔，九秋戒序。宇清宙澄，云开日朗。烽燧既息，鸡犬无警。追思旧烈，式表元功。五色之旗蔽天，百戏之陈沸地。歌呼雷动，威得星驰。庆兹佳节，纪为盛事。既感汉族重兴之烈，复美湘土继起之伟。

十月十日，武昌起义成功，湖南新军于十月二十二日发动起义，成功。十月二十七日，袁世凯命令冯国璋向汉口的革命军反扑。湖南义军闻讯，立即于十月二十八日派新军独立第一协北上援鄂。同日，著名的湖南籍革命党人黄兴、宋教仁从上海到达武昌，黎元洪委任黄兴为革命军总司令，担当起保卫武汉重任。而此时黄兴的儿子也在湖南援鄂新军之中。在巩固武昌起义成果的战斗中，湖南是起到重要作用的，这是湖南人引以为荣的骄傲。郑泽这篇骈文，写作时间在民国元年。文中说"元年改朔，九秋戒序"，"宇清宙澄，云开日朗"，"庆兹佳节，纪为盛事"，当即民国政府于民国元年九月确定十月十日为国庆节之后。此文所表现的热烈欢庆之情，正是当时全国人民共同的心情。

郑氏骈文还有《光复纪念颂》、《国政府成立纪元纪念辞》（作于民国二年元月一日）、《南北统一共和纪念辞》，皆热烈歌颂辛亥革。《洪司长诔》作于民国元年七月，湖南军政府司法司长洪春严因操劳过度而猝死，诔文充分肯定其贡献。《为秋瑾女士改葬麓山公启》简单概括秋瑾革命事迹，称赞她"就义杭州"，"浙潮偕热血俱飞，湘水共愁心齐咽"，"愁雨秋霖，严霜夏陨"。还有《润亥先生五十寿颂》，颂扬好友傅熊湘的父亲在教育方面的贡献。《长郡中校校友会杂志序》，该校是郑泽的母校。《三烈士哀词》《祭大汉诸烈士文》，皆作于民国元年。《祭宋先生文》，代长沙日报同仁祭奠刚刚被刺的宋教仁，作于民国二年四月三日。《与柳亚子书》，给南社创办人寄上诗文数首求正。其他十多篇古文，几乎每篇都与辛亥革命有关。

在《南社丛刻》中，湖南籍的骈文作者还有**傅熊湘**（1882～1930），湖南醴陵人，名专，号钝庵或钝根，曾就读岳麓书院，留学日本，参加同盟会，鼓吹推翻帝制，建立共和，与柳亚子等组织南社。1910至1911年主编《长沙日报》、《大汉日报》，辛亥革命后，反对袁世凯阴谋恢复帝制，遭通缉。袁死后，他历任多家报纸主笔，经常撰文批评北洋军阀和政客，1924年与"湘中五子"组织南社湘集。1929年后，历任湖南省参议员，中山图书馆馆长、沅江县长等职务，1930年病逝。著作有《傅熊湘集》，湖南人民出版社2010年出版。《南社丛刻》录其文75篇（比《傅熊湘集》多若干篇），其中骈文5篇。《钝庵诗自序》说明他的诗是与社会变革密切联系的。《与柳亚子书》（见《傅熊湘集》338页），他有与柳亚子书多通，唯此文是骈体，作于遭通缉避难山中时。《一夕词序》，作于1914年8月，与一群文友聚会，嘲风月，弄花草，不谈政治。《红薇感旧记》是一篇很有特色的抒情骈文。傅熊湘别号"红薇生"，他遭通缉避难之际，得到歌妓黄玉娇的掩护。当时的政治环境是："飞章朝播，志士魂飞；警电夕传，壮夫胆碎。望门乃投张俭，临渡谁期子胥。""则又倾城艳质，施弱腕以扶将；绝世佳人，矢素心而薰沐。砍断枇杷之树，门闭车迷，歌残杨柳之枝。泥沾絮定，春

风鬓影，茂陵何处无家；细雨檐花，杜老于焉有咏。"这篇感旧记实为当时
所作诗集之序。其中"望门乃投张俭"是非常贴切的典故。张俭是东汉末
年秀才，名士，曾上书朝廷检举大宦官侯览为非作歹，残害百姓。侯览仇
之，指使他人诬告张俭结党营私，乃通缉捕捉。张俭四处躲藏，望见人家
就去投奔。民众仰慕其品德，不惜代价掩藏，他被李笃保护出居塞外。后
来侯览等失势，党锢解禁，他回到家乡，被朝廷征聘为卫尉，察觉曹操有
不臣之心，乃辞官归隐。张俭的经历与傅熊湘反对袁世凯而被通缉的处境
十分相近。后来傅氏又作《书〈红薇感旧记〉后》，此时玉娇已经嫁人了。
傅氏好友蒋同超作《红薇感旧记序》，把黄氏女的姓名、身份和她与傅熊湘
的亲密关系描述更清楚。傅氏之《红薇感旧记》政治价值颇高，可惜《傅
熊湘集》只收《书后》而忽略了《红薇感旧记》。傅氏的古文内容丰富，传
记文二十余篇，多为革命烈士；游记十余篇，多记湘中山水。与柳亚子的
书信很多，《傅熊湘集》所收尚欠完备。

　　**吴承烜**（1855～1940），号东园，安徽歙县人，同治秀才，诗人，戏剧
家，工骈文，能小说。曾任职上海蜚英书局编辑，常在李定夷主编的《小
说新报》和《申报》副刊发表小说、诗词、骈文，民国初年任新安五军、
第七路军秘书，后来退居江苏盐城，组织保存国粹社和函授社，教授诗词。
有诗词集《东园诗钞》《筱楼诗草》《东园词集》，散曲《竹洲旧点图》，传
奇剧本《星剑侠传奇》《花兰侠》《雁鸣霜》《雾中人》，学术著作《六朝文
絜补释》等。他的骈文辑录于李定夷、包独醒编的《当代散文类纂》（国华
书局 1918 年出版），正续编共 68 篇，是该书收文最多者。这仅仅是其民国
元年至民国九年间所作，之前和以后是否有骈文，待考。

　　吴氏骈文中为朋友的诗文、小说、戏剧作序跋或征文者占三分之一左
右，其次为上层人士作的寿序、贺辞、谢启等应酬之文，再次是私人信札、
书笺、小启、祭文、诔词以及少量赋、颂、杂记。从形式而论，都是传统
的四六文，对仗精准，用典繁密，语言考究，谦赞之词十分得体，追求典
雅，不用散语，续承徐庾、四杰，而与宋四六风格迥异。从内容而论，不
同作品具有不同的价值和特点。

　　第一，值得注意的是歌颂辛亥革命之文。如《双十节赋》，使用大量高
级形容词赞扬革命胜利的历史意义，憧憬美好的前景。其他如《段上将

（段祺瑞）五十寿序》《与徐上将（徐宝山）夫人书》《与杨中将书》等，皆突出对方推翻清政权的贡献。这一基本政治态度许多文章都有表现。

第二，肯定新教育新文化之文。如《宝应小学十周年纪念颂》，扬州市宝应县小学是清末废科举兴学校的新事物。《与函授社诸生书》，除强调学习传统文化外，也肯定同文馆学外语，学格物（自然科学）。《辽西梦跋》推荐这部描写第一次世界大战的小说，反对侵略战争，同情受害民众。他还曾作长诗介绍林纾翻译的法国小说《巴黎茶花女遗事》，得到阿英的充分肯定，可见吴氏不属文化保守派。

第三，呼吁扶危济困之文。如《劝伶界为贫儿院演剧启》有云："今使菊部艺员，梨园高弟，登台演剧，代院劝捐，则必仿中泽之哀鸣，鹳嗷雁唳；绘贫儿之孤苦，鸠面鸠形。……钱虽一而倾囊，不嫌其少；金有千而解囊，金乐其多。谿矣富人，哀兹穷独。"此文不长而情深意厚。

第四，与上层人士交往之文中，注重对方的品德操守。《辞孙阆仙夫人书》《与徐上将夫人书》《为孙夫人菊花新咏征和启》三篇文章值得细读。孙阆仙（1884～1947）是扬州八大美女之一，工诗画，善歌舞，是徐宝山将军的夫人。徐宝山（1866～1913），镇江人，外号徐老虎，武艺超群，早期是草莽英雄，率领数万盐枭，对抗清廷。武昌城头炮响，他率众攻克扬州、泰州，直逼南京。中华民国临时政府成立，孙中山大总统任命他为扬州分都督，革命军第二军长、上将军，1913年5月被刺杀，原因不明，学界对徐的评价至今尚有分歧。孙阆仙并非原配，但受徐尊重，言听计从，佐理戎机，教练士卒操演，礼贤下士，廷揽人才，幕中颇多文人学士。徐奉命北伐，孙夫人捐出生日礼金5000元助军饷。徐将军被刺后，孙夫人年方三十，英年寡居，改府邸为佛堂，烧香礼佛，诵经修禅，笔耕砚池，歌诗述志。后来又变卖家产，救济贫困。民初，孙夫人曾致信吴承烜，延请入徐将军幕。当时徐的风头正健，吴先生婉言谢绝，可见不愿趋炎附势。将军死后，孙夫人拟撰写传记，杨中将推荐吴先生协助。吴先生再次致信，有云："上将军庚子之夏，辛亥之秋，保障淮东，维持江北，靖萑苻于里巷，扫荆棘为康庄。能报国谓之忠，善保民谓之德，褒鄂之功，史官所必录；岑来之厄，人事良难知。举此数端，足赅全部。夫人于此，胸中月旦，谥惠何难；皮里阳秋，续班尤易。况阳春之寡和，岂游夏之赞举。无已，敢竭管窥，勉为绵薄，敬承委托，无任悚惶。"最终答应帮忙。2014 年扬州市出土一方当地名士林载光二十年代撰写的诗碑《妙高台访古》，纪念徐宝山夫妇，评价与吴文相同，可见当时多人已有共识。吴氏《为孙夫人菊花新咏征和启》作于 1918 年前后，称赞夫人品德清高，志明淡泊。"效苏梅之酬唱，光李杜之文章。……浴佛五香，参禅一叶，玉脱见最坚之质，金刚留不坏之身。壁上记当年观战，血化玄黄；画中绘浊世留图，目空朱紫。……殿群芳而完晚节，矢寸草而报春晖。"文章扣紧菊花诗，以花比人，把孙夫人品德的方方面面都写到了，是由衷敬仰之文。

吴氏纯粹写景抒情之文不多，《拟庾子山小园赋序》是其代表。兹录其序以见一斑：

> 今夫寸之地，俯仰恒宽；寻常者流，见闻皆隘。上巢下窟，古人安鹊饮鹑居；左邻右舍，后世多蛮争触斗。则有高贤泌水，处士横门。长留半亩村居，独领千秋韵事。红姜绕砌，金称冯衍之家；素奈盈墀，共识潘尼之宅。此小园之所由筑也。萋尔凉房燠馆，别存巷翠奇观；俨然曲水回廊，不假丹青佳构。付托则桃奴菊婢，无非此地主人；支持则桔叟梅妻，便是吾园家督。弃万缘而独得，屏一切而不居。花含笑以无言，草寄生而有所。门稀车辙，家聚琴书。缅怀迈市之居，晏子安其湫隘；遐想围棋之墅，谢公仅得风流。

序文及赋都描写环境优美、心情闲适，表达出不求闻达、逃名买静的生活理想，不同于当时一些遗老遗少们的悲观厌世"无可奈何花落去"的消极情态。但是比起庾信《小园赋》在闲适之中暗含家国之恨，典雅之中常见清新之句，两文尚存在一定的差距。[①]

论民初骈文，不能不提到**康有为**（1858～1927），他是近代改良派领袖，思想家，散文家，亦善骈文。从写作技巧看，他最好的骈文是《辛亥

---

① 吴承烜的生平资料，参看《中国戏剧志·安徽卷》，北京中国 ISBN 中心 1993 年版，第 683 页；中共盐城市委宣传部主编《盐城史话》，江苏古籍出版社 1987 年出版；左鹏军《晚清民国传奇杂剧文献与史实研究》，人民出版社 2011 年出版；林葆恒《词综补遗》卷十，上海古籍出版社 2005 年出版。

腊游箱根与梁任甫书》，绝大部分是地道的四六句，景物刻画精美，造语整齐工丽。但是，他的政治态度是敌视不久前发生的辛亥革命。文章后半段以遗老姿态悲伤哀叹，情绪抵触，低沉。文辞虽美，内容不足取。

还有梁启超，在中国散文史上的贡献主要是创造了"新民体"，不避新词俚语，大量使用排句、叠句，滚滚而下，如万马奔腾，齐头并进；而有别于骈文之两马并行，相合成文。有的论著说他的《少年中国说》是骈文，其实那是"新民体"散文的代表作。

下面几位，文学活动跨越清末民初，政治影响不大，艺术水平甚高，大致以年齿为序。

**樊增祥**（1846~1931），号云门，湖北恩施人，自幼刻苦读书，16 岁秀才，21 岁举人，31 岁进士，历任知县、知府，以诗名得到张之洞、荣禄的赏识、提携。庚子事变，慈禧西行，曾扈从，任政务处提调。不久升陕西按察使、布政使、江宁布政使，1910 年护理两江总督，为官颇有政声。他忧心国事，对甲午战争和八国联军之役深感痛切，不满李鸿章举措，1910 年支持四川护路运动。武昌起义后避居上海。袁世凯当国，他任参政；袁氏败后，脱离政事，闲居北平，以诗酒自遣，与文化名流广泛交游。他曾帮助年轻的梅兰芳修改京剧剧本，使唱词文学水准大大提高；曾作《彩云曲》咏赛金花事迹，传诵一时，有人比之于吴伟业《圆圆曲》。樊增祥于清末已在文坛成名，入民国而声誉益增。他写了三万首诗，两万篇文章，擅书画，美姿容，而且词多艳体，文坛戏称"樊美人"。关于他父亲与左宗棠的冲突以及他本人结交师友，奖掖后学，社会上流传许多故事。

樊氏骈文，内容不及其诗，基本上脱离当时社会主旋律，但数量多，技巧高，影响不小，故颇获学界重视。张仁青说："樊山既以诗名一代，骈俪之文亦震铄当年。作品与诗同躔，皆安雅冲粹，无钩章棘句之形，而情味婉笃，事理曲畅，短书小记，尤见生峭。"[1] 如《西溪泛舟记》：

> 十月既望，樊子与客自广雅书院归，经彩虹桥，循溪而南。适有小航，帆樯新净，角巾共载，柔橹乍鸣。于时林日已敛，晚潮方至。

---

[1]　张仁青：《六十年来之骈文》，文史哲出版社 1977 年版，第 18 页。

溯流东去，迟重若牛。顾以徐行，益惬幽赏。是溪也，近带西村，远襟南岸。水皆缥碧，滑若琉璃。即古所谓荔支湾也。背山临流，时有聚落。环植美木，多生香草。榕楠接叶，蕉荔成阴。风起长寒，日中犹暝。幽溪蓄翠，深逾百重之云；片叶深红，靓于十五之女。萧闲看竹，宛转逢鸥。嘉客与偕，清淡逾肆。秋鲈不脍，自成笠泽之游；林鸟忽惊，有甚虎溪之笑。入麻源之三谷，过南园之五桥。药草交乎蓬窗，垂杨拂其帆席。

爰自虹桥，达于珠江。美荫清流，可五六里。竹篱映水，寒菜平畦。珠儿总角，已习画船；越女门楣，每临烟浦。盖隐秀之致深，而车骑之尘远矣。方舟入江，风帆转健。绮罗烟水，远带轻霞；金碧楼台，俯临明镜。栖鸦点点，柳翠深黄；官马萧萧，沙堤雪净。连墙若篠，比屋成邻。层城楼橹，若龙蜃之嘘云；远浦琛航，杂蛮獠而互市。言经沙面，遂薄海珠。故将祠新，古台砖圮。仙云四合，起瑶岛于中间；璧月双辉，与金波为上下。瞻言花屿，何异蓬山。

广州士庶丰昌，物华蒨丽。珠帘齐下，但闻琵琶之声；绛河一曲，悉是胭脂之水。枕窗枇比，画航连环。月胁横穿，风心屡荡。百缣以外，始买春宵；十里之间，惟闻芳麝。晓钟歌枕，未是迟眠；斜目梳鬟，犹为早起。氍毹贴地，翡翠为屏。茶坞香云，酒槽春雨。画桡金楫，落别浦之惊鸿；红袖雕栏，盼过楼之秋雁。亦足极选佛之娱，续游仙之梦焉。

此文描述广州水上之游。第一段写西溪（今荔支湾）沿岸花木田园风光，第二段写由郊区到市区珠江两岸居民屋舍景物，第三段写广州市内文化生活。如花似锦，有声有色，沁人心脾。2012 年夏，笔者曾与友人夜游珠江，两岸高楼枇比，舟桥连接，灯光璀璨，歌声悠扬。然而，读了这篇一百年前的文章，还是觉得后者使人浮想联翩，美不胜收，余味无穷，深感文字的魅力绝不是直接视觉所能替代的。

再如《三月三日樊园修禊序》，作于 1913 年 3 月，旅居上海时。作者与"超然吟社"诸友，仿东晋王羲之等人兰亭修禊故事，集会于上海樊园。文章以今比古，有"三同"（宾客高贵、文雅风流、气候宜和），"四异"

（地区一城一乡、人数一多一少，政体由帝制而共和），"一胜"是指今日诸公所作必胜山阴，只有我这篇序输于逸少。此文条理清楚，自然流畅，颇饶意趣。然而比起王羲之、孙绰二序，缺乏必要的哲理思考，单纯记事而已。语词之美虽超前人，却未能给读者留下深刻的印象。

张仁青说："大抵樊山之作，才力富，书卷多，纵笔所之，极意驰骋，颇能摆脱前蹊，而卓然自成一家。然而以落笔迅疾，而自诩八面受敌，有时或至流为率易，意境欠深，媚而不遒，是不必为贤者讳也。"[1] 张氏所指出的欠缺，在上述二文中皆有所反映。

陈耀南说："云门写景叙游，喜用四言白描，如整似散。如《梦溪老屋圃记》《花菡庵记》《西溪泛舟记》，是其例也。樊山屡为陕南民吏，其判词常多可诵，论事则委曲有情，析由则切理餍心，定谳则公平允当，畅达隽永，与登临画图之作，又自异趣。盖亦体殊宜异也。"《樊山文集》中有"樊山公牍""判案骈文"二编，被当时各级幕僚、文案师爷奉为圭臬。

**屠寄**（1856~1921），江苏常州人，光绪进士，历任工部主事、浙江淳安知县。曾先后入两广总督张之洞、两江总督端方、黑龙江将军寿山等人幕府。他任宦时间不长，毕生主要从事教育和著述，先后担任过广雅书院、两湖书院、京师大学堂教习和奉天大学堂总教习。他主张废科举，兴学校，1906年在淳安创办初级师范学校，开设国文、历史、地理、英文、算学、理科、音乐等课程，设立实验室、仪器室，是中国近代教育制度先驱者之一。其学术著作有《蒙兀儿史记》160卷、《黑龙江舆地图说》等。武昌军兴，他和长子屠宽（同盟会员）在常州响应，任常州光复后之民政长。1913年，袁世凯政府任命他为常州属下武进县知事，拒就，从此居家不出。

屠寄从小喜爱骈文，崇拜庾信，故自号敬山，寓意敬佩庾子山。清代常州骈文兴盛，作家云集，屠寄为保存地方文献，编辑《国朝常州骈体文录》，收常州籍作者43人，作品569篇。曹虹等指出："它是清代唯一刊行的地域性骈文选本。它的出现，既是'六代藻丽，炳蔚遗风'的常州创作实绩的显示，也是晚清骈文文体意识高涨的背景下常州骈文流派意识积淀

---

① 张仁青：《六十年来之骈文》，文史哲出版社1977年版，第21页。

的结果，具有地域性与文体性的双重意义。"① 该书"叙录"对43位作家一一点评，对各种不同风格兼容并蓄。由于晚清骈文批评主流意识是骈散相容，屠氏观念亦是如此。该书收录作品最多者为洪亮吉，79篇，其次李兆洛65篇。曹虹等说，李兆洛"在文学上主要工诗与古文，骈文并非所长。屠寄所选李兆洛的很多篇目，视为古文更合适"。② 所选其他人有的也不是骈文家（如周济），他们的文章有些不能算骈文。

屠寄本人的作品有《结一宦骈体文》二编，其中有些文章反映了当时中西文化观念冲突和屠寄思想中维新与保守的矛盾。

如《火轮船赋》。（本书不讲赋，此赋内容特别，故破例）文章采用主客问对方式。客人先陈说火轮之制造及外观，有统仓、上等仓、雅座、餐厅述及水手、仆役、厨师、卫士等，再写船上机械，有舵、轮、蒸汽机、水循环、排气管、里程器、方向仪等等。而后写船上的乘客，不同肤色、不同风俗，货物有水果、药材、玉器、动物及各种工巧之器具。"所过则成市，所止则成会"，"泛十洲于咫尺，流六合而混同"，对这种先进船舶赞扬备至。接下去主人反驳，认为"西人之机巧实不可法"，正如庄子所云，"有机械者必有机事，有机事者必有机心"。彼必取之以诈悖，而用之于淫逸。今西人之来吾国，以轮船大批运进商品，导致利润下降，还不如乾嘉以前之有利可图。主人最后斥责西人追求奸富，劝其修农革俗，务本抑末，而不要厉兵伺隙。对于中国被迫打开国门，开放通商口岸，文章认为体现了"柔远之德"，"邦交之礼"，显然是为清廷丧权辱国进行粉饰。曹虹等说："面对作为西方科技实力象征的火轮船时，这种粉饰体现了晚清知识分子维护民族传统与文化自信的努力，从中也约略可见他们在新旧碰撞交汇的时代心理上的挣扎。"③ 与屠寄同时的沈湛钧有《斥夸夷子》一文，也用主客问答讨论对火轮船的看法，观点与屠寄相同。

陈耀南说："敬山文尚奥博，功力弥深。……《火轮船赋》则穷形尽态，细加描述。又设泰西来客造于杜几先生，夸耀轮船之巧。而杜几则以

---

① 曹虹、陈曙雯、倪惠颖：《清代常州骈文研究》，江苏人民出版社2010年版，第372页。
② 曹虹、陈曙雯、倪惠颖：《清代常州骈文研究》，江苏人民出版社2010年版，第374页。
③ 曹虹、陈曙雯、倪惠颖：《清代常州骈文研究》，江苏人民出版社2010年版，第364页。

本富末穷之理箴而贬之。而以择术之正作结。曲终奏雅，其立论，亦如同时宿儒朱一新氏蔽古忘今，不足论于博达矣。"

又如《游香港记》，当作于两广总督张之洞幕府内。描写香港在英国人统治数十年后之情况：楼宇高耸，道路四达，建筑奇特，各种西人之花园、雕塑、主仆人等，皆不同中国传统之风格。最后叹曰："嗟乎！中原地脉，斗入南溟，绝国贡珍，不踰丹缴。奈何瓯脱，衅开卑梁，龙耕烟而瑶草生，蜃嘘空而海市见。遂使祖州之石，山鬼摩而忽腥；宛渠之船，鳀人驾而深入。运会固然，将由人事耶？"一方面对西方事物感到新奇、惊讶，另一方面对异邦之人入侵中国深为不满。把这种无可奈何的现状归结为"运会"和"人事"，反映了当时一部分士大夫的心理。同时人沈同芳有《沪游赋》，描写当时上海情状，可与屠文比照。

屠氏的《与方子可书》，记述他从家乡经上海，由海上至天津再抵北京的感受。其中写道："小歇沪渎，遂陵沧溟。回混灏溃，浮天灌日。南衍交广，带以琉球；北渐营邱，实太公之所表也。……慨然吊田横之失势，叹五百人之抗节。西昂日观，缅秦皇之封；东抚对马，存亲魏之贡。自濒青兖，水皆缥碧。弥以纶组，列屿辣峙，烟树杂生。天青雾霁，海市乍失。沤鸟出没，时来狎人。既乃惊飙拂乎帆樯，洪涛溅于几席。同客僵伏，舵师震惶。而仆乃扣舷狂啸，凭槛遐瞩。讽谢客之石华，玩张融之积雪，斯亦游之壮观也。"这段文字，是乘坐轮船所见所感，显得非常快意。这时的屠寄并不排斥先进的水上交通工具，从侧面体现出他对西方文明的接纳。

**易顺鼎**（1856～1920），湖南汉寿人，15 岁秀才，21 岁举人，多次会试不第，曾入张之洞幕，后捐资入仕，历任广西、广东等地道员。甲午战争中，极力主战，随刘坤一率兵出关抗日，力阻和议，反对割让台湾，四次入台，支持刘永福武装抗日活动。辛亥革命后闲居北京，结交袁世凯之子袁克定，被委为政事堂参事、印刷局帮办、铸币局局长。袁氏败后，易氏漂泊京师，姿娱声色，抑郁而卒。

易顺鼎是清末民初知名学者和诗人，与樊增祥并称"两雄"。淹通经史，著作丰富，有诗词近万首，诗集 20 卷，学术杂记 100 余卷，骈文四十余篇。

早期关心国事的作品有《与刘松生将军书》。刘松生，即刘鹤龄，湖南叙浦人，1878 年以副将留陕西备用，五年后调入贵州。易氏此书表达对刘松生为国效劳的期望，文章末段写道："方今僭宗狙伺，姎徒蜂起。绿林横行于郡邑，白棒窃伏于里闾。困已难苏，流方未艾。且西郊蝼蚁（指西北暴乱），虽受王鈇；东海鲸鲵（指日本），久窥国鼎。海外神州有九，传箭堪虞（指列强挑衅）；军中国士无双，登坛可待。一旦戈横下濑，矢及中原，蜃嘘腥绿之烟，鸥啸浓青之雨，则大丈夫建功立业，此其时矣。"对内外危机四伏有清醒的分析，鼓励刘将军要准备为国效力。气势雄壮，感情充沛，是不可多得之作。

甲午战争中，他代刘坤一作《讨日本檄文》，谴责日本侵略者，"国于蜗之角，田惯蹊人；谁谓鼠无牙，墉将穿我。曩者琉球一役，敢肆鲸吞；继因台岛孤悬，辄谋豕突。夷人宗社，窥我藩篱"。日本小国好比《庄子》蜗牛角上之蛮触，它却像《周易》所云：牵牛以夺人之田，制造事端，侵夺琉球和我国台湾。下面大张中国军威："幕府（指刘坤一）祗奉庙谟，恭行天讨……聚米而为山谷，虏在目中；转粟高若丘陵，钱流地上……李临淮之壁垒，草木皆兵；刘太尉之旌旗，风云变色……白狼丹凤，前车已报渡江；青雀黄龙，上将兼闻渡海。"博引语典事典，充满必胜信心。议和之际，他上《请罢和议褫权奸疏》，指名道姓谴责李鸿章议和。有云："辽东者，北洋之藩蓠；台湾者，南洋之门户。今日无辽东，明日即可无北洋；今日无台湾，明日即可无南洋。天下畏盗之人必求远盗，未有揖盗于门而求其不发箧控囊；天下畏虎之人必求远虎，未有纳虎于室而冀其不磨牙吮血。行见奉、锦、登、莱一带，不复能立锥；江、淮、闽、粤各疆，不复能安枕。海口海面皆非我有，饷械无从接济而海运立穷；战守无从布置而海防又立穷。中国将来必无可办之洋务。"全篇以散句为主，议论通畅，理直气壮。唯此段文字学宋四六体，有长达二十几字的双句对，不用典故，纯属白描，可视为骈文片断。虽然刘坤一出关抗日未能取得胜利，但檄文仍值得肯定。

借景抒情之作如《湘弦词自序》：

碧湘九曲，空灵之境也；朱弦之叹，疏越之音也。帝子欲降，微闻落叶；灵均不来，谁拾芳草。然而芙蓉水仙之庙，雨唱犹留；薜荔山鬼之词，烟讴靡歇。尝击汰江介，搴华木末。寺楼坐久，湖天碧蓝；

岩树断处，神灯青绿。白苹花老，鲤鱼拜风；黄陵人去，鹧鸪啼月。
孤蓬寂寞，听风听水之思；九歌缥缈，迎神送神之曲。又或三闾秋士，
远游制冠；九嶷云君，相思命驾。女婴意苦，谁家椿砧；洞庭天远，
昔年张乐。云梦八九，揽之于空阔；烟骚二五，绎之于杳冥。空青摇
愁，冷翠夏响。飘飘乎遗世而独立，泠泠然山高而水深。能移我情，
其在是已。

　　仆以恨人，生兹福地。臣里东家，宋玉之所居处；君山北渚，湘
灵之所往来。渔卧秦桃，樵炊楚竹。盖将于是乡终老焉。虽其间桂隐
不常，萍踪罕定。蚌江留滞，雄溪羁旅。鸟蓬细雨，何处归真；红叶
小桥，有人吹笛。江枫之戾，每渍乎青衫；山木之谣，难忘乎翠被。
既乃驾飞龙兮北征，歌阗蛙而西适。黄河远上，津吏敲鼓；紫台径去，
蕃儿鸣角。而故乡烟水之气，入人最深；儿时钓游之地，探怀宛在。
三十六湾，二十五弦，未尝一日离以襟抱也。

　　此文是作者《湘弦词》之内容提要，表达了对故乡湖南历史文化和山
川风物的无限思恋之情，色泽鲜艳，裁对精工，几乎没有散句。张仁青说：
"律以时代精神，或不免失之轻艳。若站在文学的艺术美的立场观之，则亦
有足多者。"[1]

## 二　二十世纪二十年代至全面抗战前之骈文

**李详**（1859～1931），字审言，江苏扬州人，光绪秀才，毕生不曾出
仕，以教育、著述为业，曾任江楚编译官书局总纂、安徽存古学堂教习，
协编《江苏通志》，1923 年任东南大学教授，1928 年被蔡元培聘为中央研
究院特约著述员，是著作等身的学者和清末民初骈文大家。他耽爱《文
选》，不满桐城派。有《学制斋骈文》八十篇，又续编若干篇。其写作年代
从清末民初到二十世纪三十年代。

谭献《复堂日记》说："兴化李审言君，少通群籍，涵濡宫商，好为宏
丽之辞，善持文质之变。……选辞务取其精，拓字必准于古。信是远揖陵、

---

　　①　张仁青：《六十年来之骈文》，文史哲出版社 1977 年版，第 24 页。

信，近召孙、洪。"钱基博《现代中国文学史》说："一时论俪体者，以李详为第一。"

李详骈文代表作有以下几类。

第一类是关切社会之文。如《哀轮船文》。1890 年仲冬，太古号商船航行中发生大火，烧死溺毙千人。李氏闻之扼腕，以深厚的人道主义精神，灵动传神的艺术语言，描述这场惨剧。开头一段写太古号如何壮观，高速，平稳，人们一味"狎玩"，"悍不顾其所患"，不重视防范，没有规章制度，灾难也就难免。中间一大段是主体。天气干燥，北风凛冽，有人不慎点燃微弱的烛火，引发冲天大火，乘客慌乱，死者无数。不论富贵、贤愚、工商、文武，皆葬身海底，肢体莫辨，情状悲惨。最后总结，"虽运会所自为，在圣哲而矫敝"。也许是运命的安排，但圣哲之人一定要纠正弊端，吸取教训。此文明显学汪中《哀盐船文》，但更能引发人们深层思考。同时的骈文家孙德谦亦作《哀轮船文》，互相呼应，传为文坛佳话。

1915 年，苏北盐城地区久旱不雨，加以海水内灌，更值兵荒马乱，造成严重灾荒。李详作《与韩紫石巡按书》，向地方官员陈情："禾豆焦枯，卤水内灌，风尘昼昏，枪鼓四惊，鄙宗（老子）所云，大兵之后，必有凶年。今将转乙其语，以为后虑。"表现出对社会民生的关切。

第二类是纪人怀旧之文。

如《汪容甫先生赞》。纪念乡贤汪中，起笔赞叹汪氏"孤贫郁起，横绝当世"。接着高度评价汪氏文章："上窥屈宋，下挹任沈。旨高喻深，貌闲心戚。状难写之情，含不尽之意。可谓汉晋一贯，风骚两夹。"极力推崇汪中穷且益坚的青云之志和茹苦含辛的奋发精神。刘新风指出："作者写汪中，无疑是把这位'俯仰异趣，哀乐由人'，既天赋奇才又命途多舛的前辈当作自己来写了。"①

同类文章还有《吊任子田先生文》，以诚挚的心情礼赞潜心朴学的任大椿。《黄漱兰先生传》突出黄体芳刚直敢谏的品格。《广沤一首为刘楚芗明府而作》，称颂这位深受民众欢迎的清官。《南通州费君鉴清小传》刻画出一位诚信好施，孝亲睦邻的儒商形象。

---

① 刘新风：《末代骈文作家李审言》，载《中国典籍与文化》第 38 期。

第三类是抒愤寄志之文。

如《自序》，远学刘峻，近比汪中，有三同四异。其中写道："夫容甫早倾乾荫，母子相依。卖履为生，佣书自给。余弱年失怙，资进无阶。菽水不供，慈颜婴戚。此一同也。容甫洪支雕落，宗鲜近亲。余家世鼎族，凌夷衰微，蝉嫣孤蒙，不绝如线。此二同也。容甫君火为祟，绝意仕宦。余肺病侵寻，流连行药，负疴颓檐，百忧雨集。握发剧于乱丝，炊炭烈于钟玉。此三同也。"将自己坎坷不平、怀才不遇的人生遭遇尽情倾吐，字字凝结着无限艰辛。

《名士说义》解释"名士"的含义。认为"名士之称，自足高式人表，矫排浮竞。故颍川仲达，持以此目卧龙；琅琊茂宏，下教而尊卫虎。求之于古，必如鲁儒卓立，万变不穷；郫臣好修，九死靡悔。始能民誉允乎，昭示末代"。"是以耿介之士，侧身人间，容止不改其常，风雨贞于如晦。脱有相轻，偶蒙品目。方如宠锡之膺，惭负嘉贶；讵敢引为缪丑，纵斧本根？"这篇短文概括了他的生活态度和人格理想。

第四类是山水园林游记。

如《射湖春泛记》。最鲜明的特色是对湖中水、草、鱼、鸟和渔夫、舟子的动态描写：

> 于时湖水轻碧，箭流乍平。回聚成纹，绉如绮縠。料理烟艇，狎玩洪潴。艋舟盈丈，广于瓜牛之庐；屠苏四围，映彼翘鸥之馆。遂从近涘，放乎中流。举衣袂以招风，齐吴榜以击汰。荇藻微动，老鱼惊而跳波；烟霞若空，颓鸟堕而蒸水。翠羽前导，近人忽飞；绀眉俯镜，掬影俱染。浅泽之草，势与芦苇争齐；曲流之隈，隐为隈鲤所据。日至禺中，复旴遐瞩。榜人一啸，渔子环集。垂纶洒钓，投纲鸣榔。竞如脱兔，张两甄而疾趋；呼拟苍兕，厉一军而突起。课获稽数，哗扣则声可沸天；得隽争先，拍截则舟惊赴岸。兹乡清景，莫是为过焉。

其中集体捕鱼的热闹场景，活灵活现，如闻如见。

《城南旧游记》，记李氏与同学畅游明代文学家宗臣读书处。"环水淙淙，沦为灌莽。老屋数椽，支离撑拒。……沟若萦带，一越而过。披草求径，搴萝得门。乌吓人声，虫啮衣影。招魂像前，啸清风而四回；谈诗荒阶，起沉魄而共语。争其派别，或祧于鳞；慎其裁量，至诋锡鬯。裾裾焉，浩浩焉。穷天地之廓，驭古竞趋；忘名字之贱，执衡自卫。"李详曾作散文《乞刘明府修宗子相祠墓记》，建议修复名人故居，被置若罔闻，于是又写下这篇骈文游记。

刘新风说，李详"在骈文创作上，矢意宗古拟古，不拘六朝成法，不尚骈工俪采，潜心施为，以达文意为上。虽散句很多，但终成自然高妙境界。这是李氏骈文的特点，也是他在骈文乃至古文的现实窘境中思变通、求出路的探索与尝试"。[①]

**孙德谦**（1869~1935），字受之，江苏吴江人，光绪秀才，曾任江苏通志局纂修，辛亥革命后，历任东吴大学、大夏大学教授。少习汉学，后转治诸子学。著有《诸子要略》《诸子通考》《太史公书文法》《古书读法略例》等。二十岁开始创作骈文，有《四益宦骈文稿》。在骈文理论方面，有《六朝丽指》。

《六朝丽指》1923 年出版，共 98 则，每则皆为独立短论，长者近千字，短者三四百字，以评论六朝骈文为主，兼及汉魏唐宋。它不是四六话体，并非摘录汇集前人关于骈文名篇佳句的评论资料，而是发表他对六朝骈文及整个骈文史上某些问题的心得体会，体现其独到见解的理论性著作。其主要思想，奚彤云概括说："以构通骈散为前提，极力凸现骈文潜气内转、宕逸舒缓的特殊表达态势。与此相应，孙德谦把任昉、沈约之文视为骈体正宗，以取代徐陵、庾信骈文的地位。而同时，他并不漠视骈文的藻饰效果，比兴、叙情、描摹等艺术手段都颇受其关注。所以说，此书各条目之间虽无一定联系，但总体上都是有宗旨可寻的，它实际上全面发展了清末以来沟通骈散的骈文批评，成为中国古代骈文批评的殿军之作。"[②]

为了让骈散兼备上升为骈文的本然特征，孙氏把骈文与四六文分开，否认后者是骈文，排斥徐庾，推崇任沈。这种观点不符合骈文发展实际。奚彤云说："他显然认为未受格式限定的骈文才有望呈现生动活泼的面貌，

---

① 刘新风：《末代骈文作家李审言》，载《中国典籍与文化》第 38 期。

② 奚彤云：《中国古代骈文批评史稿》，华东师范大学出版社 2006 年版，第 165 页。

以与白话文相对抗，所以会如此急切地呼吁骈散沟通。而实际上，文言文曾经有过的辉煌已不能改变它最后被淘汰的命运，因为其赖以生存的文化基础已遭到了颠覆，沟通骈散根本无法挡住白话文兴起的大势。"不过，"他在文化观上尽管有保守倾向，但《六朝丽指》的学术价值是不可低估的"①。

孙德谦的骈文创作，钱基博认为李详第一孙第二。王国维说："审言过于雕藻，知有句法而不知有章法。（孙）君得疏宕之气，我谓审言定不如君。"评价未免过高。张仁青说，孙氏"文章则有一最大特色，即抒情之作绝少，而议论之作偏多，所作皆运思密集，鞭辟入里"。② 如《六朝丽指》自序后半段：

> 夫迭相奇偶，前良所崇。虽简文嗤其懦钝，士恢訾其华伪。尔时气格，或不免文胜之叹。然其缛旨星稠，逸情云上。缀字通苍雅之学，驭篇运骚赋之长。骈丽之文，此焉归趣。又况王筠妍炼，独步名家；仲宝典裁，腾芳当世者焉。余少好斯文，迄兹靡倦。握睇籀讽，垂三十年。见其气转于潜，骨植于秀。振采则清绮，凌节则纤徐。缉类新奇，会比兴之义；穷形抒写，极绚染之能。至于异地隽才，刚柔昭其性；并时齐誉，希数观其微。凡皆成诵在心，借书于手。符羊百章之数，马谈六家之论，亦已著之篇中，兹盖试言其略也。评非月旦，敢觊乎高名；礼毋雷同，岂资于剿说。若乃镜鉴源流，铨综利病，善文之士，类能道之，斯则非所急矣。

这段文字，四六句为主，对仗、用典皆极雕琢，甚至出现把司马谈简化为"马谈"这种早被唐人刘知几严厉批评过的生造名词。不过该自序的前半段仍以散句为主。其《复李审言书》以及一些与白话文提倡者论辩的文章，都是以散句为主，孙德谦却认作骈文。这样的文章从内容到形式都是无法与白话文的凌厉攻势相抗衡的。

---

① 奚彤云：《中国古代骈文批评史稿》，华东师范大学出版社 2006 年版，第 161 页。

② 张仁青：《六十年来之骈文》，文史哲出版社 1977 年版，第 32 页。

**陈去病**（1874~1933），江苏吴江人，近代革命家、文学家。他1898年在家乡组织雪耻社，1903年赴日本留学，加入拒俄义勇队，编《警钟日报》，1906年加入同盟会，1909年与柳亚子、高旭发起创办南社，以文学为工具进行反清宣传。辛亥革命时支持武昌起义，1913年参加"二次革命"，任讨袁军总司令黄兴秘书，1917年随孙中山护法，1922年任北伐大本营宣传主任，1923年任东南大学教授。蒋介石上台后，他拒绝出任江苏省省长，却愿意当江苏博物馆长。

陈去病创作了大量诗歌散文，有《浩歌堂诗钞》、传记文学《明遗民传》、随笔《五脂石》等，他支持平民戏剧，反对桐城派古文，有不少政论、各体散文和少量骈体文。《南社诗文词选叙》其中一段如下：

> 盖闻隆中促膝，犹传梁父之吟；庑下赁春，未忘五噫之句。投清流于白马，诗品犹存；极迁谪于衰牢，雄文尤健。自古羁人贬宦，寡妇逋臣，才子狂生，遗民逸士，苟其遭途坎坷，侘傺穷途，志屈难伸，身存若殁。莫不寄托毫素，抒写心情。对香草以含愁，怀佳人其未远。凄香哀艳，纷纶兰蕙之篇；悱恻缠绵，曲尽温馨之致。入幺弦而欲绝，弹不成腔；未终卷而悲来，涕先沾臆。凡若此者，其故何哉？亦谓谊存忠厚，不离江湖魏阙之思；意切忧伤，遂多匪风下泉之什。词虽嫌其过激，心欲往而仍还。湘水沉吟，比三闾兮自溺；江南愁叹，等贾傅而烦冤。此不得者一也。

此文把南社作者比拟于古代的"才子狂生，遗民逸士"，把他们的作品概括为"谊存忠厚"，"意切忧伤"，以忧国伤时，关切现实为主题。此文思想是进步的，站在当时古典诗文创作的前列。形式是传统的，除极少量散句外，大部分是四六对句，引用许多古代诗文名家为典故，皆人们所熟悉者。文章命意清晰，文辞晓畅，不同于清代那些以奥博委婉相矜尚的诗文集序，反映出民初骈文创作的新风。

南社另一位创始人柳亚子（1887~1957）是著名爱国诗人，也写作骈文。精练严明如《销夏录序》，铺张淋漓如《拟重修九江琵琶亭记》，用典密集如《为赵公伯先迁葬募捐启》。（分别见《南社》第20集、第9集、第

7集）其语言形式是传统的，思想内容是当代的。

**陈含光**（1879～1957），江苏扬州人，光绪贡生，幼习经史，工诗书画，时称“三绝”。民国初年任清史馆修纂，两年后回乡。陈氏终身未仕，在上海与当时文化名流广泛交游，与康有为、于右任相识，与王国维、刘师培、李详是知音，与齐白石、吴昌硕为至交。1935年任教扬州国学专门学校，讲授骈文。日寇侵占扬州，强索字画，陈氏毁笔砚以避拒之。抗战胜利后，应聘主持江都文献会。1948年，他被长子陈康迎养至台北，1957年去世。有诗文集多种及《含光骈体文稿》。

陈含光出身仕宦世家，生活优越。早年诗酒欢娱，自称“引醇醪，聆声伎，意甚悦之”，不乏缠绵悱恻，柔情蜜意之作。如《送女子朱文君别序》，叙说男女惜别之情，有如宋词中的婉约派。其他如《与伎人朱剑萍启》《报所亲书》，都是写给青年女性的。稍后，则有其他内容的骈文，如《三月三日咏桃花诗序》《吊明史阁部文》《汉晋五公赞》《天坛碑林颂》《积雪颂》《募修汪容甫墓启》《拟陆士衡〈豪士赋序〉》《攫金者颂》等。

抗战初期，陈含光有《九日愁思赋》，作者时年60岁，主要抒发对抗战局势之关切和忧愤。其中描述华北战局如下：

> 溯燕都之始败，实童昏之自抉。任王歙而和亲，效宋襄之仁义。阵压城危，唇吹野沸。兽已困于槛中，鱼甫腾于网内。有葱灵之载阳虎，无冶父之囚群帅。汉关周京，一朝全弃。赵北席卷，燕南鲸掣。居庸地险，龙虎台高。守踰蜀剑，扼甚秦崤。山愁束马，木绝升猱。非卑耳之可上，异皋兰而可鏖。后援寄云中之守，清人奏河上之谣。遂城孤而路绝，并额烂而头焦。于是东起飞狐，西连马邑。盛乐北包，秀容南蹑。混全晋于烽烟，凌九天而攻袭。

文章还提到长城、绥远、河北及淞沪等地战役，多采取以古比今手法，形容战争之激烈，并表达全民动员抗战到底的决心。“遂乃西北风尘，东南酣战。亡秦激三户之心，带甲尽九州之事。军书如雨，锋旗若电。小妇缝裳，丁男被练。闾左充于兵气，田父张于空拳。”他自己已经“年侵耳顺，日迫虞渊”，无法上前线了，“靡执戈而卫国，徒呵壁而问天”。不能像郑国老人烛之武那样去为国效力，只好像蔡文姬、庾信那样用诗文来抒愤自伤，作记言之赋。此文用典颇多，字句奥涩，但感情激越，和全国人民同呼吸，共命运，在当时辞赋中十分难得，故破例介绍。

**黄侃**（1886~1935），近代著名语言文字学家，字季刚，湖北蕲春人。20 岁留学日本，结识章太炎，投稿《民报》，鼓吹反清革命。1908 年归国，遭清廷追捕，复逃日本。武昌军兴，同到湖北，会见黄兴，一同视察前线，并返乡募集义军数万人，支援武昌起义。次年，"中华民国"政府成立于南京。他认为华夏已光复，遂不谋仕宦，不参与政治，专心学术，先后在北京师范大学、东北大学、中央大学及武昌高等师范学校（武汉大学前身）任教授，学识渊博，被尊为国学大师。其论文章，崇魏晋而轻唐宋，主张骈散并驰，文笔合一。他本人亦创作骈体文，曾拟作《文心雕龙》之《隐秀》篇，其中一段如下：

> 夫文以致曲为贵，故一义可以包余；辞以得当为先，故片言可以居要。盖言不尽意，必含余意以成巧；意不称物，宜资要言以助明。言含余意则谓之隐，意资要言则谓之秀。隐者语具于此，而义存乎彼。秀者理有所致，而辞效其功。若义有阙略，词有省减，或迁其言说，或晦其训故，无当于隐也。若故作才语，弄其笔端，以纤巧为能，以刻饰为务，非所云秀也。然则隐以复意为工，而纤旨存乎文外；秀以卓绝为巧，而精语峙乎篇中。故曰情在辞外曰隐，状溢目前为秀。大则成篇，小则片语，皆可为隐；或状物色，或附物理，皆可为秀。

紧扣"隐秀"二字，层层剥笋，步步深入，语皆双行，相合成文，析理精密，清爽炼要。张仁青说："观其气体渊雅，藻思绮合，以视彦和，犹晋帖唐临矣。"黄氏"一般应酬之作，亦皆隽永深醇，上侔魏晋"[1]。如《朱母涂太夫人诔》，其序之一段曰：

> 太夫人受过庭之训，体季兰之姿。学窈窕之篇，躬烦辱之事……

---

[1] 张仁青：《六十年来之骈文》，文史哲出版社 1977 年版，第 32 页。

适同县处士朱君，爰初来嫁，君舅凤丧，仰事慈姑，暨庶祖母。婉娈供养，不暇有衍。处士敬之，家道以正。生子五人，其仪如一，恒以前言往行教之诲之。虽敬姜之知礼，孟母之三迁，不过是矣。姑尝寝疾，无药不将。病既日臻，忧心焦悴。感于俗论刲臂和汤之事，远迹介推刲股奉君之故。竟以匹妇忘身爱亲之行，而齐扁鹊能生死人之效。姑病良已，微知其状。悲曰：我形寿已究，死其常也。奈何苦我孝妇乎？由是奇行远闻，川里嗟叹。

突显其割股疗亲孝行，感人至深。以上二文皆以对句为主，不拘长短，罕见四六，少用典故，近乎白描。洵乎不类唐宋，但亦有别魏晋，具有近代骈文新气息。另有《自序》，与李详、汪中同题作品齐名。

**黄孝纾**（1900～1964），字公渚，福建闽侯人。父黄石孙，光绪翰林，曾任青州知府、济南知府。辛亥革命后，举家迁居青岛。黄孝纾自幼勤学，博览群书，喜诗文，擅绘画。1924年迁居上海，在嘉业堂校订古籍，同时兼任南洋公学、上海暨南大学教职，并出售画作。旅沪十年间，师从陈三立、况周颐、冯煦等名家，写作诗词、骈文，得到奖掖，声名鹊起。1934年，受聘山东大学中文系教授，回到青岛。在山东大学执教三十余年，与冯沅君、陆侃如、高亨、莆涤非合称中文系"五岳"。黄氏的骈文作品，有《躬厂文稿》六卷，1936年由江宁蒋氏湖上草堂刻印。卷一，赋13篇，卷二、三，序跋、赠序24篇，卷四，记10篇，卷五，碑、传、铭、诔12篇，卷六，书、启、杂文10篇。最早作于1922年，最晚作于1935年，每篇之末附录多家评点。

黄氏骈文全部作于20世纪二三十年代，当时受到高度称赞。著名词论家冯煦认为可与李详、孙德谦鼎足而三，钱基博1936年出版的《中国现代文学史》说："大抵融情于景，而抒以警炼之句……夹叙夹议，而发以纵横之气。由庾信以窥蔚宗，辞来切今，气往铄古。"台湾张仁青的《六十年来之骈文》把黄氏列为从民初到20世纪70年代十位骈文家之一。评论说："玩其篇章，咸能斟酌前修，摆脱俗猥，尤能独出机杼，自铸伟词。其中极轻清者有《寒望赋》，极流美者有《吴游片羽序》，极疏淡者有《潜楼序》，极典赡者有《冒鹤亭京卿和杜工部夔州五律诗序》，极华茂者有《疆村校词图序》，极雄浑者有《重刊苍梧词序》，极清润者有《旌表节孝蒋母马太夫人诔文》，极沉郁者有《孙益庵先生诔文》，极绮丽者有《吊雷峰塔文》，极纤秾者有《梅妃传奇引》，极典雅者有《颂橘庐记》等。"①

除张氏所举作品外，弥足珍贵者还有以下几篇。

《青州侨寓记》，记青州几次迁居情状。刘潜楼曰："叙述甲寅（1914）避乱情景，历历如绘。"薛淑周曰："造语雅驯，述事真挚，有驭重若轻之妙。"冯蒿庵曰："以清隽之笔，写淳至之思，述事言情，两臻其妙。"

《清明日游范公祠记》，最后的感想是："兹世何世，知后会之靡常；大山小山，庶先芬之无沫。失此不书，人何以继先忧后乐；敢让斯贤，用特记之分贻群季。"范公指范仲淹，"先忧后乐"是其《岳阳楼记》中的名句。此文作于 1922 年，作者时年 22 岁。

《两先生传》。重点记述其中之一李建侯，与黄氏父亲少年同学，黄父历官南北，李先生为幕宾，掌书记，主笺奏。"客于吾家逾二十年，虽年运既往，而志气未衰。沽酒之肆，傍妇人而欲眠；参幕之金，呼驺从而可赌。"李氏富于资产，颇具阮籍好酒豪气。惜享年不永，春秋五十有二。冯蒿庵评曰："委婉深至，辞事相称，允称骈散双绝。"

《空匏别墅记》，记朋友刘君西湖别墅，规模阔大，其中有小莲庄、桃浪轩、无隐庐、秋赏楼、金粟窟、玉华仙馆、面山亭、平远楼等屋宇以及荷沼、竹亭、石洞、花径等景点，逐处写来，移步换形，独具画家慧眼。孙益庵曰："读此文须识其经营惨淡，遒美隽上，而又元气绮撰。"此文格局颇似李慈铭《息茶庵记》，李家大院中有"受礼庐""祥琴室""苦瓜馆""卧蓼轩"等，刻画不及黄文仔细。

将黄氏骈文置于 20 世纪二三十年代文学史来考察，他属于遗少一代，交往者多为遗老。其共同思想倾向是依恋前朝，厌恶当今。黄氏笔下的清末天下太平，"值开元之季年，虽外侮之间至，乃国事其犹贤……家颂塞宴，国安幅圆，草野无事，薰风泛弦"。辛亥革命如"地覆坤维，天倾乾柱"。民初举国遭殃，军阀混战，他对北洋军阀混战与云南护国、广东护法活动一概贬斥，"始滇池之易帜，乃致叹于鞭长"，"尉佗左纛，半壁云亡"。

---

① 张仁青：《六十年来之骈文》，文史哲出版社 1977 年版，第 43 页。

黄氏骈文形式有传统的精致，而内容与现实主流疏远，只能少数人孤芳自赏，引不起广大读者的兴趣。有些人把黄氏代表作《哀时命》比为《哀江南赋》。庾信所哀者为梁朝遭大盗侯景毁灭性破坏，而黄氏所哀者是帝制为民国取代。对于辛亥革命，同时代的骈文家有人热烈欢呼庆祝①，黄氏则极其悲愤叹息。对于当时的乱局，学人批判是为了改造社会，追求美好的将来；黄氏厌恶，是因为留恋永逝的过去。

黄氏另有《劳山集》，有 1952 年油印本及台湾文海出版社影印抄本，收录词 135 首，诗 137 首，崂山游记 13 篇。游记皆散体古文，明畅清峻，井然有序，学郦道元《水经注》笔意。当作于 1935 年到山东大学任教之后这时他的思想情感情与 20 世纪二十年代有明显区别。

## 三　全面抗战至四十年代之骈文

七七事变以后，白话文是主要的宣传和实用文体，骈文越来越稀见，但是偶尔也有人用。1939 年 9 月 7 日，晋察冀《抗敌报》发表八路军将领聂荣臻、舒同联名（执笔者是舒同）给侵华日军某部宣抚班长（宣传科长）东根清一郎写了一封回信，该日人通中文，故复信用骈体，而夹以现代词语，谴责日本侵略罪行，申张中国抗日之正义性，浩气凛然，传诵颇广：

　　中日两大民族，屹然立于东亚，互助则共存共荣，相攻则两败俱伤。此乃中日国民所周知，而为日本军阀所不察。彼军阀法西斯蒂，好大喜功，贪得无厌。平日压榨大众之血汗，供其挥霍；战时牺牲国民之头颅，易取爵禄。既掠台湾、朝鲜、澎湖、琉球，复夺辽宁、吉林、龙江、热河。遂以中国之退让忍耐为可欺，日本之海陆空军为万能，妄欲兼并华夏，独霸亚洲。故继"九·一八"之炮火，而有芦沟桥之烽烟。中国迫于亡国灭种之惨，悚于奴隶牛马之苦。全国奋起，浴血抗战。戮力同心，以御暴敌。惟在驱逐穷兵黩武之日本军阀，非

---

①　且不论最著名的饶汉祥《告全国父老书》，不太知名的骈文作家及作品有：吴承煊《双十节赋》、郑泽《湖南光复纪念颂》、叶叶《国庆纪念颂》、包延辉《贺新年赋》等，见李定彝编《当代骈文类纂》，国华书局 1920 年版。

有仇于爱好和平之日本国民也。是非曲直，人所共见，阁下竟谓出于误会，岂非淆混黑白之语？

中国人民之生命财产，虽横遭日本军阀之蹂躏摧残，然为独立自由而战，为正义和平而战。其代价之重大，非物质所能衡量，故不惜牺牲一切，以与暴敌抗战到底。

日本国民既无夙仇于中国，未受任何之侵凌，强被征调，越海远征。其离也，委厂肆于城廓，弃田园于荒郊；父母痛而流涕，妻子悲而哀嚎；牵衣走送，且行且辍，虽属生离，实同死诀。其行也，车有过速之恨，船有太急之感；见异域之日迫，望故乡而弥远；梦幻穿插，生死交织；心逐海浪，不知何之。及登中国之陆，立送炮火之场；军威重于山岳，士命贱于蚊虻；或粉身而碎骨，或折臂而断足；或暴尸于原野，或倒毙于山窟；所为何来？其或幸而不死，经年调遣转移；炎夏冒暑而行，冽冬露营而宿。时防遭遇，日畏游击；征战连年，无所止期。军中传言，充耳伤亡之讯；家内来书，满纸饥寒之语。山非富士，不见秀丽之峰；树无樱花，莫睹鲜艳之枝。望复望兮扶桑，归莫归兮故乡。生愁苦于绝国，死葬身于异邦，能勿痛乎？

战争进行，瞬将两年。中国损失之重，破坏之惨，固勿论矣；日本死伤之多，消耗之大，又如之何？国家预算，增至一百一十万万，国民负担平均一百五十余元。日用必需，剥夺殆尽；军需原料，罗掘一空。长此继续，已是崩溃有余；设遭意外，其将何以应付？老成凋谢，竖子当国，轻举妄动，祸人害己。识此，日本军阀法西斯蒂，不特中国国民之公敌，实亦日本国民之公敌也。识者果一反其所为，东亚秩序，不难立定；世界和平，不难实现。

抗战时期大后方报刊不时有骈文发表，如成惕轩（1911～1989），1938年发表《元旦献岁辞》宣传抗战到底；1939年有《双七节祭阵亡将士文》，讴歌抗战英烈；抗战胜利后，有《还都颂》，颂扬八年抗战伟大胜利。1949年到台湾后，他继续骈文创作，出版《楚望楼骈文》三卷。关于成惕轩的骈文成就，本章第二节"台湾香港骈文"再专门介绍。

**郭沫若**在20世纪40年代后期，间或写作现代骈文，如《祭李闻》即是。1946 年 7 月，民主斗士李公朴、闻一多反对国民党挑起内战而被暗杀，同年 10 月，上海各界人士召集追悼大会，郭沫若以骈体文撰写祭文，如下：

> 天不能死，地不能埋，呜呼二公，浊世何能污哉！为呼吁和平民主而死，虽死犹生。与两仪兮鼎立，如日月兮载明。刺林肯者使天下皆知有林肯，刺教仁者使天下皆知有教仁。无声子弹，虽能毁灭二公之躯体，而千秋万世，永不磨灭者，乃我二公为人民作前驱之精神。

> 呜呼二公！中国之道，过尚中庸，二千年来，乡愿成风。全躯者号为"明哲"，墨守者谓之"从容"。人皆独善，而任横逆暴庚，指使发纵。君子玄鹤，小人沙虫。昊天梦梦，鬼影憧憧。历史正悲寂寞，久矣乎不见殉道者之遗踪。呜呼二公，今见我二公之壮烈，足使顽廉懦立，发聩震聋。闻狮子之怒吼，拜大无畏之雄风。莽彼河山，因突兀而增色，嗟我民猷，感无上之崇隆。

> 呜呼二公！二公所争，乃人民之解放。二公所望，乃国族之平康。生死以之，正正堂堂。浩气长存乎宇宙，义声远播于重洋。衰起八代，永祀流芳。我辈后死，其敢彷徨？誓当毁独裁而民主，代乖异以慈祥，化干戈为玉帛，作和平之桥梁。俾社会主义及早实施于当代，而使我泱泱华夏允克臻乎自由，平等，富强。于斯时也，我二公之巍峨铜像，将普建于通都大邑，四表八荒；而我二公之流风遗韵，更将使千百万后代子孙，低昂起舞，如醉如狂。

> 呜呼二公！前途洋洋，荣光在望。英灵永在，来格来尝。尚飨。①

文章热烈赞扬李闻二公的高尚品德和牺牲精神，呼唤社会主义及早实现，使我华夏臻于自由、平等、富强。通篇多用感叹词，参差用韵。以骈句为主，间有散语，多用现代语词，少用古典。热情奔放，有很强的感染力，语言风格有别于古代骈文。

20 世纪 40 年代也有少数作家偶尔写作传统骈文，如：

**范烟桥**（1894～1967），江苏吴江人，小说家、戏剧家，新中国成立后

---

① 见《郭沫若全集》文学编第二卷。

曾任苏州市文化局长、江苏省文联副主席。40 年代末期，他写过一篇骈体募捐启事，刊登在上海《永安月刊》第 111 期，1948 年 8 月 1 日出版。他的朋友赵眠云，书画家，善良、诚恳、豪爽、好客，创业屡受挫，生活窘迫，病逝沪上，享年仅 45 岁，无以治丧，朋友们为他筹钱刊登启事：

> 吴江赵眠云先生，好文艺，工书画，居吴门。春秋佳日，常开北海之樽；风雨故人，辄下陈蕃之榻。一时尊为祭酒，四方望属太丘。与朋好辑数种报刊，转移文坛风气。于地方公益，靡不量力匡襄，当仁不让，见义勇为。无如书生不善治生，慧业何补家业，以至视事弗周，蔽蒙于外；用人不当，侵蚀其间。于是毁家以偿逋，厚人以薄己。劫逢国难，避寇海滨；主国华中学，为储才之计。复以人事不臧，基础未固；仅如昙花之现，未成桃李之蹊。胜利以后，举室归来，怅触百端，益深孤愤。既不工于逐末，乃无术以资生；欲为担石之储，只藉砚田之获。忧伤憔悴，病骨支离。未届知命之年，遂辞尘以去。上有高堂，下遗弱息。一廛借托，数口零丁。际此米珠薪桂之秋，已至水尽山穷之境。仆等或因岁寒之盟，或共苫苓之契；但有寸心，恨无片力。乃于斋奠之日，为将伯之呼。海内必有仁人，吾党宁无义士？凡为声气之同，何必曾谋一面；惟此恻隐之念，宜乎皆有斯心。请移鲁酒之酵，为麦舟之赠。俾亡友有安吉之慰，遗族得解推之沾。永扬仁风，藉励浇俗。谨启。①

用朴素的文笔，记述赵眠云的性情、遭际、生平，平畅无华，具体入微，可以从中看出抗战胜利后江南文化人生活处境之艰辛困顿。此文少用僻典，近乎白描，与传统骈文繁缛风格有所不同，而与古文气息相通。

## 第三节  当代骈文述略

20 世纪 50 至 70 年代，文言文在社会上停止使用，骈体文写作近乎绝

---

① 转引自《郑逸梅作品集·文苑花絮》之《我和赵眠云》，中华书局 2005 年版，第 33～34 页。

迹。80 年代以后，随着改革开放的浪潮和中国文化热的兴起，有人开始尝试用现代语词写作骈文。90 年代以后，有人尝试以现代语词作赋，以名胜景区和都市、地域为主要题材，受到各地群众尤其地方官员欢迎。受其影响，以骈体文写作书启、序跋、杂记之文日渐增多。2006 年，周晓明创办《中国骈文网》；2007 年，《光明日报》开辟"百城赋"专栏；2008 年，《中华辞赋》杂志创刊。有了发表园地，创作逐渐形成热潮，于是有人出版专集（包括骈文和辞赋）。现代骈文逐渐兴起的同时，传统骈文也有人写作并逐渐增多。这就是当代骈文发展的大致情况。

## 一　已出版专集的骈文作者

**魏明伦**（1941～），四川内江人，著名剧作家、杂文家、辞赋家，曾任中国戏剧家协会副主席、中国戏剧文学学会会长，长期自修古今文学。1978 年以后，陆续发表《易胆大》《四姑娘》《巴山秀才》《潘金莲》《变脸》等剧作，连获各项大奖。1988 年开始写作杂文，已集结为《巴山鬼话》出版。1994 年开始写作骈体赋和骈体文，2013 年集结为《魏明伦新碑文》，由作家出版社出版，共收文章 51 篇，其中以"赋"为题者 30 篇，皆为骈赋，其他体裁 21 篇，皆为骈文。（本书所引魏文皆出此书）

魏氏骈文内容方面的特点是：思想犀利，见解深切，不同凡响。冯骥才说："明伦的文章，议人说事，纵论天下，言及万物，皆有不凡的见识。""每每谈论时弊，语快如刀，字字带刃，显出锐气、勇气以及文人的骨气。"① 万光治说魏氏"歌颂真善美，谴责假恶丑，赞美不溢美，报喜也报忧。反思历史，不为尊者避讳；针砭时弊，敢为弱者代言"。② 魏氏自云："忧患意识颇深，思辨色彩甚浓，批判锋芒较尖锐。"③

魏氏骈文在形式方面，可以算是新鲜活泼的现代骈体。他自己说："我的多数作品，不是所谓骈散结合。除了个别虚词之外，通篇皆是骈俪组

---

① 冯骥才：《才子文章警世言》，《艺术》2010 年第 9 期。
② 万光治：《辞赋传统及其当代意识——魏明伦赋刍议》，引自《魏明伦新碑文》附录，第 230 页。
③ 魏明伦：《我的碑文特点》，《四川戏剧》2010 年第 4 期。

成。"① 其句式不专主四六,而是三、五、六、七、八、九、十字对句随意安排,随时变换,显现出流畅恣肆、自由洒脱的风格。其语词以现代为主体,新的政治名词、社会流行语、方言俗语,他拿来就用。他很会锻炼调配字句,幽默、风趣,善于化腐朽为神奇,变高雅为通俗,往往拿一些"名言"开玩笑,警句迭出,妙语如珠。"善戏谑兮,不为虐兮。"他喜欢征举大量历史人物和文坛佳话,并不是典故,而是事证,皆人们熟稔者,故能雅俗共赏。也有些文章纯为白描,不加雕琢,以理趣取胜,类似古代的"白描骈文"。

魏氏骈文中,令人最感兴趣的是以下三类。

第一类,纵谈饮食文化者。

《灶王碑》。他不讲灶王的来历、灶公灶婆的形象、民间祭灶的仪式,而大谈"百姓以食为天,万家以灶为主"。"灶王掌管人间烟火,关心家务稻粱。""灶上锅盏不满,帝王江山不安。"把灶的地位提升到关系天下太平,百姓平安的高度。接着笔锋一转,批评 20 世纪 50 年代的怪现象:"挖掉万家小灶,推行一口大锅,同进公社食堂,共饮清汤寡水。灶王爷冷落,水肿病流行。"下面又一转,写到当下。"时代前进,胃口大开。从前饥不择食,如今食不厌精。""大有豪华宴,小有冷啖杯。"(四川方言,简单小食)"灶台兴旺,灶火走红。灶王爷与时俱进,灶王碑顺势诞生。"文章后半段,寄语食客:"好吃而不懒做,醉酒而不发疯。享乐而不腐化,致富而不忘贫。""旧灶王说好不说坏,新灶王报喜亦报忧。上天讲真话,下凡查实情。安得遍地佳肴,普及全民餐桌。"以小见大,谈古论今,有讽有劝,妙合无间。把一些常用词语稍加改变,赋予新意,类似宋人所谓脱胎换骨、点石成金之法。

《饭店铭——为巴国布衣题壁》。"巴国布衣"是成都一家酒楼的名字,由两位研究艺术的青年学者开办。魏氏概括其宗旨是:"淡泊平民意识,坦荡大众襟怀。重续古代布衣菽粟之交,愿与普通百姓共赏酸甜苦辣。"文章列举历代文人与饮食有关者,从司马相如、杜甫、杜牧、苏东坡、曹雪芹、郁达夫、鲁迅乃至毛泽东,说明"多少忧国忧民之心,至善至美之情,大

---

① 魏明伦:《我的碑文特点》,《四川戏剧》2010 年第 4 期。

彻大悟之思，往往流露于觥筹交错，酒酣耳热之间"，而酒楼"堪称志士仁人凝聚处，传世文章催生地"。上段讲饮食文化史，下段落脚现实："今夕何夕，举杯碰杯。盛世无饥馁否？摆宴庆太平哉？""不拒大腕光临，更须公款吃喝。欢迎欢迎，热烈欢迎各级公仆到此与民同乐。""满腹油水与满咀道德并不矛盾，物质文明与精神文明照此调和。祝酒唱赞歌，接二连三，勿忘十亿百姓；猜拳看主流，吆五喝六，突出九个指头。微微挑剔，限于指摘壶中日月；淡淡诙谐，无非化入皮里阳秋。"

此文是魏氏名作，传布甚广，据说成都有的酒楼职工能够背诵。其突出特色是巧妙的幽默与大胆的调侃，大量反话正说，雅言俗说，寓庄于谐，令人忍俊不禁，而又发人深省。

《酒歌》。所歌者为其故乡之"旭酒"，著名饮者有陆游、吴祖光、新凤霞、陈希同等。作者大发感慨："酒似风月宝鉴，反映善恶两重。酒有酒德，人有人品。明白人喝了依旧明白，糊涂人喝了仍然糊涂。有人越喝越讲真话，有人越喝越涨贪心。"最后呼吁："干杯！为爱情献身。干杯！为民请命。干杯！为国争光。三杯倾倒，一枕鼾声。抒情于无语之中，清醒在沉醉之中。"

此文有别于同类题材之扬雄《酒赋》、刘伶《酒德颂》。（二文非骈体）《酒歌》虽题为"歌"，却是对偶句为主的骈文。其思想高度，尤其是辩证思维超越前人。此外，魏氏还有《美酒赋》（沱牌曲酒）《美食奇谭》（谭家菜）《蜀家菜》等，既不是做宣传广告，也不像晋束皙《饼赋》、梁吴均《饼说》那样专讲食材配料和制作方法，而是发掘其中的饮食文化。

第二，风景园区描写类。

《岳阳楼新景区记》。《岳阳楼记》是千古传诵的古文名篇，"先天下之忧而忧，后天下之乐而乐"是百姓耳熟能详的警句。历代文人就忧乐关系做过不少发挥，如元代名相耶律楚材的《贫乐庵记》，提倡"君子处贫贱富贵也，忧乐相半"，以补范氏。而魏氏在高度赞扬范公之后，竟然批评说，范公虽是"循吏楷模，满腔正气，贬官典型，满纸牢骚。毕竟是臣民心理，忠臣情结"。在魏氏看来，"当代人，新思维，不奉天子之旨意，而遵公民之意旨。岂仅吸取范进士、滕进士之精华，更须攀登德先生、赛先生之高峰"。魏氏之评价尚可商榷，但他提出范公之天下以天子为中心，今日之天下以公民为中心，正是反映了时代新思维。而文章下半段三次"登斯楼也"，所见所感，皆凸显出当今公民所忧所乐的新矛盾、新问题。

《绿杨村记》。记成都"满城"的历史变迁。该地清代为八旗子弟所居，他们享受特权，玩物丧志。抗战时期，鱼龙混杂，各色人等在此地活动。1949 年后，由于"三年谎祸，十年浩劫，忙于整人，疏于治水，桥下洪水依然泛滥，路旁棚户仍旧贫穷。东西马棚夹杂牛棚"。改革开放后发生巨变，三洞桥变为绿杨村，成了街道花园，都市乡村。结论是："幸福来之不易，广厦居安思危。勿忘国耻，勿忘浩劫，勿忘仗义，勿忘扶贫。当以满城兴亡为戒，小康戒懒，大康戒奢。防止八旗重演，祝愿绿杨长青。"许多警世通言，连连排比，层次井然，结构严谨，有开有合，前呼后应。是骈文碑记之精品。

《华夏陵园诔》。华夏陵园是重庆市新建的一处公共墓地。文章上来就破题："人类生死"如"草木枯荣"。下面承题："苍天不许万寿无疆，世上岂有不死之药。"继而批判秦始皇妄想长生，曹操、慈禧大造坟墓。又进一步发挥："墓地引人反思，死亡催人彻悟。……七斗八斗，永不休战。抢官帽嗜权如命，搞运动整人致死。"多少年来，死人无数，结果呢，"名利场拔河对垒，阴阳界殊途同归。高烟囱里人人过关，只有先后之分；矮坟墓内个个成灰，无非远近之隔"。最后奉劝："珍惜年华，闻鸡起舞，净化心灵，对酒当歌。趁少壮，努力成材；到老年，闲适开心。轰轰烈烈，于世有功最好；平平淡淡，于心无愧亦佳。""生命价值不限于享乐，死亡意义不致于悲观。""新陈代谢，生死转化，正如夕阳西下，旭日东升也。"此文主要阐明其生死观，并不悲观，而具有哲理性和开导意义，比庄子、列子、张衡、曹植等人表达的"骷髅说"高明。

第三类，吟咏器物者。

《华灯咏》。开头指出，灯是人们常用器具，唐宋元明清，亚非欧美澳，何人何地不用灯？灯文化最发达之处莫过于中华。接着列举灯在中国社会生活中的各种用途，灯与中华数千年历史的复杂关系。"灯前正大光明，灯后讳莫如深。烛影斧声，云翻雨覆。""大红灯笼高高挂"，"正月十五雪打灯"。"只许州官放火，不许百姓点灯。""御用灯会，官办灯节，掩盖矛盾之工具，粉饰升平之油彩。"于是，引发阿房宫之烈火，金田村之圣火，义和团之朱红灯。"宫灯灭而复燃，龙椅废而复用。义军变为官军，草王变为帝王。"一部二十四史好比一盏走马灯。下面又讲到，新中国成立以来，二十七年经历多少劫难，天安门红灯是历史见证。改革开放后，华灯再闪光。文章最后说："祝福崭新华灯，闪耀民主之焰，科学之彩，法治之芒，宪政之辉。""未来中国灯文化史，庶几不再重复走马灯圈。"文章气势雄伟，自古及今，紧扣灯字，引出深刻的历史教训。虽然是《中国灯文化》序言，实为一篇政治历史论文。

《神箭铭》。副题是《题中国运载火箭警示钟》。文章先追忆中国近代备受列强欺侮的历史，接着讲述新中国航天事业的成就："火箭一举两得，运载两弹一星。飞船和平鸽，飞弹战斗神。"最后的警示是："丰碑记实，警钟戒骄。防胜利冲昏头脑，吸教训震撼心灵。""规律通万物，辨证成两分。祝同仁一心一德，促神箭百发百中。"此文可与台湾成惕轩先生的《美槎泛月记》合看。成氏描述 1968 年美国阿波罗号飞船首次探月壮举，用传统骈文语言形式，以大量中国古代神话做比喻。而魏氏此文，则纯为白描，不用典故，属现代骈文。二文各有千秋。

《纵目巨耳碑》。四川移动通讯公司把广汉三星堆出土的青铜纵目巨耳人头像作为标志，塑于公司门前，体现出古代幻想与现代科技的结合。魏文赞扬现代通信技术可以"纵目观千里"，"巨耳听八方。""青铜器容颜千古，当代人耳目一新。""戴冠如竖天线"，"张咀似作海聊"。"手机共鸣，声回远古。神像应倾听，化为巨耳碑。"此文短小精悍，没有铺排形容。它和《神箭铭》《美槎探月记》一起，说明传统骈文形式也可以表现最新的现代科学技术成就。

魏氏骈文有时过于直白、显露，不够蕴藉含蓄。某些语句过于佻巧，某些场合需要庄重严肃，是不适宜使用调侃诙谐语言的。对于魏氏戏剧，评论界尚有不同意见，对他骈文的评价目前也还不太一致。见仁见智，是正常现象。据悉，魏氏的家乡已建成魏明伦碑文馆，刻写其骈文。

**袁瑞良**（1950～），河北宽城人，河北大学中文系毕业后，进入政府部门工作，曾任福建莆田市副市长、江苏南通市副市长、市文联主席。21 世纪初，开始辞赋创作，2006 年后，在文汇出版社陆续出《十赋黄山》《十问黄河》《十叹长江》《十望长城》等专集，受到文学界重视。南通大学中文系王志清教授作《大风起兮——袁瑞良赋体文学论》专著（人民文学出版社 2011 年版），对袁氏《十赋黄山》等四部书进行分析评论。

袁瑞良的四部书共四十篇作品，合称《神州赋》。它们都属于赋，但又略有区别。中国古代赋体的分类，有先秦骚赋、两汉大赋、魏晋小赋、六朝骈赋、唐代律赋、宋代文赋（散体赋），以及各代皆有的俗赋。袁氏《十叹长江》《十望长城》属于骚赋，它们大量使用"兮"字为句尾，句子长短不齐。《十问黄河》有三篇骚赋，七篇骈赋。《十赋黄山》有四篇骚赋，六篇骈赋。骈赋的特点是主要使用对偶句，不用或少用"兮"字，句子相对整齐。按本书体例，不讲骚赋，偶尔介绍少数特殊的骈赋。

关于《十问黄河》，王志清概括说，每一篇都"以拟人化的手法塑造黄河形象，探究黄河的精魂。以一问一答的巧妙方式，从黄河源、黄河流、黄河史、黄河功、黄河过、黄河怨、黄河人、黄河文、黄河魂、黄河愿等十个方面分门别类叙写。作者以其灵魂的积极介入，精神主体的充分参与，形成了以人生人格为中心轴，而在历史、社会、自然及其文化层面上纵横的广袤和自由，尤其突出地将历史与现实结合，把黄河与民族联系。思路极其开张，内容极其广泛，激情充沛，气势酣畅，淋漓尽致地表现了复杂纷繁、迂曲难尽的思想感情"[1]。

下面试看《九问黄河魂》之一小段：

> 魂为民心之索，神为族情之绳。系之民心所向，飞无孤雁；网之族情所依，舞无单形。顺之者，与时而进；适之者，顺势而行；逆之者，忤违时势；断之者，离乱族群。智之治者，守之；愚之治者，失之。守之者盛之，政通人和，邦安而国富；失之者衰之，业废神疲，国弱而民贫。故谋复兴之业，需思复兴之魂。魂张则聚民气，气聚则凝民心，心凝则力生，力生则无业不成。魂兮，民之所倚；扬之，复兴可期！

说的是黄河魂，其实质也就是民族魂，寓意深邃。

---

① 王志清：《大风起兮——袁瑞良赋体文学论》，人民文学出版社 2011 年版，第 107 页。

　　关于《十赋黄山》，其中松、云、雾、石、春、夏六篇是骈体咏物赋。王志清将其体物特点概括为：第一，排比景象的层次美感；第二，积极穷物的精细描写；第三，脉清络明的创新结构。关于袁氏赋的文体特征，王志清强调四点，气势磅礴的宏大叙事，沉雄浑郁的风发议论，精工明丽的语言文采，飞扬灵动的想象活力，并对袁氏四十篇赋逐篇做了赏析。江苏省作协主席王臻中说，袁赋"视野开阔，审美角度独特，艺术感觉和诗意发现敏锐，观察细微深入，联想生发，丰富高远，且充满灵气，具有极强的审美感受和审美创作能力"①。

　　袁氏的《十赋黄山》属于咏物赋，末段皆比喻人的精神品格（如松、石）或社会环境（如云、雾），从中引出人生哲理，这是继承了传统咏物赋的常用手法。

　　在中国辞赋史上，名山大川之赋，历代不乏名篇。而像袁瑞良这样用十篇合为一组来表现同一对象，四十篇形成一个系列者，或许是第一次，这就是创新。

　　如果把袁瑞良与魏明伦相比，魏氏之山川赋、地域赋都是骈赋，没有骚赋，白话为主，文言很少，袁氏则文白相间，亦古亦今。魏氏文句更整齐，袁氏文句更随意。魏氏爱发高论，妙趣横生；袁氏喜欢抒情，严肃深沉。二位风格不同，各具个性。

　　除骈赋外，袁氏还有其他骈文。

　　《和谐论》②，是骈体政论。作者认为，构建和谐社会，首先要"奠定和谐理念"，理念之一是"需具平等之心"。"先天之人格，应绝对之平等。四海之内，皆为兄弟；九州之间，均是手足。人之尊严，首在平等之人格。有平等之人格，方有平等之尊严。有平等之尊严，方有平等之价值。有平等之价值，方有互信相安之思想。"理念之二是"需具包容之怀"，理念之三是"需具博爱之情"，理念之四是"需具共同之志"。其次要均衡利益。均利分配之要，一在以同等条件为前提，二在均衡分配，利益共享。再次，要有公平规则。"求和谐必先正纲纪，明法度，严法苛行，以收民心。不许

----

① 　王臻中的评语见《文学报》2007 年 4 月 6 日"大众阅读"版。

② 　发表于 2007 年 10 月 29 日《中国文化报》，原题《和谐赋》，作者后改"赋"为"论"。

法外开恩，不容法内徇情，不因偏一亲而乱法理，不因祖一人而犯众怒。"
文章层次清楚，论析透彻。以偶句为主，对仗整齐，也有少量散句，符合
骈文的句式要求。采用现代政治术语，不用典故，不加雕饰，属于白描骈
文。与西晋欧阳建《言尽意论》东晋鲍敬言《无君论》语言风格相近。

《悲喜 2008 记》①，是骈文史论。概述 2008 年发生的多件大事，分别加
以评论。悲者有六：一是南方数省冰雪成灾；二是"藏独分子"骚乱西藏、
青海；三是西蜀汶川特大地震；四是山西襄汾矿溃坝严重破坏；五是"三
鹿"牌奶粉毒害儿童；六是金融风暴全球海啸。喜者亦有六：一是北京奥
运；二是神七飞天；三是两岸通航；四是党政临危不乱，处变不惊；五是
军警遇险不避，逢凶不惧；六是民众遇难不馁，遭灾不屈。悲喜交集者有
三：一为多难之年，兴邦之秋；二为转折之始，济世之时；三为有精神之
大势，灵魂之丰碑。文章逐条评论，概括得当，分析深切，全面周到。句
式以对偶为主体，有少量散句。此文与《和谐论》皆为白描骈文，共同点
是立论正大，说理充分，而文采稍嫌平淡。

袁氏的骈文和骈赋政治性很强，弘扬主旋律，提供正能量，具有相当
的鼓动力，但艺术上尚有改进和提高的空间。文字比较长，《十问黄河》二
十五万字，每篇平均二万五千字，《十叹长江》二十万字，每篇平均两万
字，中国赋史上罕见如此长赋。有些句子繁复拖沓，似可简省。有的语词，
搭配欠佳，似缺锤炼。有些虚字，似乎为了凑对仗，显得多余，有些"之"
字"兮"字，使用不够顺畅。上海大学中文系王鸿生教授、华东师范大学
徐中玉教授都指出《十问黄河》存在一些缺失，并提出改进建议。② 他们的
意见都是值得注意的。

**白化文**（1930～），北京人，1955 年毕业于北京大学中文系，北京大学
信息管理系教授，《中华大典·民俗典》主编，全国古籍保护工作专家委员
会委员，多年从事古籍整理与研究，对佛教及敦煌文献和目录学有深厚造
诣。学识广博，兼赅语言、文学、历史、文化、宗教各领域。主要著述有

---

① 发表于 2009 年 5 月 16 日《中国文化报》，原题《悲喜 2008 赋》，作者后改"赋"为
"记"。
② 王鸿生、徐中玉教授的意见见《文学报》2006 年 9 月 8 日"大众阅读"版。

《汉化佛教法器服饰略说》《佛教图书分类法》《汉化佛教与佛寺》《退士闲篇》《负笈北京大学》及《北大熏习录》等 40 余部。亦擅长骈文，已有 30 余篇，集结为《承泽附墨》，东南大学出版社 2002 年出版（本书所引白氏骈文皆出此书），皆属于传统的古典风格。

如《古籍整理浅谈·弁言》：

> 仲弘学长，三吴华胄，八斗捷才。幼敏才情，早耽文史。通籍国子，深究古籍。既而服务中华书局四十余年，沉潜纂著之中，回翔木天之上。探书万轴，指纸千言。莫不彰明缘起，考镜源流；该悉部区，洞察本末。进而奖掖同仁，主持大雅；推贤乐善，置己先人。高文大业，众口同词；狷操和风，一身兼备。顾问不惶，应答如响；辨无不释，言必造微。群推学林通矩，古籍鸿裁。今当盛世崇文，正宜名家阐道。于是纂辑傥论，汇为专书。实涵今茹古之文，乃发藻擒光之作。俾后进得奉矩矱，惟大方足备典型。化文与学长，早同盍戴，悉属通家。倾盖华年，饮醇积岁。承命题辞，敷陈俚句。敢夸流水，用景高山。时维上章执徐之岁仲冬望日，同学弟承泽退士白化文谨叙。

"仲弘"，程毅中字。程先生与白先生为北京大学同窗，曾任中华书局副总编辑，中央文史馆员，古籍整理专家，古代文学专家。程氏著有《古籍整理浅谈》，北京燕山出版社 2001 年出版。白氏此叙，前半段赞程氏学识与品格，后半段推许其书之价值。通篇骈偶，对仗精整，辞藻雅致，不用典故，而古风盎然。另有《月无忘斋诗存·小引》，是程毅中诗集小序，二文可以合看。

《中华对联大典·序》：

> 联语昉自唐宋，盛于明清。世多作者，代有名家。大都铄古切今，丽辞深彩；编联珠玉，点缀文华。惟是览观联话，按类合辑者经常，因人分列者希简。夫联家各有生平，作手迥异风彩。参互合观，唯觉百卉纷呈；区别比对，方见一枝独秀。春风杨柳，秋水蒹葭；琪花瑶草，铁板铜琶。时代感觉充盈，个人风格独特。文情深变，妍媸异分。

或联以人传，或人以联传，斯则楹帖之大观，不仅为谈艺之资，抑亦知人论世之一助焉。龚君联寿，寝馈其中，沉潜此道。学术有专议，匠心能独运。爰有《中华对联大典》之作，网罗放佚，囊括古今。振叶而根寻，观流则渠讨。惨淡经营，风时绵历。勒成部帙，交付流通。洽溉联家，端是通人述构；启迪多士，洵为名世异书。不佞癖好攸同，深滋欣悦。爰弁卮言，以志庆喜。

《中华对联大典》，龚联寿编撰，复旦大学出版社 1995 年出版。此书汇集古今三千多位联家的对联近三万副，以作者生年为序，附有生平简介，联语注释及四个索引。融鉴赏性、学术性、实用性于一体。白化文先生是中国楹联学会顾问，在二十世纪九十年代春节期间楹联大赛中，多次出任评委。这篇序言，对《中华对联大典》做了简单的介绍，清爽明快，要言不烦。另文《开宝遗珍序》亦属此类。

《临清季希逋先生九十寿序》：

临清季先生，生负异姿，少多至性。躬耕陇亩，负笈清华。既而万里西行，多师转益。天竺梵书，沈潜悉遍；焉耆残卷，解释无遗。载誉归来，秉铎国子。学津布护，教泽周流。林宗名盛，遂为多士之归；荀卿道高，克符祭酒之望。操翰成章，发言为论。洊成文集廿四册，自传卅万言。庆南山之寿，三千士声闻侍坐；诞东海之滨，五百年名世间生。耄耋之年，康强犹昔。虽力谢纷华，性安恬淡。而中外仰延，后进依为模楷；生徒倚赖，群贤奉为宗师。以是外事纷繁，内务丛脞。夜答电函，日应会议；晨了文债，夕接学人。所至车马群归，在座英述广聚。席上常闻挥麈，门前时有鸣驺。王乔之履写，足健凌云；绮季之冠裳，眉长赛雪。天下尊为人间瑞，世上谓之地行仙。先生养生神定，长世器弘，和以天倪，保兹纯素。仰厥生平，已全乎三不朽；揆公福泽，必至于万斯年。云泥自远，犹蒙垂念自师；泰斗维隆，尚得分辉照我。当今池莲未晚，篱菊将开。敢因捧觞之辰，聊纪添筹之盛。藉颂无疆之祉，用赓难老之章。

此文为季羡林（1911～2009）先生九十华诞而作。季先生字希逋，山东临清人，北京大学教授，印度语言文学专家，通 12 种文字的翻译家兼散文家。1936 年从清华大学毕业后留学德国，主修梵文，1946 年回国，任北京大学东语系主任、副校长，有《季羡林文集》24 卷。白先生用传统寿序文体，概述季先生的生平成就，突出其高尚品德及学界影响。文章自始至终，骈四俪六，整齐有致，选用大量古代学者文人典故，包括事典、语典，允当贴切，含蕴深刻。诸凡赞颂祝愿之辞，形容描绘之语，敬辞、谦称，皆细密周到，合乎古代晚辈对尊长的用语规范。辞藻雅致，文情并茂。在近年诸多骈体寿序之中，洵为上乘之作。白先生还有《秋浦周先生（绍良）八十寿序》，可以合看。

《选堂先生米寿献辞》则采用另一种写法：

> 选堂先生，黄宫斗极，学海昆仑。照耀梓桑，辉光家国。维今米寿方启，茶龄可期。同人等愿言海屋添筹，当效华封称祝。献辞曰：先生之学术堂构，才备九能，业精六学。燃藜虎观，问字鸡园。搜虫书鸟语之文，溯龙树马鸣之论。可谓通今博古、融中贯西者矣。先生之文艺制作，以空灵瘦劲之笔，泻缠绵掩抑之音。歌佛国之凌云，咏美洲之落日。发林泉之高致，得山水之纯全。落笔吟风，拨弦写月。可谓托旨遥深，审音明晰者矣。先生之敦煌研究，远发秘府，西涉鸣沙。推究笔精，披观墨妙。凿《琵琶谱》之混沌，解《想尔注》之阙疑。可谓沉沉颐颐，夐夐独造者矣。夷考先生平昔，才艺博综。广见洽闻，饱学多识。早膺预流之选，不愧大师之名。今当金液延龄，必邀赤松筹算。同人等时获教言，每怀感激。爰呈寿颂，遥祝椿年。

此文是白先生代表《敦煌吐鲁番研究》杂志社同仁祝贺饶宗颐先生 88 岁米寿的贺词。饶宗颐（1917～2018），广东潮州人，香港中文大学教授，著名学术大师，精通多种文字，在语言、文学、历史、文化、哲学、宗教、考古等许多方面均有极高造诣。同时擅长书画、诗词、散文、骈文、辞赋，著作等身，成就非凡。白先生此文着重三方面，第一是语言文字和佛学，第二是文艺创作，第三是敦煌研究。提纲挈领，言简意赅。此文是代表一个群体发言，而不是像祝贺季羡林先生那样以个人身份致辞，所以风格、体式皆稍有不同。

《文昌院记》:

> 九重门内，万寿山阳。宝藏库成，文昌院建。背倚芳亭，遥接银阙;近瞻云树，远溯沧桑。画栋雕栏，虽非旧馆;曲廊复室，或认新题。因时定法，即事敷宣。物力十朝，经营百事。参伍错综，选择排比，巨纤咸备，美善毕臻，斯则综合展厅也。翰墨云霞，丹青岁月，斯则书画展厅也。铜爵金盘，象尊牛鼎，铜器展厅所陈也。青气白虹，琼华瑶蕊，玉器展厅所陈也。青花五彩，沆瀣中宵，瓷器展厅所陈也。至宝神工，奇器绝妙，杂项文物展厅所陈也。始营多著辛劳，继踵或资改益。来游者观摩有今昔之嗟，进化考推迁之故。放眼超乎尘世，昂头尚矣古人。以旅游残步，寄史鉴深思，不亦乐乎!

文昌院在颐和园正门内东南侧，与文昌阁相邻，2000 年修缮后辟为博物馆，有六个展厅，分别为综合厅、书画厅、铜器厅、玉器厅、瓷器厅、杂项文物厅。文章精确典雅，井然有序，已制刻辞铜牌，立于该院门前。

白化文先生的骈文，其语言形式纯属古典的，循规蹈矩，雅致得体;其思想内容则是现代的，时见新意。白先生是骈散兼擅的作家，其白话文的学术随笔、文史杂谈、回忆录等多部著作，具有相当高的知识性和趣味性，笔法轻松，语言活泼，妙趣横生。然而其骈文则庄重有余，灵动间或不足，用典颇繁，年轻读者难以掌握，因而曲高和寡，学步者稀。

**刘永翔**（1948～），浙江龙游人，华东师范大学古籍研究所教授，出身书香门第，自幼熟读文史古籍，在父亲刘衍文教授教导下，练习写作古典诗词、散文、骈文。著有《古典文学鉴赏论》《先秦两汉散文选》《中学古文观止》《蓬山舟影》（文史杂论，包括骈文十余篇，古文若干篇）等书。1982 年，刘永翔在《文史知识》当年第一期发表《"折断"新解》，引起前辈学者钱锺书先生注意。钱先生在《文史知识》1983 年 2 期发表《说李贺〈致酒行〉"折断门前柳"》的"附言"中，特别说明:"刘永翔同志的《'折断'新解》，精细准确，更使我感觉兴趣。""正在改订旧作《谈艺录》……恰好有一节可为刘文帮腔助兴，特此抄送。"后来在给《解放日报》记者的信中又提到："刘君骈偶文至工，前曾经眼，叹为罕觏。"刘永翔看到钱文后，用骈文写了一封信，表示景仰和感激，并做自我介绍。其中一段如下：

> 翔则初为失业之徒，长逾七载；后作赁佣之保，始值一钱。尘海相轻，泪河久竭。贫贱之骄弥固，性情之僻渐成。逢此百罹，既迷宝筏；郁兹孤愤，思借毛锥。遂弃旧祀之般倕，乐新知之屈宋。假齐晏楹间之帙，见诮四痴；求嬴秦火后之编，常艰一览。由是仅成杂学，未有专攻。然穷搜竹帛之劳，可抵江山之助。不徒已意，稍解形言；即遇他心，亦知逆志。工余尝读六代声诗，三唐篇什。常见思妇楼头之柳，每成诗人笔底之花。水畔柔条，非独赠离之物；门前弱缕，兼为寄远之枝。白玉楼中，尝储古锦；青莲乡里，早付吟杯。拥鼻长哦，会心不远。欲明古谊，宜废旧笺。遂笔之于觚，藏之于箧。诚不意他日拂去封尘而达于岩电也。若天迟悔祸，地竟绝维。其时欲求覆瓿而犹难，冀脱烧薪其奚望哉！而翔也辙鲋自不堪久涸，肆鱼亦唯有横陈耳。所幸九有难况，四凶终殛。汤网开而党锢解，楚囚释以冤狱平。家严黉宇重回，教筵复掌。翔则石犹可炼，桐未全焦。戊午岁，以同等学力考入华东师范大学古籍研究所为研究生。从此置身庄岳之间，学步邯郸之市。两年毕业留所。学惭半豹，命作校书；才谢八叉，除为助教。人笑溺虫鱼之学，自欣识鸟兽之名……翔自解庭趋，即承家训。读《养新》之录，已为私淑之门生；作稽古之编，自必折衷于夫子。今也何期大笔谬及微名。快胜鸢骖，欢形雀跃。拜华夏无双之士，可免先容；占干元第二之爻，尚期后验。兹特敬凭雁字，遥表蚁忱……

几天后收到钱先生复信，信中说：

> 忽奉损书，发函惊叹。樊南四六，不图复睹。属对之工，隶事之切，着宿犹当敛手，何况君之侪辈……前偶见尊作小文，即知为文豹之斑、威凤之羽，窃自喜老眼无花也。

刘永翔的父亲刘衍文教授得悉后，十分高兴，赋诗纪之。有云："誉儿莫笑王家痴，曾入梁家巨眼来。"[1] 著名古典文学专家苏渊雷教授评点刘永翔骈文说："用事切，对仗工，而叙事明，胸臆吐。骈文至此，叹观止矣……通篇自叙经历也，而文中于默存其人其书三致意焉，则叙事而不失通问矣。"《致钱锺书先生书》被钱老与李商隐相提并论，在下也联想到杜牧《上吏部高尚书书》、温庭筠《上裴相公书》等晚唐骈文，都是向前辈倾诉衷情，抒写窘况。而刘文篇幅更长，刻画更细致，更委曲动情，的确使人"叹为罕觏"。

刘氏还有《上张世禄先生启》《上胡彦和先生启》，属于短札。还有《唁黄永年先生》《唁王绍曾先生》，属于哀祭之文，语言风格直承清末民初。刘永翔喜欢写古体诗，曾寄习作向钱先生请教，钱先生也赠诗回答。刘先生耽爱吟诵诗词，1984 年曾以骈体文作《兴吟道议》，提议恢复发扬古代吟诵诗歌的传统，在社会上推广吟诵。该文前半段叙述中国古代吟诗的历史发展，从《诗经》、楚辞、汉魏乐府，到唐宋诗词，许多名篇皆曾在社会上广泛吟诵。后半段讲到当前，新诗多不适合吟诵，古诗则很少有人会吟，中国的吟道不如日本。所以他大声疾呼，积极倡议。现摘录后半段如下：

> 嗟乎！孰谓我盛行二千年之吟道，今竟若是其不绝如缕乎！盖自语体勃兴，新诗秀出，力图摆落羁绊，渐近自然，斯其胜处。惜乎但重诗情，鲜求声律。有之，亦惟效法欧西，缀联音步，舍字词之平仄，以轻重为抑扬。实难成入汉之榴，差可拟逾淮之橘。是以只堪讽览，未可讴吟。而风会所趋，为新诗者日以众，能旧体者日以希。久之，虽有好古者亦难于得师，所以读新者遂移以诵旧。习焉不察，正之莫由，于是乎吟道微矣。近者电台广播，盛会联欢，其所谓古诗朗诵者，飞沉既昧，长短无分，率皆前四后三，千篇一律。大类戏场之宾白，浑失诗坛之步趋。持较东瀛人士，吟咏汉诗，咸能性别宫商，声分浮切，偈句曲止，抗坠低昂者，区以别矣。闻彼邦之工斯道者，人逾五百万，派过八十家。何其盛欤！考其能事，实远自李唐，受诸中夏，

---

① 钱锺书的两段评语均见刘永翔《我与钱锺书先生的翰墨缘》，收入《蓬山舟影》，汉语大辞典出版社 2004 年版。

撷吾国粹，化彼家珍，祀已迈千，爱犹若一；迩来且朝野俱耽、妇孺请事矣。彼其之子，犹知之、好之以至于乐之如此，然则吾侪讵可妄抱小儿之见，讥为老婢之声已乎？窃幸今兹吾国耆宿犹存，典型未泯。若于此际，志图兴废，火急追逋，拜诗老于林泉，访师儒于庠序，观彼高吟之态，聆其啸咏之声。摄像录音，借存真之奇器；依声记谱，期垂久于梓材。救月堪为，补牢未晚，无使斯道亡若广陵之散、遗如赤水之珠也。法当划方域以方言，选其人主其事。日下、西安、成都、洛下、羊城、沪渎、建邺、榕城八地，首宜结社研求，分途搜采，振木铎以远巡，拾金声于将逝。且辨其家数，识其师承，究其异同，探其规律。然后引商刻羽，踵事增华。创吟校于神州，溥吟风于诗国。俾吟哦之道，复兴于今世，永宝于后昆。诗教以成，雅音以振。长与我东邻吟友，享分道并驱之乐，诉异苔同岑之情，不亦说乎？是亦致力文治、敦睦邦交所当措意者也。用特谨献芹言，渴求兰臭，愿言鸿硕，幸报鸾音。跂予望之，无我遐弃。

此文不同于《上钱默存先生书》之纯取四六，大量用典，而是骈散相间，以骈为主，内容涉及当下现实，采用一些现代语词，与古代语词融合无间，风格更近古典，而不像如今一些骈文倡议书那样半文半白，不古不今。

《中华谜海序》，是为江更生编著《中华谜海》之序言，前半段如下：

源探腹隐，事肇玄黄。天远难知，殷卜灼飞龙之骨；邦新可俟，周民度鸣凤之声。三闾呵问于楚祠，孤竹启疑于迁史。岂非久矣夫邃彼三才之秘，困吾万物之灵以索解乎？是则出谜者天，而射覆者人也。造化可师，心源足傍。天之善隐，人亦能踪。于是秦客廋辞，见书左氏；舍人隐语，图窘东方。厥后谶纬风行，歌谣影射，旨在假托天意，荧惑人心。隐约其辞，纷纭其解。是则出谜者人，而射覆者亦人也。时徂愈迈，谜构益精。黄绢心思，铭曹娥之石碣；红绡手语，报崔子之昆仑。炎宋则萃而为斋，胡元则好之成俗。晚明之盛，观《春灯谜》而可知；胜清之隆，缯《石头记》而如睹。迨乎民国，兹习不衰；爰及本朝，斯民逾夥。好之者万千众，名家者六七公。而吾畏友江君更生，则正斯道之霸才，我邦之巨擘也……

　　序言先分析谜语产生的原因和发展的历史，然后讲到编者江先生的才识及此书的价值。文章全面周到，而又精练雅致，把许多历史故事融铸成典故，运用得恰到好处。刘君是古代汉语专家，足显文字功力之深。

　　《大夏大学迁校碑重镌记》，记述华东师范大学前身大夏大学抗战期间迁校黔北，日本投降后又迁回上海的经过。1946 年校庆 22 周年时，文学院陈青萍教授撰有《迁校碑》，后来市郊改建，碑志无存。刘永翔教授乃重新撰写，2012 年重新刊立，全文如下：

　　　　自卢沟逞蛇豕之谋，赤县奋貔貅之抗。陆沉东国，忍废弦歌；车指西陲，纷迁庠序。大夏大学，吾校前身之一也，黉枕淞江，钟鸣禹域，业精传道，功在铸才，已立校一十三载于兹矣。既丁板荡之秋，别选河汾之地。初栖牯岭，继抵黔灵。方七年书桌之暂宁，又一旦兵锋之近逼。乃更舍移贵北，地接川南。俗厚风淳，父老借文昌之庙；诲勤学苦，师生安乡校之堂。观赤水之澜，尽容格物；映丹霞之灿，恰助穷幽。战鼓频惊，书声不辍。俟河山之还我，为社稷而尽能。其年秋，狂寇终降，神州克复。烽烟顿息，寰宇同欢。翌年，方拟返斾沪壖，援琴海上，而虽深梓里之思，犹系空桑之恋。时正值校庆廿二周年也，乃树迁校碑于当地校本部，记播迁之屡，述教学之艰，美上下之齐心，感居停之援手，文学院陈青萍湛铨教授笔也，具明本末，并茂文情。斯石之立，亦已六十有六年矣。惜乎世换沧桑，变兼城郭，市经改建，碑竟无存。今吾校既卜宅申皋，辟庠紫竹，情固难忘于往昔，事堪取励乎方今。爰谨重刻旧辞，再隆高碣，倩江都周化成道南先生书之。俾诸生得温前史，益知创业之难；缅想先贤，弥烈兴邦之志。

　　虽骈四俪六，但罕用典故，清丽畅达，简明练要。近二三十年来，记录重建学校、寺庙、宫殿等著名建筑物的骈体碑文甚多，不少是半文半白或骈散相杂，而像刘先生这样纯正娴熟的骈体文，属于不可多得者。

刘氏骈文，声律较严。有些对句，次联出句末字声调，多与上联对句末字同其平仄，如顶针续麻，连缀成篇。如《华东师大古籍所建所三十周年座谈会请柬》：

> 本所之建，迄今已一周世；同人之务，无日不再群书。故纸劳形，庶前贤之无负；新编尽瘁，冀当代之可资。通文史之邮，破汉宋之界。策勋何敢？稽古堪欣。朱元晦之全书，俱归理董；顾亭林之遗著，继付流传。加以满室芝兰，盈庭桃李，喜其人之可授，知吾道之不穷。犹人生而立之龄，遇家道聿兴之盛……

各联平仄相当严密。刘文之对仗追求工巧，于颜色、方位、数目、动植乃至人之器官，皆求同类相对，几乎每篇多见，称得上是精雕细刻之作。

刘永翔骈文的总体风格是古雅典丽，使用语典事典，繁密精切。选词造句，考究尽情，深合古体，新词较少，散句罕见。唯其如此，一般读者不容易透彻理解，虽然获得上层知识界赏识，却未能引起广大骈文作者甚至骈文研究者的重视。看来骈文还可以在现代化、大众化方面适当加大力度。

**赵伯陶**，1948年生于北京，1982年毕业于北京大学中文系，先后供职于中华书局文学编辑室、中国艺术研究院《文艺研究》编辑部，编审。长期从事从事中国古典文学编辑、校注和研究工作，尤致力于明清诗文与《聊斋志异》及民俗文化研究。已发表论文、书评等180馀篇，出版学术专著《市井文化与市民心态》《明清小品：个性天趣的显现》《中国文学编年史·明末清初卷》《落日辉煌：雍正王朝与康乾盛世》《秦淮旧梦：南明盛衰录》《中华传统民俗十二生肖》《义理与考据》《聊斋志异新证》，选注评析《宋词精选》《袁伯修小品》《张惠言暨常州派词传》《明文选》《归有光文选》《王士禛诗选》《袁宏道集》《七史选举志校注》《明代科举与文学编年》（合作）《新译明诗三百首》《聊斋志异详注新评》《徐霞客游记》（选注）《中国传统家训选》；整理点校《古夫于亭杂录》等古籍4部。

业余写作骈文近20篇（部分收入《义理与考证》）。有朋友著作之《序言》，本人撰述之《后记》，内容皆为有关古籍之评论和撰写经过之介绍。

学术性强，见解精到，评价允当，文字古雅，对仗工整，用典贴切，情文并茂，堪称骈体序跋之精品。例如《中国传统家训选·后记》：

> 《诗》云："匪面命之，言提其耳。"家训谦德敷化，肇始周公；懿范嘉则垂芳，鑫传孟母。随云飘霈，见润泽之易流；顺风吹籁，聆徽音而自远。是以鑫斯衍庆，家膺五福；葵藿逞心，堂享三寿。漱芳六艺，信忠厚之传家；滋熙八音，钦诗书其继世。利他克己，李密愿为人兄；追远慎终，陈思每称家父。彰善瘅恶，修齐自在心中；借箸运筹，治平始于足下。整齐门内，提撕子孙。李下瓜田，尤当谨慎；暗室屋漏，更须防闲。治家端守素风，洁身克承廉誉。书田无税，自得郇公美厨；荆树有花，再开石家锦障。横逆困穷，当念剥极将复；荣达富贵，亦思贞下起元。事有始终，志不可满；物有本末，乐不可极。东坡有谓"悟此世之泡幻，藏千里于一斑"，而"橘中之乐，不减商山"，是欤，非欤？元亨利贞四德，化育万物；甲乙丙丁诸部，澄怀千年。其不可偷，惟是青毡旧物；未有所忏，何来绨袍故人？淳风渺茫，德心直须克广；世道沦斁，好音更待弘通。葛君云波，主政人文古典，责令《中国传统家训》之选，敢不夙夜？惟"宅心知训"，尚需"侧身修行"。《诗》云："战战兢兢，如临深渊，如履薄冰。"践履恭勤，斯为得之。是为记。

此书由人民文学出版社 2018 年出版，分为四组：《史籍笔记中的故事家训》《家书尺牍中的教诲家训》《文人别集中的散行家训》《专书总集中的传世家训》。收录自西汉至清末作品 64 篇，作者 37 位。基本反映了中国传统家训发展的大致历程，兼顾各种题材，注释详明，着重于成语、典故、人名、地名、和历史背景。每篇之末有点评，扼要揭示历史意义、现实价值。属于教育部统编《语文》推荐阅读丛书，适合中学生以及家长和教师使用。选注者在白话《前言》中把传统家训的意义讲清楚了。在《后记》中，用骈体文再作精练的概括，其用意盖在供教师和家长参考。虽然中学生未必看得懂，但与选文及《前言》互相配合，可以启发学生和家长阅读更多古文的兴趣。

《中华民俗十二生肖·后记》：

　　窃以天道化生万物，必有所用；生肖萌蘖三皇，谅非偶然。盖"人之异于禽兽者几稀"，而兽之通乎人情事良多。以兽喻人，则有"望子成龙"；用人比兽，咸谓"胆小如鼠"。或念兹在兹，用之即成斑奴；或时异事异，视之已化家鹿。酒满一石，卧伯嗜之醉龙；才高八斗，骋子建之绣虎。况人间万象，所趋异途；世代千遭，常叹同苦。星驰并乎电发，瞬息既而万古。

　　余驽材蹇卫，望崦嵫而在目；土龙刍狗，听鹈鸩已先鸣。岁在戊子，忝居生肖之首；月属庚申，徒有兼金之祺。虫臂鼠肝，赋形曷无定准；牛溲马勃，致用赖有良医。照猫画虎，殊无创意；守株待兔，颇多苦衷。四龙画壁，难逢点睛人至；一蛇在途，堪笑添足者来。悬崖勒马，尚识因循之径；歧路亡羊，难推更始之毂。呆若木鸡，常见笑于心猿意马；幻如苍狗，不同尘乎封豕长蛇。冷冷清清，吠日不闻蜀犬；寻寻觅觅，喘月真见吴牛。闻鸡起舞，幸赖鸡鸣有助；走马观花，安能马到成功？戏言龙争虎斗，笑见狼奔豕突。本非首鼠两端，乌有狡兔三窟？骞马服盐车，其须如此；猕猴捞水月，所为何来？告朔饩羊，原本虚位；食象巴蛇，岂有真功？堪慰者，弱水三千，我只取一瓢而饮；有成哉，相属十二，书赖有众贤相扶。尚求教正，乃淮雨别风；亦祈言明，是鲁鱼帝虎。戏用生肖，尾缀数语。无端解嘲，聊胜于无，兼博识家之一粲耳。

　　是书由气象出版社于 2013 年出版，前半部分为总论，分访古、溯源、探赜、寻幽、拾趣、集锦、谈艺、衍义、论命、说铃、集邮、排序等小题。后半部分为分论，分说十二生肖各自寓意。《后记》为两段，前一小段简述生肖与传统民俗之关系。后一大段概述作者人生之感概，全部是四六对偶句，而几乎每句皆镶嵌带有生肖的四字成语。如"土龙刍狗""虫臂鼠肝""牛溲马勃""照猫画虎""守株待兔""四龙画壁""一蛇在途""悬崖勒马""歧路亡羊""呆若木鸡""心猿意马""幻如苍狗""封豕长蛇""不闻蜀犬""真见吴牛""闻鸡起舞""鸡鸣有助""走马观花""马到成功"

"龙争虎斗""狼奔豕突""首鼠两端""狡兔三窟""骞马服盐车""猕猴捞水月""告朔饩羊""食象巴蛇""鲁鱼帝虎"。古人有集唐诗而成新篇者，有集《诗经》305 篇名组成人物故事者，有集历代骈句而成诗集自序者。成语集锦中情况如何尚未研究，赵先生此文不论是否首创，皆属于妙笔生花之作。

《新译明诗三百首》，（台北）三民书局 2015 年出版，精选明诗 307 首，作家 120 位，涵盖不同流派和风格，包括知名者和鲜为人知者。每篇有解题、注释、语译、研析。此书之《后记》，用骈体文对有明一代历史变迁与各时期的诗歌状况，作出精辟的概述。作者另有《明文选》，可以合看。

《聊斋志异详注新评》，人民文学出版社 2016 年出版，四巨册。在前人基础上，注释更详密，评析多新见。《后记》对《聊斋》的思想艺术作了允当而深入的概括。一年后，又有《〈聊斋志异〉新证》，文化艺术出版社 2017 年出版。汇集考论《聊斋》之论文数十篇，第一编，从科举、刑法、地名、人物等，讨论小说相关之历史问题；第二编，论文化品格、阅读接受、空白艺术、用语借鉴、清人旧评；第三编，探讨蒲氏如何化用《尚书》《周易》《诗经》《左传》与"三礼""四书"等；第四编，25 篇名物与篇章小考。《后记》前半段简述蒲氏创作心态，后半段介绍本书写作及出版经过，几乎全用骈句。

《义理与考据》，北京时代华文书局 2016 年出版。上编收论文 27 篇，中编书评 14 篇，下编序跋 22 篇（两篇语体文，十馀篇骈体文）。《前言》历述大学毕业后至出版此书时之经历，字里行间蕴含感情，对读者很有启迪。《后记》是骈文，前段讲作学问的基本理念和态度，后段讲从小到老所遭遇挫折、磨难。少年家遇不幸，大地回春后，上大学，参加工作，如："三馀广学，二酉通幽。心慕手追，既埋首于丁部；口讲指画，亦染指于说林。"等于短篇的《述学赋》。

《徐霞客游记》（选注）。中州古籍出版社 2017 年出版。上下册，近 53 万字。注释、评析皆不同凡响，对前人多所补正，地理考辩尤其精到。《前言》是一篇很有分量的学术论文，对徐氏之思想心态、艰苦历程，徐书之各种版本得失，地理学之伟大成就和个别失误，剖判极其精细。《后记》用文学手法赞美徐氏之高尚境界，是学术性艺术性兼具之文。

赵先生的骈文皆作于21世纪以来十馀年，近五六年更臻精熟，是当代骈文创作最新成就的代表。但还有发展的空间：题材限于序跋，似可拓宽；建构单调，最好多样化；用典较密，普通读者不易领悟；如能适当融入一些现代词语，古今结合，谅能受到更广大读者的欢迎。

**张昌余**（1942～），四川成都人，四川师范大学教授，四川科普作家协会副主席，著有《嘤鸣余韵》，作家出版社2014年版（以下所引均见此书）。其中收入骈文30篇，赋36篇。他的骈文有不少传诵之作，大致有以下三类。

第一类是山水风物类。代表作是《花水恋曲》，风味别致。从题目、内容、声韵看，很像诗。从句法看，对偶句为主，长短不一，错落有致，语义双行，两两相对，是地道骈文，不能归于辞赋。第一段，写花水相依，相得益妍。“花映水，水成湾。花水悠悠化清涧，水花涓涓汇温泉。花为仙乡之种，水出龙门之渊。护花使者——巍巍千秋雪岭；煮水神火——深深万丈地焰。花香浓浓，水雾漫漫。花红红似火，水绿绿如蓝。花增水媚，水衬花妍。花无声而偏多情，水有情而不泛滥。一束花，一个期盼；一滴水，一片乐天。花解语，传送百年心意；水作路，引来万里车船。”第二段，写人们观花戏水，快意悦目。第三段，写花水温泉，给人们带来健康和美颜。这篇文章可以说是真正意义上的美文，不涉及社会政治，有相当高的美学价值，以美的语言写出了美的事物，美的环境，美的心情。第一段、第三段都一韵到底，读起来轻快流利，节奏感强。没有典故和雕琢，语词皆现代常见，而境界则格外清新。此文使人联想到《春江花月夜》，又好像听一曲《花好月圆》，是张氏骈文的精品，在美学追求和句法多样化方面，做出了创造性的尝试。

《巴谷园序》，第一段是：“巴者，中国之一隅，渝州之四围也。巴山秀而美景生，巴水清而丽人出。巴鸟展翅而变鸾凤，巴蛇腾飞而化蛟龙。巴岭彩云，凝为神女奇峰；巴峡雪浪，托起李白轻舟。巴江广传《杨柳》词，巴渝长留《竹枝》歌。巴猿声声，与人同唱东流之水；巴雨潇潇，待君共剪西窗之烛。”这里出现的“巴山”“巴水”到“巴猿”“巴雨”等十个形象，有八个包含古代文化意蕴甚至典故，“巴鸟展翅”“巴蛇腾飞”取自近年考古发现的物象。作者把它们连缀起来，展现出一幅色彩斑斓的巴蜀古代文化画廊。第二段是:"谷者,山间之通道,峡中之行路也。谷之广者,可吞吐日月;谷之深者,能包容江河。幽谷最多芳草,野谷偏长奇葩。谷泉叮咚,唱绿满川嘉树;谷鸟啁啾,啼红遍山枫林。谷雷起而千崖震,谷风响而万壑鸣。谷畔落英缤纷,宜诗宜画;谷中香径蜿蜒,堪访堪寻。"这十个"谷"的意象是写实的,是一幅幅当下风景画,与第一段构成古今相对。这是古代长幅楹联(如昆明大观楼、武汉黄鹤楼)的常用结构手方式。

第二类是历史人物赞。如《陆游赞》:"字谓务观,号称放翁。生于北宋之季,长于战乱之时。为官而关心民瘼,在野而未忘国忧。习文而成文豪,练武而谙武略。上马击贼胡,下马草军檄。铁马秋风,沐刀光于大散之关;蹇驴细雨,带酒痕入剑门之道。惊蜀国山青水秀,叹成都人美物丰。为梅花海棠,馈赠呕心诗稿;凭珍羞佳酿,填充失意情怀。芙蓉缀露,枝枝皆似红酥手;锦水流春,处处犹闻黄滕酒。不笑农家腊酒之浑,更爱锦里鸡豚之味。'成都官楼酒如海,我来解旗论日买',乃放翁放达之佳话;'东来坐阅七寒暑,未尝举著忘吾蜀',是务观务实之真言。八旬还诵《老饕赋》,九洲长歌《示儿诗》。"此文简要概括陆游的生平,突出其在四川的表现,把放翁一些名句巧妙刊合在文章中。读者不难看出,这是四川人写的陆游赞,若由浙江人来写,那或许是另一个角度了。

历代赞美陶渊明的文章很多,诗、词、散文、骈文都有。张昌余的《陶渊明赞》采用骈句为主,兼用散句,语言流畅,大部分文句取自陶渊明的诗,如:"离尘网而归田野,去藩篱而返自然。种豆南山,看云舒云卷;采橘东篱,观鸟去鸟还。衔觞赋诗,以乐其志;借诗佐酒,以娱其情。'人生归有道,衣食固其端',乃其治国治民之高论;'欢言酌春酒,摘我园中疏',是其善饮善食之良言。财有余,则聚比邻而大宴;资不足,则孤影而独斟。携匡庐山之壶浆,愿与骚人百代同唱和;记桃花源之鸡黍,欲邀墨客万年共歌吟。"此文与《陆游赞》一样,用古人的话来表现古人,赞美古人。

第三类是说理论事之文。如《私房新话》,是说理杂文,第一段说:"世上有公必有私,人间认情须认理。我为人人,乃执着于公理;人人为我,实倾向于私情。情理并具,方算智者;公私兼顾,才叫真人。假公以济私,天地共讨之;推公以及私,古今同赞之。是以悖理之'公'应当灭,合情之'私'不能破。"作者对公与私、情与理的关系做出比较辩证的分析，乃针对"文革"期间形而上学的"破私立公"口号并结合"私房菜"而发的高论。

《响水阁序》是为同名餐馆而作，第三段却大谈哲理："响本多元化，水有二重性。响可悦耳又可噪耳，水能载舟亦能覆舟。禁绝反响必走反面，预防洪水可得洪福。浩然之响，理应常听；忘情之水，切莫多饮。方城碰响（打麻将），益人耶麻人耶？酒精当水，养体乎伤体乎？响过头难免失声，水到顶必然遭灾。是以求响当适度，爱水无泛滥。"这篇骈文还列举四川古代许多与音乐、美酒有关的文化典故。正如作者小序所说："造句围绕响字与水字之义蕴，用典局限四川及成都之人事，重对偶但不拘泥于平仄，有内容却偏心于形式。"我很欣赏作者的广泛联系思维能力，响与水，一个动词一个名词，居然拼到一起，说出一大套哲理，这比讲公私关系更不容易。虽然一些道理平常，手法却是不同凡响。

《芦山地震铭》，第一段讲地震造成的严重灾难，第二段讲众人合力救灾克难，第三段赞美大爱之心："泪水，汗水，血水，汇流成上善之水；良心，仁心，信心，合化为大爱之心。助天全（灾区县名）之保全，促宝兴（灾区县名）之振兴。增灵关（山名）之灵秀，添名山之名分。更谱芦山新恋之曲，重建雅州（雅安）大安之景。不待天地悔祸，早闻百姓歌吟。同胞同患难，同祖同亲近，同圆中国梦，同壮华夏魂。"词语对比妥帖，地名刊合精巧，最后四句用了六个同字，是掷地有声的豪言壮语。

张昌余的骈文，努力将现代的内容与传统的形式结合。他的语言古今通用，以古为主；骈散相间，以骈居多。不主四六，少用典故，不事雕琢，故能雅俗共赏，得到各方面的赞誉。然而，作为中国古典文学专家，作者似乎还可以进一步发挥专长，既致力于从习见文字中发掘更深的意蕴，还需要给古雅语词赋予新的生命，尽量避浅易，求典雅，多推敲，更精当，少些急就章和速成稿。

**周晓明**（1963~），浙江温州人，参加工作不久，因病下肢瘫痪，以惊人的毅力与病魔斗争，重新迈上新的征程。他从小爱好古代文学，2003年写作《温州赋》，继而不断有新作问世。2006年创办中国骈文网，2008年在北京艺术与科学出版社出版《八风集》，2016年又辑成《瓯声集》，由京

华出版社出版，二书收集辞赋和骈文近百篇。（本书所引周文皆出二书）其
语言，一部分是传统的古典风格，另一部分是通俗的现代风格，也有些文
章古今结合。其文体，一部分标题为"赋"，赋之外的"文"，都是骈体文。
本书只介绍"文"，不谈赋。

第一是碑志类。其中古典风格的，以《绳金塔碑记》为代表。绳金塔
是南昌的一座古塔，南昌市政府修缮后，向公众征文。周晓明应征，后被
喷写在绳金塔公园内。摘录如下：

> 豫章故迹，南昌胜景。夫绳金一塔，绰态飞骋。迎面以拔地之势，
> 仰观以卓立之姿。摩天一指，尽收吴楚之山色；穷极八目，旷览天地
> 之云影。烟波浩渺，襟鄱阳而遥对滕王之阁；川岳萦带，枕庐山而牵
> 手梅岭之境。砖木巧构，匠心妙造。四门一围，牖列楹排；七层八面，
> 崇置廊迥。朱栏青瓦，疑是魏邑之雀台；墨角净墙，恰似汉京之凤阁。
> 飞檐翘角，悬挂铜铃。双树影平，雨师临而齐绿；百铃声彻，风伯至
> 而互鸣。古朴秀异，涵宗教色彩之浓重；飘逸灵动，融江南建筑之风
> 情。昭彰宵汉，濯大雁之神秀；晖耀日月，抱雷峰之壮采。登斯塔也，
> 诚可含霞饮景，涤烦冗于心胸，荡遗尘于旋静。登高则身气俱净，眺
> 远而神魂皆颖。浮屠何觅，地处进贤门外；溯史究源，始建天祐年间。
> 铁函一只，掘宝物于地基；舍利三百，结佛缘于慧根。四匝金绳，镌
> 驱风镇火之符；三把古剑，寓降蛟伏虎之意。塔因绳而得名，地无金
> 却蜚声。几经焚毁，无片瓦之所存；数度重建，焕旧貌于新颜。

此文古色古香，精雕细刻，对仗工整，辞藻绚丽，骈四俪六，无一散
句，颇具唐人意韵而又有现代内容，读来情趣盎然。

现代风格的碑记有《谢胡公捐地赠房碑记》。胡公明高，浙南商人，创
业有成，为了回馈父老乡亲，"捐楼房于乡邑，赠园宅于地方"。修葺改建
之后，命名为"池底地方活动中心"。这样的善举，值得称颂。《香山寺扩
建碑记》《重建兴福寺碑记》皆为古寺而作。此类碑记，历代名作甚多，大
多宣扬佛光普照，赞美地方官员出资弘法。周文未从宗教方面着力，而将
重点放在保存古建筑和传统文化的方面。肯定群众集资，而非一律政府拨

款，这正是时代的特点。

第二是序跋类。周氏有诗词集序、赋集序、诗词文赋合集序等多篇，继承了古代书序传统，又能体现不同作者与不同作品的个性。古典风格的有如下几篇。

《家在怀仁》序。为山西诗人郝丽云而作，突出其地方特色。"杨公忠义，金沙滩重现金戈铁马之阵；小山如眉，黄花梁遥闻马踏大野之声。鹅毛口形殊秀削，曾现大型石器之场；秀女村杏开两度，忽显自然奇特之观。望郎山之守望，传凄凉之故事；五龙洞之深幽，怀探古之趣意。李克用英气豪迈，所向披靡；沙陀军兵精将广，席卷雁北。写景有大漠雄阔之壮，抒情有悲切诚朴之态。纵览其作，人文古迹，山川形胜，改革新景，吊古抒怀。真可谓风云人物，尽在笔下；历史英雄，皆活纸上。"

《紫桑吟草》序。为湖南诗人周拥军作，周晓明借此表述自己的诗歌见解："诗贵流韵，当效玉田之雅；词以情胜，须兼金声之振。寥寥老树，自吟醉里长歌；冷冷霜溪，独洒行中热泪。南国西湖，空怀满腔遗恨；北骑壮士，难酬一番霸业。美庐烟起，念旧侣且歌老调；花径水闲，思伊人再奏琵琶。歌祖国团圆，吟施琅之句；盼山河一统，赞郑森之文。托兴于春江月夜，腹怀逸士之心；逍遥于川岳山泽，胸藏丈夫之气。"

现代风格的，如《奋翮集》序，为河南登封刘少舟作。重点介绍刘先生不平凡的经历和性格。他自幼酷爱国学、辞章，"弃工经商，常偷闲于三上；进修鲁院，得名师之点拨"，"辞赋短章，讴嵩山之大美；骈文题记，赞古城之丽景"。可是"世上多不平之事，人间存砥砺之士。半生坎坷，岂敢伏枥；八年病榻，从容而对。临危自救，穷困弥坚。江河之行入地无疆，由于其善纳；松竹之志遇岁不改，贵在于自强。扬帆于词海，豪情自洽；纵驰于赋路，猛志可佩"。这些话既是赞扬朋友，也可以形容周先生自己。

《奥运会冠军藏头诗（嵌名诗）》序。韩自然先生为北京奥运会夺冠健儿每人制作了一首嵌名诗，确实精妙，但非绝伦。20世纪80年代，新加坡作家邱新民先生也写过一系列嵌名诗，把数十位新加坡华文作家姓名暗藏诗中，自然妥帖，不露些子斧凿痕迹。我在90年代读过，由衷叹服。岂料二十年后，中国大陆也有这样的高手。这并非偶然，都是中国传统文化培育出来的奇葩。

　　第三类是书信。与朋友探讨文化学术问题，交流心得体会，涉及诗、词、文、赋、联语、书法等。如《与刘长焕书》，叙述双方交往之情谊。

　　"江南春暖，柳绿花红；黔城书至，意深谊浓。闻翰墨余香，知君之情厚义重，观伟词雅篇，识兄之学富才雄。去年劲秋，幸晤于山城贵阳；今岁初春，神交于网络时空。相契甚洽，话聊甚融。吐峥嵘之高论，开浩荡之奇言。慕庄老之恬淡，论屈宋之骚风。君之才情，似峰出群山之勃郁；兄之器度，若海纳百川之从容。君生于耕读之家，家学渊薮，书香薰染，吟哦童蒙。励志笃学，自强不息，踔厉风发，闳放专攻。游学东南，赏吴越之风情；薪传黔西，承师道于学子。耿介拔俗，豪迈倜傥；负气争高，弹铗登峰。四雅堂内赞文房之四宝，二畏室间赋藻雪之精神。开《清流》而振逸响，咏黔城而起笔锋。墨妙笔精，旨高意宏。名虽未扬于海内，诗赋已跻身群雄。兄若重游瓯越，定当美酒接风，你做诗翁我做东，一盅清酒庆相逢。"前面都是典雅的骈语，最后以四句白话作结语，颇有风趣。

　　再如《与章方松书》，称赞对方的书法与文章："云行水流，书道贵于自然；童声村语，文法重在真趣。笔锋隐而筋露，字墨淡而骨清。含寒林孤树之巧，显悬壁独松之奇。自成一格，众誉称妙。务农务工，勤读不已；为官为政，笔耕不歇。亦师亦友，实我辈之楷模；宜兄宜长，谓后学之懿范。文才扬名于瓯越，德馨著称于书坛。"

　　周君与朋友通信，不仅夸奖对方的优点，也指正其缺陷。如《复黄龙山人书》提到："个别篇章有重沓之句，稍显繁复之嫌。若能加以凿削，使其简练明洁，定更精炼圆融也。"由此可以看出周先生以诚待人之道。

　　周氏骈文尚有改进空间。某些语句多平常习见，立意正确而不深，句式允当而欠巧，修辞用功而不细。不妨多吸收传统骈文锤炼字句的长处，选词多推敲，造句宜简练，削减不必要的虚词，适当选用熟典，以增加历史文化元素。周氏文集中的某些命题为"赋"者，依鄙见，称为颂、赞、志、记，或许更合适。

## 二　其他骈文作者

　　1984 年 3 月 29 日，《光明日报》刊登了一篇山西省曲沃县靳庄大队建校碑文，纯是白话骈体，全文如下：

教育乃实现四化之基础，学校乃培养人才之基地，青年乃中华崛起之希望。增加智力投资，改善办学条件，乃高瞻远瞩之壮举，远见卓识之大计。我靳庄大队党支部与同村居民深明其理，广晓其义，响应中共曲沃县委全党动员大办教育之号召，队穷排除万重难，心齐酿出千条计。集资筹料，遣匠施工。百日内校校危房残垣全无，三月中班班教室桌凳皆有。学校面貌焕然一新，师生精神为之一振。其间好人好事层出不穷，高风亮节比比皆是。今撰文树碑，以昭示晚辈，流芳百世。

此文或许是 1949 年后全国性报刊上首次发表的骈体文，作者可能出自基层。除个别句子外，全部由对偶组成。句式小有变化，而字数整齐，辞义对称，纯为当时流行政治概念，浅显质朴，反映出改革开放初始时村民振兴教育的热情。在当时，此文从内容到形式都较为可贵。

1985 年 1 月 28 日《羊城晚报》发表李汝伦的《祭棍子文》，摘录如下：

呜呼！棍子，生于教条之乡国，长于"左氏"之春秋。（指极"左"思潮流行年代）。逞威风于词园文苑，肆暴虐于乐府歌坛。慕君之术，敲鸡蛋能挑得骨出，望其风则捕得影来。颂君之法，颠之倒之。红者可诬而成黑，清者能陷而为浊。以此之故，乃有棍子手者，见君悯而怜之，珍而宝之，以为获孟劳之刀，欧冶之剑也。或如衙役执黑红棍立于公堂，吆五喝六；或如恶奴举哭丧棒驱赶市人，打二敲三。作家诗人，闻君之名而胆落；才士学者，见君之影而心寒……

在"文革"期间乃至"文革"以前，有所谓"棍子"批评家，专门在文化学术界以笔杆当棍子，四处飞舞，鞭挞不同意见，无限上纲，必欲置之死地而后快。著名"文痞"姚文元就被称为"金棍子"。李汝伦对此类人物进行揭露、讽刺，用的是通俗骈体，以对偶句为主，语言半文半白，风格诙谐，剖析入木三分，属于骈体小品，曾获《羊城晚报》佳作奖。

1992 年 4 期《同舟共进》（文化月刊）发表**章明**的《嘲李生文——辛

未岁末棍公欣然作》，以"棍公"的口吻回应李汝伦的《祭棍子文》。李文认为"大棍"已死。章文认为，"吾岂真死哉！吾躺下装死耳！吾待时而动耳！黑材料罗列纸上，密密细细；小报告默记心中，点点滴滴。运动虽曰不搞，非运动亦运动之饭可嗷；整人固云非礼，不整人实整人之机可期。……时岂远哉！只争朝夕。一朝时至，棍运生辉。复我尊位，张我声威。翻手为云，覆乎为雨。落井下石，添枝加叶。……彼时彼地，方知我棍法凌厉；文男文女，且看我棍公威仪"。此文采用正话反说手法，告诫人们，要警惕极"左"思潮死灰复燃，寓嬉笑怒骂于幽默风趣之中。

章明另有《开会乐三章》发表于《南方日报》1990 年 8 月 17 日，采用通俗骈文的形式，揭露"开会迷"所得到的"乐趣"。

一章有云："开会之乐兮乐无穷，语惊四座兮折群雄。……或做大报告，滔滔奔泻，若长河之泄洪。ABCD，甲乙丙丁。天文地理，臧否穷通。写稿有秘书，念稿声如钟。日过傍午，虽不无昏昏入睡之辈辈；结语一出，则必有掌声如雷之轰轰。"

二章有云："开会之乐乐陶陶，遨游四海兮任逍遥。……吃喝游乐，一切报销。高级宾馆，电视空调。名烟香茶，美酒佳肴。主人好客，山珍海味犹曰节俭；嘉宾豪饮，一举十觞人赞风骚。"

三章有云："开会之乐乐未央，名利兼收气轩昂。真容现于屏幕，发言刊于报章，记录永垂青史，经验传于四方。一语中的，或五日而三擢；一篇得体，辄身显而名扬。"

此文写法与前文相同，正话反说，半文半白，描形写神，丑态备现。而且有大段句子自然押韵，读起来声韵铿锵。

**沈不沉**（1932～），温州人，温州市艺术研究所副研究员，已出版《沈不沉多种文体集》等著作，对温州历史文化有广泛深入的研究。如《温州先贤图谱序》，此文回顾一千多年来温州的人文历史。"溯自右军、谢客。""五马驰骋，慕太守之风姿；三山行遍，尽屐痕之雅兴。永嘉山水，自此名扬天下。"然后列举道教、佛教和儒学的传播，诗歌、戏曲的发展，"元丰九子，诗派四灵"，永嘉学派，南戏滥觞，《琵琶》先声，至今古迹犹存："瑞邑有四贤之祠，南田有帝师之庙，西城有王木之亭，东山有池上之楼。三牌坊栉风沐雨，犹念阁老辛勤；黄府巷古道幽深，当识十年冤狱。卓公祠内，一门三族株连；戏彩堂中，几度千秋佳话。洗马桥戏文搬演，应知人世真情；康乐坊韵事流传，愧煞儿童竹马。有清一代，宦绩尤多。前秦后李，奠府事之根基；二孙三黄，继前贤之博学。翻天义帜，金钱会碧血犹殷；匝地王旗，白承恩悲歌如涌。"作者以精炼的文字，骈俪的语句，如数家珍地介绍温州历代贤达人物和文物古迹，充满对故乡的深厚感情。此文属于骈体文，不是辞赋，不着力于铺张扬厉，排比夸饰，而是凝练清简，点到为止。篇幅不大，写短文比长文更难。

《世界温州人大会序》。重点叙述晚清以来，国运渐衰，外侮仍频。有志之士，纷纷走向海外。"乃有七尺男儿，不惜天涯奔走，飘零四海，闯荡江湖。栽花插柳，二百年硕果辉煌；坐贾行商，九万里长途跋涉。建功业于异邦，立丰碑于当世。井水饮时，皆讴柳七歌词；炊烟起处，必有温人足迹。信知天际征鸿，原多故国之思；谁识他乡游子，长作怀乡之梦。"改革开放以后，国家大变，家乡大变。于是，"七大洋洲，情寄二百万温人；万国银行，积聚三千亿财富。专家学者，院士明星。欣逢盛世，报国多门。商机抢占，敢诩事在人先；头发空心，莫笑精致丐算"。此文是向世界温州人大会的献辞，不同于官员讲稿，尽量少用政治性口号，充分发挥骈文的长处，把丰富的内容浓缩于诗一般的辞藻之中，使人如饮醇酒，如聆乐曲，倍受鼓舞。

**王翼奇**（1942～）出生于厦门，现住杭州，1968年毕业于北京大学中文系，曾任浙江古籍出版社副总编辑兼《作文报》总编辑，擅长诗词、骈文、楹联、书法。其《重建雷峰塔记》，先略述千年古塔历史，因为《白蛇传》而家喻户晓。"千篇传翰墨，一塔荟人文。"清末民初，盛传塔砖能辟邪宜男，盗挖日增，屡禁不止。1924年秋，雷峰塔轰然坍塌。改革开放后，决定重建。下面描述新塔之外观和环境之优美，内部陈列之丰富，给人们带来美学享受和文化熏陶，使得"白娘子柔情感世，开颜共享温馨；鲁迅翁硬语盘空，回眸也应笑慰"。古往今来，关于雷峰塔的诗文甚多，写出新意很不容易。此文风格平妥，不故作高深，不刻意求新。造语避俗就雅，去粗取精，评价允贴，叙写得体，可以看出作者善于提炼的概括力和举重若轻的表现力。不过有的对仗略显造作，不太自然。

《处州碑记》是介绍丽水文化的骈体碑文，着眼于历史人物。鲍彪注《战国策》，叶子奇著《草木子》，杜光庭记述仙踪，叶法善阐扬道教，陈无择著《病源论》，张玉娘传兰雪诗。明代大政治家文学家刘基，后世比之于诸葛亮。还有文学名著《琵琶记》《牡丹亭》，"皆成珠玉于处州，而播芳庭于海内"。鸦片战争中，总兵郑国鸿率处州将士壮烈殉国，辛亥革命时，吕逢樵、赵舒光复处州。抗日战争中，粟裕建立根据地，周恩来亲临视察。下面列举处州的名胜古迹，哥窑青瓷，青田石雕等，然而却没有如同其他都邑赋那样大力宣传近年来的成就。这不是作者的疏忽，而是不落《百城赋》的套路，不求面面俱到，而突出重点主题，正是作者高明之处。作者另有《杭州赋》，以敷彩摛文，体物写态为主，可见作者对于赋和骈文有不同的处理原则。

**戴永斌**（1977～），江苏句容人，2013 年评为句容"十大好人"之一。他喜欢写作辞赋和骈文，有《回文千岛湖赋》和《回文月赋》。后者长达800 字，可以正反读，有如古代的回文《璇玑图诗》，被誉为"独步当代，千古奇文"。骈文有《重修崇禧万寿宫记》（2016 年刻石）《南京梅花山诗词选序》《喜客泉记》《秦淮渠记》等。后者发表在《中华辞赋》2009 年 5期，按古代散文游记的结构布局，大量使用骈句，辅以部分散句，形成骈散结合以骈为主的体式，先写与友人共游之缘起，次写寻觅秦淮源之沿途见闻，再写秦淮之源及其景观，描写源头细流各种形态，略似柳宗元《永州八记》笔法。最后提出哲理性问题让人们思考，卒彰显其志，比单纯纪游多了一些理趣。

**韩邦亭**（1978～），山东人，著有《韩邦亭辞赋选》（北方文艺出版社2011 年出版），骈文作品有《重修百子庙记》《光耀亭记》《三沙记》《挂榜阁记》《冠世榴园记》《汉画像石拓片集萃序》等。山东大学龚克昌教授认为他"立意高远，深得古法"。

**侯铭**（1979～），山东枣庄人，出版过散文集《江山谁览》，有骈体碑铭多篇，其《思故园菊文》，发表于《枣庄日报》2012 年 10 月 8 日，纯用四六，情深文茂，思故园菊实即思故乡人。

**何智勇**（1982～），安徽人，有多篇诗词文赋作品获全国比赛大奖。其《祭司马迁文》，用骈文的语言对这位伟大的史学家、文学家做出简明练要的评价。

**汪政**（1977～），上海图书馆馆员，有骈文二十余篇，其中《上海世博洲际酒店颂并序》，以古典文学描写现代建筑，古今结合。《东洲草堂金石题跋》，为明代何绍基之书作序，古雅典正。《书〈王勃文选〉后》[①] 以骈文论述王勃骈文成就，实属罕见。戴、韩、侯、何、汪几位都是年轻人，尚有充分提高和发展的空间。

从 2014 年 6 月 30 日起，《光明日报》连载《百位共产党人小传》，每位一篇，每篇 100 字上下，皆为文言文，句式或骈或散，或骈散兼用。其中若干篇骈句占多数，可视为骈体短文。

如王雪森所作《申纪兰小传》，全文如下：

> 申氏纪兰，山西平顺人，全国劳模、三八红旗手是也。奋发之志结社，男女同酬；老迈之躯兴志，工农并举。人民代表，群众知音。六十年督政行权，见证共和；一辈子倡廉反腐，秉承信仰。迄今绣改革之锦卷，本色依然；谋发展之雄篇，壮心不已。

申纪兰是著名的女劳动模范，20 世纪 50 年代初带头组织合作社，后来连任第一届至十三届全国人大代表。小传简述其主要贡献，精当得体。全文共 90 字，18 句，其中 4 个散句，14 个骈句（12 个是四六对句）皆现代词语，朴素无华，亲切感人。

又如廖基添写的《李素芝小传》，全文如下：

> 李素芝，山东临沂人氏。幼蒙庭训，濡染沂蒙风教；鲁邦闻道，素怀济世之心；沪市学医，更振扶危之翼；年过志学，从戎贺兰山阙。整青囊，携金匮，弃优逸，赴苦寒。高原制药，体白求恩之肝肠；雪域请缨，并孔繁森之踵式。高原苦寒，志在悬壶，通经导脉，植肝移肾，施妙手于绝域。辞乡卅七载，救厄五千人。嗟乎！百姓之良医，实党性之写照也。

---

① 载曹虹编《省思与突破——第四届骈文国际学术研讨会论文集》，江苏人民出版社 2017 年出版。

李素芝是西藏军区医院院长，长期扎根边疆，为西藏各族人民服务，受到高度评价。全文127字，28句，22句是骈句，偶有典故，皆人们所熟悉者。

再如卜用可所作《王乐义小传》，全文如下：

> 王君乐义，山东寿光人也。五十载党员生活，三千里田畴事业。怜农家疾苦，遍寻富策；改土壤贫瘠，暗下苦功。创温室大棚，起菜篮革命。技不压身，传经于地北天南；裕而惠世，授徒及黔山蜀水。引专家以攻难关，辟新途而创良方。任大名卓著，犹是农民本色；垂赤子精诚，甘当时代使命。

王乐义是农村创业带头人，小传给以充分肯定，热情表彰。全文110字，20句，其中18个对句，整齐对称，明畅如话。

此外，两弹元勋《邓稼先小传》、乡村医生《李春燕小传》、农村基层干部《邓建军小传》、工业劳模《许振起小传》，都是简明扼要，对仗工整的骈文，不一一引述。

这些短篇骈文，体制类似古代的"赞"。古代正史列传之末往往有"赞"，不叙事而作总评，单篇的人物赞则叙议结合，整齐有韵，可骈可散。南宋朱熹有《六君子赞》六篇，还有《张敬夫画像赞》《吕伯恭画像赞》。后者赞理学家吕祖谦，全文12句，75字，悉用对仗，文章如下：

> 以一身而备四气之和，以一心而涵千古之秘。推其有，足以尊主而庇民；出其余，足以范俗而垂世。然状貌不逾于中人，衣冠不诡于流俗。迎之而不见其来，随之而莫睹其躅。劾是丹青，孰形心曲。

上面列举的当代百人小传，实际上是古"赞"体之新发展，是新骈体文的一种尝试。

综观当代骈文，虽然作家作品还不算多，水平还不算太高，影响还不算大，但是已经可以看出骈文开始复苏的势头。从作者年龄看，有80多岁，70多岁，60多岁，50多岁，40多岁，30多岁的，业已初步形成梯队，表明后继有人。从艺术水准看，年长者文化积累较深厚，写作经验较丰富，显然高于尚嫌稚嫩的年轻一辈。但从总体上比较，许多作者的语言技巧特别是古汉语的运用，还是逊于台湾、香港同行。

当代骈文写作的一大困惑，是骈文与赋混淆不清。近若干年来，地邑赋、风景名胜赋勃然兴起，万金买一赋，赋体空前走红，不管什么题材什么内容都冠以赋名，而实际上是以对偶句为主的骈文。赋被泛化，骈文被弱化。一些人热心作赋，无心作骈文，更没有兴趣下功夫学好古文。目前某些辞赋和骈文中，典故不熟，词汇不丰富，感叹词使用不当，连接词、转折词运用不灵，都是古汉语基本功不够坚实的表现，是不可忽视的缺陷。至于骈文与散文及赋的文体区别，本书已在导论中讲过。关于辞赋写作中还存在哪些问题，不属本书的内容，存而不论。

## 第四节　台湾、香港骈文

中华人民共和国建立以后，中国大陆一批文人学者到了台湾、香港。他们在从事文化教育、新闻出版、机关文秘等工作的同时，业余进行文学创作。旧体诗、词、曲、赋、散文、骈文以及武侠小说等，都在台港不同程度地流行，虽然无法与以白话文为工具的新文学争雄，但仍然占据一席之地，反映了一定层面的社会生活，和一部分人群的情感、意愿、爱好。骈文在各体旧文学中处于弱势，也还是有一定数量的作家、作品和读者。在 20 世纪五十至七十年代大陆骈文几乎绝迹的情势下，台港骈文是不可忽视的文学存在。台港骈文作家传承古代文学和 20 世纪二十至四十年代的文脉，保持传统风格，讲究对仗、用典、修辞等语言技巧，其艺术性在大陆当代骈文之上。其题材范围，多数在应用方面，如庆贺、吊唁、赞颂、祭祀、序跋、书启等，也有少量纯文学的，如游览、怀旧、抒情、述志等，保持着自己的特色。

### 一　台湾骈文

当代台湾骈文作家中，老一辈都是三四十年代就开始发表作品，到台湾之后，继续写作，成就越来越大。其中最著名的是成惕轩和谢鸿轩，人称"骈文二轩"。二位都有骈文专集行世，成氏有三集，谢氏有六集，就数量而言，大陆、香港罕有其匹。他们的学生辈，初到台湾还是小学或中学生，所受的教育和使用的教材都对古典文学非常重视，因此他们的传统文化基础较好。这一辈人中，以张仁青为代表，既写作骈文也研究骈文，张氏已出版有关骈文专书七种，也是大陆和香港无人能比的。下面略依年齿介绍几位有代表性的作家。

**成惕轩**（1911～1989），湖北阳新人，少承家学，弱冠入武昌文化中学，曾师从唐大圆、王葆心诸名家。1931 年长江发洪水，成氏登黄鹤楼有感而作《伤黎赋》，引人瞩目。南京军需学校校长张孝仲（湖北籍）邀请他到该校编校刊并兼课。1937 年，他随学校西迁重庆，1939 年毕业于中央政治学校，得到陈布雷赏识，简任为最高国防委员会秘书。日本投降后返南京，任考试院秘书。1949 年赴台湾，任"考试院"委员，一度任"考试院"院长。在台期间，他先后兼任正阳法学院、文化学院、政治大学、师范大学教授，主讲骈文和诗。成先生长期服务政界，而本质是作家、学者，有《楚望楼骈体文》内篇、外篇、杂篇。2014 年 12 月，黄山书社出版《楚望楼诗文集》（本文所引均见此书），选骈文 156 篇，其中序跋 79 篇，记体文 22 篇，是精华所在。此外还有《楚望楼诗》《楚望楼联语》《骈文选注》《汲古新议》《考诠论丛》等。其骈文作品，主要集中于四个方面。

第一是忧国忧民之作，多作于抗战时期。如 1938 年《元旦献岁辞》，有感于"抚荆驼于劫后，尚慨兴亡；揽花鸟于芳时，倍怜丧乱"，有顾于"飘摇风雨，痛失计于绸缪；带砺山河，忍忽看其破碎"，有望于将士之奋战，农业之发展，工业之振兴，商业之改进，学子之努力。1939 年《双七节公祭抗日阵亡将士文》，痛斥日寇，大声疾呼："胡骑纵横，相持半壁，谁其奸之？将士之力；孑遗黎庶，如鸟惊弓，谁其安之？将士之功。……唯我将士，万夫之特。为国报仇，以身许国。……唯我将士，虽死犹生。应为厉鬼，直捣东瀛。"在重庆期间，还有名文《民族气节论》，以"天下兴亡，匹夫有责"呼吁国人激扬民族志气。抗战胜利后，作《还都颂》欢庆，有"奋熊蹄之多士，逐蛇豕于中原。合彼苍兕之军，还我黄龙之府""赫然一怒，张我六师""毁家纾难，争乾卜式之射；报国请缨，甘化苌弘之血"等句，气势磅礴，掷地有声，一时风传全国。

　　1960 年所作《山房对月记》，是离家三十年的回顾，通篇以观月起兴。先写武昌之月，"湿萤与坠露争光，泽雁共寒芦一色。挽澜无计，横槊谁歌。极人事之萧条，嗟江山之摇落"。次写南京之月，"龙蟠虎踞，盛开一代风云；草长莺飞，消尽六朝金粉。春怀名迹，刻意清游。尝坐花以揽登辉，或沧茗而消永夕"。复次是四川之月，"恁万夫莫开之关，当半壁方张之冠。修其器甲，图我山川。虽胡马之牧临洮，难逾跬步；而火牛之扺即墨，罔及层空"。更次是台湾之月，"乡心五处，思白傅之弟兄；皓魄连宵，忆鄜州之儿女。谁遣晶盘出海，盛泪遥年；但期银汉分潮，洗兵来日"。最后说："蟾圆天上，才得三百六十回；虫劫人间，何啻百千万亿数。……所愿氛埃扫却，桂魄增莹；笑语道来，柳梢无恙。清樽对饮，长娱伉健之身；虚幌同看，更接光华之旦。"渴望祖国统一，天下太平。此文借鉴谢庄《月赋》，寄抒情于写景。谢赋重在君臣、游子所见所感，成文从望月而观察近代中国重大变故，其思想深度和视角广度都是谢庄无法比拟的。

　　第二是惜才推贤之作。成先生任职"考试院"三十年，历任中央公务人员、军法人员、社会工作人员、财务行政人员等多项典试委员长，致力于建立制度，公平考政，选拔人才，荐举精英。在教育及学术活动中，奖掖后进，推介贤能，不遗余力。其《考诠论丛》是这方面经验和体会的总结。晚年所作骈文《怜才好善篇》，用文学语言发表精粹见解。文章先批评不爱惜人才，互相妒忌的浇薄世风，"蛾眉见嫉，比于尹邢；蜗角交哄，直逾蛮触"。"翻手作云，转眼下石；动滋讪谤，横肆诋排。鲜有以怜才好善为念者。"继而表述理念："夫胞与民物，纲纪天人。策名清时，润色鸿业。上辉赵衰之爱日，下沛傅说之甘霖。广化育于陶甄，盛招延于吐握。药笼深贮，藻鉴澄悬。万流仰若斗山，四海想其风采，是诚丈夫得志之所为也。"然后讲到当下，"邦步虽艰，士心无死。灯灯以之续照，叶叶以之承华。世运资人师为转移，典章与道术相融摄。而品物咸亨之理，乾坤不息之机，将于是乎在"。其爱才若渴之情，恂恂长者之风，跃然纸上。在中国散文史上，论人才之文甚多，从墨子的《尚贤》、曹植的《陈审举表》、王安石的《材论》到曾国藩的《原才》，不胜枚举，而在骈文史上，如《怜才好善篇》者不多见。

　　成先生涉及人才培养的骈文，还有《南都典试与人书》《瀛洲校士记》

《南雍今昔记》《现职铨定资格考试及格人员名录题记》等。他为年轻学人著作作序,实为奖掖后进。如为张仁青的《历代骈文选》作序,为顾季高的《李商隐评论》作序。推重前辈和同辈人的文章亦属推贤好善一类,如《跋张之洞治鄂记》《于右任先生寿序》《曹亚伯先生革命大业年系序》,李渔叔《鱼千里斋随笔序》等。

第三是记事写景之作。成先生到过许多地方,留下一批骈体游记。如1938年过湖北宜昌,作《游夷陵三游洞记》。洞在长江边上,因唐人元稹、白居易及弟白行简曾同游,故名三游洞,是著名风景名胜处。文章前半段为写景,纪游踪,沿长江西岸北行,跨永济桥,过下牢溪,只见"苍崖两壁,势欲干霄;左右石阶,曲同鸟道"。到得洞中,"离离石乳,结为山门;琅琅天风,自来户牖"。小阁石栏下,"绿溪九曲,但听潺溪;碧嶂千重,互争奇伟。绝壁离立,杂花怒生,红紫相间,尽态极妍"。后半段抒发感慨,联系"眉山两赋,弥增赤壁之华;柳州一记,遂著愚溪之美",从而引出"江山固可以助文章,而文章亦足以寿江山"的高论。进一步提出:"人顾可不勉树千秋,而与草木同朽!"尤其在"崎夷猖獗,国步艰难之日",当高尚其志,有所作为,"兴亡系于匹夫,忧乐关乎天下","惟当草征夷之檄,歌出塞之章,为前驱将士一鼓其气,歼彼丑虏,扬我国威"。历代题咏三游洞的诗文连篇累牍,著名散体文如白居易《三游洞序》、刘大櫆《游三游洞记》,皆以景物为主,而像成先生这样心系国家命运,满怀壮志豪情者不多见。笔者20世纪80年代到过三游洞,当时不知道成先生大作,后来读到他的作品,叹服其写景抒情,不胜钦佩。

其他游记,作于四川者,有《棠溪筑道记》,感蜀道难而赞筑路之功;《凿井启》,称述旱地凿井之可贵。《南泉吟记》记重庆一处温泉。作于台湾者更多:《狞飙肆虐记》记录从菲律宾刮来的台风造成的灾难;《台园喜雨记》反映出久旱逢甘雨的喜悦。《咆园记》抒发田园隐逸之趣。此外,张仁青列举说:"游思绵逸,兴会飙举者有《萧寺秋游记》……词采精拔,神情岩逸者则有《壶楼记》,清圆者有《萤桥纳凉记》,轻倩者有《游指南宫记》,哀忧者有《吕姑祠记》。"①

---

① 张仁青:《六十年来之骈文》,文史哲出版社1977年版,第53页。

　　最别致的是《美槎探月记》。1969 年 7 月，美国三名宇航员乘阿波罗号太空船飞抵月球，取土后返地球，跨出了人类探索太空的第一步。而成惕轩先生的三公子成中杰正任职美国太空署。成老获知登月捷报，写下《美槎探月记》，以中国特有的骈四俪六语言，赞颂这一人类历史上空前盛事，将现代最尖端的科技成就与古老的神话传说巧妙融合，浑然无间，实为中国骈文史上一大创新。文章把美国太空船称为"美槎"，就是采用西晋张华《博物志》所记，有人从海边乘木排（浮槎）到达天河而又返回的传说，非常相似又十分有趣。此文先用骈句回顾中国人探讨太空的历史，再用散语叙美国人登月的经过，然后用骈语进行形容描绘："当其迅御长风，上穷碧落。健并行空之马，神凝嘘气之龙。迈九万里之鹏搏，睨二百城如蚁聚。张骞凿空，昔让雄姿；郭璞游仙，今非幻境。已而影移仙舸，光漾晶盘。夔足一投，鸿爪初印。如哥伦布之登新陆，如武陵人之履仙源。如七宝楼台，弹指而即现；如九天阊阖，因风而洞开。万灵效其驰驱，群动为之竦息。空空玉斧，代丹桂以何从？稷稷金波，问素娥其安在？携将片石，傥容天补娲皇；拾得丸泥，岂但关封函谷。壮哉斯举，可谓瀛表希闻，天荒独破者矣。"文章最后表示，中国文学家问天的想象，并不因科学家探月而减色，文学与科学可以结合。人类万族应当和平共处，加强对太空的了解，往哲天人合一之旨可以获得新解。

　　《孟都中山学院记》，表扬乌拉圭女汉学家爱兰娜创办中山学院于该国孟都，以传播中华文化；《与日本木下周南教授书》，收到木下教授寄来感事长诗六十首后，畅叙中日两国多年来的文化交流和珍贵友谊。晚年所作《寄两儿书》，表示他平生最佩服欧阳修，有云：

　　　　余平生志业，雅慕欧阳。以为永叔少孤力学，蓄德能文，逮夫释褐登朝，即以扶持善类、奖进人才为己任。斥奸回于要路，拔幽滞于穷间。衡文则清望攸归，论治则嘉猷务抒。年非衰耄，志切退藏。宜其岁寒之操，无玷白圭；身后之名，永辉青简也。渺焉千百载，人尚想其遗风；卓哉六一翁，谁复嗣其芳躅？

　　　　试拈数事，藉喻微生。乐郊纪游，地殊西郢；礼闱校士，才眇东坡。金石淹沦，情徒繁于集古；风尘坱洞，计且失于归田。泷冈之阡表未成，颍上之寄庐安在？以彼例此，又何啻荈茶之迥判，珠砾之相悬乎？天下滔滔，我行踽踽。上乖黄鹄之远志，下寒白鸥之旧盟。坐是俯仰两间，时用抚膺兴慨耳。

前段概括永叔德业风操，后段感慨虽向往而愧莫及。实际上是以欧公自喻的。这篇写给儿子的信，集中地诉说出乃翁的人生理想。

第四类是诗文序及其他杂文。成先生有诗集多种，自序及为他人所作序，多用骈体。张仁青说："峭雅古腴，姿致蔚然者，则有《楚望楼诗自序》；文霞沦漪，绪飙摇曳者则有《韬园续集序》；清辞戛玉，高响入云者，则有《花延年室诗序》；芊绵其语，摧恻其怀者，则有《栖霞集序》；夭矫腾骧，负声结响者，则有《回波阁曲稿序》。"① 不一而足。

张仁青总括成氏骈文成就时说："先生之文，虽镕铸百家，不宗一派。讲求写作之技巧，重视时代之精神，无论形式内容，并臻完美充实。加以旧学湛深，海涵地负。所作皆清新纯懿而有儒者风。故能于新潮陵荡之时，文苑尘霾之会，润色鸿业，振扬琼范，使此最足以表现中国文学优美之骈文俪制，不致作广陵之绝，厥功伟矣。"②

**谢鸿轩**（1917～2012），安徽繁昌人，曾就读于无锡国专，师从国学大师唐文治，抗战军兴，入中央陆军军官学校，毕业后服务军界政界。1949年到台湾，历任中学校长、台湾师范大学、政治大学、淡江大学、中国文化大学教授。著作有《骈文论衡》（50余万字）和《鸿轩文存》（共六卷，包括《美意延年萃编》及续编、新编、增编、补编等，均为骈文，本文所引均见此书）。他同时还是楹联和书画收藏家，许多收藏品捐赠给故乡博物馆。

谢氏在《美意延年萃编》自序后的附识中说，他的《鸿轩文存初集》为颂扬蒋公之作。二集为《谢氏述德文编》，收颂祝宗亲文字，以孝为主旨。三、四、五集以祝寿颂为主，兼收为他人图书所作序言。其中名篇有：

《丘逢甲先生纪念碑》。丘逢甲（1864～1912）是近代台湾杰出的爱国

---

① 张仁青：《六十年来之骈文》，文史哲出版社1977年版，第53页。
② 张仁青：《悼念成惕轩先生》，收入《成惕轩先生纪念文集》，1990年台湾中华书局出版。

诗人，保台抗日的英勇斗士，受到台湾人民和全体中华儿女的尊重、爱戴。1973 年，台北建成丘逢甲先生纪念馆并立纪念碑，由谢鸿轩先生撰写碑文，前半段概述生平功业，如下：

　　朔自马关条约，宰臣擅割地之权；鲲岛兴师，志士竭回天之力。仰先生之浩气，其为至大至刚；揭历史之荣光，实属可歌可泣。毁誉固无亏于公理，成败奚足以论英雄也耶？（此段为总评）

　　先生讳逢甲，字仙根，晚署仓海君。岭表旧家，台湾隶属。幼通六艺，淹通群经。初当舞勺之年，旋有采芹之咏。属春官之俊士，连捷登科；育三岛之英才，三为祭酒。与疆吏名公相酬酢，集清流君子以交游。文酒纵横，风骚扬抑。斯台湾诗学为之一兴，而民族精神于焉有寄者也。（此段言先生年轻时即有优异表现）

　　自割台议起，驰电力争。无奈日阀骄横，清廷巽懦。刑不威于中国，仓葛所以高呼；义不屈于男儿，南八何曾惜死。先生丁艰难之会，率忠爱之伦，立宪章，开议院，筹军费，制朝仪。举灌阳唐景崧为总统，钦州刘永福为帮办。光绪二十一年乙未夏初二日，创建台湾民主国，自署大将军。丰城取剑，气贯斗牛，牧野誓师，传檄中外。藉兰地而图黄虎，揭大汉之旗帜；凭赤手而矢丹忱，建永清之年号。三台闻声而响应，百姓赢粮而影从矣。（此段言为保卫台湾而建立共和国之经过）

　　概夫信断纸鸢，鳞飞武库。灌阳远逸，东南之王气顿销；台北沉沦，海国之霸图竟索。先生犹指挥一旅，血战兼旬。未屠海上之鲸，遽暴河边之骨。虽尽其在我，亟挽狂澜；然愿不由人，难弭浩劫。伤春杜宇，莫苏游岱之魂；衔石冤禽，曷补穷山之壑。遂赋离台六章以见志，而仓皇内渡耳。（此段言抗日义军失败，不得已内渡）

　　昔曹沫留未死之身，冀归鲁地；子房悲既倾之国，辛翦秦仇。先生蕴郁伊慷慨之怀，抒激越苍凉之什。退居梅岭，设教杏坛。进而调护党人，维新周命。辛亥举义告成，荣膺组织临时政府粤代表。开国元勋，咸隐患之交乘，竟忧劳而盍逝。麟伤大野，山岳崩颓；凤落高岗，风云寂灭。呜呼痛哉！（此段言丘氏在广东各地从事教育，同情维

新变法,后又倾向同盟会,辛亥革命时赴南京参加临时政府,因操劳过度而辞世)

后半段介绍其后人和朝野各界于 1959 年创建逢甲工商学院于台中,1973 年又成立丘逢甲纪念馆,最后一节说明纪念馆的作用和意义。全文评价公允,概括精当,条理清晰,层次井然。骈文本来不长于叙事,柳宗元为南霁云作碑传,中间最精彩之处还是用散体。而谢氏此文从头到尾,除了记光绪某年创"台湾民主国"、民国某年建逢甲学院等处用极少量的散句之外,其他全是对句。多用习惯语词,少见僻奥典故,中间参用少数现代语词,古今融为一体,相得益彰,与纯用古语者风格有所不同。

《蜀郡张大千先生八秩寿序》。张大千(1899~1983),四川内江人,是20 世纪中国画坛独具特色、最具国际影响力的国画大师,在绘画、书法、篆刻、诗词各方面都达到很高水平。他从小受到母亲、哥哥、姐姐的艺术熏陶和栽培,19 岁留学日本,21 岁回到上海,结识画坛名流,得到临川李瑞清、衡阳曾熙等大师的指教和提携。张氏早年以师古为主,认真学习从清代一直上溯唐宋的历代名家作品。抗战时期,在敦煌临摹三年。中年以师法自然为主,游历中国名山大川以及世界各地,先后在印度、巴西、美国居住有年,访问过欧洲、南美洲、日本、朝鲜、东南亚,结交了许多朋友,积累了大量素材。晚年定居台北,融汇古今中外,自创风格,即所谓"以心为师"。

谢氏的寿序,前半部分概述张氏家世和多方学习继承情况,后半段描述从国内而国外的经历及成就:

> 盖清白织文章之锦,玄黄成天地之形。先生直探灵源,披寻渊旨。玉门关之远渡(指抵达敦煌),面壁三年;大吉岭(在印度)之高攀,目空六合。万壑千岩之神变,破墨横飞;三唐六代之云英,真容毕肖。益以观光异域,攻错他山。毕加索抵掌纵谈,中西道贯;八德园(张氏在巴西所建花园名)投荒羁旅,松柏岁寒。尽天下之大观,友天下之俊士。风烟俱尽,山水方滋。挫万有于毫端,笼两间于形内。要皆法自然之性,极造化之工也。

接下去一段做全面的颂扬。最后一段赞美其晚年幸福美满的生活：

　　神风助大海之帆（形容从海外回到台湾），旧雨订双溪之约（在台北双溪与老友相聚）。买山一角，半村半郭之间；结屋数楹，有诗有画之境。二分栽竹，仁新月以安窗；百树莳梅，映晚霞而落幕。林泉托志，金石怡情。工部放吟，伴老妻而对奕；岩陵垂钓，招稚子以敲针。烹鱼尝宋嫂之羹，酿酒种陶潜之秫。华堂方启，宴海内之词人；寿域同登，奏天边之仙乐。聚梨园之子弟，调寄清平；会洛社之耆英，图摩宾主。东来紫气，美老子之风流；西望青城，指长安于日下。沾高贤之光彩，缔翰墨之缘。大笔推君，再勒中兴之颂；千联问世，兼申上寿之忱。

　　这段文字，句式整齐，无一散语，处处紧扣寿翁的兴趣爱好。张氏是画家、诗人，故文章对其居住环境的描写充满诗情画意。张氏是美食家、京剧迷，文章提到"尝宋嫂之鱼羹"，"聚梨园之子弟"。张氏喜欢结交朋友，故曰"会洛社之耆英"，"宴海内之词人"。张氏曾寓居四川青城山作画，故曰"西望青城"。张氏曾以画赠谢鸿轩母亲八十华诞，谢氏有诗回赠，故曰"沾高贤之光采，缔翰墨之因缘"。谢氏喜欢收藏历代名联，榜其书室曰"千联斋"，并举办珍品书法展览，适逢张氏八十大寿，故曰"千联问世，兼申上寿之忱。"文章有些句子看似平常，其实多有出处。"买山"出《世说新语》，"大笔推君"出苏轼诗，"二分栽竹"出周密《癸辛杂识》，例不胜举。这样细密扎实的寿序，立意达情技巧之高超，远超一般应酬之作。

　　《桃李万树图序》，为杨向时教授作。杨教授与谢鸿轩是无锡国专的同学，来台湾后又共同执教于中国文化大学、淡江大学。《桃李万树图》是画家陈定山为祝贺杨教授从教三十年而特绘。这篇序文主要赞扬其教育业绩、学术贡献和文艺才能。文章使用大量古代文化教育史上的人物与事迹作为典故，以相比况，可以看出作者深厚的国学功底。文章可分为两大部分，前半部分介绍其学殖素养。第一段云：

居杏坛而敷教，尼山之弟子三千；设弧叶而储仪，刘氏之生徒五百。狄文惠荐贤为国，桃李悉在公门；潘安仁振藻绝伦，桃李偏栽邑境。稽诸古籍，征以今时。

举引四位古代名人：春秋时孔子有弟子三千，东汉刘昆授弟子五百，唐代狄仁杰荐贤任能，使桃李悉在公门，西晋潘岳文才绝伦，所治县邑遍植桃李。这几句话把杨向时从教三十年，任教育部秘书及考试委员十余载的经历以及文学成就和影响都概括进去了，这是文章的冒头。

第二段说明《桃李万树图》的缘起。

若我同门学长雪齐杨向时先生，布雅化于菁莪，历经卅载；灿繁花于桃李，已满万株。当代文坛耆宿陈公定山为绘桃李万树园，以状其盛。甄陶多士，既承宗伯之揄扬；景仰通儒，并见大师之题记。词林引为胜事，学界播为美谭。宁能无述也耶！

其中"承宗伯之揄扬"，指杨教授曾荣获教育部奖牌，题曰"甄陶多士"，"甄陶"意为化育。"见大师之题记"，指美术大师陈定山所绘《桃李万树图》之题记，有云："杨子向时，执教慕义，属寓斯图，仰行景止。"

第三段叙述在无锡国专受教育，成绩卓异。

雪齐学长，青衿志学，绮岁蜚声。绍江右之诗风，挟丰城之剑气。龙光射斗，张茂先逞博物之能；凤吐中怀，扬子云有太玄之作。所以买舟章水，负笈锡山。于时先师太仓唐蔚芝夫子，感文风之不振，倡国学之专修。幸得环侍程门，肆游杨之业；频闻尼铎，习商偃之文。由是泛览百家，贯通六艺。清新俊逸，庾鲍之菁英；绣口锦心，曹王之体制。士林擢秀，独占鳌头；学宇衡文，早标魁首。洵足以传师门之衣钵，胜文苑之声华者也。

杨先生是江西人，文章说他继承宋代江西诗派诗风，有如江西丰咸剑气之放射光芒，把杨氏比作西晋张华和西汉扬雄。在学校里，有如北宋游酢、杨时师从程颢、程颐，子游、子夏之追随孔子。吸取庾信、鲍照之精英，擅长曹植、王粲之体制。"独占鳌头""早标魁首"，指杨氏之论文被无锡国专评为第一。

后半部分讲述到台湾后的表现。

第四段说他曾任台湾大学等九所高校教授，讲授四史、九通、三传、六朝骈文、唐诗、宋词，"皆娓娓清言，循循善诱"。"解疑稽古，化育岂止万人；奏雅歌南，弦诵延于千里。辑诸生之姓氏，供一己之观摩"，指杨教授把三十年来在各校所教学生点名簿全部保存，辑成专册。此段以孟子所云"得天下英才而教育之"乃君子之"三乐"之一作小结，是点睛之笔。

第五段讲杨氏在教育部任秘书多年，并兼任高考普教考之典试委员，为国家选拔人才，莫使有遗珠蕴玉之憾。此句与首段"荐贤为国"遥相呼应。

第六段讲蒋公辞世后，蒋夫人委托杨教授撰文答谢各国之吊唁。夫人很满意，嘉勉备至，亲题画册颁赠。文章引用马周代人草奏，得到唐太宗赏识，刘穆之为刘裕作尺牍，获百绢恩赐这两个典故以作比拟。

第七段讲杨先生业余爱好京剧和填词：

> 又若皮黄遣兴，丝竹怡情。东去大江，补焚余之古调；北窥易水，助劫外之悲吟。藉优孟之衣冠，偶为托讽；教黎园之子弟，勤写清词。李延年善歌，能变新声而协律；周公瑾顾曲，无碍大将之雄姿。步骄花宠柳之思，问早燕新莺之讯。哦残月晓风之句，赏铜琶铁拨之音。歌板拗花，惟询长吉；旗亭画壁，争美昌龄。允推艺苑之宏裁，亦尽文人之能事者矣。

这一段有许多关于音乐、词曲的典故，苏东坡、荆轲、优孟、李延年、周公瑾、柳永、李清照、王昌龄、李贺等人的佳话。其中"教梨园之子弟，勤写清词"，指杨教授曾为京剧名伶徐露、郭小庄等编写剧本。"允推艺苑之宏裁"，指杨教授曾任春人诗社社长、中华诗学研究所所长。

最后一段是结尾。杨教授时届古稀之年，故曰"兼颂稀龄"。"户映双星，喜照恒春之寿木"是为杨教授夫妇同年而共祝。"屏开五老，不殊庐岳之杏林。""五老"指庐山五老峰，杨氏为江西人，故用其家乡典故。三国时董奉居庐山下，为人治病不收费，令病者植杏，若干年后得十万株，号董仙杏林。此处实为双关，庐岳杏林本指施医救世，兼指尼山杏林之为国育材。

谢氏此文使用事典语典极多，切合杨氏本事及称颂文章体制。但也有个别可议之处，如叙述蒋夫人赠画册事，以苏轼受神宗宣仁后优待相比。神宗晏驾，哲宗即位，旧党执政，苏轼从黄州团练副使召还，任翰林学士。宣仁皇太后召见，问，何为遽然高升至此？苏轼不知原因。宣仁后说：先帝每叹卿奇才，但未及进用卿耳！苏轼感激流涕大哭。宣仁后命掌御前烛送苏轼归院。这个典故可以说明朝廷爱才，但与蒋夫人赠画相联系，可能使读者猜测，杨向时从大学教授骤升教育部秘书，成为仅次于部长、次长之下的第三号教育大员，是不是与蒋公之遗命和夫人的恩渥有关呢？如果查无实据，期期以为似难契合。

总观谢鸿轩之骈文，题材以祝寿称颂之应用文占绝大多数，不如成惕轩骈文内容广泛。谢氏某些祝颂之词往往反复使用，受人之托，褒扬难免过分，且耽爱古典，追求博奥，倘无注释，殊难确解。成氏则喜欢兼采新词新事，行文更为晓畅、恣肆。尽管如此，二位皆不愧当代骈文大家。

**李渔叔**（1905～1972），湖南湘潭人，毕业于日本明治大学，抗日战争中投笔从戎，后来历任国民政府秘书、"国立"台湾师范大学教授，是著名诗人，散文家，有《花延年室诗集》《鱼千里室随笔》《墨子今译今注》等书。他也写作骈文，如《微芬室联存序》，是为张剑芬所作联语集的序言。此文纯用四六，几乎没有散句，概括其作品之价值，简述其生平之大略，品性之高雅，把一些古代文人典故化作比拟形容，契合无间，可谓精妙超群。全文如下：

> 张君剑芬，幼标聪察，长益徇齐。夺锦裁篇，吐音惊众。杏花万叶，动清哂之冷风；蕙带荷衣，洗西岩之霁绿。遂乃飞轩长路，振迹交衢。凤鹏摇翮而前，神骥解缰而逝。云廊攀桂，才是胜衣；山县栽桃，犹然未冠。昔陆士衡擢秀丘园，王僧孺争妍萤雪。并为茂器，早有荣名。方之于君，未为加荣。君始分符剧邑，再谱瑶弦，莲本必愼

强宗，苇杖但宜醇化。绩文交美，藉甚声称。于时慈谿陈君，玉振彤庭，寥亮区寓。览君词翰，拔自下僚，剪拂使其长鸣，顾盼增其善价。自是恒听金钥，亦佩银鱼。脂药九霄，麻鞋万里。顾君本以通材，素怀兼济。纵辞工黄绢，不争府吏之趋；而被冷青绫，颇倦夕郎之拜。旋乞外补，凡所更历，并有能名。洎乎全陆论骨，沧溟波荡，飘摇旅翻，遂谢华簪。平生显默之间，于兹略具矣。近以端居多暇，手录所作联语，属为评骘，并序其嵩。君久薄浮华，全删客慧，栖心般若，杜口毗耶。以为当叔季而托空文，逞孤鸣而希众听，是犹植秾桃于雪谷，带华藕夫修陵，任矢深功，终乖凤望。然而亦亲铅椠，不废雕锼。盖慧业虽系凡情，文字不踰圣量，留兹余习，保损玄风！至其胜义英词，精思丽藻，虽为小道，足抗前修。既已别有笺题，不复重烦论列。用是详君志事，以告儒流；眷此微芬，特其余绪。庶几源头浅酌，识活水于曹溪；天际深蟠，见一鳞于云海。

文字典重古雅，接近清初陈维崧。

**张仁青**（1939～2007），台湾花莲人，毕业于台湾师范大学，文学博士、教授，先后任教于台湾师范大学、台湾大学、中山大学、成功大学、文化大学，出版著作二十余种，关于骈文的有七种：《中国骈文发展史》《骈文学》《中国骈文析论》《六十年来之骈文》《丽辞探赜》《历代骈文选注》及《骈文观止》。张仁青是骈文研究专家，也是骈文作家，其作品辑为《粹芬阁骈文》（下面所引皆见此书）。

比较重要的作品如《山房寻梦记》。1960 年，他考入台湾师范大学，喜而作文抒怀。第一段交代缘起，"试寻故梦，用志前踪"，是文章的帽子。第二段追忆家世贫薄，早年生活艰难。第三段，少年壮志，折节读书，"学基初奠"。第四段投笔从戎，"侧身军旅"。第五段，退役之后，一度"寄情山水"，"纵情象外"。第六段，"先德托梦，款款相勉"，父亲希望他"载跃龙门，飞腾雁塔"。乃"似醉初醒"，"亡羊补牢"，认真刻苦，以致"韦编数绝"，"夏则以瓜镇心，冬则发水沃面"，"跬步无忘，寸阴是惜"。最后一段写收到师大录取通知后的欢快。"曾几何时，射狗兆梦，夜入山房；传胪报奎，班随玉笋。陪孙山于末榜，笑刘蕡之下第。趁樱桃而开宴，摘红杏以宜簪。既而负笈鲲峤,重拾故梦。受经绛帐,鼓箧鳣堂。""乃见灵光岿然,杏坛萃择铎之儒;风流未沫,芹泮报正始之音。虎观虽深,幸问奇之有自;平原谬赏,冀脱颖其匪遥。此则当年束发之初所不及料,而今日亦得以自慰者也。"

作者这时 21 岁,终于实现了进大学深造的夙愿,其乐可知。笔者颇有同感,十五岁参军,五年自学后考入北京大学,当时也曾尝试用骈体文给朋友写信。我很欣赏张氏此文,以寻梦为题,处处扣住梦字,用了许多事典语典,年纪很轻,腹笥甚丰,后来他能写作中国骈文史等书,绝非偶然。

张仁青长期受业于成惕轩先生,为谢师恩作《成惕轩先生六秩华诞颂并序》,全文长达 1700 多字(不计标点),序文 1400 多字,分为九段,其中列举成先生为"世不可及者"四端。其一,青少年时受到良好的教育,并已初露头角;其二,任职"考试院"三十年,校士数万,可比陆贽、欧阳修;其三,著作等身,兼擅诗词骈散,考古论今。"激南皮之高韵,写元结之雄篇","踪继开府,殿余灵光";其四,讲学四十年,成才逾三千,德被后进,扬芳百代。后面有一段专门写张氏受成老师多年教诲,在骈文和诗歌方面获益尤多。

> 青,海表庸流,衡门下士。孤舟独泛,空涉学海之波澜;黄卷常披,欲叩丽辞之堂奥。名非千里,竟蒙伯乐之怜;才谢九峰,遂侍考亭之坐。既循循以善诱,复切切而为前。教看鸳鸯,且度金针于朱阁;标示津逮,更传花笔于幽庄。故得踵武前修,预名山之胜业;敷教东序,分绛帐之余春。附骥尾以长驱,从驹光逾十载。欣值悬弧之年,永怀化雨之恩。……

张氏上述两文,一述自己,一谢老师,皆个性鲜明,与一般自述和寿序不同,显示出师生间的深厚情谊和高度的文学素养。

在台湾老一辈学者中,长于骈文者还有潘重规、林尹、高明、孙克宽、刘象山、戴培之、张龄等。

在台湾的青年学者中,有人能用骈体文翻译英文的宗教著作,令人钦佩。译者**李绍昆**(1928～2014),湖南人,武汉大学肄业,1949 年到台湾,先后就读于台湾大学中文系和香港新亚学院哲学研究所，六十年代留学美洲，获加拿大渥太华大学心理学硕士学位和美国公教大学博士学位，1968年入美国籍，任宾州大学哲学系教授，1997年退休后常来中国大陆讲学。从五十年代末到六十年代中期，李先生应《公教报》之约，将英文版《入德之门》翻译成中文。该书原作者圣方济各（1181～1226），出生于意大利，后来成为天主教圣方济各派创始人。他的这本布道之书有1609年英文版，"入德之门"系《公教报》负责人摘用宋代程颢的话。程氏在《四书》中的《大学》开头题辞说："《大学》孔氏之遗书，而初学入德之门也。"此四字用来作为圣方济各的书名，增添了中国传统文化色彩。李绍昆用白话文翻译该书，唯独卷一第二十章"隆重宣誓，立志度生"用骈体文，兹摘录此段如下：

> 归去兮，到天主之台前，悔往罪之累累，觉肝肠已寸断，求新生于今朝。伏望吾主垂怜，仰救主蒙难之功，全赦我罪；发领洗所许之誓，再明心迹。拒邪魔之诱惑，弃世俗之虚伪。驾七情如有羁之马，驭六欲若驯服之驹。但愿终身如此，永久不移。仰天父子仁爱，愿终身以事之。感上主之慈悯，请永远以爱之。协我精神之能，尽我灵魂之力。瘁其心机，劳其身躯，此所谓以心体心，以爱还爱乎。我既自献为燔祭矣，则不得污此牺牲；我既委身于天主矣，则直于安心顺命。海枯而石烂兮，此志不移。噫嘻！邪魔猖狂，人性脆弱，倘我不幸，背其誓约，则愿仰圣神之助佑，赖自我之奋发。洗其心而革其面，挺其身而昂其头。悔我所犯，得蒙主休。以上所陈，乃我心声。俱为由衷之言，毫无保留之意。

这一节文字，属于白描骈文，全文1000多字，以对偶句为主，有少量排比句和散句，不用典故，不加藻饰，明白晓畅，是现代骈文诸品种中一朵小小的奇葩。

## 二　香港骈文

香港的历史文化环境与台湾略有区别。台湾从1894年到1945年为日据时期,日本侵略者强制推行日化教育,中国文化备受压制摧残,台湾当代骈文只能从光复后算起。香港从鸦片战争以后成为英国殖民地,被英国辟为商埠、自由港,对其文化教育、新闻出版等等管制较为宽松,当代香港文学虽然是从 1949 年算起,但与 1949 年前的中国现代文学、1911 年前的中国古代文学并没有断裂,而是密切关联的。当代香港骈文作家并不都是 1949 年后赴港的,老一辈学者如饶宗颐主要活动一直在香港,与内地保持联系。比他晚一辈的,多数原籍广东,接触内地文学比台湾方便。更年轻的一代,赶上内地改革开放,有的在内地攻读硕士、博士学位,有的常来开会、讲学,有的在内地发表论著,比起台湾近水楼台先得月。香港老中青三代骈文作家,既能反映香港情势,也会记述内地感受,后者在台湾骈文是少见的。

**饶宗颐**(1917~2018),广东潮州人,号选堂,著名历史文化学家、考古及文字学家、哲学宗教专家、古典文学专家、诗书画名家、骈散文作家。历任岭南大学、香港大学、香港中文大学、新加坡大学、法国高等研究院、美国耶鲁大学、印度班达加东方研究院等院校教授和研究员,精通多国文字,学贯中西,研究领域广泛,多才多艺,享誉海内外。有人把他与钱锺书合称"北钱南饶",或与季羡林合称"北季南饶"。著作等身,其《固庵文录》(1989 年出版)收录骈文 27 篇,2004 年出版的《清晖集》增加骈文 3 篇。(本文所引均见二书)2016 年暨南大学出版社出版陈纬注《饶宗颐辞赋骈文笺注》,收辞赋及骈文合计 43 篇。饶先生并不以文学家姿态创作,而是从学问家立场以骈文为书写工具,表达对某些学术问题的见解。所收以序跋为主,简短精湛,见解独到。下面依内容分类介绍。

第一是历史文化类。

《韩山志序》。韩山是潮州境内名山,该志书是饶先生弱冠时在父亲遗稿基础上完成的,1937 年发表于《岭南学报》,更名为《潮州艺文志》,从而声名鹊起。自序先论山川志书于六朝兴起,至唐宋而大备;继而介绍潮州自元明以来之山水景观,人文史迹,以及该书纲目,最后说明编述次序之学理。条理井然,视野广阔,是雏凤清鸣之作。

《殷代贞卜人物通考序例》,作于 1958 年。指出甲骨文之贞卜人物有三类,一是王者自卜,二是卜人记名,三是不记姓名者。大纲既定,再条例细则，纲举目张，文字清爽。

《太平天国典制通考序》，为简又文作。先略述太平天国兴衰历史，总结其失败原因，一是有兵而无民，即不恤百姓，二是有政而无教，即抛弃传统。可谓击中要害。然后肯定其历史功绩：揭满汉之辨，存夷夏大防之义，开中西文化撞击之端，男女平等，共耕同享，导民权民生之说。这些论断，允当精辟。

《世说新语校笺序》，为杨东波作。认为《世说新语》是"人伦之渊鉴，言谈之林薮"，即人才鉴识性著作，不赞成列为小说，仅资谈助。饶氏站在历史文化立场立论，不限于文学角度，广征博引，有自注 17 条，列举东汉至南朝同类著作比照参考，序文虽短，学术含量丰富。

《茶经注序》，1974 年为何蒙夫作。简述茶文化历史及与作者品茗共饮的交谊，用了许多有关茶的典故。

第二是哲学宗教类。

《老子想尔注校笺自序》。主要阐述老学研究之流变，肯定河上公注与王弼注的功绩。至于《老子想尔注》则是五斗米道的经典，意在"阐守一之旨"，"勤长生之方"，与河上公、王弼之哲学著作之性质截然不同。

《外丹黄白术四种序》，为陈国符作。该书属于道教史籍，包括四种："一曰《词语考录》，通训诂而著其指归；一曰《经诀成书》，依用途以断其年代；一曰《百药尔雅补注》，欲宣梅彪之隐滞；一曰《草木药录》，可苴（李）时珍之阙遗。"仅用一句话就概括了笺注者的研究方法与书的性质。最后指出该书是研究化学史和炼金术的津梁，可谓要言不烦，一语中的。

《灵渡山杯渡井铭》。灵渡山在广东新安县，又名屯门山。有杯渡寺又名灵渡寺。相传南朝时有天竺僧人乘木杯渡海而来，驻锡于此，因名杯渡禅师。饶氏这篇铭文包括三种文体。前面一篇是四六骈体序言，相当于灵渡山参观记，写景精致。中间一篇是四言铭文，三十句，一百二十字，是游山感发的玄思。后面附录《杯渡禅师事迹与灵渡寺始末》，是散体文考证，等于四六序的五倍，文字明畅。三段合看，显示出饶先生驾驭不同文体的高超才能。

《洛阳伽蓝记校笺序》，为杨东波作。该书内容广泛，涉及历史、文学、宗教、建筑、民俗、商贸、音乐、杂技诸多方面。饶先生从佛教史角度加以提示，属学术性质，而通篇序文皆是骈体，用典引事颇多，一气呵成，了无滞碍。

第三是诗词集序。

《词乐丛刊序》。丛刊由饶先生与赵尊岳合编，1958 年出版。"词乐"指词的音乐。全文四六，首段溯词乐之来由，次段述近世之研究，三段述与赵先生合作之因缘。陈伟指出："前后雅丽，中间奥博，是其兼学人与才子于一身之代表作。文中错采纷繁，令人应接不暇，特别是中间一段，事典极为专业，不啻一篇近世词乐研究史。"①

> 素月流晖，寄情箫管；冷香袭袖，贮兴池塘。愁入西风，复思爰作。则有裁红刻翠，对雁燕而无心；嚼征含宫，倚栏干而揾泪。曩者邅渚酬唱，庚子秋吟。萍聚蓉影之篇，秦淮枯柳之什。舞咏方滋，流风逾远。顷履綦顿尽，扇发无闻，寄命沧江，抗言在昔。同人等三余有晷，六吕萦心。玉宇高寒，寻声而翻水调；玄霜点鬓，按谱而唱云谣。铅泪同顷，烟波无极。言皆有托，继乐府之补题，意或伤时，念家山之何处。凡以感物成文，写怀入律，可以惊四筵而适独坐；酌一字而谐八音。爰有芳洲词社之议，例集无乖，球钟竞畅。题襟汉上，庶踵美乎前修；长命西河，倘忘形乎尔汝。兹订某月某日为首次雅聚之期，尚乞高轩，翩然莅止。汀洲芳草，续岁寒秋水之盟；锦缆牙樯，收游雾入兰之益。是为启。

这样的文字、情趣及结社活动，酷似古代文人雅集，当代罕见。

《词学理论综考序》，为新加坡梁荣基作。前段是词学理论概述，后段是对青年学子的勉励。若干年后，梁君曾与我在新加坡谈及此文，仍然喜不自禁。

《仪端馆词序》，只有 200 字，骈散杂用，情韵悠然，风格与其他序文有所不同。

第四是书画题跋。

---

① 陈伟：《饶宗颐辞赋骈文分类举隅》，收入《饶宗颐与华学国际学术研讨会论文集》，华侨大学 2011 年 12 月印刷，第 173 页。

《说势序刘海粟翁书画》。主要论书法之"势"，认为"永字八法，是曰八势。随形应变，尽态极妍。而笔画所至，山川荐灵。或开或合，有形有势。受迟则揖让有情，受疾则操纵得势，受变则陆离谲怪，受化则氤氲幻灭。书理画法，其天地之质与！其山川之饰与！"刘翁有言，老子"有无相生，难易相成，长短相形，高下相倾，音声相和，前后相随"，可移作书画之法，饶先生很赞成。这样就把艺术与哲学打通了。

《历代胜流画竹赞》，相当于一篇历代画竹史。赞共十首，每首四言八句。分别赞文同、苏轼、李衎、赵孟頫、柯九思、吴镇、顾安、倪瓒、王绂、夏昶之竹画。

《题高俨画赠释成鹫图卷》。1974年作，用骈体文描述画中意趣，如身临其境。虽不押韵脚，而节奏点多用仄声字，读起来沉郁抚坠，审美与感慨丛生。高俨（1616～1689）、释成鹫（1637～1719），皆清初有志恢复故明者，选堂题跋用艺术化的语言对其中隐情有所揭示。

《画展自叙》。选堂在世界各地举办多次画展，自叙收入《清晖集》中有二则，其一如下：

> 余自退居而后，益游心于艺事。既误入米家之船，遂妄搦张颠之管。尝以尺幅虽小。精神与天地往来；宇宙云遐，点滴咸可入画。或小中而见大，俾物我之双忘；起槁木而媒春，纵逸笔焉自好。山水庶见天地之纯全，孽巢尤为浩气所寓托。砚水新蒲，间含秀色；清风拂槛，自散幽芳。今所陈列，大则寻丈，小仅逾寸。妍媸未判，遑论胜场；风力方滋，漫饰丹采。敢云敝帚自珍，聊以寄我梦寐。晓烟夕霭，尽行役之纪程；蜀缣乌丝，犹美学之散步云尔。

此文体现其绘画理论，多用白描，少见典故。

第五是吊古颂今之文。

吊古人的有《汨罗吊屈子文》《长沙吊贾生文》皆骚体，每句尾用兮字。《常熟吊柳蘼芜文》，吊钱谦益妾柳如是。吊文用骚体，后面有散体文二则，一记钱氏墓地，一记钱谦益与柳如是几首诗，说明柳如是曾资助明清之际抗清将领瞿式耜。最后说："一则不必死而竟死（指柳），一则当死而不死（指钱）。牧斋（钱谦益号）初惜其一死，晚恨其迟死。"对钱柳悲剧历代评论甚多，饶先生此论一针见血，精辟允当。

颂今人之文有《戴密微教授八十寿序》。**戴密微**（1894～1979）是法兰西科学院院士，国际著名汉学家，早年曾在中国厦门大学等地任教，研究佛学、道教、敦煌学、中国古典文学，精通汉语、日语、越南语等。饶先生在法国工作时，与之交往甚密，受益良多。有人曾辑集二人信函为《戴密微饶宗颐往来书信集》出版。这篇寿序，把外国学者的学术活动用中国古老的骈体文和古代典故来比喻形容，辞章妙合无间，文采斐然，骈文史上不多见，也许僧肇《鸠摩罗什法师诔序》差可比拟。二文对象都是外国人，区别是一为已逝者，一为健在者。

《送罗元一教授荣休序》，作于1968年，介绍罗教授的学术成就和道德品格，以及朋友、学生的景仰与祝福。上面两篇文章都充满个人感情，与其他序文专论学术者风格略异。《固庵文录》中的骈散文寿序仅收此二篇，可见他很珍视。

饶宗颐先生既是大学者又是大文豪，他的骈体文两者兼具，相得益彰。王晓衡指出："其骈体序，就体裁言，本似与写景相去远。而先生大笔摇曳，眼前或浮动仁山智水，天地氤氲。故序中传神写照之画境，时或展开。"如《说势序刘海粟翁书画》，"文中虽无具体山水风物之描绘，画意与空间意识却极浓厚"。《韩山志自序》有些句子，"看似白描，兼有《尚书》（引者按：当指《禹贡》篇）与六朝骈文之笔意"。《词乐丛刊序》之开篇，"不是面对某一具体之风物名胜，而是巧妙运用古乐典故，选择极富画面感之词句，巧作安排，营造一连串生动意象……各个意象遥承远接，或似无关，而情韵交关，空间巧妙变幻，时间熔铸古今，非山水描写而予人大美。古乐之美不作理表述，而付诸优美想象，令人品读再三，回味无穷"。[①] 说的是骈体序，其他骈体文也有类似特色。

饶氏在《戴密微教授八十寿序》中说："侧闻古之善为学者，如大禹治水，百川会同；工为文者，犹常山之蛇，救首救尾。老子有言，'以正治

---

① 王晓衡：《以正存思，以奇振采——论饶宗颐之丽体序》，见《饶宗颐与华学国际学术研讨会论文集》，华侨大学2011年印刷，第143、149页。

国，以奇用兵，以无事取天下。'而学人者，以正存思，以奇振采，以无误信天下。"这番话虽为赞美戴教授而发，也可以认作饶氏的自我期许，是符合他的作品尤其俪体文之实际的。正由于他追求"以奇振采"，以致用典过于繁奥，一般读者不易理解。

**邝健行**（1937～），出生于广东台山，后移居香港，1962 年毕业于香港新亚书院中文系，1963 年入希腊雅典大学，1971 年获该校博士学位，返港后任教于香港中文大学，1995 年转任香港浸会大学教授，主要研究中国古代诗词文赋，兼及现代武侠小说，已出版《中国诗赋论稿》《武侠小说闲话》《金梁武侠小说长短录》等著作多种。同时创作诗词文赋，已辑为《光希晚拾稿》（2009 年出版，本文所引均见此书），其中甲编收诗 149 首，乙编收文 16 篇，2009 年后又有新作骈文多篇。

邝先生的骈文，最值得注意者是颂扬港人保钓活动的《同舟集序》。文章前半段简述，明清以来，钓鱼岛载于中国版图，班班可考，"二战"中为日寇所窃据，战后未及时接收，日本人称占有主权，斥逐中土来人，中华志士疾痛扼腕。1996 年，港人驾保钓船，拟登岛宣示大义，为日舰所阻而返。同行陈毓祥君，为此殉国。2012 年 8 月，港人复驾船登岛，"对漫海瀛阳，举红旗迎风猎猎，稍挫瀛夷气焰。"下面略叙，香港璞社同人，纷纷为此赋诗，辑成《同舟集》。邝先生说："余观集中篇章，其哀其喜，其抑其扬，莫非作者爱国衷怀之浮涌，而伤金瓯之尚缺者也。""至若陈君毓祥，身死寂寞，名渐于众口；而举国热血青年，多振臂传呼。""社中诸子，其亦有怅惋低徊，咨嗟无尽，而相继赋咏于此者。""亦题中可申之义，可兴之悲。"文字亦骈亦散，热情洋溢，气势高昂。文体是传统的，思想是当代的。

独具特色者有《韩城集序》。邝先生曾于 2002 年、2007 年两度访问韩国，《韩城集》是第二次访韩期间出席东方诗话学大会诸公所赋诗作之汇编。序言前半段述说第一次的感受，后半段介绍诗集编撰经过，兹摘录如下：

> 余辛未仲夏，三韩初访。鸡林未远，下云路而物色万千，曦驾不停，譬陈驹已岁华十七。昼光莫挽，霜鬓益摧。溯夫论学上庠，结朋东国。金侯时掌系政，款接殷勤；李子垂念远人，推置坦率。奎章阁内，能见异书；仁寺洞中，或惊佚稿。期间翻拔朝夕，购集市廛。知

所未知，聚所未聚。四家评点，竟远出蜀人；一月往还，实从游浙士。不意贱名挂齿，大匠传邀。鞠躬趋庭，屏气请益。至则礼服门迎，香茶客奉。从容平揖，君子之谦谦可风；惶恐侧行，晚学之僭越安敢？既而二旬倏逝，瀛海拟航。即闻印刷丛编，销行诗话。丽朝而下，千载若星罗于一宵；鸭水以南，百种得鳞次于片刻。极究研之便，免搜索之劳。

从序文中可以看出，邝先生对韩国朋友的殷勤款待十分感念，（他曾分别赋诗赠大田赵仲业教授和大丘金周汉教授）对韩国收藏的中国古籍尤为珍爱，（回国后出版了《韩国诗话探珍》）对同行朋友的诗作非常赞赏。而这些内容都凝结在雅典明丽、谦恭得体的骈俪四六之文章中，可见其学养之深厚，文笔之娴熟。序文中提到的一些地方我也曾去过，与韩国一些学者也曾接触，与邝先生有同样的感受。

邝先生有两篇关于梁羽生的文章，其一是《梁羽生诗词对联选辑序》，认为梁氏的武侠小说有融合古今的特点。"夫所谓新派武侠，非谓屏绝传统，独矜创新，惟旧是斥，凡新必招。而薄彼不訾仇雠，厚兹尤胜亲眷者也。盍观众作，运前修之针线，另制衣裳；配当世之潮流，别绘模样。揉捏多方，混融一体。""总览先生著册，多纳诗词。所以抒角色之感兴，所以助情节之推移。""虽遵章回之轨辙，亦寓时代之精神。""今意古辞，东人西说，循实试探，会心可得。若夫先生联语之文雅律切，回目之工稳意赅。此特诗词之余艺，艺根而遂食，沃音而晔光。"这些见解是具有先进的文学批评眼光的。

其二是《梁羽生公园记》。公园建于梁羽生的家乡——广西蒙城县，此记现已刻石立于园内。文章指出："自民初以来，武侠小说骤兴，变唐宋豪侠侠义之名，用明清长篇章回小说之体……海内流行，风气沸扬，历二纪而愈盛。"1949 年以后，文艺界或以为斯体无益于治道而见抑，作者遂相继辍笔。"而梁羽生先生即崛于香港，首开篇章，仍续统绪。""先生作品旁沾博采，虽根柢五家，而意旨之映显时代精神，人物之兼摄泰西形象。深心寄托，镕铸独出，有非前人樊篱规模所得域限者。虽若循旧辙，实大开生面。读者惊所未观，传阅褒颂备至。由是名动遐迩，后进纷起效袭。形成时人所称新派武侠小说风气，至今流播发展犹未止。"这样的论断是符合实际的。改革开放以后，中国大陆文艺界改变观念，对金庸、梁羽生为代表的新派武侠小说有充分的认识，已写进新编的中国现代文学史。

邝先生的骈文中有多篇诗词集序，多为个人诗集，也有众人合集，谈诗论文，畅叙友情交谊。还有《饶宗颐国学院成立序》，叙述近数十年来国学在香港之传承与发扬概况，以及成立饶宗颐国学院之作用，立意高卓，言简意赅。邝先生信函亦多骈体，我手头有一篇2013年9月致中国骈文学会会长、秘书长的信，特抄录如下：

> 本月十九日，直上深圳云中，来观大河陇右。参与骈文会议，得接域内群贤。揖让黉宫，清鸣雏凤老凤；析疑晦义，争议春花秋花。既仰至极之高明，且启下愚之蒙昧。会后草原考察，佛寺旅游。驯马后缰，笔筒饮水。黄昏云间，垂粘青草连天；紫野寒凝，渐透秋衣护体。既而喜闻梵呗，具瞻藏传。有恶而实慈，塑尊大小；宗密而同显，佛性始终。遂使南海来宾，眼界惊变；西陲遨士，足迹印临。凡斯种种，莫不仗事先安排，悉心筹画。用敢奉呈寸幅，敬表微忱。款客殷勤，拜手感激。

清丽典雅，记游历，叙情谊，仿佛明季四六小启。

**苏文擢**（1921~1997），曾任香港多所大学教授，其骈文自具特色。如《戊辰开正寄台湾李嘉有贺年函》，是一封贺年短信，却别有风味。戊辰年（1988）是龙年，故大量采用关涉龙的典故和词语。全文41句，其中26句有龙字。全文如下：

> 龙躔在戊，鸿钧回有脚之阳春；龙宿司辰，凤历开纪元之上日。遥维嘉有词老，龙姿日茂，龙寿延禧，龙马精神，龙鸾偕隐。龙吟虎啸，白雪畅其高吟；龙藻蛟腾，金壶妙其墨藻。龙蟠凤逸，定价于三台；龙见鸟渊，领诗文之二妙。龙趋莫逮，龙喜遥瞻。
>
> 文擢进谢龙骧，退谢龙卧。近以沈侯之多病，渐成龙钟；兼如嵇令之难驯，空持龙性。龙威之群书未读，学殖多荒；龙图之统一无期，

乡关何往。方当龙泉洗眼，书细字以销残年；龙隐为心，葆岁华而惜素抱。冷看人间之龙虫（蠛），方寸自闲；休言起陆之龙蛇，百年保己。谨因龙岁，远付龙缄，祈祝龙亨，曷胜龙跃。

这些龙字，或指年岁，或称赞对方，或描述自己，或形容社会，皆允当得体，妙合无间，可见作者具备深厚的文字功底和娴熟的文学技巧。

另一篇《庚午鸣社寿苏礼祝词》，用精美的骈文简括苏氏先祖苏轼的生平和历史地位，摘录其中一段如下：

> 维公道贯三才，学穷百氏。平生忠义，皇天后土鉴其心；寿世文章，河岳英灵秀其气。奇才高于天下，德政布于黎氓。始诞降于岷峨，终归魂于汝颍。降邹阳于十三世，继韩愈于三百年。朔五祖之前身，执奎星之文柄。玉皇香案之吏，紫府押衙之官。岂非所谓生有自来，逝有所为者哉！而乃道大莫容，才高为累。命宫磨蝎，谗口营蝇。虽见赏于神朝，恒取愠于群小。士师有三黜之叹，朝廷无一日之安。早萍梗于江淮，晚牢笯于吾粤。海南之句，安处是乡；岭南之人，不妨长作。四年居惠，携来万户之春；三载离琼，重题六榕之寺。䲭丝禅榻，断梦梨花之魂；蜒雨蛮烟，娱老桄榔之屋。屑玉甘芋羹之糁，流霞剩荷叶之杯。凡此谪宦栖迟，到处风流文采。虽春秋之迭代，料魂魄之常留。千秋怅望之人，萧条异代；七载何堪之地，寥落乡关……

此文前后还写到，时值东坡先生降生 955 岁仙寿辰（按，苏轼生于1037 年，此文写作应在 1992 年），作者率家人及门生至祖先灵前致祝词，表示敬仰及纪念之忱。文章发挥骈俪的特点，对仗工整，节奏铿锵，读起来有音乐感。如果用散体文来写，是难以达到如此美好效果的。苏文擢先生还有《鸣社释义》，表达他对诗歌写作的看法，亦骈亦散，多用虚字，少用典故，对仗不求整齐，风格接近宋四六，与前述两篇有所不同。

**何沛雄**（1935～2013），广东顺德人，香港大学学士、硕士，牛津大学博士，曾任香港中文大学研究院行政主任、香港大学中文系教授，古代辞赋研究专家，已出版著作有《赋话六种》《读赋拾零》《汉魏六朝赋论集》

《汉魏六朝赋家论略》等，后者全书用骈偶文字写成，论述简要精当，行文流畅，是继《文心雕龙》《史通》之后一部难得的用骈文写作的学术论著。下面摘录该书论晋代辞赋一节如下：

> 孝若盛才，思巧宏富，名亚潘岳；士龙明练，布采净鲜，稍次陆机。孙楚卓绝，《笑赋》调笑而自得；挚虞通博，《思游》推应于神明。傅氏父子，赋篇特多。休奕体强直之姿，文采可比荀张；长虞本刚劲之性，实才并骋祯干。子安壮丽，《啸赋》见称，泠然高咏；兴公风流，《天台》浑厚，掷地成声。曹摅清靡于长篇，季鹰辨切于短韵，各有所善。孟阳、景阳，才绮相埒。《蒙汜》司隶延誉，《七命》举世称工。束皙恬淡，《劝农》见讥；应贞文理，《临丹》成采。刘琨雅而多风，卢谌情发而理卓，亦一时之俊也。

这样的文字，处处效法刘勰。称作家之字而罕称名，评骘用语仅二三四字，句式或单句对、双句对、三句对，皆唐以后少见。

**何祥荣**（1965~），出生于香港，1997 年获北京大学博士学位，现为香港树仁大学中文系系主任、教授。已出版《南北朝骈文艺术探赜》《四六丛话研究》《阆风楼辞赋骈文研究》及诗词集三种。另有《阆风楼俪体文钞》（本文所引均见此书）。

何氏骈文中，有两篇游记。其一是《成都游记》。关于成都，古今记述甚多。何氏没有像左思《蜀都赋》那样铺陈物华天宝，人杰地灵，社会百态，也没有学当下的百城赋体式，颂扬新近巨大成就，展望光明前景，而是抓住几个主要景区——少陵草堂、武侯祠、薛涛井，三言五语，做画龙点睛式的概括，而把较多笔墨用于郊区之青城山：

> 距成都百里，诸峰环峙，四季长青者，为青城山。一叶扁舟，渡月城湖之秀；两行索道，陟天师洞之奇。张大千之眷恋，为青岫之魂；于右任之难忘，共白头之愿。张道陵之作道书，徐悲鸿之绘骏马。莫不遗物俱留，余情恒在。朱毫一染，便成掷笔之槽；水墨轻挥，顿拟谪仙之境。仰先贤之绝诣，叹鬼斧之奇工。绝岭登临，眺平原之罔极；

层楼踯躅，感茂木之环抱。千峰送绿，溪壑流清。呼仙气之翩翩，谊中飞翼；览云天之惘惘，鹈鸼（杜鹃）隐林。但爱青城之幽，不逊峨嵋之秀。

并不刻意描绘自然风光，更多地留心文化名人踪迹。何氏是文化人，所以显得不从流俗。

其二是《秦皇岛游记》，访历史遗存，发思古幽情。文中写道：

> 余客游于秦皇之岛。尔乃游园海角，记徐福之求仙；荡楫天滨，想秦皇之遣使。烟涛惘惘，万里腾昆仑之务；鲸浪洪洪，千寻漾河伯之风。听汐语于沧流；看惊潮于舸舰。方信适性之年空寄，长生之药难求。已而驱车荒徼，蹑足荠巷。谒先庙名孟姜，仰雄关曰山海。搜榆关之高阁，孤栋流红；想战国之巷烟，层台耸翠。楼台藏乎秦弩，粉堞隐于胡笳。羽箭齐扬，万马奔狂雷之气；旌旗轻飏，千夫壮大漠之雄。然而征战哀，离别苦。孟女有长城之哭，山石崩颓；秦声无净土之音，镜鸾堕坠。莲池之遇，但寄相思；柳岸之怀，空留私语。抚龙飞之匣，泣鹤别之歌。

这两篇游记都不长，几乎不见散句，对仗工切，语词整饬，选字必精，造句必隽。如诗如赋，又不同于诗赋，是标准的骈体文。

《胡校监鸿烈钟校长期荣九秩华诞序》是言简意赅的祝寿文。何博士服务的香港树仁大学，由胡鸿烈大律师、钟期荣博士夫妇创办，钟先生任校长，胡先生任校监，初为私立，后改公助。经过四十余年的不懈努力，目前系科齐全，师资力量雄厚，历届毕业生受到香港各界欢迎，胡钟伉俪功莫大焉。2011年，二位九秩大寿。何博士此文虽以个人名义，实则代表全校师生心意。全文如下：

> 树德集仁，兴黉宫于慧翠；董风化雨，崇礼义于海隅。尚洪范，研法规。发高文以彝宪，秉硕德以宏篇。乐育菁莪，建上庠以鸿业；勤滋兰蕙，溥恩泽于香江，耀珩璜以雅望，卷耳同心；挥彤管以金针，

睢鸠淑配。德馨万载，名垂缥缃。心长怀于家园，方倾力于青衿。历百劫艰难之日，逢九旬双庆之辰。祥云开乎薹蓥，鸠杖拽乎崇山。嵩高仰业，天保宏兴。祝遐令以松鹤，寄康健以蟠桃。

全文136字，篇幅虽短，内涵精当。用了许多古代典故，彰显胡钟二位在兴办教育、传承中华文化方面的贡献。至于他们二位在法律服务、政治活动、与内地多领域的合作交流等方面的成绩，均一概从略。这样写符合作者为本校教师的身份，十分得体。2002年我曾访问该校，见到胡钟伉俪，年届八旬仍经常视察教务，勤勤恳恳，不遗余力。读了何博士的祝寿文，更增加了我对胡钟二老的由衷敬佩。（补注：钟期荣校长已于2014年4月仙逝）

香港有的学者为人作序，往往用骈体。如香港中文大学王韶生教授为陈耀南《清代骈文通义》作的序，第一段有云：

盛清以来，骈体特盛。譬彼澜阔浩瀚，云诡波掀；天放奇葩，横生枝叶。绣错交绮，缋斧藻以成文；玉润金声，奏笙镛而应节。其时人握灵蛇之珠，家抱荆山之玉。或集艳马班，或嫩润潘陆，或步武江鲍，或比迹徐庾。或规抚于四杰，或揣侔于玉谿。凌铄一时，茗秀特出。莫不积学以综蓄变之理，穷照以铸瑰丽之辞，驯致以达蕴结之情，富才以振风云之气。岂特轶宋迈唐，骎骎乎越齐梁而入晋宋矣。

下面还有两段也都是骈体。此类文章大致与清人序跋相近，而在六七十年代的中国内地早已绝迹了。

香港的骈文写作者，还有颜其麟、罗伉烈、陈耀南、黄坤尧等，其作品不一一列举。

# 现当代骈文名篇选读

## 饶汉祥《致全国父老书》

粤①惟我祖轩辕②，肇开疆土，奄有中夏，经历代圣哲贤豪之缔造。成兹文明古国，凡吾族今日所依止之河山，所被服之礼教，所享受之文物，何一非我大汉先人之遗留哉？故睹城邑宫室，则思古人开土殖民之惠；睹干戈戎马，则思古人保种敌忾之勤；睹典章法制，则思古人贻谋教诫之殷。骏誉华声，世世相承，如一家然，父传之子，祖衍之孙，宁容他族，实逼处此。何物杂种，敢乱天纪。挽弓介马，竟履神皋③。入关之初，淫威大肆。我神明胄裔，父老兄弟，遭逢惨戮，靡有孑遗。若扬州④，若江阴⑤，若嘉定⑥，屠戮之惨，纪载可稽。又复变法易服，渎乱冠裳。而历代相传之文教礼俗，扫地尽矣。呜乎！我四万万同胞，谁无心肝？父老遗闻，即不记忆。且请睹各驻防之谁属⑦，各重要职权之谁掌⑧，其用意可揣而知矣。凡二百六十年⑨淫苛之术，言不胜言。至今日则发之愈迟，而出之愈刻。乃者，海陆交通，外侮日急。我有家室，无不图存。彼以利害相反，不惜倒行逆施。放开知识则谓破其法律，尚术技则谓扰其治安。百术欺愚，一意压制。假预备立宪之美名，以行中央集权之实。借举行新政之虚说，以为搜刮聚敛之端。而乃修园陵，治官寝，宝嬖佞，赏民贼。吾民膏血，朘削殆尽。哀鸿遍野，呼吁不灵。是谁夺其生产，而置之死地乎？且矜其宁送友邦，弗与华族之谬见。今日献一地，明日割一城。今日卖矿，明日卖路。吾民或争持，则曰干预政权，曰格杀勿论。甚且举吾民自办之路，自集之款，一网而归之官。呜乎！谁无生命？谁无财产？而日托诸危疑之地，其谁堪之？夫政府本以保民，而反得其害，则奚用此政府为？

本政府用是首举义旗，万众一心，天人同愤，白麾所指，瓦解山颓。故一二日间，湘鄂赣粤，同时并举。皖宁豫陕，亦一律响应。而西则巴蜀，已先克复。东南半壁，指顾告成。是所深望于十八行省父老兄弟戮力共进，相与同仇，还我邦基，雪我国耻。永久建共和政体，与世界列强并峙太平洋之上，而共享万国和平之福。又非但宏我汉京而已，将推此赤心，振扶同病，凡文明之族，降在水火，皆为我同胞之所必怜而救之者。呜乎！机不可失，时不再来。想我神明贵族，不乏英杰挺生之士，曷不执干起义，共建宏图。直抵黄龙⑩，叙勋痛饮。则我汉族同胞万世之光荣矣，我十八行省父老兄弟其共勉之。除布告外，特达。

——选自《黄陂文集》

**注释**

① 粤：发语词，无义。

② 轩辕：黄帝。

③ 神皋：神圣国土。

④ 扬州：1645 年，清军南下，明大将史可法坚守江苏扬州，全城军民合力抗清。城破后，清军大屠杀十余天。后来王秀楚著《扬州十日记》记其事。

⑤ 嘉定：即今上海市嘉定区。清军南下，嘉定军民抵抗，城破后，清军屠城三日。

⑥ 江阴：江苏江阴市。清军南下，嘉定军民在典史闫应元领导下坚守八十一天，城破后，清军大肆屠杀。

⑦ 清政府在全国重要地区派八旗兵驻防、控制。

⑧ 清前期全国督抚将军率由满人出任。

⑨ 满族入主中原在 1644 年，至武昌起义 1911 年，共计 267 年。

⑩ 黄龙：地名，又名龙城、黄龙府，故城在今吉林省农安县，古时为契丹、金人属地。南宋抗金名将岳飞对部下说："直捣黄龙府，与诸君痛饮尔。"他借指金人老巢，此文指日本本土。

（谭家健　注释）

## 成惕轩《山房对月记》

绵绵远道，东西南北之人①；黯黯流光，离合悲欢之迹。羡闲鸥物外，直忘黍谷喧寒②；问皎兔天边，几阅蓬瀛清浅③。试稽弦望④，用志沧桑⑤。

粤当弱冠之年⑥，适遭多艰之会。掠郡而角方倡乱⑦，辞家则粲赋从军⑧。扬彼秋帆，憩于夏口⑨。尔乃冯夷肆虐，黔首罹灾⑩。平陆成江，讶老蛟之未死⑪；层楼独夜，招黄鹤而不来⑫。湿萤与坠露争飞，泽雁共寒芦一色。挽澜无计，横槊谁歌⑬。极人事之萧条，嗟江山之摇落。此汉皋之月也⑭。

嗣旅上京，欣瞻弘业。龙蟠虎踞，盛开一代风云[15]；草长莺飞，消尽六朝金粉[16]。眷怀名迹，刻意清游。尝坐花以揽澄辉，或瀹茗而消永夕焉。天不祐汉，海忽扬波[17]。见迫强邻，遂兴义战[18]。时则惊乌绕树[19]，突骑窥江[20]。傍桃渡以星稀[21]，望芦沟而云暗[22]。磨牙鲸鳄，自矜海国之雄[23]；赪尾鲂鱼，真痛王城之毁[24]。拜手向紫金陵墓，敢告在天[25]；举头指白玉楼台，誓当还我。相看寥廓，无限低徊[26]。此南都之月也。

楼船西迈[27]，蜀道天高。凭万夫莫开之关[28]，当半壁方张之寇。修其器甲，固我山川。虽胡马之牧临洮，难逾跬步；而火牛之扚即墨，罔及层空[30]。警讯频传，良宵每负。穴中人静，惟斗蚁之堪闻；竿上灯青，知毒鸢之已遁[31]。星河依旧，岁篇载更。俄而港陷珍珠，岛焚玉石[32]。强弩朝挫，降幡夕张。回日驭于瀛边，扶桑半萎[33]；涌冰轮于剑外，爆竹齐喧[34]。戏语素娥[35]，行辞白帝[36]。此巴山之月也。

蓟北新收[37]，江南亟返。锦帆去也，三声啼巫峡之猿[38]；玉宇纷然，万贯舞扬州之鹤[39]。旧巷偶寻马粪，文物都非[40]。疏帘重认蛾眉，婵娟未减[41]。朱绞翠袖，歌垂杨晓岸之词[42]；绿醑华灯，度玉树后庭之曲[43]。无何而烽传青犊[44]，劫堕红羊[45]。弥天腾鼓角之声[46]，大地碎山河之影。铜仙泪滴[47]，宝镜光沉[48]。剩堤柳以栖鸦，凄其隋苑[49]；抚烟萝而驻马，别矣吴山[50]。此沪杭之月也。

金瓯再缺[51]，铁幕四垂。转徙羊城[52]，劫来鲲峤[53]。故园归梦，托河苇以徒劳[54]；倦客羁愁，随阶蕈而共长[55]。杜鹃枝外，咽笳吹于三更[56]；铜马声中[57]，莽关河其万里。乡心五处，思白傅之弟兄[58]；皓魄连宵，忆鄜州之儿女[59]。谁遣晶盘出海，盛泪遥年[60]；但期银汉分潮，洗兵来日[61]。此蓬壶之月也[62]。

行役四方[63]，阅时卅稔。蟾圆天上[64]，才得三百六十回；虫劫人间[65]，何啻百千万亿数。月犹是也，而陵谷推迁[66]，波云诡谲[67]。睹崇台之鹿走[68]，听荒堠之鸡鸣[69]。盖有不胜其骇愕怅惋者焉。所愿氛埃扫却[70]，桂魄增莹[71]。笑语迎来，柳梢无恙。清樽对饮，长娱优健之身；虚幌同看，更接光华之旦[72]。

——选自《楚望楼骈文》

### 注释

① 东西南北之人：言居无常处。《礼记·檀弓》："孔子曰：吾闻之，古也，墓而不坟。今丘也，东西南北之人也，不可以弗识也。"

② 羡闲鸥物外，直忘黍谷暄寒：黍谷庄今北京市密云县西南，相传燕人种黍其中，故名。后因称处境穷困而有转机为黍谷生春。物外，犹言世外。

③ 问皎兔天边，阅蓬瀛清浅：俗传月中有兔，故以皎兔为月之代词。蓬瀛，谓蓬莱与瀛洲，皆海中仙山名。

④ 弦望：刘熙《释名》："弦，月半之名也，其形一旁曲，一旁直，若张弓弛弦也。望，月满之名也，月大十六日，月小十五日，日在东，月在西，遥相望也。"

⑤ 沧桑：沧海桑田之简称。志，同志。

⑥ 弱冠：男子二十岁曰弱冠。体犹未壮，故曰弱冠。

⑦ 掠郡而角方倡乱：东汉灵帝时，钜鹿人张角以道术授徒，并遣弟子四处传布，蓄意造反。中平初，角乃驰敕诸方，一时俱起，徒众皆著黄巾为标识，时人谓之黄巾贼。

⑧ 辞家则粲赋从军：东汉末，天下丧乱，山阳人王粲辞家至荆州依刘表，后仕魏，为建安七子之一。曾作《从军诗》五首，述流离之苦。

⑨ 夏口：本湖北汉阳县地，清置夏口厅，属武昌府。民国改厅为县，治汉口，即现在武汉市汉口区。

⑩ 冯夷肆虐，黔首罹灾：言民国二十年长江泛滥成灾，湖南、湖北、安徽等省百姓均遭其害。冯夷，水神名，即河伯。黔首，谓百姓，以其首黑，故云。

⑪ 老蛟：泛指水生动物。

⑫ 黄鹤：崔颢《黄鹤楼诗》："昔人已乘黄鹤去，此地空余黄鹤楼。黄鹤一去不复返，白云千载空悠悠。"

⑬ 横槊：横槊赋诗，指曹操。

⑭ 汉皋：汉口之别称。

⑮ 龙蟠虎踞：指南京。

⑯ 草长莺飞：出丘迟《与陈伯之书》："暮春三月，江南草长，杂花生树，群莺乱飞。见故国之旗鼓，感生平于畴日，抚弦登陴，岂不怆悢。"

⑰ 海忽扬波：周成王时，越裳氏来朝，曰："海不扬波者三年，意者中国其有圣人乎。"见《韩诗外传》。此则反用其意，言日本军阀轻启战争，入侵中国。

⑱ 义战：指抗日战争。

⑲ 惊乌绕树：曹操《短歌行》："月明星稀，乌鹊南飞。绕树三匝，无枝可依。"

⑳ 突骑窥江：突骑，冲突之军队。

㉑ 桃渡：即桃叶渡，晋人王献之送妾桃叶于此。故址在今南京市秦淮河与青溪合流处。

㉒ 芦沟：桥名，在今北京大兴区宛平城外。

㉓ 磨牙鲸鳄，自矜海国之雄：二句责日军妄自尊大。

㉔ 赪尾鲂鱼，真痛王城之毁：《诗经·周南·汝坟》："鲂鱼赪尾，王室如毁。"二句哀南京沦陷。

㉕ 拜手，拜时首至手。紫金，山名，即钟山，在南京市中山门外，明孝陵、中山陵均在此。

㉖ 相看寥廓，无限低徊：寥廓，广阔。低徊，徘徊留恋之意。

㉗ 楼船西迈：言国民政府迁都重庆。船之高大者曰楼船。

㉘ 凭万夫莫开之关：李白《蜀道难》："一夫当关，万夫莫开。"

㉙ 胡马之牧临洮，难逾跬步：杜甫诗，"近闻犬戎远遁逃，牧马不敢侵临洮"。跬步，半步。此言四川地势险固，日寇虽步步进逼，亦难轻易得逞。

㉚ 火牛之扞即墨：战国时，燕将乐毅伐齐，惟莒与即墨未下。齐田单被举为即墨将，乃收城中牛千余，角束兵刃，尾束灌脂薪刍。夜半，凿城数十穴，驱牛出城，使壮士五千人随牛后，而焚其尾，牛被烧痛，直冲燕军，燕军大溃。

㉛ 毒鸢：指轰炸中国之日本飞机。

㉜ 港陷珍珠，岛焚玉石：此言，日本空军偷袭美国海军基地珍珠港，美军以原子弹轰炸日本之广岛、长崎，日本宣告无条件投降。

㉝ 回日驭于瀛边，扶桑半萎：日驭，谓驭日之神。我国称日本曰扶桑。此言日本投降后，其国中破败不堪，疮痍满目。

㉞ 涌冰轮于剑外，爆竹齐喧：言我抗战胜利，举国欢腾。冰轮，以喻月。剑外，剑门以外。四川剑阁县北有剑门山。

㉟ 素娥：即嫦娥。又泛指素衣之美女。

㊱ 白帝：城名，故址在今四川奉节县东。

㊲ 蓟北新收：杜甫《闻官军收河南河北诗》："剑外忽传收蓟北，初闻涕泪满衣裳。却看妻子愁何在，漫卷诗书喜欲狂。"

㊳ 锦帆去也，三声啼巫峡之猿：李商隐《隋宫诗》："玉玺不缘归日角，锦帆应是到天涯。"郦道元《水经注》江水："故渔者歌曰：'巴东三峡巫峡长，猿鸣三声泪沾裳。'"

㊴ 玉宇纷然，万贯舞扬州之鹤：苏轼《水调歌头》："我欲乘风归去，又恐琼楼玉宇，高处不胜寒。"《商芸小说》："腰缠十万贯，骑鹤上扬州。"以上四句言胜利凯旋。

㊵ 旧巷偶寻马粪，文物都非：《南史 · 王志传》："志家居建康禁中里马粪巷，父僧虔，门风宽恕，志尤惇厚，兄弟子侄皆笃实谦和，时人号马粪诸王为长者。"

㊶ 疏帘重认蛾眉，婵娟未减：李白《怨情诗》："美人卷珠帘，深坐颦蛾眉。"杨亿《七夕诗》："月魄婵娟乌绕树，河流清浅鹊成桥。"

㊷ 垂杨晓岸词：柳永《雨霖铃》词云："今宵酒醒何处，杨柳岸，晓风残月。此去经年，应是良辰好景虚设。便纵有，千种风情，更与何人说。"

㊸ 玉树后庭曲：《隋书 · 五行志》：后主作新歌，辞甚哀怨，令后宫美人习而歌之。其辞曰："玉树后庭花，花开不复久。"时人以为歌谶，此其不久兆也。

㊹ 烽传青犊：崔涂《已亥岁感事诗》："已闻青犊（汉光武帝时之乱党）起葭萌，又报黄巾犯汉营。"

㊺ 劫堕红羊：宋柴望作《丙丁龟鉴》，大旨谓丙午丁未为国家厄会，世因谓丙午丁未之厄曰红羊劫。其曰红羊者，丙属火，色赤，未为羊，故云。

㊻ 鼓角：军中号角。

㊼ 铜仙滴泪：《史记》记：秦始皇收天下兵，销以为金人十二，各重千斤，置于宫中，后世称之为"金铜仙人"。魏明帝徙金人置洛阳，仙人临载，竟潸然泪下，惜别故地。唐李贺有《金铜仙人辞汉歌》咏此事。

㊽ 宝镜：喻月。

㊾ 隋苑：炀帝在今扬州造隋苑，亦名西苑。

㊿ 吴山：山名，在浙江杭州市境内。

(51) 金瓯：《南史 · 朱异传》：梁"武帝言，我国家犹若金瓯，无一伤缺"。

(52) 羊城：即五羊城，广州市之别称，相传有五仙人骑五色羊，持谷穗遗州人，因名广州曰五羊城，亦名穗城。

(53) 劫来，犹言遂来。鲲峤，指台湾。

(54) 河苇：《诗经 · 卫风 · 河广》："谁谓河广，一苇杭之。"一苇，谓一束苇，借喻为小舟。

(55) 阶蓂：尧时，有草夹阶而生，月朔始生一荚，月半而生十五荚。十六日以后，日落一荚，及晦而尽。月小，则一荚焦而不落。名曰蓂荚，一曰历荚，观之以知旬朔。

(56) 笳吹：蔡文姬为胡人所掠，入番为王后。魏武帝与其父蔡邕有旧，敕大将军赎以归汉。胡人思慕文姬，乃卷芦叶为吹笳，奏哀怨之音。

(57) 铜马：新莽末，群贼蜂起，铜马其一也，盖以军容强盛为别号，后为光武帝刘秀所破。

(58) 乡心五处，思白傅之弟兄：白居易《望月有感诗》："时难年荒世业空，弟兄羁旅各西东。田园寥落干戈后，骨肉流离道路中。吊影分为千里雁，辞根散作九秋蓬。共看明月应垂泪，一夜乡心五处同。”白居易曾任太子少傅，世称白傅。

(59) 皓魄连霄，忆鄜州之儿女：鄜州，即今陕西富县。杜甫《月夜诗》：“今夜鄜州月，闺中只独看。遥怜小儿女，未解忆长安。”

(60) 晶盘：水晶盘，谓月。李商隐《碧城诗》：“若是晓珠明又定，一生长对水晶盘。”

(61) 但期银汉分潮，洗兵来日：杜甫《洗兵马行》：“安得壮士挽天河，净洗甲兵长不用。”银汉，即天河。

(62) 蓬壶：谓蓬莱与方壶，俱海中仙山名。此指台湾。

(63) 行役：《诗经·魏风·陟岵》：“陟彼岵兮，瞻望父兮。父曰嗟予子行役，夙夜无已。”后世通谓行旅之事为行役。

(64) 蟾圆：俗传月中有蟾蜍，故称月为蟾光，蟾魄。

(65) 虫劫：《太平御览》七十四引《抱朴子》：“周穆王南征，一军尽化，君子为猿为鹤，小人为虫为沙。”后以喻从军而战死者。

(66) 陵谷推迁：指山河变迁，高岸为谷，深谷为陵。

(67) 波云诡谲：即波谲云诡，喻世局难测。

(68) 崇台鹿走：昔日崇高台榭，如今野兽奔走。

(69) 荒埭鸡鸣，《明一统志》：“鸡鸣埭在青溪西南潮沟之上，齐武帝早游钟山射雉，至此埭则闻鸡鸣。”

(70) 氛埃：马融《广成颂》：“清氛埃，扫野场。誓六师，搜隽良。”

(71) 桂魄：旧传月中有桂树，高五百丈。故月称桂魄。

(72) 更接光华之旦：光华，谓景色明丽。《尚书大传·虞夏传》：“卿云烂兮，礼缦缦兮。日月光华，旦复旦兮。”成惕轩此文最后几句意谓：希望气氛缓和，月亮增辉，含笑归故里，景物依旧，与亲人对饮，与老妻共同赏月，迎接一天比一天更明亮的日月光华。

（谭家健　注释）

## 饶宗颐《世说新语校笺》序

《世说新语》者，盖人伦之渊鉴，而言谈之林薮也①。始自东京，盛言品第。或月旦于当朝，亦甲乙于乡党②。辨汝颍之优劣，何止孔陈③；述青楚之人物④，群推伏习。披何晏冀州之论，犹讽尚贤⑤；稽卢毓九州之篇，先举性行⑥。魏文陈其士品⑦，姚信申以士纬⑧。铨才所趋，魏吴靡间。谢万之区隐显，论标八贤⑨；戴胜之赞竹林，作者七子⑩。臧否人物，启迪玄风，喻太初以明月入怀，称文康如丰年积玉。此则饮水知源，抚柯求叶。远搜孙绰之佚篇⑪，信为临川之前道者也。世说之书，首揭四科，原本儒术。中卷自方正至豪爽，瑾瑜在握，德音可怀。下卷之上，类指偏激者流；下卷之下，则陈险征细行。清浊有体，良莠胪分，譬诸草木，既区以别。迹其所述，大抵参郭颁之《世语》⑫，裴启之《语林》⑬。虽寻撷乎多方，惟藻镜以为准。义庆他著，赞则述徐州之先贤，传复志江左之名士⑭。十步芳草，换其芬芳，世说辅悦之，诚如骖靳。而论者辄谓清谈至于东晋，仅具纸上之空文，类锈名士之擎悦；衡以前轨，未为笃论⑮。自《晋书》粗加甄采，俾作史材；隋志列于小说，误当谈助。乃校孝标之注，用招子玄之讥⑯；遽以委巷琐记目之，于此书大旨，失之远矣。宋氏以来，叠有缉理：元献始为鬻截，彦章考其世谱。山谷摘钞，事同獭祭⑰。虽浅之以视此书，亦得风行而寖广焉。门人杨君东波，服膺二刘，寝馈六代，旁鸠众本，探赜甄微，网罗古今，数易寒暑，义蕴究宣，勒成三卷。固已辨穷河豕，察及泉鱼。《史通》之赞刘注，誉非过情；施之于君，抑何多让。囊于君篇，谬尸指道，杀青甫就，敢赘数言，用彰深沈之思，冀收攻错之效。断鳌立极，孰谓锐志于短书？集腋成裘，待昭剩义于它日云尔。一九六九年五月，饶宗颐识于新加坡大学中文系。

——选自饶宗颐《固庵文录》

### 注释

① 《晋书》：时人谓（裴）顾为"言谈林薮"。

② 蜀费祎有《甲乙论》。

③ 孔融、陈群并有《汝颍优劣论》。

④ 伏滔、习凿齿俱有《青楚人物论》。

⑤ 《御览》四四七引何晏《冀州论》，言举贤事，如云："恭谨有礼，莫贤乎赵衰。"

⑥ 卢毓有《九州人士论》，在《隋志》名家（类）。《魏志》毓传云：毓于人及选举，先举性行，而后言才。"

⑦ 魏文帝有《海内士品》，见两唐志。类聚、书钞、御览并引之，隋志列于史部传类，不著撰人。又名家类有《士操》一卷，魏文帝撰。姚振宗谓文帝不当以"操"名书，士操似即《士品》之误。

⑧ 吴姚信《士纬》十卷，有马国翰辑本。

⑨ 谢万《八贤论》言四隐四显，见御览品藻引。

⑩ 戴胜《竹林七贤论》，御览所引甚多。兹引一条见例：一王济尝解禊洛水，明日或问王曰："昨日游有何语议？"答曰："张华善说史汉，裴逸民叙前言往行，衮衮可听。"（御览三十引）

⑪ 孙绰著有《孙子》，唐志刊于道家，十二卷，马国翰有辑本。其品藻人物，颇似世说。如："世中称庾文康为丰年积玉，庾稚恭为荒年谷，目夏侯泰初如明月入怀。"

⑫ 郭颁有《魏晋世语》十卷，世说方正篇注引之。其书时有异事，故颇行于世。颁，晋襄阳令。

⑬ 裴启《语林》有马国翰辑本，持与世说相较，多相同。故论者谓"义庆是书，仿裴启语林作，而以其先世（刘向）亡书之名以名之"。（姚振宗说）

⑭ 义庆著有《徐州先贤传赞》及《江左名士传》，隋志史部著录。

⑮ 参陈寅恪《陶渊明思想与清谈之关系》。

⑯《史通·杂说篇》于世说颇有讥评。又补注篇论"孝标善于攻谬，博而且精。……方复留情于委巷小说，锐思于流俗短书，可谓劳而无功，费而无当者矣"。

⑰ 黄山谷摘钞世说原帙，往年曾见于香翰屏先生家，现归李氏。

（饶宗颐　自注）

## 魏明伦《绿杨村记》①

四川评书开板，蓉城茶馆沸腾。话说青史，笑看红尘；兴久转衰，衰久思变。白云化苍狗②，铜驼陷荆棘③，闹市成废墟，荒漠变绿洲。阿房宫何其大也④！怒火一焚，而今安在哉？深圳渔村何其小也！暖风一吹，富甲中国矣。

比渔村更小者，绿杨村旧址三洞桥也。桥在锦江畔，街在少城中。虽是弹丸之地，历尽百年沧桑。一部微型野史，浓缩小巷之间。

回眸忆晚清，少城即满城⑤。专供旗人居住，汉民不得擅入。禁城封闭，形同蜈蚣。街似虫身，巷如虫脚。八旗子弟多是寄生虫⑥，托荫贵族，享受特权，尔吃尔喝，民脂民膏。安乐窝养成懒汉，腐败风刮出官僚。尸位素餐⑦，无寸进之功；声色犬马，有千般之巧。玩物丧志，文过饰非。麻将雅称雀战，鸦片尊号芙蓉。溃疡美如乳酪，红肿艳如桃花。有此八旗子弟，满城焉得不颓？清朝焉得不亡？

城头换旗帜，桥洞流春秋。前有死水微澜，后有暴雨大波⑧。卢沟桥炮响，三洞桥震惊。仁人志士，学运工潮，轰轰烈烈涌上街头，浩浩荡荡游行桥边。宣传抗日救亡，唤醒昏睡同胞。抛开麻将方城⑨，修筑血肉长城。然而，前方吃紧，后方紧吃。吃在成都，乐在官场。三洞桥有著名之鲢鱼⑩，普天下无不散之筵席。空袭警报鸣，倭寇飞机来。此桥惨遭轰炸，这街遍地弹痕。三洞桥亦如三家巷⑪，各有信仰，各寻道路。有人冒着敌人炮火前进，有人对着神灵香火乞求。补断桥，填弹坑，兴建观音阁；种草席，捐门槛，跪念消灾经。经不灵，灾不消。哗啦啦水淹庙宇，黑滔滔浪打慈航。泥菩萨过河自身难保，谁能普度众生跳出苦海？

忽报龙盘虎踞，喜看地覆天翻。旌旗南下，饮马锦江。三大纪律如同三章约法⑫，蜀中父老箪食壶浆欢迎子弟兵⑬。秧歌队扭过少城，和平鸽捎来福音。首都已治龙须沟⑭，成都应治三洞桥。只说从此换了人间，谁知又是萧瑟秋风。三年谎祸，十年浩劫。忙于整人，疏于治水。桥下洪灾依然泛滥，路旁棚户仍旧贫穷。东西马棚，夹杂牛棚。各种打入另册之辈⑮，流落到此矮檐栖身。当时鄙视为藏污纳垢之洞，后来证实为藏宝蓄珍之街。有地利可开发，而天时不至。草木萌动，鱼鳞跳跃，翘首渴望风云际会。

一场及时雨，花重锦官城。三洞桥随改革而巨变，绿杨村伴奇迹而诞生！

旅人旧地重游，惊奇不辨原址。昔年陋巷，当代康庄。满眼苍翠欲滴，通街杨柳成行。金河鱼水情清澈如镜，广厦高耸入云。四周繁华，中心幽静。街道花园，都市乡村。恍若结庐人境⑯，又似梦如桃园。今夕何夕？此间何地？是破落满城？是轰炸废墟？是水注破庙？是泥泞牛棚？新旧时代之差，竟如天壤之分。情系勿忘草，语寄绿杨村：幸福来之不易，广厦居安思危。勿忘国耻，勿忘浩劫，勿忘仗义，勿忘扶贫。当以满城兴亡为鉴，小康戒懒，大康戒奢。防止八旗重演，祝愿绿杨长青也！

——选自《魏明伦新碑文》

## 注释

① 绿杨村：是四川成都市三洞桥附近的现代住宅建筑群。

② 白云化苍狗：比喻世事变幻太快，如天上白云，瞬息变为苍狗状。

③ 铜驼陷荆棘：古代于宫门外置铜铸骆驼，是京城、宫廷、政权的象征。荆棘杂草

丛生，淹没骆驼。比喻亡国，山河破碎。

④ 阿房宫何其大也：阿房，秦宫殿名，故址在今陕西长安西。公元前 206 年，项羽进驻咸阳，焚毁阿房宫。唐杜牧《阿房宫赋》："楚人一炬，可怜焦土。"

⑤ 少城即满城：少城，位于成都市中心。公元前 316 年秦灭蜀，张仪仿咸阳在成都建大城和少城。后屡经兵燹，清康熙年间重建少城，作为八旗营地。专供满人居住，别名满城。

⑥ 八旗子弟多是寄生虫：八旗贵族入关后享有种种政治、经济特权，其子弟坐享其成，逐渐腐化。"八旗子弟"便成为享受特权、百无一能的贵族子弟代称。

⑦ 尸位素餐：尸位，有职位不作为。素餐，吃闲饭，白吃饭。

⑧ 前有死水微澜，后有暴雨大波：双关语。从川籍作家李劼人所著长篇小说《死水微澜》《大波》的书名化出。

⑨ 抛开麻将方城：打麻将雅称垒方城。桌上四方垒牌，状如方城。

⑩ 三洞桥有著名之鲢鱼：指成都著名小吃"周鲢鱼"，老店在三洞桥。

⑪ 三洞桥亦如三家巷：《三家巷》是现代作家欧阳山所著长篇小说，描写广州一条胡同居住的三家人几代恩仇，反映从清末到北伐战争时期广州的历史风云。

⑫ 三章约法：秦王朝即将覆亡之际，刘邦攻入咸阳之前，与父老约法三章。

⑬ 箪食壶浆欢迎子弟兵：箪，盛饭的竹编器皿。用箪盛饭，用壶盛水，欢迎入城军队。

⑭ 首都已治龙须沟：龙须沟是老北京贫民窟中一条臭水沟。1950 年，政府治理龙须沟。作家老舍创作话剧《龙须沟》，并拍成故事片，使龙须沟之变化传播全国。

⑮ 各种打入另册之辈：另册，清代造户口册，分为正册、另册，有劣迹者，记入另册。1926 年前后，湖南农民运动爆发，将土豪劣绅打入另册。1950 年后，各种政治运动中被冲击的人员，等于打入另册。

⑯ 恍若结庐人境：结庐，构造房屋。陶渊明诗："结庐在人境，而无车马喧。"

（魏来、魏完　注释）

## 曲冠杰①《楚辞研究的一方沃土》（节录）

——记《职大学报》"楚辞研究专栏"

灵均赋骚，金相玉质，上绍风雅，下启辞赋。篇章闳阔，比兴杂出。宋、景②传述，枚、贾③趋风。开流前代，衣被后世。实风人不祧之祖，百代诗赋之宗。昔淮南④作传，推其争光日月；史迁⑤流涕，临渊而倍悲其志。彦和⑥辨骚，叹为惊才风逸；下贤⑦外传，方之龙逢、比干。自子政⑧厘定，班史⑨著录，学者探幽，注家蜂起。刘、扬⑩之解《天问》，班、贾⑪之注"骚经"，虽全豹无由得觅，而片羽犹有遗珍。东京以降，百有余家。宜城⑫奠基于前，丹阳⑬补苴于后，婺源⑭之辨义旨，歙县⑮集之众说，桐城⑯合诂，衡阳⑰发微，武进⑱翔实，休宁⑲简明，可谓灿然大备矣！

近世以来，屈学大显，名家迭出，方法日新。廖、胡⑳之别调，虽起波澜；郭、闻㉑之横通，另辟蹊径。游、林㉒坛坫于北地，姜、汤㉓冠冕于南国。翩翩群彦，斯学盛矣！文革谬评，张冠李戴，强屈归法，正论寝声。迨四凶束手，学苑复苏，十年榛芜，芳菲再现。而时移世异，人竞驰骛，心艳金紫，梦逐青蚨。芝兰资麓，精芜杂陈。然不乏有志之士，株守青灯；复有卓识刊物，旗帜高涨，使楚辞之学长盛不衰。

于今报章如海，刊物如林，而研究楚辞之专门刊物竟付阙如！而在刊物中辟楚辞研究专栏者，则仅两家：南有湖南岳阳之《云梦学刊》，北有蒙古包头之《职大学报》，如桴鼓之相应……。《职大学报》楚辞专栏之旨：在弘扬民族之精神……主编周君秉高，生于海门，秉江南之淑气；长于鹿城㉔，沐塞北之罡风。内蒙古大学毕业后，几经浮沉，而终能淡泊宁静，潜心治学，不为名累，不受利诱，孜孜于楚辞，成绩斐然，为学界所称道。周君以楚辞专家而主政，可谓刊得其人，人得其位，宜其长存而不替也……。

——选自 2007 年 8 月 31 日《光明日报》

### 注释

① 曲冠杰：《光明日报》资深编辑，已退休。此文实为一篇精练的楚辞研究小史。

② 宋、景：《史记·屈原列传》："屈原既没之后，楚有宋玉、唐勒、景差之徒者，皆好辞而以赋见称，然皆祖屈原之从容辞令，终莫敢直谏。"

③ 枚、贾：汉人枚乘、贾谊。枚乘作《七发》之赋，贾谊有《惜誓》《吊屈原赋》等篇。

④ 淮南：汉淮南王刘安。班固《离骚序》云："昔在孝武，博览古文。淮南王刘安序《离骚传》。"

⑤ 史迁：司马迁。其《史记·屈原列传》云："余读《离骚》《天问》《招魂》《哀郢》，悲其志。"

⑥ 彦和：南朝宋刘勰，字彦和，其《文心雕龙·辩骚》云："不有屈原，岂见《离骚》，惊才风逸，壮志烟高。"

⑦ 下贤：唐人沈亚之，字下贤，著《屈原外传》。

⑧ 子政：西汉刘向，字子政，第一个将屈、宋等作品编纂成册，定名"楚辞"。

⑨ 班史：班固《汉书·艺文志》著录"屈原赋二十五篇"。

⑩ 刘、扬：刘向、扬雄。王逸《天问》后叙云："至于刘向、扬雄，援引传记以解说之，亦不能详悉。"

⑪ 班、贾：班固、贾逵。王逸《离骚》后叙云："班固、贾逵，复以所见，改易前移，各作《离骚经章句》。"

⑫ 宜城：东汉王逸，湖北宜城人，著《楚辞章句》，是现传第一位注骚之人。

⑬ 丹阳：宋人洪兴祖，江苏丹阳人，著《楚辞补注》。

⑭ 婺源：宋人朱熹，江西婺源人，著《离骚集注》和《楚辞辩证》。

⑮ 歙县：明人汪瑗，安徽歙县人，著《楚辞集解》。

⑯ 桐城：明末清初钱澄之，安徽桐城人，著《屈诂》。

⑰ 衡阳：明末清初王夫之，湖南衡阳人，著《楚辞通释》。

⑱ 武进：清人蒋骥，江苏武进人，著《山带阁注楚辞》。

⑲ 休宁：清人戴震，安徽休宁人，著《屈原赋注》。

⑳ 廖、胡：指廖平，胡适。廖平（1852～1932），著名经学家，其《楚辞新解》《楚辞讲义》以为《离骚》非屈原所作，而为"秦博士作"。胡适（1891～1962），著名文学家、哲学家，其《读楚辞》以为《离骚》"或许是汉人作"。

㉑ 郭、闻：指郭沫若、闻一多。郭沫若（1892～1978），现代文学家、历史学家，著名楚辞学家，其《屈原研究》一著对廖、胡"屈原否定论"做了系统而全面的批评。闻一多（1899～1946），清华大学教授，著名楚辞学家，有《楚辞校补》《九歌解诂》等著述。

㉒ 游、林：指游国恩、林庚，皆北京大学中文系教授。游国恩（1899～1978）有《楚辞概论》《楚辞学论文集》《离骚纂义》《天问纂义》等论著。林庚（1910～2006），有《诗人屈原及其作品研究》《天问论笺》等论著。

㉓ 姜、汤：指姜亮夫、汤炳正。姜亮夫（1902～1995），杭州大学中文系教授、中国屈原学会首任名誉会长，有《屈原赋校注》《楚辞书目五种》《楚辞今绎讲录》《楚辞通故》等论著。汤炳正（1910～1998），四川师范大学中文系教授，中国屈原学会首任会长，有《屈原新探》和《楚辞类稿》等论著。

㉔ 鹿城：指内蒙古包头。

（周秉高　注释）

# 外编

# 域外骈文创作

## 第一节 域外骈文概说

灿烂辉煌的中华文化，从秦汉以后陆续向周边地区传播。

东方近邻朝鲜半岛与中国山水相连，至迟在秦汉之际，汉字和中华典籍已经传入。儒家经典、佛道经注、文史著作等，随着人们的频繁交往而不断进入半岛，并为当地居民普遍接纳。十五世纪以前，汉字是朝鲜半岛唯一书写和沟通工具，十五世纪以后才有朝鲜民族自己的文字——谚文，但应用不广，主流仍是汉字。二十世纪初，朝鲜文字才推广开来。朝鲜半岛最早的骈散兼用之文，是《百济上北魏请伐高句丽表》，写作时间是五世纪下半叶，相当于南朝刘宋后期。新罗从唐代高宗时统一半岛之后，就不断向中国派遣留学生、遣唐使，宋元明清一直未断。骈文的写作，在公私文翰中绵延不辍。新罗统一后至高丽前期文坛以骈文为主，之后以古文为主骈文为辅。朝鲜半岛历代骈文家都推崇《昭明文选》，而后是初盛唐和北宋新四六诸家。骈文名家辈出，最负盛名的是新罗王朝后期留学唐朝多年的崔致远。保存骈文较多的是十四世纪初高丽王朝末期崔瀣编选的《东人之文四文》，十五世纪末徐居正编辑的《东文选》及稍后多人合编的《续东文选》。上述三本书编成后上皇帝的表笺，反映出编者对散文和骈文的历史评价。

　　徐居正的《进〈东文选〉笺》，向皇帝报告他编辑该书的基本宗旨，全文如下：

　　　功德巍乎难名，治教既隆于前代；文章焕焉可述，制作有待于明时。肆辑新编，庸尘睿览。窃念自结绳变为书契，而吾道寓于文辞。虞典夏谟之精微，实百王传授心法；周诰殷盘之灏噩，乃三代政教时宜。兹先圣六经之并行，与元气四时而迭运。然时数有盛衰之异，而文章有高下之殊。南华十篇书，变化奇崛；左氏一部传，泛滥浮夸。幸未丧于斯文，犹可寻于堕绪。汉而唐，唐而宋，百家并兴；风变骚，骚变诗，众体俱作。观其辞虽互有工拙，要其归皆本于性情。盖欲从于流传，必在汇而删定。昭明选众作，而古文尚在；德秀粹群英，而正宗独传。皆能代有成编，是以人得遍览。粤我海隅之地，古称文献之邦，箕子演九畴，东民始受其赐；罗人入唐学，北方莫之或先。文风大振于高丽，德教极盛于昭代。间有名世之士，亦皆应期而生。上姚姒，下鲁邹，鼓吹六籍；追班马，驾屈宋，驰骋诸家。苟求之数千百年，能言者非一二计。扣之小，扣之大，虽各异音；工于文，工于诗，各尽所长。是之谓物之善鸣也，孰不曰文不在兹乎。弟遗稿存者几希，而收录得之盖寡。台铉之编成国鉴者，失之疏略；崔瀣之著为东文者，病于阙遗。是固儒者之轸心，抑亦文雅之欠事。恭惟体舜精一，继尧文思，烛风雅与政相通，念文辞载道之器，俾纂往哲之精粹，以资来学之范模。臣恭祇奉纶音，遍购缥帙，本乏相马之眼，未辨骊黄；虽切测海之心，曷分泾渭。祇竭心力，粗加品甄。倘体例有合于规模，而采掇不遗于封菲。庶无遗珠于探海，敢言拣金于披沙。通前后凡几百人，得诗文总若干卷。聊进供于乙览，庶流星于燕闲。择焉不精，纵未究作者之志；敏以好古，何斩述而之作。（选自《续东文选》卷十一）

　　此文首先概述中国文章发展的历程，列举虞典、夏谟、周诰、殷盘（皆见于《尚书》）、左传、庄子，"汉而唐，唐而宋，百家并兴；风变骚，骚变诗，众体俱作。"举萧统《昭明文选》和真德秀《文章正宗》为代表。

次段略论朝鲜学习汉文学的历史，自"箕子演九畴，罗人入唐学，文风大振于高丽，追班马，驾屈宋，驰骋诸家；工于文，工于诗，各有所长。"但千余年来，遗集存者很少。崔铉的《东国文鉴》"失于疏略"，崔瀣的《东人之文》"病于阙遗"，人们感到遗憾。第三段讲他奉接圣旨，遍购典籍，精心挑选，前后得作家数百人，得诗文若干卷，书成敬呈圣览。从这篇文章可以看出他对中国文学史相当精熟，叙述线索清晰，评述充当。其所编《东文选》共130卷，其中22卷为诗，其余为文。起于新罗，止于李氏朝鲜初期，是朝鲜半岛汉文学总集中的巨擘，其价值相当于中国的《昭明文选》。

徐居正之后有申从濩编《东文粹》。其跋文曰：

> 晋挚虞著《文章流别》，后世祖述之者七十余家。卷帙之多，可汗牛矣。传之未久，而散亡无遗，其得脱于炷灯拭案之余者，则虫蚀鼠镂于风窗雨壁之中。今欲求其残编断简，已无得矣。当其初，莫不疲情役虑，博搜广采，以为千万岁不可泯灭之书，而竟至于是，何耶？盖集文之士，或务于繁。或过于简，琨瑶碔砆，混揉不分者，失于繁也；求宝而弃悬黎，相马而失骅骝者，失于简也。书成而世不重之，其不为覆瓿则幸矣，尚何望其久传耶？宇宙间精英之气钟于人，而为文章，如丰城之剑，高邮之珠，其光彩烂然，足以不朽于无穷矣。彼七十余家所集，可谓富矣，其间岂无不朽之文，而卒与其书俱泯，深可慨也。所独传者，惟《文选》《文粹》《文鉴》，然李陵书词句还浅，非西汉之文，而统则有之；张登三赋，铿然有玉振之音，而铉则有之。东莱所编，似胜选粹，而先儒病其泛也。上下千百年之间，所传只此，而其失又如。则信乎集文之难精也。吾东方文词始于新罗，盛于高丽，至我朝而极矣。往时集贤诸公编东方文粹若干卷，藏在秘阁者久矣。沾毕斋得而可之，然于其中不无病焉。顾稍加增削之，又续以近时之作。夫文以理胜为主，不于其理而徒屑屑于文字之末，以雕缋组织为巧，以诡怪险涩为奇，则皆公所不取。惟切世用，明义理，然后取之。取舍合其公，繁简得其中，其永传于后世也决矣。昔周益公序《文鉴》，东莱一读，命藏之，盖未当其意也。益公乃翰苑大手笔，其所作犹不满人意，则况浅薄如从濩者乎。然迫于公之严命，缀数语于卷后，

想一读之后命藏之矣。

《东文粹》是继《东文选》之后的一部朝鲜历代文选。不是单纯的续编，而是有续有增有删，比《东文选》卷帙小而精。编者申从濩这篇《东文粹跋》，前段言文集选辑之不易，或失于繁，或失于简。古代文章后世总集只有萧统《文选》、姚铉《唐文粹》、吕东莱《宋文鉴》三家，然而尚有不尽人意之处，可见总集难精。后段言朝鲜总集已有集贤殿学士徐居正等所编《东文选》，申从濩认为其中仍有毛病，所以又编《东文粹》。此书以近世为主，对徐编有增删，"唯取切世用，明理义，而不屑屑于文字之末。"这就是该方的编选宗旨。从申文可以看出当时朝鲜文坛的价值倾向。（《东文粹跋》选自《续〈东文选〉卷七）

目前大型朝鲜文学总集有《韩国文集丛刊》，共 350 册，收入九世纪至十九世纪之书 241 种，一律影印，加圈点，由韩国民族文化推进社编辑，韩国景仁文化社 1990 年出版，其中包括散文、骈文和赋体文。

汉字进入日本最迟在东汉初期。西晋初年（285）居住在朝鲜半岛的王仁，将《论语》等典籍带到日本。这时日本尚未有文字。九世纪日本产生了"和文"，此后与汉字同时流行，而以汉字为主流。到十九世纪末，和文成为主流。从隋代开始，日本向中国派遣使臣和留学生，以唐代最盛。日本最早的骈文是飞鸟时代圣德太子（574～622）的《道后温泉碑文》，在中国影响较大的有空海（又名遍照金刚，774～835），其《文镜秘府论》对研究诗文（包括骈文）声韵很有价值。十世纪以后，出现一系列汉文学世家，延续数代。如藤原氏、纪氏、源氏、大江氏等，他们都擅长骈文。平安王朝后期出现了几本汉文学诗文总集，其中收录骈文最多的是藤原明衡（989～1066）编选的《本朝文粹》。该书出版八十年后，藤原季纲编《本朝续文粹》，亦以骈文为主。从十三世纪到十九世纪，日本骈文渐衰。但五山文学僧人写作禅门疏、榜、启，皆用四六体。每篇二十句左右，七至十个对句，用典故造意境，含禅理，淡化宗教色彩，强化世俗情调，富于诗意和幽默感。至明末清初，日本僧人有一批理论著作，对禅门四六进行总结并使之规范化。如仲芳圆伊《四六法》、江西龙派《江西四六说》、策彦周良《策彦和尚四六图》、大颠梵通《四六文章图》等是。下面看仲芳的《四六法》，此文收载于雪心素隐的《文章源流》，其要云：

> 丛林入院开堂，用骈俪之语劝请住持，滥觞于赵宋，蕃衍元明。其间诸师，觉范、北磵以下，至懒庵、全室等，发挥正宗之余，博识雄才，游戏翰墨，皆以化笔，缘饰斯道。凡以文章行于世者，咸有四六之作。其为体裁，随时沿革，出入古今，驰聘内外，吁，盛哉！国朝诸师，初无此作，中古以来盛行之，率用宋朝文法，是故关翁（指虎关师炼）《禅仪外文》择而载之。三四十年来，稍用大元法度，其端重典雅，纵横放肆，与造物者争变化者。龙翔制作，超拔先古四六之体，立宗门百世之法，是故天下翕然步趣之。而其文法，固非一例，学者其宜反复究之。而诸师所制，亦不可不熟读之。唐宋以来，诸儒文集，皆有四六之语，笔力清劲，造语可观，而未必宜宗门疏语，深可辨之。禅四六之文，不饱才力优赡，从事于此者，取三教文字，包括涉猎，以助笔力，可也。造语之文，句句欲活动，字字欲谨严。有一篇之法，有一字之法，常用《五经》之笔法，而和而可得楚辞之文体也。力吐惊人之句，慎勿用隐僻琐碎之语也。吾辈不以文章为专门，而宗门御侮之一端，亦不可废之。苟秉其笔，宜知利病，密密着力，不可轻易变乱焉。当代雄文博望者，皆可为师法，勿倦讲明。比年每见世之学语之辈，漫然秉笔，有使人皱鼻捧腹者。正欲驰文章之誉，而却得无知狂惑之名，何其不思之甚乎！

按照仲芳圆伊所论，四六文日本"中古以来盛行之，率用宋朝文法"，"三四十年来，稍用大元法度"，清初"龙翔制作，超拔先古四六之体，立宗门百世之法，是故天下翕然趋之。"禅四六源于中国，流于日本，有所发挥，判断属实。

大颠梵通编撰的《四六文章图》，作于宽文六年丙午（公元1666年，清康熙5年），有安政五年戊午（公元1858年，清咸丰八年）京师禅家书房刻本存世。共五卷。卷一：句制。包括文句大体十三法、独句四制、短对三制、隔对六体、十二法，文体二十四名，体物七法等；卷二：儒家四六文、格体、序法四用、书序五法、马蹄之体、节日之用、启札之法、平仄二样、四六九法、说法、记法、解法、辩法、原法、表法、论法等；卷三：辨，诗六根图、四品、十五法、诗体图、诗格、诗九名图等。卷五：禅家四六，疏法、疏图、疏语、疏八法、起龛三法、下炬五要、拈香三品、起骨式、取骨式、祭文三品四法、碑法、颂图等。该书所谓文章图，即举出文句，画白圈为平，黑圈为仄，半白半黑为可平可仄，点出韵脚。其序言如下。

　　文之有道，犹医之有方也。道不精，何益于文？方不灵，何益于医。然惟善医者能审其方之灵，善文者能识其道之精，岂易言也哉。文者贯道之器也，不深于斯道，有至焉者不也。道者，根诸心，著诸事意而托文，以相示也。与道相离不得，道无形，文有迹，故曰：文者贯道之器。是故缀乎事者存乎文，命乎文者存乎律，主乎律者存乎道，体乎道者存乎人。古之君子，和以性情，养以问学，经以动作，纪以百物，道存于已。魏文帝曰：文以意为主，以气为辅，以辞为卫。然则意者，道之动作也，在心为志，发言为诗。又曰情发于声，声成文谓之音。颇积诗为文，辞命犹志也，性犹诗，道犹文也。诗也，文也，皆流出志发。言其言者一也。今古有道之士，或吾门耆宿不外之。

　　就中四六之文法，江西惟肖两和尚。此时节者，本韩柳之文法。惟肖和尚以来，专原于宋朝之坡、谷等文法。唐宋两朝之文，虽有等差，圆融流通，异代同辙。虽然有少差。唐之启册等，多好对语。宋之启册，多无平对。唐以李杜韩柳为最，宋以欧梅黄陈为第一。王黄州学白乐天，杨文公刘中山学李商隐，盛文肃学韦苏州，欧阳公学韩退之。古诗梅圣俞学唐人平淡处，至东坡、山谷，始自出己法以为诗。唐人之风变矣。山谷用工尤深刻，其后江湖宗之，文法盛行海内。江西、石门、橘州、宝坛禅师以降，禅家四六之文法汉魏晋以来，唐宋元三朝之儒家文法之编多矣。犹割三寸蚌，求明月之珠，探枳棘之巢，求凤凰之雏，难获也。后世论文不容易矣。然博观约取，科别其条，欲得句法者，譬如望洋向若，不测津涯。或披砂拣金，观者不能终卷。故依小编图经，格律之品可准而式，图说之明可研而核。舍此而他求，不可乎：因採简册所载，参以平昔见闻，训释成图经。余尚虽惧疏昧，

未免朱文公之楚辞疑，李侍读之文选谬，况其如余者，庶几待博洽君
子而已。宽文丙午长至日，大颠序。

此文首论文道关系，次论日本禅门四六发展史，见解与仲方略有区别。

同时或略后有佚名氏《文林良材》（1701 年刊行），其中的《丛林四六
文式》，着重介绍丛林常用的疏、序、启、札的写作格式。全书共 20 小节，
前三节是和文，论述四六大意（即概说）、四六九法、四六启札概说。其余
各小节是汉文，包括：四六正格、变格，各类对句和用韵之法，用圆圈和
黑圈标出字数和韵处。用五节介绍疏法、疏图、疏入法、疏式、日本疏式，
举《禅仪外文》书中若干篇四六文为例。关于序法用九节，包括：序法四
体、书序五法（马蹄法）、文序、诗序、启札序、大序、小序、自序，分举
引四六例文十余篇，多唐人作品。从总体看，此书类似教材。

斋藤正谦（1797～1865）的《拙堂文话》也有论及骈文的片段。专门
评论骈文的文章有虎关师炼（1278～1346）的《与藤丞相书》，论述骈文在
中国及日本的发展，鲜明地崇古文、卑骈文。江户时代（1603～1867）这
种观点成为文坛主流，但骈文写作并未停止，多保存在僧侣诗文的序跋中，
直到二十世纪上半期，还可以看到日本人创作的骈文。

越南从秦汉至北宋初期，其北部和中部是中国的郡县，这时汉字是该
地区唯一书写工具。当地士人与中原地区居民一样学习汉文，参加察举、
科举，到中原地区担任各级官吏，越南史家称这段时期为"北属时期"。出
生于越南的骈文作家姜公辅曾任中唐德宗宰相。北宋初年（968）安南建
国，从中国郡县变为藩属国。到十三世纪下半叶，出现"喃字"，使用不
广。十八世纪下半叶到二十世纪初，喃字文学成为主流。十九世纪末，越
南成为法国"保护国"，推行拉丁化越南文，到二十世纪二三十年代，取代
汉字和喃字，成为越南主要书写工具。今所见越南李朝骈文（1009～1255）
主要有诏书和碑铭。陈代（1225～1400）骈文，除碑铭之外，还有陈太宗
（1218～1277）的佛教骈文《课虚》、陈国俊的《檄诸将士文》、阮碧珠的
《鸡鸣十策》等。后黎朝（1428～1788）骈文作家，以阮廌（1380～1442）
最有名。十六世纪阮屿和十八世纪上半叶段氏点的小说中有大量精美骈文，
其他骈文作家散见。阮朝（1802～1945）骈文家有范贵适、吴位、范廷煜

等，最晚的骈文家是黄叔抗（1876～1947），在抗法斗争中有巨大贡献。越南骈文主要保存在《越南汉喃铭刻集》和《越南文学总集》中。有不少骈文记录在后黎朝后期和阮朝写定的神话传说中。

十八世纪末至十九世纪初，已有越南学者对骈文发展史进行总结。

范延琥（1768～1839），出身官宦之家，幼诵经史，少年入国子监，学习诗文，著作颇丰。其《雨中随笔》中有《四六文体》，全文如下：

> 四六文，盖古诗之变体也。古诗六义比兴为多，故四六文率用骈俪雕琢之工，汉时四六体最评灏，而未有声律。唐人声律稍顺，文辞葩丽。宋人因之，然气力较灭。仁宗以后，苏氏父子始创为新格，不尚搜刻华艳，行灏气于对偶之中，自成一家机轴。盖赋体多而比兴少，是又四六体之一变也。元明以后，含茹不及唐，而评灏亦不及宋，想亦气运使然。我国四六，则因元明之体而杂就之者。洪德（1470～1498）间，《安邦试录》四六文，曾为内地所称，亦见其一斑耳。尝考李、陈、莫四六之文，及国朝制策章表，盖端庆（1505～1509）前后，为淳漓升降一大机轴。就中端庆以前，警句甚多，而其立言大意，通篇气魄，无可瑕类者亦鲜。端庆以后，涉于疏散轻浮。至于中兴，而弊尤甚。盖或一句一联，自开门面，语其淳漓浮浇、繁杀斟酌得宜者，不多见焉。

此文对中国骈文发展的见解，与同时期中国学者意见相近。对于越南骈文的描述，是很有价值的评论资料。

《雨中随笔》还有《文体》一文，泛论文章，但重点乃是骈文。其中写道：

> 余尝考我国文献，李（朝）文古奥苍劲，仿佛汉（朝）人。如太祖《都龙编诏》、太宗《声罪王安石檄文》、仁宗遗诏之类是也。陈（朝）文稍逊于李（朝），然典雅葩艳，议论铺叙，各擅所长。视之汉唐诸名家之文，多得其形似。间有三数篇，虽杂诸汉唐集中，不能辨也。前黎顺天（后黎初建年号）以后，文之传者颇多。惟阮公膺《永

陵神道碑》、《下嫁卫国长公主制》，武公永帧《进封太宗奉陵充媛制》，虽工力不齐，然体裁气魄，皆可追踪古者。若顺天《平吴大诰》，绍平台谏议诸疏，洪德《南征占城诏》，皆当时大手笔。而其积气不厚，创体务新，或字字句句，不能一一稳安；或前后首尾，精粗纯驳不能相通。视之李、陈，颇有登山下坡之辨。其不能遍举者，又从而可知矣。明德、大正（皆莫朝初期年号）之间，气势日下。骚人文士竟趋于轻浮，盖又视前黎为尤逊者。①

从所举例文看，基本上属骈体文，认为文风一代不如一代，其趋势与中国元明时期相同。

《越南汉文小说集成》第 17 册《山居杂述》有《文体论》，泛论时文和古文，可以参看。

据《越南汉喃文献目录提要》②，越南现存有多种骈文选集。其中刻本有《四六文抄》（1697）、《历科四六》（1776）、《四六新谱》（1822）、《四六抄》等。抄本更多，如阮文超的《四六文撰集》、陈公宪的《海阳四六选》、黎菊轩的《菊轩四六》、张国用的《录选古今四六》等。不著年代及编撰者的有《古四六》《四六文集》《四六新选》《四六合选》《四六文选》《历代四六集》《拟古四六式》《骈体文》《骈俪名篇》等。后者为二卷，收录前黎朝至阮朝（相当中国之唐朝至清朝）之表、启、奏、诏、策、诰、记、碑、箴、疏、祭文、对联等类。题目有《祭先哲文》《祭桂堂先生文》《岁贡表文》《太子秋笺》《何榜眼致仕叙》《裴擒虎传》等。《目录提要》的编者认为这些选本皆为应科举者之示范文，有选自中国古书者，也有取自越南名家文集者。中国同类题材的四六选本，中国国家图书馆收藏不少，多为明后期刊本，实用性明显。越南此类选本或许受明人影响，成书可能在清代。（据悉，这些刻本和钞本，尚未整理上架，不能公开借阅）

新加坡、马来西亚、泰国、印尼之骈文，与朝鲜、日本、越南骈文有

①　范廷琥两文均见《越南汉文小说集成》第十六册，上海古籍出版社 2002 年出版。
②　《越南汉喃文献目录提要》，刘春银、王小盾、陈义主编，台湾"中央研究院"文哲研究所 2002 年印行。

所不同。一是作者都是华人华侨，而非原住民。他们多数在中国受传统文化教育，而后移居东南亚。二是骈文创作时间，今所见最早是清乾隆年间，最晚是二十世纪八十年代。比朝、日、越之骈文历史短。三是内容不同，东南亚骈文多数记述寺庙、会馆、义山创建经过，学校、医院、剧社发起缘由，少数是纪念碑、功德碑，有一部分是诗文社活动启事、诗文集之序言、私人信函等，作者都是非官方人士。这些骈文，反映了华人华侨在东南亚各国社会活动的方方面面，记录了他们团结互助，共同奋斗，开创事业，继承和弘扬中华文化的经历感受与心态，有很高的史料价值和一定的文学价值。目前东南亚各国文学史，都从五四白话新文学写起，对传统文学形式注意不够，骈文无人研究，尚无总集别集，有待发掘和收罗。

## 第二节　新罗、高丽之骈文

朝鲜半岛很早就出现国家政权，其历史大致可分为六个时代。

一、古朝鲜时代。上古至公元前一世纪，包括传说中的檀君朝鲜、箕子朝鲜和有文献可考的卫氏朝鲜。卫氏始祖卫满，西汉初年从燕国率兵逃亡进入朝鲜半岛，公元前 194 年灭箕氏而自立为王。公元前 108 年，该国被汉武帝所设置的乐浪郡取代。乐浪郡在朝鲜半岛北部。半岛南部当时还有马韩、辰韩、弁韩等小国存在，三韩政权一直延续到西晋末。

二、三国时代。公元前一世纪至七世纪，朝鲜半岛同时存在三个国家：百济（前 18～663），在半岛西南部；高句丽（前 37～668）在半岛北部；新罗（前 57～935），当时在半岛东南部。

三、统一的新罗时代。公元 660～668 年，新罗在中国唐朝协助下，先后灭百济、高句丽，朝鲜半岛从此形成统一的国家，延续至 935 年，与中国的唐五代大致同时。

四、高丽时代。公元 918 年，高丽国王王建立国，至 935 年灭新罗，延续至 1392 年。与中国的五代、宋、辽、金、元大致同时。

五、朝鲜时代。公元 1392 年，原高丽大将军李成桂推翻王氏王朝，建立李氏王朝，迁都汉阳（又名汉城，今称首尔）。1894 年，中国在对日作战中失败，放弃对朝鲜长达一千多年的宗主国地位，日本控制了朝鲜。1910

年，日本并吞朝鲜，李氏王朝灭亡。

六、复国至今。1945 年 8 月 15 日，日本无条件投降，朝鲜恢复独立国地位。1948 年，朝鲜半岛以三八线为界，南部成立大韩民国，北部成立朝鲜民主主义人民共和国。

至迟在秦汉时期，汉字和中华文化传入朝鲜半岛。包括儒家文化和稍后的佛家、道家文化，为朝鲜半岛民众所接受，成为其民族文化不可分割的组成部分。

十五世纪中叶以前，汉字是朝鲜半岛民众唯一书写工具。1444 年朝鲜王朝世宗大王颁布"训民正音"，标志着朝鲜民族文字开始使用。它是借用汉字某些笔画组成的拼音方块字，长时期内，朝鲜文中夹杂汉字。从十五世纪中叶到十九世纪末叶，朝鲜文字使用不广，主流文字仍是汉字。二十世纪初，朝鲜文字才推广开来。

从新罗时期起，其中央政府仿效中国唐代三省六部九卿体制，设置各部门职官，分为九品十八级。国王下设议政府，相当于尚书省，首长为领议政，相当于首相，有左右议政，相当于副相，三大相均为正一品。设左右赞成，为从一品。议政府下设六部——吏、户、礼、兵、刑、工，首长称判书，正二品；副职称参判，从二品。属下有参议、正郎、佐郎。设司宪府、司谏院；大司宪从一品，相当于唐代之门下省和御史台。设承政院，相当于中书省，有都承旨、左右承旨、左右副都承旨。另有相当于中国的九卿机构，称府，如宗亲府、仪宾府等，或称寺或署，如司仆寺、内资寺、宗庙署、社稷署、掖庭署等。文化教育机构有成均馆、奎章阁、弘文馆、艺文馆、春秋馆等。武职称大将（从二品）、副将（从三品），以及左右卫率、副率等。外职有府尹、郡守、县令等。武官外职有节度使、节制使等。

高丽光宗九年（958），仿唐制开科举，至 1894 年废止，分设大、小、杂科。大科即文科，小科明经（生员）、制述（进士），杂科有明法、明算、明书等科，也有解元、会元、状元等称号。

下面，依时间次序介绍历代重要骈文作家和作品。

三国后期有《百济上魏王请伐高句丽表》（见《东文选》卷四十一），作者无名氏。表文共三段，第一段是冒头，第二段云："臣与高句丽，源于扶余，尧世之时，笃崇旧款。其祖钊，轻废邻好，亲率士众，凌践臣境。

臣祖须，整旅电迈，应机驰击，枭斩钊首。自尔以来，莫敢西顾。自冯氏数终，余烬奔窜，丑类渐盛，遂见凌逼，构怨连祸，三十余载，财殚力竭，转自屠踬。若天慈曲矜，远及无外，速遣一将，来救臣国。当奉送鄙女执帚后宫，并遣子弟牧圉外厩。尺壤匹夫，不敢自有。"此段说明上表意愿。第三段着重谴责高句丽不仁不义，有云："今琏（高句丽国王名）有罪，国自鱼肉，大臣强族，戮杀无已。罪盈恶积，民庶崩离，是灭亡之期，假手之秋也。且马族（当指马韩）士马，有鸟畜之恋；乐浪诸郡，怀首丘之心。天威一举，有征无战。臣虽不敏，志效毕力。当率所统，承风响应。且高句丽不义，逆诈非一。外慕隗嚣（西汉末割据四川）藩卑之辞，内怀凶祸豕突之行。或南通刘氏（南朝刘宋），北约蠕蠕（中国北方少数民族），共相唇齿，谋凌王略。昔唐尧至圣，致罚丹水；孟尝称仁，不舍涂詈。涓流之水，宜早壅塞。今若不取，将贻后悔。……"

　　此表作于472年，以国王口气请求中国的北魏出兵讨伐作恶多端的高句丽，叙事清楚，说理明白，有一定的说服力。全文多用散句，杂以四言对句和少量四五对句，这正是北魏时期骈散未分的共同风气。文章提到唐尧、孟尝、信陵、楚庄等人的故事，引用了一些中国古籍成句，可见作者对中国历史文化相当熟悉。

## 一　新罗时期骈文

　　这一时期新罗政治统一，经济、文化有进一步的发展，与唐朝的交流十分密切，大量派出留学生入唐考察、学习，有些新罗人长期在中国居留、仕宦，而后回到本国，传播中华文化，从政或进行文学创作和学术撰述。

　　首先值得注意的是王室的外交文书。据《东文选》《东人之文·四六》和《唐文拾遗》《韩国文苑》所录，有许多位国王写的文章是骈体。如神文王**金法敏**的《敕诏》，当作于统一三国即668年之后，实为一篇向全国百姓告捷宣言，文章说：

　　　　往者国家间于两国（指百济和高句丽），北伐西侵，暂无宁岁。战士暴骨，积于原野。先王（指其父金春秋）愍百姓之残害，越海请兵（向唐朝请兵）。本欲平定两国，雪累代之深耻，全百姓之残命。百济虽平，高丽未灭。寡人克承先志，既平两敌，四隅静泰。临阵立功者，并已酬赏。但念囹圄之苦，未蒙更新之泽。可赦国内，罪无大小，悉皆放出。百姓贫寒，籴入米谷者，待有年偿之。只还其母（本钱），穷歉尤甚者，子（利息）母并免。（《唐文拾遗》卷六八，另见《韩国文苑》卷四，后者文字及对句稍多）

此文重点是赦免罪人，取消穷人部分债务。骈散兼用，朴实通畅，不事修饰，不用典故，是新罗前期骈文的共同风格。神文王另有《遗诏》，以骈句为主，较简略。

僖康王**金悌隆**（836～838年在位）也有《遗诏》，全文如下：

寡人以眇末之资，处崇高之位，上恐获罪于天鉴，下虑失望于人心。夙夜兢兢，若涉渊冰。赖三事大夫，百辟卿士，左右挟维，不坠重器。今者忽染疾疹，至于旬日，慌忽之际，恐先朝露。惟祖宗之大业，不可以无主；军国之万几，不可以暂缓。顾惟舒弗邪（谊靖），先皇之令孙，寡人之叔父，孝友明敏，宽厚仁爱，久处右衡，挟赞王政。可以祇奉宗庙，下可以抚育苍生。爰释重负，委之贤德。托付得人，夫复何恨。况生死始终，物之大期；寿夭修短，命之常分，逝者可以达理，存者不必过哀。伊尔多士，竭力尽忠，送往奉居，罔或违礼。布告国内，明知朕怀。（《韩国文苑》卷四）

金悌隆是被他叔父夺位杀害的，这篇《遗诏》并非亲笔，乃他人代拟。四平八稳，对继位者多有赞扬，不像金法敏的《遗诏》还有自己的嘱咐。

下面几位是贵族士大夫骈文家。

**薛聪**（654～701）是"新罗十贤"之一，出身贵族，神文王金法敏时任翰林学士，以朝鲜语教授儒家九经，对推动新罗文化发展影响很大。他的文章很多，只有骈体寓言《花王戒》流传下来，全文如下：

昔花王之始来也，植之以香园，护之以翠幕，当三春而发艳，凌百花而独出。于是自迩及遐，艳艳之灵，夭夭之英，无不奔走上谒，唯恐不及。

忽有一佳人，朱颜玉齿，鲜妆靓服，伶俜而来，绰约而前。曰"妾履雪白之沙汀，对镜清之海。而沐春雨以去垢，袂清风而自适，其名曰蔷薇。闻王之令德，期荐枕于香帏。王其容我乎？"

又有一丈夫，布衣韦带，戴白持杖。龙钟而步，伛偻而来。曰："仆在京城之外，居大道之旁。下临苍茫之野景，上倚嵯峨之山色。其名曰白头翁。窃谓左右供给虽足，膏粱以充肠，茶烟以清神。申衍储藏，须有良药以补气，恶石以蠲毒。故曰：虽有丝麻，无弃菅蒯。凡百君子，无不代匮。不识王亦有意乎？"

或曰："二者之来，何取何舍？"花王曰："丈夫之言，亦有道理。而佳人难得，将如之何？"丈夫进而言曰："吾谓王聪明识理议（义），故来焉耳。今则非也。凡为君者，鲜不亲近邪佞，疏远正直。是以孟轲不遇以终身，冯唐郎潜而皓首。自古如此，吾其奈何！"花王曰："吾过矣！吾过矣！"

据说神文王召见薛聪，命他说些特异见闻，他就讲述花王的故事。花神蔷薇，愿荐枕席，老者白头翁（草药名），申充储藏，大王何取何舍？作者用意是劝国王勿近美色，接纳贤良。立意简单，意味深长，语言浅白，虽用骈俪而不事雕饰。李岩指出："《花王戒》对朝鲜后世的寓言创作影响深远。被称为后来讽刺小说的嚆矢，在朝鲜文学史上有开先河之功。"后来各种以花为主人公的作品，如林悌的《花史》、李颐淳的《花王传》，大都受《花王戒》的影响①。此文在朝鲜文学家徐居正（1420～1488）主编的《东文选》中，题为《讽王书》，在《韩国文苑》中作《花王赋》，在《唐文拾遗》中，题为《讽罗王文》，文字略有出入。以谈理而言，《唐文拾遗》似更充分；以语言而言，《东文选》骈味更浓。

**金弼奚**，生卒年不详，活动期在景德大王及其子金宪英在位时，相当于唐肃宗、代宗之时，曾任翰林郎、朝议大夫，兼太子朝议郎。《唐文拾遗》卷六八录其骈文作品有《圣德大王铜钟之铭》，序文如下：

---

① 李岩、徐健顺：《朝鲜文学通史》（上），社会科学文献出版社 2010 年版，第 182 页。

　　夫至道包含于形象之外，视之不能见其原；大音震动于天地之间，听之不能闻其响。是故凭开假说，观三真之奥载；悬举神钟，悟一乘之圆音。夫其钟也，稽之佛生，侧验在于刬腻；导之常乡，则始制于鼓延。空而能鸣，其响不竭；重为难转，其体不塞。所以王者之功，克铭其上；群生离苦，亦在其中也。（以上说明钟之意义）

　　夫惟圣德大王，德共山河而并峻，名齐日月而高悬。举忠良而抚俗，崇礼乐而观风。野务本农，市无滥物。时嫌金玉，世尚文才。不意子虚，有心老成。四十余年（引者按：圣德王在位三十六年），临邦勤政，一无干戈惊扰，百姓□□，四方邻国，万里归宾。惟有钦天之望，未曾飞矢之窥。燕秦用人，齐晋并霸，岂可并轮双辔而言矣。（以上颂扬圣德王功业）

　　接着用散句叙述其孝嗣景德大王在世时，奖铜十二万斤，欲铸钟一口而未成。以下赞扬今上："今我圣上，行合祖宗，意符至理。殊祥异于千古，令德冠于当时。六御龙云，荫洒于玉阶；九天雷鼓，震响于金阙。草木之林，离离乎外境；非烟之色，糇糇乎京师。此则报兹诞生之日，应其临政之时也。仰惟大君恩若地平，化黔黎于仁教；心如天镜，奖人子之教诚。是知朝于元舅之贤，夕于忠臣之辅。无言不择，何行有愆，乃顾遗言，遂成宿意。"（今上继承祖宗遗愿，完成铸钟盛事）"尔其有司办事，工匠尽模。岁次大渊，月惟大昌，是时日月借晖，阴阳调气。风和天静，神器化成。壮如岳立，声若龙吟。上彻于有顶之巅，潜通于无底之下。见之者称奇，闻之者受赐。愿兹妙因，奉翊尊灵。听普闻之清响，登无说之法筵。契三明之胜心，成一乘之真境。乃至琼尊之丛，共金柯以永茂；邦家之业，将铁围而弥昌。有情无议，慧海同波，咸出尘区，并升觉路。"以上叙说铸钟时机、形状、声音，以及见闻者的感受，最末一段是四言韵语的铭词。铸钟时间是大历六年（771）十二月十四日。

　　这篇文章，语词爽利，结构规整，层次分明，交代清楚，颂扬三王皆允妥得体，没有注释也能读懂。许多观念来自佛典，也有道家因素，运用娴熟，融洽无间。奉诏之作，不愧翰林郎的身份。

　　崔致远（857～?），是新罗时期杰出的文学家，字海夫，号孤云，出生富贵之家。868 年 12 岁时入长安，学习六年，874 年进士及第，浪迹洛阳，877 年任溧水（今江苏溧阳）县尉。880 年到扬州，任淮南节度使高骈从事，掌书记，起草各类文书信札。在淮南四年，结识了不少文人学士，如罗隐、顾云等，常有诗文往来。884 年，要求回国，得到唐僖宗的关注，命他以唐朝使臣的身份，携国书返乡，朋友顾云为他作诗送别。归国后，任侍读兼翰林学士守兵部侍郎知瑞书监。曾上《时务策》十一条，请求整顿纲纪，施行仁政。遭疑忌，执政者不能容，出为大山郡太守。见朝政日下，内部争斗激烈，乃于 41 岁时辞官归隐，退居山林。晚年，他同情并支持高丽始祖王建所代表的新兴势力，为王建起草文书。王建于 918 年建立高丽国，追赠已去世的崔致远为"文昌侯"。

　　崔致远的著作很多，现存《桂苑笔耕集》是他归国后自编文集。"是韩国现存最古、最完整的汉文典籍之一。"① 回国后有《中山覆篑集》《四六集》，还有诗作三百多首。

　　《桂苑笔耕集》二十卷，前十六卷为代高骈起草的文稿，包括表、状、书信、檄文、举牒、斋词、祭文等，共 249 篇，后四卷是崔氏自己的作品，共 65 篇，全部是骈体，另附诗 59 首。

　　对崔氏本人的文章和代高骈所拟文稿应分别评价。高骈（? ～887），唐末大将，曾统兵御党项、吐蕃，866 年任静海节度使，镇守安南，开辟安南至广州水运，875 年移镇西川，继而调荆南。后又任镇海节度使、江淮盐运使、淮南节度使，诸道兵马都统，长期驻扬州。881 年，黄巢兵势大振，朝廷再三征调勤王，高为保存实力，按兵不动。朝廷削去其部分职权，仍令镇守扬州。晚年迷信神仙，重用道士吕用之等，诸将不满，上下离心，887 年，部将们起兵进攻扬州，高骈被囚杀。

　　崔氏为高骈拟稿，基本立场观点属于高，崔或有补充发挥。关于黄巢的文章五篇，《檄黄巢书》最有名，很有气魄。然而联系高氏实际，他并不打算与黄巢作战，而是坐山观虎斗。他的《黄檄巢书》也罢，《贺杀黄巢表》也罢，不过是官样文章，故作姿态。另有两篇祭文，《祭楚州阵亡将士

---

　　① 郁贤皓：《桂苑笔耕集校注序》，党银平校注，中华书局 2007 年版。

文》《寒食祭阵亡将士文》，可能反映崔致远对战死沙场的英灵的感怀与哀伤。但对于严刑峻法，常常滥杀无辜的高骈来说，至少是言不由衷的。

高骈也做过一些有益的事情，文稿中有所反映。在西川节度使任内，他改成都旧罗城为砖城，对于巩固成都防务有益。880年，唐僖宗幸蜀，曾传诏褒奖，后又赐词立碑。崔氏代拟《谢立西川筑城碑表》写道："顷者幸梦三刀，久临益部；遥提一剑，得挫蒙兵（南诏之兵）。但以其中玉垒可称，金城未设。山口则空吞蛮延，水头则斜枕犍牂。含溪抱谷之形，虽云天险；比屋连甍之势，实类野居。臣是以运度筹谋，斟量板筑。盖从人欲，果致子来。遂得役兴而草偃川中，诚感而土生石上。长围于三十六里，高镇于百千万年。不愧铁名，可将锥试。隼埠乌堞，俨若骞飞；锦浪绵峰，迥然装饰。遂蒙陛下辱褒称之重，许刊勤之劳。以为事实可观，足得华词不朽。"（引自《桂苑笔耕集》）后面还有些比拟夸耀之辞，总的看来，是文情相符的。崔氏另有《西川罗城图记》，属个人著作，作于中和三年（883），是长篇骈文，对于筑罗城的历史背景（防御南诏侵扰），规划和修建经过，城墙的宏大气势与良好的效果，有全面而具体的描述。

乾符四年（877），时任四川节度使的高骈，奏请与南诏王蒙法和亲，唐僖宗以宗室女为安化长公主许婚，派王龟年、刘光裕为云南使通和。880年，再次派官员至南诏通和。880年底，崔致远代拟《贺通和南蛮表》。第二年，得悉云南使者回京，南诏国相杨奇肱来迎亲，崔致远又代拟《谢示南蛮通和事宜表》及《贺入蛮使回状》。第二表有云："……远降王言，深窥使节，跪闻上天之旨，坐知外域之心。宠饰逾涯，忧惶若厉。臣诚抃诚跃，顿首顿首。臣才非间代，智不济时，但以每镇穷边，粗安荒服。免使饱飞饥附，欲令前倨后恭。顷者忝守成都，冀申远略，遂凭释子，善谕蒙王（南诏王）。仰慕天威，得扬风教。永戢干戈之患，俾陈玉帛之仪。"这几篇文章把通好的意义和高骈所起的作用讲清楚了。崔致远代高骈所拟大量文稿，记录了唐末的社会现实，反映了统治集团内部的明争暗斗，披露了高骈与各藩镇宦官的复杂关系，有一定的史料价值。

崔致远的65篇个人作品，除了《祭巉山神文》，其他都是书信。致高骈46通，致其他人19通。崔氏文集中没有同时唐人文集常见的论说、传记、游历、序跋、碑铭、讽喻之文，几乎看不到对社会各种现象的评论，可能因为他是外国人而有所顾忌罢。而在回国后的诗中，倒也常常流露对社会政治的不满。

给高骈的书信中，有两封属于干谒即求职信。《初投献太尉启》，前半段赞扬高骈广纳人才，后半段介绍自己。

> 某新罗人也，身也贱，性也愚，才不雄，学不赡。虽形骸则鄙，年齿未衰。自十二则别鸡林（朝鲜古称），至二十得迁莺谷（中进士）。方授青襟之侣，旋从黄绶之官。既忝登龙，敢言绊骥，今者乍离一尉，欲应三篇。更愿进修，且谋退缩；独依林薮，再阅丘坟。课日攻诗，虞讷之诋诃无避；积年著赋，陆机之哂笑何惭。俟其敦阅致功，琢磨成器。求鱼道在，垂竿而不持曲钩；射鹄心专，捻管而冀衔后镞。端操劲节，伫望良时。窃见万物投诚，八纮向德。不谒相公宾阁，不游相公德门者，词人之所怀惭，群议之所发诮。某固敢坠肝沥胆，进牍抽毫，不避严诛，辄申素恩。谨录所业杂篇章五轴，兼陈情七言长句诗一百篇，斋沐上献，冒犯尊威，不胜战惧之至。

唐人干谒传世名篇甚多，然而作为外国留学生，如此不卑不亢，坦诚恳切者不多。高骈虽武人，亦能诗，读过崔氏作品后，很快录用，并关怀有加。连连晋升职务，不断增添月分料钱（生活补贴费），经常赏赐各种物品，崔致远无限感激。

他给高骈的书信中，有六封是谢升职改职加衔的。数年之中，迁升之快，异乎寻常。崔的职务，自从事作起，加都统巡官、承务郎、殿中侍御史、内供奉（后二者为京官荣衔），赐绯鱼袋。

崔氏在题为《长启》的信中，对这种殊荣做了概述："某东海一布衣也，顷者万里辞家，十年观国，本望止于榜尾科第，江淮一县令耳。前年冬罢离末尉，望应宏词，决计居山，暂为隐退。……岂料太尉相公迥垂奖怜，便署职秩，迹趋郑驿，身寓陶窗。免忧东郭之贫，但养北宫之勇。去年中夏，伏遇出师，忽赐招呼，猥加鞭策，许随龙斾，久倚鹢舟。……特赐奏荐，重应天言，忝获超升。若非九重倚赖于功名，十道遵承于法令。则其恩命，亦岂肯许？某江外一上县尉，便授内殿宪秩，又兼章绂。且见圣朝簪裾，煊赫子弟，出身入仕二三十年，犹挂兰袍，未趋莲幕者多矣，况如某异域之士乎？"身为外国人比本朝子弟升迁还快，岂不令人羡慕？这番话道出了他真心实意的感恩戴德之情。谢赏赐物品和料钱的有 17 封，包括借宅子，借舫子，赐衣段、新茶、樱桃、酒肉、人参、天麻以及碑帖、图片等。崔氏的这类谢信短小精致，虽比不上庾信及梁朝三萧的谢物启，却能准确点出该物件的特点和作用。庾、萧所获礼物多为皇室珍品，而崔氏所得皆平常习见者，要写好这种文章更不容易。

回本国之前的几封信更是动人。如《谢许归觐启》说："伏蒙恩慈，念以某久别庭闱，许令归觐者。仰衔金诺，虔佩玉音。虽寻海台以荣归，古今无比；且望烟波而感泣，去住难安。伏缘某自年十二离家，今已十六载矣，百生天幸，获托德门，骤忝官荣，仍叨命服，一身遭遇，万里光辉。是以远亲稍慰于倚门，游子倍荣于得路。唯仰赵衰之冬日，深暖旅怀；岂吟张翰之秋风，遽牵归思。且缘辞乡岁久，泛海程遥。住伤乌鸟之情，去怀犬马之恋。唯愿暂谋东返，迎待西来。仰托仁封，永安卑迹。今即期将理棹，但切恋轩，下情无任，感戴兢灼涕泣之至。"其他还有《谢行奖钱状》《谢赐弟栖远钱状》。从起程到出海，又一连写了五封信，反复申述依依不舍之情，不仅是回答高骈知遇之恩，也是对中国深情厚谊的体现。

对于崔致远的文学地位，历代学者有很高的评价。高丽时期学者李仁老（1152～1230）说他是"东方儒学之宗"（《破闲集》卷中）。朝鲜时期学者洪奭周说："吾东方有文章而能著书传后者，自孤云崔君始。"当代韩国学者李家源说："崔致远尤为韩国汉学之开山鼻祖，韩国汉文学亦至崔致远而确立。"[①] 此皆就诗文及儒学之总体贡献而言，对崔氏之骈文，肯定之余也有人指出其局限。成伣（1439～1504）说："我国文坛始于崔致远……虽能诗而意不精，虽工四六而语不整。"（《慵斋丛话》卷一）洪奭周说："世或谓公文皆骈俪四六，殊不类古作者。公之入中国，在唐懿、僖之际，中国之文方专事骈俪，固有不得而免者。然观公所为辞，往往多华而不浮。如《檄黄巢》一篇，气劲意直，绝不似雕镂为工。至其诗，平易近雅，尤非晚唐人所可及。"（《校印桂苑笔耕集序》，作于1894年）中国当代学者党

① 李家源：《韩国汉文学史》，凤凰出版社 2012 年版，第 82 页。

银平评崔氏骈文艺术说："体式上虽然是以唐末流行的四六骈俪文写成，但都写得语意得当，条贯理畅，兼具写景、叙述和抒情的优长。用典繁富，古雅谐畅，整体文风显得闲雅赡丽。"①

崔致远死后，在民间竟成为传奇人物。多人多时代集成的《新罗殊异传》中，有《崔致远传》，长 2000 字，记述崔致远在溧水县尉任内，与"双女坟"中的女鬼所发生的人鬼相恋的故事。李岩说："因为这篇传奇感情真挚，情节曲折，辞藻华丽，诗文并茂，所以在朝鲜文学史上享有崇高的地位，在朝鲜半岛家喻户晓，影响较大……也是中朝文学交流结出的奇葩，在中朝文化交流史上意义重大。"②

**崔彦㧑**（867~944），新罗庆州人，十八岁入唐，宾贡进士及第，四十二岁时（1907）唐亡于梁，他回到新罗，任执事侍郎，瑞书院学士，935年，新罗亡，高丽王王建命为太子师，委以文翰之任，官至翰林院大学士、平章事，享年 77 岁。《唐文拾遗》卷六九收录崔彦㧑五篇文章，皆为佛寺塔碑铭文，写法大致是：开头一段讲佛理，然后叙某高僧之出生，母亲怀孕时即有灵根，少年慕道，出家，得大师教诲，云游名山，访大德，继而到朝鲜半岛，受到地方长官的欢迎和国王的尊崇，修佛寺，选墓地，最后圆寂，徒众悲恸，立塔树碑以纪哀思。在崔彦㧑之前的金颖有《宝林寺普照禅师灵塔碑铭》，与崔彦㧑同时的新罗王朴升英（917~935 年在位）有《新罗国师真镜大师宝月凌空之塔碑铭》（二碑均见《唐文拾遗》卷六九），都是这种结构。文章都以骈句为主，夹着一段又一段的散句。兹录崔氏《高丽国海外须弥山广照寺真彻大师宝月乘空之塔碑铭》之一段以见一斑：

乾宁三年，忽过入浙。后崔艺熙大夫方将西泛，侂迹而西。所以高悬云铎，遽超雪浪，不销数日，得抵鄞江。于时企间去居道膺大师，禅门之法允也。不远千里，直诣元关。大师谓曰：曾别匪遥，再逢何早？师对云：未曾亲侍，宁道复来？大师默而许之。潜惬元契，所以服勤六载，寒苦弥坚。大师谓曰：道不远人，人能宏道，东山之旨，

---

① 党银平：《韩国汉文学之祖——崔致远》，《古典文学知识》2008 年第 2 期。
② 李岩、徐健顺：《朝鲜文学通史》（上），社会科学文献出版社 2010 年版，第 235 页。

不在他人。法之中兴，唯我与汝。吾道东矣，念兹在兹。师不劳坧上之期，潜受法王之印。以后岭南河北，巡礼其六窣堵波；湖外江西，遍参其诸善知识。遂乃北游恒岱，无处不游；南抵衡庐，无山不抵。谒诸寺而献刺，投列国以观风。四远考寻，遍于吴汉。乃于天祐八年，乘槎巨浸，达于罗州之会津。……

上面提到的塔碑铭都是长篇，等于传记。无论述佛理，记经过，写场景，文字水平都相当高超，运用佛道典故乃至中国古代故事，恰当允帖。可以看出新罗作家对中华文化已经融汇无间，放到同时中国作家文集中，是难分彼我的。

## 二　高丽时期之骈文

高丽时期约相当于中国之五代、两宋、辽、金、元，高丽于958年开科举，朝野上下普遍学习中国。这时中国文坛以古文为主流，骈文居客位，主要流行于一部分应用文，如诏、诰、表、疏、书、启等。至于非应用文体，基本上是散体文的天下，在高丽国也是如此。

高丽国王**王金尧**，高丽太祖王建次子，在位四年（946～949），有《**褒奖王式廉诏**》，全文如下：

式廉三代之勋，一邦柱台，量吞海岳，气运风云。昨者当先王疾笃之秋，是泾渭未分之际。怀忠秉义，表节岁寒，翊戴眇冲，嗣临军国。寻有奸臣暴逆，结构凶顽，忽自萧墙，俄兴变乱，卿玉入火而弥冷，松冒雪以转青。按剑冲冠，忘生殉难。凶狂瓦解，逆党伏诛。朝纲欲坠而复兴，宗社将倾而自整。若非公之效死，予曷致于今晨。可谓板荡识诚臣，疾风知劲草。昔闻斯语，今见其人。纵加万石之封，并授九州之牧，岂足酬兹勋绩，报彼功名。今赐匡国翊赞功臣号，加大丞崇资。将表予怀，以旌不朽。匪独展君臣义分，惟望共生死同期。予不食言，有如皎日。更希予无忘责躬俭己，公常务知足养廉。爱育黎元，赏罚公平。使国祚而天长地久，贻富贵于百子千孙。（《唐文拾遗》卷六九）

　　高丽太祖王建定下王位兄终弟及制度，他逝世后第三年，外戚王规发动叛乱，企图除掉太祖次子王金尧及三子王金昭，另立与王规关系亲密之王子为继承人。太祖之堂弟王式廉发动军队逮捕王规，平息叛乱，保全未来的国王王金尧。王金尧即位后发布此诏给王式廉以特别褒奖。此文语言朴实浅近，明白如话，可以看出国王是出于由衷的谢意。

　　**郑元**（生卒年不详），北宋初年人，有《上大宋皇帝谢赐历日表》，有云：

　　　　伏惟皇帝陛下，与乾坤同载，使品物流亨。念辰下之小邦，本依正朔；举羲和之旧职，克授寅宾。岂料孱微，叨兹注瞩。敢不示农桑之早晚，用彰天子之所□，知稼穑之艰难，永慰小人之劳力。况自发函之后，开卷以来，窥御历之无穷，率群属而共抃。（《东文选》卷三十三）

　　此表作于天禧（宋真宗年号）四年，为公元 1020 年。中国从周代起，天子每年向诸侯颁布历书，称"告朔"。诸侯国奉行天子统一制定的历法，称"奉正朔"。宋真宗赐高丽国历书，显示其宗主国地位。郑元此表称宋真宗为"天子"，自称"小邦"有"窥御历之无穷，率群臣而共抃"的话，是高丽国王的口气，体现其藩属国身份。

　　**金富轼**（1075～1151），父亲是学者，兄富佾，弟富辙、富仪，皆文坛名家。金富轼科举及第后，入翰林院，转中书舍人，礼部侍郎，曾阻止李资谦僭越；拜御史大夫、户部尚书，进平章事（宰相），加司空，统率大军平定妙清叛乱，拜检校太师。执掌朝政多年，退休后仍备顾问，去世后谥文烈。金富轼是政治家而兼史学家、文学家，仿《史记》作《三国史记》，有很高的史学及文学价值，曾两次出使宋朝。《东文选》收录他表状多篇，《东人之文四六》录有 35 篇，皆骈体文。朝鲜末期学者金泽荣（1850～1927）说："吾邦之文，三国、高丽，学六朝，长于骈俪。而高丽中世，金文烈公特为杰出。"（金泽荣《杂言》）

　　金氏第一次使宋在高丽睿宗（与宋徽宗大致同时）十一年七月，停留十个月。宋为抗辽，需要通过高丽联络女真，故对高丽来使特别优待。《东文选》录金富轼《谢二学听讲兼观大晟乐表》。二学指太学、国子学，太晟乐是高级皇家音乐。又有《谢宣示〈太平御览〉图表》，《太平御览》是北宋初年奉敕编写的大型类书。所赐图包括《太平御览图》二册及其他图共十五卷。由于宋徽宗非常喜欢艺术，是技艺高超的书法家、大画家，金氏特别颂扬："伏惟皇帝逍遥穆清，出入神圣。日新盛德，持盈而守成；天纵多能，依仁而游艺。或兴怀于物景，或寓意于杳冥，裂素绘形，发精华于五彩；系辞题跋，掩文曜于三辰。既焕乎而有章，信作者之谓圣。宜帝宫之秘玩，岂俗眼之可观。惟是远人，厚蒙误宠。皇华密命，交午道涂。宝输珍篇，光辉羁旅。青天有象，虽容测管之窥；大海无涯，但有望洋之愧。竞荣感刻，不知所图。"这些话投宋徽宗所好，使他格外高兴，赐宴集英殿并与高丽使节赋诗唱和，赠高丽国王绢五千七百三十匹，赠金富轼马一匹。金受宠若惊，写下许多诗歌表达兴奋之情。

金富轼第二次使宋，目的是祝贺宋钦宗登基。起程后赶上金兵伐宋，攻破汴京，徽钦二帝被俘虏，高宗赵构即位于应天府。高丽使团只好走海道，泊船于宁波之定海，高宗派官员迎接，于是有《入宋谢差接伴表》。此表很微妙，无一语就靖康之丧表示慰问，无一字对金兵入侵进行谴责，原因在于他亲眼看到宋朝的国势衰弱，政治腐败，信念发生动摇。后来，在文化交流方面他依旧仰慕南宋所代表的华夏文化，而在国际关系方面，他回国不久执掌朝政，则持近金远宋的外交策略。李岩认为，"这在当时的国际形势下是一种务实的选择，是以国泰民安为目的的理性思考的结果"。[①]

金富轼为宫廷所作祝文、青词、致语多用骈体，这种风气与同期北宋文坛相同。庙坛祝文皆简短，如《先圣释奠文》："道尊三代，言满六经。声非雷霆，万古不息；光揭日月，四海共瞻。庙宇载严，威仪有赫。聿遵典故，祗荐馨香。"（《东人之文·四六》卷七）精简扼要地表达出对孔子的高度评价和敬仰之情。

青词则较长，如《乾德殿醮礼青词》：

　　道非常道，盖自古以固存；神之又神，于其中而有象。包含众妙，

---

① 李岩、徐健顺：《朝鲜文学通史》，社会科学文献出版社 2010 年版，第 426 页。

统制群生。念惟渺躬，夙恭洪造，奄有一国，于兹三年。顾无善政遗
风可副三灵之望；恐有冤刑滥赏致伤二气之和。或天辰失常，或山石
告异。军民怀艰食之患，夷狄有加兵之谋。不德自招，何心自处。虽
祸福之应，倚伏无常，而禳祈之文，科仪具在。虔遵道法，载□醮筵。
潦水涧毛，苟有诚信，而可以荐天心地意，岂以菲薄而不应。冀妙眷
之丕临，借灵光而旁烛。荡涤灾变，介以吉祥，富寿康宁，施作吾人
之利；兵凶疾疫，免为我国之忧。仰望圣神，俯垂照鉴。

这是一篇宗教祈祷文字，却没有迷信的内容，主要是代国王替国家和
百姓向神灵求福祉，免灾害。情辞恳切，朴实诚笃。虽用国王口气，也反
映了作为执政大臣为国为民的用心。

**金富佾**（1071～1132），金富轼之兄，有《上大宋皇帝遣学生请入国学
表》。高丽派学生到中国学习，唐时最盛，宋时继续，此次随团派遣学生五
人，请允入国学。表中写道：

伏惟大宋之兴也，千龄接旦，一统当天。发扬大道之源，扫荡积
年之弊。学分三舍（王安石分太学为外舍、内舍、上舍），教本六经，
别又开璧水蒐讲上议，立明堂复兴盛典。功成理定，新礼乐于百年；
任洽道丰，一车书于万国。顾惟弊邑，夙慕华风，在于开宝之时，及
至神功之世。每驰使介，即遣生徒。俾以观鲁，期于变鲁。厥后偶因
中废，久厥前修。传闻承习之已遥，广记备言之半脱。士无定论，学有
多歧。混混末流，寥寥几载。况乎法度宪章之制，声明文物之仪，或历
史之遗经，或诸家之异说。苟有质疑于有识，岂能成法于将来。每及兴
言，思遵旧贯。今也良辰在遇，素愿可伸，遂遣学生五人，令随入朔谢
恩。……（《东文选》卷四一）

此表当作于宋神宗时期，把两国长期的文化交流和当今延续旧制的必
要性讲得很清楚了。

高丽仁宗以守孝为名，耽于享乐，疏于朝政，朝臣纷纷上表诤谏。郑
沆有《请御政殿听政表》，洪灌有《再请表》。金富佾的《三请表》，较郑、

洪二表更恳切。有云："以君王之孝，在布政以施仁；圣人之权，亦反经而合道。是以周王以麻冕出应门之内，唐帝以衰衣御太极之庭。况今因山之礼既成，易月之期云毕。四方拭目，企观载韙之风；百辟倾心，伫望维新之政。而犹谦谦处约，默默宅忧。九筵之居孰为设也？万务之决其将奈何？伏望圣上少抑至情，勉遵故事，巍巍法座，赫乎天日之威颜；植植广廷，霈若雷霆之号令。上以答穹苍之眷，下以安海宇之心。"（《东文选》卷四一）文章先说明布政施仁才是孝道，现在葬礼已成，丧期已过，万务待决，海内百姓拭目以待呢。道理讲得十分透彻，行文了无滞碍，可能受到北宋欧苏新四六的影响。

**郑知常**（？～1135）平壤人，历任中书舍人，翰林学士，知制诰，才华横溢，诗名远播。高丽仁宗十二、十三年，僧人妙清蛊惑仁宗，拟迁都西京，图谋不轨，阴谋败露后叛乱，被金富轼率兵平定。郑知常受牵连，怀疑串通叛贼，被诛杀。今存诗十余首，水平很高。有两篇骈文都是谢物表，不同一般。一表谢宋朝皇帝赐单衣，有云："臣某等自海一隅，向风中国，曰无他聿，以时而入王；亦又何求，既多于受祉。犹上贪于天宠，而坐换于岁华。不谓倥侗而无知，其为眷顾也滋甚。惟衣在笥，虽不妄加，以德分人，此之谓圣。辱大君之有命，在下臣而不堪。静省省循，殊增感激。……"（《东文选》卷四一），对仗工稳，但内容空泛。

另一篇是致高丽国王的《谢赐物母氏表》。主要内容是陈述离别母亲，疏于奉养，母子长相思念，蒙皇上特赐母亲物品，大喜过望，无限荣光，感激莫名。文章回顾生平，叙写心态细腻，很是动情。有云："臣幼被母教，来投学府，有如司马之题桥，慷慨而游上国；所慕买臣之衣锦，富贵而归故乡。而由龃龉十余年间，漂泊一千里外，田园荒没，亲戚别离。掘井而未及泉，功几中废；为山而不专篑，心或无忘。"以上说他如何辛苦求学。"适丁睿庙（睿宗皇帝）之右文，遂辱贤科之第一。骤蒙玉色临轩之奖，始慰霜发倚门之思。"从自己科举及第而转入老母得到慰藉。"以草莱一介之微，从缙绅先生之后。庇身象魏，虽得逍遥；引领江湖，都劳梦想。间有遂庭园之勤省，尚何亲晨夕之旨甘。见先人之弊庐，感松柏之犹在。念南陔之反哺，会乌鸟之不如。"虽进入士大夫之列，还是想念家人。"乃际休明，方深眷待。莅官未效而秩弥峻，从事无能而禄愈多。未尝献千秋之一言，又无他技所及；过曾参之三釜，只自甘心莫遄。赋渊明之归来，其敢效老莱匍匐。"此段言贡献不大，秩禄愈多。曾考虑如陶渊明之辞官归家，学习老莱子之孝顺父母，可是因为要侍候皇帝，也是家乡的光荣。"属玉銮之西顾，享景命之一新。臣在此时，忝随法驾，非特尽菽水之养，足以为桑梓之光。"下面写到，因为随驾扈从，皇上特加赏赐，"岂知下恩照于云霄之上，锡珍奇于蓬荜之中。寒谷地穷，得阳春之一煦；覆盆天远，蒙日月之余光。喜浃一门，荣生九族"。下面并未交代赐母何物，而是颂扬皇恩德无量。"盖圣上以河海之量而舍其垢，以父母之爱而示其情。谓臣循公而忘私，黾勉一节；察臣移忠于孝，庶几两全。肆于不意之中，霈此无前之泽。其在母子，欢庆难舍；大载乾坤，报酬无所。惟是赤心之不二，至于白骨之益坚。生不惮其捐躯，死犹图其结草。"

此文是抒发至性之言，而非虚应故事之作。若与前面介绍过的崔致远谢高骈赐物诸状相比，郑表内容更丰厚，既强调了皇上对自己的厚爱，同时体现了对母亲的殊荣。全文处处关涉到谢皇恩、孝母亲，尽臣职三个方面，融汇为一体，用了不少人们熟悉的经典，还有一些经籍中的成句，即语典，这正是宋代骈文的特点之一。

**金克己**（生卒年不详），高丽明宗时活跃于文坛，与李仁老（1152～1230）、林椿等合称"海左七老"，年龄比李奎报略长。他曾任翰林，为王室起草文书，《东人之文·四六》收其文45篇，数量为全书之冠。其中有《先圣释奠文》："腾精尼山，降迹阙里。其智也明明若日月，其声也隐隐非雷霆。厄陈蔡，穷商周，身虽不遇；祖尧舜，宪文武，德则无加。仰之弥高，穷之益远。肆兼美于三代，长见尊于百王。今值仲秋，载清丁日。想遗风于千载，之下，修盛典于两楹之间。虽非令芳，庶借临顾。"文章全用四六对句。

金国与北宋对峙时，高丽是倾向北宋的。北宋末年，金方请与高丽和亲，众大臣反对，只有金富轼的弟弟金富辙赞成。到了南宋，金统治北中国，与高丽山水相连，高丽自然远宋而亲金，这在金克己的文章中有所反映。他于1203年作为副使入东京，期间作表15封，以蕃国身份感谢金方接待。如《入金谢差接伴表》，有云："陪臣眇从青徼，将观紫宸。日月照临，虽藿向葵倾之有素；山川悠远，恐萍漂蓬转以无依。何幸圣情，尚怜羁迹，差降皇皇之使，道迎踽踽之行。联虎节之荧煌，光生道路；想龙颜之堂皇，望极云霄。"文章恭敬华美之至。又如《谢东京赐饯宴表》有云："陪臣奉章修聘，成命告归。海域遄行，虽反旆鰈墟之表；天庭结恋，尚悬旌螭陛之前。岂谓皇帝德不遗微，仁先厚往，降纶言于北阙，宣绮宴于东都。有始有卒，深感圣人之恩；无期无疆，仰祈君子之寿。"扣紧饯别宴会，对仗工整，锦心绣口，但是对比数十年前金富轼出使北宋的十多封表章，可以看出明显的区别。金富轼在北宋听二学讲课，观赏大晟乐，赏赐《太平御览》等大批图书，与皇帝赋诗唱和，享受高级的文化大餐。而金克己在金国的东京，参加了八次宴会，还有几次赐物，赐差伴，竟没有一次文化活动。金富轼在北宋，真正受到精神的洗礼，而金克己则没有那种感觉，其文章虽美，内容贫乏，只能算是应景之作。

**李奎报**（1168～1241），高丽时期大诗人，散文家，字春卿，号白云山人，出身士大夫家庭，九岁能诗，22岁成进士，性情耿介，仕途不顺，屡遭贬谪，晚年才受重视，曾任知制诰，累官至宰相。《东国李相国集序》说他"翱翔玉堂，出入凤池，王言帝诰，高文大册，皆出其手"，"名振海外，独步三韩"。现存诗2000多首，被誉为"东国李太白"。其骈文见于《东人之文·四六》者20篇，皆短制，有道教祈祷用的青词，如上元青词、北斗青词等。兹录其《冬至太一青词》："变化无方，常善救物。吉凶不僭，职竞由人。苟倾祈叩之诚，即荷畀矜之赐。伏念以余过举，召厥外征。当盛寒之戒时，有恒燠之为沴。或霖雾崇朝而闭寒，或雨潦连日以侵淫。实深簌灼之怀，伫借高明之佑。伏望阴阳常顺，无冬□夏伏之灾；符瑞并臻，有天降地升之赐。"此文代国王祷告上天，祈求四时如常，阴阳和顺，没有自然灾害，全部是四六对句。

李奎报有十几篇庙坛祝文，如《祈雨北郊》："地财方长，天泽久愆。况当南火之辰，遭此亢旱；兹致北郊之告，祷于神明。惟异灵威，金加聪享。以一雨沛然之赐，慰三农仰止之心。"这是因久旱而求雨的祷词。李奎报生活的时代相当于中国的南宋中期，中国此时正盛行以四六作青词、祝文以及致语等等。与李奎报略相先后的金富轼、金克己也有这类作品，都是为宫廷服务的，不像南北宋那样带有民间通俗文学性质。

《东文选》卷五十六录李奎报《命斑獒文》。主人对看门狗下命令说，对于官员办公事者、学士进言求见者、欲与主人讨论问题者，汝切毋吠。对于盗贼、骗子、巫者、妖人，要拒绝他们。"或外脂内柔，钳忌侦人是非，潜毒隐刺者，突梯嗫嚅而至，则汝吠可也。有老觋淫巫，瞪视横眄，舞幻引怪，以诡以眩者，款扉而求见，则汝啮之可也。有猰鬼妖魑，缘隙以窥，伺黑以欺，则汝吠而追之可也。"从语气看，像是宰相对门房的吩咐，意为分清来客之善恶，分别对待，表面上是戏谑之文，其实深具社会意义。文章对每种来访者做一番形容，用多段排比对偶句子，正反相较，爱憎分明，整齐有致。前后叙事亦多偶句，中段模拟主人对狗训话，该做什么，不该做什么，有奖有罚，惟妙惟肖。

**李齐贤**（1287～1367），诗人、散文家和政治活动家，出身书香世家，十七岁入仕，历任地方和中央政府各级官职，曾六次出使元朝，居留大都十年，作为高丽国王侍从和外交使节，多次往返于元朝与高丽之间，曾成功维护高丽作为独立国的地位。元朝至治初年，高丽权臣柳清臣、吴潜等人为媚元以固己，请求元朝改高丽为行省，李齐贤与其他大臣坚决反对。一方面，反复劝诫柳清臣、吴潜等勿忘国恩，另一方面多次上书元朝当权者，晓以得失利弊，使之终于彻消改行省之议。至正十二年以后，李齐贤董理国政，任监国、右政丞，继而五年之内四任宰相，至正十七年退休，十年后逝世，高寿八十。他在大都与元朝的学者文人姚燧、赵孟頫、虞集等人交往。他在中国写的诗词，在元诗史上有一定地位。他的散文中，政论如《在上都上中书都堂书》，向元宰相力陈去高丽国号之不可，很有影响。其《栎翁稗说》前编是笔记，后编是诗话，极具文学史价值。李齐贤的骈文中，有三篇《陈情表》，其一与维护国民地位有关。至正五年，元朝下诏，今后汉人、高丽人、南人等投充怯薛者应加以限制。"怯薛"是元朝皇帝的护卫军，由亲信充任。限制汉人南人及高丽人加入，意味着对异族的不信任。李齐贤很不满，上表反对，有曰：

　　伏读已还，怆惶陨越，不能自已。仰黩天听者：天地无私，顺物情而并育；帝王有作，观民心以必从。敢进瞽言，贮迥聪听云云。能哲而惠，所存者神，巍乎有功，焕乎有文。尚敦慕俭，道人以德，齐之以礼，坐致雍熙。伏念自圣朝奋义而肇基，唯小国向风而先服。助咸讨贼，遏辽民狼顾之谋；冒险迎师，赞世祖龙兴之业。由是讲甥舅之亲（元朝皇帝四次下嫁公主为高丽王妃），而委以保傅之位；征子弟之质，而备于宿卫之行。坐得次于雄言剌台（蒙古语），钦亦参于阇子也速（蒙古语，大汗之亲信部落）。况今坤元配德，岂惟万国之荣观；震索储祥，偏是三韩之庆赖。故以愚衷而自揆，与诸异姓而不伦。伏望勿遗既往之忠勤，亦念难遭之缘幸。俾同世戚，免贻沙汰之嫌；益戴皇恩，庶尽粉縻之效。（《东文选》卷四一）

强调高丽对元朝建国有功，而且有亲戚关系，高丽人与蒙古人地位相同，不应歧视。

另有一封《请表》（《东文选》卷四一），请求把高丽人与西域之色目人同等对待。"顾惟弊邑，服我大邦。敌忾攻辽，助圣武东征之旅；观光过汴，迎世皇北上之师。遂蒙□降之荣，获守藩宣之寄。洎子孙而相继，讲甥舅之至欢。及际休明，益深缘幸，元良载诞，允孚四海之情；寡昧自矜，私谓三韩之福。因念曾忝联芳于玉叶，更逢毓庆于璿源。即然得附于本支，何乃未同于色目？肆沥由衷之请，仡沾无外之恩。"（《东文选》卷四一）元朝统治者把治下民众分为四等：蒙古人、色目人（西域各族）、汉人（北方归附者）、南人（南方后服者）。四种人的政治待遇不同。李齐贤一再要求把高丽人视同色目人，以提高其地位。

《陈情表》之二是请求给高丽荣安王太夫人李氏以应有的礼遇。其中提到："伏念小邦，爰自祖宗之代，获叨甥舅之荣。窃闻皇朝之法，有所谓孛兀儿者，合姻娅之欢，为子孙之庆，古既如是，今胡不然？若蒙陛下为太夫人李氏举盛礼之优优，示殊恩之衍衍。则九族感睦亲之义，誓永世而不忘；一邦殚归美之诚，祝后天而难老。"希望如同蒙古贵族的家人"孛兀儿"一般对待。此表与前表一样，都是要求得到尊重。

**李穑**（1328~1396），号牧隐，14岁及第以后，随父李穀赴元大都，入太学，25岁在大都参加中国的科举考试，中二甲第二名，入翰林院。回国后任教职，长期主持高丽最高学府成均馆，是著名学者，朱子学派代表人物，政治活动家，累官至宰相。他在元大都十多年，对元朝有感情。元灭后，残余势力称北元，存在二十余年，高丽与北元保持一定联系。明太祖对高丽的骑墙态度不满，但又要拉拢高丽对付北元和女真。1388 年，李穑以国相身份出使明朝，受到明太祖优待。然而太祖对高丽内政外交免不了有猜疑，李穑做了许多解释说明，并增加了岁贡，以改善关系，这在其代国王起草的表文中有所反映。

李穑的骈文，《东文选》卷四○收录四表。《平红贼后陈情表》，说由于明初红巾军攻入高丽，致使两国交通隔绝，现在好了。《请子弟入学表》，明朝同意高丽子弟入学，后来因疑学生刺探情报，而加以责难。李穑就此做出说明："七月十三日，陪臣姜仁裕等回传宣谕圣旨一款：汝国既有觇伺之心，其遣吏员秀才二三百名，火者伙计五六来此。"认为高丽派那么多人来，是为了"觇伺"。李穑表文解释说："戴惟小国，僻在荒陬，肇自古初，局于风声，文华则仅达其所蕴，言语则必译而乃通。鼓箧升堂，欲遣六七人之童子；明经习律，何缘得二三百之儒生？矧谓为窥觇之资，安敢应招来之命。顾并征之宦者与已允之生员（询问过在明之官员和学生）一则为避嫌疑，一则宜遵诰谕（一方面不愿被疑为派情报员，一方面又要遵循允派留学生的旨意）进退维谷，不知所裁。伏望收雷霆之威，廓天地之量。怜臣尽礼而不知所以为礼，察臣效忠而不知所以为忠，不责所难，而从其愿。"第二天，又上第二封陈情表，解释对高丽内政外交事件的一些猜忌。有云："窃念小邦，知尊中国。如孩童必得怙恃，有圣人则为始依归。如臣者，以前朝啄丧之余生，受昭代分封之姓命。其为自幸，实今昔之所无；虽死靡他，惟神明之是质。"1373 年，高丽恭愍王为侍臣洪伦所杀，恭愍王之养子辛偶继位，对外说是先王病故，北元抢先承认。明太祖怀疑高丽与北元勾结，产生恶感。李穑解释说："彼亡元之遗种，与纳氏之比邻。已绝交通，犹为结好，取亲东化，修聘北平。"已灭亡的元朝残余势力，及其占据辽东的元朝丞相纳哈出，与高丽是比邻，高丽和他们已断往来，但犹保持和平，因为有长期婚姻关系，故修聘于北平。这里的"北平"指北元而不是今天的北京。明太祖设北平都指挥司，治所在今内蒙古宁城县，辖区包括今内蒙古大部分，其中一部分尚在北元占领下。"以朝觐之骏奔，谓觇伺之狙诈。缘疑饰似，嫁祸图危。"我国忙于与明王廷朝觐，被误认为是刺探，有人以似是而非的手段，嫁祸于我国。"惟圣鉴之昭明，同群臣之曲直。……仍救贱介，还自坦途。遂令陋质，获睹耿光。臣敢不佩服圣谟，

涵濡洪造。"对一些政治传言，做出说明。措辞有礼有节，极其恭敬谦卑，
煞费苦心。可以看出小国与大国交涉的外交辞令之不易。《左传》记载春秋
行人辞令是如此，历代藩属国与中央王朝之辞令也是如此。

**释宓庵**（生平不详），高丽僧人，有《上大元皇帝表》，请求保护丛林，
赐给田产。表云：

> 伏念臣，支连竺土之一枝，脉嗣松峦之五叶。窃喜适逢于华旦，
> 常切观光；乃缘邈处于荒陬；谩劳延颈。惟此修禅精舍，创从普照圣
> 师。是小邦选佛之场，禅流不减于数千指；抑大国祝君之地，梵席无
> 虚于二六时。然以僻在林泉，远离城市。春种秋收之盖阙，午餐晨粥
> 之难支。昔郡君锡附近邑之土田，永充斋费。今天使元朝使臣寻别宫
> 之版籍，特备兵粮。势同失水之鲋呼，情迫闻天之鹤唉。傥蒙皇帝陛
> 下，廓包容之度，回覆育之私，诏下我国达鲁花赤（监督者），及管勾
> 兵粮使佐，敕令别护我丛林，永锡我田壤，镇作参玄之禅薮，终为奉
> 福之道场。则臣敢不益励熏功，倍输忠恳。五云影里，长悬魏阙之心；
> 一炷香中，常馨华封之祝。（《东文选》卷四〇）

这位僧人文学修养很高，叙事说理用典措辞皆精当得体。他所处禅寺，
僧众甚多，地方官赐土田以充当佛寺费用。然而元朝派来的使臣根据别处
的记录文件，收回寺产以充军用，使得僧众如同失去水池的鲋鱼，没有着
落的飞禽，难以生活。他请求蒙古驻高丽长官保护丛林，永赐田土，使之
成为参玄中心，祈福道场。若能如此，将感激不尽，常效忠诚。元朝的蒙
古人信仰藏传佛教，对于高丽信仰的禅宗是不大重视的。对比前面引述过
的新罗时期的佛寺塔铭，不难看出不同时代佛教处境的差异。表中提到的
"达鲁花赤"是蒙古官称，意为镇守者，在各地方路、州、府设置，汉文译
为路监、州监、府监，权力很大，由蒙古人担任，不用汉人南人。

**李崇仁**（1347～1392），号陶隐，诗人，高丽末期文臣，李氏王朝建立
后他被杀害，只活了四十五岁。权近《陶隐先生诗集序》说他"古、律、
骈偶，皆臻其妙，森然有法变"。他主要活动于明朝初年，《东文选》录其
表文十二篇，都是代高丽王祝贺明王朝的，其中有《贺朝廷平定云南发遣

梁王家属安置济州表》。公元 1381 年，明朝大将傅友德、沐英、蓝玉率大军平定云南，元朝镇守云南的梁王兵败，投滇池自尽，其家属发配朝鲜济州岛安置，李崇仁代国王上表祝贺。此前，有《贺登极表》祝贺朱元璋即皇帝位，当作于 1368 年。《贺郊祀改元表》，明太祖只有"洪武"一个年号，此表当作于 1368 年。后来还有《贺册皇太后表》《贺诞生皇子表》《贺冬至表》《贺节日表》《贺亲祀太庙表》等。当代韩国学者认为，高丽时期外交文书撰写人当中，李崇仁是首屈一指的。

**崔瀣**（？~1340），号拙翁，曾任大司成，属于礼部的教育官职，他对高丽文学的贡献是编选了一部《东人之文》。其自序中讲到，他曾到中原学习，与才俊之士接交，有人求东人作品总集而无以为对。归国十年，未忘此事，乃有编撰之志。所录文章起自崔致远，止于忠烈王时，诗若干首，题曰"五七"，文若干首，题曰"千百"，骈俪文若干首，题曰"四六"，总其目曰《东人之文》。"未敢自谓集成之书，然欲观东方作文体制，不可舍此而他求也。"（《东文之文·序》，见《东文选》卷八四）该书编成于1338 年，已散佚，《四六》尚存 140 余篇，收文最多的是金克己、金富轼、李奎报。按文章体裁分教书（诏令）、批答、祝文、道词、佛疏、乐语、陪臣奏状等类，皆为王室应用文，无私人创作。其中乐语相当于宋代之"致语"。宋人多用于民间，高丽则多用于宫廷。李穑对该书评价很高，他说："古今著书者众多矣，吾三韩近世独快轩文正公为杰然，其门人鸡林崔拙翁又其次也。褒选之富称快轩，简择之精称拙翁。然未能刊行于世，工匠之拙也，简佚之重也。"（《牧隐文稿》卷十九《赠金散叔秘书诗序》）"拙翁著书"即指崔瀣著《东人之文》。

## 第三节 朝鲜王朝之骈文

公元 1392 年，原高丽大将军李成桂推翻高丽王朝，建立朝鲜王朝，传至 1910 年，为日本所吞并。这个时代约相当于中国的明清时期，骈文已经衰落，写作者越来越少，一般用于公文之表、状以及某些笺、启、祭文等，纯文学类不多。朝鲜中期学者李晬光（1563~1628）说："我国之人用功于诗者众，至于散文则不着力。"（《艺峰类说》卷八《文章部·文评》）他指的是朝鲜时代之上半叶，就骈文而言，也是"全不着力"的，因此，有成就的骈文名家不如前朝。但是，仍然产生了一些有一定水平和影响的作家和作品，就数量而言，相当可观。

## 一　朝鲜王朝前期骈文

大致相当于中国之明代，许多骈文与外交有关。

**权近**（1352～1409），号阳村，高丽王朝末期和朝鲜王朝初期著名文臣、学者，他是李穑的学生，高丽恭愍王十七年及第，曾任成均馆大司成，朝鲜开国后，任中枢院使，多次出使明朝，明太祖曾敕留文渊阁，命游观三日并赐宴、赋诗，很受优待。有《阳村集》。

权近的骈文，有《贺胡人纳哈出率部出降表》，作于洪武二十年。纳哈出是北元丞相，占据辽东，明朝发兵讨伐，纳氏迎降，其地悉平。表中称颂明太祖，"德禀英明，资全智勇。小心翼翼，顺帝则以无为；攸馘安安，屈人兵于不战。故此旃毳之俗，悉为冠带之民。武功既成，令闻益著。伏念臣猥将陋质，叨守弊封，告庙策勋，欣逢混一之代；称觞上寿，遥瞻朝贺之班"。纳哈出的灭亡，消除了高丽与明朝之间的障碍，也意味着明朝的疆域实现了统一。

《请子弟入学笺》，其中提到，洪武五年，高丽恭愍王曾上表请遣子弟入学，钦蒙俞允。后来由于蒙古残余进犯，恭愍王去世而延误至今。此表请求继续派遣。

有两封表笺都是要求放还高丽使臣柳珣、郑臣义等回本国的。其中提到高丽使臣修聘于明朝，"忽被严威之谴，遂至拘留。在我无戏侮之心，何彼有猜疑之志。仰维圆融之监，必谅曲直之情。……伏愿获承方便，速脱艰屯。承帝眷以来归，有庆于国；与亲属而完聚，求保厥家"。这两封表与稍前的新罗末年李穑的陈情表事由有关，终止派留学生及扣留使臣皆反映明太祖曾对高丽与北元保持来往很是不满。如今北元已灭，两国关系正常化，所以提出上述两项要求。

《谢赐书籍冠服纱罗表》作于永乐元年。永乐皇帝赐朝鲜国王（这时已是李氏王朝）书籍二百二十四本、丝罗十六匹、锦缎十匹、国王及王妃冠服各一副，因上表致谢，反映两国关系进一步改善。（以上各表笺均引自

《阳村集》，影印本见《韩国文集中的明代史料》第十一册，广西师范大学
出版社 2008 年出版）

**卞季良**（1369～1430），十七岁登第，历仕高丽、朝鲜两朝，最后官至
宰辅，掌文翰二十年，事关邻国之外交辞命多出其手，朝廷常称其"表辞
精功"。名作如《箕子祠碑文》，论者评为"语词奇绝"。其《春亭集》中，
有表二十多篇，多作于明永乐年间，朝鲜与明朝关系改善之后，如《贺平
安南表》。1407 年，安南国王胡氏攻明，永乐皇帝派朱能、张辅率兵灭之，
改安南国为郡县，此表当作于是年。另有《贺建都北京龙马出现松柏凝脂
表》《贺驾幸北京表》。明太祖定都南京，皇四子明成祖于 1402 年夺建文帝
之位于南京，1421 年迁都北京，二表当作于此年。谢赏赐表多首，有象牙、
犀角、乐器、鹦哥、谢赐宴等，皆为国王代拟。题为《谢恩表》者有十篇，
贺太子正位表有三篇，还有贺祥瑞，贺节日等，皆官样文章。值得注意的
是《请免金银表》。明太祖对高丽外交上的暧昧多有不满，故所征岁贡颇
重，朝鲜难以长期负担，故请求减免，全文如下：

> 窃惟居高听卑，圣人之大度；有怀无隐，臣子之至情。窃念小邦，
> 地偏土脊，自来不产金银。太祖高皇帝明睿所照，灼知其然，降旨蠲
> 免，以至发回所贡器皿。第以高丽之季，前元客商转贩之余，仅备贡
> 献，因循至今。公私所蓄，罄尽无余。遇此日前之意，敢不披肝沥胆，
> 仰颂天听也哉！伏望皇太子殿下导宣睿泽，特蠲金银之贡，代以物产
> 之宜，以通上下心情，以慰远人之望，民之愿也。（见《春亭集》）

此笺是呈给皇太子，托他求情的。还另有一封《请免金银表》，是上皇
帝的，内容大致相同，后者以散句为主，情况交代更详细。足见卞季良为
民请命，为国减负，做了许多努力。

**徐居正**（1420～1488），号四佳亭，大邱人，1446 年拔英科状元，历任
集贤殿博士，兼弘文馆、艺文馆大提调，左赞成。曾出使明朝。五次入宫
闱任职，执掌科举考试 23 年。学识渊博，历史、地理、天文、医药皆通，
文学成就很高，时人称他"以文章鸣于东国"。他对朝鲜文学史的重要贡献
是编辑大型文学选本《东文选》，完成于 1481 年，共 133 卷，1 至 22 卷收

各体诗 1874 首，23 至 233 卷收各体文章 1590 篇。起自三国，止于朝鲜初，跨度约一千年。有相当大篇幅是骈文，如诏、诰、表、笺等，是十五世纪中叶朝鲜出版的文学选本收文最多的总集。其《进〈东文选〉笺》前面已经介绍。

徐居正还有《笔苑杂记》《新选东国舆地胜览》《太平闲话滑稽传》和《东国诗话》，该书卷下说："高丽光、显以后，文士辈出，诗赋四六侬丽，非后人之所及，但文章议论多有可议者。"可见他对骈文评价颇高，而对议论文似有微词。他自己的文章今传有《四佳集》，其中有长于议论的骈文，对文学、历史、语言翻译分别发表了精辟的见解。

他还有骈文《进〈三国史节要〉笺》，首论史书价值与体例："国可灭，史不可灭，惟治乱具载于简编；褒至公，贬亦至公，其美恶难逃于笔削。宜修往牒，用劝后人。窃念纪事始于后汉，编年仿于鲁史。子长（司马迁）撰《史记》，班固因而历代有全书；温公（司马光）长编，紫阳（朱熹）继而通鉴有纲目。考观前史之体例，不出二家范围。"次述朝鲜之历史："惟我日出之邦，实是天作之地。檀君并尧立，肇建千载之基；箕子受周封，丕阐八条之化。满（卫满）起亡命而北据，准不图存以南奔。而四郡因之瓜分，三韩遂焉鼎峙。顾年代之已邈，慨载籍之无闻。新罗先起而三姓相传，丽济（高丽、百济）继兴而二国同祖。或传世逾于五百，或历年几于一千。境壤惟其犬牙，干戈是以糜烂。"接着评论朝鲜三国之史书："虽得失殷鉴之未远，乃文献杞礼之不征。富轼祖马史而编摩（金富轼仿《史记》而作《三国史记》），所失者拾掇茸补；权近法麟经（孔子之《春秋》）而纂辑（权近有《三国史略》），所病者因循雷同。是不足传信而传疑，亦安能可法而可戒。"下面讲，现在是太平盛世，世祖大王关心修史，"乃开史局，仍简儒臣。爰取三代之旧文，俾仿长编之遗法"。今上承继前烈，"乃降内府之秘籍，趣成东观之新书"，臣等"竭数载之力，勒成一代之书。凡事关国家之隆替，巨细毕举；而政系民生之休戚，评略不遗。傥赐观览，仍许颁行。明烛往事之是非，人为鉴而古亦为鉴；昭示来者之劝诫，善吾师恶亦吾师"（《续东文选》卷十一）。层次清晰，论说深切。"人为鉴古亦为鉴""善吾师恶亦吾师"，这样的名句，在中国骈体之议论文中亦不可多得。

《四佳集》中有《〈译语指南〉序》，专论翻译尤其是韩语与华语之翻译事宜。朝鲜在十五世纪以前一直使用汉字，从 1444 年世宗大王颁布"训民正音"以后，朝鲜才有自己的文字，并采用统一的读音来译读汉籍。《译语指南》之书即为翻译汉籍而作。徐居正生活在韩文正式形成，汉译进入规范化的时期，他的这篇序言反映了当时汉韩翻译的情况。序文指出，在这之前，为专习华音，已有《老乞大》《朴通事》《童子习》等书，皆译其言语文字而已，如天文地理草木禽兽各物之类，则未有译。世宗大王命大臣集中国名物等语译以本国谚字，又命译官博采广议，分门类聚，褒为六十一条，名曰《译语指南》，并命徐居正作序。序文的核心部分说："古之圣王，建万国，亲诸侯，必设重译之官，以通番汉之情。周有大行人，历代仍之。设四夷馆，谓之象胥，皆所以一视无外之意。于是国于天地之间，九州之外，雕题、穷发、交趾之流，梯航以至。各以国语达于帝庭，无非出于畏天事大之义。况太祖高皇帝待我朝鲜，比之内诸侯。出百王，始制谚文；译华语，千变万化，无所拘碍。此《译语指南》所以得成也。呜呼！前圣述之于前，而后圣继之于后。皆为尊中国、谨法度而设，非直为言语译文文学之间耳。"序文有散有骈，以骈句为主。上述几篇文章反映了朝鲜对汉文化的尊重和历史上中朝文化交流的亲密关系。

**李荇**（1478～1534），字择之，曾任大司谏、左议政。性情耿介，直言敢谏，不为当政者所容，前后遭流放近十年。在文学上，以诗歌著称，是海东江西诗派代表人物之一，作品敢于揭露权贵之荒淫，同情庶民的疾苦。另有赋作十余篇，骈散文若干篇，集成《容斋集》传世。其中有一篇《进〈续东文选〉笺》，是地道的骈文。《续东文选》是承接徐居正《东文选》的续作，共 22 卷，一半是诗，一半是文，篇幅相当于《东文选》的六分之一，所收文章比《东文选》延后三十多年。李荇是该书主编，参编者还有申时慨、金诠、南衮等人，他们是奉国君之命而作。李荇这篇上国王的表笺，写法和观点与徐居正的《进〈东文选〉笺》相近。开头一段说明编书的缘起："德莫与竞，荡荡焉无能名；文不在兹，郁郁乎可以述。惟德作其根本，而文发为精英。此所以文选之续撰，又在乎圣运之重熙。"这段话主旨在赞美王朝有圣德而后有文章。其中的"文选"，当指徐居正的《东文选》，而"续撰"即他们编的《续东文选》。

下面一段讲文学的产生和中国文学的发展：

> 窃惟一气尽而有天经地纬之分，结绳罢而为河图洛书之始。叙事之体，实造端于典谟（指《尚书》）；叶韵之流，乃发源于赓载。虽其派各成一曲，要诸归不出二涂。诗既亡于《王风》，书亦讫于《秦誓》。左氏之传，尚未免于浮夸；柏梁之篇，只自启其丽靡。厥后述者非一，何遽数之能终。彼魏晋固不足观，在唐宋亦有可尚。然禀气之有塞，竟具体之未闻。杜陵（杜甫）之诗，深得比兴之宗，无韵者殆不可读；涑水（司马光）之学，独究圣贤之旨，对偶则犹谓未能。至于其他，难以悉举。岂得述作之不易，且患取舍之未精。故历代各有撰次之编，于后来不无评略之议。

这一段概括了他的文学史观，说明编选文章之不易。下面讲述朝鲜文化盛况。"粤我朝鲜为国，古称文献之区。箕子受封肇邦，声教渐于东土；新罗遣士入学，礼乐侔诸中华。其间命世之才，最称致远（崔致远）为冠。既有奋臂而倡者，宁无褰裳以从之。余风逮于高丽，斯文以之大振。汗牛充栋，非止一家；绣口锦肠，各尽其长。况圣鉴于二代，属东井聚兹五星。焕乎其有文章，炳然皆可纪录。"徐居正的表笺也有类似的表述，并且指出已有的书《东国文鉴》《东人之文》尚有疏略缺遗，李笺则不曾提及。下面讲到当代："恭维成宗大王，睿哲之德，昭回二文，表章乎群经，黼黻乎洪业。余力所及，念兹不忘。顾我东韩作者之能且多，信无让于上国（指中国）；奈彼诸儒择焉之驳而杂，或未睹夫大方。士林无所折衷，国家可谓欠典。命词臣以撰定，俾勒成为全书。取舍参诸众贤，法度森然具在。由新罗迨于圣代之一统，上下几数千年；自诗文以及杂著之多门，前后总若干首。"这里讲的成宗命词臣所编全书，就是徐居正的《东文选》。

再往下讲到撰集续编经过："今我主上殿下，缉熙日新，继述时敏……爰念近日制作之益盛，实原列圣教养之有加。第缘岁月之流迁，容有遗失；须以耳目所亲记，重加辑修。臣等性本鲁愚，学又浅薄。上承隆委，内顾增惶，未能窥管中之一斑，安得辨象外之千里。征诸人，披绪简，积以日月而旁求；注于目，酌于心，庶乎权度之一得。载稽成庙撰集（《东文选》）

之后，暨圣朝编摩之时。其年才过三十有奇，所采已是千百不啻。可以见王国之多士，益足验君子之作人。猗欤盛哉，尤非前世之仿佛；乌可已也，用示后日之范模……"

《东文选》完成于1481年，所收文章前后近千年，其补编《续东文选》所收不过三十多年，二者的文献价值是无法相比的。但是李荇这篇《进〈续东文选〉笺》还是值得重视的，因为它反映了当时的文学史观和朝廷收集文学史料的关注和对中国文学的认同。整篇文章都是对句，几乎没有散语，也不用典故，是朴实清爽之作。

目前，民族出版社1991年出版的李海山主编《朝鲜古典文学选集》二十卷，是中国研究者重要的大型参考书之一。

1592年，日本执政军阀丰臣秀吉出动大批陆海军入侵朝鲜。朝鲜人民进行了长达七年艰苦卓绝的抗倭战争，在中国明朝军队的大力支援下，1598年终于把侵略者赶出朝鲜半岛。1592年是壬辰年，朝鲜史家把这场战争称为壬辰卫国战争，也简称"壬祸"。战争期间，出现了一批骈文作品，起到了动员民众、鼓舞士气的积极作用。高敬命的《讨倭檄》是其中的代表作。

**高敬命**（1533～1592），字而顺，全罗道长兴人。戊午科魁，任校理，五年后罢归，居家十九年后复出，先后任参议、府使，1592年日军入侵，他聚结义军六千人，推为上将，梁青溪为副将，痛击倭寇。1592年7月，他指挥义军与官军协同作战，攻打被日寇占领的锦山城，战斗中壮烈捐躯，是朝鲜的民族英雄。他在军事行动之前发表《讨倭檄》，全文如下：

顷缘国运中否，岛夷外狺。始效逆亮之渝盟，终逞句吴之荐食。乘我不备，捣虚长驱；谓天可欺，肆意直上。秉钺者徘徊歧路，累郡印者投窜幽林。以贼虏遗君亲，是可忍也；使至尊忧社稷，于汝安乎？是何百年休养之生灵，曾无一介义气之男子。孤军深入，女真本不知兵；中行未笞，大汉自是无策。长江遽失其天堑，凶锋已迫于神京。南朝无人之讥，诚可痛矣；北军飞渡之语，不幸近之。肆我圣上，以太王去邠之心，为明皇幸蜀之举。盖亦出于宗社之至计，兹不惮于方岳之暂劳。巩洛惊尘，玉色累形于深轸；岷峨危栈，翠华远涉于修程。天生李晟，肃清正赖于元老；诏草陆贽，哀痛又下于圣朝。凡有血气而含生，孰不愤惋而欲死。奈何人谋不善，国步斯频。奉天之驾未回，相州之师已溃。蠢兹蜂虿之丑，尚稽鲸鲵之诛。假息城闉，回翔何异于幕燕；窃据畿辅，跳踉有同于槛猿。虽天兵扫荡之有时，而凶徒迸逸之难期。敬命，丹心晚节，白首腐儒。闻半夜之鸡，未堪多难；击中流之楫，自许孤忠。徒怀犬马恋主之诚，不量蚊蛇负山之力。兹乃纠合义旅，直指京都，奋袂登坛，洒泣誓象。批熊拉豹之士，雷厉风飞；超乘踶关之徒，云合雨集。盖非迫而后应，强之使趋，惟臣子忠义之心，同出至诚；在危急存亡之日，敢爱微躯。兵以义名，初不系于职守；师由直壮，非所论于脆坚。大小不谋而同辞，远近闻风而齐奋。我列郡守宰，诸路士民，忠岂忘君，义当死国。或借以器仗，或济以糇粮。或跃马先驱于戎行，或释耒奋起于农亩。量力可及，惟义之归。有能捍王于艰；窃愿与子偕作。缅惟行宫，邈矣西土。风俗之美，远自仁贤，俎豆之余，士马之强，曾挫隋唐百万之兵。庙谟行且有定，王业未岂偏安。善败不亡，福德方临于吴分；殷忧以启，讴吟益思于汉家。豪俊匡时，不作新亭之对泣；父老徯后，仁见旧京之回銮。（引自《韩国文苑》卷六）

　　文章分析了当时的形势，敌人趁我不备，侵入国境，朝鲜国王逃到鸭绿江边的义州。（文中比作唐明皇幸蜀）接着列举中国古代奋起救国的李晟、陆贽以及许多历史典故。然后讲到自己"白首腐儒"，已是年老的书生，可是有"丹心晚节"，追慕祖逖击楫中流，"纠合义旅，直指京都，奋袂登坛，洒泣誓众"，大军云集，并非强迫，"惟臣子忠义之心，同出至诚；在危急存亡之日，敢爱微躯。兵以义名，初不系于职守；师由直壮，非所论于脆坚"。下面号召各路士民，"忠岂忘君，义当死国"，各尽所能，合力抗击侵略者。文章中有的是事典，有的是语典，皆极切时局。从头到尾都是对偶句，以四六句为主，气势充沛，铿锵有力，不少句子，掷地有声。

　　当时同类文章甚多，洪季男有《募义檄》，赵宗道有《募军檄》，赵宪有《讨倭檄》，黄慎所有《教诸道义兵书》，皆不完整，仅有节略，并见《韩国文苑》卷六。

　　**任叔英**（1574～1623），字茂叔，号疏庵，25岁中进士，曾任弘文馆博士，因得罪权贵，沦为囚犯。后还朝，任侍从。为人刚直鲠介，主持科举考试，公平严正，不徇亲故。关于他的为人，同时人李植的《任茂英言行录》，有生动具体的描述。李氏评论任氏骈文成就："公之文长于四六，车五山称其小篇与王（勃）、骆（宾王）不相上下。……公于四六，法律精严，非唐以上材则不用。所引古事，必用本书全文要语，一字不苟安排。至于行文（指散文），未尝作偶俪语。专务平顺畅达，真所谓笔端有口。""四杰四六集读五六过，终身记诵，口授子弟传写，一字不错。"

任氏《疏庵集》中有骈文49篇，包括序31、启8、上梁文3、疏2，其他体裁5篇，以《统军亭序》最负盛名，有云：

> 西山石室，韬福地于霞冈；南海金堂，秘灵区于雾塞。虽复雕甍亘岭，终非视听之乡；画栋凌波，竟谢舟车之域。然则珍台闲馆，穷宇内之规模；列榭崇轩，极人间之制度。可以寄心寥廓，冥搜包上下之殊；延首城池，旷望括华夷之会。独为游观之美者，其唯统军亭乎？
>
> 若乃三阶八户，凭显敞而盘基；万栱千栌，袭高明而耸势。象吴中之龙角，功冠名园；安邺下之凤头，望雄胜境。重檐复溜，交阴横碧礎之前；镂槛文□，发秀被红岩之侧。阳乌御日，临反宇而回翔；仙鹤乘云，历飞梁而坠翼。庾元规之谈咏，早合流连；许玄度之才情，尤堪赏契。
>
> 尔其辨方正位，征析木于干维；画野分疆，引营州于地络。洪川巨渎，直带通衢；峻埠长岭，旁围沃壤。天垂白气，秋方控紫帝之都；日照青光，春谷拥朱蒙之国。
>
> 故河源经月，即降张骞；益部指星，常勤李合。皇慈雾洽，合四郡而先沾；神化风宣，在三韩而首被。况乎关连鸣雁，封畿弥北极之阴；地似伏龙，原隰跨西隅之远，由是重城击柝，金城之御暴可知；绝塞悬旌，玉帐之扬兵在即。

统军亭不同于一般亭台楼阁，相当于高级军事指挥所或城堡。第一段概述环境，第二段描绘建筑，第三段展望地理位置，第四段回顾历来边塞建亭堡之必要性。"重城击柝，金城之御暴可知；绝塞扬旌，玉帐之扬兵在即。"是点题之笔。据李植《任茂英言行录》说:"《统军亭序》流入中国,翰院学士传语我国使臣云:千年已绝之调,出于海外,尤奇异云。"

任氏的骈体短简,精粹练要。如《送金典籍朝天序》:"金君韵谐金石,含九夏之清音;气袭芝兰,擢三春之秀色。德因时建,循下邑而扬声;任与事隆,指上因而奉使。直云横塞,斜通碣石之墟;高峰负关,俯瞰箕城之域。三条不远,穷帝里而非难;六合攸同,拜皇门而在即。于时月华东上,金精临侧匿之期;天气南升,火宿入平分之序。含毫搦管,遵别路而陈讨;列爵罗樽,对离亭而劝酒。"此文为金姓典籍郎出使北京而作,措辞典雅,对偶精准,纯用四六,与唐代王勃、骆宾王的确不相上下。

《送李同知春之朝天序》:

> 同知李公,高情壮思,包义蛰而飞英;雄笔清词,括文场而擢秀。鹤鸣云路,仙禽知夜半之期;龙跃天衢,神物应春分之序。风烟万里,奉下邑之朝宗;城阙千门,傃皇居之壮丽。赏因时合,爰击节而辞家;任与事隆,遂弹冠而出境。虽复旌旗东指,中途逢汉骑之屯;烽火西连,绝塞逼胡尘之警。而乃乘危历险,忠勤之节弥彰;临远登高,慷慨之心屡激。山川络绎,披襟窥上国之雄;原野苍茫,举目入幽州之旷。考张衡之灵宪,箕星之下烛可知;观裴秀之舆图,碣石之傍临斯在。于时朱光北至,凌别馆而流炎;白日西归,即离亭而送晚。虽入非洛水,终惭胜饯之违;而意切河阳,敢阙新篇之赠。(以上三文均引自任氏的《疏庵集》)

此文与前文同样是精雕细琢的四六文,所不同者,写作时间稍后。明朝与后金正在辽东作战,故尔有"虽旌旗东指,中途逢汉骑(指明军)之屯;烽火西连,绝塞逼胡尘(后金之兵)之警"。其中提到按东汉张衡天文著作《灵宪》观察星宿,据西晋裴秀所作地图寻找碣石山在何处,都是想象之词。文章视野开阔,浮想联翩,满纸烟云,美不胜收。

任氏三篇上梁文皆为友人作。《谨节堂上梁文》将屋舍周边景物写得清新素雅,与堂主金元亮之性情、融合为一体。实景与虚拟相混,营造出和谐平易的气氛。

权赫子总结说："任叔英骈文更为突出的特点是，凭借华丽辞藻，壮观景物和饱满感情，形成声势，营造氛围，将景物作为烘托感情的手段，常用于各种题材之中。""任叔英骈文体现出笔法自由的特点，即不守常规，用省略、换位、先抑后扬等多种手法，打破了既定的篇章结构，还增加虚词以环旋且变化句型……体现了多样性和自由化，都不同程度地反映出任叔英对于骈文体式的自如驾驭能力。"①

**李植**（1584～1647）。李氏王朝中期，文坛出现"月、象、溪、泽"四大家，亦称"海东四家"，即月沙李廷龟（1564～1635）、象村申钦（1566～1628）、谿谷张维（1587～1638）和泽堂李植。金允植《云养续集》说："象村之文镕铸陶洗，有明末清初文气。月沙之文，不以雕饰为工，行文驯熟，尽其所言而止。""谿谷天才优，泽堂人工胜。"金昌协说："泽堂文，体段浑成不如谿谷，结构精密过之。谿之词赋，泽之骈俪又足相当。比之于古，殆似韩柳。"又说："谿谷近于天成，泽堂深于人工。"（《农岩集》卷二二《息庵集序》，又《农岩集》卷三四《杂谈外篇》）南宫辙说："泽堂之文，高山深谷之气，结为钟乳，林木翳密，而鸟兽之声不闻。"（《金陵居士集》卷一一《四君子文钞序》）南龙翼说："泽堂于行文（指散文）、骈文、无不兼该。……常自评曰：'吾文如刺客奸人，寸铁杀人。'盖谓切中其要妙处，辞简而意精也。"②

后世评论家所论"海东四家"之文，是兼括骈散的，就中以李植的骈文成就较突出。李植号泽堂，历任清要，三典文翰，明天启至清初，朝鲜与中国往来之外交文书多出其手，人称"妙绝一时"。

李植的表笺，多用骈体，其中折射出明朝与后金的争斗。如《贼薄皇城陈慰表》，作于明崇祯三年（1630），是年后金军逼近北京城郊，京师震动，朝鲜得知，上表慰问。不久解围，又上《贼退进贺表》，颂扬"皇图永固，邦域无虞。伏念逖守藩维，欣闻捷奏。犁庭扫穴，伫待灭贼之秋；尝胆卧薪，誓坚雪耻之志"。两表皆表现出对明朝安危的关切。

---

① 权赫子：《论海东"王骆"任叔英骈文创作》，曹虹编《省思与突破：第四届骈文国际学术研讨会论文集》，江苏人民出版社 2017 年版，第 415～424 页。

② 以上各条评语，均转引自李家源《韩国汉文学史》，凤凰出版社 2012 年版，第 374～375 页。

《泽堂集》有不少与明朝辽东驻军将领往来的书信，称为"贴"，其中致毛文龙多为骈文。1621年，后金连破沈阳、辽阳，辽东恐慌，民众和军队有不少退避朝鲜。副总兵毛文龙率部进驻朝鲜皮岛，集合汉族难民，不断向后金反攻，持续6年。曾多次向朝方求助，得到积极支持，这在李植致毛都督的几封帖子里有明确的答复。毛文龙聚众日多，军粮给养使朝方不堪重负，乃致函明朝辽东巡抚袁崇焕，其中讲："（毛）督府曩时，以一旅众，栖迫江关，卒食半菽，危而后安。今以数十万人，妥贴我境，耕焉而有所借矣，籴焉而有所输矣，货焉而有所赢矣，计今年支粮，且十四万石。寡人于此，亦尽心焉耳。……毛镇既任招抚辽众，不惟练卒，彼数十万兵民杂居，讨食于我。而督府资实渐罄，弊邦储胥已竭，山东粮饷又不至。……虽济事在从，而兵在务精。今不以民资兵，而反以民妨兵，窃恐大贼未灭，孤根先折。中心蕴待，只为此耳，今幸大人悉心教导之。"（《回袁抚台崇焕前贴》）诉说毛文龙召集难民过多，朝鲜负担不起。袁崇焕主持辽东军务后，发现毛文龙恃功骄傲，狂妄自大，与辽东其他明将关系紧张，还得知毛氏与后金有书信暗中往来，于是认作一大祸根，乃于1629年以尚方宝剑擒杀毛文龙，另任命陈继盛取代之。后来，自称从后金逃归的刘兴治继续统治皮岛，肆意妄为，百姓苦不堪言，而且密谋归顺后金。朝鲜不能坐视，乃发兵围剿。李植作《谕（皮）岛中檄文》，其中有云："今者逆臣刘兴治，归自虏庭，阴怀异图，挟豺狼之势，肆蜂虿之毒，啸聚俘健，敢行悖逆，擅害钦差主将，延及通判等官。许多忠良之士，举罹凶虐。犹且劫持军众，盗窃旌旗，将欲长据江关，阻绝海津，怙恃丑类，窥觎皇畿（指平壤）。叛形炳火，逆气滔天。不惟西土辽民，莫不扼腕酸骨；抑亦东国民庶，皆思食肉寝皮……我主上忠贞事大，恪谨守邦，所委者君臣之义，所秉者连帅之权……当职虔奉国命，董率三军，水陆并进，东西合围，义声所激，兵气百倍。伊弹九一岛，安所逃脱。尔等宜各自矜愤，毋为并取歼灭……皇朝自有爵赏，本国便行赍赐，再造本镇，永为藩辅。"此文义正词严，气魄刚强，李植自称吾文可"寸铁杀人"者，殆指此类文章。《泽堂集》中还有多封朝鲜与明朝朝廷及地方官员来往的文件，不仅文字老辣，而且具有珍贵的史料价值。

《泽堂集》文体文风多样化，表、笺用骈体，外帖用骈，内帖用散。有一封题为《别帖》，甚至用白话，"小的原是何等贱微""况小的功蒉罪大""统希老爷一体裁处"……此类口语连连出现，颇为稀见。

**张维**（1587～1638）《逆贼正刑后大赦教书》。此文《韩国文苑》作李倧《讨李仁居》。李倧是朝鲜李氏王朝国王，1623 至 1649 年在位，庙号仁祖。以他的名义发布此文，实际作者是张维，"东海四家"之一，作于 1627 年，是李氏王朝的重要文献，有相当历史价值。现摘录该文一段如下：

> 逆贼李仁居，禀性阴妖，托迹诡秘。文奸言而欺世，不畏天知；饰伪行而诬民，至彻上闻。予亦眩于名实，盖尝优以宠光。罔念大恩，反怀非望。徂兹戎虏之侵轶，发乎宗社之阽危。凡在食毛，皆思效力。而仁居既不能奔问行在，输捍王之忱；又未尝募集兵粮，奋讨贼之义。觇伺瑕衅，包藏祸心。潜结吠主之徒，欲逞射天之计。执诡辞而胁持方伯，上慢书而罪状朝廷。公然请藉兵权，何异董卓之鸣钟鼓；甚至欲斩宰辅，便是王敦之害刘刁。建倡义之旗，自称大将；发县库之仗，分授白丁。破图圄而放出囚人，勒士吏而追捕守宰。煽动湖岭，藉重地而取兵；睥睨郊畿，拟长戈之指阙。幸赖州牧之决策，遂发官军而徂征。顾蚊蚋之尤，应就扫荡；然蜂虿之毒，尚复动摇。力穷而后见擒，情见而后就服云云。

李倧是朝鲜国王世祖之孙，光海君当政时期，内政外交政策都有错误，反对派西人党于 1623 年发动政变，推翻并流放光海君，拥立李倧为国君，史称"仁祖反正"。李适等少数人自以有大功而赏赐太少，于 1624 年又发动政变，很快被扑灭。1627 年，后金皇太极率兵攻入朝鲜，仁祖避难于江华岛，与后金妥协而停战，史称"丁卯胡乱"。李仁居出身下级官吏，隐居江原道横城山谷，行为怪僻，欺世盗名，朝廷授官不赴。1624 年李适叛乱时，李仁居与之暗有勾结。1627 年，朝鲜与后金谈判时，李仁居反对议和，指责宰辅，煽动民众，聚集数十人突入横山县衙，县令仓皇逃出。李仁居盗取官库兵杖，放出囚犯，成立武装，自称"中兴大将"，传檄州郡，扬言将进军京师。原州州牧洪汝时接到横山县令报告，果断决策，半夜发兵，分三路讨贼，叛军迅即溃散，遂生擒李仁居及其三子，押送汉城斩首。事件经过大致如此。① 这篇《讨李仁居》是向全国发布的文告，宣布李仁居的罪行，晓喻臣民，安抚百姓，共保清宁。文章所描写的情状，原委清楚，层次井然。全文纯用对仗，无一散语，多双句对，郑重严肃，明白畅达，是典型的皇室诏告文体。

## 二　朝鲜王朝后期骈文

此时期大致相当中国之清代，骈文内容以朝鲜内部为主，较少涉及中国。

**金锡胄**（1634～1684），号息庵，谥文忠，朝鲜王朝中期政治活动家。1657年中进士，1662年文科状元，历任吏部曹郎、正言、修撰，1674年任左副承旨，参与政治派别角斗，后来特任守御使、都承旨，1682年后，任右议政兼扈卫大将，领议政（宰相），1684年病逝。著作有《息庵集》《息庵遗稿》等。他的骈文有册文、表章、书、笺等。其中《拟鲁大夫臧孙辰请告籴于齐笺》颇具特色，是他考中状元的试卷，扩充、改写《国语·鲁语》中的一段古文为骈文。原文的历史背景是，春秋初年鲁庄公时，鲁国发生大饥荒，大夫臧孙辰请告籴（购粮）于齐，这不仅是经济上的求助，也是重要的外交活动，所以卑辞厚币，以玉磬等为礼品，言辞委婉得体，是《国语》中的名篇，受到后世古文家的重视。金锡胄把臧孙辰的口头陈辞改写为书面文章，把参差不齐的散文改写为整齐对偶的骈文，表现出熟练驾驭不同文体的写作能力，全文如下：

使斯民饥也，方切周余之叹；乞诸邻与之，盍先齐籴之请。诚非获已，庶纾呼庚。恭惟我公，君临以来，子惠为政。体先公七月之训，民有恒心；法王制九年之储，君谁不足。伫见诸福之毕至，足致屡丰之告祥。何图食乏红腐之辰，更有野无青草之患。道殣相望，不啻琐尾之流离；阽楚无知，实惨猜傩之愁苦。举甘捐沟之脊，谁救涸辙之鱼；援思赈饥之方，莫如告籴之急。倾囷倒廪，义固莫先于周穷；临

---

① 有关李仁居的资料，系由韩国培材大学赵殷尚教授、启明大学诸海星教授提供。参看《耳溪集》卷三十八，《丰宁洪公谥状》；《重庵先生文集》卷四十八，《谥毅靖李公行状》。

患救灾，彼亦何忍乎越视。念彼一匡余业，倘思毋逼枭之谟；哀此百姓无辜，足解奏鲜食之祸。方且大声而望其仁也，亦须重器之从而赂焉。昔时秦邦，曾闻泛舟之役；今日齐国，诓缓贶玉之行。国庶几其有恃乎，计固无出于此者。臣伏望纳臣一得，加圣三思。为万姓之阻饥，驰一介之行李。则开口望哺，奚但殚恤民之猷；布心示诚，亦可尽交邻之道。臣谨当靖共尔位，职思其居。临事好谋，纵未免不智之诮；爱民忧世，庶力赞行仁之治。

此文发挥骈文擅于抒情与描状的长处，对鲁国受灾百姓的窘况极力形容，以打动对方，又对齐国如能出粜，热情颂扬，感激程度超过原来的古文。但此文也有不足。原文提到齐鲁两国的历史关系，祸福共当。齐国出粜后，"岂唯寡君与二三臣实受君之赐，其周公（鲁国先祖）、太公（齐国先祖）及百辟神祇实永飨而赖之"。这一重要表述，在骈文中未能体现。在明清时期，中国和朝鲜常有互助共济举措，金锡胄此文对当时外交文书不无参考意义。较金锡胄时代早的权近，有《拟韩愈〈谏迎佛骨表〉》，把古文改为骈文。不同文体互换是一种写作训练，中国古代有不少名篇被后人互改，当属此类。

**金昌协**（1651～1708），字中和，号农岩，出身世家，父亲金寿恒曾任领议政（宰相）。金昌协十八岁中进士，十三年后状元及第，他无心仕进，在家乡治学、访学十年，后来出仕，历任献纳、大司谏、同副承旨、大司成、清风府使。1689年，父亲被诬，赐死，他隐居永平山中。1694年，父亲平反，他回到故里，潜心研究学问，著作有《农岩集》等。后人称赞他，"欧阳子之文章，朱文公之义理，合为一家"，"文章典则浓郁"，"深得欧曾体制"。

他的骈文，以上梁文最出色。这种文体，兴于宋，金元时作者代不乏人，清代稀见，而朝鲜文人乐此不疲，作者颇多。金昌协生活年代相当于清康熙，在中国已经很难看到上梁文了。金氏有三篇上梁文：《芝洞新居上梁文》《三一亭上梁文》《清泠濑新亭上梁文》。第三篇相当于园庭记，内容丰富。

开头一段说，古来哲人高士多爱登临山水游息："君子之藏修游息，未尝废登临之观；高人之栖遁隐沦，则必趋旷奥之境。是以庐峰庐阜，朱晦翁、周茂叔之真乐可寻；茅岭桐江，陶贞白、严子陵之玄踪未泯。是知流峙动静，自然与神明性情相关；非止声色味香，只以充耳口鼻之欲。既古人之先获，庶异代而同归。"

第二段接着说，自己志向高逸，却遭遇家庭变故，丁家难，窜荒谷，所幸邦运再熙，已无心玉堂，愿结庐云边。"农严居士，学未知方，才非适用。性偶爱于山水，敢言仁智之符；迹虽羁于簪缨，尚怀高逸之志。何世变之罔极，奄家难之是丁。扲血穷天，废王褒蓼莪之诵；窜身荒谷，掩庾信蓬藋之扉。属当邦运之再熙，益觉身世之多感。土室树屋，本无望于幸全；金门玉堂，尚何心以复入。右军誓墓，终当不渝。小草出山，窃所深耻。刬兹一区之耕凿，实自先人之经营。结茅屋于云边，将以送老；吟风飔于洞里，于焉寄名。"

下面一段致力于写景，欣赏山川之美：有如琅琊诸峰，武夷九曲，顾长康所称江南会稽，郦道元笔下北方楼林。"缅惟衡泌之情，今尚可见；乃若山川之美，古来共谈。沿溯则皆绿潭素澜，顾盼而尽崇岭峻阜。有蔚然而深者，琅琊诸峰之林壑；其豁然而平，则武夷九曲之桑麻。草木蒙笼若云霞，顾长康称会稽之妙；洞石磊砢如霜雪，郦道元写楼林之奇。虽则无橘州之膏腴，也不乏盘谷之钓采。栖迟百年之内，舍此何之；俯仰四时之间，聊以自适。释耒而休山涧，微雨来而好风俱；垂纶而坐月矶，夕日颓而沈鳞跃。至于杖屦所及，则有过琴桥、打麦岩；其或壶觞时陈，不离玩漪台、荫松石。乃眷清泠之小濑，尤惬幽澹之雅怀。朝暮而来，费却几纳之屐；风雨是庇，恨无一把之茅。兹运心上之经纶，遂成眼前之突兀。列青峦而作障，何用藩篱；因白石而为除，不须堿级。室仅容于藏书延客，楼以备乎纳月招风。承檐之老干蚴蟉，自成偃盖；漱砌之清湍萦曲，恰拟流觞。"其中好些地方化用古代风景名句。

最后一段抒情述志，自比于孔子、曾点、韩愈、白居易等古代圣贤。

历几年薪刍之践蹂，乃今日完簟而寝处。缘岸而栽桃杏，或疑神仙之居；凿池而种荷蓇，兼有江湖之思。试论近地之诸胜，孰若斯亭之允臧。鹭洲濒于通衢，不宜室宅；龙岩束于两峡，未足盘旋。玉屏敞而无此靓深，金水奇而逊其夷旷。信韩子之记燕喜，天遗其人；宜白氏之夸草堂，地与我所。饭疏饮水，乐亦在仲尼之富贵浮云；浴沂风雩，咏而归曾点之冠童春日。赏心之致备矣，终身之愿毕焉。宜辍郢匠之斤，且听张老之颂。

金昌协此文，情、景、理浑然一体，有机结合。运用中国古代文化典故和成语颇多，贴切允当，事典语典，娴熟得体。多数句型是双句对，杂以单句对，基本上不用四六对，承接自然，灵动流畅，即使放在中国历代众多的上梁文中，也十分难得。若置诸《东人之文·四六》所选朝鲜上梁文中，堪称后来居上。①

郑澔（1648～1736）是朝鲜名臣郑澈之四代孙，宗儒学，善书法，虽然官职不高，却多次上书论朝廷大事。他的《丈岩集》中有一篇《万东祠宇上梁文》，竟是为纪念亡明万历皇帝和崇祯皇帝而作。文章开头说：

盖闻荆土立大舜之祠，侔功德于天地；成都有先主之庙，走村翁于岁时。虽非祀典之记，常可见民德之归厚。况左海一域，莫非大明之臣；怀西方好音，讵无京周之念。道营有伲之新宇，用伸孔煐之微诚。於戏！盛德不忘，所以愈久弥笃。钦惟神宗皇帝陛下，治天下四十余载，荡乎无能名焉；环东土数千里，民微尔吾其鱼矣。泽未斩于永世，仁声入人者深；国犹活于如今，秋毫皆帝之力。亦粤崇祯皇帝，实惟继体圣君，遵中庸九经之要，狩狘非礼不动；值汉家十世之厄，其如有君无臣。及夫运去历尽之辰，不失国亡君死之正。痛乎甲申三月突变，尚忍言哉！质诸鬼神，百世无疑，永有辞矣。故讴吟不绝于率土，而哀慕弥切于偏邦。

有明一代，朝鲜和明朝关系密切。1592 年"壬辰倭祸"，万历皇帝批准出兵，帮助朝鲜打败日本军阀丰臣秀吉的侵略，保卫朝鲜的江山社稷。1627 年，后金皇太极大举进攻朝鲜，朝方向明朝求助。崇祯皇帝在本国十分困

---

① 有关金昌协、金锡胄的材料，系韩国启明大学李钟汉教授提供。

难的情势下，仍然派兵援朝，朝鲜举国上下，感念不忘。清朝取代明朝之后，在政治上，朝鲜不得不奉清廷为宗主，而在文化上，仍旧对明室无限依恋。这在入清以后朝鲜许多士大夫的诗词文赋中都有所反映。郑澔这篇上梁文，就是其中突出者。郑澔出生于明朝灭亡四年之后，写作此文时已经过去几十年，然而仍旧对万历、崇祯二帝高度颂扬，无限怀念。

下面文章接着叙述建祠缘起和经过情况：

> 惟我宁陵初年，首明尊周之义，暨厥臣文正大老，每讲兴汉之谟。力弱势穷，纵屈意于皮币；日暮途远，益励志于胆薪。痛燕昭遽弃乎帝臣，而诸葛无赖于尽瘁。嗟阳消阴长之气数，奈何乎天；想云车风马之往来，别有其地。眷彼华阳之一洞，可比西山之遗墟。一心倾葵，殷家之日月独照；四字镌石，周诗之云汉载昭。宜建数间之檐楹，庸备一体之祭祀。设公庙于下邑，莫言古礼无徵；借馨馨于诸蘋，盖见至诚攸感。爰相宅而扫地，乃鸠材而屡功。惟其人心所同然，若有神物者阴相。苟有矣！苟完矣！结构非奢；美轮焉！美奂焉！经始不日。如众星之拱北，孰不闻风而耸听；虽万折而必东，庶几顾名而思义。瞻彼中土，衣冠文物之皆非；巍兹小华，尊奉倾响之独至。恭陈善颂，助举脩梁。

文章认为朝鲜"力弱势穷"，不得不向清廷进贡，"屈意于皮币"。可是仍然"励志于胆薪"，像越王勾践那样卧薪尝胆，希望恢复明朝故土。痛惜燕昭王复国之后遽弃君臣而逝世，诸葛亮在北伐途中鞠躬尽瘁于军中。这实际上是在肯定南明诸帝的复明斗争。文章接着说明，祠宇虽小，意义隆重："建数间之檐楹，庸备一体之祭祀。""苟有矣！苟完矣！结构非奢；美轮焉！美奂焉！经始不日。"引用《论语》《国语》《诗经》的话形容建筑物，说明得到民众赞成。"瞻彼中土，衣冠文物之皆非；巍尔小华，尊奉倾向之独至。"中土如今已经改用满族衣冠服饰，只有朝鲜保存中华文化。朝鲜往往自称"小中华"。

文章末段依照上文的格式，有"抛梁东""抛梁西""抛梁南""抛梁北""抛梁上""抛梁下"六首祝词，每首为四句：三、七、七、七言。最

后还有几句表达祠宇完成之后的希望。体现了历史与现实的结合，无韵的
骈文与有韵的诗句的结合。

郑澔还有《楼岩书院上梁文》，是为纪念其业师名儒宋时烈而作。宋氏
被诬，郑澔多次上书辩护，把宋公比拟于司马迁、班固、程颐、朱熹，类
似"班马文章，程朱道德，虽怨敌而难诬；绍圣党祸，庆元似案，实前后
之同辙"。他又和同门学友一道修缮书院，继续发扬老师开创的教育事业。
此文反映了朝鲜学术史上的一场尖锐斗争。

**李德懋**（1741～1793），出身皇族远支，曾任奎章阁检书官，到过北
京，与当时中国文坛名流交往、唱和。他是朝鲜著名文学家、诗人，时称
汉诗四大家之一，还是兼通文史哲的文献学家。有《青庄馆全书》七十一
卷，内容包括诗、文、游记、史学考辨、理学论著等，其中有多篇骈文，
如《雪夜文会诗序》：

> 壬午（1762）二月十五夜，会者郑氏子城，南氏汝修、汝华，鸡
> 既鸣，命余序文。

> 清宴高堂，古人所以秉烛；狂歌半席，志士为之击壶。白雪阳春，
> 久浑淆于下里；清湍修竹，长莽没于空山。如小石之在山，嗟大块之
> 劳我。乐琴书于暇日，只自喜乎茶熟香清；视轩冕如浮云，亦奚恤乎
> 钟鸣漏尽。于时也，圆月始展，诵希逸之词赋清新；微雪乍零，想道
> 蕴之诗思飘逸。太守行部，虽无问于洛阳；良友乘舟，亦有访于剡曲。
> 匪曰较方于战白，聊可慰意于拭青。郊寒岛瘦，虽同工而异曲；陈迟
> 秦速，各短律与长篇。诸君子风流妙年，举皆如金如锡；啸歌半世，
> 任役呼马呼牛。甫里先生寒厨之杞菊无蛻，钟山隐士晓帐之猿鹤自如。
> 仆径开蓬蒿，幸相随于二仲；形如土木，羞共列于七贤。任流宕于性
> 情，兴而比也；见吻合于声气，书庸识哉！追记金谷胜游，列书字姓；
> 留为紫阁故事，详记年时。

这是一篇精美的诗人聚会之序。开头写景，中间大段纪人，举引许多
古代诗人作比：谢庄、谢道蕴、谢灵运、戴逵、孟郊（寒）、贾岛（瘦）、
陆龟蒙、陈师道（陈迟）、秦观（秦速）。多用语典，出自《论语》、宋玉、

李白、陶渊明、王羲之……融汇无间。末段数行自谦，称与会的南氏兄弟为"二仲"（汉代廉洁隐退的羊仲、裘仲），誉朋辈为竹林七贤，比此次聚会如同石崇之金谷园宴游，仿佛通过时间隧道把读者带进中国古代名流诗文胜会之中。全文仅小序用散句，正文则全部对仗，或四六双句对，或七言单句对，潇洒清爽，富于情趣，放在初唐王勃等人的同类题材中，亦不逊色。不过也有瑕疵，"钟山隐士，晓帐之猿鹤自如"，典出孔稚圭《北山移文》中"蕙帐空兮夜鹤怨，山人去兮晓猿惊"，原句意在嘲讽，此文用于赞赏，未免失当。李德懋另有《饯辛巳序》，为一位文友送别，辞藻精美，用典繁密，全文对仗，无一散句。

**朴趾源**（1737～1805），朝鲜后期思想家，小说家，散文家，23岁时参加朝鲜为乾隆皇帝祝寿使团到北京，在中国先后居留五个月，写下了具有很高史学价值和文学水平的《热河日记》5卷，25岁进入仕途，历任县监、郡守、府使，65岁退休。他在社会思想方面注重实学，主张发展农业，改革土地制度。在文艺思想方面主张"文以写意""法古创新"，反对一味仿古和片面追求形式技巧。他是著名古文家，也写骈文。其文集《燕岩集》中有《与尹享山笔谈·论乐》，是骈散兼用之文，中间有大段骈句："惟乐也者，有情有境，独无形。凡有形者，粗迹也，皆可以言论形容，文字记述。而无形者，神用也。风谕于渺莽之际，动荡于恍忽之中。其藏也寂然，其发也翕然。嘉会似礼，命中似射，调匀似御，概借似寂，加倍似数。缭绕乎毛发之林，经行于血脉之膝。其来也暖然欲迎，其去也杳然难追，摸之而无得也，视之而无见也。使人筋骨酸悲，脏胃甘悦。往而复返，如有所恋；断而更续，如有所谋。至清故无害，至微故无影，至密故无间，至大故无外，至和故无散，至形故无色，至神故无心，至妙故无言。夫以言语之轻敏而所不能形，而况文字之糟粕乎？"

这段文字整齐对称，有大段排比句和骈偶句，用来形容音乐之不可捉摸，无法以文字表达，渊源于秦汉道家对"道"难以捉摸和无所不在的描述，但并非玄之又玄。它吸收了两汉三国间音乐赋之某些手法，而又不专事铺张夸饰。有些类似魏晋玄学名理之文的条分缕析，说理精密，但更直接，并非在名词上绕来绕去。它不愧是实学思想家之文，而有别于辞赋家、玄谈家之文。它还带有散文的因素，每每杂用散句与虚词，这在中国骈文史上不乏先例。

《热河日记》中有一篇骈文，题为《罗约国书》，以罗约国王口气，批评乾隆皇帝贪欲无厌，并吞小国，使天地间充满杀气。他希望罢兵休战，和平相处。全文如下：

> 乾隆四十四年十二月，罗约国假轶上书皇帝陛下。臣闻三皇首出，五帝继作。临御亿兆，代天立极。岂特中华之有主，亦抑夷狄之无君乎？乾坤浩荡，非一人之独主；宇宙旷大，非一人之能专。天下乃天下人之天下，非一人之天下也。臣居罗约之方，城池不过数百里，封疆不越三千里，而常有知足之心；陛下统据中原，为万乘之主，城池数千里，封疆数万里，仍怀无厌之欲。每含并吞之意，天发杀气，神号鬼哭；地发杀气，龙虎遁藏；人发杀气，天地翻覆。尧舜有道，四海入贡；禹汤施恩，万方拱手；秦皇数伐，匈奴体化。鲍鱼契丹，大闹中土。身为帝柄，积德则如彼，稔恶则若此。凶吉祸福，相根相条。其信如春夏秋冬，其暴如雷霆霹雳，可不慎哉！顺之者，未必保其生；逆之者，未必获其歼。此人理之舛其常，而天道所以违其行也。臣独何心，抑首跪膝于顺天之府乎？虽陛下亲率六师之轻锐，往来于水泽之间，而相逢于贺兰山下。举鞭问平安，马上论天下。云沙万里，虎跳龙跃，一雄一雌之秋也。夫战无两胜，福不双至。不如罢兵休战，解生灵之疾苦，弥甲兵之艰难。臣谨当年年奉贡，世世称臣。不然则论文而有孔圣孟贤之经术，语武而有太公孙子之韬略，宁肯多让于中国哉！愿陛下熟察焉。斯遣大臣多里马，只谒丹墀，恭暴赤心。诚切戴天，感涕彻地。

乾隆皇帝号称"十大武功"，其中包括对越南、尼泊尔和中国境内少数民族的多次讨伐。连年征战，对内对外都造成灾难性破坏。国书站在小国立场说话，提出抗议。《热河日记》在这封"国书"之后有大段散文说明：此信见于朝鲜驻北京使馆赵姓译官处。朴趾源说"恐天下无罗约国"，可能是一些穷困小子，"羁旅无赖""作此等危妄语""皆是道听途说""谎语""伪撰""赚我译公费银两"而已。他认为不存在所谓罗约国，《国书》乃杜撰，是"谩妄之语"。此文浅白通俗，放言无忌，都是大实话，皆当时中国人和驻京外国人所不敢言者。作者文字水平不太高，不用四六，而以散语组成流畅的对偶句，清新别致。朴趾源说，他在二十年前曾见过类似的文书，题为《黄极鞑子谩书》，可见流行已久。今天看来，比起那些一味歌功颂德的文章更有价值，值得珍视。

**李祘**（1752～1800），朝鲜国王，23 岁继位，在位 25 年，庙号正祖，是朝鲜后期贤君。他力行以民为主，重视文教，兴建皇家图书馆奎章阁，积极推动向中国学习，鼓励从中国传入的西洋文明，提倡儒学，崇尚程朱理学。喜爱诗文，创作有诗、词、碑、铭、记、谕、祭文、行录等，辑为《弘斋全书》，其中多数是古文，少数是骈文，或骈散兼用之文。文集中有《谕济州大静旌义民人纶音》，是在济州动乱而后安静之际颁布的朝廷告示，目的是安抚和慰问当地父老民众，前半段如下：

王若曰：咨尔耽罗一岛，处于海外千里，包贡橘柚，有似乎夏后之扬州；岁献骅骝，有似乎唐家之河湟。玄牡而备牺牲，楄宝而供笾豆。亦粤宾珠毛革竹木芝箭之属，可以资器用而需刀圭者，指不胜偻。厥民聚石为垣，编茅为屋。俗痾俭有礼让，少疾病，多寿考，抑海岛之一都会也。第其壤地硗瘠。惟年麦豆粟生之。经纪契活，寄于水道，吁亦危乎崎哉！肆朝家特垂轸念，视同内服。凡所以慰抚之悯恤之者，靡不用极。而猗欤我先大王，考图按贡，发政施仁。告饥馑则船粟而往哺之，献方物则糇粮而资送之。搜才询瘼，则辄遣衣绣之臣；轻徭审刑，则每饬佩符之官。环一岛几万生灵，涵囿于柔远之化者，五十年所矣。逮寡人御极以来，迄无一惠一恩之覃及尔等。田无荒岁，纵荷天心之眷顾；舟有漂流，多愧海波之不扬。又是邈矣沧溟，隔截九重。有疾苦而控诉无处，抱才略而荐拔罔阶，予甚怜之。噫！贡献之贻弊必滋，而孰肯为尔等道达；州县之差役必繁，而孰肯为尔等蠲除。生才实均于今古，降衷无间于岛陆。圭窦之间，岂无如高维高兆基之俊彦，而孰肯宾贡。编户之中，岂无如金秤郑烈妇之孝节，而孰肯褒扬。元牧山牧之蕃孳，而能无害马害民之政；鲍人船人之宁谧，而能无失业失所之叹欤？讼狱则剖决称平，而果无抱冤之类；吏胥则诛求痛断，而果无被困之患欤？似此民隐，宛在目中。为尔等父母，而未能尽父母之责，中宵兴惟，宁不自恧。兹命选部，择文武有资历者，易三邑四长吏，俾新字牧之政。

济州岛地处朝鲜半岛南端海外，现在是旅游胜地，古时异常荒僻，是流放囚犯之所。此谕先述该岛地理位置、出产、民情，朝廷向来关心。接着指出，你们现在生活困苦，有苦无处诉，有弊不能除，有人才无所用，有冤屈不能申，我十分挂牵你们。下面用散文说明，现在派出新任官吏，施行新政，设科取士，有才必录，有弊必除，采访民意，有诉必上闻。文情恳切畅达，语句整齐对称，除偶句外也有排比句和反诘句，显示出回旋反复诚挚告慰之意，是朝鲜骈体朝廷诏谕文中的佳作。

**丁若镛**（1762～1836），号茶山，朝鲜后期著名哲学家、实学思想集大成者。出身贵族，28 岁经科举入仕，历任正言、修撰、暗行御史。他的暗访侦探故事，被编为电视剧《丁若镛》，近年热播。他的著作有五百余部，为朝鲜学者之冠，辑为《与犹堂全书》，内容涉及政治、经济、法律、宗教、医学、农学、工程等许多方面。他学习西方起重法，修筑水原城。丁氏骈文作品不多，有些诗序用骈体写作，如《题梁青溪遗事诗序》即是。

盖闻忠肝向国，处荒野而弥坚；烈魄殉名，击凶门而无悔。故常山奋节，非天王识面之人；陇水扬麾，即义士含须之地。青溪梁公，全罗之南原人也。龆质得山河间气，精忠与日月争光。□岳穷经，妙解发玄扃之奥；龙城放笔，雄词震青海之檀。橘柚千头，按索封而扬誉；芙蓉一口，砺□锷而栖灵。属当倭奴之入寇，公乃抗白面而即戎，纠苍头而奋义。三川鼎沸，六螯踏兽角之危；九庙震惊，七尺等鸿毛之掷。中宵投袂，仰星月而昭森；间道扬鞭，御风霆而激烈。寒楼草檄，青霜薄炎海之灵；瑞石移书，白羽飞霁峰之垒。援金枪而直进，步骑三千；横玉弩而长驱，家童八百。虽复跨青岩而奏捷，标赤甸而驰声。两翼双头，捭阖鸟笼之阵；风毛雨血，崩颓蛇豕之形。马陵留霹雳之痕，穷柯夜白；鱼浦见鬼神之迹，磷火秋青。周处歼身，世有君臣之义；傅金踵武，人称父子之忠。呜呼。天不愁遗，人其珍瘁。

乌龙抱地，卷逸步而有依风；蠼蛛横天，曳精灵而如水。云輧寥廓，神戈下真宰之庭；绣斾飘零，宝杆落蚩尤之野。乃者宸忠旷感，节惠修意。哀薰歇而声沈，恩褒郑重；怀文经而武纬，华赠辉煌。寂寞千秋，谁继濰阳之烈；凄凉一诔。聊成沜督之文。

这篇诗序，颂扬抗倭英雄梁青溪（1543～1592），字士真，全罗道南原人，好理学，读兵书，习骑射，科场不顺。1592 年"壬辰倭祸"之际，他率步骑三千，家僮八百，奋起抗日。作为高敬命的副将，取得了辉煌战果，然而在战场上突然发病，吐血不止，死于军中。丁文对梁青溪热烈赞扬，着重描写他如何投笔而起，率义军奔赴前线，如何行军布兵，采用古代战阵之法，英勇杀敌。引用了不少中国古代忠臣义士的典故作为比拟，采用大量精雕细刻的语词，来形容描状，情文并茂，是学者型骈体文。

朴永元（1791～1854），出身世家，博通群经，悟解精透，文辞娴熟，弱冠赴大科，中进士，历任翰苑、春坊、内阁直阁、提学，吏、礼、刑各曹参判（副部长），右议政（副首相），为官四十年，尽职悉心，朝野推重。著有《梧墅集》，其中两篇标明名"骈俪"，其一为《谢宣赐贡柑于近臣应制书》，是代表群臣谢恩之作，除开头结尾外，中间大段如下：

臣等顶踵皆恩，喉舌其职。咫天近尺，几回青綾之宵；昼日接三，争引素绾之步。属兹西清视草之日，适值南服献柑之辰。海上之金包初登，扬州厥贡；盘中之玉液方泼，洞庭新春。殆同宛域之葡萄，远通中国；绝胜汉家之樱果，先荐宗宫。肆当旅庭实之馀，徒切颂嘉树之悃。厨院视膳，诡袖香之满携；昕庭颂珍，美逢披之均渥。不图香颗宣赐之眷，更侈笋班应制之音。粲金丸于盘心，一双罗帕；燠紫泥于幅面，二字璇题。蔗浆均沾，盖取唐蓬莱赐橘；彤管催进，还似宋琼林赏花。斯乃晟代庆歌之规，不啻内府宣酝之美。清香在口，擎珍锡于百朋；荣光被身，殚拙技于七步。

文章赞扬贡柚的珍贵，可比汉代西域进贡的葡萄和樱果。御笔拟题赋诗，好比唐代蓬莱赐橘，宋代琼林赏花，无上荣耀。这类题目，沈约有

《谢赐交州槟榔启》，萧绎有《谢东宫赐瓜启》《谢赐车渠蛤蜊启》，庾信有《谢赐米启》，新罗旅唐作家崔致远有谢幕主高骈赐新茶、樱桃、人参、天麻等多篇谢启，都是精美的骈文短简，精雕细刻，无以复加。朴永元也许读过上述作品，并有所借鉴。他的这篇"书"，实际上是"启"，比起上面举的同类谢启，文字要长一倍以上。引古以赞今，受赐而感恩的基本思路差不太多，而用典更繁密，显得更为富赡。

朴永元的《教平安监司朴宗薰书》，是代皇帝草拟的教令，任命朴宗薰为平安道监司。第一段简述平安道地理位置重要，存在难题甚多。第二段夸奖朴宗薰德才兼备，堪担重任。第三段提出希望："刚廉公明，何待加勉；弛张宽猛，务适其宜。……涵育煦濡，必宣柔远之德；征输科办，常存益下之心。"宋代的授官诏制已经程式化，明代更成为定格。朴永元此令学习中国同类文章，但有比较充实的内容，尤其是讲平安道情况一段，扣住该地区特色，并非虚言浮词。

朝鲜王朝出版了一些骈文选集。如：赵仁奎（中宗时人）选的《俪文程选》、李植编选的《俪文程选》、金锡胄编选的《俪文抄》、金镇圭（1658～1716）编选的《俪文集成》、权近编选的《俪文注释》、洪奭周（1774～1842）编选的《象艺荟萃》等。他们所选多为中国古人的作品，视为学习的范本，在朝鲜文学史上有一定的影响。

## 第四节　日本骈文（上）

日本国，中国古称倭国、扶桑、东瀛，与我国隔海为邻。它的历史大致分为五个时代。

一、上古日本。约从公元前十一世纪到公元四世纪。日本列岛曾先后存在一百多个小国。公元 300 年前后（约相当于中国西晋），统一为大和王朝，国君称大王。

二、古代日本。包括：大和时代（300～592）、飞鸟时代（593～709）、奈良时代（710～793）、平安时代（794～1191）。645 年，第一次定年号为"大化"，推行"大化改新"，从此正式定国号为"日本"，不再使用"倭国"称号，第一位天皇为神武天皇，于 660 年 2 月 11 日即位，后来成为日本建国纪念日。古代日本四朝又合称王朝时代，约相当中国两晋至南宋初期。

三、中世日本。包括镰仓时代（1192～1333）、室町时代（1334～1572）。两朝约相当中国南宋中期至明后期。从此日本由王朝时代进入幕府时代。

四、近世日本。包括安土桃山时代（1573～1602）、江户时代（1603～1867）。相当于中国明后期至清末期，日本政坛仍是幕府掌权。

五、近现代日本。包括四位天皇：明治（1868～1911）、大正（1912～1925）、昭和（1926～1988）、平成（1989至今）。

日本与中国长期互相交往。司马迁《史记》提到秦末徐福东渡之目的地，中日史家均认为即日本，当然仅是传说。东汉王充《论衡》之《儒增》篇、《恢国》篇都提到"倭人贡鬯（读畅）草""倭人贡畅"。江户时代出土文物中有汉光武帝于公元57年赐给倭王的金印，上刻"汉委奴国王"五个汉字，可见汉字输入日本当在这之前。中国史籍《三国志》中有《倭人传》，稍后成书的《后汉书》有《倭传》，是目前最早而详细的日本信史，比日本本国人写作的《古事记》（712年成书）、《日本书纪》（720年成书）早得多。最早输入《论语》等中国书籍是在应神十六年（285），由王仁从朝鲜半岛带入日本。

日本早期没有自己的文字，引入汉字至迟在东汉。用日本语音来读汉字，会其义而不用其音。大约在隋初（六世纪末），开始用日本语言记汉字，借用汉字音义标示日语，从纯粹汉文体演进到变体汉文体。八世纪中叶（中唐），使用万叶"假名"，九世纪逐渐完善，形成日本自己的文字，该国人称为"和文"。此后，纯粹汉文体、变体汉文体与"假名"共存相当长时期。明治以后，和文成为主流，纯汉体文被边缘化。不过，时至今日，日本文字中仍然保留不少汉字。

日本从奈良时期开始，仿效中国建立官僚体制。中国从魏晋起，官分九品，后来每品又再分正从。日本改品为位，主要官职品级如下。正一位关白，从一位太政大臣，正二位左右大臣（俗称左右相国），从二位内大臣，正三位大纳言，从三位中纳言、太宰卿、左右近卫大将，正四位中务卿、参议、式部卿、治部卿、刑部卿、大藏卿、民部卿、兵部卿、宫内卿，从四位左右京大夫、左右近卫中将，藏人头，正五位中务、式部、治部、民部、兵部、刑部、大藏、宫内八部大辅、左右近卫少将，从五位上八部少辅、各要地守臣，从五位下八部少辅、大学头、图书头、兵库头、主计头、玄藩头、各地方守臣，六位以下从略。

从八世纪初开始，日本仿唐制开科举，限于贵族子弟，平民不得参与。分秀才、明经、进士、明法等科。设大学寮，相当于中国的国子监，有文章生、明经生、明法生等，很多作家出身"文章生"。日本科举制实行了三百年，至十世纪终止。

关于日本汉文学史的分期，日本学者猪口笃志（1915～1986）教授和中国陈福康教授都主张分为王朝时代、五山时代、江户时代、维新时代。还有学者分为翰林时代、丛林时代、儒林时代、士林时代。本书只介绍日本骈文，集中于王朝时代后期，相当于中国唐宋，即飞鸟、奈良、平安三朝（593～1333），约七百多年，尤其集中在平安朝四百年间；而相当于元明清时期的室町至江户之骈文较少。

在中国古籍中见到的日本人写的文章，最早是倭王武《遣使上宋表》，见沈约《宋书·夷蛮传》（作于刘宋顺帝昇明二年，即478年），是一篇散文，对句很少。《唐文拾遗》收录多篇日本国王诏书，皆散文。

## 一　飞鸟朝骈文

目前所见最早的日本骈文是圣德太子的《道后温泉碑文》。

**圣德太子**（574～622）是用明天皇嫡子，是日本家喻户晓的历史名人。592年，推古女皇即位，请圣德太子摄政。他进行了一系列政治改革，颁布《宪法》（这是一篇流畅精炼的散文）十七条，提倡佛教，派出遣隋使，编纂史书。他撰写《三经义疏》，把深奥的佛理用浅显易懂的汉文加以阐述，文风简朴。596年，他写过一篇骈体游记，后人刻在碑上，称《道后温泉碑文》，（见《释日本纪》卷十四）全文如下：

> 惟夫日月照于上而不私，神井出于下无不给。万机所以妙应，百姓所以潜扇。若乃照给无偏私，何异于寿国随华台而开合；沐神井而瘳疹，讵升与□□落花池而化溺。窥望山岳之岩崿，反冀平子之能往。

椿树相荫而穹窿，实想五百之张盖；临朝啼鸟而戏叶，何晓乱音之聒耳。丹花卷叶而映照，玉果弥菶以垂井。经过其下可优游，岂悟洪灌霄庭。意与才拙，实惭七步，后之君子，幸无嗤笑也。

全文共 151 字 22 句，组成六个对句，八言、七言、六言单句对，十七言、十八言双句对，只有六句是散句，没有四六双句对。除个别文字有误或脱落难解之外，对仗相当工整，并且注意色彩、数字相对，显示雕琢功力。文末以魏陈思王曹植自比，地位切当。陈福康指出："可见东汉张衡《温泉赋》的影响，其中提到'平子'即张衡。张赋中有'观温泉，浴神井'句，正是这篇碑文中'浴神井'的出处。北周的庾信、王褒也都写过温泉碑文，也可能为作者所知。但此碑文将日月比作佛德，将神井比作净土、寿国之池水，可见是以佛教思想为根柢，当为其创造性之所在。据知这是今存日本的第一篇汉文游记，亦即最早的纯汉文学作品。其运笔雅致缓舒，已有较高的驾驭汉语的文学描述及用典能力。"[1]

张衡《温泉赋》描写骊山温泉（该温泉至今仍在使用），开头一段 12句，用散体文作序，中间 10 句是带"兮"字的赋体之文，最后"乱曰"12句是四言韵语。这篇赋与圣德太子的骈体游记在文体上有差别。王褒、庾信的《温泉碑》都是纯粹骈体，没有散句，以赞美温泉的奇特效应为主，庾信还联系到儒家的仁义、忠诚、纯孝，而不像圣德太子那样宣扬佛理。至于文字表达之精巧，描绘刻画之细致，王、庾显然比圣德太子更高一筹。

**刀利康嗣**（生卒年不详）《释奠文》。

祭祀孔子之仪式称为"释奠"。日本自大宝元年（701）开始，首次祭孔，其后成为定制，每年春秋举行。刀利之文作于庆云二年（705），如下：

惟某年月日朔丁，大学寮某姓名等，以清酌苹菜，敬祭故鲁司寇孔宣父之灵。惟公尼山降彩，诞斯将圣。抱千载之奇姿，值百王之弊运。主昏时乱，礼废乐崩。归齐去鲁，含叹于衰周；厄陈围匡，怀伤于下蔡。门徒三千，达者七十。敷洙泗兮忠孝，探唐虞兮德义。雅颂

---

① 陈福康：《日本汉文学史》（上），上海外语教育出版社 2011 年版，第 67 页。

得所，衣冠从正。岂谓颓山难维，《梁歌》早吟，逝水不停，楹奠晏设。呜呼哀哉！今圣朝巍巍，学校洋洋。褒扬芳德，钻至道神，而有灵化。惟尚飨！

陈福康认为："这是现今能见到的日本最古老的祭孔文。文辞简练，颇见功力。同时也是儒学东传史上的重要文献。"[1] 全文 31 句，其中对偶 22 句，散句 9 句，属典雅的骈文。

**太安万侣**《呈（古事记）表》。

作者生平不详，723 年卒，姓朝臣，名安万侣，曾任民部卿，他于和铜五年（712）奉命记录稗田阿礼口诵之《帝纪》与《旧辞》，编纂成史书《古事记》，是日本人撰写的第一部国史。上自开天辟地，下迄推古王朝，共三卷，用变体汉文写成，有些汉字用作表意，有些汉字用作表音，中国读者看不懂。但它的序文即《呈（古事记）表》却是纯粹而流畅的汉文，前半段为骈体文，后半段散中有骈。兹录前段如下：

臣万安侣言：夫混元既凝，气象未效，无名无为，谁知其形？然乾坤初分，参神作造化之首；阴阳斯开，二灵为群品之祖。所以出入幽显，日月彰于洗目；浮沉海水，神祇呈于涤身。故太素杳冥，因本教而识孕土产岛之时；元始绵邈，赖先圣而察生神立人之世。实知悬镜吐珠，而百王相续；吃剑切蛇，以万神蕃息欤？议安河而平天下，论小滨而清国土。

是以番仁岐命，初降于高千岭；神倭天皇，经历于秋津岛。化熊出爪，天剑获于高仓；生尾遮径，大乌导于吉野。列舞攘贼，闻歌伏仇。即觉梦而敬神祇，所以称贤后；望烟而抚黎元，于今传圣帝。定境开邦，制于近淡海；正姓撰氏，勒于远飞鸟。虽步骤各异，文质不同，莫不稽古以绳风献于即颓，照今以补典教于欲绝。

暨飞鸟清原大宫，御大八州，天皇御世，潜龙体元，洊雷应期。闻梦歌而想篡业，投夜水而知承基。然天时未臻，蝉蜕于南山；人事

---

① 陈福康：《日本汉文学史》（上），上海外语教育出版社 2011 年版，第 75 页。

共洽，虎步于东国。皇舆忽驾，凌渡山川；六师雷震，三军电逝。仗
矛举威，猛士烟起；绛旗耀兵，凶徒瓦解。未移浃辰，气沴自清。乃
放牛息马，恺悌归于华夏；卷旌戢戈，舞咏停于都邑。岁次大梁，月
踵夹钟，清原大宫，升即天位。道轶轩后，德跨周王。握乾符而总六
合，得天统而包八荒。乘二气之正，齐五行之序。设神理以奖俗，敷
英风以弘国。重加智海浩瀚，潭探上古，心镜炜煌，明睹先代。

　　序文从远古讲起，列举大量日本古代神话传说，如"参神""二灵"
"吐珠""吃剑""切蛇""化熊""觉梦""望烟"等，有的可能是借用中
国古代的典故，有些用语出自《尚书》《诗经》《周易》《论语》《老子》等
先秦典籍。其文体可能仿效刘宋裴松之《上〈三国志注〉表》。此表文字较
长，从整体来看，骈多于散。江户后期学者斋藤正谦《拙堂文话》卷一说
此表"征古典雅，文辞灿然，不得以排偶之文贬之"。在盛唐时代，以骈体
作史论，正是文坛流行风气。太安万侣显然受到中国的影响，有些语词和
典故莫名其妙，连日本人也看不懂，这是初期史学著作的通病，不足为奇。

　　**大伴旅人**（665～731），日本古代著名汉文学家，曾任太宰帅，经常有
不少人聚会于他的府邸，赏花赋诗。《万叶集》中有《梅花三十二首》就是
一次三十二位诗人雅集作品的汇编，该组诗的短序效法王羲之《兰亭集
序》，序中称大伴为"帅老"，可见是他人所作。大伴本人有《太宰帅大伴
卿报凶问歌》，见《万叶集》卷五，题目是编者加的。这首歌之前有序，歌
之后有跋文和七言诗，是大伴旅人在获悉爱妻病故后所作。兹录其骈体跋
文如下：

　　　　盖闻四生起灭，方梦皆空；三界漂流，喻环不息。所以维摩大士，
在乎方大，有怀染疾之患；释迦能仁，坐于双休，无免泥洹之苦。故
知二圣至极，不能拂力负之寻至；三千世界，谁能逃黑暗之搜来？二
鼠竞走，而度日之鸟旦飞；四蛇争侵，而过隙之驹夕走。嗟乎，痛哉！
红颜共三从长逝，素质与四德永灭。何图偕老违于要期，独飞生于半
路？兰室屏风徒张，断肠之哀弥痛；枕头明镜空悬，染筠之泪愈落。
泉门一掩，无由再见。呜呼哀哉！

跋文情真意挚，感慨无限，悲痛莫名，只好用佛理来解脱，同时采纳庄子"白驹过隙"和《礼记》"三从四德"的语典，看来他是三教兼修的。

大伴旅人还有《梧桐日本琴歌》，作于天平元年（729）。他把一张梧桐琴送给中卫高明（即藤原房前），并致信一封，虚构此琴化梦为女子而作文赋诗，构思新颖别致。兹录信中间一段骈文如下：

> 此琴梦化为娘子曰：余托根于遥岛之崇峦，晞干于九阳之休光。长带烟霞，逍遥于山川之河；远望风波，出入于雁木之间。惟恐百年之后，空朽于沟壑。偶遇良匠，剖为小琴。不顾质粗音少，恒希为君之左。

通过梦幻，巧妙地将琴拟人化。藤原收到信后，亦以诗与骈文短信作答。可见宾主对于汉文学兴致之浓。

## 二 奈良朝骈文

太安及大伴是跨越飞鸟、奈良两朝的人，藤原宇合才进入奈良时代。

**藤原宇合**（694～737），父亲是太政大臣藤原不比等。宇合到过中国，回国后曾任常陆太守，作《常陆风土记》，记当地风俗、传说、物产等，辞藻华丽，有时用散体，有时用骈体。其中一节如下：

> 夫此地者，芳菲嘉辰，摇落凉侯，命驾而向，乘舟之游。春则浦花千彩，秋是岸叶百色。闻歌莺于野头，览舞鹤于渚于。社□鱼娘，逐滨州以辐辏；商竖农夫，棹艖而往来。况乎三夏热朝，九阳蒸夕，啸友率仆，并坐滨曲，骋望海中。涛气稍扇，避暑者祛郁陶之烦；冈阴徐倾，追凉者轸欢然之意。

这是一则清爽的骈体小品，不啻一幅风俗画。

又如《童子女松原》，是采用大量骈句写成的民间爱情传说。

　　古有年少僮子、僮女，男称那贺寒田之郎子，女号海上安是之娘子，同存望念，自爱心炽。经月累日，耀歌之会，邂逅相遇。于时郎子歌曰……，娘子报歌曰……。便欲相语，恐人知之，避自游场，荫松下，携手低膝，陈怀吐愫。既释故恋之积疹，还起新欢之频笑。于时玉露杪候，金风之节。皎皎桂月照处，唳鹤之西州；飒飒松飔吟处，度雁之东峆。山寂寞兮岩泉旧，夜萧条兮烟霞新。近山自览黄叶散林之色，遥海唯听苍波激碛之声。兹宵于兹，乐莫之乐。偏耽语之甘味，顿忘夜之将开。俄而鸡鸣犬吠，天晓日明。爰童子等不知所为，遂愧人见，化成松树。郎子谓奈美松，娘子称古津松。自古著名，至今不改。

　　少男少女相爱，夜间于荫松下陈述衷情，不觉天晓日明，愧为人见，乃化成松树，一棵名奈美松，一棵名古津松。这是对纯真爱情的颂歌。开头结尾用散语，中间抒情写景用骈语，如诗如赋。

　　藤原宇合的诗很有名气，是《怀风藻》诗集中收诗最多者，其中《在常陆赠倭判官留在京》为《怀风藻》中最长的一首诗，诗序用骈文写成：

　　仆与明公，忘言岁久。义存伐木，道叶采葵。待君千里之驾，于今三年；悬我一个之榻，于是九秋。如何授官同日，乍别殊乡，以为判官。公洁等冰壶，明逾水镜，学隆万卷，智载五车。留骥足于将展，预琢玉条；回兔乌之拟飞，悉简金科。何异宣尼返鲁，删定诗书；叔孙入汉，制设礼仪。闻夫天子下诏，包列置师，咸审才周，各得其所。明公独自遗阙，此举理合先进，还是后夫。譬如吴马瘦盐，人尚无识；楚臣泣玉，世独不悟。然而岁寒后验松竹之贞，风生乃解芝兰之馥。非郑子产，几失然明；非齐桓公，何举宁戚？知人之难，匪今日耳；遇时之罕，自昔然矣。大器之晚，终作宝质。如有□我一得之言，庶几慰君三思之意。今赠一篇之诗，辄示寸心之款。其词曰：……

　　陈福康指出：这是一首牢骚满腹的诗，作者名曰劝慰朋友，实则愤世嫉俗，兼以自慰。序和诗中用了大量中国典故，足见作者"博览坟典""留心文藻"之深。如"忘言"见《晋书·山涛传》"忘言之契"，"伐木"是

《诗经》篇名，中有"求其友声"句，"采葵"出中国古诗"采葵莫伤根"
"结友莫羞贫"，"千里之驾"见《世说新语·简傲》，"悬榻"见《后汉
书·徐稺传》，"凫舄"见《后汉书·王乔传》，"吴马瘦盐"见《战国策·
楚策》，"楚臣泣玉"见《韩非子·和氏篇》，等等。大多为朋友情深和怀才
不遇的典故，用得很合适。陈教授根据诗题仍称对方为"倭判官"，推论此
诗作于日本改国号之前。① 我以为不可能。改"倭国"为"日本国"号在
645 年，藤原宇合出生于 694 年，他焉能作诗于出生五十年之前？之所以仍
用"倭"字，也许是民间习惯尚未彻底改变之故，就如同中国人长期习惯
于称日本为"倭国"相类似。

**淡海三船**（722～785）《怀风藻序》。

《怀风藻》是日本现存最古的汉诗总集，编成于天平胜宝三年（751），
当时尚未流传，直至 1041 年才有抄本，1684 年才有刻本，此后广泛传播。
该书编纂者并未署名，后世研究者认为，应出自淡海三船之手。淡海出身
皇族，是大友皇子的曾孙，《怀风藻》首载大友之诗，在小传中记述大友及
其子言行，皆为外人所不能知晓者。该书未署名，也许是为了避嫌。也有
学者认为是他人所编，迄今尚无定论。我们姑且把该书序言权当淡海三船
所作看待。

《怀风藻》的序文叙述日本汉文学发展简史，是很有价值的重要文献，
也是成熟的骈体论说文。全文如下：

> 邈听前修，遐观载籍：袭山降跸之世，壃原建邦之时，天造草创，
> 人文未作。至于神后征坎，品帝乘乾。百济入朝，启龙编于马厩；高
> 丽上表，图乌册于鸟文。王仁始导蒙于轻岛，辰尔终敷教于泽田。遂
> 使俗渐洙泗之风，人趋齐鲁之学。逮乎圣德太子，设爵分官，肇制礼
> 义。然而专崇释教。不遑篇章。
>
> 及至淡海先帝之受命也，恢开帝业，弘阐皇猷；道格乾坤，功光
> 宇宙。既而以为：调风化俗，莫尚于文；润德光身，孰先于学。爰则
> 建庠序，征茂才，定六礼，兴百度。宪章法则，规模弘远，夐古以来，

① 陈福康：《日本汉文学史》（上），上海外语教育出版社 2010 年版，第 100 页。

未之有也。于是三阶平焕，四海殷昌；疏纩无为，岩廊多暇。旋招文学之士，时开置醴之游。当此之际，宸翰垂文，贤臣献颂；雕章丽笔，非唯百篇。但时经乱离，悉从煨烬；言念湮灭，辄悼伤怀。自兹以降，词人间出。龙潜王子，翔云鹤于凤笔；凤翥天皇，泛月舟于雾渚。神纳言之悲白鬓，藤太政之咏玄造，腾茂实于前朝，飞英声于后代。

余以薄官余闲，游心文囿。阅古人之遗迹，想风月之旧游，虽音尘眇焉，而余翰斯在。抚芳题而遥忆，不觉泪之沄然；攀缛藻而追寻，惜风声之空坠。遂乃收鲁壁之余蠹，综秦灰之逸文。远自淡海，云暨平都，凡一百二十篇，勒成一卷。作者六十四人，具题其名，并显爵里，冠于篇首。余撰此文意者，为将不忘先哲遗风，故以"怀风"名之云尔。

文章追寻日本文学的源流，通过百济和高丽的交往，王仁的启蒙，中国儒学开始传入，"俗渐洙泗之风，人趋齐鲁之学"，圣德太子设官制礼，崇尚释教，还顾不上文学。及至淡海时先帝受命，"旋招文学之士，时开置醴之游。""宸翰垂文，贤臣献颂，雕章丽笔，非唯百篇。"然后因乱离而湮灭。"且兹以降，词人辈出。"他特别推举龙潜王子，凤翥天皇、神纳言、藤太政四位。他本人"阅古人之遗迹，想风月之旧游……攀缛藻而追寻，惜风声之空坠，遂乃收鲁壁之余蠹，综秦灰之逸文。远自淡海，云暨平都，凡一百二十篇，勒成一卷"，云云。应该说，把日本文学发展线索梳理清楚了。陈福康指出，序文中有些日本史事和地名晦涩难懂，个别句子显然不通，并不像日本某些研究者吹的那么精彩。① 整体上看，以骈四俪六对句作史论，能做到这样平妥，实属难能可贵。有人比之于昭明太子的《文选序》，但从内容到形式都相差甚远。

**空海**（774~835），又称弘法大师，俗姓佐伯，十五岁读《论语》《孝经》，十八岁入大学明经科习经史，二十四岁出家，三十四岁入唐留学，两年后回日本，建立真言宗。他的著作有汉诗集《性灵集》，宗教论著《三教指归》，文学研究著作《文镜秘府论》——此书分述诗文写作中的声谱、调声、四声、八韵、二十九种对偶方式和二十八病等，在中国文学研究史上

---

① 陈福康：《日本汉文学史》（上），上海外语教育出版社 2010 年版，第 91 页。

受重视。此书又署名"遍照金刚"撰，那是空海在唐时获授的法号。受当时文坛风气影响，空海也写作骈文，如《与福州观察使书》。804年，空海随第十八次遣唐使入唐，船漂流到福建长溪县海口。福州不是对外开放港口，地方官员心有疑虑，派员上船查问。日本遣唐使命空海作书说明缘由，请先入长安。节录如下：

> 伏惟大唐圣朝，霜露悠均。皇王相宅，明王继武。圣帝重兴，掩顿九野，牢笼八纮。是以我日本国常见风雨调顺，定知中国有圣。刳巨木于苍岭，摘黄花于丹墀。执蓬莱琛，献昆岳玉。起昔迄今，相续不绝。故今我国主，顾先主之贻谋，慕今帝之德化，谨差太政官右大辩正三品兼行越前国太守藤原朝臣贺能等，充使奉献国信别贡等物。贺能等忘身衔命，冒死入海，既辞本涯，比及中途，暴雨穿帆，戕风折舵。短舟……随浪升沉，任风南北。但见天水之碧色，岂视山谷之雪白。掣掣波上，二月有余，水尽人疲，海长陆远。飞虚脱翼，泳水煞鳍，何足为喻哉。仅八月初日，乍见云峰。欣悦罔极。过赤子之得母，越旱苗之得霖。贺能等万冒死波，再见生日，是则圣德之所致也，非我力之所能也。……伏愿垂柔远之惠，顾好邻之义，纵其习俗，不怪常风。然则涓涓百蛮，与流水而朝宗舜海；喁喁万服，将葵藿以引领尧日。顺风之人，甘心辐凑；追腥之蚁，悦意骈罗。今不任常习之小愿，奉启不宣。

第一大段诉说日本对中华文化之敬仰，第二、三、四段描述遣唐使来华海路艰辛，好不容易才到达福建，末段请求予以理解和接待。文章写得恭敬、谦卑、恳切。福建观察使为之感动，给予优遇，上奏朝廷。按当时制度，外国使团入境后的费用由中国负担，故名额有限，仅22人可入京，其中无空海，因为他只是"学问僧"。于是，空海写了第二封信，以个人名义请求随使入京学习。题为《请福州观察使入京启》，如下：

> 空海才能不闻，言行无取，但知雪中枕肱，云峰吃菜。逢时之人，篝留学末，限以廿年，寻以一乘，任重人弱，夙夜惜阴。今承不许随

使入京，理须左右，更无所求。虽然，居诸不驻，岁不我与，何得厚荷国家之冯，空掷如矢之序！是故叹斯留滞，贪早达京。伏惟中丞阁下，德简天心，仁普近远。老弱连袂，颂德溢路；男女携手，咏功盈耳。外示俗风，内淳真道。伏愿顾彼弘道，令得入京。然则早寻名德，速遂所志。今不任陋愿之至，敢尘视听，伏深僭越。谨奉启以闻。

关键句子是："居诸不驻，岁不我与，何得厚荷国家之冯，空掷如矢之序。"日月不停，时不我待，负国家之鸿恩（原文"冯"不好懂，可能指鸿恩）。浪费迅疾的时光（"序"不好解，可能指时序），这些话是有说服力的，于是得到批准，年末到达长安。日本大使回国后，空海获准住进名刹西明寺，研读内外经典，终于学有所成。

空海回国后，文章出了名，有人请他代作书启，如《为人求官启》，署名是"前周防代太守"。其文曰：

某乙启。某乙闻：巨石者也重沉，蚊虻者也短飞。虽然，巨石得舟者，过深海于万里；蚊虻附凤者，翔高天于九空。遇与不遇，何其辽哉！伏惟我右仆射马足下，钟鼎累代，阿衡一人，能仁能惠四海之父，允文允智万民之依，何不仰止。某乙不幸，遇雁时变，左迁外蕃。非农非桑，蚕食者多；不商不贾，蠹食者众。先人田园，日日消男女之口；考妣舍宅，年年尽童仆之腹。一两亲眷，不给千里之粮；四邻知友，谁济一朝之饥。遂使妻妾作边壤之尘，仆从为行路之人。吊影欲死不死，诉天欲生不生。涕与雨露争陨，形将木石枯衰。常叹应为边壤之冤鬼，但恨不作都下之生人。幸沐春雨之牙泽，再入圣贤之阙下，石瓦之望，于此足矣。然犹人非悬瓠，身非金石。寒暑数侵，身无覆体之衣；乌兔代谢，口乏支饥之食。男女满庭，朝朝叹生苔之灶；仆隶侧舍，夜夜忿飞尘之甑。居诸荏苒，霜鬓飒然，星霜如矢，清河何日？伏乞翻江海之波澜，赐执鞭之一任。然则涸辙之途，忽掉江湖之鳍；游俗之魂，乍齐倚陶之才。今不任小愿之至情，谨奉启。

这篇文章除了开头结尾和中间有二三句散语，其余全是对仗工整的骈偶之文。其中大量的篇幅是诉说处境如何穷苦，出乎一般人的想象。"吊影欲死不死，诉天欲生不生"，"寒暑数侵，身无覆体之衣；乌兔代谢，口乏支饥之食"，简直快要饿死冻死了。一个左迁外藩的太守，多少还有一份俸禄罢，何至于到这种地步，看来有些夸大其词。唐代的文人干谒之文，陈述自己境况恶劣者不乏名人名作，然而如同空海此启者不多见。

空海的《三教指归》是散文，其中也有一些骈文段落和句子。斋藤正谦《拙堂文话》卷五说："僧空海《性灵集》《三教指归》，文辞亦可观矣。"把枯燥的宗教说理之文写得"文辞可观"，是不容易的。

## 三　平安前期骈文

**阙名氏《南圆堂铜灯台铭》**

《唐文拾遗》卷七二录有这篇骈文：

> 宏仁七载（公元817年），岁次景申。伊豫权守正四位下藤原朝臣公等，追遵先考之遗教，志造铜灯台一所。心不乖丽，器期于朴。慧景传而不穷，慈光烛而无外。遗教经云：灯有明，明命也，灯延命。譬喻经云，为佛燃灯，后世得天眼，不生冥处。普广经云：燃灯供养，照诸幽冥，苦病众生，蒙此光明，缘此福德，皆休息。然则上天下地，匪日不明；向晦入冥，匪火不照。是故以斯功德，奉翊先灵，七党如远，一念孔迹。庶几有心有色，并超于九横，无小无大，共蠲于八苦。昔光明菩萨，燃灯说咒；善乐如来，供油上佛，居今望古，岂不美哉！式摽良因，贻厥来者云。大雄降化，应物开神。三乘分辙，六度成津。百非洗荡，万善惟新。更升忉利，示以崇亲。（其一）

文中提到的藤原朝臣是日本飞鸟时代政治家，由于推动大化革新有功，赐姓藤原朝臣，后世是日本世族。"藤原朝臣"成为藤原家族内五品以上官的统称，此灯铭即如此。这篇铭文不长，骈句颇多，序文中占一半多，铭文本来可以不用骈句，此文占一半。宣扬的是佛教思想。

**都良香**（834~879）原姓桑原，父亲和伯父都有学问。他们于弘仁年间请求改姓，故自良香起改姓都。860年成为文章生，十五年后获文章博士，次年任侍从，受天皇器重，朝廷诏敕多由他起草。逝世后，由学生辑成《都氏文集》五卷，今存三卷，他最有名的是散文《富士山记》，把该山描写得美丽而又神奇，是日本汉文学史上的汉体散文代表作。又有《道场法师传》，是一篇童子捉鬼的志怪小说，语言通俗，情节描写，生动有趣。都氏骈文有《辨薰莸记》，是年轻时作品。全文如下：

> 人有贤愚，物有美恶。人以贤才为贤，物以美体为美。是故人中有人，人之有贤才者名高；物中有物，物之有美体者价贵。庸讵谓无贤愚于人、无美恶于物乎？若然，则曲阜尼丘，比培塿而无别；紫兰红蕙，混萧艾而不分。求之笃论，何其谬乎？观夫草之有薰莸，亦犹人之有贤愚。薰也莸也，生一园之中，共有枝叶；贤也愚也，居二仪之间，共有手足。人或不辨，谓无异同。彼一贤一愚，而世不以为异；此或香或臭，而人犹以为同。遂使贤愚一贯，曾无等差；香臭一气，时有混乱。当此之时，能视者视之，而别人之贤愚；能闻者闻之，而辨草质香臭。否则，白藏九月，惊飙加振击之威；玄英三冬，严霜致杀伐之暴。徒蕴酷烈之气，与凡丛而尽耳。但至岁穷阴律，音入阳爻。群木荣于林，百卉秀于野。本臭者亦自臭，初香者亦自香。此为秉性不同，含气有素。遂则臭者生于道路，牛羊之足践其萌芽；香者荐于宗庙，鬼神之口尝其气味。今之君子，若能杜绝鹠鸠之啄，令久其芬芳；锄除稂莠之根，无杂其秽恶。不同器而藏，当异处而同种。美种香，恶种臭，可得而明焉。（《本朝文粹》卷十二）

都氏自题曰："于时余弱冠入学，人皆矜伐，贤愚不分，故为著篇。""薰"指香草，代指贤良；"莸"指臭草，代指愚恶。文章主张与人相处，要区别贤愚善恶，勿相杂乱，屈原以来许多人有此主张。此文立意正当，措辞平顺，不事琢雕，虽多骈句而贯穿散文意脉。其时已是唐代古文运动高潮，日本文坛或受其影响。

《早春侍宴赋阳春词应制诗序》，奉帝命而作，故称"应制"。全文如下：

> 乙未（日本贞观十七年）之岁，上月下旬，别命闲游，非复稍事。

天厨尽味，心殿加华。脍镂细而红肤肥，酒樽湛而绿色潋。于时春王用事，天吏布仁。浮佳气于赤霄，卷余霜于碧落。年光得迟日而共媚，时芳浑好风而同薰。无物而不受和，无和而不加物。及之于深水，则文漪动而紫鳞腾；著之于幽溪，则彩云暖而黄莺出。亦犹皇泽之平施，在污澄而必遍；鸿化远被，虽纤微而扉遗，尔乃内乐时举，中赏便催。绛唇杂吹，白面相映。燕姬媚舞，腰无尺寸之围；吴娃嫩音，口便开合之态。所以娱心意，乐耳目者，丽美烂漫于前。若臣者，才窥之窗间，十分未得其一。于是景落丹鸦，烛烧红蜡。良夜乃罢申欢宴也。臣闻诗人感物而思，思而后积，积而后满，满而后发。臣满发，遂献词云尔，谨序。（《本朝文粹》卷八）

赞美阳春实即颂扬皇泽，选词造句极其考究。此风殆始于颜延之《三月三日曲水诗序》，传入日本后纷纷效法。都良香有诗名，有的佳句传为文坛佳话。此文中不少句子锻炼字辞，功夫不亚于作诗。

**纪长谷雄**（845～912），历任文章博士，大学头、参议、中纳言，故后人又称之为纪纳言。有诗文集《纪家集》。

纪长谷雄奉敕之作《菊花对》是标准的骈文。《本朝文粹》卷十一所录全名为《九日侍宴观赐群臣菊花应制》，如下：

臣闻，季秋初九者，日月并应，阳数相应之候也。时节如旧，寒霜斯新。往古来今，良宴嘉会，莫不籍野而旷其游，登山以远其望。即谓之避恶，亦宜于延年。况亦采故事于汉武，则赤萸插宫人之衣；寻旧迹于魏文，亦黄花助彭祖之术。今之观古，不其然乎！圣上之驭天下也，德高邃古，化叶休明。率土承凯乐之风，生民荷仁寿之赐。于是在此令节，纵以宴游。便赐禁开之菊花，以和仙厨之竹叶。恩深于一束，欢洽于群臣。先三迟而叹其花，如晓星之转河汉；引十分而荡其彩，疑秋雪之回洛川。芬芳染唇，然后知中肠之已绝；气力补性，然后期天年之难终。凡菊之为功，其验大矣。跋扈于百药之首，夸张于五谷之精。飡落英者养其生，饮滋液者却其老。故谷水洗花，汲下流而得上寿者，三十余家；地脉和味，飡日精而驻年颜者，五百个岁。

胡太尉之患病，刊（意谓改）死籍于蒲柳之秋；葛仙翁之传方，塞邪窦于桑榆之暮。臣等幸遇淳化之年，得赐斯延龄之物。可以拂花首之雪，可以发桃颜之红。遂以饱于德，醉于恩，不知手之舞足之蹈。时也乌辔景暮，兔藻乐酣。钧天之梦易惊，仙洞之游难久。嗟呼，虽喻出蓬山之宫，以归芝田之谪，而犹尝壶中之药，堪为地上之仙。……

纪氏此文主要内容是记述天皇与群臣重九登山，观景，赏花，饮延年益寿的菊花酒，仰慕古代帝王名士和神仙长寿之人，企求食菊以延年。文章首段介绍君臣九日赏菊盛况，十来句话中好几句抄自曹丕的《九日与钟繇书》，如："九为阳数，而日月并应，俗嘉其名，以为宜于长久（长寿），故以享宴高会。"中段极力夸张菊花之鲜艳和药用效应，是文章的主体。末段描写群臣饱德醉酒，手舞足蹈，想象自己成了神仙，进了洞府。

纪文大量吸纳中国古代历史人物故事、神话传说以及道教典故。前段提到"采故事于汉武"，指沿袭汉武帝登山巡游旧制。"插茱萸"见于王维《九月九日忆山东兄弟》之"遍插茱萸少一人"。"寻旧于魏文，亦黄花助彭祖之术。"——据中国多种古籍记载，魏文帝曾偕臣僚到南阳寻长生之水，有自称为周穆王仕官的慈童，献上菊水，而慈童又自称即彭祖。曹丕《九日与钟繇书》有"谨奉（菊花）一束，以助彭祖之术"，为纪文所本。"胡太尉之患病"，指东汉太尉胡广之父中风，饮菊水而愈。"葛仙翁之传方"，葛仙翁当指葛洪，西晋著名医学家、道教思想家，所传药方《肘后备急方》记菊水可以治病。纪文说，"谷水浇花，汲下流而得上寿者，三十余家"，出自刘宋盛弘之《荆州记》："南阳有菊水，其源旁悉芳菊，水极甘馨。又中有三十家，不复穿井，即饮此水。上寿百二十三十，中寿百岁。"纪文末段提到"蓬山"，即蓬莱仙山，"芝田"，即种灵芝之田。"壶中"，汉时费长房卖药市中，悬壶盛药，罢市后即入壶中居住，其中有居室洞府。"地仙"，葛洪《抱朴子·论仙》说："上士举形升虚，谓之天仙；中士游于名山，谓之地仙。""钧天之乐"，即天上神仙的音乐。

纪长谷雄所提及的饮菊酒成仙故事，从中国传入日本后，被加以发挥，出现《慈童谣》这样的作品，故事更复杂，把周穆王、彭祖、魏文帝都与慈童串联起来了，思想倾向由宣传神仙道教化转为弘扬佛教观念。①

《八月十五夜同赋天高秋月明应制》："八月十五夜者，天之秋，月之望也。更闲人定，云净月明。十二回中，无胜于此夕之好；千万里外，各争于吾家之光。况复思感于秋，心疑不夜。澄澄遍照，禁庭之草戴霜；皎皎斜沉，御沟之水含玉。于时高天早晓，繁漏频移。怜秋夜之可怜，玩清景之可玩。更及杯无算，（不论几更几杯，均不计算）令叙事大纲。（行酒令只叙宴游之大纲）臣不胜恩酌之重，已为醉多之人。恐对明月之辉，以述暗陋之绪，云尔。"文章应皇上命题而作，却无颂圣之词，纯粹写景，时刻突出月亮之"光辉遍照"。附题还有"各分一字探得水字"，实在看不出何处有"水"。

纪氏另有《八月十五夜陪菅师匠望月亭同赋桂生三五夕》，突出月中之桂树。《九日后朝侍宴朱雀院同赋"秋思入寒松"应太上皇制》，重点是写秋思和颂扬太上皇，写景文字不多。同日又作《对残菊待寒月》，专门抒情，表示"今日之志，是交无贵贱，无新旧，志得则胶漆生于一言，道合则风云感于千里"。这番话显然是向在座的皇子和大将军诉说自己的心情。

**菅原道真**（845～903），日本学者誉之为平安王朝第一大诗人，甚至尊为文学之神，据说日本各地有上万座祠堂纪念他。他出身于儒家世家，学问渊博，文辞高雅，二十一岁及第，历任文章博士、翰林学士、国子监祭酒、刑部卿、式部大辅、从三品参议，最后任右丞相。道原多次遭到政敌打击，多次左迁外地，而后又回京，56岁时全家发配外地，不久病逝于贬所。今存诗五百余首，文章170多篇。有些骈文值得珍视，一篇是《九日后朝侍朱雀院同赋"闲居乐秋水"应太上法皇制》（《本朝文粹》卷八），"闲居乐秋水"是诗题，许多人同题赋诗，集合而为之序，这种诗叫作应制诗，是日本人学习中国的结果。序不长，全文如下：

> 闲居属于谁人？紫宸殿之本主也；秋水见于何处？朱雀院之新家也。非圣者不乐之，故得我后之欢脱屣；非玄谈不说之，故遇我君之

---

① 参看《国外文学》2004年第3期，《日本〈菊慈童〉的情节构成与郿县的菊花、慈童、彭祖的关系》。

遽虚舟。观夫月浦萧萧，分镜水而绕篱下；砂崖烁烁，缩松江而崖阶前。况乎垂钓者不谓鱼，暗思浮游之有意；移棹者难闻雁，遥感旅宿之随时。嗟呼！节过重阳，残菊犹含旧气；心期百岁，老松弥染新青。风月同天，闲忙异地。臣昔是伏奏青琐之职，臣今亦追从绿萝之身。彼一时也，此一时也。形骸之外，言语道断焉；任放之间，纸墨自存矣，云尔。谨序。

此文作于宽平九年（888），道真晋升权大纳言兼右近卫大将。同年七月，宇多天皇退位，醍醐天皇继位。题目"九日后"即九月十日，是应太上皇之命所作，中心思想是赞颂他退位后的闲适生活。前八句解题，暗言主人是谁，后八句承题，写居住环境，扣紧一个"闲"字。下面四句两联，前联是暗衬，后联"心期百岁，老松弥染新青"，是对太上皇的祝福。"臣昔"与"臣今"对比，讲述自己，从文学侍从进近卫大将，如绿萝攀附大树。"青琐"指宫门，"虚舟"语出《庄子·山木》，常用来比喻胸怀恬淡旷达，随意所适。"脱屣"语出《孟子·尽心上》："舜去天下，如脱敝屣。"比喻太上皇乐于禅位。这种题目，不同于一般的游山玩水，拿捏得当，很不容易。

另一篇是《辞藏人头表》：

右臣某，伏奉昨日任藏人头之敕旨。梦中之想，经晓犹迷；冰上之行，向春欲陷。臣谨检近代之例：天安藤原良绳，贞观藤原家宗、同山阴、仁和平正范、藤原有穗、源元，当代藤原时平、同高经、源希等，或出自潢流，或生于鼎族。其德也，堪守芝兰之种；其威也，足率鸾凤之群。未有凡夫儒士之能当此任，以遗其名者矣。臣罢官南海，归命北辰。枯苑更华，死骨重肉。驯阙下而趋拜，分已无涯；列侍中以周旋，恩何不翅？古人云："服之不衷，身之灾也。"臣自谓褊衣短裳，亦复慎之。况其职之乖人望乎？况其任之违天量乎？伏愿圣主陛下，停臣所掌，更选其人。勿俾跛羊妄触仙栏，腐鼠初汗禁省而已。纵使臣凌崩浪于鳌头，臣岂敢辞命？纵使臣蹈畏途于虎尾，臣岂敢惜身？唯此非据之职，臣之所不知也。臣某诚惶诚恐，顿首顿首，

死罪死罪，谨言。（《本朝文粹》卷五）

"藏人头"是宫中官职，常侍帝侧，掌管机密文档，参与重大诉讼与宣奏，属重要的中枢权职。宽平二年（890），菅原道真外放四年后，返京，次年二月，宇多天皇为刷新政治，遏制藤原家族实力，把菅原道真擢升为机要大臣藏人头。道真感到惶恐，于是上表请辞。他列举自近代以来担任此职者九人，皆出自世家大族，德威并重之人。自己"罢官南海，归命北辰。枯苑更华，死骨重肉"，恐乖人望，而违天量。情辞恳切，出自肺腑，然而两次请辞均未获准。在中国古代，大臣获任新职，惯例都要再三谦辞。日本这类文章很多，是学习中国的结果，举此篇以见一斑。

《惜残菊各分一字应对》：

> 有风云之兴，未以法花为题。爰自从仙院松桂，风咽月吊。（道长）左相府恋恩之思，犹沥肝胆，偏归妙法，口读手书。左右金吾两纳言，亲卫大丞两相公，皆仙院之旧臣，为相府之骨肉。顾相语曰：时属凉阴，人罢宴乐。春花秋月，空有弃置之愁；诗阁琴台，几台寂寞之恨。顾采法花之品，将播词林之题。只探真实，不爱浮花。群卿唯然，各成随喜。我等幸逢尧舜之主，适列二八之臣。鸭河东流，清江色浪静；龟山西峙，万岁之声风传。请使此歌咏，兼知圣代之弘一乘矣。中有参议弹正大弼藤原有国者，霜鬓已冷，忏五十九非于蘧伯玉之词；思风犹疏，赞二十八品于释迦文之教。谬奉严旨，叙其大概而已。（《本朝文粹》卷十一）

这篇诗序作于宣平九年，题目是"惜残菊"。菊花是日本皇室钦定的国花，尊称"法花"。日本历代咏菊之诗甚多，然而咏残菊者少见。文章说"只采真实，不爱浮花"，这是针对"残"字破题。"真实"指菊花籽实。下半段颂圣，皇上是尧舜之主，大臣好比八元八凯，从鸭河到龟山，天下太平。这都是应制作品的习惯写法。末句用三十字长联，突出藤原有国诗中的佳句，比之于蘧伯玉。蘧伯玉是春秋时卫国人，《论语》提到他，《庄子·则阳》篇说："蘧伯玉行年六十而六十化。……未知今之所谓是之非五十九非也。"意谓他能不断否定自己，追求上进，经常"觉今是而昨非"。"二十八品"指佛教经典《法华莲花二十八品》，用这幅长联赞老臣，也就是赞美残菊了。

《晚冬过文郎中玩庭前早梅》：

> 日者朝家有令，禁饮酒。令行之后，无犯之者。若不追访故人，存慰亲友，更无快饮杯酒，纵赋诗章。故人未必亲友，亲友未必故人。兼之者文郎中也。诗家未必酒敌，酒者未必诗家，兼之者文郎中也。我党五六人，适遇郎中之眼景，聊余诗酒之欢娱。推步年华，严冬已晚。具瞻庭实，梅花在树。嗟乎！时之难得，不可不惜；物之易衰，不可不爱。既有故人之卮会，盍赋芳树之早花。庶几使世人之缔交者，知孔门之有此风云尔。（《本朝文粹》卷七）

此文纯叙友情，很少写景。用散文的句子，作骈偶的文章，不用典故，近乎白描，与其他的应制之序，风格不同。

道真的骈文多作于仕途得意之时，很少看到个人牢骚和民主疾苦，他的诗则不然。尤其后期的大量诗歌，表现出含冤流放，万事如梦的悲哀，记录亲眼所见农民、渔夫、樵夫的艰难生活。以诗来吟唱这些庶民，在平安时代是罕见的。

**三善清行**（847～918）即善居逸，二十七岁成文章生，三十七岁对策及第，五十四岁任刑部大辅兼文章博士，五十五岁兼大学头。他与菅原道真年龄相近而发达迟缓，为道真所轻视。他对纪长谷雄也不服气，最后官至参议，故称为"善相公"。一辈子感到怀才不遇，六十七岁时作散体文《诘眼文》，假托眼神与心神互相质难，学习西晋左思《白发赋》、张敏《头责子羽文》，大发牢骚。三善清行精通算术及谶纬之学。昌泰三年，左大臣藤原时平与右大臣菅原道真争斗。时平听说道真可能出任摄政而位居其上，便设法陷害。正在这时，天上出现彗星，古人视为凶兆，通晓天文占星之术的三善清行认为此乃"天道革命之运，君臣克贼之期"，"明年辛酉，运当革命，二月建卯，将动干戈"。作《奉菅右相府书》，劝道真急流勇退，是篇地道的骈文：

　　清行顿首谨言：交浅语深者，妄也；居今言来者，诞也。妄诞之责，诚所甘心。伏冀尊阁特降宽容。某昔游学之次，偷习术数。天道革命之运，君臣克贼，纬候之家创论于前，开元之经详说于后。推其年纪，犹如指掌。斯乃尊阁所照，愚儒何言！但离朱之明，不能识睫上之尘；仲尼之智，不能知箧中之物。聊以管穴，伏添蠡龠。伏见明年辛酉，运当变革。二月建卯，将动干戈。遭凶冲祸，虽未知谁是；引弩射市，亦当中薄命。天数幽微，纵难推察；人间云为，诚足知亮。伏惟尊阁挺自翰林，超升魁位。朝之宠荣，道之光华，吉备公外，无复与美。伏冀知其止足，察其荣分。擅风情于烟霞，藏山智于丘壑。后生仰视，不亦美乎？努力努力，勿忽鄙言！（《本朝文粹》卷七）

　　道真没有理会，清行又上书天皇《预论革命议》，逼道真辞职。道真仍不理会，昌泰四年一月，又升至从二位，然而仅仅十七天后，道真突然贬到偏远的赞岐。原因是藤原时平向醍醐天皇诬告道真阴谋废醍醐天皇，另立齐世家为帝。年轻的天皇轻信谗言，命道真七日内离京，道真两年后死于筑紫。

　　当时人或以为三善清行参与了藤原时平的阴谋，但日本学者冈田正之不赞成这种推论。清行主要是笃信谶纬之说，向天皇陈述己见而已。后来藤原时平迫害道真时，清行还挺身而出，保护道真的学生。他这篇骈文立论的依据是不科学的天文迷信，因为与当政治斗争有关，故传诵一时。

　　三善清行在六十八岁时，向天皇上《意见封事十二条》，均为重大社会政治问题，今摘录其中第二条"请禁奢侈"一部分如下：

　　臣伏以先圣明王之御世也，崇节俭，禁奢盈，服浣濯之衣，尝蔬粝之食。此则往古之所称美，明时之所规摹也。而今浇风渐扇，王化不行。百官庶僚，嫔御媵妾，及权贵子弟、京洛浮食之辈，宾客缛宴之费，日以侈靡，无知其极。……又王臣以下至于庶人，追福之制，饰终之资，随其阶品，皆立式法。而比年诸丧家，其七七日讲筵、周忌法会，竞倾家产，盛设斋供。一机之馔，堆过方丈；一僧之储，费累千金。或乞贷他家，或斥卖居宅。孝子遂为逃债之道人，幼孤自成流充之饿殍。夫以蒙顾复抚育之爱者，谁无追远报恩之志焉？然而修此功德，宜有程章，岂可必待子孙之破产，以期父祖之得果乎？况此修斋之家，更设予客之飨，献酬交错，宛如饫宴。初有葡萄之悲，俄成酣醉之兴。孔子食于有丧者之侧，未尝饱也，岂其如此乎？但郊畿之内，道场非一，故检非违使不遑禁止。伏望申敕公卿大夫、百官诸牧，各慎此僭滥，令天下庶民知其节制。（《本朝文粹》卷三）

文章指责当时百官、权贵们，大办丧事，极其奢华，送终追福者倾家荡产，使得孝子成为债人，孤幼流为饿殍。佛寺设斋供僧，费累千金，结果导致田亩荒芜，盗贼滋起，社会严重不安。这样的现象，在中国历朝历代都发生过，不断有人批评反对，要求朝廷加以制止。清行此文正是从中华传统文化中吸取经验教训。其语言骈散兼用，以散文气势贯穿，可能与中唐古文运动有关系，尤其是陆贽的奏章，也许对他有一定影响。江户时代文学批评家斋藤正谦《拙堂文话》卷一对此文评价极高，说："娓娓万余言，剀切核实，皆补时政，不减贾（谊）董（仲舒）之策。其文虽不免排偶之习，然气象浑健，词不害意，亦陆宣公（贽）之亚也。""余常谓王朝无文章，有三善《封事》而已。"另一位江户时代学者赖山阳说："三善清行以实用之才，为实用之学，虽菅原相公，恐有所不及。其《封事》者所言，虽有不敢尽者，而切中时弊，可用当世，与彼为无用之文词者大异。"（《日本政记》卷七）

## 第五节　日本骈文（下）

菅原道真等人逝世后，日本汉文学的高峰期基本上结束，汉文学在日本文坛的垄断地位开始动摇，而和文学（即用和文书写的作品）逐渐成为日本文学的主要潮流。但是在十世纪中叶，还出现过汉文学满山红叶的秋景。这时维持汉文学文坛的主要力量是菅原、大江两家。[①] 若仅就骈文来看，写作的人仍然不算少，除前述两大家外，还有藤原氏、纪氏、源氏等文学世家。从《本朝文粹》和《本朝续文粹》所选录作家作品来统计，最

---

① 陈福康：《日本汉文学史》（上），上海外语教育出版社 2011 年版，第 188、195 页。

多的是藤原氏，其次是是大江、菅原氏和纪氏、源氏。所以，日本骈文的发展，一直延续到十二世纪，菅原道真、纪谷长雄和三善清行可以代表平安前期，而与上述三人相差二三十年的纪贯之，则属于后期。

## 一　平安后期骈文

**纪贯之**（872～945）《新撰和歌集序》。

和歌，就是用和文创作的诗歌。日本自奈良末期发明假名文字后，日本的和文文学的主要创作者由后宫女性作者渐渐地转移到男性贵族作者，至醍醐朝达到繁盛。第一部和歌集是成书于八世纪后期的《万叶集》，乃私人编选。而第一部奉朝廷命令编选的和歌集则是延喜五年（905）编成的《古今和歌集》，编者是纪贯之、纪友则、凡河内躬恒和壬生忠岑四人。前有长篇序言，署名纪贯之，实为纪贯之的养子、纪长谷雄之长子纪淑望撰写。这篇文章在日本诗歌史上很重要，但文字生硬，骈句少于散句。本书更看重纪贯之另一篇骈体文《新撰和歌集序》。

纪贯之青年时即用和文写诗，后来在朝廷御书所任下级官吏，延喜五年奉敕编《古今和歌集》。二十五年之后的延长八年（930），醍醐天皇命他编《新撰和歌集序》。这篇文章不长，主要是骈体，夹有少量散句：

> 昔延喜御宇，属世之无为，因人之有庆，令撰集《万叶集》外古今和歌一千篇。更降敕命，抽其胜矣。传敕者：执金吾藤纳言（藤原兼辅），奉诏者，草莽臣纪贯之。及抽撰分忧赴任，政务余景，渐以撰定。抑夫上代之篇，义渐幽而文犹质；下流之作，文偏巧而义渐疏。故抽始自弘仁，至于延长。词人之作，华实相兼而已。今所撰玄又玄也，非唯春霞秋月，润艳流于言泉；花色鸟声，鲜浮藻于词露。皆足以动天地，感鬼神，享人伦，成孝敬，上以风化下，下以讽刺上，虽诚假文于绮靡之下，复取义于教戒之中者也。爰以春篇配秋篇，以夏什敌冬什，各各相斗文，两两双书焉。庆贺哀伤，离别羁旅，恋歌杂歌之流，各又对偶。总三百六十首，分为四轴，盖取三百六十日关于四时耳。贯之秩罢归日，将上献之。桔山晚松，愁云之影已结；湘滨秋竹，悲风之声急幽。待敕纳言，亦已薨逝，空贮妙辞于箱中，独屑

落泪于襟上。若贯之逝去，歌亦散逸。恨使绝艳之草，复混鄙野之篇。故聊记本源，以传来代云尔。（《本朝文粹》卷十一）

931 年，纪贯之出京，任土佐国守（相当今高知县县令），四年后回京，将路途见闻用和文写成《土佐日记》，是日本国第一部和文日记，文学史上地位甚高。回京之后，他已编成《新撰和歌集》360 首，并写下这篇序。从序文中可以看出，他的文学观，基本上继承中国儒家典籍《毛诗序》。"动天地，感鬼神，厚人伦，成孝敬，上以风化下，下以讽刺上。"这几句即来自该书。他欣赏的是"华实相兼"，"假文于绮靡之下，取义于教戒之中"者。不赞成"玄而又玄"以及仅仅是"春霞秋月，润艳流于言泉；花色鸟声，鲜浮藻于词露"的作品，与《古今和歌集序》基本观点是一致的，该序也引用《毛诗序》那几句话。不同的是，该序的主体部分是讲和歌发展史，此序则不涉及，更突出其华实相兼的文学价值观。从文字运用看，此序比前序更娴熟，但也还有些不够顺畅之处。951 年，源顺等又编选《后撰和歌集》。1005 年，花山院编选《拾遗和歌集》，1086 年，藤原道成编选《后拾遗和歌集》，和歌集越来越多，都不同程度地受到纪贯之两部选集的影响。

**大江朝纲**（886～958），出身名门，历任文章博士，民部少辅、大辅，终官正四位下参议，因其祖父大江音人（811～877）称"江相公"，故后人称大江朝纲"后江相公"，是十世纪大江家族的代表诗人，其骈文名作有《夏夜于鸿胪馆饯北客诗序》。延喜八年（928），渤海国使臣裴璆访问日本，日本于鸿胪馆（相当于今之国宾馆）设宴招待，席间宾主互相唱和，大江朝纲为诗集作序，文章不长，名气很大。兹录全文并夹注：

延喜八年，天下太平，北客算彼星躔，朝此日域（日出处，指日本），望扶木（扶桑）而鸟集，涉沧溟（沧海）而子来。（《诗经·大雅·灵台》："庶民子来。"意谓如子之从父）我后（王）怜其志，褒其劳，或降恩，或增爵。于是饯宴之礼已毕，俶（始）装之期（归期）忽催。夫别易会难，来迟去速。李都尉于焉心折（指汉李陵别苏武），宋大夫（宋玉）以之骨惊。想彼梯山航海，凌风穴（高诱注《淮南子·览冥训》："北方寒从地出。"）之烟岚；回棹扬鞭，拔龟林（指北方沙漠之地）之蒙雾。依依然莫不感忘遐（远）之诚焉。若非课诗媒（以诗为媒介）而宽愁绪，携欢伯（《易林》："酒为欢伯，除忧来乐。"）而缓悲端（悲绪），何以续寸断之肠，休半销之魂者乎？于时日会鹑尾（星次名，指冀轸二宿。郑玄注《礼记·月令》："孟秋者，日月会于鹑尾。"），船舣龙头（船首雕刻龙头）。麦秋动摇落之情，桂月倍分隔之恨。嗟乎！前途程远，驰思于雁山之暮云；后会期遥，沾缨于鸿胪之晓泪。予翰苑凡丛，杨庭散木，愧对辽水（渤海国在辽河之北）之客，敢陈孟浪之词，云尔。（《本朝文粹》卷九）

通过注释，可以看出此文之典雅华贵，大江朝纲可能是要在客人面前炫耀学问之渊博。果然，渤海使者大为赞赏，尤其喜欢"前途程远，驰思于雁山之暮云；后会期遥，沾缨于鸿胪之晓泪"。据《江谈抄》卷六记，几年后，日本使者至渤海国，对方问："朝纲已升三公否？"日方回答："并未。"渤海人曰："贵国何其不重人才！"可见其名声远播。不过，此联以"雁山"指渤海国之山脉，恐不切当。雁山在今湖北，渤海国境内并无雁山，可能是指燕山，在今河北东北部，距渤海国西境不太远。有人以为指雁门山，该山在今山西，太远。

大江朝纲另一篇受后人注重的骈文是《九日侍宴同赋"寒菊戴霜抽"应制诗序》。全文如下：

白藏七旬，玄月九日，天子会王侯将相，宴集于紫宸殿。居谈如旧，风景犹新。斯乃累圣之故事，重阳之佳游也。圣上德笼乾坤，仁被动植，非日非月，天下仰其照明；如雨如云，海内蒙其渥泽。故北塞之鸟守来宾者，咽秋雾而远飞；东篱之花候供奉者，含晓霞而争笑。玉烛调和，不亦光于古乎？于是有敕曰：今日之事，菊尤鲜明，宣赋凌寒之情，以玩戴霜之操。臣等伏奉纶命，逡巡惊魂。夫菊之为物也，为草中之王，作花里之仙。临秋初抽，宁畏严凝之气；迎晓独拆，未屑肃杀之威。添玉砌而吐其范也，如星厌之笼雾；触碧栏而动其叶也，疑金色之洗盐。时也萍实影斜，梨园调急，墨客陪座，酌紫霞而俱吟；

粉妓出闺，飘红袖而递进。寻其旧谱，则是上元夫人之遗音；问其本师，莫不玄宗之弟子。听歌观舞，不知老之将至矣。若臣者，虽谬待金马之诏，攀月桂以余欢；而未结白凤之梦，对霜叶而掩面。忝随诗仙之后，还惭文宾之情而已云尔，谨序。(《本朝文粹》卷十一)

这篇文章和前面引述的纪长谷雄《九日侍宴观赐群臣菊花应制》题材相同，都是重阳节陪同皇帝赏菊，但描写重点不同。纪文主要赞美菊水有延年益寿的药用价值，大江此文则是歌功颂德和描写歌舞，对菊花本身着墨不太多。

日本宫廷重视菊花，故以咏菊为题材的宴游诗及序特别多。而樱花则深受民间喜爱，宫廷也偶尔赏玩。大江朝纲有几篇诗序就是以赏樱为题材的，如《红樱楼下作应太上法皇制》：

青春之半，黑月之终，殿前红樱，开数可爱。太上法皇有敕，唤诗臣四五人，盖瞰樱花之空也，深风藻师相惜焉。臣等少忽出红尘之境，得入碧洞之中，近对天庭，快见春萼。樱复樱，花复花，色鲜妍，春芬馥，杂蕊烂漫笑，旧契于铣谿之园；重葩乱飞，嘲古迷于武陵之岸。于时林间日暮，叙赏影斜，把火而照树枝，挑灯而催诗兴。人情迎夜，频倾鹦鹉之杯；鸟音调春，暗谐凤凰之管。感之遍身，目不暂舍。嗟呼！难得易失者时也，难开易落者花也。请先狂风之未起，将玩艳花之可怜云尔。(《本朝文粹》卷十)

樱花以红色居多，春天开放，花朵较密，每朵五瓣，盛开时满树烂漫，很是喜人。本文描写樱花之美丽，游人之痴迷，白天看不够，还挑灯夜游。在赏花诗序中，突出樱花的特色，和秋日赏菊有所不同。

**菅原文时**（899～981），是菅原道真的孙子，天庆五年对策及第，历任文章博士、大学头，八十二岁时叙从三位，故人称"菅三品"。他的文名甚大，《本朝文粹》收录四十篇。代表作是天德元年（957）上书村上天皇的《意见封事三条》，包括"停卖官""禁奢侈""怀远人"，是备受称赞的好文章。今录其《请停卖官事》如下：

量能授官官乃理，择材任职乃修。若不量而授，不择而任，则人谓之谬妄，俗为之衰亡。方今授任之道非不正，黜陟之规非不明，然时有以财官人矣。公家以为助国用，众庶以为轻天工。于是功劳之臣自退，聚敛之辈争进。至于令彼暴客猾民，殉不义之富，弥深虑于贪残；良□吏胥子，企无厌之求，更薄情于宦学。望其化盛治平，不亦难哉！昔馆陶公主为子求郎，明帝不许，赐钱千万。所以轻厚赐、重薄位者，为其官人失才，害及百姓也。降逮桓、灵之后，初开占卖之官，皇纲遂紊，王业已衰。历访汉家之典，略考皇朝之记，未有卖官而敦俗，鬻职而安民者矣。伏望早改彼浇时之政，令返于淳世之风。若忧国用，则每事必行俭约；若行俭约，则何因可乏货财？欲利之源，从此暗灭；廉正之路，自兹将开。

斋藤正谦《拙堂文话》说："虽不及善相公之剀切，其善言事，补于当时，可嘉也。"反对奢侈浪费之文，历代多有，而禁止卖官鬻爵者则不常见，故此文更具针对性。从文章来看，三善清行的《意见封事》是散多于骈，而菅原文时此文则骈多于散，分析社会弊病相当透彻，引证历史经验教训，有正面有反面，写作水平不在清行之下。

《暮春侍宴冷泉院池亭同赋"花光水上浮"应制》，呈现另一种风格。

冷泉院者，万叶之仙宫，百花之一洞也。景趣幽奇，烟霞胜绝。圣上暂出紫闼，近幸绮阁以来，供奉无暇者，瑞露薰风；扈从犹留者，诗情歌思。及至春辉渐阑，物色可爱。人间之芳菲欲尽，象外之风烟犹浓。爰宴于林下之池台，诚有以矣。观其花绽在岸，水清盈科。花垂映而水下照，水浮光而花上鲜。莹日莹风，高低千颗万颗之玉；染枝染浪，表里一入再入之红。谁谓水无心？浓艳临分波变色；谁谓花不语，轻漾激兮影动唇。嗟乎！花之遇时，水之得地者乎？夫布政之庭，风流未必敌崑阆，兼之者此地也；好文之代，德化未必光炎黄，兼之者我君也。故笔砚承恩，丝竹含赏。即将诗律，以为择贤之道；播乐章，以为易俗之音也。明圣之事，猗乎盛哉！于是宴入夜景，醉荡春风。咏歌于

琪树之荫，蹈舞于沙涯之畔。……（《本朝文粹》卷十）

这篇文章是陪同皇帝赏美景而赋颂歌之作，题材并不新鲜，但是艺术上确是精心结构，推陈出新之作。前半部分写冷泉院园亭之胜景，紧扣题目中的"花"与"水"，把花与水互相映衬，相得益彰，显示出动态感、层次感，如诗如画，更像现代电影里的慢镜头，"观其花绽在岸，水清盈科（出《孟子》水'盈科而后进'，说明水是流动的），花垂映而水下照，水浮光而花上鲜"。由于花下垂而水中有照影，水更美了；由于水能反光而岸上之花更鲜了。暗合现代美术中的透视、投影等技法。"莹日莹风，高低千颗万颗之玉。"以花朵缤纷比之于碎玉。"染枝染浪，表里一入再入之红。"水染花枝，花染水浪，水上水下之红花一再折射。这样细致的观察，精工的对偶，在历代咏花的名诗名赋中不易觅得。"谁谓水无心，浓艳临兮波变色。"水神爱上花神而动心变色了。"谁谓花不语，轻漾激兮影动唇。"水中的花瓣因为轻浪的激荡时开时合，像是欲说还羞呢。把水与花都赋予人的情感和心理，这是唐宋词人的擅长，被菅原文时学到手了。文章的后半段主旨是颂圣，皇上兼具文治与德化、布政与风流，既要赏景又要赋诗，既可以发现贤材，又可以移风易俗。这个主题不新鲜，但作者能用简单的语句作允当的概括，亦可谓善颂善祷矣。据说文时与天皇赛诗，有些句子天皇自愧不如。这篇骈文中的有些句子，放在诗中也是佳句。

菅原文时的《老闲行》，是他的名作，题目像歌行体，实际上是骈文。

昼夜递来代谢，春暗往，夏暗过。秋曛难驻，日暮易斜。漏阑露台冷，天明窗雾清。生徒去不入室，故人厌不至门。床有书兮等闲见，樽无酒兮自然醒。家资风月，虽老未忘；世路喧嚣，虽去犹听。不能灌园济淀营作业，不能习统学歌散闲襟。其奈挂冠栖遑，息影洞壑；其奈染衣精勤，求法山林。我闻相如赡文，家徒四壁立；又闻孙弘高第，年此八旬行。君不见北芒暮雨，垒垒青冢色；又不见东郭秋风，历历白杨声。（断句与标点参照《本朝文粹注》）

菅原文时发达较迟，44岁及第，晚年仕途滞塞，八十二岁叙从三位，品位很高，可是来得太晚，他八十岁时作的这篇《老闲行》是有些牢骚的，但又显得淡泊人生，虽老而未忘老，虽闲而不羡闲。朋友不至，学生不来，颇为寂寞。他很羡慕司马相如、公孙弘迟到的发迹，何奈距离北芒青冢，东郭白杨（二者均指墓地）已经不远了。这是一位年老而有抱负者心灵的挣扎，值得同情。全文二十八句，句句对，字字对，颜色、时令、风物，皆整齐相对。多种句法交错使用，给人顿挫有致之音乐美感，不过基调似乎太低沉了。也有日本学者认为此文是增字诗（即宝塔诗），其断句标点不同。① 这个问题还可以进一步讨论。

**源顺**（911～983），是嵯峨天皇的玄孙，曾祖父曾任大纳言，父亲曾任左马允（下级官吏）。他一生勤学，有诗名，四十三岁才成为文章生，五十岁以后补民部少丞，五十六岁官至从五位下，地位不高。有《五叹吟》，叹其父母早亡门庭衰落，似乎受唐卢照邻《五悲文》启发。

陈福康教授说："他与菅原、三善、大江等公卿阶级人士不同，属于低一层的大夫阶级，无机会参加那些宫廷诗会。"② 他是天皇贵胄，官职虽不高可是身份不低，交游者多达官贵人及其子弟。试看《本朝文粹》卷十二所录几篇文章。

《侍中亚将为撰和歌所别当，御笔宣旨奉行文》，是表扬左近卫中将藤原伊尹之和歌而作（"别当"是官名）。其文曰：

> 左亲卫藤亚将者，当世之贤大夫也。雄剑在腰，拔则秋霜三尺；雌黄自口，吟亦寒玉一声。遂于跪彼仙殿之绮筵，衔此宸笔之纶命。天下弥知，强鞭不挠，艳情相兼之层。昔虽柿本大夫，振芳声于万叶；华山僧正，驰高兴于片云矣。唯传人间之虚词，未赐圣上之真迹。见古思今，渺矣希矣。于时天历五年，岁次辛亥，玄英初换，朱草将近之时。（《本朝文粹》卷十二）

---

① 参看后藤昭雄《日本古代汉文学与中国文学》中的《菅原文时的〈老闲行〉》一文，中华书局 2006 年版，第 152～159 页。

② 陈福康：《日本汉文学史》（上），上海外语教育出版社 2010 年版，第 206 页。

文章主旨是称赞藤原伊尹文武双全，其和歌得到天皇御笔欣赏。当年歌仙柿本大夫的作品收入《万叶集》，华山僧遍昭（俗名良岑家贞）名声远扬，却未曾得到皇上的手书。藤原伊尹所获殊荣，实在太罕见了。"奉行文"就是奉天皇之命而作的文章。此文作于村上天皇之亥辛年即公历951年，源顺还不是文章生，可是已经活跃于上层文坛了。

《晚秋游淳和院同赋"波动水中山"》，虽是诗序，实为游记：

> 淳和院者，桔太后之别宫也。太后落发入道之日，一扫披庭之尘，长住莲台之月。尔来人事虽讹，地势如旧。轩栏重重，碧波亭之构不异；地塘渺渺，青草湖之样相同。虽彼崑阆，何以加之？矧亦水衔山影，山任波心。底深则山又深，波动则水又动。谁谓岩静，转数仞于一池之秋；谁谓壑高，浸青黛于绿潭之晓。是以轻漾卷兮微微，崎岖吐云之色频荡；细文铺兮瑟瑟，崔巍戴石之势不闲。则知强楚拔山之力，不如季商吹水之风。时也，吾党才子十有余辈，出南曹之二窗，入西京之一洞。名虽游览，实斗文章。劝学院之鸿才藤勤，忽赋妙句；契学院之鲰生原顺，聊记大纲，云尔。（《本朝文粹》卷八）

桔太后之别宫，恐怕不是普通人所能随意游览的。其中"水衔山影，山任波心。底深则山又深，波动则水又动"是绝妙好辞，把题目"波动水中山"写活了，富于透视感、动态美。

《秋日游白河院赋秋花逐露开》：

> 白河院者，故左相府之山庄也。自掩黄阁，不扫绿芜。烟柳敛眉，二年之春空暮；水石如咽，三回之秋欲阑。左武卫藤相公，恋尊阁之遗德，慕胜地之旧游，詹事纳言尚书相公，卷帘幌，并笔砚，聊暇日而游览。于是有秋花逐晓露，轻葩细叶，待瀼瀼而争开；紫菊红兰，随沥沥以乱绽。至如花带露兮增鲜，露滴花兮警鹤。露未凝庚，乘卫之霜翎不闲；花转流离，灌蜀之锦文空缛。凡此院之优异也；三代传而其主皆贵，四时移而其地常幽。南望则有关路之长，行人征马，络绎于翠篱之下；东顾亦有林塘之妙，紫鸢白鸥，逍遥于朱槛之前。岂直秋

草养花于故园之露，寒松流响于幽洞之风而已哉。请十分记一端云。
（《本朝文粹》卷十一）

这篇文章是陪同高官们同游左相府之山庄所作，在郊外视野更开阔心境更舒畅，与前述同学十人游淳和院者稍有不同。

《夏日与王才子过贞上人禅房玩庭前水石叙》，是一篇骈体短简。"夫贞上人者，我师也；王才子者，我友也。寻师结友，实有缘哉！于时有一流水，横于夜中。疑是长风浦之玄孙乎？为当明月池之赤子与？其底镜彻，沙石不能秒之；其声琴清，咏歌不能和之。况上人之引此水也，心匠探地，神仙让居，临则洗六根之尘，听亦散五醉之气。濡笔柱而聊记，归纸窗而岂忘。示尔。"此文亦骈亦散。多用虚字长句，读起来显得舒散飘逸，全文16个对句，不见四六，而用八言、九言、十句相对，以"也""之""乎"字结尾，简直与散文无别。显然他是在整齐的骈文中寻求自由的古文之雅趣。

**大江匡衡**（952～1012），是大江文学世家的重要成员。十四岁成文章生，十八岁成文章博士，任侍讲，东宫学士，文学侍从，式部权大辅，著作有《江吏部集》。

《夏日陪左相书阁赋"水树多佳趣"应叙》是一篇诗序：

> 洛阳城中，有一佳境，本是丞相之甲第，重开东阁之荣名。或为母仪之仙居，屡迥天舆之临幸。爱我相府，其形概之灵奇，增以水树之佳趣。石濑岩湾，风调弹筝峡之曲；春华秋叶，雨染锦绣谷之文。至如彼千秋之岸，鉴而无私；万年之枝，攀而有节。向蘋藻观鱼，犹垂渭阳之钓；栽梧桐以待风，载辖博陆之车者也。夫偏事启沃者，玄元养生之方难求；偏赏烟霞者，绿绶补裳之道易阙。懿矣！相府之居此地也，朝出则紫宫不远，暮归迹青山在傍，凿翠地而泛舟，是象岳之不忘济川也；缔金坪而闲焉，是文事之不舍武备也，气韵之美，不光古乎。于时蘁睽日，艾人后朝。卿相四五辈，风月数十人。酌道德而为酒，岂只越王鸟之频飞；味礼乐而为肴，岂只吴江鱼之细切。匡衡蓬壶蹈云，葵心向月，虽才非一骥，心惭贤相之迴顾；而官有三龟，首戴圣代之重思。幸属盛游，何不记录云尔。（《本朝文粹》卷八）

　　江村北海《日本诗史》指出，日本一些汉诗人常将远江州称袁州，美浓州称襄阳，金泽称金陵，广岛称广陵。大江匡衡亦如此。他这篇文章开头提到的"洛阳"，不是中国的洛阳，而是代指日本的京城。大江匡衡不像前述几篇那样致力于扣题写景，水树如何，佳趣如何，而是把重心放在颂扬左相公："朝出则紫宫不远，暮归迹青山在傍。""象岳之不忘济川"，"文事之不舍武备"，"酌道德而为酒"，"味礼乐而为肴"，一心想着君王和百姓，文事和武备，道德与文化相兼。比起某些古代君王名士，只顾享乐吃喝，韵味高尚多矣。既是赞美也是期盼，境界高出源顺等一筹。

　　《暮秋陪左相府高阁同赋"寒花为春栽"应教》，与前文同一个地方同一位主人，题目不同，写法也不同。

　　　　左相府者，王佐之重器也。兴立礼乐之中衰，弥缝文章之治绝。访四方而举露才，开汉公孙丞相之东阁；携三友而赏风景，写唐太子宾客之北窗。于是素秋季月，暇日凉天，选词人之绮靡，惜气序之萧条。金章紫绶，广嘉招而风来；子墨兔毫，蓄秘思而雾集。果则云圃之梨，折西枝以置兀；酒是青州之竹，酌上叶以满樽。良宴之盛，诚是美哉！观乎寒花为客栽，好客因花兰。锄蒲艾而移清芳，在座者皆是蹑珠履；铲玖碛而养佳色，来门者莫不乘锦车。至夫或谈王道，回青眼于篱脚之霜；或说仙方，授丹契于丛边之月。其言如兰，云鹤之驾云犹在；其饮以菊，红螺之杯露未晞者也。于时更漏渐移，吟咏不止。匡衡江家钓名，鲁鱼之疑未决；翰林低翅，梁鸿之恨更催。对花自愧，猥记芳游云尔。（《本朝文粹》卷十一）

　　前篇赞美主人，此篇则更重在客人，来宾都是门第高贵，言谈雅致，"或谈王道，或说仙方，其言如兰，其饮以菊"，至于花如何耐寒，怎样去栽，皆略而不论。

　　**大江以言**（955～1010），一条天皇时，任文章博士，官至从四位下式部权大辅。长于诗文，一条天皇打算提拔他，为关白所阻。以言所存作品不多，《本朝文粹》收录他几篇骈文，其一曰《七言暮春施无畏寺眺望》：

城北有古寺，其草创则不知何岁，其檀那亦不知何人。但有邑老村叟之才传，其名曰观音寺矣。草莱不辟，基业将消。于是故中书大王相基地之灵胜，缮此寺之颓残。即改榜额，号施无畏寺。盖以其本名观音寺之故也。自彼猴山之秋月，玉笙之音永吞；果园之春风，琼花之色空落。左武卫将军，便继遗绩，更举花纲。常坐常行，大法之螺长吹；三月九月，八讲之筵更展。于时员外藤纳言，乘春雨之余闲，聊暇日而眺望。其外金张华族之家，风月藻思之辈，随善其事，周旋此坊者，济济煌煌，非翰墨之可存焉。於戏！茅洞今日之游，虽税云鹤之驾；柰园昔时之会，未辖白牛之车者也。今寓眺望，以命笔砚云尔。

这是一篇私人宴游聚会的诗序，主旨是赞修缮者。骈散兼用，骈多于散。散句颇为随便，骈句有些典故，有些雕琢，写景叙意，爽直无碍。

《七言晚秋于天台山圆明房月前闲谈》：

天台山者，甲天下之山。其中奥区，则是吾师贞公之洞房也。公本分天枝，早拾地芥。两翼任重，自期抟于家门之风；一角寸高，将立功名于登庸之日。爰去天元五年盛夏六日，忽辞繁花之荣，空扫一实之理。昔孤竹二子之去周，春薇烟老；五柳先生之遁晋，秋菊残寒。彼皆偏养高尚之志，未行菩提之愿。如公者，行藏之道得其时，真俗之谛究其相。凡厥高致之诚，出视听之志者与？于时重阳过而四日，孤月升而三更，美州源太守，思其连枝之美，寻此绝岭之趣。渐摄尘中之燥性，方陈月前之闲谈。朱缁衿接，旧洒荆树之露；素云交谈，迹入桐山之霞。遂叩碧云之秋词，且抽班阴之凤虑。当知今日缀属之文，定为后日握别之记。既而岫幌静卷，岩高斜排，妄缫断青云之上，法轮转丹地之中。释尊入灭之后，鹤林之色长空；慈氏出生之前，龙华之迹尚隔。幸蒙吾师之教化，岂非诸佛之护持哉？以言久叹前路，未随后尘。列籍函关之鸟，展望慰翅于淮南之云；编名雁门之鱼，蹩思振鳞于河上之雨。结缘之事，必善拔济云尔。（《本朝文粹》卷十）

　　此文所赞扬的是一位佛教长老，出身皇族，后入空门，所以比之于伯夷叔齐让国，陶渊明虽辞官，却未学佛。贞上人比他们更高尚其志。此文崇尚佛家理想，用了许多佛家与世俗典故，显得古雅、深邃、博学，而且闲适。

　　**纪齐名**（957～999），是源顺再传弟子，一条天皇时任大内记，起草诏敕及外交文书，后又任越中权守、式部少辅，以文才知名，文坛地位与大江匡衡、大江以言匹敌，可惜享年仅43岁，留下作品不多。《本朝文粹》录其文10篇，其中骈文有诗序《七言晚秋于禅林寺上方眺望》：

　　　禅林寺者，古先帝所草创也。赤岩削成，缙云山之岚愧色；清泉飞洒，白露水之波让声。盖释宫之蓬丘崑阆矣。爰右亲卫藤相公，属海内之清谧，寻洞中之风光，秋兴自牵，荫松柏而为帷盖；诗语无倦，靡薜荔而代座筵。林宴水嬉，于是为盛焉。当斯时也，倚岩楹而闲居，登石楼而凝睇。涧水叶泛，如濯锦于江鳞；柴篱残菊，似投玉于山鹊。至如夫进望樵溪之幽邃，退顾帝城之喧嚣。白云暮闲，往来者，荃巾蕙服之客；红尘昼暗，奔营者，驷马高盖之人也。既而岫幌日落，迎佛之使飞烟；松户人稀，护塔之鸟栖月。俗客之中，有一腐儒之才，俗行愚者，独眷春宫之清虚，迷记秋日之胜事，云尔。

　　开头几句，描写禅林寺环境，接下去写左亲卫藤相公于此宴游，然后写眺望所见景色人物，关键的句子是："进望樵溪之幽邃，退顾帝城之喧嚣。白云暮闲，往来者，荃巾蕙服之客；红尘昼暗，奔营者，驷马高盖之人也。"山中客自在悠闲，城里人很是忙碌，高下自现。结尾自称腐儒、愚者，独自眷恋佛寺之情，貌自贬而实自矜。此文为诗集之序，本身也是骈化之诗，处处饱含诗情画意。

　　另一篇诗序是《暮秋陪左相府高阁同赋"菊潭花未遍"各分一字应教》

　　　于时九月二日，天气沉寥。公卿大夫不期而会左相府之高阁。咏臣之解言诗者济济焉。相府上理阴阳，下容众庶。司马孚之赐云辇，虽比荣名于晋朝；刘仲威之辞锦梁，犹同廉让于汉室。凡今日之会，起于好文也。观其寒潭自清，新菊未遍。其吐葩也，才一两朵；其点尊也，非千万茎。苔痕妆懒，自知微霜之缓戒；波面粉薄，暗验重阳之未来。至夫芙蓉老而非友朋，芰荷俗而难配偶。以蘋风而为红女，空叱裁锦之太迟；命沙雨而代玉人，犹责治璞之不早者也。既而白藏景阑，黄阁欢洽。鲈鱼脍细，何必出于东吴；果实味滋，谁不谓之近蜀。……

前文的宴游是在郊外禅林，此文聚会是在相府高阁。第一段赞美左相，比之于司马孚、刘仲威。下面一大段入题，突出题中"花未遍。"佳句是："其吐葩也，才一两朵；其点尊也，非千万茎。苔痕妆懒，自知微霜之缓戒；波面粉薄，暗验重阳之未来。"继而发挥想象，如果让蘋风作女红，应该批评她裁锦太迟，如果命沙雨为玉匠，应该责备他治璞不早，故而菊花之靓丽不能充分展示，构思可谓精巧。全文用典颇密，有事典，有语典，处处精雕细刻，值得玩味。据说纪齐名与大江以言以"秋未出诗境"同题赛诗。齐名有佳句"霜花后发词林晓，风叶前驱飞驿程"，自度必胜。以言有"文峰按辔驹过影，词海舣舟叶落声"，私下请教具平亲王。亲王将"驹过影"改为"白驹影"，"叶落声"改为"红叶声"。结果众判以言胜，齐名因而卧病，亲王去探视，谈到改诗事，竟言毕而逝。齐名至死还念念不忘诗中那几个字，可见其痴迷到何种程度，[①] 从这篇诗序中不难发现他如何费尽心血在炼字造句。

平安后期一百年间，汉文学创作衰退，作品数量大为减少，但出现了几本汉文学诗文总集，保存了汉文学文献。其中与骈文关系最大的是《本朝文粹》。该书编者为**藤原明衡**（989～1066），历任文章博士、大学头、式部少辅、左卫门尉、左京大夫。《本朝文粹》书名仿《唐文粹》，收入作品的时间跨度是从弘仁至长元（810～1037），约二百二十多年。共十四卷，赋和诗占十分之一，其他分为十二大类，包括诏敕、对策、表状、书状、书、序、记、传、祭文、愿文等，以下再分三十九小类。作者共67人，作品429篇，以大江氏、菅原氏、纪氏、源氏占多数。其中"序"类最多，

---

①　陈福康：《日本汉文学史》（上），上海外语教育出版社2010年版，第224～225页。

诗序即占 139 篇，都是骈文，（本书所举例文多出此书）而"记"体类都是散文。此书在日本文学史上的地位极高，相当于中国《文选》，基本上反映平安朝"文"的面貌。注重文学技巧和形式美，忽视思想内容。日本学者冈田正之批评此书就如同隋李谔所形容的："连篇累牍，不出月露之形；积案盈箱，唯是风云之状。"① 尤其是陪同皇上或大臣宴游之序，写法几乎形成一定套路。先简述地点，接着赞美主持者及参加者，然后以精雕细刻、花团锦簇的笔法呈现风光之美，人物之盛，最后是作序者自谦。中国的初唐盛唐时期，有不少诗人用骈体文作宴游诗序，都会不同程度地发些怀才不遇或时不我待、嗟老叹贫的忧愁。而在日本，因为是写给皇上和大官们看的，不满现实的话罕见，纯粹歌功颂德，一派祥和气象。这是日本此类骈文的明显弱点。从菅原道真以下，很多作家都有这个毛病。

藤原明衡本人创作的骈文，并非全是风花雪月，也有关心政治的文章，如对策文《辨贤佐》。首先阐述圣君仍需贤佐："四海广则广矣，更待英彦之匡济；一人尊则尊焉，犹赖良弼之扶翼。"接着列举中国古代得贤臣而天下治的大量范例："是以道称鱼水，义感龙云，四岳升而唐朝（指唐尧）盛，八元进而虞氏（虞舜）宁。况复岩月通梦，因后素以求貌；渭河浪迹，遇西伯以彰名。……汝南地寒，雪残袁邵公之门；坯上天曙，云开张子房之路。……孙弘之宰汉室也，开三馆而崇士；魏征之仕唐家也，莹一镜而对君。手臂取喻，萧相国之多筹荣；柱石建功，霍子孟之富文章。"下面进而提出广开求贤之路："股肱之为一体焉，聘迎之及四海矣。学海分浪，寻源以可识；书林攒条，就根荄而何迷。节风雨而调阴阳，殷阿衡之词雾敛；施法令而禁桃李，郑子彦之威霜严。"日本的政府官员，基本上以贵族为主体，平民很少参政机会，尽管实行科举考试，只是面向贵族子弟。藤原明衡这份对策，提出从书林、学海中寻求人才，是有针对性的。不过，把公孙弘简称为"孙弘"，纯属为对仗而生造。

明衡的陪侍宴集序有陪皇上听讲《左传》，听讲《法华经》等，同时代其他人还有陪侍听讲《尚书》《论语》《礼记》《后汉书》的。从《本朝续文粹》所录文章来看，平安后期的诗序也不全是风花雪月。

---

① 陈福康：《日本汉文学史》（上），上海外语教育出版社 2011 年版，第 250 页。

明衡生活在十一世纪前半叶，和歌已经盛行。他的诗序有好几篇是和歌序。如《秋水咏月照松和歌一首并序》：

> 函夏艾安之时，金商清凉之候，第一皇孙，暂出少阳之华殿，近宴长秋之披庭。龙楼侍臣，巧藻思之者，济济侍焉。于时遥望明月，旁照青松，风枝调琴，白雪之曲自寒；露叶莹玉，翠烟之色忽变。爰座上识者相语云：闲见名区之胜形，倩寻遗游之芳躅。圣主赋华之昔，□唤墨客而擒琼篇；皇孙玩月之今，宜惯赤人而唱艳语，仍咏和歌，各祝遐龄。（《本朝续文粹》卷八）

赞美皇上及皇孙以和歌作诗赋。此外，还有《秋夜同咏华菊临水应教和歌序》《初冬于尚书左丞小野山在咏松色浮水和歌序》，皆属于这一类。

**大江匡房**（1041～1111），是平安后期著名汉学家和汉诗文作家，出身名门，是大江匡衡曾孙。继八代家学，为三朝帝师。十一岁能作赋，受到天皇夸奖。及第后，对关白藤原赖通不满，恃才傲物，逃于寺院隐居。东宫皇子闻其名，召为侍读。东宫皇子后来成为后三条天皇，匡房深得信任，职务逐步迁升，官至权中纳言兼太宰权帅，进正二位。人称"江大府卿""江帅"，是江氏家族后期荣达者。匡房的文学创作，《本朝续文粹》收录四十篇，其中有九篇是骈体诗序，都是陪同皇上或大臣宴游之作，如《七言早夏陪行幸太上皇城南水阁同赋"松树临池水"应制诗序》，描写陪皇帝到太上皇离宫游宴，景色如何美好，场面如何华贵，群臣作诗如何踊跃等。笔致清丽，用典不多，且系常见熟典。另一篇诗序《华契千年》作于嘉保三年，是为和歌诗集而作，文字不长：

> 三年三月，阳春之候，蓬壶侍臣二十许辈，前大相国博陆丞相以下。二八之臣，绮罗之客，敕唤非广，盖赏良辰也。于是花开仙洞，妆契千年。春秋无限，风香万机之间；日月不倾，霞晓九重之里。时也，曲水过而几日，桃颜犹红；宫漏转而残更，竹肉方静。象外之乐，不可得称。请课习俗于扶桑，长传和歌于来叶，其词云。

简单明晰，精练扼要，没有太多的铺陈，在同时的诗序中不多见。

《忙校不如闲》也是诗序，既不写风花雪月，也不讲吟诗作赋，而是畅谈人生哲理：

> 白氏文集云：忙校不如闲。诚哉是言。夫闲者养性之基也，忙者费身之道也。瞰高贵者，鬼瞰其室。好谦退者，天与其善。何况人之在世也，若水中之月，如花上之露。祈鬼神，请鬼神，所得之上寿，才其百岁与？当于此时，外损容貌，内劳精神，夙兴夜寐，其有何益乎？以有限之命，求无极之荣；以愚鲁之质，望金紫之位。天之不佑，人之不嗛。职而之由，嗟乎！春赏桃源之桃，秋探菊篱之菊。养性命，乐幽闲，盖可谓上计与？床有书，往往见之；樽有酒，时时饮之。起则学老庄之遗言，卧则与周孔而通梦。孰与于彼屈膝于王侯之前，践足于朝市之中，生则徒苦其身，死则不遗其名之省与？陶令之遁晋也，抚桐孙而归田；张良之在汉也，随松子而阆门。是皆前史之美谈，后代之胜躅，请随其同迹，聊以卒岁云尔。（《本朝续文粹》卷八）

全文52句，对偶38句，占百分之七十。几乎没有修饰，多用叹词连词，近乎白描骈文。

《七言三月三日陪安乐寺圣庙同赋"萦流叶胜远"诗序》（仿中国曲水流觞）、《七言秋日陪安乐寺圣庙同赋"神德契遐年"诗序》（颂扬圣德并祈永年）、《春日陪左丞相水阁同赋"花树契遐年"诗序》（以上三篇均见《本朝续文粹》卷九），语言华美，内容平庸。

大江匡房有几篇散文颇有名，一是《暮年记》，回顾自己的一生写作经历，得意多于感慨。《狐媚记》是一篇志怪小说，还有《辨运命论》，列举古人穷达贵贱、遇与不遇五种情况，结论是皆命中注定。他本人是幸运儿，文章中看不出牢骚和不满，是安慰他人之作。（三文均见《本朝续文粹》卷十一）

**藤原敦光**（1062～1144），藤原明衡之子，少即善文，及第后，历事五朝天皇，任文章博士、大学头、式部大辅，起草过许多诏令。今存文八十多篇，其中诏、敕、表状不足观，比较值得注意的是诗序，有陪侍太上皇、陪内相府、陪前都督，等等。其中《七言初冬陪五部大乘经讲筵听讲华严经同赋"譬如满月"应教诗序》，内容不同于一般宴会，而是听讲佛经。前半段描写地点是前相国的排月榭，处处带有禅意。后半段形容讲演如何精彩："原夫调御利生，随类说法。施其平平之和光，譬如清清之满月。种智圆明，何分上弦下弦之纤影；相好照耀，自似十四十五之佳期。可以除千界之阴霭，可以浮万水之源流。彼庾太尉登楼之秋，瞻望独非宝刹；嵇中散弹琴之夜，游放牢惭俗尘者也。"其中"庾太尉"指东晋庾亮，曾任都督六州军事，进爵太尉，他曾登鄂州南楼赏月。"嵇中散"指嵇康，曾任曹魏中散大夫，善弹琴。此文只有这两处用典，以古比今，其他词句还不算特别雕琢。

《七言初冬侍中殿同赋"残菊似佳妓"应制诗序》。日本文人有不少赏残菊之诗，或比作刚强老人，或比为忠臣贞女，而此诗却视为"佳妓"。文章如下：

> 殿游之前，阶阅之下，应敕唤者，蓬壶之英材八九辈；当睿赏者，菊篱之残花两三茎。佳妓玩之比其姿，侍臣赋之言其志。夜月之照落叶，便是令琼娥以莹金钿也。晓霜之点寒葩，宁非令青女以施粉态也。至于对五美兮迷窈窕，携余艳兮怜贤贞，孤叶霜低，罗衣重而犹无气力；仙架霞薄，翠帘透而不秘容颜者与？既而鸡人投签之声屡闻，鹓群飞盖之驾未归。（《本朝续文粹》卷十）

在中国古代，皇室有歌舞伎，地方官府有官妓，富贵之家有舞女歌姬，社会上有娼妓，地位皆卑贱。然而从敦光此文看，"残菊似佳妓"，可能是皇家歌舞伎。作者的形容描写都是正面的、赞赏性的，并没有轻视之意。此文可以帮助我们了解古代日本的宫廷文化。

《盖天十二时铭序》。这篇文章是为新制计时器铜壶漏刻而作。"盖天"是古代一种天文理论，主张天圆地方。"十二时"指古代用铜壶滴漏的办法能显示出一天的十二个时辰。文章前半段说他很喜欢探究律历之学和曜宿之术，仰察九野之度分，俯稽三光之盈缩，用心于改善日历。嘉保二年，他在梦中有所悟，觉后实施机巧，制成新的计时器。"其器圆也，象圆盖之递转；其基方也，类方与之不摇。天盘则纵横三尺，表三才也。地盘则方各四尺，弁四序也。南中央有一孔穴，竖二寸，法二仪。横四寸，分四点也。禽兽（模型）居中，随十二时而形现。童子（模型）立上，向方角位而指点。一动行一刻，八动成一时，每有转动，必有音韵。不登台以谙天文，不出户以知时刻。……"

这种自动报时器，中国唐代已经有了。据《新唐书·天文志》记，僧一行和梁令瓒制水运浑天铜仪，置木柜为地平，铜仪在地上，注水激轮，令仪自转，一日一夜转一周。又立二木人于地平上，其一至一刻则自击鼓，另一木人至一辰则自击钟。宋元祐初，苏颂（1020～1101）和韩公廉做水运仪象台，为木柜分上中下三层，每层有鼓轮，每一时辰开始，有绯衣木人于左门内摇铃。每一刻至，有绿衣木人于中门内击鼓，每一时正有紫衣木人于右门内扣钟。又在顶层设夜漏更筹箭，（"更"指五更之"更"）每更筹至，皆有木人击金钲。（参见《宋史·天文志》及苏颂《新仪象法要》）藤原敦光生活于北宋至南宋之间，有可能读过《新唐书》及苏颂的书。他的自动报时器，有鸟兽模型随十二时出现，有木人向不同方向转动指点。可是他没有说清楚是否以水为动力。敦光所持盖天说，与唐宋人所持浑天说（天如卵白，地如卵黄）不同。宋初张思训所制的天象仪比苏颂还早些，已经复原陈列于中国历史博物馆，而藤原敦光的设计是否复制不得而知。总之，这篇文章具有科学史价值。

敦光在该文末提到，南朝梁武帝天监六年，陆倕作漏刻铭。日本永久四年，一沙门亦作盖天铭以继之。敦光记下沙门的四言二十八句铭文，同时为之作骈体文序。陆倕的《新漏刻铭》是一时名作，收入《昭明文选》，所记新制漏刻的制作者是大科学家祖冲之的儿子祖暅之，他修改其父所制甲子元历，订成大明历。这些都是中国天文学史上的重要事件。敦光此文明显是学习陆倕（比陆文具体）。他的计时器明显地学习唐宋。

《本朝文粹》成书八十年后，藤原季纲编《本朝续文粹》十三卷，收文章 229 篇，诗 4 首，上起宽仁二年（1018），下至保延六年（1140），作者四十余人，文体以序为多，有关治国理政的文章较少，虚文浮辞占相当篇幅，论者认为选文水平不如《本朝文粹》。

## 二　镰仓至江户时代骈文

张龙妹指出，从平安后期到镰仓时代，被称为五山文学时代。这时僧侣文章盛行，虽然篇幅短小，却都以骈文结尾。《王泽不竭抄》《文风抄》等书的问世，促进了骈文的流行，贵族文人的日记也重视对句的使用。室町时代，文化中心从贵族转移至禅林，此时正值中国的古文复兴，日本僧侣开始用古文写作，但公众性文章仍然必须用四六骈文书写。不单是句型和句种，甚至内容和用语都有严格限制，声律也受到高度重视，这是和以往骈文不同的。到了江户时代，朱子学盛行，人们信奉文以载道，先秦及韩柳之文被当成典范，日本文人开始否定骈文，崇尚古文，认为质朴敦厚的文学高于浮华而不实之作。①

五山文学的先驱者们多排斥四六，提倡古文。

**虎关师炼**（1278~1346）是镰仓末期的高僧，博学多才，汉学修养很高，他的《济北集》包括诗偈、论文、随笔和诗话。他有一篇《答藤丞相》，阐述他的骈散发展观：

> 文者有散语焉，有韵语焉，有俪语焉。散语者，经史等文也。韵语者，诗赋等文也。二语共见虞夏商周以来诸书焉。俪语者，表启等文也。出于汉魏之衰世矣。刘子曰："文章与时高下。"因此而言，俪语卑矣。汉末以降，三国两晋用偶语，至南北朝尤盛焉。唐而改南北朝之弊，故斥杨王卢骆之俪语，复韩柳之古文。古文者，雅言也。雅言者，散语也。唐亡而为五代，又用偶语焉。宋兴而救五代之弊，故又斥西昆之俪语，复欧苏之古文。故知散语者行于治世，俪语者用于衰代焉。又夫散语有韵，有偶。韵语有散，有偶。俪语阙焉。崇古文，卑四六者是也。本朝之文，用四六者，盖我遣唐使，入太学同诸生受业。此时，唐文未复古文。杨王之后，韩柳之先也。国家淳质，不察所由，以始习之俗，成后传之风耳。伏惟阁下，辅政化，贵典坟，振颓纲，拯冗迹。况兹文弊在其所好乎？因从容谕明主，使天下学古文，斥四六。跨汉唐，阶商周。宁非文明之化兴于当代乎？②

---

① 张龙妹主编《日本古典文学入门》，外语教学与研究出版社 2006 年版，第 175~176 页。
② 《济北集》卷九，转引自张晓希等著《五山文学与中国文学》，中央编译出版社 2014 年版，第 27 页。

虎关师炼在理论上重散轻骈，在实践中并不废骈俪。他编选过一部《禅仪外文》，收录宋代禅师所作疏、榜、祭文等短篇骈文，供人们学习之用。其序言说：

> 大凡衲子吐演，有内外文。提纲、拈题、偈、赞等者，内也；疏、榜等，外也。内者不可亏矣，外者随宜矣……疏、榜者，四六也。不得不文矣。若夫文者，法格体裁不可失矣……近世庸流，叨作句语，体格荡灭。故我撮古之有体制者，作类聚，备鉴诫焉。又尊宿入寂，有祭文，赵宋以来尤繁矣。庸流之失体制者，与疏、榜均矣，故并而纂。①

在虎关师炼的序言之后，有未署名者以小字写下一大段批语："著四六法云，凡四六隔句不连二对，短对不连三对，短句不减四字，长句不过十字。一篇中不可减五对六对，不可过九对十对。隔句凡有六体：轻重、疏密、平杂也。轻重为最，疏密次之，平杂又次之。六体同，可调平仄也。对对短长，要不相重叠也。"从这些见解可以看出，当时日本作家于对偶之法十分讲究，足证骈文写作还是受到关注。《禅仪外文》这部书，所选文章皆精品，在中国不被知晓。在日本，高僧虎关师炼编选之后，其产生的影响不可低估，近年研究者颇不乏其人。

五山文学时期的僧侣，往往有四六短简。如绝海中津（1336～1405），十八岁入京都东山建仁寺，研读十二年。1368 年、1376 年两次到中国，广结善缘，交往各寺名师，明太祖曾接见，归国后受幕府重视。1380 年，在乾德山慧林寺开堂说法，轰动一时，历任等持寺、相国寺住持，有诗文集《蕉坚稿》等著作。其诗很出名，文章有骨气。他把中国宋元时期禅林流行骈体书简推广于日本五山文坛，开一时风气，今录其《枢寰中住周阳承福京城诸山疏》如下：

> 南院直下真孙，孰出首山之右；寰中同时诸老，竟游大慈之门。

---

① 见《禅仪外文》卷首，据马来亚大学图书馆收藏影印本，书末有"宽永二丙寅（1626）历卯月上旬于四条寺町校正刊行"字样。

倘有实以当名，岂曰今不如昔。某，学该百氏，理透重玄。舌本澜翻，亲分多子塔前坐；脚头眼活，直踏昆卢顶上行。不向北斗藏身，背慕东山高卧。洒甘露水，沛然云雨八荒；望摩尼峰，莹彻烟霞五色。山川虽阻千里，书疏毋忘同风。

用一系形象的比喻和意象称赞对方品德高尚，恳请主持京城诸山诸寺，富于理趣与韵味。基本手法及格局与宋僧惠洪、橘洲及元人刘壎等同类书疏非常相似。绝海的《四会语录》中有时夹杂一段又一段骈语，更加通俗化，但未能独立成篇，只能算骈文片断。

日本的中世、近世，骈文创作衰落，骈文作者和读者日益减少，但是也还有一些爱好者留下少量可读之作。

**木下顺庵**（1621~1699），出生于京都，自幼好学，十三岁作《太平颂》，受到光明天皇赞赏，二十二岁学习朱子学，学业大进，声名籍甚。四十岁时，加贺藩主聘为儒官，与中国旅日学者朱舜水结为忘年交。天和二年（1682），任第五代德川将军侍讲。木下顺庵是江户时代初期汉诗的重要作家，他的《太平颂》，有大量骈句，兹摘其后半段如下：

天锡皇帝与天齐寿，登兹太平，无怠永久，亿载万年，为父为母。而后既让位今上，移殿内园。其基德也，隆于姬公之处岐；其垂仁也，富乎有殷之在亳。泽至四海，配天光宅。冠道德，履纯仁，被六艺，佩礼文。含淳咏德之声盈耳，登降揖让之礼极目。其宫室也，体象乎天地，经纬乎阴阳。据神灵之正位，效大紫之圆方，张千门而立万户。顺阴阳以开阊阖。其中有灵囿，草则藿蒳豆蔻，姜汇非一，江离之属，海苔之类，扤白蒂，御朱蕤，光色玄晃芬馥。木则枫柙豫章，枡桐枸榔，緜枃柮栌，松梓梽桐，擢本千寻，垂阴万亩，攒柯挐茎，重范掩叶。故凤凰巢其林，麒麟臻其囿，神雀栖其林，甘露零其庭。春见椿花，开八千寿；夏和薰风，弹舜五弦；秋因菊花，延百岁龄；冬因尺雪，知丰年瑞。其灵沼，黄龙游其渊，醴泉流其塘，于牣鱼跃。鸟则玄鹤白鹭，黄鹄鸂鶒，鸽鸹鸼鹭，凫鹥鸿雁，沉浮泛滥乎其上。孟子所谓贤者而后乐此，可谓是也。

这篇"颂",杂用散体、骈体、赋体,内容一般,极尽歌颂之能事。有大量对句,而不甚精工;有一些排比,而不太整齐。但是作为十三岁的学童,能够写出这种文章,娴熟地使用《尚书》《诗经》《孟子》《史记》中的成句,说明他的汉文学修养已经很不错了。

顺庵到了晚年,偶尔也写作骈文小品以明志,如《自题小像》:

> 眉目频颡,面全体未全;语默动静,神传心自传。缥囊缃帙,生死文字间;褒衣博带,陪侍鹓鹭班。舒之则有物有则,日用不知;卷之则无声无臭,世共相移。用舍行藏,焉为有?焉为亡?呜呼噫嘻,我与尔有是夫!

其中有些句子来自《论语》,如"用之则存,舍之则藏","唯我与尔有是夫"。这种题材,中国古代多有。例如明代于谦的《小像赞》:

> 眼虽明不能见几,腹虽大不能容人。貌不足以出众,德不足以润身。其性虽僻,其情则真。所宝者名节,所重者君亲。居弗求安逸,衣弗择故新。不清不浊,无屈无伸。遭清明时,滥厕搢绅。上无以黼黻皇猷,下无以润泽生民。噫!若斯人者,所谓生无益于时,死无闻于后,又何必假粉墨以写其神耶?

顺庵的自赞显然是受中国文学的影响所致。比起于谦,思想内容及语言技巧尚有一定差距。

## 第六节　越南骈文(上)

越南古称"交趾",唐以后又称"安南",与中国的关系源远流长。公元前214年,秦始皇在岭南地区置桂林、象郡、南海三郡。其中象郡辖地包括今越南北部地区。汉武帝时,置交趾、九真、日南三郡,辖地扩大至今越南中南部。从秦汉至北宋初期,越南是隶属中国的郡县,越南史家称这九百年间为"北属"时期。秦之前的越南历史属于传说时代，之后属于有文献可考的时代。至迟从汉代开始，汉字传入交趾，成为当地民众第一书写工具和越南文学最初的记录手段，从而中华文化在越南长期不断传播，为当地民众普遍接受。两汉至唐宋，陆续有中原文化人或仕宦流放到交趾。其中包括唐代骈文大家王勃的父亲王福畤、大诗人杜甫的祖父杜审言，以及稍后的刘禹锡等。西汉以后，陆续有出生于交趾的人士到中原求学，游历，参加科举考试，出任各级官吏。东汉时交趾人张重曾任金城太守，李进曾任零陵太守，李琴曾任司隶校尉。[①] 不同时代的越南人士以汉字创作了大量的诗歌、辞赋、散文、骈文、小说以及史学、哲学等多方面的著作，留下了丰富的文化遗产。

唐代有姜公辅（？～805），他是交趾爱州日南（今越南清化省安定县）人，唐德宗时进士及第，他曾提请朝廷预防朱泚和凤翔守将作乱，使皇帝后来得以脱离险境。兴元元年（784）任同中书门下平章事（即宰相）。有奇策，能诗文。《全唐文》卷四四六收录其《对直言极谏策》，属于骈体政论。针对皇帝"制策"的提问，做出五条回答，其中第二条如下：

> 制策曰：设何谋而可以西戎即叙，施何术而可以外户不扃者。陛下孚惠心，和戎狄，相彼君长，解辫户庭。应以地僻遐荒，未知圣造。伏以戎狄轻而寡信，贪而无亲。视边戌申严，则请通国好；睹疆场无备，则屡起贪心。固难可以礼义和，难可以恩泽抚。取今之要，莫过于智将悍卒，设险边隅。臣伏以陛下且以恤下为心，不以西戎为虑。今请制其边兵有常数，边将有常务。分其土而居之，给其家而业之。因其业也，而为之城池；因其将也，而为之牧守。又申严其令，使获虏马者赏以马，使获虏羊者赏以羊。人皆固业，战力自倍，则可少安。今兵甲日深，兴戎岁广，黎人抗弊，未可勤师。伏望利物之原，息人之道，使广庶类，农桑以时。宏济济之士于朝，盛洋洋之化于野。使其来也，慕斯文物之盛；居其边也，杜其利欲之求，然后款塞而可即叙矣。夫奸邪生于豪杰，廉耻生于礼义。礼义立，孰有不耻且格乎？衣食足，孰有背义趋利者乎？

---

① 饶芃子主编《中国文学在东南亚》，暨南大学出版社1999年版，第13～14页。

臣以为遂其富利之业，申其仁义之利，则外户不扃矣。

这段文章的核心观点是，让边防将士分土屯田，安其居而乐其业，足食足兵，严明赏罚，如此则边境安宁，百姓太平。建言切实可行，语言朴质无华，虽多对偶，而不加雕琢，不用典故，风格与同时的陆贽相近。姜公辅与陆贽共事德宗，因为不赞成厚嫁公主，任宰相半年即罢去。八年后，陆贽为相，时间也不长，二人年同去世。姜公辅墓地在今福建泉州。

姜公辅之弟公复，举进士，曾任比部郎中、太守。亦能文，今存《对兵部试射判》，如下："射以观德，乐以和声。将选士于泽宫，必张侯于相圃。所以誓宗庙之宾客，备飨宴之威仪。何忽武夫，而要雅颂。岂徒强饮强食，劳祝史之正辞；采蘋采繁，令太常之奏曲。且五善之礼，无赳赳之武夫；三耦之间，尽呦呦之鸣鹿。苟用舍而有异，在格令而无文，责乃其不然乎，诉之又益耻也。"公复熟悉礼仪，文章对仗工整，虽是残篇而非完璧，仍可见文字技巧娴熟。

公元 968 年，丁部领趁五代十国残局平定安南内乱，自立为帝，建国号"大瞿越国"。从此越国由中国之郡县改为藩属国，史称丁朝。980 年，黎桓建立前黎朝。1007 年，仿宋制设立中央官职，以太尉为百官之长，下设尚书、门下、中书三省，尚书省下设吏、户、兵、礼、刑、工六部，各部设尚书、侍郎，为六部正副长官。另设御史台、翰林院、国子监等。各官职多用中国名称，并且陆续完备，（以后不同时期职责不尽相同）。

1009 年，李公蕴建立李朝，传位九代，历时 216 年。1225 年，陈守度、陈承建立陈朝，历时 175 年。李朝、陈朝官制皆仿宋代，地方分设路、州或府、县，行政长官分别为安抚使、知府、知州、知县。1400 年，胡季犛建立胡朝。1428 年，黎利建立后黎朝，传 17 代，历时 360 年。黎朝初期，是越南封建制高度发展时期。约一百年之后的黎朝中期，越南南北分裂。1527 年，莫登庸篡位，建立莫朝，统治顺化以北地区，史称北朝。原黎朝大将阮淦拥立黎宁为帝，统治顺化以南地区。史称南朝。1527 年至 1592 年之越南历史，史学家合称南北朝。1592 年郑松击败莫朝，暂时结束南北对峙，恢复黎朝对全越南的统治。没有多久，南阮残余力量逐渐恢复。1627 年至 1672 年间，又形成北郑南阮分别控制实权的对立局面。1771 年，阮岳、阮惠、阮侣三兄弟发动起义。至 1788 年，消灭北郑南阮势力，建立统一的西山王朝。1802 年，南阮后裔阮福映推翻西山王朝，建立阮朝，受中国清嘉庆皇帝册封为王，并定其国号为越南。1858 年，法国侵入越南。1884 年发生中法战争，中国虽胜却屈辱求和，承认越南是法国的"保护国"，放弃对越南的宗主权，结束了九百年的"藩属"关系。① 阮氏王朝延续到 1945 年"八月革命"，宣告结束。

1075 年，李朝仁宗学习中国，首开科举取士考试，分明经、博学、儒学三场。1086 年，试有文学者、能诗书者，充翰林院官。整个李朝举行过四次科举考试，陈朝太宗时（1232）再度推行。1396 年，陈朝规定科举考试题目，第一场试经义（即八股文），第二试诗、唐律赋，第三场试诏、表，用唐四六体，第四场试策。② 仿明科举制，分地方乡试和国都会试两级，乡试初试及格称秀才，乡试复试及格称举人，会试初试及格称进士，会试复试及格称翰林，前三名为状元、榜眼、探花。越南的科举考试直到 1919 年才废除。中国停科举是在 1905 年。

从汉代到十三世纪上半叶，汉字是越南唯一书写文字。从十三世纪下半叶起，出现"国音喃字"。"喃字"是借用汉字某些部分，运用形声、会意、假借等方式而形成的方块字。"国音"即越南读音。越南人用喃字来记录历史传说，创作文学作品，初期使用范围不广。从十八世纪下半叶到二十世纪初，喃字文学逐渐成为主流，汉字文学则渐居次要地位。十七世纪下半叶，法国传教士创造拉丁化的越南文字，主要供在越法国人士阅读和翻译使用。十九世纪末，越南成为法国"保护国"后，强行推广拉丁化越南文，到二十世纪二十年代，终于取代汉字和喃字，成为现代越南主要书写工具。

## 一 李朝骈文

李朝骈文现存作品不多，以碑铭为主，可以看出深受佛教的影响。李太祖少年时曾在佛寺学禅，称帝之后定佛教为国教。李朝禅师知识渊博，

① 参看徐绍丽、利国、张训常编著《越南》第二章"历史变迁"第二、三、四节，社会科学文献出版社 2005 年版。

② ［越］吴士连著《大越史记全书》本纪卷八《陈纪》，转引自尹湘玲主编《东南亚文学史概论》，世界图书出版公司 2011 年版，第 24 页。

在文坛和政坛地位相当高。据于在照《越南文学史》说，李朝有四十多位禅师长于诗、赋和文章写作。下面介绍的三位禅师之碑文是其代表。此外，阮公弼、朱文常的骈文也与佛教有关。十八世纪越南学者黎贵淳《见闻小录》说："李时之文，骈偶绚丽，尚类唐体。"现存碑铭可以为证。也有少数学习宋代新四六体。骈文之外，政论文中，圆通法师《天下兴亡治乱之原论》学宋代散文。历史文章中，散体一向占主流。从总体看，骈文在李朝使用不广，题材比较狭窄。

**李公蕴《迁都诏》（1010）。**

1009 年，黎朝殿前指挥李公蕴（974～1021）夺帝位，成为李朝开国皇帝，次年将都城从华闾迁到大罗城，并改名升龙，即今河内。发布骈体文《迁都诏》，全文如下：

> 昔商家至盘庚五迁，周室迨成王三徙。岂三代之君俱徇己私，妄自迁徙；以其宅中图大，为亿万世子孙之计。上谨天命，下因民愿，苟有便，辄改。故国祚延长，风俗富阜。而丁、黎二氏，乃徇己私，忽天命，罔蹈商周之迹，常安厥邑于兹，致使世代弗长，算数短促，百姓耗损，万物失宜。朕甚痛之，不得不徙。况高王故都大罗城，宅天地区域之中，得龙蟠虎踞之势，正南北东西之位，便江山向背之宜。其地广而平坦，厥土高而爽垲。居氏蔑昏垫之困，万物极繁阜之丰。遍览越邦，斯为胜地。诚四方辐辏之要会，为万世帝王之上都。朕欲因此地利以定厥居，卿等以为如何？①

此文前半部分引证历史，说明自古以来迁都是为了建立国家中心，是符合民意的；后半部分阐述新都的位置和有利条件。层次分明，说理清晰，语言平实，不事修饰，对偶句占大多数。其文采不如前辈姜公辅，也不如同时北宋皇帝的制诰，但在越南文学史上是很受重视的骈文作品。

**惠兴《天福寺洪钟铭》（1109）。**

越南自 968 年丁朝立国，即崇尚佛教，今存骈体碑铭，从李朝开始，多

---

与佛教有关。

天福寺在今越南河西省国威县佛迹山上，如今是当地名刹之一。该钟铭由沙门释惠兴于龙符元化九年（1109）撰写，绝大多数是骈句，主要内容是宣扬佛教义理，铸钟的意义，道行禅师建寺及铸钟的经过，今录其中段如下：

> 道行禅师，幼而秀骨，长乃奇姿，诵习莲经，玉嘎喉而嘹亮；出家运度，佛生意而慈悲。……然济机云华，择处栖迟。出城西（升龙城）而耳断喧，历祸路而心自净。越一江水，见一山青。掉石而步落俗尘，扣萝而身登上界。其山也，耸楞伽之绕，坐宝月之秋，有奇尺梯，八圆龛。石龛也，五色云成就，七珠宝累垂。蛛网相联，铢衣间彩。下存佛迹，中壮倪台。其迹也，白玉在底，青龙盘外。其台也，犀角镇旁，灯红连次。岂模仗室，即模鹫峰（如来讲经处）。昔隐者功德所成，岂神灵造化所异。师居未逾旬，事还感应。野虎来伏，山虬自驯。寂寞夜而诵莲经，穹崇天而送花鼓。处周六载，惠普积千。诸王子之车马响风，倾国人之香花顶礼。御书赍诏，法席降临，赐宝衣而等上朋，陟佛车而年四果。斋罢之日，金锡回立于山脚。弟子各申其言意，雷同曰：岩巅峭直，云路欹危。师禅足之易登，客凡踪之难步，唯占下土，亦合胜方。峦屈曲而岂异蒲陀，水澄澈而何殊香海。命其良匠，揆彼中央。构玉宇而晃四维，坐金容而光有截。众驰斯语，树即扬声。片时而士女亲来，不日而境便现。株梓杞木，陶碧瓦炉。绳墨纵横，斤斧杂沓。峨峨新院，业业巍楼。栽松而径引清凉，艺花而景延馥郁。①

此文作者惠兴是道行禅师的学生。道行禅师俗姓徐，其父曾任僧官，因与贵戚有隙，被暗害致死。道行禅师外出学道后回乡，为父报仇。铭文提到的"历祸路而心自净"即指此事。后世流传着很多关于他的奇异故事。这座寺庙及铜钟是得到李仁宗（1066～1127）和太后资助的。文章说理明

---

① 原文见《越南汉喃铭刻萃编》第 1 集（北属至李朝），潘文阁、苏尔梦主编，法国远东学院、越南汉喃研究院 1998 年版，新加坡国立大学中文图书馆藏，第 107～109 页。

晰，写景优美，叙事清楚，足见骈文修养很好。此铭于 1777 年为越南学者黎贵惇（1726～1784）《见闻小录》所记，并作为李陈二朝金石遗文之首篇。遗憾的是，该钟已于 1789 年被毁以铸钱。

海照《崇岩延圣寺碑铭》（1118）。

崇岩延圣寺在越南清化省厚禄县境内，现已不存。此碑于 1943 年被发现，作者海照大师，号法宝，撰写于会祥大庆九年，即公元 1118 年。全文 2015 字，主旨是歌颂功德。开头一段阐明佛家关于外界与人世之哲理以及世界观，略述佛教来源及发展，救渡人生脱免沉沦之宗旨。第二大段赞美建寺主事者九真郡通判周某，品德恭俭，忠信奉上，宽仁待下，贯通经史，守信唯谨，从而获任要职。第三大段是全文重点，1116 年仁宗皇帝南巡至爱州，作为地方官的周某倍感荣幸，乃建寺以谢皇恩。对于建造的经过庙宇的内外景物，优雅、壮丽，极力描绘。第四是颂辞：

> 於戏！胜利既完矣，良因既毕矣，宜香火勤焚，寅昏祝赞。纯禧垒其太华，介祉博乎洪溟。□□□圣运绵昌，应二仪之抚化；罗图益永，崇万寿之洪休。五行协序，七政齐机。仓廪丰登，边圻宁谧。次为结缘辈，生身五福，谷报奚违；佗劫二因，针投不坠。永及幅员之内，蠢动之流，沐此胜因，证无先忍。伟夫伽蓝壮丽，陵谷变而楝垳弥增；翠琰镌题，澥渤干而令名永播。①

最后一段是四言韵语的铭文，共 84 句。这种写法在其他寺庙碑文中亦常见，而此文文字之长，赞颂之高，堪称代表作。可以窥见佛教是在皇权的荫附和地方官员的支持下发展起来的。

朱文常《安获山报恩寺碑记》（1072～1110?）。

作者朱文常，籍贯与生卒年不详，曾在九真郡清华镇（今清化）做官，李仁宗时任四品尚书郎，在中书御府担任编纂整理诉讼文书职务。从《安获山报恩寺碑记》内容看，当作于李仁宗晚年。这篇碑记的主角是上将军

---

① 全文见《越南汉喃铭刻萃编》第 1 集（北属至本朝），潘文阁、苏尔梦主编，法国远东学院、越南汉喃研究院 1998 年版，第 119 页。

越国公李常杰，关于他的事迹只有十来句话简括。第二段记述报恩寺这块石碑的材料，先用散句说："政县西南有山，高而且大，名安获。所产美石，其石公家之贵物，莹色如兰玉，青质拟生烟，然后凿而为器。其为器也，凿为响磬，扣外而万里流音；用作铭碑，遗文而千龄益固。"文字平实爽利。下面一段是碑文的主体，介绍越国公的侍者武领，搜山采石建寺，略写殿内佛像和装饰，详记寺外环境和景色。

　　草建仁祠，号为报恩之寺也。端伟能仁之相，次列菩萨之容，颜丽双南，体完绘事，经营于己卯炎天，庆成于庚辰燠景。其屋乃一旦借丹青点缀，百年延气象芬芳。前依赤帝之方（南方），境列古战之县，井分攸耿，绿茂如云。后屏翔凤之岣，旁耸白龙之岫，横注清流，势成一带。左达隅夷之表，达朝阳谷之明，遥指扶桑，敬宾出日。右通昧谷之都，逼镇尧岳之巍，寅饯斜晖，隙临疏牖。门间石凳，双影特涌尘上；桥外花香，十里巷飘浓麝。①

根据碑文提到的三个干支，壬戌为公元 1082 年，即宋神宗元丰五年；己卯为 1099 年，宋哲宗元符二年；庚辰为 1100 年，宋哲宗元符三年。文中说武领采石十九年，即从 1082 年到 1100 年。可知碑文当作于 1100 年之后。

　　这篇碑文除了"能仁之相""菩萨之容"这两句，并不宣扬佛寺形象如何庄严威灵显赫，而致力于写景，其中"前依""后屏""左达""右通"，四个长排句，每句包括四小句，上联下联皆二十字。这样的句法，改变了传统的上四下六句式，正是北宋欧阳修、苏轼所开创的宋四六的特点。此文作于苏轼逝世十年之后，足见宋四六的新风气已影响到越南。

**阮公弼《大越国当家第四帝崇善延龄塔碑》（1121）。**

　　阮公弼生卒年不详，曾任李仁宗的刑部尚书。"大越第四帝"即李公蕴四代孙李仁宗。此碑立于越南河南省维先县龙嶹山龙坠寺，原碑尚存，皇帝以飞白字体御书碑额。碑文作于天符睿武二年（1121），长达 657 句，皆骈句，四千多字；铭文 87 句，皆四言，不用韵。主要内容是赞颂仁宗的丰

---

①　原文见《越南文学总集》第 1 册，第 259～262 页。

功伟业，描写寺塔的高大壮丽。开头是总冒，以下十小段分述仁宗：怀胎时奇异，降生有祥瑞，仪表端严，博学多才，尤擅书法，巡视四方，立制新巧，建佛寺结因缘，筑宝刹祈福寿，耀武力而镇蛮夷，修文德而达至德。最后一大段描写寺庙之美轮美奂。兹摘引第九段如下：

> 黔黎熙洽，兆庶清夷。春觐奉琛，秋朝述职。会万国诸侯而宴赏，构众仙三级之宝台。银瓦叠而光照穹昊，金莲累而铺陈宝相。上顶则灵禽丛立，四棱则鳞长竞骧。盖饰七珍，带妆百宝。上陛至位而圣明端拱，中级一等而仙妓回环。廷列乐官，并皆蹈跃。奋天才而成妙曲，慰群辟而远环酆。凌空而声遏行云，和管而响滋睿渥。斯则陛下修文至德也。为天地之真主，究造化之幽机。运智变通，显谋充塞。精外方之音响，译诸伎之要端，作妙舞之绝伦，示昌期之同乐。复制降云仙子而歌声嘹亮；赞哲后之元功；出连宝婪而弱质蹁跹，庆深仁之美化。斯则陛下之妙算也。①

各段皆以"斯则陛下之×××也"作结束，条理非常清楚。文章乃"奉敕"而作，罗列许多高级形容词，辞藻华丽，把刻画寺塔与推崇圣德有机结合，极尽颂扬夸饰之能事，足见作者熟悉佛教建筑而且具备很好的文学功底。越南学者认为是现存李朝碑文中文字最长，内容最丰富者。文章反映了当时的社会文化生活面貌，尤其是李仁宗在灵光殿举行大会时穿插了水木偶表演，具有艺术史价值。以水力推动木偶为戏，在中国的隋代和唐宋时期都有记载。生活在北宋后期的李仁宗，据说"善制水木偶"，碑文所描写应当属于基本可信。

**颖达《圆光寺碑铭》（1175~1210）。**

此碑现存越南南定省海厚县圆光寺内，共1150字。作者颖达，生平不详。据研究者推测，该文可能撰写于李高宗（1175~1210）时期。碑文一开头赞扬佛家玄妙教理，接着介绍圆光寺乃李圣宗首创，觉海法师所栖迟

---

① 见《越南汉喃铭刻萃编》第1集（北属至李朝），潘文阁、苏尔梦主编，法国远东学院、越南汉喃研究院1998年版，第134~142页。

并扩建，极力描述觉海之功德和佛寺内部如何壮观：

> 于绍明（1137）初年，敕命有司，速兴经始。于是工匠云集，材石山储。斧斤朴斫而化出天宫，金碧辉华而严成宝殿。中座则弥陀教主，白毫将绀目交光，傍图则住世上人（达摩禅师），槁质与庞眉具体。超凡圣众，列侍卫而闻经；多力善神，对挥戈而护法。扁曰圆光寺者，表吾师觉道之圆满妙体光大也。更有崇楼特立其界内，鲸音屡吼于晓昏，铃阁突起于坤维，雁塔相望于指顾。厨室纵横架其后，安六代之祖师（指禅宗自达摩至惠能六代）；正门严净耸其前，开十里之长径。朝云生于梁栋，暮霞映于栱栌。溪涵夜月误沉珪，露泣晓花迷濯锦。一场爽垲，四顾萧森。①

关于殿内诸相的刻画，相当具体而传神。弥陀之白眉与目光，达摩之精矍与浓眉，护法韦驮之挥戈于侧，禅宗祖师殿之在后（近现代多建于正殿之东），中国之禅宗佛寺建筑规制大体如此。关于寺的外景，只用两句："溪涵夜月误沉珪（夜月在清溪之中如沉水中之珪），露泣晓花迷濯锦（晓花滴露如刚洗濯之锦）。"这是对仗工切的诗，也是描绘精妙之画，实为不可多得的骈文佳句。"误""迷"二字显然是刻意炼字的结果。

下面提到神宗（1127～1137）、英宗（1137～1175）及今上即高宗皆曾亲幸、登临。觉海禅师之孙李祥挺，颇受皇帝宠爱，见钟楼既成，而碑舍未圆，无以纪胜，乃命学徒颖达述祖意而为铭，以传其盛事。

这篇文章的主角觉海禅师生于 1084 年，卒于 1158 年，是越南高僧，《禅苑集英》和《岭南摭怪》皆有其传记。

## 二　陈朝骈文

陈朝的主流意识形态由崇佛改为佛儒并重，儒学教育受重视，儒生地位提高，不少人通过科学进入仕途，僧侣地位弱化。陈朝各体文学中，儒

---

① 见《越南汉喃铭刻萃编》第 1 集（北属至李朝），潘文阁、苏尔梦主编，法国远东学院、越南汉喃研究院 1998 年版，第 236 页。

佛两种思想都有表现。陈仁宗以通俗骈文宣传佛学，是创举。陈朝中期佛教势力下降，后期以张汉超等为代表的儒学作家，激烈批评揭露佛教弊端，有些寺庙的碑铭宗教色彩淡化。

陈朝文学以诗赋为盛，今存骈赋 13 篇，多描写著名战争场面，不像唐赋那样绚丽。散文中出现写景为主的山水厅堂记，以阮飞卿最著名。历史散文以黎文休的《大越史记》为代表。骈体继续应用于碑铭，常杂有一些散句。政论文仿宋体，有骈有散。越南学者黎贵惇《见闻小录》指出："逮陈时（文章），则正畅条达，似宋人口气。"陈朝文坛风气大致如此。

**无名氏《绍圣寺碑》（陈朝初期）。**

此碑现立于河内市郊外福寿县美江村庙中，共 2200 字，立石者为杜能济及其妻邓五娘。杜能济是李朝末陈朝初期历史人物，是建国大王陈嗣庆幕下武将。陈守度、陈承废李朝皇帝，建立陈朝。杜能济地位不如从前，乃留心佛寺建筑，与其妻邓五娘合力建绍兴寺。

碑文系骈体，杂有少量散句，共六段。一、二段概述佛教之寺庙观和发展史，这是多数佛寺碑文皆有的冒头。三、四段以赞扬的笔调记述杜氏家世及其本人的仕宦表现，得到李朝皇帝和建国大王的赏识，以令族邓氏之女下嫁而成佳偶。以下用相当优美的文字描述形容细君邓五娘的品德和容貌。

> 且细君者，铜门毓质，圭璧含章。崇四德之弥贞，敦三从而允备。淑形窈窕，美貌辉华。口吐珠玑，志和琴瑟。非常之美，非世之人。可侔洛浦之殊姿，俨若巫山之体态。幢幢凤髻，山晴之黛色初凝；灼灼花颜，景媚之红葩暂坼。德馨香，幽兰有馥；性廉洁，白玉无瑕。奉金钏而副六珈，光妃亦尔；饰香瑛而悬两瑱，末利何哉！岂唯贵盛之冠人，抑亦娇姿之绝代。加以真门惟恪，梵福唯勤。发信花夺十洞春天，开智镜写一川秋月。早秾甘种，定生无上之芽；夙殖善因，必有不凋之果。可谓积善之家，美矣，盛矣！是娘之令德也。①

① 原文见《越南汉喃铭文汇编》第 2 集《陈朝（上）》。总主编，毛汉光（中）、郑阿财（中）、潘文阁（越），河内汉喃研究院，台湾中正大学文学院 2002 年版，第 9～13 页，马来亚大学图书馆收藏。

　　通常的建碑文字，赞美修建者的功德，很少讲到女性。此文特增上述内容，推测可能邓五娘是出资出力最多的人。从此段最后几句看，邓氏尚未生育，所以预祝她"定生无上之芽，必有不凋之果"，子孙繁衍昌盛。再次证明此文作于李末陈初。

　　文章关于佛殿塑像的刻画相当细致，有云："（殿）中塑金仙之丈六（据说凡人身高八尺，如来倍之，故佛之等身立像为一丈六尺），间列猊座（即狮子座）之数层。宛同半偈之言，神情欲降；似现分身之处，圣像如然。卓尔殊姿，宛然遐格。傍列献花仙女，边置菩萨大权。如听法于鹫峰，拟谈经于鹿苑。尊者庞眉皓发，图壁上如生；古神按剑持戈（指四大金刚），列佛前若在。左置陈如和尚（即乔陈如和尚，佛最初度五比丘之一），为檀越（施主）之福田；右安美音正神（即美音天，又名妙音天、辩才天，伽蓝守护神之一），作伽蓝之护善。前启三关，阆阗风清，境胜兮游客停车；中架一道，通桥月皎，赏玩兮禅师满座。"从雕塑艺术来看，这样生动逼真的刻画为其他碑文所罕见。

　　**陈太宗《课虚》中的骈文。**

　　陈太宗（1218～1277）是陈朝第一位君主，初名陈蒲，后改名陈煚。李朝末年，国家权力由陈守度、陈承兄弟掌控。1225 年，二陈废李朝末代女皇李昭皇，立陈承之子八岁的陈蒲为帝，掌实权者为陈守度，他虽未称帝，但后世追封他为陈太祖，称陈蒲为太宗。太宗即位初期还是小孩子，成年亲政后，抵御元兵入侵，开科举，设官学，定法律，颇有所作为。在位 33 年，40 岁时禅位其子陈晃（后世称陈圣宗），太宗自称太上皇，19 年后去世。陈太宗对佛教情有独钟，颇有研究，越南的竹林禅派即始于太宗。他曾受教于中国来越南的天封禅师，又从师南宋的德诚禅师参学。他有佛学著作《课虚》（又名《课虚录》）上下卷，是他的佛学文章和偈语的汇编，文字有骈有散，骈散分别成篇。其中骈文皆属通俗宣讲劝诫型，如《四山相》，认为生、老、病、死如四座大山，求佛学禅，勤行修忏，便可超苦海、渡迷津，越过四山，解脱轮回。生老病死四难之论源自佛祖如来，陈太宗把每一相用骈文加以形象化，更通俗易懂了。还有宣讲骈文：《普说色身》《戒杀生文》《戒偷盗文》《戒酒文》《戒色文》《戒妄语文》《日初祝香文》《再拈香自启文》《日中祝香文》《初夜祝香文》《半夜祝香文》

《后夜祝香文》《忏悔眼根罪》《忏悔耳根罪》《忏悔身根罪》《忏悔意根罪》等。下面抄录《戒偷盗文》以见一斑：

> 夫行仁义者君子，为偷盗者小人。于君子怀恤拯孤贫，小人在贪取财物。利以人货每（昧）为己财，多忍人情惟知自益。争知富贵在天，但肆贪求为意。哺奸穴室，凿壁穿墙，蹑迹山阳将军，习行梁上君子（小偷）。逆天悖地，欺法轻刑。生前遭公事施行，死后被冥司拷掠。岂止堆金堆玉，毋令一介一毛。嗅池莲地神尚呵，取子钱阴君犹罚。恢恢天网，行善脱而行恶罹；荡荡王刑，为公免而为私犯。①

这种通俗的佛教骈文，在中国的金元时期也有，是佛教禅宗向下层普及的工具。陈太宗在《禅宗指南序》中自述："朕于孩童有识之年，稍闻禅师之训，则澄思息虑，存乎内教。参究于禅宗，虚己求师，精诚慕道。"十八岁时竟然想放弃王位入寺修行，后被劝阻。他写作《课虚》一书，很可能是在 1258 年禅位之后 1277 年去世之前这段时间完成的。

**陈国俊（1226～1300）《谕诸裨将檄文》（1284）。**

陈国俊是陈朝太宗之侄，封兴道王，他重贤才，敬名士，门客中能人甚多。1284 年率军抵抗元朝王子忽必烈的进攻，虽败不馁，重新收拾残部，会师万劫（地名），军势复振。他以骈文作檄文，告诫诸将继续作战。文章开头列举中国古代一系列忠君报国的事迹："余常闻之，纪信以身代写（写真）而脱高帝，由于以背受戈而蔽昭王。豫让吞炭而复主仇，申蒯断臂而赴国难。敬德一小生也，身翼太宗，而得免世充之围；杲卿一远臣也，口骂禄山，而不从逆贼之计。自古忠臣义士以身殉国，何时无之？……""余常临餐忘食，中夜抚枕，涕泗交颐，心腹如捣。常以未能食肉寝皮茹肝饮血为恨也。虽余之百身膏于草野，余之千尸裹于马革，亦愿为之。"下面讲到："今余明告汝等，当以厝火积薪为危，当以惩羹吹齑为戒。训练士卒，习尔弓矢，使人人逢蒙（古时著名射手），家家后羿，枭（忽）必烈之头于阙下，腐云南之肉（此时忽必烈已攻下云南）于藁街"。这样大家都会享受

---

① 见《越南文学总集》第 2 册《陈朝（上）》，第 29 页。

荣华富贵："不唯余之采邑永为青毡，而尔等之俸禄亦终身之受赐；不唯余之家小得安床褥，而汝等之妻孥亦百年之偕老；不唯余之宗庙万世享祀，而汝等之祖父亦春秋之血食。不唯余之今生得志，而汝等百世之下芳名不朽；不唯余之美谥永垂，而汝等之姓名亦遗芳于青史矣。汝等虽欲不为娱乐，得乎？……蒙鞑（蒙古人）乃不共戴天之仇，汝等既恬然不以雪耻为念，不以除凶为心，而又不教士卒，是倒戈迎降，空拳受敌，使平虏之后，万世遗羞。尚何面目立于天地覆载之间耶哉！故欲汝等明知余心，因笔以檄云。"① 此文恩威并施，赏罚分明。骈散结合，连连排比，气势雄壮，感情强烈，语言浅白，有如口谕，是越南文学史上的名篇。风格与阮公弼的碑文不同，当系他本人所作，非幕僚代笔。

**无名氏《延福院碑》（1328）。**

此碑存于越南河西省富川县延福寺，共 726 字，立于陈明宗开泰五年（1328），撰写人姓名已模糊。陈明宗为陈朝第六帝，在位 15 年（1314～1329），逊位 28 年，寿 58 岁。此寺碑既非皇室敕立，也不是贵戚大臣及地方官员斥资修建，而是乡民集资建立。碑文第二段说得很清楚："伊碑者，乃先贤茸予乡所创也。"下面描写环境景物之后又交代："有石碑之刻，志事功，传万代。慧田几处，供为三宝之田；胜果如虚，挑瓜稚是也（按：此句不可解，疑有脱文）。上祝当今皇帝遐龄□□，与黄河劫石同形（喻长寿）；万载苍民，垂法雨尧风并浃。次愿当乡主者，繁文藻丽，家家生蔓草之贤孙；富贵□□，处处实仓囷之戬谷（福禄）。后愿同缘信作，永免牵缠之欲；会主寺徒，远离幽冥之苦。并蒙解脱之余光，共入如来之境界。"意愿简单，文字朴质。文末提到檀越，不录姓名，而有"太翁、老婆、善儿、土女"等字样，与贵族寺庙之大肆夸饰，隆重祈祷，风格显然不同，是当时下层民众宗教生活的反映，值得珍视。②

**陈震卿《延圣报恩寺钟铭》（1333）。**

此钟已毁，铭文引自《越南汉喃铭文汇编》第 2 集《陈朝（上）》第 15 篇第 251～253 页。作者署名为"权御史中赞内散郎陈震卿"，撰写时间

---

① 见《越南文学总集》第 23 册，第 135～140 页。

② 引文见《越南汉喃铭文汇编》第 2 集《陈朝（上）》，第 217～218 页。

为"开祐五年",即公元 1333 年,"开祐"是陈宪宗的年号。

此文的主要内容是记述主事者阮氏太平一家几代人建寺铸钟的经过。据越南学者在该文考释中分析,延圣报恩寺由陈太宗母舅宪宁大王几代人陆续修建。创始者是宪宁大王之妻阮氏太平。她曾任李朝末年内廷保姆女官,"有阿保视育之功",可能原为李氏皇族,在陈朝取代李朝之后,把一部分李姓皇族改为阮姓。宪宁大王姓黎,远祖是前黎朝开国者黎桓(941~1005),是后黎太祖黎利的祖宗。阮氏太平之三世孙女黎阿丽,嫁给任亲王班的阮某,重修寺庙宝坊。他们的后代阮扬裳(向福居士)及其子阮材,于开泰丁卯(1327)又修缮寺庙,其间得到东鄂乡居士威然的倾资相助,六年后工程完成,于是铸钟撰铭纪念。

此文骈散兼用,形容赞颂多用骈句,交代来龙去脉多用散句,但文字有错讹,叙事有些夹缠重复,个别称呼可能经过抄录者改动,如称黎桓为"大行皇帝",这是后黎朝才有的尊称。通过铭文可以看出古代越南几个大贵族之间通过婚姻关系和宗教活动形成关系网络,有助于了解当时的上层社会面貌。

**范师孟《崇严寺碑》(1372)。**

范师孟(?~1377),陈朝政治家、文学家,字义夫,越南海阳省海硖山县人,太学生出身,1323 年入仕,事明宗、宪宗、裕宗、艺宗、睿宗五朝,历任右纳言、知枢密院事、右仆射等高官。曾出使元朝,元人因其名"师孟",请默写《孟子》七篇,三万多字,竟一字不差。有诗文集《夹石集》,已佚。崇严寺在越南清华省河中府峨山县之云磊山,山下沃野千里,前临江岸,遥望白驹海外,水鸟风帆,悠然在目。范氏的碑文作于陈艺宗绍庆三年(1372),当时的官职是右仆射,相当于今之副总理。

此文开头,以大段骈句说明阴阳显晦,有形无形的变化。接着用散语介绍庆林寺住持在云磊山开山,建寺,塑像,极其简括。再下面一段写崇严寺东西南北之风物:

其东有聚落,陆离屋舍,可为家家之富贵;其南把长江(指峨江),出大海之口(白驹海口),可为世界之溟茫;其西有圣脉,透到摩尼大利之乡,可为郡县之壮观;其北有大路,引出神头(神符)之海口，可为来去之信宿。罡以四方为界，镇于云磊山之主也。今有荒土碱水、脚山用当，二面有余。东近小陌溪山，出水为界；西取尾山，底处聚人为界。流通常住三宝，以养众僧。补助莫留颓坏。①

这段文字分述"其东""其南""其西""其北"，似排比而不严格，亦骈亦散，意对而文不尽对。下面是四言铭文二十八句。再下面记寺周围租种寺田之佃户和田亩数，说明皆供三宝之用，很像田户登记册。整篇文章三部分：首先是正统骈体，中间是亦骈亦散，后面是纯散体文。此文为佛寺立碑，既未谢皇帝恩宠，也不记述官员捐赠，甚至也不描写佛殿楼台如何高大，形象如何庄严，可以看出当时佛教已经世俗化了。作者也世俗化了，他关注的是周围景色，并且在文末写下四句观景诗："扪参历井上云端，身在碧霄银汉间。下视鲸涛千万里，长天浮水水浮山。"作者置身于天外山上，俯视一切，俨然宰相气度。范师孟是大作家，他在一篇之中同时采用多种文体，似乎是有意为之，以显现其不拘一格的大家风范。

**阮碧珠《鸡鸣十策》。**

阮碧珠（？～1377），生平不详，是陈睿宗（1333～1377 年在位）的爱妃，通音律，能诗文，有才识。相传某年中秋，睿宗望月而出上联："秋天画阁挂银灯，月中丹桂。"碧珠对下联："春色妆台开宝镜，水底芙蓉。"两句构成四六对仗。当时陈朝政事腐败，碧珠向睿宗献《鸡鸣十策》，恳请整顿朝纲：

窃谓曲突徙薪，制治须防未乱；彻桑绸户，居安常审思危。盖人情易溺于宴私，而世道难常于平治。是以进无怠无荒之戒，皋陶先是曰都；当不血不刃之时，贾傅预长太息。是故爱君而防渐，实非违众以唱奇。臣妾碧珠，少出蓬门，长陪椒室。赏赐获蒙于宴幸，眷怜叠荷于龙知。补虞后之衮衣，敢拟须眉男子；脱姜后之簪珥，愿先冠带群臣。谨具十条，谬陈一得。一曰：扶国本，苛暴去，则人心可安；二

---

曰：守旧规，烦扰革，则朝纲不斋；三曰：抑权幸，以除国毒；四曰：汰冗吏，以省民渔；五曰：愿振儒风，使爝火与日月而竞昭；六曰：愿求直谏，会城门与言路而并开；七曰：检兵当勇力而左身材；八曰：选将宜后世家而先韬略；九曰：器械贵其坚锐，不必矢花；十曰：阵法教以整齐，何必舞蹈。夫惟数事，伸切时宜。冒陈近行，伏冀刍荛之广纳。善必行而弊必去，帝其念哉；国以治而民以安，妾之愿也。①

这篇文章，内容广泛，见解深刻，涉及诸多方面，切中肯綮。语言精练，句式整齐。前一段全部对仗，中间一段两句一联，合计五联，长短不一，是成熟的政论骈文，但睿宗未能采纳。1377 年出兵攻打占城（今柬埔寨），碧珠劝谏不听。龙舟在海中遇风浪，传说海怪求赐美女，碧珠为救三军，跳海而殉。其事迹后来传为神话，被记录在段氏点的《传奇新谱》中，本节后面还会介绍。由于阮碧珠的事迹真伪相杂，越南学界尚存在不同意见。中国学者于在照称阮碧珠为"越南历史上第二位女文人"。②

### 三　后黎前期的骈文

1428～1527 年，史称后黎前期，是越南封建社会鼎盛期，朝廷独尊儒术，佛教衰落。汉语文学全面繁荣，诗赋、散文、骈文都有所发展。其中政治性骈文影响较大，黎太祖的多封诏书，阮廌一系列抒情、言志论政之骈文，水平很高。文艺性骈文以诗文集序较多，因黎圣宗提倡而引领风气。寺庙碑铭和其他宗教性骈文仍然有人写作，但影响减退。后黎前期汉语赋甚多，阮梦荀即有 41 篇。阮廌有汉语散文《兰山实录》《军中命词》，后者汇集他代黎利与明将交涉的书信，有骈有散。历史散文有吴士连《大越史记全书》，汉语小说大量辑集流行。文学理论著作有潘孚先的《文成笔法》。越南的喃字文学在十五世纪影响扩大。黎圣宗竟能以骈体作《十介孤魂国语文》，国语文即喃字文。后黎前朝比较重要的骈文作家如下。

**黎太祖**（1385～1433），名利，原为地方豪绅，长期依违于各种势力之

---

① 见《越南文学总集》第 3 册，第 1063～1064 页，文字有错讹脱漏，据他本校改。
② 于在照：《越南文学史》，军事谊文出版社 2001 年出版，第 116 页。

间，以灵山、兰山为根据地，1418 年起兵反抗明朝，1428 年，安南恢复统一，明朝册封黎利为国王。黎利的文章，收集在《越南文学总集》第四册中的有许多篇。其中《禁大臣总管及诸省局等官贪怠诏》（1433）如下：

> 诏曰：与治同道罔不与，与乱同事罔不亡。是以善为治者，择其善者从之。传曰："善人，不善人师；不善人，善人之资。"诗云："殷监不远，在夏后之世。"我之诸臣可以取法于此矣。在昔陈氏，恃其富强，不恤民困，惟玩好是耽，酒色是乐，无益之事，日交于前，赌博，斗棋，斗鸡，放鸽，盆畜花金之鱼，槛养山林之鸟，夸珍小小之器，能以勇胜负，忘却堂堂之天下，曾不顾怀。冤枉拘于损害之守，或一三年而不对；亲疏屈于内监之手，或二三月而不行。相将植朋党之私，朝廷乏谏诤之士。以至亲子亲孙陷害于奸臣之巧计，大权大计转移于亲戚之人民心怨谤而不知，天心谴责而不慎。政教以之而陵夷，纪纲宜之而紊乱。虽云胡氏之不忠，亦由天厌其德而假之他人也。

这一段是对陈氏王朝后期腐败现象的深刻揭露与批判。接下去对胡氏王朝的罪恶采用大段骈语进行谴责。最后一段要求所有官员："凡有管军治民之职，皆宜公平用法，勤敏为政。事君则尽其忠，与众则尽其和。革贪污之风，除怠漫之弊。绝其朋党之私，惩其故犯之态。以国家之任为己任，以民生之忧为己忧。竭力尽忠，扶持王室。使社稷安如泰山，基图固如磐石，以与朕共享禄位于当今，共传声名于後世，君臣大义始终保全，是岂不甚美哉。於于！琴瑟不调，则当易弦改调以求正声；前车既覆，则当改辙易行以遵正道。凡我有官君子，尚鉴于兹。布告中外臣僚，令咸知悉。"[1]文字浅近，内容切实，对于治国理政是有利的，相信出自黎太祖亲笔。

**阮廌**（1380~1442）是黎朝开国元勋，为黎太祖黎利出谋划策，后人比之于中国的诸葛亮，是越南古典文学史上三大诗人之一，1980 年，被列入联合国教科文组织世界文化名人名录。他在 1419 年，写下著名的骈文《夜泽求梦文》，反映了他的政治理想。摘要如下：

---

① 《越南文学总集》第 4 册，第 1035~1037 页。

　　臣至敬王前：敢昭告当今时事。鸟合蜂起，自丙子以来，幅裂瓜分，经二十四岁。运适丁胡氏起兴，时厌见奸雄睥睨。臣察去就，义蒙知天地常经，断续盛衰，道未识帝王统纪。群方藉藉起蛙争，四海纷纷如鼎沸。破家闻摧台檐，纵烟红焰挺障天，攻城邑，掠民村，无辜人依投落地。秦攻秦扰扰横衢，暴易暴滔滔骄肆。黩天伦，蠹天才，滥天爵，僭窃自如；伤人命，夺人妻，占人田，忍残若是。益严加妄杀立威，自要索烦民赋税。男女老少频征役，万方其将畴依？士农工商俱失时，四民伺曾仗倚。人愁苦岂担饥肤，民嗟叹痛入骨髓。台中城市生荆棘，处处散室；野外田园尽荒芜，人人去避。决东海之水不足濯污，罄南山之竹难胜书弊。加以：时水旱，民饥渴，难就耕耘，屡见：岁凶荒，民雕残，难凭住趾。彼时节，如火益热，如水益深；民居处，以日而笔，以时而计。望天直扶真主，为天下除残；愿天早生圣人，代天工出治，臣见斯民，时常加志。义常敦择主，当二十年余；时未遇真人，做工夫劳费。无门可以祷求，仰王自来顿跪。望王腾空降下，表章感化妙玄；愿王报应分明，决断狐疑犹豫。使臣知天命兴废之由，使臣识身达事功之际。虽然：阴极则阳生，乱极则治致。治乱皆由天数，岂敢自求；扶持实赖神明，以为所恃。盛矣乎，有感皆通，自然见，所求如意。愿得天台仙药，自养长生；幸凭神力威灵，降其福祉。悯苍生久罹涂炭，置以春台；推赤子安慰迍邅，副其颙径。愿此望求，谓伺指示。香凭一篆，仰天地神祇造化之功；笔止一辞，表岁月谨恭敬诚之志。谨告。①

　　"夜泽"是地名，在今越南兴安省快州县，如今是旅游胜地，有夜泽庙，相传有天仙停留此地，然后飞向天庭，其地一夜成湖。乡人就地建庙，祈祷膜拜。现在每年农历二月十日举行夜泽庙会，纪念天仙。"求梦文"意为祈愿文。阮廌在投奔黎利前夕，作此文表达其安天下的理想愿望。

　　1428年1月，明军退出越南。阮廌代黎太祖起草向民众告示《平吴大

<hr />

① 《越南文学总集》第4册，第1051～1054页。以下所引阮廌骈文，均见该书第4册。

诰》。"吴"指明朝，朱元璋称帝前称吴王，统一中国后立国号为"明"，越南按老习惯仍称明朝为吴。要点是："唯我大越之国，实为文献之邦。山川之封域既殊，南北之风俗亦异。自赵、丁、李、陈之肇造我国，与汉、唐、宋、元而各帝一方。虽强弱时有不同，而豪杰世未尝乏。"在颂扬历史之后，简述该次战役经过和结果。"彼既畏死贪生，而修好有诚；予以全军为上，而欲民得息。非惟计谋之极其深远，盖亦古今之所未见闻。社稷以之奠安，山川以之改观。乾坤既否而复泰，日月既晦而复明。于以开万世太平之基，于以雪千古无穷之耻。是由天地祖宗之灵，有以默相阴助而致然也。于戏！一戎大定，远成无竟之功；四海水清，诞生布薪之诰。播告遐迩，咸使闻知。"该次战争，以和平停战结束，黎太祖作此文告捷。语言平顺，铺叙明畅，不同于措辞考究的明朝皇室文告。

阮廌在黎太祖时，官居相位，封冠服侯。1433 年，太祖去世，太宗即位。尔后奸臣当道，对这位开国功臣逐渐排挤。他郁郁不得志，一度辞官归隐。1440 年，太宗召他回朝，任谏议大夫兼翰林承旨学士兼知三馆事，他上表致谢，从头到尾都是骈句，且多四六，全文如下：

伏以六十残躯，守职已安于本分；九重宠渥，自天复荷于新除。抚己知荣，扪心益愧。臣，缙绅末裔，章句小儒。坟典留心，每欲志古人之志，生灵在念，常先忧天下之忧。方国家草昧之初，附真主风云之会。辕门杖策，临大节而平生忠义自知。虎口填身，决和议而两国干戈以息。遂蒙殊奖，俾入政途。言必听而计必从，功必成而名必遂。分符赐爵，幸同白马之盟；聚谤招谗，偶污青蝇之玷。信知落落者难合，终令皑皑者易污。非先帝之明见以烛微，则小臣几含冤而入地。前事既已往矣，寸心又何愧焉。金马玉堂竟复救于前物，青天白日得少露其心肝。奈晚景已迫于桑榆，而清梦犹缠于宸极。才初力薄，发白心丹。岂期：乞骸骨之年耶，有拜云霄之命。伏遇皇帝陛下：明明在上，荡荡难名。帝尧之乃圣乃神，知人则哲；大舜之好问好察，御众以宽。立贤无方，用人惟己。择贤才则菁菲皆采，陶象器则苦窳不遗。矜臣末路之疾驽而尚堪鞭，谓臣经秋之松柏可耐雪霜。口口不惑于群言，信任独坚于圣断。至今衰朽，更转光华。置东台之司，实乃朝廷之重；进三馆之职，斯为儒者之荣。况赐国姓以华宗，（他被赐姓黎）得与功臣而业列。感随涕出，喜与惧并。自顾迂愚，奚以称塞。臣敢：益坚素守，仰止前修。海岳高深，莫效涓埃之报；乾坤宽大，宁忘覆帱之恩。

就任新职，必上谢表拜谢皇恩，这是宋代以来的惯例。从此表可以看出，阮廌曾受小人诋毁攻击："聚谤招谗，偶沾青蝇之玷。信知落落者难合，终令皑皑者易污，非先帝之明见以烛微，则小臣几含冤而入地。前事既已往矣，寸心又何愧焉。"句子里是多少有些牢骚的。

然而奸臣的打击并没有因为他的复出而停止，两年后，又制造了"荔枝园冤案"，终致阮廌于死地。据《大越史记全书》本纪卷十一记载，大宝三年（1442）七月下旬，黎太宗东巡，阅兵于灵城，阮廌及家人随驾。八月四日，太宗还至嘉定县荔枝园，得疟疾，暴卒。太宗是好色之徒，知阮廌有侍妾阮氏路，美姿容，召任内廷礼仪学士，日夜侍侧。帝有疾，阮氏路相伴通宵，次日驾崩。内臣认定是阮氏路与阮廌合谋弑帝。八月十六日，杀阮氏路及阮廌，夷阮氏三族。

这是一起大冤案，一个酒色之徒的皇帝，平时健康状况可想而知。一路舟车劳累，得了疟疾，还让美女侍寝。稍有卫生常识的人都知道，太宗之死，是咎由自取。内臣不敢说明实情，反而把责任全推到阮氏路身上，并诛其夫三族。奸臣也不给她分辩机会，仅十余天，就处决了。阮廌诗文集被销毁。过了二十五年，黎圣宗洪德八年（1460），案子终于平反昭雪，后人整理遗集，其中有两封书信，与该案颇有关系，一封是阮廌《责阮氏路书》，是非常整齐对称的骈体，主旨是对阮氏路应召入宫侍候皇帝，表示忧虑、担心，劝她要保持贞节。"永存敬爱之心，谨守忠贞之节。志坚苏（武）事汉之心，凌云气节；义明杰（狄仁杰）为唐之日，凛凛英风。"这说明，阮廌对阮氏路入宫的风险早有预感，并提醒她不要为帝王所迷惑。该书末段如下：

君子之交淡若水，始虽疏而终必亲。理固当然，道常不易。斯焉丁宁告戒之旨，乃是精一执中之传。自客门晚想之时，而雁鸟归南归北；及仙人再思之后，则桃龙复振复生。意在天心，果非人事。向使汉网复振。夏典再兴。绰然存昔日之心，卓尔集今时之遇。以是人而行是道，永存敬爱之心；用是道而题是身，谨守忠贞之节。夜歌先人所谓，日诵玉烛所言。志坚苏事汉之心，凌凌气节；义明杰为唐之日，凛凛英风。则德比周姜，女中尧舜。如斯显迹，昭然可观。谨书。

最后有一首诗，把阮廌的态度表达十分明确。
阮氏路得阮廌之书后答书，有云：

> 妾也：类阴阳气化，感父母生成。教且闻三从，快矣多闻必乐；书开见四德，善然多见必明。……每望英雄配匹，深期君子良缘。项遇郎也：相貌堂堂，言辞洒洒。锥囊未见，有经天纬地之才；珍席色彩，真超群出类之众。孜孜之心顿尔，嚣嚣之志灿然。日出见云形，龙已兴云思北集；夜顾瞻月象，日突升月转西归。一意已皆期，二人深相得。指山河为盟为誓，期成皆老百年；较山河为据为凭，果合俱生万载。……如斯如斯，郎则曰郎无异志；若是若是，妾则曰妾无他情。凌云之志虽成，月老之丝未结。运适会风云之会，今时未会风云；兆眷休龙凤之休，兹日匪谐龙凤。叹息之情，梦寐不忘；琴瑟之缘，夕朝不忽。女子情深忆男儿，男儿至何嫌女子。寸心难写，至叹哉！至恨哉！万景具存，深思也，深望也。妾亦欲东耳，岂能郁郁久居此乎？……勿念忘晚遇之心，山虽缺而妾心不缺，勿忧寥昔日之誓：河虽亏而妾誓那亏……①

可以看出，阮氏路的态度坚定，她不会忘记阮廌的恩爱深情，"勿念忘晚遇之心"，"妾亦欲东耳，岂能郁郁久居此乎？"所谓"晚遇"当谓阮氏路与阮廌晚年才相遇。"欲东"就是离开宫廷。

**黎圣宗**，1460~1497 年在位，年号洪德，他提倡儒学，喜爱诗文。洪

---

① 《越南文学总集》第 4 册，第 1061~1064 页。

德二十五年（1484），成立骚坛会，集学士申仁忠等二十八人，称二十八宿，圣宗自称骚坛元帅。他用汉文写作《琼苑九歌》，命二十八人依韵奉和，编成《琼苑九歌诗集》，并自制骈体序言。如下：

　　余万机之暇，半日之闲。观阅书林，心游艺苑。群嚣静息，一穗芬芳。欲寡神清，居安兴逸。乃奋思圣帝明王之大法，忠臣良弼之小心，呼楮（纸）毛氏（笔）握玄上客（墨），牵石重臣（砚），申命之曰：吾真情之所舒，浑浑英气，蜜蜜格言，汝能为记之乎？四人乃拜手稽首而扬言曰：上年高学富，心广体胖。释眼前声妓之娱，阐古昔清明之学。依仁游艺，体物长人。宛虞庭喜起之歌，茂唐街嬉游之咏，美且盛矣。曷不敷扬盛意，遍召群臣，使之履韵呈琅，下情上达。吐虹蜺之气，光奎藻之文。小臣缀言，成美何问？余默然良久，采韵兴言，乃写近律九章，灿然于黄笺之上。命会学士申、吴、刘之侣，文人阮、杨、朱、范之俦。总二十八人，应二十八宿。更相属和，凡数百篇，极意推敲，铿锵雅韵。诗成递进，怿悦吾心。披阅再三，文衡公器，不欲止私，遂张一时之玩味，特命锓梓，以广其传。于是，执银钩铁画之才，砺挥刀锓梓之巧，竭其心思，尽其技能。不踰旬时，书便观览。纡徐溯往，展转怀贤。于以绍唐虞赓歌儆告之辞，轶宋魏月露风云之状。岂唯光前振后，法古创今也哉！①

　　黎圣宗精通汉诗音律，所作《琼苑九歌》共九首，题目分别是：《丰年》《君道》《臣节》《明良》《英贤》《奇气》《书草》《文人》《梅花》。加上28人奉和之作，共200多首，1495年刊行。他自制序言，假托与纸、笔、墨、砚四人谈话，说明编辑诗集的缘起，构思颇为巧妙。黎圣宗还有《喻劝学》《明良锦绣诗集》《珠玑胜赏诗集》《征西纪行》《圣宗遗草》等著作，他自负地称，李商隐的《锦瑟》"真奇丽精美，可与吾侔。而清莹澄澈，未及吾诗句也"。他的汉语散文和喃字骈文也很有水平，他对越南诗文的发展，确实起到很大的推动作用。

---

① 《越南文学总集》第4册，第1193～1194页。

**陶举**，生卒年不详，是骚坛社二十八宿之一，曾任翰林院侍读、知制诰、东阁学士、户部尚书，是当时著名诗人。其《琼苑九歌诗集终序》，是该诗集后面的跋文，对御制诗的内容做简要的介绍和极力的颂扬，这是此类文章的惯例。

　　圣天子之履光也，夷夏向风，南北无事，雨旸时若，民物阜康。乃于宴闲之际，斥声妓之娱，绝游畋之好，清心寡欲，端本澄源。圣学高明，道心昭晰。故发于英华之外，形于吟咏之余。一律笔间，九章即就。始则咏时和岁丰，以喜天心之应协；中则言君道臣节，以勉人事之当然；末则托物寓怀，以历神人之清洁。

　　义理高远，词气雄浑，劝勉之情溢于言表，真帝王立教垂世之文也。时则升入迩臣，奉赓白雪，盖耿列星四七之象，云台四七之臣，赋就篇章二百余首，毕经睿鉴汇集成编，命曰《琼苑九歌》，圣制序文弁于篇首，又命臣举职于终。臣叨奉丝纶，不胜荣幸，谨拜手稽首而扬言曰：虞廷俯事修和，则功叙唯歌，以表召臣劝勉之意；周室版章孔厚，则卷阿继咏，以通上下规诫之情。雍熙泰和，良有以也。

　　今圣上皇帝治纯规德，政广隆儒。九章之作，正欲君臣。上下意气相孚，喜起赓歌，忠忱攸寓。所谓"佚能思初，安能惟后，沐浴膏泽，咏思勤苦"者也。视虞周九功之歌，卷阿之什，同一轨辙。其所以泰磐国势，箕冀皇图，保盛治于无穷，播休光于有永，岂不在斯乎？彼汉唐白麟、朱雀、天马、灵芝之咏，徒夸虚美，无补治功，奚翅霄壤而悬绝哉！①

　　此文采用了许多中国古代诗文典故，如虞书九功之歌，周诗《卷阿》之篇，以及汉唐两朝关于白麟之对，朱雀、天马、灵芝之颂，与黎圣宗的诗篇相类比，或相同或超越。可见越南诗文深受中国古代文学的影响。

　　**武琼**（1452～1516），进士出身，曾任史馆总裁，兵部尚书，辑有《岭南摘怪》，其序是骈文：

---

　　① 《越南文学总集》第4册，第1206～1207页。

　　《岭南摘怪》之书，所以稽考古今奇幻之事。凭诸俗话，出于群儒记载，蔓引辑述不一。盖我越文教最古，较诸国甚远。其怪诞遗编，默付前鉴，皆得于偶语常谈，以愈世纪耳。况洪荒事迹，至历千古。验之无证，著之难明。多有缺疑，岂可详辨乎哉！然其所以记载者，是雌黄之说，神鬼之文，察访稽引中，按之无据，继之寡闻。渺渺茫茫，了无查究。是以广刊斯录，博探前闻，第次类其篇章。所以为诚无耶！窃恐未必其无；以为诚有耶？窃恐未必其有。于有无又有之间，胡不明断斯录也耶！夫以摘怪存常，乃圣贤之恒式；祈巫尚鬼，是阴腾鹭之所载。若以这理而论之，则古史所传闻，亦不足深信矣。

　　然我域太古之时，洪荒未判，溟溟漠漠，磅磷郊原；默默浑浑，昏蒙夷落。亦不过文身鼻饮之俗，诚魑魅魍魉之乡，有不诬也。如龙君娶妾，于今且尚有之。范颜作妖，岂古从无是理。幽明之说，见于《淮南》。怪诞之词，存乎《列子》。所以人神杂揉，颛顼犹惑于九黎；灾异盛行，尧世斳权于后羿。与夫吞玄鸟之卵，履巨人之迹。彰闻史册，蔓引多门。苟或指为怪诞之词，织作妄惑之说。则圣人之生何异于常，而常人之性何异乎圣哉！夫以天地有阴阳，人生有男女。阴阳之变见于风云，夫妇之端合乎男女。太清之气贯为圣神，至浊之精混为邪媚，总乎一间。信中有疑，疑中有信。信疑空见，则有无又有之说自可知矣，而怪诞奇异之理亦可知矣。而况能明此理乎，则千古之远，洞若见闻，而记载之传。率皆实践矣。

　　愚本南州鄙拙，敢以谩谈，盖欲穷一己之见闻，而欲公诸天下，以启群蒙也，岂敢一毫私意于其间哉！是以刊斯录者，皆依古今。但质于义理如未有准的处，则明辨正理；又继缝之未有开究奥旨处，则博采雅言，以贯彻之，以俟后来之君子尚目玩焉，庶乎其可也。是为序。洪德八年岁在丙寅，蒲月望日，赐壬辰科进士特赐金紫荣禄大夫骚坛副元帅，海上洪州琼庵武氏序。①

---

① 《越南文学总集》第4册，第1251～1253页。

《岭南摘怪》是一部民间神行故事集，版本很多，故事多少不一，序言也不一样。任明华《越南汉文小说研究》（上海古籍出版社 2010 年版）所引序言作洪德二十三年，即 1492 年，而《越南文学总集》所引作"洪德八年，岁在丙寅"。丙寅年是 1506 年，洪德八年是 1467 年，应为丁亥，这年武琼才 15 岁，显然有误，所以我相信是 1492 年作。任明华所引序言为散文，我所见序言为骈文，骈句占一半以上，内容与任明华所引多处不同，主要论述神怪不可轻诬，神话资料应该保存。"所以为诚无耶？窃恐未必其无；以为诚有也，窃恐未必其有。""信中有疑，疑中有信，信疑空（共）见，则有无又有之说自可知矣，而怪诞奇异之理亦可知矣。"这就是编者对神话传说之书的基本态度。可能作者的序言不止一篇，其写作时间尚存疑待考。

# 第七节　越南骈文（下）

## 一　南北朝（后黎朝后期）骈文

1527 年至 1788 年间，越南南北两度分裂，政权更替频繁，社会混乱，民不聊生，文学创作处于低潮。这时出现了大批汉文小说，以虚构的方式，幻想的情节，曲折地表达了人民的理想和愿望，以及对各种社会现象的态度。一些小说中包含相当数量的诗歌和骈文，下面简介其中优秀的骈文。

**阮屿小说中的骈文。**

阮屿，生卒年不详，活动期约在十六世纪上半叶，父亲和老师皆当时知名人士。阮屿是乡试解元，曾任知县，不久归隐。著有《传奇漫录》，是越南第一部传奇小说集。共二十个故事，情节曲折离奇，散体为主，也偶用骈句叙事，中间杂有独立成篇骈文和诗歌，数量相当可观，比唐宋传奇中的骈味更浓。研究者认为，该书受到明初瞿佑《剪灯新话》的影响。其中的诗文假托作品主人公之手，实际上都是阮屿的手笔，如下。

**《李将军传》中的冥府弹文。**

该传云，陈简定帝时，有李将军者，"权位既盛，遂行不法，倚劫徒为心腹，视儒生如仇敌。嗜财好色，贪欲无厌……多置田园，高起楼榭，褒原野而开其池，斥村闾以广其地。名花怪石，搬及傍县。州人服役，不胜其劳，而彼心悠然自得"。死后不久，其子于昏睡中遇已故友人，邀至冥间，瞥观冥王判案。案犯中有其父李将军，冥吏诵读弹文（起诉书），竟纯是四六骈体。其辞曰：

> 玄黄肇判，分阳清阴浊之形；民物禀生，有恶业善缘之异。如斯总总，固可枚枚。盖天能以理赋人，不能使人皆贤圣；而人能以身率性，不能无性或聪明。故有倚而不中，有流而为恶。吉凶之动，判然牝牡雌黄；因果之来，必尔而形声影响。顾此理本来显著，奈夫人一时顽愚。竟起怒嗔，妄生物我。湮河落井，汩汩何深；塞堑填坑，滔滔皆是。幽沉至此，陨越堪怜。此九天垂拔度之科，将警迷而觉暗；十地悬轮回之狱，欲戒往而惩来。过而弗悛，刑之必至。今李某，虫沙之质，蚁蛊之躯。缔交时覆雨翻云，萌心处妖精厉鬼，视文学实同杣凿，重货财殆若丘山，占人田类汉红阳（指西汉成帝时红阳侯王立），纵虐杀迈隋杨素。戕人扇祸，较豺狼猛兽而有加；极欲穷膏，虽溪壑丘山而不足。毕竟贪心所使，真是奸人之雄。盍置严条，用惩来者。

诵毕，冥卒对李将军痛加鞭挞，流血淋漓，继而投沸鼎，剖胸腹，以皮索缠其头，以火锥钉其足，饥鹰啄其胸，蝮蛇啮其腹，沉沦劫劫，永无出期。其子见状大哭，鬼友急送归家。梦醒之后，遣散奴仆，弃债焚券，入山隐居。

这是一篇冥判小说，让世上作恶者在阴间受到谴责和处罚。类似故事在清初蒲松龄的《聊斋志异》中多次出现，亦常用骈文作判词。阮屿比蒲松龄早一百多年，文字技巧不在蒲氏之下，唯故事情节稍为简单。

**《翠绡传》中的骈文。**

该传大致情节是，陈朝余生有诗名，伶人传唱。元帅阮公宴请余生，出歌姬十数，其中翠绡最纤丽。公谓余曰，可意者任卿捡点。余生属意翠绡，阮公乃赠之。余即携归，教之诗书，期年，篇什与余等。余生赴京参加科举，置翠绡于京口。时有权贵申柱国者，见而悦之，据为己有。余申诉无门，郁郁凄怆，科试下第。一日，散步天街，见赏花轿过，仕女前呼后拥，翠绡在轿中，而无缘一叙，含情遥睇，泪下如雨。旧时翠绡畜有鹦鹉，余生乃系书其足，令送达娘子。书曰：

> 昨者，柳荫一过，道达无由，寄双眸于片时，曾咫尺于千里。始信侯门之似海，刚嫌客思之如秋。备述旧由，倍增深感。忆昔我陪诗席，子侑歌筵。不劳缘绮之弹，辱荷紫云之惠。笑未酬于缱绻，恨已早于分飞。鸣别燕而秋声，云愁秦而瞑色。一则暖流苏之帐，一则糊寒窗之衾。但贪绣幕之欢，岂念书楼之苦。每听短墙滞雨，废壁寒螀，长天霜雁之征离，寂宵风笛之唱晚。每有含情不语，掩卷长吁，对景关怀，不能已已。噫！许虞侯之不作，昆仑奴之已非。应无反璧之期，空负寻芳之约。爰凭寸楮，用写离怀。

翠绡得鹦鹉书，援笔以复，曰：

> 妾少倚市门，长投乐籍。调歌按曲，谩夸河右之风流；举案齐眉，未识孟光之态度。谁知好席，便是良媒。绿绮琴心，不假长卿之调；华堂诗句，酷怜杜牧之材。自喜针芥之有缘，深庆苧萝之得托。天台客逢客，未洽深欢；章台人送人，载将离恨。佳偶翻成怨偶，好缘转作恶缘。耻忍栖鸦，惧频打鸭。出入超居之际，未免从权；别离契阔之怀，不胜感旧。惟余翠娥倦扬，绿鬟慵梳。粉壁灯残，伤春断肠；香奁绣倦，别泪痕多。昨承寄雁之书，倍切离鸾之想。虽韩翃之柳，暂折长条；然合浦之珠，当还故郡。悠悠心绪，书不尽言。

翠绡因相思成疾，柱国问之，以实告，且欲以罗巾自尽。柱国绐之曰：且将养，当续汝旧缘。乃召余生而寓之，唯不令与翠绡相晤。二人以诗互约，元夕于城外东津灯会时见面。余生有老奴，孔武多力，是夕袖铁椎击杀申府随从，劫翠绡随余生而远逃。不数年，柱国以侈汰伏罪。余生还京，登进士第，与翠绡夫妻偕老焉。

《翠绡传》有些地方模仿唐许尧佐《柳氏传》。中唐韩翃有诗名，其友李生家累千金，广蓄姬妾。其中柳氏善讴咏，见韩翃而慕之，李生乃以柳赠韩。韩回乡省亲，柳留京。天宝之乱夫妻失散，柳为蕃将沙托利所得。

乱后韩返京，遇柳氏于途，而不得见，不胜悲伤。其友侠士许俊愿助之，杖剑直入沙府，劫柳氏出，归于韩翊。沙托利权势方盛，韩之幕主节度使侯希逸为之上书朝廷禀明实情。诏令柳复归韩，赠沙托利200万钱为赎金了结。

两传相较，情节大致相近，而翠传较柳传之思想艺术皆有提高。柳传结局双方摆平，翠传让恶人不得善终。柳传侠士智勇双全，翠传老奴简单仿唐传奇中的昆仑奴。柳传之沙托利没有正面描述，翠传对申柱国痛揭其心术恶劣。翠传之两通骈文书信缠绵悱恻，委婉精致，为唐人传奇中所无，其诗更富于想象力。翠传之骈文多于柳传，连人物对话也多用偶语，语言艺术相当高明。

**《丽娘传》中的骈文。**

该传是一个生死相恋的爱情悲剧。阮李二家友好，指腹为婚。阮女丽娘、李子佛生，长大后两情相爱，不啻夫妇。阮家卷入胡朝政变，丽娘没籍入宫为奴，佛生大恸。除夕之夜，丽娘托人暗寄帛书，其辞曰：

> 妾闻天有阴阳，天道以之而备；人有夫妇，人道以之而成。嗟我何修，与君不偶。昔时心事，久已相关；今日仳离，翻成永感。竟落楼前之影，长缄院里之春。每怕镜舞离鸾，琴操别鹤。春城日暮，柳斜寒食东风；流水御沟，肠断上阳宫女。但有幽愁种种，清泪波波。怅宿愿之多违，笑此生之浪度。柳氏重归之约，好会难期；玉箫再面合之缘，他生未卜。愿君自爱，别缔良媒，无以一日之恩，而误百年之计。悠悠心绪，书不尽信，未得钧旨，先此申覆。

佛生见书，更加伤感，寝食俱废，未忍他娶。胡朝末年大乱，各界人士纷纷逃难，离开京城。佛生料丽娘必在离散队中，乃沿途寻觅，冀可相遇。夜宿某驿，闻村妪言，数日前有三宫女自尽于此。佛生询其年貌，疑即丽娘，乃宿于墓旁，冀能梦中一见。夜半，丽娘果然冉冉而至，泣诉曰：

> 妾出自凡流，过蒙厚遇。缘未谐于锦帐，分已薄于春冰，时与志而俱违，妾辞君而远逝。朱楼有恨，几对斜晖；青鸟无媒，谁将来信？

怅容光之减旧，度岁月以偷生。谁料赤咀歌残，红颜祸起。燕兵胡骑，莫遏侵陵；樊柳宫花，几愁攀折。恨残躯之多误，嗟厄运之重遭。始不能全节以从夫，终又忍甘心于降虏。寄双身于万死，度一日如三秋。涉水蹢山，备艰尝险。将随缘而苟合，则狼子难驯；欲出塞而遥征，则狐丘易感。是以不贪生活，不怕拘囚。零落灯前，魂随战鼓；巷黄客里，命寄罗巾。今则灵性虽存，残骸非旧。愧良人之远访，抚往事以长嗟。敢述幽怀，奉垂知悉。

夫妻叙话竟夕，及鸡三鸣而别。佛生买棺改葬，惆怅归去，终生不再娶。

《丽娘传》基本情节受《剪灯新语》之《爱卿传》影响。爱卿为乱军所掳不屈而死，丈夫归家葬之，并与鬼魂夜间会面。《丽娘传》与宋元话本之《郑义娘传》（又名《杨思温燕山遇故人》）部分相似而态度不同。郑义娘是北宋小吏韩恩厚之妻，金兵南侵被虏，不屈，自刎而死。不久鬼魂与其夫在燕山相遇叙旧，韩表示不再娶，将骨殖带回南方。后韩遇富孀刘氏，与之结婚，将郑义娘骨殖抛入长江。数年后义娘显灵，谴责韩恩厚背信弃义，将他投入钱塘江。《丽娘传》与话本前半段接近，后半段不同。义娘反对再婚，丽娘劝夫另娶。作者阮屿赞扬丽娘宁死不屈的牺牲精神，表彰佛生对爱情的忠贞不二。郑传是白话，丽传是文言。三篇骈文中，两篇抒难写之情，典丽委婉，十分感人。另一篇谈兵，全用对句，分析透辟，人名地名皆班班可考，说明阮屿对当时的战争形势非常熟悉。

**《陶氏业冤记》中的骈文。**

故事前半段大致情节是，名妓陶氏，晓音律，通文字，曾获陈裕宗称赏，又与达官魏某往来。魏妻甚妒，痛加棰楚。陶报复不成，乃落发佛寺，讲经说法，构居净庵，求人为庵作题记，而淫习未改，招蜂惹蝶。村中小童年十五，知陶事迹，援笔为文，以嘲之，如下：

盖闻佛本慈悲，其名曰觉。人能清净，即伪成真。能修法界津梁，便是丛林宗主。敬惟佛迹山庵主陶氏，名逃乐籍，顶礼梵王。桃口柳腰，掉舌际才按阅梁州几曲；慈云慧日，抬头间已皈依兜率诸天。裙抛湘水层层，黉落楚云段段。梦里无端触景，半枕游仙；风前何处撩人，数腔短曲。歌院不如僧院静，衲衣绝胜舞衣凉。北掬曹溪，犹分窥镜影；夜宣贝叶，尚作绕梁声。虽云禅定忘机，但奈狂心被酒。足不向浔阳送客，身却来杭郡参禅。五陵儿抛锦缠头，追随未已；三生客结莲花社，招引何频。钟残茶歇无余事，好向山房一打眠。

文章揭贴寺门，远近传写，陶氏宵遁。投佛寺寄迹，小和尚与陶私通，姘居。后半段写轮回转世之事，荒诞不经。

这篇骈体榜文对妓女为尼后仍操旧业大加嘲讽，与元末陶宗仪《南村辍耕录》所录陆居仁之《募缘疏》有某些相近。妓女连枝秀年老色衰，投身佛门，化缘筹建尼庵。陆居仁为之撰疏，把前期妓院后期尼庵两种生活对比，不是同情脱离苦海，而是极力嘲笑戏谑。语言风趣，然而非"厚德君子所当为"（陶宗仪评语）。陶氏不是弃恶从善，而是改头换面重操旧业，故阮屿对这种人进行批评。他可能看过《南村辍耕录》。

总的看来，阮屿不仅是传奇小说大家，也称得上是骈文高手。上面引述的那些骈文，在中国传奇小说中是罕见的，比起明代通俗小说中抒情写景的骈丝俪片，水平高得多。[①]

《传奇漫录》问世后，相继出现一批传奇小说，皆效法阮屿，小说中加进大量诗文，还常用骈偶，成段甚至成篇，如范贵适的《新传奇录》等。

**黎萧《祭武琼尚书文》。**

黎萧，生辛年不详，后黎朝端庆乙丑（1505）科廷试状元，会试四六文第二，曾任户部左侍郎。他有骈文《祭武琼尚书文》，见武芳堤（1697～?）《公余捷记》之《尚书武琼记》，全文如下：

> 惟先生道大而宏，学深而贯，挺仙风道骨之资，为君子善人之冠。躬行而口不言，孝称而人无间。行惠之和而合孔之时，得参也鲁而非由也谚。冉颜德行，粹然美玉之无瑕；游夏文章，浑然大璞之未散。

---

① 以上所引阮屿《传奇漫录》中的骈文，均见陈庆皓、孙逊总主编《越南汉文小说集成》第4册，上海古籍出版社 2002 年版。

光风霁月兮满胸怀，搅海翻波兮何灏瀚。洪德间策举进士，时则先生峻擢危科，驰名台谏；景统初诏求遗逸，时则先生首应义旗，蜚名史馆。穷达随所遇而安，著述异乎人之撰。《通考》纪元旧史，得经中史之规模；耕籍侍学诸编，得史中经之体段。师儒尊杨震之鳣堂，政事迈李绂之山判。莅东海则以恩信抚辑乎边氓，殿北平则以恬静镇宁乎边患。暨圣皇图任于旧人，越朋辈躐登于显宦。索曳履于枫宸，作元龟于芹泮。其入侍经筵也，堂堂焉辅成君德之程颐；其总裁图史也，考考焉志修《春秋》之胡旦。一心忠赤兮有天知，万古太平兮思日赞。阴功多在于斯人，阳报期延于永算。胡皇天不假于□遗，致暮夜遽雁于寇难。梦易缠柱下之魂，笔难写带中之赞。颓梁兴多士之嗟，亡鉴起九重之叹。问丧之中使再三，慰吊之金银巨万。吁嗟先生之不幸，乃史书之不幸，必使天下之人，凡其目睹而耳闻，莫不痛心而扼腕。况某也，义重父生，情深子半，悯一别之长终，恨百年之莫挽。讣闻此日，仅得视衿褴而正是衣冠；在殡权时，不得设几筵而奠是酒饭。鲁城庐墓兮恨无由，华屋丘墟兮增感叹。将欲收先生之遗稿，则某也以文章倥偬，砚笔久疏，不能集昌黎之遗文，而为唐之李汉；将欲衍先生之余派，则某也以见闻浅陋，政事纷飞，不能揭考亭之余波，而为宋之黄干。冰消风度兮想无忘，蒿里凄迷兮空望断，凭酹以将忱，泻百年之哀怨。

**武琼**（1452～1516）进士出身，曾任史馆总载，兵部尚书，著有史学著作《大越通鉴通考》，与陈世法合编小说集《岭南摭怪集》。黎蒪是武琼的女婿，这篇祭文对武琼的道德品行、文章著述和仕宦表现，做了全面的评述，给予高度评价。引用《论语》《孟子》，切当得体。最后一段，以女婿而兼门生的身份，诉说自己的深切哀思："义重父生，情深子半。"所谓"子半"意即俗话所说女婿如半子。"将欲收先生之遗稿，则某也以文章倥偬，砚笔之疏，不能集昌黎之遗文，而为唐之李汉；将欲衍先生之余派。则某也以风闻浅陋，政事纷飞，不能揭考亭之余波，而为宋之黄干。"这副六十六字的长联，上联说自己不如韩愈的女婿李汉可以整理岳父的文集，下联说自己不如朱熹的学生黄干可以继承老师开创的教育事业。用事允贴而又有深厚的文化意味，是这篇文章最精彩之笔。

　　**杜汪《祭甲海状元文》。**

　　作者杜汪生平无考，祭文的写作时间是 1597 年。这篇骈文出自武芳堤《公余捷记》中的《郢计状元记》，该文是一篇传奇小说。甲海状元之孀母设旅舍，多行善事，救助一名快要冻死的过路男人，为暖其身而与之同床，该过客清晨猝然死去，遗腹而生男儿。四岁时被人偷走，长大后博学能文，二十三岁中莫朝大正戊戌科（1538）状元，回乡寻亲，认母。后来官至吏部尚书，以太保、策国公致仕，八十一岁寿终。榜眼杜汪为之撰祭文，如下：

　　　　尊台行粹气和，道宏学博，洪音大吕黄钟，宝气精金浑璞。大笔演纶挥制，六经之文；清节行己立朝，一诚之学。登堂省冬雪春风，坐廊阁泰山乔岳。苏状头宰相誉重南邦；甲宣抚词宗名闻朔漠。安社稷于筹帷，讲唐虞于翠幄。大有不盈而损，望月之几；中孚在道以明，介石其确。扶日方正御中天，引年遮角巾东路。文潞公自者英会起应新编；范蜀公再银青还访寻旧约。虽休闲在野在家，然转恻忧时忧国。拳拳忠义，不替初心；休休有容，栽成后觉。何幸松生，黍聊荷棠。升公预接亨衢，推晚过蒙重托。《荐贤》一疏，感知顾之殊荣；《道意》诸诗，经品题之佳作。长春酿门下之桃，上医调笇中之药。斯文斯道，亦寿生灵；之义之情，曷穷寥廓。噫！碧山几千仞，慨彩凤安归？黄阁四十年，想清风如昨。郑重片惊，凭将诚爵。

　　这篇祭文，对仗工整，用典繁密，语言古雅，风格庄重，对甲海评价极高，而未涉及那些传闻不经之事。甲海二十三岁中状元之年为公元 1538 年，八十一岁应是 1596 年，杜汪祭文当作于此时。甲海官职很高，又有文章著作传世，是真实历史人物。而武芳堤写的《郢计状元记》，情节离奇古怪，主旨是宣扬善有善报，恶有恶报，属于小说家言，波谲云诡，不能视为信史。①

---

　　①　以上所引黎㻋、杜汪之骈文，见《越南汉文小说集成》第 9 册，第 46～47、58、140 页。

**段氏点**（1705～1748）别号红霞女士，自幼聪慧好学，素称才女。有人出上联："白蛇当道，季拔剑而斩之。"求对。段氏点答下联曰："黄龙负舟，禹仰天而叹曰。"因抚养长兄遗孤而迟婚，37岁与进士阮侨结为夫妇，故又名阮氏点。她的著作汉文小说集《传奇新谱》，共有六篇作品，其中《海口灵祠古录》《云葛神女》《安邑烈女》是她本人所作，其他三篇为他人作品而附录书中。

《海口灵祠古录》是一篇神怪小说，穿插有四篇骈文。故事情节大致如下。陈睿宗（1373～1377年在位）时，宫妃中有阮姬者，名碧珠，美姿容，习文辞，曾献《鸡鸣十策》（前节已介绍，学者多相信是真实的）。隆庆四年（1376），陈睿宗将伐扶南国，阮姬又上表劝谏，曰："窃闻猃狁之凭凌孔炽，从古已然；匈奴之桀骜不臣，近来愈甚。盖为寇乃蛮夷之常态，而用兵非王者之本心。蕞尔占城，僻居海岛。戍兵昔年嘶珥水，本知我国有疵；鼓声今日动边尘，祇为吾民初定。犹敢逞蝇群舞草，自不知螳臂当车。然圣人常垢纳污藏，岂可与犬羊而较势。盖治道贵本先末后，原且休虓虎以息民。理灼明柔可制刚，言审择德惟届远。舞干羽于虞殿，七旬何患不来苗；藏琴瑟于夏宫，期月自然能致扈。允也策斯为上，伏惟宸断自衷。"（当代学者对此文信疑参半）表文中的"占城"，在今越南中部，是小国，与扶南相邻。阮姬劝睿宗休兵息民，以柔制刚，不必大动干戈。睿宗不能用，阮姬乃请随从。不日兵船抵达海口，突然旋风大作，龙舟避于岸侧。三更末，帝见一人面目狰狞，曲行阔步，向前参拜。自称：某乃南海蛟都督，闻大王宫女甚多，特扇狂波，请以美人见惠，否则不肯舍去。睿宗梦中惊醒，召妃嫔述说梦魇之索求，诸女皆黯然失色。阮姬跪请曰：妾愿以残躯，了此孽债。帝仍犹豫。阮姬再三请求："事已至此，势非得已，倘或迟疑，只恐变起无常：且军旅之际，当以将士为重，恩爱为轻。"这时风浪又起，龙舟几乎翻覆。阮姬与帝拜别，望水一跳，狂浪卷去，不见踪迹，俄而风平浪静矣。

过了一百多年，已是黎朝洪德（1470～1498）年间，黎圣宗征伐占城、林邑，军舟泊于海边，见一古庙，妖气冲天。询问来历，乡人告以昔日蛟都督劫夺阮姬之事。圣宗大怒，宣旨谴责水怪丑行。是夜，梦阮姬从水中现身泣诉，陈述当年被逼投水实情，恳请皇上推恩施仁，俾能永脱沉沦。

圣宗询问如何相助，阮姬说，蛟怪恶贯满盈，倾波难书。沧海之中有广利王，为水族统领，皇上投以天书，可促其施行刑罚。阮姬献上明珠，可以照见海中龙宫情状。圣宗梦醒，乃命侍臣修书一纸，投入海中。举明珠照看，海中有城郭宫殿，广利王正在殿上视事。阁臣捧书展读，其辞曰：

> 窃闻福其善而祸其淫，天道若鼓桴之速；赏者善而罚者恶，王政如金玉之坚。上下同符，古今一理。肆予小子，承祖宗基业之正传，伐彼占城，乃天地神人之共愤。百万之舟师大发，三千之水陆兼行。黄钺扬而鱼鳖惊沉，物亦知约束；白旄指而风云变色，谁不畏简书。胡乃王鸷害之臣，敢阻朕鹰扬之众。兴妖作怪，曾劫冤陈帝之宫人；索赂求财，又扰害我民之性命。谅彼之桀傲如是，何王之尸位默然。倘明以烛奸，岂致混珍之鱼目；如勇于断事，动严惩恶之象刑。谨下猎书，翘候回复。

广利王听完变色，责问何人掌管该水域。鳖御史答曰：乃蛟都督也。广利王大怒，曰：恶同四凶，宣速置鼎镬。鲲丞相曰：莫若一面修书回答，同时遣将捕擒，当众处罚，以明我刑德不疏也。广利王乃命鳖总兵带甲胄数十，前去剿除，复命鲤翰林修词，龙阁臣润色，鲸督帅为使臣，送到江边。黎圣帝拾得，只见上面写着：

> 盖闻阳春有脚，未必先寒谷之中，震曜无私，岂能照覆盆之下。盖天道犹多所憾，而造化亦有不齐。某猥以驽才，惭非龙德。兢惕谨渊深冰履，启沃求作雨之真贤；玄默存高拱深居，辅弼赖非彤之良佐。渐被拟同于四海，仁恩思扇于群方。自知无党无偏，王道之周流荡荡；岂意似忠似良，权奸之壅蔽滔滔。致令退壤之分符，尚有强臣之跋扈。已矣四聪不达，信奥薪细甚于秋毫；嗟乎重门未开，觉堂上远同于千里。知过幸承寄鲤，圣谟弥切命龙，虽两间之幽显各殊，苟可私于丑类？然三尺之公平具在，尚容致于深刑。潦草涛笺，仰祈青鉴。

果然，蛟妖被驱逐，不久水上浮出阮姬香骸，竟不改生时国色。黎圣宗命以皇后之礼葬之，建祠祭奠，至今不辍。

《海口灵祠古录》赞扬阮姬关心国事的政治眼光，为保护国君与军旅安全而不惜捐躯的高尚品德，以及一百年后想方设法复仇，使自己脱离沉沦的斗争精神。故事情节似乎受明代神魔小说影响。文言中夹杂口语，散文中夹杂骈文。黎圣宗致南海之神广利王文书，口气很硬，有些像大国与小国交涉。广利王的答书谦卑，个别语词不甚得体，作者可能先是民间文人拟作，后经段氏点加工改定。①

### 阮公澧《祠后土文》

阮公澧（1545～1627），21 岁登莫朝淳福四年（1565）戊辰科进士，仕莫朝至吏部左侍郎。莫朝亡，隐居悬钉山。后黎朝光兴十六年（1594），其族弟阮公实荐于黎太祖。朝廷以其有文学，仍以旧爵录用之，慎德元年，以刑部尚书首冠朝班。历礼部尚书、东阁学士、国子监祭酒、少保，以年老致仕，八十三岁寿终。据说，阮公澧七八岁能属文。适其父迁祖坟，命其兄作《祠后土文》，而命公澧起草，一挥而就，全文如下：

> 量坤与博厚，禀兑气钟灵。包容体物，正直聪明，求之必应，感以遂成。兹因择得此山，欲万劫灵魂定宅，设薄奠金银菲礼，买一区最胜地形。仰后土鉴临歆纳，俾亡魂坟墓安宁，后嗣享和平之福，子孙达卿相之荣。家传家，家继家，独存福庆；相出将，将入相，惟贤挺生。实赖土地之发福也。

后土，即土地之神。此文赞美土地神的德泽，祈求赐福久远，主旨明确，文字简洁，出自七八岁小儿之手，实属难能可贵。其父兄阅后，一字不易而用之。《祠后土文》见于武芳堤《公余捷记》之《阮公澧记》。武芳堤还提到，阮公澧善作祈福文，"自入席至出席，辞意并美，座中进士只字莫能易"。可见小时候即能文的传说是可信的。②

---

① 段氏点的小说见《越南汉文小说集成》第 3 册，第 251～289 页。
② 阮公澧的骈文见《越南汉文小说集成》第 9 册，第 140 页。

## 二 西山王朝和阮朝骈文

1771年阮岳，阮惠、阮侣三兄弟在西山发动农民起义，经过多年战斗，1776年，灭南方阮氏政权，1786年，灭北方郑氏政权，结束越南长期分裂局面，统一了全国。1787年，阮岳在归仁称帝，同年阮侣病死，阮惠于1788年顺化称帝，年号光中。1789年，清政府册封阮惠为安南国王。1792年，阮岳、阮惠相继去世，阮惠子阮光缵继位，年号景盛。阮氏夺得政权之初，得到人民拥护，不久，三兄弟各据一方，互相猜忌。三阮死后，起义将领逐渐腐化，成为新官僚，作威作福，强迫百姓纳税服役，很快失去民心。1802年，为前阮氏政权后裔阮福映所灭。

西山王朝存在仅十四年，留下文献不多，吴时任收集其中一部分，辑存于《越南文学总集》第七册中，有诏书六篇，出自光中年间，属于散体文。另有官僚表章四篇，是骈体文，越南学者认为，有几篇可能出自潘辉益（1751～1822）手笔。潘氏出身世家，26岁中状元，在郑氏政权中任清化省督统。阮惠灭郑氏后，仍获得重用，其妻吴氏壬负责中国交涉事务。后来潘氏转任内阁中御使，1800年，阮光缵晋升他为礼部尚书。1802年阮福灭西山王朝，潘氏夫妻均入狱，释放后回乡教书，1822年去世。潘辉益的作品包括诗歌、散文、骈文，对西山王朝统一大业歌功颂德，对阮惠远征河内尤其赞扬备至，这些是基本主题。如《文武请驾进幸北城表》有云：

> 臣等奉照北城臣民，奏请迎驾御升龙城，循李、陈、黎故都，永奠王畿，以孚共向。……我越自前黎失柄，南北分疆，而条纲弗垂，惟河北为甚。迎来二百余年。晦冥混感。有志之士，思美人而未见，起兴西方；望真主之有兴，驰情东向。及其蜃楼见日，斗柄当天。十一征无敌之师，室家咸徯；三尺剑安民之怒，父老愿留。圣天子，海度为谦，渊衷用静。驷骤西济，倒虎皮乎朱干；蘛藻南旋，穆龙颜之晬表。宜其万家引领，思见羽旄。叩天阍以投章，望尧云而怀汉日也。……

升龙城，即今河内，是李朝、陈朝、黎朝之故都。此文代表满朝文武和全城臣民迎阮惠大驾从南方进驻河内而定都。下面还有长篇文字描述河内地理位置如何如何重要，不具引。

《陈乐表》，其中段有云：

> 钦惟皇帝陛下，道高五帝，德迈三灵。亨于西而取彼凶残，戡拨上经纶，斿钺拯横流之垫溺；成于艮不尽人财力，神武中仁厚，冠盖其鲧甫之疮痍。敦睦实体于好生，尚让允谐于降命。天意得而阳春启顺，冰融宿怨，解利南消在战之干戈；圣度恢而华夏钦成，乐展新心，恒尽北结交孚之玉帛。钟虡既通于粤省，轩符全焕于燕都。旅币来河马山车，不爱宝应吉祥嘉兆；衰华贲珠星璧月，有斐文昭懿铄洪猷。盖怀威无待于假灵，而盛大实弘于流庆。不已于昭令间，溯丁、李、陈、黎而上，光南天一部之简书；无疆永奠丕图，兼夏、殷、周、汉以长，衍午日亿年之运祚。臣等忝司柳闻，遥仰枫宸。盛典昭旷古荣观，庆海宴河清之嘉会；繁禧视自天眷佑，祝山增川至之嘉祥。清明景仰佳辰，歌颂恭陈乐府。

这篇文章主旨是陈献音乐，关于音乐本身的描述很少，大量文字用于歌颂阮氏王朝至高无上之成就。语词奥涩，不易理解，属于宫廷文学，和当时小说及民间传说中的骈文风格大相径庭。

西山骈文还有《至尊表》，是吴时任代表文武百官请阮惠即皇帝位的劝进表，歌功颂德，文长不录。

**范贵适**（1760～1825），海阳省唐安县人，十九岁中进士，曾随黎帝到中国。阮朝初年回国，不愿出仕，归乡讲学，其文章受到世人推崇。所著《新传奇录》中有《羽虫角胜记》，是一篇动物寓言。青蝇与寒蝉争枝而栖。蝇说："我是青蝇才子，见闻甚敏，材辩过人，本系寒门，致身富屋。梁肉所余之禄，自有王恩；鼎铲不尽之财，只凭天给。肠充厚味，口润嘉肴。故其头也红，其翅也碧。体貌如此丰实，羽翼如此具成。风流富贵，想亦三生有幸。这尔瘦里，岂能与我匹乎？"蝉反唇相讥，说："彼青蝇者，贪叨无厌，趋势成群。鲍鱼之肆，出入而不闻其臭；庖厨之下，纵横而不觉其污。睢水下流，行人当掩面也，而汝以为厝足之场；新安城外，时人常痛心也，而汝以为欢欣之所。凡其汝俸汝禄，尽是民膏民脂。故能体腹充肥，头目虚大。不知自耻，反以为荣。是以行踪到处，人皆厌而驱之，恶其非法之物。岂如我冰霜其操，铁石其心。所居者古树老松，所食者清霜甘露。念君臣之义，则冬寒守节，缄默无言；乐圣人之道，则夏暑谈经，弦歌不辍。于畎之驾，缯弋不能施，何其智也！非义之财，毫毛无所近，何其清也！不向人而求饱，何其廉也！不害物以自肥，何其仁也！枯瘦而能为世珍宝，良医往往置诸笼中。号为蝉蜕，以为药物。岂非以其得天地精清之气，用可以医世救民乎？今品评者不原以清浊精粗之迹，而徒取其肥瘦之一节，尚得为定论哉！"①

　　文章用以虫比人的手法，谴责趋炎附势以求利禄的肮脏小人，颂扬品行高尚的正直君子，爱憎分明。行文流利痛快，骈语为主，亦杂用少量散句，与前面所引阮屿之几篇骈文整齐相对者，风格略有不同。不过，阮屿的《传奇漫录》也不乏此类骈而带散的文章，其中《那山樵对录》拟张公与樵夫的对话，与范贵适的《羽虫角胜记》句法相近。

　　**吴位《神功圣德碑》。**

　　吴位，生卒年不详，后阮朝初期曾任吏部右参知。其《神功圣德碑》，见吴甲豆（1853～?）所撰《皇越兴龙志》，是阮朝开国嘉隆帝阮福映山陵前的纪念碑，作于1820年，文章主旨是颂扬阮福映的"神功圣德"。

　　阮福映（1762～1820），是前阮王室后裔，后阮王朝的开国之君。十三岁时，前阮政权灭亡，他逃入法国人开办的圣约瑟夫神学院避难，后来在法国院长百多禄的帮助下逃亡到芹苴岛。数年后回到龙川，集合旧阮势力，起兵反抗西山王朝，夺回嘉定，被众将推举为"大元帅摄国政"，时年十七岁。1780年，称王，人称"阮王"，时年十九岁。1782年，军事失利，逃亡暹罗曼谷，受到泰王礼待并答应帮助他复国。1786年，阮王派长子与神学院院长百多禄一道到法国求援，法国承诺派兵支持，而阮王则割让今岘港及昆仑岛。

　　1787年，阮王离开曼谷回国，与西山三阮作战。1789年，阮王长子与百多禄随法国军舰回国，实力逐渐壮大。到1802年，经过多次战争，消灭了西山王朝势力，统一越南南北。1803年，中国嘉庆皇帝册封阮福映为

---

　　① 范贵适的《羽虫角胜记》有不同版本，此据《越南汉文小说集成》第19册，第130页。

"越南国王"，从此正式使用"越南"为国号。阮福映在位十八年，进行多方面改革，订兵丁法，建国子监，提倡儒学，开乡试取士，仿《大清律》颁布《嘉隆律书》，积极吸收西方文化，对推动越南社会发展起了积极作用，同时也对法国做出妥协，给予法国一些特权。阮福映去世后，被尊为世祖。其子阮福皎继位，年号明命，为父亲修建皇陵，命吴位撰写功德碑，此文骈散兼用，以骈为主，开头一段，以散句叙述修建陵墓经过。中间一大段，用骈句概述嘉隆皇帝的主要功业：

> 我皇考世祖高皇帝，禀睿聪之质，济英雄之志，妙龄遘闵，图存于亡，誓三矢以歼仇，奋一戎以定乱。方其翠华南狩，皇路险倾，顺逆虽殊，寡众非敌。间关百战，乍输乍赢；辗转一隅，旋失旋得。乃通质浪沙，栖光望阁。玄豹隐乎蒙雾，神龙蛰乎沸洲，而执羁仆臣，每怀晋社；亲仪父老，日望汉官。是又纠合忠良，旋归师再驾，投醪均惠，负石先劳。贼狐裘之蒙戎，而三军同泽；经麦饭之仓卒，而百折不挫。盖其仁足以被物，孝足以感神，文足以附众，武足以威暴。人谋既臧，天助者顺。新平江有浃旬之清流，芹滁海有崇朝之甘水。神武征应，不一而足。三灵叶眷，六坎成夷，故能迈油云，跃沉川，骎骎乎有不可御之势。天声所至，廷镝飙驰，覆彼鸱巢，尽取其縠。歼不共之雏虏，补既萦之穷图。既爽旧邦，遂恢全越，功成治定，振古有光。遡自甲午至壬戌，历年二十有九。北抵谅山，南极河仙，辟地二十有七。逮夫润泽洪业，躬致隆平，礼乐刑政之施，典章法度之备，长寿承欢，因亲教爱，坤元起化，由家及国。通西北之邻，而友邦之好永固；临黎郑之后，而胜国之祀不废。其用兵之久，明效之大，守成之尽善尽美，殆非简册所能殚述。①

用不太多的文字，把重要关节都点到了。"妙龄遘闵，图存于亡。"阮福映四岁被禁闭于宫中，十三岁才逃脱。"誓三矢以歼仇"，典出后唐庄宗受父亲李克用临终之托，授三矢以复仇。其他一些历史典故，如"玄豹"

---

①　此文见《越南汉文小说集成》第 8 册，第 391～392 页。

句、"神龙"句、"投醪"、"麦饭"等，都用得非常妥帖。"开辟百战，乍输乍赢；辗转一隅，旋失旋得"。两联精炼地概括了与敌人反复争夺有胜有败的艰难曲折历程。"溯自甲午至壬戌，历年二十有九"，即从1774年十三岁逃到莒州岛开始谋划复国，到1802年建国登基称帝。"北抵谅山，南极河仙，辟地二十有七"，即从越南北方到最南方，统一全越。"通西北之邻，而友好之邦永固"，指和中国建立长期友好的关系。这篇文章没有提到法国的帮助，因为越南的阮氏政权与法国关系并不融洽，阮福皎在位期间曾禁止法国人传教。法国不断强迫越南签订不平等条约，有几位越南国王不顺从，被法国人废黜、流放或囚禁。吴位此文作于明命元年，在一定程度上反映了阮福皎对法国的不满情绪。吴位这篇文章，既具有重要历史文献价值，也具有一定文学价值。

**范廷煜《为民请命祷文》。**

范廷煜（1849～1899?）原籍唐安（今越南海阳省青冕县），后迁居南定，是著名作家范廷琥的孙子。嗣德丙子年（1876）中秀才，嗣德至成泰年间任真定、舒池等县训导，曾权知前海县，主要活在太平省，1899年被免职，旋卒于乡。有笔记小说集《云囊小史》，诗集《刷竹诗草》《百战妆台咏》传世。这篇祷文在《云囊小史》卷四《为人请命》一文之中。前面介绍说，同泰丙申（1896）三月，舒池县修堤筑路，工甫就，米贵人饥，瘟疫暴发，罗田一社日毙数十人，县尹丁君祭祀神灵，命范廷煜作祷文。他于座中立草而就，同座诸君鼓掌称善。祷文如下：

> 上帝鉴临，实有四时之吏；昔人祷告，无五厉之坛。政有禳灾，礼非渎祀，惟兹下县，多出穷闾。当经河纬驿之冲，苦夕路朝堤之役。加以三时两歉，十室九空。人方折桂而炊珠，时或蒙霜而犯露。地殚其出，天降之灾。疾疢重臻，颠连已甚。夫天方降杀，神亦爱人。节本阳和，候非阴重。而且团鸠逐鹏，聚鹊驱鸽；雄伯不来，嫦星莫耀。彼则何辜，至此极也。曾呼吁之不闻，尹或失职，有以致之，忍困穷而莫告，敢不下陈菲薄，上诉明灵，因礼达诚，为民请命。伏望照临有赫，呵禁不祥，一和充周，百殄辟易。聪而端也，不溢以惑，无为

厉于斯墟；钦且食兮，式寿而康，实同功于大造。①

　　文章首先说明瘟疫发生的背景是由于筑河堤劳役繁重，加上三时两歉，故而十室九空，这时天降疾疫，使得民众困苦莫告。下面恭维神灵，"神亦爱人"，"彼则何辜，而至此极"。今乃"上祈明灵，呵禁不祥，一和充周，百殄辟易，无为厉于斯墟"。文章写得十分恳切，终于感动神灵。据该文之末"附说"，祈祷当夜，羊角风起，三更后，大路上闻有人马行声，彻夜不绝。第二天，四乡再也听不到哭泣之声了，瘟神已率其徒众去矣，这当然是迷信传说。此文文字水平一般，但其中所体现的作者为民众消灾解难的精神是可嘉的。

　　19 世纪末，河内有一家汉文报纸《大南同文日报》，编辑主任是杨琳，他写作、刊发各类文章。其中有一篇祭法国大使威南的文章《其死也哀》②，竟是标准的骈文，可见当时骈文尚有一定市场。

　　**黄叔抗《告全国同胞父老书》（1946）。**

　　1945 年 8 月，在日本即将投降，二次世界大战行将结束的前夕，印度支那共产党在越南发动了"八月革命"。8 月 13 日，越南独立同盟全国大会做出决定，于 8 月 19 日组织河内人民游行示威，夺取政权，并取得胜利。8 月 23 日在顺化，8 月 25 日在西贡，相继夺权起义。8 月 25 日，阮朝末代皇帝保大被迫退位。9 月 2 日，胡志明主席在河内宣读越南独立宣言，宣告越南民主共和国成立。1946 年 9 月，法国殖民者卷土重来，派军队侵入越南，企图重建在印度支那的殖民统治。12 月，法军进攻河内，越南人民在胡志明主席领导下进行抗法斗争。经过八年苦战，1954 年奠边府战役胜利。7 月在日内瓦，越法签订和平协议，从此越南北方全部解放。

　　黄叔抗的《敬告同胞父老抗战书》，发表于 1946 年 12 月，实际上是代表越南劳动党和越南民主共和国向全越南人民发布的动员令。

　　黄叔抗（1876～1947），出生于越南广南省仙福县，家贫，苦读，学业优异，高中黄甲，不愿出仕，与爱国志士结交云游，二十世纪初在越南中

---

① 文见《越南汉文小说集成》第 19 册，第 328 页。
② 见《越南汉文小说集成》第 14 册《野史》，第 150～151 页。

圻进行维新活动，1908 年因发起群众抗税运动被法国殖民者逮捕、流放。1921 年获释，回到中圻。1925 年，当选为中圻人民代表委员会主席，任职两年，积极为大众争取民主自由努力奋斗，遭到法国驻中圻钦差大使的恐吓、威胁。他撰文批判钦使假民主的嘴脸，愤而辞去主席职务。1927 年至1943 年，编纂《民声》报，声援支持抗法、抗日活动。"八月革命"后，他当选为越南民主共和国内务部长，在 1946 年春胡志明到法国访问与谈判期间，他出任国家代主席。1946 年抗法战争开始后，被越共派到第五联区工作，1947 年 4 月，在广义省病逝。黄叔抗是政治活动家兼文学家，所作诗文，题材多样，种类繁多，数量丰富。其《敬告同胞父老抗战书》是长篇骈文，共 307 句，1867 字。

　　文章首先概述越南的历史、地理与文化，追溯西方帝国主义对东方进行殖民侵略的罪恶和越南人民的反法斗争，再述二次世界大战期间德国和日本法西斯肆虐，如今已经崩溃，现在是越南独立的时机，下面歌颂胡志明和"八月革命"：

　　　　我同胞国民素所敬爱之胡志明先生，真正爱国大志士，历验革命老专家。足遍五洲，眼高一世。认透全局，静伺先机。组织解放之游击军，领导青年之干部队。军民一志，亿兆同心。蓄锐有年，及锋而用。首唱则越盟前线振臂一呼；响应则全国军民扬竿四起。霹雳一声于平地，风雷十倍其军声。草木助其威灵，山谷环而叱咤。五角之红旗蔽日，穷乡闹市，到处飞扬；三圻之赤血涌潮，左合右分，逢场喷射。……轰烈一场，山河再造。八十载强权之羁勒，马街牛负，扫得一空；千余年专制之优伶，虎翼鸱颔，剧休再演，快何如也。

　　这段文字神采飞扬，有声有色。"三圻"，指越南全境。"八十载强权"指从 1884 年中法战后法国控越南到 1945 年八月起义。"千余年专制"指自968 年丁朝建国到 1945 年阮朝灭亡。再下面介绍越南民主共和国得到亚洲及世界各国的承认与支持、大西洋宪章之公许、"中华民国"所赞同。可是法国殖民者贼心不死：

旧法殖民反动一派，贪心无底，醉梦未醒，涂抹伊政府共同记押之约文，排驳我邦交尊重信睦之民族。飞机炸弹，爆杀我无辜之良民；战舰水兵，侵夺我有权之关水。表示横蛮无纪律之态度，扰乱人类常渴望之和平。反民主新进公共之潮流，逆历史迁演进化之公例。敢犯众恶，惨无人道。我军民怒发冲冠，愤郁达于极点。一丝一粒，长思先烈之艰劳；寸土寸金，肯许谁何之侵蚀。忍无可忍，加不欲加。最后扢卫国之干戈，誓必为长期之抗战。

文章号召民众团结起来，共赴国难：

伏愿我同胞国民，无大无小，无旧无新，无阶级之分歧，无党派之别立。……民族至上，曾经万死一生之危途；水土深恩，宜念一线全身之重系。救焚拯溺，急于燃眉；推食分温，容渠缓步。……我亲爱之同胞乎，素具热诚，益坚信念……人和握天时地利之主柄，得道者助多；生民当饥食渴饮之今时，事半而功倍。收我最后胜利，只需要每人一滴之血潮；任他反动阴谋，决不容保护再加之奴厄。①

文章中引用许多中国古代圣哲的格言和爱国志士的事迹，以及越南抗敌救国的典故，鼓舞民众，同仇敌忾，气冲霄汉，义薄云天。全文对句多，散句少，长句多，短句少，自由随意组成两两双行者多，严格的四六整齐句型少，似宋四六而不学其暗用成句语典，似白话文而深含古韵新意。此文被越南文学史家列为历史名文。

## 三 越南民间骈文

在越南汉文古籍中，有一批属于民间故事、神话传说，往往不注作者姓名与年代，不妨统称为无名氏所作。由于它们经过不断传抄、编录、整理，其间或许有多次补充加工，也可以认为是民间集体制作，其写定时间大致在南北朝至阮朝时期。这类作品，当代学者归之于小说类，收入《越

① 见《越南文学总集》第 19 册，第 345～352 页。

南汉文小说集成》丛书之中，实际上不少是民间传说。全书多用散体文，有时夹杂少量骈体文。

《集成》第 3 册《天南云录》中有好几篇骈文。该书不著撰人，共收神话传说 38 篇，其中 29 篇不注出处。文章中有时提到某人所作，都不可考，不可靠。代表作品如下。

**《槟榔传》中的骈文。**

该传故事大致情节如下。槟与榔是兄弟，年几及冠，父母双亡，寻师肄业，舍于留道士家。留家有女，兄弟皆爱悦之。父母命女自择，女钟情于兄，弟伤心入山中，独坐泉边，痛哭而死。兄寻弟数日，得弟尸，号哭而自绝。女又寻夫，见夫已死，抱尸哀号而卒。留道士访求失踪三人，经年，见山中泉边有三枯骨，旁生小树。三枯骨中生小藤，缠于树及石上，难以分开。道士不胜哀伤，乃为立祠，且自制文祭之。其文曰：

> 痛惟汝等命轻霜叶，义重丘山，同根有似紫荆，结絮何殊连理！想汝初来谒吾，以为松柏之才；思汝自托生吾，以为门楣之喜。意其有樗栎之度，故欲成乔梓之恩。予方竹笥遣行，拟有兼霞玉树；汝自椒房宠用，盍亲丹桂姮娥。每云雪藕养生，岂意木坟大拱。噫！生死有限，虽杨枝之水难求；寿夭非常，则薤里之歌易起。兹予蒲输适往，乌生来来；忽闻薤露重悲，曷胜哀感。充取菊椿二巨，庶泻幽怀。呜呼哀哉！汝其享之。

祭毕，夜间三人托梦拜谢。此后路人过此祠，皆焚香致拜，称赞兄弟友恭，夫妻节义。某日，雄王巡行至此，见祠前树叶稠密，藤萝弥蔓，问及邑人，得知其故事。令人摘树叶藤果于石上捣破，顷刻朱红竞起，气味芬芳，食之香味可爱。雄王又令人烧石为炭，浸涂叶上合而食之，唇颊丹红，可以屏寒辟邪，于是传于天下。因名其树为槟榔树，其藤为芙留藤。

这是一个美丽凄婉的情感故事。槟榔是东南亚许多国家常见的食品，齐梁时已作为贡品传入我国台湾、海南、广东、广西、湖南皆流行，食用槟榔要与石灰及荖花叶合嚼，清爽可口，消滞行气，且有其他药效。台湾人咀槟榔就如同吃口香糖一样，吐槟榔渣如同吐口香糖渣一样。食槟榔久了，嘴唇是红的，被戏称为"红唇族"。《槟榔传》故事假托发生在古代雄王之时，其写作成文不会太早。因为文中所述食用之法与近现代中国及越南习惯基本相同，文字亦浅近不古，可能是近代人所记。

《征王传》中之《讨苏定文》。

征王，即越南民族英雄征侧、征贰，东汉初年人，父亲是当地百越民族部落首领，称为雄将，二征的丈夫诗索是部落首领之子。当时越南地区称为交趾，是中国的一个郡，朝廷尊重当地习惯，不行汉法。然而交趾刺史苏定却强行汉律，苛捐杂税，严刑峻法，群众不堪忍受，起兵反抗。二征的丈夫被苏定杀害，二征继续举起大旗，被推为首领，略定岭南数县，自称"征王"。苏定被二征打败，汉光武贬之于今海南岛，接着派伏波将军马援，从海路进攻交趾，出其不意，大获成功。二征失败，不知所终。百越之人感念征王功业，认作英雄，立祠纪念，至今不辍。这篇《征王传》，并不着重她们的事迹，中心部分是记录其丈夫致苏定的文章《古今为政论》（散体文），和二征的《讨苏定檄》（骈体文），全文如下：

> 元恶大憝，久藏狼野之心；敦德仁人，庸大剿除之举。星驰寸简，雷动三军。眘言我国开基，实自雄王抚治，官安民乐，人多足下生毛；雨顺风调，麦尽一茎两穗。卜世循循较下，历年永永计千。爰及阳王聿更，赵武相时，厥德厄运，偶遭熙载、周章、魏郎之徒，更相守郡；邓让、赐光、杜牧其辈，继作牧州。故虽有贪廉不同，然未有苛虐之甚。迄兹苏尊，妄肆贪残，贼苍生而贵象犀，轻贤才而重犬马。开金场则寒侵人骨，易色破皮；采明珠则涣摘饮骊，百行一反。厚欲而瓮倾仓扫，烦刑而屋比乡连，民不聊生，物皆失所。予以天潢余派，雄将后昆，悯赤子方陷时坑，不能安枕；协人谋而兴义众，正切除残。汝曹均得性灵，系同鼻祖。国雠当复，奋臂张繁弼之弓；异种悉锄，洗戡尽天河之水。鸿业以之再造，雁宅以之息嗷。卫社稷，枕干戈，维其时也；立功名，垂竹帛，顾不韪欤。倘或尚执狐疑，俱存犹豫，檄到明章，汝当自勉！

文章对苏定进行严厉的谴责，通篇骈偶，且多双句对。而骈文的正式形成是在魏末晋初，东汉文章中找不到这样的先例，看来是后来拟作。从其中有"历年永永计千"推测，写作时间或在李朝（1010～1225），相当于中国的北宋时期或此后。

《白狐九尾传》中的骈文。

这是一个驱除妖怪的传说。古时升龙城西有山岩，东枕泸江，岩中有穴，九尾白狐居之，生九子，乃千年狐精，变为妖媚，多为民害。雄王命雄将除之，因其变化多方，刀剑不入，无能为力。群臣献议，不如表请龙君奋威严以灭之，命文人制表如下：

> 伏以鸡卵分仪，人物从兹繁伙；鳖足定极，南北咸有界疆。君能行善政多端，要不若忧民一念。臣窃惟我越方初建国，世系出自羲皇，洪惟圣祖接缵来刑之初，创洪图而出治，钦惟皇考继志述事之后，奈兹狐孽，妄肆妖氛。啸雨噪风，狡狙诈以欺孤弱；来山去野，假虎威而昧余群。何紫之荒淫弗除，神兽之贪婪殆甚。舍之则兴妖作怪，踵牝鸡风；伐之则隐迹匿形，浮任妇计。射猎不堪人力，珍除须仗天威。尚其凿蚁悯之诚，曲垂俞允；早申命象牙之将，振耀英威。大兴甲胄之师，长驱破浪之势。悉沥青丘之迹，扫穴除妖；徯苏赤子之心，安堵如故。国势增山河之重，天下享安靖之休。无任仰圣戴天之至，谨奉表奏以闻。

龙君乃兴风作雨，驱水扬波，凿破岩穴，杀大狐及其九子。尸浮潭水，号"尸湖潭"，今河内西湖是也。雄王立祠以镇之，即今"观罗寺"。湖之岸，岩穴尚在，今谓之"狐穴"。

这篇故事篇幅不长，对于狐怪如何害人并未具体描写，只是记录狐怪的两首诗歌，一为《苍山之歌》，一为《弄月之歌》，而雄王致龙君请除妖的表文占全文中心部分。文末有注释曰："升龙城，李太祖（李公蕴）建都于此，见黄龙于御舟头飞升，因号升龙，至皇朝洪武为奉天府。"可见此文写定于明代。故事情节简单，骈文水平一般，与明代通俗小说中穿插的骈文水准相近，其为民除害的主题思想是值得肯定的。

《武氏烈女神录》中的骈体祭文。

《神录》是关于武氏烈女的资料汇编，共十一则，皆采自民间，不著撰人，故事情节大致如下。黎圣宗时，南昌县民武顺之妻张氏，梦见龙王许以龟娘公主为女，不久生女，名武氏设，才貌双全，品行俱佳，能扶危济困，为邑人张家迎娶。婚后七日，其夫张生从军远戍，周年后产一男。武氏抱儿独坐，儿索父，母指壁上影曰：此汝父也。张生戍满还家，儿不识父，惊曰：我父夜间来，母坐即坐，母行即行，尔何人耶？张生疑有奸，武氏亦难自解，乃投江自尽。龙王知其冤，遣赤鲤使者护至水晶宫。张生日夜抱儿独坐，邑人纷纷吊问。儿见众多灯影，惊呼：我父何其多耶？张生始知误解儿之妄语，于是在江边设坛招魂解冤。三夜之后，江中涌出赤鲤车，武氏送玉环一双而去。自后，武氏常常在禹甸江上显灵，救助舟人落水者。黎圣宗伐占城，遇风浪，武氏化为黄龙护驾。圣宗凯旋后，封武氏为水晶公主，立庙祭祀。后人过此，赋诗撰文赞颂不绝。十六世纪三十年代阮屿撰写的《传奇漫录》中，有一则《南昌女子录》，记武氏冤情，并无神异色彩。后来经过不同时期许多采集民间故事的人的不断整理、加工、修饰，才集成这部《武氏烈女神录》。据《神录》中的第一则《禹甸武氏节妇玉谱引》文末所记，谱引写定时间为维新八年即公元1914年，为此书编成之下限。该资料中有两篇独立的骈体祭文，其一如下：

尊神仙姿冰玉，花胄簪缨。道参干始，德合坤贞。一片丹衷，五夜之天披白；千秋素节，三春之水流清。护国而功光祀典，扶王而威振占城。历朝之华衮聊封，母仪天下；泽国之波澜重澜，子育群生。兹逢时节，祗荐芳馨。绿水波间，送迓金龟涌出；木绵树下，偏疑赤鲤重迎。帝旁俨若，乘风灵来不测；草野齐孚，就日神享于诚。尚兹鉴格，锡以和平。脉回禹甸之初，江河不改；俗翕里仁之美，家室修宁。①

此文把武氏的主要事迹都涉及了。而另一篇祭文，主要发表作者自己的感想。两文为何人所作，皆无法考证。

十八世纪至十九世纪，越南有一批长篇通俗小说，如《皇越春秋》《骥

---

① 以上所引四篇无名氏骈文，分别见《越南汉文小说集成》第3册，第21、33、84、289页。

州记》《越南开国志传》等，文字半文半白，往往夹杂少量骈体书信、奏表、檄文、册文、诏诰等等，在骈文史上价值不高，但是可以说明骈文在越南民间文学中尚有一定市场。

越南的汉字书写的文学创作，到二十世纪初已经日益稀少，逐渐为拉丁化越南文所取代，但是在民间，汉字文学作品依然流传。王小盾在《越南汉喃文献目录提要》序言中提到，二十世纪九十年代，他在河内西郊披阅群书时，发现一种手抄本的《太公家教》，写于启定元年（1916），流于越南民间，而未被官方书库收藏。它只有16页，采用汉字正文和喃字小注的体式，竟是一篇地道的骈体文。正文有云："一日相逢，万劫因缘。四海之内，皆兄弟也。同道者，千里之寻；不同道者，过门不入。有智者不在年高，无智者徒劳百岁。人离乡则易，物离乡则贵。国正天心顺，官清民自安。王以民为本，民以食为天。王有良将，家有贤妻。兄弟如手足，夫妻如衣服。千家万家一家好，千草万草一草香。日日养客不贫，夜夜偷人不富。入山逢虎易，开口告人难。人贪财而死，鸟贪食而亡。罗网之鸟，悔不高飞；悬钩之鱼，悔不忍仇。人心如铁，官法如炉。守分愁难入，无贪祸不侵。……"

据王重民《敦煌遗书总目索引》，《太公家教》是敦煌写本最多见的一套文献集，至少有35个卷号。其内容是采拾诗书经史俗谚之语，规劝少年子弟遵循社会伦理和生活准则，是一种长期流行的童蒙读本。王小盾指出，《太公家教》的书名，唐人李翱，宋人王明清、胡仔，元人陶宗仪和明代的《雍熙乐府》都曾提到，说明这种书自唐以来流行有绪，在民间的影响一直不曾衰落。王小盾据明人严从简《殊域周咨录》，确认《太公家教》在明代已传入越南。本书认为，1916年《太公家教》手抄本究竟是何人所作尚难确认，可以肯定不可能直接来自唐宋，或许是在清代。笔者有一本光绪三十三年（1907）刻本《幼学珠玑》，又名《幼学琼林》，系明末至清中期多人增补而成，是以四六句向儿童传输基本常识的读本，全书皆骈无散。越南抄本《太公家教》与《幼学珠玑》有些谚语竟然相同，应是时代相近的产物。越南本《太公家教》的存在，说明骈文以通俗课本的形式在越南民间长期流行，受到一些群众欢迎，否则不会长期印刷。

（关于《越南骈文》上下两节的资料收集与解读，得到中国社会科学院刘宁研究员、田小华研究员、广西师院莫山洪教授、广西民族大学黎巧萍教授、越南陈文亮硕士、马来西亚大学张惠思博士和新加坡国立大学中文图书馆的帮助，谨志。）

## 第八节　新加坡、马来西亚之骈文

马来亚独立于 1957 年，至 1963 年再组成马来西亚。新加坡建国于 1965 年，此前新、马都是英国控制的殖民地。据《梁书》之《诸夷传》记载，当时位于马来半岛中部的狼牙修国（今属马来西亚之吉打州），已与梁朝致国书表示通好，该文是四言为主的散体古文。明代已有华人在马来半岛建立庙宇，祭祀祖宗神灵，刻石立碑记事。（见马来西亚马六甲青云亭碑刻）1815 年，马六甲有华文学塾，1819 年，新加坡有华人私塾，皆以四书五经教授华人子弟，继后各地有书院、义学等。1881 年，清廷派左秉隆任新加坡总领事，他大力倡办义学，组织诗文社，教授当地士子讲习、写作诗文，八股文、应试诗及书判、策论，以应国内科举考试，其中包括散体文和骈体文。1891 年以后，黄遵宪接任领事，继续左氏倡导的工作。1901 年以后，马来半岛各地陆续出现华文小学、中学，到抗日战争前夕，有小学 1600 多所，中学 150 多所。1815 年，马六甲出现第一家华文报纸《察世俗每月统计传》。1828 年，又有《天下新闻》。1858 年，新加坡有《日升报》，1881 年，有《叻报》。1910 年，槟城有《光华日报》。1923 年，新加坡有《南洋商报》，1929 年，又有《星洲日报》。上述后三家报纸一直延续至今。成百上千所学校和数十家报刊，培养出大批本土华文作家，还有更多的作家是从中国来，在南洋居住一段时间而后又回到中国。五四以前，南洋华社交际的主要书面媒介是文言文，五四以后白话文逐渐流行开来，但文言文仍有相当的市场。二三十年代以后，有人继续用骈体文写作信函、碑铭、杂记、诗文序等。

今所见的新马骈文作品，最早的是 1845 年，最晚的是 1980 年。下面依内容和时序略分为三段。

## 一　早期新马骈文

早期新马骈文代表作有五篇，作于道光至光绪时期，内容为祭文和词庙碑记，如下。

**薛文舟《捐金公祭郑芳扬文》**，道光二十五年（1845）。

> 郑公讳芳扬，乃先代之英贤，实传世之豪杰也。故能开基甲国（马六甲），始莅南城（南洋城市）。善政早播于闾阎（民间里巷），芳名久载于史册。斯诚亘古之高风，足见当今之雅望。则公之禄位入于祀典宜矣。惜乎祭业无征，虽有禘尝（夏祭曰禘，秋祭曰尝）之敬，岂足令公快于九泉乎？然舟既任亭主，睹此哲人已往，典型犹在，于心有戚戚焉。爰是因此达彼，再备白金二百大元，充为公业，上承下接，代为生息，以示春秋匪懈（不废），享祀不忒（误），永垂不朽云尔。[①]

郑芳扬（1572~1617），原籍福建漳州，明末到南洋，在隆庆年间建立马六甲青云亭，是马六甲第二任甲必丹（官委侨领）。这篇祭文的作者薛文舟（1793~1847）原福建漳州籍，是马六甲青云亭主，他捐银200元作为祭祀基金，"上承下接，代为生息"，以便长期祭祀。文章高度评价郑芳扬的历史贡献，称颂他在马六甲的政绩，认为他"乃先代之英贤，实传世之豪杰"。情辞笃正，简明有序。前半段多用骈，后半段多用散，一气呵成。薛文舟还有称颂郑芳扬和李为经（马六甲第三任甲必丹）的对联，上联是"郑播经纬，知百世之功勋有自"，下联是"李传政刑，定千年之德业无疆"。如今均保存在马六甲青云亭内。

佚名氏新加坡《海唇楼德福祠碑》，同治八年（1869）。

> 尝思美于前者，固宜美于后；成于始者，尤责成于终。兹我大伯

---

① 转引自陈育崧编选《星华文选》第四册，商务印书馆1961年出版。此文又见饶宗颐《星马华文碑刻系年（纪略）》，新加坡大学中文学报第10期，1969年12月年出版，题为《立郑芳扬禄位碑》。

公之有此祠也，固既历历有年矣。恩泽所敷，同沾大道之化；威赫所至，共沐公正之灵。凡士商之往来，及工贾之出入，莫不交相喜焉。特以栋梁式焕，内既壮其观瞻；堤岸攸关，外当昭其巩固。使定中莫作，则陇畔未凝。恐难保无唇齿之患也。是以合嘉属而连三邑，酌议捐修，襄成美举。庶几度此土工，筑斯垣墉。则祠宇长经于万载，俎豆永享于千秋。故将乐捐芳名，尽列于麟次之碑云。①

作者未署名，首事者为广成当（疑为当铺店号）、汤广生等。福德祠即大伯公祠。"嘉属"指广东嘉应州，即今之梅州市所属。"三邑"指其下属三个地方，合力共捐修缮此祠。全文三分之二是骈句。

佚名氏《**槟城水美宫碑记**》，光绪三年（1877）。

原夫王府森严，巍峨碧落之间；神光显赫，璀璨湖山之麓。自宜堂构从新，乃识神灵之在宥；千秋庙貌，何容栋宇之衰颓。凡我蔡氏同人，可胜削色。兹拟鸠工复建，奈何擅美无人。敢告先达，兼布时髦。念庶士众多，不薪倾囊，共襄盛举，奚忘发轫？慨助胜因，事在必为。会见登时告竣，志当勇往；行看指日成功，光华遥发。映斗檐之焕彩，依然轩冕；崇堂陛之规模，□□特甚。俚言愧拙，大雅毋忘。谨启。②

槟城水美宫为旅马漳州人士所建神庙，奉祀福建地方神祇池府王爷（或作三府王爷）。此文为纪念重修水美宫募捐而作，通篇对仗，俚而不俗。

林桂芳《**重新迁建广福古庙捐题工金碑记**》，光绪六年（1880）。

盖闻通神始夫夏氏，立郊庙而栋置镛钟；崇佛自于汉朝，建殿宇而铜承玉灵。此皆上古圣王以敬神道之始也。今我广福古庙，神灵赫

---

① 饶宗颐：《星马华文碑刻系年（纪略）》，《新加坡大学中文学会报》第 10 期，1969 年 12 月版。

② 傅吾康、陈铁凡合编《马来西亚华文铭刻萃编》，马来亚大学 1982 年版。

耀，庶民久沐恩波；圣德巍峨，商士恒沾雨露。唯是庙场世远，能无雨泊风残？殿宇年湮，岂免苔生蛀积？况复坛场浅狭，地土卑低，则又何以妥神道而庄观瞻也。但我广肇等供祀有年，久沾惠泽，解囊乐助，择地迁建。唯十字路地势宽平，茂林修竹，环绿水而对青山；翠苑长堤，通霭桥而连火塔。此真地灵人杰，天宝物华。于是作械斯拔，百堵皆兴，一载告竣，共成美举。该然栋宇重新，俨见神容焕彩。巍巍庙貌，丹流金榜之光；赫赫堂构，星辉鹅槽之美。从此神人共乐，岁稔时丰。迄今禋祀惟馨，风和日暖，黎庶获吉，商贾咸宁，均沾大有。是以为序。[①]

广福庙是广东人和福建人合建的庙宇，马来半岛各地多有。此碑为纪念新迁重建而立，文章以四六对句为主，说理叙事清晰可诵，作者无考。地点是新加坡，文中"翠苑长堤，通霭桥而连火塔"，"长堤"即新柔长堤，"火塔"指新加坡工厂的烟囱，经常燃烧废气。

佚名氏**《广惠肇重修利济道桥碑》**，1884年。

绿野亭利济桥者，原为利便扫墓之人，广济踏青之游客者也。夫其直通灵穴，洛洛名山，美木交荫其旁，沟泉横流其下。庄严之庙宇，翼然前临；体势之冈峦，耸然屹立。苍苍白露，鹊渡鸦飞；日影水光，龙潜鱼跃。沙留鸿爪，泥印马蹄。戊戌创设之规模尚在，甲子重修之基址犹存。乃新州之名区，实南方之胜境。无奈时序迁流，架梁剥蚀。当日长虹亘处未免飘零，尔时鸟鹊成余渐看倾倒。于是我广、惠、肇、嘉应、大埔、丰顺、永定之商客人等，感怀义举，广结善缘。捐资解囊，选材购料。建其桥则密排雉堞，修其路则稳砌鱼鳞。为徒杠，为舆梁，成功不日；英所钟，灵所毓，风水攸关。从此清明寒食，咸有济于众庶之往来；即当月夕黄昏，并有利于灵魂之飞渡。故尔合阴阳之撰受良多，自宜勉众善之名，用垂不朽。后之人有同志者，当览之

---

①　陈荆和、陈育崧编录《新加坡华文碑铭集录》，香港中文大学出版部1970年版。

而知所自云。①

利济桥在马来西亚柔佛州新山市郊，新山市与新加坡是紧邻，隔海相望。利济桥附近有义山，原是广州、惠州、肇庆侨民寄葬之区，山下溪流环绕，水面有桥，桥畔有小亭名绿野亭，为看山访墓游览者停留之所。利济桥始建于 1838 年戊戌上巳，重修于 1864 年甲子中秋。经历数十年河水冲击、风雨剥蚀，梁架倾斜，亭瓦坠落，不堪使用。广、惠、肇加上嘉应、大埔、丰顺、永定等地客家商人，集资修葺，不日成功。该桥遂为行人出入之通津，游客往来之要道。碑文采用骈体，记录其周围环境，桥亭前后情况，描写形容，相当精致，语言整齐，对仗稳妥，文字流畅。在东南亚华侨聚居地，修桥铺路之善举人人响应，纷纷解囊，体现出热心公益、和衷共济、努力改善生活条件的高尚精神。文中典故很少，"徒杠"指能徒步通行的小桥，"舆梁"指桥面横铺木板如车舆，皆熟典，出自儒家典籍《孟子》之《离娄》下篇。

## 二　近代新马骈文

从十九世纪八十年代开始，新马社会出现了一些近代新事物，如新式医院、新式学校、报纸、诗文社团等，传统的会馆、义山有进一步拓展改善。一些骈文反映了种种新现象，如下。

佚名氏《**请设石叻同济医社赠医公启**》，光绪十一年（1885）。

龙门集雨，点金成众善之裘；虎寺飞花，蒔药种长生之树。活人本期活己，陈征士于以言医；成物即以成仁，马范阳所由结社。禀兹古训，应效前徽。是以功德成林，碑筑黄金之字；菩提有树，人耕紫玉之田也。迩者，世道环淳，人心复古。善怀各抱，义举同兴。各处之善社善林，不能胜述。吾叻远居海外，为天南都会之区，我华商人，萃于斯土。其中好善乐输者，实不乏人。故诸善举，亦以造兴。如闽

---

① 全文引自丁荷生、许源泰主编《新加坡华文铭刻汇编》，广西师范大学出版社 2016 年版，第 194 页。同书另有《重修新山利济桥碑记》，是散体为主之古文，二文可以合看。

商则设有乐善堂，粤商则设有同善社。均以宣讲圣谕，阐扬奥义，启导愚民，于叻中风气，未尝不暗地转移。然正民之心者，固在至理名言；而活人之病者，尤贵救生拯疾。如粤垣则有爱育善堂，香港则有东华医院。推至槟城，近亦设中华医院。我叻中商贾之繁，懋迁之盛，固未尝多让。然施医之举，鲜有所闻。故仆等不忖，敬集同志数人，共联医社，命曰同济，盖取同善相济之意。唯事方创始，款项无多。虽欲大创规模，其奈心长力短。故先设社址于单边街，敬请黄祖农先生主其医席。俾叻之贫病无力延医者，到而就诊，不受医资。庶起痌疾于泥途，登斯民于衽席。唯是智惭鸠拙，恐负良图；而力怯蚕丝，尚须继美。用敢特联公启，敬叩同人。尚恳鹤俸攸力，鱼囊共解。同襄义举，广结善缘。或则鳌戴三山，或则风卸一粒。力之所至，缘自随之。倘集吉光之羽，自成碎白之裘。将见福报自天，善缘遍地。则一门宰相，应属萧家；七世公卿，咸瞻崔氏。此仆等所敬望于诸公者也。爰为小启，敬待濡豪。光绪十一年八月吉日，同济医社同人公启。①

石叻，新加坡旧称，亦简称叻。据《同济医院130周年纪念特刊》所载陈育崧《新加坡同济医院创办史》说，这篇重要文件保存在新加坡英国殖民政府护卫司的档案里。"从这里，我们对本院的创立情形，社会背景，首任医师和成立，都获得充分的报道，现在真相大白。（引者按：关于同济医院成立于何时有不同意见）这篇文字，摛藻，颉芬，雕琢，典雅，允出大家之手。当日流寓星洲文士，首推《叻报》主笔叶季允。我细读这篇文字，其行文寓意，大类叶季允作。"其推测是否确切可信，待考。

从文中可以看出，作者熟悉中国医学史，了解新加坡及槟城、广东、香港所设医院情况。文中提到同济医院初设立于单边街，即今芳林公园南侧之街，因北面是公园，无屋舍，故称单边街，同济医院旧址在单边街之西端。该文诚恳号召各界慷慨解囊，捐助同济医社，将来必然善有善报。文章使用古典颇多，其中"陈征士"当指明代陈继儒，其《晚霄堂小品》有《赠御医何承云叙》："公视人若视其身，治病若治其家。"各典皆允贴本

---

① 见《同济医院130周年特刊》，新加坡，同济医院1997年印行，新加坡中央图书馆收藏。

旨，扣紧主题，行文措辞考究、典雅，无论思想还是艺术，在新马骈文中皆为上乘之作。

胡南生等设立新加坡《**新建番禺副会馆碑记**》，光绪十五年（1889）。

　　新加坡之有番禺会馆，由来旧矣。诚以旅居得所，客至如归。其为笃桑梓之情，重汾榆之谊者，意亦良厚。惟是馆舍狭隘，羁客繁多。或养闲而致厌喧嚣，或抱恙而嫌烦扰。即或离群索处，谁为奉侍之人；或随地杂夷，更非同欲之侣。叹关山兮难越，失路堪虞；偶萍水兮相逢，他乡即故。此副馆之设不容已也。嗟乎！诸君子不惜财不惜力，绸缪有尽善之规；同乡亲可以去可以来，庇荫有无穷之赖。休哉！此美举也。是为序。①

番禺，泛指广州。文章简短，对偶精当，句式多变，且不乏抒情意味。

郑怀陔《**槟城重修波池滑公塚序**》，光绪十六年（1890）。

　　金碗玉鱼，肠断冬青之曲；白杨衰草，心伤夜碧之怜。况乎七洲远客，重译孤魂，莫正狐丘，谁封马鬣。迢遥故国，空瞻万里汾榆；凄惨夜台，孰奠一盂麦饭。阅沧海桑田之变，切沟池道路之变。爰有仁人，情深桑梓，建兹义塚，荫满松楸。波池滑塚，我闽人之客槟榔屿所购，以周棺而公其同里也。创自咸丰之代，规划未周；迄今光绪之朝，荒芜遽甚。于是募资修葺，择吉兴工。拾其残骸，无使暴露；芟其灌莽，无使蟠根。除旧亭之积秽，会葬可憩宾朋；化仄径为康庄，祭扫尽容车马。择人守塚，器皿俱全；编篱为垣，牛羊勿践。架双桥以通流水，春潮无泛溢之忧；植佳木以广浓荫，夏日有招凉之快。凡兹缔构，具见周详，复有美余，留为公款。（以下名录）

波池滑是旧地名，今名佛罗池滑。公塚，又称义塚。作者是光绪戊子

---

　　①　陈荆和、陈育崧编录《新加坡华文碑铭录集》，香港中文大学出版部 1970 年版。

科解元，全文百分之八十是相当考究的对偶句。①

佚名氏《槟城南华义学创办小引》，光绪十四年（1888）。文字较长，前半段如下：

> 盖闻兴养固必先兴教，圣朝所以宏乐育之才；而学礼更进以学诗，圣训所以贵率循之准。况诗书为用世之楷，则父兄之教宜早；笔墨亦持身之具，而子弟之学可施乎！兹槟城者，庆百年之缔造，为万姓之团居。适乐国而适乐郊，会其有极；莫厥居而莫厥土，实繁有徒。顾既庶之余，加之以教化，此大圣人策卫之遗徽，亦我国家植才之至意。语以士首四民，用敷五教。正以小子有造，勿谓童子无知也。乃因户族繁盛，贫富不齐。彼富者堪延西席，陶然育乎髫龄；而贫者窭赋北门，遑及栽培子弟。将何以广英才而育之，将何以尽狂狷而裁之。故因有感于义学之设，宜亟成也……②

文章对于教育的作用有深入的论析，绝大部分是对句，引用了大量先秦古籍如《诗经》《左传》《论语》中的语典，切当而具有说服力。这是槟城第一所（以前都是旧式私塾）新式华文学校，附设在南华医院内。小引之后附录十五条办学、招生、收费等细则，在新马华文教育史上有重要的资料价值。

佚名氏《同善医院原序》（1891）。

吉隆坡同善医院创立于1881年，由时任甲必丹的叶观盛斥资成立，初名培善堂，十余年后，扩建为同善医院。这篇序文主旨是为扩建募捐，作者未署名，写作时间是在创立十余年后，即十九世纪九十年代。全文如下：

> 盖闻圣人有言：莫为之前，虽美不彰；莫为之后，虽盛不传。是二人者，必相须而相得也。惟任烦肩钜，非前者不惮其劳，非后者不畏其难，鲜有能充而远大者。窃兹吉隆一埠，乃海外初开之邦，华人

---

① 傅吾康、陈铁凡合编《马来西亚华文铭刻萃编》，马来亚大学1982年版。

② 陈育崧：《椰荫馆文存》第二卷，新加坡南洋学会1986年版，第224页。

贸贸然来，类多勤工作苦，旅居富庶不齐，风雨四时难测，每多贫病，困苦堪怜。幸我甲政叶欲芳翁（即甲必丹叶观盛），胞与为怀，毅然创始培善堂于前，赠医、施药、施棺，十有余载矣。其拯溺扶倾之念，不可谓不尽也。为迩来本埠商务日益见盛，贫病小民日益见多，踵门求施者日益见众。苟不亟为扩充，厚筹款项，独力之举，是亦难持。所以缘集同人，共襄其美，因更其额为同善医院，而寓善与人同之意，以公同好。惟望诸君，仰体天心，善培根本，欣解有余之资，广种无穷之福。或凤衔一粒，或鳌载三山。惟量力以同输，庶众擎而易举。俾得恢宏远大，百善奉行。从此上格穹苍，定卜兰孙之秀；下安物理，允占桂子之香。伫见消浩劫于间阎，登斯民于衽席。是皆出于诸君之福也，岂不当额手预为诸君子庆焉，是为序。①

此文层次清楚，叙述周到。首先肯定叶观盛创建之功绩，接着强调人口增多，病民求医日众，而原医院不能满足需要，期望同仁扩充。如蒙各界慷慨解囊，必得福荫善报。如果将此文与1885年新加坡同济医社募捐启示相比，基本思路是差不多的，前文辞藻华丽，多用典故和对仗，此文骈散各半，语言质朴，陈情恳切，都是为慈善事业呼号的好文章。同善医院经过一百年多年的发展，现在已是设施齐全的综合医院。

**罗翼唐《与友人论新加坡情形书》**（1881～1891）。

公元1881年，清廷委派左秉隆出任新加坡总领事。同年，薛有礼在新加坡创办华文报纸《叻报》。左秉隆为了推广华文教育，提高当地华文写作水平，到任不久，即组织会贤社，每月在《叻报》刊登诗文题目，招募文人雅士按题写作诗文，前来会课，即评比。然后由左氏评定名次，给予奖励，其中佳作，交《叻报》发表。罗翼唐这篇《与友人论新加坡情形书》，曾被评为会贤社月课第一名，作者生平及写作年代待考，内容是向一位北方朋友介绍南国城市新加坡的情况，是成熟的骈文。原文颇长，摘录数段如下：

---

① 引自徐威雄主编《移山图鉴：雪隆华族历史图片集》中册，马来西亚华社研究中心2015年版，第268页。

杜宇（杜鹃花）开红，春无端而巳去；鹧鸪啼绿，夏有约而先来。感岁序之递迁，怅山河之修阻。遥祝仁兄足下，学随时进，德与日新。对策大廷（赴京会试），定卜鸿胪首唱（意谓名列前茅）；簪缨金殿，必邀凤诏（皇帝诏书）频颁。万里睽违，两心相印。君居北海，且将风景言来；弟处南洋，聊以情形上达。爰修短书，敬告同心。

曾见夫新加坡者，星分南极，地接离垣（接近南方离宿区域）。土原属夫马来，埠实开夫英国。夜凉日暖，冬夏罔分；雨顺风调，春秋靡间。有天皆燠，狐貉之厚何须；无地不灵，车马之声相逐。博物院足旷见闻，升旗山可供瞻眺。新吧虱（巴刹）、旧吧虱，贸易无穷；酒公司、烟公司，规条有定。牛车共马车同驾，大坡与小坡相连。万户千门，几讶雨中笼春树；灯红火碧，乍猜夜里合银花。漫云避陋在夷，地原美盛；到处往来有客，人尽奢华。大伯公祠乃土地安居之地，粤海神庙为善人香火之场。户户相连，头头是道。铁吊桥则破费千缗，金榜街则盘旋数里。偶临流而望远，一江鼍浪汪汪；或散步以徐行，满路马尘仆仆。至若欲知人物，半属生涯；普接周旋，仪容迥异。声音衣服，称谓全非；仙号作镭，是马来之语；毫呼为角，乃潮福之谈。……举凡华人到此，大都朴野无文，刭其海外之流，奚怪礼仪殊俗。孰意领事左公，特创会贤之社。头家薛公，独为《叻报》之东。课题则佳作偏多，讵仅北人能好学；主笔则出言有识，莫轻南地总无才。甚而生理中人，尚有拟联求教：刭为诗书之子，岂其只字不通乎？

下面介绍新加坡的土产、水果、花木、飞禽、走兽、水族、昆虫……不一一引述。[①]

这篇文章对当时新加坡各方面的情形做了比较全面的描述，其中一些地名至今犹存。如"新吧虱""旧吧虱"，指今直落亚逸市场。"大坡、小坡""升旗山"（福康宁山）至今犹用旧名。"大伯公祠"指源顺街福德祠，道光四年创建。南洋各地多有此类祠，相当于中国的大小土地庙。"粤海神

---

① 陈育崧：《椰荫馆文存》第二卷，新加坡南洋学会1986年版，第299～300页。

庙"，又称"老爷宫"，供奉玄天上帝和天后圣母，庙址在菲利普街，经修缮后于 2014 年重新开放。"铁吊桥"指新加坡河口原邮政总局旁边的可以开启的铁桥，又名嘉文纳桥。"金榜街"，今名金榜路，与中峇鲁路相近。"鼍浪"指鳄鱼之类的海中生物掀起的巨浪。"仙号作镭"，"仙"是英语先令（cent）之译名，十仙为一毫，"镭"是马来语 duit 的音译。"潮福"指广东潮州话和福建话。"左公"指清政府派驻新加坡总领事左秉隆。"头家"是大老板的意思，"薛氏"指《叻报》创始人薛有礼，"东"指东家，出资者。"主笔"指《叻报》主笔叶季允。"生理中人"指生意人。"拟联求教"，拟定上联，请他人对下联。

　　这篇文章开头几句表达了对北方朋友的思念和祝愿，语辞典雅。后面的主体部分叙述平实，自由洒脱，不避俚俗，描写具体，意到笔随，不事雕琢，有别于传统骈文，而带有时尚新骈体的味道，充满南洋风情，处处斑斑可考，怪不得当年左秉隆评选此文为会贤社月课第一名。

　　**谭兰滨《星洲丽泽社记》**（1897）。

　　丽泽社是新加坡诗人邱菽园所设诗文社团，始于 1896 年，每月一次聚集星洲诗友，同题分作，互相评比、讲习，分出冠军、亚军、殿军。谭兰滨曾连夺冠军，复托名而作《星州丽泽社记》。全文如下：

　　　窃以梗楠杞梓，成材必本乎蒿莱；械朴菁莪，擢秀每基乎阿诌。箘辂虽美，非省括而弗成；长镖之铦，经炉锤而始就。是故汉崇经术，开虎观（白虎观）以萃儒生；唐重词章，辟凤池（凤凰池）以优文士。薪错楚而俟刈，金在沙而待披。扩宇聿修，著治闽之常衮；胶庠肇辟，纪莅蜀之文翁。莫不乐育为功，甄陶待化。然而造士之雅，归诸有司；肄业之勤，课诸良友。所以社联白傅，僧思如满之邀；社结南园，轩想抗风之辟。极之穷乡设塾，社会亦以联群；先达好文，社长于焉校艺。此星洲丽泽社所由昉也。斯社为闽中邱孝廉菽园夫子所设，爰稽其制课，以月试而无荒；始命之题，意在风骚之足继。今且簪毫珥笔，直驱文阵之雄师；掞藻擒华，欲构词坛之钜制。然命名则谦言讲习，考课则乐处朋侪，视彼左氏、黄公之创，更扩规模。合以会贤、图南之名，殊堪鼎峙者也。且夫文章一艺，地不以偏隅而限；功必以熟习而精。星洲远隔重洋，不沾王化。俗尚狂獠之陋，地非诗礼之乡。然而陆机入洛，即多著作之才华；韩愈来潮，一洗穷荒之风气。今斯社具讨论之雅意，寓培植之深心。岂无傅昭英妙，凤擅山东；将见子建才思，群推邺下。潜蛙绣虎，未足喻其离陆；隐鹄伏鸾，讵可方其瑰丽。刬斯社也，课旋待刻，将以付之梓人；集已初登，亦屡烦乎楮素。于是肩搓翘彦，踵接时贤。鹓序鱼登，龙拊豹变。受李元礼之容接，声价弥高；得许子将之品评，众情共服。兴趣因之而倍烈，人文即此以有成。宜刮目以待吕蒙，冀青眼咸加阮籍。讵待轩楹之创，只拥虚名；但求卷牍之呈，便收实益。嗟！龙非尺木以不飞，鱼俟烧尾而始化。栽培有自，海外不绝斯文；甄综所加，士林永崇实学。虽大笔垂诸不朽，非无剞劂之登；而作育播诸将来，亦俟源流之述。是为记。①

邱菽园《五百石洞天挥麈》卷三引录此文，评论说："兰滨名锡澧，番禺诸生，时文笔意，老当可喜，凝构处极似吾乡赵又铭太史稿（原作三篇，具存《丽泽社诗文初编》），其骈体学《陈检讨集》（指清初骈文家陈维崧的文集），敷词妥贴，不蔓不支。""余按丽泽一社，本无公款，所恃同志切磋，文风日振而已。此作认题甚确丽泽二字，饶有发挥，故可存也。"

这篇文章，先述以诗文结社之意义，接着介绍邱菽园创立社团的目的及过程，然后概述丽泽社取得的成果。文中引用大量历代文史典故。汉代文翁任蜀郡太守，创郡国之学于四川；唐代常衮治闽，增设乡校讲学于八闽；韩愈刺潮，一洗穷荒之风。这些名人把先进的中原文化传播到边陲，提升了该地区之文化地位。这是以古拟今，是对左秉隆、黄遵宪的颂扬。在《星洲丽泽社记》的中段，作者采用文中夹注的方式以散句说明："会贤社创　于汉军左子兴太守，图南社创于嘉应黄公度观察，二公皆先后来驻星洲领事者也。二公去而风雅寂然矣。"

接下去文章列举古代文人雅事：齐梁时傅昭品行优异，当时人虞通之称赞他"英妙擅山东"；曹子建、子桓邺下论文，推崇评论七子；陆机兄弟入洛，对左思之赋前倨后恭；白居易在洛阳，与僧人如满结社等等。李元

① 邱菽园：《五百石洞天挥麈》卷三，1899 年广州刻印，新加坡中央图书馆收藏。

礼即东汉李膺，礼贤下士，识拔人才。许子将即汉末许劭，善品藻人物，早就说曹操是"治世之能臣，乱世之奸雄"。武人吕蒙读书之后，令人刮目相看，一贯傲视众人的阮籍，将改白眼为青眼。"潜蛙"指王粲，"绣虎"指曹植，"隐鹄"指陆云，"伏鸾"指邓艾，皆当时人誉称。这些话是对邱菽园创丽泽社以及切磋诗文者的赞美。邱菽园说："此作认题甚确丽泽二字，饶有发挥。""敷词妥贴，不蔓不支"，确是的评。

谭文风味古雅，全用骈四俪六，绝少散句。辞藻华美，选词富赡，典故连篇，文采飞扬，颂赞描述，精当得体，是南洋不多见的纯文学性美文。所以邱菽园、陈育崧都很欣赏，特意辑录推荐。邱氏所谓"老当可喜"，当指其继承传统骈文格局，有别于前述罗翼唐与友人论新加坡情形之新骈体。谭兰滨生平无考，其他几篇获得月课冠军之文也不知存世与否。

**叶季允**（1859～1921），祖籍安徽，年轻时居住广州，祖父、父亲、三兄弟都是画家。季允擅诗文，善书画，知医术，识金石，多才多艺。1881年，受聘出任新加坡《叻报》主笔，从事新闻工作长达四十年，是南洋新闻史上的重要人物。他热心公益事业，通过报纸表达公众意愿，写了许多有影响力的文章。他早期赞成君主立宪，与邱菽园都支持康有为。邱与康分手后，叶仍对清廷"新政"抱有幻想，直到辛亥革命以后才改变立场，支持共和。

叶季允有一篇《言志对》，作于十九世纪末，采用《昭明文选》中的"七"体。文前小序云："昔枚乘作《七发》，莫不妙绪环生，情文备至。间尝搜读，窃有慕焉，爰仿其体，作《言志对》。"假借公子与先生七次对话，大肆铺张形容而言其志。一言食御兴居之美，二言声色交游之盛，三言殖产封家之计，四言高蹈达观之致，公子对这些皆无兴趣。五言"游历咨询之益"，内容是游览世界名胜："纽约之桥，跨碧海而直驰；巴黎之塔，干青霄而欲飞。芝利之城，开长夜之市；埃及之塚，留太古之碑。凿苏夷士之河，则神禹莫能施其功也；摩阿连士之垒，则蚩尤无以逞其毒也。"这些世界著名景点，完全是现代化的。公子"眉宇之间，已渐有飞扬之色"。先生乃六言统军整武，一战克敌，乞盟请成，获魄受俘，献之朝廷，正是当时不少杰出青年的志向。公子曰：善。先生接着又述说更远大的抱负："将欲存移伦俗，辅翼圣世，为帝者师……播新政，变图俗，一民风，运旋乾转坤之力，为内圣外王之功。""于是公子矍然而起曰：辩哉！君之说也！……"①

陈育崧的《椰荫馆文存》和黄尧的《星马华人志》都认为，文中的公子是指邱菽园，"先生"是叶季允自况。他们二人都曾经支持康有为维新变法以图强。邱菽园读叶氏此文，很是高兴。其《五百石洞天挥麈》卷三说："叶季允之诗，予已为录入卷四中矣。闻其素善骈文，屡索稿本，谦不敢出。丽泽社今夏词章课得一卷骈文，甚佳，余疑为君作。""此文盘屈槎枒，如老树著花，愈觉妩媚。甲乙后数日，季允适来，询知果属彼作，因语以文有内功，宜可示人。"

所谓"老树著花"，即指用古老的传统的文体形式，充实以新鲜的现实内容。《言志对》亦骈亦赋，有大量四六对偶句，也有不少四言连排句，与古代的"七体"并不完全相同。

光绪三十二年（1906），清廷正式提出"预备仿行立宪"，陆续推行"新政"。春节前夕，叶季允在《叻报》发表《新年吉语》，对时局发表看法，要点如下：

我国抚二十一行省之地，辟三十五互市之场。通商则六十余年，立约则一十八国。境有熊卧，阴山之胡马扬尘；势类狮眠，沧海之长鲸破浪。失权衡于樽俎，秦竟无人；依草泽为腹心，虞不为腊。（"秦无人""虞不腊"二句出《左传》）幸我和戎之有策，终反驳以无虞。既当创深痛巨之余，同作卧薪尝胆之想。十四万虎贲（指十四镇新军）久训，克壮军容；卅二年凤历遥颁，益坚民智。既图强之有道，自弭患于无形。此足以为诸君称贺者一。

自来御侮，不外育才。苟学校之未兴，致文野之迥别。翘首东海，则属前车。今则内设文部以总其成，外遣重臣以考其政。极旌节诏车之盛，采风定六国为衡；储菁莪械朴之材，留学符万钱之选。（派留学生出国学习）处腊尽回春之会，兆转弱为强之机。此足为诸君称贺者二。

抚二万里膏腴之地，有四百兆灵秀之民。具廿六万物产之多，为

---

① 黄尧编著《星马华人志》，香港明镜出版社1976年出版。

五大洲富饶之冠。苟使农工路矿，有利皆兴；何难南朔东西，无家不给。矧夫经商之道，尤为致富之基。上则设商部以重商教，富能裕国；下则兴商会以联商志，众可成城。母本出而子利归，公司成而私囊满。不求垄断，鄙孜孜龌龊之徒，顶决众丰，享嬉嬉妇子之乐。此足以为诸君称贺者三。

猗欤休哉！君知爱国，将陈一得之见；仆本封人（边远之人），隐寓三多之祝。

文章第一段略述鸦片战争以来中国的国际处境。35 口通商，18 国立约，列强如熊卧，如鲸吞，外交交涉无能人，依靠义和团失策，几乎亡国。见解切合实际。下面又说，幸而朝廷有办法与外国讲和，中国终于可以"无虞"。练新军，颁行宪。图强既有道，弭患于无形矣。他实在太天真了，太乐观了，连连赔款割地，屈辱求和，竟说成"和戎有策"，明明面临瓜分亡国危险，竟然觉得"终可无虞"。颁布一纸空洞的"预备行宪"上谕，就能"弭患于无形"吗？

第二段主要针对"新政"之兴学校，育人才，派大臣和留学生考察、学习外国先进经验，这些的确是值得称许的。尤其他未提到的废科举，定学制，意义更重大。

第三段主要针对发展商业而言，设商部，开路矿，办公司、银行、商会，防止垄断。比起历来轻商，近来官办工商，也是进步。

总的看来，叶氏这篇新年献词，洋溢着炽热的爱国热情，对祖国前途充满信心，对于当时流行的中国必亡之类悲观论，是很好的反驳。但在肯定其主观良好意愿的同时，必须指出其客观存在的政治短视症。当然，"新政"很快流产，清廷迅即覆灭，这是 1906 年初无法预知的。

1906 年 12 月 3 日，**叶季允发表《叻报副刊出世记》**，实即副刊发刊辞，在新马华文报刊史上很有价值。全文如下：

本报创设之初，中国报风，尚居幼稚。国人囿于思想，局于见闻，粉饰太平，荒嬉自乐。五洲要务，漠不关心；朝野新闻，但求悦目。是以各版体裁，庄谐并列。时而拔剑砍地，时而把酒临风，时而尝胆卧薪，时而坐花醉月。坛坫之上，忽厕淳于；衣冠之旁，竟容优孟。尔时报牍，无庸再设附张。既而海波忽腾，陵陆陡变。西旅携侧，东邻责言。遍地干戈，漫天瘴雾。外患甫定，内忧旋生。变起宫廷，祸生肘腋。龙战未已，狐鸣顿张。八国（八国联军）东侵，两宫西狩（慈禧与光绪逃到西安）。要闻大事，纷至沓来，电掣风驰，倏忽变化。薄海内外，引领关心，尺幅之中，弗给应接。尔时报牍，无暇更设附张。今则殊于昔矣。世局纷纭，离奇莫测，安危续绝，皆未可知。谓其治，则四海咸切戒心；谓其乱，则兆姓尚安常素；谓其衰，则宪法行将建立；谓其乱，则弊政益复沸腾。治乱盛衰，争于毫发。于是热肠者，建救时之策；冷眼者，作避世之图。或则慷慨悲歌，或则佯狂晦迹。三闾被放，则寄意于沅芷湘兰；信陵遭疑，则纵情于妇人醇酒。然则蒙庄（庄周）怪诞，悉属巵言；曼倩（东方朔）诙谐，却为□谏。言中有物，则嬉笑怒骂皆成文章；弦外留音，则月露风云亦堪惊醒。况夫欲正俗者先求于俗，毕竟村吁里唱，最易感人；善进言者每婉其言，是知妙句清词，亦堪风也。噫！然则附张之设实属不容缓之图，此本报附张之所以特设于今日也。[1]

此文作于同年末，政局迅疾变化，与年初《新年吉语》见解有所不同。中间一段话，对中国所处内外危局颇为清醒，不再视为"无虞"了。文章对当时新闻界、知识界的心态和报纸副刊的作用有精辟的分析，层次分明，鞭辟入里，文笔抒发明快，句式灵活多变。

## 三　现代新马骈文

五四运动以后，对于新马的一些社会活动，如新式剧社、讲学、支援抗战、公祭烈士等，新马骈文家做了记录。

佚名氏《人镜社成立有期》。

此文刊载于吉隆坡《益群报》1919 年 4 月 12 日第六版《本地风光》，前有散体说明："闻本埠热心社会诸君子，拟办一白话剧社，改良风俗。组

---

[1]　黄尧编著《星马华人志》，香港明鉴出版社 1967 年版。

织经有月，上月中旬已蒙居留政府批准。查其办法，乃藉粉墨登场，现身说法，开通民智，匡助公益为宗旨。本埠殷商张郁材、叶隆兴、朱嘉炳、辛百卉诸先生亦在赞成之列，南洋兄弟烟草公司亦愿报效物品。不日开成立大会，刊发宣言，布告侨众。兹探录其旨趣如下，以供先睹。此后又多一辅助教育工具，不禁馨香鼎祝也。"

下面一大段是骈体文：

> 盖闻隋宗鼎盛，陈百剧以示威；武林古风，假俳优而布化。诚以与古为徒，感人尤速；因人作镜，借鉴可观。所以剧社滥觞于周秦之间，而盛行于宋元之会也。特是荒诞相仍，多原神怪；郑卫萎靡，每诲盗淫。至观之者目为伤风，而为之者等于皂侩。以兴感迁善之资，蒙虚野滑稽之诮。贻讥大雅，无裨人心，世道殷忧，达人深叹也。同人等抱通俗教育之旨归，以改良剧本为职责，爰合侨胞，成兹剧社，注册承蒙邀准，地点亦颇适中。白话为倡，老妪亦知解意；黄魂唤醒，戏剧方显功能。本欧美之成规，作社会之宝筏。潜移默化，唯知剧本改良；移俗易风，务纳国民正轨。研求游艺，意同说法现身；重整正声，拟比晨钟暮鼓。敢宣其志，谅荷赞成。惟兹事体大，颇费经营，成效未彰，端求众助。所望侨胞父老，志士仁人，救世有心，忧时无我。频加惠教，俾利进行。庶几金言一诺，警求世界大千；木铎数声，托彼优孟衣冠。文明输灌，鄙陋斯除。其有表同情于本社者乎？予跂望之，盍兴乎来。特缀宣言，俾明旨趣。

"人镜社"全名是"人镜慈善白话剧社"，由粤籍人士游山泉、张寿南等发起，1920年正式成立于吉隆坡，五六十年代演出颇盛，至今犹存在，但活动较少。这篇文章实际上是代人镜剧社发表宣言，公布宗旨，募集赞助。剧社的目的是以通俗白话的戏剧，对社会进行辅助教育，研求艺术，重整正声，潜移默化，以期移风易俗，改良社会，与中国正在兴起的话剧运动是遥相呼应的。这在新马戏剧史上是一件大事。此文绝大部分是整齐的对句，语言流利畅达，"隋宗"指隋炀帝，曾陈列百戏（杂技、魔术）以宴请各国宾客。"武林古风"，指南宋周密著《武林旧事》中描述杭州（又名武林）戏剧、杂技的演出情况。"郑卫靡靡"指《诗经》中的《郑风》

《卫风》之情歌，古人贬之为"靡靡之音"。"皂侩"指皂隶、市侩，地位低下者。"木铎"，古代木制响器，用以警众宣传教化。"优孟衣冠"指滑稽演员、戏剧表演者。以上皆熟典，明白易懂。

**黎伯概《代蓝族诔蓝秋山文》（1930）。**

黎伯概（1872～1943），出生于广东嘉应州，18岁中秀才，三年后补廪，26岁得大病，病愈后弃举业而学医，勤学苦练，获前辈赏识，劝其悬壶济世。1900年，携眷南来新加坡，任同济医院医师，经验益富，声誉日隆。联络同业，创立新加坡中医中药联合会，曾任会长多年。其医学著作有《医海文澜》四集。先生亦长于诗文，存稿近千首。辞世后家人委托许云樵教授选编其诗近700首，文数十篇，额为《名医黎伯概先生诗文集》，新加坡中华书局1977年刊行。其中文章包括《太平洋战争避难记》，作于1942年日寇入侵马来亚初期，记述艰难困苦，控诉侵略暴行。另有滑稽文《与世界第一伟人孔方兄书》、理论文《杨墨学说》等。哀祭文仅此一篇《代蓝族诔蓝秋山文》，属于骈体，全文如下：

> 呜呼！瀛天暗淡，怅南极之星沉；琴剑荒寒，怆西风之叶落。维我老伯，姿秉英明，创垂宏大。弱龄渡海，慕宗悫之乘风破浪；饷当承商，胜庄周之监河贷粟。事已便以利人，业亦堪以成己。廿年顺适，遂成富翁；半世经营，克贻令嗣。想莼羹之乡味，由重洋满载荣归；效输粟之热忱，膺三代殊书显达。田肥屋润，辉煌之庄舍连云；水绿山青，快乐之钓游适志。琴弦更续，迭成和悦之音（与原配及继室两次婚姻和谐）；兰玉森兴，尽是贻谋之选（诸子成材）。乡党亲而无间，猿鹤狎而不惊。而且侠气豪肠，仁心厚谊，郑侨之惠泽济人，贾傅之时艰流涕，顶可十摩，毛非一拔。故乡海外，间接直接，皆有牺牲以助人；大捐小捐，终无吝啬以害事。盖论公之才，已足兴家而立业；而论公之德，又能益世而济群也。乃者，世变苍桑，途丛荆棘。四乡无鸡犬之安，一国有红羊之劫。管宁浮海，复见于今；徐福求仙，安能获已？七洲洋远道而来，三州府旧游如昨。正是桃源可隐，杖履安闲，萍迹许留，壶觞潇洒。看诸郎锐意经商，货泉四溢；幸侨寓平安纳福，华祝三多。

何期星陨重霄，云归大岳。红尘散屐，一朝来证空王；净土皈心，九品往生极乐。盖去百龄只十二年，而享上寿乃八八载。求之世人，诚百不得一；拟之地仙，亦罕有其匹也。某等谊属宗亲，系同源本。素叨庇荫，依大树以障骄阳；久慕仪型，奉老成以为圭臬。一日感哲人之萎谢，痛梁木之坏摧。后生何赖，登堂空忆音容；硕德难忘，入梦犹萦几杖。在华侨中失一福人，在同族中少一老辈。似览长天远海，尽属苍凉；残月落潮，同增惆怅。自流清泪，曷罄哀思。于是诔曰：

一邦之杰，一族之良，一乡之望，一邑之光。生而为人，殁而为神。肉体可化，灵魂自伸。古往今来，生灭多身。任真委运，遇化同波。唯名不朽，传之千秋。大耋高龄，世人罕俦。五福全归，四代承休。缅怀盛躬，敦厚明通。遗业犹存，家户久隆。哲人不作，神心忧忡。暮云散白，秋花坠红。呜呼哀哉！

死者是新加坡著名的商人，文章前半段概述其成就和品德。年轻时过海南来，心怀汉代少年宗悫"乘长风破万里浪"的大志，卖掉家产从事商业，不像庄周穷得向监河侯借米。二十年顺遂，成为富翁，经过半生经营，把产业交给儿子，如同晋人张翰想起故乡的莼羹美味，满载而归。遵循汉代输粟买官办法，得到朝廷对三代人（祖、父、己身）的封赠（清末所谓捐班）。对待乡亲亲密无间，侠气仁心，牺牲助人，益群济世。效法郑国子产修桥补路，如同西汉贾谊关切国事。超越墨子摩顶放踵，决不像杨朱一毛不拔。资助海外及故乡，学校或社团，大捐小捐，从不吝啬。然而国家连遭重大劫难，甲午战败，八国入侵，时世巨变，四乡不安。只好学三国管宁之避难辽东，又回到南洋。经过南海的七潴洋（即海南岛东北海中的七洲洋），来到马来亚的三州府（即新加坡、马六甲、槟域）。旧地重游，桃源可隐，萍迹暂留，安闲纳福。诸子经营有道，财货四溢，实现了《庄子》所记华封人对齐桓的祝愿：多福、多寿、多男子。

下半段讲兰翁生荣死哀，族人无限思念。高寿八十八，世人百不得一，地仙罕匹。族众素叨荫庇，久慕仪型，痛感哲人其萎，梁木其摧。用《礼记》中《檀弓》篇形容孔子去世时弟子伤感之词，属于最高评价了。文末是四言诔语，"一邦之杰，一族之良，一乡之望，一邑之光"，"五福全归，四代承休"，"惟名不朽，传之千秋"，评价极高。

诔文之前的序文，几乎全是对句，整齐精当。用事皆熟典，随手拈来，恰到好处。文字考究，老练得体，当时南洋文坛不可多见。

关于祭文的写作经过，许云樵教授在文末特加按语说："此文作于民国十九年九月二十五日。先是有某君代作，而丧家不惬意，特求先生，并以骈文请，限一天付用。仓猝成篇，颇获众赏。当请求时许奉笔金，事后几若相忘，至百日后始遣人奉三十元润笔。旁人皆谓当奉百元方合，然丧家置若罔闻，盖此三十元已若剜其心头肉矣。此亦数见不鲜之事也，余亦常遇之。"看来丧家只识财货价值，不识文章价值。

**曾兆香《致许云樵先生书》（1938）。**

许云樵（1905～1981）是新加坡著名作家、学者，出生于苏州，1931年到南洋，历任新加坡、马来亚、泰国多所中学教师，南洋大学副教授以及报刊编辑，长期从事南洋历史研究和文学创作。1938年，许氏在新加坡讲学，曾兆香（生平不详）是他的学生，曾作书致云樵先生，曰：

> 通今博古，作赋论文。稽朝稽夕，多见多闻。搜尽鲁壁经史，名高五岳；用听汉儒曲礼，词冠三军。既属中华吾土，高朋满座；虽然异域我身，胜友如云。念许先生也，驾轮身入大年（泰国南部北大年），道既南行；拥皋比于中堂，满门桃李，皆挹芬芳也。方其吟风弄月，同茂叔以舒畅；养晦韬光，效潜翁之高超。既潜修而息游，道近文质；亦慎思而审问，意不萧条。诸葛只求耕读，文潜直欲渔猎。缅想坐刘向于石渠，校书检史；设马融之绛帐，春诵夏弦。字通寰宇，韵寄垓埏。万仞宫墙，既开来而继往；一池泮水，亦启后以承先。致若窗开月白，帘卷风清，□□□夜，煮史三更。诗成妙句因梦，文到灵机转精。李杜诗宗，评论老辈；欧苏文法，讲解诸生。而且欲沾化雨，道不限于东洋西洋；须挹春风，舟直环夫南港北港。记得江干车马，但愿识荆；徒惊海内文章，尽教说项。疑义相析，奇文共讲。若夫振木铎于他邦，忠信为依；传文字于故国，言行效卓。杏坛说诗，

黉宫教乐，一贯门人远绍，三千子弟愿学。①

　　此文仅有个别散句，余皆骈偶。对仗稳妥，用典繁密得当，以大量古代学者比拟颂扬许先生的施教与撰述事业。其中"茂叔"指北宋著名理学家周敦颐，"潜翁"指李孔昭，明崇祯进士，隐居河北盘山，拒清征荐，樵采自给，所结交皆高士。"诸葛"指诸葛亮躬耕南阳，"文潜"指陆仕仪（1611～1672），明末诸生，入清不仕，隐居讲学著述，结社，建"同善会"以筹救济。"鲁壁"，西汉鲁恭王坏孔子故宅壁，得古书甚多，后世借指藏秘籍处。"石渠"，指西汉刘向参加石渠阁会议讨论经学，校订古书。"万仞宫墙""杏坛说诗""三千子弟"皆指孔子办学，"一池泮水"指鲁国学宫。"振木铎于他邦，传文字于故国"，非常切合许云樵先生的贡献。作者驾驭骈体文的能力很强，使用大量语典、事典，皆达到相当娴熟的水平。

　　**管震民《槟榔屿华侨抗战机工罹难同胞纪念碑文》**（1947）。

　　抗日战争期间，南洋华侨有成千上万人，或奔赴前线直接参战，或到后方担任机工，牺牲罹难者不计其数。抗战胜利后，马来半岛的华侨在滨城（即槟榔屿）升旗山下建立了一座高达数丈的雄伟纪念碑，碑面刻的碑文是骈文，由管震民撰写。全文如下：

　　　慨自滔天祸水，起于卢沟；刮地腥风，播及槟屿。凡是侨居华族，莫不恨切倭奴，出力出钱，各尽救亡之天职；无老无少，咸怀抗战之决心。是以募招机工，大收骊驾辇车之利；技参军运，竟树辇舆挽粟之功。矢石临头，都无畏惧。而疆场殉职，宜慰忠魂也。迨日寇偷渡重洋，首沦孤岛。先布肃清之令，更颁炮烙之刑。公冶被诬，同羁缧绁；赢秦肆虐，重演焚坑。暴骨露尸，神号鬼哭。虽扬州十日，无此奇冤；嘉定三屠，逊兹浩劫也。所幸两声原子，三岛为夷；八载深仇，一朝暂雪。第飞扬白帢，虽远竖于东瀛；而闪烁青磷，尚游离于南郭。屿过岘首，空怀坠泪之碑；鹤化辽东，未见表忠之碣。言念及此，情

---

①　《许云樵往来书信集》，廖文辉、曾维龙纂注，新纪元学院马来西亚族群研究中心 2006 年版，第 232～233 页。

何以堪？槟屿赈会，早经议决，亟思掩盖，借安英灵。奈经处处搜寻，始得一丘之荸。兹者卜地旗山之麓，建立丰阡招魂。槟海之滨，来归华表。漫说泽枯有主，定教埋玉无忧。庶几取义成仁，亘千秋而不朽；英灵浩气，历万古而常昭。[①]

管震民（1880～1962），出生于浙江黄岩，1900 年中秀才，1905 年考入京师大学堂博物科，1908 年毕业，在山西、河南、浙江等地任教，1934年到马来亚，任槟城钟灵中学国文科主任，1950 年退休，是著名诗人，有《绿天庐诗文集》等多种著作行世。这篇碑文，义正词严，慷慨激昂，感情充沛，气势沉雄，语词恳切。自始至终皆用对偶，偶杂散句，用典很少，明白爽利。其中"曾沦孤岛""布肃清冷"，指日寇侵占新加坡后对华人实施"检证"，"肃清"抗日分子，许多人被拘捕处死。文章将孔子弟子公冶长无辜入狱，秦始皇焚书坑儒，清兵入关后在扬州、嘉定的大屠杀与日寇在新加坡的罪行做类比，是以骈体文记现代史的成功之作。笔者曾游历槟城，亲笔抄下这篇碑文，后来在别的书中也见到其他人引用，可见已产生广泛的影响。1947 年，管先生还有《钟灵中学殉难师生纪念碑文》，也是骈文，比此文略长。据有人调查，马来西亚和新加坡有 27 处抗日殉难烈士纪念碑。

**曹庭辉《雪兰莪华侨机工抗战殉难烈士祭文》**（1947）。

抗日战争期间，由雪兰莪华侨筹赈会派遣回国服务的机工共有四批，合计 179 人，其中殉难者 18 人，为了纪念他们的功绩，雪兰莪华侨筹赈会在吉隆坡广东义山建立了一座纪念碑。1947 年 11 月 30 日，举行了隆重的揭幕仪式，由中国驻吉隆坡领事邝达主持，由筹赈会总务曹庭辉宣读大会祭文，如下：

雪华机工，千古钦崇。请缨卫国，万里从戎。同仇敌忾，国而忘躬。破运输之纪录，显技术之神通。朝驰弹雨之下，夕宿烽火之中。渴饮毒泉，饥餐野荮。惟急刍粮之供应，不惮精神之疲瘵。置生死于

---

① 傅吾康、陈铁凡合编《马来西亚华文铭刻萃编》，马来亚大学 1982 年版。

度外，能牺牲为英雄。成仁取义，血染碧丛。磅礴兮浩气，凛冽兮英风。揽狂澜于既倒，垂令誉以无穷。八年艰苦抗战，一旦胜利成功。复国土不遗寸土，囚夷虏如缚（苍龙）。雪耻复仇，感动苍穹。敬陈奠馈，用报精忠。在天之灵，鉴此微衷。哀哉尚飨！①

这篇祭文，从始至终全文用韵，多数对仗，少数散语。不用典故，平实如话，气势充沛，感情真诚，读起来铿锵有力，朗朗成诵，与管震民的槟城华侨抗战机工罹难同胞纪念碑文相得益彰，都是珍贵的历史文献，也是很好的文学作品。作者不详，暂系宣读人曹庭辉名下。

## 四 当代新马骈文

写于二十世纪五十年代至八十年代初的新马骈文，内容属于个人诗文集序文和诗文社团活动启事，都是纯文学性作品，作者都是从中国来到南洋工作然后定居的高级文化人士。艺术水平相当高，同一时期中国大陆基本上看不到骈文。

**陈蕾士《乘桴集自序》**（1953）。

陈蕾士（1918～2010），祖籍广东潮州，南来后入马来西亚籍。曾任教于马来西亚麻坡中化中学、槟城钟灵中学、"国立"台湾艺专、中国文化大学、香港中文大学，兼任中文大学中国音乐资料馆馆长，主讲中国音乐史及中国音乐专论。先后应邀到英、美、法、意、德等国家举行古筝演奏及演讲，终老于马来西亚马六甲，享年九十二岁。文学著作有《乘桴集》，其自序是骈体文。

游名山以养气神，早契乎史迁（司马迁）；破巨浪以拓胸心，更迈乎宗悫（西汉宗悫）。是以独着征衫，辞家去国；遂乃专持壮志，航海梯山。西趋欧土，吊罗马之废墟；南探非洲，瞻埃及之古塔。历四载于天涯，行云流水；置一身于物外，鼓琴赋诗。感六千年之隆替，谱

---

① 祭文见《马来亚抗日纪念碑图片集》，雪隆区纪念日据时期殉难同胞委员会编辑，1999年版，第75页，马来西亚华社研究中心图书馆收藏。

入弦中；举三万里之风光，罗收笔下。所憾异域归来，滇池复燃劫烬；尚喜同侨聚处，南洋堪当故乡。偶检钱囊，竟成诗袋；重翻草稿，宛见萍踪。懒写乱离，让少陵于曩昔；闲吟幽胜，容蕾士于今兹。未敛楚狂，略存乎我；有加郢断，还待其人。一九五三年秋，陈蕾士识于马来亚。

《乘桴集》是作者的海外诗集，书名取自《论语》。内容包括他"历四载于天涯（游欧洲非洲共四载），行云流水；置一身于物外，鼓琴赋诗。感六千年之隆替，谱入弦中；举三万里之风光，罗收笔下"，以及与同修聚住南洋等感受。文章紧扣行踪、经历和志趣爱好，是抒情而兼叙述之作。

**黄勖吾骈文四篇。**

黄勖吾（1906～1980），原籍广东省澄海县（今汕头市澄海区），中国中央大学毕业。曾任师范学校校长、中学校长、中山大学中文系副教授、南华学院中文系教授。后来到新加坡，任师资训练学院讲师、南洋大学文学院中文系教授、南大李光前文物馆主任、新加坡中华书学研究会顾问等。辞章书法均驰誉艺林，主要著作有《艺术与人生》《中国文学史略》《中国国学常识答问》《诗词曲丛谈》《中国文学论丛》《白云红树馆文钞》《诗钞》《词钞》《白云红树馆草书洛神赋》《白云红树馆草书千字文》《中国书体与书法》及《白云红树馆书法选辑》等。其骈文有：

**《白云红树馆词钞自序》**（二十世纪六十年代末）。

余少耽词章书艺，长炙者宿师儒（自注一），法帖名碑，多所临习；雄文丽藻，靡不浸淫。洎乎卒业国立中央大学，回潮主持海师校政（自注二）。涉历稍深，钻研较广；渐窥宇宙之恢奇，益向人生之真趣。于是夜雨红楼，秋风白纻，花影镜中，酒痕衫上，固多因时寄意，即景成吟。而走马郊原，泛舟海曲；乱山照眼，层云荡胸，亦每佳与相洽，新词载搜。

迨抗日军兴，神州鼎沸；黉舍播迁（自注三），文俦离散。余乃出曲江，走坪石；讲学中山（自注四），接席文院；肩建国之宏业，续树人之远猷；借彼丘壑，陶我灵襟，行吟竹径，读画松原。绝车马之喧嚣，具山村之宁静；欣啸傲于林泉，邕徜徉于风日，藐是遭逢，获兹清福，殆非天假耶？然而举头岭表，侧耳尘寰，哀鸿遍野，尸骨盈途，则又不免有黄图赤县（自注五），发指皆裂之恨。

抗战结束，烽燧旋燃，余窜身香澥，案笔炎方；托迹星洲，敷教南大。曩岁积稿，固成劫灰（自注六）；畴昔藏书，亦告漂涣（自注七）；读庾子山哀江南之赋，观李清照序金石之文，回首前尘，良堪浩叹！

历经丧乱，几易沧桑，南来廿年，倏逾周甲；壮怀未减，短鬓先秋。顾文酒歌钟之会，海天烟屿之游，未曾不寄情翰墨，托志缣缃也。偶检吟囊，颇多新制。比承友生殷属，先行选刊词稿百二十首；诗文两部，则俟来年。

方兹小雨才收，庭花弄影，林镫初上，海月当窗。剩孤抱之信芳，嗟余怀之靡骋；虽操觚以率尔，终含毫而邈然矣。

以下为作者自注。自注一：余弱冠负笈金陵，于辞章书艺之学，多赖吴瞿安、汪旭初、黄季刚、王伯沆、胡光炜诸名师之启迪。自注二：汕市海滨师范学校，为余禀可先严俊卿公于1932年独力创办，1936年奉令改办完全中学。自注三：1939年春，烽燧传警，海滨中学内迁潮安、揭阳、普宁等县区，弦歌赖以不辍。1945年，始迁回汕市原校。自注四：中山大学文学、师范两学院，于抗战期间，均迁粤北坪石。自注五：庾信哀江南赋有句云，"尔乃桀黠横扇，冯陵畿甸，拥狼望于黄图，填卢山于赤县"，盖借此意以喻日本军阀之残暴不仁，野心无已也。自注六：余曩年居中国，先后撰骈散文五十余篇，语体文七十余篇，诗、词、散曲都六百余首，当仓卒离汕时，全稿悉托亲戚代为保存，嗣彼以迫于环境，皆付焚如。自注七：余在汕市藏书二万余卷，暨书画金石教百件，均于战乱中散失。

通过自注可以看出，《白云红树馆词钞自序》带有自述生平性质，其中对国家患难、身世漂流、情感变化有精练的概括。

**《代绿椰诗社征集吟朋小启》**（二十世纪五十年代）。

夫感人观物，本情性之指归；言志和声，共乾坤而晖丽。汉魏光两周之制，三唐荜六代之华。盖彬彬其质，郁郁乎文已。

若乃西园飞盖，史籍志其风流；东阁清吟，长安传其韵事。复乎范氏十题，漪欤微之百韵。方霞波而并媚，等珠玉以齐辉。用能响臻一时，艳称千古矣。

吾辈浮槎海外，不斟词人；讲学炎方，偏多吟侣。晓风细雨，时起同谷之歌；古树斜阳，每萦登楼之赋。睇沧溟之浩浩，我化惊飚；靓皎月之娟娟，人同栖鹘。然而芳堤十里，灯火万家，江甸如棋，琴尊自得，亦足以遗尘虑，渝灵襟，抒孤啸，振清辞也。

仆等楼船泛海，颇类猿鹤之萧闲；席帽看山，略同烟岚之洒脱。想诸君子玉壶在抱，佳兴与同。爰本嘤鸣之旨，征集兰蕙之朋；组绿椰之诗社，效松陵之唱酬；订书人之合节，发纪念之新刊，谨驰碧笺，敬迟佳什。

此文写作时间可能在到达新加坡之后。绿椰诗社是新加坡的一个诗社，其中"微之百韵"指唐元稹与白居易以百韵唱和。"范氏十题"指北宋范祖禹有十题写景诗。"西国飞盖"指曹植兄弟与七子在邺下西园宴聚赋诗。"东阁清吟"指西汉丞相公孙弘开东阁迎客馆以招天下之士。

《黄二山书画印集序》（1961）。

昔柳子南徂，文传八记；庾郎北去，诗咏千章。少陵之同谷七歌，子瞻之赤壁二赋。固多以时势推移，人事递变，江山异乎故土，风物适乎殊方。于是感怀抒志，即景成文。其侘傺虽系于一时，而声华终垂于万古。艺林盛事，史有足征。

黄君二山（载灵字二山，号拙园），秉性卓荦，少耽书艺，壮游燕京。获缔交于时贤，胥专力于古籀。岁序迭迁，人书渐老。行行邺架，无非盘盂；页页宣笺，悉是钟鼎。既而鸣弦粤市，益味道以披文；振锋台山，更雕龙而绣虎。水流花发，渊乎灿矣！

泊夫粤海告警，神州鼎沸，君乃浮槎南服，橐笔炎方；执教之余，潜心艺事。染翰书蕉，若春虹之饮润；镂金刻石，类丹鸟之衔施。写梅花于玉轴，韵出孤山；描雪干于冰绡，神来洛浦。每值春秋佳日，景物妍和，清风动袖，淡日浮曛，辄提壶觅句，倚栏高歌。心傍闲云，行同野鹤，所谓文字外无真事业，画图中有小沧桑（清人孙原湘句）。是非双遗，悠然湖海之间；得失两忘，不在筌蹄以下（清人吴慈鹤句）。均足为君一志艺文，忘怀得失，萧然尘外之洒脱生涯写照矣。

君迹选连年所作书、画、印多帧，拟辑专集，嘱序于余，不遑辞让，爰引其端，用诒知者。①

此文为一位书画家朋友作序。其中"柳子"指柳宗元，"庾郎"指庾信，"少陵"指杜甫，"子瞻"指苏轼，"粤市"指广州，"台山"指广州台山县。

**李冰人骈文四篇。**

新加坡、马来西亚华人华侨，长期以来有集会结社吟诗、作文、绘画、演唱的文化传统，至今不衰。关于两地旧体诗的写作，新加坡学者李庆年已出版专著《马来亚华人旧体诗演进史》（上海古籍出版社 1998 年出版）。他只写到诗，而未涉及文。实际上，在新马两地各种诗词社所集结的诗词集中，不少序言及雅集启事，往往是骈体文，其中不乏名家名作，李冰人就是一位。

李冰人（1910～1980 以后），原籍福建南安，从事教育及新闻工作，抗日战争期间曾任中国战地记者，有《滇缅公路周巡记》《川康见闻记》《西北征程》等著作。光复后来到马来亚，任槟城《北斗报》经理，相当长时期居住麻坡，1973 年、1975 年、1977 年，连任第一、二、三届麻坡南洲诗社社长，先后出版诗集《黄花集》《踏青牧草》《黑夜无题草》等。在他的策划下，南洲诗社先后编辑出版《南洲诗词汇刊》《甲寅十届泰马诗人中秋雅集专辑》等书。除写作诗词之外，李冰人亦作骈文，尤善书启，1980 年后移居台湾。

**《癸丑上巳雅集启》**（1973）。

曲水传觞，一代雅留逸韵；兰亭修禊，千秋胤续流风。仰永和之

---

① 以上陈蕾士、黄勖吾二位的骈文，由新加坡华中初级学院吕振端博士提供。

遗徽，开来继往；诵逸少之集序，怀古感今。洛邑泛杯，周公已矣；春沂浴舞，夫子喟然！令节难逢，韶景易逝。不有觞咏，何申雅怀？而况涕泪新亭，举目有河山之异；被襏旧俗，宏徽历世代犹赓者乎？地虽迥异山阴；情却偏萦兰渚。晋时癸丑，倏届廿七，花甲重周；今岁上除，服成五九，冠者共咏。则健等雅属同好，志笃清吟，对此芳辰，弥思佳契。爰订三月三日下午一时，假座麻坡漳泉公会契集。效永和之故事，叙右军之幽情。崇山匪遥，修竹在迹；品类可察，视听足娱。尘虑不牵，幽景任状。临流觞引，盛事何殊当年；即兴豪吟，佳篇定盈彩篚。嘉会既洽，骚朋盼临，是启！

这篇启事学习王羲之《兰亭集序》，时间上溯二七花甲即一千六百二十年前之东晋永和九年，许多句子化用《论语》《兰亭集序》及李白《春夜宴从弟桃李园序》。其中"洛邑泛舟，周公已矣"为僻典，出自《世说新语·言语》，过江诸人，新亭饮宴，周剀叹曰：风景不殊，正自有山河之异。时人以建康山似洛阳多。

《甲寅中秋第十届诗人大会启》（1974）。

癸丑良辰，迅白驹之陈过；甲寅佳节，随丹桂以芬临。缅邈流风，情驰千里；播传逸事，韵镂两间。念浩荡之鸥波，盟殷海曲；怀翩跹之鹭侣，彩缀词林。挖雅扶风，不分夷夏；兴诗敦教，何限东西？此十届诗会所由来，亦中秋雅集之延续也。

在昔浩然赏秋，曾联诗于秘省；袁宏泛渚，独咏史乎清宵。幽情既以潜生，逸兴随之遄发。南楼庚亮，雅致偏浓；西院晦堂，佳兴不浅。而况圆蟾乍睇，有客梦萦鄜州；皓魄方盈，无家赋怆王粲者乎？

是以天南羁客，海北骚人；倡社讴吟，修盟雅唱。合艾首先奋蠡，槟榔继起扬旌。春府怡保，亦趋亦步；盘京鹤屿，再厉再赓。无间中秋，钵弥击而弥远；有成九届，韵愈催而愈高。振华夏之天声，续东南之觞咏。抑何其盛，斯亦足豪也矣。

比值桂月又届，秋节重逢，冰人迭承北南吟友书催，远近骚朋简促，坚推接办，殷瞩主盟。重获同社诸君，诒谋借箸。雅集依旧，麻坡权作崔庄；腔律竞新，乐府尽歌水调。此地滨海，风帆赭送烟霞；
小城襟江，榔橡青窥岩壑。星桥虹卧，波影悠悠；渔歌浦闻，云光袅
袅。湛修兰芷，挹良夕之清芬；朗接桂蟾，焕皓空之流照。风物如画，
韶景堪图。穷香色之纯嘉，极视听之浩丽。所望寰中俦侣，振素羽于
江湖；域外骚朋，启雕轮于京国。联裾光莅，接袂翩临。韵续西昆，
齐觇瑶章玉律；风高北社，共贻俊句鸿篇。密字分题，新词迭唱。实
所企也，岂不壮哉！

　　文中提到的合艾是泰国南部城市，距离槟城很近。槟榔即槟城，盘京
即曼谷，古代又称盘谷。麻坡是南马古城，在作者笔下，风景如画，令人
向往。文中叠举文人典故。传说唐代孟浩然在秘书监作诗赏秋，东晋袁宏
月夜舟中吟诗，谢尚泛江牛渚听而赏识之。东晋庾亮在江州南楼聚宾客，
杜甫鄜州怀家人，王粲登楼思故园，五代有《西昆酬唱集》。据清人刘蓉
《养晦堂文集》之《习惯说》，刘蓉少时在其养晦堂之西院读书，思有弗得，
环步室中以旋……这些典故，引导读者穿越历史的时空隧道，与古代文人
唱和、对话，正是诗情勃发的表现。

**《主办丁巳诗总二周庆典启》**（1977）。

　　　时光逝水，诗总诞生，倏忽已告三载；菊蕊临风，佳节伊迩，转
瞬又是重阳。溯锡都发轫，群贤毕临；鹤屿赓歌，大雅庚止。既佛洞
之寻幽，主宾共抒雅愫；亦登高而望远，老少咸趋邀游。饱醉佳肴，
管弦同奏，笙歌悦耳，响遏行云。艺展琳琅，华堂绚烂。懿欤盛矣，
乐也奚如。本届东道，依序轮值麻坡；是处南陬，纵眼鲜有胜地。惟
江屏五屿，神话连篇；城号香妃，芳名久著。长虹卧波，临流尚堪觞
咏；金山胜迹，传说亦足低徊。窃维孔氏有不学诗无以言之训；孟氏
有舍正路而不由之哀。可知立身处世，惟诗教之是赖；制礼作乐，非
雅音将何成。同人等勉力接棒，深惭瞠后；宏扬汉粹，端望鸥朋。各
骋雅怀，争鸣何拘韵调；齐挥彩笔，佳作靡论寡多。谨备薄酌，伫候
嘉宾。爰献芜辞，聊当蝗引。

　　此文中提到的锡都指怡保，以产锡闻名，佛洞当指怡保的霞雾洞，艺展指洞内陈列的诗文书画。五屿指马六甲，城号香妃指麻坡，它又名香妃城，有许多神话传说。金山又名礼让山，是南马最高山。这次庆典又由麻坡做东，所以列举各种名胜，以吸引来宾。与前引十届大会启事稍有不同的是，此文更强调孔子说的不学诗无以言，和孟子讲的舍正路而不由，以及制礼作乐，雅音诗教的赓续，需要同人勉力接棒，经常办下去，展望更长远了。

　　《南洲诗社七周年纪念特刊序》（1980）。

　　　　昔者庄写仕楚，未忘越吟；苏武使胡，犹持汉节。越王迁流异土，山木讴兴；钟仪羁絷他乡，伶官操作。而况马邦华裔，原是黄帝子孙。书既同文，一本鲁公训诂；声已同律，无悖毛氏葩经。盖皆脉脉相承，宏此诗教；绵绵靡替，扬我天声。所以汉槎谪边，长传秋笳之集；赤崖戍堡，不废蔗庵之吟。此殆李陵所以台筑望乡，企首瞻汉；庾信之所以答移市教，舞鹤故梁者欤。

　　　　大马南洲诗社，创立癸丑重三。时值兰亭禊集第二十七度花甲之重周，亦即吴会风流千六百廿年之赓续者也。诸子来自马峤各郡，群集被襹麻水之滨。济济衣冠，无殊江左，猗猗林竹，未异会稽。举目河山，一序（指《兰亭集序》）偏伤逸少；寄情觞咏，片石独传兰亭。劫尘共懔红羊，空山徒哀朱噣。慨其叹矣，宁不悲哉。

　　　　然而词客风怀，非仅潜思往古；骚人偏臆，要在开创来今。囚首南冠，何裨末造；倡诗北郭，冀挽狂流。岳武穆怒发冲冠，气吞胡羯；谢皋羽酹觞击石，洒洒严台（严子陵钓台）。荩臣之衷曲如斯，志士之悲怀何极。七载心力，无限艰辛；十丈吟旌，几番歌哭。总恪至圣兴观群怨之旨，勉属温柔敦厚之辞。诗刊已出二十四期，作品诇止百千万首。四始以具，六义毕陈。非敢诩为黄钟正音，要皆厌闻黑釜雷响。陆游爱国，岂少冰河铁马之吟；杜甫忧时，尽多天宝乱离之什。笳声动地，越棉鏖战方殷；腥臭薰天，东南烽火靡已。劫馀猿鹤，半漂泊以沉洲；黩武霸强，竟蚌鼓而侵境。阴魂化碧，冤血流丹。蒿目时艰，篇有难民之叹；关心世局，课有鹬蚌之伤。盖其悲天悯人，原本之肺腑；而直飒隐刺，实出诸衷肠也。

回瞻故社，几策嘉猷；既倡诗词，亦与书画。旧囊新酒，力以时难写入篇中；咀英嚼华，总期典实表彰行里。书穷真草隶篆，画擅山水虫鱼。素绢辋川，诗中有画；彩笔元镇，画里有诗。一集风行，四方口誉。间曾两开书画义卖展览，各为麻鲞独中筹资。杯水车薪，略尽绵薄；聚沙集腋，赖以助赏。甲寅中秋，主催十届诗人雅集；丁巳重九，接办三度诗总题襟。侣栖半岛，韵荡九秋。均有专辑梓行，聊志雪泥爪鸿。偶然觞咏，固知无补于时；慨尔讽题，亦冀有所矫俗。宁静王之句，凛尚千秋；文信国之歌，壮垂万世。岂不然矣，庸何疑邪。

乃者故社诸子，飞函于予。拟趁创社七周年，出版纪念一巨册。各选清词五阕，佳诗十篇。类汉上之诸朋，题襟载咏；效闽中之十友，联艺催诗。腾健笔以敲铿，托清音而长啸。荡氛氲于尘外，结窈窕于心中。盟鸥以游，泛清波于东海；坐烟而语，寄幽郁于西台。鱼鸟喻怀，仁智足乐；樵渔谐趣，谣韵堪传。

谓将付排，嘱余作序。余也羁迹云海，浪游江湖；怜双鬓之有丝，愧寸胸之无墨。哭歌半世，哀乐未分。敢秉退彩之毫，勉弄已钝之斧。爰扪数语，用弁是篇，谨序。庚申孟夏下浣序于台北之士林。①

这篇序文比较长，对南洲诗社七周年的活动做出总结，提到中国古代许多流寓异乡的名人典故，如庄舄、苏武、越王勾践、楚伶钟仪、李陵、庾信、杜甫、陆游等等。"辋川诗中有画"，指王维，"元镇画中有诗"，指元代大画家倪瓒。"闽中十友"又称"闽中十子"，指明代福建诗人林鸿、王恭、王偶、高棅、陈亮、郑定、王褒、唐泰、周宏、黄玄。"红羊劫"指国家遭劫难，"朱嘱"指杜鹃啼血，思念故国。"宁静王"指明末宁靖王朱述桂，永历十八年入台湾，清师伐台，他与全家自缢，大书绝命词于壁。序文将诗歌创作与二十世纪七八十年代一些重大国际事件，如越南与柬埔寨交战东南、战火不息等现实苦难联系起来，增加了对社会历史的伤感，

---

① 李冰人的四篇骈文，均见《麻坡南洲诗社成立七周年纪念特刊》，麻坡南洲诗社1980年印行，马来西亚华社研究中心图书馆收藏。

而不只是嘲风月弄花草而已。文中提到"半岛"指马来半岛,"大马""马峤"皆指马来西亚。"麻銮独中",指麻坡中化中学和居銮宽柔中华中学。所谓"独中"是指由华社自主建校,经费自筹,不接受政府拨款的华文中学,所以需要义卖书画来筹资。

以下为马来西亚佚名作者骈文二篇。

**《马来西亚诗词研究总会四周年庆典暨第五届诗友中秋槟城雅集小启》**(1979)。

> 三迎重九,两赏中秋,此本会所主催之雅事也。记去岁回旋怡市,订今秋来聚槟江。一城灏景,又谱水调歌头;大地清徽,复谱箫修月底。渺云水之一方,眺烟波之万顷。蟾明天上,秋泛渚中。允宜橐笔鸣珂,合应披笺唾玉。流连节物,抚弄时光。叙前游以桂酿,温旧梦于槟榔。信知扰攘尘氛,天犹有恨;何况推移季序,月岂常圆。行乐及时,咀含有味。伫看笔阵摩空,临风竞赋;谛听诗澜激岸,放臆齐抒。爱此清宵,莫负寄情写景;愤他浊世,何妨骂鬼诅神。倚小令以填词,向长夜而赌韵。好把金茎丽句,尽蓄吟囊;冀将墨海新声,俱收篇帙。藉以播流,资为谈佐,庶几雅风弗坠,诗学宏扬,于胥乐兮,岂不快哉!爰呈喤引,用当嘤鸣。

这篇《中秋槟榔城雅集小启》,作于 1979 年。作者未署名,当出自槟城诗社某诗人之手,是一位老练的骈文高手,竟然主张"愤他浊世,何妨骂鬼诅神",是大胆的高论。文中的"怡市"指怡保,"槟江"指槟城,皆分别有诗社。

**《马来西亚诗词研究总会五周年暨第六届诗友中秋雅集小启》**。

> 时维桂月,岁属庚申,三五蟾圆,水天玉洁。效袁宏之泛渚,鸥侣共欢;讴苏子之歌头,前情堪忆。旗撑霹雳,会盟年际五周;轮值麻城,击钵欣逢六届。望金山于云间,艳传妃子;浮五屿于江口,孕溺伊人。丹绒景淑,迎来裙屐翩跹;麻港桥横,看尽鱼龙曼衍。信知匆匆节序,行乐须贵及时;滚滚氛尘,排愁莫如借酒。何况霜压遥天,

愿睹黄花节劲；镜悬琼阙；合邀雅友光临。蔬肴香茗，漫裹滕阁遐思；
贱云墨海，待写庾楼丽句。仁看彩笔齐挥，烽烟力扫；共祝诗风丕振，
汉粹宏敷。爰陈俚引，仰瞻吟旆，惠然肯来！

此文又题《主办庚申诗总五周年庆典启》，作于 1980 年，作者未署名，
但全书最后有"马来西亚诗词研究总会下属麻城南洲诗社报启"字样，可
知作者是麻坡诗人。不可能是李冰人，因为这时他已辞去南洲诗社社长，
寓居台北，很有可能出自继任南洲诗社社长周清渠或副社长周庆芳之手。
其中提到"霹雳"指马来西亚霹雳州。"艳传妃子"，指香妃传说。麻坡又
名马哈拉尼市，马来语为皇后之意。"丹绒"是地名，在麻坡河海边，风景
怡人。"袁宏泛渚"已见《甲演中秋第十届诗人大会启》说明，"苏子歌
头"指苏轼的名作《水调歌头赤壁怀古》。"滕阁"指王勃所记之滕王阁；
"庾楼"指庾亮曾聚会之南楼。[①]

（本节的资料采集和典故解释，得到新加坡林徐典教授、吕振端博士、
马来西亚徐威雄博士、廖文辉博士、上海刘永翔教授、北京赵伯陶编审的
帮助，谨志。）

## 第九节　泰国、印度尼西亚骈文举隅

### 一　泰国骈文举隅

泰国与中国早有交往，明清以降，华人移居泰国甚多。泰国第一所华
文学校始建于 1782 年，不久停办，1851 年重建。1905 年曼谷福建会馆创
办万源学校，1907 年建坤德女校，1909 年同盟会开办华益学校，1914 年
建明德学校。1914 年至 1939 年间，先后成立的华校近三百所，1939 年以
后遭到摧残。抗战胜利后逐渐有所恢复。泰国第一份华文报纸是 1903 年
出版的《汉境日报》，1907 年有《华暹日报》，1912 年有《中华民报》。

---

① 上述两篇骈体小启均引自马来西亚诗词研究总会主办《第五六七八届中秋雅集酬唱录》，
怡保山城诗社编辑，马来西亚诗词总会 1983 年出版，马来西亚华社研究中心图书收馆藏。

稍后有《美南日报》《同侨报》《中华日报》《联侨报》《国民日报》等，为华文交流提供了平台。相当长的时期内，华社之间沟通的文字就是古典散文和骈文，五四以后逐渐用白话文。目前，收录泰国文言文最多的书籍，当推德国旅马教授傅吾康主编的《泰国华文铭刻萃编》。此书所收限于金石木刻之文字，纸质本之文书不曾入选，尚有待收集。现依写作时序简介数篇如下。

佚名氏，**昭应庙《万古流芳碑》**，光绪元年（1875），曼谷。

序文如下：

> 曰若稽古，昭应庙名，盖谓其孤魂昭明而灵应也。溯厥受封，原自南郊；名其尊号，创于北国。我等素蒙恩庇，未报神光。别井离乡，急难求之则应；梯山航海，险阻祝之则灵。既感应之相孚，宜报答之不爽。窃恐号风泣雨，莫莫其幽灵之栖依；必尔僻古穷崖，反形其饕餮之为厉。所以众志成城，同心立庙。每逢瓜月，必设兰盂。行见神有灵爽之式凭，人多福祥之共迓。于是乐捐，各倾囊箧。自兹新庙，共睹竹松。商者鸠工庀木，巍峩庙貌以维新；经董峻宇告成，士庶芳名而共泐。庶几集腋成裘，肇万世之丕基；旋异肯构有志，绍千年之光迪。则莫为之前，虽美弗彰；莫为之后，虽盛弗传。猗与休哉！俾昌而炽。神其鉴之，中和且平；人多善愿，福有攸归。芳姓佳名，垂于奕祀。镂金刻石，示于来兹。不觉登斯楼也，有其喜洋洋者矣，因乐而为之序。

> 光绪元年岁次乙亥孟秋月十有八日全众立。

从此文看，昭应庙所祭祀不是某一位神祇，而是不知姓名的孤魂而有灵应者。序文大多数对偶句，只有少量散句。序文之下是乐捐人姓名及所捐银数目。银字写成"艮"，单位为"五末""十末""二十末"，"末"当是货币或重量单位，待考。

佚名氏**《许公陵墓碑》（节选）**，光绪九年（1883），拉廊。

> 为圣上恩诏封褒嶙唥大郡侯许泗漳事。［漳］系福建漳州府龙溪县

霞屿社人氏，自二十五岁，出漳郡而入蓬雅，受室经商；振长策而张远略，裕后光前。华道光乙巳年正月初五日，朴总兜圣上封为啷呀主，尚属章笨省节制。时啷草昧未开，住屋只有十七家。至漳鸿荒甫辟，居民遂成数千户。熙来攘往之辈，或随山洗锡，以资其生涯；或服贾[牵]车，以收其利泽。昌而炽，蓍而艾，实繁有徒矣。甲寅年，朴总兜圣上加封为啷郡伯。时华人等，类聚群分，民居愈见稠密，而漳所垦版图，展增益广；所输国赋，年盛一年也。圣上念其忠勤可嘉，壬戌年三月廿五日，封为啷郡侯。从此易州作郡，幅员直属京师矣。兹圣上再褒封为嶙啷总督大郡侯。念漳历仕三朝至五朝五帝，上能致君，以匡王国；下能泽民，以厚众生。鞠躬尽瘁，其盛烈丰功，昭然共见。因将生平勋劳，赐铭勒之茔前，垂之永远，以为官商人等者鉴。

据泰国洪林、黎道纲主编的《泰国华侨华人研究》记载，许泗漳是泰国南部拉廊府的开拓者，生于嘉庆丁巳年（1797），卒于光绪壬午年（1882）。他最初开挖锡矿，后来担任税官，第二世泰王赐姓麟郎氏，第三世泰王赐封子爵，世袭城主凡三世。第四世泰王时，以其忠心耿耿，致地区繁盛，晋封侯爵。许泗漳的第六子许心美曾任泰国朝廷重要官职，封子爵，升甲叻武里城尹，升伯爵，又升董里府尹。1901 年，任普吉省长，是泰国华侨中第一位省长，在泰国橡胶种植史上有重要贡献。[①] 碑文题目之"许公陵"在泰国拉廊郡，许泗漳即许公陵之墓主，这篇碑文主要记述其生平事迹。拉廊原名嶙啷，尚未开辟时只有十七户人家，经过许泗漳的经营开拓，后来增至数千家，版图增广，国赋日多，所以泰王不断加封，由啷呀主（即城主），而啷呀伯，而啷郡侯，而啷郡大郡侯。国王念其功勋，死后赐石立碑勒铭，以垂永远。从碑文中可以看出华人移民对泰国的巨大贡献。文章叙事清晰，骈散兼用，写作水平一般，但是具有珍贵的史料价值。其中泰王名号"朴总兜"，地名"嶙啷"，有时称"啷郡"，有时称"啷"，

---

① 参看泰国洪林、黎道纲主编《泰国华侨华人研究》，香港社会科学出版有限公司 2006 年版，第 184 页。

有时称"唧呀",当是一地。还有"蓬雅""章笨省",均待考。①

**潘运启**，水尾圣娘庙《垂诸金石碑》，光绪十八年（1892），曼谷。

是神也，位闪南天，［水］娘高封，圣秉一心，以仁慈削险，猷于庶类，山穷水尽，灵无不通，祠宇荐馨香，几遍海岛。矧游子轻去其乡，冒不测之汪洋，犯殊方之风土。康宁福寿，托保障于声灵。奉为主庙以祀之，固其宜也。然自道光以来，多历年所。先父老早见及此，物力久而易尽，法制久而弥周。征特泣雨悲风，非所以妥尊神；即规模卑痹，亦不足与壮观瞻。宏等心乎此焉，爰建义举，邀集同人。谋面者流从，闻声者影响。陆续就绪，计得金三万数千有奇。此虽乐善所致，实亦圣娘阴有以成之也。于是庀材鸠工，大启尔宇，增式廓益，以显威灵。况者岁时拜献，跄济表局度之雍容；排解难纷，劈指联乡国之气诅，岂非盛事哉！谒付石勒铭，似近乎好名所为则非也。既往者之美意，勉后人之施行。因序数言，以垂不朽云耳。

据符致传《水尾圣娘的故事》② 介绍，水尾圣娘是"海南灵神"，水尾圣娘庙坐落在海南文昌市清澜港支流转弯处，以其位于水陆之尾闾，故名水尾。传说文昌市东郊潘家庄潘姓渔民网得一段木头，有灵性。而后其屋外长出一株龙眼树，树上常出现一位美丽慈祥的小姑娘，乡人以为神明，乃焚香膜拜，祈求平安。潘氏带头发动募缘，建庙雕像，以供祭祀，日久形成民俗，称女神为水尾圣娘，称神庙为水尾圣娘庙，称潘家庄发现圣娘之处为水尾圣娘军坡。每隔两年，定十月十三、十四、十五日为圣娘宝诞，届时将圣娘神像从庙中抬到三里之外的军坡，供民众膜拜，然后再抬回庙中。如此三日，沿途观者如堵，形成庙会。拜祭者有求必应，十分灵验。这一海南地方神灵，被传到泰国，故曼谷附近也有水尾圣娘庙。这块题为《垂诸金石碑》的文章，由廪贡生潘运启撰写，由潘宏辉总理扩建庙宇等

---

① 此碑文字参考《许云樵全集》第七册，《麟郎掌故》作了校勘，该书由马来西亚创价学会2015年出版。

② 符致传的文章见《槟城琼州会馆一百周年纪念特刊》，马来西亚槟城会馆 1966 年印行。

事，可能二人都是海南文昌潘家庄的后裔。碑文骈散兼用，作者虽是秀才之优秀生，然文学水平不太高，个别语句不太顺畅，修辞有欠讲究，可以对仗而不对，可以删削而未删者有之。

**庄笑生《磨艾埠本头公庙开光胜会纪事碑》**（1967），磨艾。

> 易曰：积善之家，必有余庆。人有积庆，毋亦为善必昌之义乎！溯我磨艾埠本头公庙，自经倡建以还，经之营之，今日成之，中间耗费人力物力，委实不赀。皆赖诸善信，乐善为怀，抱定当仁不让，见善争先为宗旨，慷慨解囊，聚沙成塔，集腋成裘，得其早日完成。功果非鲜，诚堪褒奖。值兹开光圣典，本届庙理事才疏德薄，任重道远，荷蒙各方鼎力相助，出钱出力。使游神胜会，盛况空前，共瞻殊荣。缅怀者（这）番伟绩，全仗各善信积德之心。同人等无以为谢，敢求圣神，福自天申，佑我后人。所为扶持自是神明力者，是诚然也。爰特敬送"神光普照"匾额，藉留雪痕鸿爪，以示不忘也。鲲生不才，甚且无学，之无初通，执笔自知涂鸦；鲁鱼未解，挥毫何敢题凤。不外以至诚之心祈神，以至明之□显□。物华天宝，地灵人杰。风调雨顺，国泰民安而已。沐恩治子庄笑生敬撰，公元 1967 年 4 月日立。

磨艾是泰国地名，本头公是中国岭南地方神祇，华侨带到泰国，在多处建庙祭祀。"开光"是在庙宇落成之际为神像揭幕时的一种仪式，同时举行游神庙会活动。这篇碑文为纪念此次胜会而作，骈散兼用，写作水平不太高，有些句子拙朴，扞格不顺。如"者番"当是"这番"之误，"得其早日完成"，应为"得以早日完成"。"以至诚之心祈神，以至明之□显□"语句不完整。如能补充二字，即可与前句构成对仗。[①]

除述上述四篇碑文外，泰国各地还有《倡建明德学校碑记》（1915，曼谷）、《倡建坤德女学校碑记》（1917，曼谷）、《韩江义山碑》（1927，宋卡），内容是建华校、修义冢。多数是散句，夹有少量骈句，不一一介绍。

---

[①] 以上四篇泰国碑文，分别见傅吾康主编《泰国华文铭刻汇编》，台北新文丰出版公司 1998 年版，第 70、562、30、328 页。其中字迹不清者以方框表示存疑或待补。

## 二 印度尼西亚骈文举隅

印度尼西亚，中国旧称爪哇，很早就有中国移民带去中华文化。长时期内，当地华侨以汉字为书写工具，以文言文（包括骈散）为主要应用文体，沟通华社并教育本族子弟。1729 年出现华人私塾，1787 年改称明德学堂，1901 年开办中华学堂，1911 年成立垅川华侨中学。中华民国成立后，爪哇各地华侨纷纷创办华文小学、中学，1919 年，全爪哇已有各类华校 200余间。1966 年后，被迫全部停办，21 世纪初陆续有所恢复。印尼的华文报纸《新报》，创办于 1921 年，附设副刊《小新报》，稍后有《天声日报》等多家。1966 年后全部停办，21 世纪陆续恢复。

印尼华人之骈文，今所见最早的知名作者，是清乾隆年间放洋的罗芳伯。他是广东嘉应州（今梅州市）人，生于乾隆三年（1738），中秀才后，考举人不第，1772 年与同乡青年出海。从虎门启程，经琼崖、西沙、菲律宾，到达婆罗洲。当时婆罗洲的坤甸、东万律、沙捞越、山口洋各地尚未开发。芳伯在坤甸组织公司采金，与当地土著及侨胞合作良好。由于他有文化，有才能，具胆识，懂武术，能合群，得到各界拥护。当时已侵入印尼的荷兰势力联合英国的东印度公司，多次向坤甸一带进行武装侵略。芳伯领导当地华侨奋起抗击，打退荷兰侵略者。芳伯又联络苏丹酋长，东西拓展，势力日益壮大。苏丹将东万律数千里地面归他管辖，治下人口有十一万。芳伯根据民众意见，建立自治政府，民众推荐他为国王，芳伯不接受。各方商议，建立兰芳共和国，以坤甸为首都，推选首长为大总制，称罗芳伯为大唐总长。时为 1777 年，是世界近代史上第一个雏形的民主共和国。

尔后，芳伯领民众，改进农业技术，扩大矿业，发展交通，建立学校，实行全民皆兵，保卫国家，民众的物质和文化生活得到提高。

他曾作《金山赋》，有云：

> 盖闻金山之胜地，时怀仰止之私衷。地虽属蛮夷之域，界仍居南海之中。岁值壬辰，节届应钟。登舟自虎门而出，南征之马首是东。携手偕行，亲朋百众；同舟共济，色相皆空。予自忖曰：既从虎门而出，定直达乎龙宫。无何，远望长天，觉宇宙之无尽；下临无地，想

云路之可通。真如一叶轻飘，飞来万里；好借孤帆迳达，乘此长风。时则从小港而入，舟人曰：金山至矣。但见满江红水，一带长堤。林深树密，渚浅波微。恍惚桃源仙洞，翻疑柳宅山居。两岸迷离，千仞岚光接翠；孤峰挺起秀，四围山色齐辉。几树斜阳，一溪秋水。兔魄初升，猿声四起。不闻牧笛樵歌，那有高人雅士？山穷水尽，潺潺之泉韵关心；柳暗花明，喔喔之鸡声盈耳。

若夫地当热带，日气熏蒸。草木曾无春夏，人事自有旧新。黄金地产，宝藏山兴。欲求此中生活，须从苦里经营。虽云人力之当尽，实为造化之生成。至于名物称呼各异，唐蕃应答攸殊。沙寮依然茅屋，巴历原是金湖。或岩或山，上下设施一体；是担是荷，往来实繁有徒。嗟嗟！早夜披星，满眼之星霜几易；晨昏沐浴，周身之汗雨交流。由郎漾荡于胸中，乍分还合；刮子婆娑于水底，欲去仍留。幸黄金之获益，羡白镪之盈收。

予也，材本鸠拙，志切莺迁。耕辛凭舌，砚苦为田。愧乏经商资本，惭非宿学高贤。假馆他乡，固既虚延岁月；奔驰道左，还期捆载凯旋。卑士作商，不惮萍踪万里；家贫亲老，常怀客陆三千。因而水绕白云，时盼望于风晨月夕；倘得堂开昼锦，庆悠游于化日光天。嘻嘻！蛮烟瘴雨，损体劳神。岂无志于定远，又何乐乎少卿。远适他乡，原效陶公之致富；登高作赋，实怀骚客之怡情。乃作歌曰："巍巍独立万山巅，云水苍苍自绕旋。如此好山如此水，蹉跎岁月亦潸然。"

"金山"即东万律山，因有金矿，故名。这篇文章属于骈赋，第一段记录初到金山之印象，以写景为主，第二段简括开发金矿之情形，以叙事为重点。其中"由郎"即"游廊"，是淘洗金沙用的竹筛，"刮子"是将带金沙的沙土刮入竹筛中的工具。第三段抒发数年奋斗的感受，纯属抒情，作者心情舒畅，有立功异域、致富海外的理想。文章视界开阔，气势充沛，对句多，散句少，常用四六，而少用典故。"定远"指东汉班超，通西域，封定远侯。"陶公"指陶朱公范蠡，经商致富，皆熟典。写作时间估计是在当选大总制之前。

他还有一首《遣怀》七言诗："英雄落魄海天来，笑煞庸奴亦壮哉。燕雀安知鸿鹄志，蒲樗怎比栋梁材。平蛮荡寇经三载，辟土开疆已两回。莫道老夫无好处，唇枪舌剑鼻如雷。"可与其《金山赋》合看。

据传说，1792年，坤甸河中有鳄鱼为患，芳伯仿韩愈《驱鳄鱼文》撰文驱逐鳄鱼，其文略曰：

> 维年月日，大唐总长罗芳伯，谨以刚鬣柔毛，致祭于山川诸神而告之曰：伏以圣德巍峨，降祥必不降孽；神恩浩荡，容物先贵容人。曾以呼风唤雨，赐士庶之恩膏；岂其害物伤民，负苍天之爱育。芳也，遨游南国，职掌于斯，出入往来，类皆赤子。孰非藉诸神之灵，而维持调护乎？然闻之，乐民之乐者，必当忧民之忧；食民之食者，必当事民之事。兹我坤镇总长所辖，迩年以来，鳄类不安溪潭。壬子之秋，连丧吾唐人之三子。跋扈如斯，罪安可逭？或者曰，三子宜受其咎。然下民之命，应终于天，否则亦当受终于国法。断不忍以无辜之民，饱于鳄鱼之腹。值前日，又丧吾唐人。肆行鼓浪之间，利锋谁挫？威逞埠市之侧，爪牙孰拒？势必率诸同人，叩祷诸神之前，投以猪羊鸡鸭，而安鳄鱼之灵。鳄鱼有知，其听吾言：夫海之中，虾鱼之细，无不容归。尔鳄鱼各从其类，藏形敛迹，而徙于洋，庶不得与吾人杂处兹土也。如不听从，是目无吾人，且目无诸神也。伏乞诸神，大振威灵，率雄兵，挥猛将，尽起大队人师，以涸鳄鱼之港，必使种类不留，庶小民有赖，升平有象矣。[1]

韩愈的《祭鳄鱼文》是散文，罗芳伯此文有相当多的骈偶句，去邪保民，态度坚决，限期离境，不得延误，措辞严正，文气酣畅，实为一封面向恶势力的宣战书。据说此后鳄鱼真的不见了。

1795年，罗芳伯病逝，享年58岁。之后有十二位华人总长继任。1884年，荷兰殖民当局再度武装入侵，兰芳共和国苦战三年，不幸失败，为荷兰所吞并。

对于罗芳伯的丰功伟绩，当地人民一直赞扬不已，至今还在纪念。有

---

[1] 参看李强辉《罗芳伯传略补遗》，载《梅北校刊》1990年版；张永和、张开源《罗芳伯传》，雅加达，和平书局2003年版，第277~278页。两文个别字句互有异同。

位同乡郑如薰应家人之约而作《芳翁懿行像赞》，其中写道：

> 翁居为愚西邻，无由一晤翁范，心甚歉然。犹得于耳熟之下，缕悉高躅，爰不揣固陋，窃效耳笔以扬徽云：缅彼哲人，芝兰其气。景兹良士，松筠其操。幼负岐嶷，旋弧早矢四方之志；长而贤达，树望不愧千里之驹。敦伦以孝友为先，接物惟刚直是务。英风遍布乎中外，义闻广孚于遐迩。择润山河，沛波光于亲故；诺重金石，耀丈夫之须眉。经霜雪者数十年，亭亭挺秀；历险夷者千百境，岳岳怀芳。业创贤劳，克勤克俭；永承令器，肯构肯堂。欣翁之卓立兮，迪光于前；卜翁之祐祉兮，克昌厥后。行将北阙荣旌，籍籍乎实大声宏，予叶德音而载赓。

郑如薰是罗芳伯的同乡晚辈，乾隆三十二年举人。这篇画像赞对罗芳伯的崇高品德做了精确的概括，除了开头几句，全部对仗，无一散语，且多四六句，选词古雅，语典贴切，显系骈文高手。

为了纪念罗芳伯，今天婆罗洲的坤甸有芳伯墓园和纪念亭，东万律有芳伯中学，其故乡广东梅州市石扇镇的梅北中学有芳伯纪念堂。[①]

下面依写作时序介绍五篇印尼之骈体碑文。

**陈立义《倡建牛郎沙里义冢壁记》**，乾隆二十六年（1761），雅加达。

> 义冢之建，贩吧以来，四定厥基矣。掩骼已经百年，埋胔奚音万骨。此我唐先世瘗旅之盛事……而必为报，吾修岂仁而独让。现任列位甲百丹，济明为心，赈幽在念。存饥溺由己之痛，行立建及人之方。爰鸠同志，劝襄胜举。各捐……牛郎沙里，于是马鬣可封，牛眠是卜。寒潮冲夜月，不作歧路之魂；怪鸟泣秋风，乌有无家之儿。……金谋告成，勒石纪名，此盛事也。上以媲美前徽，下而垂泽枯骨，岂不与……之举，共尸祝于不朽哉！故为之略而叙之，以贻后人，知歌颂之所由来云尔。

---

① 关于罗芳伯的事迹，参看黄玉钊《罗芳伯与兰芳共和国》，载印尼《泗水惠潮馆成立185周年纪念特刊》（1820～2005），新加坡中央图书馆收藏。

此碑文有些句子残缺不全，但大意清楚。"吧"是华人对印尼的华语简称，有时亦称雅加达为"吧城"。"牛郎沙里"是地名，"马臏"指坟墓形如马颈脖。"牛眠"，俗称风水宝地，"甲百丹"，即马来亚之"甲必丹"，是华社头领之音译。不少华侨客死他乡，无地安葬，同乡同姓之人为之设立义山、义冢，俾有所归依。东南亚各地华人聚集之处，皆有义山及碑记。此文不全，文字水平一般，作者生平不详。

**张煜南《棉兰关帝庙建造题缘芳名碑》**，光绪十一年（1885），苏门答腊，棉兰。

　　常思物华天宝，山川华钟毓之奇；人杰地灵，庶汇著阜康之盛。夫砂湾居日理之中，不通海口，上至马山，右出哩令，左往笼葛，龙盘虎卫，水绕山环，正四时产物之圻，乃商贾辐辏之衢也。夫我华人经营斯地，士农工商，屡欢大有，无非藉圣德之覃敷，岁岁降祥于市井；赖帝恩以默祝，时时锡福于人间。若不降其祀典，何以奉答神麻？兹通商公议，即以砂湾下地购基，创建庙宇，奉祀关圣帝君，财帛星君、福德正神，新塑灵像，恭进香灯。则丰□□□，斯足增赫耀，而愈显威灵，亦荐享式凭，既上妥□明神，即永叨福庇。第思工非一木，术愧点〔金〕。独力难持，众擎易举。爰集同人，设立章程，募簿劝捐。伏愿仁人君子，当思百粤情联；□冀□信男善女，各抒诚意，踊跃题捐。慷慨之士，钱拾杖头；殷富之商，金流布指。将见裘成囊腋，瓦□□鳞。由是早观厥成，神人赖斯。赫赫英灵，表恩光于万古；虔虔礼乐，荐俎豆于千秋。从此为官者簪缨奕世，为商者紫标朱提。喜看海国咸宁允矣。泽普众信□□□庆□□□，福有攸归。是为序。光绪十一年己酉岁孟冬日梅城张煜南榕轩氏敬撰。

民间对于关羽的崇拜，由来已久，至清初而大盛，中国各地纷纷建立关帝庙，隆重祭祀。旅居海外的华侨，把关公信仰传播于异国，以求保平安，消灾难，赐福祉，东南亚各地尤甚。印尼的关帝庙很多，有的庙碑长篇大论介绍关公的历史功绩，如何义薄云天，有的碑记讲述关公如何威灵显赫，有求必应。这篇棉兰关帝庙建造募缘碑，提到"日理"，今名"日惹"。碑文省略关公的介绍，详于山水环境的描绘形容，和对捐助者的殷切期望。大多数句子整齐，对仗工整，用词考究，可见作者具有相当的文学功底。只是有些文字脱落残缺，句意不明，否则，骈俪之文学特质会更加突出。

佚名氏《**始建龙泉庙信善芳名录碑**》，光绪十五年（1889），东爪哇，庞越。

> 盖闻卜地崇神，世之超然；筑庙奉神，佛之崇祀。伏查陈府真人公，祖籍本潮广世也。幼年勤业，事母至孝。雁行有三，昆仲友恭。格有仙风之范，艺如其工之巧。造王宫于峇厘岛，立仙籍外南梦埠。然而神光之赫，谁不讴颂不辍。窃以庞越隔奇镇良稀，人烟稠密，商贾往来之地，舟车辐辏之区，山川秀茂，港湾优良。云从高岫，结翠（微）之景；风从根亭，扫不轨之兆。四时昭序，八节循环。真乃古今之奇区。即于同治四年间，蒙温宝昌公等……感沐鸿恩，金商妥便，设缘募捐福户，卜地建筑神庙。愿筹向青彩云形龙地，倚沧海水泉滔（涛）声，因号龙泉庙。业即役驰赴外南梦，虔请主持前来庞越督建。公祖宝刹，巍巍尊大，赫赫称神，（内）外求祷，无不保赤为怀，遂定建庙。庙成，本拟砌石记存，不遂。遂于草率权书帖于壁上，不觉二十余载矣。恐墙损坏，建庙义举遗失，是以谅等细心改书于木板，而访教年高有德，咨询公祖始终底蕴，细心询问无遗。爰将前时捐献姓氏，谨写于此木板上，以招（昭）善信，则后世仁人君子，谁不好义于鉴前功庶。

此文前半段以骈句为主，后半段以散句为主，文字有错讹，语句欠通畅，但叙述大体清楚。峇厘岛，今称巴厘岛，是著名风景区，旅游胜地。庞越、外南梦，皆地名。从碑文看，庙主陈真人是一位道士，从广东南下印尼传道，得到信众崇敬，为之建祠立庙。从1865年到1889年，先后多次重修，可见影响不小。

佚名氏《**重建泗水文庙记**》，光绪三十二年（1906），东爪哇，泗水。

先五洲而开化者，中国也。居中国而集群圣之大成者，尼山夫子也。夫子生周之季，道大不行于当时，而行于后世。且不徒华族也，彼欧西异种，景仰至教，谓能实力奉行者，即可致世界第一等之富强。而不知果行圣教，实足以统一天下，而使万国合同也，区区富强云乎哉！属者泗水华侨，深以不学华文为耻，奋然兴教，创建学堂，远近相师，金爪淋漓。盛矣乎！其普教育也；诚矣乎！其切师资也。然犹曰，文庙隘而不宏，无以表尊崇之至，而见亲炙之殷。发议将茄吧山文庙，光绪初年吴庐二公所募建者，改良旧制，拓大新模，金请增地。于故地主大妈腰德泰郑公之令嗣，钦赐甲必丹泰兴君果也□，敬圣具有同心，欣然许诺，无少吝色。既献宅六间，复捐千金盾，以为阖埠倡。吁！世固不乏好义之人，然如郑公桥梓者，真近代所希也。由是乃集殷富，筹款聚资，鸠工庀材，定基造址，虔心筑之，斧之凿之，黝垩之，丹艧之。经六阅月，厥功告成。巍巍峻宇，有阶有庭，有殿有楹，高门五列，大牖六局。临斯庙者，举欣欣然有喜色曰：而今而后，凡我华人侨居泗水，得以升其堂，而入其室，瞻仰乎至圣先师者，微郑君之力不及此也。谨将其事而为之记。

东南亚各国的文庙不止一处，皆为祭祀孔子而立。此文与前人不同的是，作者生于二十世纪初，颇具世界眼光，认为孔子之道不仅行于华族，还可以行于世界，不仅可致国家于世界第一等之富强，还可以统一天下。这是对孔子学说的极高评价。华侨们以不学华文为耻，奋然兴教，创建学堂，文庙既是纪念堂，也是教育场所。文章前半段以散体文表达上述观点，文风有些近乎梁启超的新民体。后半段以骈句为主，主要叙述改建文庙，拓大规模，得到甲必丹郑氏父子的大力支持，从而使得文庙焕然一新。形容描绘，多用对仗，语言整齐，井然有序，在骈散兼用之文中属于上乘之作。"茄吧山"当是地名，"大妈腰"可能是封号。个别句子不太好懂，或许文字有讹夺。

佚名氏《天后宫乐捐碑》，宣统三年（1911），棉兰。

圣人以神道传教，能服天下之心；思王者以国社植基，能壮舆图之气。象懿铄哉！盛世规模，创于昔时，未尝不见于今日也。系夫天光普照，后德宏深。表齐圣而普恩威，作慈母而恢仁寿。如天后圣母者，其于往来商贾，远近居民，果经至诚所格，夫固感应而响，获福无疆。日里棉兰地，乃苏门答腊一隅。迩来舟车莅止，辐辏并臻，士商云集，日新月盛，诚为南洋一大都会也。予不敏，忝膺职守，〔不〕（承）乏其间。举凡所以护佑华商，俾之利赖穷者，罔不悉心讲求，冀臻治理。因思天后圣母，布慈云于世上，航海者尽沐恩波；作生佛于人间，经商者悉被灵赐。自宜崇奉维殷，馨香勿替。爰集合埠绅商，筹建一庙宇之费，是以发缘簿，遍告同人。随意乐捐，俾德成乎巨款；同心共济，□能□于成功。行见庙貌事新，神灵在上。则他日民阜物康，胥沾乐利于靡涯；男妇平安，悉伏灾殃于何有矣。予上叨荷庭之知遇，下系苍赤之劝瞻。勉尽厥职，而承流布治者既久。去岁商之十二公司，蒙假与新□胜地一区，以建造庙廊，诚为浮嚣莫近，宏敞得宣。予不敢委以烦剧，力任倡理。谨议章程数则于后，所愿善商善士大发慈心，共成善举，此则吾所厚望焉。是为序。①

天后又称妈祖，传说为宋代福建湄洲岛人，姓林。天后 10 岁礼佛，13 岁修道，曾从神仙受符箓，从而法力日增，常在海上施法救助渔夫、船工、商贾，活人无数。羽化升天后常在海上出现，或示梦兆，或现红灯，庇护航海之人。人们感激，尊之为天后，意为海上最高保护神，沿海各地及台湾纷纷建庙纪念，祈求平安福佑。后来拓展到内地，重要水路码头亦多有建造。湖南衡阳地处湘江中游，也有天后宫。至于东南亚各国，几乎无处不在，如著名的马来西亚吉隆坡天后宫，如今是重要的旅游景点。

这篇乐捐碑，出自印尼棉兰当地一位官委华人首领之手。因为天后事迹尽人皆知，故无须介绍，只用十来句概括。下面讲如何纠合绅商，发缘乐捐，集资建庙。叙述清晰，措辞得体，格式与各种募捐之文相近。骈句

---

① 以上五篇印尼碑文，分别见傅吾康主编《印度尼西亚华文铭刻汇编》，新加坡南洋学会 1988 年版，第一册 36 页，第一册 82 页，第二册（下）846 页，第二册（下）696 页，第一册 108 页。

占一半左右，文字有所脱落、讹误，选词造句似乎尚欠推敲。

序文不著撰人，文末有另一行文字说明："谨按天后宫发起于榕轩张钦使大人昆仲。"碑文中提到："予不敏，忝膺职守，（承乏）其间。""予上叨荷庭（荷兰官府）之知遇，下系赤苍（赤子苍生）之劝瞻""勉尽厥职"，"护佑华商"。看来此文可能出自张榕轩手笔。

印尼碑刻中骈散兼用之文，还有《倡修金德院明诚书院前道路碑记》（1846）、《重修大觉寺并建功德碑记》（1858）、《卖时望安（三宝洞）地碑记》（1879）、《创建吧城义祠碑》（1881）等，不一一介绍。

泰国、印度尼西亚两国的宗乡会馆、寺庙、学校的史料中，诗文社团雅集和个人文集、报纸副刊中，都可能有骈文作品。现在还没有人收集，暂付阙如。

### 附 文莱现代骈文一则

文莱在加里曼丹岛北部，总人口约40万，其中华人约十分之一，古代称渤泥国，十六世纪至二十世纪中叶，先后为荷兰、日本、英国所控制，1984年正式独立，称"文莱达鲁萨兰国"，现有华文中学多所。据《文莱马来奕琼侨公会金禧纪念册》（马来奕琼侨公会1991年4月30日出版）一书，载有韩少华《继往开来》一文，是亦骈亦散半新半旧的新骈体文。全文如下：

> 念我先贤，生于兵荒马乱之世，居于饥寒交迫之乡。为了生存，不惜离乡背井，抛下妻子爹娘，梯山航海，远渡重洋，辛勤操作，受尽无数欺侮，历尽无数苦难，流尽无数血汗，抹尽无数眼泪。从奴而工，从工而商，不断进取，不断奋斗，生活稍定。思而及众，一本良知良能，多能行善行仁。筹谋组织乡会，尤其见义勇为，出钱出力，竞相争先。始有今日之堂皇会所，复有今日之福利措施。此皆先贤之所赐，亦仰后代之所幸也。光阴似箭，时节如流，青山依旧，人事已非。念先贤之功绩，高比云天；思吾辈之任务，重如千钧。何以承先？何以启后？安得继往？安得开来？处此青黄之秋，承既不易，启尤艰难。继虽曹随，开从何创？事关第二代职责，能不作未雨绸缪之计焉？

思及第三代青年，教育既多，见识亦广。思想既新，观念亦异。早已自成一套，对促进乡情，发展会务，自有不同想法。处此功利社会，名利之凤正烈，义勇之为式微。如何爱吾乡会，扶吾乡亲，聚吾乡众，振吾乡声，牺牲自我，献身桑梓，出钱出力，造福人群，在在需要灌输，需要辅导，才不致辜负先贤的遗志。总而言之，开来之路，在于开导。先须配合青年人之兴趣，多举办文娱、体育、文艺、学术等活动，以期聚集于一堂，进而以身作则，藉为榜样。稍有差别，让其适从。社会发展，顾私顾公，不断策划尽量融通，假以时日，自会跟从，潜移默化，得竟全功，是其道也。

此文号召华人出钱出力，继续发展五十年来的华乡会，积极开展活动，增进凝聚力，热爱中华故乡，拳拳之情，溢于言表。语言通俗明畅，句子整齐而有错落有致，亦骈亦散，对偶句排比句占相当数量，可以认为是现代新式骈体文。马来奕（或译"马拉翼"）是文莱国一个县名，作者口气像是当地的侨领。

（在采集和解读泰国、印尼骈文资料时，得到新加坡吕振端博士、马来西亚徐威雄博士、张惠思博士、中国梅州李强辉老师的帮助，谨志。）

## 域外骈文名篇选读

### 新罗·崔致远《西川罗城图记》①

西川罗城，四仞高，三寻阔，周三十三里，乃今淮海太尉燕公②所筑也。粤若梁州③别壤，蜀国雄都，内跨犍牂④，外联蛮蜒，左临百濮，⑤右挟六戎⑥，咽喉之控引实繁，唇齿之辅依难保。自昔鳖灵流异，龟迹标奇，藩篱始建其一城，扃钥⑦犹亏于四郭。莒子⑧则既忘重闭，卫人⑨则唯虑徙居。蠢彼狗封，恣其狼戾。每至草干爽⑩道，浪缩泸河，则必推纷横侵，拨群驱队，编氓慑窜，巷哭街号。戎兵以拔旆为中权，府尹以闭关为上策，稔成氛祲，积有岁时。洎乾符初，偶绝羁縻，大兴叛换，白虎⑪之狂灾渐盛，黄龙⑫之旧约难寻，兵力莫申，帝心有寄。以公庆传渭梦，业练圮书，交趾铭勋，则永威八诏；郓城报政，则不待三年。属蛮寇加嚣，王师告老，遂飞急诏，请救倒悬。由是自东徂西，以昼继夜。走单车于外境，岂烦龚遂⑬献书；受戒辂于中涂，莫掩晋侯称伯（公郓行次咸阳，除授西川节制），遥衔睿略，倏达成都。于时骠信⑭屯兵，逼郊队而才逾一舍；黔黎失业，爇里闾而何啻万家。彼则举国而济师，此则阇城而受弊。外炽昆冈之焰，馈酒无能；内枯疏勒之源，指梅何益。莫非枕倚墙壁，谁堪攘执甲兵。公至止之日，豁启城扉，若开笼槛，威振而宁劳利器，邪胆皆摧；化行而如嗅新香，惊魂尽返。蛮王以锯耳饱聆其异略，镂肤畏挂于严诛，汹然观电惧雷，欻尔鸟飞鱼散。公寻令选锐，暂使追逃。乘其垂翅之时，展我燎毛之势。数俘莫记，执馘居多。尔后因阅地图，得搜天险。是猿狖养窝之窟，为豺狼伺隙之蹊。乃令一创雄关，一标巨防，（修功峡关，置平夷镇，蛮贼要路，固守无虞）危堞则凭岜助峻，长沟则道涧资深。宛成善闭之机，实扼间行之径。丸泥可固⑮，断知无得而逾；爟火⑯罢惊，坐见不争而胜。仍寻水道，别建河营。（大渡河侧置防河营）远方猾夏之徒，难谋航苇；均发戍申之卒，免咏流薪。疆陲永保于覆盂⑰，廛闬⑱唯矜于列鼎。卿云邦彦，闲吟搜吐凤之词；卓荦乡豪，静坐贮蹲鸱之⑲利。公以寝处戎闻，梦想扁舟，将申远虑于无穷，岂立空言为不朽。乃曰：彼峦之习也，外痴内黠，朝四暮三。虽庄叔此时，功已成于长狄⑳；而季孙他日，忧必在于颛臾㉑。

讵可虚号锦城[22]，尚无罗郭。守民之制，非我而谁？启抱而神钦至诚，飞章而帝允丹请。时有宾寮进难，将校献疑，皆云："公孙述[23]跃马雄临，非无意也；诸葛亮卧龙崛起，亦有志焉。但以曩筑子城，犹资客土，九年方就，百代所难（蜀田无土，昔张仪筑子城，辇土于学射山，日役往返，九载后始成）。况今将兴廓落之基，恐致迁延之诮。公曰：术已先定，事当速成。必能终简天心，岂谓虚穿地脉。于是郡侯奔告，邑尹乐从，乃使揣高卑，议远迩，虑材用，量事期，采时候于鲁书，仿规模于周令。引长江而列长堑，夏禹惭能；对高巘而划高墉，秦皇失色。矧乃命五丁而啸侣，运六甲以驱僮。天吴[24]则燥水于寒泉，地媪则变沙为美土（蜀地穿未盈尺，泉源涨起，至是土出沙中，城源如旧）。实谓百灵幽赞，万姓悦随，锸聚云锋，杵腾雷响。不见烈风淫雨，又令箪饱觞酣。登登而只竞欢呼，屹屹而便如涌出。百堵皆作，三旬而成，然后郢匠[25]劳功，素材变质，优人展妙，赪壤凝华。攒空而烽橹高排，架险而阛阓[27]耸起。横分八尺，结雕甍而彩凤联飞；槛彻四隅，拥绣堞而晴虹直挂。罩一川之佳景，笼万户之欢声。远而望焉，则巍巍峨峨，若云中之迭嶂，锦霞縠雾[28]，隐映乎其上；迫而察也，则赫赫烨烨，想海畔之仙山，金台银阙，焜燿乎其间。始自庀徒，终于解役，不假朽缗于官税，无资剖粒于军租（筑板所费钱一百五十六万贯，米一十九万石，皆由智计，不假上供），皆聚羡财[29]，俨成壮观。遂使蛮酋褫魄，宾旅归心。不敢言摩垒而旋[30]，无因致入郛之役[31]。爰征绘事，仰贡九重，旋降纶言，过褒一字。宣睿旨于翰林才子，缀妍辞于黄绢外孙[32]（《筑成碑》，今租庸王相公承旨撰词）。公虽迎金凤衔书，未议石龟戴版。盖乃谦冲自牧，耻其功伐骤称。及苍乌高飞，翠华远狩，俨仙游于玉垒，安圣虑于金塘。故得亲览宏规，益钦忠节，特传瑶检，征进碑词。遂命雕镌，永扬威烈。实万古未聆之事，乃四方无比之荣。美矣哉！龙以云兴，鱼因水乐，谁不仰公智周物表，事照机先，凡施权谋，若合符契，在昔全蜀未城也，天留盛绩，日待英才。所谓有非常之人，然后有非常之事；有非常之事，然后有非常之功[33]。是以非常者，固非常人之所觊也。致远虽丘堂睹奥，师冕[34]何知；而秦国敩贤，由余[35]不弃。谨成实录，致记殊庸。所冀四海梯航，阅雄图而稽颡[36]；九州旄钺，望法驾而安心。中和三年龙集[36]癸卯八月二十五日记。

（引自崔致远《桂苑笔耕集》，党银平校注，
中华书局 2007 年出版，文中括号内文字是崔致远自注）

### 注释

① 西川罗城：指成都罗城，乃高骈于乾符三年（786）八月至十一月所筑。

② 淮海太尉燕公：高骈镇西川时进封检校司徒，封燕国公，后徙淮南，进爵太尉。

③ 梁州：唐武德元年（618）置，治南郑（今陕西汉中）。天宝元年（742）改置汉中郡，乾元元年复为梁州。

④ 犍：指犍为，治所在今四川宜宾，属益州。

⑤ 百濮：中国古代西南地区少数民族名。

⑥ 六戎：中国古代西部的戎族曾分六部：侥夷、戎夷、老白、耆羌、鼻息、天刚。

⑦ 扃钥：加在门窗或箱箧上的锁。

⑧ 莒：西周分封的诸侯国。

⑨ 卫：古国名。周武王弟康叔封地，至懿公为狄所灭。

⑩ 僰道：汉置县名，属犍为郡，为僰人所居，故名。僰：读博，其地在今四川宜宾境内。

⑪ 白虎：指饰有白虎图像的军旗，常以代指战阵之事。

⑫ 黄龙：古代传说王者有德，黄龙现身，以呈瑞应。

⑬ 龚遂：汉山阳南平阳人，上书主张治乱民犹治乱绳，不可急也，唯缓之，然后可治。

⑭ 骠信：唐时南诏王之名号，"骠"为白族自称，"信"意为王。

⑮ 丸泥可固：《东观汉记·隗嚣载记》："（王）元请以一丸泥为大王东封函谷关。"

⑯ 燧火：报警的烽火。

⑰ 覆盂：倒扣之盂，喻安定。《韩诗外传》卷九："君子之居也，绥如安裘，晏如覆盂。"

⑱ 廛闬：廛，居民区。闬，里巷之门。

⑲ 蹲鸱：《史记·货殖列传》："吾闻汶山之下，沃野，下有蹲鸱，至死不饥。"《史记正义》曰："蹲鸱，芋也。"

⑳ 长狄：春秋时狄族之一支，或传为防风氏之后。春秋时侵鲁、卫诸国，后灭绝。

㉑ 季孙：春秋时鲁国执政贵族。颛臾：春秋时鲁的附属国，故地在山东费县西北。《论语·季氏》："吾恐季氏之忧，不在颛臾，而在萧墙之内也。"

㉒ 锦城：又名锦官城，在今四川成都南走马河南岸，三国蜀汉时为管理织锦之官司驻地，后人用作成都的别称。

㉓ 公孙述：东汉扶风茂陵人，字子阳。王莽时起兵，据有益州，自立为蜀王，建武

元年四月称帝。

㉔ 天吴：《山海经·海外东经》："朝阳之谷，神曰天吴，是为水伯……其为兽也，八首人面，八足八尾，皆青黄。"

㉕ 郢匠：《庄子·徐无鬼》载，庄子送葬，过惠子之墓，顾谓从者曰：郢人垩漫其鼻端若蝇翼，使匠石斫之。匠石运斤成风，听而斫之，尽垩而鼻不伤，郢人立不失容。

㉖ 烽橹：烽指烽火台，橹为城上守御的望楼。

㉗ 闉阇：曲城。城门加筑的楼台，泛指城门。

㉘ 縠雾：又作雾縠，如薄雾的轻纱。

㉙ 羡财：余财。《慎子·德微》："以能受事，以事受利，若是者，上无羡赏，下无羡财。"

㉚ 摩垒而旋：接近敌方壁垒即马上返回。

㉛ 入郛之役：《左传·隐公五年》："郑人以王师会之，伐宋，入其郛。"郛指外郭。

㉜ 黄绢外孙：《世说新语·捷悟》载，曹娥碑有邯郸淳所撰文，蔡邕于碑背刻石作"黄绢幼妇，外孙齑臼"八字，杨修从曹操经过孝女曹娥墓，悟出为"绝妙好辞"四字隐语，后因以称美诗文佳作。

㉝ "所谓有非常之人"四句，出司马相如《难蜀中父老》。

㉞ 师冕：师指乐师，冕为乐师之名。古代乐师多在名前加师来称呼，如师旷，师涓等，多为盲者。

㉟ 由余：战国晋人，亡入西戎，后出使秦，赞颂戎夷之治，批评秦穆公的骄奢淫逸。秦穆公以为贤，遂留用之，为秦献伐戎之策，秦遂霸西戎。见《史记·秦本纪》。

㊱ 稽颡：行跪拜礼时两手拱至地，头至手，不触及地。

㊲ 龙集：龙，星名。集，次。用作纪年，如言龙集甲子，即岁次甲子。

（党银平原注，本书有删节）

## 日本兼明亲王《山亭起请》①

东栖霞观②，西雄藏山③。中有茅茨，松柱三间，排风封霞，无扃无关，词客译僧，随往随还，地与灵胜，天与幽闲。可以导积思，可以慰衰颜。落花之朝，明月之夜，佳辰不可地忍④，良夜不可徒过。把杯莫空倾，秉笔莫空记。诗勿问几许韵，赋勿限若干字⑤。食取于饱，勿求滋味；酒取忘忧，不要痛醉。且述乃怀，各言尔志⑥。秋灯许夜深话，春枕任日高睡。或坐或行，冲黑彻明⑦，寒炊灶下，暖暴南荣⑧，山云不厌，涧水无情。优矣游矣，聊送吾之残生。

（《本朝文粹》卷十二《起请文》）

**注释**

① 山亭：即山庄。起请：一种文体名，用于表达意愿。

② 东栖霞观：后称栖霞寺，现在日本京都的清凉寺存留部分遗迹。

③ 今名小仓山，在京都岚山大井川左岸。

④ 地忍：《汉书·丙吉传》："西曹地忍之"。李奇注："地犹弟也。"师右注："地亦但也。""不可地忍"意即不能一味忍耐而无所作为。

⑤ 赋勿限若干字：赋并不限字数。此指作诗时"赋得某字"，即限字。

⑥ 各言尔志：出《论语·公冶长》篇："颜渊季路侍，子曰：盍各言尔志。"

⑦ 冲黑彻明：从天黑到天明。

⑧ 暖暴南荣：《文选·上林赋》："暴于南荣。"李善注："暴谓仰卧日中。""荣，屋南檐也。"意即仰卧于南檐之下。

兼明亲王（914～987），又称前中书王，醍醐天皇第十六皇子，后赐姓源氏。博学多才，善文章，历任参议、中纳言，天禄二年（971）拜左大臣。晚年受诬罢左大臣，左迁中务卿闲职，而后退隐。他的作品，出名的有《发落词》，感白居易《齿落词》而作，是散句为主之文，《菟裘赋》作于罢职后，世愤自遣。这篇《山亭起请》用箴铭体，共三十四句，前十二句一韵，中十句不用韵，下面两个八句各用一韵，自叹自警，造词整齐，运笔娴熟，浅白朴素。

（谭家健 注释）

## 越南陈太宗《戒色文》《戒酒文》

夫楚腰卫鬓，能令性惑心迷，燕色赵颜，解使神消精减。回眼动非磨之刃，孰不断肠；转舌弄一孔之簧，尽来侧耳。爱之者亲疏义断，贪之者德失道消。上而风教没渝，下则闺门丧乱。不问俗流学侣，尽耽法服老睹粧。国纲永坠于茅台，戒体几亡于淫室。尽是回眸外认，应无回首内看。脱却罗绫缠身，仍露肌皮裹肉。独觉近女庵而还世，真君远炭妇而升天。不行者得五神通，有犯者失诸戒行。

《戒酒文》：夫嗜酒者德行常亏，饮酒者言辞多失。气冲腐胃，味浸穿肠。败乱精神，昏迷心性。二亲不顾，五逆末行。或店肆而喧呼，或街衢而酩酊。欺天骂地，毁佛谤僧。肆口唇而讴歌，裸身形而舞蹈。不惟接佛供养，纵教乌帽斜吹。丧身命自此而生，亡国家自斯而有。弃之则千祥并集，酣之则百祸骈臻。大禹恶之而兆旌偕来，太康酗之而五子咸怨。岂止风流须戒，抑令达者深防。几多世上煌煌，却被醉中懵懵。

——引自《越南文学总集》第二册《课虚》上卷

陈太宗（1218～1277）生平事迹已见本书第 856 页，两文均无僻典。其中"大禹恶之"典出《孟子·离娄》下："禹恶旨酒而好善言。""太康酗之"典出《史记·夏本纪》，太康是夏禹之孙，夏启之子，夏代第三位君王，享乐失德，为后羿所逐。其昆弟五人咸怨，作《五子之歌》。述大禹之戒以劝。二事皆熟典。"独觉"当是和尚法名，"真君"当是道士名号。

## 新加坡·黄勖吾《黎国昌天香书屋唱酬续集序》

慎图黎国昌先生，东江望族，粤海名家。其先世或以娉修见重于乡人，或以励学受尊于弟子，或膺牡丹状元之芳名，或遗芙蓉乐府之佳制（自注一），凤起蛟腾，霞蒸云蔚，洵足称焉。

先生祖泽绍承，声华弥远。贾生弱齿，已萌冰灵之文心；陆子英华，偏苗虹霓之剑气。既而负笈燕京，担囊法国，潜心于动植之学，笃志于生卫之方；传如林之巨著，用显誉于高门；飞若海之鸿篇，胥蜚声于寰宇。（自注二）

若乃粤垣讲学，振鹿洞之清规；天府培才，趋鹅湖之芳躅（自注三）；凡兹立雪之伦，畴忘坐风之化？

洎乎中原多故，大道弗行，先生乃浮槎香江，寄情诗翰。染云铸句，韦刺史之才华；吹水成文，贺侍郎之述作（自注四）。

先生花甲而后，敷教南洋，优游全马，益抒其洁静精微之趣，幽深窈渺之思。赏芳兰于谷底，描彩凤于毫端。倚徧斜阳，睇湖边之碧树；扶来残醉，指楼角之青山。香浮几席，啸起园林；追孟韩之赠答，踵元白之唱酬（自注五）。春秋迭代，寒燠载迁，频捻八字之吟髭，重成千篇之玉轴。

仆与先生，倾盖论交，虽只十稔；而披襟结契，实超百龄。爰于续集将刊，特属鄙人为序。于是缀羽调商，奏兹流水；挥毫洒墨，挹彼高山。

以下为作者自注。

自注一："称黎氏东江望之先贤，有宋末黎宿、元末黎献、明末黎遂球、清末黎二樵等。"

自注二："先生弱冠时，结业于北京高等师范；二十九岁，获法国里昂大学科学博士学位。留法时期，先后以法文撰有关生物学论文多篇问世。"

自注三："先生回国后，迭掌广州、南京国立大学教务，兼任课务多年。"

自注四："一九五五年冬，先生刊行《天香书屋唱酬初集》。"

自注五："一九五六年春，先生应南洋大学之聘，南渡星洲，时年六十二岁。讲学余暇，辄漫游星马各名胜，雅兴飙流，逸情云上，或即景赋诗，或为花写照，其间与文友唱和之作尤多。先生且娴于技挈，其篆隶两体书法，亦有足观。以一专攻生物学之学者，而有此书画成就，自是难能可贵也。"

通过此序和自注，把一位生物学家而兼文学艺术家的事迹介绍清楚了。文中"贾生"指贾谊，"陆子"指陆机，"韦刺史"指唐人韦应物，"贺侍郎"指唐人贺知章。"鹅湖"指朱熹、吕祖谦、陆九渊史弟在江西上饶鹅湖论学之会。末句"流水""高山"，以伯牙子期典故比拟知音。

说明：黄勖吾先生此文和自注及其他文章，在新加坡印行，出版者不详，原件由新加坡华中初级学院吕振端博士提供。

# 附录一

# 百年来骈文研究论文分类索引

## （1917～2018）

### 分类目录

**（一）骈文综论**

1. 骈文概说

2. 关于骈文文体之界定

3. 关于骈文产生与演变之研究

4. 关于骈文语言特征之研究

**（二）骈文之孕育与形成之研究**

1. 关于骈文孕育之研究（秦汉）

2. 关于骈文形成之研究（魏晋）

3. 六朝骈文综论

**（三）南北朝骈文之研究**

1. 南北朝骈文综论

2. 关于南朝骈文作家之评论

3. 关于徐陵、庾信和北朝骈文作家之评论

4. 关于《文心雕龙》骈偶观之研究

## （四）唐五代骈文之研究

1. 唐五代骈文概论

2. 关于初盛中唐骈文作家之评论

3. 关于王勃和《滕王阁序》之评论

4. 关于李商隐和唐末五代骈文之评论

## （五）宋辽金元骈文之研究

1. 宋代骈文概论

2. 关于北宋骈文作家之评论

3. 关于南宋骈文作家之评论

4. 关于辽金元骈文作家和骈文理论之评论

## （六）明清骈文之研究

1. 关于明代骈文作家之评论

2. 关于清代骈文作家之评论

3. 关于清代骈文理论与骈散论争之评论

## （七）现当代骈文之研究

1. 关于现当代骈文作家之评论

2. 关于现当代骈文研究之综述和书评

参考文献目录

# （一）骈文综论

## 1. 骈文概说

论骈文

    吴东园　中华编译社社刊 1917，3

韵文与骈体文

    严既澄　小说月报（17 卷号外）1927，6

散体文正名

    陈衍　小说月报（17 卷号外）1927，6

散文与韵文

    〔美〕斯宾葛恩著，李濂、李振东译，北新 2 卷 12 号，1928，12

骈体文的新评价

　　　　钱振东　新晨报副刊 1929，9；20

骈文研究法

　　　　刘麟生　出版周刊 1930，8

骈文漫话

　　　　钱基博　光华大学半月刊 1933，12，2

骈文研究法

　　　　李时　女师学院期刊 1935，3 卷 1 期

谈骈文

　　　　许世瑛　艺文杂志 1944，11；2

骈体文

　　　　褚斌杰　文史知识 1981，1

骈文的再评价

　　　　叶远钧　湖南师范大学社会科学学报 1983，2

骈体文略说

　　　　于海洲　语文教学与研究 1983，12

略谈骈文的基本特征

　　　　谭家健　辽宁教育学院学报（社会科学版）1985，2

中国骈文的千秋功罪

　　　　朱洪国　西南大学学报（社会科学版）1985，2

什么是骈文

　　　　夏鼎臣　语文园地 1985，2

论骈文的特征

　　　　张会恩　殷都学刊 1985，4

骈文的兴起与发展

　　　　温广义　语言文学 1985，4

骈文的成就、局限及其在文学史中的地位

　　　　吴万刚　中学文科教学参考资料 1985，11

什么是骈文

　　　　谭家健　古典文学知识 1986，1

论骈体文形式美的心理依据

　　　　向昆山　吉首大学学报（社会科学版）1986，3

杂说骈文

　　　　舒展　福建文学 1987，1

骈辞俪句，千古不绝——说骈文

　　　　任明纲　贵阳师范高等专科学校学报（社会科学版）1988，1

骈文浅论

　　　　谭家健　北方论丛 1988，3

骈文之美

　　　　于景祥　美育 1988，5

骈文略论

　　　　钟涛　青海师范大学学报 1993，3

骈文研究刍议

　　　　莫山洪　柳州师专学报 1994，2

论骈文的形态特征与文化内蕴

　　　　莫道才　江海学刊 1994，2

论骈体文学在中国文学史中的历史地位

　　　　杜敏、杜薇　阴山学刊（社会科学版）1995，1

试论骈文的审美基础

　　　　莫山洪　柳州师专学报 1996，2

关于骈文研究的若干问题

　　　　谭家健　文学评论 1996，3

论骈文的审美形态

　　　　莫山洪　柳州师专学报 1996，3

解读、欣赏骈体文的关键和方法

　　　　尹恭弘　古典文学知识 1997，1

论骈文在文学史上的地位

　　　　金声　柳州师专学报 1997，3

骈文杂论——兼与谭家健先生商榷

　　　　杨东甫　广西师范学院学报（哲学社会科学版）1997，3

古代骈文与骈偶理论的文学史价值

　　莫道才　广西师范大学学报（哲学社会科学版）2009，2

骈文的文学地位的反思

　　孔繁东　太原师范学院学报（社会科学版）2009，2

骈文论说功能的理论解析

　　习婷　湖南医科大学学报（社会科学版）2010，3

骈文内涵的三个向度

　　吕双伟　湖南师范大学社会科学学报 2010，6

"四六"指骈文之形成与接受过程考述

　　莫道才　广西师范大学学报（哲学社会科学版）2011，3

论骈文之美

　　张小乐　时代文学（下半月）2012，9

骈文与说理——以中古议论文为中心的考察

　　刘宁　长江学术 2014，1

骈体释名三论

　　王荣林　文艺评论 2014 年 12 月

骈文文体与中国文化特质

　　纪倩倩、丁雪妮　兰州大学学报（社会科学版）2014，3

身体美学与骈语文体

　　王志清　铜仁学院学报 2016，5

说"四六"（上）

　　孙昌武　古典文学知识 2016，3

说"四六"（下）

　　孙昌武　古典文学知识 2016，5

走出象牙之塔——骈文概述

　　莫道才　人民政协报 2016 年 11 月 2 日

论骈文的若干特征

　　〔美国〕海陶玮著，彭劲松译骈文研究第二辑 2018，8

《骈文丛话》："骈文学"的初步建构与骈文特征的系统总结

　　蔡德龙　中国文学研究 2017，1

## 2. 关于骈文文体界定之讨论

文笔说

　　王肇祥　国故 1919，1

文笔辩

　　胡怀深　小说世界 1926，11；14

文笔辩

　　钟应梅　厦门大学文科半月刊 1928，12；1

文笔式甄微

　　罗根泽　中山大学文史学研究所月刊 1935，1；3

骈散之争述评

　　陈竞　广大学报 1937，1

文笔新解

　　王利器　国文月刊 1948 年 11 月

说文笔

　　逯钦立　中国历史语言研究所集刊 1948，1

散文与骈文的区别（答读者问）

　　启功　文艺学习 1957，4

东风：散文与骈文

　　徐迟　光明日报 1978 年 5 月 21 日

文笔说考辨

　　郭绍虞　文艺论丛，第 3 辑 1938，5

论文笔之分

　　王利器　西北大学学报 1981，1

文笔新解

　　王利器　中国文学论集（此为一本书）1985 年 2 月出版

连珠文体初探

　　罗宪文　内蒙古大学学报（人文·社会科学版）1986，3

赋体文、骈体文应归入散文一类吗

　　逢春、和咏　松辽学刊（社会科学版）1987，3

以诗入赋和以骈入赋

　　高光复　北方论丛 1989，4

骈文名称的演变与骈文的界说

　　莫道才　广西师范大学学报（哲学社会科学版）1991，4

论六朝诗歌与骈文的关系

　　王力坚　中国国学 1995，11

散文·骈文·美文——比较观照中的文体辨析

　　张思齐　西南民族学院学报（人文社会科学版）1996，1

骈文与诗、赋相互影响的两点思考

　　吴在庆　宁德师范专科学校学报（哲学社会科学版）1997，1

以诗为文：骈文文体诗化特征论

　　莫道才　广西师范大学学报（哲学社会科学版）1997，2

骈散三论

　　于景祥　广西师范大学学报（哲学社会科学版）1997，2

骈文·骈文的界定·骈文发展史

　　莫山洪　柳州师专学报 2002，1

论骈文的文体意识——骈文文体结构哲学札记之二

　　刘绍卫　柳州师专学报 2002，2

对偶句、骈文、律诗与对联之关系

　　罗冈　长沙民政职业技术学院学报 2003，3

骈文与中国古典小说

　　莫山洪　广西师范大学学报（哲学社会科学版）2003，3

论骈文骈赋之异同

　　周悦　中国文学研究 2004，1

赋与骈文的文学类属辨说

　　葛培岭　河南教育学院学报（哲学社会科学版）2004，6

文体骈散的分合对古代公文发展的影响分析

　　何庄　档案学通讯 2004，6

俗语与骈文——刘师培的进化文学观

　　杜新艳　华北电力大学学报（社会科学版）2006，1

中国古代公文中骈体与散体的运用

　　胡明波　南京师范大学文学院学报 2013，3

骈赋与骈文关系考论

　　陈鹏　求索 2013，5

试论露布的嬗变及其原因

　　张榕　萍乡高等专科学校学报 2014，5

"骈文研究文献整理"笔谈

　　莫道才、孙昌武、胡大雷、钟涛、力之　广西师范大学学报 2016，3

"赋与骈文"在语文教学和学习中存在的认识误区

　　唐阳君　新课程（上）2015，3

关于赋和骈文作品教学的思考

　　柯迁娣　现代语文 2016，5

骈文之辨体及其与句格、风格之关系

　　李生龙　广西师范大学学报 2017，4

古代"时文"界说之检讨

　　郑丽霞、欧明俊　福建师范大学学报 2016，3

再论骈文的界定

　　龙正华　广西科技师范学院学报 2017，4

骈散之争述评

　　陈竞　骈文研究第二辑 2018，8

## 3. 关于骈文产生与变迁之研究

历代骈文散文的变迁

　　冯淑兰　北京女子高等师范文艺会刊 1921，3

骈文的起源和演变

　　谭家健　文史知识 1985，2

骈文的兴起及其发展

　　温广义　语言文学 1985，4

骈文盛因浅探

　　潘庆　宜春师范专科学校学报 1986，1

骈文兴衰原因探

　　余福智　佛山科学技术学院学报（社会科学版）1986，1

略论骈文发生发展的深层原因

　　谢国荣　湘潭大学学报（社会科学版）1991，4

骈体文兴盛的原因

　　梁拥军　职大学刊 1991 年增刊

从文化学角度看骈文的产生

　　莫道才　中国文学研究 1992，3

一种过渡的折衷状态——诗、赋、骈文、散文的相互消长

　　张国风　中国人民大学学报 1995，5

简论反骈的历史嬗变

　　莫山洪　广西师范大学学报（哲学社会科学版）1996，1

骈文的形成与鼎盛

　　于景祥　文学评论 1996，6

骈文史分期刍论

　　莫道才　柳州师专学报 1997，3

骈文成因论

　　于景祥　烟台师范学院学报（哲学社会科学版）1998，4

骈文学发展史刍议

　　莫山洪　柳州师专学报 1999，4

论骈文的文体意识的历史演进

　　刘绍卫　柳州师专学报 2002，4

论骈文理论的历史演进

　　莫山洪　上饶师范学院学报 2004，2

从早期文献的骈偶现象看骈文文体产生的民间文化基础——骈文生成

　　于民间说初论

　　莫道才　广西师范大学学报（哲学社会科学版）2007，5

史料所见晚唐迄北宋初骈文专集选本考

　　陶绍清　广西师范大学学报（哲学社会科学版）2014，3

古代王言的文体及其语言

胡锦贤　应用写作 2015，10

从四六到骈文——论骈文的名称演进与文体辨析

　　张作栋　广西师范大学学报（哲学社会科学版）2015，3

骈文研究与中国文体学

　　胡大雷　中国社会科学报 2016 年 10 月 31 日

古代"时文"界说之检讨

　　郑丽霞、欧明俊　福建师范大学学报 2016，3

古代"时文"之衍生态文体及其价值

　　郑丽霞　五邑大学学报 2015，3

从融合到分途："文学之文"与"应用之文"之关系讨论

　　傅祥喜　文学评论 2017，5

## 4. 关于骈文语言特征之探讨

俪文习用词考

　　刘溶池　中央日报 1947 年 12 月 3 日

丽辞

　　振甫　新闻业务 1962，9

古代诗歌、骈文的语法问题

　　启功　北京师范大学学报（社会科学版）1980，1

骈文文法初探

　　郭绍虞　上海图书馆建馆三十周年论文集 1983，8

骈文声律化管窥

　　刘思汉　萍乡教育学院学报 1987，3

谈谈我国文章发展的基本线索

　　程福宁　西藏民族学院学报（哲学社会科学版）1990，4

汉语对偶辞格与中国古代文体和文化

　　高树帆、张月明　内蒙古电大学刊 1990，9

骈体文的隶事与声律

　　钟涛　辽宁大学学报（哲学社会科学版）1994，1

骈文的语言美

　　　郁祖　南通师范学院学报（哲学社会科学版）1994，3

论流水对

　　　王亚平　蒙自师范高等专科学校学报 1995，1

骈文与汉语言文字的特殊性

　　　钟涛　汉字文化 1997，2

论骈文声律规范之确立

　　　马予静　河南大学学报（社会科学版）1998，3

骈文语言结构新析

　　　贾文毓　华夏文化 2000，3

骈文的文体语言结构的语言文化学札记

　　　刘绍卫　柳州师专学报 2001，1

骈文的隶事用典与国人的尚古意识和崇经征圣传统

　　　王艳平　宿州教育学院学报 2001，4

试论"李道宗联"——兼谈：正是对联成全了骈文和律诗

　　　涂怀珵　对联·民间对联故事 2003，6

骈文文体语言结构的语言文化心理探讨

　　　夏鑫　西北农林科学大学学报（社会科学版）2004，5

诗与骈文句式比较

　　　易闻晓　贵州师范大学学报（社会科学版）2006，6

试论骈文文律标准的建立及与近体诗律的差异

　　　孙慧琦　广西师范大学学报 2016，6

骈文、律诗、对联之对偶论略

　　　刘长焕　贵州文史丛刊 2007，1

宛转相承：骈文文句的一种接续方式

　　　杨明　文史哲 2007，1

从汉语语言特点看骈体文的审美特征

　　　毛新青　柳州师专学报 2007，3

汉语与骈文文体关系新论

　　　钟涛　青海师范大学学报（哲学社会科学版）2008，2

骈偶艺术分析引入史传散文语言风格教学之实证研究

何凌风　宜春学院学报 2009，5

骈文之典故叙述

潘万木　荆楚学刊 2013，4

赋体骈句"书对"说解

许结　文学遗产 2017，1

骈文之辨体及其与句格、风格之关系

李生龙　广西师范大学学报 2017，5

骈文用典的修辞效果探析

王西维　陕西教育 2017，4

骈文与类书之关系论略

东方乔　北京大学学报 2018，1

## （二）关于骈文孕育及形成之研究

### 1. 关于骈文孕育（秦汉）之研究

先秦骈偶之孕育与萌生之探讨

谭家健　先秦文学与文化第五辑，2016，12

骈文在汉初的生发

姜逸波　湘潭大学学报（哲学社会科学版）1998，3

汉赋属骈文之一体

姜逸波　湘潭大学（哲学社会科学版）学报 2000，6

楚辞与骈文

郭建勋　湖南大学学报（哲学社会科学版）2001，4

骈文审美特质与《周易》思想的契合

张洪海　山东行政学院、山东省经济管理干部学院学报 2004，3

东汉藻丽文风与张衡的文学实践

马燕鑫　中国社会科学院研究生院学报 2017，2

东汉诔文的骈化

王丹　社会科学辑刊 2005，4

文质彬彬　经之羽翼——论《易传》的文章修辞之美

## 2. 关于骈文形成（魏晋）之研究

　　　　孙少华　中山大学学报 2017，3

陆机简论

　　　　王毅　中国古典文学论丛（第二辑）人民文学出版社 1995

陆机《豪士赋序》赏析

　　　　杨明　古典文学知识 2016，7

《三国志》骈俪艺术探奇

　　　　何凌风　韩山师范学院学校 2017，1

《与嵇茂齐书》非吕安作辨及辩之方法问题——《文选》所录骈文名篇
　　作者考辨之一

　　　　力之　中山大学学报（社会科学版）2017，6

《安身论》作者小议

　　　　王琳　山东师范大学学报 1986，6

《文赋》新论：骈文特征的内化与思维定势的形成

　　　　胡晓明　华东师范大学学报（哲学社会科学版）1988，4

论陆机在两晋南北朝文学史上的地位

　　　　胡国瑞　文学遗产 1994，1

陆机散文略论

　　　　谭家健　中州学刊 1999，5

应璩书信文简论

　　　　王利琐　河南大学学校 2013，2

东吴作家韦昭的《博奕论》

　　　　谭家健　柳州师专学报 2000，1

《晋书》列传的文学色彩：骈俪性

　　　　张亚军　商丘师范学院学报 2003，3

"体变曹王"——试论陆机的文体创新

　　　　钟新果、赵润金　湖南工程学院学报（社会科学版）2005，4

从《文选》所选碑传文看骈文的叙事方式

　　　　王运熙　上海大学学报 2007，3

《抱朴子外篇》的骈化倾向

　　　　丁宏武　宁夏师范学院学报 2007，4

王弼的玄学思想与骈俪文体——以《老子指略》为例

　　李立　船山学刊 2012，1

论魏晋作家应璩尺牍作品的创作风格

　　明月熙　文学界（理论版）2012，6

应璩书信文简论

　　王利锁　河南大学学报（社会科学版）2013，2

《文选》所录骈文名篇《六代论》之作者辨疑——兼论曹冏假托《六代

　　论》于曹植说不足信

　　力之　河南师范大学学报 2016，3

《肇论》骈俪艺术初探

　　张伦　内江师范学院学报 2016，1

论东晋的骈文创作

　　王澍　宝鸡文理学院学报（社会科学版）2011，1

在穷厄中坚守——《饮酒》（其五）与《陋室铭》比较阅读

　　陈宏伟　七彩语文（中学语文论坛）2017，6

### 3. 六朝骈文综论

论六朝骈文

　　孙德谦　学衡 1924，26

刘勰对汉魏六朝骈体文学的评价

　　王运熙　文学遗产 1980，1

魏晋南北朝骈文的发展及成就

　　胡国瑞　武汉大学学报（人文科学版）1980，5

关于魏晋南北朝的骈文和散文

　　曹道衡　文学评论丛刊 1980，7

魏晋南北朝骈文的发展及成就

　　胡国瑞　武汉大学学报（人文科学版）1980，5

六朝骈赋对句形式初探

　　何沛雄　语文杂志 1983，12

六朝骈文论略

　　　　萧艾　湘潭大学学报（社会科学版）1985，1
六朝骈文与古文复兴运动
　　　　韩国盘　南京史志 1986，3
六朝骈文的艺术评价
　　　　胡国瑞　文学遗产 1987，1
骈文与六朝审美意识
　　　　钟涛　青海师范大学学报（哲学社会科学版）1989，3
论汉魏六朝审美意识的转变与骈文的形成、兴盛
　　　　莫山洪　柳州师专学报 1997，2
玄学与六朝骈文的兴盛
　　　　莫山洪　柳州师专学报 1997，4
六朝骈文与文坛风尚
　　　　樊运宽　柳州师专学报 1998，3
论六朝骈体书牍文
　　　　钟涛　广西师范大学学报（哲学社会科学版）1999，4
六朝骈文学论略
　　　　莫山洪　柳州师专学报 2000，1
文学自觉与骈文之兴起——魏晋南北朝文学思想史论之六
　　　　力之　柳州师专学报 2001，3
汉魏六朝檄文形式的创造性转化
　　　　麦婕　广西广播电视大学学报 2003，2
论六朝骈文是文学自身的畸形回归
　　　　马立军　柳州师专学报 2004，1
六朝骈文的兴盛与文学的自觉——文学中心主义论系列论文之二
　　　　莫山洪　柳州师专学报 2004，2
六朝骈文审美情感的历史演变
　　　　莫山洪　柳州师专学报 2004，3
六朝骈文抒情方式的演变
　　　　莫山洪　柳州师专学报 2005，1
试论骈文创作在六朝的政治功用——以九锡劝进等文为例

陈鹏　徐州师范大学学报（哲学社会科学版）2009，4

论六朝文章中的"落霞句式"

陈鹏　湖南社会科学 2009，5

略论魏晋六朝骈文的兴盛与文学自觉的关系

俞灏敏　许昌学院学报 2010，6

六朝表文略论

杨明伟　四川文理学院学报 2012，1

六朝学风与骈文隶事

翟景运、牟艳红　东方论坛（青岛大学学报）2013，2

论中古时期赋和骈文中的设问辞格及其审美价值

张艺娇、张春泉　湖北理工学院学报（人文社会科学版）2013，3

论六朝政治运作与骈文书写的互动

钟涛　广西师范大学学校 2015，6

史传论赞演进与六朝骈文形式

刘涛　文艺评论 2016，1

论六朝文派

马茂军　文学评论 2016，2

六朝诗赋文同步骈化与文体互融

莫道才　求索 2017，4

论六朝碑文的骈化及其艺术特质

陈鹏　河南师范大学学报 2017，4

六朝骈文形式美的建构及其艺术缺陷

刘涛　中国文学研究 2017，7

六朝骈文理论研究的新思考

刘涛　光明日报 2018 年 2 月 26 日

论六朝序文的骈化及其艺术特质

陈鹏　中国文学研究 2018，1

六朝骈文的声律结构

金沛晨　铜仁学院学报 2018.1

清谈活动下六朝骈文的生成

　　　　刘涛　五邑大学学报（社会科学版）2008，1

南朝文之赋化倾向探析

　　　　刘涛　苏州大学学报（哲学社会科学版）2008，3

南北朝骈文浅析

　　　　刘志飞　安徽文学（下半月）2009，6

南北朝骈文对古代散文定型的影响

　　　　董晓慧、吴玉荣　长春理工大学学报（高教版）2010，1

南朝诔文演进及撰作探析

　　　　刘涛　山东师范大学学报（人文社会科学版）2010，5

论南朝四史史论之骈俪色彩

　　　　张亚军　乐山师范学院学报 2010，7

浅析南北朝骈文对中国古代散文定型的影响

　　　　金迪　民营科技 2011，1

南朝铭文撰述探析

　　　　刘涛　廊坊师范学院学报（社会科学版）2011，1

试论南朝檄移文

　　　　刘涛　五邑大学学报（社会科学版）2011，2

论南朝序体文的撰作风貌

　　　　刘涛　湖州师范学院学报 2011，3

论南朝碑志文的嬗变与撰述

　　　　刘涛　山西师范大学学报（社会科学版）2011，4

南朝政治制度演变与公文骈体化

　　　　王相飞　北方论丛 2011，5

南朝表文的骈俪化过程初探

　　　　夏侯轩、李征宇　安徽理工大学学报（社会科学版）2012，1

南朝哀祭文考论

　　　　刘涛　北方论丛 2013，1

南朝抒情序文析论

　　　　刘涛　文艺评论 2013，2

试论南朝书牍文的抒情述志类型

刘涛 山西师范大学学报（社会科学版）2013，4

六朝表策文流变及其文学史意蕴——以傅亮、任昉、徐陵文章为考察
对象

刘涛 广西社会科学 2013，4

北朝颂碑文的流变

张鹏 咸阳师范学院学报 2014，1

北魏骈文艺术的流变

何祥荣 广西师范大学学报 2014，1

论南朝文化特质与骈文的兴盛

纪倩倩 东岳论丛 2014，8

南朝骈文隶事及其深层文化意蕴

刘涛 齐鲁学刊 2015，4

南朝骈文初探

李昕炯 宁夏师范学院学报 2016，4

20 世纪以来北朝骈文研究综述

龙正华 佳木斯大学学报 2017，3

对南朝文学形式主义美学风格的审视与思考

程霞 华北水利电力大学学报 2017，2

从"笔"之病犯论南朝"文笔说"

唐芸芸 文艺理论研究 2017，2

## 2. 关于南朝骈文作家的评论

金缕玉衣式的文学——王融《三月三日曲水诗序》

林晓光 陈引驰 华东师范大学学报 2011，2

孔稚珪的《北山移文》

王运熙 文汇报 1961 年 7 月 29 日

王俭骈文研究

郑巧儿 福建师范大学学报 2014，3

范晔《后汉书》的序论

王运熙 文学遗产增刊 10 辑 1962

妙想奇谲的讽刺骈文——孔稚珪《北山移文》赏析

　　林兴仁　名作欣赏 1981，4

《北山移文》与周颙及隐士

　　史铁良　求索 1982，4

《北山移文》侧议

　　马家驹　河北师范大学学报 1986，4

读孔稚珪《北山移文》

　　周涤　绍兴师范专科学校学报（社会科学版）1984，1

《北山移文》质疑

　　金性尧　文史知识 1988，1

《北山移文》新议

　　谭家健　齐鲁学刊 2001，6

"移文"流变考述——兼及《北山移文》在唐宋时期的文学接受

　　张振谦　清华大学学报（哲学社会科学版）2017，3

感人肺腑的骈文杰作——读丘迟《与陈伯之书》

　　方永耀　名作欣赏 1980，2

草长莺飞，珠圆玉润——读丘迟的《与陈伯之书》

　　彭铎　甘肃文艺 1980，4

江淹"才尽"与庾信"老更成"

　　石济　光明日报 1979 年 7 月 10 日

江淹《恨赋》语言艺术特色管窥

　　聂永乐　兰州教育学院学报 2017，3

读吴均《与朱思元书》

　　王炎武　教学与研究 1981，4

丘迟的《与陈伯之书》

　　许革非　语文学习 1981，10

任昉文学略论

　　谭家健　文学评论丛刊 1982，16

《与陈伯之书》赏析

　　李培厚　语文教学与研究 1982，1

读《与朱元思书》

　　　　辛在铸　天津师范专科学校学报 1984，1

《与朱元思书》语言艺术浅析

　　　　游品行　修辞学习 1984，2

人在画中游、美景不胜收——《与朱元思书》赏析

　　　　周恩珍、杨九俊　名作欣赏 1984，2

"吴均体"简论

　　　　赵家莹　杭州大学学报 1984，4

"状难写之情，含不尽之意"——论刘峻的骈文

　　　　曹道衡　光明日报 1984 年 6 月 24 日

奇山异水，天下独绝——谈吴均《与朱元思书》

　　　　丁长河　广州文艺 1984，9

《与朱元思书》异说二辨

　　　　水绍韩　中学语文教学 1984，9

吴均的山水游记与"吴均体"

　　　　章志　杭州日报 1985 年 1 月 4 日

多义取向视角下的《与朱元思书》

　　　　易朝芳　名作欣赏 2016，2

读丘迟《与陈伯之书》

　　　　罗元贞　山西大学学报 1985，3

读丘迟《与陈伯之书》

　　　　郝诗仙　宁夏日报 1985，7，12

对《与朱元思书》译文的两点质疑

　　　　郑长荣　安徽教育 1986，6

读陶弘景《答谢中书书》

　　　　魏明安　文史知识 1987，3

理直·情真·言宜——读《与陈伯之书》

　　　　何必、李运瑛　北京师范大学学报（社会科学版）1988，6

沈炯初论

　　　　王利锁　浙江学刊 1989，6

历代对任昉骈文之评论

    汪泓 郑州大学学报（哲学社会科学版）2001，6

吴均文章面面观

    谭家健 立雪集 北京大学出版社，2005

丘迟和他的《与陈伯之书》

    顾农 名作欣赏 2005，19

刘宋骈文用典之繁及其成因

    周海霞、水汶 柳州师专学报 2007，1

鲍照骈文论略

    刘涛 郑州轻工业学院学报（社会科学版）2008，1

沈约骈文论略

    刘涛 唐山学院学报 2008，1

沈约的审美观与骈文创作实践

    何祥荣 骈文研究第一辑，2017 年 6 月出版

任昉骈文论略

    刘涛 宜宾学院学报 2008，2

颜延之骈文论略

    刘涛 韩山师范学院学报 2008，2

清晖流响 风格即人——吴均之"格调"论

    方宜 重庆文理学院学报（社会科学版）2008，4

鲍照文赋作品中的慷慨之气

    赵立学 南昌教育学院学报 2008，4

刘峻骈文论略

    刘涛 嘉应学院学报 2008，4

江淹散文特色论略

    刘涛 重庆科技学院学报（社会科学版）2008，5

刘孝标骈文"文藻秀出"的理论根源及表现

    陈丕武 柳州师专学报 2008，6

低沉哀伤、浓郁悲情——论江淹骈赋的悲情及影响

    黄九莲 湖北经济学院学报（人文社会科学版）2008，9

《与朱元思书》的文章结构与艺术特色

　　罗丽　初中生辅导 2017，3

### 3. 关于刘勰骈偶观的研究

刘勰的"丽辞"说

　　张长青、张会恩　湖南城市学院学报 1981，1

"丽句与深彩并流，偶意共逸韵俱发"——论《文心雕龙》的骈句艺术

　　李映山　中国文学研究 1996，2

刘勰在骈文创作上的杰出成就

　　于景祥、陆雅慧　社会科学辑刊 2000，4

《文心雕龙·丽辞》与骈文理论

　　莫山洪　柳州师专学报 2002，3

丽句与深采并流，偶意共逸韵俱发——对联写作要论兼议《文心雕龙·
　　丽辞》及相关篇目

　　李金坤　钦州师范高等专科学校学报 2004，2

从《文心雕龙·丽辞》看刘勰所推崇的骈文

　　梁祖萍　宁夏社会科学 2006，2

《文心雕龙》与《文选》所揭示的赋体骈化轨迹

　　于景祥　社会科学辑刊 2006，6

《文心雕龙》以骈体论文是非辩

　　于景祥　文学评论 2007，5

异域留香——阐释学观照下《文心雕龙·原道》骈偶翻译之比较

　　解学林　内蒙古民族大学学报 2008，3

骈体文论与骈体文学——论《文心雕龙》的文体价值

　　李小兰　长江学术 2008，4

同而不同：《文心雕龙》与骈文作品的文体区别

　　李小兰　《文心雕龙》与 21 世纪文论研究国际学术研讨会论文
　　集，2008 年 10 月出版

从求"美政"之"偶"到丧俪之"骈"，"文变染乎世情，兴废系乎时
　　序"——刘勰《文心雕龙·时序》

　　　张慧敏　中国文学研究 2010，2

《文心雕龙》关于骈偶产生原因的论述

　　　于景祥　社会科学辑刊 2011，6

从《文心雕龙·丽辞》篇看刘勰的骈文观

　　　钟涛、彭蕾　青海师范大学学报（哲学社会科学版）2012，3

《文心雕龙》的骈偶观

　　　梁焕娟　兰州工业高等专科学校学报 2012，4

《文心雕龙》关于骈散结合的主张三论

　　　于景祥　文艺研究 2013，2

论《文心雕龙》中的骈文批评

　　　刘涛　韩山师范学院学报 2016，4

《文心雕龙·丽辞》读解

　　　韩高年　中南民族大学学报 2014，3

论《文心雕龙》的骈文艺术成就

　　　赵建辉　语文学习 2016，2

《文心雕龙》中的骈文史论

　　　于景祥　社会科学辑刊 2015，11

《文心雕龙》的对偶论与实践

　　　于景祥　文艺研究 2015，4

论《文心雕龙》《丽辞》篇的骈偶与骈散

　　　马晓英　渤海大学学报 2015，6

## 4. 关于庾信和徐陵的评论

庾子山年谱考略

　　　梁廷灿　《北平图书馆学刊》第 3 卷 1 期，1929，7

庾子山之生平及其著作

　　　黄汝昌　《南风》第 8 卷 1 期，1933，5

《哀江南赋》笺（一）

　　　高步瀛　师大月刊 14 期　1934

《哀江南赋》笺（二）

高步瀛　师大月刊 18 期，1935

《哀江南赋》笺（三）

高步瀛　师大月刊 26 期，1936

读《哀江南赋》

陈寅恪　清华学报，1939

论庾信及其诗赋

刘开扬　文学遗产增刊第 7 辑，1959，12

爱国诗人庾信

王毓　河南日报 1962 年 2 月 11 日

庾信《哀江南赋》四解

曹道衡　中华文史论丛 1980，3

试论庾信及其“乡关之思”

张明非　文学遗产 1980，3

论庾信和他的诗赋

顾竺　徐州师范学院学报 1980，4

为《哀江南赋》中“胡书”一词进一解

陈洪宜　社会科学战线 1981，2

怎样看待庾信及其乡关之思——读《哀江南赋》札记

于非　北方论丛 1982，2

庾信入北仕历及其主要作品的年代

鲁同群　文史第 19 辑，1983，8

庾信及其作品

舒宝璋　南昌师专学报 1984，3

关于庾信作品评价的几个问题——与凌迅同志商榷

李永昶　济宁师专学报 1984，3

《哀江南赋》著作年代问题

王仲镛　中华文史论丛 1984，4

枯树·暮年·南枝之思——庾信《枯树赋》新探

沈家庄　湘潭大学学报 1985，1

说《哀江南赋序》

孙静　中文自修　1985，2

庚信前期作品考辩

　　刘文忠　文史第 27 辑 1986，12

说《哀江南赋》并序

　　葛晓音　文史知识 1987，9

再谈《哀江南赋》的著作年代

　　王仲镛　中国文学研究 1988，3

北方文风和庚信后期创作

　　吴先宁　厦门大学学报 1989，1

乡关之思和隐逸之念——庚信后期作品两大主题论析

　　吴先宁　辽宁大学学报 1990，4

庚信的诗赋特色

　　祝凤梧　中国文学研究 1990，4

庚信后期诗赋的美学风貌

　　陈信凌　南昌大学学报 1991，2

"辞赋之罪人"与"四六宗臣"——评庚信在赋体文学发展史上的地位

　　黄祥兴　上饶师范专科学校学报 1992，1

庚信"乡关之思"新论——兼谈庚信的人格评价

　　陈信凌　南昌大学学报 1994，1

论庚信的骈文

　　周悦　中国文学研究 1994，2

走向文化反思的逻辑起点——从庚信看由南入北文士的文化幻灭感

　　刘志伟　西北师大学报 1994，1

庚信：南北民族文化融合中的"文化特使"

　　刘思刚、刘长春　四川师范学院学报 1995，2

"不无危苦之辞，惟以悲哀为主"——试论庚信后期的文学理论主张

　　刘志伟、康元皓　甘肃社会科学 1995，3

论庚信后期骈文的特色

　　樊运宽　广西师范大学学报 1996，1

庚信晚期文风之变

习毅　河北大学学报 1997，6

"气势美"和"辞藻美"的统一——综论庾信作品的语言艺术

林怡　福建论坛 1998，8

论庾信对植物意象的应用——以"桂"为例

林怡　福建师范大学学报 1998，7

论庾信的赋

靳启华　楚雄师专学报 1999，1

庾信《哀江南赋》创作时间新考

林怡　中国典籍与文化 2000，4

庾信入北的实际情况及与作品的关系

牛贵琥　文学遗产 2000，5

庾信作品考辩二则

林怡　文学遗产 2000，5

羁旅心态与庾信后期作品之关系

张喜贵　云梦学刊 2000，5

庾信对北朝文化环境的接受

〔韩〕姜必任　文学遗产 2001，5

庾信入北仕周的心态辨析——兼论其"乡关之思"的复杂性

曾肖　广西师范大学学报 2001，9

庾信所撰碑铭史实考索及其意义

李文才　许昌师专学报 2001，5

创伤记忆与庾信后期的创作

张喜贵　西北第二民族学院学报 2001，8

庾信作品中的女性题材论略

张喜贵　学术交流 2001，11

节操意识：庾信后期情性之作主题解读

杨尚梅　三峡大学学报 2001，8

对庾信"失节"的分析及其评价

汤蓓蕾　丽水师范专科学校学报 2002，2

庾信与贞观文人的宫廷创作

张黎明　齐齐哈尔大学学报 2002，6

庚信作品中的"树"意象

许宛春　南都学坛 2002，9

从文化精神论庚信后期的愧悔心态

张苏榕　盐城工学院学报 2003，9

《枯树赋》：庚信的哀叹和希冀

顾农　古典文学知识 2003，7

庚信"乡关之思"析论

李晓玲　西北大学 2003，4

由乡关之思看庚信王褒的不同兼论其原因

牛贵琥　民族文学研究 2003，11

庚信赋思想内容浅论

赵晶　北京林业管理干部学院学报 2003，2

论夏完淳的《大哀赋》——以庚信《哀江南赋》为比较对象

刘勇刚　南阳师范学院学报 2003，11

试论庚信前后期对《楚辞》的不同认识和继承——兼论庚信后期文风
的转变

姚圣良　通化师范学院学报 2003，6

《哀江南赋》旧注发微

李步嘉　江汉论坛 2003，8

毛泽东与庚信的《枯树赋》

吉定　名作欣赏 2003，12

庚信赋倪注辨误十例

王茂福　文艺研究 2003，7

庚信后期节操意识的影响因素及其评价

杨尚梅　荆州师范学院学报 2003，8

庚信的后期文学观

吉定　南通师范学院学报 2003，12

庚信节操意识溯因

杨尚梅　湖北教育学院学报 2003，1

庾信行事作品系年

　　侯云龙　吉林师范大学学报 2003，4

"庾台寺"及庾信是否信佛考辨

　　杨尚梅　湖北职业技术学院学报 2003，3

再论南北朝文化对庾信文学影响的几个问题

　　宋健　湖北社会科学 2004，3

论庾信前期赋风

　　龚贤　贵州大学学报 2004，2

麦积山与庾信铭文

　　崔玲　社科纵横 2005，10

历代庾信批评述论

　　曹萌　东南大学学报 2005，2

合南北文学之两长——庾信辞赋及其辞赋观的先导意义

　　冷卫国　中国海洋大学学报 2005，9

金初耆旧作家与庾信之比较

　　牛贵琥　山西大学学报 2005，2

庾信创作中的道家文化取向

　　周悦　中国文学研究 2006，12

庾信的"善《左传》"

　　刘雅娇　柳州师专学报 2006，12

庾信《愁赋》考论

　　卞东波　中国典籍与文化 2006，6

怀秋独悲此，平生何谓平——略论庾信对宋玉"悲秋"情结的继承和
发展

　　艾初玲　船山学刊 2006，7

论庾信的自卑与超越

　　周晓英　涪陵师范学院学报 2006，1

庾信与《左传》

　　罗玲云　牡丹江教育学院学报 2006，3

庾信"性灵说"：中国个体诗学与"文的自觉"的成熟标志——兼议

"性灵说"与中国诗学的主体间性

　　林怡　苏州大学学报 2006，3

庾信作品中的秋意象

　　吉定　南通大学学报 2007，11

庾信自卑心态探源

　　周晓英、杨雪梅　黔南民族师范学院学报 2007，10

庾信诗赋中"隐遁之念"辨析

　　张黎明　哈尔滨工业大学学报（社会科学版）2007，7

庾信及魏晋南北朝墓志与韩愈及唐墓志之比较

　　李慧、刘凯　西安交通大学学报（社会科学版）2007，9

论庾信作品对李陵的接受

　　张喜贵　吉林省教育学院学报 2007，9

论庾信与西魏北周文学的发展

　　胡政　黔南民族师范学院学报 2007，4

世纪回眸：庾信研究的回顾与展望（上）

　　吉定　南阳师范学院学报 2007，2

世纪回眸：庾信研究的回顾与展望（下）

　　吉定　南阳师范学院学报 2007，5

从女性形象看庾信作品风格之转变

　　梁平　濮阳职业技术学院学报 2007，5

论庾信与吴伟业的精神契合

　　张苏榕　盐城工学院学 2008，9

庾信碑志文浅议

　　李贵银　辽宁大学学报 2008，9

庾信作品编年二则

　　张鹏、韩理洲　西北大学学报 2008，9

庾信与王褒羁旅体验之比较

　　张喜贵　学术交流 2008，3

庾信由南入北后的心态变化分析

　　蒙丽静、赵晓洁　山西大同大学学报 2008，2

论庾信入北儒士情愫的复归

　　周悦　湖南师范大学学报 2010，7

论庾信入北后创作中的意象

　　胡政　河北工程大学学报（社会科学版）2010，6

庾信后期政治抉择中的矛盾性

　　孙明君　北京大学学报 2010，5

飘零无寄处，感荡有吾身——庾信《枯树赋》赏析

　　曹颂今　名作欣赏 2010，2

论庾信的文学本质功能观

　　郝思瑾、胡政　大众文艺 2011，12

"了解之同情"——论王夫之的庾信批评

　　马玉、吴怀东　船山学刊 2011，10

《小园赋》的独特展示

　　吴利晓　文学界（理论版）2011，10

论庾信辞赋

　　郭建勋　文学评论 2011，6

庾信文章老更成，凌云健笔意纵横——"庾信体"辨析

　　吴瑞侠　黄山学院学报 2011，8

庾信《哀江南赋》作年辨正

　　孙明君　古典文学知识 2011，7

庾信文章老更成

　　吴亮花　大众文艺 2011，7

庾信《哀江南赋》"胡书"新证

　　尹冬民　文学遗产 2011，7

庾信《哀江南赋》的接受表征及内蕴

　　何世剑　河北师范大学学报 2011，3

魂兮归来哀江南，江南一哀成千古——浅析庾信《哀江南赋序》

　　王庆国　名作欣赏 2012，4

庾信的性灵文学观

　　吉定　南通大学学报 2012，5

再论《哀江南赋》的作年

　　张晓庆　理论界 2012，1

庾信作品中的季节感与生命意识之关系

　　张喜贵、王芳　福建论坛 2013，10

庾信诗文的优雅与节制

　　汪爱武　黄山学院学报 2013，8

庾信《哀江南赋》作于入北早年考

　　庄芸　殷都学刊 2013，9

隐于现实中的"小园"——兼论庾信与陶渊明作品中"园"意象之
异同

　　张矢的　吕梁学院学报 2013，6

论庾信前期赋的趣味性

　　张悦　许昌学院学报 2013，10

庾信对《左传》的文学接受动机探析

　　韩鹏飞　绥化学院学报 2013，11

庾信审美回忆性作品语言的修辞艺术——以辞格运用为中心

　　张剑舒　现代语文（语言研究版）2013，11

从庾信骈赋看诗赋合流到赋文趋同的文体演变史意义

　　周悦　中国文学研究 2014，10

论庾信对北朝墓志写作传统的继承

　　马立军　民族文学研究 2014，6

论庾信礼学观

　　岳洋峰　西南科技大学学报（哲学社会科学版）2014，10

浅析庾信《小园赋》创作特色

　　黄惠燕、朱学斌　文学教育（中）2014，8

庾信骈赋中常用颜色词语义分析

　　郝静芳　重庆工商大学学报（社会科学版）2014，6

庾信园林诗文中的生态元素浅析

　　杨昇　连云港师范高等专科学校学报 2014，6

陆机、庾信在北方的接受度比较

李娜　语文教学通讯·D 刊（学术刊）2014，3

美丽与哀愁——庾信《小园赋》论析

吴学仙　名作欣赏 2014，2

论庾信对北魏文化融合的作用

何莘茹　现代语文（学术综合版）2014，2

精义复隐赋才流：庾信《哀江南赋》中的萧纲叙述

汪习波　辽宁大学学报 2014，3

论使者身份对庾信文学创作的影响

张喜贵、翟晶晶　学术交流 2014，11

试论《周书》、《隋书》对初唐庾信接受的影响

彭国亮　兰台世界 2014，11

试论庾信诗赋中的穷愁之感

赵骥　辽东学院学报 2015，10

兴膳宏及其庾信研究

李维维　华东师范大学学报 2015.5

庾信表体公文风格论略

韩雪松　兰台世界 2015，5

试论庾信《哀江南赋》的承传接受

何世剑　井冈山大学学报 2015，7

庾信《哀江南赋》"胡书"新考

任荣　文学遗产 2015，3

论庾信文学作品的创新

吉定　南通大学学报 2015，7

颜之推《观我生赋》与庾信《哀江南赋》之比较

贾国庆　六盘水师范学院学报 2015，2

庾信文学作品的创新

吉定　南通大学学报 2015，3

新世纪庾信研究综述

刘宁　天中学刊 2015，1

《哀江南赋》接受与朝鲜朝后期辞赋创作

权赫子　四川师范大学学报 2015，1

庾信与北周宗教变革

刘林魁　西北大学学报 2016，9

驱遣物象　勾画场景——论《小园赋》中的情感抒发方式

宋冠军　安康学院学报 2016，10

论《哀江南赋》对楚辞的接受

曾君之　名作欣赏 2016，8

文学地理观照下的庾信创作

张誉兮　宜春学院学报 2017，3

庾信《周大将军怀德公吴明彻墓志铭》笺证及晚年思想考辨

张晓庆　商丘职业技术学院学报 2017，4

论庾信《小园赋》的"老成"风貌

刘伟利　洛阳理工学院学报（社会科学版）2017，5

论庾信表文的文献价值及艺术特征

程文　焦自艳　安徽农业大学（社科版）2018，1


**关于徐陵的评论**

骈文大手笔的徐陵和庾信：文坛嚼古录之九

凡石　上海文化 1946，11

读《玉台新咏序》札记

郁守　美学评林 3 辑 1983，6

徐陵《玉台新咏序》中"葡萄"一典试释

方北辰　文史 20 辑 1983，9

徐陵骈文初探

周建渝　文学遗产 1988，4

徐庾骈文论

于景祥　沈阳师范学院学报 1998，3

略论徐陵《与李那书》的文学思想

江承华　福建师范大学学报 1998，4

试论徐陵骈文与其政治生活的关系

钟涛　柳州师专学报 1999，3

《花间集序》与《玉台新咏序》比较谈

　　杨培森　中文自学指导 1998，4

徐陵论

　　穆克宏　楚雄师范学院学报 2002，2

徐陵与南北朝文学交流

　　王允亮　重庆社会科学 2006，3

论徐陵《玉台新咏序》

　　朱晓海　中国诗歌研究 2006，3

《玉台新咏序》的女性色彩与宫体诗人的文学旨趣

　　余洁　陕西理工学院学报 2007，4

从《玉台新咏》的编纂看徐陵妇女观的进步性

　　姚晓柏　求索 2006，4

略论徐陵的文学观

　　张映红　重庆科技学院学报 2008，2

徐陵骈文论略

　　刘涛　许昌学院学报 2008，5

徐陵的佛教活动考述

　　黄颖　黑龙江社会科学 2010，5

"徐庾体"与"宫体"关系探讨

　　戴智军　李燕　沈阳大学学报 2010，4

徐陵梁朝仕历补证

　　黄颖　许昌学院学报 2010，4

《玉台新咏序》与徐陵"新变"审美理念

　　陈玲　西安电子科技大学学报 2011，1

论侯景之乱后徐陵、沈炯的政治性文书

　　毛振华　北方论丛 2012，1

读《在齐与杨仆射书》札记

　　马莲　名作欣赏 2012，12

论"徐庾体"的范畴与特色

　　刘云静　辽宁广播电视大学学报 2012，3

《徐陵集校笺》注文纠谬

　　徐宝余　文学与文化 2013，1

徐陵骈文研究

　　高鹭　华东师范大学学报 2014，5

《玉台新咏序》难典释义札记

　　黄威　宁夏大学学报 2016，3

论徐陵、庾信骈文文体特征

　　刘涛　韩山师范学院学报 2017，3

## （四）关于唐五代骈文之研究

### 1．唐五代骈文综论

隋唐骈散文体变迁概观

　　曾了若　史学专刊 1935 年 12 月 1 日

评《为徐敬业讨武氏檄》

　　罗元贞　山西大学学报 1985，3

骈体散化：初唐诏敕文体风貌研究

　　张超　重庆师范大学学报 2017，6

初唐骈文的发展与自赎

　　孙英凤　中国校外教育 2017，2

陈子昂的骈文和散文

　　韩理洲　唐代文学论丛 1985，8

唐代传奇的骈文成分

　　邓仕梁　古典文学 1986，8

试论唐代散文与骈文的关系

　　吴佩珠　思想战线 1987，1

从唐宋古文大家看骈散之争

　　郑力戎　文史哲 1988，3

骈文在唐代文学史上的地位

莫道才　广西师范大学学报（哲学社会科学版）1990，4

试论唐代骈文的流变

莫道才　古典文学新探　广西师范大学出版社，1990，10

《新编全唐五代文》的体例特色与全唐五代文的文体——序霍松林主编

《新编全唐五代文》

王运熙　陕西师范大学学报（哲学社会科学版）1993，1

敦煌俗文学作品中的骈俪文风

邵文实　敦煌学辑刊 1994，2

八十年代以来唐代骈文研究述评

莫道才　柳州师专学报 1999，1

论中唐骈散相争及其美学价值

莫山洪　柳州师专学报 1999，3

论隋及初唐反骈观念的形成

莫山洪　柳州师专学报 2000，2

试论初唐骈赋的哲理内蕴

陶绍清　柳州师专学报 2001，4

试论敦煌写本斋文的骈文特色

张承东　敦煌学辑刊 2003，1

转型期的唐代骈文批评

奚彤云　广西师范大学学报（哲学社会科学版）2003，3

关于唐代骈文、古文的几个问题

王运熙　南阳师范学院学报 2004，1

试论唐代的公牍文写作

王朝源　四川师范大学学报（社会科学版）2004，2

唐宋时文考论

罗时进、刘鹏　文艺理论研究 2004，4

五代骈文景观

陶绍清　柳州师专学报 2006，2

论骈文在唐代文坛的地位

程美华　兰州学刊 2006，3

唐代文人认为作品最重要的艺术特征是什么

　　王运熙　广东外语外贸大学学报 2006，3

试论唐前文学含义的演变——兼及古文、散文、骈文辨析

　　刘涛　理论导刊 2006，1

敦煌文学中的骈体文

　　杨雄　敦煌研究 2006，4

严别正变说唐骈——《管锥编》未完成稿"《全唐文》卷"探原

　　聂安福　文学遗产 2006，4

晚唐政局与幕府公文的演变

　　翟景运　古代文明 2007，1

唐传奇中的骈文因素

　　韩林　辽东学院学报（社会科学版）2007，5

唐代祭文的文体演变

　　于俊利　社会科学评论 2008，2

诏敕文体改良与中唐古文运动

　　张超　山东师范大学学报（人文社会科学版）2010，5

论唐代科举制对骈文普及的促进作用

　　翟景运、牟艳红　东方论坛 2011，2

论中晚唐儒学变迁对骈文演进的影响

　　曹丽芳　文艺评论 2014，5

论晚唐骈偶化倾向回潮

　　杨洁　文学界（理论版）2011，9

论唐代骈文文体观的变化

　　翟景运、牟艳红　东方论坛 2012，2

晚唐骈文复兴原因探析

　　王秀红　辽宁教育行政学院学报 2013，4

论唐宋古文运动非以骈文为对立面

　　罗书华　上海师范大学学报（哲学社会科学版）2013，5

韩柳古文与骈文的异同及其新变

　　张宏韬　周口师范学院学报 2017，5

论敦煌变文骈句的个性与功能

　　许松、程兴丽　敦煌研究 2017，2

论唐传奇语言的骈散文融特征

　　朱力力　浙江社会科学 2018，3

唐代刺史上谢表文体考论

　　杨玉峰　理论月刊 2018，3

### 2．关于唐代骈文作家的评论

李谔对隋初公务文书文风革新的贡献

　　孙国斌　档案与建设 2015，8

《晋书》论赞艺术特色研究

　　张达　辽宁大学学报 2016，2

唐修《晋书》使用骈语是非辨

　　王荣林　历史教学 2015，5

檄文典范，骈俪佳品——读《为徐敬业讨武曌檄》

　　程郁缀　文史知识 1985，2

从卢藏用《景星寺碑铭》看唐代中原文化与骈体文风在岭南地区的
影响

　　莫道才、韦臻　广西师范大学学报 2016，3

盆景式的散文诗——《陋室铭》的特色

　　高连志　写作 1982，2

谈刘禹锡的《陋室铭》

　　吴汝煜　文学遗产 1987，6

陋室和《陋室铭》考论

　　苍丁　唐代文学论丛 1987，9

再谈《陋室铭》及其作者

　　段塔丽　陕西师范大学学报（哲学社会科学版）1998，1

《陋室铭》"无丝竹之乱耳"句献疑

　　魏连科　赵芳远　邢台学院学报 2015，2

陆贽与唐代骈文革新

于景祥 辽宁教育行政学院学报 1990，4

漫话晚唐骈文三十六体

王朝华、林继中 古典文学知识 1993，5

治乱之龟鉴，政论之典范：论陆贽的骈体奏议

郑力戎 浙江学刊 1996，3

试论韩愈散文对骈文的突破

何永福 大理学院学报（社会科学版）1996，3

论初唐四杰对骈文的革新

莫山洪 柳州师专学报 1998，2

"初唐四杰"称号与骈文

莫山洪 柳州师专学报 1998，4

陆贽骈文简论

陈德长 重庆师范专科学校学报 1999，3

韩愈"古文"含义"与骈散无涉"吗？

葛培岭 中州学刊 1999，6

初唐四杰的辞赋、骈文对诗歌革新的影响

胡朝雯 衡阳师范学院学报 2001，4

试论骈文对韩文的影响

石玉山 语文学刊 2002，4

论卢照邻骈文的艺术特色

吕双伟、刘文富 柳州师专学报 2002，4

"三十六体"：宋祁总结、认定的骈文体派

陈冠明 安徽师范大学学报（人文社会科学版）2002，4

韩愈与骈文关系新探

程美华 古籍研究 2003，1

令狐楚简论

杨晓霭 兰州大学学报（社会科学版）2002，6

李白骈文论略

陶绍清 柳州师专学报 2003，4

论柳宗元的散文句法与骈散相争

何易展　许昌学院学报 2008，4

晴空一鹤排云上 便引诗情到碧霄——品《陋室铭》的"诗豪"之风

王桂宏　名作欣赏 2008，16

三十六体骈文的叙事议论之美

韩雪晴　广播电视大学学报 2008，1

刘知几关于史书撰述用骈用散的主张及分析

于景祥　历史教学 2009，12

论中唐骈散相争与韩愈的"破骈为散"

莫山洪　中国文学研究 2009，1

韩愈对骈文的扬弃例证

陈淑娥　宜宾学院学报 2009，1

论柳宗元的"化骈为散"与古文形式的确立

莫山洪　浙江社会科学 2009，4

亦真亦假，亦庄亦谐——李白《代寿山答孟少府移文书》探微

阮堂明　孝感学院学报 2009，5

王维骈文论略

王林莉　唐都学刊 2009，6

晚唐"三十六体"到底是指什么

尹博　辽宁大学学报（哲学社会科学版）2010，5

陆贽的奏议对古代公文发展的影响

黄庆丰　新闻爱好者 2010，16

谈"陋室铭"

王虎　湘南学院学报 2011，1

略论三十六体骈文的创作风格

韩雪晴　广播电视大学学报（哲学社会科学版）2011，1

元稹制诰文简论——兼谈元白与中唐古文运动之关系

周艳波、岳五九、胡作法　安徽农业大学学报（社会科学版）2011，2

晚唐三十六体成因探析

韩雪晴　内蒙古大学学报（哲学社会科学版）2011，2

论"三十六体"的文学观照

韩雪晴　内蒙古财经大学学报 2016，6

论陆贽的"骈中求散"与中唐文章的变化

莫山洪　柳州师专学报 2012，1

浅论令狐楚的文学创作

武锦辉　北方文学 2012，11

王维、李商隐碑铭文比较刍议

潘鸣　上海大学学报（社会科学版）2013，5

论初唐骈体诗序的艺术成就及其缺陷

吴振华　宁波大学学报（人文科学版）2013，6

独孤及为"古文运动先驱"提法的可商榷性

金晶　学术交流 2014，3

陆贽的骈文与唐代古文运动

张思齐　西南民族大学学报 2014，1

杜牧与李商隐骈文比较研究

韦异才　辽宁大学 2014，4

方得心领神会，乃可驰四骋六——浅论《书谱》的骈体文

熊嫚　参花（上）2014，4

晚唐"三十六体"辨析

韩雪晴　广播电视大学学报（哲学社会科学版）2015，3

南唐四六艺术的传承与新变

李海浩　浙江学刊 2015，11

从壮人《大宅颂》与《智城碑》看大唐文化之南渐

黄桂凤　社会科学家 2004，4

从上林唐碑《大宅颂》和《智城碑》看唐代中原文风对岭南民族地区
文化的影响

莫道才　民族文学研究 2005，4

韩柳骈文写作与中唐骈散互融之新趋势

谷曙光　文学评论 2015，3

文学接受视野下的韩柳与骈文——以宋至清代为讨论中心

刘城　广西师范大学学报 2015，3

起八代之衰与集八代之成——论韩愈与骈文的关系

　　翟景运　东方论坛 2016，3

论敦煌变文骈句的个性与功能

　　许松、程兴丽　敦煌研究 2017，1

黄滔考

　　彭万隆　古籍研究 1999，2

论杜甫好骈的内驱力

　　张思齐　江苏科技大学学报（哲社版）2016，6

从敦煌本《甘棠集》看晚唐幕府公文创作特征

　　于俊利　天水师范学院学报 2018，1

"温李"并称原因辨析

　　松松梅　中国韵父学刊 2018，1

论元稹处理骈散关系的方式

　　孙丽娜　广西师范大学学报 2018，4

从"链体"结构看陆贽骈文功能的突破

　　孟飞　广西师范大学学报 2018，4

### 3. 关于王勃的评论

王勃作《滕王阁序》之年

　　蒋逸雪　江海学刊 1962，2

关于王勃作《滕王阁序》时的年龄和省父地点问题

　　邓志瑗　语文教学 1978，5

王勃《滕王阁序》的写作年代

　　聂文郁　青海师范学院学报 1979，2

"豫章故郡，洪都新府"辨

　　朱点　江西师范学院学报 1979，3

江山留胜迹，千古诵华章——《滕王阁序》的艺术构思

　　邓志瑗　语文学习 1980，1

滕王阁杂谈

　　刘培松　南昌大学学报 1980，1

重读《滕王阁序》有感

　　朱曦　山花 1980，8

试论王勃作《滕王阁序》之时间

　　周本淳　淮阳师范专科学校学报 1981，1

王勃和《滕王阁诗》

　　聿人　江西教育学院学刊 1981，2

佳句序名楼，思慨传千载——读《滕王阁序》

　　孙昌武　散文 1981，11

王勃十三岁作《滕王阁序》吗？

　　熊美杰　陕西日报 1981 年 11 月 1 日

王勃和《滕王阁诗序》

　　孟凡仁、张继宗　山西教育 1981，11

老当益壮，穷且益坚——读《滕王阁序》

　　侯文正　晋阳文艺 1982，1

《滕王阁序》纵横谈

　　徐高祉　江西师范学院南昌分院学报 1982，1

王勃由剑南至南昌为什么会在马当阻风？

　　言咨　争鸣 1982，2

从《滕王阁序》的立意谈重视人才

　　曹涛　江西教育学院学报 1982，2

王勃《滕王阁序》之变态心理评析

　　王志尧　南都学坛 1982，3

《滕王阁序》赏析

　　田雨泽　语文教学与研究 1983，1

论王勃

　　何林天　晋阳学刊 1983，2

王勃杂考

　　张志烈　四川大学学报 1983，2

《滕王阁序》的语言艺术赏析

　　况彩霞　杭州师范学院学报 1983，3

谈"秋水共长天一色"

　　刘海峰　文史知识 1983，6

也谈王勃作《滕王阁序》时的年龄问题

　　蔡德予　贵州民族学院学报 1984，00

关于《进学解》、《滕王阁序》写作年代质疑

　　王婕　西北民族大学学报 1984，2

王勃《滕王阁序》赏析

　　纪作亮　艺谭 1984，4

《滕王阁序》疑义辨析

　　黄任轲　文学研究丛刊 1 辑 1984，5

诗的华采——王勃《滕王阁序》欣赏

　　李元洛　文艺生活 1984，5

读《滕王阁序》与诗

　　杨瑞武　太原日报 1985，5，23

《滕王阁序》的思想和艺术

　　茗萱　语文月刊 1985，10

从"落霞"、"孤鹜"谈仿拟

　　周正举　语文园地 1985，11

少年心事当拏云——《滕王阁序》意境浅析

　　康明轩　名作欣赏 1986，1

王勃在四川的创作活动

　　王气中　中国古典文学论丛 2 辑，1985，8

关于王勃事迹的一点辨正

　　刘长典　河南师范大学学报（哲学社会科学版）1986，1

论《滕王阁序》的艺术美

　　南生杰　陕西理工学院学报（哲学社会科学版）1986，1

从唐代赋韵诗看《滕王阁序》"一言均赋"的解释

　　杜青山　南都学坛 1988，2

《滕王阁序》骈偶辨疑

　　王志瑛　广西师范大学学报（哲学社会科学版）1988，4

《滕王阁序》用典略说

　　王伟民　湖州师范专科学校学报 1989，4

从《滕王阁序》名联看对偶在写作中的重要作用

　　马钦烈　新疆师范大学学报（哲学社会科学版）1990，1

骈文早衰而清音独远：读王勃《滕王阁序》

　　刘尚林　文史知识 1991，12

化腐朽为神奇：谈王勃的骈文创作

　　史实　通化师范学院学报（社会科学版）1993，1

也谈古文今译的真善美：从《归去来辞》、《滕王阁序》谈辞赋、骈文
的今译问题

　　沙勤　当代修辞学习 1993，3

《滕王阁序》小考

　　许嘉甫　文学遗产 1994，2

王勃及其《滕王阁序》

　　蒋彰明　西北师范大学学报（社会科学版）1994，6

时来风送滕王阁

　　陈望衡　风景名胜 1994，12

《滕王阁序》艺术探析

　　柯昌文　南昌高专学报 1995，4

"三尺微命"与《滕王阁序》的写作时间

　　周亮　贵州大学学报（社会科学版）1997，3

《滕王阁序》的句调语义拾零——兼就中专《语文》注释求疵

　　易严　博览群书 1997，8

"秋水共长天一色"——浅析《滕王阁序》的色彩变化

　　武凤珍　西北美术 1998，3

"襟带"、"控引"及其他——《滕王阁序》语言美刍议

　　黄维华　上海大学学报（社会科学版）1998，3

试论《滕王阁序》的审美人生

　　陈龙　云南师范大学学报（哲学社会科学版）1998，6

滕王阁得名考暨《滕王阁序》新注

　　　吴之屯　安徽史学 1999，1

王勃之死及《滕王阁序》的写作时间

　　　关德民　文艺理论与批评 2001，3

滕王阁诗是谁写的

　　　李金辉　咬文嚼字 2001，9

江山俊美，人物风流——《滕王阁序》的人物美

　　　管军、张伟　淮南职业技术学院学报 2002，2

论王勃的骈文

　　　莫山洪　广西社会科学 2002，4

《滕王阁序》的隶事用典

　　　陆精康　中学语文 2002，4

论王勃骈文的审美情感

　　　莫山洪　柳州师专学报 2003，1

诗人之名赋，千古之绝唱——王勃《滕王阁序》审美品赏

　　　陆嘉明　苏州教育学院学报 2003，4

不废江河万古流——《滕王阁序》领悟秘书人员的修养之道

　　　黄禹康　秘书之友 2003，8

从《滕王阁序》看骈文在中国文学史上的地位

　　　尹艳华　吉林工程技术师范学院学报 2003，11

千古美文"滕王阁"——说《滕王阁序》的抒情特点

　　　魏家骏　名作欣赏 2004，4

惟变所适，用各有当——评《滕王阁序》兼论骈文的地位

　　　白景学　石油政工研究 2004，5

王勃之死

　　　严攀登　写作 2004，6

《滕王阁序》用典的人文阐释

　　　阮巧玲　南昌高专学报 2005，6

《滕王阁序》与《前赤壁赋》之悲情比较谈

　　　袁韵　名作欣赏 2005，16

王勃精神应该提倡

　　　　杨树培　珠江水运 2006，1

王勃"卒年说"与《滕王阁序》异文探微

　　　　尼志强　开封大学学报 2006，1

由王勃在南昌时年龄的争论想到的——解读毛泽东读王勃《秋日楚州

　　郝司户宅饯崔使君序》批语

　　　　丁正梁　党的文献 2007，1

论王勃及其《滕王阁序》

　　　　肖希凤　湘潭师范学院学报（社会科学版）2007，2

从《滕王阁序》看《晋祠铭》的文学价值

　　　　王一菁　文物世界 2007，2

急就华章——王勃《滕王阁序》赏读

　　　　卞东波　秘书工作 2007，3

"枚速马工"与厚积薄发——王勃著《滕王阁序》对写作的启迪

　　　　徐东林　新闻爱好者 2007，8

王勃《滕王阁序》新论

　　　　沈时蓉、罗红艳　北京化工大学学报（社会科学版）2008，1

王勃研究述评

　　　　杨晓彩　内蒙古民族大学学报 2008，3

于典丽之间见真情，在整齐之中显变化——赏析王勃的《滕王阁序》

　　　　宿磊仲　黑龙江史志 2008，1

辉煌壮丽滕王阁，荡气回肠文赋美

　　　　何林　四川职业技术学院学报 2009，1

王勃序文之探——兼论唐初骈文创作

　　　　王婉婉　南京林业大学学报（人文社会科学版）2009，1

也说"下榻"的出处

　　　　贾春霖　咬文嚼字 2009，4

罗经国《滕王阁序》的英译技巧研究

　　　　王倩　西北成人教育学报 2009，5

王勃骈文创作的生成动因

　　　　杨晓彩　名作欣赏 2009，8

《滕王阁序》三家异文注辩证

　　冯青　时代文学（下半月）2009，10

王勃《滕王阁序》成功传播原因探析

　　刘玉平　西华师范大学学报（哲学社会科学版）2010，2

从《滕王阁序》看王勃思想的复杂性

　　李绚丽　文学教育（上）2010，3

人生绝唱　骈体杰作——《滕王阁序》赏析

　　廖可斌　名作欣赏 2010，16

《滕王阁序》中的秘密

　　应宗强　博览群书 2011，4

《滕王阁序》创作时间疑案新断

　　杨晓彩、檀栋　运城学院学报 2011，6

滕王阁文化艺术研究浅论

　　李昱、刘春蕾　江西广播电视大学学报 2012，3

滕王阁：中国古代"四大名楼"之一王勃的《滕王阁序》历代名家吟
　　颂的诗词歌赋耀美其地名

　　韵彩　中国地名 2012，6

《滕王阁序》"勃三尺微命，一介书生"新解——以正仓院藏王勃诗序
　　为线索

　　〔日〕道坂昭广　古典文学知识 2012，6

滕王阁序中诗

　　张升波　现代班组 2012，8

都督阎公之雅望

　　刘诚龙　文史月刊 2012，4

滕王阁诗文的文化意蕴及其现代表达

　　李昱　老区建设 2012，14

《兰亭集序》、《滕王阁序》及《前赤壁赋》的比较与启示

　　高慧　教育教学论坛 2012，5

王勃骈文探析

　　李海燕　运城学院学报 2013，6

"落霞"其实是昆虫

　　刘锴　文史博览 2013，10

骈文内蕴　随文教学——《滕王阁序》常规课教学设计

　　徐礼诚　时代教育 2015，6

论《滕王阁序》的语言风格和艺术表现

　　蒋书红　语文建设 2016，10

浅论《滕王阁序》之"美"

　　王晓霞　课外语文 2015，9

从《滕王阁序》领略初唐骈文的风采

　　王文华　青少年日记（教育教学研究）2017，8

从《滕王阁序》看唐初骈文的风貌

　　孙英凤　教师 2017，5

《四分律宗记序》非王勃所作

　　张小明　巢湖学院学报 2017，1

《滕王阁序》经典化的历史嬗变

　　杨颖　骈文研究第 2 辑，2018，8

《滕王阁序》语言风格与表现手法评析

　　钟芳勤　语文建设 2017，6

《滕王阁序》"四美"鉴赏

　　程卫宾　语文天地 2017，5

论初唐四杰骈文的"当时体"

　　祝尚书　文学遗产 2017，5

苏颋骈文创作研究

　　徐朦朦　四川师范大学学报 2017，5

试论李白骈文的美感特质

　　熊礼汇　广西师范大学学报 2017，5

### 4. 关于李商隐骈文的评论

论樊南文

　　董乃斌　文学遗产 1983，1

樊南四六刍议

　　吴在庆　中州学刊 1995，2

樊南文的诗情诗境

　　刘学锴　文学遗产 1997，2

关于李商隐骈文佚作《修华岳庙记》

　　莫道才　柳州师专学报 1997，4

李商隐诗歌和四六文风格的多样性

　　余恕诚、鲁华峰　安徽师范大学学报 2002，4

樊南文与玉溪诗——论李商隐四六文对其诗歌的影响

　　余恕诚　文学遗产 2003，4

李商隐祭文的艺术技巧

　　韩大强　南都学坛 2005，4

骈：诗别是一家——试论李商隐"以骈文为诗"

　　张振谦　船山学刊 2006，4

论李商隐的骈文

　　李华娟　黑龙江史志 2008，4

素锦着花——谈李商隐骈文的藻饰

　　芦春艳　古典文学知识 2010，4

"文思清丽"与"獭祭鱼"——李商隐骈文与唐代骈文文风的关系

　　芦春艳、吕双伟　中国文学研究 2011，2

李商隐骈文的对偶

　　芦春艳　井冈山大学学报（社会科学版）2011，3

论李商隐文章的"骈中运散"与晚唐文章的发展

　　莫山洪　柳州师专学报 2011，5

温李诗的对仗、声律、用典技巧——兼论类书和骈文对温李诗的影响

　　张巍　江西师范大学学报（哲学社会科学版）2011，5

试论李商隐骈文创作对其诗歌创作的影响

　　卢姗　文学教育（中）2012，8

简论李商隐的文章艺术

　　张远东　名作欣赏 2012，11

论李商隐今古文创作经历及其文体观念

　　　刘青海　北京大学学报（哲学社会科学版）2013，5

李商隐骈文研究

　　　刘子闻　华东师范大学 2014，5

石勘亦有磨变時——李商隐《剑州重阳亭铭》文本的递变

　　　查屏球　古典文学知识 2017，11

李商隐幕府公文探究

　　　杨星月　文教资料 2017，4

李商隐"以骈为诗"新探

　　　张浅吟　励耘学刊 2017，12

李商隐《太原白公墓志铭并序》考论

　　　徐海容　学术论坛 2017，4

## （五）关于宋辽金元骈文之研究

### 1. 宋代骈文综论

论宋代的四六文

　　　曾枣庄　文学遗产 1995，3

论宋代四六话的兴起

　　　莫道才　广西师范大学学报（哲学社会科学版）1996，1

宋四六的文体特征和发展轨迹

　　　王友胜　中国文学研究 2004，1

宋四六研究综述

　　　施懿超　文学遗产 2004，2

宋刻宋人四六集考略

　　　施懿超　南京师范大学文学院学报 2005，3

宋四六与类书（上）

　　　慈波　济南大学学报（社会科学版）2005，3

宋四六与类书（下）

　　　慈波　济南大学学报（社会科学版）2006，1

论宋启

　　曾枣庄　文学遗产 2007，1

宋文文体演变论略

　　朱迎平　中山大学学报（社会科学版）2007，5

宋朝"敕命"的书行和书读

　　朱瑞熙　中华文史论丛 2008，1

宋代上梁文考论

　　谷曙光　江淮论坛 2009，2

宋代四六创作的理论总结——论宋代四六话

　　曾枣庄　宋代文化研究（第五辑）四川大学出版社 2009，3

论宋代公文文风的嬗变

　　冒志祥　河南师范大学学报（哲学社会科学版）2009，5

被忽略的宋文话《新编四六宝苑群公妙语·议论要决》

　　沈如泉　《中国古代文章学的阐释与建构》复旦大学出版社 2011

宋代理学家的骈文观

　　曹丽萍　九江学院学报（哲学社会科学版）2011，1

宋四六话：骈散之争格局中的骈文理论

　　温志拔　太原理工大学学报（社会科学版）2013，1

唐宋"四六"渐变转型的艺术轨迹

　　张兴武　中华文史论丛 2012，2

论宋代四六文的娱乐功能

　　沈如泉　西南交通大学学报（社会科学版）2013，2

从"话"的文本特性看宋四六话的博杂特点

　　莫道才　广西师范大学学报（哲学社会科学版）2013，2

宋代"四六话"产生与"诗话"关系考

　　莫道才　广西师范大学学报（哲学社会科学版）2014，3

宋代文体类聚及相应文体学的兴起

　　朱迎平　中山大学学报（社会科学版）2014，5

论佛教募缘疏的文学性

　　鲁立智　三峡论坛 2015，3

宋代骈文"应用观"的成型与演进

  周剑之　华东师范大学学报 2017，3

《新编四六宝苑群公妙语》考述

  沈如泉　西南交通大学学报（社会科学版）2018，1

宋代四六批评的新发展——《新编四六宝苑群公妙语》

  曹丽萍　骈文研究第 2 辑 2018，8

## 2. 关于北宋骈文之研究

骈文与王铚的《四六话》

  钟仕伦　文史杂志 1993，3

王珪四六文初探

  俞志容　齐齐哈尔大学学报 2016，4

论苏轼的四六文

  尹占华　天府新论 1996，6

欧阳修对骈体和散体的科学态度

  于景祥　辽宁大学学报（哲学社会科学版）1997，6

苏轼与"宋四六"

  陈祥耀　文学评论 2000，5

宋初散文概观

  贾维忠　枣庄师范专科学校学报 2003，3

试论宋代四六类专门性类书

  施懿超　四川图书馆学报 2004，6

王安石四六研究

  施懿超　柳州师专学报 2006，1

论早期宋学发展对于北宋骈文流变的影响

  沈如泉　社会科学家 2006，2

欧阳修与骈文散化运动

  蔡业共　肇庆学院学报 2007，3

唐宋白麻规制及相关术语考述

  沈小仙、龚延明　历史研究 2007，6

宋代类书类四六文叙录

　　　施懿超　古籍整理研究学刊 2007，3

论苏轼骈文的散化现象

　　　蔡业共　绵阳师范学院学报 2007，7

"委曲精尽，不减古文"——苏洵仅存的两篇骈文欣赏

　　　沙红兵　古典文学知识 2008，2

论苏轼四六制、诏、批答的价值

　　　贾喜鹏　广播电视大学学报（哲学社会科学版）2009，2

学为世师，文为国华——小议晏殊之文

　　　唐红卫、阳海燕　南宁师范高等专科学校学报 2009，4

论宋体四六的功能与价值

　　　沈松勤　文学遗产 2009，5

王铚《四六话》与古代骈文理论的发展

　　　王竞　安徽大学学报（哲学社会科学版）2010，2

沿溯燕、许，风气初开：徐铉骈文研究

　　　施懿超　浙江理工大学学报 2010，6

苏轼"以文为四六"与北宋中后期的骈散共存

　　　莫山洪　柳州师专学报 2011，1

北宋初期骈散对立互融与欧阳修"以文体为四六"

　　　莫山洪　钦州学院学报 2011，2

"独开有宋风气"的王禹偁骈文

　　　施懿超　井冈山大学学报 2011，5

宋四六文体研究

　　　施懿超　《中国古代文体学的成立与展开》，王水照、朱刚主编，
　　　复旦大学出版社 2011 年出版

宋四六文体渊源及文体体制探析——以制诰文为例

　　　施懿超　广西师范大学学报 2011，3

浅论徐铉入宋后的文章——兼与高教版《中国文学史》商榷

　　　魏玮　大庆师范学院学报 2012，1

论宋祁的文

温洁　语文知识 2012，3

从对偶角度看骈文与欧阳修的散文创作

张思齐　广东社会科学 2012，2

《四六谈麈》的文学批评价值

黄威　求索 2012，10

西昆体四六文研究

肖林桓　江南大学 2013，3

刘筠"以策论升降天下士"发覆

夏令伟　广东第二师范学院学报 2014，4

宋四六话的兴起与骈文理论的演进

莫山洪　广西社会科学 2004，8

"伐山""伐材"之喻与"生事""熟事"之法——王铚《四六话》的
骈文典故理论探析

莫道才　中国文学研究 2015，2

苏轼贬谪辞、谢表探论

庆振轩、潘浩　齐鲁学刊 2018，3

论曾巩表状的艺术特征

卢宇宁　名作欣赏 2018，6

### 3. 关于南宋骈文和金元骈文批评之研究

论《诚斋诗话》中的四六话

莫山洪　柳州师专学报 2001，2

流丽稳贴又典重得体的李刘四六文

施懿超　青海社会科学 2004，6

《四六膏馥》与南宋四六文的社会日用趋向

杨忠　北京大学学报 2005，3

南宋词科对南宋骈文发展的影响

曹丽萍　北京化工大学学报 2008，4

论汪藻的骈文创作

周子翼　齐鲁学刊 2006，3

汪藻与江西诗派交游考

　　金建锋　上饶师范学院学报 2007，2

杨万里四六文简论

　　曹丽萍　广西师范大学学报（哲学社会科学版）2007，5

略论宋代士人汪藻

　　张炜　河北经贸大学学报（综合版）2008，3

论杨万里的散文与骈文

　　王琦珍　江西师范大学学报（哲学社会科学版）2009，1

文话的兴起与南宋中期文章骈散的对峙——以朱熹、李刘为例

　　莫山洪　广西师范大学学报（哲学社会科学版）2009，2

论汪藻的人生经历对他的文学和史学创作影响

　　金建锋、彭小庐　江西教育学院学报 2011，1

汪藻与两宋之际的文章骈散互融

　　莫山洪　广西民族师范学院学报 2011，2

杨万里骈文的师古与创新

　　于景祥　文学评论 2011，6

《容斋随笔》中的骈文批评

　　于景祥　社会科学辑刊 2012，6

王应麟的"词科"情结与《辞学指南》的双重意义

　　王水照　社会科学战线 2012，1

南宋词科取士与制文之体关系论略

　　管琴　北京大学学报（哲学社会科学版）2012，2

宋代词科四六用典修辞效果考察

　　刘彦　现代语文（语言研究版）2017，1

论两宋之际的四六文

　　黄之栋　浙江大学学报 2012，3

汪藻著述考

　　金建锋　上饶师范学院学报 2012，5

论刘克庄的骈文理论与创作

　　张作栋、袁虹　河池学院学报 2012，6

金代骈文新论：兼与于景祥先生商榷

　　王永　民族文学研究 2013，6

骈文对辽金道教文章创作的影响

　　蒋正华　第三届骈文国际学术研讨会论文集，世界图书出版公司

　　2014 年出版

传统骈文体式对辽金道教文章创作的多元渗透

　　蒋振华　学术研究 2015，3

元代骈文的世俗化及其理论

　　高洪岩、高红蕾　沈阳工程学院学报（社会科学版）2005，3

从《古赋辨体》看祝尧的骈文观

　　于景祥　社会科学辑刊 2008，6

陈绎曾的《四六附说》在骈文批评上的贡献

　　于景祥　文学评论 2010，4

元代骈文述略

　　谭家健　古籍研究 63 卷，2016 年 1 月出版

## （六）关于明清骈文之研究

### 1. 明代骈文研究和清代骈文综论

论晚明骈文的复苏

　　李伶俐　中国文学研究 2000，4

论徐师曾的骈文批评

　　于景祥　广西师范大学学报（哲学社会科学版）2011，3

沈德符《野获编》"四六"条笺证

　　李金松　中国典籍与文化 2011，3

艾南英的师古与反骈

　　于景祥　文艺研究 2011，5

论杨慎的骈文尊体思想

　　李慈瑶　暨南学报 2015，9

从王志坚《四六法海》看明代骈文的发展

杨艳香　理论月刊 2011，8

纸上园林的骈偶叙事——《园冶·园说》的文句结构初探

李恩锡　中国美术学院学报 2013，6

论中晚明的实用主义四六文章观

苗民　南京师范大学学报（社会科学版）2014，2

晚明时期骈文的复苏及其历史意义

李金松　广东社会科学 2015，3

明代白话长篇小说中骈文运用的演变

肖扬碚　河池学院学报 2012，3

晚明时期骈文的复苏及其历史意义

李金松　广东社会科学 2015，3

论国朝骈体文仿渔洋山人论诗绝句二十六首

许东雷　大同报（上海）1914 年 20 期

发现一篇吴敬梓的骈文

卞孝萱　光明日报 1961 年 8 月 6 日

论《封神演义》中的骈语

邱骁群　辽宁大学学报 2016，4

《水浒》吹捧宋江宣扬投降的诗词和骈文选批

余凡　北京日报 1975 年 11 月 17 日

投降主义路线的狂热鼓吹——《水浒》中的诗词骈语

薛侃　天津师范学院学报 1976，1

《水浒》诗词骈文选批

武汉大学中文系《水浒》诗词批注小组　武汉大学学报（哲学社
会科学版）1977，1

论明代中期文学批评中公正对待六朝骈文的倾向——以杨慎、王文禄为例

于景祥、胡佩杰　广西师范大学学报 2018，4

论《四六灿花》的选文宗旨及其骈文批评

贺玉洁　广西师范大学学报 2018，4

明末清初文坛"六朝转向"与骈文演进

张明强　苏州大学学报 2018，4

明清语体小说序跋的骈体化

　　张莉　李波兰　名作欣赏 2017，2

读《国朝常州骈体文录》

　　吴兴华　文学遗产 1988，4

清代骈文作家

　　刘麟生　出版周刊 1934，8

论清代骈文复兴

　　王凯符　首都师范大学学报（社会科学版）1990，4

清初骈文展开及其骈文史意义——以文会为中心的考察

　　张明强　北京社会科学 2016，2

骈文与清代骈体文的复兴与考据学

　　马积高　湖南师范大学学报（社会科学版）1993，5

学术思潮与清初骈文新气象

　　张明强　广西师范大学学报 2015，3

论清初骈文语言革新及其现代性：以章藻功为例

　　张明强　骈文研究第一辑 2017，6

二十世纪清代骈文研究述评

　　汪龙麟　滁州师范专科学校学报 2001，4

论清代骈文研究的几个问题

　　莫道才　广西师范大学学报（哲学社会科学版）2003，3

论清代的骈文选本

　　奚彤云　古籍研究 31 期，2004 年出版

清代文选学与清代骈文复兴

　　颜建华　南京航空航天大学学报（社会科学版）2004，1

近百年清代骈文研究综述

　　吕双伟　柳州师专学报 2004，4

清代骈文的情感向度与认识难度——以常州骈文作家群为中心的考察

　　杨旭辉　西北师范大学学报（社会科学版）2005，4

清代女性骈文作家及其创作述略

　　颜建华　中国文学研究 2006，1

清人所编清代骈文总集的文献价值与文学批评意义

    孟伟   古籍整理研究学刊 2015，4

乾嘉以降骈文选本的"尊体"批评

    孟伟   北方论丛 2015，5

乾嘉学术视野下的以诗论骈文——陈文述《灯下与稚回论骈文》诗考论

    李金松   湖南科技大学学报 2015，1

经古学与 19 世纪书院骈文的发展

    陈曙雯   中山大学学报 2017，5

清代博学鸿词科与骈体公文的写作

    萧虹   佳木斯职业学院学报 2017，10

清代骈文对辞赋的扩容

    吕双伟   中国文学研究 2017，5

清代的江南骈文

    颜建华   黄运发   中华读书报 2018 年 4 月 25 日

从选本编纂看桐城派骈散观的演进

    杨新平   云南师范大学学报 2018，1

清代骈文正名与辨体

    何诗海   文艺研究 2018，4

清代对立文风融合论

    潘务正   文学遗产 2018，1

论清初骈文家地理分布与地域骈文流派

    张明强   广西师范大学学报 2017，4

骈文复兴视域下的清代骈文文集序跋

    贺东容   文学教育（上）2018，4

徐望之"公文尚散文"——兼论古代公文写作

    李晨   秘书 2018，7

### 2. 关于清代骈文作家之研究

施啸岑《蠖屈室骈文集序》

    李瘤梅   平川 1924 年 21 期

　　　　吕双伟　柳州师专学报 2003，3

《燕山外史》与性灵文学思潮

　　　　张蕊青　江海学刊 2003，6

《燕山外史》的创作动机及形式研究

　　　　李光先　黑龙江生态工程职业技术学院学报 2015，1

论汪中的骈文与散文

　　　　田汉云、刘瑾辉　扬州大学学报（人文社会科学版）2004，6

论陈维崧骈文特征及对清代骈文复兴的意义

　　　　陈曙雯　柳州师专学报 2007，2

浅析骈文小说《燕山外史》——兼与《游仙窟》作比

　　　　张梅　消费导刊 2007，7

论洪亮吉骈文的艺术特色

　　　　杨保红　郑州航空工业管理学院学报（社会科学版）2008，1

《四库全书总目》中的骈文史论

　　　　于景祥　文学遗产 2007，4

王先谦骈文文论探析

　　　　孟伟　船山学刊 2008，1

新见《燕山外史》清稿本考略

　　　　潘建国　明清小说研究 2008，1

清代常州书院与骈文流衍

　　　　曹虹　南京大学学报 2009，4

清代骈散之争与阮元的《文言说》

　　　　冯乾　古典文献研究 2008，4

曾燠幕府与清中期的骈文复兴

　　　　李瑞豪　中国韵文学刊 2009，3

"江左文学之冠"常州骈体名家——孙星衍及其骈文创作考论

　　　　路海洋　常州工学院学报（社科版）2010，3

论方履篯骈文的风格渊源及艺术成就

　　　　路海洋　常熟理工学院学报 2010，7

论《红楼梦》中骈俪技巧的运用

路海洋　江南大学学报（人文社会科学版）2013，5

张星鉴《仰萧楼文话》及其骈文学意义

蔡德龙　广西师范大学学报 2014，3

邵齐焘骈文刍论

路海洋　苏州科技学院学报（社会科学版）2014，5

论郑献甫的骈文

莫山洪　广西师范学院学报（哲学社会科学版）2014，6

从姚鼐《古文辞类纂》"哀祭类"收录楚辞看古代文章的分类

吕双伟　湖南科技学院学报 2015，2

昭文双杰——清代中叶诗文名家邵齐焘与孙原湘骈文探论

廖希雅、柏莹、张文茜　时代文学（下半月）2015，3

桐城派骈文家刘开的生卒年考补证

吕双伟　商丘师范学院学报 2015，1

论清代诗文名家彭兆荪的骈文创作

路海洋　兰州学刊 2015，3

清代骈文史上的"异类"——论清初名才子尤侗的骈文创作

路海洋　苏州科技学院学报（社会科学版）2015，3

晚清湖湘骈文的崛起

吕双伟　求索 2016，2

论清代江南骈文的偏胜及其原因

路海洋　广西师范大学学报 2015，3

"椽笔淋漓""倚天拔地"：曾国藩的古文创作概览

董正宇、张静　船山学刊 2007，3

王先谦《骈文类纂》的文学批评建树

路海洋　苏州大学学报 2016，6

论王先谦《骈文类纂》的刊刻传播

莫道才、刘振乾　船山学刊 2018，4

洪亮吉的骈文思想与骈文创作——以游记为中心

吕双伟　骈文研究第 2 辑 2018，8

陈维崧骈文经典地位的形成与消解

吕双伟 文学遗产 2018，1

### 3. 清代骈文理论与骈散之争

谈谈《骈体文钞》的选编宗旨

　　曹虹 文史知识 1991，3

阮元的文笔论

　　郭明道 扬州师范学院学报（社会科学版）1994，2

论《四六丛话》的学术价值与骈文思想

　　莫道才 广西师范大学学报（社会科学版）1994，4

骈文与桐城派

　　熊江梅、张璞 柳州师专学报 1997，1

清嘉道以来不拘骈散论的文学史意义

　　曹虹 文学评论 1997，3

汉宋之争与清代文笔之辨

　　刘再华 求索 2003，6

论乾嘉年间的文章正宗之争

　　陈文新 文艺研究 2004，4

从李兆洛看乾嘉时期的"骈散合一"论

　　张维 龙岩师范专科学校学报 2005，1

清嘉庆至光绪时期沟通骈散的骈文理论

　　奚彤云 南京师范大学文学院学报 2005，3

《四六丛话》：乾嘉骈散之争格局下的骈文研究

　　陈志扬 文学评论 2006，2

清代中期的"文笔说"：产生、发展与演变

　　刘奕 天津社会科学 2006，4

《六朝文絜》与许梿的文学批评观

　　陈未鹏 阜阳师范学院学报（社会科学版）2007，1

阮元与《文选》学研究

　　穆克宏 福建师范大学学报（哲学社会科学版）2007，2

论孙梅《四六丛话》中的骈文批评

　　　　李金松　江西师范大学学报（哲学社会科学版）2007，4
论李兆洛的"骈散合一"思想
　　　　张作栋　广西师范大学学报（哲学社会科学版）2007，5
阮元骈文观嬗变及历史意义
　　　　陈志扬　文学评论 2008，1
论彭兆荪的骈文理论及其时代意义
　　　　孟伟　福建论坛（社科教育版）2008，12
论康熙时期骈文理论的自觉和自立
　　　　吕双伟　广西师范大学学报（哲学社会科学版）2009，2
论《四库全书总目》的骈文批评观
　　　　吕双伟　湖南师范大学社会科学学报 2009，2
乾嘉骈文理论中的复古思想论
　　　　吕双伟　中国文学研究 2009，2
清嘉道以降骈文尊体思潮散观——论嘉道学风下蒋湘南的骈散观
　　　　吕双伟　民族文学研究 2009，4
阮元"文笔论"在清代书院中的流播与遗响
　　　　宋巧燕　湖北大学学报（哲学社会科学版）2010，5
在学与文之间——清乾嘉年间"《文选》派"辨
　　　　赵阳　贵州社会科学 2010，7
诂经精舍、学海堂两书院的骈文教学
　　　　宋巧燕　河北师范大学学报（哲学社会科学版）2010，7
乾嘉骈文理论中的地位论
　　　　吕双伟　徐州师范大学学报（哲学社会科学版）2011，4
试比较《骈体文钞》与《骈文类纂》
　　　　蔡德莉　赤峰学院学报（哲学社会科学版）2011，12
"文笔之辨"与中国文章学的成立——"文话"出现于隋唐考辨
　　　　胡大雷　社会科学研究 2013，2
"言笔之辨"与古代文体学
　　　　胡大雷　学术月刊 2013，10
学术与文学的共生——论仪征派"文言说"的推阐与实践

曹虹　文史哲 2012，2

翁同书《宋四六选》评点考论

　　钟涛、赵宇　广西师范学院学报 2016，6

清末岭南文人谭宗浚的骈文批评观

　　邹晓霞　广东技术师范学院学报 2012，5

骈文理论研究的新收获——读吕双伟《清代骈文理论研究》

　　张作栋　中国文学研究 2012，3

论桐城派对骈文的态度

　　吕双伟　安徽大学学报（哲学社会科学版）2012，6

李慈铭的骈文理论与批评

　　刘再华　文学评论 2013，1

《骈体文钞》谭献评校及其他未刊手评考论

　　钟涛　《中国古代散文研究文献论丛》，商务印书馆 2016 年出版

李兆洛的文章学理论与批评方法——以《骈体文钞》评语为中心

　　孟伟　常熟理工学院学报 2013，3

桐城派对骈文态度的演变及原因初探

　　刘畅　名作欣赏 2017，3

《骈体文钞》叙录

　　孙丽娜　骈文研究第一辑 2017，6

《骈体文钞》李、谭评点的理论旨趣与文学史贡献

　　路海洋　骈文研究第一辑 2017，6

文化自觉视野中的骈文理论——以《四六丛话》与《文心雕龙》比较
研究为例

　　马骁英　沈阳师范大学学报 2014，2

《宋四六话》：骈散之争格局中的骈文理论

　　温志拔　太原理工大学学院 2013，1

论清代中期的骈散合一思想

　　张作栋　河池学院学报 2013，4

从《骈体文钞》评语看李兆洛"融通骈散"的文章学理论

　　孟伟　名作欣赏 2013，29

清初骈文的抒情自觉与风格形成——以吴绮骈文创作为中心的考察

　　张明强　南京大学学报（哲学·人文科学·社会科学版）2014，1

清代骈文话编撰的冷清与骈散合一观探析

　　蔡德龙　厦门广播电视大学学报 2014，1

论清代前期的骈散合一思想

　　张作栋、袁虹　凯里学院学报 2014，1

乾嘉骈文复兴与时代学术关系论辨

　　梁结玲　中北大学学报（社会科学版）2014，2

屠寄《国朝常州骈体文录》的编纂特点与价值

　　路海洋　兰台世界 2015，20

近代骈文创作特征论

　　谢飘云　中国韵文学刊 2014，2

社会转型与学术转型时期的骈体文学与骈文理论——以清代孙梅《四六丛话》为例

　　马骁英　辽东学院学报（社会科学版）2014，2

论壮族文人郑献甫的骈文理论

　　莫山洪　民族论坛 2016，9

文章选本与王先谦的文章学理论

　　孟伟　船山学刊 2014，4

论清代常州派骈古文互参之演进

　　倪惠颖　苏州大学学报（哲学社会科学版）2014，6

文学接受视野下的韩柳与骈文——以宋至清代为讨论中心

　　刘城　广西师范大学学报（哲学社会科学版）2015，3

李慈铭自序文辑释

　　张桂丽　古籍整理研究学刊 2015，3

乾嘉以降骈文选本的"尊体"批评

　　孟伟　北方论丛 2015，5

《八家四六文钞》的刊刻及文献价值

　　陈志扬、王俞　华南师范大学学报 2016，3

《国朝八家四六文钞》与《国朝骈体正宗》的编选批评旨趣及影响

从四六到骈体——论孙梅《四六丛话》在乾嘉骈文演进中的推动作用
　　　张作栋　台州学院学报 2017，4
《国朝骈体正宗续编》的文献价值与文学史意义
　　　胡家晋　国学第五辑　2017 年 12 月出版
沈维材与《四六枝谈》考论
　　　李法然　骈文研究第 2 辑 2018，8
《四库全书总目》论散文的文体形态特征
　　　郭英德　中山大学学报 2018，4
不拘骈散，务为有用—梁章钜文论现实批判
　　　诸雨辰　明清文学与文献辑刊 2017，12
阮元"韵偶"文学观与古典散文理论管窥
　　　贾学鸿　学术论坛 2017，6

## （七）关于现当代骈文之研究

### 1. 现当代骈文作家评论

试论《玉梨魂》的思想倾向
　　　隋千存　山东师范大学学报（社会科学版）1982，3
王国维与骈体文
　　　萧艾　湘潭大学学报（哲学社会科学版）1986，1
刘师培文章学思想初探
　　　张会恩、钟虎妹　中国文学研究 1994，2
刘师培的文体学思想及其研究方法刍议
　　　柯镇昌　中国社会科学院研究生院学报 2015，4
凉山彝语骈俪词调律探讨
　　　巫达　民族语文 1995，2
民初文学的一个奇景：骈文的兴盛
　　　刘纳　郑州大学学报（哲学社会科学版）1996，5
民国骈文研究兴盛原因探
　　　莫山洪　柳州师专学报 1999，2

　　　　赵益　文学评论 2017，4

论刘师培对陆机之文的推崇

　　　　邹晓霞　湖南社会科学 2011，4

黄孝纾先生的诗文创作和治学特点

　　　　刘怀荣　文史哲 2011，5

黄侃文学观念的重新检讨

　　　　王守雪　殷都学刊 2015，4

刘师培论任昉骈文之"隐秀"

　　　　邹晓霞　文艺评论 2011，10

风流叶叶复花花——易顺鼎

　　　　许宏泉　书法 2012，1

民国之际"文笔之辨"及其文学史意义

　　　　黄林蒙　太原师范学院学报（社会科学版）2014，5

王文濡的骈文史论

　　　　于景祥　社会科学辑刊 2017，6

"文体之争"与钱基博的文学正名

　　　　陈云昊　文学研究 2017，1

论钱锺书先生的骈文观

　　　　金程宇　文学遗产 2013，3

饶宗颐先生辞赋与骈文初探

　　　　刘梦芙　中华辞赋 2012，1

从传播学角度看刘师培的文章学理论

　　　　刘春霞　韶关学院学报 2012，7

浅析刘师培的文章起源观

　　　　董丽娟　内蒙古师范大学学报（哲学社会科学版）2013，1

论刘师培的文体思想

　　　　施秋香　山西青年管理干部学院学报 2013，1

与时俱进，书写新时期的辞赋骈文——浅论周晓明的现代骈文

　　　　陈郑云　陇南诗赋 2013，2

忆文学史家黄公渚

莫山洪　骈文研究第二辑 2018，8

汉文气味，最为难学——刘师培的汉文鉴赏

　　邹晓霞　名作欣赏 2018，5

### 2. 关于当代骈文研究之综述和书评

骈文研究的历史与现状

　　莫道才　语文导报 1987，9

论高步瀛不拘骈散的文章观——以《唐宋文举要》为例

　　莫山洪　广西师范学院学报 2015，4

建国以来的第一部骈文史

　　莫道才　语文导报 1987，11

《历代骈文名篇注析》（谭家健主编）简介

　　云海　安庆师范学院学报（社会科学版）1990，1

近年来骈文研究述要

　　莫道才　文史知识 1993，9

对骈文的价值和意义的重新审视——读莫道才《骈文通论》有感

　　张利群　社科与经济信息 1994，9

一本对骈文作全方位研究的论著：简评莫道才《骈文通论》

　　胡兆阳　广西教育报 1994，9

文化视角的深层探寻——评《骈文通论》

　　覃德清　中国图书评论 1995，10

拓展与超越：读莫道才的《骈文通论》

　　周满江　河池师范专科学校学报 1996，1

全国首届骈文学术研讨会在桂林召开

　　莫道才　文学遗产 1996，5

以现代意识重新审视骈文：评莫道才著《骈文通论》

　　沈玉成　柳州师专学报 1997，1

90 年代骈文研究述要

　　莫山洪　柳州师专学报 1998，1

台湾之骈文研究一瞥

谭家健　柳州师专学报 1998，1

一本独具特色的骈文选本——评莫道才主编的《骈文观止》

梁文杰　柳州师专学报 1999，4

《中国骈文选》若干注释商榷

马莲　南昌大学学报 2000，1

20 世纪前期骈文学学术发展述论

莫道才　东方丛刊 2000，3

谈谈建国以来的骈文选本

莫山洪　柳州师专学报 2000，4

骈文，被捉住的精灵——评钟涛著《六朝骈文形式及其文化意蕴》

李正西　青海师范大学学报（哲学社会科学版）2001，1

古老"龙"树绽奇葩——浅评张光年《骈体语译文心雕龙》

李金坤　镇江师范专科学校学报（社会科学版）2001，3

深厚的学养，平实的学风——姜书阁《骈文史论》

蒋方　古典文学知识 2001，6

近 20 年骈文研究述议

莫道才　江海学刊 2001，4

俪驾山阴道上——读于景祥著《中国骈文通史》

初国卿　中国图书评论 2002，7

骈文研究的重大成果——评《中国骈文通史》

张晶　中国出版 2002，10

骈文史研究的集大成之作——评于景祥先生的《中国骈文通史》

吕双伟　社会科学辑刊 2004，1

20 世纪骈文研究若干问题述评

宁俊红　文学遗产 2007，4

骈文理论研究述论

吕双伟　广西师范大学学报 2007，5

近百年骈文研究的回顾与反思

翟景运　古典文学知识 2012，3

清代地域性文体研究的开拓与新创——评路海洋《社会、地域、家族：

清代常州古文与骈文研究》

邢蕊杰　苏州教育学院学报 2016，6

骈文研究当"通古今，连中外"

郭莎　中国社会科学报 2015 年 10 月 19 日

论二十世纪中国古代骈文研究之进程

刘涛　南阳师范学院学报 2013，4

新世纪以来国内骈文研究述略

尹华君　骈文研究第一辑 2017，6

现代骈文史观的形成

莫山洪　光明日报 2018 年 2 月 26 日

岂能如此诋毁古文和白话文——读《骈文考》

谭家健　中国古代散文研究论丛第一辑，世界图书出版公司，2012

清代骈文研究的新突破——评路海洋教授的《清代江南骈文发展研究》

吕双伟　骈文研究第二辑 2018，8

由《文体论纂要》看蒋伯潜的文体分类观念

〔韩国〕清海星　骈文研究第二辑，2018，8

骈文国际学术研讨会第五届中国骈文学会年会召开

徐昌盛　文学遗产 2017，6

骈文研究的拓荒之作

王正刚　骈文研究第二辑 2018，8

解放了的魏明伦——《魏明伦碑文》代序

廖全京　四川戏剧 2018，4

骈文国际学术研讨会暨第五届中国骈文学会年会综述

王正刚　骈文研究第二辑 2018，8

骈文国际学术研讨会暨第五届中国骈文学会年会开幕辞

曹虹　骈文研究第二辑 2018，8

"省思与突破"——第四届骈文国际学术研讨会论文集编后语

曹虹　骈文研究第二辑 2018，8

一部全面系统兼具探索方向的骈文学著作——评莫山洪的《骈文及史论稿》

邓梦园　广西教育学院学报 2018，2

王琼　骈文研究第二辑 2018，8

越南李朝、陈朝、后黎朝骈文述略

　　谭家健　职大学报 2017，4

疏文的接受美学：矩矱森然，攒花簇锦——再论中国文学东传的中介
　　"日本临济僧"

　　石观海、孙旸　长江学术 2007，4（此文主要论介日本禅门四六文）

美国汉学界的骈文研究

　　刘城　骈文研究第二辑 2018，8

## 参考文献目录

1. 《国学论文索引》，初编、续编、三编、四编，1905～1935，国立北平图书馆编印，1931～1936 年陆续出版。

2. 《文学论文索引》，正编、续编、三编，1905～1935，张新虞、刘修业编，中国图书馆协会 1932～1936 年陆续出版。

3. 《中国史学论文索引》（包括文史哲）第一编、第二编，1900～1949，中国科学院历史研究所、北京大学历史系合编，科学出版社 1957、1979 年出版。

4. 《中国古典文学研究论文索引》一、二、三、四、五，1949～1985，中国社会科学院文学研究所图书资料室编，中华书局 1979～1995 年陆续出版。

5. 《中国社会科学文献题录》（月刊），1985～1997，中国社会科学院文献中心编，中国社会科学文献出版社陆续出版。

6. 《全国报刊索引》（电子版），1984～2014。

7. 莫道才著《骈文研究与历代四六话》附录《近百年海内外骈文研究著作及论文索引》（其中国内 229 篇），辽海出版社、中华书局 2005 年出版。

8. 叶农、叶幼明著《中国骈文发展史论》附录《晚清以来骈文研究论文索引》（1892～2006），澳门文化艺术学会，2010 年出版。

**说明：** 本索引不收硕士、博士论文和网络文章，各种学术会议论文集中的骈文论文亦暂付阙如。

本索引的辑录得到安小兰教授、焦云霞博士、李桃博士的帮助。

# 附录二

# 百年来骈文论著及选本简介

## 第一部分　二十世纪二三十年代骈文论著简介

二十世纪二三十年代，除前面已介绍过的孙德谦的《六朝丽指》外，还有一批骈文论著，采用现代人文科学学术论著之学术框架和分析方法，分题目或分章节做较为全面系统的描述，不同于以往"四六话"式的资料汇编或评点加短论之集结，所用语言多为半文半白或纯白话文。

（一）邹弢（清末民初人，生平不详）《骈文速成捷径》，1918年石印本。

（二）谢无量（1884～1964），新中国成立后曾任中国人民大学教授。有《骈文指南》，中华书局1918年出版。其自序云："溯其源流，分其体格，综论其兴替变迁之大概。"不讲属对调声、谋篇布局，认为骈文是美文，属有韵之文，《易传·文言》为骈文初祖。骈文变迁分六个时期：第一，齐梁以前；第二，永明体；第三，徐庾体；第四，唐骈；第五，宋四六；第六，元明清骈文。此书实为骈文史纲要。

（三）王承治（文濡）（1867～1935）《骈体文作法》，上海大东书局1924年出版，有以下几部分内容。

第一，骈文之肇始。第二，骈文之成立（战国至两晋）。第三，骈文之变迁：沈约一变，徐庾再变，燕许又变，李义山又一变，宋兴而大变，元明中衰，清代中兴。第四，骈文之体格：永明体、徐庾体、四杰、燕许、陆贽、义山皆各自成体，至宋而南北分体，清代无体不备。第五，骈文之种类。分三大类，用于台阁者，通用者，应用者，总共十多类。第六，骈文作法：全文引用《文心雕龙》之《神思》《体性》《风骨》《通变》《定势》《情采》《镕裁》《声律》《章句》《丽辞》《比兴》《夸饰》《事类》《练字》诸篇和《四六金针》全文。第七，骈文评论。分"骈文通论""论六朝文""论唐文""论宋文""论清文"五节，全部引录古人评语。第八，"骈文摘句"。此书较谢无量书详细。

（四）钱基博（1887～1957），曾任华中师范学院教授。其《骈文通义》大华书局 1933 年出版，共 20 页，约一万七千字，分五节。原文第一，骈散第二，流变第三，典型第四，漫话第五。作者主张唯骈文才是正宗，文章要骈散合一，骈文以气韵散朗为主。

（五）金钜香《骈文概论》，商务印书馆 1933 年出版。此书实为骈文小史。全书分六章：上古至周骈体之起源、两汉曹魏之骈文、晋至陈之骈文、隋唐五代之骈文、宋金辽元之骈文、明清之骈文。章下分节，共 108 节，每节 300 字左右，介绍作家作品较为平均，重点不突出。他把文章中有的骈句当成骈文，如"唐虞之骈文""夏后氏之骈文""夏小正之骈文"，混淆了句式与文体的区别。

（六）刘麟生（1894～1980）《骈文学》，商务印书馆 1934 年出版。此书分为三编，第一编讲骈文之渊源与时代，总论骈文之特点。第一章讲骈文与四六文，认为大同小异。第二章讲骈文在中国文学史上之地位。第三章讲骈文之体裁，说明骈文宜用于哪些文体。第四章讲时代与作风，认为古代只重对偶，不计四六，近代全以四六组成之。第二编是方法论，分对偶、用典、练字、音韵四章。第三编讲作家与作品，分汉代、南北朝、唐代、宋代、清代五章，介绍作家生平，摘录其警句。

（七）瞿兑之（1894～1973）《中国骈文概论》，世界书局 1934 年出版，实为骈文史，共十六讲。第一讲，从《诗经》讲到《离骚》，以明骈文之起源。第二讲，赋的种类。第三讲，汉魏文体，尤重陆机。第四讲，骈文中之论，并略及公牍文字。第五讲，齐梁体与写景文。第六讲，书札文与徐陵。第七讲，《哀江南赋》及庾信之其他作品。第八讲，《滕王阁序》和唐初四杰。第九讲，《文心雕龙》和《史通》。第十讲，唐代骈文与古文。第十一讲，陆贽。第十二讲，李商隐。第十三讲，宋四六。第十四讲，清代骈文。第十五讲，骈文支流：律赋与八股文。加绪论共十六讲。此书采用白话文写作。

（八）金茂之《四六作法骈文通》，上海中西书局 1935 年出版，共 210 页，十一章。一、引言，二、骈文的源流，三、骈文与四六，四、骈文的价值，五、骈文的本质，六、骈文与天才，七、骈文的用典，八、骈文的体裁，九、骈文与散文，十、做骈文的预备（1. 熟读谨记；2. 揣摩神韵；3. 研究句法；4. 注意字眼；5. 辨别声韵；6. 实习造句；7. 运用典故；8. 斟酌对偶）十一、骈文作法（1. 风格；2. 精神；3. 立意；4. 段落；5. 材料；6. 支配；7. 虚字；8. 平仄；9. 押韵；10. 句法；11. 避忌）十二、骈文名篇读本。共选 21 篇（其中赋一篇），作家 21 人，起屈原之《卜居》，止梁刘峻。每篇有注，无评。此书于 2011 年在台中重版，简称《骈文通》。

（九）刘麟生《中国骈文史》，商务印书馆 1936 年出版，约 15 万字，共 12 章。第一章，别裁文学史与骈文，论骈文形成的条件，着重于汉语言文字的特点。第二章讲古代文字中所表现的骈行文气。罗列先秦古籍之骈句。第三章讲赋家、奏疏家、论说家暨碑板文字。第四章讲所谓六朝文。第五章讲庾信与徐陵。第六章讲唐代骈文概观。第七章讲陆贽。第八章讲宋四六及其影响。第九章讲骈文之早衰——律赋与八股文。第十章讲清代骈文之复兴。第十一章讲骈文之支流余裔——联语。第十三章讲今后骈文之展望。

此书是中国第一部骈文通史，它概括了各个时期骈文发展的特点，突出了重要作家，较前此各书稍为完整、系统。

（十）王文濡、蒋殿襄、陈乃乾合注《清代骈文评注读本》，中华书局 1937 年出版，选清代骈文作家 27 人，作品 50 篇，起吴兆骞，止王闿运，有作者小传、笺注、尾评。

（十一）蒋伯潜（1892～1956）、蒋祖怡（1913～1992）的《骈文与散文》，世界书局 1941 年出版，约 15 万字。父子二人先后曾任研究员、教授。其书分二编，第一编讲骈散文在历史上的演变，分十二章。一、骈散文的分合。二、汉代已有骈散分歧的现象，西汉散文变为东汉散文化骈文。三、魏晋文体，认为三国晋代，骈文渐渐独立，成熟，散文也有卓立不拔的作品。骈文与散文虽然分化了，但两者均有显著进步。四、骈文的全盛期：
六朝。五、《文选》和《文心雕龙》。六、散文的新生——唐代古文运动。
七、唐代骈文。八、宋四六。九、宋代散文。十、金元明散文。十一、骈
散的复兴期——清。十二、白话文体由酝酿而至成功。第二编为骈散文内
容的分析，此编相当于骈散文写作指导，分十章。一、骈散文的异同，二、
语体文和骈散文的比较，三、字的安排，四、句子的形式和变化，五、整
篇的结构，六、对偶，七、用典，八、声音的描写与文章的音节，九、体
裁的分析及其作法，十、古人论学习文章的修养。

　　本书把骈文散文历史发展和各自的特点两两对比进行论述，见解精当
而且具体，对骈散二体平等对待，不加轩轾。书中往往联系历代思想意识、
政治形势及文学发展来谈骈散文的发展，正是三四十年代的文学史研究的
新风气。全书使用白话文，生动流畅，属于高水平的学术著作。

　　（十二）孙学谦，生卒年不详，有《文章二论》，民国间铅印本，无出
版年代。余祖坤《历代文话续编》（凤凰出版社 2013 年出版）中册收录。
该书上卷论散文，下卷论骈文，包括十四篇：原流、汉魏、晋、南北朝、
隋唐、宋、明、清、体制、局度、思绪、字句、骚赋、集部、集说。该书
推崇汉魏，批评宋代，用文言文写作。作者是贵州遵义人，清末王闿运的
学生，此书可能作于民国初年。

# 第二部分　　近三十年骈文论著简介

　　（一）姜书阁《骈文史论》。姜书阁（1907~2000），辽宁凤城人，1930
年毕业于清华大学政治系，1937 年任哈尔滨政法大学教授，1958 年任青海
师范学院中文系教授，1979 年任湘潭大学中文系教授。著作有《中国文学
史纲要》《先秦辞赋原论》《汉赋通论》等多种。《骈文史论》是新中国成
立后第一部骈文专著，人民文学出版社 1986 年出版，38 万字，共十五章。
叙说第一，论骈文文体之名称、骈文特征及其发展历程。经史丽辞第二，
列举《尚书》《诗经》《周易》和先秦史传中的对偶句。诸子丽辞第三，列
举儒、道、法、名、墨、兵、杂各家书中之对偶句。屈宋骚赋第四，列举
屈原、宋玉作品之对偶句。汉赋骈始第五，认为汉赋尚未成为骈体，只是

骈文之初始，并列举贾谊、枚乘、司马相如、东方朔、王褒、扬雄辞赋中的骈偶片断。西汉文章第六，列举西汉经传子史之诏令、奏疏和李斯、陆贾、晁错、邹阳、董仲舒、刘向、司马迁等人文章中的骈偶片断。汉赋衰变第七，此章专论汉赋。东汉文章第八，论桓谭、王充、班固、王符、崔实、《吴越春秋》、《风俗通义》之骈偶成分，并以专节论"汉末大骈文家蔡邕"。建安骈体第九，论仲长统、三曹、七子、诸葛亮等人之骈文。魏晋骈文第十，论蒋济、桓范、夏侯玄、李康、何晏、王弼、嵇康、阮籍、张华、左思、潘岳、陆机、刘琨、郭璞、葛洪、孙绰、陶渊明之骈文。宋齐骈文第十一，介绍傅亮、何承天、谢灵运、颜延之、范晔、刘义庆、鲍照、王融、谢朓、沈约等 12 家骈文。梁陈骈文第十二，介绍从刘勰到庾信等 24 家（包括北朝和隋）之骈文。唐骈衰变第十三，介绍四杰、燕许、韩柳、陆贽及李商隐等人的骈文。宋骈四六第十四，介绍王禹偁、西昆体和欧、苏、曾、王、汪藻之骈文。明清骈余第十五，简述金、元、明、清骈文，八股文和联语。

叶农、叶幼明在《中国骈文发展史论》"现当代骈文研究"一节中认为，姜著有三点值得注意。第一是引用资料丰富。第二是注意到唐以后骈文向下层社会发展，介绍了唐变文、宋致语、明清小说中的骈文。第三，姜书认为，骈文"兴起于东汉之初，始成于建安之际"，鼎盛于六朝。"写中国骈文也可以到陈、隋为止，至多到唐末。"为了"论及衰变及衰变以后的余歧……再加宋代和明清两篇作为余论"（见姜书486页）。叶农、叶幼明认为，此说"难以讲得通"。他们还认为此书"结构不妥"。全书十五章，东汉以前讲"骈偶"占八章。"骈偶只是一种修辞手法，而骈文是一种文体名称，二者是不可以混淆的。""此书只能叫《骈偶史论》，很难名之曰《骈文史论》。"

从姜书目录看，第二、三章用"丽辞"，第五章用"骈始"，第九章开始用"骈体""骈文"，可见还是有区别的。但前八章中多次用"这就是骈文"之类的话，可见使用概念的界限不够清晰。全书结构头大尾小，建安之前骈文未成体，篇幅占全书一半，宋元明清有大量骈文，篇幅占十分之一（仅 55 页）。姜书中建安至唐各章多有独到之见，其开辟之功应充分肯定。

（二）于景祥《唐宋骈文史》。于景祥（1960～），辽海出版社编审。

该书由人民出版社于 1991 年出版，17 万字。第一章，绪论。第二章，初唐骈文：陈隋余响与革新之风。论虞世南、上官仪继承陈隋，魏征到陈子昂改革新潮。第三章，盛唐骈文：昂扬激越的盛唐之音。论燕许、王维、李白、杜甫、李华、元结、独孤及之骈文。第四章，中唐骈文：脱胎换骨之演变期。论陆贽、韩愈、柳宗元、白居易、元稹之骈文。第五章，晚唐骈文：唯美主义的复活。论杜牧、李商隐、温庭筠、段成式之骈文。第六章，北宋骈文：因袭与蜕变期。论西昆派、夏竦、范仲淹、二宋、欧阳修、曾巩、王安石、苏轼、秦观之骈文。第七章，南宋骈文：由慷慨悲壮之音到浮艳精工之态。论汪藻、李纲、岳飞、孙觌、陆游、杨万里、李廷忠、刘克庄、文天祥之骈文。评论者指出，此书对唐宋骈文的发展过程进行了梳理，但其骈文概念过于宽泛，把一些古文名篇当成骈文。如柳宗元"永州八记"、范仲淹《岳阳楼记》、李纲《论国是》、岳飞《五岳祠盟记》等，而真正的骈文名家名作（尤其南宋）往往被忽略，全书的重心在唐代。

（三）莫道才《骈文通论》。莫道才（1962～），广西师范大学中文系教授，该书由广西教育出版社于 1994 年出版，23 万字。绪论：骈文学及骈文研究的历史与现状。第一章，骈文的名称与界说。第二章，骈文的分类。第三章，骈文的产生与起源，论述汉语的特质为骈文的产生提供了语言基础，客观对立的对应事物为骈文提供了摹写对象，人类的模仿机能是骈文产生的心理基础，传播的需要是骈文产生的外在动因。第四章，骈文的结构形式（起、铺、结，及领、衬、夹）与句型构造（骚体句、诗体句、叠字句）句型模式（齐言单联型、齐言复联型、杂言复联型）。第五章，骈文的修辞形态及文化内蕴，论对仗、声韵、典事、藻饰之方式，对其文化内蕴有深入的发掘。第六章，骈文的美学特征与审美效应，论骈文的均衡和谐美、音乐美、典雅美。第七章，骈文的风格型与流派，把风格分为常态与异态。第八章，骈文的体类：骈赋、骈序、骈书、公牍骈文、碑志与祭诔骈文、铭箴赞骈文。第九章、第十章，骈文的历史演变。分为发轫期（先秦）、形成期（秦至西汉）、成熟期（东汉曹魏）、繁盛期（西晋至初唐）、变异期（盛唐至南宋）衰落期（元明）、复兴期（清）、消亡期（五四以后）。

叶农、叶幼明的《中国骈文发展史论》认为，"它视野开阔，不是就骈

文论骈文，而是从广阔的历史文化背景上来审视骈文，因而论述很深刻"，
"分析细致"。（参看叶书 295 页）莫书是在广泛吸收和参考前人研究成果的
基础上，融汇、消化而又扩充、发挥的结果。特别参考了张仁青的《中国
骈文发展史》（1970 年版）、《中国骈文析论》（1980 年版）、《骈文学》
（1980 年版）。莫书中的一些见解，前人及张书多已论及而且相当详细，莫
书进一步提炼和补充发挥，显得更简明精到。

（四）尹恭弘《骈文》。尹恭弘（1944～　），中国社会科学院文学研究
所研究员。该书由人民文学出版社于 1994 年出版，10 万字，是《中国古代
文体丛书》七种之一，共三章。第一章，中国文化的特殊性和骈体文的文
体特征，论述骈文的命名、骈体文产生的原因、文体特征及其美学功能。
第二章，骈体文的演变过程。渊源：先秦的偶辞，骈丝丽片。酝酿：秦汉
逐渐萌芽。成熟：魏晋南北朝繁盛。变异：唐宋骈体文实用化趋向。复兴：
清代骈体文的发展。第三章，骈体文的"左邻右舍"：嫁接、渗透、借鉴。
介绍骈体文对变文、传奇小说、戏曲、致语、青词、制艺及八股文、楹联
以及古文、诗歌的影响。结束语是骈体文的反思。

叶农、叶幼明指出："全书立论公允，新见迭出，是一部既有较高学术
价值，又深入浅出、通俗易懂的研究著作。"二叶特别指出，该书介绍骈文
产生的原因，从中国文字的特点，中庸思维方式的影响，取类相比的心理
联想能力，社会实用的需要和审美的需要五方面来分析，这些原因前人都
提到过，这样集中地放在一起来分析，还是第一次。"不过有些概括则欠全
面，如作者将骈体文的文体特征概括为：裁对，均衡的对称美；句式：整
齐的建筑美；隶事：典雅的含蓄美；藻饰：华丽的色彩美；调声：和谐的
音乐美。这就只概括了骈文的一种风格：典丽。骈体文的风格多种多种多
样，有些骈文并不都具有这些特点。"（二叶书 296 页）

尹书所概括的骈文的文体特征，别的书也这样讲。不用典不华丽的骈
文只是少数作家特殊现象。尹书讲上述五点是大多数骈文具备的。其欠缺
是没有指出骈文最根本的文体特征是以对偶句为主体，舍此不足以称之为
骈文。

（五）于景祥《独具魅力的六朝骈文》，辽宁古籍出版社 1995 年出版，
15 万字。本书"六朝"包括东吴、东晋、宋、齐、梁、陈。共六章：一，

六朝骈文兴盛的原因；二，六朝骈文的美学特征；三，六朝骈文的变迁；四，六朝骈文在中国文学史上的特殊地位；五，六朝骈文的影响；六，六朝骈文在国外。

（六）钟涛《六朝骈文形式及其文化意蕴》。钟涛（1962～），女，中国传媒大学教授，其书由东方出版社于 1997 年出版，约 17 万字。绪论之外共五章。第一章，六朝骈文产生的原因及文化背景。论汉语言文字的特殊性、传统文化的深层意识、六朝社会文化背景及诗赋对骈文形成的影响。第二章，六朝骈文的定型过程。先秦两汉为准备阶段，魏晋初步形成，宋齐骈文成立，徐庾体是骈文成熟的标志。第三章，六朝骈文形式美探微，包括声文：直观表现；形文：必要条件；丽辞：基本形态。此外还有隶事用典之剖析。第四章，六朝骈文形式表达的特点与局限。认为六朝骈文是适当载体，包括主观色彩浓厚的叙述和描写，以情运文的说理议论。由于形式的限制，并不能把论点说得很透辟，对极为抽象的理论问题，无能为力。第五章，六朝骈文形式的地位和流变，分论六朝骈文形式的接受、否定和演变。

此书的"六朝"指魏晋南北朝，把对偶句占多数作为骈文的基本特征。采用对某些重要作家和某个时期重要作品逐篇统计的方法，列出了十多个表格，举出《文选》中一系列作品中每一篇的总句数的对偶句数。得出结论是：魏晋时只有少数文章对偶句在全文中占多数。即使代表骈文正式成立的陆机，其文集中骈文只是少数，还有相当多是散文。到宋齐以后，文章中对句大增，文集中骈文大增，至徐陵、庾信达到顶峰。这种统计方法，很有说服力。关于用典，她也采用列表统计的方法，证明宋齐以后，文章用典大增。她不赞成把赋当成骈文，因而该书不讲赋。该书是新见迭出而又论证细密相当扎实的高水平著作。不足之处是，她所统计的文章，以《文选》所收为主，范围有限。若能选择一批著名作家的文集，悉数统计其对偶句之多少，也许更能说明问题。

（七）钟忧民《望乡诗人庾信》，吉林大学出版社 1988 年出版。共十章：1. 峥嵘岁月，动荡年代；2. 仕宦世家，书香门第；3. 生于安乐，死于忧患；4. 生涯有始，天道虚橐；5. 枯木填海，青山断河；6. 穷者达言，劳者歌事；7. 诗追陈王，雄健沉郁；8. 赋比屈宋，遒劲哀怨；9. 文齐潘陆，富博苍凉；10. 高瞻六代，永放异彩。此书颇有文学性质，简明、清爽。

（八）鲁同群《庾信传论》，天津人民出版社 1999 年出版。共八章：1. 家世与生平；2. 三教杂糅以儒为主的社会思想；4. 乡关之思的起伏消息与宦海沉浮的喜怒悲哀（此章占全书一半）；5. 抽黄对白中灏气舒卷；6. 肴核六籍之文，探索百家之旨（以上两章分析骈文）；7. 一个使杜甫十分倾倒的诗人；8. 身后是非谁管得。附录年谱、历代评论简选。

（九）林怡《庾信研究》，人民文学出版社 2000 年出版。共七章：1. 风流世家子；2. 春风得意欢；3. 世乱乖心志；4. 性灵动笔端；5. 辞涌江山气；6. 文骄南北冠；7. 继往复开来。此书是简明的传记。

（十）徐宝余《庾信研究》，学林出版社 2003 年出版。共四章：1. 庾信与南北朝文化交流的进程；2. 庾信的人格与心态；3. 庾信风格的演变及其创作特色；4. 承前启后的作用。此书以入北以后为重点，第二、三章分析较为全面、深入。

（十一）吉定《庾信研究》，上海古籍出版社 2008 年出版。共七章，分论生平仕历、文学成就、多元主题、艺术创新、性灵文学观、作品考辩、北周滕王《庾信传序》与《周书庾信传》的不同评价，最后一章多有新意。附录一为庾信研究的回顾与展望，附录二为庾信研究百年论著目录索引

（十二）于景祥《陆贽研究》，辽宁人民出版社 1998 年出版，17 万字，共以下六章。1. 陆贽生平；2. 陆贽思想；3. 陆贽与唐代骈文革新；4. 陆贽在唐代古文运动中的作用；5. 由陆贽看唐代骈文革新与古文运动之关系；6. 结论：一代名相，千古文章。附录资料八种。

（十三）于景祥《南北朝骈文》，春风文艺出版社 1999 年出版，共 6 万字。分七题：1. 追求新奇的刘宋骈文；2. 精美绝伦的齐梁骈文；3. 唯美主义的陈代骈文；4. 集大成的徐陵骈文；5. 北魏时期的骈文；6. 东西魏北齐北周之骈文；7. 登峰造极的庾信。

（十四）于景祥《中国骈文通史》，吉林人民出版社 2002 年出版，共 12 章，79 万字，是迄今篇幅最大、内容最丰富的骈文通史。此书首论骈文文体特征、美学价值、产生原因、历史地位、与其他文体之关系，然后以十章叙述骈文从上古至战国之滥觞、秦汉之萌芽、建安西晋之形成与发展、六朝之鼎盛、唐宋之蜕变、西夏辽金之远播、元明之衰落、清代之复兴、

近代和现当代之再度衰变的全过程，所涉及范围较现有骈文史更广。专设西夏辽金一章，前所未有。唐宋元明清各章皆以专节论骈文对通俗文学如小说、戏曲、民间文学的影响。全书结束语对骈文的发展演化规律及得失做总结。此书已有多篇书评推介、评价，但也有不同意见，如王永的《金代骈文研究》，主要针对于书金代部分，不赞成其对徽钦二帝谢恩表的评价。阮忠指出："于氏《通史》很少探讨作家作品的思想内容。"（《中国散文史学术档案》375页）于书把某些古代散文名作视为骈文，有一些学者持异议。

（十五）李蹊《骈文的发生学研究——以人的觉醒为中心之考察》，河北大学出版社2005年出版，共五章，28万字。第一章，偶辞俪句的发生期。从运动与稳定的角度考察了先秦时期关于"和"与"文"的思想，说明散句与偶句产生的心理基础。第二章，偶辞俪句的繁荣期，主要讲汉代。指出疏论中偶句的发展，辞赋是偶辞俪句的渊薮，汉人的审美意向主要是宏放。第三章，从偶俪铺张到骈体成文。认为个体觉醒与骈文形成有内在联系，汉魏是从俪句到骈文的过渡期，当时文人特别关注心理平衡，而对偶句正是实现这种平衡的手段。第四章，古文中断与魏晋文章。分析玄学与个性解放及骈文偶辞产生的关系，从人的觉醒角度来评论邺下风流的慷慨多气，竹林畅饮与人生悲歌。第五章，骈文的正式形成，认为是在西晋。是否为正式骈文有三条标准：首先看偶句的数量是否达到全文半数以上，其次看偶句的质量是否句子结构形式对应、字数相等，再次还要看是否讲究藻饰，即具有文学语言艺术审美特征。他还提出，仅有前两条只能称为"准骈文"，汉魏时期一些被后人认为的骈文，在他看来是"准骈文"。此书角度新，观点新，理论系统性强，许多见解与众不同，而且分析论证具体严密，不是泛泛空论，是近数十年在骈文发生学研究方面具有突破性的成果。作者对一些古文的对句进行了仔细统计，认为一批被当作骈文者其实还算不上，这样的判断令人信服。此书也有可议之处。所谓魏晋"古文中断"说待商，正式骈文的第三条标准不易把握。从魏晋到清末，多有所谓"白描骈文"，全文或大部分由对偶句组成，典故和藻饰不太讲究，这类文章是可以当作骈文看待的。

（十六）莫道才《骈文研究与历代四六话》，辽海出版社、中华书局

2005 年出版，48 万字。上编为骈文研究，收录作者单篇论文 20 篇，涉及骈文名称、界说，骈文的产生、形式特征与文化内涵，骈文史的分期，骈文研究小史，唐骈之历史地位，宋四六的兴起，孙梅《四六丛话》的学术价值，关于铃木武雄的《骈文史序说》和姜书阁的《骈文史论》的书评等。上编附录作者本人所作《听雨轩四六话》，共 141 则，每则数百字，是作者读历代骈文作品的笔记，包括秦一篇，汉一篇，建安至南北朝 76 篇，清代 63 篇，以简单的文字做扼要的点评，清代部分心得颇多。下编为历代四六话辑录，包括《四六话》、《四六谈麈》、《云庄四六余话》、《容斋四六丛谈》、《四六金针》、《四六丛话》之叙论与评萃、《骈体文钞》之评萃与按语、《骈文通义》、《六朝丽指》等，均为白文而未加注释，还附录近百年海内外骈文研究著作及论文索引（二百余条）。

（十七）施懿超《宋四六论稿》，上海古籍出版社 2005 年出版，原为博士论文，20 万字。上编共四章。第一章，宋四六研究综述。第二章，欧阳修四六文研究，认为以古文为四六是欧阳修对宋四六的革新与开创。第三章，论谨守法度的王安石四六文、行云流水般的苏轼四六文。第四章以三节论汪藻的四六文，一节论李刘的四六文。下编为宋四六文献研究。第五章，总集叙录，介绍九种；第六章，别集叙录，介绍十七种；第七章，类书四六文叙录，介绍六种；第八章，四六话叙录，介绍四种；第九章，宋代四六类专门性类书的编纂。对各书的版本详加考论，对内容做简略介绍。此书研究分析相当深入细致，版本收罗用力尤勤。但是，仅仅讲述五位作家，不足以反映宋四六全貌。

（十八）奚彤云《中国古代骈文批评史论稿》，华东师范大学出版社 2006 年出版，21 万字。上编内容为：作为一般文章学的骈文批评。第一章，刘勰之前与骈文有关的文章批评。第二章，骈文文章学的建立：以《文心雕龙》为标志。涉及骈文起源论、文化论、风格论、创作方法论及作家论。第三章，刘勰以后的骈文理论（法古与趋新、诗笔分途）。第四章，转型期的唐代骈文批评。中编内容为宋元明：作为专门文体学的骈文批评。第一章，北宋四六文体观念的逐步确立。第二章，宋元四六文话及笔记中的四六文批评。第三章，明代文学复古运动中的骈文批评。第四章，万历以后骈文批评的复兴。下编内容为清代：骈散相对观念下的骈文批评。第一章，清前期的骈文批评。第二章，阮元等人排斥桐城文章的骈文批评。第三章，李兆洛与《骈体文钞》（折中骈散的骈文批评趋向）。第四章，沟通骈散的骈文批评。第五章，清代的骈文选本。余论：李详、孙德谦的骈文理论。此书是第一部系统的中国骈文批评史，有理论深度，使用概念判断精密严谨，界限分明。该书认为唐以前骈文已是独立文体，而批评界仅针对其文章，从教化价值出发批评其弊端，很少针对整个骈文体，宋以后才是文体学的批评。对北宋四六话和笔记的研究主要着眼于对偶、用典等技巧。关于南宋及元代则对骈文文体特征、结构范式、修辞风格及不同场合的不同要求等等做出总结性说明。关于清代骈散之争，奚氏总结出清初主要为骈文正名，以求得自主发展，中期阮元崇骈斥散，李兆洛折中骈散，再后以沟通骈散为主流。她把基本线索与具体分析结合起来，做出的概括深得个中三昧。作为一部骈文批评通史，宋以后还有尚待补充的空间，如南宋理学家的骈文观，明代的骈文限用论和废除论，清代的偏激派和有意混淆骈散界线以求息争止讼派，曾国藩等人的骈散并存论，等等方面，尚可进一步扩充。

（十九）沙红兵《唐宋八大家骈文研究》，人民文学出版社 2008 年出版，22 万字，原为博士论文。共六章，第一章讲八大家与骈文、时文的关系。所谓时文，既指当时流行的骈文和科举诗赋，也包括庸常无奇的散文。第二章，八大家骈文与骈文史新变。指出在八大家以前骈文近乎诗，而在其后则近乎"文"。作者对早已流行的"骈散兼行"说与八大家援古文体制意法入骈的骈文新变加以区别（此说精辟）。第三章，韩柳骈文创作与渊源。分别对他们的碑志、杂记、书、启、表、状等文体进行骈散统计而后加以评论，很能说明问题。指出韩集中骈文约占十分之一，柳文中不同体裁的骈文分别占十分之一，或七分之一，或五分之一。第四章，欧阳修、苏轼、王安石的骈文。作者统计，欧集中骈文约占百分之十五，苏集中约占六分之一，王集中近三分之一（大部分为诏、诰、表），然后按"情与理""对偶""用典"，分别论析。另外，对宋四六王苏二派做出说明，认为区别并不是绝对的。第五章，对苏洵（只有两篇骈文）、曾巩（制诰）、苏辙（表状）进行分析。第六章，论八大家骈文艺术特点：多角度的叙事艺术，承前启后的长对特色，意在言外的寄意技巧，贺表、谢表的咏物方式，以及以戏笔为骈文等等。

此书写法不同于一般作家论，而是把八大家作为整体放在骈文发展史中进行研究，在时代总体文学氛围中考察八家骈文，把新骈文的形式技巧变化与知人论世相结合。又将八大家分为三组，分别比论其特点，避免面面俱到。全书新见迭出，分析细密而不琐碎，视野宏阔而不空泛。但是这样的写法，每位作家的全貌看不到了，一些重要的有个性的作品不得不割爱或者仅见题目而已。

（二十）陈鹏《六朝骈文研究》，巴蜀书社 2009 年出版，28 万字，原为博士论文。除引言、余论外，共六章。第一章，骈文的名称与骈文的产生。把骈文定义为以对偶为主且不限声律和用典的文章，认为李斯《谏逐客书》和贾谊《过秦论》不能算骈文。陆机《豪士赋》、庾信《哀江南赋》，其序为骈文，其赋为骈赋。第二章，六朝骈文发展的社会文化背景。第三章，六朝骈文四六化的进程及其原因。第四章，六朝骈文分体研究。本章占全书百分之六十，分九节：赋、书牍、启、颂、表、论、檄、诔、连珠。每类皆考论其起源和发展，骈化进程，艺术得失。分析具体，但有不少遗漏，如序跋、杂记、碑铭，未能论述。第五章，六朝骈文形式研究。分析落霞句式、藏词法、马蹄韵、行文之气等。第六章，六朝骈文与诗歌互动。先论诗歌对骈文的影响，骈文有诗化倾向，宫体诗、咏物诗对同类题材骈文的影响；次论骈文在句式和用典方面对诗歌的影响。此书观点鲜明，对当代各种意见的赞成或反对皆大胆表述。对古人亦然，认为李兆洛《骈体文钞》所选汉代文章都不是骈文。但有些意见（如某些文体之特点及得失）讲得太细，难免欠准确，关于连珠的属性还可以讨论。

（二十一）何祥荣《四六丛话研究》，线装书局 2009 年出版，304 页。本书共五章，先有导论，简介《四六丛话》内容及写作动机，并综述历代骈文批评。第一章，探讨明末清初学术背景与孙梅《四六丛话》的构建，尤其是骈散之争对孙氏的影响。第二章讲孙梅的生平和《四六丛话》的学术价值。第三章，从《四六丛话》看孙梅对传统文论的继承与开拓，涉及文质论、艺术形式论、艺术内涵论、四六文的创作原则和审美理想、四六文与古文融通、与诗融合等。第四章，《四六丛话》的四六文体论，分目、嬗变与评价。将《文选》与楚辞作为四六之两大渊源，然后分节论析赋、诏令、奏议、颂、书牍、碑志、序跋、记文、论说、铭箴、檄移、哀祭、杂文、谐隐，考察其含义、美学特征等。同章另一节又分别分析上述十四类中十一类之演变与评价。此书是目前对孙梅《四六丛话》做单独研究的唯一专著。张少康教授在序中称赞它："资料丰富，引证广博，辨析细腻，逻辑严密。"

如果从全面公正的角度来衡量，此书只讲孙梅的优长和贡献，不讲缺失与局限。《四六丛话》面世后，受到以阮元为首、推崇骈文为正宗者的极力赞扬，也有人不断提出批评。《续修四库全书总目提要》在肯定其成就之后，即指出，"其于四六诸体源流得失之辨，往往不能窥其要领"。如论铭、檄之起源，"皆不免失之纰缪。且其间议论，大抵词胜于意，虽极纵横博辨之致，终是行文之体，非衡文之作"。晚清李慈铭、谭献皆对孙梅深为不满。民国钱基博《骈文通义》说该书"辞涉曼衍"。吕双伟《清代骈文理论研究》指出孙书局限有四：第一，没有评价清代骈文，像一部宋四六话；第二，孙氏文体论因袭刘勰；第三，部分按语较为随意，以一己爱好为转移；第四，附录资料繁杂、重复。

（二十二）曹丽萍《南宋骈文研究》，江西高校出版社2009年出版，260页，原为博士论文。前言之后设四章。第一章，陆贽对南宋骈文的影响。着重阐述在陆贽和欧阳修、苏轼影响之下，南宋骈文的散体化追求。第二章，南宋骈文的格律化。涉及词科设置与南宋骈文，以汪藻为代表的南渡初期骈文的格律化，中兴时期和南宋后期的格律化。第三章，南宋理学家的骈文理论与创作。第四章，杨万里骈文研究。着重论述杨氏骈文与欧苏派的关系、杨氏骈文的审美化追求（此节具体细密）、杨万里为代表的南宋骈文与六朝骈文的关系。此书像是由若干篇专题论文集合而成，每个题目分析相当深入，对杨万里骈文艺术的研究尤为出色。第三章关于理学家的骈文理论与创作，其他文学史和文学批评史很少论及。此书有不少内容属于创新成果，但书名与内容有差距，重点只讲两位作家，难以概括整个南宋骈文。

（二十三）莫山洪《骈散的对立与互融》，齐鲁书社2010年出版，约37万字，原为博士论文，共八章。第一章，先秦骈散未分与骈偶成分的增加；第二章，两汉文章的骈化与骈散殊途；第三章，六朝骈散对立的形成与骈散互融的历史演进；第四章，隋唐五代文章骈散对立与互融的深化；第五章，两宋古文与四六的互融与骈散分流；第六章，元明时期骈散对立互融的演变；第七章，清代骈散相争与互融的极盛；第八章，近代文章骈散对立与互融的演进。

作者以骈散对立与互融贯穿全书，力图打通古今，点面结合，史论兼顾，对骈散关系做系统的梳理，提出了一系列新概念、新命题、新判断，能启发人们思考。但题目甚大，必然留下不少有待补充说明的空间和存疑可商之处。书的题目中"骈散""对立""互融"的含义究竟是什么，需要进一步厘清。"骈散"之"骈"，可理解为文体，也可理解为句子形式、修辞方法和单纯追求形式美的不良文风。莫书主要讲两种文体之争，而实际上涉及上述各种情况，往往造成论述对象前后不一。关于骈散"对立"，历来含义、程度不同。有对不良文风的批评（这是主要方面），有对骈体文的轻视、排斥甚至禁止。而反对派则有为骈文正名者、争平等地位者，甚至争正宗者。所谓"互融"情况更加复杂，有时指骈句散句杂用、兼行，两体并存或互容、互补，有人主张以散入骈，以古文为四六，有人主张融骈入散。或主沟通，或倡互重。有人以散为主而给骈文以辅助地位。这些差别往往因时因人而异，笼统归之于"互融"，不容易说清楚。

莫书为了证明宋明骈散互融，列举大量例文，如李清照《金石录后序》、岳飞《五岳盟誓记》、刘因《辋川图记》、吴澄《送何太虚北游序》、刘基《卖柑者言》、李贽《题孔子像于芝佛堂记》、张岱《西湖七月半》等历代散文名作，摘出其中极少的几个对偶句，说这些文章都是"骈散互融"，窃以为未必。在明代真正算得上骈散互用或互融的文章，应该是解缙《大庖西室封事》、陈子龙《答夏考功书》那样的，大段散句与大段骈句几乎各半，兼具散文气势与骈文整饰之美，莫书似未注意。莫书结论中说，"儒学的每次复兴都会带来骈散对立"，"纯骈或纯散都或多或少有碍于思想的表达"，这两个判断是否准确，可商。

（二十四）邓瑞全、孟祥静《旖旎人生的玄淡超脱——说骈文》，中国大百科全书出版社 2010 年出版，11 万字，共五章。一、概论，论骈文之名称、产生、特征、骈文与散文。二、骈文滥觞：先秦两汉。先秦起源，秦汉发展。三、骈文成熟。分述魏晋、宋齐、梁陈骈文和集大成者徐庾。四、骈文衰变：唐宋。五、骈文复兴：元明清。目前各种骈文史皆以唐骈为鼎盛期，元明为衰落期，此书见解与众不同，但未做必要论证。书名以"旖旎人生的玄淡超脱"概括骈文的基本内容，未必贴切。书中所举骈体例文，有的不是骈文而是散文。如柳宗元《至小丘西小石潭记》，该书既承认它"以散为主，偶有骈句相间"（实际上此文对句极少），为何又视为骈文代表作呢？

（二十五）翟景运《晚唐骈文研究》，商务印书馆 2010 年出版，315页，原为博士论文。此书从宏观角度论述。第一章，古文运动的衰落和晚唐骈文的再度兴起。把中唐反骈分为反对骈文中的形式主义和反对骈文，当时许多人所反对的是前者而未必是后者。此章还着重讨论晚唐政局的变化、政治改革的失败与古文运动衰落的关系，介绍了晚唐反对功利主义文学思潮的兴起，指出古文运动本身存在弊病，给骈文复兴留下发展的空间。第二章，晚唐骈文文体研究。重点是幕府公文的新变和律赋题材的拓展。此章多发前人所未发，但其他文体则一律未讲。第三章，晚唐骈文与晚唐诗。诗律向骈文渗透，骈文形式严格化。晚唐骈文和诗歌中都有感伤身世的内容，这是时代所造成的。对李商隐以骈文为诗和以诗为骈文做了深入的剖析。第四章，晚唐骈文的影响。从五代讲到北宋。此书视野开阔，前后关联，文史贯通，诗赋文一体考察，综合分析概括能力强，许多论析在前人基础上前进一步。遗憾的是不够全面，从读者角度来看，总希望多介绍一些骈文作家和作品，而本书作者似乎志不在此。

（二十六）曹虹、陈曙文、倪惠颖《清代常州骈文研究》，江苏人民出版 2010 年出版，387 页，共六章。第一章为序说，着重说明这个题目在地域视野与文体视野两方面的研究意义。第二章，说明常州骈文兴盛的时代条件与区域因素。第三章，清初常州骈文，主要介绍陈维崧。第四章，介绍常州骈文的旗帜洪亮吉，以及他之前的邵齐焘、刘星炜，同时或之后的孙星衍、杨芳灿。第五章，阳湖文派的赋学成就及融通骈散之风，主要介绍张惠言、董士锡、李兆洛、周济。第六章，道咸以后常州骈文的传衍。主要介绍这时骈文观念的新变，董基诚、董祐诚兄弟、方履篯、洪祠孙、陆绂恩及其周围的骈文群体，还有屠寄和《国朝常州骈体文录》。

常州地区历来文化昌盛，在清代形成了常州古文派（又称阳湖派）、常州骈文派、常州词派、常州画派和综合经史子集整理研究的常州学派。像这样文化以地域而集中的现象，清代还有桐城派、仪征派（扬州）、湖湘派（此派涉及政治、军事、思想、文化等方面）。这本书是常州清代文化研究丛书之一。其突出特点就是把骈文成就与古文、诗词、朴学等联系起来，不少骈文家往往身兼数家，众体皆擅，相互促进，这就给人以立体汇通感，不只是就骈文论骈文。作者在文献方面很有功力，收罗相当完备，评述允当，行文典雅，重点介绍骈文家们的成就，也没有忽略其不足与缺陷。作者们的鉴识眼光是高明的，她们使用的品鉴词语，基本上是形容作品风格的古代词语，一般读者似乎不易理解其究竟。这些词语用于品评诗词或许还可以，品评散文（古文）则少见，大量地用于骈文，难免有雾里看花之嫌，最好能进一步分析其风格之具体体现以说明之。

（二十七）郭战涛《民国初年骈体小说研究》，广西师范大学出版社2010 年出版，20 万字。本书在博士论文基础上补充修改而成，研究对象为1912 至 1919 年间的骈体小说，共五章。第一章，骈体小说的概念、美学品格和类型。作者对骈体小说的界定比一般骈体文要宽，认为骈句占全书百分之二十甚至十五者即可算作骈体小说，而当前不少骈文研究著作认为骈句占全文百分之五十以上的才算骈文。作者认为，如果按这个标准来衡量，能够称得上骈体小说的就很少了。该书 86 页有《笔者所见民国初年骈体小说一览表》，共列作品 46 种，其中或多用骈文或多用典者 21 种，其余的没有说明有多少骈文（句）成分，仅说"六朝风格"，而六朝风格并不等于六朝骈文。怎样把骈文小说和一般文言小说相区别，似乎有待探讨。关于骈体小说的类型，该书分为"应用文类"和"综合类"。前者是指小说中的书信、祭文、碑文、檄文、奏章、判词等，是独立成篇的，托名为小说中某人所作，实际是小说作家以此炫耀文才。所谓"综合类"是指把骈句用于对话、写景、叙情的文字中，往往与散句相错杂，形成骈丝俪片，不能独立成篇。第二章，民国之前的骈体小说。该书对汉魏六朝小说、唐传奇、宋代《醉翁谈录》、明代《剪灯新话》及清代《聊斋志异》等书中的骈文做了统计，指出其所占比例，而对唐人的《游仙窟》和清人的《燕山外史》则认定为纯然骈体小说。第三章，文体特征。分析其用典与对仗、描写、抒情和议论，叙事方式，骈文与散文的关系等等。第四章，题材类型及叙事模式。凄苦爱情，花好月圆，乱世情态，世态人情及文人心态。关于叙事模式，有多种角度，叙事常与议论结合，且吸收了一些西方小说的叙事方法。第五章，创作和接受环境。这与当时时势和文人心态有关，与骈文教育及创作相消长。当时骈体小说属于鸳鸯蝴蝶旧小说，故受到旧小说内部和新派文人的双重批判，1919 年以后就几乎绝迹了。郭战涛此书研究的，是很少被人认真研究过的课题。作者用功甚勤，几乎查阅了当时所有报纸、杂志和单独出版的骈体小说，分析颇为细致。正因为这类小说从内容到形式都是陈旧的，不符合时代要求，为当时和后来文学评论研究者所轻视，所以作者声明不是要翻案，而是给以恰如其分的评价，这项工作不太容易做得恰到好处。首先，既是小说，就要放到小说史上来评价，要与古代文言小说、明清以来的通俗小说和当时已出现的新小说相比，看骈体小说到底有多少历史价值。其次，既说是骈体，就要和其他骈体文相比，不比古代，单比民初，骈体政论、书信、通电、书序，当时还相当活跃。再次还应与散体古文相比，它比骈体文的市场大得多，广大读者、作者，都习惯于古文，只有少数人习惯用骈文，写骈体小说、读骈体小说者比读古文、写古文者少得多。总之，骈体小说在民初虽然短期出现繁密状态，但在文学界、在社会上影响有多大，这都是研究者应该明确的。该书对骈文史的研究是有意义的，其中的一些观点见解具有启发性。

（二十八）颜建华《清代乾嘉骈文研究》，光明日报出版社 2011 年出版，约 26 万字，原为博士论文，共九章。第一章为概述。第二章讲乾嘉骈文发展源流，简介 32 位作家，每位平均六七百字。第三章以地域、家庭、女性的角度分析作家群体。第四章介绍当局对知识分子的政策和文化政策。第五章讲乾嘉骈文与幕府。第六章讲骈文创作与江南商业文化。第七章讲乾嘉骈文与乾嘉学派。第八章讲乾嘉骈文与桐城派、阳湖派。第九章讲乾嘉骈文的艺术成就及对小说戏曲的影响。

此书不是断代文学史，也不同于作家作品论，而力图从整体上多层次多角度探讨与乾嘉骈文繁盛有关的社会、政治、文化、风俗、习尚等因素之间的复杂关系。有关江南商业文化一章较为出色，见解新颖，资料丰富，分析全面，既讲正面的推动促进作用，也讲负面的不良影响。关于幕府的一章，有新鲜感，但只讲正面作用，而不讲负面作用。幕府文章实质是

"遵命文学"，主要内容是歌功颂德、粉饰太平、互相吹捧、逢迎应付，不大可能反映社会生活民间疾苦和抒发真情实感，这个根本缺陷被作者忽略了。关于科举考试的介绍不够全面，只讲乡试、会试，未提院试和殿试，只讲科举促进骈文创作，很少讲八股文对骈体文的限制。而八股文是禁用四六句，限用典故，不提倡藻饰的。

（二十九）吕双伟《清代骈文理论研究》，人民出版社 2011 年出版，约 34 万字，原为博士论文。共六章，绪论论述骈文文体自足性与兼容性，梳理骈文之"名""实"及其演变（此节较精准），回溯骈文理论研究历史。第一章，晚明之六朝文风和四六选本。第二章，康熙时期之四六批评。弘扬清倩流丽文风，以经典和自然中的对偶现象来呼吁四六文的文体地位。第三章，乾嘉道时期的骈文理论。述及四库馆臣的骈文观、骈文复古论，以"沉博绝丽""于绮藻丰缛之中，存简质清刚之制"为骈文风格特征。某些人为骈文求对等，另一些人极力崇骈排散争文宗，还有一些人主张融汇骈散，从而形成交错三重奏。第四章，专论《四六丛话》。第五章，晚清骈文批评。特别拈出朱一新的"潜气内转，上抗下坠"论，兼及民初李详、孙德谦的骈文理论。第六章，清代骈文创作和理论繁荣的原因。最后是总论，从文位、文体、文风等方面总结清代骈文理论的共时性和历时性特征。

此书是一部相当系统的断代骈文批评史，分析细密、严谨，引用了大量第一手资料，从中概括出准确如实的判断，许多地方摈弃前人泛泛之论，提出自己独到的见解，精彩纷呈。如关于"求对等、争正统、融骈散"的三重奏，符合实际。分析朱一新的"潜气内转"，切中肯綮。书中总结出："骈文理论重审美形式，古文理论重内容教化，这是两者的重要区别，也是古代文章两种不同评价标准。"点明这一区别，对于整个古代文学批评史很重要。

此书视角宽广，但似乎仍然局限于从骈文论骈文。如果把骈文理论和当时更为丰富而系统的散文理论联系起来考虑，也许更为全面。并不需要在书中同时介绍散文家之见，但讲骈文理论时心中不能忘记其对立面的存在，这样才能还原骈散之争的历史实际，避免片面性。

（三十）于景祥《中国历代骈文话》，辽海出版社 2011 年出版。上编为"中国历代骈文史话"，描述骈文的形成、鼎盛、蜕变、衰落、复兴与再度衰落的发展过程。下编为"中国历代骈文话分类辑要"。将历代按文体分类辑录的骈文评论资料，按现代学科术语分类归纳整理。分为"骈文释名""骈文成因""骈文作法""骈散关系""骈文的继承与创新""骈文流变""骈文体类""骈文作家作品评论"等几个门类。这样更方便中国骈文史研究者参考使用，书中许多材料来之不易。

（三十一）于景祥《骈文小史》，辽海出版社 2012 年出版。引言之后设十小节：1. 骈文之名；2. 骈文之特征；3. 骈文产生的原因；4. 骈文的价值与地位；5. 骈文的形成；6. 骈文的鼎盛；7. 骈文的蜕变；8. 骈文的衰落；9. 骈文的复兴；10. 骈文的再度衰落。此书为《中华文化百科丛书》之一种，属于知识性读物。既有"史"，又有"论"，是于景祥所著《中国骈文通史》的提炼。

（三十二）丁红旗《魏晋南北朝骈文史论》，巴蜀书社 2012 年出版。共七编 42 章，22 万字。绪论：当代视野下的魏晋南北朝骈文研究。1. 汉末到魏：骈文的继续酝酿；2. 西晋：国家观念的弱化及骈散杂陈；3. 东晋：文坛的凄凉、凋落与变异；4. 刘宋：骈文的成熟；5. 萧齐：骈文的转向与要素的完备；6. 梁朝：骈文的繁盛；7. 陈到隋：繁盛的变异。此书论北朝骈文，只讲到隋，而未及后魏、北齐、北周。全书写法，以宏观综论为主，不同于通常的文学史依时序论分作家作品。西晋"国家观念的弱化"，萧齐"骈文的转向"，这些提法值得商榷。

（三十三）赵俊玲《〈文选〉评点研究》，上海古籍出版社 2013 年出版。引言之后五章。第一章为《文选》评点概况，介绍今存评点本情况，评点本发展概述，评点的地域特征，评点的价值。第二章讲明万历年间为《文选》评点的萌兴与发展期，讲《文选纂注》系列评本、李淳《选文选》、郭正域《文选评本》。第三、四章讲明末清初的《文选》评点高潮，介绍卢之颐、孙鑛、邹思明、钱陆灿、洪若皋、孙洙、何焯、俞玚等人的评点。第五章清中后期为《文选》评点之总结期，介绍方廷珪《昭明文选集成》、于光华《文选集评》、桐城派的《文选》评点。余论：明清两代《文选》评点的差异。此书资料丰富，如果再分别证述对《文选》中的诗、赋、文的评点之差异和特色，也许更全面。

（三十四）李乃龙《〈文选〉文研究》，广西师范大学出版社 2013 年出版。共二十章，除诗、赋以外，分别对二十种文体进行逐个研究，每类皆述其源流和文体特征。有的还分为不同小类。如"表"类中，分为荐贤、辞封、谢解、劝进、告请五类，细论其结构、内容、用意之区别，结合名篇加以评说。此书主旨在于文体区别，寻求其差异，而往往忽略某些文体的共性和通用性。《文选》所选作家之时代文体观念尚不严格，不够规范，哪些用骈，哪些用散，哪些称为"书"，哪些称为"启"，是比较自由随意的，不宜以宋元文体格式来考察魏晋南北朝。

（三十五）于景祥《骈文论稿》，中华书局 2012 年出版，30 万字，是论文集，收入作者从 1996 年至 2011 年发表的论文 21 篇。其中三篇分别论述骈文的形成与鼎盛及蜕变，与散文的关系，其他文章依所论对象之时序排列。如：关于楚辞在文章骈化过程中的地位和影响，《文心雕龙》所论骈体演化轨迹及以骈体论文之是非，南朝散文受骈俪之风的影响，六朝骈文对唐代骈文的影响，四杰骈赋与庾信骈赋的关系，刘知几论史书之用骈散，欧阳修、宋祁《新唐书》对骈体文献的删改，朱熹的骈文批评，祝尧的骈文观，陈绎曾在骈文批评上的贡献，徐师曾的骈文批评，《四六法海》的贡献与存在问题，艾南英的师古与反骈，《四库全书总目》对六朝骈文的态度及其骈文史观，《红楼梦》与骈体文。这二十来篇文章涉及骈文理论史和骈文发展史上一系列问题，每篇都有独立见解，而非一般的知识性介绍，有一些是他人所未曾注意的，是一部有学术价值的论文集。当然，其中某些见解还可以进一步探讨。

（三十六）刘涛《南朝散文研究》，中国社会科学出版社 2012 年出版，45 万字。此书在博士论文基础上补充修改而成。其总的"散文"概念，包括骈文和散文。而在分论时，则将散体文与骈体文区别论介。全书共五章：第一章，南朝散文研究现状及其意义综述，介绍清代至 21 世纪初的研究概况。第二章，中国古代散文中的骈文散体文演进历程，实为中国古代散文小史。作者认为，上古至汉初，骈散合一。各种典籍中虽有对句，并不等于有骈文。两汉时骈散分途，"骈文虽没有正式形成，但句式益趋整齐，骈化幅度逐步增大，已预示着骈文体式即将形成"。魏晋至盛唐是骈文初成、定型及兴盛时期。中唐至宋是散文复兴、骈文变革、四六形成时期，元明是骈散并衰时期，清代至五四是散骈复兴及消亡时期。第三章，南朝创作之风兴盛的原因及表现，分析文学观念的明晰及文学地位的提高，审美意识的增强之推动，帝王皇族重视和提倡文学，士大夫钟情文学，以能文为立身之本。第四章，南朝骈文发展分期探析，实际上是南朝骈文小史，结合作家作品逐一论介：骈文正式形成于刘宋，作家有颜延之、鲍照、傅亮、谢灵运等；骈文进一步发展是齐梁，作家有任昉、沈约、江淹、刘峻、谢朓、王融、丘迟、吴均等；骈文臻于成熟在梁陈，作家有徐陵、沈炯、陈叔宝等。这一章篇幅较大。第五章，南朝散体文演进及创作概论，实为南朝散体文小史。分为刘宋和齐梁陈两小节，介绍作家近二十人，比介绍南朝骈文作家人数多些，但有些人是骈散兼擅，两章都介绍的。此章篇幅为66 页，仅及南朝骈文家的三分之一。

此书对南朝骈散文做了比较深入细致的研究，指出有骈句不等于有骈文，东汉以前尚无骈文，全书不讲赋，这样的判断是符合实际的。但认定骈文至刘宋才正式形成，似乎太迟，认为"四六"形成于赵宋更推后太多。"四六"之名出现于唐末，盛行于宋，而四六之成体当在南北朝之末的徐陵、庾信。关于南朝骈文作家的介绍比较全面，举引的作品较多，有不少新见。但若与南朝散文家的介绍合而观之，不难发现，骈文与散文界限不够清晰。有的作品是骈文，却放在散文一章中讲。如袁淑的《驴山公九锡文》、沈约的《与徐勉书》。范晔的《后汉书》论赞有的是骈句多，有的散句多，不宜一律归之于散文。与此章相反，第四章所述骈文有的应属散文。如谢灵运的《诣阙自理表》《与庐陵王义真笺》，全文散句多于骈句。其他一些骈文家的作品介绍中，也有不少是以散句为主的。

（三十七）杨旭辉《清代骈文史》，人民出版社 2013 年 12 月出版，53万字，是在博士论文基础上补充修改而成的，全书共三编十章，绪论包括三节。第一编，顺康之初兴期。第一章讲开风气之先的云间、浙江作家群落，下分三节，论介陈之龙、夏元淳、西泠十子、陆繁弨、吴绮。第二章讲"哀江南情怀"的代表陈维崧、吴兆骞与海外遗民的骈文写作。第二编，乾嘉之鼎盛期。第三章讲论兴盛之原因，第四章分三节论苏州骈文作家群：何焯、顾广圻、邵齐焘、吴慈鹤等。第五章分三节论浙江骈文作家群：胡天游、杭世骏、吴锡麒等。第六章讲常州派骈文创作的兴盛与文章理论的新变，分六节，重点是洪亮吉、李兆洛。第七章讲鼎兴的扬州骈文作家和骈文群体活动的意义，分三节，重点是曾燠、阮元。第三编，晚清之融合碰撞期。第八章，融合碰撞中百家争流的晚清骈文，分三节，论桐城派散文在骈散合一论影响下的新变，王闿运等湖湘文人的骈文创作。第九章，骈文与小说、戏曲等文体的融合，分三节。第十章，清代骈文的余响。第一节，五四前夕古典骈散之对峙及其与白话文之碰撞（以北京大学为中心）。第二节，"潜流"的骈文理论与创作（以李详、孙德谦为例）。此书多有新材料、新见解，分析作家心理状态细致入微，宏观概括地域格局及文人群体现象较为精辟，不少问题在他人基础上更深入更拓展。

（三十八）路海洋《社会、地域、家庭：清代常州古文与骈文研究》，凤凰出版社 2014 年出版，27 万字，是在博士论文基础上完成的。绪论分三节介绍研究范畴、研究现状及研究的三个维度。全书共六章。第一章讲清代常州古文与骈文创作的背景：自然地理条件优越、文化繁荣，历史文化积淀了人文性格，学术与文学精神兴盛。第二章，清代常州古文与骈文发展的家庭文化助力。家庭文化诸特征，创作群体集合成为宗亲与亲友交游，常州具有古文、骈文发展的推动力量。第三章为常州古文研究（上），先概述古文总体局面，而后重点论介名族哲嗣恽敬、寒族才俊张惠言。第四章为常州古文研究（下），重点论介李兆洛、陆继辂、张琦。第五章为常州骈文研究（上），先论骈文兴之原因，然后重点介绍洪亮吉、孙星衍。第六章为常州骈文研究（下），重点介绍刘嗣绾、方履籛、二董及阳湖派作家的骈文成就。余论内容为清代常州古文、骈文的文学史地位及其再研究空间。

本书对清代常州地区的古文与骈文创作合起来考察，比较全面、周到，对重点作家评论分析比较深入，对古文骈文何以在常州兴盛做出有说服力的回答，在理论探讨和资料使用两方面都达到了一定的高度。但存在的"空间"也很明显，第一，只论及乾隆、嘉庆、道光三朝；第二，只讲古文家也创作骈文，则未讲骈文家也写古文；第三，如果能将常州文派与清代桐城文派、扬州文派、湖湘文派进一步比较，也许能见出常州的特色及各派的异同。现在只是在绪论的"研究现状"中提到桐城派，尚未能进一步理清楚二者虽相反而实相成的互动关系。

（三十九）《第三届骈文国际研讨会论文集》，西北师范大学文学院、华南师范大学文学院合编，世界图书出版有限公司广东有限公司 2014 年出版，收录 2013 年在西北师范大学举办的第三届骈文国际研讨会论文五十余篇。

（四十）马骁英《骈文论要》，辽宁人民出版社 2015 年出版。包括五部分：《文心雕龙》自然成对观、《文心雕龙》的小说理论因子（此论不敢苟同）、碑志骈文四类释名考证、古代骈体书论发微。

（四十一）王京洲《魏晋南北朝论说文研究》，上海古籍出版社 2014 年出版。共七章，第一、二章为体裁论，其中一节专论赋与"论"的开疆与互动，论及声韵的使用，铺陈成章的句法，假设主客的结构，铺张扬厉的风格，"论"反作用于赋等等，此章与骈文关系密切。第三、四章为题材论，第五章为修辞论，谈到譬喻的使用、引证殆同书抄，顶针句和鼎足对，皆骈文常见手法。全书以论说文为题，是现代范畴。古代论说文是细分成许多小的体裁的，大的文类有散文体、骈体文、赋体文，皆可用于论说。本书把各体论说之文合而言之，没有突出散体、骈体、赋体之论说文在语言运用、艺术风格和审美追求的差别，认为赋与"论"开疆互动，二者不是同一层次的文体范畴，恐不能说是平行的"互动"。

（四十二）李兆禄《任昉研究》，中国社会科学出版社 2014 年出版。绪论为任昉研究概述及本书研究思路；第一章讲家世与生平，介绍其出任宋、齐、梁三朝，读书、交际、节俭、孝行等方面，以及任昉对《文选》的影响。第二章讲任昉的思想，主要是三教融合，为官从政守儒，交游任性尚道，节俭慈悲崇佛。其文学思想是追求内容与形式统一，重视学术和文学，突出外物对创作的感发，崇尚清新的审美风格，具有成熟的文体观，涉及文笔之分与纯文学的对立。第三章为著述考，包括杂传、地记、述异记、四部目录、《文章缘起》、《任昉集》。第四章，任昉诗研究，包括劝励诗、公宴诗、祖饯诗、游览诗、哀伤诗、赠答诗、杂诗。第五章，任昉文章研究，包括赋、诏令、奏议、表、纪事、笺、议、启、书记、节序、哀祭文、任文的史料价值。第六章为后世对任昉评价的两个问题：扬任抑沈倾向、刘师培论任文之文史地位和谋篇之法。此书全面论述任昉，但是有一个问题没有回答。古人或以沈任并称，或扬任抑沈，今人以现存资料为据，认为沈约文学、史学皆超过任昉，作者怎样看待这种评价差异？

（四十三）朱周斌《比较诗学视野下的萧纲研究》，吉林大学出版社 2014 年出版。绪论中提出对宫体诗有道德主义和审美阐释两种角度和从批评到颂扬两种价值取向。第一章分析文在政治之内和文武不平衡的梁代政治结构，第二章以"文与政治的交织重叠"分析萧纲文笔之作者形象。其文笔皆盛，赋、铭有闲情逸致，教有勤政形象，章、表中以笔该文。第三章为从政治中逃逸到语言的游戏：萧纲诗歌的轻艳面貌，游戏诗歌和美人描绘。第四章内容包括轻艳的秘密，失去的永恒，在意识形态之网中写作的悲剧。结语内容包括悲剧不可避免，文学意识的成熟与不稳定的政治结构的相遇。此书虽以比较诗学视野为题，实际上致力于文与政的矛盾、文人与皇子两种身份的重叠，剖判相当细致深入，切中肯綮，不可多得。

（四十四）牟华林《萧纲骈体论稿》，中国文联出版社 2016 年出版。绪论内容包括骈体形式要素概论，萧纲及其著述叙略。上编第一章为萧纲骈体考辨与形式研究，内容包括其骈体的文流传与存量、后人所辑之差别；第二章讲萧纲骈体之句式，包括四六句、杂句、散句；第三章讲萧氏骈体之对偶：以对句为主，句式多样，对仗灵活变幻；第四章讲萧氏骈体之藻绘，包括词汇的选用、修辞的融入、练字琢句；第五章讲萧氏骈体之用典，包括语典和事典，作用和使用方法；第六章讲萧氏骈体之声律，包括平仄安排、押韵。下编第一章为萧纲研究综述及相关资料，包括清之前、清之后研究情况；第二章内容为骈句、韵句位置及句脚字韵分析；第三章为萧纲骈体辑评。此书对萧纲骈体文的艺术形式的创造性运用，分析相当深入细致，但也有不足。第一，专讲形式，忽视内容，全面肯定，不讲负面因素；第二，统称骈体，未区别骈体赋和骈体文，骈体文中还有不同体裁和不同特点；第三，缺乏历史定位，比前人进步之处何在？对后世影响最大者何在？第四，萧纲的文学观应有专章论述；第五，介绍生平太简略，其政治表现、文学活动、与家族成员及文学侍从的关系等等，应加强论述。

（四十五）路海洋《清代江南骈文发展研究》，中国社会科学出版社 2016 年出版，52 万字，分甲、乙、丙、丁四编。甲编为"总论"，论清代江南骈文发展、兴盛的背景，包括清代政治和文化政策、江南学术优势、地缘与亲缘基础、文学因缘，以及江南骈文的总体面貌、时空分布格局、骈文发展的内在特征。乙编论"清初江南骈文"，包括陈维崧、尤侗、吴兆骞、黄之隽、吴农祥、陆繁弨、章藻功。丙编论"清中叶江南骈文"，包括杭世骏、袁枚、吴锡麒、王昙及其他杭、嘉、湖作家。重点是常州的洪亮吉、孙星衍、杨芳灿、刘嗣绾、方履篯、董基诚兄弟以及太、苏、松、镇地区的邵齐焘、彭兆荪、吴慈鹤及其他作家。丁编论"清后期江南骈文",包括杭、嘉、湖群落的金应麟、龚自珍、谭献、赵铭、徐锦、黄金台、张鸣珂及其他人;晚清苏、常、镇和太湖地区的汤成彦、缪荃孙、屠寄、缪德芬、孙德谦及其他人。

在此前有关著作的基础上,此书对清代江南骈文进行宏观与微观相结合的概括论析,地域分明,先后有序,纵横交错,关系疏理得清晰允当,从社会学、文化学、历史地理学的不同角度,揭示不同时期江南各府县不同作家的不同成就、不同风格,并且以四字形容词点评作家,难能可贵。有些作家不太被骈文史家注意,此书有初次发掘和彰显之功,较此前几部江南骈文断代研究和地区骈文研究更系统、全面。

(四十六) 莫山洪《骈文学史论稿》,广西师范大学出版社 2017 年 6 月出版。全书共六章,导论简述骈文理论的历史演进。第一章为"草创时期的六朝骈文学",以萧子显和《文心雕龙》之《丽辞》篇为重点。第二章为"初具规模的唐代骈文学",论隋及初唐的反骈观念。中唐的骈散相争,以及柳宗元和李商隐为四六定名。第三章为"四六时代的宋代骈文学",论宋诗话对四六话的影响、宋四六话的兴起、杨万里的四六话。第四章为"日臻完善的清代骈文学",论《四库全书总目》《宋四文话》《四六丛话》及阮元、郑献甫的骈文理论。第五章为"现代转型时期的民国骈文学",论述民国骈文研究和骈文作法之兴盛,以及高步瀛和钱基博、钱锺书的骈文观。第六章为"亟待突破的当代骈文学",分别总结新中国成立以来的骈文选本,介绍了 20 世纪 80 年代和 90 年代、跨世纪时期的骈文研究状况。作者多年来专攻骈文,上述文章均在报刊发表过,汇集成书,粗具骈文学史规模,每一小节皆长期殚思精研所得,有别于综述型教材体写法。但是作为完整的骈文学史来看,尚有许多需要补充和拓展的空间。

(四十七) 莫道才《骈文学探微》,广西师范大出版社 2017 年 6 月出版。该书是作者的骈文论文集,上编 10 篇,探讨骈文理论;下编 14 篇,探讨骈文史若干问题。涉及骈文的产生与形成,骈文的文体融合与发展,骈文的典故理论,骈文的"潜气内转"说,四六话的批评方式之来源,宋代四六话的产生和形式等等。文章大多发表过。

（四十八）曹虹编《反思与突破——第四届骈文国际学术研讨会论文集》，江苏人民出版社 2017 年 7 月出版，收录会议论文 35 篇。

（四十九）于景祥《〈文心雕龙〉的骈文理论和实践》，中华书局 2017 年 12 月出版。全书 42 万字，共四章：第一章绪论，分三节论《文心雕龙》的骈文成因论、骈文史论、以骈体论文是非辨。第二章，《文心雕龙》在骈文理论和实践上的成就和贡献，分七节论该书关于对偶、用典、声律、藻饰、骈散结合之理论和实践，该书在议论文体制上的因革，该书作为骈体文的主要特征。第三章《文心雕龙》在骈文史上的地位，分两节论该书在骈文创作和骈文批评史上的地位。第四章《文心雕龙》在骈文史上的影响，分三节论该书在骈文创作、骈文理论对后世的影响，该书其他理论对后世骈文理论的影响。于氏论述细致，引证丰富，但对于目前学界的不同见解没有回答。有些学者认为刘勰有关骈文的《丽辞》等章，是涵盖诗、赋、文的修辞论，而非专对骈文之文体论；着重于句子形式（"骈句"），而非专论文章体制，（"骈文"）。所谓"骈文"起源成因等，刘氏乃是指骈句发展而言。句子形式并不等于文章体裁。这些问题尚需深入探讨。

# 第三部分　百年来骈文选本简介

### 民国骈文选本

（一）吴虞《骈文读本》，成都福昌公司 1915 年出版。（未见书）

（二）王文濡《南北朝骈文评注读本》，文明书局 1916 年石印本。分论辩、序跋、奏议、书牍、诏令、传状、碑志、杂记、箴铭、颂赞、辞赋、哀祭十二类，收录西晋至隋作家 68 人，作品 98 篇，大部分是骈文，每篇皆有注和精彩短评。

（三）王文濡《清代骈文评注读本》，文明书局 1917 年石印本，有四卷本、二卷本两种。依作者时代为序，有注及短评。二卷本收录作者 27 人，作品 50 篇。

（四）李定彝、包独醒编《当代骈文类纂》，国华书局 1920 年出版。正编由武进李定彝编，选文 156 篇，皆作于 1912 至 1920 年间。全书分为十二卷，以文体分为：赋、颂、呈、启、笺、书、序、跋、记、铭、谏、祭文。

其中序 75 篇。作者 68 人，吴承煊一人有 50 篇，知名作者有：黎元洪、樊增祥、朱启钤、饶汉祥、易顺鼎、王闿运等。正编第一篇文章是《双十节赋》。续编由包独醒编，共 48 篇，分上下卷，作者 27 人，吴承煊占 15 篇。续编第一篇文章是《贺新年赋》，庆贺民国第二个新年。可见二位编者对辛亥革命是热烈欢迎、极力歌颂的。

（五）王仁溥《评注骈文笔法百篇》，进化书局 1922 年出版。收录作家 50 人，作品 101 篇，起曹丕，止清末。不选赋。有注和眉批。

（六）刘咸炘选《骈文省钞》，尚友书塾 1931 年铅印本，又成都古籍书店 1996 年出版，三卷本。

（七）邬庆时《四六丛存》十三卷，1933 年出版。（未见书）

（八）高步瀛（1873～1940）《唐宋文举要》乙编，直隶书局 1935 年初版，另有中华书局 1988 年版、上海古籍出版社 1999 年版。高氏是著名学者，曾任北平师范大学、女子师范大学教授。其《唐宋文举要》甲编收散文，乙编收骈文，其中唐代骈文作家 29 人，作品 46 篇，宋代骈文作家 19 人，作品 23 篇，注释详博、谨严，评点精要，不讲句意，不选赋。高氏另有《魏晋文举要》，以散文为主。

（九）金敏伦评注《骈文观止》（分类评注），大通书局 1936 年出版。

（十）金敏伦《分类评注骈体应用文》，大通图书社 1936 年出版。

**近三十年之选本**

（一）叶幼明、黄钧、贝远辰选注《历代骈文选》，湖南文艺出版社 1986 年出版，作家 46 人，作品 48 篇，起孔融，迄王闿运。不选赋。

（二）熊永谦《魏晋南北朝骈文选》，贵州人民出版社 1986 年出版。作品 20 篇，作家 18 人。起孔融，止杨暕。

（三）谭家健主编《历代骈文名篇注析》，黄山书社 1988 年出版，台湾明文书局 1989 年重版，收作家 54 人，起蔡邕，迄王闿运，作品 58 篇，不选赋，对每篇作品有较详细的分析。附录《骈文的基本特征》，代前言《历代骈文发展概述》。

（四）许逸民《古代骈文精华》，人民文学出版社 1992 年出版，作家 20 人，作品 20 篇。

（五）曹道衡主编《汉魏六朝辞赋与骈文精品》，时代文艺出版社 1995

年出版，选骈文 57 篇，骈文作家 47 人。

（六）殷海国《历代骈文精华》，上海文艺出版社 1995 年出版，作品 30 篇，作家 30 人。

（七）周振甫、赵慧文主编《骈文精萃》，山西古籍出版社 1996 年出版，作品 35 篇，作家 35 人。

（八）朱洪国《中国骈文选》，四川文艺出版社 1996 年出版，作品 100 篇，作家 80 人，起西汉邹阳，止清末王闿运。

（九）莫道才主编《骈文观止》，文化艺术出版社 1997 年出版，选作家 177 人，起李斯，迄樊增祥，作品 385 篇，是目前作品最多的选本。其中包括赋 113 篇，还有一些是散文。全书各篇皆为白文，无注释，作者有小传，每篇作品有几行字简评。

（十）高步瀛《南北朝文举要》，中华书局 1998 年出版，收录宋、齐、梁、陈、后魏、北齐、北周、隋八朝作家 38 位，作品 90 篇，有注释和评点。

（十一）赵振铎主编《骈文精华》，巴蜀书社 1999 年出版。赵先生是四川大学中文系教授，古汉语专家，该书选魏晋至宋作家 71 人，作品 94 篇，缺元明，清代仅汪中一篇，不选赋。有少数显然是散文（如范缜《神灭论》）。该书前言共 17 页，讲骈文语言形式用 10 页，颇精当。

（十二）王成纲主编《历代骈文集锦》，时代出版社 2000 年出版。选作家 80 人（起孔融，止清末）作品 84 篇。此书与《历代名赋集锦》《历代散文集锦》合编为一本书，三本书名并列封面，但体例明显不一致。赋及散文皆有注，而骈文无注。赋已是三书书之一，而在《历代骈文集锦》中又有 30 篇赋，在《历代散文集锦》中又有两篇赋，同是赋体为何分在三处？庾信的《哀江南赋》已收入《历代名赋集锦》中，而其《伤心赋》则收入《历代骈文集锦》中，选者并未说明理由，令人不解。

（十三）康金声《汉魏六朝小赋骈文选》，三晋出版社 2008 年出版，其中选骈文 17 篇，作家 17 位，以作者先后为序，赋与骈文混合编次。

（十四）饶惠熙、王成纲主编《骈文举萃》，吉林大学出版社、吉林音像出版 2006 年出版，共十二卷，64 万字，收作品 524 篇，作者 250 多位，其中最多者为夏思田，59 篇，其次为饶惠熙，25 篇。署佚名者 78 篇，未署名之祭祖文 12 篇。当代居多，古代占少数，所有作者无小传，古代作家仅注朝代，当代作者注省份，所有作品均为白文，无注释。卷一为踵古篇，收《道德经》《诗经》《尚书》《易经》《礼记》《左传》《国语》《论语》《孟子》《庄子》《孝经》中的少量对偶句或排比句。或两句一对，或四句一组，或一小段，都是骈句，不能算骈文。卷二为醒世篇，选文昌帝君阴骘文、文星帝君戒淫文、文昌帝君劝孝八友歌、徐幼眉先生戒谈闺阃文、唐太宗劝世百字铭、绩溪章氏家训、孙枝蔚《少年行》、佚名《人生甘露》（白话文）。卷三为政用篇，选汪藻、魏征、陆贽、苏轼、王燮阳、杨昌光文章7篇。卷四为檄文篇，选古代骆宾王、岳飞、夏完淳、黄之骏文4篇，民国人《讨日寇檄》、佚名氏《讨虱檄》《讨蚊檄》。卷五为酬世篇，共281篇，是全书的一半，除极少数古代作家外，绝大多数是现当代作者。作品内容包括书启类的贺人父母寿，贺娶妻、娶媳、生子等；吊唁类的对象包括政、军、商、学各界人士；祭文类包括祭城隍、灶神、春秋祭和大量祭祖文，从一世祖到十二世祖，私祭文、公祭文、传文、寿序（24篇，作者皆当代人），当代诗文集序84篇。卷六为忧乐篇，共6篇赋，清人3篇，今人3篇。卷七为爱情篇，选佚名情书2篇，今人张育民、清人吴锡麒赋各一，清人陈球小说《燕山外史》全文。卷八为喻趣篇，选诙谐判词5篇，诙谐文、赋九篇，其中清人2篇，其他佚名。卷九为史镜篇，选赋40篇，作者多为清人，少数为今人。卷十为记胜篇，选名胜赋50篇，作者多为今人。卷十一选赋93篇，作者多为清人，少数今人。卷十二为杂录篇，选清尤侗八股文一篇，清杨庚试贴诗一首，戴湘军戒淫七律20首，古今诗钟摘录，古今对联摘录，清张潮《幽梦影》选段。

此书有许多文章明显不是骈文，某些文章内容陈旧甚至包含迷信成分，选者择焉而不精，糟粕与精华并存。前言未说明编体例和入选原则。

（十五）吴云主编《历代骈文名篇注析》，天津古籍出版社2008年出版，收作者53人，起李斯，迄袁枚。选文109篇，包括赋和少量散文。此书书名与谭家健主编的《历代骈文名篇注析》（黄山书社1988年出版）完全相同，注、析皆略于谭书。

（十六）吴云主编《历代骈文精华》（注译评），长春出版社2010年出版，收作家45位，起李斯，迄袁枚。收作品72篇。其中包括17篇赋和多篇散文（如韩愈《原道》、王禹偁《待漏院记》、范仲淹《岳阳楼记》、欧阳修《醉翁亭记》、袁中道《西山十记》等）。

（十七）张龄修编著《中国古代骈文》，浙江古籍出版社 2014 年出版。此书标明是小学生课外读物，先节选原文，再加注释、今译、评析。共选 24 篇，起秦李斯，止唐刘禹锡。选者的骈文概念宽泛，其中三分之一似乎不能算骈文，如李斯《谏逐客书》、贾谊《过秦论》、曹操《祀太尉桥玄文》、郦道元《江水》、杨衒之《景林寺》、王维《山中与裴迪秀才书》等。目前许多《水经注》选本和论著都已指出，"江水"一节，乃摘抄盛弘之《荆州记》，郦道元未到过三峡，似不宜仍旧署其名。读者既然是小学生，所选作品应具代表性。刘禹锡之名作《陋室铭》未入选，而选其不出名的《谢裴松公启》；骆宾王之名作《讨武氏檄》未入选，而选其《与博昌父老书》。王勃的名作《滕王阁序》传诵古今，竟未能入选，遗珠之憾实在太多。

综观近三十年十多种骈文选本，可以看出下列问题。

第一，骈文界限不一。有的包括赋，有的不包括。有的以对偶为主体方入选，有的包括一些公认的古代散文名篇。

第二，骈文形成时代不一。有的以《周易·文言传》为第一篇，有的始于李斯，多数始于魏晋。

第三，选文重点不一。多数以魏晋南北朝为重点，下迄清末。有的不选元明，清代只选一二篇。

第四，体例不一。多数有注，或简或详，少数无注。多数有前言，或长或短。多数有作者简介和作品简析，也有的阙如，仅选白文。

总体看来，骈文选本还有待改进，提高水准。

# 附录三

# 台湾、香港之骈文论著、选本简介、论文索引

## 上编　台湾之骈文论著和选本提要

台湾地区之骈文研究，有以下特点：第一，六十多年来不曾中断，经常有文章和著作发表；第二，出现了专门研究骈文的大家，张仁青是其代表；第三，出现了一批写作骈文的作家，成惕轩、谢鸿轩是其代表。下面，简单介绍几位骈文研究专家及其研究著作。

张仁青（1929～2007），曾任教于台湾师范大学、台湾大学等高校。毕生致力于骈文研究，已出版有关骈文的著作 7 部。

（一）《中国骈文发展史》，台湾中华书局 1970 年出版，分上下册，654 页，首章绪论，二至九章依次论介：邃古骈文之未分时期，战国末年至秦代骈文之胚胎时期，两汉骈文之孳乳时期，魏晋骈文之蕃衍时期，南北朝骈文之全盛时期，唐代骈散盛衰消长之激荡时期，两宋骈文之蜕变时期，清代骈文之复兴时期。该书对骈文从产生到发展、变化的历史做了比较全面的勾勒，但元明二代阙如，论清代骈文仍依刘麟生《中国骈文史》，分为六朝派、三唐派、宋四六派、常州派、仪征派。

（二）《六十年来之骈文》，台北文史哲出版社 1970 年出版，60 页。此书是前书的续篇，主要介绍民初至二十世纪七十年代十位骈文家：刘师培、

李详、樊增祥、易顺鼎、饶汉祥、孙德谦、黄侃、黄孝纾、陈含光、成惕轩。书中还提到冯煦、朱铭盘、王式通、孙雄、王西神、汪国垣、张孟劬、翟兑之、乔曾劬、溥儒。七十年代尚健在者有：潘重规、林尹、高明、李渔叔、孙克宽、刘象山、戴培之、谢鸿轩、许君武、曾茇虹、刘孝推、晏良乐。此书对了解现代骈文作者很有帮助。

（三）《中国骈文析论》，台北东升出版事业有限公司1980年出版，263页。共九章：第一章论中国语文之特质，第二章论骈文之义界，第三章论骈文之起源及变迁大势，四、五、六、七章论骈文之对仗、用典、藻敷、句型与声调，第八章论骈文在中国文学中之地位，第九章论习骈述要。此书实为骈文概论。

（四）《丽辞探颐》，台北文史出版社1984年出版，230页，共七章。第一章，绪论；第二章，对偶精工；第三章，典故繁多；第四章，辞藻华丽；第五章，声律谐美；第六章，句法灵动；第七章，丽辞表解。张氏所谓丽辞即指骈文。此书举例多于评论，实为骈文艺术论，二至六章实为骈文义界。

（五）《骈文学》，台北文史哲出版社1984年出版，727页。此书前三章分别为中国语文述略、骈文之界说、骈文之起源及流变，与《中国骈文析论》前三章大致相同。第四章，骈文构成之要件，为《丽辞探颐》之浓缩。第五章介绍《文心雕龙》，第六章介绍《昭明文选》，第七章介绍骈文七子（徐陵、庾信、陆贽、苏轼、汪中、洪亮吉、成惕轩）。第八章，骈文之评价；第九章，历代骈文家之地域分布（列表显示）；第十章，历代骈文书目举要；第十一章，习骈刍言；第十二章，骈文之支流——联语。此书篇幅很大，非史非论，体例庞杂。

（六）《骈文观止》，台北文史哲出版社1986年出版，此书共选录历代骈文名作20篇，作家十七人，由近及远反向排列，依次为：成惕轩、乐钧、吴锡麟、洪亮吉、汪中、袁枚、蒲松龄、王祎、汪藻、苏轼、欧阳炯、李白、骆宾王、王勃、徐陵、庾信、江淹。原文之后为题解、笺注（极详）、通释（即今译）。有几篇还附录了同类题材的作品和相关资料。此书不依通常历史顺序，读起来很不习惯，也许是作者故意标新立异吧。

（七）《历代骈文选评注》，台湾中华书局1965年出版，330页。

张仁青教授还有《六朝唯美文学》，文史哲出版社 1980 年出版，按性质分为 30 类，各举代表作家作品，其中不少是骈文。又有《魏晋南北朝文学思想史》，文史哲出版社 1978 年出版，亦与骈文有关。

以下其为其他通代性著作和选本。

（八）成惕轩（1911～1989）《骈文选注》，台北正中书局 1971 年出版，选文 40 篇，起于东汉班固《封燕然山铭》，止于清曾燠《秋明觞等图序》。

（九）成惕轩《四十年间骈文选》，收辛亥革命至 20 世纪 50 年代骈文 300 篇。

（十）谢鸿轩（1917～2012）《骈文衡论》，台北广文书局 1973 年出版，962 页，分上中下三编。上编"泛论"：第一章，骈文兴衰与正名；第二章，文字与文学；第三章，文笔之辩与骈散之争；第四章，《五经》骈偶举隅；第五章，诸子骈偶举隅。中编"专论"：第六章，陆机文赋——属文理法；第七章，谢家宝树——述作楷模；第八章，刘勰文心——习骈节要；第九章，徐庾二子——骈文泰斗；第十章，初唐四杰——文坛盟主；第十一章，唐宋八家——兼长俪体。下编"通论"：第十二章，辞赋与两汉文，列举 12 家。第十三章，魏晋六朝文，列举 58 家，认为六朝骈文特色有六：一是四六定型，二是文理兼顾，三是气势并重，四是作风别具，五是声律发现，六是隶事繁富。第十四章，三唐骈文，列举 29 家。第十五章，两宋四六文，列举 35 家。第十六章，元代骈文，列举 15 家。第十七章，明代骈文，列举 25 家。第十八章，清代骈文，列举 50 家。最后为结语。此书举例甚多，附录历代评论资料丰富。下编占全书三分之二，实际上相当于骈文通史资料长编，其中元明二代多为其他骈文史家所忽略。但此书骈文界定不严，与辞赋和古文常相混淆。谢氏本人擅长写作骈文，著有《美意延年萃编》《续编》《补编》《新编》四种骈文集，在台湾文坛很受推重。

（十一）王美丽等撰、戴培之批改《骈文习作评改》，台北，天地人出版社 1971 年出版。

（十二）钱济鄂《骈文考》，洛杉矶中华诗会、新加坡木屋学社 1994 年出版，作者是江苏人，1949 年到台湾，为专业画家。此书用文言文写作，共十一章：第一章，阳春白雪数骈文；第二章，《尚书》《诗经》《大学》《史记》已有骈俪考；第三章，史书无韩柳之说；第四章，视同儿戏八大家；第五章，评点韩欧名作管见；第六章，欧阳修自毁名场，认为他主试事哄堂绝倒，主试官滑稽嘲谑，主试者记文义摘裂；第七章，欧阳修文启八代之俗；第八章，精粗语文举例；第九章，论雅俗，认为语文俚俗国家必速亡，文化深厚立国乃久；第十章，析死胡同胡语；第十一章，文明古国剩白话。以上最后两节专门批评白话文，认为白话中的词尾"儿""子"等都讲不通，译名语义荒唐，最好用古文来翻译。后记自述生平。正文 234页，附录题词照片数十页。此书极力推崇骈文，认为是国脉所在，贬低古文和唐宋古文运动。

（十三）钱济鄂《中国文学纵横谈——论雅俗、骈文及其他》，台北书林出版公司 1995 年出版。

（十四）简宗梧《赋与骈文》，台湾书店 1998 年出版，233 页，作者是赋学专家。此书从文体角度探讨赋与骈文的发展历史，而不着重于作家作品介绍，虽然将赋与骈文并列，实际上分为两条线索论述。共七章，起于先秦，止于宋代。作者认为，从文体发展看，赋是散文化的诗，骈文是赋体文化的散文。骈文起源于文章的辞赋化，滥觞于士大夫文学的兴起。先秦经史诸子虽有骈辞俪句，但还不是骈文。汉代从言语侍从和纵横家当中产生了文士之文，骈文因而形成，魏晋南北朝的贵游文学促成了骈文的鼎盛，徐陵、庾信集六朝骈文之大成。初唐骈文继承陈隋余响又力求革新，盛唐骈散并流，二者风格丕变，中唐骈文发生反动和脱胎换骨，晚唐五代唯美骈文复活，宋代骈体应用领域缩小，少用典而议论纵横，工于剪裁繁用成语，好缀长联对偶谨严。作者在结论中认为，从东汉到唐宋，骈偶一直是文学语言主流，宋以后赋和骈文的内容与形式都没有大的变化。此书脉络清楚，评论精要，有些见解发他人之所未发。可惜只讲到宋代为止，而未论及元明清代骈文。

（十五）叶农、叶幼明《中国骈文发展史论》，澳门文化艺术学会 2010年出版，约 37 万字。此书结构比较系统全面，多独到精辟之见。第一章，骈文的特质，分五节辨析骈文的产生时代、骈文与骈偶排比、骈文与散文、骈文的分类、骈文的名称与特质，相当细致允妥。第二章，骈文的成因，涉及主观、客观条件，文学因素，骈文与骈赋的相同点与不同点，骈文的产生。第三章，历代骈文发展概述，包括先秦胚胎期、汉代孕育期、魏晋形成期、南北朝鼎盛期、唐代继盛期、宋代转变期、元明衰落期、清代复兴期、现当代余波。第四章，骈文的辑录与整理，分六节介绍唐五代以前、宋代、元明、清代、现当代，以及骈文在海外的传播（此节可贵）。第五章，历代骈文研究，实为骈文研究小史，分节与第五章相同，前章侧重资料整理，此章讲理论批评。书末附录自 1840 年至 2006 年 160 多年来之骈文文集书录、研究论著书目和研究论文索引四百来篇，涵盖中国大陆、中国台湾、中国香港、中国澳门以及海外其他地区，收罗之广，超过其他同类目录索引。不足处是，附录书目和论文目录有不少重复，有少数论文及论著只讲散文不讲骈文者，也收录了。第三章讲骈文史，太简略，显然不是该书重点。

（十六）陈庆煌、崔成宗选注《历代文选·骈文编》，五南图书出版公司 2014 年出版。正编选孔融至成惕轩之文 20 篇（每篇附文章结构表），附编选夏侯湛至欧阳炯之文 12 篇。全书 36 篇中，六朝 24 篇，唐 3 篇，宋、元、明、清、民国各 1 篇。每篇先录原文，再加注释、题解、作者简介、集评、赏析、问题讨论、练习题，要求学生仿作骈文一篇。此书为大学教材，注释、集评、赏析颇详细，很实用。

下面介绍断代骈文研究专著和选本。

（十七）陈松雄《论北朝俪体作家之风格》，文史哲出版社 1982 年出版。

（十八）陈松雄《南朝骈文析论》，文史哲出版社 1992 年出版。

（十九）陈松雄《南朝俪体文通诠》，文史哲出版社 1993 年出版。

（二十）陈松雄《齐梁丽辞衡论》，台北文史哲出版社 1986 年出版，530 页。此书用文言文写作，共八章：第一章，导因；第二章，特色；第三章，论永明丽辞；第四章，论梁武帝父子丽辞；第五章，论梁代文人丽辞；第六章，评价专家（刘勰、钟嵘）；第七章，丽辞泰斗——徐陵、庾信；第八章，齐梁丽辞对后世的影响。此书评论精彩，但举例繁多，分析颇类古代评点，不同于现代文艺批评。

（二十一）陈松雄《陆宣公政事与文学》，文史哲出版社 1985 年出版。

（二十二）廖志强《六朝骈文声律探微》，台湾天工书局 1991 年出版，152 页，硕士论文。作者是香港人，用文言文写作。导论之后，分三章论范晔、沈约、刘勰之骈文声律说，最后是结论。作者从宋齐声律说中钩稽出三位，认为三人实为一线而发展，故同中有异，异中有同。对于近现代学者有关骈文声律的见解，作者也加以评论和总结，指出刘师培主张广度说，唐君毅主张文化深度说，张仁青主张文化唯美说。此书广引名家歧说，辨析颇为认真细致。但仅举三人，似乎还不够全面。

（二十三）江菊松《宋四六文研究》，台湾华正书局 1977 年出版，108 页，用文言文写作，共六章。第一章，绪论，讨论骈文产生的原因、流变及宋六四释名，认为宋代四六文就是骈文；第二章，宋四六文之体裁与风格；第三章，宋四六文作法探讨；第四章，北宋四六文作者及作品（包括杨亿、欧阳修等 19 位作家，每人选一篇作品略加评论）；第五章，南宋四六作者及作品（包括汪藻等 19 位作家，每人选一篇作品略加评论）；第六章，未来骈文之展望。作者认为，"宋四六之组织极不规则，但求意思之达尽，而不限制字数之多寡，因此，由五字、七字以至九字、十字一句在所多见，完全不受四六字约束，而完全视意思之长短为转移，而气之生动、词之清新，虽极剪裁雕琢之功，仍有渐进自然之妙，此则为散文化之骈文特色"。这样概括是符合实际的。此书特点在于重视文本本身，但对宋四六的背景及相关方面的研究涉及较少。

（二十四）佚名氏《广注宋元明清骈体文》，台湾广文书局 1982 年出版。收文 34 篇，其中宋文 10 篇，作者 8 人；元文 1 篇，作者 1 人；明文 2 篇，作者 2 人；清文 21 篇，作者 14 人。注释详于出处，每篇皆有眉批。似非八十年代新作，疑为清末民初人遗稿。

（二十五）陈耀南《清代骈文通义》，台湾学生书局 1977 年出版，133 页。作者是香港人，曾执教于香港大学中文系，此书原为硕士论文，共三章。第一章叙渊源，包括源起、形成、全盛、继盛、蜕变与衰落。第二章述流变，包括复兴与特质、演变概述、衰落原因、风格。第三章举作者，共列 95 人，从清初的毛先舒、毛奇龄、陈维崧，到清末谭献、王闿运、顾寿祯、张之洞、谭宗浚、樊增祥、张其淦、屠寄。不分派系，而以年龄为先后。书末附录作者字号文集表和近代江浙骈文名家祖籍图。此书特点在罗列作家众多，评点精炼、允当，不避缺失，但颇嫌简略。

（二十六）黄水云《六朝骈赋研究》，台北文津出版社 1999 年出版。

（二十七）何祥荣《南北朝骈文艺术探赜》，香港汇智出版有限公司 2005 年出版。绪论探讨骈文艺术的美学意蕴。第一章，南朝骈文艺术的形成与开展：刘宋与萧齐。认为南朝骈文兴盛的原因是帝王的推动、社会的审美风尚穷奢极侈，尚美的骈文正迎合时人审美所需。宋齐是骈文艺术的开展期。第二章，南朝骈文艺术的演进与深化。梁前期指梁朝始建（502）至萧统去世，此时艺术上更追求雕饰之美，对偶日趋精工，用典密度增加，音韵注意抑扬回荡。但也存在不足，对仗尚欠工稳，用典较为单调，对句音律尚在探索中。第三章，南朝骈文艺术的蜕变：梁后朝。所谓蜕变指侯景乱前，雕饰绮丽的文风变本加厉，以后变为苍凉悲壮。第四章，南北文风的融合与骈文艺术的总结。分析了南北文风的差异，后期渐次融合。认为陈代承接了梁代绮丽的文风，无大突破，是骈文的总结期。此书对前人研究成果加以归纳吸收，并补充发挥，评价稳妥。但是对陈朝三十三年的骈文史既认作总结期，并不设专节，而梁后期仅二十来年，却设专节，似欠公允。

（二十八）施恺泽《蠖屈室骈文钞》，台中，文听阁图书公司 2008 年出版。施恺泽（1899~1973），江苏武进人，以教书、读书为业。

（二十九）尹博《李商隐骈文研究》，花木兰文化出版社 2015 年出版。第一章，李氏骈文生成的时代背景（文官化进程、中唐古文运动创作趋势、骈文创作进程、科举对骈文创作的引领）。第二章，三十六体述论（名称的演变，李、温、段骈文比较，三十六体产生的原因）。第三章，与李氏骈文相关二事（与令狐绹裂痕之起因、李氏入郑亚幕始末）。第四、五章，李氏骈文分类研究（分表、状、启、牒、序、书、箴、赋、祭文、祝文、碑、铭等）。第六章，李氏骈文与诗"消息相通"（命题认识、以典故为媒、以兴统比、用典高明之原因）。结论，李氏骈文在后世之影响。

## 下编　台湾、香港骈文研究论文索引（1950~2018）

对偶句法与骈文
　　许世瑛　大陆杂志 1 卷 6 期，1950 年 9 月
用典和注释
　　许世瑛　大陆杂志 1~2 期，1950 年 7 月

宋版四六标准跋（封面说明）

　　　昌彼得　大陆杂志 3 卷 3 期，1951 年 8 月

藏山阁骈文

　　　成惕轩　建设 4 卷 1 期，1955 年 6 月

《滕王阁序》的两个问题

　　　屈万里　大陆杂志 16 号 1958 年

藏山阁骈文

　　　成惕轩　建设 4 卷 4 期，1955 年 9 月

庾子山及其赋

　　　许龄　香港大学中文学会 1957～1958 年会刊

略谈骈文

　　　成惕轩　教育与文化 17 卷 4 期，1957 年 8 月

《滕王阁序》的两个问题

　　　屈万里　大陆杂志第 5 期，1958 年

《文心雕龙》的文体论

　　　徐复观　东海学报第 1 期，1959 年

唐代《文选》之盛

　　　阮廷卓　大陆杂志第 22 期，1961 年 6 月

颜之推《观我生赋》与庾信《哀江南赋》之比较

　　　周法高　大陆杂志 20 卷 4 期，1960 年 2 月

胡承珙之骈体文

　　　黄潘万　台湾文献第 11 期，1960 年 6 月

文艺春秋——谈王勃的《滕王阁序》

　　　吴淑溟　春秋第 90 期，1961 年 4 月

骈文与散文浅论

　　　冯吉煌　大专月刊第 10 期，1962 年 9 月

江淹与其《别赋》

　　　宜冬青　文海 1 卷 3 期，1963 年

试论骈散文之争及其流变

　　　陈家成　新亚中文系年刊，1963 年 7 月

《历代骈文选》序

　　　　林尹　学粹 5 卷 5 期，1963 年 8 月

《历代骈文选》序

　　　　成惕轩　学粹 7 卷 1 期，1964 年 12 月

骈散论

　　　　万子霖　铭传学报第 2 期，1965 年 3 月

写在丘迟《与陈伯之书》读后

　　　　周天瑞　史苑第 8 期，1967 年 5 月

怀冰室骈文

　　　　王韶生　文讯第 11 期，1967 年 3 月

李白《春夜宴桃李园序》欣赏

　　　　刘中和　中国语文 23 卷 3 期，1969 年 9 月

谢朓生平及其作品研究

　　　　洪顺隆　东方杂志复刊 1 期，1968 年 3 月

骈文在中国文学中之地位

　　　　张仁青　文风第 15 期，1969 年 6 月

骈文在中国文学中之地位

　　　　张仁青　畅流 1969 年 10 月

骈文新论

　　　　江应龙　文坛第 6～7 期，1969 年

骈文之界义

　　　　张仁青　文风第 17 期，1970 年 6 月

胡天游与石笥山房集

　　　　柳作梅　书目季刊第 3 期，1968 年 12 月

宋版梅亭先生《四六标准》

　　　　吴哲夫　图书季刊 2 卷 2 期，1971 年 10 月

成惕轩教授谈骈文

　　　　程榕宁　文风第 20 期，1971 年 12 月

论六朝文的表现手法

　　　　童元方　幼狮 34 卷 4 期，1970 年 10 月

骈文之特质

　　宾国振　台北女师专学报第 2 期，1972 年 8 月

《谢鸿轩骈体论衡》序

　　张其昀　华学月刊第 14 期，1973 年 2 月

骈文新论：（1～2）

　　江应龙　文坛第 156～157 期，1973 年 6～7 月

六朝文述论略

　　冯承基　学粹 14 卷 3 期，1972 年 4 月

骈文之特质

　　安国振　女师专学报 1972 年 8 月

楚望楼骈文选

　　成惕轩　大陆杂志 47－6 号，1972 年 12 月

写在《楚望楼骈文》出版之前

　　成惕轩　书和人第 219 期，1973 年 9 月

《楚望楼骈文选》

　　成惕轩　大陆杂志 47 卷 6 期，1973 年 12 月

看看骈体文

　　刘中龢　文艺月刊第 56 期，1974 年 2 月

江郎两赋（江淹）

　　杜若　台肥月刊 15 卷 4 期，1974 年 4 月

谢著《骈文衡论》序

　　杨向时，宪政论坛 19 卷 12 期，1974 年 5 月

谢著《骈文衡论》序

　　张宗良、宪政论坛 19 卷 11 期，1974 年 4 月

谢著《骈文衡论》序

　　张其昀　宪政论坛 19 卷 10 期，1974 年 3 月

骈散相通论

　　庄雅州　学粹第 1 期，1975 年 4 月

庾信的《哀江南赋》

　　杜若　台肥月刊 17 卷 9 期，1976 年 9 月

楚望楼骈文

  成惕轩 幼狮学志 14 卷 1 期，1977 年 2 月

开六朝骈赋之端的陆机

  李蜀蓉 台南师专学刊第 1 期，1979 年 4 月

丘迟《与陈伯之书》说义

  于大成 明道文艺第 38 期，1979 年 5 月

徐陵的《玉台新咏序》

  杜若 台肥月刊 20 卷 2 期，1979 年 2 月

骈文之产生、构成及各家对骈文的看法

  成惕轩 孔孟月刊 17 卷 11 期，1979 年 7 月

骈文之产生、构成及各家对骈文的看法

  成惕轩 幼狮月刊第 2 期，1979 年 8 月

王勃《滕王阁序》刍论

  刘棨琮 江西文献第 103 期，1981 年

“形式至上”和“冯明之内容第一”——唐宋两代骈文与古文的对立

  冯明之 《中国文学的流派》，台北源流出版社，1982 年 11 月出版

骈文与律赋

  三考 中华日报 1982 年 6 月 28 日

小品骈文例释

  王令樾 古典文学第 5 期，1983 年 12 月

《与陈伯之书》的对比运用

  林银森 中国语文 52 卷 4 期，1983 年 4 月

《为徐敬业讨武氏檄》的研析

  黄贵放 中国语文 54 卷 1 期，1984 年 1 月

散文与骈文：（上、中、下）

  陈大络 香港时报 1984 年 4 月 3 日

骈文在中国文学中之地位

  陈玉云 中华文艺 27 卷 1 期，总号 157 期，1984 年 3 月

王勃与《滕王阁序》

  于世民 华人月刊第 6 期 1984 年 7 月

当年上海文坛"鸳鸯蝶派"的开山祖师——徐枕亚骈四俪六过一生

　　帘外风　春秋第 652 期，1984 年 9 月 1 日

儒家文学理论与骈体文

　　张仁青　孔孟月刊 23 卷 6 期，总号 270 期，1985 年 2 月

集南北朝诗赋大成的庾信

　　吴天任　夏声月刊第 250 期，1985 年 9 月

语言的骈偶与文章的骈偶

　　李栖　中国国学 13 期，1985 年 10 月

骈文典实的探讨：国文教学研究三之一

　　张学波　中等教育 36 卷 5 期，1985 年 10 月

刘峻《广绝交论》发缴

　　阮廷焯　大陆杂志 71 卷 3 期，1985 年 9 月

《陈伯之书》修辞之试探

　　翁以伦　明道文艺 117 卷，1985 年 12 月

《与陈伯之书》章法试析

　　林银森　南港工职学报第 5 期，1986 年 5 月

读《滕王阁序》谈"分野"

　　徐志平　中国语文 59 卷 2 期，1986 年 8 月

唐代传奇的骈文成分

　　邓仕樑　古典文学第 8 期，1986 年 4 月

骈文教学研究：国文教学专题研究之三

　　张学波　教学与研究第 8 期，1986 年 6 月

江淹《别赋》、《恨赋》试析

　　何沛雄　香港大学中文系集刊第 2 期，1987 年

宋六大古文家的骈文

　　梁李频　香港大学学报 1987 年

骈文在中国文学中之地位

　　吕美津　反攻 458 期，1988 年 6 月

山水骈文的佳作——读吴均《与朱元思书》

　　周兆祥　国文天地 4 卷 6 期，总号 42 期，1988 年 11 月

中国骈文的流（一至七）

  小野纯子 中央时报 1988 年 1 月 12 日 ~ 18 日

骈体文：《春秋阁序》

  吕伯璘 高市文献 1 卷 1 期，1988 年 6 月

蔡邕《郭有道碑》评析

  沈谦 明道文艺第 164 期，1989 年 11 月

论江淹骈赋与屈宋辞赋之渊源关系

  何祥荣 树仁学报，1989 年 5 月

唐代骈文析论

  姚振黎 孔孟月刊 27 卷 10 期，总号 322 期，1989 年 6 月

笔端变化自多姿——读《滕王阁序》

  方北辰 国文天地 5 卷 10 期，总号 58 期，1990 年 3 月

曹植对江淹的影响：兼论《洛神赋》与《丽色赋》

  黄守诚 书和人第 654 期，1990 年 9 月

识得庐山真面目（13－5）——散文与骈文

  孟瑶 明道文艺第 175 期，1990 年 10 月

论桐城派早期古文家古文中喜用骈偶句之意义

  叶龙 第六届香港语文教育学院国际研讨会论文集，1991 年

庾信四十四首连珠试探——兼论《哀江南赋》、咏怀诗与连珠之比较

  吴冠宏 中国文学研究 6 期，1992 年 5 月

丘迟《与陈伯之书》等文之创意论

  杨鸿铭 孔孟月刊 30 卷 6 期，1992 年 2 月

丘迟《与陈伯之书》的对偶方法

  杨鸿铭 国文天地 8 卷 8 期，1993 年 1 月

豪华落尽见真淳——《与陈伯之书》名句赏析

  李适瑛 国文天地 8 卷 8 期，1993 年 1 月

《与陈伯之书》的修辞技巧

  蔡宗阳 国文天地 8 卷 8 期，1993 年 1 月

《与陈伯之书》对比技巧之分析

  高梅德 国文天地 8 卷 8 期，1993 年 1 月

妙语服敌将，一信胜万夫——浅谈《与陈伯之书》的说服艺术

　　张舜　国文天地 8 卷 8 期，1993 年 1 月

《帝德录》以及骈文创作理论管窥

　　兴膳宏　中国文哲研究通讯 3 卷 4 期，总号 12 期，1993 年 12 月

略论江淹恨别二赋之声律

　　韦金满　新亚学术集刊第 13 期，1994 年

论赋与骈文

　　马积高　新亚学术集刊 13 期，1994 年

洪亮吉《与孙季逑书》等文排比论

　　杨鸿铭　孔孟月刊 33 卷 6 期，总号 390 期，1995 年 2 月

论六朝诗歌与骈文的关系

　　王力坚　中国国学第 23 期，1995 年 11 月

韩非子散文艺术——文句骈俪应用研究，

　　王怀诚　黄埔学报第 30 期，1995 年 12 月

谢灵运文学地位之研究，

　　吴时春　高苑学报，5 卷 2 期，1996 年 8 月

论宋代四六文之演变

　　曾枣庄　第一届宋代文学研讨会论文集，高雄丽文文化事业公司

　　1995 年出版

宋代骈文新探

　　张仁青　第一届宋代文学研讨会论文集，高雄丽文文化事业公司

　　1995 年出版

论六朝骈赋之发展及其演变趋势

　　黄水云　实践学报第 27 期，1996 年 6 月

比较韩愈与柳宗元两篇有关南霁云的碑传文章

　　胡楚生　兴大中文学报第 9 期，1996 年 1 月

骈文小说《燕山外史》研究

　　王琼玲　世界新闻传播学院人文学报第 6 期，1997 年 1 月

司马相如之《长门赋》与江淹之《恨赋》比较

　　黄秀媚　甲工学报第 15 期，1997 年 10 月

丘迟《与陈伯之书》等文之排偶论

　　杨鸿铭　孔孟月刊 35 卷 8 期，1997 年 4 月

国文教材赏析——《与宋元思书》

　　黄春贵　国文天地 14 卷 5 期，1998 年 10 月

六朝散笔之研究

　　余淑英　台湾师范大学国文研究所集刊 1 号，1998 年 12 月

骈文句式教学之新尝度：上：结构重组；下：声律与句式

　　李锐清　*Curriculum Forum*，1998 年 11 月 8 卷 1 期，1999 年 5 月，8 卷 2 期

落霞与孤鹜齐飞　秋水共长天一色——骈文

　　张仁青　国文天地 14 卷 6 期，总号 162 期，1998 年 11 月

论二谢山水诗的异同及其与辞赋的关系——兼论鲍照诗赋的过渡作用

　　许东海　国立中正大学学报 9 卷 1 期，1998 年 12 月

庾信《哀江南赋》若干负面评之商榷

　　李锡镇　台大中文学报第 11 期，1999 年 5 月

西川二赋

　　魏明伦　瞭望第 28 期，总第 801 期，1999 年

师门杂忆（忆成惕轩教授）

　　张仁青　新亚论丛第 2 期，2000 年

儒家文学理论与骈体文

　　张仁青　孔孟月刊，23 卷 6 期，2000 年 5 月

论江淹骈赋与屈宋辞赋之渊源关系

　　何祥荣　树仁学报，2000 年 5 月

《文选》赋牵动唐诗创作之一考察：以《恨赋》与《长恨歌》为例

　　许东海　中国古典文学研究第 4 期，2000 年 12 月

骆宾王《讨武氏檄》标题商榷（上）（下）

　　陈乃乾　国文学报第 30 期，2001 年 6 月；第 31 期，2002 年 6 月

从《陶征士诔》论陶渊明

　　吴光滨　明德学报第 17 期，2001 年 6 月

王勃《滕王阁序》校订——兼谈日藏本王勃诗序

　　陈伟强　书目季刊 35 卷 2 期，2001 年 12 月

俪古异同之比较

　　陈松雄　东吴中文学报第 8 期，2002 年 5 月

清代骈文家地理之分布

　　张仁青　清代学术论丛，文津出版社，2002 年 11 月

庾信《哀江南赋》析论

　　林振兴　华冈文科学报 24 期，2001 年

读《哀江南赋》三问

　　朱晓海　燕京学报 2002 年 12 月

古辞间俪之文用

　　陈松雄　东吴中文学报第 9 期，2003 年 5 月

丘迟的《与陈伯之书》

　　赖汉屏　明道文艺第 323 期，2003 年 2 月

吴均《与宋元思书》

　　赖汉屏　明道文艺第 331 期，2003 年 10 月

宋四六研究略述

　　施懿超　宋代文学研究丛刊，高雄丽文化事业有限公司，2003 年 12 月

江淹《恨赋》与《别赋》之比较研究

　　曾玲玲　东方人文学志 2 卷 3 期，2003 年 9 月

《滕王阁序》评析

　　王越　国立儒生大学先修班学报 12 期，2004 年 10 月

谢灵运山水诗的骈俪艺术发微

　　蔡盈任　东方人文学志 3 卷 4 期，2004 年 12 月

声律与南朝文学

　　陈松雄　东吴中文学报第 10 期，2004 年 5 月

《滕王阁序》评析

　　王越　侨生大学先修班学报第 12 期，2004 年 10 月

骈赋述略——魏晋六朝骈赋巡示录

　　张永鑫　六朝学刊　第 1 期，2004 年 12 月

俪古并存之原因

陈松雄　东吴中文学报 11 期，2005 年 5 月

明代戏曲文律论之开展与发展

李惠绵　东方人文杂志 3 卷 2 期，2004 年 12 月

鲍照辞赋探论

吕丽粉　慈济通识教育学刊第 2 期，2005 年 6 月

欧阳修"以文为四六"探析

郑芳祥　人文集刊第 4 期，2006 年 4 月

论《本朝文粹》的特色及其历史意义

刘瑞芝　外国文学研究，2006 年 4 月

论陆宣公文章之特色

胡秀玲　有凤初鸣年刊第 2 期，2006 年 7 月

任昉及其骈文研究

何祥荣　新亚论丛第 8 期，2006 年 10 月

王勃《滕王阁序》剔瑕

黎宁　江西文献第 208 期，2007 年 5 月

瑕瑜互见的《中国骈文通史》

谭家健　古今艺文 34 卷第 1 期，2007 年 11 月

庾信"辞""赋"，风擅南北之胜

陈松雄　东吴中文学报第 14 期，2007 年 11 月

从《文心雕龙》看刘勰的骈文艺术

何祥荣　新亚论丛第 9 期，2007 年 10 月

丘迟《与陈伯之书》篇旨及其艺术特色探析

章正忠　集思梅岗第 1 期，2007 年 5 月

六朝丽辞体用说

陈松雄　东吴中文学报第 13 期，2007 年 5 月

徐庾丽辞同体异风说

陈松雄　东吴中文学报第 15 期，2008 年 5 月

"写志"还是"体物"？从江淹《恨赋》出发对情感赋"主观情感客体
　化"的考察

祁立峰　人文社会学报第 9 期，2008 年 7 月

韩愈对时文的批评

　　沈秀蓉　中国学术年刊第 30 期（秋），2008 年 9 月

陆机之家世及其在丽坛之地位

　　陈松雄　东吴中文学报第 16 期，2008 年 11 月

南朝丽辞之韵化与诗化

　　陈松雄　东吴中文学报第 18 期，2009 年 11 月

徐陵丽辞之文艺性与实用性

　　陈松雄　东吴中文学报第 17 期，2009 年 5 月

江淹《别赋》辞章艺术探究

　　庞涵颖　应华学报第 5 期，2009 年 6 月

从《四六丛话》看四六文体的分目与嬗变

　　何祥荣　新亚论丛第 10 期，2009 年 6 月

论庾信表启文之句法艺术

　　郑宇辰　东吴中文线上学术论文第 6 期，2009 年 6 月

隋文压卷——卢思道《劳生论》析论

　　陈敏华　问学第 13 期，2009 年 6 月

《玉台新咏序》与作者考

　　刘自然　新亚论丛第 10 期，2009 年 6 月

孙德谦骈文笔法论析述

　　郑宇辰　有凤初鸣年刊第 4 期，2009 年 9 月

论庾信表启文之句法艺术

　　郑宇辰　有凤初鸣年刊第 5 期，2009 年 10 月

李白《春夜宴桃李园序》赏析

　　黄肇基　中国语文 105 卷 5 期，总号 629 期，2009 年 11 月

李商隐《上令狐相公七状》探微

　　郑宇辰　东吴中文线上学术论文第 9 期，2010 年 3 月

依然对猿鹤，无愧北山移——孔稚圭《北山移文》的文学接受析论

　　钟志伟　国文学报第 47 期，2010 年 6 月

历代骈文批评综论

　　何祥荣　新亚论丛第 11 期，2010 年 8 月

徐陵之生平及其才识析述

　　郑宇辰　有凤初鸣年刊第 6 期，2010 年 10 月

丽体文之前茅与后劲

　　陈松雄　东吴中文学报第 20 期，2010 年 11 月

曹虹教授与骈散文研究

　　邱筱君　国文天地 25 卷 12 期，2010 年 5 月

试以古文运动为背景析论李商隐主张骈文的理由

　　林童照　高苑学报 17 卷 1 期，2011 年 3 月

明、清以降论者对徐陵诗文评价之商榷

　　佘洛祎　东华中国文学研究第 9 期，2011 年 6 月

陈维崧骈文受庾信影响研究

　　郑宇辰　有凤初鸣年刊第 7 期，2011 年 7 月

江淹《恨赋》篇章组织探究

　　施惠玲　东吴中文研究集刊 17 期，2011 年 9 月

关于王勃《滕王阁序》的几个问题

　　〔日〕道坂昭广　清华中文学报第 6 期，2011 年

庾信辞赋之用典申说

　　陈松雄　东吴中文学报 22 卷，2011 年 11 月

王勃《滕王阁序》的建筑鉴赏及其地位

　　刘国平　人文及社会科学期刊 7 卷 2 期，2011 年 12 月

江淹作品悲戚主调形成之探究——以《恨赋》、《别赋》为中心

　　蔡文荣、卢翁美珍　万窍第 15 期，2012 年 5 月

"文章四友"新论：以李峤、崔融之应用文书写为探讨中心

　　曲景毅　师大学报·语言与文学类，57 卷 2 期，2012 年 9 月

文章关乎经术——谭献笔下的骈散之争

　　蔡长林　东华汉学第 16 期，2012 年 12 月

敦煌讲经变文"古吟上下"与南北朝骈文关系试探

　　刘国平　大叶大学通识教育学报，2013 年 5 月

论《六朝丽指》骈散合一说的理论内涵及其学术意义

　　温光华　彰化师大国文志，2013 年 6 月

台湾先贤洪弃生骈文初探

　　郑宇辰　有凤初鸣年刊，2013 年 7 月

敦煌讲经变文"古吟上下"与南北朝骈文关系试探

　　刘国平　大叶大学通识教育学报第 11 期，2013 年 5 月

《六朝丽指》气韵论及其与骈文创作关系之考察

　　温光华　东吴中文学报，2013 年 11 月

南北文化交流使者徐陵

　　简汉乾　书目季刊，2013 年 9 月

由《文心雕龙》修辞技巧析论丘迟《与陈伯之书》

　　苏嘉儒　中国语文 113 卷 1 期，2013 年 7 月

以《文心雕龙·章句》要旨析论《滕王阁序》四重结构

　　凌照雄　中国语文 113 卷 2 期，2013 年 8 月

庾信辞赋之地位及其影响

　　陈松雄　中国文化大学中文学报第 27 期，2013 年 10 月

语文读讲教学应有的基本认识——以思维系统、辞章内涵与四六结构

　　切入作探讨

　　陈满铭　国文天地 31 卷 2 期，2015 年 7 月

人生不如意该如何自处——探吴均《与朱元思书》的义旨

　　刘崇义　国文天地 30 卷 7 期，2014 年 12 月

孙德谦《六朝顾指》用典理论要义申说

　　温先华　彰化师范大学国文杂志 31 卷，2015 年 12 月

《评选四六法海》与蒋士诠"气静机圆"说的开展

　　郑宇辰　有凤初鸣年刊 2015 年 11 月 10 期

骈文韵律与超时空语法——以《芜城赋》为例

　　冯胜利　岭南学报复刊第 5 期，2016 年 3 月

香港骈文研究目录

　　（香港）何祥荣　骈文研究第二辑，2018 年 8 月


资料来源：《台湾期刊论文索引系统》、《香港中文期刊论文索引》（HKIn
ChiP），邝健行、吴淑钿编《香港中国古典文学研究论文目录（1950～2000)》》

　　《台湾香港骈文研究论文索引》（1950～2018）由安小兰辑录，2016 年底完成，附录于本书书稿申请结项。后来又参考郑芳祥《1949～2016 台湾骈文研究目录》（见莫道才主编《骈文研究》第一辑，2017 年 6 月出版）和其他文献做了补充。

# 附录四

# 日本报刊骈文研究论文索引

## （1934～2017）

南朝文学之概观

　　柴田直雄　世界历史大系中国中世史第 1 编，1934 年

《文镜秘府论》札记

　　中村希男　斯文 17 卷 2 号，1935 年

关于新纂《东文选》

　　藤田亮荣　青丘学丛 23 号，1936 年

隋唐骈散文体变迁概观

　　曾了若　史学专刊 1 卷 1 号，1937 年

骈文与小说之关系

　　原田季清　台大文学 4 卷 2 号，1938 年

徐庾的文章

　　铃木虎雄　支那学 10 卷 3 号，1939 年

六朝骈文史大要

　　铃木虎雄　史学杂志 53 编 1 号，1941 年

文笔考

　　斯波六郎　支那学 10 卷增刊号，1942 年

王勃年谱

  铃木虎雄  东方学报（京都）第 10 卷，1946 年

论诗和骈文

  端木游光  黄河 1～2 号，1947 年 6 月

《文镜秘府论》考（此为专书）

  小西甚一  西大八州出版社，1948 年 4 月

南朝文体之变迁

  网祐次  茶水女子大学人文科学部纪要 2 号，1952 年 3 月

对偶之美的本质

  杉本行夫  日本文艺研究，1953 年 3 月

南齐竟陵八友

  网祐次  茶水女子大学人文科学部纪要 4 号，1953 年

永明文学的流派

  大矢根文次郎  东洋文学研究第 1 期，1953 年

唐代的散文作家（包括骈文在内）

  平冈武夫、今井清唐研究第 3 号，京都大学人文科学研究所，1954 年

骈丽文之研究

  铃木修次  汉文教室，1955 年 11 月

永明文学——以谢朓为中心

  网祐次  茶水女子大学人文科学部纪要第 7、8、9 号，1955、1956、
1957 年

谢朓的传记作品

  网祐次  茶水女子大学人文科学纪要第 8 期，1956 年 10 月

《文心雕龙》之《练字》篇的修辞学考察

  户田广浩  大东文化大学汉学会志第 1 期，1958 年 1 月

六朝文学的山水观

  小尾一郎  中国文学报第 8 期，1958 年 4 月

陆机的传记文学（上）（下）

  高桥和己  中国文学报第 11、12 期，1959 年 10 月，1960 年 4 月

中国中世文学研究——以南齐永明时代为中心（文集）

网祐次　南山社，1960 年

关于四六骈俪——以樊南四六为重点

大野实之助　汉文学研究第 11 期，1963 年 12 月

梁简文帝的文章观

森野繁夫　中国中世文学研究第 5 期，1966 年 6 月

《文镜秘府论》校勘记

中泽希男　群马大学纪要（人文社会科学篇）第 15 期，1966 年
7 月

论庾信之一

网祐次　茶水女子大学文学科学纪要第 16 期，1964 年

王闿运文学论

何明　东方学报（京都）第 37 期，1966 年 3 月

梁代文学的游戏性

森野繁夫　中国中世文学研究第 7 期，1967 年 6 月

江淹的赋

丰福建二　中国中世文学研究第 9 期，1968 年 8 月

江淹的文学

高桥和己　吉川博士退休纪念中国文学论集，1968 年 3 月

裴子野《雕虫论》考证

林田慎之助　日本中国文学报第 20 期，1968 年 10 月

陈代文学集团

森野繁夫　支那学研究第 34 期，1969 年 3 月

梁代文学集团中的吴均

森野繁夫　日本中国学会报第 20 期，1968 年 10 月

梁元帝

森野繁夫　支那学研究第 33 期，1968 年 1 月

萧纲的《与湘东王书》

林田慎之助　中国中世文学研究第 7 期，1968 年 8 月

《宣德皇后令》会读记录（1）（2）

齐梁文学研究会，中国中世文学研究第 8 期，1971 年 8 月，1973

年 8 月

齐梁以前的文学集团

　　森野繁夫　中国中世文学研究第 9 号，1972 年 7 月

庾信小传

　　清水凯夫　立命馆文学第 343、344、345 期，1974 年，1、2、3 月

庾信文学

　　清水凯夫　立命馆文学第 348、349 期，1974 年，6、7 月

王褒传记与文学

　　清水凯夫　立命馆文学第 364、365、366 期，1975、10、11、12 月

庾信其人与文学——以《哀江南赋》为中心

　　小尾郊一　广岛大学文学部纪要 23 卷 3 期（未注明年月）

六朝的文学思潮

　　小笠原博慧　汉文学会会报（国学院大学）第 22 期，1974 年 11 月

关于刘孝标《辩命论》

　　若俊秀　大谷学报第 1 期，1976 年

关于王融的《策秀才文》

　　藤田守　小尾博士退休纪念文集，汲古书院，1976 年

诏令的文学性——傅亮的场合

　　西纪昭　小尾博士退休纪念中国文学论集，1976 年 3 月

潘岳《夏侯常侍诔》

　　森野繁夫　中国中世文学研究第 12 期，1977 年 12 月

潘岳的《马汧督诔》

　　森野繁夫　中国中世文学研究第 13 期，1978 年 9 月

六朝文传：陆机、陆云

　　长谷川滋成　中国中世文学研究第 13 号，1978 年 9 月

颜延之《阳给事诔并序》

　　森野繁夫　国科研究纪要，广岛大学附属高校，1979 年 10 月

赵至《与嵇茂齐书》

　　森野繁夫　中国中世文学研究第 14 期，1979 年

关于袁淑的诽谐文

　　　　松浦崇　日本中国文学会报第 31 期，1979 年 10 月

贵游文学与六朝文体

　　　　王梦鸥　池田末利博士古稀纪念文集，1980 年 9 月

任昉的文章

　　　　佐竹保子　日本中国学会报 32 号，1980 年 10 月

孙德谦的骈文论

　　　　古田敬一　池田末利博士古稀纪念集，1980 年 9 月

简文帝萧纲《与湘东王书》考

　　　　清水凯夫　立命馆文学第 430、431、432 期，1981 年 4、5、6 月

梁代中期文坛考

　　　　清水凯夫　立命馆文学第 12 期，1981 年

任昉的奏弹文

　　　　佐竹保子　东洋学集刊第 45 期，1981 年 3 月

骆宾王试论

　　　　安藤信广　法政大学文学部纪要第 26 期，1981 年 3 月

关于阮籍的《为郑冲劝晋王笺》

　　　　大上正美　日本中国学会报第 34 期，1982 年

关于王融的《三月三日曲水诗序》

　　　　森野繁夫　小尾博士古稀纪念中国学论集，1983 年 10 月

昭明太子《文选序》考

　　　　清水凯夫　学林第 2 期，1983 年 7 月

关于三善清行《诘眼文》的自我观察——白居易《齿落辞》的投影

　　　　波户冈序　汉文学会会报第 29 期，1984 年 2 月

南齐文坛小考

　　　　鸟羽田重真　国学院杂志第 86 期，1985 年 11 月

阮元的"文选学

　　　　近藤光男　茶水女子大学中国文学会报第 4 期，1985 年 4 月

"的名对"与"总不对对"

　　　　松浦友久　中国文学研究第 11 期，1985 年 12 月

二陆的文章观

　　　　佐藤利行　日本中国学会报第 37 期，1985 年 10 月

关于庾信的《思旧铭》

　　　　中野博　中国文化（汉文学会会报）第 43 期，1985 年 6 月

关于庾信的赋

　　　　安藤信户　法政大学文学部纪要第 31 期，1986 年 3 月

关于沈约的《奏弹王源》

　　　　中森健二　学林第 7 期，1986 年 1 月

敦煌资料所见"儿郎伟"——驱傩文、降车词、上梁文

　　　　伊藤美重子　茶水女子大学中国文学报 7 期，1988 年

谢朓的文学（上）（下）

　　　　中森健二　学林第 8 期、9 期，1986 年 8 月、9 月

关于碑的文体——以蔡邕的作品为中心

　　　　福井佳夫　中京大学文学部纪要第 22 期，1988 年 1 月

谢灵运与谢朓

　　　　乾综俊　东洋学集刊第 59 期，1988 年 5 月

王勃试论——其文学之渊源

　　　　道坂昭广　东方学第 76 期，1988 年 5 月

声律说与空海

　　　　金子真也　中国语学第 233 期，1986 年 10 月

关于汉魏六朝的铭

　　　　釜谷武志　中国文学报第 40 期，1989 年 10 月

关于六朝的书简文的书试——以昭明太子《二月启》为中心

　　　　福井佳夫　中国诗文论丛第 8 期，1989 年 10 月

颜延之小论三题

　　　　甲斐胜二　福冈大学综合研究所报第 115 期，1989 年 1 月

宣城时代的谢朓

　　　　佐藤正光　日本中国学会报第 41 期，1989 年 10 月

关于序的文体——以六朝别集为中心

　　　　福井佳夫　中京大学文学部纪要第 25 期，1990 年 12 月

"居"的文学——以六朝山水隐逸文学为视角

　　斋藤稀史　中国文学报第 42 期，1990 年 10 月

阳休之与祖宏勋——与陶渊明的距离

　　松冈荣志　中国文化（汉文学会会报）第 48 期，1990 年 6 月

刘峻与《山栖志》

　　松冈荣志　东洋文化第 7 期，1990 年

关于孔稚珪的《北山移文》

　　福井佳夫　中京大学文学部纪要第 24 期，1990 年 7 月

关于曹丕的《与吴质学》

　　福井佳夫　中国中世文学研究第 20 期，1991 年 3 月

庾信《哀江南赋》论

　　加藤国安　东洋学集刊第 66 期，1991 年 11 月

关于颜延之《陶征士诔》

　　松冈荣志　竹田晃先生退休纪念东方文化论丛，1991 年 9 月

鲍照的对句表现之考察

　　向岛成美　日本中国学报第 43 期，1991 年 10 月

关于江淹的《诣建平王书》

　　福井佳夫　中国诗文论丛第 10 期，1991 年 10 月

关于丘迟的《与陈伯之书》

　　福井佳夫　中京大学文学部纪要第 26 期，1991 年 7 月

美文、四六——六朝美文学序说（1）

　　福井佳夫　中京大学文学部纪要第 27 期，1992 年 11 月

关于庾信的自传《哀江南赋》

　　土屋昌明　国学院中国学报第 38 期，1992 年 10 月

谢朓研究——宣城郡与谢朓

　　森野繁夫　中国中世文学研究第 22 期，1992 年 4 月

论《北山移文》的创作背景和手法渊源

　　近藤泉　北京大学学报（哲学社会科学版）第 1 期，1993 年

《帝德录》以及骈文创作理论管窥

　　兴膳宏　中国文史哲研究通证，1993 年 12 月

关于"文笔说"

幸福香织　中国文学报第 49 期，1994 年 10 月

关于对联的发生

杨莉莉　名古屋大学中国语言文学论集第 7 期，1994 年 8 月

六朝美文的诗化考察

福井佳夫　中京大学文学部纪要第 29 期，1994 年 11 月

关于《陆宣公集》的注解（上）

谷口明夫　中国中世文学研究第 25 期，1994 年 1 月

《哀江南赋》论

泉田直枝　中国文学报第 49 期，1994 年 10 月

正院本王勃诗序的研究（1）

长田夏树也　外国文学研究第 30 期，1994 年

关于柳宗元的《逐毕方文》

关直木　（日）湘南文学第 29 期，1995 年 5 月

关于六朝美文的个性评价

福井佳夫　中京大学文学部纪要第 31 期，1996 年

关于江淹的《恨赋》

福井佳夫　东方学第 91 期，1996 年 1 月

李商隐骈文与诗的关系

加固理一郎　中国文化研究第 54 期，1996 年

从"广义"的骈文到"狭义的骈文"："设论"的融合

佐竹保子　中国社会与文化第 12 期，1997 年 6 月

六朝四言诗的衰微与美文的关系

福井佳夫　日本中国学会报第 47 期，1997 年

关于初唐的序

道坂昭广　中国文学报第 54 期，1997 年 4 月

关于沈约的《修竹弹甘蔗文》

稀代麻也子　中国文化：研究与教育第 56 期，1998 年

赋的声律化：以沈约的《郊居赋》为中心

井上一之　中国诗文论丛第 18 号，1999 年 4 月

神的官僚化：宋代祝文的文学发展

石本道明　国学院杂志 100 卷 11 号，1999 年

六朝文人传：任昉

森野繁夫、先坊幸子　中国中世文学研究第 38 号，2000 年 7 月

《归去来兮辞》的"辞"

釜谷武志　中国文学报第 61 号，2000 年 10 月

欧阳修的骈文观

东英寿　鹿儿岛大学法文学部纪要第 52 号，2000 年

山上忆良《沉疴自哀文》的翻译

康林　中京大学文学部纪要第 35 号，2000 年

鲍照《河清颂序》译注稿

井上博文　中国诗文论丛第 20 集，2001 年

庾信研究文献目录初稿

通口泰裕编　筑波中国文化论丛第 21 号，2001 年

《本朝续文粹》解题

佐藤道生　日本汉学研究第 3 号，2001 年

关于骈体文的体制

福井佳夫　中京大学文学部纪要 36 卷 3、4 号，2002 年

言志的文学：阮籍与嵇康

大上正美　大东文化大学汉学会会志第 41 号，2002 年

关于鲍照的《河清颂》

井上博文　中国诗文论丛第 21 集，2002 年

六朝文人传：沈约

森野繁夫　中国中世文学研究第 41 号，2002 年

江淹"五色彩笔"新考

松浦史子　中国诗文论丛第 21 集，2002 年

杜甫的"文"：典型化与对偶化的思考

佐藤浩一　中国诗文论丛第 21 集，2002 年

汉末魏初的游戏文学

福井佳夫　中京大学文学部纪要 38 卷 1 号，2003 年

郭璞《客傲》译注

佐竹保子　东北大学中国语言文学论集第 8 号，2003 年

关于王杨卢骆的并称

道坂昭广　京都大学综合人间学部纪要第 10 卷，2003 年

陆机的"天人对"：先秦至西晋的对偶样式

佐竹保子　东洋学集刊第 89 号，2003 年

徐渭的古文辞批判

鹫野正明　中国文化与教育第 61 号，2003 年

禅林四六文小考

西尾隆盛　中国文学论丛，2004 年

六朝修辞主义文学的游戏性（文学游戏论 8、9）

福井佳夫　中京大学文学都纪要第 38、39 卷，2004 年

王勃传记资料集

山川英彦　神户外大论丛 55 卷 1 号，2004 年

北周赵王之文学对庾信的影响

安藤信广　日本中国学会报第 56 集，2004 年

鲍照的文学立场研究

土屋聪　日本中国学会报第 56 集，2004 年

中日书信的文化比较

高直、真勇章　东疆学刊第 4 期，2004 年

西晋的游戏文学（上）（下）

福井佳夫　中京大学文学都纪要 39 卷 3 号，40 卷 1 号，2005 年

六朝的游戏文学

福井佳夫　中京大学文学部纪要 40 卷 2 号，2005 年

六朝的谢启

道坂昭广　中国文学报第 69 期，2005 年

《天台山游赋》序文检讨

佐竹保子　东北大学中国语言文学论集第 10 号，2005

《天台山游赋》的修辞

佐竹保子　东洋学集刊第 93 号，2005 年

梁末时期的庾信

森野繁夫 中国中世文学研究第 48 号，2005 年

关于王褒的《四子讲德论》

上原尉畅 东北大学中国语言文学论集第 6、7 号，2005 年

六朝丽辞兴盛之原因及其表现之特色

陈松雄 大东文化大学汉学会志第 45 号，2006 年

庾信《哀江南赋》译注

森野繁夫 中国古典文学研究（广岛文学）第 4 号，2006 年

陆机的书简

佐藤利行 广岛大学大学院文学研究科论集第 66 卷，2006 年

西魏之庾信："三年囚于别馆"的时朝

森野繁夫 中国中世文学研究第 50 号，2006 年

四六骈俪文的代表：《古事记序文》的文学评价

福井佳夫 中京大学文学部纪要第 41 卷，2006 年

六朝文人传：徐陵

森野繁夫 中国古典文学研究（广岛大学）第 5 号，2007 年

《天台山游赋》的理想境界描写

佐竹保子 立命馆文学第 598 号，2007 年

谢惠连《雪赋》与谢庄《月赋》

佐藤正光 立命馆文学第 598 号，2007 年

梁萧统《陶渊明集序》译注

武井满乾 中国学研究论集第 18 号，2007 年

六朝文人的多面作风的考察

福井佳夫 立命馆文学第 598 号，2007 年

徐陵与庾信

森野繁夫 中国中世文学研究第 52 号，2007 年

六朝文人传：王褒

森野繁夫 中国中世文学研究第 53 号，2008 年

萧统《文选序》的文章

福井佳夫 中国中世文学研究纪要第 53 号，2008 年

萧统《文选序》的札记

福井佳夫　中京大学文学部研究纪要第 43 号，2008 年

《十二月启》译注（六朝书简论）

福井佳夫　中京大学文学部纪要 43 卷 1 号，2008 年

韩愈对时文的批评

沈秀蓉　中国学术年刊第 30 期秋季号，2008 年

黄庭坚《跛奚移文》小考

冈本不二明　中国文史论丛第 4 号，2008 年

平安朝的汉文讽诵文：《少将滋乾之母》

后藤昭雄　怀德第 76 号，2008 年

关于沈约《宋书谢灵运传》

森野繁夫　中国中世文学研究第 55 号，2009 年

北周时期的庾信

森野繁夫　中国中世文学研究第 56 号，2009 年

平安朝中期对《文选》的接受

后藤昭雄　文学 10 卷 3 号，2009 年

关于空海的文章二题

岸田知子　中国研究集刊第 50 号，2010 年

关于汉魏六朝的"颂"

林晓光　六朝学术学会报第 12 号，2011 年

阮籍的研究

阿部顺子　艺文研究第 32 辑，2011 年

关于简文帝的文学集团

佐伯雅萱　中国中世文学研究四十周年纪念文集，2011 年

关于沈约《宋书·谢灵运传论》的文章

福井佳夫　中京大学文学部纪要 46 卷 1 号，2011 年

裴子野《雕虫论》札记

福井佳夫　中京大学文学部纪要 46 卷 2 号，2012 年

关于裴子野《雕虫论》的文章

福井佳夫　中京大学文学部纪要 47 卷 1 号，2012 年

《文选序》研究

　　井上一之　中国诗文论丛第 31 集，2012 年

王勃《滕王阁序》"勃三尺微命，一介书生"句解读

　　道坂昭广　历史文化社会论讲座纪要第 10 号，2013 年

司马昭与竹林七贤

　　大上正美　三国志研究第 8 号，2013 年

关于正仓院藏《王勃诗序》中的《秋日登洪都府滕王阁饯别序》

　　道坂昭广　敦煌写本研究年报第 7 号，2013 年

杜甫的竹林七贤观

　　河野哲松　人文研究纪要第 77 号，2013 年

从北魏墓志铭探讨南齐声律理论之反映

　　土屋聪　中国文学论集第 43 号，2014 年

韦应物《冰赋》之讽谕性研究

　　山田大和　中国中世纪文学研究第 63～64 号，2014 年

李谔《上隋文帝革文华书》的文章研究（附札记）

　　福井佳夫　中京大学文学部纪要 48 卷 2 号，2014 年

梁简文帝的文章观

　　森野繁夫　当代文学论集第 42 号，2013 年

试论骈文在日本的传播（序论）

　　道坂昭广　骈文研究第一辑，广西师范大学出版社，2017 年 6 月


　　**说明：**本索引摘自《东洋学文献类目》，日本京都大学人文科学研究所编辑出版，中国国家图书馆收藏始于 1934 年，止于 2014 年，共 184 条。《东洋学文献类目》所收文章，有的注出版年月，有的只注年，本书一仍其旧。

# 附录五

# 韩国及东南亚之报刊骈文研究
# 论文索引

　　韩国学者朴禹勋认为，韩国对于骈俪文的正式研究是从赵钟业的论著《关于百济时代汉文学的倾向——以骈俪体为中心》（1975年出版）开始的。到了20世纪80年代，主要是中国文学专业的研究者对骈俪文的概念、特性等进行介绍，汉文学界对此尚未表现出积极的关注，可能是出于对骈俪文文学性的怀疑和骈俪文的难解性。到了20世纪90年代，对于骈俪文、俪评、骈俪文集等的研究开始活跃起来，2000年以后又有所减弱。（见朴禹勋《韩国的俪体文研究与现状》，载《骈文研究》第1期，广西师范大学出版社2017年6月出版）本索引自1981至2006年的目录29篇引自朴文附录，1981年以前和2003年至2017年的目录35篇由谭家健补充。

汉文文体分类研究
　　李家源　亚细亚研究第3期，1960年6月
韩国古代谐谑文论考
　　全圭泰　人文科学24卷25期，1971年6月
关于百济时代汉文学的倾向
　　赵钟业　百济研究第6辑，忠南大学百济研究所，1975年
李奎报的文学世界
　　金镇英　朝鲜学报第113期，1984年10月

骈俪文体的理解

  殷武一　全北人文 2，全北大学徒护国团，1981 年

南北朝骈文考

  李鸿镇　庆大论文集（人文·社会科学）第 35 辑，庆北大学，

  1983 年

中国语文学通论

  岭南中国语文学会编专著，中文出版社，1984 年

骈文的特性和兴衰小考

  殷武一　圆光汉文学 2 辑，圆光汉文学会，1985 年

壶谷南龙翼的文学论研究，

  朴禹勋　忠南大学研究生院学报，1988 年

古文的范畴试论

  尹浩镇　中国语文学卷 16 第 1 期，岭南中国语文学会，1989 年

新罗高丽时代骈俪文研究

  李英徽　忠南大学研究生院学报，1990 年

韩国俪评的特征

  李英徽　鹤山赵钟业博士花甲纪念论丛，太学社，1990 年

《桂苑笔耕录》所载崔孤云骈文小考

  洪瑀钦　苍谷金世汉教授定年退职纪念论丛，亚细亚文化社，1991 年

栢谷金得臣的俪文研究

  李英徽　语文研究第 21 辑，语文研究会，1991 年

朝鲜后期骈文的两大趋势

  朴禹勋　论文集通卷 39 号，忠南大学人文科学研究所，1992 年

象村申钦的骈俪文研究

  李英徽　乐隐姜铨燮先生花甲纪念论丛，创学社，1992 年

骈俪文和韩国文学的相关性考察

  李英徽　论文集 13，忠南大学研究生院学报，1993 年

骈文的用途和创作状况

  朴禹勋　翰苑论丛第 3 辑，忠南大学校汉文学会，1994 年

朝鲜王朝骈俪文研究

　　　　李英徽　　忠南大学博士学位论文，1994 年

秋浦黄慎的生活和文学

　　　　朴禹勋　　旸谷朴天圭教授花甲纪念论丛，龙知印刷株式会社，
　　　　1994 年

关于明代李天麟的《四六全书》

　　　　朴禹勋　　翰苑论丛第 4 辑，忠南大学校汉文学会，1995 年

关于歌辞文学的汉文学收容样态研究

　　　　全壹焕　　国语国文学 115 号，国语国文学会，1995 年

韩国的骈文集研究

　　　　朴禹勋　　国语国文学 114 号，国语国文学社，1995 年

泽堂李植文学研究

　　　　李汉佑　　大邱大学博士学位论文，1996 年

关于古代散文研究的几个问题

　　　　吴洙亨　　中国语文学报 3 号，岭南中国语文学会，1997 年

疏庵任叔英的文学论和序之研究

　　　　张明顺　　庆北大学教育研究生院学报，1998 年

统一新罗的汉文学研究

　　　　梁光夕（音译）　　诚信研究论文集 36 号，诚信女子大学，1998 年

南北朝诗人庾信之轨迹——与颜之推之比较

　　　　朴汉济　　东南文化增刊第 2 期，1998 年

从《哀江南赋》看庾信的创作手法

　　　　〔韩〕任振镐　　烟台师范学院学报第 4 期，1999 年

南北朝诗人庾信之轨迹——与颜之推之比较，

　　　　朴济汉　　东南文化增刊第 2 期，1998 年

骈文研究

　　　　郑淑贤　　汉阳大学研究生院学报，1999 年

骈俪文的映射表现样相及特征

　　　　朴英熙（音译）　　中国学报 45，韩国中国学会，2002 年

骈俪文和韵文、散文的关系

　　　　朴禹勋　　语文研究 40 号，语文研究学会，2002 年

韩国和中国的反骈俪文观

　　　朴禹勋　东亚人文学第 4 辑，东亚人文学会，2003 年

论李德懋的文学特征

　　　徐东日　东疆学刊第 3 期，2003 年

朝鲜燕行使者与中国琉璃厂

　　　黄美子　禹尚烈　东疆学刊第 2 期，2004 年

论《三国史记》对原典的改造与儒家思想观念

　　　徐建顺　东疆学刊第 1 期，2005 年

《三国史记》《三国遗事》之梦的解释

　　　禹尚烈　东疆学刊第 2 期，2005 年

朝鲜三国时期散文辨析

　　　徐建顺　东疆学刊第 4 期，2005 年

17～18 世纪《俪文选集》类的编撰样相及影响

　　　金光燮（音译）　语文论集 54 号，民族语文学会，2006 年

秋史金正喜散文研究

　　　金润祚（音译）　大东汉文学 25 号，大东汉文学会，2006 年

对崔致远的《檄黄巢书》的考察

　　　金血祚　东亚人文学 9 号，东亚人文学会，2006 年

论崔致远的道家思想

　　　倪文波　东疆学刊第 2 期，2006 年

坛君神话的文化解析

　　　苗威　东疆学刊第 3 期，2006 年

许筠（1569～1618）人物传记中的叛逆意识

　　　于春海、曹春茹　东疆学刊第 1 期，2007 年

宋（高）丽使者往来与文化交流

　　　李梅花　东疆学刊第 3 期，2007 年

新罗文人崔致远与唐末节度使高骈的前半生

　　　静永健　文学研究 105 辑，2008 年

新罗遣唐使崔致远

　　　滨田井策　朝鲜学报 206 辑，2008 年

朝鲜赴明使臣眼中的中国观——以燕行录为中心

　　李克平　东疆学刊第 1 期，2009 年

《热河日记》中的康乾盛世

　　朴蓬顺、杨昕　东疆学刊第 3 期，2009 年

朝鲜燕行使臣笔下清朝中国形象嬗变及其原因

　　徐东日　东疆学刊第 1 期，2010 年

新罗崔致远著述及其历史文化价值

　　李时人　唐代研究 16 卷，2010 年

学术与文学共生——论仪征派“文言说”的推衍与实践

　　曹虹　中国散文研究集刊第 1 辑，韩国中国散文学会，2011 年
　　12 月

萧统“文变”思想发微

　　徐宝余　中国人文科学第 50 辑，韩国中国人文学会 2012 年 4 月

朝鲜半岛开天辟地神话的传承及其层意蕴

　　许辉勋　东疆学刊第 4 期，2012 年

朝鲜文人朴趾源“以兵喻文”的文学创作观

　　郝君峰、陈冰冰　东疆学刊第 1 期，2013 年

浅论王褒、庾信入周后的骈文创作

　　徐中原　中国散文研究集刊第 4 辑，韩国中国散文学会，2014 年
　　12 月

论刘师培六朝文观的转型

　　余莉　中国散文研究集刊第 4 辑，韩国中国散文学会，2014 年
　　12 月

欧阳修对朝鲜辞赋的影响——以《醉翁亭记》《秋声赋》为例

　　于春海　东疆学刊第 1 期，2015 年

朝鲜使臣笔下的万历皇帝形象

　　杨昕　东疆学刊第 3 期

试论朝鲜文人李廷龟（1564～1635）的中国山水游记——《游千山记》
《游医巫闾山记》《游角山亭记》

　　张克军　东疆学刊第 3 期，2015 年

朝鲜半岛骈文述略

　　谭家健　中国散文研究集刊第 5 辑，韩国中国散文学会，2015 年 12 月

《东文选》表笺类写作背景略论

　　陈彝秋　中国散文研究集刊第 5 辑，韩国中国散文学会，2015 年 12 月

海东"王骆"任叔英骈文创作论

　　权赫子　中国散文研究集刊第 5 辑，韩国中国散文学会，2015 年 12 月

从《龙筋凤髓判》到《事类赋》——骈文类书小议

　　郭醒　中国散文研究集刊第 5 辑，韩国中国散文学会，2015 年 12 月

辞赋骈句"事对"小议

　　许结　中国散文研究集刊第 5 辑，韩国中国散文学会，2015 年 12 月

略谈南朝骈文难读——以任昉文为例

　　杨明　中国散文研究集刊第 5 辑，韩国中国散文学会，2015 年 12 月

（朝鲜）正祖与陆贽奏议文

　　吴洙亨　中国散文研究集刊第 6 辑，韩国中国散文学会，2016 年 12 月

明清辑选注解中的徐陵、庾信文评

　　徐宝余　中国人文科学第 62 辑，2016 年 4 月

从《三国史记》看新罗与唐朝的文化交流

　　朴希哲、马金科　当代韩国第 3 期，2016 年

欧阳修与朝鲜正祖"文体反正"运动

　　金春兰、王启东　东疆学刊第 3 期，2016 年

一般评论中的徐庾文评

　　徐宝余　中国语文论丛　第 79 辑，2017 年 2 月

历代文话赋话中的徐庾文评

徐宝余　中国学研究第 79 辑，2017 年 2 月

初唐诸史《文苑列传》在骈文发展史上的意义

　　束莉　中国散文研究辑刊第 7 辑，韩国中国散文学会，2017 年
12 月

宋代四六批评的新发展

　　曹丽萍　中国散文研究辑刊第 7 辑，韩国中国散文学会，2017 年
12 月

论清代的骈体游记

　　路海洋　中国散文研究辑刊第 7 辑，韩国中国散文学会，2017 年
12 月


**马来西亚、新加坡、印尼、泰国之骈文研究论文举要**

关于魏晋骈文的若干问题

　　谭家健　《学文》，马来西亚博托拉大学出版，2013 年 4 月

关于南北朝骈文的若干问题

　　谭家健　《学文》，马来西亚博托拉大学出版，2014 年 4 月

马来亚早期骈文举隅

　　谭家健　马来西亚《东方日报》2016 年 2 月 28 ~ 29 日

马来亚近代骈文举隅

　　谭家健　马来西亚《东方日报》7 月 15 ~ 16 日

马来西亚当代骈文述略

　　谭家健　《学文》，马来西亚博托拉大学出版，2016 年 4 月

王勃骈文纵横谈

　　谭家健　《学文》，马来西亚博托拉大学出版，2017 年 4 月

新加坡近代骈文举隅

　　谭家健　新加坡《南洋学报》70 卷，2016 年 12 月

印尼骈文举隅

　　谭家健　印尼《国际日报》2016 年 2 月 16 日

泰国骈文举隅

　　谭家健　印尼《国际日报》2016 年 12 月 17 日

越南才女段氏点的小说与骈文

　　谭家健　印尼《印华日报》2017 年 8 月 12 日

庾信文章老更成

　　何华　新加坡《联合早报》2018 年 1 月 23 日

苏轼骈文略论

　　谭家健　《学文》，马来西亚博托拉大学出版，2018 年 4 月

# 《中华古今骈文通史》项目总结报告

# 代后记

## 一　本项目的目的和意义

习近平总书记在全国哲学社会科学大会上指出："要加强对中华传统优秀文化的挖掘和阐发，使中华民族最基本的文化基因与当代文化相适应、与现代社会相协调，把跨越时空、超越国界、富有永恒魅力、具有当代价值的文化精神弘扬起来。"在中国文联中国作协代表大会上他又说："要对博大精深的中华文化有深刻的理解，更要有高度的文化自信。""要善于从中华文化宝库中萃取精华、汲取能量，保持对自身文化理想、文化价值的高度信心。"

本书的目的就是要对中华古今骈文进行发掘和阐发，使其中超越时空、超越国界、具有永恒魅力和当代价值的因素得以张扬，从而保持人们对自身文化理想、文化价值的高度自信。要摘掉骈文是形式主义的旧帽子，肯定骈文中的精华是主流，在古代、在今天、在域外，都有广泛的影响和积极的意义。《中华古今骈文通史》将以崭新的面貌出现在世人面前，使广大读者对古老的骈文这种文体有新的认识。

## 二　项目执行情况和编写经过

2014 年 1 月申请立项，预定 2016 年 12 月底完成，如期申请结项。原计划为 85 万字，现在约 115 万字。

　　本项目的编写准备阶段开始于 30 年前。1986 年，黄山书社约我主编《历代骈文名篇注析》，1988 年出版（33 万字），两年后台湾购买版权。九十年代我发表骈文研究论文十多篇，其中一篇获《文学遗产》《文学评论》联合颁发的优秀论文奖。2002 年出版《六朝文章新论》（40 万字），2006 年出版《中国古代散文史稿》（58 万字），两书均兼论骈散，分别获文学研究所优秀成果奖和中国社科院老干部科研成果二等奖。1996 年，我当选为中国古代散文学会（筹）常务副会长，中国骈文学会（筹）常务副会长，2005 年、2006 年分别当选上述两会会长，2014 年、2015 年卸任。

　　从 2010 年开始，我集中力量撰写中国骈文简史，至 2013 年，得 40 余万字。意犹未尽，未谋出版，拟进一步补充。2014 年 1 月，申请国家社科基金，幸获批准为重点项目。随即拟定编写大纲，先后举行专家咨询研讨会三次，陆续撰写出部分章节，举行初稿评审会三次，邀请国内外专家征求意见数十人次。收集有关资料工作长达 30 年。立项之前主要利用讲学、开会、硕博士论文答辩的时机；立项之后获得项目经费的支持，先后出访全国多个城市及东南亚。

　　1991 至 2007 年间，我在新加坡、马来西亚担任全职客座教授累计 8 年，21 世纪开始，每年到新加坡探亲居住数月。还到过中国台湾、中国香港、韩国、印尼讲学、开会。关于海外的资料，有些是本人多年收集的，有些是海内外朋友提供的。

## 三　基本内容和主要创新及特点

　　本项目包括十章。1. 导论；2. 先秦两汉——骈文之孕育；3. 魏晋——骈文之形成；4. 南北朝——骈文之繁荣；5. 唐五代——骈文之鼎盛及骈散之争；6. 宋代——骈文之新变和延续；7. 辽金元明——骈文之低潮；8. 清代——骈文之复兴与渐衰；9. 现当代——骈文之余波；10. 外编——域外骈文创作。附录五个骈文论文和论著索引。

　　本项目主要创新及特色如下。

　　（一）所论范围从中国扩大到域外。这一部分属于全新开拓，是显著特色所在。全书以"中华"开头，不用"中国"字样。"中国"是政治概念，

"中华"是文化概念。在国内，以汉族作家为主体，也包括少数民族，从南北朝到唐、宋、辽、金、元、明、清，皆论及少数民族骈文。在域外，介绍朝鲜半岛、日本、越南、新加坡、马来西亚、泰国、印尼之骈文。上述各国的骈文是学习、吸收中华文学的结晶，是中外文化交流的成果。这种构想参照了季羡林、汤一介主编的十一卷《中华佛教史》专设两卷介绍日本佛教和朝鲜佛教的先例。

（二）初步实现贯古通今。目前的中国文学通史（包括散文史、骈文史），大多讲到五四之前为止。本书在"通史"之前特加"古今"二字，包括从先秦骈句到 2018 年发表的骈文。为突出"今"字，设第九章"现代骈文"，下分"民国骈文""当代骈文""台湾、香港骈文"三节。目前骈文史家对现当代骈文较少注意，本章用了十万字的篇幅。

（三）进一步明确骈文概念。本项目的"骈文"不包括辞赋。把散文和骈文加以区分，最基本的标准是对偶句占全文主体部分才算是骈文。凡所论及皆独立成篇者，不包括掺杂在小说、戏剧中的骈丝俪片或骈偶段落。这样厘清骈文概念，使论述对象更具科学性。

（四）本书是完整的骈文通史，没有朝代断层和畸重畸轻现象。目前的几部骈文史，有的写到唐代基本结束，宋以后极为简略。有的从宋代一下跳到清代，不讲辽金元明。有的介绍元代正统骈文用 1600 字，辽骈 35000 字，金骈 21000 字，三者比例失衡。本书根据辽金元骈文的实际情况加以补充、调整，使各朝代之骈文各得其所。

（五）最后有五个附录。1. 百年来骈文研究论文分类索引（约 1200 条）；2. 百年来骈文论著及选本简介；3. 台湾、香港之骈文论著和选本简介及论文索引；4. 日本报刊骈文研究论文索引；5. 韩国及东南亚报刊之骈文研究论文索引。五个附录共约十六万余字，大部分属于资料创新（尤其是选自台湾、香港及日本、韩国、东南亚部分）。

（六）从东汉至域外各章之末，分别附录历代骈文名篇选读合计三十多篇，约十二万字，占全书十分之一，其中一半以上是目前骈文史及骈文选本所没有或很少选的，属于资料创新。本书性质为学术研究型，同时可作为高等学校教学参考书，可以为广大读者提供研读方便。附录作品的中国文学史是有先例可循的。

（七）本书大量引述历代评点和现当代学者的意见，严守学术规范。全书引用今人意见作页下注释四百余条，引用古人评点随文作注，引证之多为近数十年来中国散文史和中国骈文史所罕见。

## 四　基本观点方法的创新及特色

（一）坚持以马克思主义唯物史观和辩证法为指导，以历史文献为基础，力求实事求是地总结中华骈文发展的总体规律和基本轨迹，科学地评价历代骈文作家作品，努力发掘其中在当时有正面影响、与现代社会相协调、具有一定参考意义的因素。古代骈文并非都是形式主义，其中具有不同程度文化价值者占主流。同时指出，古代骈文也存在重形式轻内容的唯美倾向。尊重传统，古为今用，取其精华，弃其糟粕，是本书秉承的基本原则。

（二）在思想内容与艺术形式并重的前提下，把对作品内容的审视放在重要地位。在中国古代的文学批评中，散文注重教化功能，骈文偏向审美意趣。从宋四六话到今天的某些骈文史，论析骈文价值多着眼于对偶之精，用典之巧，语言之华美等，把艺术鉴赏置于思想评价之上，本书不赞成这种倾向。凡是对国家、民族、社会、政治、民生以及个人生活持积极正面态度的，则予以肯定；反之，则视不同情况做必要的批评，指出其缺失。在艺术上，充分彰显其成就，也不回避瑕疵。这样不是苛求古人，而是还历史以本来的面貌。

（三）采取数量化分析法，确认哪些作品是不是骈文，哪些作家算不算骈文专家。古人对骈文并没有严格的界定，它不像诗、词、曲有格律可依，容易造成概念混淆，至今研究骈文者仍然见解不一。本书各章常采用全篇逐句统计法、比例法，全文以对偶句为主者才算骈文。对于某些作家则统计其全集，有多少骈文，多少散文，从而确认其文学创作重心所在。有人说韩愈、柳宗元是散文家又是骈文家。本书经过仔细统计，韩、柳之散文数量多，精品多，影响大，他们也写作少量骈文，也有一些好的作品，但在其全部作品中占次要地位。

（四）初步的社会反响。从 2014 年至 2018 年，以本项目某些篇章撰写成论文 25 篇（约 25 万字），发表于国内及韩国、新加坡、马来西亚、印尼报刊，受到中国各地和各国学术界的重视，多篇文章在海内外被转载。在2014 年、2015 年、2016 年三次中国古代散文学术研讨会和中国骈文学术研讨会以及中华经典海外传播研讨会上，本项目部分章篇以发言稿形式在会上宣读。中国骈文网对本书前期发表的论文多次转载，有几篇文章已收入相关论文集出版。有关骈文会议的报导（见《中国社会科学报》2015 年 10月 18 日）和对我本人的访谈（见《文艺研究》2016 年 11 期、《中华读书报》2017 年 8 月 2 日），对正在撰写中的《中华古今骈文通史》，有所介绍并表示肯定和期待。

## 五　中外朋友鼎力玉成

本项目执行和撰写过程中，得到中外许多朋友的帮助。尤其是资料的采集，初稿的审校，典故的解释，各种问题的咨询，出手相助的学者甚多。主要有：

中国社会科学院文学研究所陈铁民研究员、王达敏研究员、刘宁研究员、陈君副研究员、冷川博士、李桃博士、近代史研究所杨天石研究员、曾景宗编审、历史研究所杜瑜研究员、外国文学研究所田小华研究员、语言研究所郑怀德研究员、北京大学白化文教授和常森教授、首都师范大学李景华教授和牛鸿恩教授、中国传媒大学钟涛教授和王永副教授、中央财经大学安小兰教授、国家图书馆梁葆莉博士和曹丽萍博士、中国艺术研究院赵伯陶编审、上海外国语大学陈福康教授、华东师大刘永翔教授、南京大学曹虹教授、苏州大学杨旭辉博士、武汉大学熊礼汇教授、湖南师大陈蒲清教授和吕双伟教授、广西师大莫道才教授、广西师院莫山洪教授、广西民族大黎巧萍教授、福建师大欧明俊教授、暨南大学叶农博士、陕西师大学杨晓斌教授、河南大学李金松教授、包头职业技术学院周秉高教授、南通大学王志清教授和袁瑞良先生、四川魏明伦先生、温州周晓明先生、台湾政治大学许东海教授和陈守玺博士、高雄工业专科学校陈怀成教授、香港浸会大学邝健行教授、香港树仁大学何祥荣教授等。

国外朋友主要有：韩国启明大学李钟汉教授和诸海星副教授、培才大学赵殿尚教授、日本京都大学道坂昭广教授、越南陈文亮硕士、新加坡国立大学林徐典教授、新加坡华中初级学院吕振端博士、马来亚大学张惠思博士、博托拉大学徐威雄博士、马来西亚新纪元学院廖文辉博士等。

还有数十位学者参与咨询，座谈，提供建议，解答难题，指正讹误。有的一语破的，有的是一字师。奇文共欣赏，疑义相与析，反复斟酌讨论。涉及的方面甚广，人数太多，篇幅有限，未能一一列举，敬希鉴谅。

我在新加坡、马来西亚的许多朋友、同事和学生，为我撰写本书和其他多部著作提供资料，讯息，复印，扫描，照相，邮寄，费心出力，皆义务劳动。

本书的撰写时间，不计算早年的准备，2010 年开笔，我 74 岁，2017 年结项时 81 岁，2018 年出版时 82 岁。2010、2013 年两次摔伤骨折，2015 年半年内两次住院，长期以来是没有星期六、星期天的。以年迈之躯，承担国家社科重点课题，如果没有那么多朋友的帮助，和国家社科基金及本院有关部门的支持，很难设想何时得以完成，很难设想写成什么样子。这里列举一部分中外学者的名字，聊以表示我的衷心感激。

2018 年 8 月作者谨志。

**说明**：本报告有些小标题和内容是参考结项书的提示撰写的，略加修改并补充第五小节，作为本书后记。